UTTA DANELLA

WOLKENTANZ
JACOBS FRAUEN

Zwei große Romane

WILHELM HEYNE VERLAG
MÜNCHEN

HEYNE ALLGEMEINE REIHE
Nr. 01/13280

Umwelthinweis:
Dieses Buch wurde auf
chlor- und säurefreiem Papier gedruckt.

Taschenbuchausgabe 01/2001
Copyright © 2001 dieser Ausgabe by
Wilhelm Heyne Verlag GmbH & Co. KG, München
Printed in Germany 2001
http://www.heyne.de
Quellennachweis: s. Anhang
Umschlaggestaltung: Nele Schütz Design, München,
Umschlagillustration: IFA-Bilderteam/Archiv
Druck und Bindung: Pressedruck, Augsburg

ISBN: 3-453-18431-9

Wolkentanz

Inhalt

I Der Osten

Mai 1945 9 · Die Tote im See 28 · Die Lebende 36 ·
Eine verhexte Nacht 54 · Der Rebell 64 · Olga 87 ·
Abreise 93 · Die Teilung 101 · Das Ende vom Anfang
111

II Der Westen

Die Schauspielerin 161 · Die Tänzerin 182 · Alexander I
194 · Alexander II 205 · Beatrice 214 · Die Reise nach
Bayern 231 · Ein neues Leben 251 · Cordelia, heimatlos
266 · München 270 · Harald 325 · Die Lumins 334 ·
Begegnung I 349 · Berlin 366

III Tanz

Abschied 387 · Ein hartes Leben 390 · Die lahme Ballerina 408 · Damals 424 · Der Neue 431 · Wolkentanz
447 · Logenplatz 479 · Eine Überraschung 496

IV Die Torheit und die Hoffnung

Weihnachten 509 · Gespräche 521 · 1968 539 · Begegnung II 563 · Was man Heimat nennt 576

I
DER OSTEN

Mai 1945

DER BAUER JOCHEN LUMIN geht im Morgengrauen hinüber zum See, zieht das flache Boot aus dem Holzverschlag, legt die Angel ein und treibt dann langsam am Schilfgürtel entlang, sichernd nach allen Seiten. Kann immerhin sein, daß plötzlich aus dem Wald Schüsse fallen.

Er möchte gern ein paar Schwänze fangen, es ist kaum mehr Eßbares im Haus, kein Brot, kein Fleisch, keine Kartoffeln. Zwar sind noch Kartoffeln in der Miete, doch die läßt man zunächst lieber, wo sie sind. Das Geräucherte und der Topf mit dem Schweinefett sind im Keller versteckt, hinter den Kohlen, die bleiben besser auch dort. Ein Ei hat er gestern im Stroh gefunden, obwohl kein Huhn mehr lebt auf dem Hof, seit vor zwei Tagen ein Trupp Russen durchgezogen ist.

Jochen verzieht den Mund zu einer müden Grimasse. Doch, der Hahn und zwei alte Hennen leben noch.

Der Hahn ist klug, er hat sich in die Luke über dem Kuhstall geflüchtet, als er die Schüsse hörte, und seine beiden Lieblingsfrauen, ihm gehorsam wie immer, sind ihm gefolgt. Den anderen Hühnern wurde der Hals umgedreht.

Der Hund war dumm. Jochen hatte ihn von der Kette gelassen und versucht, ihn in den Wald zu jagen. Doch der Hund lief nicht fort, er stürzte sich wütend bellend den Fremden entgegen, ein Schuß streckte ihn nieder. Er war nicht gleich tot, er starb zwei Stunden später, den Kopf in Elsgards Schoß gebettet.

Der Hund war treu und brav gewesen, er war zur Jagd abgerichtet, er lief fast immer frei herum, Jochen hatte ihn nur an die Kette gelegt, damit er nicht in den Wald lief, um Wali und den Hengst zu suchen, denn er vermißte die beiden, sie gehörten zu seinem Leben.

Ich hätte ihn ins Haus sperren sollen, denkt Jochen auf dem See. Aber es ging so schnell, plötzlich waren sie da.

Im Schilf quaken Enten, die er gestört hat, und dann streichen mit schrillem Schrei zwei Wildgänse über dem See ab. Jochen schlägt den Kragen seiner Jacke hoch, es ist bitterkalt an diesem Morgen. Er starrt in den milchig grauen Morgendunst, dann wirft er die Angel aus.

Was heißt, plötzlich waren sie da. Wir wissen schließlich, daß sie da sind, hier und dort und rundherum. Schüsse hat man öfter gehört, es können genausogut Jäger oder Wilddiebe sein. Kanonen jedenfalls haben wir nicht gehört, nicht hier bei uns. Ist der Krieg nun aus? Und was machen sie mit uns, die Russen, die Polen, die Amerikaner? Was machen sie mit uns, die Sieger? Werden sie uns töten, meine Frau vergewaltigen, meinen Hof anstecken, meine Felder verwüsten, meine Tiere abstechen? Meinen Hund haben sie erschossen.

Er blickt hinüber zum Wald, der hinter der großen Wiese begann und sich um den See bog.

Der Wald war groß, erst ein lichter Buchengürtel, dann wurde er dicht und dunkel, Tannen, Föhren, Kiefern, dort herrschten die Tiere, das Rotwild, das Schwarzwild, die Füchse, die unzähligen Vögel. Nur ein schmaler Pfad führte zum Gut.

Im Haus waren sie natürlich auch, hatten alles mitgenommen, was da lag und stand, die Teller, die Tassen, den großen Suppentopf, das Brot, den Schinken, das letzte Stück Wurst. Die Bilder von den Wänden gerissen, darunter das Bild seines Vaters in der Uniform der Kaiserlichen Kürassiere. Das Bild war mit einem schwarzen Band geschmückt, denn Jochens Vater war im vorigen Krieg gefallen. Das schwarze Band hatte Jochens Mutter angebracht, und es war dort geblieben seit mehr als dreißig Jahren.

Im Schlafzimmer durchwühlten sie die Federbetten, schmissen sie auf den Boden und erschreckten Susu, die graue Katze, die dort schlief. Sie fauchte wütend und rettete sich mit einem Sprung aus dem Fenster.

»Du Uhr?« schrie einer der Russen und drehte Jochens lahmes Handgelenk um, doch Jochen besaß keine Armbanduhr. Darauf hatten sie die alte Wanduhr heruntergerissen, sie stammte auch noch vom Vater. Ein paar waren ins Gesindehaus gelaufen, doch da war keiner mehr, die Mägde und Knechte alle verschwunden.

Elsgard war nichts geschehen. Sie kam aus dem Kuhstall, das Haar unter einem Kopftuch versteckt, das Gesicht mit Kuhmist verschmiert. Sie hatten von den Flüchtlingen erfahren, daß die Russen Frauen vergewaltigen.

»Sind sie weg?« fragte sie und blickte furchtsam rundum.

»Es scheint so.«

»Waren es Russen?«

»Ich weiß nicht. Ein paar hatten Uniformen an, die anderen bloß so Lumpen.«

Elsgard streifte das Kopftuch vom leuchtend blonden Haar.

»Sie sind weg«, wiederholte sie. »Die ersten, die bei uns waren.«

»Die nächsten werden schon kommen.«

»Sie waren nicht bei mir im Stall.«

Im Stall waren die neun Kühe, die ihnen geblieben waren, und drei Kälber.

»Einer war bei den Pferden.«

»Um Gottes willen!«

Sie liefen beide zum Pferdestall. Die Stute und das Fohlen waren unversehrt, auch die anderen vier Pferde kauten friedlich an ihrem Heu. Als sie aus dem Stall kamen, sah sie den Hund.

»Was ist mit Mutz?«

»Sie haben auf ihn geschossen.«

»O nein!«

Sie trugen den sterbenden Hund ins Haus, legten ihn vorsichtig nieder. Elsgard setzte sich neben ihn auf den Boden, nahm seinen Kopf in die Hände.

»Mutzi«, flüsterte sie. »Mutzi! Hörst du mich? Sieh mich an, Mutzi!«

Der Hund hob mühsam den Kopf und leckte über ihre Hand.

»Der Fluch Gottes soll sie treffen«, sagte Elsgard.

»Gott flucht nicht«, sagte Jochen.

Er stand an die Tür gelehnt, sah die beiden an, die er liebte. Die Stute und ihr Fohlen liebte er auch, und am meisten vielleicht den Hengst. Vermutlich würde er ihn nie wiedersehen, er war schon seit Tagen mit Wali verschwunden.

Das Wort Liebe hätte Jochen nie benutzt. Doch er war ein Mann mit starken Emotionen, außer der Frau und den Tieren liebte er seinen Hof, das wilde Heideland, die Wälder, die Seen und vor allem seine Felder, die im ersten Frühlingsgrün prangten, der Roggen war gut angegangen, die Gerste, der Hafer, und nicht mehr lange, da würden die Kartoffeln blühen.

Sein Land, sein Leben. Das Wort Liebe brauchte man dazu nicht. Er hob das Bild auf.

»Mein Vater«, sagte er.

»Dem tut das nicht mehr weh«, sagte Elsgard hart. »Du mußt Sellmer holen.« Und gleich darauf: »Aber du kannst jetzt hier nicht weg.« Sellmer war der Tierarzt, bis ins Städtchen waren es sechsundzwanzig Kilometer. Im Dorf konnte Jochen in einer Viertelstunde sein, wenn er das Fahrrad nahm. Vielleicht konnte man den Arzt anrufen, falls das Telefon noch funktionierte. Aber Doktor Sellmer würde bestimmt in diesen Tagen nicht über Land fahren. Er war alt, und es war fraglich, ob er überhaupt noch ein Auto hatte. Sein Opel war nur mühselig über den holprigen Weg getuckert, als er vor sechs Wochen da war, um nach der Stute zu sehen.

»Dat wird gutgeihn«, hatte er gesagt und der Stute über den schweren Leib gestrichen.

»Noch 'n Monat oder so. Wenn ich kann, komm ich.«

Es war Ostersonntag gewesen, Jochen wußte es genau.

Dann hatte der Doktor nach dem Hengst gesehen, sein ungeduldiges Schnauben war aus dem Nachbarstall zu hören.

Sie gingen durch die kleine Verbindungstür in den zweiten Pferdestall, in dem der Hengst jetzt allein stand. Früher, vor dem Krieg, als Jochen noch zwölf Pferde hatte, wurden beide Ställe gebraucht. Der Hengst war jetzt still, Wali der Ukrainer stand bei ihm in der Box, den Arm um seinen Hals gelegt. Dann war der Hengst sofort ruhig, friedlich wie ein Lamm.

»Na, ihr beiden«, sagte der Doktor.

»Und wie steht's?« fragte Jochen.

»Ich weiß nicht mehr als du. Du hast ja auch ein Radio. Die Amerikaner sind am Rhein. Das heißt, jetzt sind sie schon in Frankfurt. Die Russen haben Danzig genommen und belagern Königsberg. Sonst sind sie ja woll mit Ostpreußen durch.« Es klang grimmig.

»Wir können nur hoffen, daß die Amerikaner vor ihnen hier sind. Oder die Engländer.«

»Von Danzig her ist der Weg nicht weit«, sagte Jochen.

Nun waren sie also da. Waren sie im Dorf? Lebte dort noch jemand? Sein Hof lag abseits, sehr einsam, eine Straße konnte man das kaum nennen, die hierherführte.

Er blickte auf den Hund, der sich nicht mehr rührte.

»Es geht zu Ende mit ihm«, sagte er.

»Nein! Nein!« schrie Elsgard. In ihren Augen standen Tränen. Seit Heiners Tod hatte sie nicht mehr geweint.

»Ich bin schuld, ich hätte ihn nicht loslassen sollen. Ich hätte ihn zu dir in den Kuhstall bringen sollen. Aber es ging so schnell. Auf einmal waren sie da. Sie hätten uns auch erschießen können. Dich und die Pferde und die Kühe. Uns alle.«

»Damit werden sie den Krieg auch nicht gewinnen.«

»Sie haben ihn schon gewonnen.«

»Weißt du das so genau?«

»Sie kämpfen in Berlin, das hast du ja gehört. Was soll noch sein, um den Krieg zu gewinnen?«

»Und was wollen wir jetzt tun?«

»Ich müßte ins Dorf gehen und mal sehen, was da los ist.«

»Du kannst mich nicht allein lassen.«

»Ich könnte dir sowieso nicht helfen.«

Der Hund war nun tot, sie schwiegen eine Weile, dann sagte sie: »Es ist mir egal, ob ich sterbe. Wenn Heiner nicht mehr lebt …« Heiner, Heinrich Lumin, ihr einziger Sohn, war im vergangenen Oktober gefallen, schon in Ostpreußen, auf dem Rückzug. Er war gerade achtzehn.

»In Ostpreußen?« hatte Elsgard geschrien. »Das ist doch Deutschland. Oder nicht?«

»Mein Vater ist auch in Ostpreußen gefallen. Das war gleich 1914. Bei Tannenberg. Das war ein großer Sieg.«

»Ein Sieg!« schrie Elsgard. »Ist es ein Sieg, wenn Menschen sterben?«

Dann schrie sie nicht mehr. Sie weinte. Und dann weinte sie auch nicht mehr, sie war still und starr und meistens stumm. Zum erstenmal an diesem Tag, als der Hund starb, hatte sie Gefühl gezeigt.

Später begruben sie ihn hinter dem Zaun des Gemüsegartens.

Versorgten die Tiere, lauschten. Doch es war nichts zu hören, nur das Mailied der Vögel, der Schrei des Kranichs.

Jochen ging dann über die Wiese bis zum Waldrand, sammelte ein, was da noch lag, unter den Buchen fand er zwei der Hühner, denen sie den Hals umgedreht hatten, die aber noch zuckten. Von der Hühnersuppe lebten sie jetzt.

»Wo willst du hin?« fragte Elsgard, als er abends noch einmal vor die Tür trat.

»Ich kuck bloß.«

Er machte einen Gang über den Hof, dann in den Pferdestall. Vier waren da noch, alt schon, alle anderen waren beschlagnahmt worden.

Beim Drillen im Herbst war es eine mühsame Arbeit gewesen. Ohne die Ukrainer, die stark und kräftig waren, unermüdlich dazu, hätte er es nie schaffen können. Auf jeden Fall brauchte er bis zur Ernte, falls es je eine Ernte geben würde, noch mindestens zwei Pferde. Die graziöse Stute konnte man weder vor einen Pflug noch vor eine Mähmaschine spannen.

»Wozu braucht 'n Bauer wie du so ein Pferd?« hatte Giercke, der Ortsbauernführer, im Herbst gefragt. »Die wern wir einziehn. Zur Arbeit ist die doch nicht zu gebrauchen.«

»Sie ist auch nicht zur Arbeit da. Nur für den Kutschwagen.«

»Zum Spazierenfahren? Sag mal, du hast woll Spinnen im Kopp. Wer fährt denn jetzt im Kutschwagen spazieren!«

Jochen sah dem Dicken ruhig ins Gesicht. »Meine Frau«, gab er zur Antwort. »Sie hat großen Kummer. Wenn sie mit dem Pferd zusammen ist, wird sie ein wenig abgelenkt.«

»Abgelenkt, so«, äffte Giercke ihn nach, in geziertem Ton. »Abgelenkt! Wer hat denn so was schon mal gehört.«

Mehr sagte der Dicke dann doch nicht, er wußte schließlich, daß die Lumins vor kurzem die Nachricht vom Tod ihres Sohnes erhalten hatten. Er wußte schließlich auch, daß die Fuchsstute schon länger im Stall stand, genauso wie er wußte, daß sie ein Geschenk vom Gut war, ein Geschenk für Elsgard persönlich, denn sie fuhr nicht nur mit dem alten Kutschwagen manchmal durch die Heide, noch lieber ritt sie mit Dolka am Wald entlang.

»Und der Hengst?« fragte Giercke noch. »Wozu brauchste den? Spazierenfahren ist da woll nicht.«

»Zur Siegesparade brauchen wir den. Is ja woll bald soweit, nich?«

Das klang bissig.

»Da kannste sicher sein.«

Giercke stiefelte zu seinem DKW. Über die Schulter knurrte er: »Muß mir demnächst mal deine Hafervorräte ansehen, und dein Heu. Mußt ja wohl schlecht abgeliefert haben, wenn du zwei nutzlose Pferde mit versorgen kannst.«

Doch der Ortsbauernführer hatte sich seitdem nicht mehr sehen lassen, auch ihm war wohl klargeworden, daß aus einer Siegesparade nichts werden würde und auf was für wackligen Beinen sein Stuhl und möglicherweise sein Leben stand. Er wußte gut genug, daß ihn die Leute nicht leiden konnten.

In der rechten Ecke des Stalls, in der größten Box, stand Dolka mit ihrem Fohlen. Der Kleine, noch etwas wacklig auf den Beinen, trank gerade bei der Mutter.

»Einen schönen Sohn hast du, Dolka. Einen ganz schönen Sohn.«

Die Stute sah ihn ruhig an, in ihren sanften Augen spiegelte sich das Licht der Stallaterne.

»Ist noch sehr kalt draußen. Wenn es wärmer wird, könnt ihr auf die Koppel.« Jochen überlegte. »Hoffentlich.«

Wie würde das Leben denn weitergehen? Konnte denn alles so sein wie früher? Wenn wieder so eine Horde kam, was könnten sie mit den Pferden tun? Es wäre ein leichtes gewesen heute mittag, die Stute und das Fohlen abzustechen, und die Kälber natürlich auch. Zu essen fanden sie allerdings genug, es gab reichlich Wild. Aber benahmen sie sich wie Menschen, waren sie bloß noch auf Tod und Vernichtung aus?

Die Sieger.

Jochen stand vor der Stalltür, sein Herz war voller Bitterkeit. Was hatte er denn verbrochen, er, seine Frau und sein Sohn, der nun tot war. Sein Vater war damals gefallen, sein Sohn in diesem Krieg, und er selbst hatte einen lahmen Arm. Ein Granatsplitter hatte ihm sein Ellbogengelenk zerrissen.

Sein Vater hatte den Kaiser nicht gekannt, er und sein Sohn nicht den Hitler. Der dicke Giercke war seine Bezugsperson zu Partei und Staat gewesen, dick und laut und unverschämt. Und daß die Renkows vom Gut diesen Hitler und seine Partei nicht leiden mochten, das war ihm gut bekannt. Der alte Renkow hatte nie einen Hehl daraus gemacht.

»Dieses Großmaul da in Berlin hat uns den Krieg auf den Hals gehetzt. Verdammt soll er sein in alle Ewigkeit«, das sprach der Alte ganz ungeniert aus.

Sicher war Jochen davon beeinflußt worden, denn für Politik hatte er sich nie interessiert. Früher war er zu keiner Wahl gegangen, erst als Giercke darauf achtete, daß jeder ging – was war das eigentlich gewesen? Irgendwas mit dem Völkerbund im fernen Genf. Ja, und dann etwas mit der Saar, die interessierte ihn auch nicht. Dann war er gegangen und hatte jedesmal einen leeren Zettel in die Wahlurne gesteckt.

Jochen lebte für seinen Hof, für seine Arbeit, für seine Frau, für seinen Sohn, für seine Tiere. Das war Lebensinhalt genug.

Und dann war Krieg. Und sie hatten ihn schließlich auch wieder eingezogen, als es gegen Rußland ging. Rußland und die Bolschewiken dort interessierten ihn auch nicht.

Der lahme Arm war indes ganz nützlich, auf diese Weise war er wieder nach Hause gekommen, Bauern waren wichtig, die Ernährungsschlacht, wie sie das nannten, mußte auch geschlagen werden.

Mit der Arbeit wurde er trotz des Armes gut fertig. Erst hatte er noch genug Pferde und auch ausreichend Hilfskräfte auf dem Hof. Am tüchtigsten waren die Ukrainer, die aus Menghetten, aus dem ukrainischen Lager, zur Arbeit auf dem Hof abgestellt wurden. Sie mußten am Abend wieder in das Lager zurück, waren in aller Frühe wieder da. Elsgard war gut mit ihnen ausgekommen und Jochen, als er wieder da war, auch.

Waleri, den sie Wali nannten, war dann einfach nicht mehr zum Schlafen ins Lager gegangen.

»Ich bleiben. Ich aufpassen.«

Das bezog sich vor allem auf den Hengst. Waleri liebte ihn mehr als alles auf der Welt, er ließ ihn kaum aus den Augen, schlief bei ihm im Stall und war stolz, als sei er selbst der Vater, als die Stute tragend war.

Im Lager schienen sie ihn nicht zu vermissen, oder seine Kameraden deckten ihn, es kam nie eine Beschwerde.

»Der hat goldene Pferdehände«, sagte der alte Renkow, als er auf einem Ritt bei ihnen vorbeikam. »Den möchte ich auf dem Gut haben, wenn dieser Dreckskrieg vorbei ist.«

Nun war Waleri mitsamt dem Hengst seit Tagen verschwunden, untergetaucht in der Heide, in der Taiga, in den Wäldern.

»Ich nicht zu Russen. Ich lieber tot. Du verstehen?« hatte er gesagt. »Stalin mein ganzes Volk totgemacht. Erde in Ukraine verdorren gemacht.«

Jochen wußte, daß Wali eine Waffe besaß, einen Drillich. Vermutlich irgendwo gestohlen, er hatte nicht danach gefragt. Er würde sich und den Hengst erschießen, ehe er sich den Russen auslieferte. Das brachte Jochen wieder auf sein Gewehr, das er am Waldrand, bei der dritten Buche rechts, vergraben hatte. Er würde es morgen holen, besser, es war eine Waffe im Haus.

Sie waren ganz allein auf dem Hof, Elsgard und er. Der alte Kumess war im vergangenen Jahr gestorben, die Knechte waren längst eingezogen, und die Mägde hatten in den letzten Wochen nach und nach den Hof verlassen.

»Ist so einsam hier«, hatte Dorte gesagt, die lange Jahre bei ihnen gewesen war. »Im Dorf ist es besser.«

Die Taglöhner, die sonst hier gearbeitet hatten, waren längst verschwunden, der Himmel wußte, wohin.

Ob es im Dorf besser war, wußte Jochen auch nicht. Zum letztenmal war er vor zehn Tagen dort gewesen, da waren noch keine Russen da. Immerhin wußte er, was inzwischen alle wußten, daß die Russen klauten, was sie kriegen konnten, und die Frauen vergewaltigten.

Im Dorf gab es eine Menge Flüchtlinge, selbst bei ihm auf dem Hof hatten für einige Tage welche gelebt, aber sie waren weitergezogen.

Auf dem Gut hatten sie viele aufgenommen, sicher auch auf dem Schloß bei den Groß-Landecks. Sie erzählten furchtbare Dinge, und dann wollten sie nichts als fort.

»Ihr solltet am besten gleich mitkommen«, hatte eine junge Frau gesagt, das war im Februar gewesen, als Jochen und Els zum letztenmal auf dem Gut waren.

Eine junge, vielleicht einmal ganz hübsche Frau, nun völlig verbittert.

»Wir hatten auch so ein Gut wie das hier. Größer noch. Meinen Vater haben sie erschlagen. Meine Mutter, meine Schwestern und mich vergewaltigt. Ich bin dann doch mit einem Treck mitgezogen, bei zwanzig Grad Kälte. Wißt ihr warum?«

»Warum?« fragte Elsgard.

»Mein Kind. Mein Baby. Es war gerade erst fünf Monate alt. Ich wollte es retten. Sehen Sie es? Können Sie es sehen?«

Els blickte scheu durch den Raum, es war die Halle auf Gut Renkow, drei andere Frauen saßen noch da, schwiegen.

Max von Renkow legte der jungen Frau den Arm um die Schultern.

»Komm, Mädchen. Laß gut sein.«

Aber sie mußte reden. Sie redete ununterbrochen weiter.

»Es ist erfroren, haben sie gesagt. Ich sagte, nein, ist es nicht. Es ist ihm nur kalt. Ich habe es fest in die Arme genommen, wollte es wärmen. Aber es war kalt, so kalt. Alles war kalt, ich auch. Ich konnte das Kind nicht wärmen. Dann hat es mir einer weggenommen, einer vom Treck, der auf unserem Wagen saß, und hat es runtergeschmissen. Einfach weggeschmissen. Ich habe geschrien, meine Schwester hat mich festgehalten, eins der Pferde war zusammengebrochen. Und während sie versuchten, das Pferd wieder auf die Beine zu bringen, bin ich vom Wagen gesprungen und bin zurückgelaufen. Zurück, zurück. Und habe mein Baby gesucht.«

Sie weinte nicht, sie sprach unbewegt, ganz monoton.

»Wir kennen die Geschichte«, sagte Renkow. »Komm, Mädchen, trink einen Korn.«

»Und – haben Sie es gefunden?« Elsgard flüsterte nur.

»Ja, ich habe es gefunden«, sagte die junge Frau triumphierend. »Es war kalt und starr. Ich konnte es nicht mehr wärmen. Es war so tot wie ich.«

»Du bist nicht tot«, sagte Renkow. »Du bist hier und lebst. Komm, trink! Du wirst wieder ein Kind bekommen.«

»Mein Mann ist auch tot. Nie wieder will ich ein Kind. Und wenn ich ein Kind im Bauch habe, das die Russen mir gemacht haben, werde ich es erwürgen, sobald es geboren ist. Ich will nie wieder ein Kind zur Welt bringen. Nicht in diese Welt.«

»Du weißt nicht, ob dein Mann tot ist. Er kann in Gefangenschaft sein.«

»Er ist tot. Alle sind tot. Und er soll lieber tot sein als bei den Russen. Sie sollten uns beschützen, sie haben uns verlassen. Sie haben uns verraten. Sie sollen alle tot sein.«

Kurz darauf brachte Renkow Jochen und Elsgard zum Tor.

»Sie redet den ganzen Tag davon. Sie redet immer dasselbe. Ihr Geist ist verwirrt.«

»Es klang eigentlich ganz klar, was sie sprach«, sagte Els. »Ist ihr Mann gefallen?«

»Das weiß sie nicht. Sie muß aus gutem Stall sein, das hört man ja, wie sie spricht. Sie kommt von einem Gut aus Ostpreußen. Nein, sie hat von ihrem Mann nichts gehört. Er war bei Stalingrad. Also ist er wohl gefallen oder in Gefangenschaft. Sie fühlt sich verlassen und verraten, ihr habt es gehört. Die Männer sind da, um die Frauen zu beschützen. Das ist in diesem Krieg nicht so, das war niemals so. Vielleicht galt es gerade im vorigen Jahrhundert. Solange es Krieg auf dieser Erde gibt, und es gab ihn immer, wurden die Männer von den Siegern getötet, die Frauen vergewaltigt, die Kinder ins Feuer geworfen. Schau mich nicht so entsetzt an, Els. Du hast doch genug Geschichte gelernt. Ich bin noch im Geist des neunzehnten Jahrhunderts erzogen, kann sein, da war es ein wenig besser. Und das zwanzigste? Es ist schlimmer als alles zuvor. Diesmal machen sie es mit Bomben aus der Luft. Beschützen? Nun kannst du keine Frau, kein Kind mehr beschützen. Wißt ihr, wie es in den Städten aussieht? Ich war in Berlin. Ich war in Hamburg. Sie hat schon recht. Frauen und Kinder kann keiner mehr beschützen. Jetzt werden sie durch Bomben getötet.«

»Daß du noch so herumreisen magst«, sagte Elsgard schüchtern.

»Ich muß es wissen. Falls noch ein Mensch am Leben bleibt, muß er wissen, was geschah. Was geschah, was geschieht, im zwanzigsten Jahrhundert nach Christi Geburt. Bomben! Sie haben immer Krieg geführt, sie haben sich immer getötet. Aber Bomben, die vom Himmel fallen? Das ist das Schlimmste, was es je gab. Kein ehrlicher Kampf. Niederträchtiger Mord. Es zeigt, was aus der Menschheit geworden ist.«

Sie standen am Tor, es war kalt an diesem Abend, der Himmel voll von Sternen.

Max von Renkow legte den Kopf zurück.

»Ein schöner Abend, nicht wahr? Sieh die Sterne, Els! Fern und erbarmungslos. Dieselben Sterne, als Caesar nach Gallien zog, dieselben Sterne, als die Franzosen ihre Mitbürger köpften. Wenn es sie etwas anginge, müßten sie über uns lachen, die Sterne. Aber es geht sie nichts an.«

»Was wirst du tun?« fragte Elsgard.

»Ich bleibe hier. Wenn die Russen kommen, können sie mich auch erschlagen. Wo soll ich hin, Els? Meine Söhne sind tot.«

»Und Inga?«

»Inga ist in Berlin. Vielleicht auch schon tot.«

»Und die da drin?«

»Sie wollen weiterziehen. Nach Westen, nur nach Westen. Sie wollen überall sonst sein, nur nicht hier, wenn die Russen kommen.«

»Nach Westen«, wiederholte Elsgard nachdenklich. »Da ist doch auch Krieg.«

»Überall ist Krieg.«

»Und wie sollen die Frauen das machen? Im Schnee.«

Max von Renkow blickte über den gefrorenen See.

»Mein Kind, ich weiß es nicht. Es sind Versprengte. Sie haben auf irgendeine Weise den Anschluß an ihren Treck verloren. Die eine, die jüngste, die hinten in der Ecke saß und überhaupt nicht redete, die ist ganz allein losgezogen. Auf ihrem Pferd. Bis das Pferd unter ihr zusammenbrach und am Wegrand verreckte. Und dann ist sie eine Weile planlos durch die Gegend geirrt. Sie würde am liebsten bleiben, sagt sie. Aber sie hat Angst vor den Russen.«

»Die Russen! Die Russen!« sagte Elsgard ärgerlich. »Man hört überhaupt nichts anderes mehr. Vielleicht kommen sie gar nicht. Unsere Soldaten kämpfen ja schließlich noch. Und im Radio reden sie doch immer von den großartigen Waffen, die sie haben.«

»Stimmt genau. Davon reden sie. Jetzt macht, daß ihr nach Hause kommt, es ist dunkel im Wald, und der Schnee liegt hoch.«

Er beugte sich, er war sehr groß, und küßte Elsgard auf die Schläfe. »Ich könnte sagen, Gott schütze dich. Aber das hilft wohl auch nicht mehr. Gott hat uns auch verlassen und verraten.«

»Das darfst du nicht sagen«, sagte Elsgard erschreckt. Dann dachte sie an ihren Sohn. »Doch, du hast recht. Er hat uns verlassen und verraten.«

»Wirst du den Weg auch nicht verfehlen, Jochen?«

»Ich kenn mich aus, auch in der Dunkelheit.«

»Wer ist bei euch auf dem Hof?«

»Wali, der Ukrainer. Er ist zuverlässig.«

»Ja, ich kenne ihn. Also tschüs denn. Bleibt übrig. Das sagen sie in Berlin, habe ich gelernt.«

Jochen steht vor der Stalltür, es ist dunkel, die Laterne hat er gelöscht. In dem Stall nebenan ist es still. Wo mögen sie sein, der Ukrainer und der Hengst? Wovon ernähren sie sich?

Es ist totenstill. Keine Sterne, der Himmel ist schwer und dunkel, es wird regnen, wenn nicht gar schneien. Ein merkwürdiges Wetter für Mai. Ein passendes Wetter. Warum sollen Sterne am Himmel stehen, warum soll die Sonne scheinen, wenn die Welt untergeht.

Wir sind hier auf einer einsamen Insel, denkt Jochen. Wir wissen überhaupt nicht, was geschieht, was geschehen ist. Aber nun waren die ersten Russen bei uns. Und ich muß zum Gut, ich muß wissen, ob Renkow lebt. Wenigstens er, wenn schon alle anderen tot sind.

Den Hengst hatte Friedrich von Renkow auf den Hof gebracht.

»Ein schöner Bursche, sieh ihn dir an. Mein Vater will ihn legen lassen, wir haben schließlich einen guten Hengst.«

Es war im Frühjahr '41, Jochen hatte unbegrenzten Heimaturlaub, Personal gab es noch ausreichend auf dem Hof.

Friedrich hielt den Schwarzbraunen am Zügel, der stand ganz brav, verwirrt von der neuen Umgebung, von den Menschen, die ihn umstanden.

»Er heißt Widukind«, sagte Friedrich.

»Oh!« rief Elsgard. »Wie dieser Sachsenfürst, der Karl dem Großen so lange widerstand.«

Friedrich lächelte ihr zu. »Du hast beim Geschichtsunterricht gut aufgepaßt, Els. Es war übrigens die Idee von Alexander, den Hengst so zu nennen. Er meint, wir brauchen in diesem Land unbedingt mal wieder einen, der sich gegen die Obrigkeit auflehnt. Ich kann allerdings nicht finden, daß sich Hitler mit Karl dem Großen vergleichen läßt.«

Jochen stand und betrachtete den Hengst.

»Er ist wirklich wunderschön«, sagte er andächtig.

»Ich könnte ihn reiten«, schrie Els begeistert.

»Oder ich«, überschrie sie Heiner, damals vierzehn.

»Er ist noch nicht einmal angeritten«, bremste Friedrich ihre Begeisterung. »Wenn ich bleiben könnte, würde ich das selber machen.«

»Mußt du denn wieder fort? Ich denke, der Krieg ist vorbei.«

»Da denkst du falsch, kleine Schwester. Ich gehe jetzt nach Afrika.

Das hatte sie sprachlos gemacht. Was hatte ein Mecklenburger Gutsbesitzer in Afrika verloren?

In dieser Nacht, allein vor dem Stall, in dem kein Hengst

mehr steht, denkt Jochen an Friedrichs letzten Besuch, das war im Oktober '42. Jochen war das erstemal verwundet worden, nicht weiter schlimm, und hatte Heimaturlaub für zwei Wochen.

Friedrich kam vom Gut herübergeritten, saß bei ihnen am Tisch, sah aus wie immer in seinen grauen Reithosen und dem karierten Jackett, trank einen Korn, zog die Jacke aus.

»Schön kühl habt ihr es hier. In Afrika ist es so heiß. Gräßlich. Kaum zu ertragen.«

»Ist aber doch besser als Rußland«, sagte Elsgard. »So viele Soldaten haben sich die Hände und Füße erfroren im letzten Winter. Ist doch besser, du schwitzt ein wenig.«

»Du hast recht wie immer, Els. Was mich betrifft, möchte ich weder da noch dort sein. Soll'n sich doch die Italiener allein in Afrika rumprügeln. Ohne Rommel wären wir sowieso schon längst im Eimer. Immerhin bin ich jetzt Hauptmann. Wenn der Krieg noch lange dauert, werde ich General.«

»Dauert er denn noch lange, Fritz?«

Daraufhin seufzte Friedrich von Renkow, zündete sich eine Zigarette an und sagte: »Gib mir noch einen Schnaps.« Er trank, setzte das Glas ab. »Er dauert so lange, wie wir uns das gefallen lassen.«

»Wie meinst du das?« fragte Els.

»Ja, wie meine ich das wohl, kleine Schwester. Wir müßten einen Aufstand machen. Eine Revolution.«

»Eine Revolution? Warum?«

»Um den Krieg zu beenden. Dazu müßte man die Regierung stürzen.«

»Wie du redest!« sagte Els entsetzt.

»Das machen die Deutschen nicht«, sagte Jochen.

»Da hast du recht, Jochen. Das machen die Deutschen nicht. Sie haben es 1918 gemacht, als es zu spät war. Und später haben sie sich sehr dafür geschämt. Diesmal? Vermutlich nicht, diesmal geht es bis zum bitteren Ende.«

»Aber wir siegen doch immerzu«, sagte Els.

Sie hatten immerzu gesiegt. Das stand in der Zeitung, das verkündeten die Fanfaren im Radio, das bejubelte der Führer dieses Reiches in seinen Reden.

Friedrich von Renkow sah es anders. Mit dem Siegen war es vorbei, und daß dieser Krieg verloren sein würde, genau wie der letzte, darüber waren sie sich von vornherein klar gewesen, er, sein Vater, sein Bruder Alexander.

Sein Schwager allerdings war anderer Meinung. Er gehörte zur Elite der Nazis, verehrte Adolf Hitler und war überzeugt davon, daß Deutschland den Krieg gewinnen würde.

»Du mit deiner Skepsis! Polen, Norwegen, Frankreich, alles in einem Rutsch. Hat es so etwas schon gegeben?«

»Ja, und jetzt machen wir einen Rutsch nach Rußland hinein. Mal sehen, wie weit wir da rutschen werden. Man braucht bloß mal an Napoleon zu denken, dann ...«

»Das mußte ja kommen. Alle reden jetzt von Napoleon. Das ist immerhin hundert Jahre her.«

»Sogar schon ein bißchen länger.«

»Eben. Und hatte Napoleon vielleicht Panzer, eh? Oder Flugzeuge, wie? Stukas etwa auch? Und hatte er deutsche Soldaten?«

»Soviel ich weiß, hatte er die auch dabei. Apropos – wann willst du dich eigentlich an der Rutscherei beteiligen? Nur mit der großen Klappe?«

Diese Worte trugen ihm einen giftigen Blick seines Schwagers Berthold ein, der einen ruhigen Posten beim Sicherheitshauptamt in Berlin besetzt hielt.

Das war im Sommer '41, der Feldzug gegen Rußland hatte gerade begonnen, und manche dachten, bei weitem nicht alle, es würde so weitergehen mit der Siegerei.

Alexander, Friedrichs jüngster Bruder, war mit auf diesem Marsch, und Friedrich sagte zu seinem Vater: »Wir werden ihn nicht wiedersehen.«

Der alte Renkow nickte. Er war der gleichen Meinung wie sein Sohn, was den Fortgang und den Ausgang dieses Krieges betraf, und der Blick, den er seinem Schwiegersohn zuwarf, war nicht giftig, sondern voller Haß. Er liebte seine schöne, zarte Tochter von Herzen und konnte nicht verwinden, daß sie diesen widerlichen Kerl geheiratet hatte. Max von Renkow konnte diesen Mann von Anfang an nicht leiden, obwohl er ein großer Blonder mit markanten Zügen war, ein Bild von einem deutschen Mann.

Inga kannte nichts von der Welt, die Männer, die sie kannte, waren wie ihr Vater, wie ihre Brüder. Sie war auf dem Gut aufgewachsen, zusammen mit Elsgard von einem Hauslehrer unterrichtet worden und kam mit vierzehn in ein Mädchenpensionat nach Rostock, wo sie das Lyzeum besuchte.

Eine Freundin aus dem Pensionat, die schon verheiratet war und in Berlin lebte, hatte sie eingeladen. Ihr Bruder Alexander hatte sie nach Berlin gebracht, bei der Freundin und deren Mann abgeliefert und war weitergereist nach London, denn England gehörte seine große Liebe.

Und dann kam Inga zurück, ein paar Wochen später, und hatte sich verliebt. Sie schwärmte von Berlin, was für eine wunderbare Stadt das sei und wie nett die Leute dort wären, sie war im Theater, in der Oper gewesen, nachmittags bei Kranzler und abends in vornehmen Restaurants.

»Ich kann gar nicht mehr verstehen, wie man es hier auf dem Land aushalten kann«, sagte sie und blickte mißbilligend von der schlichten Veranda des Guts in das Mecklenburger Land hinaus.

»So«, sagte ihr Vater.

»Man kann sich so gut unterhalten, weißt du. Die Berliner sind ganz anders als die Leute hier.«

»So«, wiederholte der Alte.

»Ich möchte gern in Berlin leben.«

»Aha«, machte ihr Vater. »Und dein Pferd? Und dein Hund?«

»Mein Gott, Vater, einen Hund kann man in Berlin auch haben. Rosmarie hat sogar zwei, sie haben einen wunderschönen Garten an ihrem Haus. Und reiten kannst du überhaupt großartig. Im Tiergarten oder im Grunewald.« Und triumphierend: »Ich bin da geritten.«

»Aha! Mit wem? Mit Rosmarie?«

»Nein, die kann nicht reiten. Mit einem Freund von Albert.«

Albert war Rosmaries Mann.

»Du hattest doch gar keinen Dress dabei.«

»Den hat er mir besorgt.«
»Wer?«
»Na, der Freund von Albert. Er heißt Berthold Schwarz. Ist das nicht ulkig? Wie der, der das Schießpulver erfunden hat.«

Ein Jahr später war sie verheiratet, lebte in diesem großartigen Berlin, und als der Mann aus Österreich die Macht ergriff, wie sie das nannten, machte ihr Mann, dieser Berthold Schwarz, obwohl er das Pulver nicht erfunden hatte, sehr schnell eine große Karriere, denn er war ein alter Kämpfer, ein Parteigenosse mit dem goldenen Parteiabzeichen, und Inga Schwarz, die geborene von Renkow aus Mecklenburg, führte ein glanzvolles Leben, besuchte Premieren, wurde bei großen Festen eingeladen, lernte den Führer kennen und die Größen des Dritten Reiches und hatte alles in allem an nichts etwas auszusetzen. Ihr Mann war treu und zuverlässig, er liebte sie und wurde ein guter Vater für die drei Kinder, die sie bekam. Eine glückliche Familie, ein erfolgreicher Mann in einem gutgeleiteten Staat.

So sah es Inga Schwarz.

Sie fiel aus allen Wolken, als der Krieg begann. Es war nach der Ernte, sie war auf dem Gut und hatte ihren jüngsten Sohn dabei, er war gerade ein Jahr.

»Wir haben Krieg? Aber warum denn?«

»Frag nicht mich«, sagte ihr Vater. »Frag deinen Mann.«

»Ich weiß bestimmt, daß Berthold gegen Krieg ist. Sein Vater ist schließlich gefallen. Und überhaupt! Der Führer will auch keinen Krieg. Er hat immer gesagt ...«

»Geschenkt!« knurrte der Alte. »Wir wissen alle auswendig, was er immer gesagt hat. Ein Glück, daß deine Jungen noch so klein sind.«

»Es wird bestimmt nicht lange dauern.«

Ihr Vater blickte sie eine Weile schweigend an.

»Ich habe nicht gewußt, daß du soo dumm bist«, sagte er dann.

Jetzt an diesem Maimorgen auf dem See, seine unbewegliche Fläche schimmert silbern, es wird langsam hell, denkt Jochen an Inga.

Sie war für ihn immer der Inbegriff von Schönheit und Vornehmheit gewesen, in ihrer Gegenwart wagte er kaum den Mund aufzumachen. Was er über sie weiß, hat er von Elsgard erfahren, für die Inga wie eine Schwester ist. Obwohl Elsgard nur die Tochter des Inspektors war, hatte man sie auf dem Gut wie ein Mitglied der Familie behandelt. Es gab da eine schicksalhafte Verbindung. Elsgards Mutter war bei der Geburt ihrer Tochter gestorben, und Tanja von Renkow starb bei der Geburt ihrer Tochter Inga, das war ein Jahr später.

Ob Inga noch lebt, denkt Jochen. Die Russen sind in Berlin, sie kämpfen dort, Straße für Straße, und vorher diese Luftangriffe, Berlin soll nur noch ein Trümmerhaufen sein. Warum ist Inga nicht mit den Kindern nach Hause gekommen?

Keiner ist in den letzten Monaten ostwärts gereist, das weiß Jochen auch. Nicht so wie vor zwei, drei Jahren, als die evakuierten Kinder aus dem Rheinland, aus Hamburg zu ihnen gekommen waren, mit ihren Müttern, mit ihren Lehrerinnen, auf der Flucht vor den Bomben. In den Dörfern und Städtchen drumherum war man nicht gerade begeistert über die Einquartierung. Nun, in den letzten Wochen und Monaten sind die Flüchtlinge aus dem Osten gekommen, aus dem Sudetenland, aus Schlesien, aus Ostpreußen. Aber jetzt wollen sie alle weg. Nach Westen, nur nach Westen.

Jochen kneift die Augen zusammen, es wird auf einmal sehr hell, die Sonne wird scheinen an diesem Tag, nicht Regen oder Schnee, wie er erwartet hat. Er hat noch nichts gefangen, er muß die Angel noch einmal auswerfen. Und er wird, das nimmt er sich vor, so bald wie möglich zum Gut gehen. Auf dem schmalen Pfad durch den Wald.

Es gibt auch eine richtige Straße, aber da müßte er fast bis zum Dorf und dann in einem ziemlich großen Bogen zum Gut. Die Pferde kann er nicht anspannen, und mit dem Rad ist es auch zu weit. Der Pfad durch den Wald geht gerade bis zu den südlichen Koppeln der Renkows, bis dahin ist es eine halbe Stunde zu Fuß. Elsgard kann ja mitkommen, falls sie nicht allein zu Hause bleiben will. Soll sie ja auch nicht. Allerdings sind die Tiere allein. Aber er muß wissen, was auf dem Gut passiert ist, ob Max von Renkow noch lebt, ob er Nachricht von Inga hat.

Er lebt nicht mehr. Jochen weiß, daß er nicht mehr lebt. Er kann sich den Weg sparen.

Und wir werden morgen auch nicht mehr leben.

Er sitzt erstarrt, die Angel in der Hand, die er aus dem Wasser gezogen hat, und ist von tiefer Verzweiflung erfüllt. Es ist alles vorbei, es ist alles zu Ende. Warum hat ihn die Granate nicht getötet, dann brauchte er dieses Elend nicht zu erleben. Er muß es nicht erleben. Er wird das Gewehr ausgraben, wird Els und sich erschießen. Die Kinder leben nicht mehr, was hat er noch auf dieser Welt verloren.

Das ist ein Gedanke, der nie und nimmer in sein Vorstellungsvermögen gepaßt hatte, der Gedanke an Selbstmord. Und es ist eine Ironie des Schicksals, daß er jetzt, gerade jetzt in diesem Augenblick, sich einem Selbstmörder gegenübersieht.

Er legt die Angel auf den Grund des Bootes, er hat keinen Fisch gefangen, er braucht keinen Fisch mehr.

Die Tote im See

DIE SONNE STEIGT ÜBER dem Wald auf, er wendet geblendet den Kopf zur Seite, und da sieht er etwas Blaues im Schilf. Es sieht aus wie ein Ballon, der da schwimmt, sich sacht im Wasser bewegt. Er greift nach dem Holz, treibt das Boot langsam uferwärts, dann wird das Wasser flach, das Boot bleibt im Schilf stecken.

Und dann packt ihn Entsetzen, ein anderes Entsetzen diesmal.

Karolinchen!

Da liegt ein Mensch im Wasser.

Karolinchen kann es nicht sein, sie ist auf dem Eis eingebrochen und ertrunken, das ist acht Jahre her. Sie trug ein blaues Mäntelchen. Darum fiel es ihm ein.

Er stakt langsam heran. Eine tote Frau. Das blaue Kleid,

das sie trägt, hat sich im Wasser aufgebläht wie ein Segel. Der Kopf mit langen dunklen Haaren liegt zurückgebogen auf einem Kissen von Schilf.

Wie lange liegt sie da? Sie ist ertrunken. Sie sieht nicht aus wie eine Ertrunkene, und ihr Kopf ist nicht im Wasser.

Ist sie wirklich tot? Sie liegt da wie in tiefem Schlaf. Er greift mit der Hand über den Bootsrand nach ihrem Gesicht. Kalt. Sie muß tot sein. Er weiß nicht, was er tun soll. Wenn er das Boot hier im seichten Wasser steckenläßt, kann er an Land waten und sie herausziehen.

Und was macht er dann? Eine tote Frau, was soll er mit ihr tun? Irgend etwas muß er tun. Muß er nicht. Eine tote Frau mehr oder weniger in dieser Zeit spielt keine Rolle. Aber er hat sie gesehen, er hat sie berührt, er muß sie an Land bringen, er kann sie nicht einfach hier im Wasser liegenlassen.

Er klettert aus dem Boot, watet ins Wasser, es ist mühsam, mit einem Arm einen leblosen Körper aus dem Wasser zu ziehen. Er wird naß bis zu den Hüften, und nun gerät auch ihr Kopf unter Wasser, aber als er sie schließlich auf dem Trockenen hat, hört er ein Stöhnen, und sie macht die Augen auf. Nur für eine Sekunde, dann fällt ihr Kopf zur Seite, sie ist wieder bewußtlos oder nun wirklich tot. Er legt den Finger an ihre Halsschlagader, er spürt nichts.

Und was nun? Er kann sie keinesfalls ins Haus transportieren, er muß Els holen, sie wird inzwischen aufgestanden sein.

So schnell er kann, läuft er zurück, vergißt ganz, sich umzuschauen, ob irgendeine Gefahr droht.

Els steht unter der Tür, die Katze auf dem Arm.

»Wo bist du denn?« fragt sie angstvoll.

Er berichtet hastig, und dann läuft Els mit ihm zum See. Die Frau liegt so, wie er sie liegenließ, regungslos, leblos. Das nasse blaue Gewand ist nicht mehr gebläht, es ist zusammengesunken, bedeckt die Gestalt bis zu den Füßen.

Els sagt dann auch als erstes: »Was hat die denn da an? Das sieht aus wie ... wie ...«

»Was meinst du?«

»Wie ein Abendkleid. Oder ...« Sie kniet nieder, beugt sich

über das Gesicht der Frau. Ein leiser Wind kommt vom See her, bewegt das Schilf, es wirft Schatten über das blasse Gesicht am Boden, es sieht auf einmal nicht mehr so leblos aus.

Els legt ihre Hand auf die Brust der Frau, legt dann ihr Ohr auf die Brust, lauscht, ob sie einen Herzschlag hört, faßt dann nach dem Puls.

»Es ist nichts zu hören«, sagt sie aufgeregt. »Du denkst, sie ist nicht tot?«

»Ich weiß es nicht.«

»Aber wenn sie doch hier im Wasser gelegen hat.«

»Komm, ich zeig dir, wo.«

Els steht auf, er hebt die Hand, beschreibt die Stelle, wo die Frau lag, wie sie da lag.

Das Boot ist dort an der Stelle, es bewegt sich nicht, der Kiel steckt im Sand.

»Und du hast nicht gesehn, wie sie da hinkam?«

»Nein, ich sage dir doch, ich bin von dort gekommen und dann ...«

Er beschreibt genau, was sich abgespielt hat, von wo er kam, wie er sie gesehen hat, wie das Kleid sich über dem Wasser blähte, wo ihr Kopf lag.

»Sie kann doch nicht die ganze Nacht dort gelegen haben. Das gibt es doch nicht. Es war so kalt. Sie hat die Augen aufgemacht, sagst du?«

»Eine Sekunde. Eine halbe Sekunde.«

Ein Flug Enten steigt plötzlich aus dem Schilf auf, streicht über den See ab, sie erschrecken beide, jetzt sieht sich Jochen in der Gegend um. Nichts. Leer die Wiese, keine Bewegung am Waldrand.

»Wenn sie tot ist, können wir sie hier liegenlassen.«

»Können wir nicht. Die Tiere aus dem Wald werden über sie herfallen.«

»Sollen wir sie vielleicht begraben?« fragt Els. »Wie stellst du dir das vor? Wie unseren Mutz?« Sie steht, legt die Hand über die Augen, denn die tiefstehende Sonne blendet sie. »Er fehlt mir so«, fügt sie hinzu.

»Im ersten Moment«, sagt er, »bekam ich einen Schreck. Als ich das Blau sah. Ich mußte an Karolinchen denken.«

Els wirft ihm einen kurzen Blick zu, schiebt ärgerlich die Unterlippe vor.

»Davon wird nicht geredet«, bescheidet sie ihn. »Also gut, dann bringen wir sie vom See weg, legen sie in die Sonne. Da wird sich dann finden, ob sie lebt oder nicht.«

»Wir nehmen sie mit«, entscheidet Jochen.

»Und wie machen wir das? O doch, ich weiß. Ich hole die Schubkarre.« Sie läuft schon, sie hat einen kurzen Rock an und die schmutzige dunkle Jacke, die sie jetzt immer trägt, wenn sie aus dem Haus kommt. Sie ist schlank und zierlich, und wie sie da über die Wiese rennt, sieht sie aus wie ein junges Mädchen. Wie das Mädchen, in das er sich damals verliebte, er war zweiundzwanzig und sie gerade sechzehn.

Er kannte sie, wie alle Leute vom Gut, seit seiner Kindheit, die kleine Els, die er kaum beachtet hatte, und nun war sie auf einmal kein Kind mehr. Er sah sie mit anderen Augen, aber eigentlich war sie es, die sich in ihn verliebte. Oder jedenfalls zeigte, daß er ihr gefiel. Einmal kam sie mit Alexander zum Luminhof geritten, und dann mit Inga, als die Ferien hatte. Und dann kam sie auch allein, auf dem Pfad durch den Wald.

»Ich muß Ilka bewegen, sie hatte eine schwere Kolik. Der Doktor sagt, sie muß jeden Tag im Schritt rausgehn. Hier, halt mal!«

Sie gab ihm die Zügel in die Hand, sprang vom Pferd und ging dann ins Haus, setzte sich zu seiner Mutter in die Küche.

Es war ein Sonntag, Anfang Oktober. Es war 1923, das Jahr der Inflation, auf dem Gut hatten sie große Sorgen, und Jochen konnte sich keine Taglöhner mehr leisten, er und seine Mutter schufteten bis zum Umfallen.

Elsgard sah hübsch und gepflegt aus, trotzdem sagte seine Mutter, nachdem sie wieder allein waren: »Die arme Deern! Keine Mutter, und dann ist der Vater auch noch gefallen.«

Elsgards Vater war nicht gefallen, er war kurz vor Kriegsende an der Ruhr gestorben, irgendwo in den Vogesen. Er war der Inspektor auf dem Gut gewesen, stammte aber nicht aus Mecklenburg, er kam aus Schleswig, seine Frau war Dänin.

»Sie sieht ihrer Mutter sehr ähnlich. Kannst du dich an die noch erinnern?« Und als Jochen den Kopf schüttelte: »Eine hübsche Frau. Und immer so fröhlich. Sie sprach so ein ulkiges Deutsch. So, als hätte sie eine Kartoffel im Mund. Der Kröger ging dann weg nach ihrem Tod. War ihm wohl sehr nahegegangen. Das Kind wollte er gar nicht ansehen. Ist ja manchmal so, daß Männer dem Kind die Schuld geben, wenn eine Frau bei der Geburt stirbt. Aber Frau von Renkow bestimmte, daß man sich um das kleine Mädchen kümmerte, als gehöre es zur Familie. Und man soll's nicht glauben, dann stirbt auch sie ein Jahr später. Zwei Söhne hatte sie geboren, und alles war gutgegangen. Ach ja, und dazwischen hatte sie mal eine Fehlgeburt. Und nun hatten sie zwei mutterlose kleine Mädchen auf dem Gut. Was hätten sie bloß ohne Olga gemacht. Eines Tages kam dann der Kröger zurück. Herr von Renkow nahm ihn wieder, ohne Vorwurf, ohne Geschrei, der Kröger war ein guter Mann. Und nun hatte er auch seine kleine Tochter lieb. Jetzt ist er tot. Wie unser Vater auch. So ist das mit dem Krieg nun mal.« Schicksalsergeben, geduldig hatte Jochens Mutter das gesagt. So ist das mit dem Krieg nun mal.

Sie hat es als Schicksal hingenommen, damals. Und wir haben genau dasselbe getan, diesmal. Warum wehren sich Menschen eigentlich nicht? Und wenn heute die Russen wiederkommen und meinen Hof anzünden, nehmen wir es auch hin. Warum sind wir eigentlich so?

Jochen hat sich auf die Wiese gesetzt, neben die tote oder halbtote Frau, während er auf Els wartet. Das Gras ist noch naß, aber er ist sowieso naß aus dem Wasser gekommen. Es ist immer noch kalt, obwohl die Sonne, die Maisonne, versucht, ihn zu wärmen.

Seltsam, daß er jetzt an seine Mutter denkt. Nein, gar nicht seltsam. Seine Mutter und Els waren die wichtigsten Menschen in seinem Leben. Kein Vater, keine Geschwister, nur immer Arbeit von früh bis spät. Und dann kam dieses junge, heitere Mädchen in sein Leben, zeigte ganz unverhohlen, daß sie ihn leiden mochte. Elsgard Kröger vom Gut. Sie war viel klüger als er, hatte viel gelernt. Er war gerade vier Jahre in die einklassige Dorfschule gegangen, später einige

Male im Winter für ein paar Wochen. Ein Hof, auf dem der Bauer fehlte, konnte einen Jungen nicht lange entbehren. Sie konnten sich damals in der schlechten Zeit kaum Arbeitskräfte leisten, Herr von Renkow schickte ihnen immer zur Ernte ein paar Leute zur Hilfe.

Einmal kamen Elsgard und Alexander zu Weihnachten mit dem Schlitten vom Gut zu Besuch, es war kalt, und es lag hoher Schnee.

»Els will dich unbedingt besuchen, Jochen. Sie hat Handschuhe für dich gestrickt und eine warme Mütze, die will sie dir bringen. Ich möchte wissen, was sie an dir findet.«

Elsgard wurde zwar rot, doch sie lachte. Sie war nicht sehr verlegen, und gelacht hatte sie immer gern.

»Möchtste gern wissen, was?«

Sie hatte auch für seine Mutter ein Geschenk mitgebracht, ein Medaillon an einem goldenen Kettchen.

»Es gehörte meiner Mutter«, sagte sie.

»Nein, nein«, wehrte sich Jochens Mutter. »Das kann ich doch nicht annehmen. Nein, auf keinen Fall.«

»Aber bitte! Ich hab noch mehr solche Sachen. Und ich möchte dir so gern eine Freude machen, Mutter Lumin.«

Anna Lumin war verwirrt. Ihr Blick ging zwischen ihrem Sohn und dem blonden Mädchen hin und her. Sie hatte bereits begriffen, was sich da anbahnte.

»Dann sage ich denn auch dankeschön. Und wenn ich tot bin, bekommst du es wieder, Els.«

Sie war vor zehn Jahren gestorben, müde und verbraucht nach einem Leben voller Arbeit. Doch die Zeit, nachdem Jochen und Elsgard geheiratet hatten, war die schönste Zeit ihres Lebens gewesen.

Eine junge fröhliche Frau im Haus, mit der sie sich gut verstand. Dann die beiden Kinder, erst ein Sohn, später eine Tochter. Daß Karolinchen auf dem See einbrach und ertrank, mußte Anna Lumin nicht mehr erleben.

Jochen sieht Els über die Wiese kommen mit der Schubkarre. Ihr Haar ist unbedeckt, ihr Gesicht nicht verschmiert. Hat sie eigentlich die Russen vergessen?

»Wir müssen schnell machen«, sagt sie atemlos. »Die Kühe sind unruhig. Ich muß melken.«

Gemeinsam heben sie die Frau in dem langen blauen Kleid auf die Schubkarre und schieben sie über die Wiese zum Hof. Gerade als sie dort ankommen, macht die Tote zum zweitenmal die Augen auf, große tiefblaue Augen. So blau wie das seltsame Kleid, das sie trägt. Sie fährt mit der Hand über ihre Brust, an der Hüfte entlang.

»Ich bin ja ganz naß«, flüstert sie.

Und dann scheint sie sich zu erinnern. Sie versucht, sich aufzurichten. Els beugt sich zu ihr, hilft ihr.

Die Fremde schaut sich um. »Bin ich denn nicht tot?« fragt sie erstaunt.

»Nein«, sagt Els. »Kommt mir nicht so vor. Aber naß sind Sie schon. Wollen Sie mal versuchen aufzustehen?«

Das ist nicht so leicht, sie befindet sich in halb liegender, halb sitzender Stellung in der Schubkarre, aber die holprige Fahrt, die aufsteigende Sonne haben sie wohl ins Leben zurückgebracht.

Jochen und Els stützen sie, und dann steht sie wirklich auf wackligen Beinen, knickt ein, Jochen hält sie fest.

Sie blickt nach rechts und nach links, dann hinauf zum Himmel, an dem sich ein sanftes, helles Blau ausbreitet.

»Das ist ja fürchterlich«, sagt sie. »Ich wollte doch sterben.« Sie sieht Els an. »Sie ... Sie haben mich gerettet?«

»Mein Mann hat Sie im Wasser gefunden. Da drüben in dem See.«

»Im See?«

»Nahe am Ufer.«

»Ich bin nicht weit genug hineingegangen. Es war so kalt. Und dann bin ich wohl eingeschlafen. Ich habe Veronal genommen. Ich müßte eigentlich tot sein. Wo bin ich denn eigentlich?«

Sie hat eine klangvolle, ziemlich tiefe Stimme, die Augen hat sie weit geöffnet, sie ist noch nicht ganz da und versteht nicht, was mit ihr geschieht.

Im selben Augenblick hören sie einen Schuß, dann noch einen. Nicht sehr weit entfernt.

Els blickt wild um sich, ergreift dann die Hand der Fremden.

»Los! Wir bringen Sie hinein.«

»Wo bin ich denn?« fragt sie noch einmal, klagend, fast singend.

»Später. Erst müssen Sie die nassen Sachen vom Leib kriegen. Und wir ...« Ihr Blick hängt am Waldrand, woher die Schüsse kamen, auch Jochen späht hinüber. Zu sehen ist nichts. Aus dem Stall brüllen die Kühe.

»Ich muß in den Stall«, sagt Els. »Kommen Sie!«

Rechts und links fassen sie die Frau und schleppen sie ins Haus.

»Setz Wasser auf, Jochen. Sie muß etwas Heißes trinken. Einen Kräutertee.«

»Kaffee wäre besser, wenn sie etwas eingenommen hat«, sagt Jochen. Es soll ein Scherz sein, aber er selber hätte auch großen Appetit auf eine Tasse echten Bohnenkaffee.

Els zieht der Frau das lange blaue Kleid vom Körper, die Schuhe sind auch blau, mit hohen Absätzen. Unter dem Kleid trägt sie ein spitzenbesetztes Seidenhemdchen und ein ebensolches Höschen. Sie hat langgestreckte schlanke Beine, schmale Hüften, aber ...

»So, jetzt sind Sie erst mal das nasse Zeug los. Sie werden sich den Tod holen.«

»Aber das wollte ich ja«, sagt die Frau. Dann sinkt sie auf dem Sofa zusammen, schließt die Augen und ist wieder bewußtlos. Els wickelt sie fest in eine Decke, betrachtet sie eine Weile ratlos.

»Sie wollte sich das Leben nehmen«, sagt sie, als sie zu Jochen in die Küche kommt. »Sie hat das absichtlich getan.«

»Aus Versehen kann man wohl dort nicht ins Wasser geraten.«

»Wie ist sie überhaupt an unseren See gekommen? Und so komisch angezogen. Auch die Schuhe. Wie ist sie damit gelaufen? Wo kommt sie her?«

»Das weiß ich doch nicht.«

»Vielleicht stirbt sie doch noch. Wenn sie Veronal genommen hat ...«

»Was ist das?«

»Und weißt du, was mit ihr los ist? Sie kriegt ein Kind.«

»Sie kriegt ein Kind?«

»Ich habe es gesehen, als ich sie auszog. Weißt du, wo der Tee ist? Ich muß in den Stall.«

»Kaffee haben wir wohl gar nicht mehr?«

»O doch, ein Tütchen habe ich schon. Im Wohnzimmer, im Schrank, hinter der Bibel.«

Jochen muß lachen. »Ein guter Platz. Der ist sicher noch von Herrn von Renkow.«

»I wo, den hat mir Giercke geschenkt.«

»Giercke? Wann hast du den denn getroffen?«

»Ungefähr vor drei Wochen im Dorf. Du weißt ja, daß er mich gut leiden kann. Nimm das mal mit, Elschen, hat er gesagt. Wär doch schade, wenn die Russen das alles einstecken.«

»Das hat er wirklich gesagt?«

»So blöd wie du denkst, ist der nicht. Sicher ist er längst auf und davon. Ich muß jetzt in den Stall. Kaffee kochen kannst du ja gut. Heb mir eine Tasse auf. Und gib ihr zwei Tassen, sie kann das brauchen.«

»Dein Haar«, mahnt er.

Sie bindet sich das Kopftuch um, verhält unter der Tür und lauscht. Nur die Kühe sind zu hören, sonst nichts. Sie hat auch auf einmal gar nicht mehr so viel Angst. Was da heute morgen passiert ist, füllt ihre Gedanken aus. Eine Frau will sich das Leben nehmen. Sie ist schwanger. Veronal. Das sind sehr stark wirkende Schlaftabletten, sie hat das in einem Roman gelesen. Wo bekommt man das?

Erst die Kühe. Dann müssen die Pferde gefüttert werden.

Die Lebende

»ICH MUSS EINE GROSSARTIGE Konstitution haben, wenn ich das alles überlebt habe«, sagt die Gerettete zwei Tage später.

Sie liegt in Heiners Bett, oben in Heiners Zimmer. Bisher

hat keiner in Heiners Zimmer gewohnt, außer Els hat es keiner betreten.

»Das kommt, weil ich gut trainiert bin. Ich habe das goldene Sportabzeichen. Und ich bin eine gute Fechterin. Eine Ausbildung als Tänzerin habe ich auch noch. Schließlich und endlich meine Atemtechnik, das ist die Hauptsache. Hier, schauen Sie mal!« Sie legt die Hand auf den gewölbten Leib, atmet tief ein, hält die Luft eine Weile und läßt sie dann langsam und lange, sehr lange heraus. »Richtig abstützen, das ist das ganze Geheimnis. Ich kann eine Passage von fünf Zeilen bringen, ohne zu atmen. Das hat mir meine Tante beigebracht, als ich noch ein Kind war. Na, und zuletzt Paul, der ist überhaupt ein Meister im Atmen.« Und dann schlägt sie sich mit der geballten Faust kräftig auf den Leib.

Els zuckt zusammen.

»Was glauben Sie, was ich alles unternommen habe, um das Ding loszuwerden. Man sollte es nicht für möglich halten, wie hartnäckig so ein Körper ist, wenn es um die Fortpflanzung geht. Noch eine halbtote Frau kann ein Kind zur Welt bringen. Und durch Haß und Abscheu wird es schon gar nicht vernichtet. Ist es nicht absurd? Millionen von jungen, gesunden Menschen sind in den letzten Jahren getötet worden, und mir gelingt es nicht, diesen verdammten Bastard umzubringen. Aber ich werde ihn zerquetschen wie eine Laus, wenn er je aus mir herauskriecht.«

Els, die auf dem Bettrand sitzt, hört sich das alles mit einer Mischung aus Neugier und Grausen an. Sie muß an die junge Frau denken, die sie im Februar auf dem Gut getroffen haben. *Und wenn ich ein Kind im Bauch trage, das die Russen mir gemacht haben, werde ich es erwürgen, sobald es geboren ist.*

So empfinden Frauen, die man vergewaltigt hat.

Els hat sich so sehr Kinder gewünscht, sie hatte nur zwei bekommen. Beide sind tot.

Sie gab sich die Schuld an Karolinchens Tod. Die Schlittschuhe hatte das kleine Mädchen zu Weihnachten bekommen, und sie bewegte sich bald mit großer Gewandtheit damit. Sie lief auf dem Weiher, der zwischen dem Hof und dem Dorf lag, dort traf sie auch andere Kinder, manche mit selbstgebastelten Schlittschuhen, andere nur auf einem Brett herumrutschend. Karolines Schlittschuhe waren die elegantesten. Elsgard hatte sie aus Schwerin mitgebracht, als sie vor Weihnachten dort zum Einkaufen war. Es genügte ihr nicht, nach Waren zu fahren, es mußte Schwerin sein. Das war noch eine alte Gewohnheit vom Gut her. Max von Renkow war immer mit den Jungen und mit Inga und Elsgard Anfang Dezember zum Einkaufen in die Stadt gefahren. Meist nach Schwerin, manchmal auch bis Rostock und zweimal sogar bis Lübeck. Dort hatten sie dann übernachtet und waren abends ins Theater gegangen.

Es wurde immer reichlich eingekauft, die Kinder hatten rechtzeitig verlauten lassen, was sie sich wünschten, und jeweils mußte derjenige vor dem Laden bleiben, dessen Geschenk gerade besorgt wurde. Doch nicht nur die Familie, auch die Leute vom Gut wurden beschenkt, sie berieten gemeinsam, was der Großknecht, was die Knechte und Mägde bekommen sollten. Zuletzt taten sich die Kinder zusammen, Max von Renkow mußte sich in eine Kneipe setzen, und sie kauften für ihn ein.

In jenem Jahr war Elsgard mit Heiner nach Schwerin gefahren, es ging ihnen endlich ein wenig besser, die Bauern erfuhren viel Unterstützung von der Regierung in Berlin, und an Krieg war noch nicht zu denken. Zusammen mit Heiner suchte sie die Schlittschuhe für Karolinchen aus, und dann setzte sie Heiner, wie sie das gewohnt war, mit ausführlichen Ermahnungen versehen, in das Café neben dem Theater und machte sich auf den Weg, um für ihn den Fotoapparat zu kaufen, den er sich so sehnlich wünschte. Das dauerte eine ganze Weile, sie ließ sich umständlich beraten und erstand schließlich nicht die billigste Kamera, sondern eine gute, ziemlich große, deren Vorzüge der Verkäufer ihr ausführlich erklärte und pries.

Heiner hatte inzwischen die Schokolade und das Stück Torte verdrückt, das seine Mutter für ihn bestellt hatte, und fühlte sich, allein gelassen, etwas unbehaglich. Da betrat doch wirklich Fritz von Renkow zu später Nachmittagsstunde das Lokal, sah den Jungen gleich und setzte sich zu ihm.

»Was machst du denn hier ganz solo? Bist du ausgerückt?«

Heiner wies auf den Karton mit den Schlittschuhen, der neben ihm auf dem Stuhl lag, und berichtete, daß seine Mutter nun für ihn etwas einkaufen sei.

»Was denn?« fragte Fritz.

Heiner grinste. »Weiß ich nicht.«

»Aha. Wie in der guten alten Zeit. Wir taten auch immer so, als ob wir keine Ahnung hätten.«

Heiner bekam noch eine Schokolade und ein zweites Stück Kuchen, und dann kam endlich Elsgard, ziemlich atemlos.

»Wir müssen uns beeilen, sonst kriegen wir den Zug nicht mehr«, war das erste, was sie sagte. »Tach, Fritz.«

»Setz dich hin und trink in Ruhe eine Tasse Kaffee. Ihr könnt dann mit mir fahren.«

»Das is ja schön«, sagte Els und setzte sich aufseufzend.

»Kleine halbe Stunde noch. Ich hab nur noch was zu tun.«

Er hatte zu der Zeit eine Liaison mit einer jungen Sängerin vom Theater, man gab am Abend den ›Wildschütz‹, und sie sang das Gretchen. Da war er schon zweimal drin gewesen, mußte er nicht unbedingt noch mal sehen. Er würde zu ihr in die Garderobe gehen, eine unerwartete Begegnung mit Freunden seines Vaters vorschieben, sich verabschieden und für den nächsten Tag verabreden, da hatte sie spielfrei.

»Wir müssen uns nun wirklich auch ein Auto kaufen«, sagte Els, als sie heimwärts fuhren. »Ich hab das Jochen schon immerzu gesagt.«

»Au ja«, sagte Heiner. »Ein Auto! Das wäre prima.«

»Ich weiß auch schon, wo wir billig eins kriegen. Der Kobehn in Waren hat erst neulich mit mir darüber gesprochen.«

»Sei man vorsichtig, der ist der geborene Betrüger. Nimm lieber mich mit, wenn du ein Auto kaufen willst. Was für eins willst du denn?«

»Weiß ich nicht. So ein großes wie du können wir uns sowieso nicht leisten.«

Fritz fuhr einen großen Ford, der jetzt lautlos und rasch über die dunkle, enge Straße nach Südosten glitt.

»Kann ich mir eigentlich auch nicht leisten. Vater hat ziemlich geschimpft, als ich damit ankam. Aber ich hab nun mal Spaß an so einem flotten Ding. Mein Schwager in Berlin hat den Kopf geschüttelt. Kannst du denn nicht ein deutsches Auto kaufen, hat er gesagt. Er hat natürlich zwei Wagen, für privat einen Mercedes, und dienstlich fährt er einen riesigen Horch, mit Chauffeur.«

»Und Inga fährt auch damit«, sagte Elsgard.

»Du wirst lachen, sie fährt ein Mercedes Cabriolet, gehört ihr; sie hat den Führerschein gemacht.«

»Oh«, staunte Elsgard, und dann kicherte sie plötzlich. »Ist ja komisch.«

»Was? Daß sie einen eigenen Wagen hat?«

»Nee, daß das Führerschein heißt. Als wenn es was mit dem Führer zu tun hätte.«

Fritz lachte. »Wäre ich gar nicht draufgekommen. Aber der hat ja große Pläne, was Autos betrifft. Der Volkswagen, nicht? Haste sicher schon davon gehört. Der wird ganz billig, und dann kann jeder Mensch in Deutschland sich ein Auto leisten.«

»Das wäre schön.«

»Na ja, vielleicht. Mal abwarten, wann es soweit sein wird.«

»Der Führer schafft alles, was er will«, krähte Heiner von hinten.

Das war im Dezember 1937. Die Deutschen waren, bis auf einen unbelehrbaren Teil, höchst zufrieden mit ihrem Führer. Überhaupt nachdem die Olympischen Spiele im vergangenen Jahr ihnen weltweit Anerkennung gebracht hatten. Oder besser gesagt, eben ihrem Führer Adolf Hitler, der sie in wenigen Jahren wieder zu einem angesehenen und leidlich wohlhabenden Volk gemacht hatte. Daß Leute wie Max von Renkow und sein Sohn ihn nicht leiden mochten, darüber konnte man mit einem Achselzucken hinweggehen. Das waren eben Leute von gestern, wenn nicht von vorgestern. Der alte Renkow hatte sich ja auch in all den Jahren nicht mit der Ehe seiner Tochter abgefunden, so zufriedenstellend sie sich entwickelt hatte und wie reizend die Kinder waren, die Inga zur Welt gebracht hatte.

Wenn Max von Renkow sich in Berlin aufhielt, wohnte er niemals in der Villa der Familie Schwarz, obwohl Zimmer genug vorhanden waren und ausreichend Personal ebenso. Er wohnte immer im Hotel, und seine Söhne hielten es genauso. Darüber ärgerte sich Berthold Schwarz, und darüber grämte sich Inga.

»Wirklich, Vater! Ich verstehe dich nicht.«

»Schon gut, mein Kind. Ein hübsches Kleid hast du an. Gehn wir zu Kempinski essen?«

So spielte sich das ab, jedesmal, und Renkow kam oft nach Berlin. Daran mußte Fritz denken, als er an diesem Dezemberabend heimwärts fuhr. Eigentlich gab es wirklich nichts an diesem Berthold auszusetzen, besonders wenn man es von Ingas Seite sehen wollte. Warum nur konnte er den Kerl nicht ausstehen?

»Du warst noch nie in Berlin, Els?«

»Nein. Inga hat mich nicht eingeladen.« Das klang ein wenig gekränkt. »Ich sehe sie nur, wenn sie nach Hause kommt.«

Nach Hause war für Els immer noch das Gut.

»Na, dann müssen wir dich mal mitnehmen.«

Fritz drosselte das Tempo, es hatte angefangen zu schneien, die Sicht war schlecht, und noch schlechter wurde nun die Straße. Denn wenn der Führer auch großartige Autobahnen baute – die ersten Teilstücke waren schon zu befahren –, bis Mecklenburg war der Straßenbau noch nicht gekommen. Hier holperte man durch die Gegend wie vor hundert Jahren.

Das war der Abend des unheilvollen Tages, an dem Elsgard die Schlittschuhe für Karolinchen gekauft hatte.

Und dann rief das Kind eines Nachmittags, daß es jetzt mal ein richtig großes, weites Stück laufen wolle und darum zum großen See gehe.

»Ja, das tu man«, rief Elsgard, die gerade mit Dorte in den Stall wollte. Eins der Schweine benehme sich so merkwürdig, hatte Dorte gesagt. Lieber Himmel, sie würden doch nicht wieder Rotlauf im Stall bekommen? Es war Ende März. Es war nicht mehr so kalt.

Vermutlich hätten sie das Kind nie gefunden, wäre da

nicht das blaue Mäntelchen gewesen, das aus der weißen Fläche ragte. Es hatte sich an einer Ecke des Eises verfangen, ringsum war das Eis zerbrochen von den Kinderhänden, die sich festgekrallt hatten bei dem Versuch, Halt zu finden. Es mußte ein langer Todeskampf gewesen sein, und Elsgard erlebte ihn Tag und Nacht, Jahr auf Jahr, immer wieder mit. War sie verrückt gewesen? Es war ihre Schuld. Sie hatte gar nicht richtig zugehört.

Ich gehe mal zum großen See. Ich will ein weites Stück laufen. Richtig weit.

Es war Ende März. Der große See nicht mehr an allen Stellen fest gefroren.

Dann durfte von Karolinchen nicht mehr gesprochen werden. Kein Wort mehr. Nicht von Jochen, nicht vom Gesinde, auch nicht auf dem Gut.

Und nun ist da diese junge Frau, die ein langes blaues Kleid trug und im Wasser lag. Sie spricht mit Leidenschaft davon, wie sie das Kind töten wird, das sie in sich trägt.

»Ich geb's auf«, sagt sie, denn sie spricht mit großer Offenheit über sich und ihre Sorgen. »Ich habe alles getan, was man in dieser Situation tun kann. Spülungen und Chinin und die verrücktesten Sprünge und Verrenkungen, und schließlich das Veronal und damit ins Wasser. Mitten in der Nacht. Also, ich geb's auf. Ich muß warten, bis es kommt, und dann werde ich dem Ding mit Wonne den Hals umdrehn. Hätte ja sein können, ich treffe mal einen Arzt auf der Flucht. Sie werden lachen, auf dem Schloß, da war sogar einer. Der hat mich angesehen, als sei ich übergeschnappt. Bei den Nazis steht Zuchthaus auf Abtreibung. Als wenn das jetzt noch eine Rolle spielt. Ja, wenn ich Paul noch gehabt hätte, dem wäre sicher was eingefallen.«

Sie sitzt mit ihnen am Tisch. Im Bett habe sie nun lange genug gelegen, sagt sie.

»Anfangs habe ich es ja nicht gewußt. Ich bin so blöd und hab es nicht gemerkt. Die Regelblutung hat manchmal bei mir ausgesetzt, wenn ich schwierige Tanzfiguren geübt habe. Und nach einer Vergewaltigung erschien mir das ganz normal.«

Jochen ist das Gespräch peinlich. Man redet hier nicht so offen über diese Dinge. Aber die Fremde spricht ungeniert über alles und jedes, spricht mit ihrer tiefen, klangvollen Stimme. Sie ist Schauspielerin, das wissen sie inzwischen auch, und sie ist auf einem Gut in Ostpreußen vergewaltigt worden.

»Mein erstes Engagement. Und gleich Königsberg. So ein wundervolles Theater. Ich hab richtige Rollen bekommen. Die Luise. Und die Solveig. Singen kann ich nämlich auch ganz gut. Und wissen Sie, was ich als nächstes gemacht hätte? Die Cordelia. Sie wissen ja, wer die Cordelia ist.«

Trotz allen Unglücks hat die Fremde einen gesegneten Appetit. Von der Hühnersuppe ist nichts mehr da, Brot haben sie nicht, aber Els hat nun doch das Geräucherte hinter den Kohlen hervorgesucht, und Jochen hat Kartoffeln aus der Miete geholt.

Am Abend gibt es Fisch. Jochen war noch einmal auf dem See, er mußte schließlich das Boot wieder flottmachen, und er hat zwei prächtige Barsche gefangen.

»Schmeckt prima«, sagt die Schauspielerin und lächelt Els an. »Auf dem Gut haben wir immer sehr gut gegessen. Die hatten auch schöne Fische in ihren Seen. Ach, und so herrliches Gemüse. Ich esse furchtbar gern Gemüse.«

»Es ist erst Mai«, sagt Els, und es klingt wie eine Entschuldigung. »Wir haben auch gutes Gemüse. Aber jetzt noch nicht.« Und dann fällt ihr ein: »Ich habe irgendwo noch ein paar Kohlköpfe vergraben. Ganz hinten im Keller. Nein, im Gesindehaus. Die hole ich morgen.«

»Warum vergraben Sie denn alles Eßbare?«

»Na, wegen Plünderung und so. Wir wußten ja nicht, was alles passiert.«

»Der Krieg ist aus«, sagt die Schauspielerin. »Aus und verloren. Hitler ist tot. Endlich. Hätte er längst machen sollen.«

»Er ist an der Spitze seiner Truppen in Berlin gefallen«, sagt Jochen feierlich.

»Quatsch. Er hat sich das Leben genommen.«

»Aber im Wehrmachtsbericht hieß es ...«

»Na klar. Das war ja noch während der Kämpfe in Berlin. Was sollten sie denn sagen? Haben Sie denn eigentlich kein Radio?«

»Das haben die Russen mitgenommen.«

»Das waren keine Bolschis. Das waren Marodeure. Die Bolschis sind jetzt Besatzung und brauchen Ihr Radio und Ihre Kohlköpfe nicht. Denen gibt jeder freiwillig, was sie haben wollen. Das werden Sie schon noch merken.«

Für eine, die sich vor drei Tagen zum Sterben entschlossen hat, ist sie mehr als lebendig. Els muß sie immer wieder ansehen, weil sie so hübsch ist. Sie haben keinen Strom seit Tagen, sie sitzen bei der Petroleumlampe, die stammt noch aus alten Tagen, als es keinen Strom im Haus gab. Die Leitung hat Fritz legen lassen. Ich kann doch meine kleine Schwester nicht im Dunkeln sitzen lassen, hat er damals gesagt.

Die Fenster haben sie aber noch immer verdunkelt, rein aus Gewohnheit. Auch aus Angst, daß einer sie von außen sehen könnte.

Die Petroleumlampe gibt ein warmes, mildes Licht, und das Gesicht der jungen Frau, schmal, mit den großen blauen Augen und dem langen dunklen Haar, könnte Els immerzu ansehen.

Eine Schauspielerin. Eine fremde Welt, eine Zauberwelt. Nicht, daß Els nie im Theater war. Zusammen mit Inga und den Brüdern, auch mit Max von Renkow, in Schwerin, in Rostock und zweimal sogar in Lübeck.

Und nun sitzt diese Schauspielerin hier bei ihnen am Tisch, ganz gelöst und fast heiter, sie ißt und sie redet.

Am ersten Tag war sie stumm gewesen. Sie lag in Heiners Bett und schlief. Später aß sie von der Hühnersuppe, die Els ihr brachte, und dann schlief sie wieder.

Mittags hat sie von dem Geräucherten gegessen und drei Kartoffeln, und nun ißt sie reichlich Fisch und fünf Kartoffeln.

Nur mit dem Getränk ist sie nicht einverstanden. Es steht nur Milch auf dem Tisch, und sie sagt: »Das paßt nicht zum Fisch. Dazu gehört ein Glas Wein.«

Hier im Haus haben sie selten Wein getrunken.

»Sie denken, daß der Führer sich das Leben genommen hat?« fragt Jochen, noch ganz benommen von dieser Mitteilung.

»Ich denke es nicht. Ich weiß es. Das weiß doch jeder. Sie

leben hier wirklich hinter dem Mond. Was hätte er denn machen sollen? Sich von den Russen gefangennehmen lassen? So blöd war er nun wirklich nicht.«

Sie redet von dem Mann, der seit Jahren ihr Leben bestimmt hat, an den sie glauben sollten und den sie fürchten mußten und der den Krieg über sie gebracht hat, mit größter Unbefangenheit und Respektlosigkeit. Das ist Theaterjargon, das ist ihre Herkunft aus Berlin.

Für Jochen klingt es ungeheuerlich. Nicht, daß er ein Nationalsozialist gewesen wäre, aber er hat sich nie für eine Partei interessiert, auch nicht für Politik. In seiner Jugend gab es den Kaiser in Berlin, fern und verehrungswürdig, dann gab es Krieg, und der Kaiser war nicht mehr da.

Wenn man es genau betrachtet, ist eigentlich dasselbe wieder passiert. Fünfzehn war Jochen, als der Weltkrieg endete. Sein Vater gefallen, zwei Jahre darauf starb der Großvater. Es blieb überhaupt keine Zeit, sich darum zu kümmern, was in Berlin geschah. Das Leben bestand nur aus Arbeit. In Berlin gab es alle paar Wochen eine neue Regierung, immer wieder einen neuen Reichskanzler, über die Jochen so gut wie nichts wußte. Woher auch? Radio gab es noch nicht, ins Kino kam er selten, und das Blättchen las er immer nur flüchtig am Abend, die Nachrichten aus dem Kreis, der Viehmarkt, Kosten und Preise, die Nachrichten über Verkäufe und Konkurse in seiner Umgebung. Davon gab es genug. Es ging den Bauern und den Gutsbesitzern schlecht.

Was er erfuhr über die Regierungen in Berlin, hörte er meist von den Renkows. Hindenburg war nach dem Kaiser der erste, der ihm Eindruck machte.

Max von Renkow zeigte ihm ein Bild des Reichspräsidenten in der Berliner Illustrierten. Das war in jenem Jahr, als Elsgard und Jochen heirateten.

»Ein bedeutender Mann«, sagte Max von Renkow. »Leider schon ziemlich alt. Der Sieger von Tannenberg. Du weißt ja, Jochen.«

Jochen wußte. Bei Tannenberg war sein Vater gefallen, 1914, gleich zu Anfang des Krieges.

Renkow betrachtete das Bild nachdenklich.

»Eine schwere Aufgabe, die der Feldmarschall übernommen hat. Ob er uns helfen kann? Es müßte wieder Ordnung in diesem Staat herrschen.«

Den Mann, der die Ordnung in diesem Staat herstellen würde, gab es schon im fernen München. Jochen hatte seinen Namen nie gehört, Max von Renkow ihn in der Zeitung gelesen, aber er hielt diesen Mann für so unwichtig, daß er ihn nie erwähnte.

Erst so zwei, drei Jahre später begann sich Renkow über ihn zu ärgern, aber er ärgerte sich genauso über Sozis und Kommunisten und sah in den Nazis keine Gefahr.

»So dumm sind die Deutschen nicht, daß sie sich von so einem hergelaufenen Österreicher kommandieren lassen«, das sagte er einmal zu Jochen, der bereitwillig nickte, aber immer noch nicht wußte, wovon eigentlich die Rede war.

Dann kam die Weltwirtschaftskrise, Anfang des Jahres 1930 gab es schon über drei Millionen Arbeitslose, und im September zogen die Nazis mit 207 Sitzen in den Reichstag ein.

»Das darf nicht wahr sein«, sagte Max von Renkow erschüttert. Kam noch hinzu, daß sich seine Tochter Inga im gleichen Jahr in einen von diesen Burschen verliebt hatte und ihn im Jahr darauf heiratete.

Nun kannte Jochen den Namen auch. Adolf Hitler hieß der Mann, und später einfach der Führer.

Jochen war dreißig, als Hitler an die Macht kam. Es bedeutete ihm immer noch nichts, er war weder dafür noch dagegen, es war ihm egal, wer da in Berlin regierte.

Renkow kniff die Augen zusammen und sagte: »Das kann nicht gutgehen.« Aber es ging gut, es ging erstaunlich gut. Die Bauern wurden auf einmal hoch gepriesen, sie hießen Reichsnährstand, das hörte sich großartig an, sie waren zu ganz wichtigen Gliedern dieses Staates geworden. Sie wurden nicht nur gepriesen und gelobt, es ging ihnen nun auch bald wirtschaftlich besser, Jochen merkte das am eigenen Leib, er konnte seinen Viehbestand fast verdoppeln, er hatte mehr Leute für die Arbeit auf dem Hof, er erzielte anständige Preise, und dafür setzte er sich auch einmal in Waren in eine Versammlung und hörte zu, was der Ortsbauernführer zu sagen hatte.

Max von Renkow ließ sich auf solchen Versammlungen nie blicken, nur Friedrich und Alexander gingen manchmal hin und brachten Giercke zum Schwitzen durch ihre höflichen und dabei heimtückischen Fragen.

»Diese Renkows werde ich mir noch mal vorknöpfen«, knurrte Giercke, aber davon konnte keine Rede sein, auch für einen glaubensfesten Nazi wie Giercke blieb der Herr von Gut Renkow ebenso unerreichbar wie der Graf von Groß-Landeck. Die Großgrundbesitzer lebten noch immer in ihrer eigenen Welt, sie wirtschafteten gut, und im Krieg erfüllten sie ihr Ablieferungssoll mehr als zufriedenstellend. Nach Groß-Landeck kamen oft hohe Gäste aus Berlin zu den Jagden. Denn der Landecker verstand sich gut mit den Nazis, auch wenn er keinen einflußreichen Schwiegersohn in Berlin hatte. Er war viel jünger als Max von Renkow, sie trafen selten zusammen, vermieden Gespräche über die Regierung. Jeder wußte vom anderen, was er dachte. Söhne, die der Krieg ihm rauben konnte, hatte der Landecker nicht, nur drei Töchter, zwei davon noch auf dem Schloß, die älteste in einem Pensionat.

An diesem Abend nun erfährt Jochen, daß der Graf nicht mehr da ist.

»Er ist weg?« fragt Jochen erstaunt.

»Schon seit zwei Wochen etwa. Er hatte ein Auto in der Scheune versteckt, Benzin offenbar auch, und eines Morgens war er verschwunden mitsamt seiner Frau und den Kindern. Da haben wir uns schon gedacht, daß es nicht mehr lange dauert. Er hat das Schloß und alles, was da liegt und steht, gewissermaßen den Flüchtlingen überlassen. Und seinen Dienern. Aber die sind auch auf und davon und haben mitgenommen, was sie tragen konnten.«

Sie wissen inzwischen, daß die Schauspielerin auf Groß-Landeck war, zusammen mit vielen anderen Flüchtlingen.

»Sie haben uns sehr freundlich aufgenommen. Wir konnten tun, was wir wollten, in jedem Salon rumsitzen, und schlecht zu essen gab es auch nicht. Na ja, er war sich wohl klar darüber, daß er abhaut. Da konnte es ihm ja schnurz und piepe sein, was wir da trieben. Und vor vier Tagen zogen die Russen da ein, ein General oder so was Ähnliches, da bin ich abgehauen. Und ich gehe auf keinen Fall zurück, das sage ich euch. Daß mich die Bolschis noch mal in ihre dreckigen Finger kriegen.«

Groß-Landeck ist ein riesiger Besitz, viel größer als das Gut der Renkows, und das Schloß ein prächtiger Bau, das schönste Schloß weit und breit.

Jochen sitzt mit offenem Mund.

Das gehört jetzt alles den Russen? Darf es so etwas geben? Das Ende des Krieges, der Ausgang des Krieges wird für ihn immer mehr zur Wirklichkeit. Die Russen, die hier vor ein paar Tagen durchzogen, die Bolschis, wie sie das nennt. Die Soldaten, die den Hund erschossen, die Uhr und das Bild seines Vaters von der Wand gerissen haben. Dann die tote Frau im Schilf. Der Führer, der sich das Leben genommen hat. Und nun – den Russen gehört Schloß Groß-Landeck.

Jochen starrt auf seinen Teller, er kann nicht mehr essen, er hat das Gefühl, er muß ersticken.

Und hier am Tisch sitzt die tote Frau, ißt mit Appetit, redet und lacht.

»Der Führer hat sich das Leben genommen«, spricht Jochen vor sich hin, fassungslos.

»Nun gewöhnen Sie sich langsam an diesen Gedanken. Und sagen Sie nicht immer der Führer, der Mann hieß Hitler. Es war am letzten Tag im April. Wir haben es im BBC gehört.« Und auf Jochens verständnislose Miene: »Das ist der englische Sender. Haben Sie den nie gehört? Ich war schon seit ungefähr vier Wochen auf dem Schloß. Mich hat unterwegs ein Mann aufgelesen, der den Grafen kannte. Erst waren wir ja ein richtiger Treck, und ich hatte noch ziemlich viel Gepäck. Ein Teil wurde mir geklaut. Und dann habe ich mich mit der Schwester des Freiherrn gekracht. Ich wäre schuld an seinem Tod, sagte sie. Stimmt ja auch irgendwie. Also nahm ich meinen letzten Koffer und machte mich selbständig. Die gingen mir sowieso alle auf die Nerven. Das war noch an der Oder, da kam ich sogar in einem kleinen Gasthof unter, war ganz nett da, ich verstand mich mit den Leuten.«

Sie lacht, fährt sich mit den Fingern durch das dunkle Haar. »Sie werden es nicht für möglich halten, an einem Abend saßen wir da und tranken furchtbar viel, und ich rezitierte Shakespeare-Sonette. Die waren ganz begeistert. Dann fragte mich der Wirt, ob ich denn auch was von Schiller könne. Klar, sagte ich und fing an mit dem ›Ring des Polykrates‹. Was glauben Sie, wie begeistert die waren. Der Wirt sagte dann, wir haben zwar kein Meer hier, aber wir würden ja gern alle Ringe, die wir haben, in die Oder schmeißen, um die Götter zu versöhnen. Wird aber nichts nützen. Das waren gebildete Leute in diesem Gasthaus. Ich wußte noch nicht, daß ich schwanger war, aber ein bißchen mulmig war mir schon. Doch die Wirtin sagte es mir auf den Kopf zu, sie sehe mir das an. Und übel wurde mir auch manchmal. Dann kamen die Russen immer näher, und dann war da Schluß.«

Elsgard sagt: »Das ist ja fürchterlich, was Sie alles erlebt haben.« Und Jochen, ein wenig abgelenkt von seiner Verzweiflung: »Und wie kamen Sie nach Groß-Landeck?«

»Das war ebendieser Mann, der mich gerettet hat. In dem Gasthof war einer aufgekreuzt, ein Herr mit Manieren, für die Situation sehr gut angezogen. Meiner Meinung nach war er ein desertierter Offizier. Natürlich hat ihn keiner gefragt. Er nannte sich Wegner, das kann stimmen oder nicht. Jedenfalls sagte er, als wir dort aufbrachen, das war schon Anfang März, und es war höchste Zeit, man konnte schon die Kanonen vom Iwan hören, also er fragte mich, ob ich mit ihm fahren wollte. Er hatte ein Motorrad mit Beiwagen. Da saß ich drin. War ein ganz schönes Geholper, aber ich dachte, das kann nur gut sein, da kriege ich vielleicht einen Abgang. Einmal wurde ich sogar bewußtlos. Er legte mich an den Straßenrand und wurde zärtlich. Na, war ja egal. Als ich wieder da war, fuhren wir weiter. Wir fuhren immer auf Nebenstraßen. Manchmal kreuz und quer durch den Wald und über die Heide. Er mußte sich gut auskennen in der Gegend. Er trieb auch immer was zu essen auf. Manchmal kaufte er was, Geld hatte er viel bei sich, das habe ich gesehen. Und manchmal klaute er, wo es noch was zu klauen gab. Wie gesagt, ich weiß nicht, wer er ist. Vielleicht auch ein dicker Nazi, der sich abgesetzt hat. Jedenfalls landeten wir auf dem Schloß, und der Graf, wie gesagt, kannte ihn. Manchmal wurden wir abends zum Essen eingeladen, noch ganz feierlich mit Diener und so. Und später hörten wir dann BBC. Das mit Hitlers Selbstmord. Und was in Berlin los war. Wir waren bestens informiert.«

»Was hat denn der Herr Graf dazu gesagt?« fragt Jochen.

»Eigentlich gar nichts.«

Die Schauspielerin hat ihren Teller leergegessen, bis zum letzten Bröckchen. Nun trinkt sie doch einen Schluck Milch.

»Das letztemal saßen wir in der Bibliothek, er stand auf, machte das Radio aus, füllte unsere Gläser wieder, wir tranken Rotwein, er sagte zu mir: ›Auf Ihr Wohl, gnädige Frau.‹ Er hob das Glas zu Wegner hin, sah seine Frau an, ging dann langsam, das Glas in der Hand, rundherum durch den Raum. Wunderbare Bücher hatte er da und herrliche Bilder. Ich nehme an, Sie kennen die Bibliothek auf dem Schloß.«

Jochen schüttelt den Kopf. »Ich bin nie im Schloß gewesen.«

»Der Graf machte eine weite Armbewegung über den Raum hin und sagte, es steht Ihnen alles zur Verfügung, gnädige Frau. Der ist gut, was? Am nächsten Morgen war er weg. Und der Wegner auch.«

»Die Frau Gräfin stammt aus der Gegend von Magdeburg«, wußte Els. »Vielleicht sind sie dorthin gefahren. Sie hat dort Geschwister, und die Ilse, ihre Älteste, ist auch dort.«

»Woher weißt du das, Els?«

»Dorte hat es mir erzählt. Ihr Bruder ist Melkmeister auf dem Schloß.«

»Sie heißen Els?« fragte die Schauspielerin.

»Ich heiße Elsgard. Aber man nennt mich meist Els.«

»Elsgard«, wiederholte die Schauspielerin mit ihrer klangvollen Stimme. »Ein schöner Name.« Und noch einmal, schwingend, es klingt wie gesungen: »Elsgard.«

Dann sieht sie Jochen an. »Und wie heißen Sie?«

»Jochen. Jochen Lumin.«

Sie betrachtet ihn eine Weile nachdenklich. »Sie haben mir das Leben gerettet, Jochen. Das Leben, das ich nicht mehr haben wollte. Es waren nur vier Tabletten, das war zuwenig. Ich bin offensichtlich ganz haltbar. Gut trainiert. Ich dachte, die Tabletten und dann ins Wasser, das müßte reichen. Aber ich bin nicht weit genug hineingegangen. Ich dachte noch, huch, ist das kalt, dann sind mir die Beine weggesackt, und statt zu ersaufen, bin ich eingeschlafen. Ich bin eine Niete.«

Und dann lacht sie, den Kopf zurückgeworfen, mit blitzend weißen Zähnen.

Sie trägt einen alten grauen Kittel von Els, der öffnet sich über der Brust, darunter trägt sie das weiße Spitzenhemdchen, das Els getrocknet hat.

»Ich werde euch etwas sagen, und ihr werdet denken, ich bin verrückt. Aber ich bin eigentlich ganz froh, daß ich lebe. Jetzt, da der Krieg aus ist. Trotz der ganzen Malaise. Ich weiß nicht, wie es weitergehen soll. Und wo ich hin soll. Aber wenn das nicht wäre«, und sie schlägt sich wieder mit Wucht auf den Bauch, »würde mir schon was einfallen. Wie soll ich das bloß loskriegen?«

Weder Jochen noch Els wissen eine Antwort.

Sie fährt sich wieder mit beiden Händen durch das Haar. »Ich muß ja schrecklich aussehen. So ganz ungeschminkt. Und die Haare müßte ich mir auch wieder mal waschen. Obwohl sie ja lange genug im Wasser gelegen haben.« Sie lacht wieder.

»Sie sind wunderschön«, sagt Els andächtig.

»Danke, Elsgard. Und eigentlich müßte ich mich ja bei Jochen bedanken, daß er mir das Leben gerettet hat. Ich will nämlich nicht mehr sterben.« Sie sieht die beiden mit großen Augen an. »Ist das nicht komisch?« Und als die beiden schweigen: »Ich meine, Menschen sind komisch. Weil sie einfach gern leben wollen. Trotz allem, was geschieht.«

»Und seit wann sind die Russen auf dem Schloß?« fragt Jochen.

»Seit vier Tagen. Vorher habe ich die Schloßherrin gespielt.«

»In Ihrem schönen blauen Kleid«, sagt Els.

»Sehr richtig. Das war so ziemlich das einzige, was ich noch anziehen konnte. Es war mein Bühnenkleid als Solveig. Eigentlich trägt die ja immer so eine Art Tracht. Aber unser Bühnenbildner meinte, ich müßte etwas langes Blaues tragen, weil es ja die Farbe der Treue ist, nicht? Und Solveig ist treu bis zum Tod. Und er fand auch, Blau passe zu meinen Augen.«

Sie merkt, daß Els und Jochen nicht wissen, wovon sie redet.

»Es ist ein Stück von Ibsen. Es heißt Peer Gynt, und Solveig ist das treue Mädchen, die den treulosen Peer liebt bis zu seinem Tod. Nicht gerade eine Rolle für mich, aber ich habe sie sehr gern gespielt. Und weil mir das Kleid so gut gefiel, habe ich es mitgenommen aufs Land und dann noch mit auf die Flucht. Verrückt, wie? Und zum Sterben, dachte ich mir, paßt es auch ganz gut.«

»Sie müssen aber ziemlich weit gelaufen sein in der Nacht«, sagt Els. »Vom Schloß bis zu unserem See.«

»Irgendwie war ich wie in Trance. Als die Bolschis kamen, mußten wir das Schloß räumen, die Flüchtlinge, die noch da waren. Und dann bin ich eben losmarschiert. Hätte ja sein können, ich falle unterwegs um und bin tot. Irgendwann kam ich an das Wasser. Ich dachte noch, komisch, so zu sterben. Ganz ohne Publikum.«

»Ich habe Ihr Kleid getrocknet. Und werde es bügeln. Es wird wieder sehr schön.«

»Ist ja prima. Der Fummel ist alles, was ich noch besitze. Kein Geld, keine Papiere, keine Lebensmittelkarten. Ich bin gar nicht mehr vorhanden. Habt ihr euch das schon mal überlegt?«

Wie kann man dazu kommen, etwas zu überlegen in Gegenwart dieser Frau. Während man sie ansieht und ihr zuhört.

Els steht auf, stellt die Teller zusammen und trägt sie in die Küche. Jochen wird sofort verlegen, als er mit der Fremden allein ist.

»Es tut mir leid, daß wir keinen Wein haben«, sagt er schwerfällig.

»Macht nix. Solange ich Schloßherrin war, habe ich jeden Abend Wein getrunken. Der Keller war noch gut gefüllt. Kriegen jetzt alles die Bolschis.«

Els kommt zurück, setzt sich wieder. »Wie kamen Sie denn da aufs Land?«

»Als die Theater schließen mußten, im Sommer '44, war ja Schluß. Auch so ein Schwachsinn. Wie soll man einen Krieg gewinnen ohne Theater. Dieser lahme Goebbels! Erst die dämliche Frage, wollt ihr den totalen Krieg. Und im nächsten Jahr macht er alle Theater dicht. Schauspieler sollten dann in der Fabrik arbeiten. So berühmt war ich ja noch nicht. Und nicht beim Film, die konnten sich drücken.«

»Und Sie haben dann auf dem Gut gearbeitet?«

»I wo. Nur so pro forma. Der Mann, dem das Gut in der Nähe von Goldap gehörte, war ein Verehrer von mir. Nicht so wie Sie denken, er war schon ein alter Herr. Er kam oft ins Theater nach Königsberg. Paul kannte ihn gut, sie gingen oft zusammen zum Essen. Und dann nahm Paul mich manchmal mit. Paul war mein Freund. Paul Burkhardt, Bariton. Eine herrliche Stimme. Sie hätten ihn als Rigoletto hören sollen. Einfach umwerfend. Als die Theater zumachten, ging Paul nach Bayern, an den Chiemsee. Seine Frau lebt da. Er hätte mich ja mitnehmen können, nicht?«

Und als keiner etwas sagt: »Ging wohl nicht. Und doch hätte ich so schlau sein müssen, mich westwärts zu begeben. Aber da war eben der Freiherr von Malzahn. Er sagte, kommen Sie zu mir, mein Kind. Wir werden schon irgendeine Art von Beschäftigung für Sie finden. Wir können zusammen reiten, und abends lesen wir Goethe. Klang doch nicht schlecht. Das war im Sommer '44. Wenn ich damals schon regelmäßig BBC gehört hätte, wäre mir das nicht passiert.«

»Und was ist aus dem ... dem Freiherrn geworden?« fragt Els.

»Er ist tot. Die Bolschis haben ihn niedergeschossen. Er wollte mich beschützen. Sie waren sehr schnell da, wir hatten noch gar nicht mit ihnen gerechnet. Bißchen verkalkt war er ja wohl auch. Und seine Schwester, die mochte mich sowieso nicht leiden.«

Plötzlich wendet Jochen den Kopf, steht auf, geht zur Tür, lauscht.

»Was ist denn?« fragt Els.

»Es war mir so, als ob ich was gehört hätte. Ich geh mal eben vor das Haus.«

»Nein!« flüstert Els.

»Doch.«

»Soll ich das Licht ausmachen?«

»Wenn jemand draußen ist, hat er das Licht schon gesehen.«

Es ist eine klare Nacht, wieder ziemlich kalt. Alles ist ruhig, nur die Katze streicht um seine Beine.

Jochen geht langsam um das Haus, lauscht nach allen Seiten. Und er denkt, was er seit Tagen denkt: Morgen grabe ich das Gewehr aus. Und ich gehe zum Gut.

Auf einmal bleibt er stehen, wie erstarrt.

Ein wohlbekanntes, aufgeregtes Schnauben kommt aus dem Stall.

Er vergißt jede Vorsicht, rennt zum Pferdestall, reißt die Tür auf, es ist dunkel darin, aber nun kommt ein helles, hohes Wiehern.

Der Hengst.

Der Hengst ist wieder da.

Er geht in die Box, faßt mit beiden Händen in die dichte Mähne.

»Junge, wo kommst du denn her?«

Der Hengst schnobert mit den Nüstern an seinem Ärmel, dann an seinem Hals. Im Nebenstall wiehert nun auch die Stute.

Jochen legt sein Gesicht an den Hals des Pferdes, ein Schluchzen schüttelt ihn.

Eine verhexte Nacht

EINE WEILE SPÄTER schleichen Elsgard und die Schauspielerin über den Hof, Hand in Hand. Sie haben es mit der Angst bekommen, als Jochen nicht zurückgekommen ist, haben die Lampe gelöscht, eine Weile unter der Tür gelauscht, und dann stehen sie im Stall.

»Sag bloß«, beginnt Els.
»Er ist wieder da.«
»Und Wali? Ist der auch da?«

Das Strohlager neben der Box, auf dem der Ukrainer schlief, ist leer, er ist auch nicht in dem anderen Stall, sie umrunden die Ställe, das Wohnhaus, das Gesindehaus, stehen dann still und blicken über die leeren Wiesen hinüber zum Wald. Ihre Augen haben sich an die Dunkelheit gewöhnt, da ist nichts zu sehen, keine Bewegung, kein Schatten. Da ist nichts zu hören, kein Geräusch, kein Schritt.

Die Schauspielerin, angesteckt von der Erregung der beiden, schweigt auch. Doch dann flüstert sie: »Das ist hier wie am Ende der Welt.«

»Pscht!« macht Els, sie lauscht immer noch, blickt sich um, als müsse Waleri doch irgendwo versteckt sein. Es gibt viele Ecken und Winkel auf so einem Hof, die Scheune, der Heuboden, die Haferkammer, wenn Waleri sich verstecken will, kann er das, sie werden ihn in der Nacht nicht finden.

Dann stehen sie wieder bei dem Hengst im Stall.

»Was ist denn mit dem Pferd?« flüstert die Schauspielerin.

»Er war verschwunden. Und jetzt auf einmal ist er wieder da«, sagt Els. Und zu Jochen: »Wie sieht er denn aus?«

»Kann ich in der Dunkelheit nicht sehen.« Er streicht dem Pferd über die Flanken, greift unter den Bauch. Der Hengst ist jetzt ganz still, er steht, ohne sich zu rühren.

»Bißchen abgemagert«, sagt Jochen. »Ich werde ihm eine Schwinge Hafer geben.«

Sie stehen und hören zu, wie der Hengst den Hafer kaut, vom Nebenstall gluckst die Stute.

Sie gehen zu ihr, Jochen hat die Taschenlampe in der Hand, hält sie vorsichtig abgeschirmt, nun kann man die Pferde sehen.

»So viele Pferde«, staunt die Schauspielerin. »Ach, und da ist ja auch ein Fohlen. Das muß ich mir morgen genau ansehen.« Sie schnalzt mit der Zunge, die Stute steckt die Nase durch das Gitter.

»Du bist ein Goldfüchslein, wie ich erkennen kann, eine ganz hübsche.« Sie streicht der Stute zärtlich mit dem Finger über die Nüstern. »Und nicht mal ein Stück Zucker habe ich dabei. Zeiten sind das.« Zu Els und Jochen: »Reiten kann ich auch ganz gut.«

Was kann sie nicht, die Frau aus dem See?

»In Ostpreußen hatten sie auch schöne Pferde. Alles Trakehner. Was mag aus denen geworden sein? Sie haben sie angespannt zur Flucht, aber es war ja so kalt. Und diese überfüllten Straßen. Es ist ja schon schlimm genug, was die Menschen leiden müssen. Aber die Tiere auch noch. Sie sind schließlich unschuldig. Wissen Sie, wie viele Pferde umgekommen sind in diesem Krieg? Millionen und Millionen. Die Hunde mußten zurückbleiben, die Katzen, das ganze Vieh – ach, mich macht es ganz krank, daran zu denken. Ich hatte dort einen besonderen Freund, einen schwarzen Schäferhund, er hieß Prinz. Der hat mich immer begleitet.«

Elsgard denkt an Mutz.

»Unseren Hund haben sie erschossen.«

»Wer?«

»Na, die vor fünf Tagen hier waren. Die Bolschis, wie Sie sagen.«

Dann sind sie wieder im Haus, Elsgard zündet die Lampe an. Die Schauspielerin zittert jetzt, ihre Beine sind nackt unter dem Kittel, an den Füßen trägt sie ein paar alte Schlappen aus Heiners Jugendzeit.

»Mein Gott«, sagt Els. »Sie werden sich den Tod holen.«

Die lacht nur wieder. »Das wär's ja dann wohl, nicht?«

»Ich hole Ihnen die Decke.«

»Lassen Sie nur, Els. Ist schon wieder gut. Ich bin abgehärtet.« Haltbar, trainiert, abgehärtet. Sie ist nicht so schnell umzubringen, wie sich erwiesen hat.

Jochen ist stumm, noch immer ganz benommen. Wieso ist der Hengst da? Wo kommt er her? Und was ist aus dem Ukrainer geworden? Er lauscht immer noch, steht leicht vorgebeugt. Wartet, ob der große dünne Mensch nicht auf einmal zur Tür hereinkommt. Früher war er nie ins Haus gekommen, aber in letzter Zeit oft, Els hat ihm Essen gemacht, er hat es mit in den Stall genommen, zuletzt hat er mit ihnen am Tisch gegessen. Er ist ein Russe, haben sie gedacht, doch das hat er weit von sich gewiesen. Kein Russe, Ukrainer. Die Russen sind seine Feinde, und Stalin sein größter Feind. Das hat er ihnen zu erklären versucht, nachdem er nach und nach ein wenig Deutsch gelernt hatte.

»Ein Bolschi ist er auch nicht«, spricht Jochen vor sich hin. Els versteht sofort. »Du denkst, Wali ist hier doch irgendwo in der Gegend.«

»Muß er ja woll, nicht?«

»Das ist eine verhexte Nacht«, sagt Els und sieht die schöne Fremde an.

»Kommt mir auch so vor. Leider bin ich keine richtige Hexe, sonst wäre mir das nicht passiert.« Wieder ein Schlag auf den Bauch.

»Schlagen Sie doch nicht immer auf dem Kind herum«, sagt Els geradezu zornig.

»Na, Sie machen mir Spaß, Elsgard. Kind! Was für ein Kind?«

»Es ist schon ein richtiges Kind. Und es kann doch nichts dafür.«

»Ich vielleicht? Sind Sie eine Nazisse, Elsgard? Wollen Sie mir noch das Mutterkreuz an den Hals reden?«

»Entschuldigen Sie«, murmelt Els. Es läßt sich wohl nicht vergleichen mit dem Gefühl, das sie hatte, wenn sie ein Kind erwartete. Und dann sagt sie noch: »Es ist nur ... ich meine, so viele sind tot.«

»Na und? Der Bastard soll leben?«

Sie stehen alle drei, Jochen noch an der Tür, lauschend.

Jetzt dreht er sich um, sieht die beiden Frauen an.

»Eine verhexte Nacht, hast du gesagt.« Er muß an seine Großmutter denken. Die glaubte an Hexen, in allem Ernst, und an Gespenster und übersinnliches Geschehen, sie kannte eine Menge Zaubersprüche, der Großvater hatte sie immer ausgelacht. Als kleiner Junge war Jochen sehr von den Geschichten der Großmutter beeindruckt. Nicht sehr lange, sie starb schon, als er gerade acht Jahre alt war.

Seltsam, daß er jetzt daran denken muß. Als sie auf dem Sterbebett lag und sie wußte, daß sie sterben würde, sagte sie: »Schad nix. Denkt nicht, daß ich nicht mehr da bin. Ich werde immer hier bei euch im Haus sein. Manchmal könnt ihr mich sehn. Manchmal nicht. Aber da bin ich immer.« Hat er Els eigentlich je davon erzählt? Nein, hat er nicht.

»Dann geh ich eben mal in den Keller«, sagt er. »Wer weiß, was morgen geschieht. Ich hab da noch 'ne Flasche Korn und zwei Flaschen Bier versteckt.«

»Nein!« staunt Els. »Davon weiß ich ja gar nichts. Wo denn?«

»Sag ich nicht.«

Wer weiß, was morgen geschieht, denkt er noch mal, als er die schmale Leiter zum Keller hinabklettert. An den Schnaps und das Bier hat er gar nicht mehr gedacht. Es ist eine verhexte Nacht, möglicherweise ist die Großmutter anwesend und wird sie beschützen. Noch heute nacht wird er das Gewehr ausgraben. Und am frühen Morgen in den Wald gehen und ein Stück Wild schießen. Sie müssen schließlich zu essen haben.

Elsgard holt nun doch eine Decke für die Beine der Schauspielerin, die steht bewegungslos, sie lacht nicht mehr.

Eins ist ihr klargeworden, sie muß diesen Bastard in ihrem Bauch zur Welt bringen, tot oder lebendig. Und dafür muß sie hierbleiben, hier in diesem Haus, bei diesen beiden Menschen, die ihr fremd sind und doch schon vertraut.

Abergläubisch ist sie auch, wie alle Theaterleute. Und für eine Art Hexe hält sie sich sowieso. Also war es Schicksal, daß sie gerade hier im Wasser lag und nicht tot war. Irgendein Schutzengel hat ihr diese beiden Menschen geschickt. Oder – wie nannte es der Führer weiland – die Vorsehung.

Sie spricht das Wort vor sich hin, in seiner rollenden Sprache, die Paul großartig imitieren konnte. Wenn sie ein Kind von Paul bekäme, das wäre etwas anderes. Aber dazu war Paul viel zu vorsichtig. Was würde er wohl sagen, wenn er sie sehen könnte, hier und heute, in diesem Zustand? Sie glaubt, seine Stimme zu hören, den vollen weichen Bariton. Halt durch, Mädchen. Du bist jung genug, um das Ende von diesem Schmierentheater abwarten zu können. Der Krieg kann nicht mehr lange dauern. Und Theater wird man immer spielen, auch wenn die Menschen nichts zu fressen haben. Goethe, Schiller und Shakespeare, Verdi, Wagner, Mozart und Rossini werden jeden Krieg überleben. Ich freue mich schon, wenn ich das nächstemal den Wolfram singe. Du bist herzlich zur Premiere eingeladen.

Solche Worte sagte er, als sie Abschied nahmen. Er ging nach Bayern, sie aufs Land.

So schlau wie er denkt, ist er auch nicht. Läßt mich einfach in Ostpreußen. Und ich weiß auch warum. Weil er immer eifersüchtig war auf Tenzel, meinen Regisseur, mit dem ich die Solveig gemacht habe. Der wollte mich gern. Ich sollte mit ihm nach Berlin gehen. In Berlin gibt es jede Menge Bomben, sagte Paul, geh lieber mit dem Freiherrn auf sein Gut. Sehr hübsch da, ich kenne es. Er dachte sich, daß der Alte mir nichts mehr tun würde.

Jetzt ist er tot. Meinetwegen. Ach, verdammte Scheiße. Scheißkrieg. Scheißwelt. Scheißhitler.

Ein wilder Zorn steigt in ihr hoch, sie kann nicht nur lachen und reden, sie kann zornig und böse sein. Und sie ist sich ganz klar über ihre Situation.

Mit den beiden hier muß sie sich gut stellen. Den Bastard wird sie genau dort ins Wasser schmeißen, wo Jochen sie herausgefischt hat. Und dann wird sie gehen, wohin, mit wem, das ist egal, ihr ist jedes Mittel recht. Sie wird Karriere machen. Nun gerade.

Heute ist eine verhexte Nacht. Walpurgisnacht mit Korn und Bier. Mal was Neues.

»Trinken wir auf unseren verblichenen Führer«, sagt sie, als sie da stehen, jeder ein Glas mit dem Schnaps in der Hand. »Möge die Hölle tief und grauenvoll genug sein, in der er gelandet ist.«

Jochen zuckt nicht mehr zusammen bei solchen Worten, er trinkt, sagt aber dann: »Daß es so ein Ende mit ihm nehmen mußte!«

»Na, was denn sonst? Er hat seinen großen Auftritt gehabt. Einen Sensationserfolg. Ist jahrelang im offenen Wagen durch eine jubelnde Menge gefahren, immer Hand rauf und runter. Mag ja sein, daß es allerhand Leute gab, die nicht am Straßenrand standen und Heil schrien. Aber die hat er nicht gesehen und gehört. Die da waren, genügten ihm durchaus. Wissen Sie, wer er war? Ein Herr Niemand aus dem Ausland. Aus Österreich, na schön. Die Österreicher haben uns schon den vorigen Krieg auf den Hals gehetzt. Wegen ihres ermordeten Thronfolgers mußten wir das erstemal in den Dreck geraten. Die hatten Erzherzöge genug. Außerdem können sie uns sowieso nicht leiden. Das weiß ich von Paul, der hat schon in Wien gesungen, der weiß Bescheid. Und er weiß auch, wer Herr Hitler war. Ein erfolgloser Maler. Ein depperter Schmierer. Das war er. Ein Nichts und Niemand.« Sie kippt ihren Schnaps mit einem Schluck. »Dantes Hölle wird nicht ausreichen.«

Jochen nimmt noch einen kleinen Schluck. Er hat lange keinen Schnaps getrunken. Und er hat noch viel vor in dieser Nacht.

»Gib mir noch einen Schnaps, Jochen.« Sie ist noch nicht fertig, sie muß loswerden, was sie denkt und fühlt.

»Und was tut dieser Schmierenheini? Kommt zu den Deutschen, und die sind begeistert. Jahrelang sind sie begeistert. Und was macht er dann? Er macht Krieg. Wieder ein Sensationserfolg. Die ganze Welt schaut und hört gebannt zu, was dieser Mensch sagt und tut. Millionen von Menschen müssen sterben. Ist das eine Rolle? Eine Bombenrolle ist das.«

»Es klingt schrecklich, wenn Sie so reden«, murmelt Els.

»Es war schrecklich, und es ist noch schrecklich. Eine Bombenrolle. Jahr um Jahr. Wie viele Jahre waren es? Von '39 bis '45, sechs Jahre lang starrt die Welt auf diesen Mann. Und vorher waren es auch schon sechs, von '33 bis '39. Zweimal sechs macht zwölf. Gar nicht so viel. Ein Dutzend Jahre. Andere Helden haben es länger geschafft, aber es ist noch keinem gelungen, in so kurzer Zeit ein ganzes Land in Trümmer zu legen. Napoleon haben sie auf eine Insel verbannt, erst auf die eine, dann auf die andere. Julius Caesar haben sie ermordet, und trotz allem, was darüber geschrieben wurde, und trotz aller Theaterstücke habe ich bis heute nicht verstanden, warum eigentlich. Und da gibt es noch eine Menge Namen, Cromwell und Robespierre und wen noch. Hitler ist der Star. So viele Tote wie er hat noch keiner produziert.«

»Und – was ist mit Stalin?«

»Der kann es auch gut. Aber er ist schlauer als unser großer Führer. Sehr gerissen ist er. Er hat Verbündete gefunden. Schau mich nicht so entgeistert an, Jochen! Warten wir erst mal ab, was wir in nächster Zeit noch zu hören bekommen. Was wir alles noch nicht wissen. Und was sie mit uns machen werden. Mir genügt es schon, was sie mit mir gemacht haben.«

Sie hebt wieder die Hand, um sich auf den Bauch zu schlagen, läßt sie sinken, lächelt Elsgard zu.

»Übrigens – ich heiße Constanze«, sagt sie dann, ganz friedlich und freundlich.

»Das ist auch ein schöner Name«, sagt Elsgard.

»Meine Mutter ist Sängerin. Und sie sang gerade die Constanze, als ich gezeugt wurde. Mein Vater war Historiker, dem hatte es wieder die Constanze von Sizilien angetan. Also waren sie sich ausnahmsweise mal einig. Constanze war die Mutter von Friedrich dem Zweiten.«

»Von unserem König?« fragt Jochen.

»Was für 'n König? Nee, nee, nicht der Alte Fritz. Friedrich der Staufer. Das war nun wieder ein Lieblingsheld meines Vaters. Von dem hat er mir stundenlang erzählt, als ich noch ganz klein war. Er hat sogar ein Buch über ihn geschrieben. Hat bloß keiner gelesen. Und um die Wahrheit zu sagen, mein Vater war auch von dem Hitler ganz angetan. Er hat Deutschland aus seiner Schmach gerettet, tönte er. Und dann palaverte er über das Tausendjährige Reich. Von wegen tausend Jahre! Zwölf im ganzen. Wenn das nicht ein Witz ist!«

Jochen trinkt noch einen Schnaps, ihm ist ganz wirr im Kopf.

Jetzt hat die auch noch ihre Familie ins Haus gehext. Und es ist ganz und gar unglaublich, wie sie über die Zeit spricht, die sie erlebt haben. »Das Tausendjährige Reich«, wiederholt Jochen dumm.

»So hieß das doch, nicht? Sie müssen nicht denken, daß mein Vater Professor war. Lehrer am Gymnasium. Und er verlangte doch wirklich, daß ich zu diesem dusligen BDM gehe, ausgerechnet ich. Mami war dagegen. Aber dann mußte ich doch, schon von der Schule aus. Ich hab mich meist gedrückt. Schauspielern konnte ich immer schon ganz gut. Ich hinkte fürchterlich, weil ich mir den Fuß verknackt hatte. Man kann sich schon wehren, wenn man etwas nicht tun will. Und er hat sich fürchterlich geärgert, daß ich das Abitur nicht gemacht habe. Aber ich stellte mich so dämlich, wie ich nur konnte, schaffte gerade mit Mühe und Not die Mittlere Reife. Und dann ging ich auf die Schauspielschule!«

»Ihre Mutter ist Sängerin?« fragt Els respektvoll.

»Sie war es, nicht sehr erfolgreich. Aber ihre Schwester ist eine berühmte Sängerin, Agnes Meroth, die singt in München an der Oper. Oder sagen wir mal, sie sang. Die Oper ist ja wohl auch zerbombt. Aber nun erzähl mir mal genau die Geschichte von dem Pferd und von dem Mann, den ihr sucht.«

»Wali und Widukind«, sagt Els und kichert, leicht betrunken.

»Er heißt eigentlich Waleri«, verbessert Jochen. »Wir nennen ihn Wali. Er ist Ukrainer.«

Constanze hört aufmerksam zu und trinkt dabei den vierten und fünften Schnaps und auch ein Glas Bier.

Wie Widukind auf den Hof kam, ein Jahr später Wali, wie die beiden Freunde wurden, wie die Stute tragend war und nun das Fohlen bekommen hat. Und daß Widukind und Waleri vor einer Woche etwa spurlos verschwunden sind.

»Ich wette, er ist hier in der Gegend, euer Wali. Wo soll er denn hin? Wir werden ihn morgen suchen. Sicher hat er Hunger.«

»Er ist bestimmt tot«, sagt Els.

»Warum soll er tot sein, wenn er doch heute nacht das Pferd zurückgebracht hat.«

»Vielleicht ist das Pferd von allein gekommen. Es kann den Weg gefunden haben.«

»Die Stalltür war zu«, sagt Jochen.

»Er ist bestimmt tot«, wiederholt Els und trinkt noch einen Schnaps. Nie in ihrem Leben zuvor hat sie Schnaps getrunken.

»Alle sind tot.«

»Also ihr lebt noch, ich lebe noch, und euer Pferd lebt

auch noch. Sind schon mal vier. Wie lange noch, ist natürlich die Frage.« Elsgards Kopf sinkt auf die Tischplatte, sie weint.

»Alle sind tot, alle.«

Constanze sieht Jochen an.

»Ich glaube, heute muß ich sie ins Bett bringen.«

»Ja, bitte, tun Sie das«, sagt Jochen freundlich. »Ich muß noch mal fort.«

Constanze stellt keine Frage, sie sieht ihn nur an.

»Ich habe etwas zu erledigen«, sagt er.

Constanze nickt. »Ich verstehe«, sagt sie.

Sie sieht Jochen nach, als er das Haus verläßt, die Nacht ist immer noch still, der Himmel klar, auch ihr Kopf ist klar. Ein paar Schnäpse machen ihr nichts aus.

Sie schließt die Tür, geht zurück in das Zimmer, wo Elsgard noch auf ihrem Stuhl sitzt, vornübergesunken, tränennaß das Gesicht. Sie scheint gar nicht gemerkt zu haben, daß Jochen gegangen ist.

»Na komm, kleine Els«, sagt Constanze, legt den Arm um sie und zieht sie vom Stuhl hoch. »Jetzt gehst du schön in dein Bettchen, wer weiß, wie lange du es noch hast, und schläfst erst mal. Morgen …«

Sie verstummt. Kann man überhaupt noch an morgen denken?

Sie schleppt Elsgard die Treppe hinauf, zieht ihr das graue Kattunkleid vom Körper, legt sie auf das Bett und deckt sie sorgfältig zu.

»Du bist richtig blau, mein Püppchen. Tut manchmal ganz gut.«

Sie ist viel jünger als Elsgard, aber sie fühlt sich jetzt fast als ältere Schwester.

Eine Schwester hat sie sich immer gewünscht. Oder einen Bruder. Sie bekam beides nicht, sie hatte nur zerstrittene Eltern. Eine Mutter, die eines Tages fortging.

»Du bist erwachsen, Constanze. Ich denke, daß ich nun gehen kann, wohin ich will.«

»Du hättest meinetwegen nicht so lange warten müssen, Mami.«

Constanze wußte, daß es einen anderen Mann gab, schon lange. Während des Krieges war Mami in Paris.

Constanze geht langsam die Treppe wieder hinab.

Was mochte aus ihrer Mutter geworden sein? Die Deutschen sind seit langem aus Paris verschwunden. Gehaßt, verachtet, verjagt.

In Königsberg hat sie manchmal ein Brief erreicht.

Auch mit ihrem Vater stand sie in Verbindung. Er war in Berlin, möglicherweise von Bomben erschlagen.

Alle sind tot, hatte Els gesagt.

Constanze ist nicht müde. Sie steht im Zimmer, trinkt das Bier aus, dazu noch einen Korn. Korkt die Flasche sorgfältig zu, der Rest muß vermutlich für lange Zeit reichen.

Sie ist nicht müde, geschlafen hat sie in den letzten Tagen genug. Alle sind tot.

Ich lebe. Das Ding in meinem Bauch auch, ich kann es spüren. Ich werde damit fertig werden und dann ...

Sie geht vors Haus, die Nacht ist nicht mehr so dunkel, es sind Sterne am Himmel und nun der abnehmende Mond im Osten. Vor der Tür ist die Katze, Constanze bückt sich und nimmt sie auf den Arm. »Kätzchen, du wirst wissen, was geschieht. In jeder Katze steckt eine Hexe. Eine Hellseherin. Eine Zauberin. Wo werde ich sein nächstes Jahr im Mai, kannst du es mir nicht sagen?«

Sie geht wieder ins Haus, löscht das Licht, nimmt die Decke, setzt sich auf die Schwelle, wickelt sich die Decke um die Beine, nimmt die Katze auf den Schoß.

Sie wird warten, bis Jochen wiederkommt. Ob er wiederkommt. Es ist Ende Mai, es müßte bald hell werden.

Der Rebell

JOCHEN ERLEDIGT ALLES, was er sich vorgenommen hat. Es ist, als habe diese fremde Frau mit ihren aufrührerischen Gedanken, mit ihren seltsamen Reden einen anderen Mann aus ihm gemacht. Nur langsam sickert das alles in ihn ein, aber vergessen wird er es nie mehr. Es erfüllt ihn ein nie gekannter Mut, eine nie empfundene Kraft. Vielleicht ist es auch die Großmutter, die in dieser verhexten Nacht zugegen war.

Er gräbt das Gewehr aus, es geht alles etwas langsam mit dem lahmen Arm, und er denkt dabei, was er bisher nie gedacht hat: Dieser verdammte Hitler ist schuld, daß ich nur noch mit einem Arm arbeiten kann. Und wenn die Bolschis noch einmal zu mir ins Haus kommen, schieße ich sie nieder.

Dann pirscht er sich langsam in den Wald, schießt im ersten Büchsenlicht einen jungen Rehbock, versteckt ihn sorgfältig im Gebüsch, Els muß wieder mit der Karre kommen, damit sie ihn nach Hause bringen. Es gibt viel Arbeit, er muß aufgebrochen, abgezogen und zerlegt werden, und es muß bald geschehen.

Als er zurückkommt, sitzt die Fremde vor der Tür, die Katze auf dem Schoß. Sie schläft nicht, sieht ihm aufmerksam entgegen.

»Hast du ihn gefunden, Jochen?«

Er versteht sofort, was sie meint.

»Nein. Ich habe ihn auch nicht gesucht. Aber wir brauchen die Schubkarre wieder und ... schläft Els noch?«

»Sie schläft. Ich kann dir helfen.«

Sie steht auf, er betrachtet zweifelnd ihre nackten Beine und Heiners alte Schlappen.

Aber ehe er etwas sagen kann, deutet sie mit der Hand zum Waldrand. »Da!«

Unter den Buchen, am Waldrand, etwa an der Stelle, wo er das Gewehr ausgegraben hat, steht ein hagerer Mann. Über den Schultern trägt er den Bock, legt ihn vorsichtig nieder, legt die Hand an die Stirn und verschwindet im Wald.

»Ist er das?«

»Ja. Er muß mich beobachtet haben. Und hat mir das Stück gebracht, weil er weiß, daß ich es allein nicht tragen kann.«

»Du hast ihn nicht gesehen?«

»Nein. Nur gerade jetzt.«

»Und was macht er?«

»Ich weiß es nicht. Er versteckt sich in den Wäldern.«

»Aber er muß doch was essen.«

»Er weiß sich zu helfen.«

Jochen trägt das Gewehr ins Haus, macht sich nicht die Mühe, es zu verstecken, legt es einfach oben auf den Küchenschrank. Dann holt er die Schubkarre, zusammen mit Constanze holt er das Reh, bringt es in das leere Gesindehaus.

Das Tier schweißt noch, Constanze legt vorsichtig den Finger in die Wunde, es war ein tadelloser Blattschuß.

Sie betrachtet das Blut an ihrer Hand.

»Und was machen wir damit?« fragt sie mit Bedauern in der Stimme.

»Das weiß ich schon. Wir haben jedenfalls für die nächsten Tage zu essen. Zusammen mit den Kohlköpfen wird es für eine Weile reichen.«

Els erscheint im Stall, als er gerade dabei ist, die Kühe zu melken. Constanze hat gerade gesagt: »Das werde ich lernen«, da steht Els unter der Tür.

Sie trägt den alten Kittel, ihr Haar ist verwirrt, ihre Augen gerötet. »Aber ...«, sagt sie, »ich habe geschlafen.«

»Du hattest einen sitzen, Elsgard«, teilt ihr Constanze freundlich mit. »Wir haben inzwischen Verpflegung besorgt. Und euer Wali ist auch in der Gegend.«

Els übernimmt die anderen Kühe, ihr Kopf liegt an der Flanke des Tieres, sie ist noch wirr und verschlafen, aber die Milch fließt regelmäßig in den Eimer.

»Was machen wir mit der ganzen Milch?« fragt Constanze.

»Wir werden sie trinken, und wir werden Butter machen«, bescheidet sie Jochen. »Wir mußten zuletzt immer abliefern, es ist alles plombiert, aber ich weiß, wie ich das aufkriege. Und nun muß ich noch mal fort. Nur die Pferde müssen wir erst füttern.«

Els stellt keine Frage, Constanze hilft im Pferdestall. Bewundert die Stute, das Fohlen und den Hengst, der sich zutraulich an sie schmiegt, sich streicheln läßt. An die Menschen ist er gewöhnt, und es scheint, daß er ganz froh ist, wieder in seiner Box zu stehen.

»Schade, daß er uns nicht erzählen kann, was er erlebt hat«, sagt Constanze. »Kann man ihn reiten?«

»Ja, das kann man. Er ist sehr brav. Nur vor den Wagen spannen kann man ihn nicht.«

Sie stehen unter der Stalltür, blicken hinaus, es ist hell, die Sonne scheint, die Wiesen leuchten im Grün.

»Wenn man die Pferde hinauslassen könnte«, überlegt Jochen. »Aber ich wage es nicht.«

Constanze stimmt zu. »Besser nicht. Wer weiß, wer noch in der Landschaft herumstreunt. Und Pferde klaut sicher jeder gern.«

Sie schaut sich nach allen Richtungen um.

»Es ist wunderschön hier. Jochen, wie kommt es, daß ihr so abseits liegt?«

»Es war mal ein Vorwerk vom Gut, ein ziemlich großer Besitz, vierzig Hektar. Das Haus ist geräumig, die Ställe sind groß, und das Gesindehaus ist auch noch da. Ganz früher war es in Ordnung. Aber dann zog die Familie weg, das war im vorigen Jahrhundert. Verstehst du?«

Er duzt sie jetzt auch, es ist eine eigentümliche Vertrautheit entstanden in der vergangenen Nacht.

»Ja, und dann?«

»Dann hat es Herr von Renkow verpachtet. Der Vater vom jetzigen Renkow. Es war kein Vorwerk mehr, sondern ein Pachtbetrieb.«

»Aha«, sagt Constanze. »Und dann?«

»Die waren faul und ließen alles verkommen. Dann bekam es mein Großvater. Er war Großknecht auf dem Gut, er war sehr tüchtig und bekam es so gut wie geschenkt. Jetzt muß ich gehen.«

»Willst du nicht erst was frühstücken?«

»Später.«

Constanze sieht ihm nach, wie er wieder auf den Wald zustiefelt.

Er muß müde sein und hungrig, denkt sie. Aber er sucht diesen Ukrainer.

Jochen sucht Wali nicht. Er läuft unter dem jubelnden Morgenlied der Vögel den kleinen Pfad durch den Wald in Richtung Gut. Er muß wissen, was dort geschehen ist.

Er erfährt es gleich, als er an der Südkoppel ankommt.

Die Pferde sind draußen, das ist das erste, was er sieht. Und da ist auch einer der Knechte vom Gut, den er kennt. Er hat offenbar die Pferde herausgebracht, sitzt an den Zaun gelehnt und raucht eine Zigarette.

Während Jochen noch überlegt, was er machen soll, quer über die Koppel zu gehen oder außen herum den Weg zum Gut zu nehmen, hat Hinnerk ihn gesehen, kommt herangeschlendert.

»Was machst du denn hier?« fragt er.

Jochen runzelt die Stirn. Keiner der Knechte vom Gut hat ihn je geduzt.

»Das Gras steht gut«, sagt er.

»Ja, doch. Der Roggen auch. Bei dir doch sicher auch, was?«

»Ja.«

»Was willste denn?«

»Nichts. Nur mal kucken.«

»Wenn du zu dem Alten willst, den haben sie mitgenommen.«

»Was heißt das?«

»Ist Schluß mit den Junkern. Jetzt gehört alles uns.«

»Wem?«

»Na, uns. Dem Volk.«

Das sind bekannte Worte. Das Volk!

»Wer ist das?«

»Na, wir. Uns vom Gut gehört jetzt alles.«

»Wer sagt das?«

»So 'n Parteifunktionär. Der war hier und hat gesagt, jetzt gehört alles uns.«

»Wer ist uns?«

»Mensch! Verstehste nicht? Wir alle, die hier gearbeitet haben, uns gehört das jetzt.«

»Was für eine Partei?«

Hinnerk grinst. »Nicht mehr die Nazis. Ein Kommunist.«

»So, ein Kommunist. Wo kommt der denn her?«

»Der war eingesperrt. Und nu ist er da. Den mußte doch kennen.«

»Kenn ich nicht.«

»Kennste doch. Der hat früher schon immer hier Reden gehalten. Ehe sie ihn eingelocht haben.«

»Früher hat der Reden gehalten?«

»Eh die Nazis kamen«, Hinnerk grinst. »Der is nicht dumm. War mal Inspektor auf Groß-Landeck. Der Landecker hat ihn rausgeschmissen wegen seiner Reden. Weil er immer gesagt hat, die Junker müssen weg. Und denn war er eine Weile eingesperrt, und denn war er im Untergrund, wie er sagt.«

»Im Untergrund?«

»So nennt man das heute. Der bestimmt jetzt hier alles. War der bei dir noch nicht?«

»Bin ich ein Junker?«

»Nö, biste nicht. Du bist ein Bauer. Aber du mußt nun machen, was der will.«

»Und was will der?«

»Wird er dir schon sagen. Willste 'ne Zigarette? Sind russische. Schmecken ganz gut.«

»Ich rauche nicht«, sagt Jochen, legt die Hand über die Augen und späht in Richtung Gut.

»Den Alten haben sie mitgenommen, wenn du den suchst, hab ich doch schon gesagt.«

»Was heißt das, sie haben ihn mitgenommen?«

»Eingesperrt. Der hat hier nischt mehr zu sagen. Uns gehört das Gut.«

»Die Pferde auch?«

»Alles gehört uns.«

»Und wo ist Mareike?«

Mareike ist die alte Mamsell auf dem Gut. Jochen kennt sie seit seiner Kindheit.

»Die sitzt bloß da und flennt. Nützt nischt. Jetzt muß sie für uns kochen.«

»Und warum haben sie Herrn von Renkow eingesperrt?«

»Weil er 'n Junker ist. Ist doch klar, nicht?«

Jochen blickt auf die Pferde, die friedlich grasen.

»Jetzt können wir mal machen, was wir wollen«, sagt Hinnerk zufrieden und zündet sich eine neue Zigarette an.

»Na, denn macht das mal«, sagt Jochen und klopft Hinnerk

auf die Schulter. Er geht langsam zurück in den Wald, bleibt stehen, überlegt. Max von Renkow haben sie mitgenommen und eingesperrt. Wer? Die Russen? Die Bolschis? Oder dieser neue Parteifunktionär? Was hat sich denn geändert?

Max von Renkow ist ein Junker. Es ist sein Land, sein Gut. Seine Söhne sind tot.

Für Führer, Volk und Vaterland gefallen.

Jochen Lumin steigt wilde Wut in den Kopf. Es geht genauso weiter wie bisher. Schlimmer noch.

Die Junker. Die Bauern. War der denn noch nicht bei dir? Und dieser dreckige Knecht erlaubt sich, ihn zu duzen.

Von dieser Stunde an ist Jochen Lumin ein Rebell. Er weiß es noch nicht, aber er ist voller Wut, voller Widerspruch und auch voller Verzweiflung. Er steht im Wald und überlegt. Er könnte außenrum gehen, einen großen Bogen schlagen, dann käme er vorn zum Gutshaus. Aber der Renkow ist verschwunden, verhaftet, vielleicht schon tot.

Mit wem also soll er reden? Er geht tiefer in den Wald hinein, als die Bäume ihn verbergen, bleibt er stehen.

Wut und Zorn ersticken ihn fast. Da ist also einer, der bestimmt, was zu geschehen hat. Nicht die Russen, nicht die Bolschis, ein Parteifunktionär. Immer noch und schon wieder. Ein Kommunist. Er kennt keinen, der früher große Reden gehalten hat. Er hat sich um diese wie um jene nicht gekümmert. Er hatte gar keine Zeit dafür.

Er versucht, sich zu erinnern. Der alte Kumess fällt ihm ein, sein bester Knecht, fast ein Freund. Er kennt ihn, seit er lebt.

»So 'n rotes Großmaul ist das. Der Führer räumt mit diesen Burschen auf, da kann man sicher sein.«

So etwas Ähnliches hatte der mal gesagt, es ist lange her, und beachtet hat es Jochen damals nicht.

Wenn es der ist, den Kumess gemeint hat, dann hat der Führer nicht mit ihm aufgeräumt, er ist da. Vielleicht ist es auch ein anderer. Egal wer, Jochen denkt, was er nie in seinem Leben gedacht hat: Ich möchte weg aus diesem Land.

Ganz weit weg. Da war doch mal einer, der ist nach Amerika ausgewandert, einer aus Waren. Die Großmutter hatte von ihm erzählt. Aber in Amerika sind die Feinde.

Der Mann von Olga ist nach Afrika gegangen. Das ist auch schon lange her, man hat nie wieder von ihm gehört.

Olga! Nach ihr hätte er den dummen Hinnerk noch fragen müssen. Nein, mit dem redet er nie mehr ein Wort.

Ich lasse mir das nicht gefallen.

Jochen stapft mit großen Schritten durch den Wald.

Ich lasse mir das nicht gefallen. Ich mache das nicht mehr mit. Max von Renkow tot. Die Söhne, die so etwas wie Freunde waren, tot. Ich mache nicht mehr mit.

Olga ist auch die erste, nach der Elsgard fragt, als er zurückkommt. »Was ist denn mit ihr? Du hättest doch fragen müssen.«

»Ich rede mit dem Kerl nicht mehr.«

Sie sind in der Scheune, Jochen weidet mit grimmiger Miene das Reh aus. Els steht neben ihm, die Hände fassungslos zusammengeschlagen. Die Schauspielerin lehnt an der Wand.

Elsgard beginnt zu weinen. Monatelang hatte sie nicht geweint. Das erstemal wieder, als der Hund starb. Dann, weil sie betrunken war. Jetzt weint sie wegen Olga. Und wegen Max von Renkow, der wie ein Vater für sie war.

»Wer ist Olga?« fragt Constanze ruhig und legt den Arm um Elsgards Schultern.

»Sie ist ...« Elsgard schluchzt, dann erfaßt auch sie der Zorn. »Wir müssen sie holen«, schreit sie Jochen an. »Ich gehe sofort rüber aufs Gut und hole sie.«

»Du bleibst hier«, schreit er zurück. »Du kannst dort nichts tun.«

»Das werden wir ja sehen.«

»Komm, beruhige dich«, sagt Constanze. »Erzähl mal! Dann werden wir überlegen, was wir tun.«

Wir sagt sie, ganz selbstverständlich.

»Ohne Olga wäre ich vermutlich nicht am Leben«, sagt Els, nachdem sie wieder sprechen kann. »Meine Mutter starb bei meiner Geburt. Ich war ein schwächliches Kind. Ich kam zu früh. Es muß sehr schwierig gewesen sein, ich meine, die Geburt. Meine Mutter starb.«

Constanze zieht sie etwas fester an sich. »Ja, das hast du schon gesagt. Und diese Olga hat also für dich gesorgt.«

»Sie hat für uns beide gesorgt, für Inga und für mich. Sie hat alles für uns getan, sie hat uns aufgezogen. Ich weiß gar nicht, wie wir ohne sie hätten leben sollen.«

Olga war selbst noch jung, als ihr die mutterlosen Kinder anvertraut worden waren. Sie war die Tochter eines Lehrers aus Waren, hatte mit achtzehn einen Jungen geheiratet, den Sohn eines total verschuldeten Gutsbesitzers aus der Gegend. Der Junge wurde dann Eleve bei Renkow, so kam Olga auf das Gut. Und dort blieb sie, nachdem ihr Mann sie verlassen hatte. Nicht im Bösen, sie sollte nachkommen, hieß es zunächst. Er ging nach Afrika. Deutsch-Ost, damals deutsche Kolonie. Man hörte nie wieder von ihm.

Olga, die selbst keine Kinder hatte, wurde für die Söhne auf Renkow und erst recht für die beiden kleinen Mädchen die Mutter.

»Sie ist doch schon alt«, sagt Elsgard später in der Küche, als sie Constanze die Geschichte erzählt hat. »Und sie kann schlecht laufen, ihre Knie sind krank.«

»Rheuma«, vermutet Constanze. »Dann wird ihr wohl keiner was tun, denke ich.«

»Ich muß sofort aufs Gut.«

»Du hast doch gehört, was Jochen gesagt hat.«

»Ich laufe durch den Wald«, sagt Els eigensinnig.

»Warte noch bis morgen. Vielleicht ist dann dieser Hinnerk nicht bei den Pferden. Und weißt du was? Ich komme mit. Dann bist du nicht allein.«

»Du?«

»Klar. Warum denn nicht? Und weißt du noch was? Ich binde mir noch ein Tuch um den Bauch, da sehe ich aus wie hochschwanger. Und du bindest dir auch ein Tuch um den Bauch, da siehst du genauso aus. Da wird uns schon keiner was tun.«

»Was dir alles so einfällt!« staunt Els.

»Du sagst einfach, ich bin deine Cousine.«

»Ich habe keine Cousine.«

»Vielleicht Jochens Cousine?«

»Er hat auch keine. Das wissen die doch.«

»Vielleicht eine andere Verwandte.«

»Wir haben keine Verwandten.«
»Ach, zum Teufel, mir fällt schon noch was ein.«

Sie gehen am nächsten Tag nicht durch den Wald, Jochen verbietet es. Auch nicht am übernächsten Tag, obwohl Elsgard pausenlos davon redet.

Die Tage vergehen in einer gespannten Unruhe, Jochen redet kaum, er arbeitet den ganzen Tag, im Stall, in der Scheune, richtet einen gebrochenen Zaun, geht auf die Felder hinaus, auf die Weiden, bringt für eine kurze Zeit die Pferde auf die Koppel, spannt sie in den leeren Dreschflegel, sie müssen schließlich bewegt werden. Wenn die Pferde draußen sind, bleibt er in der Nähe, das Gewehr unter dem Koppelzaun versteckt. Er ist von der wilden Entschlossenheit erfüllt, sich zu wehren gegen jeden, der kommen mag. Er reitet mit dem Hengst ein Stück in den Wald hinein, das Gewehr quer über dem Sattel. Führt die Stute und das Fohlen für kurze Zeit auch hinaus.

»Er ist verrückt«, sagt Elsgard voller Angst.

»Ich kann ja bei den Pferden bleiben«, bietet Constanze an.

Sie trägt jetzt auch ein Kopftuch, wenn sie ins Freie geht, und hat sich, wie angekündigt, ein Tuch um den Bauch geschlungen, sieht aus wie im neunten Monat.

»Da gewöhne ich mich wenigstens daran«, sagt sie und lacht dazu. Aber es ist ein verkrampftes Lachen.

Elsgard erledigt ihre Arbeit im Stall, bereitet aus den Kohlköpfen Gemüse und brät die ersten Stücke vom Reh.

Constanze hilft ihr, nimmt Belehrungen entgegen, denn endlich ist da etwas, was sie nicht kann: kochen.

Aber immerhin kann sie Kartoffeln schälen und den Kohl zerhacken. Das tut sie mit gemischten Gefühlen.

»Riecht komisch«, findet sie.

»Wenn er gekocht ist, wird er dir schmecken«, antwortet Els.

Die beiden Frauen verstehen sich großartig. Sie schweigen nicht, sie reden.

Elsgard lernt den Inhalt verschiedener Theaterstücke kennen, weiß nun, wer Rosalinde ist und Cordelia, Constanzes Traumrolle, und Constanze sagt: »Weißt du, was ich am allerliebsten gespielt hätte? Die Jungfrau.« Und auf Elsgards fragenden Blick: »Die Jungfrau von Orleans.« Und sie deklamiert: »Lebt wohl, ihr Berge, ihr geliebten Triften ...« Sie kann das auswendig von vorn bis hinten.

»Paul hat gesagt, das ist keine Rolle für mich. Na, warum denn nicht? Schiller, weißt du. Er meinte, eher wär's die Jeanne d'Arc von Shaw.«

Kann sie auch von vorn bis hinten, läßt den Kartoffelschäler sinken und bringt die Gerichtsszene aus der ›Heiligen Johanna‹.

»Was du alles gelernt hast«, sagt Elsgard respektvoll. »Alles auswendig.«

»Klar. Habe ich schon in der Schauspielschule gelernt.«

»Ich könnte mir das nie merken.«

Elsgard bereitet zunächst das Rehragout, erklärt dazu: »Eigentlich müßte der Bock noch ein paar Tage abhängen.«

»Wir sind ja auch noch lange nicht fertig damit«, findet Constanze. Sie trägt ein Paar Hosen von Heiner, eine alte Jakke von Els und ein Paar Schuhe von ihr. »So findet man sich«, stellt sie befriedigt fest. »Du hast Schuhgröße achtunddreißig, genau wie ich.«

Elsgard kennt auch Constanzes Lebensgeschichte, der Ärger mit ihren Eltern, die in Frankreich verschollene Mutter, deretwegen sich Constanze große Sorgen macht.

»Mami ist wunderbar. Sie hat nur den falschen Mann geheiratet.«

Constanzes Vater kommt in diesen Erzählungen nicht besonders gut weg. »Ein Spießer«, fertigt ihn seine Tochter ab. »Und von Hitler war er begeistert. Was er sich wohl gedacht hat, als die Bomben ihm auf den Schädel fielen?«

Genauso kennt sie Elsgards Lebenslauf. Das Gut, die Renkows, Inga, Jochen, Olga. Elsgard spricht sogar von Heiner, das erstemal seit er tot ist, und sie spricht von Karolinchen.

»Ich bin schuld«, sagt sie. »Laß sie auf den See hinauslaufen. Im März.« Das blaue Mäntelchen im Eis.

Constanzes blaues Bühnenkleid hängt gebügelt und wie neu am Schrank in Heiners Zimmer.

»Kaum zu glauben«, sagt Constanze und fährt mit den Fingern durch die blaue Seide. »Was die noch für gute Stoffe gehabt haben, mitten im Krieg. Das war das Werk von Goebbels. Ich war mal vor zwei Jahren in Berlin in der Scala. Diese Kostüme! Das Feinste vom Feinen. Die Artisten hatten ihre eigenen, klar. Aber der Chor. Das Ballett. Und die Beauties. Die hießen Beauties, mitten im Krieg. Standen nur auf den Treppen herum und waren schön.«

Kleine Pause. »Es gab schöne Frauen in Berlin.«

»Du bist auch schön.«

»War ich mal.«

Sie ist auch jetzt noch schön. Oder besser gesagt, reizvoll, apart. Auch in Heiners alten Hosen, das Tuch um den Bauch, das Kopftuch umgebunden.

So geht sie hinaus zu Jochen, stellt sich an den Koppelzaun. Sieht das Gewehr, er macht sich kaum die Mühe, es zu verbergen.

»Ich kann bei den Pferden bleiben. Mir tut keiner was.«

Schiefer Blick nach unten. »Schießen kann ich auch.«

Jochens finstere Miene erhellt sich leicht, wohl aus Höflichkeit. »Bleib du nur bei Els«, sagt er.

Und als er am Nachmittag mit Widukind vom Waldrand herübergeritten kommt: »Ich kann ihn auch bewegen.«

»Das mache ich«, weist Jochen sie zurück.

Dabei ist der Hengst sehr brav, er war nie schwer zu reiten, er liebt die Menschen, die zu ihm gehören.

Jochen ist abgesessen, streicht dem Hengst über den Hals.

»Geht nicht mit jedem Hengst so. Manche sind sehr ungebärdig. Auf dem Gut hatten sie einen, den konnte keiner reiten. Fritz ist oft mit ihm gestürzt.«

»Er hat eine gute Zeit bei euch gehabt, nicht? Er hat viel Liebe gekriegt. Das ist es wohl.«

»Auf dem Gut wurden die Pferde immer gut behandelt. Obwohl«, Jochen überlegt, »die Knechte waren vielleicht manchmal roh. Und ein Hengst ist ein Hengst. Er vergißt nie, wenn ihn einer geschlagen oder mit der Mistgabel trak-

tiert hat. Der hier war immer bei uns, seit seiner Jugend.«
Und da war der Ukrainer, der sein Freund war.

Jochen blickt hinüber zum Wald, und Constanze weiß sofort, was er denkt. »Hast du ihn gefunden?« fragt sie.

»Nein. Er ist in den Wäldern. Oder ans Meer. Oder ...«

Sie haben alle Ställe und Scheuern nach ihm abgesucht, nach einem Zeichen seiner Gegenwart. Nichts.

Und dann, drei Tage später, Constanze und Elsgard sind im Haus, Jochen ist auf die Felder gegangen, kommt der erwartete und befürchtete Besuch.

Constanze hat gerade Elsgard ein Tuch um den Bauch geschlungen, unter ihrem Kittel.

»Nun siehst du auch schwanger aus. Und morgen gehen wir zu deinem Gut und suchen deine Olga. Wäre doch gelacht, wenn wir das nicht fertigbrächten. Wir gehen einfach, wenn Jochen draußen ist.«

Elsgard hört das bekannte Knattern.

»Mein Gott«, sagt sie.

Im Hof steht der alte DKW, und davor steht der dicke Giercke.

»Tach, Elschen«, sagt er. Und dann: »Nanu, kriegst du denn ein Kind?«

»Herr Giercke«, sagt Elsgard fassungslos.

»Da staunste, was? Und du kriegst 'n Kind. Und ich hab das nicht gewußt. Na so was aber auch.«

»Herr Giercke«, wiederholt Elsgard dumm.

»Ich hab dir auch was mitgebracht.«

Unter der Tür ist Constanze erschienen, ohne das Tuch um den Bauch, aber wenigstens eins um den Kopf.

»Wer ist denn das?« fragt Giercke mißtrauisch.

»Meine ... meine Cousine«, stammelt Els.

»Du hast 'ne Cousine? Wußt ich gar nicht.«

»Sie kommt aus Berlin«, sagt Elsgard und blickt hilfesuchend zur Tür. Constanze kommt lässig näher, auch unter dem Kopftuch blitzen ihre Augen, funkelt ihr Lächeln.

»Ich bin ein Seitensprung«, sagt sie. »So was gibt's ja, nicht?«

Giercke steht und staunt. Constanze ordnet ihn sofort richtig ein. Streicht das Kopftuch hinunter, ihr Lächeln würde einen Eisberg zum Schmelzen bringen.

»'ne Cousine, so«, sagt Giercke benommen.

»Es gibt ja immer so dunkle Flecken in einer Familie. Wissen Sie doch, nicht? Ich hab Elsgard zwar nur selten getroffen. Aber als es so schlimm wurde mit den Straßenkämpfen in Berlin, bin ich hierhergekommen. Willst du mir den Herrn nicht vorstellen, Elsgard?«

»Das ist Herr Giercke«, sagt Els.

»Freut mich, Sie zu treffen, Herr Giercke.«

Auch ohne Schminke, auch in Heiners alten Hosen, ist sie eine umwerfende Erscheinung. Herr Giercke bringt so etwas wie eine Verbeugung zustande. Constanze reicht ihm die gehobene Hand, er küßt sie nicht, so weit geht es nicht, aber er ist sichtlich beeindruckt.

»Sie kommen aus Berlin«, sagt er respektvoll.

»Ja. War nicht mehr angenehm.«

Angenehm, sagt sie und fügt hinzu: »Ich bin ausgebombt. War schrecklich. Ich wußte nicht, wohin ich sollte. Aber hier ist es so schön friedlich. Eine wunderbare Luft.«

Giercke steckt die Nase hoch, nicht gerade, daß er schnuppert, aber beinahe.

»Eine schöne Luft«, wiederholt er dämlich.

»Wissen Sie, in Berlin stank es nur noch nach Rauch und Leichen. Schrecklich! Nicht auszuhalten.«

Sie denkt natürlich, es ist dieser Parteifunktionär, und sie ist entschlossen, ihn sofort zu einem Partner zu machen.

»Herr Giercke«, sagt Els, »ich dachte ...«

»Du dachtest, ich bin nicht mehr da, Elschen. Ich bin da. Und jetzt erst recht. Ich bin ein alter Sozi. Weißt du das nicht?«

»Nein, Herr Giercke, das weiß ich nicht.«

»Nun weißt du es. Mich brauchen sie jetzt hier. Das mit den Nazis, das war nur so ...«, er überlegt, kommt schließlich zu der Formulierung, »war Verstellung, weißt du. Man tut so als ob. Und so kommt man über die Runden.«

Constanze sieht Els an. »Sollten wir Herrn Giercke nicht

hereinbitten und einen Korn mit ihm trinken«, sagt sie. In der Flasche ist noch ein Rest, sie haben in den letzten Tagen nichts davon getrunken.

Giercke wirft einen Blick in die Runde.

»Eigentlich müßte ich mich hier ja mal umsehen«, sagt er. »Aber es hat sich ja wohl nichts geändert, wie? Wo ist Jochen?«

»Draußen«, sagt Elsgard.

Bei einem Korn wird das Gespräch dann sehr gemütlich. Constanze erzählt von Berlin, von den Straßenkämpfen, von den hereinrückenden Russen, als sei sie dabeigewesen. Und sie spricht mit aller Gelassenheit von Hitlers Selbstmord.

Herr Giercke nickt genauso gelassen.

»Konnte ja gar nicht anders kommen«, sagt er.

Elsgard greift sich mit beiden Händen an den Kopf, als er nach dem zweiten Korn gegangen ist.

»Das kann man nicht glauben«, sagt sie.

Immerhin hat er einen großen Schweinebraten dagelassen und einen Topf mit Schmalz. Und er hat versprochen, sich um Olga zu kümmern. Und Max von Renkow würde gar nichts passieren.

»Wir wissen schließlich alle, daß er kein Nazi war«, sagt er großartig. »Den bring ich bald raus.«

Constanze hebt die Flasche hoch.

»Fast leer. Ist offenbar wichtig. Wir hätten dem verflossenen Ortsbauernführer ... nicht, so hieß das doch? Also, wir hätten ihm sagen müssen, daß er uns das nächstemal eine Flasche Korn mitbringen soll.«

»Das nächstemal?«

»Du kannst sicher sein, daß er bald wiederkommt. Und solange sie ihn hier regieren lassen, wird es uns nicht schlechtgehen.«

»Ihn hier regieren lassen – wie meinst du das?«

»Elsgard, mein Schatz, daß der ein Nazi ist, sieht ein Blinder ohne Laterne. Sie werden ihm schon draufkommen.«

Aber zunächst ist er da und erweist sich als Freund. Schon am nächsten Tag kommt der DKW wieder auf den Hof geholpert, Giercke bringt Olga und wirklich eine Flasche Korn mit.

»Ich muß mich doch revanchieren«, grinst er und überreicht die Flasche Constanze.

»Für so 'ne hübsche Cousine tu ich alles«, charmiert er.

Elsgard fällt Olga um den Hals, die schiebt sie von sich und betrachtet sie mißtrauisch.

»Du bekommst ein Kind, sagt Herr Giercke?«

Elsgard trägt heute einen weiten blauen Kittel, es sind sogar Blutflecke darauf, die stammen von dem Bock.

»Ja doch«, sagt Elsgard hastig. »Erzähl ich dir später. Bleibst du hier?«

»Wenn ihr mich haben wollt.«

Sie hebt eine Kiste aus dem Auto, zwei junge Hühner sind darin, und ganz hinten sitzt verschüchtert ein kleiner Hund.

»Das ist Theo, den konnte ich nicht dort lassen. Und die Hühner habe ich mitgebracht, damit ich mal ein Ei bekomme.«

»Die können wir gut brauchen«, sagt Els. »Und das ist dein Hund?«

»Ich hoffe, Mutz wird sich mit ihm vertragen.«

Constanze nimmt den Hund auf den Arm, legt ihr Gesicht an seine kleine feuchte Schnauze.

»Gott, ist der süß. Herr Giercke!« Ihr strahlendes Lächeln. »Sie kommen mir vor wie der Weihnachtsmann.«

»Darauf wollen wir gleich mal einen trinken«, sagt Giercke mit breitem Lächeln und steuert mit Constanze und dem Hund ins Haus.

»Und das ist also deine Cousine«, Olga sieht Elsgard streng an.

»Erklär ich dir alles später. Wir müssen sehen, daß wir den Weihnachtsmann bald loskriegen.« Elsgard kichert nervös. »Ich bin so froh, daß du da bist. Und was ist mit Mareike?«

»Die ist schon gestern fort. Zu ihrer Tochter. Sie kommt erst wieder, wenn Herr von Renkow wieder da ist, hat sie gesagt. Els! Was soll das alles bedeuten? Kriegst du wirklich ein Kind?«

»Das sagen wir bloß so. Weil wir denken, daß man schwangere Frauen nicht vergewaltigt.«

»Wer ist wir?«

»Constanze und ich.«

»Das ist die Cousine.«

»Was machen wir mit Giercke?«

»Der muß gleich wieder weg. Zu einer Parteiversammlung in Waren.«

»Ist er wirklich ein Sozi?«

»Er behauptet es. Ich kann mich nicht daran erinnern. Wo ist Jochen?«

»Draußen.«

Constanze und Giercke stehen im Wohnzimmer, jeder hat ein Glas in der Hand, der kleine Hund sitzt auf dem Sofa.

»Na, kommt schon!« ruft Constanze. »Herr Giercke erzählt gerade, wie er es fertiggebracht hat, daß die Nazis ihn nicht eingebuchtet haben. Und nun gründen sie die Sozialdemokratische Partei neu. Heute in ... in ... wie heißt das gleich?«

»In Waren«, hilft Giercke aus. »Wir lassen die Kommunisten nicht allein im Land herrschen. Nee, das denn doch nicht.«

»Wo bekommen Sie denn auf einmal so viele Sozis her, um eine Partei zu gründen?« fragt Elsgard.

»Da werden Sie staunen, wie viele sich da einfinden. Na, denn prost!«

Constanze hat noch zwei Gläser gefüllt, reicht eins Olga, das andere Elsgard.

»Prost«, sagt sie.

»Mit der Diktatur ist Schluß«, tönt Giercke. »Jetzt bekommen wir eine Demokratie.«

Olga nimmt Elsgard das Glas aus der Hand.

»Schwangere Frauen sollen keinen Schnaps trinken. Prost, Herr Giercke.«

»Na denn, auf gute Freundschaft, Frau Petersen.«

Olga Petersen zieht ein wenig den linken Mundwinkel hoch.

Die gute Freundschaft könnte er wohl gebrauchen. Er weiß, daß sie ihn nicht leiden kann, und sie weiß, daß er immer einen Bogen um sie gemacht hat.

Übrigens ist dies der letzte Besuch von Giercke, sie sehen ihn nie wieder. Die alten oder neuen Genossen in dieser oder jener Partei sind ihm wohl nicht auf den Leim gegangen.

Dafür kehrt Max von Renkow zwei Wochen später auf sein Gut zurück, und es geht dort alles weiter wie bisher. Auch die alte Mareike findet sich wieder ein.

Der Parteifunktionär, von dem Hinnerk sprach, ist wirklich ein echter alter Kommunist, und es stimmt, daß er früher einmal Inspektor auf Groß-Landeck war. Er weiß, was er von dem Gutsherrn auf Renkow zu halten hat, und das Wichtigste für ihn sind nicht Parteiquerelen, sondern die Arbeit. Hermann Broders, so heißt der Mann, will möglichst bald Ordnung im Land haben, und das Allerwichtigste ist die nächste Ernte. Das erklärt er Jochen bei seinem ersten Besuch auf dem Hof, der mehr als drei Wochen später stattfindet.

»Ich weiß, daß Sie immer gut abgeliefert haben.«

Er besichtigt den Hof genau, die Gebäude, die Ställe und die Scheuern, die Tiere, die Geräte und die veralteten Maschinen. Ein zweiter Mann, den er mitgebracht hat, schreibt alles genau auf.

»Sie werden Pferde bekommen«, verspricht Broders, »und Leute für die Arbeit. Es sind genügend Flüchtlinge in der Gegend, die arbeiten können. Platz haben Sie ja genug, Herr Lumin.«

Jochen schweigt, er sieht und hört sich das alles mit gemischten Gefühlen an. Das ist sein Hof, seines Vaters Hof, seines Großvaters Hof, hier ist noch keiner rumgelaufen und hat alles besichtigt und jedes Stück bis zum letzten Nagel notiert.

»Wieso haben Sie keine Schweine?« will Broders noch wissen.

»Wir haben sie vor zwei Jahren aufgegeben. Es blieben uns zu wenig Kartoffeln für die Fütterung«, erwidert Jochen mürrisch.

»Die Schweinezucht werden Sie wieder aufbauen«, das klingt wie ein Befehl. »Die Koben sind noch da, wie ich gesehen habe.«

Er steht eine Weile nachdenklich vor dem Hengst, dann gehen sie zu der kleinen Koppel hinter dem Haus, wo Dolka mit ihrem Fohlen weidet. »Wollen Sie weiter züchten?« fragt Broders.

Jochen zieht die Schultern hoch.

»Das sind keine Arbeitspferde«, stellt Broders fest. »Man müßte dem Hengst dann eine andere Stute zuführen.«

Jochen schweigt. Er ist versucht zu sagen, der Hengst und die Stute gehören Herrn von Renkow. Aber er sagt es besser nicht. Man muß sehr genau überlegen, was man sagen darf und was nicht, insoweit hat sich nichts geändert. »Die beiden sind nur unnütze Fresser«, so hat es Giercke ausgedrückt.

Hermann Broders kommt dann noch mit ins Haus, der Mann mit dem Notizblock bleibt draußen.

Elsgard arbeitet in der Küche. Constanze ist nicht da, sie ist an diesem Tag im Bett geblieben. Sie hat sich am Abend zuvor und auch an diesem Morgen mehrmals übergeben. Das ist neu, das ist bisher nicht geschehen, und Elsgard hat sie ängstlich gefragt: »Du hast doch nicht wieder was geschluckt?«

»Ach, laß mich in Ruhe! Ich habe nichts mehr zum Schlucken. Mir ist ganz von selbst zum Kotzen.« Sie kann nicht nur heiter und unterhaltsam, sondern auch unleidlich sein.

Olga gelingt es, die Atmosphäre etwas aufzulockern. Sie erinnert sich an diesen Mann, er ist ihr nicht unsympathisch mit seinem gefurchten Gesicht und dem eisgrauen Haar.

»Ich war mal mit Alexander von Renkow bei dem Grafen«, erzählt sie. »Es ging um das Jagdrecht. Die Jagdgäste des Grafen waren auf unser Gebiet gekommen und hatten dort ziemlich wahllos alles geschossen, was sie erwischen konnten.«

»Ich weiß es noch genau«, sagt Broders. »Es ging um Schwarzwild. Das war damals eine große Plage, es verwüstete die Felder. Und Herr von Renkow konnte eigentlich froh sein, wenn so viel wie möglich davon abgeschossen wurde.«

»Das hat er lieber selbst besorgt. Und es handelte sich nicht nur um Schwarzwild.«

Hermann Broders lächelt nun. Das hat er den ganzen Vormittag über nicht getan.

»Sie haben ein gutes Gedächtnis, Frau Petersen.«

»Sie aber auch, Herr Broders«, gibt Olga zurück.

»Es war 1932. Kurz darauf hat der Herr Graf mich entlassen.«

»Ja«, sagt Olga langsam. »Ich weiß auch, warum.«

Broders neigt den Kopf zur Seite und sieht sie fragend und gleichzeitig wohlwollend an.

»Wegen aufrührerischer Reden, die Sie dem Personal hielten. Oder Hetzreden, wie der Graf es nannte.«

»Er nannte es so, ja. Und ich hielt sie nicht dem Personal, sondern den umliegenden Bauern.«

»In den Dörfern und in der Stadt.«

Broders nickt. Elsgard hört ängstlich vom Herd aus diesem eigenartigen Gespräch zu.

»Es hieß, Sie wären ein Kommunist, Herr Broders«, sagt Olga.

Er nickt. »Das bin ich noch.«

»Na ja, dann liegen Sie jetzt ja richtig. Und wie haben Sie überlebt, Herr Broders?«

»Die Nazis haben mich zuerst in ein Konzentrationslager gesperrt«, sagt er freundlich. »Sie werden davon gehört haben?«

Olga schüttelt den Kopf. »Es war nie davon die Rede auf dem Gut.«

Broders blickt Olga, die ihm aufrecht gegenübersteht, eine kleine Weile in die Augen.

»Nun, ich denke, Sie werden jetzt öfter davon hören«, sagt er genauso freundlich wie bisher.

»Wollen Sie sich nicht setzen?« fragt Olga mit einem Lächeln und weist mit der Hand auf einen der Küchenstühle.

»Ich habe eigentlich keine Zeit«, erwidert er, aber er setzt sich doch.

Olga zu Jochen: »Haben wir nicht noch einen kleinen Korn für unseren Besuch?«

Jochen schweigt verbittert, doch Elsgard greift in den Schrank und bringt die Flasche von Giercke, die sie bisher nicht geöffnet haben.

»Seltene Schätze in diesen Tagen«, stellt Herr Broders fest. »Nein, danke.« Und zu Jochen gewandt, der immer noch wie angenagelt an der Tür steht: »Brennen Sie selbst, Herr Lumin?«

»Nein«, sagt Jochen widerwillig. »Das haben wir nie getan.«

Hermann Broders nimmt dann doch das Glas, das Olga gefüllt hat, und auf ihren herrischen Blick kommt Jochen zum Tisch und nimmt auch eins.

Olga hat auch sich selbst eingeschenkt, sie sagt: »Prost, Herr Broders. Auf gute Zusammenarbeit, so muß man wohl jetzt sagen.«

Ehe er trinkt, blickt er zu Elsgard am Herd.

»Bekommen Sie nichts, Frau Lumin?«

»Sie erwartet ein Kind«, sagt Olga in aller Gemütsruhe und übersieht Jochens erstaunten Blick. »Da darf sie nichts trinken.«

»Also dann, zum Wohl.«

Sie kippen alle drei den Schnaps, Jochen mit widerwilliger Miene, Olga lächelnd und Herr Broders mit geübter Hand.

»Wieso sind Sie hier, Frau Petersen?« fragt Broders, nachdem er sich ordentlich die Lippen abgewischt hat. »Sie waren doch immer auf dem Gut bei den Renkows.«

»Sie wissen ja wohl, daß Herr von Renkow eine Zeitlang nicht da war. Und Elsgard braucht mich jetzt.« Und wieder ihr Lächeln. Constanze könnte ihr, wenn sie diese Szene miterlebte, nur bescheinigen, daß sie auch eine gute Schauspielerin ist.

»Und wie sind Sie dann herausgekommen, aus diesem – wie nannten Sie es?«

»Konzentrationslager hieß diese Erfindung der Nazis.«

Olga legt den Kopf in den Nacken und scheint zu überlegen.

»Der Ausdruck ist mir nicht fremd. Konzentrationslager«, spricht sie pointiert aus. »Ist es nicht eine Erfindung der Engländer? Aus dem Burenkrieg?«

Nun ist es an Herrn Broders zu staunen.

»Kann sein, ja. Sie kennen sich gut aus in Geschichte.«

»So ist es. Nachdem die Kinder erwachsen waren, hatte ich viel Zeit zum Lesen. Herr von Renkow hat eine sehr gute Bibliothek.«

Nun muß Herr Broders sogar lachen. »Die gab es auf Groß-Landeck auch. Ich habe mir dort manchmal Bücher ausgeliehen. Obwohl der Herr Graf es nicht besonders gern sah.«

»Warum?«

»Nun, er meinte wohl, ein Inspektor habe wichtigere Dinge zu tun, als Bücher zu lesen. Doch ich bezweifle, daß die Lager der Briten so bösartig waren wie die der Nazis.«

»Jede Zeit hat ihre Gesetze«, sagt Olga ruhig. »Und die Menschen sind wohl seit der Jahrhundertwende nicht viel besser geworden. Wissen Sie, Herr Broders, ich habe mich dafür interessiert, weil mein Mann damals nach Afrika ging. In eine deutsche Kolonie namens Deutsch-Ost. Wissen Sie das?«

»Nein, das weiß ich nicht.«

Elsgard steht jetzt mit dem Rücken zum Herd, fasziniert von diesem Gespräch. Und sie denkt, was sie ihr Leben lang gedacht hat: Diese Olga, sie ist einfach wundervoll. Und das mit dem Burenkrieg hat sie uns auch erzählt, ich erinnere mich genau.

»Wenn das Lager bösartig war, wie sind Sie dann herausgekommen, Herr Broders?« fragt Olga.

Broders ist nun ganz gelockert, er nimmt ohne Widerspruch das nächste Glas entgegen, das Olga ihm reicht.

»1937 kam ich heraus, ein wenig demoliert, aber immerhin noch am Leben. Meine Organisation schleuste mich nach Norwegen.«

»Ihre Organisation?«

»Die kommunistische Partei.«

»Die gab es noch?«

»Aber gewiß doch.«

»Und dann?«

»Über Schweden kam ich nach Finnland. Während des Krieges.«

»Ach ja, der finnische Winterkrieg. Die Finnen waren sehr tapfer.«

»Gewiß, das waren sie. Aber es nützte ihnen nichts. Dann war ich eine Zeitlang in Moskau, aber da gefiel es mir nicht.«

»Gefiel es Ihnen nicht, Herr Broders? Aber da waren Sie doch an der richtigen Adresse.«

»Ich bin ein Landmensch, in der Stadt fühle ich mich nicht wohl. Ich ging dann ins Baltikum. Die baltischen Herren waren vertrieben. Oder wie es hieß: Hitler hatte sie heim ins Reich geholt. Aber die Güter mußten schließlich bewirtschaftet werden. Es war ein schönes Schloßgut in Estland nahe dem Meer, das ich leitete.«

»Und dann?« fragt Olga hartnäckig.

»Dort lernte ich unter anderem Russisch«, sagt Hermann Broders triumphierend.

»Das ist Ihnen sicher jetzt sehr nützlich.«

»Da haben Sie wohl recht.«

Elsgard blickt erschrocken nach oben. Sie hat ein Geräusch gehört. Hoffentlich kommt Constanze nicht gerade jetzt herunter.

»Das ist ja allerhand«, sagt sie, und es ist der erste Satz, den sie spricht, seit dieser Mann ihre Küche betreten hat. Broders lächelt ihr zu.

Und Olga, sie hat das Geräusch auch gehört, sagt: »Ein interessanter Lebenslauf. Was ein Mensch alles erleben kann in dieser Zeit.«

Der Satz gefällt ihr nicht, also steht sie auf, tritt an den Herd, blickt in die Töpfe.

»Bleiben Sie zum Essen, Herr Broders?«

Diesmal schmort ein Stück von dem Schweinebauch im Topf, den Giercke gebracht hat.

Broders steht auf.

»Nein, vielen Dank. Ich habe noch zu tun.«

Er streckt Elsgard die Hand hin, die sie zögernd ergreift.

»Alles Gute, Frau Lumin. Es ist vielleicht momentan noch alles ein wenig durcheinander. Aber nicht für Sie. Ihr Kind wird in einem gesunden, vernünftig regierten Staat aufwachsen.«

Jochen hat die Hände in den Hosentaschen, also macht Herr Broders keinen Versuch, ihm die Hand zu reichen. Dumm ist er nicht. Er kann sich die Gefühle des Bauern Lumin vorstellen.

Olga bringt ihn zur Tür, und Jochen folgt langsam.

»Das Ablieferungssoll wird höher sein als bisher, Herr Lumin«, sagt Broders zum Abschied. »Es gibt viel aufzubauen. Wir müssen die zerstörten Städte beliefern. Berlin vor allem.«

Jochen blickt dem Auto nach, als es vom Hof rollt. Seine Stirn ist gerötet, die Rebellion ist wieder da.

Es wird die Zeit kommen, in der er sich nach Hermann Broders zurücksehnt.

Die Cousine war diesmal nicht dabei.

Und auf dem Hof führt Olga nun Regie.

Olga

DIE FORMULIERUNG, daß Olga Regie führt, stammt natürlich von Constanze, der Schauspielerin. Und Olga erweist sich als guter Regisseur. Constanze bringt das Kind zur Welt, als sich die Ernte auf dem Höhepunkt befindet, da hat keiner Zeit, sich darum zu kümmern, was im Haus passiert. Es gibt zwei Pferde mehr im Stall, und im Gesindehaus wohnen nun fünf Männer, zwei jüngere, zwei ältere, Flüchtlinge aus Schlesien, aus Böhmen, einer stammt aus Brandenburg, über sein Dorf ist der Krieg, sind die einrückenden Russen in aller Härte hergefallen, sein Hof ist abgebrannt, seine Eltern sind umgekommen. Er ist noch jung, er ist verbittert, er redet kaum, aber er ist ein guter und fleißiger Arbeiter. Das einzige, was er sagt, immer wieder: »Lange bleib ich nicht hier, Herr Lumin. Ich will nie wieder einen Russen sehen.«

Von den Flüchtlingen hat nur einer eine Frau, die hat den Kuhstall übernommen.

Hermann Broders kommt einmal während der Ernte kurz vorbei.

»Läuft ja alles gut, Herr Lumin.«

Jochen nickt und schweigt. Er arbeitet selbst von vier Uhr früh bis in die Nacht.

Er ärgert sich über die Frauen und ihre Lügen. Was geschieht, geschieht gegen seinen Willen.

Olga hat wie gesagt die Regie übernommen. Als sie von dem ganzen Drama erfuhr, und das war am ersten Tag ihres Aufenthalts, hat sie sich nicht weiter dazu geäußert. Bis auf die seltsame Bemerkung bei dem ersten Besuch von Broders: »Sie bekommt ein Kind.« Was sich auf Elsgard bezog.

Sie weiß selber nicht genau, warum sie das gesagt hat. Schuld ist Constanze, die erzählt hat, wie sie sich Tücher um den Bauch gewickelt haben, um auch bei Elsgard eine Schwangerschaft vorzutäuschen. »Wir können ja so tun, als ob sie das Kind bekommt, nicht? Sie will ja nicht, daß ich mich umbringe. Und den Bastard töte ich ganz bestimmt.«

Und dann, und es ist ihr anzumerken, daß sie sich schon Gedanken gemacht hat: »Es gibt da ein Stück von Gerhart Hauptmann. Es heißt ›Die Ratten‹. Da täuscht eine Frau eine Schwangerschaft vor und nimmt sich dann das neugeborene Kind einer anderen Frau. Die heißt ...«

»Schon gut«, sagt Olga. »Ich kenne das Stück. Das ist eine verrückte Idee, Constanze.«

»Sie stammt nicht von mir. Von Gerhart Hauptmann.«

»Das kommt nicht in Frage. Wir sind hier nicht im Theater.«

»Diese Frau täuscht ja ihren Mann damit. Er soll glauben, sie bekommt ein Kind. Weil es nie geklappt hat. Und der Mann fällt darauf rein und dann ... Ich meine, Jochen wird ja nicht getäuscht. Er weiß Bescheid. Dann könnt ihr das Kind behalten, falls es denn lebendig zur Welt kommt, was hoffentlich nicht der Fall sein wird.«

Sie ist ganz verrannt in diese Geschichte, redet immer wieder davon. Es geht ihr nicht gut in dieser Zeit, sie ißt kaum, ist blaß und hohlwangig, die Heiterkeit nach ihrer Rettung aus dem See ist verschwunden.

Und dann also Olgas Bemerkung zu Broders: »Sie bekommt ein Kind.«

Jochen sagt: »Ich verbiete das.«

»Na gut, dann gehe ich wieder ins Wasser. Diesmal dort, wo mich keiner findet.«

Man sieht ihr die Schwangerschaft jetzt deutlich an, und sie schlägt sich wieder mit Wucht auf den Bauch.

Als die Leute auf den Hof kommen, die alle im Gesindehaus untergebracht sind, verläßt Constanze das Haus nicht mehr. Und Elsgard bindet sich wieder ein Tuch um den Leib.

Olga spielt nun mit. Doch sie sagt: »Erst mal abwarten, wie Sie sich fühlen, wenn das Kind da ist. Frauen empfinden anders, wenn sie ein Kind geboren haben.«

»Das denken Sie doch nicht im Ernst, Olga. Ich doch nicht.«

»Warten wir's ab.«

»Wie viele Kinder haben Sie denn geboren, Olga?«

»Ich habe nie ein Kind gehabt. Leider.«

Jochen schweigt verbissen zu diesen Gesprächen. Nur einmal sagt er: »Ich wünschte, ich hätte dich dort im See liegenlassen.«

»Wäre auch besser gewesen«, antwortet Constanze trotzig.

Einmal, ehe die Ernte beginnt, spannt er die Pferde vor die Kutsche und fährt mit Olga ganz öffentlich auf das Gut.

Olga will wissen, wie es Max von Renkow geht.

Es geht ihm schlecht, er sieht krank aus, elend geradezu.

»Haben Sie den Doktor nicht kommen lassen, Herr von Renkow?« fragt Olga.

Renkow macht eine unwirsche Handbewegung. »Wozu denn? Denken Sie, ich will noch länger leben? Je eher es aus ist mit mir, desto besser.«

»Ich komme zurück aufs Gut«, sagt Olga spontan.

»Nicht doch. Wie ich gehört habe, bekommt Els ein Kind.«

»Wer sagt das?« fragt Olga.

»Dieser Broders hat es erzählt, als er mal hier war. Gar kein so übler Kerl, auch wenn er Kommunist ist. Kommunisten oder Nazis, das ist für mich dasselbe.« Und zu Jochen: »Ihr habt euch viel Zeit gelassen.«

Jetzt könnte Jochen, dem das alles verhaßt ist, den Fall klären. Aber er schweigt, mit verschlossener Miene.

»Man weiß ja nicht, wie es weitergeht«, sagt Renkow. »Aber für Els ist es vielleicht ganz gut, ein Baby zu haben. Karoline und dann Heiner, das ist schwer für sie.«

Olga und Jochen sehen sich an, ihnen ist nicht wohl zumute. Beide sind sie keine Lügner.

»Haben Sie etwas von Inga gehört, Herr von Renkow?« fragt Olga.

Renkow schüttelt den Kopf.

»Sie wird tot sein wie die Jungen.«

»Das glaube ich nicht. Sie hat mir noch im Februar geschrieben, daß sie mit den Kindern nach Süddeutschland gehen will.«

»Das weiß ich. Aber ihr Mann wollte es nicht. Es sei Fahnenflucht, so nannte er das wohl. Sie wohnten weit ab von der Stadt, da draußen am Wannsee, es könne gar nichts passieren.«

»Wenn es ihn erwischt hat, macht es ja nichts«, sagt Olga ungerührt, »eingesperrt hätten sie ihn sowieso. Vielleicht hat er sich das Leben genommen wie sein geliebter Führer. Man muß abwarten, bis die Post wieder funktioniert.«

»Ja«, sagt Renkow müde. »Das muß man abwarten. Ich habe allerdings nicht mehr viel Zeit, um zu warten.«

»Ich komme zurück«, sagt Olga wieder.

»Nichts da. Kümmern Sie sich um Els. Mareike sorgt für mich. Und sonst sind sie ja alle wieder etwas gebändigt. Das Gerede vom Junker traut sich keiner mehr. Dieser Broders ist ziemlich energisch.«

»Darf ich mir ein paar Bücher aus der Bibliothek mitnehmen?« fragt Olga.

»Selbstverständlich«, antwortet Renkow.

Sie weiß, daß dort die Werke von Gerhart Hauptmann stehen. Sie muß das nachlesen.

Alle beide nun Lügner, verlassen sie das Gut. Die Pferde, noch nicht strapaziert, traben munter die Straße entlang, sie führt bis zum Dorf, dann kommt der schlechte Weg zum Lumin-Hof.

Kurz vor dem Dorf treffen sie einen Bauern, den Jochen kennt, mit dem er sich ganz gut versteht. Der winkt mit beiden Händen, also pariert Jochen die Pferde durch.

»Wie geht's euch denn so?« fragt der Bauer. »Du hast eine Menge Leute bekommen, habe ich gehört.«

»Fünf«, antwortet Jochen. »Und eine Frau.«

»Es wird eine gute Ernte geben. Ein prachtvoller Sommer.«

Das stimmt. Es hat genügend geregnet, und nun ist es warm und sonnig.

»Wenn wir keine gute Ernte haben, stecken sie uns alle ins Loch«, sagt der Bauer und lacht. »Broders kennt da kein Erbarmen. Aber er ist nicht übel, was?«

Es ist erstaunlich, obwohl ein Kommunist, ist Broders weitaus beliebter, als es Giercke war.

»Er kommt gut mit den Russen aus, das ist nun mal wichtig«, sagt der Bauer. »Sie sind jetzt bei den Lumins, Frau Petersen?«

»Für einige Zeit, ja.«

»Ich habe gehört, deine Frau bekommt ein Kind, Jochen.«

»Wer sagt das?« knurrt Jochen.

»Dorte hat es erzählt.«

»Und woher will die das wissen?«

»Weiß ich nicht. Erst hat sie gesagt, sie will wieder zu euch. Und wißt ihr, wo sie jetzt ist?«

»Weiß ich nicht.«

»Auf Groß-Landeck. Da sitzen ja die russischen Offiziere. Broders hat sie hingebracht. Er sagt, sie kann sich benehmen, und gut kochen kann sie auch. Hat sie wohl bei euch gelernt. Und Els hat es bei Mareike gelernt.« Er patscht dem Pferd, das neben ihm ist, auf das Hinterteil. »Dann macht's mal gut. Und grüßt Els von mir.«

Schweigend fahren sie weiter, auf dem Weg zum Hof können sie nur Schritt gehen.

»Was machen wir nun?« fragt Jochen nach einer Weile, ziemlich verzweifelt.

»Werden wir leben, werden wir sehen«, antwortet Olga. Das war ein Spruch, den Alexander oft gebrauchte.

Sie denkt: Wenn es schwierig wird bei Constanze, brauchen wir einen Arzt. Oder sie wird sterben.

Es wird nicht schwierig, es ist eine leichte und schnelle Geburt, obwohl Constanze schreit: »Was für ein Blödsinn! Was für ein hirnverbrannter Blödsinn!«

Das Kind kommt wohl etwas zu früh, es ist klein und schwächlich, und Constanzes Wunsch, es möge sterben, könnte leicht in Erfüllung gehen.

Olga jedoch tut alles, um es am Leben zu erhalten. Sie hat viele Geburten auf dem Gut erlebt, nicht nur die von Elsgard und Inga, auch wenn eine der Frauen des Personals ein Kind bekam, war sie meist dabei. Auf dem Hof ist keiner, sie sind alle auf den Feldern, niemand hat Constanzes wütende Schreie gehört.

Und die ist auch gleich wieder ganz da.

»Lebt der verdammte Bastard?« fragt sie, die Stimme noch heiser von ihrem Geschrei.

»Bis jetzt ja«, sagt Olga.

Sie hat das Kind abgenabelt, hält es im Arm.

»Es ist ein Mädchen«, sagt sie.

»Ist mir scheißegal«, röchelt Constanze. »Gerade gut für eine Vergewaltigung. Bringt es um!«

Dann sinkt sie zurück, stöhnt, und eine Weile später schläft sie.

Elsgard nimmt das Kind und trägt es in ihr Schlafzimmer.

»Es ist so klein«, sagt sie, und ihre Stimme zittert. »Karolinchen war viel größer.«

Olga sinkt auf den Bettrand, ihre Knie schmerzen, sie ist am Ende ihrer Kraft.

»Und es hat schon Haare«, redet Elsgard weiter. »Sieh mal, ganz schwarze Haare. Kleine Kinder haben manchmal gar keine Haare.«

»Kannst du mir ein Glas Wasser holen?« bittet Olga.

»O ja, gleich.«

Sie legt das Baby vorsichtig auf ihr Bett.

»Aber es rührt sich nicht«, sagt sie. »Und geschrien hat es auch nicht. Meinst du, es wird sterben?«

»Du hast ja gehört, was Constanze gesagt hat.«

Das Kind stirbt nicht, nicht an diesem Tag, es gibt sogar ein paar kleine maunzende Töne von sich.

»Wie ein junges Kätzchen«, sagt Elsgard gerührt.

Als Jochen am Abend mit der letzten Fuhre auf den Hof fährt, ist ein Baby im Haus. Er sieht es nicht an, er will es nicht sehen. Es wird die Zeit kommen, wo er das Kind in sein Herz geschlossen hat.

Abreise

DOCH BIS ES SOWEIT IST, sollen noch Jahre vergehen. Zunächst gibt es einen langen Kampf um sein Land, seinen Hof. Es ist ein Kampf zwischen Resignation und Rebellion, zwischen Hoffnung und Verzweiflung. Die Situation ist erträglich, solange Hermann Broders der Direktor im Landkreis ist. Er ist streng, aber gerecht, er stellt keine unerfüllbaren Forderungen an Mensch und Tier, schließlich hat er ein Leben lang auf dem Land gearbeitet. Auch mit den Russen auf der Kommandantur hat er gute Beziehungen, es kommt auf seinem Gebiet zu keinen Übergriffen.

Es ist Herbst, Anfang Oktober, als er wieder einmal bei den Lumins vorbeischaut. Er inspiziert Gebäude und Stallungen, spricht mit jedem, der hier wohnt und arbeitet, will von Jochen wissen, ob er zufrieden ist mit der Leistung jedes einzelnen.

Es ist noch ein Mann dazugekommen, ein junger Pole, er kam während der Ernte und bat um Aufnahme. Er wolle auf keinen Fall bei den Russen bleiben, erklärt er Jochen, lieber sei er bei den Deutschen.

»Aber wir haben auch Russen im Land«, sagt Jochen.

»Die Deutschen werden besser mit ihnen fertig werden, sie werden sich nicht demütigen lassen wie die Polen.«

Das ist eine erstaunliche Behauptung, nachdem die Deutschen gerade den Krieg verloren haben, und wie jämmerlich verloren, geschlagen von den Russen.

»Die Russen hätten das nie geschafft, wenn Amerika ihnen nicht die Waffen geliefert hätte. Das werden die noch bereuen.«

Jochen kann nur staunen über die Worte des jungen Mannes. Er spricht hervorragend deutsch, ist groß und dünn und kann gut mit Pferden umgehen. Er erinnert Jochen an Wali. Außerdem hat er Schmied gelernt, und das ist mehr als nützlich, denn die Eisen der Pferde sind verbraucht, sie benötigen immer öfter neuen Beschlag, jetzt ist ein Fachmann im Haus.

Das betont Jochen, als er Broders den Neuen vorstellt, der alle aufrührerischen Reden unterläßt, nur genau beschreibt, wieviel und welches Eisen er dringend für die Pferde braucht. Handwerkszeug hätte er dabei, doch wenn er einen eigenen Schmiedeblock bekommen könnte, brauchte kein Schmied mehr auf den Hof zu kommen.

Broders hört sich das still an. Er will wissen, woher der Pole kommt und wie er heißt.

Er heißt Andreas und kommt aus der Gegend östlich von Warschau. Seine Mutter ist Deutsche, erfahren sie noch.

»Und Sie wollen nicht zurück?« fragt Broders.

»Meine Eltern sind tot«, kommt die unbewegte Antwort, »meine Brüder auch. Meine Brüder haben die Deutschen getötet, meine Eltern die Russen.«

»Und Sie wollen wirklich hierbleiben?« fragt Broders.

»Bitte, ja, ich möchte hierbleiben.«

»Wissen Sie, was mit seiner Familie passiert ist?« fragt Broders, während sie hinübergehen zum Haus. Das Gespräch hat an der Koppel stattgefunden.

»Keine Ahnung«, sagt Jochen. »Er hat bisher nie davon gesprochen.«

»Ein guter Arbeiter?«

»Sehr gut, sehr fleißig.«

Diesmal lernt Broders Constanze kennen, sie sitzt in der warmen Oktobersonne vor dem Haus auf der Bank. Doch ehe Jochen etwas von einer Cousine murmeln kann, tritt Elsgard aus dem Haus, das Baby auf dem Arm.

»Na, da ist es ja«, sagt Broders, begrüßt Elsgard und betrachtet das Kind.

»Alles gutgegangen, Frau Lumin?«
»Ja. Doch. Danke«, antwortet Elsgard und wird rot dabei.
»Ein hübsches Kind. Ein Junge oder ein Mädchen?«
Constanze steht schnell auf. Els und Jochen dürfen keinen Unsinn reden.
»Süßes kleines Mädchen, nicht?« sagt sie.
»Wie heißt es denn?« fragt Broders.
»Cordelia«, antwortet Constanze.
»Ah, Cornelia.«
»Nein, Cordelia«, berichtigt Elsgard. »Das ist von Shakespeare. Aus König Lear.« Das hat Constanze ihr beigebracht.
»So. Aha«, sagt Broders. Er hat niemals die Zeit gehabt, sich mit Shakespeare zu beschäftigen.
»Ich glaube, wir kennen uns noch nicht«, sagt Constanze. »Aber ich habe schon von Ihnen gehört. Sie waren mal Inspektor auf Groß-Landeck.«
Broders nickt und schweigt. Betrachtet die unbekannte Frau mit einem gewissen Erstaunen. Auch in den alten Hosen, in dem Hemd, die Ärmel aufgekrempelt, sieht sie umwerfend aus. Hübscher denn je. Die Geburt ist ihr gut bekommen, ihr Haar ist noch länger geworden und ringelt sich auf ihren Schultern.
»Sie wundern sich, warum ich das weiß? Nun, es wurde von Ihnen gesprochen. Ich habe nämlich längere Zeit auf Groß-Landeck gewohnt. Meine Mami ist eine Freundin der Gräfin. Wir haben uns oft in Berlin getroffen. Und als es so schlimm wurde mit den Bomben, hat die Gräfin mich eingeladen aufs Schloß. Hat mir sehr gut gefallen dort. Aber Sie wissen ja, dann kam der Krieg immer näher, dann waren die Bolschi ... die Russen schon ganz in der Nähe, da sind die einfach abgehauen. Wie finden Sie das?«
»Etwas rücksichtslos, würde ich sagen.«
»Eben. Finde ich auch. Schlechte Manieren bei Grafens. Und dann, als Besatzung ins Schloß kam, da bin ich fortgelaufen. Herr und Frau Lumin waren so freundlich, mich aufzunehmen. Wir kannten uns schon. Wir sind uns manchmal beim Reiten begegnet.«
Sie lügt das Blaue vom Himmel herunter, nur würde sie

es nicht so nennen, sie spielt wieder mal eine Rolle, und sie ist sich klar darüber, daß sie diesen Mann, der offenbar viel zu sagen hat, für sich gewinnen muß.

»Übrigens, ich heiße Constanze Lindemann.«

Sie reicht Broders die Hand, dazu ihr strahlendes Lächeln. Broders nimmt ihre Hand, neigt leicht den Kopf.

»Na, und hier kam ich gerade zurecht, um Elsgard ein wenig zu helfen.«

Jochen wirft einen schnellen Blick auf Elsgard, doch die steht stumm und wiegt das Baby im Arm.

Kein Ausweg, kein Rückzug, Jochen Lumin hat eine Tochter. Sie heißt Cordelia. Er hat sich das aufgeschrieben, als er ins Dorf ging, um die Geburt anzumelden. Der Gemeindeschreiber hat ihn auch zunächst verbessert.

»Cornelia?«

»Nein. Cordelia. Mit d.« Den Hinweis auf Shakespeare hat er unterlassen, würde ihm sowieso kein Mensch glauben.

Das Kind muß noch getauft werden, ordentlich getauft in einer Kirche, darin sind sie sich einig, Jochen, Elsgard und Olga. Noch gibt es das. Constanze hat dazu nur mit den Schultern gezuckt.

Unschuldiger langer Blick aus tiefblauen Augen.

»Sind Sie wirklich ein Kommunist, Herr Broders?«

Seine Lippen werden schmal.

»Man hat ja in den letzten Jahren bei uns nie davon gehört. Mein Vater ist ein alter Sozialdemokrat. Also irgendwie ...«, ihr Lächeln, »sind Sie ja auf derselben Linie.«

»Wie man's nimmt«, sagt Broders steif.

Olga, die hinter dem offenen Küchenfenster steht und den Dialog mithört, schüttelt den Kopf. Dieses Frauenzimmer! Hat das Kind geboren wie eine Katze, sieht es niemals an, bestimmt aber, wie es heißen soll. Milch, um das Kind zu säugen, hat sie nicht.

»Fehlte gerade noch«, hat sie gesagt. »Ich habe ja gerade genug getan, um den Bastard loszuwerden. Irgendein Ergebnis muß der ganze Aufwand ja haben. Und Milch ist schließlich genug im Haus.«

»Sind Sie wirklich ein Freund der Russen, Herr Broders?«
fragt sie jetzt mit großem Augenaufschlag.

»Sie sind unsere Befreier«, spricht Herr Broders feierlich.

»So heißt das jetzt. Sie sind alle unsere Befreier, die Amerikaner, die Briten und sogar noch die Franzosen. Wissen Sie, Herr Broders, daß die Franzosen die Deutschen recht freundlich begrüßt haben, als sie 1940 kamen?«

Das weiß sie von Mami.

»Nein«, erwidert Herr Broders abweisend.

»Ich war kurz vor dem Krieg in Paris. Ein Onkel von mir, ein Bruder meiner Mutter, lebt dort. Er ist Journalist und ein großer Gegner der Nazis. Er hat auch nach '33 noch gewagt zu schreiben, was er dachte. Sie haben ihn für ein Jahr in ein Lager gesperrt, und sobald er frei war, ist er schleunigst nach Paris gereist. Oswald Meroth, vielleicht haben Sie den Namen mal gehört.«

Ihre Mutter hat gar keinen Bruder, das ist ihr nur gerade so eingefallen. Ihre Mutter hatte einen Freund in Paris, der war Physiker, dann Offizier.

»Sie hatten damals eine Volksfrontregierung in Frankreich.« Sie lächelt. »Sehr kommunistisch. Aber die Franzosen mochten das nicht besonders gern.«

»Die Résistance hat sich sehr erfolgreich gegen die Deutschen gewehrt.«

»Später, ja. Ich wäre gern in Paris geblieben, mir hat es gut gefallen. Aber meine Mami wollte, daß ich wieder nach Berlin komme. Na ja, ich war erst sechzehn. Jetzt mache ich mir allerdings große Sorgen um meine Eltern. Ich weiß nicht einmal, ob sie noch leben.«

»Sie haben keine Nachricht von Ihren Eltern, Fräulein Lindemann?«

»Das ist es ja. Ich habe natürlich geschrieben. Aber Sie wissen ja, wie es zur Zeit mit der Post ist. Ich habe keine Antwort bekommen.« Und nun spricht sie endlich aus, worum es ihr geht. »Das Dumme ist, als ich im Mai aus Groß-Landeck weglief – Hals über Kopf, mitten in der Nacht ...« Ihre Augen sind nun groß und voll Angst. »Ich hatte so Angst vor den Russen. Sie haben überall die Frauen vergewaltigt. Das wissen Sie doch bestimmt, Herr Broders.«

Das kann Broders nicht leugnen, er nickt stumm.

»Ich habe alles, was ich besaß, auf dem Schloß zurückgelassen. Meine Kleider, meine Schuhe und eben auch meine Papiere. Das ist mein Problem, Herr Broders. Ich hätte ja schon längst versucht, mich nach Berlin durchzuschlagen. Aber so, ohne jeden Ausweis. Sagen Sie selbst, Herr Broders, das ist zu gefährlich.«

»Sie waren nicht mehr auf Groß-Landeck?«

»Bei den Russen?« Das ist ein Aufschrei.

Olga hält es nicht länger im Haus.

»Wie geht es, Herr Broders?« fragt sie. »Wollen Sie nicht hereinkommen?«

»Danke, nein, Frau Petersen, ich habe noch zu tun.«

»Ich gehe zurück aufs Gut. Herrn von Renkow geht es schlecht nach der Haft.«

Es klingt vorwurfsvoll, doch Broders nickt.

»Ich weiß, ich habe ihn besucht. Es wird gut für ihn sein, wenn Sie wieder bei ihm sind, Frau Petersen. Herrn von Renkow wird nichts mehr geschehen, es ist bekannt, wie er zum Faschismus stand.«

Hermann Broders ist zwar ein alter Kommunist, doch ein ehrenwerter Mann, so hätte Constanze es frei nach Shakespeare ausgedrückt. Nur ist er durchaus nicht auf der Höhe der Zeit. Er wird schon ein Jahr später von seinem Posten abgelöst. In Berlin wird eine neue Partei gegründet, sie nennt sich SED, es ist nichts weiter als der Zusammenschluß von Sozialdemokraten und Kommunisten. Mitglieder sind vor allem die alten Genossen, die aus der Emigration heimgekehrt sind, und dazu noch jene, die, Marx weiß woher, in Windeseile aus dem Boden schießen. An der Spitze der neuen Partei stehen Grotewohl und Pieck, doch der Mann mit dem größten Einfluß heißt Ulbricht. An diesen Namen wird man sich gewöhnen müssen.

Immerhin hat Broders es geschafft, Constanze zur Fahrt nach Berlin zu verhelfen. Von Groß-Landeck bringt er ihre

Papiere, ihre längst verfallenen Lebensmittelkarten. Viel hatte sie sowieso nicht dabei, nur das blaue Theaterkleid hat Flucht, Kriegsende, den Tod im See überlebt und geht mit auf die Reise.

Bei der Gelegenheit kommen zum zweitenmal russische Soldaten, genauer gesagt Offiziere, auf den Lumin-Hof. Es sind drei noch junge Männer, die Broders bei der Übergabe von Constanzes Sachen begleiten. Sie sind sehr höflich, Broders macht sie ganz formell mit den Bewohnern des Hofes bekannt, er spricht wirklich russisch, es werden Hände geschüttelt, auch Constanze legt ihre Hand in eine Bolschi-Hand, sie lächelt, sie sagt danke, als sie ihre Habseligkeiten empfängt, in ihren Augen jedoch ist ein nervöses Flackern. Sie senkt die Lider, blickt zur Seite sie empfindet Haß. Die jungen Männer sind wohlerzogene Offiziere der Besatzungsarmee, sie haben nichts gemein mit den wilden Horden, die kriegsverdorben, siegestrunken in dieses Land kamen.

Außer den Papieren werden ihr noch zwei Paar Schuhe überreicht, ein Rock und ein fleckiger Pullover, ein dick wattierter Paletot. Rock, Pullover und Paletot hat sie auf der Flucht von Masuren getragen, es wird außer dem blauen Kleid ihre einzige Garderobe sein. Die Schuhe kennt sie nicht, sie haben wohl der Gräfin gehört. Aber sie passen.

Ende Oktober reist Constanze ab. Broders hat die Mitfahrt auf einem alten Laster organisiert, der Lebensmittel nach Berlin bringen soll. »Es sind zuverlässige Leute«, sagt er. »Man wird Sie sicher in Berlin abliefern, Fräulein Lindemann.«

»Ich weiß gar nicht, wie ich Ihnen danken soll, Herr Broders.«

Der Abschied von Elsgard und Jochen ist nach allem, was sie in diesem Haus erlebt hat, undramatisch.

»Dann macht's mal gut. Sobald ich kann, lasse ich was hören.«

Dem Kind schenkt sie keinen Blick.

Es wird eine lange, abenteuerliche Fahrt mit dem alten Kasten, der mehrmals den Dienst versagt. Aber die beiden

Männer, die ihn fahren, haben im Krieg Gelegenheit genug gehabt zu lernen, wie man keuchende Wagen wieder in Bewegung setzt.

In Berlin, das seit dem Juli vom Kontrollrat der vier Siegermächte verwaltet wird, findet Constanze ihren Vater unbehelligt in seiner Wohnung in der Prager Straße, die den Bomben getrotzt hat. Ringsherum sieht man nur Ruinen und Trümmer.

»Was für eine Ungerechtigkeit!« sagt Constanze statt einer Begrüßung. »Du hättest als erster eine Bombe auf den Kopf kriegen müssen.«

Das Verhältnis zwischen Vater und Tochter ist so unerfreulich wie eh und je. Oberstudienrat Lindemann hat fünf Leute in seine Vierzimmerwohnung aufnehmen müssen, eine Frau führt das große Wort und die Wirtschaft und, wie Constanze gleich herausbringt, er schläft mit ihr. Für Constanze wird widerwillig die ehemalige Kammer des Dienstmädchens freigemacht, wo bisher zwei Kinder schliefen.

»Vielleicht kommt Mami wieder?« sagt Constanze.

»Zu mir? Das kannst du doch nicht im Ernst erwarten«, antwortet ihr Vater.

»Nein. Ich würde es auch nicht verstehen.«

Wenn Mami bei Tante Agnes in Solln wäre, ginge es ihr sicher gut. Constanze kennt das Haus in einem Vorort von München, Agnes Meroth und ihr Mann sind liebenswerte Menschen.

Sobald es geht, beschließt sie, wird sie nach München fahren. Amerikanische Zone, keine Russen weit und breit, das ist erstrebenswert.

Trotzdem spielt sie bereits im Februar im russisch besetzten Gebiet Theater, bei einer kleinen Bühne, die sehr engagiertes Theater macht. Die Russen haben ein aktives kulturelles Leben aufgebaut, und das mit Windeseile, es erscheinen mehrere Zeitungen, es gibt Konzerte, es wird Theater gespielt, es wird auch bald gefilmt. Sie sind weitaus großzügiger in der politischen Beurteilung der Künstler als die Amerikaner; artista lautet das Zauberwort, bei dem nicht gefragt wird, ob einer den Nazis nahestand oder nicht. Schon bald hat Constanze einen Freund, einen Journalisten, eine Mischung aus Sozialdemokrat und Kommunist, ein sehr intelligenter und, was noch wichtiger ist, geschickter Mann, der es blendend versteht, sich in dieser Zeit zurechtzufinden. Schreiben kann er auch. Er öffnet Constanze viele Türen in dieser neuen, unbekannten Welt, sie findet Bekannte, Freunde, wird eingeladen, sie muß nicht hungern, sie wird auch keine Trümmerfrau, sie zieht schließlich zu ihrem Freund in die Wohnung, die nahe dem Kurfürstendamm in der Bleibtreustraße liegt, er hat keine Einquartierung, er hat sogar eine Putzfrau.

Er liebt sie, sie erwidert seine Zuneigung mit Maßen, aber schließlich ist sie eine gute Schauspielerin. Das Leben wird zunehmend interessant, sie ist auf die Füße gefallen, schon ein Jahr später dreht sie ihren ersten Film.

Sie vergißt, was hinter ihr liegt, vergißt Mecklenburg, die Lumins und erst recht das Kind.

Sie nennt sich Constanze Meroth.

In Mecklenburg hört man nie wieder von ihr.

Die Teilung

MAX VON RENKOW wird enteignet, das Gut ist ein Staatsbetrieb. Zwar haben die Knechte nun erst recht nicht die Leitung, ganz im Gegenteil, sie müssen härter arbeiten als je zuvor, und die Entlohnung ist gering, doch nun wagt keiner mehr zu mucksen. Das Ganze nennt sich Bodenreform.

Renkow wird noch einmal in Haft genommen, diesmal für fünf Monate. Als alter, gebrochener Mann kommt er zu den Lumins. Daß er das überhaupt darf, ist eine Vergünstigung, die er nur dem Direktor der Landwirtschaftlichen Genossenschaft zu verdanken hat. Die Vorschrift lautet, daß enteignete Junker sich mindestens dreißig Kilometer entfernt von ihrem bisherigen Besitz aufhalten müssen. Olga setzt es durch. Sie hat sich nie vor der Obrigkeit gefürchtet, nicht vor dieser noch vor jener.

»Sie sehen doch, daß dieser Mann sehr krank ist. Lassen Sie ihn wenigstens in Ruhe sterben.«

»Lange wird er sowieso nicht bleiben können«, bekommt sie zur Antwort. »Der Hof der Lumins gehört schließlich zum Gut. Er wird auch enteignet.«

»Der Hof ist seit über hundert Jahren im Besitz der Lumins. Werden die Bauern jetzt genauso behandelt wie die Junker?« ist ihre bissige Frage.

»Das wird sich finden.«

Sie geht bis nach Schwerin in die höhere Verwaltung, sie ist entschlossen und energisch, läßt nicht locker.

»Ich denke, wir leben jetzt in einem demokratischen Staat«, sagt sie. »Was würde Grotewohl zu dieser Ungerechtigkeit sagen? Ich werde in Berlin nachfragen.«

So ist Olga. Sie macht sich damit keine Freunde. Aber zunächst kann Renkow auf dem Hof bleiben, sie auch, und mit ihr der kleine Hund Theo und die Hühner, die sie mitgebracht hat.

Max von Renkow wird Ende 1947 sterben. Zuvor erfährt er noch, daß seine Tochter Inga und die Kinder am Leben sind.

Die erste Nachricht kommt aus Württemberg, Inga lebt in der Nähe von Stuttgart, sie beklagt sich über die Schwierigkeit und die Armseligkeit ihres Daseins, ihren Mann erwähnt sie mit keinem Wort.

Während der Nürnberger Prozesse gegen Kriegsverbrecher erwarten sie immer, den Namen Berthold Schwarz zu hören. Ein Radio ist ja wieder im Haus. Und eine Zeitung erscheint auch. Ist Berthold Schwarz eingesperrt, tot, hat er sich das Leben genommen wie sein Führer?

Doch dann plötzlich kommt ein Brief aus Spanien. Er war lange unterwegs, er ist geöffnet und zensiert worden, doch sie lesen, daß es Inga und den Kindern gutgeht. Am Schluß steht, klein hingekritzelt: Berthold läßt grüßen.

Berthold Schwarz, der offenbar doch das Pulver erfunden hat, ist in Spanien und befindet sich auf dem Weg nach Südamerika.

So jedenfalls interpretiert es Max von Renkow.

»Nach Südamerika?« fragt Elsgard staunend. »Wie sollen sie denn da hinkommen?«

»Vermutlich mit einem Schiff, mein Kind. Vielleicht bleiben sie auch in Spanien. Ich weiß nur, daß sich Berthold während des Bürgerkriegs oft in Spanien aufgehalten hat. Vielleicht hat er Freunde dort gefunden. Vielleicht auch Geld transferiert. Er ist eben ein gerissener Bursche und hat gewußt, wie es ausgeht.«

»In Spanien regiert doch Franco«, sagt Jochen.

»Richtig. Er hat gegen die Kommunisten gewonnen, die Deutschen haben ihm geholfen, und während des Krieges hat er sich sehr geschickt verhalten. Ihm tut heute keiner was. Sieh an, dieser Berthold.«

Es klingt nicht unzufrieden. Muß es Max von Renkow nicht recht sein, muß es ihn nicht freuen, daß seine Tochter lebt, daß seine Enkelkinder in einer besseren Welt leben werden?

»Sie hat sich ja gut mit ihm verstanden«, sagt Olga. »Es war eine glückliche Ehe.«

»Ja, so war es wohl. Ich konnte ihn nicht leiden, aber darauf kommt es ja nicht an.« Er legt den Kopf zurück und zieht fröstelnd die Schultern zusammen. »Vielleicht war ich nur eifersüchtig, weil er mein kleines Mädchen bekam.«

»Ja, so war es wohl«, sagt auch Olga, steht auf und wickelt ihm die Decke fester um die Beine. »Er war ja selten bei uns. Ich habe ihn nicht oft getroffen. Er war immer sehr höflich. Und freundlich.«

Renkow blinzelt unter müden Augenlidern. »Meine Schuld, wollen Sie sagen, Olga. Ich mochte ihn nicht, weil er war, was er war. Wenn man sieht, was heute aus uns geworden ist – die Leute, zu denen er sich bekannte, haben den Krieg zu verantworten.«

»Sie konnten ihn schon vorher nicht leiden, ehe der Krieg anfing, Herr von Renkow.«

»Das stimmt. Aber ich habe eben immer erwartet, daß es ein böses Ende nimmt mit diesem Hitler. Und ich hatte recht, nicht wahr?«

»In Spanien ist es sicher schön warm«, sagt Elsgard sehnsuchtsvoll.

Es ist der kalte Winter '46 auf '47, sie ersticken im Schnee, der Brunnen ist eingefroren, sie haben große Mühe, die Tiere zu tränken, das Haus ein wenig zu heizen.

»Mag sein«, sagt Renkow. »Was er dort wohl tun mag? Wovon leben sie?«

»Wenn er so ein gerissener Bursche ist, wie Sie sagen, Herr von Renkow, wird er wohl für Geld gesorgt haben.«

»Vielleicht kommt bald wieder ein Brief«, tröstet Els. »Und vielleicht reisen Sie selbst eines Tages nach Spanien, das wäre doch was.«

Es ist eine absurde Vorstellung, in der Welt und in der Zeit, in der sie leben, an eine Reise nach Spanien zu denken. Immerhin – die Familie Schwarz hat sie unternommen.

»Ich mache nur noch eine Reise, mein Kind«, sagt Max von Renkow. Dann streckt er die Arme aus. »Gib mir die Kleine.«

Cordelia, die neben Elsgard auf dem Sofa sitzt, wechselt auf seinen Schoß.

Sie schmiegt sich auch gleich zärtlich an ihn, wärmt seinen alten Körper, in dem das Blut nur noch langsam fließt.

Olga, die dicht neben dem kleinen Ofen sitzt, den sie mühsam mit Holz ein wenig heizen, betrachtet den alten Mann und das Kind. Sie weiß, wie gern er das kleine Mädchen hat. Sie kann sich nicht erinnern, daß er je seine Kinder, als sie noch klein waren, auf dem Schoß hatte. Auch nicht seine Enkelkinder, wenn sie auf dem Gut zu Besuch waren.

Sie beugt sich wieder über ihre Arbeit, alles ist alt und verbraucht, Neues gab es schon während des Krieges kaum zu kaufen, jetzt schon gar nicht. Sie flickt Jochens Hosen, soweit es an denen noch etwas zu flicken gibt. Es ist erstaunlich, Max von Renkow liebt dieses Kind. Cordelia ist freundlich und sanft, sie schreit nicht, sie weint selten, meist lächelt sie. Lächeln hat sie schnell gelernt, auch plappern kann sie schon ganz flüssig. Sie läuft gut, bewegt sich mit einer gewissen Anmut, gar nicht ungelenk und tappelig. Hat sie das von ihrer Mutter geerbt? Oder von wem sonst? Diese Gelenkigkeit, diese raschen Bewegungen?

Max von Renkow kennt die Wahrheit. Sie haben ihm schließlich erzählt, wie das Kind ins Haus kam. Auch Lügen werden mit der Zeit lästig. Und Elsgard konnte gerade ihn nicht belügen.

Sie hat mit Begeisterung von Constanze erzählt.

»Sie ist so schön.«

Das Kind hat dunkles Haar und dunkle, fast schwarze Augen.

»Vielleicht war es ein Kirgise«, hat Renkow duldsam gesagt. »Wie hat er denn ausgesehen?«

»Sie hat ihn nicht angesehen, und es war nicht nur einer«, antwortet Olga hart.

Sonst weiß kein Mensch auf dem Hof oder im Dorf, woher dieses Kind kommt. Obwohl jeder, der es sieht, sich wundern müßte, daß Jochen und Elsgard, die beide blond sind und helle Augen haben, seine Eltern sind. Doch was weiß man schon über die Vorfahren, auch in diesem Land lebt eine Mischbevölkerung, finden sich slawische Ahnen.

Auf jeden Fall ist es ein hübsches, liebreizendes Kind, der Bastard, den Constanze Meroth töten wollte.

Jochen allerdings sieht das Kind nicht an, er nennt es bei sich das Russenkind, doch als er das einmal ausspricht, fährt Elsgard wie eine Furie auf ihn los.

»Das darfst du nicht sagen! Ich verbiete es.«

»Stimmt es vielleicht nicht?«

»Es ist mein Kind.«

Jochen sieht sie schweigend an mit kalten Augen.

»Schließlich hast du es aus dem Wasser geholt.«

»Hätte ich es nur dringelassen. Mitsamt seiner Mutter.«

»Ich bin seine Mutter.«

Das Kind hat Elsgard verändert. Es ist viele Jahre her, daß sie ein Baby im Arm hielt, viele Jahre, daß sie ein junges Leben behüten, bewachen, versorgen konnte: seine Gesundheit, sein Weinen, sein Lachen, der erste Zahn, das erste Wort, die ersten Schritte. Die beiden Kinder, die sie geboren hat, sind tot. Gott hat ihr nun wieder ein Kind geschenkt, das sie vor dem Tod gerettet hat. Es ist mehr als nur ihr Kind, es ist eine Lebensaufgabe. So würde sie es nicht ausdrücken, aber so empfindet sie es.

Diese neue, unerwartete Aufgabe verändert nicht nur ihr Leben, es verändert ihr Wesen, sie wird trotzig, kämpferisch, vor allem gegen Jochen, der sich dem Kind verweigert. Es verändert ihr Zusammenleben, das immer harmonisch war. Sie ist herausfordernd, er kalt und abweisend, es findet keine Umarmung mehr zwischen ihnen statt.

Sie nimmt auch kaum Anteil an den Schwierigkeiten, mit denen sie fertig werden müssen. Die neuen Gesetze, die neuen Verordnungen, die Gründung der LPG, der Genossenschaft, die sie in eine Zwangsjacke einbindet, sie dürfen nicht mehr alleinverantwortlich sein für ihre Arbeit auf dem Hof. Wenn es neue Maschinen gibt, müssen sie die mit den anderen teilen, sie dürfen nicht mehr züchten, ihre Kühe kommen zu einem staatlichen Bullen, und schließlich wird ihnen der Hengst weggenommen.

Dolka bekommt wieder ein Fohlen, noch ehe es geboren wird, holt man Widukind aus seinem Stall. Er wird gewissermaßen verstaatlicht, darf nur im Rahmen der LPG zur Zucht verwendet werden. Jochens Zorn und Haß steigern sich ins Unermeßliche.

Er arbeitet mit verbissener Wut, arbeitet mehr denn je, die Anforderungen sind hoch, das Ablieferungssoll weitaus höher als im Krieg, zwar haben sie auf dem Land genug zu essen, doch in den Städten hungern die Menschen. Die Arbeit überfordert ihn, schließlich leistet er sie mit einem Arm, er bekommt, das ist im Sommer '48, eine Entzündung, kann den Arm kaum mehr bewegen. In der Klinik, wohin ihn der Arzt überweist, spricht man davon, daß man den Arm möglicherweise abnehmen müsse.

Er hat genügend Leute auf dem Hof, es sind zum Teil andere als im ersten Jahr nach dem Krieg. Der Direktor der LPG sieht sich die Entwicklung mit abwartender Gehässigkeit an.

»Es wird Zeit, daß wir dich enteignen, Genosse Lumin. Ich habe immer gesagt, der Hof gehört zum Gut, und du bist nicht mehr fähig, intensiv zu wirtschaften.«

Max von Renkow ist gestorben, Olga lebt noch mit ihnen, sie ist alt geworden, kann sich nur noch mühsam bewegen, und der Genosse Direktor meint, sie wäre am besten in einem Altersheim untergebracht. »Dann können wir ein tüchtiges junges Paar ins Haus setzen, das die Arbeit übernehmen kann.«

Die Welt hat sich wieder einmal verändert. Neue Gegnerschaft, ja Feindschaft ist entstanden. Es hat begonnen, was man im westlichen Teil der Erde ›Kalten Krieg‹ nennen wird. Die Partnerschaft der Sowjetunion mit den westlichen Staaten ist schnell zerbröckelt, zu groß sind die Gegensätze. Und zu töricht haben vor allem die Amerikaner gehandelt, als sie ihre Truppen zurückhielten und den Sowjets halb Europa, halb Deutschland auslieferten und sich auch nach dem Krieg noch aus Gebieten zurückzogen, die sie besetzt hatten. Nun ist die Feindschaft zwischen Ost und West offensichtlich geworden. Die Viersektorenstadt Berlin, bisher recht und schlecht von den Siegermächten verwaltet, wird nun endgültig geteilt. Rußland hat eine Blockade über die Stadt verhängt, sie bekommt keine Lebensmittel, kein Brennmaterial, keine Rohstoffe, die Menschen werden arbeitslos, sie hungern, sie frieren, als der Winter beginnt.

Anlaß dafür ist die neue Währung, die man in den drei westlichen Besatzungszonen eingeführt hat und die sich sehr bald als ungeheuer erfolgreich erweisen wird. Es beginnt ein atemberaubender wirtschaftlicher Aufstieg, der in wenigen Jahren zum sogenannten deutschen Wirtschaftswunder führen wird.

Wie groß war die Torheit der Amerikaner und Briten, das zertrümmerte Berlin preiszugeben, in der russischen Einflußsphäre liegenzulassen. Was konnte diese zerstörte Stadt, so hatten sie wohl gedacht, die einstige Hauptstadt des vernichteten Deutschen Reiches, noch bedeuten? Nichts. Für immer und alle Zeiten nichts.

Aber nun, gerade drei Jahre nach dem Ende des Krieges, nach der bedingungslosen Kapitulation Deutschlands, zeigt sich, welch ein Irrtum das war; ein Krieg war zu Ende, eine

Diktatur vernichtet, damit konnte man zufrieden den Sieg feiern. Wieso hatte man nicht bedacht, daß man eine andere, schon länger existierende Diktatur stark gemacht hatte?

Und nun geschah das Wunder, dem wohl die Historiker in hundert oder zweihundert Jahren genauso fassungslos gegenüberstehen werden, wie die Zeitgenossen es taten: Die Feinde von gestern werden Freunde. Die Zerstörer der zerstörten Stadt versuchen mit großer Mühe, hohen Kosten und unter Einsatz ihres Lebens den Menschen dieser Stadt zu helfen. Die Flugzeuge, die den Tod vom Himmel schickten, bringen Leben.

Es genügt nicht, um die Menschen in den westlichen Sektoren der Stadt satt zu machen, ihre Kinder am Leben zu erhalten, ihre Wohnungen zu heizen, ihre Fabriken arbeiten zu lassen. Aber es genügt, den Menschen Hoffnung und Mut zu geben. Und es genügt, und das ist eben das Wunder, eine neue Epoche, eine neue Zeit beginnen zu lassen. Keine friedliche Zeit, das ist wahr. Jahre und Jahrzehnte wird der kalte Krieg dauern, und stets wird er begleitet sein von der Angst, daß er sich zu einem neuen, weltweiten Krieg entwickeln wird. Er wird weiterhin Not und Flucht und Tod über die Menschen bringen, er wird Milliarden und aber Milliarden kosten, die sinnlos in bisher nicht vorstellbare Waffen gesteckt werden, er wird den Aufstieg, den Reichtum der einen fördern, die Armut und das Elend der anderen für Jahre und Jahrzehnte erhalten.

Ungerecht ging es von jeher auf dieser Erde zu. Einer lebt in Lübeck, der andere in Rostock, beides sind deutsche Städte, nicht allzuweit voneinander entfernt, doch nun ist eine Grenze dazwischen, eine gefährliche, eine todbringende Grenze. In München feiert man Fasching, in Köln Karneval, die ersten Fettbäuche brauchen eine Diät; in Leipzig, in Dresden, in Görlitz leben die Menschen mit geduckten Köpfen, sie werden überwacht, bespitzelt, sie flüstern, sie haben Angst, sie hungern. Breslau, die stolze Stadt an der Oder, ist eine gedemütigte Sklavin, die sich nie wieder befreien kann. Königsberg, die Stadt Kants am östlichen Meer, scheint überhaupt von dieser Erde verschwunden.

Hitlers Schuld? Gewiß.
Der Deutschen Schuld? Gewiß nicht.

Zwanzig Jahre hatte der letzte Krieg zurückgelegt, es lebten viele, die ihn erdulden mußten, die wußten, wie er ausgegangen war, was er verschuldet hatte, wie viele Menschen er getötet und verstümmelt hatte. Nie wieder Krieg, das war in den zwanziger, in den dreißiger Jahren immer wieder gesagt worden.

Auch dieser Führer, den sie sich teils aus Verblendung, teils aus Ahnungslosigkeit gewählt hatten, sagte es, wieder und wieder. Zweifellos hatte es genügend Menschen in Deutschland gegeben, die ihm mißtrauten, die ihn ablehnten, die ihn verabscheuten. Doch ehe es zur Abwehr, zur Tat kommen konnte, waren er und seine braune Horde zu stark, zu mächtig geworden, war auf leisem, aber raschem Weg eine Diktatur entstanden, der man sich nur durch Flucht aus dem Land entziehen konnte, solange es möglich war. Aber selbst die Juden, in erster Linie als Opfer gebrandmarkt, konnten sich oft zu dieser Flucht nicht entschließen.

Sie lebten seit langer Zeit als Deutsche in diesem Land, sie hatten als Soldaten, als Offiziere am vergangenen Krieg teilgenommen, sie waren zum großen Teil Träger der deutschen Kultur, sie liebten dieses Land, das ihre Heimat, ihr Vaterland war. Sie wollten nicht weg.

Der berühmte Satz, der am Anfang von Hitlers Regime überall die Runde machte: »So schlimm wird es schon nicht werden«, erwies sich als einer der tödlichen Irrtümer der Geschichte.

Hatten Menschen das nicht immer gedacht, gehofft, gewünscht? Trotz aller bitteren Erfahrung immer wieder und immer wieder gedacht, gehofft, gewünscht. Waren es nicht dieselben Hoffnungen, Wünsche und Gedanken gewesen im Jahr des Unheils 1917 in St. Petersburg, in Moskau, in Kiew? Im zwanzigsten Jahrhundert nach Christi Geburt, diesem herrlichen Jahrhundert des Fortschritts, der Technik, des wachsenden Wohlstands, war da überhaupt an Krieg, an Revolution zu denken?

Es geschah immer wieder das gleiche. Die Verzweiflung der Besiegten war ebensogroß wie die Torheit der Sieger.

Hatte nicht der blindwütige Haß der Franzosen den Keim gelegt zu neuem Unheil? Die Pariser Verträge, allgemein bekannt als Versailler Vertrag, hatten den Boden bereitet für Hitler.

Würden Völker je aus der Geschichte lernen?

Das Erstaunliche war: Sie hatten gelernt.

Was man angerichtet hatte bei den Konferenzen von Jalta und Potsdam, war nicht mehr zu revidieren. Doch der amerikanische Befehlshaber in Deutschland, General Lucius D. Clay, rettete die Berliner vor dem Verhungern und Berlin vor der tödlichen Umarmung der Sowjets.

Der von Haß und Rachegefühlen erfüllte Morgenthauplan verschwand sehr schnell von der Bühne, dafür trat der Marshallplan in Kraft, den George C. Marshall bereits 1946 an der Harvard-Universität verkündet hatte. Er sah weitgehende Hilfe für die Staaten Europas vor, nicht zuletzt für Deutschland.

Die Deutschen nutzten die gebotene Möglichkeit. Zu ihrem Glück hatten sie einen genialen Fachmann der Wirtschaft im eigenen Land, Ludwig Erhard, den Erfinder der sozialen Marktwirtschaft, zunächst Minister im bayerischen Landtag, dann Direktor der Wirtschaft in den Westzonen und schließlich Wirtschaftsminister der Bundesrepublik Deutschland, gegründet im Jahre 1949.

Berlin wurde weltweit ein Synonym für Freiheit. Jedenfalls ein Teil von Berlin.

Die Bundesrepublik ein demokratisches Land, ein bestaunenswertes Wunder an wirtschaftlichem Aufstieg.

In Mecklenburg hatte man keinen Anteil daran.

Eine Trennung, eine Teilung des deutschen Volkes war vollzogen, wurde Jahr für Jahr deutlicher und drückender. Das Wort Wiedervereinigung wurde geboren, jedoch nur in der Bundesrepublik ausgesprochen.

Das Ende vom Anfang

DER NÄCHSTE SCHLAG trifft die Lumins, als tatsächlich ein junges Paar auf den Hof eingewiesen wird, ausgestattet mit der Kompetenz zur Führung des landwirtschaftlichen Nebenbetriebs vom Gut, wie das jetzt heißt. Sie werden nicht im Gesindehaus untergebracht, sondern im Bauernhaus selbst. Elsgard muß die Küche mit ihnen teilen, das Badezimmer, die Fremden schlafen in Heiners Zimmer, Lumins bleiben ihr Schlafzimmer und die kleine Kammer, in der Olga mit Cordelia schläft, denn Jochen duldet das Kind nicht bei sich und Elsgard. Das gibt immer wieder Anlaß zu Auseinandersetzungen.

»Du siehst doch, daß man mich von hier vertreiben will. Also werde ich gehen, dann kannst du machen, was du willst«, sagt Jochen.

»Wo willst du eigentlich hin?« fragt sie aggressiv. »Über die grüne Grenze, nach dem Westen? Zu den Engländern? Die haben gerade auf dich gewartet.«

»Du meinst, weil ich ein Krüppel bin.«

»Jochen, hör damit auf«, fährt Olga dazwischen. »Du bist kein Krüppel. Es ist nur der Arm. Denk daran, was andere Männer in diesem Krieg erlitten haben. Du lebst, und du kannst arbeiten.«

Mit dem Arm geht es wieder besser, das ist wahr, und er versucht mit zusammengebissenen Zähnen die Behinderung zu verbergen.

»Lassen Sie man, Herr Lumin«, sagt der Neue, »ich mach das schon.«

Der Mann ist ganz umgänglich, er trumpft nicht auf, achtet Jochen als Bauern auf dem Hof. Die Frau hingegen kann bösartig sein. Sie möchte das Haus allein haben, sie legt sich mit Elsgard an, es geht um jeden Teller, um jeden Topf. Und Olga ist ihr sowieso ein Dorn im Auge.

»Was will die Alte eigentlich? Sie ist nur ein unnützer Esser.«

Das kann Elsgard nicht schweigend hinnehmen, es gibt Streit zwischen den Frauen, Olga sitzt mit unglücklichem

Gesicht in der Küche oder, wenn es warm ist, auf der Bank im Hof.

Die Neuen, sie heißen Käte und Willem, waren Knecht und Stallmagd auf einem Gut in Pommern, das jetzt hinter der neuen polnischen Grenze liegt.

»Bei den Polen wollten wir nicht bleiben«, sagt Käte, und ein giftiger Blick trifft Andreas, der ja Pole ist. »Soll'n doch die dort bleiben, die dort hingehören.«

Andreas läßt sich auf kein Gespräch mit ihr ein, er bewohnt eine kleine Kammer im Gesindehaus, ist für die Pferde zuständig. Daß Widukind aus dem Stall kam, hat auch ihn ins Herz getroffen.

Käte sagt auch: »Dafür ist die Bodenreform ja schließlich da. Dafür, daß wir hier angesiedelt werden. Dafür hat man die Junker enteignet, oder nicht?« Und: »Jeder kriegt jetzt sein eigenes Stück Land, so soll es sein.«

So ist es geplant: Sieben oder acht Hektar für jeden Neusiedler oder Vertriebenen. Doch davon kann man nicht leben, also braucht man die LPG, die Kolchosenwirtschaft wie in Rußland, die das Land zerstückelt und bei der sich keiner mehr verantwortlich fühlt.

Hier ist es anders, der Lumin-Hof gilt nun endgültig als Teil des Gutes, und Jochen hat nicht das kleinste Dokument in der Hand, mit dem er beweisen könnte, daß der Hof sein Eigentum ist. Wie auch? Als der Herr von Renkow, der Vater von Max, diesen abgelegenen Teil des Gutes als Vorwerk aufgab und verpachtete, weil es Ärger mit dem Pächter gegeben hatte, sagte er zu seinem Großknecht: »Jetzt übernimmst du die Sache mal, Lumin.«

So einfach ging das. Und war keineswegs hundert Jahre her, wie Olga kühn behauptet hatte, es war in den siebziger Jahren des vorigen Jahrhunderts erfolgt, und seitdem war das ehemalige Vorwerk eben der Lumin-Hof. Der Großvater hatte nichts bezahlt, es wurde nichts schriftlich festgehalten, aber für die Renkows und die Lumins und für alle, die rundherum lebten, war es ein klarer Fall gewesen und geblieben bis zum Ende des Krieges. Jetzt ist gar nichts mehr klar. Auch die Neuen können nicht damit rechnen, wenn es ihnen gelingen sollte, die Lumins zu vertreiben, den Hof als Ganzes behalten zu können.

Sie sind natürlich stramme Kommunisten oder tun jedenfalls so, sie gehen zu jeder Versammlung und preisen die Sowjetunion und Stalin im fernen Moskau.

Immerhin ist Willem ein tüchtiger Mann, versteht seine Arbeit, sie ist nicht anders als in seiner Heimat, Saat und Ernte verlaufen nach den gleichen Gesetzen. Aber die Stimmung im Haus ist gereizt, es ist ein unfreundliches Zusammenleben, es liegt vor allem an den Frauen.

Elsgard ist es nicht gewohnt, auf so engem Raum zu leben. Sie muß nun alles, die Wäsche, das Geschirr mit der neuen Frau teilen. Der einzige Raum, für eine Zeitlang tabu, ist das Wohnzimmer, das größte Zimmer im Haus, eingerichtet auf höchst feudale Weise: ein runder Tisch mit einer Hängelampe darüber, ein Sofa, schöne ledergepolsterte Stühle, ein richtiger Bücherschrank, in dem auch Bücher stehen, ein Büffet mit dem guten Porzellan und ein großer Lehnstuhl, alles Hochzeitsgeschenke für Elsgard vom Gut.

Hier, an dem runden Tisch, haben sie mit Constanze gesessen und zu Abend gegessen. Nun betritt Elsgard das Zimmer nicht mehr, sie essen in der Küche. Da traut sich auch Käte lange Zeit nicht hinein, bis Elsgard sie eines Tages dort antrifft, breit hingeflätzt in den Lehnstuhl. Wie sie Jochen gegenüber später berichtet, ohne was zu tun, als so dazusitzen und Elsgard mit unbewegtem Gesicht entgegenzusehen.

Elsgard wirft sie hinaus, mit lauten, bösen Worten, Käte schreit zurück, sie habe genauso ein Recht, in diesem Zimmer zu sitzen.

»Hier sitzt keiner. Auch wir nicht. Das Zimmer gehört Herrn von Renkow.«

Käte tippt sich an die Stirn. Daß Max von Renkow tot ist, weiß sie schließlich.

»Kommt er vielleicht als Gespenst hierher, wat?«

Der Kampf um das Wohnzimmer zieht sich lange hin. Elsgard findet sogar den Schlüssel und schließt die Tür ab.

Jochen schweigt dazu.

Wenn man bedenkt, was hinter ihnen liegt, eine Diktatur,

ein Krieg, der sechs Jahre lang dauerte, eine vernichtende Niederlage, millionenfacher Tod, unbeschreibliches Leid, und wenn man bedenkt, was sie nun haben, eine andere Diktatur, Hunger, Elend und Not und ein Land, das in Trümmern liegt, kann man es lächerlich finden. Aber für Elsgard wird es zu einer Lebensfrage. Es ist ein Kampf, genauso einer wie der, den sie gegen Jochen um das Kind führt. Und für Käte soll es die Bestätigung sein, daß sie hierhergehört, auf diesen Hof, in dieses Haus und erst recht in dieses Zimmer.

Das Kind wird immer wieder zu einer hilfreichen Vermittlerin. Cordelia ist drei, dann vier Jahre alt, auch Käte kann sich ihrem Zauber nicht entziehen. Sie hat selbst noch kein Kind geboren, und sie möchte das Kind von diesen Leuten, das Kind der hochmütigen Elsgard nicht gern haben. Aber es fällt schwer, Cordelia zu widerstehen, ihrer Anmut, ihrer tänzerischen Beweglichkeit, ihrem Lächeln, das so sehr an Constanzes Lächeln erinnert, und ihren angstvollen Augen, wenn sie laute, unfreundliche Worte hört.

»Na, laß man, Lütte«, sagt Käte. »Da, nimm dat!«

Sie hat Kuchen gebacken, steckt Cordelia ein Stück in die Hand. Nicht, daß Cordelia der Kuchen schmeckt, sie ist eine mäklige Esserin, wie Olga es nennt, sie ißt nur wenig und nur das, was ihr schmeckt, und Elsgards Kuchen ist nun mal besser. Aber sie sagt artig danke, beißt ein kleines Stück von dem Kuchen ab, geht hinaus und verfüttert den Rest an Theo. Der führt auch ein klägliches Dasein, die Neuen haben einen Hund mitgebracht, einen großen schwarzen Mischling, der Theo eben gerade duldet, auf dem Hof und in Olgas Kammer. In die Küche darf der Kleine nicht mehr, dann knurrt der Große warnend.

Und dann kommt eine Nachricht für Max von Renkow, die ihn nicht mehr erreichen kann. Hinnerk bringt sie, es ist ein heller Frühlingsabend, als er überraschend auftaucht, einen schmutzigen Wisch aus der Tasche zieht.

Die Lumins sind allein, Käte und Willem sind in Waren bei irgendeiner Parteiversammlung. Jochen weigert sich nach wie vor, daran teilzunehmen. Es schadet ihm, das weiß er, genauso wie er weiß, daß es wenig nutzen würde, sich zu den anderen in den Saal des sogenannten Parteihauses zu setzen. Der gleiche Raum, in dem Giercke früher seine dummen Reden hielt.

»Man schade, daß der alte Herr nichts mehr davon gehört hat«, sagt Hinnerk.

Olga ist anderer Meinung.

»Es ist gut, daß ihm dieser Kummer erspart geblieben ist. Der Tod kann ein besserer Freund sein.« Und als Elsgard und Jochen betroffen schweigen, fügt sie hinzu: »Als solch eine elende Art von Leben. Wenn man es denn Leben nennen will.«

Sie erfahren, daß Alexander von Renkow am Leben ist und sich in russischer Kriegsgefangenschaft befindet. Es kann nicht die erste Nachricht von ihm sein, Olga studiert die Zeilen noch einmal genau, daraus ergibt sich, daß er schon vorher geschrieben haben muß. Es gehe ihm soweit ganz erträglich, schreibt er. Und am Schluß heißt es: »Bleib gesund, Vater. Wir werden uns wiedersehen.«

Die Amerikaner und Briten haben längst alle Kriegsgefangenen entlassen, abgesehen von denen, die man zur Arbeit nach Frankreich verpflichtet hat. Die Russen denken offenbar nicht daran, ihre Gefangenen heimkehren zu lassen.

Olga gibt Jochen den Zettel wieder.

»Das war das vorige Mal auch so«, erinnert sie sich. »Sie kamen lange aus Sibirien nicht zurück. Die meisten gar nicht. Da hat ihre großartige Revolution nichts daran geändert. Kann sich unsereiner vorstellen, was Sibirien ist? Kann er nicht.« Und zu Elsgard: »Schließ mal auf.«

Elsgard nimmt den Schlüssel aus der Schürzentasche, sie trägt ihn bei sich, nachts hat sie ihn unter dem Kopfkissen, und schließt die Tür zum Wohnzimmer auf.

Sie gehen hinein, Olga holt den alten Atlas aus dem Bücherschrank, er stammt noch aus der Jugend der Renkow-Kinder. Sie schlägt die große Weltkarte auf, legt eine Fingerspitze auf einen winzigen Punkt.

»Das sind wir. Das ist Deutschland. Das heißt, das waren wir früher. Nach dem ersten Krieg hat man uns einige Stücke weggenommen und nach diesem noch ein Stück. Und das hier«, sie nimmt drei Finger zu Hilfe, »ist Europa. Aber alles, was dahinter kommt«, und nun braucht sie beide Hände, und die reichen nicht, »ist Rußland. Oder die Sowjetunion, wie das heute heißt. Und hier«, sie rückt die Hände weiter, »das ist Sibirien. Kann man sich wirklich nicht vorstellen. Sogar Amerika ist nur ein Klacks dagegen. Wir werden uns wiedersehen, schreibt er. Ach Gott, der arme Junge!«

Olga beginnt zu weinen. Das hat noch keiner bei ihr erlebt. Sie weint bitterlich in Gedanken an Alexander, der zwei Jahre alt war, als sie aufs Gut kam. Fritz war fünf, die beiden Mädchen noch nicht geboren. Die Kinder vom Gut waren ihre Kinder. Bisher haben sie gedacht, Alexander sei tot wie sein Bruder, der im Sand der Cytenaika begraben liegt. Und der Tod wäre vermutlich ein besserer Freund, leichter zu ertragen als die Qual der Gefangenschaft in Sibirien. Nun weint auch Elsgard; und das Kind, als es die Tränen sieht, beginnt in angstvollem Nichtverstehen mit zu weinen.

Jochen steht da, den Fetzen Papier in der Hand, Hinnerk steht an der Tür, sogar seine Augen sind feucht, keine Spur von Bosheit mehr in seinem Gesicht, die haben die letzten Jahre ihm ausgetrieben.

Jochen blickt von einem zum anderen, dann beugt er sich zu Cordelia, hebt sie hoch.

»Nu weine man nicht, Deern. Du doch nicht.«

Es ist das erstemal, daß er das Kind anspricht, daß er es auf dem Arm hält. Cordelia schlingt auch sofort getröstet die Arme um seinen Hals, schmiegt ihr Gesicht an seine Wange.

Jochen schluckt. Hält das Kind fest an sich gepreßt.

Alexander! Er ist zwei Jahre jünger, der Sohn vom Gut Renkow, sie waren Freunde.

Olga wischt sich die Tränen aus dem Gesicht, putzt sich die Nase und registriert sofort das ungewohnte Bild: Jochen hat Cordelia auf dem Arm. Der gequälte, elende Gefangene im fernen Sibirien hat das bewirkt, der arme gepeinigte Mann, der vielleicht längst nicht mehr am Leben ist.

Wie immer fängt sie sich rasch, sie war seit je ein Mensch, der sich in jeder Situation beherrschen konnte. »Hört auf zu heulen«, sagt sie laut. »Das hilft keinem. Wir werden uns wiedersehen, schreibt er. Seinen Vater nicht. Und mich vermutlich auch nicht. Aber euch vielleicht.«

»Und wenn er wirklich kommt«, sagt Jochen. »Was ist dann?«

»Da ist er genauso ein Junker wie sein Vater und genauso enteignet. Wenn sie ihn entlassen, sollte er am besten gleich in den Westen gehen.«

»Ja«, sagt Jochen entschieden, immer noch das Kind auf dem Arm. Und ich gehe auch, das denkt er wieder einmal. Ich gehe, morgen oder übermorgen. Wenn ich nur zwei gesunde Arme hätte ...

Er denkt es nun schon seit Jahren, aber vom Denken zum Entschluß ist ein weiter Weg, zwischen Wünschen und Wollen bis zur Tat liegt eine Wüste, ein Meer, eine Welt.

So gut wie enteignet ist auch er, eigentlich nur noch ein Knecht auf seinem Hof. Seit sie ihm den Hengst weggenommen haben, ist er entschlossen zu gehen.

Er und Elsgard würden schon durchkommen, aber nun haben sie noch das Kind. So hat er bisher gedacht. Doch heute kommt ein neuer Gedanke dazu: Sie soll hier nicht aufwachsen, in dieser Finsternis, in dieser Lüge, in dieser Bedrohung.

Sie wissen kaum, wie es da drüben aussieht, im eigenen Land, das nur wenige Stunden von ihnen entfernt liegt. Es ist nicht Sibirien, es ist nur gerade so groß wie die Fingerspitze von Olga. Es ist Deutschland, hier wie dort. Was in ihrer Zeitung steht, was in ihrem Radio zu hören ist, muß man nicht glauben, das war schließlich schon vorher so. Aber man trifft immer mal wieder einen, der drüben war. So einen wie den Landmaschinenhändler Grube zum Beispiel. Der ist alle naslang in Berlin, in Lübeck, und sogar in Hamburg war er schon. Da könne man nur staunen, erzählt er, was die schon alles wieder haben. Sie haben eine Regierung mit einem Bundeskanzler, der Adenauer heißt, und eine Demokratie ist das auch. Und das neue Geld funktioniert ganz großartig, man kann in jeden Laden gehen und kaufen, was man will. Das erzählt Grube, und man muß es ihm glauben, wenn man seine Stiefel sieht und seinen neuen Anzug. Und neulich, Jochen traf ihn im Dorf, wo die LPG um die Anschaffung neuer Maschinen verhandelte, hat Grube ihm zugeflüstert, daß er eines Tages nicht zurückkommen würde, ganz bestimmt nicht. »Mir tun sie ja nichts, mich brauchen sie ja. Woher wollen sie denn in ihrem maroden Laden eine neue Mähmaschine bekommen, wenn nicht von mir? Und woher soll ich sie bekommen, wenn nicht von drüben? Die Russen haben ja alles mitgenommen, was nicht niet- und nagelfest war, nicht nur die Maschinen, Gott bewahre, jede Axt und jede Lampenschnur. Die Herren Offiziere auf Groß-Landeck in ihren feinen Uniformen haben das großzügig übersehen. Und du kannst man froh sein, daß der Herr Direktor sich auf dem Gut niedergelassen hat und höllisch aufpaßt. Du gehörst zum Gut, und drum habt ihr noch einen Melkeimer im Haus. So ist das nämlich. Du kannst dich gar nicht beklagen.«

»Mir gehört ja nichts mehr«, hatte Jochen geantwortet.

»Niemand gehört mehr was. Die werden schon merken, was sie damit anrichten. Menschen, denen nichts gehört, die arbeiten auch nicht für das Nichts. In Berlin sieht es noch ein bißchen anders aus. Viele Ostberliner gehn nach Westberlin arbeiten. Grenzgänger nennt man die. Die kassieren Westgeld. Und wenn es einem nicht mehr paßt, dann bleibt er drüben.«

»Und was macht er da?«

»Er arbeitet schwarz. Arbeitslose gibt es natürlich viele. Und wenn man die Schwarzarbeiter erwischt, werden sie ausgeflogen.«

»Und dann?«

»Kommt drauf an, wie schlau einer ist. Und was er kann. Kannste dich an Johann erinnern?«

»Johann, den Schmied?«

»Der. Er hat mir neulich geschrieben. Weißte, wo der ist? In Frankfurt am Main. Das ist die amerikanische Zone. Der hat jetzt eine Autowerkstatt. Autos kriegen die nämlich wieder. Drüben. Sind ja meist alte Karren, noch aus der Vorkriegszeit. Die sind oft ziemlich schlapp. Johann repariert sie, macht sie wie neu. Das konnte der schon immer gut. Wenn ich hier abhaue, dann geh ich erst mal zu dem. Der wird schon wissen, wie man es macht.«

»Und wann willst du gehn?«

»Weiß ich noch nicht. Sie brauchen mich ja hier. Aber soll mir bloß mal einer dumm kommen, schon bin ich weg. Hat mich der Direktor neulich gefragt, ob ich nicht in die Partei eintreten will. In was für 'ne Partei, habe ich ganz dämlich gefragt. Hättste mal sehen sollen, wie der mich angeblitzt hat.«

Jochen setzt Cordelia vorsichtig auf das Sofa, blickt um sich wie erwachend. Olga hat inzwischen Theo geholt, der winselnd vor der Haustür saß. Der Große steht unter der Küchentür und knurrt.

Olga streicht ihm über den Kopf.

»Schon gut, Schwarzer. Genügt es nicht, wenn die Menschen so böse miteinander umgehen?«

»Willste 'nen Schnaps, Hinnerk?« fragt Jochen.

Hinnerk nickt.

Das ist das einzige, was sie ausreichend im Haus haben, dafür sorgt schon der Herr Direktor, der Vorsitzende der LPG. Schnaps wird im Land gebrannt und großzügig verteilt. Auch Wodka haben sie schon bekommen, der kommt von den Russen.

Sie trinken alle vier ihren Schnaps, Theo sitzt neben Cordelia auf dem Sofa. Wenn Hinnerk gegangen ist, wird Elsgard das Wohnzimmer wieder abschließen.

Eines Tages wird es Käte doch gehören.

Es wird noch Jahre dauern, bis sie gehen, quälende Jahre. Die Atmosphäre auf dem Hof wird nicht besser, eher schlimmer, denn Willem, von Käte, von der Partei aufgehetzt, ist schließlich eingetreten, ist nun ein Genosse, spielt sich als Chef auf und behandelt Jochen oft ruppig.

Sie sprechen immer wieder davon, was sie machen werden, wie sie es machen werden, sie sprechen nur, wenn sie allein sind, und auch dann flüstern sie nur. Cordelia darf ebenfalls nichts hören, denn sie würde nicht verstehen, was sie aufschnappt, und könnte in aller Harmlosigkeit davon reden.

Geredet wird sowieso hier und da, denn hier und da ist plötzlich einer verschwunden, oft eine ganze Familie, im Dorf, in Waren, meist sind es junge Leute, die hinüber wollen in den goldenen Westen.

»Wenn man jung ist und arbeiten kann«, sagt Jochen und versucht die linke Faust zu ballen. Das übt er immer wieder.

Einmal fährt Olga nach Schwerin, sie hat Bekannte da, Freunde von Fritz und Alexander.

Sie kommt zurück und berichtet: »Sie sind weg. Schon seit einem halben Jahr.«

»Und wo sind sie hin?« fragt Elsgard.

»Keine Ahnung. Ich habe in dem Laden gefragt, wo sie immer eingekauft haben. Aber da sind nun auch andere Leute, die wußten nichts. Oder haben es mir nicht gesagt.«

Von nächtlicher Flucht über die grüne Grenze wird gemunkelt, aber Olga sagt eines Tages: »Das ist nichts für uns. Man muß nach Berlin.«

Nach Ostberlin kann man reisen, wenn man das Geld dafür hat.

»Und dann?« fragt Elsgard.

»Mit der S-Bahn in den Westen. So machen es viele.«

»Und wenn man geschnappt wird?«

»Die S-Bahn fährt ununterbrochen. Man kann nicht alle kontrollieren, die da drin sitzen.«

Olga kennt Berlin. Sie hat Inga während des Krieges einige Male besucht, hat im Gegensatz zu Ingas Vater und den Brüdern bei der Familie Schwarz gewohnt, Berthold hat sie kaum zu Gesicht bekommen, er war in Spanien, später in Prag, doch Inga hat sich immer sehr gefreut, wenn Olga kam, hat ihr Berlin gezeigt, den Kurfürstendamm, oder ist Unter den Linden mit ihr spazierengegangen.

»Das Schloß ist so schön«, erinnert sich Olga. »Und das Denkmal vom Großen Kurfürsten.«

Ulbricht hat das Schloß inzwischen sprengen lassen, aber das wissen sie nicht.

»Und sie hat ganz großartig da gewohnt, draußen im Grunewald. Dort ist sie auch immer mit ihrem Pferd spazierengeritten.«

Von Inga ist keine Nachricht mehr gekommen, weder aus Spanien noch von sonstwoher.

»Sie könnte doch wenigstens mal schreiben«, sagt Olga.

»Wer weiß, ob Post aus dem Ausland uns erreicht. Sie lassen das sicher nicht herein«, sagt Jochen.

Das letztemal war Olga im Jahr '42 in Berlin, da gab es zwar Luftangriffe, aber Inga hat nur gelacht.

»Berlin ist groß. Und hier draußen bei uns passiert bestimmt nichts. Mit denen werden wir schon fertig.«

Aber nun denkt Olga an Rosmarie, Ingas Freundin aus dem Pensionat. Die wohnte in Dahlem, in einem schönen Haus, eine alte Villa mit einem großen Garten.

Die Frage ist, ob Rosmarie noch lebt, ob das Haus noch steht, es ist viele Jahre her, daß Olga dort einmal zu Besuch war, und die allerschwierigste Frage ist, wie man diesen Brief am besten auf den Weg bringt. Sie wird ihn nicht im Dorf aufgeben, muß wieder einmal nach Schwerin fahren.

Es ist ein knapper, sachlicher Brief, sie wolle bloß einmal hören, wie es so gehe und was die Kinder machen. Die Schwierigkeit besteht darin, welche Adresse sie selbst angeben soll. Es wird keine Antwort kommen, aber wenn eine käme, könnte der Brief nicht auf dem Lumin-Hof abgeliefert werden.

»Wir leben wie in einem Gefängnis«, sagt Olga erbost, als sie den Brief abgefaßt hat und über die Adresse nachgrübelt.

Aber Olga wäre nicht Olga, wenn ihr nicht etwas einfiele. Da ist ein Junge, der bei ihrem Vater in die Schule ging, in die gleiche Klasse wie sie, also muß er heute so alt sein wie sie. Den Weltkrieg hat er überlebt, sie hat ihn später manchmal getroffen, er war bei einer Bank angestellt. Jetzt wird er wohl pensioniert sein. Falls er noch lebt. Und falls die Adresse stimmt.

Es ist alles nicht so leicht zu bewerkstelligen. Ein Auto haben sie nicht, die Pferde werden selten eingespannt, schon gar nicht während der Ernte. Aber nun ist es Oktober, und Olga sagt zu Willem: »Ich muß zum Arzt nach Waren. Nehmen Sie mich mal mit?«

»Klar doch«, sagt Willem. »Wenn ich das nächstemal reinfahre.«

Den Jugendfreund gibt es noch, und er lacht nur, als Olga ihn fragt, ob es ihm sehr unangenehm wäre, wenn er einen Brief aus Berlin erhielte.

»Mir doch nicht. Mir können sie nichts mehr tun. Ich war kein Nazi, und jetzt bin ich noch auf meine alten Tage in die SED eingetreten.«

»Wirklich?«

»Na, warum nicht? Ich sitze in der Rechnungsabteilung der Partei, rechnen kann ich noch immer gut. Kann nicht jeder.«

Olga betrachtet ihn mißtrauisch.

»Man muß mit den Wölfen heulen. Damals – das wird nicht lange dauern, hat unser Pastor gesagt. Aber jetzt – weißt du, das bleibt eine Weile so, jedenfalls solange ich lebe. Soll es mir deswegen schlechtgehen?«

Der Pastor ist tot, einen neuen gibt es nicht. Neu ist die zweite Frau des Jugendfreunds, die erste ist gestorben.

Sie lädt Olga zum Kaffee ein, Muckefuck natürlich, und fragt: »Wen haben Sie denn in Berlin?«

»Ach, eine alte Freundin. Ich möchte bloß mal hören, wie es ihr geht.«

Jetzt könnten der Jugendfreund und seine zweite Frau fragen, warum Olga den Brief nicht an ihre Adresse schicken läßt, aber sie fragen nicht. Manche Fragen sind unnötig, weil man die Antwort gar nicht hören will.

Olga geht auch wirklich noch zu einem Arzt, es ist ein neuer, den sie nicht kennt, sie bekommt ein paar Pillen für ihr Rheuma und den guten Rat, die Beine zu schonen.

Dann fährt sie mit Willem in der Kutsche mit den beiden Braunen zurück, die Kutsche ist klapprig, die Braunen trotten müde dahin, es ist eine lange Fahrt, es ist schon ziemlich kühl, der Wind bläst durch die Plane, und Olga erkältet sich. Ziemlich schwer sogar, es ist eine ausgewachsene Grippe, so daß sogar Willem nach ein paar Tagen fragt: »Soll ich den Doktor holen?«

»Nicht nötig«, sagt Olga heiser, »sterben kann ich auch allein.«

Sie stirbt nicht, erholt sich langsam, und bereits eine Woche später kommt ein Volkswagen mit dem Jugendfreund auf den Hof gerollt und bringt die Antwort aus Berlin.
Von Rosmarie Helten.
Sie lebt, es geht ihr gut, den Kindern auch, und sie würde sich freuen, Olga wiederzusehen. Besuchen Sie uns doch, schreibt sie.

Das ist der Anfang vom Ende, oder der Anfang eines neuen Anfangs, wie man es nennen will, Elsgard und Jochen haben nichts mehr zu melden, Olga nimmt die Sache in die Hand.

Sie liegt auf dem Sofa im Wohnzimmer, Theo auf dem Schoß, noch etwas schwach, aber voller Tatendrang.

Das Wohnzimmer ist inzwischen aufgesperrt, Käte ist hochschwanger und hat den Schlüssel von Elsgard gefordert. Im Dezember wird sie ihr Kind bekommen, einen Sohn, und fortan wird der Korb mit dem Baby im Wohnzimmer stehen.

Doch vorher sind sie eine Weile ungestört, Käte bekommt das Kind nicht im Haus, sondern in der Klinik in Schwerin.

»So wie Sie«, hat sie zu Elsgard gesagt, »einfach ein Kind im Haus zu bekommen, also, das ist voriges Jahrhundert.«

Die kurze Woche, in der Käte nicht im Haus ist, genießen alle, auch Willem. Sie sitzen abends zusammen, besprechen die Auflagen für das kommende Jahr.

»Wir müssen das Soll erfüllen«, sagt Willem eifrig. »Wir müssen es übertreffen. Aber wir brauchen neue Pferde.«

»Wir haben doch neue Maschinen«, erwidert Jochen unlustig.

Die Pferde, das ist ein ewiger Streitpunkt. Daß Elsgard nach wie vor, wenn sie Zeit hat, mit Dolka ausreitet, erbost Käte nun seit Jahren. »Wo gibt es denn so was! Eine Bauersfrau, die spazierenreitet. Das haben die Junker getan.«

»Ich habe es immer getan«, erwidert Elsgard kühl.

»Na, Sie sind ja auch bei den Junkern aufgewachsen.«

Willem hat Dolka bei der Ernte angespannt, seitdem lahmt sie. Dolkas erstes Fohlen, der kleine Hengst, ist längst abgeholt worden. Das zweite ist ein Stutfohlen, ein zierliches Tier, bestimmt nicht zur Feldarbeit zu gebrauchen.

Dojana ist Cordelias ganzes Glück. Sie sitzt bei dem Pferd

in der Box, sie tollt mit ihm auf der Koppel herum, sie umschlingt mit beiden Armen seinen goldfarbenen Hals und lacht, wenn das junge Pferd sich freischüttelt und sie im Gras landet.

»Später kannst du sie reiten«, sagt Jochen und lacht.

»Ja, o ja!« ruft Cordelia.

Jochen lacht eigentlich nur noch, wenn er mit Cordelia zusammen ist. Zwischen den beiden hat sich eine Zuneigung entwickelt, die Elsgard eifersüchtig macht. Jahrelang hat er das Kind nicht angesehen, und nun ist es nur noch dort zu finden, wo Jochen ist. Vati nennt sie ihn und wird nie erfahren, daß er nicht ihr Vater ist.

Auf einem Pferd hat Cordelia schon gesessen, Elsgard hat sie manchmal auf Dolka reiten lassen. Aber nun, weil Dolka lahmt, kann sie nur noch geführt werden.

»Dann müssen wir sie eben schlachten lassen«, sagt Willem einmal ganz harmlos, und Cordelia fährt ihm mit beiden Händen ins Gesicht, ihre Nägel sind hart wie Krallen.

»Nein, nein!« schreit sie.

Willem hält ihre Hände fest. »So ist das nun mal. Ein nutzloses Tier kann man nicht gebrauchen.«

»Muß man denn alles nur gebrauchen können?« fragt Cordelia am Abend. Sie sitzen in der Küche, sie hat ihr Essen nicht angerührt.

Sie ist sechs. Im nächsten Jahr kommt sie in die Schule.

Olga betrachtet sie nachdenklich.

»Ja«, sagt sie, »Menschen und Tiere. Sie werden gebraucht und verbraucht. Auf dem Land ist es so. Und es ist auch wieder nicht so. Es kommt darauf an ...« Olga schweigt.

Ist sie gebraucht und verbraucht worden? Nein, sie kann es so nicht sehen. Im nächsten Jahr wird sie siebzig. Zeit zum Sterben.

Aber da ist noch viel für sie zu tun. Wenn keiner ein besseres Leben haben soll, dann soll es dieses Kind haben, das sie mit zur Welt gebracht hat. Inga lebt, und vielleicht geht es ihr gut. Fritz ist tot. Alexander lebt. Und vielleicht kommt er eines Tages wieder, vielleicht nicht.

Wenn ich in Berlin bin, werde ich schreiben. Nach Sibirien. Von Berlin aus kann man vielleicht nach Sibirien schreiben. Vielleicht. Das ganze Leben ist ein einziges Vielleicht.

»Willst du nicht doch etwas essen?« fragt sie sanft. Cordelia zieht die Mundwinkel herunter, und Olga sagt: »Mir zuliebe.«

»Ja, ich weiß schon«, antwortet Cordelia widerborstig. »Ein Löffelchen für Vati, ein Löffelchen für Mutti. Und ein Löffelchen für dich.«

»So ist es«, sagt Olga. Und Cordelia nimmt unlustig den Löffel.

Im Januar, mitten in der größten Kälte, macht sich Olga auf den Weg nach Berlin.

»Du bist verrückt«, sagt Jochen.

»Vielleicht«, antwortet Olga.

Es geht ganz leicht, sie fährt mit der S-Bahn nach dem Westen, sie hat sich sehr ordentlich angezogen, ihren Pelzmantel, einen braunen Biber, den Max von Renkow ihr mal zu Weihnachten geschenkt hat. Sie hat ihn kaum getragen, er ist wie neu. Dazu trägt sie ein fesches kleines Hütchen. Eine distinguierte alte Dame, von der kein Mensch etwas will. Außerdem geht sie an ihrem Stock. Sie denkt, das macht sich gut.

Das Haus in Dahlem steht unversehrt, es ist gemütlich eingerichtet, Rosmaries Schwiegereltern wohnen jetzt da, er war Bankdirektor in Neuruppin, bei den Kommunisten wollte er selbstverständlich nicht bleiben, und er ist, Währungsreform oder nicht, vermögend, es geht Rosmarie und den Kindern nicht schlecht. Der Sohn und die Tochter, fünfzehn und zwölf Jahre alt, sind nette, wohlerzogene Kinder. Olga wird von allen freundlich begrüßt, bekommt Abendessen, denn es ist Abend, bis sie ankommt, es ist dunkel und kalt draußen, das Haus ist warm geheizt, und ein Zimmer für Olga ist auch da.

Das einzig Traurige in diesem Haus: Albert Helten, Rosmaries Mann, lebt nicht mehr. Er ist ganz zu Ende des Krieges noch gefallen, bei den Straßenkämpfen in Berlin.

»Es ist ein Wunder, daß wir es überhaupt erfahren haben«, sagt Rosmarie. »Es sind viele in den Straßen von Berlin umgekommen, von denen man nie erfahren hat, was aus ihnen geworden ist.«

Rosmaries Mann war Anwalt, er war Ende Vierzig, als der Krieg begann, man hat ihn zunächst nicht eingezogen, aber am Ende dann doch, zum Volkssturm.

»Ich hätte nicht gewußt, was aus ihm geworden ist«, wiederholt Rosmarie. »Aber unser Nachbar, der war bei ihm, von ihm habe ich es erfahren.«

Sie erzählt es erst, nachdem Olga gegessen hat. Denn Olga war durchfroren, müde und hungrig, als sie ankam.

»Ich wollte Ihnen den Appetit nicht verderben«, sagt sie und küßt Olga auf die Wange. »Schön, daß Sie da sind, Frau Petersen. Es ist ein Gruß aus der Heimat.«

Rosmarie war manchmal in den Ferien auf dem Gut, ein hübsches, lebhaftes Mädchen, das allerdings nie dazu zu bringen war, sich auf ein Pferd zu setzen, obwohl Inga es immer wieder versuchte. Olga erinnert sich gut daran.

Rosmarie lacht. »Dafür reitet meine Tochter heute mit großer Begeisterung. In dem Stückchen Grunewald, das uns geblieben ist.«

Sie ist genauso lebendig wie damals, sieht auch noch gut aus, läßt keine trübe Stimmung aufkommen.

Nur eine Bemerkung macht sie noch: »Mein Mann war ein leidenschaftlicher Gegner der Nazis. Es ist so ungerecht, Berthold Schwarz lebt. Sie sind in Argentinien.«

»In Argentinien?«

»Ja, in irgendeinem Ort da, ich kann mir den Namen nicht merken. Ist ja auch egal.«

»Inga hat Ihnen also geschrieben?«

»Ja. Aber ich habe nicht geantwortet. Es ist so ungerecht.«

»Ja«, sagt Olga. »Ungerechtigkeit ist wohl die einzige Sicherheit, die Menschen auf dieser Erde haben.«

Der ehemalige Bankdirektor nickt. Albert war sein einziger Sohn. »Ich nehme an, Sie wollen im Westen bleiben, Frau Petersen«, sagt er.

»Für diesmal nicht. Es ist gewissermaßen eine Probefahrt.«

Sie erzählt von Elsgard, die Rosmarie ja kennt, von Jochen

und vom Lumin-Hof. Und von Cordelia, Elsgards und Jochens Tochter. Diese Lüge muß bleiben.

»Sie müssen weg. Und sie wollen weg. Es ist nur schwer, diesen Entschluß zu fassen. Jochen hängt an seinem Land, nur – es gehört ihm nicht mehr. Und sie machen ihm das Leben schwer. Cordelia kommt bald in die Schule. Im Dorf gibt es keine Schule mehr, sie muß nach Waren. Man kann sie nicht hinfahren. Es gibt zwar einen Bus, aber der fährt nur vom Dorf ab. Es wurde uns schon nahegelegt, sie in Waren unterzubringen, es gibt da ein Landschulheim, natürlich streng von Genossen geleitet. Dann ist ihr Leben vorbestimmt.«

»Wenn Sie alle herüberkommen wollen«, sagt der Bankdirektor Helten, »dann müssen Sie getrennt reisen. Ich kenne diese Fälle. Eine Familie erregt immer Argwohn bei den S-Bahnkontrollen.«

»Ich werde wohl nicht mitkommen«, sagt Olga.

»Klar werden Sie das!« ruft Rosmarie energisch. »Wollen Sie allein dort zurückbleiben?«

»Ich bin alt.«

»Sie sehen großartig aus, Frau Petersen.«

Olga seufzt und bewegt ihre Knie, die weh tun nach dem langen, kalten Tag.

»Meine Beine«, sagt sie, »ich habe Rheuma, ich kann nur noch mühsam laufen.«

»Das ist kein Problem«, sagt Rosmarie. »Wir werden Sie zur Kur schicken. Nicht, Papi?«

»Das werden wir«, sagt Herr Helten. »Wir sind hier in Berlin auf einer verlassenen Insel. Keiner von uns weiß, wie lange das gutgehen wird. Aber Sie werden nach München fliegen und dann nach Badgastein zur Kur fahren. Wir waren da früher schon ein paarmal, meine Frau und ich. Es wird Ihnen gefallen. Vielleicht kommen wir sogar mit.«

Olga ist gerührt. Ein Flug nach München, eine Kur in Österreich. Das ist wie ein Märchen.

Aber noch ist harte Wirklichkeit.

»Natürlich kann die Familie Lumin nicht in Berlin bleiben«, sagt Herr Helten. »Als Flüchtlinge aus der Sowjetischen Zone müssen sie in das Lager Marienfelde. Und dann werden sie ausgeflogen.«

»Wohin?« fragt Olga verzagt.

»Das wird sich finden. Das Leben in der Bundesrepublik ist schon ganz geordnet. Was sie an Unterstützung finden«, er hebt die Schultern, »das weiß ich nicht. Aber sie können arbeiten, sie sind ja noch nicht alt.«

Olga denkt an Jochens Arm, doch sie spricht nicht davon. Es wird sich finden. Erst einmal müssen sie hier sein, im Westen.

»Es ist auch wegen Alexander«, sagt sie.

»Alexander?« fragt Rosmarie. »Sprechen Sie von Alexander von Renkow?«

Olga erzählt von Alexanders Schicksal.

»So ein flotter Bursche«, sagt Rosmarie. »Ich war so verliebt in ihn. Albert hat mich immer mit ihm aufgezogen, wenn ich von ihm schwärmte. Der bestaussehende Mann, den ich in meinem Leben getroffen habe.« Und nach einem Blick auf die Schwiegermama: »Außer Albert natürlich.«

Es wird ein langer Abend, die beiden Teenager sitzen dabei, hören interessiert zu, geben auch mal einen Kommentar dazu.

»Wir werden sie rüberbringen«, sagt Albert junior.

»Wir?« fragt seine Mutter spöttisch.

»Frau Petersen wird es tun«, sagt seine Schwester überzeugt. »Ich freue mich schon auf die Cordelia. So ein hübscher Name. Wie bei Shakespeare, nicht?«

Olga schaut sie überrascht an.

»Ja, Shakespeare, König Lear.«

»Habe ich schon gelesen. Toller Name. Ich werde sie von Kopf bis Fuß neu einkleiden. Lager oder nicht Lager. Wäre doch zum Lachen, wenn wir das nicht hinkriegen.«

Wer es hinkriegen muß, ist Olga. Es ist spät in der Nacht, als sie ins Bett kommt, sie ist todmüde und sehr erregt, aber sie schläft gut, in einem hübschen warmen Zimmer, Rosmarie bringt ihr noch ein Glas Milch.

»Wir werden morgen weiter darüber reden«, sagt sie.

Reden ist leicht. Handeln ist schwer.

Aller Ärger, aller hilfloser Zorn ändert nichts an der Tatsache, daß es ihre Heimat ist, die sie verlassen wollen. Hier sind sie geboren, hier sind sie aufgewachsen, hier taten sie ihre Arbeit, hier ist ihr Haus, hier sind ihre Tiere, ihre Felder, ihre Wiesen. Es gehört ihnen nicht mehr, das ist wahr.

So ganz nebenbei wurde der Lumin-Hof, als zum Gut gehörend, enteignet, Käte und Willem haben nun das Sagen, schließlich sind sie Parteigenossen. Die Lumins sind mehr oder weniger geduldet auf dem Hof.

Kommt dazu, daß sie im Westen nichts anderes mehr sein werden als Flüchtlinge. Das ist ein bekannter Begriff geworden in den vergangenen Jahren. Millionen von Flüchtlingen haben das Land überschwemmt, sind gekommen, geblieben, weitergezogen. Sie wurden vertrieben, geschändet, beraubt. Arme, schutzlose, heimatlose Menschen, verzweifelte Menschen, dem Elend ausgeliefert. Rechtlos. Der eine oder andere fand Unterkommen, Arbeit, eine Möglichkeit, ein neues Leben zu beginnen. Doch viele waren vernichtet, zerstört für immer, ihnen blieb nur die Not, der Tod. Wird man je ihre Zahl erfahren, ihr Leid ermessen können?

Ihr Leiden ist so alt wie die Geschichte der Menschheit. Vertrieben, verfolgt, geschändet, getötet. Wer hat nur gedacht, geträumt, daß es jemals anders werden könnte? Der Herr über dieses armselige Menschengeschlecht, der Krieg, hat es immer wieder neu hervorgebracht. Entwicklung, Wissenschaft, Fortschritt, haben sie den Lauf des Schicksals ändern können?

Wer immer den Krieg wollte, wer ihn begann, wer schuld daran war, das konnte den Menschen, deren Leben vernichtet wurde, gleichgültig sein!

Als Alexander der Große aufbrach, um Persien zu erobern, als Napoleon Europa beherrschen wollte, als Hitler den ›Lebensraum‹ für die Deutschen erweitern wollte, haben sie je an die Menschen gedacht, die ihre Opfer wurden?

Warum geschieht das alles? Warum eigentlich?

Wurde die Frage je beantwortet?

Sie müssen nicht gehen, die vom Lumin-Hof, man wird sie noch eine Weile dulden, überflüssig wie sie geworden sind.

Olga ist es immer wieder, die treibt. Seit sie in Berlin war, seit sie mit den Heltens gesprochen hat, als so etwas wie eine Zukunftsvision auftauchte, nicht für sie, doch für Jochen, für Els, für das Kind, ist sie von dem Gedanken an diese Zukunft beherrscht.

Doch auch für sich selbst denkt sie an eine Zukunft. Sie ist alt, trotzdem ist es so. Sie war immer aktiv, immer mutig.

»Es wird ein anderes Leben für euch sein. Ihr müßt es wagen.«

So redet sie immer wieder. So reden sie alle drei, heimlich, leise. Manchmal voller Wagemut, meist voll Verzagtheit. Sie sind jedoch beherrscht von Angst. Nicht nur von der Angst, was sein wird, auch von der Angst vor der Flucht.

Dabei sind es immer mehr, die gehen, die eines Tages verschwunden sind. Man hört es hier und da.

»Je länger wir warten, desto schwieriger wird es«, sagt Olga. »Denkt an die Blockade. Noch haben wir Berlin als Weg in die Freiheit.«

Sie spricht es aus, das ungeheuerliche Wort: Freiheit.

Wissen sie eigentlich, was das ist?

Wissen sie, was es heute bedeutet?

Sie haben Freiheit nie vermißt, so wie sie gelebt haben, war Freiheit für sie kein Begriff.

Olga denkt auch an Alexander. Sie hat ihm von Berlin aus geschrieben, er hat nun Rosmaries Adresse. Er wird antworten, wenn er kann. Er wird kommen, wenn er lebt.

Er wird mich brauchen, wenn er kommt. In was für einem Zustand wird er sein, das denkt sie, und ihr nächster Gedanke, ich bin alt, ich werde nicht mehr leben, falls er wirklich eines Tages kommen sollte.

Sie wird noch lange leben, Rheuma bringt einen Menschen nicht um, sie wird wirklich am Stock gehen, doch ihr Kopf bleibt klar, sie wird neunundachtzig Jahre alt, und was sie denkt und sagt, wird immer für die Lumins hilfreich sein.

Alexander ist schon da, als sie schließlich kommen, er ist noch vor ihnen im Westen, denn daß er in seine Heimat nicht mehr kann, weiß er sehr genau. Er geht nach Essen, wo die Frau, genauer die Witwe seines Bruders Friedrich lebt. Die Ruhrpottprinzessin, wie sein Vater sie nannte.

Zuletzt ist Elsgard daran schuld, daß ihre Ausreise, ihre Flucht sich verzögert.

Der Schulbeginn für Cordelia rückt näher, sie ist angemeldet, das hat Olga vorgeschlagen.

»Nur nicht auffallen«, hat sie gesagt.

»Aber vorher müssen wir weg sein«, drängt Jochen.

Wenn das Kind erst mal in die Schule geht, wird es schwierig sein. Und ich werde immer älter, das denkt Jochen auch.

Doch dann geschieht etwas Unvorhergesehenes: Eine Parteimieze kommt auf den Hof, um Cordelia kennenzulernen. Sie ist sehr freundlich zu dem Kind, legt ihm den Arm um die Schultern.

»Du bist aber ein hübsches Mädchen, Cordelia. Du hast so schöne schwarze Haare. Und ganz dunkle Augen. Du wirst unseren Kindern gut gefallen.«

Elsgard steht daneben, mit finsterem Gesicht.

»Was für Kindern?« fragt sie aggressiv.

Die Jugendbetreuerin der Partei gibt ihr zunächst keine Antwort, die Einstellung der Lumins ist bekannt.

»Du kommst zu uns ins Heim. Du wirst sehen, Cordelia, es gefällt dir. Ihr lernt zusammen und könnt zusammen spielen. Wir singen schöne Lieder und ...«

»Und ihr werdet schön zusammen marschieren«, unterbricht Elsgard, »das hatten wir alles schon. Meine Tochter wird nicht in diesem Heim wohnen.«

»Und warum nicht?« fragt die Dame freundlich. »Der Weg nach Waren ist zu weit. Es wäre für Cordelia eine unnötige Anstrengung. Wir wollen doch alle, daß sie eine gute Schülerin wird. Nicht, Cordelia?«

Cordelia lächelt die Fremde vertrauensvoll an.

Das kann Elsgard nicht ertragen. »Ich will nicht, daß ihr als Kind schon das Hirn verbogen wird.«

»Was meinen Sie damit, Genossin?« fragt die Dame, noch immer freundlich, doch mit einem kleinen warnenden Unterton, und dabei zieht sie Cordelia noch ein wenig enger an sich heran.

»Ich bin nicht Ihre Genossin«, ruft Elsgard wütend. »Man hat uns alles weggenommen und fremden Leuten gegeben, hergelaufenem Gesindel, das nie einen eigenen Hof hatte.«
Ein Seitenblick streift Käte, die unter der Tür steht, ihren kleinen Sohn auf dem Arm. Soll die ruhig hören, was sie denkt. Der jahrelang aufgestaute Zorn raubt Elsgard jede Vernunft.

»Ha!« macht Käte. »Da siehst du mal, Genossin, wie die über uns denkt. Ist ja auch kein Wunder, schließlich stammt sie von den Junkern ab. Dieser Renkow soll ja ihr Vater gewesen sein.«

Diese Äußerung läßt Elsgard für einen Moment verstummen. Nie zuvor hat jemand so etwas gesagt.

Sie starrt Käte mit offenem Mund an. Max von Renkow, der wirklich wie ein Vater für sie war, wird verunglimpft, ihre Mutter, die sie nicht kannte, wird herabgesetzt, und ihr toter Vater, den sie immerhin als Kind kannte und liebte, wird beleidigt.

Sie weiß, daß diese gemeine Lüge verbreitet wird, und sie sollte wissen, daß dieses üble Gerücht nur dazu dienen soll, ihnen das letzte Recht auf den Hof abzusprechen. Sie könnte mit einem höhnischen Lachen darauf antworten, aber sie stürzt sich mit erhobenen Händen auf Käte.

Die Jugendbetreuerin tritt energisch dazwischen, stößt Elsgard zurück. »Aber ich bitte dich, Genossin! Frau Lumin! Denken Sie doch an das Kind!«

Cordelia steht da mit weitaufgerissenen Augen, sie zittert am ganzen Leib.

Elsgard sollte wissen, wie empfindsam, wie sensibel das Kind ist. Für eine Weile stehen die drei Frauen wie erstarrt. Die Jugendbetreuerin hält Elsgard am Arm, selbst verwirrt von dem Haß, der hier zum Ausdruck kam. Elsgards Gesicht ist verzerrt, Käte versucht zu lächeln.

»Na, da siehst du mal, Genossin«, wiederholt sie.

Cordelia hat nun die Augen voller Tränen.

Darum wendet sich die Jugendbetreuerin wieder ihr zu, legt ihr wieder den Arm um die Schulter.

»Weine nicht, Cordelia. Weißt du, Menschen streiten sich manchmal, und dann vertragen sie sich auch wieder. Wir müssen uns alle vertragen, anders geht es nicht. Wir gehören doch zusammen. Du wirst sehen, mit Kindern geht es leichter. Die Erwachsenen ...«, sie schweigt. Was soll sie dem Kind erklären?

Die Erwachsenen haben zuviel mitgemacht, zuviel erduldet und erlitten, Verständliches und Unverständliches. Und die, die jetzt leben, wünschen sich eine bessere Welt.

Zu irgend etwas muß dieser Krieg doch gut gewesen sein.

So denkt die Genossin Marga. Sie stammt aus Berlin. Ihr Vater war Kommunist, ihr Mann war Kommunist, die Nazis haben ihn in einem Lager umgebracht. Man hat sie während der Luftangriffe mit ihrem Sohn und mit ihrer Tochter, die zwei Jahre älter ist als Cordelia, nach Mecklenburg gebracht. Hier ist sie nun, hat eine Aufgabe gefunden, die sie ernst nimmt. Doch sie leidet unter dem Haß zwischen den Menschen.

Sie nennt es nicht Haß. Sie nennt es Nichtverstehen. Und natürlich muß sie einen Bericht machen.

Olga war nicht da, um das Schlimmste zu verhindern. Jochen war draußen bei den Koppeln.

Elsgard verabschiedet sie mit den Worten: »Meine Töchter bekommen Sie nicht. Die Pferde haben sie uns gestohlen. Meine Töchter nicht.«

Der Bericht, den die Genossin Marga über die widerspenstige Frau Lumin erstattet, hat Folgen. Einige Tage später bekommt Elsgard einen Brief, in dem steht, daß man ihr die freudige Mitteilung machen könne, sie sei für einen mehrwöchigen Erholungsaufenthalt ausgewählt worden, den zweifellos viele Frauen nach all den schweren Jahren nötig hätten, aber das ginge nur nach und nach und mit der Zeit. Elsgard Lumin, geborene von Renkow, möchte sich bitte für den 12. Juli bereithalten, dann werde sie abgeholt.

Elsgard steht wie erstarrt; der mehrwöchige Erholungsaufenthalt, die geborene von Renkow. Was hat das zu bedeuten?

Sie wirft einen kurzen Blick auf Käte, die am Herd steht und in einem Topf rührt. Cordelia und Olga sind auch in der Küche, es ist Anfang Juli, draußen regnet es an diesem Tag.

Die Männer sind unterwegs. Olga hat den kleinen Hund auf dem Arm, Theo ist alt und schwach auf den Beinen, und der Tierarzt sagte, als er das letztemal bei den Kühen war, daß Theo ein krankes Herz habe.

Es war nicht mehr der alte Sellmer, es war ein junger Arzt. Er kraulte Theo liebevoll hinter den Ohren und sagte: »Lange macht er es nicht mehr.«

Olga sieht Elsgard an, die regungslos dasteht, den Brief in der Hand. »Ich kuck mal, ob's noch regnet«, sagt sie und geht zur Küche hinaus, durch den Flur zur Haustür.

Daß es noch regnet, kann man durch das Küchenfenster auch sehen.

»Ich komm mit«, ruft Cordelia, und Elsgard folgt den beiden.

Käte blickt ihnen neugierig nach. Da ist was mit dem Brief, aber darüber wollen sie nicht sprechen. Weil sie es nicht hören soll. Vielleicht wieder von dem feinen Junker, den die Russen viel zu früh entlassen haben und der jetzt dick und satt im Westen sitzt.

»Da woll'n die woll auch hin, dat kann ick mir denken«, murmelt Käte böse vor sich hin. »Dat wern wir euch versalzen.«

Schweigend reicht Elsgard den Brief Olga hin.

»Meine Brille«, sagt Olga.

»Ich hol sie«, ruft Cordelia.

»Auf dem Küchentisch, neben der Zeitung.«

»Ja, ja, ich weiß. Ich hab gesehen, wo sie liegt.«

»Mich kriegen die nicht. Mich nicht«, stößt Elsgard hervor. »Auch nicht auf diese miese Art. Ich laufe fort. Verstehst du? Heute noch.«

»Jetzt beruhige dich mal. Laß mich den Brief erst lesen.«

Cordelia kommt mit der Brille, und Olga, sicher, daß sie vom Küchenfenster aus beobachtet werden, steckt die Brille in die Tasche ihres Kittels und sagt: »Es ist naß hier. Gehn wir mal zu Dolka und fragen sie, wie es ihr und der Kleinen geht.«

»Au ja«, ruft Cordelia und läuft voraus.

»Mich nicht«, wiederholt Elsgard, laut diesmal.

Im Stall liest Olga den Brief. Cordelia ist zu der jungen Stute in die Box gekrochen.

»Es regnet«, erzählt sie ihr. »Wenn die Sonne wieder scheint, kommst du hinaus. Und ich komme mit.«

»Hm«, macht Olga, nachdem sie gelesen hat. »Was mag das bedeuten?«

»Ich weiß genau, was es bedeutet. Sie wollen mich kleinkriegen. Umerziehung heißt das. Ich habe neulich gehört, wie Jürgens und seine Frau davon sprachen.«

Jürgens ist der Krämer im Dorf.

»Sie machen das auf die sanfte Tour. Hintenrum, verstehst du. Ich laufe fort. Heute noch.«

»Und wie stellst du dir das vor? Wir bleiben hier, Jochen wird eingesperrt, ich auch, und Cordelia kommt in ein Waisenhaus. Stellst du dir das so vor? Haben wir nicht oft genug besprochen, daß wir es vorsichtig anfangen müssen?«

»Und eine geborene von Renkow bin ich jetzt ganz offiziell. Sind die verrückt?«

»Das kann ich mir auch nicht erklären. Schließlich hast du ganz normale Papiere, seit dem Tag deiner Geburt.«

»Diese Käte hat das neulich mal gesagt, aus Gemeinheit. Aber daß eine Behörde darauf hereinfällt …«

»Es handelt sich hier um keine Behörde. Aber es dient wohl dem Zweck … ja, es dient dem Zweck, euch alle Rechte auf dem Hof zu nehmen.«

»Was soll ich tun?«

»Du kannst nichts tun. Wenn du Theater machst, wird aus dem Erholungsaufenthalt ein Gefängnis. Vielleicht versuchst du es mal auf die andere Tour.«

»Was heißt das?«

»Vielleicht kannst du dich ein bißchen beliebt machen.«

»Hach!« schreit Elsgard. »Lieber bring ich mich um.«

Die Stalltür geht auf, Willem kommt herein.

»Dat is'n Regen, wat? Brauchen wir eigentlich jetzt nicht mehr.« Er lacht die beiden Frauen freundlich an, geht dann zu Dolkas Box. »Na, geht ja wieder gut mit ihrem Bein.«

»Ja, falls Sie sie nicht wieder zur Ernte anspannen«, sagt Elsgard böse.

»Mach ich nich wieder. Nu können Sie wieder mit ihr spazierenreiten.« Wenn Käte nicht zugegen ist, kann Willem ganz umgänglich sein. Olga hat den Brief wieder in ihren Kittel gesteckt. Elsgard steht mit gesenktem Kopf.

Es ist alles zu Ende. Ob sie bleiben oder gehen, ob sie sich beliebt macht oder nicht, es ist alles aus. Wenn sie in den Westen gehen, wenn die Flucht gelingt, muß sie Dolka verlassen. Wenn die Flucht nicht gelingt, muß sie die Stute erst recht verlassen, dann wird sie nie auf den Hof zurückkehren können.

Also sich beliebt machen, wie Olga das nennt, bei Käte, bei Willem, bei der Partei, und schön den Mund halten, solange man sie auf dem Hof noch duldet.

Sie blickt zu Dolka. Das Bein ist keineswegs wieder richtig gut, man kann sie nicht reiten, höchstens spazierenführen. Aus der Nebenbox reckt Dolkas Tochter neugierig die Nase. Willem geht zu ihr und krault sie.

»Hübsch, die Kleine«, sagt er.

»Die darf ich später reiten, wenn sie erwachsen ist«, ruft Cordelia übermütig. »Vati hat mir das versprochen.«

»Ja, ich weiß, das hast du mir schon oft erzählt.«

Elsgard steht da, schaut das Kind an und Willem, die beiden Pferde, sie denkt auf einmal an Widukind, an seinen Sohn, sie sind beide nicht mehr da, nur seine Tochter dort. Auf einmal fällt ihr auch Wali wieder ein. Wie lange ist das her, daß er hier auf dem Hof gearbeitet hat. Sie haben nie wieder von ihm gehört, die Russen werden ihn eingefangen und erschossen haben. Es ist alles so sinnlos geworden. Und all diese Pläne, die sie jetzt seit Jahren beschäftigen, die Flucht in den Westen, das neue Leben, das sie dort finden werden, sinnlos, sinnlos. Sie werden es nie tun. Sie werden sich alles gefallen lassen, wie sie sich immer alles haben gefallen lassen, ob es nun diese oder jene Diktatur war, ob es Krieg gab oder nicht, Heiner haben sie getötet, Jochen hat einen lahmen Arm, Fritz ist tot. Max von Renkow ist tot, so alt war er noch gar nicht, er hätte gut noch ein paar Jahre leben können. Tränen steigen in ihre Augen.

»Ich möchte sterben«, sagt sie leise.

»Das mußt du sowieso«, erwidert Olga ebenso leise.

»Wir werden es nie tun. Und wir können es gar nicht tun.«

Willem ist aufmerksam geworden, er wendet sich von den Pferden ab und sieht die Frauen an.

»Jetzt erholst du dich erst mal. Das hast du dringend nötig. Was man alles erlebt hat in den letzten Jahren ... nicht, Willem, das kostet Nerven.«

»Klar doch«, antwortet Willem unsicher.

»Deshalb freu ich mich, daß Elsgard endlich mal eine Weile in eine andere Umgebung kommt und richtig ausschlafen kann. Wir werden das hier schon schaffen ohne dich. Sie denkt nämlich, wir schaffen das nicht.«

So hat Olga also wieder einmal Regie geführt.

Am 12. Juli morgens kommt pünktlich ein Auto, um Elsgard abzuholen. Ein Mann sitzt am Steuer, neben ihm die Genossin Marga, die Cordelia besucht hat.

Wie erwartet ist sie es, die hinter dieser Geschichte steckt.

Olga küßt Elsgard zum Abschied, Cordelia, der man das Unternehmen in rosigen Farben geschildert hat, ist entsprechend vergnügt, sogar Käte, die eigentlich nicht weiß, was sie von dem Ganzen halten soll, ringt sich ein Lächeln ab.

Nur Jochen läßt sich nicht blicken. Er steht unter dem Vordach des Geräteschuppens und sieht mit finsterer Miene dem Auto nach. Er weiß so gut wie Olga und Elsgard, was das bedeutet. Es ist der Beginn neuer Schikanen, so wird es weitergehen.

Das Erholungsheim befindet sich in der Nähe von Bad Doberan, es ist in einem ehemaligen Gut untergebracht, und in gewisser Weise erinnert es Elsgard an das Gut Renkow. Nur hatte sie in ihrer Kindheit ein eigenes Zimmer, hier muß sie es mit drei Frauen teilen, das geht ihr auf die Nerven. Eine junge und eine ältere Bauersfrau, die junge ist schwanger und erzählt ihnen gleich am ersten Abend, daß ihr Mann sie verlassen hat und in den Westen gegangen ist. Und er soll bloß nicht denken, daß sie sich das gefallen läßt, sobald das Kind da ist, fährt sie hinterher.

»Wissen Sie denn, wo er ist?« fragt Elsgard, nur um etwas zu sagen.

»Ich kann's mir denken. Wir hatten Einquartierung auf dem Hof, im Krieg, als drüben die Bomben fielen. Von der war er damals schon ganz hin und weg, da ist er hin, jede Wette. Den krieg ich schon.«

Damals, als die Bomben fielen, war der Geflüchtete gerade neunzehn und mit einem Lungendurchschuß aus dem Krieg gekommen. Die Schwangere war Magd auf dem Hof, geheiratet haben sie vor zwei Jahren.

»Er wollte gar kein Bauer werden. Er wollte nach Schwerin und in einer Buchhandlung arbeiten. Bücher waren für ihn das Wichtigste im Leben. Aber sein Bruder ist gefallen, und sein Vater ist dann auch gestorben, gleich 1945. Das heißt also, die Russen haben ihn niedergeschlagen, weil er nicht zulassen wollte, daß sie alles mitnehmen, und daran ist er dann gestorben.«

Sie hält sich die Hand vor den Mund. »Aber das darf man ja heute nicht mehr sagen. Jedenfalls konnten sie froh sein, mich zu haben, Karl und seine Mutter, meine ich, sie war sowieso tütterich, nachdem das alles passiert war, und er hatte keine Lust, auf dem Hof zu arbeiten.«

Bis sie das Licht ausmachen, kennen sie die ganze Geschichte von Karl und Detta, so heißt die Schwangere. Elsgard ist die einzige, die gelegentlich ein Wort dazu sagt. Die ältere Frau im Zimmer brabbelt nur immer unverständliches Zeug vor sich hin, sieht keinen an, hört keinem zu. Die vierte Frau heißt Dr. Elisabeth Lenk, sie kommt aus Rostock. Sie hat sich vorgestellt, später redet sie kein Wort mehr, und so bleibt es für den Rest der Zeit.

Elsgard sitzt ihr auch beim Essen gegenüber, die Frau ist etwa fünfzig, sie hat ein kluges Gesicht, hat studiert, sie ist Anwältin, und Elsgard wüßte gern, warum sie hier ist, was für Gedanken hinter dieser hohen Stirn wohnen. Aber die andere spricht nicht davon, und fragen kann man nicht.

Es sind Frauen aus allen Schichten hier, auch eine Ärztin, eine Hotelbesitzerin aus Boltenhagen, der man das Hotel weggenommen hat, zwei Lehrerinnen, eine singt pausenlos ein Loblied auf Stalin, die andere blickt sie dabei so haßerfüllt an, daß man erwartet, sie würde ihr jeden Augenblick an die Kehle springen.

Seltsam ist es schon für Elsgard. Dieser sogenannte Erholungsaufenthalt, zu dem sie ja gewissermaßen gezwungen wurde, bringt sie zum Nachdenken. Sind die anderen auch nicht freiwillig hier? Und warum sind sie hier?

Und es ist eine neue Erfahrung für Elsgard, denn sie war nie in Gesellschaft anderer Frauen. Die Leute vom Gut, das Gesinde auf dem Hof, das war eine andere Situation. Olga, Inga, Jochens Mutter, das waren andere Beziehungen. Jetzt auf einmal wird sie zur Beobachterin, sie forscht verstohlen in Gesichtern, hört auf Gespräche. Die allerdings spärlich sind. Solche Offenbarungen, wie sie die Schwangere in ihrem Zimmer gemacht hat, bleiben die Ausnahme. Hier und da redet eine über dies und das, meist über einen Mann, über Kinder, seltener über den Beruf, den meisten dieser Frauen haftet etwas Verstocktes an, und Elsgard kommt zu der Erkenntnis, daß sie eben doch nicht freiwillig hier sind, daß es nicht nur um Erholung, sondern um Beeinflussung geht, um das, was der Krämer im Dorf Umerziehung nannte.

So weit mit ihren Überlegungen gekommen, kräuselt Elsgard spöttisch die Lippen. Mit mir doch nicht, denkt sie. Herr Giercke hat keine Nationalsozialistin aus mir gemacht, einfach deswegen, weil mich das nicht interessiert hat. Und ihr werdet keine Kommunistin aus mir machen, weil ich nicht will. So ist das.

Sie ist ein Mensch zwischen den Welten. Keine einfache Bauersfrau, das haben ihre Jugend auf dem Gut, ihre Erziehung, ihr Umgang mit den Renkows mit sich gebracht, und ohne daß sie es wußte oder wollte, ohne daß sie sich klar darüber ist, hat sie das Leben auf dem Lumin-Hof auf ihre Weise geprägt.

Aber sie denkt nun auch über sich und Jochen nach. Warum hat sie sich eigentlich so von ihm entfernt? War es etwa ihre Schuld? Es hat angefangen nach dem Krieg. Seine starre Haltung, seine Abwehr gegen das, was sich entwickelte, war von vornherein da.

Hat er sich eigentlich gegen die Nationalsozialisten, gegen die Faschisten, wie das heute heißt, auch so abwehrend verhalten? Er ist zu keiner Versammlung gegangen, nur wenn es sich gar nicht umgehen ließ, er mochte Giercke auch nicht, aber ihr Leben wurde nicht behindert. Die Landwirte standen in hohem Ansehen, bekamen reichlich Förderung, es gab einen Reichsbauernführer, der manchmal durch die Lande reiste und erhebende Worte sprach, es ging ihnen besser, es ging ihnen gut. Dann war Krieg, man mußte viel abliefern, aber keiner hat gesagt, du bist ein Bauer, du bist ein Junker, du wirst enteignet, du hast auf deinem Hof nichts mehr zu sagen, wir nehmen dir die Pferde weg.

Natürlich haben sie Pferde weggenommen für den Kriegseinsatz. Elsgard erinnert sich an den jungen braunen Wallach, den sie '40 gekauft hatten von dem Pferdehändler Grobbin aus Waren. Ein zauberhaftes Pferd, freundlich, schmusig, immer bereit, sich zärtlich in eine Menschenhand zu schmiegen. Beste Zucht, hatte Grobbin gesagt, die Mutter eine Trakehnerin, der Vater Oldenburger. Mit dem könnt ihr alles machen, reiten, fahren, ernten, der macht das aus reinem Spaß.

Als der Rußlandfeldzug begann, wurde der Braune als erster beschlagnahmt. Kastanienbraun war er, ein leuchtendes hellbraunes Fell, schwarze Mähne und langer schwarzer Schweif.

Wie mochte er wohl umgekommen sein, wie elend mochte er gestorben sein, und wie schwer mochte es ihm gefallen sein, die Menschen zu verstehen? Das sind so Gedanken, die Elsgard durch den Kopf gehen, wenn sie herumsitzt oder im Park spazierenläuft. Gedanken, Erinnerungen. Das Pferd, ihr Sohn, der Hund Mutzi, Fritz, Max von Renkow. Sie denkt nicht an die Lebenden, sie denkt an die Toten. Sie denkt nicht an die Zukunft, an irgendeine Zukunft, sie denkt an die Vergangenheit. Die Gegenwart ist ihr sowieso verhaßt.

Sie werden freundlich behandelt, bekommen gut zu essen, gelegentlich auch eine Tasse Bohnenkaffee, sie hören Vorträge, man zeigt ihnen Filme vom wunderbaren Leben in der Sowjetunion. Das findet in der großen Halle statt, die Elsgard an das Gut Renkow erinnert. Nur ist es hier viel aufwendiger eingerichtet, bequeme Sessel, Stehlampen, ein gutes Radio, sogar ein Flügel steht hier.

Man will die Leute gewinnen, man braucht sie und ihren guten Willen.

»Sie werden sehen, Genossinnen«, sagt der Vortragende, »daß wir endlich in einer Gemeinschaft leben, in der alle Menschen gleich sind. Keiner ist oben, und keiner ist unten. Jeder Mensch hat die gleichen Rechte. Und natürlich auch die gleichen Pflichten. Wir gehören alle zusammen.«

»Ein Volk, ein Reich, ein Führer«, platzt Elsgard giftig dazwischen. »Das hatten wir schon.«

»Sie haben erlebt, was daraus geworden ist, Genossin. Wir wollen keinen Krieg. Wir wollen Frieden, Freiheit und Freude für unsere Menschen. Wir wollen, daß sie Freunde sind, gemeinsam arbeiten und gemeinsam feiern, hier in unserem Land, unter Mecklenburgs leuchtender Sonne.«

Die Sonne scheint wirklich, es ist hoher Sommer, und Elsgard denkt: Sie sind bei der Ernte.

Sie freundet sich mit keiner der Frauen an, sie ist abweisend und verschlossen, sie denkt nicht daran, sich beliebt zu machen, wie Olga es ihr geraten hat.

Es gibt nur eine, mit der sie manchmal ein paar Worte wechselt, die Tochter des Apothekers aus Waren. Sie kennen sich flüchtig, denn Elsgard kauft dort manchmal ein.

Es beginnt damit, daß die Apothekerstochter fragt: »Wie geht es denn Olga Petersen?«

»Eigentlich ganz gut. Nur ihr Rheuma ...«

»Ja, ja, ich weiß.«

Sie gehen an einem Vormittag nebeneinander im Park spazieren.

»Warum sind Sie denn hier?« fragt Elsgard neugierig.

Das Mädchen schweigt, sieht sie an, überlegt.

»Weil ich wohl verrückt bin. Ich habe offiziell meine Ausreise beantragt.«

»Gibt es denn das?«

»Offensichtlich nicht. Ich habe ein ausführliches Schreiben verfaßt, habe dargelegt, daß ich in Tübingen studieren möchte ...«

»In Tübingen?« staunt Elsgard.

»Ja. Daß mein Onkel dort lebt, er hat auch eine Apotheke, und daß ich bei ihm wohnen könnte. Und jetzt bin ich hier. Und ich kann noch froh sein, daß sie meinen Vater nicht eingesperrt haben. Als man mich vernommen hat, habe ich natürlich gesagt, daß er nichts davon gewußt hat.«

»Was wollen Sie denn studieren?«

»Medizin. Hier darf ich ja nicht. Ich habe das Abitur noch im Krieg gemacht, da wohnte ich bei meiner Großmutter in Schwerin. Dann wurde ich sofort dienstverpflichtet bei der Wehrmacht, zuletzt war ich in Berlin. Das war furchtbar. Aber wäre ich nur dort geblieben. Ich wollte meine Eltern nicht im Stich lassen, und nun sitze ich hier. Und wenn ich abhaue, müssen es meine Eltern büßen, so ist das.«

Sie ist ein hübsches Mädchen, in ihren Augen blitzt die Wut, genau wie in Elsgards Augen.

»Sie haben nur noch mich. Mein Bruder ist gefallen.«

»Vielleicht dürfen Sie doch studieren, wenn Sie ...«, Elsgard schluckt, »wenn Sie sich hier beliebt machen.«

»Ich würde daran ersticken«, sagt das Mädchen heftig. »Ich käme schon hinaus, auf irgendeine Weise. Aber meine Eltern! Sie würden meinem Vater die Apotheke wegnehmen. Ganz zu schweigen, was ihm sonst noch passieren würde. Ich bin eine Gefangene. Verstehen Sie, Frau Lumin? Ich bin eine Gefangene. Dazu braucht man diese Zäune nicht.«

Sie weist mit der Hand auf die hohen Zäune, die den Park umgeben. Sie dürfen hier spazierengehen, aber die Zäune sind hoch, und sie sind bewacht, Männer mit Hunden patrouillieren da.

»Ein Gefängnis ist das hier auch«, sagt Elsgard.

»Ja, das ist es. Ein einigermaßen freundliches Gefängnis. Die Vorstufe gewissermaßen. Eine Warnung. Wenn ich mich beliebt machen würde, wie Sie sagen, in die Partei eintreten und so tun, als ob ich mitmache, vielleicht könnte ich dann studieren, vielleicht auch nicht. Aber ich will einfach nicht hier leben. Wir können nur auf einen neuen Krieg hoffen.«

»Auf einen neuen Krieg?« fragt Elsgard erschrocken.

»Was denn sonst? Wissen Sie denn nicht, wie sich das

Verhältnis zwischen Amerika und der Sowjetunion entwickelt hat? Es gibt wieder Krieg. Und nur der kann uns befreien. Und lieber möchte ich sterben in diesem Krieg, als hier mein Leben zu verbringen.«

Elsgard schweigt. Bisher hat sie sich nur mit ihrem eigenen Ärger, mit ihrer eigenen Wut beschäftigt. Weiß sie denn, was diese Frauen, die hier sind, denken, was sie wollen, wovon sie träumen und was sie bewegt. Sie bleibt stehen. »Wir wollen auch weg«, sagt sie.

»Kann sein«, erwidert das Mädchen. »Aber ihr habt doch euren Hof, da hat sich doch nicht soviel verändert.«

»Alles hat sich geändert. Es ist nicht mehr unser Hof. Wir sind dort nur geduldet. Der Hof gilt als Teil vom Gut und ist enteignet. Die Leute, die dort jetzt regieren, na, ich kann Ihnen sagen ...«

Sie sind wieder nahe dem Haus, es ist Zeit zum Mittagessen.

»Seien Sie vorsichtig, Frau Lumin. Wir werden beobachtet. Und reden Sie nicht mit jedem wie mit mir. Hier sind überall Spitzel.«

Es wird, wie gesagt, viel getan, um die Frauen in diesem Haus zu unterhalten. Nicht nur Vorträge werden gehalten, es gibt manchmal auch einen Film. Und so sieht Elsgard zum erstenmal Constanze wieder. Ein DEFA-Film, und Constanze Meroth spielt die Hauptrolle.

Elsgard sitzt mit großen Augen. Das ist sie, schön, charmant, mit ihrem hinreißenden Lächeln, eine Liebesgeschichte, sie spielt in Berlin, ein paar Trümmer sind noch zu sehen, aber sie sind alle voller Hoffnung, voller Zuversicht, das Leben ist doch wunderbar. Oder nicht?

Ein bekannter Filmschauspieler ist dabei, den Elsgard von früher kennt. Sie war nicht oft im Kino, sie mußten dafür extra nach Waren fahren, und Jochen machte sich nichts aus Kino. Aber da ist dieser Schauspieler, an den sie sich erinnert, und da ist Constanze, sie lacht, sie girrt, sie ist unglaublich reizvoll, es gibt ein wunderbares Happy-End.

Sie hat es also geschafft, diese Constanze, die sie aus dem Wasser gezogen haben.

Elsgards Gefühle sind nicht freundlich. Sie denkt nicht: Fein, daß du es geschafft hast, Constanze.

Sie denkt: Du Luder. Du wirst dich immer zurechtfinden, du Luder. Bei den Nazis, bei uns und bei den Bolschis, jetzt machst du ihre Filme und verdienst sicher eine Menge Geld damit.

Elsgard sitzt noch auf ihrem Platz, nachdem das Licht ausgegangen ist. Du bist dort, Constanze, und wir sind hier. Da liegt eine Welt dazwischen. Eine Welt, die nun sieben Jahre alt ist.

Vergewaltigt, nun gut, das ist vielen Frauen passiert. Das denkt Elsgard ganz locker. Cordelia ist da, und sie ist mein Kind.

»Geh zum Teufel«, sagt sie laut, als sie den Vorführraum verläßt. Genosse Litt, der für die Unterhaltung zuständig ist, hat höflich an der Tür auf sie gewartet.

»Hat dir der Film nicht gefallen, Genossin?« fragt er.

»Nein«, antwortet Elsgard. »Übrigens, mein Name ist Lumin.«

Es ist wirklich schwer, sie umzuerziehen, und beliebt macht sie sich schon gar nicht.

Die Apothekerstochter ist eines Tages beim Mittagessen nicht da, am Abend auch nicht.

Sie haben sie also weggebracht, und so schnell, daß sie sich nicht einmal verabschieden konnte.

Was haben sie mit ihr gemacht?

Ihr Vater? Die Apotheke in Waren? Der Onkel in Tübingen? Sie wollte Ärztin werden.

Was haben sie mit ihr gemacht?

Ich würde daran ersticken, hat sie gesagt.

Ich auch, denkt Elsgard, ich auch. Sie haben uns den Hof weggenommen, sie haben Widukind und seinen Sohn weggenommen, sie werden mir Cordelia wegnehmen.

Ein paar Tage später hat sie eine Begegnung, die sie endlich einmal von ihren düsteren Gedanken ablenkt.

Eine Kammermusikgruppe aus Schwerin kommt, um für die Frauen zu musizieren. Sie spielen Mozart und Brahms, und vorher wird genau erklärt, was es zu hören gibt. Manche

Zuhörerinnen kennen diese Musik, andere haben nie davon gehört und finden es langweilig. Gelegentlich sollen sie auch selber singen, nicht nur das Loblied der Sowjetunion, sondern alte Volkslieder. Elsgard schweigt mit zusammengepreßten Lippen, obwohl sie die Lieder kennt. »Am Brunnen vor dem Tore ...« oder »Guter Mond, du gehst so stille ...«

Sie haben früher manchmal auf dem Gut gesungen, Olga hat auf dem Klavier begleitet, und als Elsgard bei ihr einigermaßen Klavierspielen gelernt hatte, durfte sie auch begleiten.

Olga sang sehr schön und bemühte sich, die Tonart zu halten. Max von Renkow brummte vor sich hin, Fritz sang lauthals, und Inga sang überhaupt wunderschön. Alexander machte alberne Bemerkungen dazwischen, und falls Mareike gerade in der Nähe war, sang sie laut und falsch mit.

Eines Abends kommen von der Musikschule in Rostock zwei junge Künstler, ein Bratscher und ein Klavierspieler.

»Ihr hört heute Musik von Paul Hindemith«, erklärt Genosse Litt.

»Von den Faschisten wurde er vertrieben und ging ins Ausland. Seine Musik war verboten. Heute könnt ihr seine Musik wieder hören. Und daß ein Bratscher uns heute die Freude macht zu spielen, hat gute Gründe. Hindemith spielte auch Bratsche.«

Die jungen Männer spielen erst zusammen, Bratsche und Klavier, dann spielt der Bratschist eine Sonate; klangschön und weich, trifft sie sogar Elsgard ins nicht musikgewöhnte Ohr und Herz. Sie hat gar nicht gewußt, was eine Bratsche ist. Sie kennt die Geige von ländlichen Festen her, vom Erntedankfest oder wenn sie zum Tanzen gingen, und Alexander rief dann wohl: »Na, der Junge fiedelt aber wirklich gut.«

Alexander war musikalisch. Außer dem Klavierspiel, das er bei Olga gelernt hat, blies er Trompete, laut und fröhlich, wie ein Junge das tut. Nach dem Konzert, beim Essen, und diesmal gibt es sogar Wein, sitzt Elsgard neben dem jungen Künstler.

»Sie haben sehr schön gespielt«, sagt sie befangen.

»Vielen Dank«, sagt er und lacht sie an. »Freut mich, daß

es Ihnen gefallen hat. Haben Sie denn schon einmal Hindemith gehört und seine Bratsche?«

Elsgard gesteht, daß Hindemith ihr kein Begriff ist, und was eine Bratsche ist, sei ihr auch unbekannt gewesen.

Das bringt den jungen Mann in Schwung. Sie erfährt, daß eine Bratsche eigentlich Viola heißt und man sie früher Viola d'amore nannte, eben wegen ihres sanften, zärtlichen Tons.

»Eigentlich habe ich Violine gelernt, also Geige«, erzählt der junge Mann. »Aber die wurde bei uns zu Hause nicht gebraucht. Meine Mutter spielt Geige, mein Bruder auch und mein Vater Violoncello. Was wir brauchten, war eine Bratsche. Wir machen viel Musik zu Hause, eigentlich seit ich auf der Welt bin. Für Quintette haben wir auch einen Pianisten, meinen Onkel.«

»Und jetzt?« fragt Elsgard schüchtern. »Sie studieren Musik, wurde vorhin gesagt. Sie können es doch schon sehr gut.«

»Nochmals danke schön«, sagt er. »Aber ich muß noch viel lernen. Wissen Sie, wenn man Musik machen will ... man lernt nie aus, man kommt nie ans Ziel. Und später einmal ...«, er schweigt.

Elsgard schiebt den letzten Bissen ihrer Fleischportion in den Mund, es ist eine Art Gulasch, es hat ihr nicht besonders geschmeckt, Mareike hat besser gekocht, und sie hat es schließlich von ihr gelernt. Der Bratschist hat alles aufgegessen, blickt sich nun um. Lauter Frauen, die milde Miene des Abendbetreuers, und Genossin Marga ist heute auch da und strahlt Wohlwollen aus.

»Was ist das eigentlich hier?« fragt er.

Elsgard lacht kurz. Er gefällt ihr, die Musik hat die Verkrampfung ein wenig gelöst, in der sie lebt.

»Es heißt, ich bin zur Erholung hier. Genaugenommen will man versuchen, eine gute Kommunistin aus mir zu machen. Zunächst mal auf ... na ja, einigermaßen freundliche Weise.«

Der junge Mann sieht sie an und nickt.

»Verstehe«, sagt er. Hebt sein Glas mit dem Wein und trinkt ihr zu. »Auf Ihr Wohl, Genossin.«

Elsgard trinkt auch und sagt: »Man hat mich gewarnt, mit jemand zu reden.«

»Wer ist jemand? Ich? Wenn Sie nicht reden wollen, dann werde ich Ihnen erzählen, was ich machen werde. Ich lerne jetzt noch. Aber wenn ich genug kann, bin ich auch schon weg. Ich möchte mal in einem wirklich guten Orchester spielen. Haben Sie schon mal von den Berliner Philharmonikern gehört?«

Elsgard blickt etwas unsicher in das lächelnde Gesicht neben ihr.

»Oder von Furtwängler? Oder von Karajan? Sehen Sie, das ist es, da will ich hin.«

Der junge Mann schickt wieder einen Blick in die Runde. »Sobald ich genug gelernt habe, verschwinde ich von hier.«

»Wohin?« fragt Elsgard naiv.

»Na, raten Sie mal.«

»Aber Sie werden doch hier ausgebildet.«

»Das ist das wenigste, was die für mich tun können.«

Elsgard flüstert jetzt. »Sie ... Sie wollen in den Westen?«

»Wer will das nicht?«

»Daß Sie sich das zu sagen trauen.«

»Zu Ihnen? Ich kenne Sie nicht. Aber warum sind Sie denn hier? Außerdem will das jeder. Glauben Sie vielleicht, die wissen das hier nicht?« Nun blickt er sich noch einmal um, mit abweisender Miene. »Das ist ein Verein von Lügnern, die das Theater hier veranstalten. Die glauben selber nicht an den ganzen Quatsch. Es ist genauso wie bei den Faschisten.«

»Mein Mann sagt, Faschisten gab es nur in Italien und in Spanien.«

»Es ist so ein Sammelbegriff. Was macht denn Ihr Mann?«

»Er ist Bauer. Wir haben einen Hof und gehörten zu einem großen Gut. Wir sind enteignet. Meinen Vater haben sie eingesperrt, und nun ist er tot.«

Sie spricht auf einmal mit großer Selbstverständlichkeit das Wort Vater aus, wenn sie von Max von Renkow spricht. War er nicht wie ein Vater für sie? Waren Friedrich und Alexander nicht ihre Brüder?

Das Gespräch wird nun unterbrochen, der Abendbetreuer steht auf und ergreift das Wort, bedankt sich bei den Künstlern für den großen Genuß, den der Abend ihnen beschert hat. Nicht ohne zu erwähnen, was für große Musiker die Sowjetunion hervorgebracht hat.

»Musik verbindet uns«, schließt er. »Es ist eine Sprache, die alle verstehen. Und nun lassen Sie uns auf das Wohl unserer Genossen Künstler trinken.«

Er kommt zu ihrem Platz, der Klavierspieler auch, sie heben die Gläser, sie trinken, auch Elsgard darf mittrinken.

Genosse Litt sieht sie freundlich an, sie hatte schon einige Male das Gefühl, daß er sie leiden mag.

Das kann man von der Genossin Marga nicht sagen. Sie kommt nun auch, drängt sich in das Gespräch, entführt den Bratschisten. Vorher fragt sie noch honigsüß: »Du interessierst dich für Musik, Genossin Lumin?«

»Aber sehr«, sagt die Genossin Lumin emphatisch. »Ich habe früher mal mit Begeisterung Klavier gespielt.«

»Das kannst du hier auch. Du siehst doch, dort steht der Flügel.«

»Auf unserem Gut hatten wir nur ein Klavier«, sagt Elsgard genauso honigsüß. »Aber auf dem Flügel werde ich morgen mal probieren, was ich noch kann.«

»Das ist prima. Wir versuchen es gleich morgen. Dann kann Cordelia auch Klavier spielen lernen, wenn sie bei uns ist.«

Da ist der bekannt drohende Unterton. Doch Elsgard lächelt. Werden wir leben, werden wir sehen, das war Alexanders Lieblingsweisheit.

Er ist da, er ist im Westen, und wenn sie irgendeinen Pfeiler brauchen, an dem sie sich festhalten können, dann ist es er. Elsgard weiß nicht, wie es ihm geht, was er macht. Aber Alexander steht für Optimismus, für Lebensfreude. Er ist ein Lebenskünstler, sagte sein Bruder Friedrich oft.

Später am Abend, die Reihen haben sich gelichtet, trifft Elsgard noch einmal den Bratschisten.

»Sie spielen Klavier?« fragt er.

»Früher mal, als ich ein Kind war. Das ist lange her.« Etwas anderes interessiert sie mehr. »Sie wollen wirklich in den Westen?«

»Nicht so laut.« Er grinst. »Wer will denn hier schon leben? Wir alle wollen weg. Meine Eltern, mein Bruder. Und Sie nicht, Genossin?«

»Aber Sie sind doch hier berühmt.«

»Was verstehen Sie unter berühmt? Daß ich hier mal in eurem sogenannten Erholungsheim spielen darf? Wo sich zwei Drittel sowieso nicht für das interessieren, was ich spiele.«

»Das dürfen Sie nicht sagen.«

»Na gut, ein Drittel. Sicher kann ich einmal, wenn ich gut bin, in Dresden spielen. Oder meinetwegen in Moskau. Aber ich will alles haben, die ganze Welt. Für Künstler darf es keine Grenzen geben. Sie haben doch gehört, was der Knabe vorhin gesagt hat. Musik ist eine Sprache, die alle verstehen.«

Der Bratscher zieht eine Packung Zigaretten aus der Tasche, bietet Elsgard an, eine zu nehmen.

»Nein, danke. Ich rauche nicht.«

»Ich darf?«

»Natürlich.«

Sie sind an diesem Abend vertraut miteinander geworden. Sie kennen sich erst seit zwei Stunden, aber sie kennt ihn länger, denn da war zuvor die Musik.

Es ist seltsam, in gewisser Weise schließt dieser verhaßte Erholungsaufenthalt unbekannte Türen für sie auf. Furtwängler, Karajan, irgendwie, irgendwann hat sie diese Namen gehört, ohne ihnen Aufmerksamkeit zu schenken. Was hat sie denn von Musik gehört, geschweige denn verstanden? Abgesehen von der Jugend auf dem Gut, war es das Radio. »Heimat, deine Sterne ...« Oder Zarah Leander: »Ich weiß, es wird einmal ein Wunder geschehen ...« Und Willi Forst: »Du hast Glück bei den Fraun, bel ami ...«

»Wie ... wie wollen Sie denn da rüberkommen?« fragt sie leise.

»Vermutlich mit einem Schiff«, sagt er lässig.

Das erstaunt Elsgard ungeheuer.

»Mit dem Schiff?« wiederholt sie flüsternd.

»Ja. Über die Ostsee. Das haben schon viele versucht,

manchen ist es gelungen, vielen nicht. Noch haben die das hier nicht so richtig kapiert. Da sind sie noch zu langsam.«

»Wo haben Sie denn ein Schiff her?«

Er nimmt sie am Arm, sagt laut: »Es ist ein wunderschöner Sommerabend. Wollen wir nicht ein paar Schritte hinausgehen?«

Sie gehen an Marga vorbei, die bei einer Gruppe von Frauen steht und das große Wort führt.

Sie macht: »Na, na«, als Elsgard und der Bratschist vorbeigehen, kann ihnen aber im Moment nicht folgen.

»Die alte Schreckschraube«, sagt Elsgard, als sie draußen auf den Stufen stehen, die in den Park hinabführen.

»Sie war aber ganz nett.«

»Hach, die!« sagt Elsgard. »Die will mir meine Tochter wegnehmen.«

»Erzählen Sie.«

»Nein, das ist eine blöde Geschichte. Erzählen Sie zuerst von dem Schiff.«

»Na ja, das Schiff ist nur ein größeres Boot, man kann damit segeln, es hat aber auch einen Motor. Wir sind schließlich ein Quartett, wir müssen alle damit reisen, meine Eltern, mein Bruder und Onkel Gustav, den Pianisten brauchen wir auch. Übrigens sollte ich mich wohl erst einmal vorstellen.«

»Aber Ihr Name stand auf dem Anschlag. Sie heißen Ralph Collant.«

Er nickt. »So ist es. Wir stammen von Hugenotten ab. Falls Sie wissen, was das ist.«

»Ganz so dumm, wie ich aussehe, bin ich nicht.«

Wer die Hugenotten sind, hat sie von dem Hauslehrer erfahren, der die Kinder auf dem Gut unterrichtet hat.

»Meine Familie stammt aus Berlin. Aber mein Großvater war verrückt auf Schiffe. Als junger Mann ist er zur See gefahren, und dann hat er sich in den Kopf gesetzt, eine Werft zu besitzen und Schiffe zu bauen. Das war noch zu Kaiser Wilhelms Zeiten, und Seefahrt spielte ja damals eine große Rolle.«

Elsgard nickt. Auch das hat sie gelernt.

»Ja, also, wir hatten eine Werft in Warnemünde, und wir

haben schöne Schiffe gebaut. Keine großen Überseedampfer, sondern Yachten, Segelboote, Motorboote, Sportboote. Nun ist mein Vater enteignet worden, denn er ist schließlich ein Kapitalist. Ich durfte das Abitur nicht machen, dabei war ich schon in der Sekunda. Mein Bruder ist siebzehn und darf das Abitur auch nicht machen. Doch er will studieren.«

»Medizin?« platzt Elsgard heraus.

»Wie kommen Sie darauf? Aber Sie haben recht, er will Medizin studieren. Liegt in der Familie. Onkel Gustav ist Arzt. Schiffe, Medizin, Musik, das ist unsere Familie. Daß ich die Musikschule besuchen darf, habe ich meinem ehemaligen Lehrer zu verdanken. Er hat sich mächtig für mich eingesetzt. Er ist natürlich in die Partei eingetreten, und ich tue auch so, als ob mich das Kommunistische Manifest wahnsinnig interessiert.«

Er schweigt eine Weile, sie gehen jetzt unter den dunklen Bäumen im Park, es ist wirklich ein wunderschöner Sommerabend, eine warme, duftende Sommernacht.

»Sehen Sie, das ist das Schlimme«, er spricht unwillkürlich lauter. »Wir werden alle zu Lügnern erzogen. Das war bei den Nazis so, sagt mein Vater, der selbstverständlich in keiner Partei war oder ist, nicht in der verflossenen und erst recht nicht in der zusammengestoppelten von heute, der sogenannten SED.« Er spricht die drei Buchstaben ganz betont und langsam aus. »Die Sozialdemokraten sollten sich schämen, sagt mein Vater.«

»Pst!« macht Elsgard. »Nicht so laut.«

»Die Bäume haben möglicherweise Ohren, nicht wahr?« Er spricht nun wieder leise. »Ich denke eben, oder besser gesagt, ich hoffe, daß es drüben bei den anderen Deutschen anders ist. Es geht ihnen ja anscheinend recht gut, und sie sind sehr selbstbewußt. Sonst hätte Adenauer nicht Stalins Angebot abgelehnt.«

Elsgard schweigt verwirrt.

»Ich nehme an, Sie wissen, wovon ich spreche.«

»Nicht so genau.«

»Stalin ist schlau. Er hat der Bundesrepublik Deutschland, wie die drüben heißen, das Angebot gemacht, sich mit uns zu vereinigen. Damit wir wieder ein Volk und ein Reich werden, friedlich und freundlich, betreut von der wohltätigen Sonne der Sowjetunion. Dann hätten sie ganz Deutschland in der Faust, und die Leute von hier würden nicht immerzu weglaufen. Der Bundeskanzler von drüben hat kühl abgelehnt. Sie wissen das nicht? Lesen Sie keine Zeitung? Hören Sie kein Radio?«

Sie stehen jetzt mitten auf der Wiese, die naß ist vom Tau. Der Himmel ist voller Sterne.

»Wenig«, sagt Elsgard. »Mein Mann sagt, es ist ja doch nur alles Schwindel.«

»Wir sind ganz gut informiert. Wir hören vieles über Funk.«

»Und wo ist eigentlich Ihr ... Ihr Schiff?«

»Ich werde Ihnen nicht erzählen, wo wir es versteckt haben und wer uns hilft.«

»Trauen Sie mir nicht?«

Der junge Mann lacht. »Je weniger man weiß, desto besser.«

»Und wann wollen Sie ...«

»Bald. Wir brauchen nur eine andere Nacht. Keinen Sternenhimmel, keinen Mond, es muß eine trübe, möglichst neblige Nacht sein. Am besten eine Regennacht.«

»Es ist gefährlich.«

»Sicher. Das ganze Leben ist gefährlich, das haben wir ja ausführlich erfahren. Ein Boot führen kann jeder von uns. Und unsere Instrumente müssen mit, meine Bratsche, die Geigen. Das Klavier natürlich nicht. Und falls das nicht geht...«, er hebt beide Hände, »das, was ich kann, nehme ich auf alle Fälle mit. Wenn sie uns erwischen, ist das Leben vorbei. Für uns alle.«

Sie gehen langsam über die Wiese wieder auf das Haus zu.

Auf den Stufen stehen die Genossin Marga, der Genosse Litt und der Klavierspieler.

»Der Rest vom Fest. Sehen Sie dort, den Genossen Klavierspieler? Er ist ganz anderer Meinung als ich. Ihm gefällt es in diesem Staat.«

»Bei den Bolschis«, sagt Elsgard.

»Wie nennen Sie das?«

»Ach, ich kannte mal jemand, der nannte die Russen Bolschis.«

Die glückliche, die erfolgreiche Constanze, die sie neulich in einem Film gesehen hat.

»Wenn wir jetzt da hinaufkommen, können Sie mich verraten.«

»Reden Sie keinen Unsinn.«

»Würden Sie mir Ihren Namen sagen? Nur den Vornamen.«

»Ich heiße Elsgard.«

»Klingt sehr musikalisch.«

»Meine Mutter war Dänin.«

»Es besteht die Möglichkeit, daß wir in Dänemark an Land gehen. Falls wir überhaupt irgendwo an Land gehen, falls die Nacht zu dunkel ist, und vielleicht stürmisch ist ... es ist kein sehr großes Boot.« Nun klingt Verzweiflung in seiner Stimme.

Er hat Angst, das erkennt Elsgard auf einmal. Wie auch nicht? Es ist ein gefährliches Abenteuer. Nein, es ist mehr als ein Abenteuer, es geht um Leben oder Tod. Wie mag seine Mutter darüber denken, sein Vater? Wie alt sind sie? Wir haben bloß immer darüber nachgedacht, wie wir es machen. Wie viele Menschen in diesem Land denken wohl pausenlos darüber nach, wie sie es machen werden? Flüchtlinge, nichts als Flüchtlinge in den vergangenen Jahren. Und so viele sind ums Leben gekommen. Und nun wollen wir freiwillig Flüchtlinge werden. Wohin wollen wir denn fliehen? Und warum?

Die Genossin Marga lächelt. »Nun? War es ein schöner Spaziergang?«

»Wunderschön«, sagt Elsgard übertrieben. »Endlich konnte ich mich wieder einmal über Musik unterhalten. Herr Collant ist wirklich ein großer Künstler.« Sie spricht den Namen jetzt französisch aus, das hat sie schließlich auch einmal gelernt. »Und morgen werde ich den Flügel ausprobieren. Eine Mozart-Sonate bringe ich schon noch zustande. Hoffentlich haben Sie ein paar Noten hier.«

Und damit rauscht sie an der verblüfften Genossin vorbei ins Haus.

Ralph Collant lacht. »Ich wünsche Ihnen alles Gute, Elsgard. Vielleicht sehen wir uns eines Tages wieder. Wenn ich bei den Philharmonikern spiele, die erste Bratsche links.«

Er bringt sie bis zur Treppe, nimmt ihre Hand, neigt den Kopf darüber und küßt sie.

Im Zimmer angekommen, zieht Elsgard das hellblaue Sommerkleid über den Kopf, es ist immer noch ihr bestes Stück, auch wenn es schon zehn Jahre alt ist.

Die Schwangere schläft, bei der Alten weiß man nie, ob sie schläft oder nur dahindämmert, in ihren Mundwinkeln steht Speichel. Ihr kann es egal sein, wie es weitergeht.

Die Anwältin liegt im Bett, die Arme hinter dem Kopf verschränkt. Elsgard hat sie im Konzert gesehen und bleibt nun bei ihr stehen. »Es war ein schönes Konzert, nicht?«

Überraschenderweise bekommt sie Antwort.

»Sehr schön, ja. Nur hat es mich traurig gestimmt.«

»Warum?«

»Mein Bruder war Bratschist. Er hat an der Musikhochschule in Berlin studiert, Hindemith hat dort unterrichtet. Zuletzt spielte mein Bruder bei den Berliner Philharmonikern.«

»Oh!« staunt Elsgard. Sie weiß ja nun, was das bedeutet.

»Er ist tot. Als Furtwängler sich damals für eine Zeit zurückzog, weil er nicht mit den Nazis zusammenarbeiten wollte, da konnte er meinen Bruder nicht mehr schützen. Ich muß annehmen, daß er tot ist. Ich habe nie mehr von ihm gehört.« Frau Dr. Elisabeth Lenk blickt aus großen dunklen Augen zu Elsgard auf, die vor Schreck verstummt ist.

»Wir sind Juden. Wissen Sie das nicht?«

Elsgard schüttelt den Kopf.

»Meinen Mann haben sie umgebracht. Ich war auch in einem Lager. Die Russen haben mich befreit, mehr tot als lebendig.«

»Und nun?« fragt Elsgard nach einem bangen Schweigen.

»Man hat mir die Kanzlei in Rostock wiedergegeben, die ich mit meinem Mann zusammen hatte. Ich müßte dankbar sein, nicht wahr? Aber sie können trotzdem keine Kommunistin aus mir machen. So oder so, es ist alles vorbei. Ich bin zu alt.«

»Vielleicht«, Elsgard flüstert nun, »vielleicht sollten Sie in den Westen gehen.«

»Es lohnt nicht mehr. Ich bin allein, und es ist vorbei. Gehn Sie schlafen, Kind. Vielleicht gelingt es Ihnen.«

»Was?«

»Eins von beiden. Hier zu leben oder fortzugehen.«

Die Schwangere dreht sich stöhnend in ihrem Bett, hebt den schweren Bauch, stöhnt wieder.

»Es werden Kinder geboren, die hier aufwachsen. Sie werden anders empfinden können als ich. Gehn Sie schlafen, Elsgard.«

Sie kennt meinen Namen, denkt Elsgard, als sie im Waschraum verschwindet. Sie stellt sich unter die Dusche, lang und ausdauernd. Ich möchte auch eine Dusche haben, denkt sie. Wasser ist wunderbar. Auf dem Hof haben sie nur eine Badewanne, und wenn sie baden wollen, muß der Ofen jedesmal vorher geheizt werden. Ihre gute Laune ist verflogen. Das Wasser rinnt lau, dann kühl über ihren Körper.

Mit dem Schiff nach Dänemark fahren. Und dann? Und dann? Es ist keiner da, der ihr helfen kann. Vater! Mutter! Die Mutter, die sie nicht kennt. Der Vater, an den sie sich kaum erinnert. Jochen? Er ist kein Mann der Tat, das weiß sie nun auch. Er ist zu alt, denkt sie erbarmungslos.

Bis Elsgard zurückkehren darf, ist die Ernte vorbei, die Schule hat begonnen, das haben sie ganz raffiniert gemacht. Jochen konnte nicht verhindern, daß man Cordelia in das Heim in Waren brachte.

»Dann hätten sie mich wohl eingesperrt«, sagt er. Sein Arm schmerzt wieder.

»Geht es Ihnen jetzt besser, Frau Lumin?« fragt Käte höhnisch.

»Mir geht es großartig«, antwortet Elsgard.

Und zu Jochen und Olga: »Wir müssen Cordelia holen. Wir müssen sie sofort holen.«

»Das können wir nicht«, sagt Olga.

»Ich weiß jetzt, wie wir es machen. Wir müssen über die Ostsee fliehen.«

Kaum zu Hause, ist Elsgard so hysterisch wie zuvor. Olga hat alle Mühe, ihre Ausbrüche zu verhindern. Es sind viele neue Leute im Haus, die sie kaum kennen. Andreas, der Pole, ist nicht mehr da. Eines Tages war er verschwunden. Keiner weiß, was ihm geschehen ist oder was er unternommen hat.

»Wie unser Wali«, sagt Elsgard. »Alle verlassen uns. Nur wir sind noch hier. Wenn wir ein Schiff bekommen ...«

»Hör auf mit dem Gefasel von der Ostsee!« sagt Olga. »Das ist viel zu weit von uns entfernt. Und wo willst du denn ein Boot herbekommen? Keiner von uns kann damit umgehen.«

»Warum denn nicht? Jochen hat ein Boot auf dem See.«

»Es bleibt dabei, wie wir es besprochen haben. Und ich weiß nun auch, wie wir es machen.«

Es ist Abend, September, sie sind auf der Koppel, denn sie wagen es nicht mehr, im Haus von ihren Plänen zu sprechen.

»Weihnachten«, sagt Olga. »Da werden viele Leute in Berlin vom Osten in den Westen fahren und umgekehrt, um ihre Verwandten zu besuchen. Wir werden kleine Päckchen in der Hand haben, das sieht nach Weihnachtsbesuch aus. Ich werde einen Kuchen backen und ihn in einem Korb verpacken, der oben offen ist, damit ihn jeder sehen kann. Sonst kein Gepäck.«

»Du meinst, wir müssen alles hierlassen?« fragt Jochen verzagt.

»Alles. Cordelia hat dann Ferien, sie wird hier sein, und wir werden ihr sagen, wir besuchen meine Cousine in Schwerin.«

»Cousine?« fragt Jochen blöd. Auf einmal taucht wieder eine Cousine auf. Hat er schon mal gehört.

»Du hast doch keine Cousine in Schwerin.«

»Warum nicht? Ich werde schon nächste Woche nach Schwerin fahren, um meine Cousine ...«, sie überlegt. »Um meine Cousine Martha zu besuchen. Ich werde wiederkommen und allen erzählen, daß sie krank ist und daß ich sie nun öfter besuchen werde. Und ihr Mann, der eh ... eh, Theo, ist überhaupt gelähmt und sitzt im Rollstuhl.«

Theo, der Hund, ist gestorben, während Elsgard nicht da war.

Olga sagt: »Theo, der Mann meiner Cousine, hat mir vor zehn Jahren zu meinem Geburtstag den Hund geschenkt.«

Hat Olga jemals soviel Fantasie entwickelt, sich solche Geschichten ausgedacht? Auf einmal kann sie es. Eine außergewöhnliche Situation bringt ungeahnte Talente zum Vorschein.

»Du hast doch keine Cousine in Schwerin«, flüstert Elsgard.

»Wer kann das wissen? Sind doch lauter fremde Leute auf dem Hof. Jetzt werde ich davon reden. Und dann fahren wir Weihnachten alle hin, um Martha und Theo zu besuchen. Für sie backe ich den Kuchen. Wir fahren nach Berlin. Und dann mit der S-Bahn nach Westberlin. Ich wette, die S-Bahn ist voll am ersten Feiertag. Wir ziehen uns fein an, haben den sichtbaren Kuchen auf dem Schoß und noch ein paar Päckchen. Jochen fährt allein in einem anderen Zug. Und hat einen Blumentopf in der Hand.«

»Einen Blumentopf?«

»Ja, oder ein paar Tannenzweige mit Lametta dran. Lametta haben wir noch im Haus. Es muß aussehen wie ein Besuch.«

»Und das ist alles, was wir mitnehmen?« fragt Jochen noch einmal.

»Das ist alles.«

Elsgard blickt Dolka an, die friedlich grast. Die kleine Stute, ihre Tochter, hopst übermütig auf der Koppel herum.

Alles muß sie verlassen, was sie liebt. Das Haus, in dem sie nun so viele Jahre gelebt hat. Bedrängt und verärgert in den letzten Jahren. Aber die Tiere! Meine schöne Dolka, mit dem lahmen Bein, was werden sie mit dir machen.

»Wenn es nicht klappt«, sagt Olga, »dann ist es sowieso aus mit uns. Dann sperren sie uns ein. Für immer und alle Zeit.«

Es klappt. Sie landen alle vier in Westberlin, zuerst bei den Heltens, dann im Lager Marienfelde, dann werden sie ausgeflogen. Nicht nach Schleswig-Holstein, wie Jochen es sich gewünscht hat, sondern nach Bayern.

Sie verlieren alles, was bisher ihr Leben war. Sie gewinnen das, was man Freiheit nennt.

Nur, was fängt man damit an?

Freiheit ist ein ungewohntes, ein hartes Pflaster.

II
DER WESTEN

Die Schauspielerin

CONSTANZE WAR WEDER glücklich noch erfolgreich. Der Film, den Elsgard gesehen hatte, war vor drei Jahren gedreht worden, es war der zweite, andere folgten. Bedeutend waren sie alle nicht. Sie spielte einige Nebenrollen an kleinen Bühnen, bekam ein kurzes Engagement am Deutschen Theater, Hilperts ehemaliger Bühne, die nun wieder Reinhardts Deutsches Theater hieß. Gustav von Wangenheim war zunächst Intendant, wurde dann von Wolfgang Langhoff abgelöst. Ein festes Engagement erhielt sie nicht, es gab so viele Schauspieler in Berlin, berühmte Namen, die alle spielen wollten und spielen mußten, um die besseren Lebensmittelkarten zu bekommen.

Im Frühjahr '46 kehrte Gründgens zur Freude der Berliner zurück in die Stadt. Die Russen hatten ihn inhaftiert, nicht aus politischen Gründen, nur weil er den Titel Generalintendant trug, und das klang für sie militärisch.

Gustaf Gründgens also spielte zunächst Sternheim, später ein russisches Stück, schließlich Wedekind, dann Sophokles, den ›König Ödipus‹. Immer waren es Erfolge, die Berliner feierten ihn begeistert. Im Westen verhielt sich die amerikanische Administration zurückhaltend, die Amerikaner waren zunächst mit ihren Entnazifizierungen beschäftigt, wodurch vielen Schauspielern erfolgversprechende Engagements entgingen.

Für die Russen galt immer noch das Zauberwort: Artista.

Doch schon im Frühling '47 erfuhr man, daß Gründgens Berlin verlassen würde, er ging als Generalintendant nach Düsseldorf. Eine herbe Enttäuschung für die Berliner, auch für die Russen, denn sie wollten gern die guten und besten Künstler für ihre Welt behalten.

»Siehst du«, sagte Constanze zu ihrem Freund Eugen, »wer will denn schon bei den Bolschis bleiben. Sie streuen ihm hier Rosen auf den Weg. Aber er will in den Westen.«

Das war auch ihre ständige Rede: Ich will in den Westen.
»Dir geht es hier viel besser«, sagte Eugen. »Drüben drehen sie dich erst mal durch die Mühle. Entnazifizierung, Fragebogen und was sich die Amis so alles ausgedacht haben.«
»Erstens sind in Düsseldorf die Engländer. Und ich war in keiner Partei.«
»Ich denke, beim BDM?«
»Das wollte mein Vater, und das verlangte die Schule. Na, da gibt es wohl keinen in meiner Generation, der da nicht hinmußte. So doof können die Amerikaner oder die Engländer nicht sein, daß sie das inzwischen nicht wüßten.«
»Und was war mit der Reichstheaterkammer? Warst du da nicht drin?«
Constanze überlegte. »Das weiß ich gar nicht.«
»Sonst hättest du doch das Engagement in Königsberg nicht bekommen.«
Zu der Zeit war ihre Beziehung zu Eugen noch erträglich. Keine Liebe. Erträglich war das richtige Wort, sie ertrug ihn. Weil sie ihn brauchte. Doch es hinderte sie nicht daran, ihre Abneigung gegen das Leben bei den Bolschis, wie sie immer noch sagte, deutlich zum Ausdruck zu bringen. Auch bei gesellschaftlichen Anlässen, zu denen er sie anfangs mitnahm, später nicht mehr.
Denn er machte Karriere. Schon im Mai 1946, kurz nach der Gründung der SED, trat er der neuen Partei bei.
»Du bist ein übler Opportunist«, sagte sie. »Vermutlich hast du auch mit den Nazis gekungelt.«
»Das müßte mir erst einmal jemand nachweisen«, erwiderte er ruhig. Tatsache war, daß Constanze kaum etwas über sein früheres Leben wußte. Er habe Geschichte und Philosophie an der Friedrich-Wilhelm-Universität studiert, ließ er verlauten, Ende der zwanziger Jahre habe er Deutschland verlassen.
Wo er sich in den folgenden Jahren aufgehalten, was er getan hatte, darüber sprach er nicht. Nur über seine Zeit in Indien sprach er gern, davon konnte er anschaulich erzählen, sogar ein Buch hatte er darüber geschrieben.

»Warum ausgerechnet Indien?« fragte Constanze.

»Warum nicht? Es ist ein höchst bestaunenswerter Teil unserer Erde.«

»Das gehört doch den Engländern.«

»So würde ich es nicht ausdrücken. Es ist ein Teil des Commonwealth, und vermutlich nicht mehr lange. Die Briten sind sehr geschickt im Umgang mit den fernliegenden Teilen ihres Weltreichs. Die Maharadschas leben ziemlich unbehindert mitsamt ihrem Reichtum. Aber ändern wird es sich. Großbritannien ist kein Weltreich mehr. Auch das hat Hitler fertiggebracht. Er hat die Welt stärker verändert, als wir es heute übersehen können.«

»Der Krieg.«

»Ja, der Krieg. Und das, was vorher geschah und nun geschehen wird. Es gibt nur noch ein Weltreich, die Sowjetunion.«

»Und Amerika.«

»Ich nehme an, du sprichst von den Vereinigten Staaten. Sie sind dekadent und töricht.«

»Aha. Im Gegensatz zu Herrn Stalin und seinen Bolschis.«

Das waren so Gespräche, die sie führten, manchmal zeigte er Ärger, doch selten, meist nahm er sie dann in die Arme und küßte sie.

»Du bist auf der richtigen Seite, meine Schöne. Warte nur ab!«

Sie wußte nichts über seine Herkunft, über seine Eltern, ob er noch Familie hatte.

»Irgendwo mußt du doch geboren sein.«

»In Berlin, wo sonst.«

Doch er berlinerte nicht, seiner Aussprache haftete eine gewisse fremdartige Härte an, was Constanzes geschultem Ohr nicht entging. Er kam wohl aus der Tschechoslowakei, aus Polen, vielleicht sogar aus Rußland. In all den Jahren, die sie mit ihm zusammenlebte, erfuhr sie nichts über seine Kindheit, seine Jugend, wo er die Schule besucht hatte und womit er sein Studium finanziert hatte. Und wovon hatte er auf seinen Reisen in den fremden Ländern gelebt? Er sprach fließend russisch, das war das einzige, was ihr auffiel, anfangs, als er sie manchmal zu seinen Besuchen bei den Bolschis mitnahm.

Wenn sie ihn mit Fragen belästigte, was sie manchmal tat, machte er die Augen schmal, und einmal sagte er: »Weißt du, was Leuten geschieht, die zu viele Fragen stellen? Sie bekommen Lügen zu hören.«

Das regte ihre Fantasie an. Mußte ja alles nicht wahr sein, was er erzählte, er konnte genausogut im Gefängnis, im Zuchthaus, in einem Lager gesessen haben. Es gab weder über das Studium noch über seine Vergangenheit irgendwelche Papiere.

»Ist alles verbrannt, als ich ausgebombt wurde.«

Immerhin war er Mitte der dreißiger Jahre wieder in Deutschland, doch auch zu jener Zeit, als es keine Devisen mehr gab, hatte er sich viel im Ausland aufgehalten.

Das brachte Constanze auf den kühnen Gedanken: Vielleicht ist er ein Spion gewesen.

Doch für wen? Für die Nazis? Für die Kommunisten, die ihn jetzt so bereitwillig in ihre Reihen aufnahmen?

Immerhin hatte er am Frankreichfeldzug teilgenommen, war sogar verwundet worden, ein Oberschenkeldurchschuß, dessen Narbe sie betrachten konnte. Später war er in Jugoslawien eingesetzt gewesen, nun als Kriegsberichterstatter. Schreiben konnte er, das mußte sie zugeben.

Auch sie erzählte nicht viel von ihrem Leben. Nicht, daß ihr Vater in der NSDAP gewesen war, doch das wußte er, wie sich herausstellte. Und schon gar nicht sprach sie über die Vergewaltigungen, über das Kind, das sie geboren hatte. Und das wußte er nicht. Sie sprach von ihrer Mutter, von ihrem seltsamen Verschwinden.

»Wir werden Verbindung zu deiner Tante nach München bekommen«, sagte er gutmütig. »Vielleicht erfahren wir dann, was aus deiner Mami geworden ist. Ich weiß bis jetzt nur, daß der Mann, mit dem sie in Paris zusammenlebte, ein Hauptmann der Deutschen Wehrmacht war und ein Gegner Hitlers. Kann sein, er hat den 20. Juli '44 nicht überlebt.«

Solche Bemerkungen brachten sie zum Verstummen, machten ihr auch angst. Wer war dieser Mann? Woher wußte er solche Details? Welche Rolle hatte er gespielt, spielte er jetzt?

Im Oktober '46 wurde der sogenannte Interzonenpaß eingeführt, mit dem es möglich wurde, von der Sowjetischen Besatzungszone in die Westzonen zu reisen. Sie bekam keinen. Eugen verhinderte es, und im Grunde hatte sie auch Angst vor einer Reise ins Ungewisse, ins Nirgendwo, denn hier hatte sie immerhin eine Bleibe, und keine schlechte, sie bekam zu essen, sie war versorgt, sie arbeitete. Und da war dieser Mann, der für sie sorgte, den sie nicht liebte, doch den sie brauchte.

»Du bist hier, und du bleibst hier. Was mit dir geschieht, bestimme ich.«

Solche Bemerkungen machten sie wütend, doch am meisten ärgerte es sie, daß sie vom Kurfürstendamm nach Pankow umzogen.

»Wir können wohnen, wo wir wollen.«

»Sicher, das können wir. Aber in Pankow ist nun mal das Zentrum der Partei, und wir gehören dazu.«

»Du vielleicht. Ich nicht.«

Eines Tages verließ er die Zeitung und arbeitete nur noch für die Partei, verkehrte mit Grotewohl und Pieck, vor allem mit Ulbricht, der zunehmend eine wichtige Rolle in der SBZ zu spielen schien.

Was er aber wirklich tat, worin diese Arbeit bestand, wußte Constanze nicht. Er sprach darüber so wenig wie über sein vergangenes Leben. Und so kam es auch, daß er ihr unheimlich wurde, daß sie Angst empfand. Angst vor dem Mann, mit dem sie zusammenlebte, dessen Umarmungen sie erduldete.

»Was willst du eigentlich werden?« fragte sie spöttisch. »Ministerpräsident? Nach eurem Wahlergebnis besteht da wohl wenig Aussicht.«

Bei der Wahl zum Stadtparlament, die im Oktober '46 stattfand, hatte die SED sehr schlecht abgeschnitten. Die meisten Stimmen bekam die SPD, selbst die neue Partei CDU lag noch vor der SED.

»Das wird beim nächstenmal schon anders aussehen«, antwortete Eugen.

Es würde kein nächstes Mal geben, es waren die letzten freien Wahlen in der Sowjetischen Besatzungszone, der späteren DDR, für lange, lange Zeit gewesen.

Ab und zu verreiste er jetzt, für einige Tage, auch für längere Zeit, er erwähnte Hamburg, Köln und einmal sogar Rom.

»Wieso fährst du nicht mal nach Moskau? Es wird Zeit, daß du Väterchen Stalin besuchst«, sagte sie bösartig.

Er nannte Städtenamen, mehr erfuhr sie nicht.

Von einer Reise nach Mailand brachte er ihr blaßgrüne Seide, reine Seide, für ein Kleid mit, und goldene Sandalen, die sogar paßten.

Er ist eben doch ein verdammter Spion, dachte sie, eines Tages werden sie ihn umbringen oder einsperren, hier oder dort. Und es wird mir so was von egal sein.

»Ich werde froh sein, wenn ich ihn los bin«, sagte sie zu Gila. Constanze hatte auf einmal etwas, was sie nie gehabt hatte, eine Freundin.

Gila arbeitete auch bei der DEFA, in der Kostümabteilung, die mit recht spärlichen Mitteln arbeiten mußte.

»Bei der UFA hatten wir noch jede Menge Material«, erzählte Gila, »dafür hat Goebbels gesorgt, daß es uns an nichts fehlte. Was noch da war, haben die Russen erst mal abgeräumt. Einen Kostümfilm könnten wir heute nicht machen.«

»Wozu auch? In dem nächsten Schinken spiele ich eine Landmaid, die einen Traktor fährt. Und das mir!«

Gila lachte. »Das Kopftuch wird dir gut stehen. Ich kenne das Buch, eine tolle Geschichte. Du bist ein armes Flüchtlingsmädchen, das fleißiger als alle anderen arbeitet, und am Schluß heiratet dich der Neubauer, dem man in Mecklenburg ein paar Hektar aus einer enteigneten Domäne zugewiesen hat. Obwohl er zunächst ziemlich pampig zu dir ist.«

»Ja, wirklich eine tolle Geschichte. Er kann mich nicht leiden, weil ich ein Bourgeois bin, die Tochter eines Fabrikbesitzers aus Schlesien. Ich bin gebildet, weißt du, und manchmal entstehen kluge Sätze unter meinem Kopftuch. Ich zitiere Goethe, das haben sie sich so ausgedacht. Am Golde hängt, zum Golde drängt doch alles, ach, wir Armen. Da läßt er die Sense sinken und blickt mich mißtrauisch an. Was für ein Blödsinn, sagt er. Und ich, von oben herab: ›Das ist aus dem Faust. Aber das kennst du wohl nicht, Genosse.‹ Und ich zitiere weiter, er schreit mich wütend an. ›An die Arbeit! Hör auf mit dem Gefasel!‹«

»Ja, und dann ist er doch beeindruckt, und am Ende lest ihr zusammen Goethe. Na, wenn das kein Film wird!«

Sie lachten beide.

Mit Gila konnte Constanze offen reden, denn die träumte denselben Traum: in den Westen zu entkommen.

Gila bewohnte eine armselige Bude hinter dem Nollendorfplatz, das einzige Fenster mit einem Brett vernagelt, ein schmales Lager, ein paar Nägel in der Wand. Trotzdem saß Constanze gern bei ihr, lieber als in der einigermaßen nett eingerichteten Wohnung in Pankow. Constanze brachte zu essen mit, denn dank Eugen war sie gut versorgt. Sie kochten eine Suppe oder machten sich Bratkartoffeln und redeten von der wunderbaren Zukunft, die sie erwartete – im Westen.

»Mehr zu fressen als wir haben sie dort auch nicht«, sagte Gila. »Es sei denn, man hat einen amerikanischen Freund. Elfi hat mir geschrieben. Mir geht's gut, schreibt sie, ich habe einen süßen Ami, ich kriege Schokolade und Nescafé. Und Nylonstrümpfe hat er mir auch mitgebracht. Und Zigaretten, soviel ich will, dafür kann ich alles auf dem Schwarzen Markt bekommen. Hier«, Gila hob den Brief und las vor: »Wann kommst du denn endlich? Du kriegst auch einen Ami, und dann sieht das Leben gleich ganz anders aus. Er will mich heiraten, aber das geht noch nicht. Ist mir auch nicht so wichtig. Ich brauche ihn jetzt.«

Gila ließ das Blatt sinken. »Wie findest du das?«

»Wir verkaufen uns alle. Ich an einen Kommunisten, du an einen Amerikaner.«

Gila lachte. »Erst muß ich dort sein und einen haben. Von Liebe wollen wir besser gar nicht reden.«

»Die gibt es nicht mehr. Was ist denn das, Nescafé?«

»Muß so eine Art amerikanischer Kaffee sein. Ich habe

hier auch schon davon gehört. Wenn ich das nächstemal zum Bahnhof Zoo gehe, werde ich fragen, ob die so was haben.«

»Ich habe Paul geliebt«, sagte Constanze verträumt. »Dann haut er ab und läßt mich einfach in Ostpreußen sitzen.«

Von der Vergewaltigung hat sie Gila erzählt, aber nicht von dem Kind. Das hat sie aus ihrem Leben verdrängt. Sie wollte weder daran denken noch davon sprechen.

»Erzähl mir von Elfi«, bat sie.

»Sie ist sehr niedlich; blond und zierlich, mit blauen Puppenaugen. Ich glaube, das ist der Typ, den die Amerikaner lieben. Ich hab mal Filme gesehen mit Jean Harlow.«

»Ja, hab ich auch. Die liefen in den kleinen Kinos in den Nebenstraßen von der Tauentzien. Ich habe auch Marlene Dietrich gesehen in amerikanischen Filmen. Das ist eine wunderbare Frau. Hast du sie auch gesehen?«

»Ja, habe ich. Früher hatten wir auch alle ihre Platten. Mein Vater schwärmte von ihr.«

Gila begann zu singen. »Allein in einer großen Stadt, und man ist so allein ... kennst du das?«

Constanze schüttelte den Kopf. »Mein Vater schwärmte für Zarah Leander.«

»Das war auch eine tolle Frau. Ich hatte gerade bei der UFA angefangen, als sie ihre letzten beiden Filme drehte. Und dann ist sie stillvergnügt nach Schweden abgehauen. Die konnte rotzig sein zu Leuten, die ihr nicht paßten. Wie die den Goebbels behandelt hat, wie eine Laus.«

»Sie hatte eine tolle Stimme.«

»Na ja, schon. Aber kein Vergleich mit Marlene Dietrich.«

Und Gila legte noch einmal los. »Ich bin von Kopf bis Fuß auf Liebe eingestellt, denn das ist meine Welt, und sonst gar nichts.«

Sie kannte den ganzen Song auswendig, Constanze hörte zu. Sie waren beide erwachsene Frauen, aber wenn sie zusammen waren, glichen sie Backfischen, vor allem wenn sie von den männlichen Stars schwärmten, die sie bewundert hatten. Das ging zurück bis in ihre Kindheit.

»Karl Ludwig Diehl«, sagte Constanze, »das war ganz mein Typ.«

»Für mich war es Willy Birgel. Paß mal auf, die kommen alle wieder. Wenn die Amerikaner fertig sind mit ihrer dämlichen Entnazifizierung, dann spielen die auch wieder.«

»Denkst du?«

»Bestimmt. Nicht hier, im Westen natürlich.«

Solche Gespräche führten sie, manchmal spät am Abend, nach den Dreharbeiten. Trotzdem wagte es Constanze nie, bei Gila zu übernachten, sie wußte nie, wann Eugen von seinen geheimnisvollen Reisen zurückkehrte. Und im Grunde, das kam so mit der Zeit, hatte sie immer mehr Angst vor ihm. Angst war es überhaupt, was das Leben in der Stadt prägte. Theater, Konzerte, viele Zeitungen, viel mehr als im erträumten Westen, aber da war ein Druck, eine Furcht, die ständig vorhanden war und immer weiter wuchs.

Nach Pankow kam Gila nie.

»Will ich nicht. Genügt mir, wenn ich bei der Arbeit die Schnauze halten muß. Sonst will ich mit denen nichts zu tun haben.«

Wenn Constanze nach Pankow fuhr, dachte sie über diese Gespräche nach. Warum hatten sie bloß über Liebe gesprochen? Liebe? Das würde es für sie nie mehr geben. Blieb eigentlich nur die Erinnerung an Paul Burkhardt, er war nicht nur ihr Liebhaber, sondern auch ihr Lehrmeister gewesen.

»Wir Sänger haben eine große Hilfe, das ist die Musik«, hatte er ihr erklärt, »damit kann man manches zudecken. Du hast nur die Sprache. Und deinen Körper. Sei locker, Carmencita.«

Er nannte sie oft Carmencita, der Escamillo war die erste Rolle gewesen, in der sie ihn gesehen hatte, und sie behauptete später, sie habe sich sofort in ihn verliebt, weil er so prachtvoll ausgesehen und gesungen habe.

»Sei locker, aber niemals lässig. Du mußt immer genau wissen, was du mit deinem Körper machst. Und deine Arme und deine Beine gehören zu deinem Körper. Benutze sie mit Bedacht, aber nicht zu viel. Dein Gesicht, deine Stimme sind wichtig. Es muß von innen kommen. Deine Luise war ziemlich verkitscht.«

Das ärgerte sie, aber sie hatte viel von ihm gelernt. War das nun Liebe gewesen?

Bei ihm sicher nicht, er war einfach fortgegangen. Er konnte sie nicht geliebt haben, zu dieser Erkenntnis kam sie jetzt. Und sie würde nicht mehr an ihn denken. Aus, vorbei. In dieser Stimmung kam sie eines Abends ziemlich spät nach Hause. Der Heimweg war immer noch mühsam, die U-Bahn an manchen Stellen nach wie vor zerstört, man mußte aussteigen, ein Stück laufen. Eugen war da.

»Wo kommst du denn her, so spät am Abend?«
»Vorbesprechungen für den nächsten Film.«
»Und?«
»Uninteressant. Nicht der Rede wert. Und du? Wo kommst du her?«
»Diesmal wirklich aus Moskau.«
»Und?«
»Uninteressant«, wiederholte er ihre Worte. »Nicht der Rede wert. Aber ich habe Krimsekt mitgebracht. Magst du ein Glas?«
»Warum nicht?«

Sie tranken den Sekt, der süß war. Auf dem Gut hatten sie Champagner getrunken. Auch auf Schloß Groß-Landeck noch, doch davon sprach sie nicht. In ihrer Jugend hatte es weder Sekt noch Champagner gegeben. Ihr Vater trank Bier, manchmal ein Glas Rotwein. Was hatte eigentlich Mami getrunken? Am liebsten weißen Wein, erinnerte sie sich.

Eugen legte den Arm um sie, küßte sie.

»Ich bin froh, wieder bei dir zu sein«, sagte er. Es klang liebevoll.

»Hast du mich in Moskau nicht betrogen?«

Er lachte. »Keine Zeit und keine Lust. Ich bin nicht für flüchtige Abenteuer. Eine Frau muß man kennen und haben.«

»Hast du mich?« fragte Constanze spöttisch.
»Ich denke schon.«

Nachdem die Flasche ausgetrunken war, hob er sie hoch

und trug sie aufs Bett. Sie hatten ein gemeinsames Schlafzimmer, das war etwas, was Constanze haßte.

Ein Männerkörper auf ihrem Körper. Es war nicht wie damals, keiner riß ihr die Kleider vom Leib, keiner drang brutal in sie ein. Eugen war zärtlich, streichelte sie, küßte sie, und als er auf ihr lag, war es normal wie zwischen jedem Mann und jeder Frau.

Es liegt an mir, dachte Constanze, die Augen weit geöffnet. War es denn mit Paul anders gewesen?

Es liegt an mir. Sie seufzte, schloß die Augen, gab sich hin. Nein, sie gab sich nicht hin, sie erduldete es. Das war der große Unterschied. Eine Weile später schlief er.

Es liegt an mir. Ich weiß nicht mehr, was Liebe ist.

Dieses Kind, das sie geboren hatte, es war ein Mädchen. Würde dieses Mädchen denn je erfahren, was Liebe ist?

Nicht mehr daran denken, nicht mehr daran denken. Es ist nie geschehen. Es ist nicht wahr.

Als sie endlich Verbindung zu ihrer Tante in München hatte, erfuhr sie, daß ihre Mutter in Amerika sei, in Mexiko.

»In Amerika? Jetzt? Wie kommt sie dahin?« fragte sie ratlos.

Es stellte sich heraus, daß Eugen darüber nun auch Bescheid wußte.

»Der Freund deiner Mutter war nicht nur ein Gegner der Nazis, nicht nur Offizier der Besatzung in Paris. Von Beruf ist er Physiker, und offenbar ein sehr begabter.«

»Woher weißt du das?« schrie sie wütend. »Und wenn du es weißt, warum sagst du es mir nicht?« Dann begann sie zu weinen.

Er nahm sie in die Arme. »Deine Mutter hat dich schon einmal im Stich gelassen. Viel kannst du ihr nicht bedeuten. Schade, daß er nicht zu uns gekommen ist, der Hauptmann Carlsen. Wir hätten ihn gern aufgenommen. Begabte Leute kann man brauchen.«

»Zu euch? Zu den Bolschis?« schluchzte sie. »So blöd wird er wohl nicht sein. Sonst würde Mami ihn nicht lieben.«

Zum erstenmal, seitdem sie seine Wohnung verlassen hatte, suchte sie ihren Vater auf.

»Deine Mutter? Ich habe dir schon öfter mitgeteilt, daß sie eine Verräterin ist. Obwohl«, Oberstudienrat Lindemann verzog den Mund zu einem schiefen Lachen, »diesmal hat sie wenigstens die richtige Seite gewählt.«

»Du weißt, wo sie ist?«

»Sie hat mir geschrieben. Und möchte deine Adresse haben. Falls ich sie weiß.«

»Und das teilst du mir nicht mit?«

»Weiß ich, wo du bist?«

»Aber du mußt meinen Namen doch gelesen haben. Ich habe Theater gespielt, es gibt Filme mit mir.«

»Du denkst doch nicht im Ernst, daß ich mir den Blödsinn ansehe, den die Kommunisten verzapfen? Und bei denen bist du ja wohl inzwischen gelandet. Dein Freund ist der vielgelesene Chefreporter der ›Berliner Zeitung‹.«

»Er ist nicht mehr bei der Zeitung. Und meine Adresse hättest du herausbekommen können, wenn du gewollt hättest.«

»Fragt sich, ob ich will. Ich verkehre nicht mit Kommunistenpack. Du wirst es noch bereuen. Wenn die Amerikaner erst zuschlagen, dann geht es andersherum.«

Die Amerikaner! Das war das Hoffnungswort hier, das Reizwort dort. Das war sehr schnell gegangen, nur nahm es in der Not dieser Zeit keiner sehr ernst. Die Menschen waren viel zu sehr mit sich selbst, mit ihrem Überleben, beschäftigt.

In Berlin, dieser Trümmerwüste, regierte das Elend. Im ersten Winter nach dem Krieg waren viele Menschen verhungert, alte und junge, in irgendwelchen Löchern, denn viele hatten kein Dach über dem Kopf, waren auf der Straße zusammengebrochen und nicht mehr aufgestanden. Die Zuteilung der Lebensmittel war völlig unzureichend, davon konnte keiner leben, ganz gewiß nicht, wenn er zur Karte Nummer I verdammt war. Die Frauen räumten Trümmer, damit sie wenigstens die Nummer II bekamen. Darüber redete ihr Vater eine Weile und fügte hinzu: »Aber dir geht es wohl ganz gut.«

»Wenn du meinst, ob ich genug zu essen habe, ja, das habe ich. Wir bekommen die Karte Nummer V.«

»Sieh an, sieh an«, ihr Vater nickte, wieder mit dem schiefen Grinsen im Gesicht.

»Ich habe überhaupt nicht gehungert«, sagte Constanze aggressiv. »In Königsberg gab's noch gut zu essen. Dann auf einem Gut in Ostpreußen, da mußte man nicht hungern, dann war es ein Schloß in Mecklenburg, da war es überhaupt ganz toll. Und zuletzt auf einem Hof in Mecklenburg, da ließ es sich auch leben.«

»Da bist du also immer in der Obhut der Russen gewesen. Und darum gefällt es dir immer noch.«

»Und jetzt kriege ich die Fünf, weil ich Künstlerin bin. Alle Theater sind ausverkauft.«

»Nur Gründgens ist euch abgehauen. Recht hat er. Mal sehn, wie lange es bei euch gutgeht.«

Ihr Vater griff in ein Kästchen, das neben ihm stand, und bot ihr eine Zigarette an. Amerikanische, wie sie sah.

Dann sagte er: »Kaum zu glauben. Der Iwan war kaum hier, Berlin rauchte noch, da ließen sie Theater spielen und Konzerte veranstalten. Es dauerte damals im Mai nur ein paar Tage, da machten sie in Kultur.«

»Na ja«, sagte Constanze, friedlicher gestimmt, das machte die Zigarette aus, »sie sind eben ein altes Kulturvolk.«

»Muß wohl so sein.«

Der Oberstudienrat Lindemann sah schlecht aus, er war mager und alt geworden. Constanze empfand plötzlich Mitleid. Er war ihr Vater. Gab es denn sonst noch einen Menschen, der zu ihr gehörte?

»Du hast doch immer gern Dostojewski gelesen.«

»So ist es.«

»Wenn ich dir mal etwas bringen darf, ich meine, was zu essen oder so ...«

»Bemüh dich nicht, Tochter. Wir kommen schon durch. Dora ist recht tüchtig. Und der Schwarze Markt funktioniert sehr gut.«

Dora war die Frau, mit der er jetzt lebte.

Sicher war es gut, daß sie für ihn sorgte. Wovon lebte er eigentlich? Seinen Beruf durfte er als ehemaliger Parteigenosse nicht mehr ausüben, und eine Pension bekam er vermutlich auch nicht.

»Wenn ich dir helfen kann«, begann sie noch einmal ...

Er nahm einen tiefen Zug aus seiner Zigarette, seine Wangen waren hohl, totenbleich.

»Wenn die Amerikaner erst kommen und uns befreien«, sagte er, »dann wird sich alles ändern.«

»Und was bedeutet das? Wieder Krieg?«

»Kann sein«, sagte ihr Vater gleichmütig.

»Soviel ich weiß, konntest du die Amerikaner ja früher nicht besonders gut leiden.«

»Es ändert sich manches. Ich jedenfalls möchte nicht für den Rest meines Lebens in einem kommunistischen Staat leben.«

»Das möchte ich auch nicht.«

»Womit wir ausnahmsweise mal einer Meinung wären. Willst du noch eine?« Er bot ihr wieder die Zigaretten an.

»Danke, nein. Nicht so schnell hintereinander.«

Sie hatte noch nichts gegessen an diesem Tag, die hastig gerauchte Zigarette war ihr zu Kopf gestiegen. Eugen hatte auch amerikanische, doch meist rauchte er russische.

Dann kam die Frau ins Zimmer, die jetzt das Regiment in dieser Wohnung und über ihren Vater führte. Constanze hatte sich schon gewundert, daß sie so lange mit ihm allein hatte sprechen können. Dora sah ganz wohlgenährt aus, auch ihre Kinder, wie Constanze noch feststellen konnte, ehe sie ging. Doch in der Wohnung ihrer Eltern fehlten die Bilder, fehlten die Bücher, und sicher auch, dachte sie, Mamis Kleider und Mamis Pelze.

Aber die brauchte sie nun wohl nicht mehr.

»Würdest du mir bitte die Adresse meiner Mutter geben?« fragte sie.

»Ich habe sie nicht mehr. Ich habe sie weggeschmissen.«

»Gib mir ein Stück Papier«, sagte sie.

Der Oberstudienrat sah seine Dora an. »Haben wir ein Stück Papier?«

»Wozu denn?« fragte sie überheblich.

Constanze blickte sich um. »Ich kann mir nicht vorstellen, daß es in der Wohnung meines Vaters keinen Fetzen Papier gibt«, sagte Constanze zornig.

»Papier ist knapp«, bekam sie zur Antwort.

Constanze ging zum Schreibtisch ihres Vaters, schlug ein Buch auf, das dort lag. Zu ihrer Überraschung war es von Hemingway. Sie nahm den Bleistift, der ebenfalls auf dem Schreibtisch lag, und schrieb auf die Titelseite des Buches ihre Adresse.

»Schmier nicht meine Bücher voll«, sagte ihr Vater.

»Nur meine Adresse. Du kannst sie wieder ausradieren, wenn du ein anderes Stück Papier gefunden hast. Wir wohnen jetzt in Pankow.«

»Warum nicht gleich in Karlshorst?« fragte ihr Vater höhnisch.

In Karlshorst residierte die russische Kommendatura.

Immerhin brachte er sie zur Tür.

»Und ...«, fragte er leise, »geht es dir gut?«

»Nein«, erwiderte sie ebenso leise, »gut geht es mir nicht. Ich muß sehen, wie ich durchkomme. Und, Vater, eine Kommunistin bin ich nicht. Ich werde nie eine werden.« Sie beugte sich zu ihm, flüsterte: »Und sobald ich kann, gehe ich in den Westen.«

»Ja, ich denke auch, daß du das tun solltest.«

»Und du, Vater?«

»Für mich ist es zu spät. Ich muß hier auf die Befreiung warten.«

Befreiung!

Das Wort blieb ihr im Ohr, als sie zurückfuhr in den Osten.

Befreit worden sind wir im Mai 1945. Und nun warten wir schon wieder auf eine Befreiung.

Und er spricht von Krieg.

Dann kam die Blockade, die Flucht in den Westen rückte in weite Ferne. Die Trennung dieser Erde in zwei Teile war nun deutlich und schrecklich sichtbar geworden.

Doch ein anderes Ereignis trieb Constanze vollends in Panik: Sie wurde schwanger.

Nein, nicht noch einmal, das nicht.

»Wir könnten heiraten«, schlug Eugen vor. »Ich hätte gern ein Kind mit dir.«

Constanzes Augen funkelten, wie sie damals auf dem Lumin-Hof gefunkelt hatten, plötzlich war alles wieder da.

»Ein Kind? In dieser Zeit?«

»Was hast du an der Zeit auszusetzen? Es geht uns gut.«

»Ein Kind für die Kommunisten? Nicht mit mir.«

»Sei nicht albern, meine Schöne.«

»Ich will in den Westen, das weißt du doch.«

»Dann geh mal in deinen Westen. Lange gibt es den sowieso nicht mehr. Diese korrupten Amerikaner werden bald die Nase voll haben von Deutschland.«

»Sie fliegen jede Nacht. Sie bringen den Menschen zu essen und Kohlen.«

Er lachte. »Genug, um zu verhungern. Die Menschen haben keinen Strom, denn der kommt von uns. Sie haben nichts zu essen, sie sind arbeitslos. Die Zukunft liegt hier. Hier bei uns. Was denkst du, wie lange sich Stalin das noch ansieht. Dann schnappen wir uns ganz Berlin, und was darum liegt, gehört uns sowieso. Siehst du, wie dumm deine Amerikaner sind? Sie haben uns alles gegeben, nur so. Und das bißchen Deutschland, das noch da drüben liegt, das holen wir uns auch. Was denkst du, wie schnell sie umfallen, wenn wir kommen. Die haben nicht einmal Soldaten.«

»Die Amerikaner ...«

»Ach, hör auf mit deinen Amerikanern. Zunächst haben sie alles kaputtgemacht: erst die Bomben, dann die Besatzung, als nächstes die Entnazifizierung, dann die Demontage. Dieses Land da drüben, dieses Restdeutschland, wird niemals auf die Beine kommen, die taugen nichts. Wenn die Rote Armee einmarschiert, werden sie alle den Schwanz einziehen, und als erstes deine Amerikaner.«

»Sie haben die Atombombe.«

»Denkst du, Stalin hat sie nicht? Aber wer auch immer sie hat, die ersten, die daran glauben müssen, sind wir.«

»Wer wir?«

»Die Deutschen.«

»Also wir auch. Du bist doch Deutscher. Ist es dir so gleichgültig, was aus deinem Vaterland wird?«

»Sagtest du Vaterland?«

»Ja, das habe ich gesagt.«

»Seltsame Töne aus deinem Mund. Wenn Deutschland den Krieg gewonnen hätte, wenn Hitler nicht so dumm gewesen wäre und sich wirklich mit Stalin verbündet hätte, dann hätten wir heute die Herrschaft über die Welt.«

»Die Weltrevolution, ich weiß. Eine Welt unter kommunistischer Herrschaft.«

»Schau, meine Schöne, sei auch du nicht so dumm. Es ist doch egal, wie das heißt. Die Bolschewiken, deine Bolschis, oder die Nazis, die sich ja auch Sozialisten nannten, wo ist denn da der Unterschied? Sie sind sich nicht nur ähnlich, sie sind gleich. Nur euer Hitler war zu dumm, um das zu begreifen.«

Euer Hitler hatte er gesagt. Nicht unser Hitler.

Constanze senkte die Lider, blickte auf ihre zitternden Hände. Sie war krank, sie war kaputt. Sie wollte nicht mehr.

Wo kam er her, dieser Mann, mit dem sie nun seit drei Jahren zusammenlebte? Wer war er? Was tat er?

»Es kommt nur auf die Macht an«, sprach Eugen weiter. »Und die hat nun mal die Sowjetunion. Schau dir doch mal einen Globus an. Die Sowjetunion, China und alles, was drumherum und darunter liegt, das gehört alles uns. Deutschland? Das ist voriges Jahrhundert. Japan, da draußen? Für alle Zeit zerstört. Du bist hier auf der Seite der Sieger. Hitler hätte dabeisein können, doch das hat er verpatzt. Schade um unser schönes Land, schade um Berlin, das sage ich auch. Aber warte nur, wie das in zehn, in zwanzig Jahren hier aussieht. Wir sind keine Russen. Wir werden einen wunderbaren Staat hier aufbauen.«

»So lange kann ich nicht warten«, sagte Constanze traurig.

»Brauchst du nicht. Du bekommst erst mal das Kind, und dann werde ich dir ein Engagement im Berliner Ensemble besorgen. Falls du dann noch willst.«

»Was soll das heißen, wenn ich dann noch will?«

»Frauen ändern manchmal ihre Meinung, sogar ihr ganzes Leben, wenn sie ein Kind geboren haben. Vielleicht willst du dann gar keine Schauspielerin mehr sein, sondern lieber Mutter.«

»Ich glaube, du spinnst.«

Sie warf ihm einen haßerfüllten Blick zu, dann reichte sie ihm ihr Glas. Sie tranken keinen Wodka, sondern Whisky.

»Werdende Mütter sollten nicht soviel Alkohol trinken«, warnte er.

Damals habe ich viel getrunken, dachte Constanze, erst auf Schloß Groß-Landeck, Wein und Champagner, dann bei den Lumins Korn und Wodka. Der Bastard ist trotzdem auf die Welt gekommen.

»Ich bin keine werdende Mutter.«

»Ungewohnte Rolle, wie? Du wirst dich daran gewöhnen.«

»Das denkst du.«

»Ich denke beispielsweise, daß es gut sein wird, wenn ein Kind in unserer schönen neuen Welt aufwächst. Ich denke in historischen Dimensionen. Wir haben immer nur Europa gesehen. Aber seit Napoleon das Heilige Römische Reich Deutscher Nation zerstört hat, ist alles anders geworden. Das neunzehnte Jahrhundert? Ein Vorspiel, alles reifte dem Untergang entgegen. Der Erste Weltkrieg? Ein Schlußakkord. Wenn sie nur nicht so dumm gewesen wären, die Sieger jenes Krieges. Dann hätte es keinen Hitler gegeben. Aber es gab die Sowjetunion, sie war eine Geburt des Krieges, die das Habsburger Reich, das Deutsche Reich, die preußische Vorherrschaft zerstörte. Also, wenn er nicht so dumm gewesen wäre, dein Hitler, dann hätte er zu den Siegern gehört.«

»Er ist nicht mein Hitler«, sagte Constanze wütend. Sie stand auf und füllte ihr Glas diesmal selbst, bis zum Rand.

Eugen lächelte, legte beide Arme um sie und küßte sie auf den Mund. »Vielleicht hast du recht, meine Schöne. Kein Kind, keine Heirat, keine Bindung. Es ist übrigens unsere letzte Flasche Whisky. Wir müssen Jonathan bitten, uns Nachschub zu bringen, wenn er das nächstemal kommt.«

Jonathan war Eugens Freund, der einzige Freund, wie er immer betonte. »Der einzige Mensch, dem ich vertraue«, hatte er einmal gesagt, als Constanze wissen wollte, wer dieser Jonathan eigentlich sei, was er tue. Doch darüber erhielt sie keine Auskunft. Sicher war Jonathan auch nicht sein richtiger Name. Erstaunlicherweise wohnte er im Westen, war aber manchmal hier zu Besuch, und aus den Gesprächen der Männer konnte Constanze entnehmen, daß dieser Freund nicht zu den Genossen gehörte.

Eine Woche später ließ Constanze abtreiben, Eugen nahm es schweigend zur Kenntnis. Es ging ihr einige Zeit lang nicht sehr gut, sie fühlte sich krank und elend, mußte eine Rolle, für die man sie verpflichtet hatte, absagen.

Es kam zu keiner Umarmung mehr, Eugen war liebevoll zu ihr wie immer, doch er verstand, daß sie nicht mit ihm schlafen wollte.

Er ließ sogar die Wohnung umräumen, sie hatte jetzt ihr eigenes Zimmer. Manchmal lag sie lange wach, sie war unglücklich und verzagt, auf einmal hatte sie Angst vor der Zukunft. Wie lange würde es dieser Mann noch mit ihr aushalten? Und was war aus der erträumten Karriere geworden? Alle Rollen, die sie gern gespielt hätte, waren in weite Ferne gerückt, sie mußte dankbar sein, wenn man sie wieder einmal für einen albernen Film verpflichtete, denn inzwischen waren jüngere, hübschere Mädchen in den Studios. Die Blockade war vorüber, aber Constanze sagte nicht mehr: Ich will in den Westen.

Auch Gila sprach nicht mehr davon, denn sie hatte nun einen amerikanischen Freund, ihr ging es gut, sie bekam eine neue Wohnung und schien mit ihrem Leben zufrieden zu sein.

»Wir sind nun mal in diese Scheißzeit hineingeboren«, sagte sie.

»Man muß versuchen, das Beste daraus zu machen. Ich höre bei der DEFA auf, Jack ist dagegen, daß ich dort arbeite.«

»Und was wirst du machen? Von ihm leben?«

»O nein, bestimmt nicht. Man weiß ja nie, wie lange so ein Verhältnis dauert. Er nennt es Liebe. Sehr schön, aber wenn er morgen zurückbeordert wird nach Seattle, ist er weg, nicht wahr? Also!«

»Und also was?«

»Ich verhandle mit dem Schloßparktheater, mit Barlog. Ich kenne einen netten Jungen, der ist dort Dramaturg. Wenn ich in der Kostümabteilung arbeiten könnte oder bei den Bühnenbildnern, meinetwegen auch als Schneiderin, ich kann das ja. Man wird sehen.«

Gila war kein Trost mehr. Und dann auf einmal reiste Constanze doch in den Westen, ganz plötzlich, von heute auf morgen.

Eugen war wieder einmal verreist, seit mehreren Wochen schon, und Constanze zählte das Geld, das knapp geworden war.

Es war ein heißer Tag im August des Jahres 1951. Seit einem Jahr war Walter Ulbricht Generalsekretär des Zentralkomitees der SED, ein Ereignis, das Constanze gar nicht zur Kenntnis genommen hatte, es interessierte sie nicht.

Da erschien eines Morgens unangemeldet Jonathan. Constanze war gerade erst aufgestanden, sie blieb jetzt immer lange im Bett, sie war träge, unlustig, ein Zustand, der im Grunde nicht zu ihr paßte.

»Pack deine Sachen, Constanze. Nur das, was du dringend brauchst. Ich habe einen Flug bei der Air France nach München für dich gebucht. Heute nachmittag.«

»Was hast du? Einen Flug nach München? Heute noch? Aber das geht doch gar nicht.«

»Das geht schon, wenn ich das mache. Ohne weitere Formalitäten, ich werde dir genau sagen, was du tun mußt. Du wolltest doch immer in den Westen.«

»Um Gottes willen, Jonathan.« Sie griff sich in altgewohnter Art ins Haar, hob es hoch.

»Mach dich gut zurecht. So wie du jetzt aussiehst, geht es nicht.«

Das war nicht freundlich gesprochen, sie blickte in den Spiegel. Sie war blaß, ihre Wangen hohl. Sie hatte viel getrunken, viel geraucht in letzter Zeit, und das Gesicht, das ihr aus dem Spiegel entgegensah, gefiel ihr selbst nicht.

»Also entschuldige, ich bin gerade aufgestanden ...«

»Es ist elf Uhr. Also komm, Constanze, reiß dich zusammen. Du bist eine berühmte Schauspielerin, die ein Engagement in München antritt. Und so mußt du aussehen. Du hast doch Verwandte in München.«

»Ja, meine Tante. Eine Sängerin.«

»Na bitte. Also, beeil dich!«

Agnes Meroth, die Schwester ihrer Mutter. Sie hatte sie seit zehn Jahren, seit zwölf Jahren nicht gesehen. Vielleicht war es auch schon länger her. Eine Vorstellung im Nationaltheater, Agnes Meroth sang die Isolde. Sie war mit Mami in der Oper gewesen, und ein wenig hatte sie sich gelangweilt. Sie war fünfzehn damals.

»Aber das geht doch nicht so schnell. Wann komme ich denn zurück?«

»Überhaupt nicht. Du wolltest doch in den Westen, oder?«

»Sicher. Ich komme nicht zurück? Und wenn Eugen kommt?«

»Er kommt auch nicht zurück. Er hat die Seiten gewechselt. Er ist in Kanada.«

»In Kanada?«

»Bis auf weiteres, ja.«

»Er hat die Seiten gewechselt? Was soll das heißen?«

»Stell dich nicht so dumm.«

Du bist auf der Seite der Sieger. Hatte er das nicht gesagt?

»Los, pack, und dann schmink dich! Du mußt erstklassig aussehen.«

»Er kommt nicht zurück.«

»Constanze, wir haben keine Zeit. Tatsache ist, das mußt du doch wissen, daß Eugen sich mit Ulbricht nicht vertragen hat.«

»Ich weiß es nicht.«

»Dann weißt du es jetzt. Du mußt weg. Sie werden dich abholen und verhören. Sie wissen, daß du mit Eugen zusammengelebt hast, sie werden Fragen stellen. Sie werden dich einsperren.«

»Mich?«

»Ja, dich. Ich weiß auch erst seit drei Tagen von Eugens Streit mit Ulbricht. Ich konnte ihm zur Ausreise verhelfen. Das Zentralkomitee weiß, wer du bist, also beeil dich.«

»Er kommt nicht zurück«, wiederholte sie töricht. Und dann, total verwirrt: »Ich habe kein Geld.«

»Ich gebe dir, was du für die erste Zeit brauchst. Und deine Tante, falls sie noch lebt und da ist, wird dir wohl was zu essen geben. Nun mach schon.«

Es war der erste Flug ihres Lebens, aber sie kam nicht dazu, Angst zu haben. Geschminkt, in ihrem elegantesten Kostüm saß sie in der ersten Klasse. Die Stewardeß servierte ihr lächelnd Champagner.

»Merci«, flüsterte Constanze. »Merci bien.« Sie dachte nicht an Mami, nicht an ihren Vater, auch nicht an Gila. Sie dachte nur: Er ist eben doch ein verdammter Spion.

Die Tänzerin

MITTEN IM GRAND BATTEMENT ließ sie die Stange los, sank mit einem leisen Seufzer zu Boden und blieb regungslos liegen.

Die Mädchen unterbrachen die Übungen, Sorell lachte spöttisch.

»Ah, pauvre petite! Bald wird sie tot sein wie er.«

Madame Lucasse klopfte mit dem Stock auf den Boden.

»Ksch!« machte sie, es klang wie das Zischen einer Schlange. »Attention! Marguerite, dein rechtes Bein hängt durch. Continuez!« Ein scharfer Blick ließ Sorells Lachen verstummen. »Votre echapé est impossible. Encore!«

Die Mädchen griffen wieder nach der Stange. Sorell sprang. Madame Lucasse ging zu Cordelia, tippte leicht mit dem Stock auf ihre Schulter. »Steh auf!« sagte sie leise.

Cordelia war nicht bewußtlos, sie hatte sich nur fallen lassen, überwältigt von Schmerz, als sie wieder das entsetzliche Bild vor sich sah. Wie er zusammensank, getroffen von der tödlichen Kugel.

»Steh auf!« wiederholte Madame Lucasse energisch.

Cordelia blickte mit tränengefüllten Augen zu ihr auf.

»Er darf nicht tot sein«, flüsterte sie.

»Er ist tot. Komm mit!«

Cordelia stützte sich auf den rechten Arm, als würde sie nie mehr aufstehen können, sie war wie gelähmt.

Diesmal war es ein Schlag mit dem Stock. Cordelia richtete sich mühsam auf.

Madame griff nach ihrer Schulter, schob sie vor sich her aus dem Saal. Im Vorraum schubste sie das Mädchen auf eine Bank. Aus dem Saal hörte man Bonzos hämmerndes Klavierspiel. Über Cordelias Wangen liefen Tränen.

»Er ist tot. Ich bin auch traurig. Wir sind alle traurig.«

Sie blieb vor Cordelia stehen, tupfte ihr mit dem Finger die Tränen von den Wangen. Dann zog sie das kleine Taschentuch aus ihrer Gürtelschnalle. »Hier.«

Daran ist nur das verdammte Fernsehen schuld, dachte sie. Weil man es so genau gesehen hat. Wenn man es nur in der Zeitung lesen würde ... Dann wäre er auch tot. Aber zu sehen, wie er, noch umtost vom Jubel der Menge, seitwärts auf Jackies Schoß sank, wie sie auf das Heck des Wagens kletterte, wie der Leibwächter in den Wagen sprang, wie sie ihn auf der Bahre ins Krankenhaus schoben – es war wie ein Film. Doch es war kein Film, es war Wirklichkeit.

Später, im Flugzeug, sah man die Blutflecken auf Jackies rosa Kostüm, als Johnson vereidigt wurde.

Sensation! Sensation!

Das Fernsehen machte es möglich, daß man es sah, es miterlebte. Das Attentat auf den Mann, den die ganze Welt liebte.

Die ganze Welt? Madame Lucasse schüttelte den Kopf. Sicher nicht. Es mochte viele geben, die ihn geliebt hatten, geliebt, bewundert, geachtet. Aber es mußte auch solche geben, die ihn gehaßt hatten, sonst hätte man nicht auf ihn geschossen. Von einem Dach aus. Einfach so. Geschossen und getroffen, während die Menschen ihm zujubelten.

Es war nun eine Woche her, und es schien immer noch unfaßbar.

Was mochte sich in Chruschtschows Kopf abspielen? Sicher auch Trauer. Oder Triumph über einen geschlagenen Gegner?

Madame Lucasse schüttelte den Kopf. Wer konnte in die Seelen der Menschen sehen, konnte ihre Gedanken lesen? Gerade das Fernsehen konnte es nicht.

Madame Lucasse konnte das Fernsehen nicht ausstehen. Ihre Welt war das Theater, die Bühne, der Übungssaal. Fernsehen war ihrer Meinung nach vulgär. Es verdummte die Menschen. Ihr Publikum saß da unten. Menschen, die Menschen sehen sollten, keine gestellten törichten Bilder. Nur war es nicht gestellt gewesen, es war wirklich geschehen. Würde das jetzt immer so sein? Mußte man das ertragen, es über sich ergehen lassen?

Cordelia, dieses dumme Geschöpf, hatte John F. Kennedy geliebt. Das hatte sie ausgesprochen, und es war in Madames Augen nichts als kindische Schwärmerei eines jungen Mädchens.

Im Juni, als er durch Berlin fuhr, stehend im offenen Auto, und dann seine Worte vor dem Schöneberger Rathaus: Ich bin ein Berliner ... Sicher, das hatte sie alle beeindruckt.

Und Cordelia sagte hingerissen: »Ich liebe ihn.«

Dieses Mädchen war zu sensibel, bestand nur aus Gefühl. Madame Lucasse wußte es gut genug.

Ein scharfes Wort, ein kleiner Tadel genügten, sie wurde blaß, die schwarzen Augen weiteten sich vor Angst. Das kleinste Lob jedoch ließ sie aufblühen, zauberte dieses strahlende Lächeln in ihr Gesicht, dieses Lächeln, dem keiner widerstehen konnte.

Dann wurde ihre Arbeit besser, ihre Pirouetten immer schneller, ihre Sprünge immer höher, sie schien schwerelos zu sein, sie fühlte keinen Schmerz. Wenn sie am Ende ihre Ballettschuhe auszog und das Blut an ihren Füßen sah, machte sie staunend: »Oh!«

Anfangs war es nur eine Schwärmerei für den amerikanischen Präsidenten gewesen, aber nachdem ihr Onkel nicht mehr da war, steigerte sie sich immer mehr hinein, nannte es Liebe. Die Mädchen neckten sie.

»Wenn du erst berühmt bist«, sagte Marguerite und verdrehte die Augen, »so richtig weltberühmt, dann gastierst du in Washington, und dann kriegst du ihn. Aber beeil dich gefälligst, sonst bist du zu alt. Er kann jede kriegen, die er haben will.«

»Er hat eine so schöne Frau«, sagte Cordelia.

»Du bist viel schöner.«

»Aber du wirst es nie lernen, zu verführen einen Mann«, gab Sorell seinen Senf dazu.

»Du hast es gerade nötig«, sagte Marguerite. »Das Mädchen, das dich verführen kann, wird wohl nie geboren werden.«

Solche Gespräche fanden niemals vor Madames Ohren statt, sie hielt nicht nur auf Ordnung und Disziplin, sondern verlangte Anstand und Sittsamkeit von ihren Tänzern.

Cordelia mochte diese Gespräche auch nicht.

»Du darfst nicht so über ihn reden.«

»Was heißt das? Es spricht doch für einen Mann, wenn die Frauen verrückt nach ihm sind.«

»Er ist der Präsident«, sagte Cordelia andächtig.

»Na und? Deswegen ist er trotzdem ein Mann. Und das gerade ist ja der Gag dabei. Oder denkst du, jemand würde sich für Adenauer oder Herrn Heuss einen Schuh ausziehen? Oder für diesen Russen? Wie heißt der doch gleich? Ich kann mir das immer nicht merken.«

Madames Blick haftete auf der kahlen Wand über Cordelias Kopf. Es würde vorübergehen, auch ein noch so sentimentales Mädchen konnte auf die Dauer nicht einen toten Präsidenten lieben, den es nicht einmal gekannt hatte.

Aber Madame Lucasse kannte den Zusammenhang. Erst war es der Onkel, und nachdem der so oft weg war, mußte es der Präsident der Vereinigten Staaten sein. Angenommen, der von Rußland, dieser Chruschtschow, wäre etwas attraktiver ...

Schluß jetzt! Ein Ende mit diesen verrückten Gedanken.

Es kam darauf an, Cordelia wieder auf die Erde zu holen. Wenn wir erst anfangen, die Giselle zu probieren, dann wird sie wieder zu sich kommen. Sie müßte sich mal in einen normalen jungen Mann verlieben. Madame Lucasse widerrief den Gedanken sofort. Ein normaler junger Mann würde es sowieso nicht sein, nicht bei diesem Mädchen. Es müßte wieder ein besonderer Mann sein, und wenn sie liebte, dann würde es eine Katastrophe geben.

Sie seufzte nun auch. Sie kannte das nun lange genug.

Cordelia hatte keinen Freund. Die Verehrer, die vor der Bühnentür auf sie warteten, schaute sie kaum an, sie nahm die Blumen, warf ein paar Handküsse in die Luft, schob die Hand unter den Arm ihres Onkels und ging mit ihm davon.

Jedenfalls war es so bis zum Mai. Dann verschwand der Onkel. Er hatte sich sehr höflich von Madame Lucasse verabschiedet.

»Ich gehe für einige Zeit nach London. Ich treffe dort einen sehr guten Freund. Und dann kommt das Rennen in Ascot und noch verschiedenes andere, was mir Spaß macht. Sie passen gut auf Cordelia auf, nicht wahr?«

Was mir Spaß macht, der Ausdruck war Madame im Gedächtnis geblieben. Tat dieser fabelhafte Onkel eigentlich noch irgend etwas anderes als das, was ihm Spaß machte?

War er sich eigentlich klar darüber, was sein Verschwinden für Cordelia bedeutete? Madame Lucasse hatte zweimal nach ihm gefragt und hatte jedesmal den verlorenen Ausdruck in Cordelias Augen gesehen, nun fragte sie nicht mehr. Genaugenommen war John F. Kennedy der Ersatz für den geliebten Onkel gewesen.

Dabei hatte Cordelia viele Verehrer. Schon als sie nur im Corps tanzte, war man auf sie aufmerksam geworden, nicht nur die Kenner des Balletts, auch Kollegen und Kritiker. Dieser schmiegsame, biegsame Körper, dem man die Kraft nicht anmerkte, dieses schier endlose Verweilen auf der Spitze, ihr hingegebener Ausdruck und dann, manchmal, ihr Lächeln. Die anderen Mädchen waren oft neidisch, sparten nicht mit Bosheiten, doch das kam bei Cordelia gar nicht an, sie zeigte weder Ärger, noch gab sie unfreundliche Antworten.

Sie war ein Traumgeschöpf, das nicht nur auf der Spitze tanzte, sondern eigentlich über der Erde.

Der Neid der anderen hatte sich gesteigert, als Madame sie Ostern die Aurora tanzen ließ. Bei der zweiten Aufführung hatte sich die Primaballerina den Fuß verknackst, weil Zomas sie zu hart aufsetzte.

Es gab einen Riesenkrach, nachdem der Vorhang gefallen war. Ginette humpelte mit schmerzverzerrtem Gesicht von der Bühne.

»Das 'at er mit Absischt getan, diese Cochon. Isch werde ihn umbringen.« Zomas widersprach mit wilden Worten, sie warfen sich gegenseitig ihre Fehler an den Kopf. Tatsache war, sie konnten sich nicht ausstehen. Ginette Durans ließ nur Paris gelten, Zomas berief sich auf seine Eltern, die am Marientheater in St. Petersburg getanzt hatten. Nur dort könne man überhaupt richtig tanzen lernen.

»Die russische Schule ist die einzige wahre Schule für Tanz«, rief er emphatisch. »Mein Vater hat mich gelernt, wie man in St. Petersburg tanzt.«

»Wie alt ist dein Vater denn? Neunzig? Die Stadt heißt seit fast fünfzig Jahren Leningrad.«

»Mein Vater war vierzehn, als die Revolution begann. Und er hat im Kinderballett im Marientheater getanzt. Dort hat er tanzen gelernt.«

»Vor eine Zigeunerwagen 'at dein Vater tanzen gelernt. Problemt, er 'at ausgemistet das Stall.«

Man mußte ›Dornröschen‹ absetzen, das war bedauerlich. Es war eine gelungene Choreographie, ein wunderhübsches Bühnenbild, und die Vorstellung am 10. April, dem Ostermontag, war ausverkauft.

Noch mal ›Parsifal‹ ging nicht, erstens war es nur eine sehr mittelmäßige Aufführung, und zweitens konnte man weder dem Orchester noch den Sängern eine Wiederholung am nächsten Tag zumuten. Wer den ›Parsifal‹ hören wollte, war am Ostersonntag dringewesen. Der ›Zigeunerbaron‹ also? Der lief schon seit Oktober und war sogar im Abonnement schon durch. Die ›Carmen‹ vielleicht? Eine sehr gelungene Aufführung, nur war Eva Barth zu ihren Eltern nach Berlin geflogen, eine andere Carmen hatten sie nicht. Vielleicht wäre sie ja zu erreichen, aber Koller, der den Don José sang, war fürchterlich erkältet. Man hatte schon die ›Traviata‹ am Ostersonnabend durch den ›Figaro‹ ersetzen müssen.

»Vielleicht geht es dem Koller inzwischen besser«, überlegte der Intendant. »Und wenn wir Eva in Berlin erreichen können, kommt sie vielleicht rechtzeitig.«

»Reichlich knapp«, sagte Bensen, der Dramaturg, »Koller ist stockheiser. Ich bezweifle, ob er singen kann.«

Das Gespräch fand am Vormittag des Ostersonntag statt, bisher hatte man immer noch gehofft, daß sich die Verletzung der Durans als nicht so schwerwiegend herausstellen würde. Tänzer waren aus Eisen. Sie tanzten mit verstauchten Füßen und mit gebrochenen Rippen.

»Ich hätte einen Vorschlag«, sagte Madame Lucasse, die bei der Besprechung im Intendantenbüro dabei war.

»Und der wäre?« fragte der Intendant.

»Es bleibt bei ›Dornröschen‹. Cordelia Lumin kann die Aurora tanzen.«

»Aber meine Beste! Sie ist sechzehn. Sie steckt im Corps. Das Haus ist ausverkauft.«

»Von einem Publikum, das Ballett sehen will; Cordelia ist siebzehn. Sie hat die Aurora. Sie kann es.«

»Das gibt einen Skandal.«

Der Meinung waren die anderen Herren auch, bis auf Hasse, den zweiten Kapellmeister. Er dirigierte den ›Zigeunerbaron‹, in dem Cordelia ein Solo hatte, er wußte, was sie konnte.

Das Publikum war zunächst enttäuscht, es kam wegen Ginette Durans ins Ballett, nicht wegen einer unbekannten Anfängerin.

Hinter der Bühne zitterte alles vor Aufregung, am meisten zitterte Cordelia.

Am Morgen hatte sie an der Stange gearbeitet, wie immer. Dann hatte Madame Lucasse die Aurora mit ihr durchgenommen, von vorn bis hinten. Sie mußte todmüde sein.

»Ich kann es nicht. Ich kann es nicht«, flüsterte sie in der Garderobe.

Sie hauchte es noch vor sich hin, als sie im Kulissengang stand.

»Du kannst es«, sagte ihr Onkel hinter ihr und legte die Hand beschwörend auf ihren Arm.

»Und ob du es kannst«, sagte der Inspizient und spuckte ihr über die Schulter.

Sie konnte es, sie war hinreißend, nach dem großen Pas de deux mit Zomas raste das Haus vor Begeisterung.

Am Ende dann noch ein Vorhang, noch ein Vorhang, an Zomas' Hand sank sie immer wieder in einen tiefen Knicks, den Kopf mit dem hochgesteckten Haar gesenkt, dann blickte sie auf, ihr strahlendes Lächeln.

Alexander von Renkow, der mit Beatrice in der Intendantenloge saß, lächelte auch. Was da auf der Bühne geschah, war sein Werk. Er hatte den Weg für dieses Kind gewählt. Beatrice von Renkow streifte ihn mit einem Blick von der Seite. Sie wußte genau, was er empfand.

Der Intendant faßte mit Daumen und Zeigefinger der rechten Hand seine Nasenspitze, immer ein Zeichen großer Zufriedenheit bei ihm. Hasse, der Dirigent, küßte Cordelias Hand, als er vor den Vorhang kam. Und nach dem letzten Vorhang nahm er sie in die Arme.

»Du bist ein Wunder, Mädchen. Du kannst nicht nur tanzen, du hast Musik im Blut. Tschaikowsky muß an dich gedacht haben, als er das schrieb.«

Und Zomas sagte, nachdem er sich den Schweiß aus dem Gesicht gewischt hatte: »Man tanzt wie auf einer Wolke mit ihr. Sie ist viel besser als Ginette.«

»Das sollten Sie Ginette besser nicht hören lassen«, sagte Hasse.

Die Durans erfuhr es natürlich doch. Seltsamerweise ertrug sie es mit Fassung.

»Die Kleine ist mir schon aufgefallen«, sagte sie. »Ich 'abe mir gedacht, daß sie nicht lange bleibt im Corps.«

Ginette Durans war fast vierzig. Sie hatte seit zwei Jahren einen Freund, Besitzer mehrerer Kaufhäuser. Der Mann bewunderte sie, liebte sie, sprach immer wieder von Heirat. Er war vermögend.

Ginette entschloß sich noch in diesem April des Jahres '63, daß sie ihn heiraten würde, und zwar möglichst bald. Solange sie noch *die* Durans war. Es würde ein glanzvoller Abschied von der Bühne sein. Vielleicht holten sie ihr zuliebe noch einmal ›Schwanensee‹ aus der Versenkung. Die Inszenierung war zehn Jahre alt, es war ihr erster großer Auftritt in dieser Stadt gewesen, ein rauschender Erfolg, über Nacht kannte man ihren Namen. War sie *die* Durans.

Noch einmal ›Schwanensee‹? Schon als sie darüber nachdachte, wußte sie, daß sie es nicht mehr schaffen würde.

Also irgendein schönes Solo im Rahmen dieser Abschiedsvorstellung. Und dann mußte sie für immer hierbleiben, in diesem Land, in dieser Stadt. Mit einem Ehemann, ihren beiden Katzen, in dem schönen Haus in Meerbusch. Konnte sie sich mehr wünschen?

Der Traum, nach Paris zurückzukehren, war längst vergangen. Wer war sie dort, heute?

Sie hatte ein schweres Leben hinter sich, eine unfrohe Jugend, ewig zerstrittene Eltern, Ballettausbildung seit der Kindheit, das harte Training, im Corps, dann die ersten Solopartien, dann Krieg.

Der Vater kam in deutsche Kriegsgefangenschaft, die Mutter sagte, daß sie froh sei, ihn loszusein, und ging mit einem neuen Freund nach Bordeaux. Ginette war sehr allein, der Übungssaal, das Theater ihre Heimat. Und die erste große Liebe, ein junger Leutnant der deutschen Besatzung. Er wurde von der Résistance getötet, sie wurde später als Kollaborateurin beschimpft, von der Bühne und von den Kollegen verjagt. Es folgten harte Jahre, sie tingelte für die Amerikaner, erst in Paris, später im Midi, dann ging sie nach Deutschland.

Sie war eine gute Tänzerin, sie hatte eine erstklassige Ausbildung, aber sie verschlampte. Wo und wann es ging, arbeitete sie an der Stange, doch es fehlte die Unterweisung, die Möglichkeit, Neues zu lernen, und vor allem fehlte die Kontrolle.

Das Engagement an dieses Theater im Ruhrgebiet und Madame Lucasse waren wohl die letzte Chance, die sich ihr bot. Sie arbeitete bis zur Erschöpfung. Manchmal, wenn sie von den Proben oder nachts nach einer Vorstellung nach Hause kam, ließ sie sich einfach auf den Boden fallen und blieb liegen, regungslos, eine Stunde, zwei Stunden lang.

Der Erfolg von ›Schwanensee‹ festigte ihre Stellung, sie bekam nun alle großen Rollen, sie war gut, aber es kostete sie alle Kraft, die sie aufbringen konnte. Es war nicht nur, weil sie älter wurde, es war alles, was sie erlebt hatte, der Kummer, das Leid, die Demütigungen, sie kam nie davon frei. Sie reagierte auf Kleinigkeiten mit Bosheit, sie war nicht beliebt im Theater. Und sie war so müde. Das wußte keiner, höchstens Madame Lucasse.

Männer hatte es dann und wann gegeben, aber niemals war es Liebe, so wie damals im Krieg in Paris.

Nun wurde ihr Liebe gegeben. Und Ruhe und Frieden angeboten. Sie betrachtete ihre Situation und ihr Verhältnis zu diesem Mann ganz sachlich. Sie empfand Dankbarkeit, sie würde versuchen, ihm eine gute Frau zu sein.

Deswegen gab es keinen Ärger, als sie von Cordelias Erfolg hörte. Wenn sie jemand die Aurora gönnte, dann diesem Mädchen mit den großen, leicht schräggestellten schwarzen Augen, das jedesmal knickste, wenn es der Primaballerina begegnete.

Cordelia tanzte noch zweimal die Aurora, dann war die Durans wieder gesund. Aber Cordelias Name war nun in der Stadt bekannt, jedenfalls bei den Liebhabern des Balletts. Sie tanzte nach wie vor im Corps, in der ›Traviata‹, in der ›Carmen‹ und ihr Solo im ›Zigeunerbaron‹. Im Mai hatten sie Premiere mit dem ›Walzertraum‹, sie bekam wieder ein Solo und sogar einen kleinen Pas de deux mit Sorell.

Das bekam Onkel Alexander nicht zu sehen, da war er schon in England. Während der Theaterferien war er für kurze Zeit wieder da und brachte sie zu ihren Eltern ins Münsterland.

Ihre Mutter, immer geschäftig, zu laut für Cordelias empfindsame Ohren, ihr Vater, immer still, glücklich mit seiner Arbeit und glücklich, wenn Cordelia da war. Und Olga, hager, aber noch ungebückt, saß in der Sonne und hatte wieder einen kleinen Hund im Schoß, den sie Theo nannte.

Am liebsten war Cordelia bei den Pferden. In den Ställen, auf der Koppel, sie liebkoste die Fohlen, die in diesem Jahr geboren worden waren, sie streichelte die Stuten und redete mit den beiden Hengsten. Allzu ausgiebig durften die Ferien nicht sein. Die Übungen an der Stange durften nicht lange unterbrochen werden, obwohl sie auch hier, die Hand auf dem Koppelzaun, täglich arbeitete.

Als die Spielzeit begann, war Alexander wieder nicht da. Diesmal war er in Amerika.

»Ich muß immer daran denken«, sagte Cordelia an diesem Vormittag, »daß ihm etwas passiert.«

»Es ist kaum anzunehmen, daß jemand auf deinen Onkel ein Attentat verübt«, sagte Madame Lucasse trocken.

»Aber es kann soviel passieren. Mit dem Auto. Er fährt immer so schnell.«

»Das darf er in den Staaten gar nicht.«

»Er fährt überallhin, weil er den Markt studieren muß. Das hat Beatrice gesagt. Und dann fliegt er ja auch viel. Ein Flugzeug kann abstürzen.«

»Ist denn deine Tante nicht mitgefahren?«

»Beatrice ist nicht meine Tante«, sagte Cordelia abweisend.

»Soviel ich weiß, ist er ja auch nicht dein Onkel«, sagte Madame Lucasse vorsichtig.

»Nein. Ich nenne ihn nur so. Damals, als er nach Bayern kam, sagte er zu mir: Ich bin dein Onkel Alexander.« Nun lächelte Cordelia. »Er hat es gar nicht gern, wenn ich ihn Onkel nenne.«

Madame Lucasse sah das Lächeln und seufzte erleichtert. Jetzt waren sie von dem Präsidenten Kennedy glücklich bei dem Onkel gelandet, der kein Onkel war. Ganz genau kannte Madame die Verhältnisse auch nicht. Soviel sie wußte, war Alexander von Renkow ein Jugendfreund von Cordelias Mutter.

Sie legte ihren Zeigefinger an Cordelias Schläfe.

»Wie ist es? Möchtest du arbeiten oder lieber nach Hause gehen?«

»Ich möchte arbeiten. Aber nun werden sie alle wieder über mich lachen.«

»Il n'y a pas de rire«, sagte Madame Lucasse. »Und ich werde euch jetzt gleich verkünden, daß wir für den Karneval eine Premiere planen. Ich denke an die ›Puppenfee‹.«

»Nicht ›Giselle‹?« fragte Cordelia enttäuscht.

»›Giselle‹ paßt nicht in den Karneval. Doch die ›Puppenfee‹ kann man ganz schön lustig und bunt machen. Da seid ihr alle beschäftigt. Und als Puppenfee wirst du mit Sophia alternieren.«
»Und Madame Durans?«
»Ich glaube nicht, daß sie Wert auf diese Rolle legt.«
»Erst auf die ›Giselle‹, nicht wahr?«
»Die ›Giselle‹ machen wir nächste Spielzeit. Du wirst die Giselle tanzen, vorausgesetzt, du bist sehr, sehr fleißig.« Eine überflüssige Bemerkung, wie Madame Lucasse wußte, fleißig war dieses Kind immer. »Und Madame Durans tanzt die Königin der Willis, die Myrtha. Die Rolle wird ihr liegen. Und nun komm! Gehn wir arbeiten. Und wehe, wenn einer zwei Füße auf dem Boden hat.«
Cordelia hatte eine hübsche Wohnung, gar nicht so klein, drei Zimmer, nicht weit vom Theater entfernt, das hatte Alexander mit Hilfe von Beatrice arrangiert, und sie bezahlten die Wohnung auch. Und wann immer sie heimkam, zu jeder Tages- oder Nachtzeit, wurde sie von Wilma erwartet. Sie bekam ein Bad eingelassen, Wilma massierte ihr den Rücken oder die Füße, und sie hatte gekocht, kräftige böhmische Küche.
»Sie muß ordentlich essen, Wilma«, so Alexander. »Sie arbeitet sehr hart, sie verbraucht viel Kalorien. Und Nerven dazu. Du mußt dafür sorgen, daß sie reichlich und mit Muße ißt. Das ist deine Hauptaufgabe.«
Nicht nur die Wohnung, auch Wilma war von Alexander besorgt worden, er hatte sie in der Kantine der Fabrik entdeckt, wo sie leergegessene Teller und Tassen abräumte und später in der Küche am großen Abwaschtrog stand. Immer mit demselben starren, unbewegten Gesicht. Dabei war sie eine hübsche Frau, Mitte Vierzig etwa. Alexander erkundigte sich im Personalbüro nach ihr.
Sie war ein Flüchtling aus Böhmen, lebte ganz allein. Erst einige Zeit später, als er sie engagiert hatte, erfuhr er die ganze Geschichte. Ihr Mann war bei der Vertreibung von Tschechen erschlagen worden, ihre kleine Tochter auf der Flucht gestorben, ein Kind von vier Jahren, erschöpft, verhungert.

Cordelia war gerade fünfzehn geworden, als Alexander ihr die Wohnung mietete. Er hatte nicht genug Zeit, sie jeden Tag zu den Proben und Vorstellungen zu fahren, es war genug, wenn er sie so oft wie möglich abends abholte. Damals durfte sie schon manchmal im Corps mittanzen und selbstverständlich im ›Nußknacker‹, darin bekam sie ihre erste größere Partie.

Für Wilma begann ein neues Leben, sie hatte für ein Kind zu sorgen, lebte in einer hübschen Wohnung, die sie sorglich pflegte, und sie konnte wieder böhmisch kochen. Auch sie liebte Onkel Alexander.

Alexander I

ALEXANDER VON RENKOW wurde bereits 1950 aus russischer Gefangenschaft entlassen. Er hatte den Krieg relativ gut überstanden, er war, wie sein Bruder Friedrich immer gesagt hatte, ein Lebenskünstler.

Als Soldat war er bis Odessa gekommen und hatte schließlich an der blutigen und schweren Eroberung Sewastopols unter Generalfeldmarschall Manstein teilgenommen. Hier wurde er das einzige Mal verwundet, nicht schwer, ein Streifschuß im Nacken, der nicht einmal zu einem Heimaturlaub reichte.

Er lag einige Zeit in einem Lazarett an einem Kap am Schwarzen Meer, Juni 1942, strahlendblauer Himmel, warm und sonnig, und er sagte zu der hübschen ukrainischen Schwester, die ihn betreute: »Hier könnte ich es für einige Zeit aushalten.«

Der Rückzug blieb ihm erspart, er bekam ein Kommando nach Minsk, bildete hierher verlegte Truppen aus, wurde auch als Dolmetscher beschäftigt, denn seine Sprachkenntnisse waren von Nutzen. Seine Mutter Tanja war Russin gewesen, er hatte die Sprache schon als Kind im Ohr gehabt, und die Babuschka, die seine Mutter einst aus St. Petersburg mitgebracht hatte, sprach überhaupt nur russisch, deutsch lernte sie nie.

In Gefangenschaft geriet er erst auf polnischem Boden, er kam nicht nach Sibirien, sondern in ein Offizierslager in der Nähe von Smolensk, und die Jahre danach waren verglichen mit dem, was andere Gefangene erleben mußten, für ihn leidlich erträglich.

Dennoch war er schwach und mitgenommen, mit den Nerven am Ende, als er schließlich wieder in der Heimat ankam. Der Rücktransport war lang und umständlich gewesen, er kam von einem Lager ins andere, zu essen gab es wenig, und die Angst vor dem, was ihn erwartete, raubte ihm den Schlaf.

Deutschland lag in Trümmern, war zerstört, und nach Mecklenburg konnte er nicht zurück. Daß sein Vater tot war und sein Bruder gefallen, wußte er. Was aus seiner Schwester Inga geworden war, wußte er nicht.

Er beantragte, nach Hamburg entlassen zu werden, in der Hoffnung, dort vielleicht seinen Freund Harald ausfindig zu machen. Allerdings hatte er keine Ahnung, wo der sich befand, ob er nach Hamburg zurückgekehrt war. Hamburg hatte jedoch Zuzugssperre. Auch Berlin war unmöglich.

Also blieb nur Beatrice von Renkow, seine Schwägerin. Er hatte sie nur zweimal im Leben gesehen, bei Friedrichs Hochzeit und dann im Jahr '43 nach Friedrichs Tod. Er erinnerte sich an das prächtige Haus im Ruhrtal, mitten im Grünen gelegen, was die Mecklenburger damals sehr verwunderte, denn sie hatten gedacht, die säßen dort mitten in Rauch und Ruß.

Beatrice hatte einen Vater und zwei Brüder, wohlhabende Leute, oder jedenfalls waren sie es, als Alexander sie kennenlernte. Ob sie noch lebten, was aus ihnen geworden war, das alles wußte er nicht. Die Firma hieß Maschinenbau Kettwig-Ruhr, auch daran erinnerte er sich auf dem verworrenen Weg seiner Rückkehr in ein unbekanntes Deutschland.

Er war am Ende seiner Kräfte, als er schließlich vor dem Haus stand, in dem sie damals, im Herbst '38, die Hochzeit mit der Ruhrpottprinzessin, wie sein Vater die unerwartete Schwiegertochter nannte, feierten. Als er schließlich am Tor der Villa stand, war er drauf und dran, umzukehren. Ihm war schwindlig, er war hungrig und müde, und obwohl es Juni war, schüttelte es ihn vor Kälte.

Irgendwo würde es wohl ein Lager für entlassene Kriegsgefangene geben, hier hatte er nichts verloren.

Er stand und starrte auf das Haus, das er durch die blühenden Bäume nur undeutlich sah.

Egal, wohin, nur weg. Es war eine Zumutung, fremde Leute einfach zu überfallen, sie erinnerten sich seiner wohl kaum, er kannte sie ja auch nur flüchtig.

Er stützte sich mit einer Hand auf das schwere Gitter des Tores, aller Mut, alle Kraft hatten ihn verlassen.

Doch dann kam auf einmal auf dem Weg vom Haus her ein Mann, öffnete weit den einen Torflügel, neigte den Kopf und sagte: »Willkommen, Herr von Renkow.«

Es kostete Alexander Mühe zu sprechen.

»Sie kennen mich?«

»Selbstverständlich, Herr von Renkow. Und wir haben immer gehofft, daß Sie eines Tages kommen würden.«

»Wieso ... wieso wissen Sie, daß ich hier bin?«

»Ich war im ersten Stock und sah Sie durch das Fenster. Bitte, treten Sie ein, Herr von Renkow.«

Wie im Traum ging Alexander den Weg zwischen den blühenden Büschen entlang, trat ins Haus, nachdem der Diener auch diese Tür vor ihm weit öffnete. Die große Halle mit den antiken Säulen erkannte er wieder, und es fiel ihm ein, was Fritz damals, bei der Hochzeit, gesagt hatte. Ziemlich kitschig, was? Die haben eine Großmannssucht hier, Junge, da kannste nur staunen.

»Es ist leider zur Zeit niemand im Haus«, sagte der Diener. »Der Chef ist noch im Werk, und die gnädige Frau ist bei den Pferden.«

Wieder öffnete sich eine Tür.

»Bitte, nehmen Sie Platz, Herr von Renkow. Was darf ich servieren?«

Alexander schüttelte nur stumm den Kopf, doch der Diener brachte nach einer Weile Kaffee, Cognac und eine Flasche Wasser, plazierte alles sorgfältig auf einem runden Tisch.

»Darf es auch eine Kleinigkeit zu essen sein?«

»Danke, nein.«

Doch der Diener erschien kurz darauf wieder, brachte einen Teller mit Schnittchen und sagte: »Die Köchin meint, ein kleiner Imbiß wäre zu empfehlen. Es ist erst fünf, und es wird nie vor acht Uhr gegessen. Manchmal noch später.«

Alexander sah den Mann erst jetzt genauer an, ein schmales Gesicht unter schütterem Haar, und in seinen Augen las Alexander Mitgefühl. Keine Neugier, Mitgefühl. Er trug einen korrekten blauen Anzug, ein weißes Hemd und einen dunklen Schlips.

Ich muß aussehen wie ein Landstreicher, dachte Alexander, die verschmutzte Kleidung, die Haare ungepflegt, ein Dreitagebart.

»Ich wundere mich, daß Sie mich erkannt haben. Und daß Sie mich hereingelassen haben, so wie ich aussehe.«

»Verzeihen Sie, Herr von Renkow, in meinem Beruf lernt man es, einen Menschen nach seinem Gesicht zu beurteilen, nicht nach seiner Kleidung. Außerdem kenne ich Sie. Die gnädige Frau hoffte immer, daß Sie eines Tages kommen würden. Übrigens, mein Name ist Beatus.«

Das fiel Alexander nun auch wieder ein.

»Richtig, Beatus. Ein seltener Name.«

»Darf ich Ihnen Kaffee eingießen, Herr von Renkow? Zucker? Etwas Milch?«

»Danke, sehr freundlich. Ja, bitte, Zucker und Milch, falls es das gibt.«

»Das gibt es.«

Alexander hob die Tasse und trank, seine Hand zitterte ein wenig.

Dann griff er nach einem Schnittchen mit Schinken. Beatus neigte den Kopf, lächelte zufrieden und ging aus dem Zimmer.

Ein Wunder. Es muß ein Wunder sein, daß ich hier sitze, dachte Alexander. Vielleicht ist es auch nur ein Traum.

Beatus sagte zu der Köchin: »Er ist genau so ein hübscher Mensch wie der selige Gatte von der gnädigen Frau.«

»An dem kann ich nichts Hübsches entdecken«, sagte das Hausmädchen, die den Auftritt Alexanders beobachtet hatte.

»Halt deinen dummen Mund«, wies Beatus sie zurecht, »das verstehst du nicht.«

Das Mädchen war noch nicht lange im Haus, aber die Köchin und der Diener konnten sich gut an die Hochzeit erinnern und hatten damals schon festgestellt, daß die Brüder Renkow einander ähnlich sahen.

»Nicht direkt«, hatte die Köchin gesagt. »Aber in der Art, wie sie stehen und gehen. Und wie sie den Kopf tragen, nicht?«

Am allerbesten hatte ihnen der alte Herr von Renkow gefallen, der Schwiegervater der gnädigen Frau.

»Wenigstens einer ist noch übrig«, sagte die Köchin. »Das ist ja schon viel heutzutage. Wir werden ihn schon aufpäppeln.« Und zu dem Mädchen: »Was stehst du noch herum, du Trampel? Geh hinauf und mach das Gastzimmer fertig für Herrn von Renkow. Das große, das Eckzimmer. Und sieh dich genau im Bad um, ob alles da ist.«

Eine Stunde später kam Beatrice. Kühl und beherrscht, wie es ihre Art war, begrüßte sie Alexander, keine Tränen, keine großen Worte. Ihre Gelassenheit erleichterte Alexander den Einstieg in das neue Leben. Ein neues Leben? Eine neue, andere Welt. Ein großes, gut eingerichtetes Zimmer, ein eigenes Bad, von der Badewanne konnte sich Alexander in den ersten Tagen kaum trennen.

Beatrice hatte ihm drei Anzüge gebracht.

»Sie gehören meinem Bruder Fred. Du bist so dünn, sie müßten dir passen.«

»Und was sagt Fred dazu?«

»Der ist nicht da, er studiert in München.«

»So, in München.«

»Da wollte er partout hin. Da sind die Amerikaner, und zu denen wollte er. Er studiert Germanistik und Literatur und Theaterwissenschaft und so was alles. Zu Papas Ärger. Wir sprechen besser nicht von Fred. Und von meinem kleinen Bruder, von dem wird überhaupt nicht gesprochen.«

Alexander sah sie fragend an.

»Er ist '43 in Essen bei einem Luftangriff ums Leben gekommen. Er stand kurz vor dem Abitur, und wir hatten immer Angst davor, daß er nach der Schule eingezogen werden würde. Na ja, und dann ...«

Am Abend die Begegnung mit Oscar Munkmann; er war freundlich, er duzte Alexander vom ersten Moment an, legte ihm die Hand auf die Schulter. »Dich kriegen wir schon wieder hin«, sagte er.

Er war nicht überrascht, Beatrice hatte ihn telefonisch verständigt. Der erste Abend war dennoch schwierig. Alexander war nun gebadet und rasiert und gut gekleidet, doch seine Hände zitterten, zu essen fiel ihm schwer.

Der dritte Abend ging schon besser. Die erste Nacht hatte Alexander nicht schlafen können, er lag in dem breiten, sauberen Bett, er zitterte von Kopf bis Fuß, dann weinte er.

Er war allein. Er war allein übriggeblieben. Sein Vater, sein Bruder, seine Schwester, Olga ... Sie jedenfalls lebte noch, sie hatte ihm geschrieben. Doch sie war da drüben, auf der anderen Seite der Weltkugel. Da war sein Gut, da war sein Land, die Pferde, die Hunde ... alles verloren.

Der Krieg, die Gefangenschaft, ein verlorenes Leben.

Am Nachmittag des dritten Tages ging er mit Beatrice in dem großen Garten spazieren, rundherum blühte es in leuchtenden Farben.

»Daß hier alles so unbeschädigt geblieben ist«, sagte er. »Man hält es kaum für möglich.«

»Wir liegen weit genug von den Städten entfernt. Die Fabrik hat es schon erwischt. Aber nicht so schwer, daß sie nicht weiterarbeiten konnte. Wir bekamen jede Hilfe, unsere Produkte wurden gebraucht. Alles und jedes wurde gebraucht in diesem ausgebluteten Land.«

Unten auf den Uferwiesen spielten ein paar Jungen Fußball, einer davon war Friedrichs Sohn, den Alexander inzwischen kennengelernt hatte.

»Hier sind alle fußballverrückt«, sagte Beatrice. »Das war schon immer so. Daran hat der Krieg nichts geändert.«

Es war ein milder Sommerabend, nach dem Essen saßen sie auf der Terrasse, und Oscar Munkmann redete von seiner Fabrik und im besonderen von der Demontage.

»Konnte uns gar nichts Besseres passieren. Es war alles alt

und verbraucht. Schon vor dem Krieg, und erst recht im Krieg konnten wir nichts Neues anschaffen. Ich wünsche den Engländern viel Spaß mit dem Schrott. Wir können jetzt modernisieren. Du sollst mal sehen, wie es hier in ein paar Jahren aussieht. Wir haben eine vernünftige Regierung, Adenauer ist ganz ein Mann nach meinem Herzen. Und dazu der Marshallplan, ha, du wirst staunen, was wir machen werden.«

Endlich hatte Oscar Munkmann wieder ein Opfer, mit dem er über das reden konnte, was sein Leben erfüllte. Das Werk.

»Wir hatten nie mit Kohle zu tun, nie mit Stahl, woran jeder zuerst denkt, wenn vom Ruhrgebiet die Rede ist. Bei uns waren es immer Maschinen. Weißt du, womit mein Urgroßvater angefangen hat? Er war ein ganz gewöhnlicher Schlosser. Und eines Tages hat er Dampfmaschinen gebaut. Wenn wir nachher hineingehen, zeige ich dir sein Bild, es hängt im Herrenzimmer.«

»Ich habe es schon gesehen«, sagte Alexander. »Eine imponierende Erscheinung, der Urgroßvater.«

»Dampfmaschinen! Die hatten zuerst nur die Engländer. Die mußten importiert werden. Und noch dazu die Leute, die sie bedienen konnten. Mit Dampfmaschinen begann das Industriezeitalter. Und was tat das Volk? Die Menschen zeterten, sie wehrten sich, wie sie sich ja immer gegen alles Neue wehren. Die Dinger würden die Luft verpesten, würden die Menschen krank machen, umbringen. Man hat immer wieder Maschinen zerstört, hat die Hersteller und Arbeiter, die daran arbeiteten, beschimpft und verprügelt. Und wie ist das heute? Heute lächeln wir über Dampfmaschinen, heute sind sie Museumsstücke. Aber sie standen am Anfang, mit ihnen begann der Wohlstand.«

Oscar Munkmann lehnte sich zufrieden zurück und zündete sich eine Zigarre an.

»Und der Maschine gehört die Zukunft, jetzt erst recht. Die Kohle, natürlich ist sie wichtig. Aber Maschinen und Chemie, das ist es, was wir brauchen werden.«

Beatrice lächelte und seufzte ein wenig, sie kannte das alles auswendig. Seit ihre Brüder nicht mehr da waren, mußte sie sich meist die Vorträge ihres Vaters anhören.

»Und weißt du, was ich jetzt machen werde«, fuhr Oscar fort, »wenn der ganze Schrott weggeräumt ist und wenn wir neu anfangen können? Baumaschinen! Das ist die Zukunft. Deutschland liegt in Trümmern. Die Leute werden bauen, bauen, bauen. Häuser, Wohnungen, Geschäfte, Warenhäuser, Fabriken, Bahnhöfe, Flugplätze – über und unter der Erde werden sie bauen, die Stadt, der Staat und jedermann. Und sie werden nicht mit Hacke und Schaufel bauen. Sondern mit Maschinen. Überleg mal, Alexander. Uns ist es bis jetzt nicht schlechtgegangen, aber wir werden soviel Geld verdienen, daß wir nicht mehr wissen, wohin damit.«

»Ach, Papa! Jetzt geht die Fantasie mit dir durch.«

»Fantasie? Hab ich nie gehabt. Bei mir ist alles Wirklichkeit. Klar durchgerechnete Wirklichkeit. Der Krieg? Die Nazis? Alles erledigt. Wartet mal ab, wie das hier in zehn Jahren aussieht.« Er zog an seiner Zigarre und fügte wütend hinzu: »Verdammter Idiot!«

Beatrice sah Alexander an und zog die Brauen hoch. Sie wußte, wem das galt.

»Ich spreche von meinem Sohn«, knurrte ihr Vater. »Zwei Jahre haben wir um ihn gezittert und gebangt. Er war in Italien, hat den ganzen Rückzug mitgemacht. Dann wurde er Gott sei Dank verwundet, nicht zu schwer, ein Steckschuß in der Hüfte. Lag erst dort im Lazarett, und dann konnte ich organisieren, daß er nach Hause kam. Wurde hier operiert, und ich habe dem Arzt und dem ganzen verdammten Krankenhaus Lebensmittel besorgt, daß sie daran platzen konnten. Jawoll, die Verbindungen hatte ich. Damit es möglichst lange dauert. Damit sie möglichst lange an ihm herumbasteln. Er fand das auch ganz gut, mein Herr Sohn. Sprach plötzlich nur noch italienisch. Oder das, was er darunter verstand.«

»Er spricht recht gut italienisch«, warf Beatrice ein. »Er nahm Unterricht, während er im Bett lag und später, als er hier bei uns lag. Bei Giordano. Der hat bei uns im Werk gearbeitet.«

»Ein tüchtiger Mann, erstklassiger Ingenieur. Ich habe ihn aus dem Kriegsgefangenenlager geholt, nachdem die Italiener umgeschwenkt hatten. Jetzt ist der Döskopp zurück zu den Itakern. Aber ich hoffe, daß er wiederkommt, bei denen ist es jetzt auch nicht so rosig. Ich könnte ihn gut gebrauchen.«

»Fred war ganz besessen von italienischer Musik«, erzählte Beatrice. Da sie nun schon von ihm sprachen, konnte sie ein paar Erklärungen dazu abgeben. »Er kannte den ganzen Rossini auswendig.«

»Auch schon was«, sagte der Alte. »Kann ja sein, Rossini hat gute Musik gemacht. Ob Fred das kann, ist eine andere Frage.«

»Bestimmt nicht die Art von Musik, die Rossini gemacht hat. Aber jedenfalls haben wir ihn gut über den restlichen Krieg gebracht. Er wollte Musik studieren.«

»Ja, wollte er. Angeblich. Nur weil er ein bißchen Klavier spielen kann.«

»Er spielt sehr gut«, verteidigte Beatrice ihren Bruder. Sie blickte besorgt auf Alexander, sie sah, daß er totenblaß war, daß seine Hände zitterten.

»Na gut, und was macht er jetzt?« fragte Oscar Munkmann.

»Jetzt will er zum Theater.«

»Er will Schauspieler werden?« fragte Alexander höflich. Er war müde. Der schwere Rheinwein, den sie tranken, stieg ihm zu Kopf. Er konnte immer noch nur wenig essen.

»Schauspieler!« schnaubte Oscar. »Dazu braucht man keine Universität, oder?«

»Er will Regisseur werden, am liebsten bei der Oper«, berichtete Beatrice. »Ins Theater ist er immer gern gegangen. Ich übrigens auch.«

Alexander schwieg. Was sollte er auch dazu sagen? Fred lebte, vielleicht hinkte er ein wenig, da war er als Regisseur zweifellos besser dran als auf der Bühne. Alexander sprach es nicht aus. Es war zuviel von ihm verlangt, sich um die Zukunft von Fred Munkmann zu sorgen.

»Warten wir es ab«, sagte Beatrice friedlich.

»Abwarten! Abwarten! Dazu haben wir keine Zeit. Ich bin auch nicht mehr der Jüngste.«

Er mochte Mitte Sechzig sein, nur mittelgroß, doch sehr kräftig, kein graues Haar war in seinem dunklen Schopf.

Der Diener Beatus hatte inzwischen eine neue Flasche aufgezogen, füllte die Gläser wieder.

»Prost!« sagte Oscar Munkmann.

Alexander nahm widerwillig einen Schluck. Er war dankbar, daß er hier sitzen konnte, in der milden Sommerluft auf der Terrasse über der Ruhr. Doch er sehnte sich nach seinem Bett. Nach diesem wunderbaren sauberen Bett. Er sehnte sich nach Ruhe, nach Alleinsein.

Das war nicht der Alexander von einst. Das war der Alexander von heute. Der Alexander von morgen? Den gab es nicht. Noch nicht.

Von dem anderen Sohn, dem jüngsten, von Dieter, wurde nicht gesprochen.

Alexander sagte: »Was immer Fred auch machen wird, Herr Munkmann, sind Sie nicht froh, daß er überlebt hat?«

Oscar Munkmann gab ihm einen schiefen Blick.

»Warum redest du mich immer noch so feierlich an, Herr Schwager. Du gehörst doch jetzt zur Familie.«

Beatrice lachte. »Er ist mein Schwager, Papa. Und zu mir sagt er auch noch Sie.«

»Das ist die norddeutsche Steifheit«, sagte Oscar Munkmann. »Hier sind wir nicht so. Du hast nicht zufällig irgend etwas Brauchbares gelernt, Herr Schwager?«

»Ich war Offizier, erst bei der Reichswehr. Dann bei der Wehrmacht. Und ich habe auf einem Gut gearbeitet. Und ein paar Semester Nationalökonomie studiert, in Göttingen.«

»Na, das ist ja schon was. Ich kann dich zum Verkaufsdirektor machen.«

»Jetzt ist aber Schluß, Papa«, sagte Beatrice.

»Ich wünschte, Fred würde so was studieren.« Er trank sein Glas aus bis zum letzten Schluck, winkte Beatus, blickte auf Alexanders Glas.

»Schmeckt dir der Wein nicht? Willst du lieber ein Bier?«

»Der Wein schmeckt großartig. Ich bin ... ja, ich bin es nur nicht mehr gewöhnt, Wein zu trinken.«

»Du wirst dich wieder daran gewöhnen. Wenn ich bloß an früher denke, an 1920. Die Ruhrbesetzung, die Kämpfe, die Aufstände. Die verdammten Franzosen haben uns fertiggemacht. Sie nur sind schuld an dem, was passiert ist. Sie gehörten nach Nürnberg. Ohne den Versailler Vertrag hätte es keinen Hitler gegeben. Habe ich das nicht immer gesagt, Beatrice?«

»Ja, Papa, das hast du gesagt.«

»Es kam, wie es kommen mußte. Diesmal haben uns die Briten und die Amerikaner fertiggemacht. Haben uns die verdammten Bomben auf den Kopf geschmissen. Du weißt ja nicht, wie es hier überall aussieht. Aber nicht mehr lange, das verspreche ich dir. Wir werden aufbauen. Und wie wir aufbauen werden!«

»Die Städte, die Häuser, die Fabriken«, sagte Alexander leise. »Die Menschen nicht.«

»Tot ist tot«, sagte der Alte wütend. »Du weißt doch, was das heißt bei euch zu Hause. Oder nicht?«

Beatrice legte ihre Hand sanft auf Alexanders, die verkrampft auf der Sessellehne lag.

»Jetzt gehen wir schlafen«, sagte sie. »Und morgen fahren wir zu den Pferden. Oder möchtest du lieber nicht?«

»Doch«, sagte Alexander mühsam. »Ich möchte gern deine Pferde sehen.«

Er hatte so viele sterbende und tote Pferde gesehen. Und an die Pferde daheim mochte er nicht denken. Was wohl aus ihnen geworden war. Tot, verreckt, erfroren, verhungert, zusammengeschossen auf dem Marsch nach Rußland. In diesem Augenblick hatte er das Gefühl, daß er sich niemals, nie und nie wieder in seinem Leben zurechtfinden könnte.

Fast hatte er Sehnsucht nach dem Lager, nach dem Schachspiel mit Iwan Petrowitsch, nach dem Appell am Morgen und am Abend, nach der dünnen Suppe, nach dem Gedanken, dem Gefühl, es ist alles vorbei. Laßt mich endlich sterben.

»Übrigens«, sagte Oscar Munkmann und drückte seine Zigarre im Aschenbecher aus, »will ich dir gleich etwas mitteilen. Nur damit du Bescheid weißt. Ich war auch in der Partei. Ging gar nicht anders. Sie haben sich große Mühe gegeben, daß ich da eintrat. Den Engländern ist das ziemlich egal, sie machen nicht so einen Zirkus draus wie die Amis. Stört dich das?«

»Nein«, sagte Alexander, »es ist mir auch egal.«

Dann lag er endlich in diesem wunderbaren Bett. Das Fenster war weit geöffnet, die Luft war rein und klar. Und in dieser Nacht schlief er zum erstenmal tief und fest.

Alexander II

ER HATTE WIRKLICH ein leichtes Leben gehabt. Zwar war seine Mutter gestorben, als er drei Jahre alt war, er hatte kaum eine Erinnerung an sie. Doch das Leben auf dem Gut war festgefügt, ging seinen gewohnten Gang, da war sein Vater, war sein älterer Bruder, die kleine Schwester, das bewährte Personal, und vor allem war da Olga. Die Babuschka blieb noch ein paar Jahre, sprach nur russisch und weinte viel, doch sie liebte die Kinder, die Kinder ihrer Tanja. Dann brachte man sie zurück nach St. Petersburg, kurz ehe der Krieg begann.

Max von Renkow hatte Tatjana als junger Mann kennengelernt, während einer der üblichen Bildungsreisen in St. Petersburg. Sie war die Tochter eines bekannten Wissenschaftlers, Professor der Chemie, an der Universität von St. Petersburg, zudem Mitglied der Akademie der Wissenschaften in Berlin. Max war zutiefst beeindruckt von der Stadt an der Newa, von ihren Palästen, ihren Brücken, ihren Theatern. Das kannte er von Mecklenburg nicht. Aber am meisten beeindruckte ihn die zarte Tatjana. Er kam zurück und erklärte seinem Vater: »Ich will sie heiraten.«

Das war vor der Jahrhundertwende, die Beziehungen zu Rußland waren, dank Bismarck, die besten.

Tanja war siebzehn, und es dauerte noch zwei Jahre, bis er sie heiraten durfte.

Sie beklagte sich nie, daß sie das glanzvolle St. Petersburg mit einem schlichten Gut in Mecklenburg eintauschen mußte. Es war Liebe auch bei ihr, es wurde eine glückliche Ehe.

Zwei Söhne hatte sie schon geboren, doch dann starb sie bei der Geburt ihrer Tochter Inga.

»Sie war wie ein Windhauch«, sagte Max von Renkow später, »sie hätte kein drittes Kind bekommen dürfen.«

Das machte er sich später zum Vorwurf. Darum wohl behütete er sorglich seine Tochter Inga, die genau so ein zartes Geschöpf war wie die Mutter, und darum auch konnte er sich mit dem kraftstrotzenden Nazi als Schwiegersohn nicht abfinden.

Der Versailler Vertrag erlaubte den Deutschen ein Heer von hunderttausend Mann, es war nicht leicht, darin aufgenommen zu werden, selbstverständlich hatten die alten Familien den Vortritt. Friedrich quittierte den Dienst nach einem Jahr, er wurde auf dem Gut gebraucht. Doch Alexander war ganz gern Soldat. Als er Leutnant geworden war, kam das Kommando nach Rußland.

Das Deutschland der Weimarer Republik und die Sowjetunion unterhielten zu jener Zeit gute Beziehungen, die allerdings begleitet waren von gegenseitigem Mißtrauen. Doch was sie beide wollten, brachte sie einander näher: moderne Waffen.

Die Deutschen durften sie nicht haben, die Russen konnten sie nicht haben nach dem verheerenden Ausgang des Krieges.

Es war eine dubiose Verbindung, die schließlich nach langwierigen geheimen Verhandlungen, von denen die übrige Welt nichts wissen sollte, zustande kam. Hohe Offiziere und Politiker waren daran beteiligt, auf der einen Seite herrschte noch der alte preußische Geist, auf der anderen Seite die nachrevolutionäre Unsicherheit. Man traute einander nicht so recht, aber man wollte es gern versuchen.

Offiziere der Reichswehr quittierten den Dienst und hielten sich als Zivilisten in Moskau auf. Später kamen Soldaten und junge Offiziere ins Land, auch sie trugen keine Uniform. Auf russischem Boden, unter russischem Himmel, in russischen Gewässern sollten Panzer, Flugzeuge und Schiffe getestet und ausprobiert werden.

Ein schwieriges Unternehmen.

Die Waffen, das heißt Teile davon, wurden auf deutschem Boden gebaut, zerlegt, in Kisten verpackt und auf umständlichen Wegen nach Rußland verbracht, manches wurde dort mit deutscher Hilfe konstruiert. Es war kaum anzunehmen, daß die Alliierten nichts davon wußten. Doch in dieser komischen Sowjetunion Lenins sahen sie keine Gefahr, und in den Deutschen, zerstört und vernichtet nach diesem Krieg, schon gar nicht.

Lenin allerdings lebte nicht mehr, es gab mehrere auf Macht versessene Männer bei den Sowjets, einer davon war Stalin, der immer mehr Einfluß gewann. Für Alexander war diese Zeit die interessanteste. Er verbrachte fast ein Jahr in einem Camp am Kasansee, sie übten auf neuen Panzern, die Kameraden aus Deutschland und die Rote Armee, sie verstanden sich gut, sie tranken und sangen zusammen, an Krieg dachten sie nicht. Ob sie in der Lüneburger Heide übten oder unter russischen Birken, machte keinen großen Unterschied. Sein Aufenthalt dort verhalf Alexander, seine fast vergessenen russischen Sprachkenntnisse aufzufrischen, außerdem verliebte er sich in ein Mädchen aus Kasan, das wundervoll die Balalaika spielte und ohne weiteres seine Geliebte wurde, denn bei den Sowjets propagierte man die freie Liebe.

Als er zurückkam, erklärte er seinem Vater: »Ich werde heiraten.«

»Eine Russin?« fragte Max von Renkow.

»Du hast auch eine Russin geheiratet, Vater.«

»Gewiß. Nur war das eine andere Zeit. Wie willst du sie herausbringen?«

Alexander brachte sie nicht heraus, und dann vergaß er das Mädchen vom Kasansee sehr schnell.

Er quittierte den Dienst und studierte ein paar Semester in Göttingen.

Das war eine heitere, unbeschwerte Zeit, die nicht allzusehr mit Arbeit belastet wurde. Er genoß es, vom militärischen Drill befreit zu sein, er fand Freunde, sie bummelten, fuhren hinauf zum Stadtwald und ritten an den Hängen des Harzes.

Besonders einer war es, mit dem sich Alexander gut verstand, er hieß Harald, kam aus Hamburg und war der Sohn eines Bankiers. Sie lachten sich zu, wenn sie nebeneinander auf weichen Waldwegen galoppierten, abends saßen sie in einer Kneipe, zusammen mit anderen, oft aber auch allein. Alexander besuchte Harald in Hamburg und war beeindruckt von seinem prachtvollen Elternhaus an der Elbchaussee, doch Harald kam auch nach Mecklenburg, es gefiel ihm ausnehmend gut auf dem Gut, sie ritten auch hier zusammen, schwammen an warmen Sommertagen in ihrem See.

Harald hatte zwei Brüder, einer volontierte in einer New Yorker Bank, der jüngste studierte in Oxford. Die Atmosphäre in dieser Familie atmete einen Hauch der weiten Welt, und das imponierte Alexander.

»Wenigstens war ich in dem Kaff in Rußland«, sagte er zu seinem Vater. »Sonst hätte ich gar nichts von der Welt gesehen.«

»Ich bin sehr froh, daß du heil aus Rußland zurück bist. Ganz geheuer war mir das nicht, wie du weißt.«

Mit Harald bekam Alexander nun doch etwas von der Welt zu sehen, sie reisten zusammen nach London, und was es da zu sehen und zu erleben gab, imponierte ihm noch mehr. Das Bankhaus Raven in Hamburg und Harald selbst hatten viele Bekannte, sie wurden eingeladen in verträumte Landhäuser und feudale Schlösser, sie durften Jagden mitreiten.

»Demnächst schippern wir mal nach Amerika«, sagte Harald.

Und Alexander darauf: »Das kommt teuer.«

»Nicht für uns. Mein Onkel ist Reeder. Und in New York ist Henry, da sind wir eingeladen.«

Es war ein Jahr nach dem großen Börsenkrach, die wirtschaftlichen Verhältnisse waren weltweit höchst unsicher.

Von seiner nächsten Reise nach England kam Alexander mit der Ankündigung zurück, er werde heiraten.

»So, diesmal eine Engländerin«, sagte sein Vater.

»Eine Tänzerin vom Sadler's Wells Ballett. Sie ist hinreißend.«

»Und wo will sie hier tanzen? Bei unseren Kühen auf der Weide?«

»Sie hat eine große Karriere vor sich.«

»Aha. Und was machst du dabei?«

Friedrich lachte. »Er wird ihr Impresario, falls sie wirklich berühmt wird. Da hat er gleich was zu tun. Sonst tanzt sie hier für uns und lernt vielleicht auch, die Kühe zu melken.«

»Du Idiot«, konterte Alexander. »Als ob wir nicht genug Leute hätten zum Kühemelken.«

»Es wird knapp, auch bei uns, lieber Bruder. Wir befinden uns mitten in einer Weltwirtschaftskrise. Du studierst doch so was Ähnliches, da müßtest du doch schon mal davon gehört haben.«

»Selbstverständlich habe ich das. Und was geht uns das an?«

»Mehr, als du denkst. Wir haben mehr Schulden als Gras auf unseren Weiden.«

Alexander machte ein dummes Gesicht, und sein Vater sagte: »Da wir gerade davon reden, dein Studium kann ich nicht weiter finanzieren, und große Reisen nach England ebenfalls nicht.«

»Ach so«, sagte Alexander perplex.

»Und was soll eigentlich aus dir werden?« fragte sein Vater.

Eine Antwort fiel Alexander nicht gleich ein, sein Bruder nahm sie ihm ab.

»Was soll schon aus ihm werden? Zum Professor ist er offenbar nicht geeignet. Vielleicht kann er wieder Dienst nehmen, und sonst bleibt er halt hier und hilft uns.«

Das Studium wurde abgebrochen, Alexander arbeitete auf dem Gut, hin und wieder besuchte er Freund Harald in Hamburg, und manchmal fuhren sie zusammen nach England, von der Heirat mit der Tänzerin war nicht mehr die Rede.

Inga hatte inzwischen ihren Nazi geheiratet, und dann auf einmal hatten sie nicht nur einen Nazi in der Familie, sie wurden von den Nazis regiert.

»Ein wenig«, war Friedrichs Kommentar gewesen, »leben wir wohl doch hinter dem Mond. Hättest du das erwartet, Vater?«

»Doch«, sagte Max von Renkow. »Hitler hat viele Anhänger hier im Land, und noch mehr weiter ostwärts, in Pommern und in Ostpreußen. Das ist die Folge des verlorenen Krieges und derer, die mit der Niederlage nicht fertig geworden sind. Und es ist die Folge der Pariser Verträge. Ich muß nur ein Wort sagen: polnischer Korridor. Gerade über den konnte Hitler gut vorankommen.«

»Als ob er, als Österreicher, gewußt hätte, was der bedeutete.«

»Das war nicht schwer zu lernen.«

Im Sommer '34, während der Ernte, war Harald aus Hamburg zu einem Besuch aufs Gut gekommen.

Einige Zeit zuvor hatte Hitler seinen Kampfgefährten Röhm umbringen lassen und damit die zu stark gewordene SA entmachtet. Abends, auf der Veranda, sprachen sie über das Ereignis.

»Ich denke«, sagte Friedrich, »wir müssen uns auf einige Zeit mit Herrn Hitler abfinden. Der weiß, was er will.« Eine gewisse Anerkennung war seinen Worten zu entnehmen.

»Kann ich mir nicht vorstellen«, sagte der Vater widerwillig.

»Er hat sich von den Funktionären befreit, die ein russisches System hier einführen wollten. Sie haben ihn an die Macht gebracht, seine alten Kämpfer, und nun hat er sie über die Klinge springen lassen. Irgendwie imponiert mir das. Das ist nicht neu in der Geschichte. Denkt mal an Napoleon. Wie radikal der die Revolutionäre abgehalftert hat.«

»Eine schöne Revolution. Erst köpfen sie den König und den Adel, und dann macht er sich zum Kaiser.«

Alexander lachte unbeschwert. »Na, das fehlt ja gerade noch, daß aus Adolf Hitler Wilhelm der Dritte wird. Das wäre ein Schlager der Weltgeschichte.«

»Das wird er nicht tun. Hat er gar nicht nötig. Doch er wird uns zunächst jedenfalls erhalten bleiben.«

»Nein«, widersprach Max von Renkow. »Es gibt schließlich tapfere und mutige Männer in Deutschland. Das wird nicht lange dauern.«

»Na ja«, sagte Harald, »man kann nicht wissen. Bis jetzt ist er sehr erfolgreich. Und nachdem das Volk ... ach, nonsens, was heißt schon Volk, das ist sowieso dumm. Aber nachdem seine Anhänger die Verhaftungen am Tegernsee und sonst auch weithin im Land widerspruchslos hingenommen haben, sitzt er ganz sicher im Sattel. Ich jedenfalls habe nicht die Absicht zu warten, bis man mit Steinen nach mir schmeißt.«

»Was geht es dich an, wenn Hitler seine wildgewordenen SA-Männer zur Räson bringt?« sagte Alexander. »Ist doch nur gut, wenn sie sich gegenseitig umbringen.«

Harald lächelte, auf seine lässige, charmante Art.

»Du siehst mich hier und heute bis auf weiteres zum letztenmal, Alexander. Ich fahre nach England und bleibe dort.«

»Was soll das heißen, du bleibst dort? Wegen Joan?«

Joan war die Tänzerin.

Harald lachte. »Bist du etwa eifersüchtig? Joan tanzt zur Zeit in Amerika. Und ich ... Mensch, Alexander. Ich bin Jude. Ich habe in Deutschland nichts mehr verloren.«

»Du bist Jude?« fragte Alexander höchst erstaunt.

Friedrich lachte. »Mein Bruder ist ein Lebenskünstler, Harald. Tatsachen finden für ihn nicht statt.«

»Um so einen Blödsinn habe ich mich nie gekümmert«, verteidigte sich Alexander. »Du siehst doch nicht wie ein Jude aus. Du bist ein richtiger Hamburger. Du bist blond und hast hellgraue Augen.«

Harald schüttelte nur den Kopf. »Du bist wirklich ein Kindskopf, Alexander. Nicht alle Juden sehen so aus, wie Julius Streicher sie abbildet.«

»Du denkst doch nicht, daß dieses Rassengequatsche ernst zu nehmen ist?«

»Kann sein, kann nicht sein. Man wird leben, man wird sehen. Ich gehe nach England, Kläuschen studiert dort, mein großer Bruder ist in New York, du brauchst dir keine Sorgen um mich zu machen, für mich ist gesorgt. Ich habe meinem Vater schon empfohlen, die Bank zu verkaufen oder sich wenigstens einen arischen Teilhaber zu suchen. Bedauerlicherweise ist er genauso harmlos wie du. Es wird nicht lange dauern, sagt er, und so schlimm wird es schon nicht werden. Er war Offizier im Krieg, er hat sogar das Eiserne Kreuz I. Klasse, darauf ist er stolz. Aber Hitler ist nicht Friedrich der Große. Außerdem, im Vertrauen gesagt, wackelt die Bank ganz erheblich. Die Krise, nicht wahr. Aber mein Vater ...«, Harald hob die Hände, »mein Vater ist nicht zu belehren. Er ist der beste Deutsche, den es je gegeben hat. Für ihn ist Bismarck immer noch der Größte. Und genauso der Alte Fritz.«

Sie schwiegen alle drei eine lange Weile. Über dem Mecklenburger Land dämmerte der Abend herein.

»Das ist disgusting«, sagte Alexander.

»Genau so ist es«, nickte Harald. »Mein Vater sagt, die Nazis werden sich die Hörner abstoßen, und dann kommt etwas Besseres nach. Gebe Gott, daß er recht hat. Dann lasse ich mich gern auslachen. Ich jedenfalls bleibe bis auf weiteres im Ausland.«

»Ich bin der Meinung, daß Sie richtig handeln«, sagte Max von Renkow, der dem Gespräch schweigend zugehört hatte. »Hitler ist Österreicher. Und der Antisemitismus war in Österreich schon immer zu Hause. Seltsamerweise. Österreich unter den Habsburgern war ein Vielvölkerstaat und hat einen großen Teil seines Reichtums den Juden zu verdanken. Aber der Aufstand, der in diesem Jahr stattfand, fast kann man es eine Revolution nennen, gibt zu denken. Der Bundeskanzler Dollfuß wurde ermordet. Muß man das nicht ernst nehmen? Und dann, im Juni, Röhm und die SA. Ich denke, daß Sie recht haben, Harald. Diese Bücherverbrennungen, die Reden, das Geschreibe, mit denen man das Volk aufhetzt ... gewiß, Sie haben recht, das Volk ist dumm, es schreit immer dasselbe, Hosianna oder kreuzige ihn. Das ist wirklich keine neue Geschichte, viel älter als Napoleon.«

»Tut mir leid«, sagte Alexander ärgerlich. »Ihr macht ein Theater von der Hitlerei, ich kann das nicht so ernst nehmen. Wie viele Regierungen haben wir in den letzten Jahren gehabt, mal diese, mal jene. Wer nimmt denn diesen Hitler schon ernst?«

»Sicher, es geht alles mal vorbei. Auch Hitler wird es nicht lange machen. Dann komme ich wieder. Hamburg ist meine Heimat. Nur sehe ich nicht ein, warum ich mich hier dämlich anreden lassen soll.«

»Schließlich ist der Feldmarschall auch noch da. Er wird schon dafür sorgen, daß in Deutschland Ordnung herrscht.«

»Hindenburg ist alt«, sagte Friedrich. »Vielleicht auch müde. Er ist nicht gern Reichspräsident geworden. Und das Theater in Potsdam hat mir schon zu denken gegeben.«

»Hört bloß auf, alles mieszumachen«, rief Alexander. »Was uns hier fehlt, sind ein paar hübsche Mädchen. Dann könnten wir über etwas anderes reden. Die ganze Politik hängt mir zum Hals heraus. Hitler, wer ist das schon? Hol deine Badehose, Harald. Wir gehen runter zum See und schwimmen.«

»Ja, geht mal«, sagte Friedrich. »Wir haben Ernte, ich muß mich um die Leute kümmern.«

»Das Wetter ist doch prächtig, und nun sind ja wohl alle da. Gib eine Runde aus und laß sie in Ruhe.«

Das unter anderem war ein Abend, an den sich Alexander erinnerte, als er in der Munkmannschen Villa in seinem schönen Bett lag.

War das hundert Jahre her, tausend Jahre? Was mochte aus Harald geworden sein, aus seinem Vater, seiner Mutter, seinen Brüdern? Gab es noch einen Weg vom Damals ins Heute? War die Welt untergegangen oder nur ein wenig zur Seite gerutscht? Menschen lebten damals, und Menschen leben heute, nur waren viele tot, deren Zeit zum Sterben eigentlich noch nicht gekommen war.

Beatrice

AUCH IN FRIEDRICHS LEBEN hatten Frauen immer eine Rolle gespielt, er hatte große und kleine Affären, doch von Heirat war nie die Rede gewesen, im Gegensatz zu Alexander, der Hochzeiten ankündigte, ob er nun aus Rußland oder England kam, das Thema jedoch immer wieder schnell beiseite legte. Max hätte es gern gesehen, wenn einer seiner Söhne sich für eine Tochter von einem der umliegenden Güter entschieden hätte, eine ordentliche Ehe und Enkelkinder, das stellte er sich vor. Wenn er eine Andeutung in dieser Richtung machte, fand er keinen Beifall.

»Lieselotte, falls du die meinst«, kam beispielsweise eine Antwort von Friedrich, »kommt nicht in Frage. Sie hat dicke Beine.«

»Ach, nee?« staunte sein Vater. »Ich habe sie bisher nur in Reithosen gesehen. Sie ist eine hervorragende Reiterin.«

»Zugegeben. Aber das ist nicht alles, was man beachten muß.«

»Woher kennst du denn ihre Beine?«

»Wir waren doch mal an der Ostsee, Vater. In Heiligendamm, weißt du nicht mehr?«

Max überlegte. »Das ist eine Ewigkeit her. Du warst noch ein kleiner Junge.«

»Ich war sechzehn.«

»Na und?«

»Lieselotte war mit ihren Eltern und ihren Brüdern auch da.«

»Na und?«

»Daher kenne ich ihre Beine.«

»Lieselotte kann damals höchstens ... na, sagen wir, zehn Jahre alt gewesen sein. Meinst du nicht, daß ihre Beine sich inzwischen entwickelt haben? Schließlich ist sie gewachsen seither.«

»Beine bleiben meist, wie sie sind. Aber ich kann sie ja gelegentlich mal zum Tanzen mitnehmen, da hat sie vielleicht keine Reithosen an. Ich werde dir Bescheid geben.«

Von Lieselottes Beinen wurde nicht mehr gesprochen, immerhin heiratete sie mit zweiundzwanzig. Friedrich war sechsunddreißig, als er seinen Vater mit der Neuigkeit überraschte, daß er heiraten werde. Die Ruhrpottprinzessin, die Max erst bei der Hochzeit kennenlernte.

Daß Friedrich sich öfter mit einer Frau traf, vornehmlich auf Rennplätzen, daraus hatte er kein Geheimnis gemacht, aber weder Max noch Alexander hatten eine ernsthafte Affäre dahinter vermutet.

»Die kennst du doch kaum«, sagte Max.

»Ich kenne sie gut genug, um eine Ehe mit ihr zu wagen. Sie ist eine rassige Person, selbständig und gescheit. Und sie haben viel Geld, das ist für uns ganz nützlich.«

Das war ein überzeugendes Argument.

»Aber«, wandte Max ein, »sie kommt aus einer ganz anderen Gegend. Wird es ihr denn bei uns gefallen? Du hättest sie zuerst mal einladen können, damit sie sich bei uns umsieht.«

»Sie wird kaum bei uns leben.«

»Sie wird ... was wird sie? Nicht hier bei uns leben?«

»Sie hat einen Rennstall. Sie züchtet Vollblüter und hält sich viel auf Rennplätzen auf. Während der Saison.«

»Einen Rennstall, so. Und du? Wirst du dann bei ihr und ihren Pferden wohnen?«

»An meinem Leben ändert sich nicht sehr viel, Vater.«

Max schüttelte den Kopf. »Das kann ja eine komische Ehe werden.«

Es wurde tatsächlich nicht viel aus der Ehe, sie heirateten im September '38, ein Jahr darauf begann der Krieg.

Eine prachtvolle Hochzeit. Oscar Munkmann, seine Söhne, Verwandte, Freunde und Bekannte feierten ein großes Fest, die Mecklenburger waren nur zu dritt. Max von Renkow, Alexander und Inga, die aus Berlin angereist war, kamen sich etwas verloren vor. Berthold war nicht dabei, er war in Berlin unabkömmlich.

Beatrice war sehenswert, schlank und groß gewachsen, selbstsicher, überlegen.

»Sie hat wirklich Rasse«, konstatierte Alexander am Abend, als die Feier überstanden war.

»Sie ist hochmütig«, sagte Inga.

»Sie ist nicht hochmütig, sie ist hochnäsig«, korrigierte Max. »Und das ist eine Attitüde. Vielleicht ging ihr das ganze Theater auf die Nerven, was ich verstehen kann. War ziemlich laut, was?« Er gähnte, fügte dann hinzu: »Sie sind eben hier anders als wir. Ich gehe jetzt schlafen.«

Sie bewohnten jeder ein Gastzimmer in der Villa Munkmann, die war groß und höchst elegant eingerichtet, mit echten Teppichen und wertvollen Bildern. Und es gab reichlich Personal.

»Komisch, daß sie keine Hochzeitsreise machen«, sagte Inga.

»Du hast ja gehört, sie werden in nächster Zeit zu uns kommen.«

Inga kicherte. »Und du meinst, da können sie in Ruhe flittern? Bin ich nur gespannt, was Olga dazu sagen wird. Und Mareike. Das wird ein Spaß.«

»Sie müssen sehr viel Geld haben«, sagte Alexander beeindruckt. »Und sie sind ein schönes Paar. Ich habe gar nicht gewußt, was für einen gutaussehenden Bruder ich habe. Sie ist fast so groß wie er. Ob das eine gute Ehe wird, Vater?«

Max hatte auch seine Zweifel, doch er sagte: »Fritz ist alt genug, er muß wissen, was er tut.«

Am nächsten Tag lernten sie eine andere Beatrice kennen, weder hochmütig noch hochnäsig, sondern gelöst, heiter in der Umgebung, in der sie sich wohl fühlte, bei ihren Pferden.

Sie fuhren in das Gestüt im Münsterland.

Fritz erzählte, wie er Beatrice in Hoppegarten kennengelernt hatte. Es war nach einem Rennen, das ein junger schwarzer Hengst aus dem Rennstall Rottenbach gewonnen hatte, und Beatrice hatte beide Arme um den Hals des Pferdes geschlungen und glücklich gelacht. Das Bild erschien später in mehreren Zeitungen, und Fritz vergaß den Anblick nicht, die junge Frau, ihr Lachen, den edlen Kopf des Hengstes.

»Ja, das ist Sixtus II. Er hat noch in Köln gewonnen und in München. Kommenden Sommer läuft er mindestens fünfmal mit, ich habe einen großartigen Jockey, ein Engländer, die zwei können fliegen. Später nehme ich Sixtus in die Zucht. Auch sein Vater war schon sehr erfolgreich.«

Die Pferde waren das Wichtigste in Beatrices Leben, sie kannte jedes Fohlen, jeden Jährling, jede Stute mit Namen, und sie konnte auch ungeniert zu jedem der Zuchthengste in ihren abgetrennten Laufrasen gehen.

Das alles führte sie der neuen Familie am Tag nach der Hochzeit vor, und die Liebe zu ihren Pferden, die Begeisterung strahlte ihr aus den am Tag zuvor so kühl blickenden Augen.

Max von Renkow dachte, daß er seinen Sohn nun viel besser verstand.

Rottenbach hieß das Gestüt, nach ihrer Mutter, genauer gesagt, ihrer Stiefmutter, die es von ihrem Vater übernommen hatte. Beatrices Mutter starb an einer Lungenentzündung kurz nach dem Krieg, Beatrice war fünf Jahre alt. Oscar Munkmann heiratete zwei Jahre später wieder, eine junge, außerordentlich hübsche Frau, Hella Rottenbach. Es war während der schweren Zeit der Ruhrbesetzung, es kam zu Unruhen, Aufständen, Kämpfen, aber das alles war für die zweite Frau Munkmann nicht von großer Bedeutung. Das Wichtigste in ihrem Leben waren die Pferde, war das Gestüt, das vor allem durch diese Zeit gebracht werden mußte. Sie gebar zwei Söhne, sie stand dem Haus vor, gab Oscar das Gefühl, gut versorgt zu sein; erst wohnten sie noch am Stadtrand von Essen, später wurde das Haus im Ruhrtal gekauft, kein Neubau, ein stolzer, schloßartiger Bau aus der Gründerzeit.

Hella war die beste Mutter, die Beatrice sich wünschen konnte. Ein wenig scheu war sie der fremden Frau begegnet, doch Hella, fröhlich, aufgeschlossen und immer ganz erfüllt von dem, was sie tat, gewann das Herz des Kindes mühelos. Sie war liebevoll und zärtlich, sie beteiligte Beatrice uneingeschränkt an ihrem Leben. Das waren in erster Linie die Pferde, aber sie ging auch gern ins Theater, am liebsten in die Oper, und wo immer ihre Pferde liefen, in Berlin, in Leipzig, in Köln oder München, verbrachte Hella mindestens einen Abend in irgendeiner Vorstellung; die Portiers der erstklassigen Hotels, in denen sie wohnte, wußten das schon und hielten immer Karten für sie bereit.

Soweit die Schule es erlaubte, begleitete Beatrice sie auf diesen Reisen, nach dem Ende der Schulzeit sowieso.

Hella Munkmann starb im Winter '37 bei einem Unfall, sie geriet auf Glatteis, ihr Wagen überschlug sich, als man sie aus dem Wrack herausholte, war sie schon tot.

Beatrice war tief unglücklich, sie hatte nicht nur eine Mutter, auch ihre beste Freundin verloren. Doch sie weinte nur, wenn sie bei ihren Pferden war, nur bei ihnen fand sie Trost, bei Hellas Pferden, die nun ihre Pferde waren.

Vielleicht war die Trauer um die Mutter auch ein Grund, daß sie bereit war, Friedrichs Liebe anzunehmen. Bisher war sie trotz vieler Bewerber jeder Bindung zu einem Mann aus dem Weg gegangen. Es gab Freunde aus der Jugendzeit, hier und da einen oberflächlichen Flirt, Hella und die Pferde füllten ihr Leben aus.

Als sie das erstemal mit einem Mann schlief, wurde es ein Fiasko. Es war während der Rennwoche in Iffezheim, sie hatten zwei Sieger unter ihren Pferden, drei waren gut plaziert, an einem Abend wurde lange gefeiert, man tanzte nach dem Essen, und der Kavalier, der sich um Beatrice bemühte, gefiel ihr gut.

Sie ließ sich die Hand küssen, die Wange beim Tanz, und sie wollte es endlich wissen, sie war zweiundzwanzig.

Hella und sie wohnten nicht im Hotel, sondern wie immer bei einem Freund der Familie Rottenbach in dessen Villa. Hella, geübt im Flirt und ihrem Mann nicht immer treu, war irgendwann in der Bar verschwunden, möglicherweise auch anderswo.

Beatrice ging mit ihrem Tänzer auf sein Zimmer, und was sie dort erlebte, verdarb ihr das, was man Liebe nannte, gründlich und für lange Zeit. Der Mann deflorierte sie auf rücksichtslose, ja brutale Weise, es war mehr eine Vergewaltigung als ein Liebesakt. Sie sträubte sich, war entsetzt, sie schrie, er hielt ihr den Mund zu, tat es zum zweitenmal, stieß ihr das von ihrem Blut befleckte Glied in den Mund, und sie floh zutiefst angewidert spät in der Nacht aus dem Hotel, unbekleidet. Ein Nachtwächter fand sie bewußtlos unter einem Busch in der Lichtenthaler Allee. Man brachte sie in ein Krankenhaus.

Hella kam am nächsten Morgen und machte sich die größten Vorwürfe. Das hätte sie ja nicht gedacht, sagte sie, und sie kenne diesen Kerl, und wie könne Beatrice sich nur mit so einem Burschen einlassen. Sie nahm Beatrice in die Arme, tröstete sie und brachte sie zurück in die Villa ihres Freundes.

Ein kleiner Skandal wurde es doch, denn der ungeschickte Liebhaber redete darüber.

Beatrice mied Baden-Baden in den nächsten Jahren, ein Mann durfte ihr nicht näherkommen. Glücklicherweise war sie nicht schwanger geworden.

Das alles konnte Friedrich nicht ahnen, als er um sie warb. Sie sahen sich selten, sie trafen sich auf Rennplätzen, sie gingen abends zum Essen, auch in die Oper, aber wenn Friedrich sie in die Arme nehmen wollte, wehrte sie ihn ab.

Dabei hatte sie ihn gern, freute sich, wenn er kam, und schließlich, an einem Sommerabend in Berlin, wagte sie den zweiten Versuch.

Zwei ihrer Pferde waren in Hoppegarten gelaufen, leider erfolglos, davon sprach sie den ganzen Abend.

Friedrich sagte: »Nun hör auf, dich zu grämen. Man kann nicht immer siegen. Florestan ist ein großartiges Pferd. Es fehlt ihm nur noch die Erfahrung. Er ist kein Sieger auf kurzer Strecke, er ist ein späterer Sieger auf langer Strecke. Das sage ich dir.«

»Er ist miserabel geritten worden. Ich brauche unbedingt einen Jockey. Price war ein guter Mann, die Konkurrenz hat ihn mir weggeschnappt. Dieser verdammte Kerl ...«

Er nahm ihre Hand, küßte sie. »Schluß jetzt. Wollen wir noch einen kleinen Spaziergang machen? Oder möchtest du lieber tanzen?«

»Möchte ich nicht.«

Sie wohnten im Eden an der Budapester Straße, was für Friedrich eigentlich zu teuer war, aber natürlich dachte er sich etwas dabei, wenn er im gleichen Hotel wie sie wohnen wollte.

Sie schlenderten am Zoo entlang, kamen an der Gedächtniskirche vorbei und gingen ein Stück über den Kurfürstendamm.

Vor der Tür zu einer Bar, die er kannte, blieb er stehen.

»Noch einen Schluck zum Abschied?«

»Ich mag nichts mehr trinken. Was heißt zum Abschied?«

»Ich fahre morgen nach Hause. Alexander ist in London, er besucht wieder mal seinen Freund Harald. Und bei uns beginnt die Ernte.«

Sie standen voreinander, er nahm behutsam ihr Gesicht in seine Hände. »Darf ich dich küssen? Zum Abschied?«

Sie hielt still, und dann, für sie selbst unerwartet, erwiderte sie seinen zärtlichen Kuß.

Er küßte sie wieder, als sie vor der Tür ihres Zimmers standen, hielt sie fest.

»Darf ich bleiben?« fragte er.

»Zum Abschied?« fragte sie leise zurück.

»Nein. Zum Beginn. Ich möchte dich nämlich fragen, ob du dich entschließen könntest, mich zu heiraten.«

Eine Weile blieb sie stumm, sah ihn nur mit großen Augen an. Sie, diese selbstsichere junge Frau, wirkte hilflos in dem Moment.

»Mein Gott, Friedrich!« sagte sie dann, es klang mehr entsetzt als erfreut.

»Ich weiß, du bist ein vielbegehrtes Mädchen, und ich bin nur ein armer Gutsbesitzer aus Mecklenburg. Keine gute Partie.«

Da lachte sie plötzlich. »Ich brauche keine gute Partie zu machen. Ich kann jeden Mann heiraten, den ich will.«

»Jeden?«

»Vielleicht ... doch ...«, sie stockte, legte ihre Stirn an seine Wange.

»Nun?«

»Vielleicht doch dich.«

Sie hatte wieder Angst, als er bei ihr im Zimmer war, aber die Angst war unnötig, Friedrich war ein erfahrener und behutsamer Liebhaber. Er reiste nicht am nächsten Tag, er blieb noch drei Tage, und dann hatte sie das schreckliche Erlebnis von Baden-Baden vergessen.

»Wie soll sich denn eine Ehe zwischen uns abspielen?« fragte sie, als sie am Tag seiner Abreise zusammen frühstückten. »Du weißt, daß ich bei meinen Pferden sein muß.«

»Sollst du ja. Wir werden das schon arrangieren«, sagte er leichtherzig. »Ich werde so oft wie möglich bei dir sein. Schließlich ist mein Vater der Herr auf dem Gut und noch in bester Verfassung. Und Alexander ist auch da, er hat ja sonst nichts zu tun. Mein Vater will nicht, daß er Dienst in Hitlers Wehrmacht nimmt, also bleibt er zu Hause. Wenn wir ihn ab und zu mal nach England fahren lassen zu seinem Freund, ist er ganz zufrieden mit seinem Leben.«

»Wir werden zusammen fahren. Ich brauche wieder einen englischen Jockey.«

So konnte Friedrich seinen Vater mit der Nachricht überraschen, daß er heiraten würde, und zwar noch im gleichen Jahr, im September.

Nach der Hochzeit verbrachte Beatrice vierzehn Tage auf dem Gut, sah sich alles an, ließ sich alles genau erklären und fand die Heimat ihres Mannes sehr schön. Es war Jagdzeit, sie ritt einige Jagden mit, wobei sie die Nachbarn kennenlernte, und eine gute Reiterin war sie auch, wie alle feststellen konnten. Sie kam auch auf den Lumin-Hof, um Widukind kennenzulernen. Elsgard war höchst beeindruckt von dieser attraktiven Fremden, die Fritz geheiratet hatte, Jochen nicht minder.

Herbst 1938. Es blieb ihnen so wenig Zeit. Beatrice, erlöst aus ihrer Scheu, war eine glückliche, liebende Frau.

Sie kam ein zweitesmal auf das Gut, um Max mitzuteilen, daß sie ein Kind erwarte. Friedrich war zu jener Zeit schon beim Afrikacorps. Sie war mit dem Wagen angereist, sie fuhr einen schwarzen Ford V 8, ein Cabrio, und Max von Renkow stand auf den Stufen vor der Tür und sah ihr nach, als sie abgefahren war. Olga stand neben ihm.

»Hoffentlich geht alles gut«, sagte sie. »Und Fritz ist nicht bei ihr. Was tun wir eigentlich in Tripolis?«

Dort waren deutsche Truppen vor kurzem gelandet.

»Daran ist nur der verdammte Mussolini schuld. Erst muß er sich in Griechenland aufspielen und kriegt natürlich eins aufs Dach, und wir müssen da jetzt auch noch hin. Sah alles so hoffnungsvoll aus im Sommer '40. Nun geht das weiter.«

Da ahnten sie noch nichts von ›Barbarossa‹, vom Beginn des Feldzugs gegen Rußland. Als das geschah, am 22. Juni 1941, da sah Max von Renkow keine Hoffnung mehr.

»Das ist Hitlers Untergang«, sagte er.

»Und wir?« fragte Fritz, der gerade auf Urlaub war.

»Wir werden mit ihm untergehen. Wenn es keine mutigen Männer mehr unter den Offizieren gibt!«

»Das sagst du, Vater?«

»Ja, das sage ich.«

»Wir haben einen Eid geschworen.«

»Wem? Ich habe schon einen Krieg erlebt, der zu lange dauerte, der zu viele Schauplätze hatte. Und diesmal sind es noch mehr. Wo sollen wir die Menschen hernehmen? Die Waffen? Die Versorgung?«

Alexander war dabei auf dem Marsch nach Rußland, und Fritz sagte: »Wir werden ihn nicht wiedersehen.«

Max von Renkow erhielt brieflich die Nachricht, daß er einen Enkel bekommen habe, John mit Namen.

»John von Renkow«, sagte er zu Olga. »Klingt nicht schlecht. Ein englischer Name, und das mitten im Krieg. Sie traut sich was.«

Max von Renkow lernte seinen Enkel John niemals kennen, auch Friedrich seinen Sohn nicht.

Nun war Alexander in diese fremde Familie, in dieses fremde Haus geraten, es konnte ihm in dieser Zeit nichts Besseres passieren.

Er erholte sich ziemlich rasch, das gute Essen, die freundliche Umgebung erleichterten ihm das neue Leben. Beatus und die Köchin verwöhnten ihn. Und genaugenommen waren es die Pferde, Beatrices Pferde vom Gestüt, die ihn zu sich selbst zurückfinden ließen. Und natürlich auch der erstaunliche, kaum zu erklärende Aufschwung der fünfziger

Jahre. Bereitwillig besichtigte er mit Oscar Munkmann das Werk, ließ sich alles erklären, auch wenn es ihn im Grunde nicht interessierte.

»Das wird schon«, sagte Oscar, »du wirst es lernen.«

Zunächst hielt sich Alexander viel auf dem Gestüt auf. Es war ein großes Gelände, ein ehemaliger Gutshof lag da, der jedoch nicht mehr als Gut genutzt wurde, er diente nur als Mittelpunkt des Gestüts, der Gestütsleiter und die Trainer wohnten dort, und Alexander kam gut mit ihnen aus. Obwohl er sich mit den Regeln für das Leben der Vollblüter zunächst nicht abfinden konnte.

»Man kann keinen Zweijährigen trainieren und in Rennen schicken, es sind noch Kinder. Wir haben unsere Pferde in diesem Alter höchstens longiert.«

Ein Rennstall war kein Gut in Mecklenburg. Mit der Zeit lernte Alexander die neuen Bedingungen verstehen.

Auf dem Gestüt wurde er gebraucht, denn es fehlte an Personal. Fast all die Leute, die Beatrice auf dem Gestüt beschäftigt hatte, waren eingezogen worden, viele davon nicht zurückgekommen.

Für Alexander war es in dieser Zeit eine reine Freude, Pferde zu putzen, sich um Fohlen zu kümmern, die Mutterstute und ihr Fohlen auf die Koppel zu führen und sich mit den Hengsten anzufreunden. Für all das hatte er eine glückliche Hand. Und es machte ihn wieder gesund.

Beatrice verstand das sehr genau, und sie wußte, was sie tat, als sie ihm vorschlug, die meiste Zeit bei ihren Pferden im Münsterland zu verbringen.

»Ich habe gedacht«, sagte Oscar Munkmann, »wir können ihn vielleicht im Werk beschäftigen.«

»Später, Papa. Laß ihn erst mal wieder Mensch werden.«

»Mensch? Was heißt das?«

»Mensch oder Mann. Es war eine lange Zeit, die er vergeudet hat.«

»So ein Unsinn. Das haben andere auch. Und was schaffen sie schon wieder.«

»Er arbeitet viel. Und er tut es für mich.«

Oscar betrachtete seine Tochter mißtrauisch.

»Willst du sagen, du magst ihn?«
»Sicher. Du nicht?«

Beatrice und Alexander verstanden sich gut, sie wurden Freunde. Es wäre naheliegend gewesen, daß ihre Freundschaft zu einer engeren Bindung geführt hätte. Doch da war immer noch, oder wieder, Beatrices Scheu vor Männern, die kurze Zeit mit Friedrich hatte da nichts grundsätzlich verändert.

Und Alexander, früher sehr leichtherzig im Umgang mit Frauen, sah in ihr die Frau seines Bruders, die Mutter seines Neffen John. Auch er scheute vor einem Liebesverhältnis zurück.

Eine Frau aber brauchte er, das gehörte zu seinem neuen Leben, zu dem Heilungsprozeß nach Krieg und Gefangenschaft.

Da war eine Witwe aus einem Dorf nahe dem Gestüt, eine hübsche junge Münsterländerin. Sie bewirtschaftete einen Hof, ihr Mann war gefallen, sie hatte einen kleinen Sohn. Sie lieferte Hafer auf das Gestüt. Arbeitskräfte konnte sie sich nur wenige leisten, sie war ständig mit der Arbeit auf dem Hof überfordert.

Alexander half ihr, sooft es ging, und daraus entwickelte sich eine Bindung, schließlich ein Verhältnis. Es dauerte zwei Jahre, dann gab sie den Hof auf und zog in die Stadt, wo inzwischen das Wirtschaftswunder unaufhaltsam auf dem Vormarsch war.

Beatrice hatte es gewußt. Es störte sie nicht. Anfangs. Dann doch. Denn wenn sie je wieder einen Mann wollte, dann war es dieser, Friedrichs Bruder.

Eine wirkliche Lebensaufgabe fand Alexander erst, nachdem die Lumins in Bayern gelandet waren.

»Ich muß ihnen irgendwie helfen«, sagte er zu Beatrice. »Elsgard ist so gut wie meine Schwester. Und Jochen kenne ich, seit ich auf der Welt bin. Und Olga ... na, du weißt ja.«

Beatrice lächelte. Sie wußte. Sie kannte inzwischen Alexanders Lebensgeschichte.

»Natürlich werden wir ihnen helfen. Ich finde es sehr mutig, daß sie es gewagt haben herüberzukommen. Was deine Olga geschrieben hat, klingt ja wirklich höchst dramatisch. Und ein Kind haben sie auch noch.«

»Ja. Wer hätte das gedacht, daß Els noch ein Kind bekommt. Heiner ist gefallen, und das arme Karolinchen ...«

Auch das wußte Beatrice genau. Nichts in Alexanders Leben war ihr unbekannt.

Das Gespräch fand draußen bei den Koppeln statt. Beatrice hatte die Arme auf den Koppelzaun gestützt, es war der Sommer '53, das Wirtschaftswunder blühte.

»Mein Vater hofft, daß du mal eine Position im Werk übernimmst«, sagte sie.

»Ich weiß. Und ich bin auch bereit, wenn er meint, ich kann es. Schließlich kann ich mich nicht die ganze Zeit von euch ernähren lassen.«

»Du hast genug gearbeitet auf dem Gestüt. Das sieht Papa ein. Er hätte nur gern einen Erben im Werk. Sein Herz macht mir Sorgen. Er hat sehr viel gearbeitet in den letzten Jahren. Und Fred ... na, du weißt ja. Wie auch immer, er ist ein Spinner«, fuhr Beatrice erbarmungslos fort. »Er hat schon wieder gekündigt und will nach Italien. Als ob sie dort auf ihn gewartet hätten. Und nun komponiert er auch noch. Eine Katastrophe.«

Alexander kannte seinen Schwager Fred inzwischen, der war sehr charmant, doch kein Erbe für das Werk. Ein ständiges Ärgernis für Oscar Munkmann.

»Also wollen wir doch mal ganz klar reden«, sagte Beatrice, die Kluge, die Realistin. »Dir geht es gut, du bist in Ordnung, du mußt mit Papa arbeiten.«

Sie wandte sich vom Koppelzaun ab, sah Alexander an.

»Ich tue alles, was du willst«, sagte er. »Wenn du mir nur glaubst, daß ich dich liebhabe.«

»Sprichst du von Liebe?« fragte sie kühl.

»Davon spreche ich. Du warst Friedrichs Frau. Und ich bin bloß der dumme kleine Bruder, der nie etwas geleistet hat. Dort nicht und hier nicht. Ich tauge nicht viel, Beatrice. Ich bin zwar ein Lebenskünstler, wie mein Bruder es nannte, aber eigentlich ein Nichtsnutz.«

Beatrice lachte. »Das ist kein hübsches Wort. Ach, wenn ich denke, was wir so alles erlebt haben. Und überlebt haben. Dann ist es eigentlich doch ein hübsches Wort.«

Sie lachte, legte den Kopf in den Nacken. Die Stute Indra war an den Zaun gekommen und stupste sie sacht mit den Nüstern an.

Alexander breitete die Arme aus und rief impulsiv wie früher: »Du bist schön, die Pferde sind schön, und ich liebe dich wirklich.«

Beatrice strich der Stute über den Hals, dann ging sie die zwei Schritte, die sie noch von Alexander trennten, und ließ sich in seine Arme fallen.

Er küßte sie, und sie hielt still.

Es war so viele Jahre her, daß ein Mann sie umarmt hatte. Dann bog sie den Kopf zurück und blickte hinauf in den blauen Münsterländer Himmel.

»Und nun fährst du mal nach Rosenheim und schaust nach, was sie dort machen«, sagte sie. »Sie beklagen sich ja nicht, aber der Brief von Elsgard klang wirklich recht trübsinnig.«

Sie fuhren am Nachmittag zurück ins Ruhrtal, und obwohl es erst sechs Uhr war, stand Oscars Wagen in der Einfahrt.

»Nanu, ist mein Vater schon da?« fragte Beatrice, als Beatus ihnen die Tür öffnete.

»Ja, schon seit einer Stunde. Er fühlt sich nicht wohl, klagt über Herzschmerzen.«

»Dann müssen wir Doktor Mertens anrufen.«

Beatus blickte sie vorwurfsvoll an. »Das habe ich sofort getan. Der Herr Doktor ist gerade oben bei ihm.«

»Ihr Vater sollte sich ein wenig schonen«, sagte der Arzt, ehe er ging. »Wiederaufbau, alles sehr schön. Aber was hat er davon, wenn er eines Tages umkippt. Keller ist aus dem Krieg nicht zurückgekehrt, er war sein bester Mitarbeiter. Und Fred, na ja, wir wissen es.«

Doktor Mertens war seit vielen Jahren Hausarzt der Familie, auch Alexander kannte ihn, nach seiner Heimkehr war er einige Zeit lang mit Aufbauspritzen behandelt worden.

»Ihnen geht es jedenfalls wieder recht gut, Herr von Renkow«, sagte er, »Sie sehen blendend aus.«

»Mir geht es gut, Herr Doktor, das stimmt. Und ab sofort werde ich versuchen, mich im Werk wenigstens etwas einzuarbeiten.«

»Ich werde dich dabei begleiten«, sagte Beatrice. »Ich weiß schließlich ganz gut Bescheid. Im Krieg habe ich auch mitgeholfen. Wissen Sie, Doktor, wir beide haben uns in den letzten Jahren eigentlich nur mit den Pferden beschäftigt. Ich war sehr rücksichtslos meinem Vater gegenüber.«

Der Arzte nickte. »Scheint mir auch so. Kinder, es ist unbegreiflich, es ist ein Wunder, was die Menschen in unserem Land leisten. Sie arbeiten und arbeiten, sie bauen auf, daß man seinen Augen nicht trauen kann. Gerade mal fünf Jahre ist das neue Geld alt. An allen Ecken und Enden wird geschafft, und es ist diese Kriegsgeneration, von der man annehmen müßte, sie sei für alle Zeit erledigt und zerstört. Zerstört wie die Häuser und die Städte. Manchmal frage ich mich, wo nehmen sie nur die Kraft her. Die Kraft und den Mut.« Er sah Alexander nachdenklich an. »Hier bei uns. Drüben in Ihrer Heimat, Herr von Renkow, ist wohl für alle Zeit alles verloren.«

»Meine Heimat ist verloren, da haben Sie recht, Herr Doktor. Aber meine Heimat soll jetzt hier sein.« Er griff nach Beatrices Hand. »Und ich will dafür nun endlich etwas tun.«

»Das höre ich gern. Ja, dann gehe ich jetzt. Und bitte, Beatrice, ich möchte deinen Vater morgen und übermorgen hier vorfinden, wenn ich komme. Wehe, er ist nicht da. Dann habt ihr mich zum letztenmal gesehen.«

Sie brachten den Arzt zur Tür, Beatus stand schon vor dem Munkmannschen Mercedes und hielt die Tür auf. Er würde den Arzt nach Hause fahren, er hatte ihn auch geholt, denn der Arzt-VW hatte wieder einmal gestreikt.

»Also erstens werden wir dafür sorgen, daß Doktor Mertens ein neues Auto bekommt«, sagte Beatrice, als der Wagen weggefahren war. »Und morgen fahren wir beide ins Werk. Mülli ist lieb, er wird keine Schwierigkeiten machen und wird sich große Mühe geben, uns alles zu erklären, was wir vorerst wissen müssen. Und zweitens gehe ich jetzt hinauf und werde Papa die Order des Doktors mitteilen. Und daß wir beide umgehend zu Fred nach Rom fahren, um auch zu komponieren, wenn er nicht pariert. Wäre ja gelacht, wenn ich nicht könnte, was mein Urgroßvater konnte. Schließlich sollen Frauen jetzt gleichberechtigt sein. Und dümmer als Männer sind sie sowieso nicht.«

Auf der Treppe drehte sie sich noch einmal um.

»Bist du einverstanden, Schwager?«

Alexander breitete die Arme aus.

»Ich bin mit allem einverstanden, was du vorhast.«

Sie lief die Treppe wieder hinab und geradewegs in seine Arme. »Du weißt noch, was du heute gesagt hast?«

»Ganz genau. Ich habe gesagt, ich liebe dich. Und ich werde alles lernen, was man vom Maschinenbau lernen kann. Schnellstens werde ich es lernen.«

Sie lachte, bog den Kopf zurück. Ließ sich küssen.

Dann stand sie still, blickte nachdenklich zur Tür.

»Wir beginnen ein neues Leben. Was sagst du dazu? Fünf Jahre ist die Währungsreform her, hat der Doktor gesagt. Und seit acht Jahren ist der Krieg zu Ende. Und mir ist es nie und nie, in all der Zeit, Krieg und Nachkriegszeit, jemals schlechtgegangen. Ich denke gerade darüber nach. Womit habe ich das verdient?«

Alexander strich leicht mit der Hand über ihr Haar.

»Verdient? Wer hat den Tod verdient, wer das Leid, wer, daß er ein Krüppel ist, wer, daß er verhungert ist? Und wer, daß er alles gut überstanden hat? Wir sind ausgeliefert.«

»Wem?«

»Dem Schicksal, dem Zufall.«

»Du sagst nicht, Gottes Hand?«

»Das fällt mir schwer, nach allem, was geschehen ist. – Ich hätte es früher gesagt. Aber jetzt ...«

Sie ging die Treppe hinauf, Alexander sah ihr nach.

Sie war katholisch, ging manchmal zur Messe. Das war ihm fremd. Seltsam, daß sie Friedrich geheiratet hatte, der aus einem evangelischen Haus kam.

In seiner Kindheit, daran erinnerte er sich, waren sie öfter mal in die Kirche gegangen, später nicht mehr. Das Patronat hatte Groß-Landeck, die Renkows brauchten den Pastor nur bei Taufen und Beerdigungen. Für Hochzeiten war er natürlich auch da, aber keiner von ihnen hatte geheiratet. Die Trauung von Beatrice und Friedrich hatte in einer katholischen Kirche stattgefunden, und die Mecklenburger waren etwas hilflos gewesen.

Alexander trat vor den großen Spiegel, der in der Halle hing. Da war er nun. Alles verloren, die Heimat, den Vater, den Bruder, das Gut. Daß Inga irgendwo in der Welt lebte, wußte er von Olga. Womit hatte er sein gutes Leben hier verdient? Schicksal, Zufall, Gottes unverständliche Hand? Er mußte sich um die Lumins kümmern.

Er verzog den Mund.

Doch er hatte noch des Doktors Worte im Ohr. Es ist unbegreiflich, was die Menschen arbeiten, was sie schaffen.

Was hatte er getan? Er kümmerte sich um das Gestüt Rottenbach. Nächsten Sonntag würden zwei Pferde in Köln laufen. Das war es, was ihn bisher interessiert hatte.

Doch nun mußte er sich beweisen, irgendwie und irgendwann mußte es ihm gelingen. Seine Heimat sei jetzt hier, hatte er gesagt. Keine Heimat, in die er hineingeboren worden war, eine, die er sich erobern mußte.

Müller, den Beatrice Mülli nannte, war der Prokurist im Werk. Ein alter Mann. Alle waren sie alt, die jetzt wieder soviel arbeiteten.

Der Prokurist, die Ingenieure, Beatus hier im Haus, die Köchin ... das brachte unvermeidlich die Gedanken zurück. Was mochte aus Mareike geworden sein, aus den Knechten und Mägden, einen Verwalter hatten sie sich schon lange nicht mehr leisten können.

Er sah sein Bild im Spiegel, sah es nicht, sah einen fremden, einen anderen Mann, der ein wenig Angst hatte vor dem, was man von ihm erwartete. Er war siebenundvierzig. Kein Alter für einen Mann, schon gar nicht in dieser Zeit.

Beatrice kam die Treppe wieder herab, und er wandte sich ihr zu. Er wußte, er konnte es sich nur mit ihrer Hilfe verdienen.

»Er schläft«, sagte sie. »Mertens hat ihm wohl irgend etwas gegeben. Ich schaue später wieder mal nach. Sein Herz schlägt ganz normal.«

»Ich hätte Doktor Mertens ja auch nach Hause fahren können«, sagte Alexander.

»Er wohnt irgendwo mitten in Essen, du hättest den Weg sowieso nicht gefunden. Beatus macht das schon.«

»Beatus und Beatrice«, sagte er erstaunt. »Seltsam, nicht? Ich habe noch nie darüber nachgedacht.«

»Das war Hella. Sie hat ihn engagiert, Anfang der zwanziger Jahre. Er war arbeitslos, er kam aus Oberschlesien, das sich die Polen ja damals widerrechtlich angeeignet hatten. Frag ihn mal, er hat als Junge auf einem Gut gearbeitet. Und dann war er im Krieg. Ich weiß eigentlich selber nicht, wie er hierhergekommen ist. Das waren damals diese Ruhrkämpfe, Schlageter und so. Hella ging mit ihrem Hund im Stadtwald spazieren, wir wohnten ja damals noch dort, und fand ihn unter einem Baum sitzend. Er blutete aus einer Kopfwunde. Hella sagte, fehlt Ihnen etwas, kann ich Ihnen helfen? Sie war so, weißt du. Sie brachte ihn mit nach Hause, verband die Wunde und holte Doktor Mertens, den gab es damals schon, ein junger Arzt aus der Nachbarschaft. Und dann blieb er da. Hella fand das großartig. Er heißt Beatus, sagte sie, das paßt doch gut zu unserem kleinen Mädchen.«

»Du hast Hella gern gehabt?«

»Ich habe sie geliebt. Meine Mutter kannte ich ja kaum. Und Hella war ... ja, wie soll man das beschreiben. Sie war so heiter, so ... irgendwie selbstverständlich mit allem, was sie tat oder sagte. Es gibt so Menschen, weißt du. Die sind wie der Sonnenschein. Es war für mich ein Glück, daß Vater sie heiratete. Ich glaube, auch für ihn. Ich weiß nicht, ob er sie verstanden hat. Siehst du, das weiß ich eben nicht. Aber sie hatte ihre Pferde, die dann meine Pferde wurden. Wenn du jetzt davon redest, frage ich mich, was eigentlich aus mir geworden wäre ohne Hella. Wir fuhren manchmal ans Meer, auf eine Insel, die Insel Sylt. Und Hella stürzte sich mit Begeisterung in die heranbrandenden Wellen. Ich hatte immer

Angst. Sie rief, komm schon, ich paß schon auf dich auf. Wellen sind dazu da, daß man ihnen trotzt. So war sie.«

»Es war schlimm für dich, als sie starb.«

»Sie ist immer zu schnell gefahren. Autofahren war für sie wie die Wellen des Ozeans. Bloß konnte sie ihnen nicht trotzen.«

Beatrice schwieg, Alexander streckte ihr die Hand entgegen.

»Es war sehr schlimm für mich, daß sie nicht mehr da war. Mein Vater, meine kleinen Brüder, na gut. Doch sie erfüllte mein Leben. Es gibt …«, sie stockte, »es gibt einfach Menschen, die wichtig sind für ein Leben.«

Alexander hielt sie fest, zog sie zu sich heran.

»Kann ich es nicht werden? Wichtig für dein Leben.«

In dieser Nacht schlief er mit Beatrice.

Die Reise nach Bayern

DURCH ALEXANDERS VERSUCH, sich im Werk vertraut zu machen, zu lernen, um mit der Zeit eine brauchbare Kraft, eine Hilfe für Oscar Munkmann zu werden, verschob sich die geplante Reise nach Bayern.

Oscar war entzückt, daß sich der Herr Schwiegersohn, wie er Alexander fortan nannte, für das Werk interessierte, und obwohl er kein sehr geduldiger Mensch war, gab er sich Mühe, Alexander auf verständliche Weise in seine Arbeit, auch seine Arbeitsweise, einzuführen. Zwei Tage und das darauf folgende Wochenende blieb Oscar zu Hause, dann war er nicht mehr zu halten. Es gehe ihm großartig, erklärte er, und zu dem kleinen Anfall wäre es überhaupt nicht gekommen, wenn er sich an jenem Tage nicht so sehr über einen neuen Mitarbeiter hätte ärgern müssen.

Dennoch paßten Beatrice und Alexander auf, daß er sich nicht überanstrengte. Einer von beiden fuhr Punkt sechs mit dem Wagen in den Hof der Fabrik, um Oscar heimzukutschieren. Beatrice war der Meinung, der zunehmende Verkehr belaste ihren Vater zusätzlich. Und er müsse unbedingt um sieben zu Hause sein, in Ruhe sein Bier trinken, in Ruhe essen und nicht zu spät schlafen gehen.

»Wenn du noch ein Kind brauchst«, sagte Oscar bissig, »dann mußt du eins kriegen. Son Theater kannst du mit mir nicht veranstalten.«

Doch gerade sein Enkel John, der immer von Oscar streng behandelt worden war, beteiligte sich mit großer Anteilnahme an der Aufsicht über den Großvater.

»Wenn du einmal mein Erbe sein willst, dann mußt du dich bewähren. Dann mußt du zeigen, was in dir steckt. Und nicht so ein Lahmarsch werden wie dein Onkel Fred«, so Oscars Worte.

»Ist doch klar. Ich werde nicht komponieren. Aber ich werde studieren und die tollste Maschine erfinden, die du je gebaut hast.«

»Was für 'ne Maschine?«

»Weiß ich noch nicht, eine, die dringend gebraucht wird.«

»Mir liegt daran, daß er lange lebt«, erklärte John seinem Onkel Alexander. »Es eilt mir nicht so mit dem Erben. Und ich bin heilfroh, daß du jetzt die Nase in das Werk steckst. Ich brauche nämlich allerhand Zeit, um zu studieren und zu erfinden.«

»Mach erst mal das Abitur, und dann werden wir feststellen, wieviel Zeit du dir lassen kannst.«

»So dumm bist du ja nicht«, sagte John. »Bis in fünf, sechs Jahren müßtest du eigentlich soweit sein, Großvater zu ersetzen. Und dann habe ich noch locker zehn Jahre Zeit, um dich aufs Altenteil zu schicken.«

»Du bist ganz schön frech, Bengel«, sagte Alexander und lachte. Er verstand sich gut mit dem Jungen, und er war immer wieder erstaunt und betroffen, wenn er bemerkte, wie sehr er Friedrich ähnlich sah.

Als er einmal zu Beatrice davon sprach, erwiderte sie: »Er könnte genausogut dein Sohn sein. Denn du und Friedrich, ihr seid der gleiche Typ. Die Mecklenburger Linie hat sich durchgesetzt.«

Alexander war nun voll beschäftigt, denn auch das Gestüt

durfte nicht vernachlässigt werden, und in der Sommersaison wurden viele Rennen gelaufen, bei denen er sich stets mit Beatrice einfand.

So kam es, daß er sich erst im Oktober auf den Weg nach Bayern machte. Er fuhr in Beatrices Ford, der aus der Vorkriegszeit stammte, aber nach wie vor ein brauchbares Auto war. Beatrice hatte inzwischen für ihren Vater einen Chauffeur eingestellt, einen zuverlässigen Mann mittleren Alters. Er war im Krieg gewesen, hatte ihn überlebt, nur seine Frau und seine Kinder waren bei den Luftangriffen auf Dresden ums Leben gekommen. Er war bereits kurz nach Kriegsende ins Ruhrgebiet gekommen, hatte immer wieder Arbeit gesucht, in verschiedenen Berufen, ohne irgendwo Fuß zu fassen. Ein stiller, einsamer Mann, höchst zufrieden mit dem neuen Posten.

Beatus, der ja Ähnliches erlebt hatte, schlug vor, Gustav könne doch auch im Haus wohnen, sie hätten Platz genug, dann brauchte er nicht jeden Tag von Essen herauszufahren, wo er sowieso nur eine bescheidene möblierte Bude hatte.

Es zeigte sich, daß Gustav dem Haus sehr nützlich war. Im Krieg war er in einer Sanitätskompanie gewesen, er hatte gelernt, Wunden zu verbinden, Kranke und Sterbende zu versorgen, und hatte einen scharfen Blick für jedes Anzeichen einer Krankheit. Auch er beobachtete den Zustand von Oscar Munkmann sehr aufmerksam und brachte es fertig, dessen Konsum schwerer Zigarren einzuschränken, zumindest, während sie im Auto saßen.

Er kurbelte dann einfach das Fenster herunter, und wenn Oscar brummte: »Jetzt zieht's aber«, antwortete Gustav bestimmt: »Zieht nicht. Ist 'ne wunderbare Luft draußen.«

»Na, da sind Sie der erste, der feststellt, daß wir hier gute Luft haben.«

»Die Schlote können wir nicht abstellen«, sagte Gustav.

Oscar machte: »Hm!« und warf die Zigarre zum Fenster hinaus.

Zu alledem beschäftigte sich Gustav in freien Stunden und am Wochenende mit Hingabe im Garten, was einen neuen Gärtner ersparte, denn der Mann, der als Gärtner gearbeitet hatte, war im vergangenen Jahr gestorben.

»Sie verstehen es gut mit den Rosen«, sagte Beatus einmal. »Hatten Sie damals zu Hause auch einen Garten?«

»Hatten wir. Aber in Dresden werden nie wieder Rosen blühen.«

Beatus schwieg darauf. Viel mehr sprach Gustav nie von seinem vergangenen Leben.

Von den Lumins hatten sie lange nichts gehört, und als Alexander den Rhein entlangfuhr, fragte er sich, ob die Adresse in Rosenheim überhaupt noch stimmte.

Er hatte seinen Besuch nicht angekündigt, weil er sich ganz plötzlich zu der Reise entschloß, nachdem Beatrice gesagt hatte: »Nun fahr schon! Wer weiß, wie es ihnen geht.«

Telefonisch konnte man die Lumins nicht erreichen, und auf seinen letzten Brief hatte Alexander keine Antwort erhalten.

Den Lumins ging es schlecht. Sie waren sehr unglücklich.

Als sie sich zur Flucht entschlossen, auf Olgas Drängen, gefördert von Elsgards Wut nach ihrem sogenannten Erholungsaufenthalt und schließlich aus Angst um das Kind, das weitgehend ihrem Einfluß entzogen war, galt nur eine Devise: nach dem Westen! Nach dem goldenen Westen, in ein anderes, in ein besseres Leben.

Das Leben war anders hier, aber keinesfalls besser.

Zu Hause, das war eben trotz allem Ärger, aller Schikane der Lumin-Hof gewesen. Das war ein eigenes Haus, auch wenn sie es nun mit anderen teilen mußten. War ein Bett für jeden, waren Teller, Tassen und Töpfe, waren Wäsche und Kleidung, waren Wiesen, Wälder und Seen und waren ihre Tiere.

Alles hatten sie verlassen. Sie waren auf einmal, was sie bisher zwar von vielen Menschen gesehen und gehört, aber nicht erlebt hatten: Sie waren Flüchtlinge.

In Bayern hatte man die Flüchtlinge, die in Strömen ins Land gekommen waren, nie sonderlich gemocht. In ihren

Städten waren zwar viele durch die Zerstörung ihrer Häuser und Wohnungen arm und obdachlos geworden, in den Kleinstädten aber, auf dem Land hatte man alles behalten. Und wer besitzt, sieht immer mit Verachtung auf die anderen herab, die nichts besitzen. Egal, aus welchem Grund auch immer sie besitzlos, heimatlos geworden sind.

Auch dies eine Geschichte so alt wie die Menschheit.

Außerdem konnten die Bayern Fremde sowieso nicht leiden; sie waren ein eigenwilliges Volk, stolz auf ihr Brauchtum, ihre Tradition, und vor allem wollten sie in Ruhe gelassen werden.

Zwar waren die Männer durch den Krieg auch in fremden Ländern herumgekommen, hatten gesehen, daß fern der Isar und der Donau Menschen lebten, die ihnen ähnlich waren, die Fremde war immer größer, immer weiter geworden, Italien, Jugoslawien, Afrika und schließlich Rußland auch für sie, aber wer es überlebt hatte und zurückgekommen war, hätte viel lieber in der früher so bewährten Beschaulichkeit weitergelebt. Das neue Gebilde, die Bundesrepublik, erfreute sich keineswegs großer Zuneigung, man wollte in Bayern für sich bleiben.

Man leistete sich eigene Parteien, es gab die CSU, es gab die Bayernpartei, und es gab sogar eine monarchistische Partei, die am liebsten wieder einen Wittelsbacher als König gesehen hätte. Und von Preußen wollte man schon gar nichts wissen, und Preußen waren alle, die von nördlich der Donau kamen.

In München ertrug man es mit Fassung. Nein, auch das war schon zuviel gesagt, auch hier mochte man die Preußen nicht besonders, doch man mußte sie dulden und ertragen, zu viele von ihnen waren da.

In Rosenheim hatte man die Flüchtlinge im Barackenlager am Brückenberg untergebracht, recht und schlecht, und im Laufe der Jahre waren viele verschwunden, hatten anderswo Arbeit und eine kärgliche Bleibe gefunden. Nur die Alten, die Kranken, die Mutlosen, die Geschlagenen waren geblieben. Daß nun schon wieder, zwar nicht so viele, aber immerhin doch einige kamen, ärgerte die Rosenheimer.

»Mir langt's«, sagte der Krugwirt erbost, wenn Neueingänge zu verzeichnen waren. »Ham wir's vielleicht nicht durchgefuttert all die Jahre? Jetzt muaß amal a Ruh sei.«

»Mei«, sagte der Gschwendner-Bauer, der hier täglich seine Maß trank, »tätst du denn bei die Russen lebn wolln?«

»Hättens halt nausschmeißen müssen.«

»Hätten wir lieber den Hitler aussigschmissen«, sagte der Schreiner Huber, »eh er uns den ganzen Schlamassl angerichtet hat'.«

Der Krugwirt schwieg verbissen. Er war mit dem Hitler sehr einverstanden gewesen. Jedenfalls anfangs.

»Wann's ihm net den Krieg aufgehalst hätten«, murrte er.

»Am End' willst immer noch net zugem, daß mir angfanga ham.«

»Ham wir net. Die anderen hat's nur gewurmt, daß es uns besser gangen is. Drum.«

»Und wann wir net die Juden umbracht hätten ...«

»Geh, hör mir auf mit deine Juden. Dem Lederer hat keiner was tan. Oder? Da, wo du jetzt sitzt, hat er gsessen, und vertragen ham wir uns immer. Der konnt' einen Schafkopf spielen ... mei, o mei. Besser als der konnt's keiner. Naa, ich werd' dir sagn, wer schuld is. Die depperten Amis, die dem Iwan gholfen ham. Waffen gliefert und alles dazua. Mir wärn leicht mit die Russen fertig worn. San's net gelaufen am Anfang? Glaufen san's wie die Hasen.«

Der Huber schüttelte den Kopf. Er war schließlich auf dem Vormarsch in Rußland dabeigewesen.

»Naa, so war's net. Im ersten Winter, da warn mir schon aufgeschmissen. Nix Gscheits anzuziehen, keine warmen Stiefel. Das muaßt erlebt ham, wennst mitreden willst.«

Der Huber wußte, wovon er redete, er hatte sich die Füße erfroren, daran litt er heute noch.

»Der Hitler hat halt denkt, bis zum Winter is eh' vorbei.«

»So. Hat er das denkt. Da hat er falsch denkt. Die Russen warn guate Soldaten. Ich werd dir sagn, was der Hitler war. Bleed war der.«

»Is doch überall schnell ganga.«

»Scho. Nur ist Rußland a bisserl größer. Daran zum Beispiel hätt er denken müaßen, dei Hitler.«

»Sei stad. Er is net mei Hitler.«

Der Huber grinste, nahm einen großen Schluck aus der neuen Maß, die die Zenzi vor ihn hingestellt hatte, wischte sich den Schaum vom Mund und sagte: »Kann sein, jetzt nicht mehr.«

So oder so ähnlich verliefen die Gespräche überall im Land. Bei alledem hatten die Bayern wenig Grund, unzufrieden zu sein, sie waren relativ gut durch die tausend Jahre gekommen.

Solche bayerischen Reden bekamen die Lumins nicht zu hören, sie saßen in der engen Baracke, schäbig gekleidet, im Winter frierend, angeschlagenes Geschirr auf dem wackeligen Tisch, und sie hätten nicht hungern müssen, wenn sie nur Geld gehabt hätten, um zu kaufen, was sie satt machte.

Jochen fand keine Arbeit, sosehr er sich auch bemühte. Da war sein lahmer Arm, sein zurückhaltendes Wesen. Er versuchte eine Zeitlang, auf einem Bau zu arbeiten, aber das schaffte er einfach nicht mehr. Bei einem Bauern im Umland, wo er gern gearbeitet hätte, kam er nicht unter, die hatten Leute genug.

»Wir hätten es nicht tun dürfen«, sagte er einmal.

Olga und Elsgard wußten, was er meinte.

»Du machst mir Vorwürfe?« fragte Olga.

»Nein«, fuhr Elsgard dazwischen. »Ich bin froh, daß wir hier sind. Es wird schon besser werden. Ich bin froh, daß ich Käte und Willem nicht mehr sehen muß, auch wenn ich ihnen die Pest an den Hals wünsche, weil sie nun alles haben, was mir gehört hat. Aber sie hätten es sowieso bekommen. Und uns hätten sie eines Tages rausgeworfen, das weiß ich, und mich hätten sie eingesperrt; ich bin froh, daß wir hier sind. Und sie haben mir Cordelia weggenommen.«

Elsgard fand dann für einige Zeit Arbeit bei einem Metzger, sie mußte den Laden, die Räucherkammer und den Boden putzen, aber sie brachte nun oft ein Stück Fleisch nach Hause, und der Gemüsehändler, ein paar Häuser weiter, gab ihr billig Kartoffeln und Gemüse. Ihm tat die blasse Frau leid, die niemals lächelte.

Seine Frau war gestorben, sein Sohn gefallen, seine Tochter mit einem Ami nach München hinein verschwunden. Und zudem war er einer, der den Hitler nie gemocht hatte.

Bei ihm hielt sich Elsgard manchmal eine Weile auf, wenn er gerade Zeit hatte, es war der erste Einheimische, mit dem sie ins Gespräch kam, und da er sich für ihre Herkunft und ihr Schicksal interessierte, erzählte sie ihm davon. Er lernte auch Cordelia kennen und war, wie jeder, von dem anmutigen Zauber des Kindes beeindruckt.

Cordelia war die unglücklichste von den vieren. Sie hatte ja nicht gewußt, was beabsichtigt war, als man in Berlin in die S-Bahn stieg. Und sie fand sich in dem neuen Leben nicht zurecht. In der Schule und auch in dem Heim in Waren hatte es ihr gefallen, man war nett zu ihr gewesen, zum erstenmal in ihrem Leben war sie mit Gleichaltrigen zusammengekommen, sie spielten, sie lernten gemeinsam, vor allem der Turnunterricht hatte ihr Spaß gemacht, und wenn man sie lobte, weil ihr jede Übung, jeder Sprung gut gelang, strahlte sie und gab sich noch mehr Mühe.

Politischer Einfluß wurde auf die Erstkläßler nicht ausgeübt, es ging darum, die Kinder aneinander zu gewöhnen und ihnen Freude an der Schule zu vermitteln. Als dann die Weihnachtsferien kamen, war sie froh, wieder für einige Zeit daheim zu sein, ihre Pferde wiederzusehen, auch Käte und Willem waren für sie keine Feinde, sie gehörten für sie in das vertraute Leben, und zu ihr waren ja auch diese beiden immer lieb und freundlich gewesen.

Und dann plötzlich eine ganz andere Welt, alles fremd, alles unverständlich, das Lager in Berlin, der Flug, die elende Baracke und die abwehrende, manchmal feindliche Umgebung. Sie ging in die Fürstätt-Volksschule, sie war ein Fremdling unter den anderen, wurde zurückgewiesen, verspottet, verlacht. Das kam allein schon durch die Sprache. Die Kinder sprachen bayerisch, und Cordelia verstand sie nicht. Die Kinder wiederum spotteten über Cordelias Art zu reden. Dabei sprach sie eigentlich recht gut hochdeutsch. Sie hatten sich zwar oft in Mecklenburger Platt unterhalten, das konnten sie selbstverständlich, aber durch Olga, die schon auf dem Gut dafür gesorgt hatte, daß man das Platt gewissermaßen nur als Feiertagssprache benutzte – Friedrich und Alexander beispielsweise konnten eine große Runde damit unterhalten –, waren Elsgard und dann auch Cordelia mit Hochdeutsch aufgewachsen.

Auf jeden Fall aber klang es anders, und auf keinen Fall bayerisch, was Cordelia sprach.

Kam noch dazu, daß Cordelia zunehmend fremdartig aussah. Die schräggestellten tiefschwarzen Augen, die betonten Backenknochen, das schwarze Haar ließen sie wirklich wie eine Fremde aussehen.

»Wo kommst du nachert her?« fragte Annamirl, die das frechste Mundwerk in der Klasse hatte. »Schaugst grad aus wier a Zigeunerin. Hams di vielleicht im Trab verlorn?«

Die Klasse lachte. Cordelia senkte die Lider, zog den Kopf zwischen die Schultern.

»Des hab i mir eh scho denkt«, kam der Kommentar von einem Buben. »Zeig amal dei Händ! Sans am End a schwarz. Kann sein, a Neger is dei Vater. Net wahr? So was gibt's ja jetzt.«

Die Lehrerin, eine verknöcherte alte Jungfer, war auch keine Hilfe. Cordelia bekam zunehmend Angst vor der Schule, die Sprüche, die man ihr nachrief, gelegentlich auch ein Puff, verstörten sie immer mehr. Entsprechend schlecht wurden ihre Leistungen, sie machte so ziemlich alles falsch, was man falsch machen konnte, also sank ihr Ansehen immer mehr, sie verlor jedes Zutrauen, wurde ein scheues, ängstliches Kind. Ihr strahlendes Lächeln war längst erloschen.

Nun war sie nicht nur eine Zugereiste, sie war auch eine Dumme. Und sie glaubte es schließlich selbst.

Das war die Situation, die Alexander antraf, als er im Oktober kam.

Eine unglückliche, verstörte Familie, ein verzweifeltes Kind.

Er allerdings sagte: »Was für ein reizendes kleines Mädchen. Sie ist nur so still.«

Cordelia hatte einen Knicks gemacht, als er ihr die Hand

reichte. Das hatte Olga ihr beigebracht. Aber sie wagte kaum, ihn anzusehen.

»Sie hat Schwierigkeiten mit der Schule«, erwiderte Elsgard. »Es ist alles so neu für sie. Ich kann das gar nicht begreifen. Sie ist doch drüben gerade ein Vierteljahr in die Schule gegangen. Und schließlich lernen sie hier das gleiche.« Elsgard sprach jetzt in aller Selbstverständlichkeit von ›drüben‹, das tat Jochen nicht. Er sprach überhaupt wenig, er beklagte sich nicht, aber die Mutlosigkeit war ihm ins Gesicht geschrieben, und vor diesem gutgekleideten Herrn, der im eigenen Wagen vorgefahren war, empfand er Scheu.

Nur einmal sagte er: »Wir konnten nichts dafür. Das Gut wurde enteignet, und wir waren auf dem Hof auch nur noch geduldet.«

»Aber das weiß ich ja, daß ihr nichts dafür könnt. Unsere Heimat ist verloren, damit müssen wir uns abfinden.«

Alexander sah, daß das Kind Tränen in den Augen hatte.

»Warum weint sie?« fragte er.

»Sie hat Heimweh«, sagte Olga.

»Aber sie ist ja noch so klein. Für sie muß es doch leicht sein, sich hier zurechtzufinden.«

Daß die Schule das größte Hemmnis war, wußte er nicht, genausowenig wie die anderen, denn Cordelia sprach nicht von ihren Schwierigkeiten. Denn das hatte sie begriffen: daß das Leben für sie alle, für ihren Vater, ihre Mutter und erst recht für Olga, die ebenfalls sehr niedergeschlagen schien, schwer war.

Von Elsgard erfuhr Alexander, was sich alles auf dem Lumin-Hof und auf dem Gut zugetragen hatte, natürlich gab es auch einen ausführlichen Bericht über den sogenannten Erholungsaufenthalt.

»Sie hätten mich eingesperrt«, rief Elsgard wild. »Uns alle. Und Cordelia hätten sie zu einer Kommunistin erzogen. Das konnten wir doch nicht zulassen.«

»Nein, selbstverständlich nicht. Ich weiß Bescheid, wie es drüben zugeht.«

Er sagte auch ›drüben‹. »Und es wird noch schlimmer werden. Und bei uns hier geht es aufwärts. Vor allen Dingen müßt ihr aus dieser scheußlichen Baracke heraus. Es muß doch eine Wohnung für euch zu finden sein. Ich werde mich darum kümmern.«

»Das können wir uns nicht leisten«, sagte Elsgard. »Ich bin die einzige, die hier etwas verdient. Und nicht viel. Ich bin froh, wenn wir zu essen haben.«

Auch Jochen hielt den Blick gesenkt. Es war für ihn etwas Neues, von seiner Frau ernährt zu werden. Es war eine Demütigung.

»Er findet keine Arbeit«, sagte denn auch Elsgard erbarmungslos. »Er ist ein Bauer, nicht wahr? Und dann sein Arm.« Elsgard sprach viel und laut, sie war nie ein schüchternes Mädchen, keine bescheidene Frau gewesen, doch nun hatte sich in ihr ein neues Selbstbewußtsein entwickelt. Schließlich war sie es, die ein gewisses Erfolgserlebnis zu verzeichnen hatte. Denn vor kurzem hatte sie der Gemüsehändler eingestellt. Den Laden mußte sie hier auch putzen, doch sie durfte auch im Verkauf helfen, und da ihr neuer Chef ihr zur Seite stand, kam sie ganz gut mit den Kunden aus. Der Lohn war gering, doch er war alles, was sie hatten, und der Chef gab ihr manchmal was mit.

»Ich bin schuld«, sagte Olga. »Ich wollte, daß wir fortgingen. Von heute aus gesehen …«, sie senkte nicht den Blick, sie sah Alexander an.

»Ich hätte in ein Altersheim gehen und dort die paar Monate verbringen können, die mir noch bleiben.«

Das klang nicht nach Olga, wie Alexander sie kannte.

»Ach, hör auf, Olga, dich anzuklagen«, sagte Alexander und zündete sich eine Zigarette an. »Ich hatte ja keine Ahnung, wie es hier aussieht. Ihr habt mir das nicht richtig geschrieben. Von Geld wollen wir nicht reden, ihr werdet Geld bekommen. Ich arbeite jetzt in der Fabrik von Munkmann. Gut, ich fange erst an. Ich muß das lernen.« Er lachte unbekümmert. »Es ist für mich auch eine neue Welt. Und sehr tüchtig war ich nie, das weißt du, Olga. Aber sie sind eigentlich alle sehr nett zu mir. Trotz allem, ich meine, was sie so denken über mich, na ja, ich bin für sie ein Junker von irgendwo da drüben. Aber sie haben mich freundlich aufgenommen. Vor allem der Vater von Beatrice ist wirklich sehr anständig zu mir. Seht mal, ich war ja für die auch ein Herr Niemand. Als ich aus der Gefangenschaft kam ... wo hätte ich denn hingehen sollen?«

»Ich finde es sowieso sehr beachtenswert, daß dir das eingefallen ist«, sagte Olga, und es klang wieder ein wenig nach der Olga von früher.

»Friedrichs Frau. Ich habe sie zweimal im Leben gesehen.«

»Ich verstehe mich gut mit ihr«, sagte Alexander. »Und vor allem, wie gesagt, mit ihrem Vater. Er ist nun mal der Boß.« Er lachte wieder. »So ist das eben. Ich habe zwei Jahre überhaupt nichts getan, mich nur um die Pferde von Beatrice gekümmert, das hat mir gut gefallen. Aber wenn ich nun dort bin, dann muß ich sehen, daß ich irgendwie mit ihnen auskomme.«

»Du willst dort bleiben?« fragte Olga.

»Kannst du mir sagen, wo ich sonst hin soll?«

Das waren die Gespräche während der zwei Tage, die Alexander in Rosenheim verbrachte, eine Wohnung hatte er nicht gefunden, als er wieder abfuhr, doch die armselige Baracke blieb ihm im Gedächtnis. Immerhin gelang es ihm, Cordelia aus ihrem Gefängnis ein wenig zu befreien.

»Komm mal zu mir«, sagte er am zweiten Abend. »Sieh mich an!«

Cordelia hob langsam die Lider, die Angst aller Welt war in ihren Augen. Und schon wieder standen Tränen darin.

»Du bist ein hübsches Mädchen«, sagte Alexander und nahm sie in die Arme. »Du hast Heimweh? Wirklich?«

»Meine Pferde«, flüsterte Cordelia.

»Ja, ich weiß. Ich habe auch Heimweh nach meinen Pferden.« Die toten, geschundenen, erschossenen Pferde.

»Da, wo ich jetzt bin, Cordelia, gibt es auch Pferde. Sehr schöne Pferde. Andere als unsere, weißt du. Vollblüter. Das ist ...« Er verstummte, es war unsinnig, dem Kind zu erklären, was Vollblüter waren, woraus ihr Leben bestand.

»Ich bin dein Onkel Alexander, Cordelia. Wirst du dir das merken? Und ich werde darüber nachdenken, was mit euch geschieht. Verstehst du? Ich kenne dich jetzt. Und ich werde dich nicht mehr vergessen. Paß mal auf, wie es weitergeht. Ich werde dafür sorgen, daß du nicht mehr weinen mußt.«

Und nun Cordelias Lächeln, die Tränen noch in den Augen. Ein Bund war geschlossen, das ahnten sie beide noch nicht. Später, Elsgard brachte Alexander zu seinem Auto, sagte er: »Was für ein bezauberndes Kind. Wie habt ihr das gemacht?«

Elsgard blickte zurück über die Schulter, Olga und Jochen waren in der Baracke geblieben, denn sie hatte energisch gesagt: »Ich möchte noch ein paar Worte mit Alex allein sprechen.«

Olga hatte Alexander umarmt und geküßt, auch sie hatte Tränen in den Augen. Die Männer gaben sich die Hand, Jochen schwieg, nahm Alexanders Hand, den Blick zu Boden gesenkt.

Jetzt sagte Elsgard: »Ich kann es dir erklären. Aber du darfst nie darüber sprechen. Nicht zu Jochen. Auch nicht zu Olga.«

»Was heißt das?«

»Ich bin vergewaltigt worden von einem Russen. Daher habe ich das Kind.«

»Els!«

»Du darfst nie davon sprechen, ja? Das versprichst du mir, ja? Zu keinem Menschen. Auch Cordelia darf es nie erfahren. Ich wollte abtreiben, aber ... Versprichst du mir, daß du nie darüber sprechen wirst? Nie!«

»Els! Um Gottes willen!«

»Gib mir die Hand, und versprich es mir.«

Sie streckte ihm die Hand hin, er nahm sie. »Ich verspreche es. Jetzt verstehe ich auch ...«

»Was verstehst du?«

»Na ja, Jochen benimmt sich so seltsam. So fremd. Mein Gott, Els.« Er nahm sie in die Arme, hielt sie fest.

Er hatte eine ansehnliche Summe Geld zurückgelassen, Jochen hatte es nicht angesehen, Elsgard hatte es eingesteckt. Auf der Rückfahrt ins Ruhrgebiet hatte Alexander viel nachzudenken.

Eine neue Aufgabe war ihm zugefallen, die Lumins.

Das Gestüt, das Werk, die Munkmanns. Bis jetzt hatte er sich durchfüttern lassen und sich wohl gefühlt. Trotz allem, was er erlebt hatte, war ein Teil seiner Unbekümmertheit zurückgekehrt. Werden wir leben, werden wir sehen, Haralds Devise, hatte er sich zu eigen gemacht.

Ob er es je schaffen würde, eine ernst zu nehmende Arbeitskraft in der Fabrik zu werden, bezweifelte er. Sehr tüchtig bin ich nie gewesen, hatte er zu Olga gesagt. Gerade so, als ob man sich darauf etwas einbilden könnte. Und als ob er sich auf dem, was er erlebt hatte, Krieg und Gefangenschaft, für den Rest seines Lebens ausruhen könnte. Krieg und Gefangenschaft hatten andere auch erlebt. Auch heute noch hielten die Russen viele deutsche Soldaten gefangen, und die meisten von ihnen würden die Gefangenschaft nicht überleben. Er hatte auch in diesem Fall Glück gehabt, er war nicht nach Sibirien gekommen, seine Kenntnisse der russischen Sprache waren hilfreich gewesen und Iwan Petrowitsch, der Lagerleiter, mit dem er sich gut verstand und mit dem er Schach spielte; Iwan Petrowitsch war auch damals bei den Übungen am Kasansee dabeigewesen, er behauptete immer, sich an Alexander zu erinnern.

Bei Koblenz hielt er an, vertrat sich die Beine. Hier fließt die Mosel in den Rhein und bildet das sogenannte Deutsche Eck. Das hatte er schon bei seinem Hauslehrer gelernt. Stand hier nicht ein Denkmal von Kaiser Wilhelm? Von welchem? Der Erste? Der Zweite? Der Kaiser war nur noch eine Erinnerung aus der Kinderzeit. »Der Kaiser ist ins Exil gegangen«, hatte sein Vater gesagt. Da war Alexander zwölf gewesen.

Was hatte sein Vater dazu noch gesagt?

Es fiel ihm nicht ein. Was mochte er empfunden haben? Ärger, Scham? Ein verlorener Krieg auch damals, ein demütigender Vertrag, der Deutschland arm machte, Teile des Landes verloren. Nur daß es sie damals nicht betroffen hatte, Land und Gut blieben ihnen erhalten, wenn auch schwere Zeiten kamen. Dem Kaiser sollte es recht gutgegangen sein im holländischen Exil, er heiratete sogar noch einmal und lebte friedlich und ohne Not bis zu seinem Tod im Jahr 1941.

Das war kaum zu glauben! Alexander stand da und starrte auf den Rhein, groß, breit und mächtig, wie er die Mosel in sich aufnahm, auch sie ein beachtlicher Strom.

Darüber hatte er noch nie nachgedacht. Der Kaiser hatte alles miterlebt, die Weimarer Republik, den Hitler und schließlich noch einen Krieg. Nein, nicht miterlebt, er hatte es gemütlich aus naher Ferne mit angesehen.

Darüber, zum Beispiel, hätte Alexander jetzt, heute, gern mit seinem Vater gesprochen. Oder mit seinem Bruder.

Und plötzlich wurde ihm bewußt, daß es keinen Menschen mehr gab, der wirklich zu ihm gehörte. Beatrice, Oscar, der Junge, sein Neffe, Fremde waren es im Grunde doch. Blieben Olga, Elsgard und Jochen.

Jetzt verstand er auch, warum Jochen so verbittert war, warum er ihm nicht in die Augen geblickt hatte.

Das Kind. Els war vergewaltigt worden.

»Du darfst nie darüber sprechen. Versprichst du es?«

Alexander seufzte tief auf. Das alles war viel schwieriger, als er es sich vorgestellt hatte. Vier Menschen mußte er versorgen. Eine alte Frau, der er viel zu verdanken hatte, einen gedemütigten Mann, eine geschändete Frau und ein Kind. Ein unschuldiges Kind, verängstigt, von Heimweh erfüllt. Wie mochte Jochen das Kind behandeln? War es deswegen so scheu, so unsicher, hatte die Augen voller Tränen?

Das Kind hatte gelächelt, als er es umarmte. Und wie stand Els zu dem Kind? Verabscheute sie es? Behandelte sie es schlecht? Haßte sie dieses Kind?

Alexander blickte hinauf zu der Burg, deren Namen er nicht kannte. Es begann zu dämmern, er mußte fahren.

In Remagen stieg er dann doch noch einmal aus.

Hier hatte die Brücke gestanden, auf der die Amerikaner den Rhein überquerten. Der Wehrmachtsbericht hatte es nicht deutlich gesagt, nur so drum herum geredet. Sie hatten es dennoch gewußt. Es gab bereits Straßenkämpfe in Köln, nur über den Rhein waren sie dort nicht gekommen, die Brücken waren alle gesprengt.

Alexander stand regungslos und starrte in den Strom. Es war nun dunkel, das Wasser schimmerte silbern, ein erleuchtetes Schiff fuhr langsam stromabwärts.

»Der Rhein. Deutschlands Strom, nicht Deutschlands Grenze soll er sein.« Das hatte ihr Hauslehrer damals gesagt. 1915 wurde er eingezogen, sie hatten nie wieder von ihm gehört, vermutlich war er gefallen. Im Schützengraben vor Verdun ermordet worden. Später gingen sie in Schwerin ins Gymnasium, Friedrich und er. Vom Rhein war da keine Rede, der war weit weg.

In der Schule war Alexander keine Leuchte gewesen, er lernte zwar leicht, doch er arbeitete kaum. Die Weimarer Republik. Wie hatten sich eigentlich die Lehrer dazu verhalten? Sie waren konservative Leute, ihr Unterricht kaum anders als zwanzig Jahre zuvor. Wenn von Politik gesprochen wurde, ging es meist um den Osten, die widerrechtliche Landnahme der Polen, die gefälschte Option, der polnische Korridor. Der lag ihnen näher als der Rhein. Kommunisten? Waren bestimmt nicht dabei. Kaum Sozialdemokraten, es waren alles ältere, sogar alte Männer, die auf dem Katheder saßen.

Wann mochte es die ersten Nazis in Mecklenburg gegeben haben? Auch heute noch erschien es ihm unwahrscheinlich, daß sie plötzlich Nazis im Land hatten. München war weit weg, noch weiter als der Rhein.

»Ich bin Jude«, hatte dann eines Tages Harald gesagt. »Weißt du das nicht?«

Zum Teufel, nein. Nichts hatte er gewußt.

In Göttingen hatte Harald ihm das Häuschen an der Promenade gezeigt, in dem der junge Bismarck wohnte, als er studierte.

»Er war der Beste, den wir in Deutschland je hatten. Sagt mein Vater.« So Harald.

Alexander hatte gegrinst und mit dem Kopf genickt.

Durch Bonn fuhr er durch, das kannte er schon. Von hier aus wurde dieses Land, das sich Bundesrepublik Deutschland nannte, jetzt regiert. Beatrice hatte ihn durch die Stadt geführt, er war nicht sehr beeindruckt.

»Ziemlich klein für eine Hauptstadt«, hatte er gesagt. »Wenn ich da an Berlin denke.«

»Das ist vorbei. Für immer. Es bestand eine große Neigung, Frankfurt zur Hauptstadt zu machen. Aber Adenauer hat sich durchgesetzt, er wollte am Rhein bleiben.«

Das hatte Alexander nicht miterlebt, nicht einmal davon gehört. Bonn also. Na ja, konnte ihm nicht imponieren.

Köln kannte er auch, ihre Pferde waren dort gelaufen, und den Dom hatte er unter Beatrices Führung besichtigt.

Am besten gefiel es ihm in Düsseldorf. Dort waren gut geführte Geschäfte mit eleganter Ware, es gab gute Lokale, und besonders liebte er einen Bummel durch die Altstadt, wo man schließlich auch wieder am Rhein landete.

»Es ist viel kaputtgegangen«, hatte Beatrice gesagt und erklärt, welches Haus da und dort gestanden hatte, wo man einst besonders gut essen konnte, wo es das beste Alt gab.

»Friedrich ist auch gern hier herumgebummelt. Ich erinnere mich noch, als er das letztemal auf Urlaub kam und als wir ...« Sie war verstummt, hatte auf einen Haufen Trümmer geblickt, der früher ein Haus gewesen war, in dem sie mit Friedrich gesessen hatte. »War 'ne besonders hübsche Kneipe hier.« Alexander schob seinen Arm unter ihren.

»Komm, laß uns gehen. Du sollst nicht traurig sein. Du hast wenigstens mich. Ich tauge zwar nicht viel, und gegen meinen Bruder bin ich ein Nichts. Konnte ich nicht tot sein und er leben?«

»Du hast eben gesagt, ich soll nicht traurig sein. Ich kenne noch eine andere hübsche Kneipe, die ist stehengeblieben.«

Sie fuhren manchmal zu einem Abendbummel nach Düsseldorf hinein, von der Villa aus war es ein Weg von etwa einer dreiviertel Stunde. Sie waren auch zweimal in Düsseldorf im Theater gewesen, bei Gründgens natürlich. Und einmal waren sie in der Oper.

Sie hatten ein Ballett gesehen, Alexander war begeistert. »Ich liebe Ballett. Ich war mal sehr verliebt in eine Tänzerin vom Sadler's Wells in London. Ich wollte sie heiraten.«

»Und?«

»Sie wollte nicht.« Er lachte.

Nun, nachdem Alexander im Werk arbeitete, täglich von acht Uhr früh bis abends um sechs, und manchmal länger, blieb wenig Zeit für einen Abendbummel. Oft fuhren sie abends noch ins Münsterland zum Gestüt, am Wochenende sowieso. Und bei dem Gestüt blieben Alexanders Gedanken denn auch hängen. Wenn nicht dort, wo dann?

Es war ziemlich spät in der Nacht, als er ankam. Beatrice hatte auf ihn gewartet. Sie saß in Hellas Salon, wie das mit Kirschbaummöbeln und geblümten Sesseln ausgestattete Zimmer hieß, in dem sich Hella am liebsten aufgehalten hatte.

»Endlich!« sagte Beatrice. »Ich habe mir schon Sorgen gemacht.«

»Um mich?« fragte er und nahm sie in die Arme, ließ sie gleich wieder los. »Entschuldige! Ich habe den ganzen Tag im Wagen gesessen, ich stinke vermutlich.«

»Du stinkst nicht. Und selbst wenn es so wäre, wärst du mir auch stinkend willkommen. Hauptsache, du bist da.«

Der Tod hatte so lange ihr Leben begleitet, sie fühlte ihn immer noch nahe. Und der Gedanke, daß er stinken könnte, war noch immer ein Relikt aus seiner Gefangenschaft.

Er umarmte sie wieder und küßte sie.

»Also gut«, sagte er dann, bog sich zurück und blickte in ihre Augen. »Ich werde gleich duschen. Aber vorher muß ich dir etwas Wichtiges sagen.«

»Ja?«

»Ich bin froh, wieder bei dir zu sein. Und ich liebe dich.«

War er nun am Ende einer langen Reise angekommen? Ein Haus, in dem er sich wohl fühlte, eine Frau, die er liebte. Und schließlich und endlich Arbeit, die auf ihn wartete und an die er nun mit voller Energie herangehen wollte.

Es war eine lange Fahrt gewesen an diesem Tag, von Bayern ins Ruhrgebiet, der letzte Teil seiner Reise durch ein bewegtes Leben. Er hatte viel nachgedacht. Jetzt wollte er endlich zeigen, was er konnte, sich endlich das gerettete Leben wirklich verdienen.

»Einen Drink?« fragte sie.

»Am liebsten ein Bier.«

»Und zu essen habe ich für dich auch noch etwas vorbereitet.«

»Essen will ich eigentlich nicht.«

»Doch, wirst du. Und dann wirst du mir erzählen.«

Er trank das Bier, das sie ihm reichte, mit zwei Schlucken aus.

»Ich bin glücklich, bei dir zu sein. Und ich habe nie gedacht, daß ich noch einmal in meinem Leben glücklich sein würde.«

Sie lachte. »Schön, das zu hören. Und nun wasch dich und mach schnell.«

»Papa schläft?«

»Ich hoffe. Es ging ihm heute wieder nicht besonders gut. Morgen muß er zu Hause bleiben. Wir werden beide ins Werk fahren. Es gibt nämlich eine angenehme Überraschung. Du erinnerst dich an den Italiener, von dem Papa erzählt hat? Dieser Ingenieur? Er ist wieder da. Er rief heute abend an, und er will wieder bei uns arbeiten. Ein sehr fähiger Mann. Aber ich habe Papa nichts davon erzählt. Giordano kommt morgen um neun ins Werk, wir beide, du und ich, werden mit ihm reden.«

Später erzählte er ihr von den Lumins, wie er sie vorgefunden hatte, in welch erbärmlichem Zustand sie lebten.

»Sie haben noch so ein kleines Kind? Das hast du nie erwähnt.«

»Ich habe es nicht gewußt.«

Er war nahe daran zu erzählen, was Elsgard ihm anvertraut hatte. Doch er hörte noch ihre flehentliche Bitte: Du darfst nie davon sprechen. Versprich es mir! Versprichst du es?

»Ich möchte sie herholen«, sagte er. »Alle vier.«

»Mein Gott, Alexander. Wir können doch nicht deine ganze Sippe hier aufnehmen.«

»Es ist nicht meine Sippe. Wir sind nicht verwandt. Aber sie gehören in mein Leben. In meine Jugend. Ich kann sie dort nicht verkommen lassen. Und dieses kleine Mädchen ... Sie heißt Cordelia. Klingt hübsch, nicht? Wie sie bloß auf diesen Namen gekommen sind?«

»King Lear«, sagte Beatrice, »wirklich erstaunlich.«

»Ich habe mir gedacht, wir könnten Jochen auf dem Gestüt beschäftigen. Er hat sein Leben lang mit Pferden zu tun gehabt.«

»Alexander, ich bin mit dem neuen Gestütsmeister sehr zufrieden.«

»Weiß ich. Aber es wird für Jochen doch Arbeit auf dem Gestüt geben.«

»Ich kann ihn schließlich nicht als Pferdepfleger anstellen.«

»Warum nicht? Es wird auf jeden Fall besser sein als das, was er jetzt tut. Er hat keine Arbeit. Er findet dort keine.«

»Und wo sollen sie wohnen?«

»Auf dem Gut. Da ist doch Platz genug. Neumann wohnt dort mit seiner Frau und den Kindern.« Neumann war der Gestütsleiter.

»Es ist ein großer Wohnraum da, den könnten sie gemeinsam benutzen. Die Zimmer für die Trainer, falls sie da sind. Es sind schon noch ein paar Räume da, die sich herrichten lassen. Ich muß mir das überlegen.«

»Meine Prinzessin! Du bist ein Engel.«

»Weder noch. Keine Prinzessin und kein Engel. Und was machen wir mit dem Kind? Die Kleine muß doch in die Schule gehen.«

»Die Kinder von Neumann gehen doch auch in die Schule.«

»Eine Volksschule, immerhin elf Kilometer entfernt. Frau Neumann fährt sie morgens mit dem Wagen hin. Und holt sie auch wieder ab.«

»Und warum soll Cordelia nicht mitfahren? Es ist sowieso schwierig für sie, wenn sie nun schon wieder die Schule wechseln muß. Aber da hätte sie doch gleich Anschluß.«

»Neumann hat zwei Jungen. Und sie sollen später in die höhere Schule gehen.«

»Darüber können wir uns jetzt nicht den Kopf zerbrechen. Werden wir leben, werden wir sehen. Darf ich noch ein Bier trinken?«

»Warum nicht?«

»Es wäre die dritte Flasche.«

»Nachdem du brav gegessen hast, darfst du auch eine dritte Flasche Bier trinken. Und dann gehen wir schlafen. Wir müssen um neun im Werk sein.«

Als Liebhaber war Alexander in dieser Nacht nicht zu gebrauchen. Kaum lag er im Bett, da schlief er schon.

Ein neues Leben

ES VERGINGEN JEDOCH noch einige Monate, bis die Lumins von Bayern ins Münsterland umsiedeln konnten.

Zunächst kam es vor allem darauf an, die Neumanns auf die Veränderung vorzubereiten, es durfte keine neue Situation Käte und Willem entstehen.

»Platz ist genug da«, sagte Beatrice. »Ich werde die unbenutzten Räume herrichten lassen.«

Bereits am folgenden Wochenende erfuhren die Neumanns, was ihnen bevorstand.

Es war ein trüber Herbsttag, es regnete, der November kündigte sich an. Beatrice und Alexander gingen mit dem Gestütsleiter durch die Stallungen. Es war warm, die Tiere standen in sauberem Stroh, doch sie langweilten sich ein wenig und streckten die Nasen heraus, damit möglichst jemand, der vorbeikam, stehenblieb und mit ihnen sprach.

Die Stallgasse war breit und sauber gefegt, und Alexander dachte, daß die Pferde wie die Fürsten lebten, wenn man bedachte, wie erbärmlich noch immer viele Menschen leben mußten, geschweige denn, wie sie in den vergangenen Jahren gelebt hatten.

Der Pferdepfleger, der an diesem Nachmittag und in der Nacht Stallwache hatte, kam vorüber und grüßte. Die anderen waren heimgefahren in die umliegenden Dörfer.

Am Ende des großen Stutenstalls befand sich die Kammer des Pflegers, die Tür stand offen, und Alexander blickte hinein. Ein bequemes Lager, eine Zeitschrift auf dem Tisch neben der Teekanne, ein Radio spielte leise. Es war auf jeden Fall gemütlicher als die Baracke der Lumins.

Bei der Stute Jessica blieben sie stehen. Sie ließ den Kopf hängen, ihr Mittagessen in der Krippe war unberührt.

»Jessi! Liebling!« lockte Beatrice. »Komm doch mal her!«

Sie ging hinein in die Box, strich der Stute über den Hals, nahm ihren Kopf in die Hände.

»Sie hat immer noch trübe Augen.«

»Ja«, sagte Neumann, »sie hat sich von dem Husten nicht erholt. Doktor Klinger war gestern wieder da, sie bekommt jetzt Aufbauspritzen. Und wir führen sie jeden Tag eine halbe Stunde in der Halle herum.«

Die Stute hatte im Frühjahr verfohlt, auch nicht wieder aufgenommen. Beatrice holte zwei Stück Zucker aus ihrer Jackentasche. Die Stute nahm sie vorsichtig von ihrer Hand.

»Du wirst bestimmt wieder gesund, Jessi. Du hast so schöne Kinder bekommen. Und dein Jüngster wird nächstes Jahr das Derby gewinnen, daran mußt du immer denken.«

Die Männer lachten, und Jessica, wie um zu beweisen, daß sie verstanden hatte, ging zu ihrer Krippe, um ein wenig am Hafer zu knabbern.

»Schade, daß ich Sie hier nicht als Pfleger beschäftigen kann, gnädige Frau«, sagte Neumann. »Sie verstehen die Sprache der Pferde.«

»Und die Pferde verstehen mich.«

Später, sie saßen bei Kaffee und selbstgebackenem Kuchen im Wohnzimmer der Neumanns, auch die beiden Jungen waren dabei, kam Beatrice ohne Umschweife zur Sache. Anschließend erzählte Alexander, wie er die Lumins in Bayern vorgefunden hatte.

»Olga Petersen hat ein Leben lang für uns gesorgt. Für meinen Vater, für meine Schwester und meinen Bruder. Meine Mutter starb, als ich drei Jahre alt war.«

Und er sprach auch von dem verängstigten, weinenden Kind. »Sie muß ungefähr in deinem Alter sein, Klaus.«

Klaus war ein Jahr jünger als Cordelia und ging in die erste Klasse. Er war groß für sein Alter, ein kräftiger Junge, wie sein älterer Bruder Jürgen.

Karl Neumann stammte aus Hamburg, er hatte als Stalljunge auf der Rennbahn in Horn gearbeitet, auch gut reiten gelernt und wäre am liebsten Jockey geworden, doch er wuchs und wuchs, er wurde zu groß. Dann träumte er davon, später einmal Trainer zu werden, aber sein Schicksal war genauso wie das von vielen seiner Generation; erst Arbeitsdienst, dann die Wehrmacht und unmittelbar danach der Krieg. Es blieb ihm keine Zeit für eine Ausbildung, für einen Beruf.

Ilse Neumann war Münsterländerin, er lernte sie kennen, als er '38 im Münsterland Dienst tat. Sie war gerade neunzehn, als sie heirateten.

Sie hatte weder Vertreibung noch Flucht erlebt, aber immerhin den Bombenkrieg. Während der Angriffe auf Hamburg im Sommer '43 war sie wie viele andere in die Alster gesprungen auf der Flucht vor den Phosphorflammen, die durch die Straßen rasten. Karl Neumann war im Winter '42 schwer verwundet worden, das hatte ihm Stalingrad erspart, aber später mußte er wieder hinaus, er machte den ganzen Rückzug mit, und als er im Juni '45 nach Hamburg kam, fand er nur noch eine Ruine, wo früher seine Wohnung gewesen war, genauer gesagt, die Wohnung seiner Eltern, denn bei ihnen war er mit seiner jungen Frau eingezogen.

Er fand Ilse bei ihren Eltern in Telgte wieder, auch seine Mutter war da. Sein Vater war während eines Angriffs von einem herabstürzenden Balken am Kopf getroffen worden, an den Folgen dieser Verletzung war er gestorben.

Ilse Neumann sagte: »Mein Bruder hat geheiratet und ist ausgezogen. Bei meinen Eltern wäre schon Platz.«

»Das ist eine gute Idee, Frau Neumann«, sagte Alexander. »Aber es geht ja auch darum, daß Herr Lumin Arbeit hat. Und die hätte er natürlich am besten bei Pferden.«

»Wir haben Vollblüter«, gab Neumann zu bedenken. »Was hatten Sie denn für Pferde auf Ihrem Gut, Herr von Renkow?«

»Keine Vollblüter, das ist wahr. Aber wir hatten wunderschöne Pferde, Trakehner vor allem.«

Es waren auch grobschlächtige Bauernpferde gewesen,

Arbeitspferde eben, die vor dem Pflug gingen oder die Erntewagen zogen. Das zu erläutern war jetzt überflüssig.

»Ach ja, Trakehnen!« sagte Neumann traurig. »Herr von Amstetten hat mich einmal nach Trakehnen mitgenommen, da war ich sechzehn. War das schön dort. Das haben jetzt die Russen.«

Beatrice nickte. »Ich kenne Herrn von Amstetten. Meine Mutter war gut mit ihm befreundet. Unsere Pferde liefen ja auch immer in Hamburg-Horn.«

Eine Weile sprachen sie über das Derby in Hamburg.

Dann kam Ilse Neumann zur Sache, sie waren inzwischen bei Bier und Genever angelangt.

»Sie meinen also, dieser Herr Lumin könnte hier auf dem Gestüt arbeiten.«

»Ja, das meine ich«, sagte Alexander. »Er wird es lernen, mit Vollblütern umzugehen. Gezüchtet hat er auch.« Folgte die Geschichte von Widukind.

»Man hat ihm den Hengst einfach weggenommen?« fragte Neumann bestürzt.

»Es ist Jochen sehr nahegegangen. Er hatte auch eine edle Fuchsstute. Mein Vater hatte sie Frau Lumin geschenkt, weil sie gern ritt. Wie sie mir erzählt haben, hat die Stute gerade zu Kriegsende ein Fohlen gebracht. Er durfte den Hengst nicht behalten. Die Zucht wird nur noch ... also, wie heißt das denn gleich? Also von Staats wegen betrieben.«

»Vier Leute«, sagte Ilse Neumann nachdenklich.

»Wollen wir doch mal ernsthaft reden«, übernahm Beatrice wieder die Führung des Gesprächs. »Jochen Lumin braucht Arbeit und ein Dach über dem Kopf. Um genau zu sein, eine neue Heimat. Sicher fände ich bei uns im Werk einen Posten für ihn, wir sind ja im Aufbau. Und ich würde auch eine Wohnung auftreiben, mein Vater hat schließlich gute Beziehungen. Sie wären hier auf dem Land aber besser aufgehoben. Und bei meinen Pferden. Und es ist genug Platz im Haus.« Jetzt war ihr Blick herrisch. »Es gibt genügend Räume, die man herrichten kann. In Telgte würde Herr Lumin sicher keine Arbeit finden. Wir können sie keiner feindseligen Situation aussetzen, das haben sie schon mitgemacht.«

»Ich bin nicht feindselig gegen Menschen, die Hilfe brauchen«, erwiderte Ilse Neumann, ihr Blick war nicht weniger herrisch. Doch sie wußte sehr gut, was sie der Herrin des Rottenbach-Gestüts zu verdanken hatte.

»Vier Leute«, wiederholte sie.

»Zwei Leute, die arbeiten können. Eine alte Frau und ein Kind.«

Beatrice ließ die Handwerker kommen, um die bisher unbenutzten Nebenräume des Guts zu renovieren. Das ging schnell, noch war ja jeder froh, Arbeit zu bekommen. Zu Anfang des Jahres war das Asyl für die Mecklenburger fertig.

Wer Schwierigkeiten machte, war Jochen.

»Ich will nicht bei fremden Leuten unterkriechen«, sagte er widerborstig.

»Na schön«, sagte Elsgard. »Solange mich Strauß nicht hinausschmeißt, haben wir ja was zu essen.«

Strauß war der Gemüsehändler, bei dem sie noch immer arbeitete. Das Geschäft ging, jahreszeitlich bedingt, schlecht. Und für sie war es täglich ein weiter Weg.

Cordelia saß am Tisch und machte ihre Schularbeiten, wie immer mühsam und unlustig. Die Gespräche der Erwachsenen hörte sie, es gab ja nur das eine Zimmer für sie alle.

»Wenn es da doch Pferde gibt«, sagte sie leise.

»Mach deine Arbeiten und kümmere dich nicht um das, was wir reden«, fuhr Elsgard sie an.

Weihnachten verbrachten sie noch in der Baracke am Brückenberg. Es war nun genau ein Jahr her, daß sie die Sowjetzone verlassen hatten, und das letzte Weihnachtsfest hatte immerhin für Aufregung und Spannung gesorgt, diesmal befanden sie sich nun in trübseliger, um nicht zu sagen, verzweifelter Stimmung.

Elsgard, die sich seit neuestem das Rauchen angewöhnt hatte, drückte die Zigarette im Aschenbecher aus und zündete sich gleich die nächste an.

»Rauch nicht soviel«, sagte Olga. »Die Luft ist schlecht genug hier drin.«

»Hör auf, mich rumzukommandieren. Wozu brauchen

wir denn Luft? Die hatten wir früher mal, nicht? Jetzt brauchen wir keine mehr.«

Olga sagte: »Ich bin schuld.«

»Nein«, schrie Elsgard. »Ich wollte weg.«

Sie schrie jetzt oft. Jochen litt darunter, auch Cordelia.

»Es wird besser werden. Wenn Jochen Arbeit findet ...«

»Er wird nie mehr arbeiten können«, schrie Elsgard.

Damit hatte sie nicht unrecht. Da Jochen den Arm kaum benutzte, war er immer schwächer geworden, erschlafft.

»Wir hätten bleiben sollen, wo wir waren«, sagte er müde.

»Nein«, schrie Elsgard, noch lauter. »Ich wollte weg. Erholungsaufenthalt, daß ich nicht lache. Ein Umerziehungslager nennt man das. Und wenn sie gesehen hätten, daß sie mich nicht umerzogen haben, was hätten sie dann mit mir gemacht? Wie? Könnt ihr mir das sagen? Und was hätten sie mit euch gemacht, wie? Dich in ein Altersheim gesteckt, Olga. Und Jochen in ein Heim für Versehrte oder so was. Und Cordelia? Sie wäre demnächst hinter einer roten Fahne hermarschiert.«

»Schrei nicht so, Elsgard!« sagte Olga. Ihr Mund bebte, ihre Augen waren voller Verzweiflung. Sie war durch das Leben, das sie führten, durch den ewigen Streit zermürbt.

Cordelia hielt den Kopf gesenkt, das dunkle Haar fiel über ihre Wangen. Sie war froh, eine Weile dem Gespött der Klasse entronnen zu sein, aber hier konnte sie sich auch nicht wohl fühlen. Ein empfindsames Kind war sie immer gewesen, jetzt war sie scheu und verängstigt, immer bereit, sich zu ducken. Sehnsüchtig nach Liebe, aber ohne Zuversicht, sie zu finden.

Sie würde dieses Gefühl der Angst nie verlieren, ein Leben lang, die endlos lange Zeit eines Lebens, in dem das Glück ihr immer wieder aus den Händen gleiten würde. Daran konnte Erfolg nichts ändern, es würde sich steigern in den Jahren des Mißerfolgs. Und immer würde sie nach Hilfe suchen. Nach einer hilfreichen Hand.

Jetzt murmelte sie: »Aber Onkel Alexander hat doch gesagt ...«

»Halt den Mund! Mach deine Schularbeiten!«

Elsgard zog heftig an der Zigarette und goß sich einen Schnaps ein aus der Flasche Enzian, die der Gemüsehändler ihr zu Weihnachten geschenkt hatte.

Cordelia senkte den Kopf noch tiefer. Es waren Weihnachtsferien, und es waren keine Schularbeiten zu machen. Olga hatte ihr am Nachmittag ein kurzes Diktat gegeben, das sie voller Fehler abgeliefert hatte. Nun mußte sie es noch einmal schreiben, möglichst ohne Fehler. Sie kritzelte in ihrem Heft herum, ihre Gedanken waren woanders. Ich bin dein Onkel Alexander. Er hatte sie in die Arme genommen. Und angesehen.

Er allein bedeutete Hoffnung auf ein besseres Leben. Das hätte sie gedacht, wenn sie so etwas hätte denken können. Doch sie fühlte es.

Im Februar 1954 siedelten die Lumins und Olga in das Münsterland um. Wieder eine weite Reise, wieder eine neue Welt. Nur waren diesmal hilfreiche Hände da. Und ein wenig ähnelte es doch der alten Heimat, der weite Himmel, das offene Land.

Beatrice hatte genaue Anweisungen gegeben, wie alles vor sich gehen sollte.

»Hier ins Haus kommen sie nicht, ein und für allemal. Ist das klar, Alexander? Das ist keine Unfreundlichkeit, es geht nicht. Das können wir Papa nicht zumuten.«

»Schon gut, ich verstehe. Es ist genug, daß du Papa mich zugemutet hast.«

»Red keinen Blödsinn!«

Er war ziemlich niedergeschlagen zur Zeit, denn auf seinem Weg, der Karriere eines Managers, wie das neuerdings hieß, hatte er wenig Erfolge vorzuweisen. Oscar war oftmals unzufrieden mit ihm und verschwieg das nicht. Giordano, der Italiener, hatte mittlerweile im Werk mehr zu sagen als er.

Alexander dachte manchmal, Friedrich hätte es sicher besser gemacht als er. Es war wirklich ein Verhängnis, daß er lebte und Friedrich nicht mehr.

»Es spielt sich folgendermaßen ab«, bestimmte Beatrice. »Sie fahren nach München hinein, setzen sich dort in den

Zug nach Essen. Ich habe mir den Fahrplan angesehen, das geht ohne weiteres, wenn sie früh genug aufstehen. Und früh aufstehen sind sie ja wohl gewöhnt.«

Alexander nickte.

»Ich schicke ihnen die Fahrkarten vom Reisebüro, und du wirst ihnen genau schreiben, wie das geht. Man sollte meinen, erwachsene Menschen können das.«

Alexander nickte wieder. Er dachte, vielleicht könnte er auch hinfahren und sie auf dieser Reise begleiten. Besonders scharf war er nicht darauf. Es war eine lange Reise.

»Sie werden ziemlich spät am Abend ankommen. Du wirst sie am Bahnhof abholen, und Gustav wird dich begleiten. Dann fahrt ihr hinaus zum Gestüt. Und dann ...«

Auch Beatrice hatte ihre Zweifel, wie sich das abspielen sollte. Es war Februar, es war kalt, die Nächte waren lang.

»Die Neumanns sind vorbereitet.«

»Du bist wunderbar«, sagte Alexander.

»Bin ich nicht. Ich weiß, was du denkst. Aber kannst du mir sagen, wie wir das sonst machen sollen?«

Ich bin ein Feigling, das dachte Alexander manchmal auch. Lebensuntüchtig, das ist es, was ich bin. Das hat Friedrich auch gesagt. Und dann, bereit, die Dinge wie immer leichtherzig zu nehmen, dachte er, daß es wohl das russische Erbteil sein mußte.

Immerhin, nicht alle Russen waren so.

Stalin zum Beispiel und Peter der Große waren sehr tüchtige Leute gewesen, beide waren tot. Stalin, der Quäler der Welt, nun glücklich auch.

»Stalin ist tot«, sagte er laut.

»Bitte, was?«

»Entschuldige! Meine Gedanken haben sich verirrt.«

»Ja, das merke ich«, sagte Beatrice verärgert. »Hast du mir überhaupt zugehört? Was faselst du von Stalin?«

»Ich habe genau zugehört, Prinzessin. Gustav und ich holen sie in Essen ab, und vorher schreibe ich ihnen genau, was sie machen sollen. Schade, daß es schon dunkel sein wird, wenn sie den Rhein entlangfahren.«

Beatrice schüttelte den Kopf.

Sie kamen wirklich an, wie geplant, der Einzug auf dem Gestüt fand spät in der Nacht statt. Doch es ging alles besser als erwartet. Die Neumanns waren freundlich, und Cordelia war es zu verdanken, daß sie nicht nur freundlich, sondern auch hilfsbereit waren. Dieses Kind mit den angstvollen Augen, das sich verstört umschaute in der neuen Umgebung, das jedesmal erschrak, wenn man es ansprach, das war eine Aufgabe für Ilse Neumann. Und die alte Frau, die so schwach war, daß Alexander sie in ihr Bett tragen mußte. Und dieser Mann, der kaum wagte, sie anzusehen.

Einzig Elsgard hatte die Reise unbeschadet überstanden, sogar genossen. Sie war noch nie in einem so großen Zug gefahren, hatte noch nie eine so lange Reise gemacht. Sie benahm sich an diesem ersten Abend musterhaft, bewunderte das Haus, die neuen Räume, aß, was man ihr vorsetzte, und bedankte sich artig.

»Bin ja neugierig, wie das gehen wird«, sagte Ilse, als ihr Mann nach einem letzten Gang durch die Stallungen ins Schlafzimmer kam. »Die Frau Lumin ist eigentlich ganz nett. Und das kleine Mädchen ist ja süß. Und die alte Dame? Die wird wohl nicht mehr lange leben.«

Karl Neumann gähnte und zog sich die Stiefel aus. Wäre er Alexander gewesen, hätte er wohl gesagt: Werden wir leben, werden wir sehen. So sagte er nur: »Morgen ist ein neuer Tag.« Auch das war eine uralte Erkenntnis.

Die schwierigste Aufgabe erwartete wohl Cordelia. Denn sie mußte gleich, ohne weitere Vorbereitung, in die Schule gehen. In eine fremde Schule mit fremden Kindern. Doch sie hatte diesmal Beschützer, die beiden Jungen von Neumanns. Sie hatten damals das erste Gespräch mit angehört, und inzwischen hatte ihnen Olga, die sich schnell erholte, die Lage erklärt. »Ihr müßt das verstehen. Jetzt kommt sie zum drittenmal in eine Schule. Meint ihr, daß ihr ein wenig helfen könnt?«

Und ob sie das konnten! Zwei stämmige Jungs, die in Sicherheit aufgewachsen waren.

Sie begleiteten Cordelia am ersten Tag in ihre Klasse, die auch die Klasse von Klaus war.

Es war mitten im Schuljahr, auch Jürgen kannte die Lehrerin, die hier unterrichtete. Ihm gelang eine formvollendete Vorstellung, auch das war Olgas Werk.

Er sagte: »Das ist unsere Freundin Cordelia Lumin. Sie wohnt jetzt bei uns. Und sie muß erst mal sehen, wie das bei uns hier so geht, woll? Also, ich meine, man muß ihr mal so 'n bißchen helfen. Ist ja alles neu, woll?«

Cordelia, an der Hand von Klaus, marschierte zum Pult. Die Klasse schwieg. Die Lehrerin lächelte, sie war informiert. Elsgard war, von Ilse Neumann begleitet, bei ihr gewesen, und man hatte beschlossen, daß es am besten sei, Cordelia wieder in die erste Klasse aufzunehmen.

»Sie hat dann nichts nachzuholen. Was wir hier lernen, kann sie sicher schon, das wird ihr Selbstvertrauen geben. Wir machen weiter kein Aufhebens davon, sie wird nicht mit Fragen belästigt.«

Jetzt sagte sie: »Guten Tag, Cordelia. Fein, daß du da bist. Wir werden uns schon anfreunden.«

Sie blickte auf die Klasse, legte einen Arm um Cordelias Schulter. »Es ist schwer, in eine andere Schule zu kommen«, sagte sie. Sie war eine hübsche junge Frau, und die Schüler hatten sie gern. »Ihr habt das noch nicht erlebt, wie das ist, wenn man in eine neue Schule gehen muß. Ich denke mir, wir werden Cordelia nach und nach erklären, was wir gelernt haben. Was wir können und was wir noch nicht können. Es wäre schön, wenn ihr Cordelia helfen wollt.«

Ein kurzes Schweigen, dann kamen drei Stimmen, die ja sagten. Die Lehrerin lächelte und schwieg. Dann rief die Klasse im Chor: »Ja.«

Die Lehrerin nickte Jürgen zu, der an der Tür stehengeblieben war.

»Das hast du gut gemacht, Jürgen. Und da du ja schon größer bist, kannst du Cordelia vielleicht manchmal bei den Schularbeiten helfen.«

Cordelia blickte hilflos in die Gesichter der fremden Kinder. Keiner konnte sich vorstellen, wieviel Angst sie hatte. Doch diesmal ging es besser. Sie sprachen zwar auch anders, aber sie sprachen nicht bayerisch. Und ein bißchen weiter war sie ja auch schon als die Erstkläßler.

Bald aber war die Schule sowieso nicht mehr wichtig, denn Onkel Alexander bestimmte über ihr Leben.

Auch Jochen fand sich schnell zurecht. Er putzte sorgfältig die schönen Pferde, ihr seidiges Fell war wie eine Liebkosung. Seine Hände begannen zu leben, wenn er die Pferde berührte, selbst sein lahmer Arm bekam neue Kraft. Er hielt den Stall sauber, er mistete aus, er führte die Pferde am Zügel oder am Halfter in der Bahn oder bei gutem Wetter im Freien spazieren, damit sie Bewegung hatten, brachte sie auf die weit verstreuten Koppeln, als die warme Jahreszeit begann. Er hatte keine Schwierigkeiten mit den Hengsten, er beobachtete die tragenden Stuten und half bei der Geburt der Fohlen.

Alles in allem, und das ging recht schnell, wurde Jochen ein glücklicher Mann, jedenfalls glücklicher denn je. Wenn man sein Leben als Ganzes betrachtete, hatte er es nie so gut gehabt. Schon als Junge hatte er schwer arbeiten müssen, und in allen folgenden Jahren auch, dann kam der Krieg, die Auflagen zu erhöhter Ablieferung, seine Zeit an der Front, die Verwundung und dann die noch mühsamere Arbeit auf dem Hof, erst Giercke, dann die Kommunisten, dann die Rechtlosigkeit, die Verdrängung von seinem Land und seinem Hof.

Jetzt war er in einem fremden Land unter fremden Menschen. Er kam, nachdem er seine anfängliche Scheu, sein Mißtrauen abgelegt hatte, gut mit ihnen zurecht. Immer öfter sah man Jochen Lumin lachen. Landwirtschaftliche Arbeit gab es auch genug. Das Gestüt beziehungsweise das ehemalige Gut verfügte noch über ein größeres Waldstück und über ausgedehnte Weiden. Der Wald mußte durchgeforstet, altes Holz geschlagen, das Wild beobachtet werden. Das alles tat Jochen im Einvernehmen mit dem zuständigen Förster, und als der bemerkte, daß Jochen schießen und treffen konnte, durfte er den Förster auch in anderer Gegend zur Jagd begleiten. Das Gras auf den Weiden mußte gedüngt, der erste und zweite, manchmal sogar ein dritter Schnitt bei guter Witterung mußte zur rechten Zeit erfolgen. Und Jochen saß zumeist selbst auf dem Traktor, wenn sie Heu einfuhren.

Karl Neumann, der von landwirtschaftlicher Arbeit nichts verstand, überließ Jochen schon vom Frühling an das Kommando. Übrigens bezeichnete er Jochen gleich als Stallmeister. Eine gewisse Rangordnung war immer gut, das hatte Karl Neumann beim Militär gelernt.

Alexander beobachtete Jochens Wandlung mit Wohlgefallen. Einmal, es war im Juni, waren sie auf dem Gut, Beatrice und er, da kam Jochen mit dem vollbeladenen Heuwagen auf den Hof gefahren, sprang vom Traktor, lachend, kam auf sie zu, und das Lachen stand noch in seinen Augen, als er sie begrüßte. Nun, ohne den Blick zu senken.

»Das haben wir gut gemacht, wie?« sagte Alexander später zu Beatrice.

»Sieht so aus. Er ist ein tüchtiger Mann.«

»Nun wird er auch das ganze Unglück vergessen können.«

Beatrice nickte und ging auf die erste Koppel zu, wo die Stuten, die dieses Jahr gefohlt hatten, mit ihren Kindern standen.

Alexander dachte bei seinen Worten auch an das Geheimnis, das Elsgard ihm anvertraut hatte. Er hatte sein Wort gehalten, und er würde nie darüber sprechen. So wie er nie erfahren würde, daß Elsgard gelogen hatte.

Dann kam Cordelia aus dem Haus gelaufen und flog auf ihn zu. Ja, sie flog mehr, als sie lief, leicht, beschwingt, den Boden kaum berührend. Alexander breitete die Arme aus und fing sie auf. Auch sie kein scheues, ängstliches Kind mehr, in der Schule ging es gut, die Neumann-Jungen waren ihre Freunde, und jeden Tag waren da die Pferde, ihr ganzes Entzücken.

Alexander hielt sie eine Weile, und sie rief: »Ich kann jetzt schon ganz gut reiten. Ich bin erst zweimal runtergefallen.«

»Paß gut auf! Du weißt, ich habe anderes mit dir vor. Und das geht jetzt gleich los. Nächste Woche.«

»O ja«, rief Cordelia, weder ängstlich vor etwas Neuem noch sehr beeindruckt von einer Sache, von der sie nichts wußte. »Ich tue alles, was du willst. Und nun komm«, sie griff nach seiner Hand, »du mußt dir unsere Fohlen ansehen.

Denk mal, die ganz Kleine da, sie steht gerade am Zaun mit ihrer Mutter, die haben sie Cordelia genannt.«

»Na, was für eine Ehre für das Pferdchen.«

»Aber nein!« Sie lachte übermütig. »Eine Ehre für mich. Sie ist ganz schwarz, siehst du, so wie ich. Und sie hat einen kleinen weißen Stern auf der Stirn.«

»Den bekommst du auch, wenn du erst die Schwanenprinzessin bist.«

Das haben wir gut gemacht, hatte er zu Beatrice gesagt. Das traf auch auf Olga zu. Ihre alte Standfestigkeit war zurückgekehrt, und ihr kluger Kopf war so klar wie eh und je. Davon profitierten die Kinder, Cordelia und die beiden Neumann-Jungen. Olga erzählte, las vor, nicht nur Märchen und Geschichten, auch Gedichte und Novellen. Alexander mußte die Bücher mitbringen, die sie sich wünschte, auch für ihre eigene Lektüre sorgte er, denn auf dem alten Gut gab es keine Bücher. Olga sprach auch über Geschichte, Geographie, ein Atlas kam ins Haus, und schließlich studierte sie sehr genau die Umgebung, in der sie jetzt lebte, sie besuchte die Schlösser und Burgen des Münsterlandes, auch Münster selbst, das von Bomben so sehr verwüstet worden war.

Anfangs fuhr Alexander dann und wann mit ihr durchs Land, aber viel Zeit hatte er nicht, doch bald war es Ilse Neumann, die gern an solchen Ausflügen teilnahm. Sie war eine gute Autofahrerin, Olga saß neben ihr, die drei Kinder hinten, einmal sagte sie: »Ich lerne viel Neues über meine Heimat.«

Denn Olga war immer gut vorbereitet, sie hatte genau nachgelesen, welche Bauten, welche Besonderheiten es zu sehen gab, welche geschichtlichen Ereignisse stattgefunden hatten, also beispielsweise, daß in Haltern sich einst die alten Römer getummelt hatten oder daß die Bischöfe von Münster den Ort als ›Grenzbefestigung‹ benutzt hatten. Und selbstverständlich besuchte man Ilses Familie in Telgte, der ehemaligen Hansestadt, einem berühmten Wallfahrtsort zudem. Sie fuhren durch die Telgter Heide, und Olga sagte andächtig: »Was für ein schönes Land!«

Und gewann damit endgültig Ilses Herz. Am schönsten

fanden es die Kinder natürlich bei den Wildpferden im Merfelder Bruch.

Am schwersten hatte es Elsgard. Sie bemühte sich zwar, ruhig und umgänglich zu sein und Ilse bei der Arbeit zu helfen. So hatte sie sich angewöhnt, das Frühstück zu bereiten, sie standen alle früh auf, und Ilse fuhr dann die Kinder zur Schule, das konnte Elsgard zu ihrem Ärger nicht, sie hatte nie Auto fahren gelernt. Sie zeigte sich auch im Stall und bot ihre Hilfe an, die kaum gebraucht wurde, bei der Heuernte half sie beim Abladen, und im Garten des Gutshofs pflanzte und pflegte sie das Gemüse und die Kräuter.

Sie war eifersüchtig, weil Ilse viel mehr mit Cordelia zusammen war als sie selbst, bei den Fahrten zur Schule, den Ausflügen, die sie machten. Man hatte sie zwar einmal aufgefordert mitzukommen, aber sie hatte abgelehnt.

»Ihr habt ja keinen Platz.«

Das stimmte, Ilse fuhr einen Volkswagen, nur zu den Kindern im Fond hätte sie sich quetschen können, aber Elsgard wollte gar nicht mitgenommen werden. Und eifersüchtig war sie schließlich auf Jochen. Einmal, weil ihn seine Arbeit so ausfüllte, und dann, weil Cordelia, sooft es ging, in seiner Nähe zu finden war, sei es in den Stallungen, sei es auf den Koppeln. Und am glücklichsten war Cordelia, wenn Onkel Alexander auftauchte, ihm wich sie nicht von der Seite.

Elsgard lebte ständig in der Angst, Alexander könne eines Tages verraten, was sie ihm anvertraut hatte. Und mit dieser Lüge zu leben, bedrückte sie zusätzlich.

Wenn sie ihn einmal allein erwischte, kam sofort ihre Frage: »Du hast es niemand erzählt? Du hast es mir versprochen.«

»Ich halte mein Versprechen.«

»Du hast es auch nicht deiner Beatrice erzählt?«

»Sie dürfte das kaum interessieren. Warum nennst du sie meine Beatrice?«

»Denkst du, daß ich dumm bin?«

»Bist du nicht.«

»Du hast dich mitten ins warme Nest gesetzt.«

Alexander runzelte die Stirn. »Ich bemühe mich, dafür etwas zu leisten.«

»Das meine ich. Ich nehme an, die Dame ist mit deinen ... Leistungen zufrieden.«

»Früher hast du nie boshafte Reden geführt. Du warst so ein liebes Mädchen.«

»Man ändert sich eben, wenn man Böses erlebt.«

»Dieses warme Nest, wie du es nennst, ist ja auch für euch von Nutzen.«

»Für Jochen vielleicht.«

»Für Jochen, für dich, für Olga und für Cordelia.«

»Ja, ja, ich weiß, sie ist für dich die Hauptperson.« Unversehens kam ihr ein Wort in den Sinn, das sie längst vergessen hatte.

»Dieser Bastard!«

Alexander schwieg eine Weile. Sie standen bei den Angus-Rindern, die es seit neuestem auf dem Gelände gab, sie waren auf Jochens Vorschlag hin angeschafft worden. Es sei Weidefläche genug vorhanden, hatte er gemeint, und da die Pferde sowieso öfter umgestellt wurden, war für eine kleine Rinderherde ausreichend Weide vorhanden.

Es waren prachtvolle Tiere, ihr schwarzes Fell glänzte in der Sonne, schien die Sonne widerzuspiegeln.

Alexander sagte: »Ganz ohne Rindvieh ging es für Jochen nicht.«

»Ja, ja, es ist alles da, was er braucht. Pferde, Rinder, zwei Hunde, Katzen. Hühner haben wir jetzt auch. Und eben einen Bastard im Haus.«

Geradezu mit Genuß, Herausforderung im Ton, wiederholte sie das Wort, das Constanze damals gebraucht hatte.

»Ich kann verstehen, daß du das Kind nicht liebst«, sagte Alexander. »Obwohl es ja nichts dafür kann, daß dir so etwas geschehen ist. Und ich könnte verstehen, wenn Jochen sich ablehnend verhalten würde. Aber soweit ich sehe, kommen sie gut miteinander aus. Sie nennt ihn Vati.«

»Wie soll sie ihn denn sonst nennen?«

»Was mich betrübt ist, daß *ihr* nicht mehr gut miteinander

auskommt, Jochen und du. Ist es nur wegen dieser Sache? Ihr habt euch doch mal geliebt.«

»Was heißt schon Liebe. Das ist lange vorbei. Und nicht nur deswegen.«

»Aber warum dann?«

»Ach, ist ja egal. Ich sehe ihn sowieso kaum. Er ist in den Ställen, auf den Koppeln, beim Heumachen, mit dem Förster unterwegs, und wenn er im Haus ist, sitzt er bei Neumann im Büro und studiert die Bücher und Bilanzen. Und er lernt die Stammbäume der Pferde auswendig bis ins vorige Jahrhundert. Er weiß jetzt schon genau, was der Hafer kosten darf und wo das beste Stroh herkommt, und er rechnet aus, was es morgen kosten wird. Er arbeitet unentwegt.«

»Aber das ist doch gut für ihn, Els. Siehst du das nicht ein? Er hat schließlich früher auch in eigener Verantwortung einen Hof geführt, er mußte sich auch mit Rechnungen, Bilanzen und Kosten beschäftigen. Das hat zu seinem Leben gehört.«

»Ja, ich weiß, du hast immer für ihn Partei ergriffen.«

»Das ist doch Unsinn, Els. Du warst meine kleine Schwester, du bist bei uns aufgewachsen. Olga dürfte dich nicht hören.«

»Olga dürfte manches nicht hören, was ich rede.«

Wie sich erwies, war es von höchstem Nutzen, daß sich Jochen so intensiv der Arbeit im weitesten Sinn widmete. Fünf Jahre später kehrte Karl Neumann mit seiner Familie nach Hamburg zurück, man bot ihm in Horn eine gute Position an.

Cordelia, heimatlos

ALEXANDER WAR ES, der Cordelia die neue Heimat nahm, gerade als sie anfing, sich heimisch zu fühlen. Seine Zuneigung zu dem Kind, gepaart mit Mitleid, weil er glaubte, es werde lieblos behandelt, und schließlich die fixe Idee, Cordelia müsse Tänzerin werden, bestimmten ihr Leben. Ehe sie dazu kam, ein eigenes Leben zu haben.

Für Tanz und Ballett hatte er sich immer interessiert, verstand auch einiges davon.

»Du mußt doch zugeben«, sagte er zu Beatrice, »sie ist die geborene Tänzerin.«

Beatrice nahm das zunächst nicht ernst. Nachdem die Familie Lumin etabliert war und alles auf dem Gestüt gutzugehen schien, beschäftigte sie sich nicht weiter mit den Mecklenburgern. Immerhin stimmte sie Alexander zu.

»Du hast recht, sie ist der Typ für das Ballett.«

»Siehst du! Sie muß Ballettunterricht haben.«

Zu der Zeit lebten die Lumins gerade ein Jahr im Münsterland.

»Und wo soll sie den kriegen? Auf den Dörfern draußen?«

»Wir müssen Verbindung aufnehmen mit den Theatern in der Region, Essen, Düsseldorf, Duisburg ...«

»Du bist verrückt. Sie ist ein Kind«, sagte Beatrice.

»Als Kind muß man anfangen zu tanzen, wenn man später eine Ballerina werden will. Es ist bei ihr schon fast zu spät. Sie müßte sehr, sehr fleißig sein.«

Eine Ballerina! Cordelia konnte es nicht wollen, sie wußte gar nicht, was man darunter verstand. In einem Theater war sie noch nie gewesen. Sie war glücklich auf dem Gestüt, bei den Pferden; in der Schule ging es recht gut.

In diesem Sommer trat der zweite Mann in ihr Leben, der Schicksal spielen sollte. Fred Munkmann, der Musik- und Theaterkenner, kam für ein paar Wochen ins Vaterhaus, in Rom war es derzeit sehr heiß.

Er war mit Alexander einer Meinung, nachdem er Cordelia kennengelernt hatte. Und er wußte auch, wo sie die Anfangsgründe des klassischen Tanzes erlernen konnte.

»Falls die Llassanowa noch lebt«, sagte er. »Sie war eine berühmte Frau. Sie hat in St. Petersburg getanzt und später am Bolschoi. Dio mio, sie kann nicht mehr leben, sie muß uralt sein.«

»Und woher kennst du diese Russin?« fragte Alexander.

»Durch Susi, meine erste Liebe. Ein süßes Mädchen, sag ich dir. Sie nahm bei Kyra Llassanowa Unterricht, denn sie wollte eine berühmte Tänzerin werden. Was mag aus Susi geworden sein?«

»Und wo ist deine Russin?«

»Weiß ich auch nicht. Das war vor dem Krieg. Sie kann gar nicht mehr leben. Sie ist nicht etwa vor der Revolution geflüchtet, sie hat für Lenin getanzt und später für Stalin. Erst später, bei einem Gastspiel in London, hat sie sich abgesetzt. Sie hat dann weltweit gastiert, irgendwann auch mal in unserer Gegend, und dann wurde sie krank und konnte nicht mehr auftreten. Da blieb sie hier.«

»Wo?«

»Sie wohnte in einem winzigen Häuschen am Rande von Werden. Aber man wußte von ihr, sie gab Unterricht. Sie spricht nicht deutsch, nur russisch und französisch. Ich brachte Susi hin zu den Stunden und holte sie wieder ab. Den Unterricht gab die Llassanowa in einer alten Scheune, die ein Bauer ihr überlassen hatte, als er in die Stadt zog. Das ist jetzt fünfzehn Jahre her. Länger noch. Sie kann wirklich nicht mehr leben.«

Die Llassanowa war wirklich uralt, aber sie lebte noch. Sie sprach auch jetzt nur wenige Brocken deutsch, aber das machte nichts, Alexander sprach russisch mit ihr. Sie hatte wirklich einige Schülerinnen, blutjunge Mädchen, und bei ihr lebte die russische Tänzerin Sonja, die während des Krieges mit einem Offizier nach Deutschland gekommen war. Der Offizier war eines Tages verschwunden, ein Engagement bekam Sonja nicht mehr, aber sie tanzte noch gut und konnte den Mädchen die Figuren vortanzen. Die Llassanowa konnte nur noch kommandieren, und zwar sehr energisch. Sie tat es nicht mehr in der alten Scheune, sondern im Saal einer leerstehenden, baufälligen Gastwirtschaft, einem relativ großen Raum, es gab einen riesigen Spiegel darin und eine Stange über die Längswand des Saales.

An dieser Stange lernte Cordelia die fünf Positionen, Battement und Battement tendu und brachte es bald zu einer vollendeten Arabesque. Ihre Sprünge waren schon zu dieser Zeit hoch und grazil, ihre Füße schmerzten, ihre Gelenke waren schwach, doch sie gab sich große Mühe, sie nahm, was mit ihr geschah, als von Gott gewolltes Schicksal, besser gesagt von Onkel Alexander gewolltes Schicksal hin, sie liebte ihn stürmisch, sie tat, was er wollte. Sie hatte keinen eigenen Willen.

Aber sie war überfordert. Vormittags die Schule, nachmittags die Übungen an der Stange, beide Orte lagen weit auseinander. Alexander fuhr sie mit seinem Wagen, manchmal Fred, wenn er da war, oder Gustav, wenn er seinen Dienst erledigt hatte. Cordelia war schmal, blaß, übermüdet.

Sonja sagte zu Alexander: »Sie nicht hat Kraft für das Beruf.«

Im zweiten Jahr stürzte sie bei einem ehrgeizigen Sprung, der zu hoch geraten war und den sie nicht auffangen konnte, und verstauchte sich den Fuß.

Sie lag am Boden und wimmerte, das tat sie noch, als Alexander sie abholen kam.

Die Llassanowa schüttelte tadelnd den Kopf, Sonja sagte: »Sie ist zu schwach.«

Alexander nahm sie auf die Arme und trug sie ins Auto, fuhr sie nicht den weiteren Weg zum Gestüt, sondern brachte sie in die Villa Munkmann.

Beatrice war verärgert, als sie aus der Fabrik nach Hause kam.

»Ich habe dir gesagt, deine Sippe kommt mir nicht ins Haus.«

»Es ist nicht meine Sippe, es ist Cordelia.«

Sie hatten den ersten ernsthaften Streit miteinander. Gustav, der ehemalige Sanitäter, machte währenddessen Umschläge um Cordelias Fuß, nachdem er festgestellt hatte, daß er nicht gebrochen war. Am nächsten Tag holte er verschiedene Kräuter aus der Apotheke, mixte daraus einen Saft und legte ihr Wickel an.

Cordelia blieb fünf Tage im Hause Munkmann, Oscar bekam sie nicht zu sehen, Beatrice nur einmal flüchtig.

Dann fuhr Alexander sie zurück zum Gestüt, und Elsgard sagte: »Das kommt von der dämlichen Hopserei.«

Alexander blitzte sie wütend an. »Ich kenne deine Einstellung zu dem Kind. Wenn du sie nicht behandelst, wie ich dir erklärt habe, bringe ich sie in eine Klinik.«

»Nur zu, laß dich nicht aufhalten. Ich habe hier gerade genug zu tun.«

Olga machte dann die Umschläge mit Gustavs Medizin, und Jochen saß abends bei Cordelia und streichelte ihr dunkles Haar.

Der Fuß heilte bald, der Unterricht bei der Llassanowa ging weiter. Cordelia bemühte sich, viel zu essen, um kräftiger zu werden, sie setzte ihre Füße ganz präzise, sie lernte es, Sprung und Schwung zu kontrollieren.

Sie beherrschte schon die Grundbegriffe, als Madame Lucasse sie in die Ballettschule der Oper aufnahm. Ihre Gelenke waren aber immer noch zu schwach, und ihre Füße bluteten häufig.

Sie arbeitete unermüdlich, mit großem Fleiß und letzter Hingabe. Denn sie wollte das werden, was Onkel Alexander von ihr erwartete: eine berühmte Tänzerin, eine Ballerina.

München

AUCH IN MÜNCHEN waren Bomben gefallen, sah man noch Ruinen. Doch die Stadt lebte, war voller Betrieb, bot jede Art von Unterhaltung, ohne die Hektik, die Unruhe, das ständige Gefühl von Angst, das die Berliner begleitete. In München amüsierte man sich und ließ sich wohlgefällig auf den Wellen des wachsenden Wirtschaftswunders tragen, das noch nicht jeden beglückte, aber immerhin deutlich sichtbar das Leben verschönte. Man leistete sich eine eigene Partei in Bayern, die CSU, mit der man sehr zufrieden war, und wenn man zusammensaß, sprach man vom letzten Fasching, vom letzten Presseball, von den letzten Premieren und Konzerten und von der Modenschau des bekanntesten Couturiers der Stadt.

An diesem Sommerabend des Jahres 1953 sprachen sie von dem Oberbürgermeister Thomas Wimmer, den sie liebevoll Wimmer Damerl nannten und der sie immer wieder mit kernigen Aussprüchen erfreute. Und dann kam man auf das Thema Urlaub und wohin man am besten im Sommer fahren sollte.

Der Aufstand der Berliner Arbeiter, der von den sowjetischen Panzern erstickt wurde, war noch keine vierzehn Tage her.

»Manche Leut' fahren ja mit großer Begeisterung wieder nach Italien. Das haben die Münchner schon immer getan«, sagte Agnes Meroth, die Sängerin. »Die Frau Enger war vergangenes Jahr in Rimini, da hat es ihr ausnehmend gut gefallen. Und jetzt ist sie wieder losgebraust, mit dem Auto. Ohne ihren Mann. Dem ist es in Italien zu laut, ihm gefällt's besser im Gebirge.«

»Sie ist allein gefahren?« wunderte sich der Professor.

»Ja, denk dir. Sie sagt, die italienischen Männer sind so rasant, da hat sie mehr davon, wenn sie solo ist.«

»Möchtest du denn gern wieder mal nach Italien fahren? Am Ende auch allein?«

Agnes lachte. »Ich war oft genug allein da. Wenn ich in der Scala gesungen habe. Aber zum Urlaubmachen? Nein, gewiß nicht. Schöner als in unserem Garten kann es nirgendwo sein.«

»Nun also, da hast du weiß Gott recht«, sagte ihr Kollege, der Sänger Heinrich Ruhland, der an diesem Abend zu Gast war.

»Schönere Rosen als die euren habe ich auf der ganzen Welt nicht gesehen.«

Der Hausherr, Professor Seefellner, lächelte geschmeichelt und nickte. Die Rosen waren sein Werk.

»Ich hab's auch mal mit Tomaten versucht«, sagte er. »Die waren gar nicht schlecht.«

Darüber lachte die Frau Kammersängerin. »Mei, Ferdl, ganz reif sind's nie geworden.«

»Na ja, nicht so wie italienische, das stimmt. Man mußte sie halt noch eine Weile hinter die Fensterscheibe in die Sonne legen, dann waren sie genießbar.«

»Du mit deinen Tomaten, wir hatten auch ohne sie immer

genug zu essen. Und wenn man ausreichend Zigaretten zum Tauschen hatte, war es überhaupt kein Problem. Und die hatten wir ja bald, dank Mary.«

Daraufhin sprachen sie von den Amerikanern, mit denen sie sehr gut ausgekommen waren, denen hatte es in München und Bayern sehr gut gefallen.

»Die wußten bald nicht mehr, was sie gegen uns haben sollten. Weißt noch, Ferdl, der fesche Captain, der immer zu Besuch kam, damit ich ihm etwas vorsinge. Er hatte mich an der Met gehört und war ganz beglückt, mich hier zu finden. Sooft er konnte, saß er im Prinzregententheater, eine Oper nach der anderen hörte er sich an. Wagner liebte er besonders. Mei, war der traurig, als er zurück mußte in die Staaten. In Michigan, sagte er, hab ich keine Oper.«

An dieser Stelle lachte Constanze, die mit an diesem Tisch saß.

»Wenn man euch so reden hört«, sagte sie, »könnte man annehmen, der Krieg habe vor fünfzig Jahren stattgefunden. Für euch ist das wie eine hübsche Erinnerung an eine etwas abenteuerliche Zeit. In Berlin sind zu jener Zeit die Menschen verhungert.«

»Du hast recht, mein Kind, wir reden etwas leichtfertig darüber«, sagte der Professor, wischte sich sorgfältig mit der Serviette die Lippen ab und trank den letzten Schluck Wein aus seinem Glas. »Auch hier haben Menschen gehungert. Wir saßen in unverdienter Geborgenheit. Denk nicht, daß ich das nicht weiß. Und daß der Krieg noch nicht lange her ist, das merkt man in der Stadt. Wie sieht mein schönes München aus! Ich mag gar nicht mehr hineinfahren.«

»Ich finde, es sieht in München schon wieder ganz ordentlich aus«, sagte der Sänger. »Und Sie müßten ja gewöhnt sein, mit Ruinen umzugehen, lieber Professor.«

Der Professor schüttelte den Kopf. »Das läßt sich nicht vergleichen. Der Bombenkrieg ist eine Schande für die Menschheit. Dieses anonyme Töten aus dem Nichts in das Nichts muß für alle Zeit die Moral eines Menschen zerstören.«

»Was für einen Menschen meinst du?« fragte seine Frau. »Der auf den Knopf drückt und die Bombe fallen läßt?«

»Er kann ja nicht sehen, was er anrichtet. Ich weiß nicht, ob es viel moralischer ist, in das Gesicht eines Menschen zu schießen, der vor einem steht.«

»Oder von irgendwoher eine Granate loszuschicken, von der man ja auch nicht weiß, wo sie landen wird«, gab der Sänger zu bedenken.

Der junge Mann, der ebenfalls ihr Gast war, lächelte spöttisch.

»Es hebt auch nicht unbedingt die Moral, wenn man über die zerquetschten Reste von Kameraden hinwegsteigt, die von Panzern zermalmt wurden. Nicht etwa aus Versehen, sondern absichtlich.«

»Geht's, hört auf«, sagte die Frau Kammersängerin. »Ihr verderbt euch nachträglich den Appetit. Der Krieg ist keine fünfzig Jahre her, Constanze. Aber man soll nicht soviel davon reden. Schließlich ist er vorbei. Es ist nur acht Jahre her, aber uns geht's doch gut. Auch in der Stadt sieht's schon wieder ganz ordentlich aus, da hat Ruhland recht.«

»Nun also«, sagte der Tenor, »nehmt alles nur in allem, dann werdet ihr zu der Erkenntnis kommen, daß der Krieg in jedem Fall ein unmoralisches Unternehmen ist. Früher so gut wie in unserer Zeit. Nur ist er nicht auszurotten.«

»Für mich«, sagte der junge Mann und klopfte lässig auf seine Beinprothese, »war er glücklicherweise sehr schnell vorbei.«

Er war bereits '41 in Rußland verwundet worden, da gab es noch einen raschen Abtransport in die Heimat und ausreichend Platz im Lazarett. Den Rest des Krieges hatte er bei seinen Eltern im Allgäu verbracht, keine Bomben, keine Granaten, keine Panzer. Seit dem Beginn des Sommersemesters studierte er in München und lebte im Haus Meroth-Seefellner.

Constanze hatte ihn bisher kaum gesehen, abends war sie nie dagewesen, doch nun war ihr Engagement beendet, das kleine Theater, in dem sie zuletzt aufgetreten war, schloß den Sommer über. Sie war wieder einmal ohne Arbeit.

Es war Ende Juni, der Abend noch hell, und sie sah durch das breite Fenster die blühenden Rosen im Garten.

»Fünfzig Jahre, das ist eine lange Zeit«, sagte der Sänger.

»Bis dahin leben wir alle lange nicht mehr. Außer euch jungen Leut natürlich.«

»Wir auch nicht, Herr Ruhland«, sagte Constanze. »Bis dahin ist längst der nächste Krieg gelaufen, moralisch oder nicht.«

»Alle Menschen, die aus Berlin kommen, sind so pessimistisch«, sagte der Sänger. »Das paßt gar nicht zu den Berlinern.«

»Vielleicht, weil der Krieg bei uns eben doch noch nicht so lange vorbei ist. Wir haben die Bolschis in der Stadt. Und rundherum um Berlin ist Bolschiland. Und die Blockade, falls Sie davon gehört haben, hatten wir auch. Und jetzt dieser Aufstand am 17. Juni, das ist doch ...«

»Schluß jetzt!« sagte Agnes Meroth energisch. »Wir werden die Weltgeschichte nicht ändern. Ihr verderbt euch nur nachträglich das Essen. Es hat euch doch geschmeckt?«

Alle versicherten, daß es großartig geschmeckt habe, und Agnes blickte wohlwollend auf die leeren Schüsseln und Teller auf dem Tisch.

»Die Mary wär todunglücklich, wenn was übriggeblieben wäre.« Immerhin, die Zeit für Diäten war noch nicht gekommen.

Eigentlich hieß die Köchin im Haus Maria, doch seit sie mit einem amerikanischen Sergeanten befreundet war, wollte sie Mary genannt werden.

»Was macht's denn, wenn deine Mary ihren Boyfriend heiratet?« fragte der Sänger.

»Das wäre eine Katastrophe. Ich habe nie kochen gelernt.«

»Dafür warst du die beste Isolde, mit der ich je auf der Bühne stand«, sagte der Sänger galant.

Agnes lächelte. »Das Kompliment kann ich zurückgeben. Du warst mein bester Tristan.«

»Nun also«, sagte der Sänger. »Das übt sich.«

Agnes nickte dem Mädchen zu, das an der Tür stand.

»Du kannst abräumen, Anschi. Den Mokka trinken wir nebenan.«

Die Sängerin, der Sänger und der Professor gingen voran,

Constanze und der einstige Leutnant und heutige Student Johannes Seefellner folgten langsam.

»Sie gehen eigentlich ganz normal«, sagte Constanze unbefangen.

»Nun also, wie Tristan sagen würde, das übt sich.«

»Aber es gab eine Zeit, in der Sie gelitten haben.«

Es war keine Frage, es war eine Feststellung.

»Gewiß. Und ich will nicht behaupten, daß alles vorbei sei. Aber wie wir wissen, seit Einstein, ist alles im Leben relativ. Ohne das zerschossene Bein wäre ich wohl vor Stalingrad verreckt, wie so viele andere. Und meine Mutter, wissen Sie, sie hat mir soviel Kraft gegeben. Ein Glück, hat sie gesagt, was für ein Glück, daß du da bist, Bub. Schließlich habe ich es selber geglaubt. Mein Bruder ist gefallen, gleich in Polen. Und sie hat soviel Angst um mich ausgestanden. Mein Vater natürlich auch. Wegen dem Bein, hat sie gesagt, wenn schon. Hauptsache, du lebst und bist da. Soll der Hitler seinen depperten Krieg ohne dich führen. Schad um das Bein. Aber mit dem Bein wärst net da. Sehen Sie, Fräulein Meroth«, der Leutnant lachte leise, »das ist auf die Dauer unwiderstehlich. Und das nicht vorhandene Bein hat mir nun auch den Studienplatz verschafft. Es ist schwer, an der Münchner Uni anzukommen.«

»Sie studieren Romanistik und Geschichte, habe ich gehört.«

»Ja, vor allem Geschichte. Von der Antike bis zur Neuzeit. Die Zeit werde ich mir nehmen. Man muß doch wissen, was passiert ist. Zum Beispiel das Unmoralische, von dem wir gerade gesprochen haben. Dabei gibt es soviel Moral. Die Moral des eigenen Gewissens, wenn wir damit anfangen wollen. Bloß, was fängt man im Krieg damit an? Die Moral des Christentums, des Judentums, des Islam. Sie sind alle sehr moralisch auf dem Papier. Dennoch haben sich die Menschen immer gegenseitig umgebracht, mehr oder weniger effektiv. Nicht zuletzt aus religiösen Gründen. Und was ist eine Ideologie anderes als eine Art Religion. Töten, immer wieder töten. Und nun also mit den Bomben aus dem Nichts in das Nichts, wie mein Onkel es nannte.«

»Und Sie denken, Sie werden es begreifen, wenn Sie lange genug studieren?«

»Das bezweifle ich. Und Sie reden ja auch schon wieder vom nächsten Krieg.«

»Die Bolschis ...«

»Sie meinen die Bolschewiken damit, die Kommunisten, die SED, wie es jetzt da drüben heißt. Der gute alte Vater Marx, er hatte keine Ahnung, was er anrichtet. Wir allerdings wissen, was Churchill und Roosevelt in Jalta und Potsdam angerichtet haben. Und die Briten und Amerikaner wissen es inzwischen auch. Zu spät. Die Bolschis sind da, und nicht zu knapp.«

»Das kann man sagen. Und das kapieren die Leute in Bayern nicht.«

»Mein Vater stand den Nazis immer skeptisch gegenüber. Aber ich war ein begeisterter Hitlerjunge. Wir haben ein hübsches kleines Hotel in einem hübschen kleinen Ort im Gebirge. Keiner wollte von uns was. Es ging uns ganz gut, Hitler oder nicht Hitler. Irgendwie ...«

Sie standen unter der Tür, die in den Salon führte, die anderen saßen schon, Mary höchstpersönlich servierte den Mokka, in Eile, denn sie hatte noch ein Date mit ihrem Sergeanten. Was sie jedoch nie daran hindern würde, ein vorzügliches Essen zu bereiten und den Mokka zu servieren. Und das Lob entgegenzunehmen, das ihr gebührte.

»Irgendwie ...?«

»Irgendwie haben wir gar nicht gewußt, was vorgeht.«

»Das kann ich von Berlin nicht sagen. Mein Vater allerdings mochte die Nazis sehr gern. Dafür gefiel es mir im BDM nicht.«

»Ihr Vater mochte die Nazis, meiner nicht. Es spielt keine Rolle, das eine wie das andere, sie waren nun mal da. Ihr Vater mag sie gewählt haben, meiner nicht. Das geht so halbehalbe durch das Volk, glaube ich. Früher gab es keine Wahlen. Aber es gab Nero, und Napoleon und schließlich Hitler. Letzterer mit Wahl.«

Constanze lachte. »Da haben Sie aber einen großen Sprung durch die Geschichte gemacht, von Nero bis Napoleon.«

»Stimmt«, sagte er selber erstaunt. »Ziemlich dilettantisch, nicht? Es wird dazwischen noch ein paar Monster gegeben haben.«

»Was sagt Ihr Vater denn heute?«

»Er hat seine Meinung nicht geändert. Es geht uns nicht schlecht. Er hat das Hotel schon vor dem Krieg modernisiert. Die Flüchtlinge, die man uns hereingesetzt hatte, sind weg, es kommen wieder Gäste.«

»Wo bleibt ihr denn, Kinder?« rief Agnes Meroth. »Der Mokka wird ja kalt.«

»In diesem Haus ist es«, sagte Constanze, »als habe der Krieg nie stattgefunden.«

»Hat er auch nicht. Geld war da, die Stimme von Agnes hat die Nazis genauso beeindruckt wie ihre Vorgänger, Söhne, um die man bangen mußte, gab es nicht. Sehen Sie, da haben wir es schon, Moral oder nicht. Es ist vor allem die Ungerechtigkeit, mit der Menschen leben müssen. An manchen ist der Krieg ziemlich spurlos vorübergegangen. Kam ganz darauf an, in welcher Gegend man lebte. Auf dem Land oder in der Stadt, in Schlesien oder in Bayern, in Ostpreußen oder in Württemberg.«

»Die Ungerechtigkeit reicht über den Krieg hinaus. Es kommt auch heute noch darauf an, wo einer lebt, in Brandenburg oder in Bayern.«

»Meine Eltern hat es getroffen, gleich, wo sie lebten. Sie haben einen Sohn verloren, der andere ist ein Krüppel. Tante und Onkel gehören zu den glücklich Verschonten. Er trauert um das zerbombte München, sie um die zerstörte Oper. Aber sie spielen im Prinzregententheater, das hat eine hervorragende Akustik. Das Repertoire ist reichhaltig.«

»Ja, ich weiß. Ich war schon zweimal drin. Aber seit neuestem tritt sie ja nicht mehr auf.«

»Sie zieht sich von der Bühne zurück, gibt ab und zu einen Liederabend, und sie hat Schüler. Die kommen aus der Stadt heraus, um bei ihr zu lernen, wie man singen soll, um so berühmt zu werden wie sie. Ein hübsches Mädchen ist dabei, eine Sopranistin. Klingt ganz hübsch, wenn sie singt.«

»Sie gefällt Ihnen? Ja, ich habe sie schon gesehen. Sie ist wirklich niedlich.«

Constanze verspürte so etwas wie Eifersucht. Das Mädchen war höchstens zwanzig, sie wurde im nächsten Jahr dreißig. Auf die junge Sängerin wartete eine Karriere, möglicherweise. Ihr war die Karriere durch die Finger gerutscht. All die wunderbaren Rollen, die sie spielen wollte. Sollte Königsberg der einzige Höhepunkt ihrer Laufbahn gewesen sein? Und daran war eben doch der Krieg schuld. Die zehn Jahre, die Frau Meroths Schülerin jünger war, machten viel aus. Bei Kriegsende war sie etwa zwölf Jahre alt. Und konnte ihr Leben beginnen. Bekam wenig zu essen, aber vielleicht hatten ihre Eltern auch über Geld und Zigaretten verfügt. Sie konnte Bombennächte erlebt haben. Ihr Vater konnte gefallen sein, aber vielleicht war ihre Mutter wie Mary und bekam genügend Zigaretten. Ebensogut konnte sie ein Flüchtling sein.

Unwillig schüttelte Constanze den Kopf über sich selbst. Was für blödsinnige Gedanken, was ging sie dieses Mädchen an? Aber sie war so unglücklich, so unbefriedigt, obwohl sie in diesem gepflegten Haus lebte und sich eigentlich keine Sorgen machen mußte.

Aber sie machte sich Sorgen, sie ärgerte sich, sie quälte sich, die verfehlte Karriere, die Tatsache, daß sie von der Gnade fremder Menschen abhing.

Fremde Menschen! Das dachte sie zornig, auch wenn es sich bei Agnes um die Schwester ihrer Mutter handelte.

Die letzten Monate hatte sie wenigstens das Engagement gehabt. Sie hatte in einem Zimmertheater in Schwabing gespielt, eine kleine, aber ganz aparte Rolle in einem amerikanischen Stück. Das größte Problem war, täglich von Solln nach München und nachts zurück von München nach Solln zu kommen. Meist fuhr kein Zug mehr, und sie übernachtete in der Kulisse oder auf einigen zusammengeschobenen Stühlen im sogenannten Zuschauerraum. Das taten andere auch. Ein Zimmer in München zu bekommen war unmöglich, sosehr sie sich auch bemühte.

Abgesehen davon – wovon sollte sie es jetzt bezahlen? Der Himmel wußte, wann sie wieder Arbeit finden würde.

Theater gab es zwar in München mehr als genug, neben den großen Bühnen, den Kammerspielen, dem neuerbauten Residenztheater, dem Gärtnerplatztheater, viele kleine Behelfsbühnen, Stadtrandtheater, Hinterhoftheater, Zimmertheater, überall wurde gespielt, probiert und gespielt mit nie versagendem Enthusiasmus. Nicht zu vergessen, die Cabarets. Denn auch Schauspieler gab es in München mehr als genug, berühmte Namen darunter. Alles drängte in diese Stadt, in der es sich derzeit am besten leben ließ. Das brauchte man nicht am eigenen Leib im Hause Meroth zu erleben, das hatte sich herumgesprochen.

Abwesend blickte Constanze auf die drei Menschen, die dort friedlich bei Mokka und Cognac saßen. Sie hatten ihre Karrieren gehabt, jeder auf seine Weise, es ging ihnen gut, sie hatten nichts verloren, weder ihr Leben noch ihr Heim, noch ihre Gesundheit.

»Sie haben eben Glück gehabt, daß sie hier draußen wohnten«, murmelte sie. »Hier sind keine Bomben gefallen.«

»Warum auch? Dies ist ein stiller Vorort mit hübschen alten Häusern. Hier wohnen pensionierte Beamte, emeritierte Professoren wie mein Onkel, ein wenig Adel und nun auch noch ein paar Ausgebombte, denen es hier nicht allzu schlecht geht.«

»Und so ein paar Übriggebliebene, so ein paar Unbrauchbare wie ich zum Beispiel.«

»So ist es«, sagte der Leutnant mitleidlos. »Und dafür kann man dankbar sein.«

»Wenn sie einen Sohn gehabt hätte ... Aber Agnes hatte ja nur ihre Karriere im Kopf. In ihrem Leben war kein Platz für Kinder.«

»Sie hat ja auch erst spät geheiratet. Einen umgänglichen Professor der Archäologie, der gern in die Oper ging und sie bewunderte. Früher war er viel auf Reisen, Griechenland, Ägypten und so, wo es halt was auszubuddeln gibt. Als ich ein kleiner Bub war, habe ich ihn immer sehr bewundert, wenn er uns besuchte und von seinen Reisen erzählte. Heute buddelt er in seinem Garten und züchtet Rosen. Ihre Mutter ist doch auch Sängerin, wie ich gehört habe.«

»Sie war es. Und ihr war die Karriere nicht so wichtig wie ihrer Schwester. Sie ist genauso ein Versager wie ich.«

»Um unsere Tante zu zitieren: Verderben Sie sich nicht nachträglich das gute Essen.«

Johannes griff nach ihrer Hand. »Freuen Sie sich darüber, daß Sie im gelobten München sind. Sie werden schon wieder ein Engagement bekommen. Und der Weg in die Stadt und wieder heraus wird auch für uns bald besser. Ich habe einen Kommilitonen, besser gesagt, einen Kriegskameraden, dessen Vater hat eine Autowerkstatt, und der baut mir zur Zeit ein Auto um, das man auch mit einem Bein fahren kann. Dann fahren wir zusammen.«

Constanze lächelte und gab ihm einen raschen Kuß auf die Wange.

»Schönen Dank inzwischen. Aber ich mache Sie darauf aufmerksam, die Vorstellung ist meist nicht vor zehn, halb elf zu Ende.«

»Ich werde mir die Zeit schon vertreiben.«

»Wo bleibt ihr denn, Kinder?« rief Agnes Meroth noch einmal. »Der Mokka wird kalt.«

Im August des vergangenen Jahres war Constanze in München eingetroffen, verwirrt durch die hastige Abreise aus Berlin, verstört von Jonathans Worten, daß ihr Gefahr drohe, nachdem Eugen über Nacht verschwunden war.

Vom Flugplatz aus hatte sie angerufen.

Erst war Mary am Apparat und keineswegs bereit, die Frau Kammersängerin bei ihrem Mittagsschlaf zu stören.

»Ich kann ja später wieder anrufen«, sagte Constanze eingeschüchtert. »Ich bin die Nichte von Frau Meroth.«

»Ach, die aus Berlin«, ließ sich Mary vernehmen. Und dann, nach einem kleinen Zögern, fügte sie gnädig hinzu: »Wait a minute, please.«

Diesen Satz konnte Mary alias Maria inzwischen perfekt aussprechen. Nach einer Weile kam Agnes.

»Habe ich richtig verstanden? Bist du es, Constanze?«

»Ja, ich bin es.«

»Das ist lieb, daß du anrufst. Ich habe lange nichts von dir gehört. Wie geht es dir denn?«

»Ich bin in München.«

»Nein! Davon weiß ich ja gar nichts. Seit wann denn?«

»Seit einer halben Stunde. Ich bin auf dem Flugplatz.«

»Na so was! Warum meldest du dich nicht an? Ist irgend etwas geschehen?«

»Ich bin gewissermaßen aus Berlin geflohen. Ich würde ja in ein Hotel gehen, aber ich habe wenig Geld.«

»Das klingt ja höchst dramatisch. Nimm dir ein Taxi und komm heraus zu uns. Die Adresse weißt du ja wohl noch.«

Während der Taxifahrt dachte Constanze mit schlechtem Gewissen daran, daß sie schon lange nicht mehr an Agnes geschrieben hatte, nicht, seit sie in Pankow wohnte. Und warum? Weil es ihr peinlich war, bei den Bolschis gelandet zu sein. Darum.

Sie war erfüllt von Wut auf den Mann, mit dem sie in den vergangenen Jahren zusammengelebt hatte. Ein verdammter Spion, sonst nichts. Und der andere verdammte Spion hatte sie in ein Flugzeug gesetzt, hatte sie verschickt wie ein Paket. Angeblich, um ihr das Leben zu retten.

Was war bloß aus ihr geworden? Wer hatte hier wen verraten? Sie, sie hatte sich selbst verraten.

Am liebsten hätte sie das Taxi halten lassen, wäre ausgestiegen und verschwunden auf Nimmerwiedersehen. Wie sollte sie erklären, was geschehen war? Wie sollte sie erklären, was sie selbst nicht wußte und verstand?

Zunächst brauchte sie nichts zu erklären, Agnes stellte keine Fragen. Denn obwohl ihre Nichte chic gekleidet und gut geschminkt war, wie Jonathan es verlangt hatte, sah Agnes ihre angstvollen Augen und den bebenden Mund.

»Tut mir leid, daß ich dich so überfalle«, sagte Constanze. »Ich wollte eigentlich in ein Hotel ...«

»Schon gut, Constanze. Schön, daß du da bist. Mit Hotels sind wir noch etwas schwach besetzt. Und wir haben Platz genug.«

Anschi hatte inzwischen den Koffer des Besuchs ergriffen und blickte die Hausherrin fragend an.

»Bringst es hinauf in das Gastzimmer, ja.«

»Das ist mein ganzes Gepäck«, sagte Constanze und versuchte zu lächeln. »Alles andere habe ich in Berlin gelassen. Es ging so plötzlich ... weil, ich wußte gar nicht ...«

»Komm in mein Zimmer, ja. Nehmen wir einen Drink zum Empfang. So sagt man jetzt.« Sie schickte einen lächelnden Blick zu Mary, die ebenfalls in der Diele stand und den Auftritt der Berliner Nichte genau beobachtete. »Ich habe eine gute Lehrmeisterin im Haus, weißt. Mary bringt mir bei, wie man sich zeitgemäß ausdrückt. Magst du einen Cognac? Oder lieber einen Whisky?«

Constanze lächelte mühsam. »Einen Whisky nehme ich gern.«

Das trug ihr ein beifälliges Nicken von Mary ein.

»Zuerst hatten wir Einquartierung im Haus«, plauderte Agnes, während sie in den Salon gingen, »wie fast alle Leute hier. Flüchtlinge halt. Und Ausgebombte. Doch dann besuchte mich eines Tages ein flotter amerikanischer Offizier, der hatte mich an der Met gehört und war ganz begeistert, mich hier wiederzutreffen. Ich hatte gerade die ›Leonore‹ gesungen, und das hatte er in der Zeitung gelesen. Da waren wir die Einquartierung los.«

»Artista«, sagte Constanze. »Das war das Zauberwort bei den Russen auch.«

Agnes füllte Whisky in die Gläser.

»Dazu habe ich die Eroberer nicht gebraucht. Ich mag das greisliche Zeug, seit ich es in Amerika kennengelernt habe. Immer nur ein kleines Schluckerl. Den Ferdl schüttelt es. Er trinkt nur Wein.«

»Ich bin auch so eine Art Flüchtling«, sagte Constanze. »Ich kann dir nur nicht erklären, warum. Ich weiß es selber nicht.«

»Bist du vor den Russen geflüchtet?«

»Vor unseren Kommunisten. Ich habe gestern noch nichts davon gewußt. Ich kann dir ja mal erzählen, was heute passiert ist. Und was vorher war.«

Und dann fing sie wirklich an zu weinen.

Drei Tage später saßen sie vor dem breiten Fenster in dem gleichen Zimmer, und Constanze las den letzten Brief ihrer Mutter an Agnes.

»Das hört sich sehr unglücklich an.«

»Das hat sie vor einem halben Jahr geschrieben, aber nun antwortet sie nicht mehr. Es hört sich sehr unglücklich an, da hast du recht.«

»Sie hat Heimweh, schreibt sie. Heimweh nach dem zerstörten Deutschland. Das verstehe ich nicht. Es muß ihr doch in Amerika viel besser gehen.«

»Wieso denkst du das? Sie ist eine Fremde dort. Erst Frankreich, jetzt Amerika. Warum soll sie kein Heimweh haben? Sie kann zu mir kommen, wann immer sie will.«

»Mit diesem ... diesem Mann?«

»Ich weiß es nicht, Constanze. Sie ist noch mit ihm zusammen, aber es geht ihm anscheinend gesundheitlich nicht gut. Sie drückt sich so unklar aus. Ach, Annette und ihre Männer! Das ist schon eine Crux.«

»Mami hat eben nicht so viel Glück gehabt wie du.«

»Was heißt Glück? Ich habe gearbeitet. Und ich wußte, was ich wollte.«

»Du hattest deine schöne Stimme.«

»Unsinn! Eine Stimme ist nur Rohmaterial. Alles andere ist Arbeit, Disziplin, Willen. Annette hatte einen wunderschönen Koloratursopran. Und sie sah reizend aus. Sie hätte genauso viel erreichen können wie ich. Statt dessen fällt sie auf diesen Spießer herein und läßt sich zwei Kinder machen.«

»Ich bin das einzige Kind.«

»Das denkst du. Sie hat es dir nie erzählt, das sieht ihr ähnlich.«

»Sie ging fort, als ich gerade siebzehn war«, sagte Constanze leise. »Sie war mit Vater nicht glücklich.«

»Das habe ich ihr gleich prophezeit.«

»Was ist das für ein Kind?«

»Sie war noch am Konservatorium, da lief ihr Herr Lindemann über den Weg. Wir bekamen beide Gesangsunterricht, weil unser Vater meinte, wir müßten Karriere machen. Er war total opernverrückt. Unsere Mutter hatte auch eine hübsche Stimme, und Vater spielte hervorragend Klavier. Wir sind mit Musik aufgewachsen. Kannst du dich an deinen Großvater nicht erinnern?«

»Doch. Ich sehe ihn vor mir, wie er am Flügel sitzt und spielt. Falls wir mal in München zu Besuch waren. Zu uns kam er ja nie.«

»Er hielt nicht viel von Herrn Lindemann.«

»Was war das für ein Kind?« wiederholte Constanze ihre Frage.

»Sie war neunzehn. Lindemann verführte sie, und sie wurde schwanger. Sie war ein so ahnungsloses Äffchen, da sie zunächst an so etwas gar nicht dachte. Dann versuchte sie abzutreiben. Erfolglos. Aber immerhin mit dem Erfolg, daß sie im sechsten Monat eine Fehlgeburt hatte. Lindemann führte sich auf wie ein Verrückter. Vater warf ihn hinaus und ließ Annette nicht mehr aus den Augen. Sie war krank und elend und erfüllt von Schuldgefühlen. Immerhin nahm sie ihr Studium wieder auf. Ich war zu der Zeit schon im Engagement. In Breslau. Die hatten eine schöne Oper. Ich war so glücklich dort. Schöne Partien. Und verliebt war ich auch. Eine herrliche Zeit.«

Agnes blickte hinaus in den Garten.

»Eine lebendige Stadt war das. Ein Jammer, daß wir sie verloren haben. Verteidigt bis zum letzten Schuß, wie es hieß. Und was noch übrig ist, haben die Polen. Ach, dieser verdammte Hitler!«

Plötzlich sprang sie auf und riß das Fenster auf. Sie hatte ihre Katze entdeckt, die zwischen den Büschen herumstromerte. »Keine Vögel, Bibi!« rief sie mit ihrer klangvollen, tragenden Stimme hinaus in den Garten. »Du weißt Bescheid, Bibi. Keine Vögel!«

Bibi hob den Kopf und blickte zu Frauchen hinauf, den Schwanz steil emporgerichtet.

»Alles, was singt und zwitschert, wird nicht gefressen, Bibi. Das ist ausgemacht, ja.«

Constanze mußte lachen.

»Vielleicht solltet ihr euch lieber einen Hund halten.«

»Hatten wir auch schon. Der war sehr musikalisch. Wenn ich Scalen übte, sang er mit. Seine Lieblingsoper war ›Tannhäuser‹. Wenn ich das Gebet der Elisabeth sang, legte er den Kopf schief und jaulte in den höchsten Tönen. Jedesmal wenn wir Gäste hatten, sagten die, los Agnes, sing die Elisabeth. Es war ein Riesenerfolg.«

»Und die Isolde? Sang er da auch mit?«

»Bis ich bei der Isolde angelangt war, befand sich Toni schon im Hundehimmel. Ich war so traurig, daß ich drei Tage keinen Ton singen konnte. Als ich das nächstemal die Elisabeth gesungen habe, saß ich nach dem Gebet in der Kulisse und heulte. Ruhland, der den Tannhäuser hatte, tröstete mich. Aber dann mußte er ja bald raus. Ach ja! Damals habe ich mir geschworen, nie wieder einen Hund.«

Bibi war nicht mehr zu sehen. Agnes schloß das Fenster und kehrte zu ihrem Sessel zurück.

»Eigentlich braucht Bibi keine Vögel zu fressen«, sagte Constanze. »Ich habe gesehen, was für großartige Menüs sie von Mary bekommt.«

»Es geht nicht ums Fressen, es geht ums Jagen. Und wir haben halt so viele Vögel im Garten. Ferdl füttert sie im Winter, da kommen sie immer wieder.«

»Und wie ging es weiter nach der Fehlgeburt meiner Schwester oder meines Bruders?« nahm Constanze das Thema wieder auf.

»Es wäre ein Bruder gewesen. Und das hat Lindemann so wütend gemacht. Er wollte einen Sohn haben.«

»Der wäre wohl dann jetzt im Krieg gefallen.«

»Ja, das ist anzunehmen. Und dann, nachdem Annette sich einigermaßen erholt hatte, sang sie wieder, und keiner von uns dachte noch an Herrn Lindemann. Logischerweise nahmen wir an, sie hätte die Nase voll von ihm und wäre froh, ihn nie wiederzusehen. Da hatten wir uns getäuscht. Frag mich nicht, ob man das Liebe nennen soll. Sie war ein gefühlsduseliges Dummchen, so nenne ich das. Und Lindemann wollte es uns zeigen. Vater war nicht gerade freundlich mit ihm umgegangen. Verbindungen kommen auf die komischste Weise zustande. Mir soll doch kein Mensch was von Liebe erzählen. Das machen wir auf der Bühne besser.«

Constanze nickte. »Da hast du recht. Auf der Bühne und möglichst mit Musik macht sie sich am besten.«

Agnes gab ihrer Nichte einen schrägen Blick.

»Du hast ja jetzt auch deine Erfahrungen mit der sogenannten Liebe gemacht.«

»Von Liebe kann keine Rede sein. Es war Feigheit von mir, ich brauchte irgendeine Hilfe. Schutz.«

»Warum?«

»Der Krieg. Die Nachkriegszeit.«

»Na und? Du bist jung und hübsch. Und begabt, wie ich hoffe. Du hast in Berlin gespielt, du hast bei der DEFA gefilmt.«

»Dank seiner Beziehungen.«

»Und du meinst, du hättest es allein nicht geschafft?«

Constanze hob die Schultern. »Ich weiß nicht.«

Es war schwer, in diesem Haus, in dieser Geborgenheit von den Zuständen im Nachkriegsberlin zu erzählen. Von der Wohnungsnot, von den Lebensmittelkarten.

»Ich hätte bei meinem Vater unterkriechen müssen. Das tat ich ja auch die erste Zeit. Ich kann ihn nicht leiden. Und da war eine Frau bei ihm. Ich hätte Trümmerfrau werden können, klar, wie so viele andere. Zugegeben, es war Berechnung, daß ich mit diesem Mann zusammenlebte. Und irgendwie war ich ...« Sie war nahe daran, von den Vergewaltigungen zu berichten, von ihrer Zeit in Mecklenburg. Sie unterließ es. Sie wollte nicht davon sprechen, weil sie nicht mehr daran denken wollte. »Es war in Berlin eben anders.«

»Du hättest gleich zu mir kommen können.«

»Das war unmöglich. Man kam aus Berlin nicht heraus.«

Sie schwiegen eine Weile. Noch immer war Constanze befangen, der dritte Tag in diesem Haus des Friedens, und alles, was geschehen war, blieb so unverständlich wie zuvor.

Sie stieß ein kurzes Lachen aus. »Weißt du, es ist komisch, ich war nur in einen Mann verliebt bisher. Ein Kollege von dir. Paul Burkhardt, er ist Bariton.«

»Nein?« staunte Agnes. »Aber ich kenne ihn. Wir haben

in Wien zusammen gesungen. Eine prachtvolle Stimme. Der war in Königsberg engagiert?«

»Ein großartiger Rigoletto.«

»Kann ich mir vorstellen. Nur war ich keine Gilda. Das wäre eine Rolle für Annette gewesen. Doch er war einmal mein Wolfram.«

»So?«

»Ja.«

Sie blickten beide aus dem Fenster. Es war sehr warm gewesen an diesem Tag, doch nun hatte sich der Himmel bezogen, sehr rasch.

»Es wird ein Gewitter geben«, sagte Agnes.

»Und dieser Mann, der dann kam, dieser Carlsen, den hat Mami doch geliebt.«

»Sie hat es behauptet. Jedenfalls hat sie das gleiche getan wie das erstemal. Sie hat ihr ganzes Leben weggeworfen und ist mit ihm gegangen. Und nun hat sie Heimweh.«

»Und du meinst, sie hätte Karriere machen können wie du?«

»Warum denn nicht? Sie bekam ihr erstes Engagement in Braunschweig. Das fand ich lustig und machte br, br, als ich in den Theaterferien zu Hause war.«

»Br, br?« fragte Constanze.

»Als Schauspielerin müßtest du ein Ohr dafür haben. Breslau, Braunschweig, nicht wahr? Beides fängt mit Br an. Es war meine letzte Spielzeit in Breslau, ich ging dann nach Dresden. Das war schon allerhand. Unsere Mutter sagte immer, sie wünsche sich nichts so sehr, als mich eines Tages hier in unserer Oper singen zu hören. Sie hat es nicht mehr erlebt.«

»Und daß ich auf die Welt kam, hat sie das noch erlebt?«

»Gerade noch. Herr Lindemann war in Braunschweig aufgetaucht, und da meine Schwester nun mündig war, heiratete sie ihn. Und bekam ein Kind. Dich. Vorhang.«

»Vorhang für ihre Laufbahn als Sängerin? Das verstehe ich nicht. Sie hätte doch weitermachen können.«

»Wie denn? In Braunschweig? Zunächst war sie ja mal schwanger. Daß sie in Berlin ein Engagement bekommen würde, war ausgeschlossen, so weit war sie noch nicht.«

Wieder Schweigen.

»Und dann kam also irgendwann Herr Carlsen.«

»Nicht irgendwann, sondern sehr bald. Ich weiß nicht, ob sie deinen Vater betrogen hat. Beziehungsweise ab wann sie ihn betrogen hat. Ich weiß nur, wann sie mir von Christian Carlsen erzählt hat. Es war 1931, da habe ich in Berlin an der Staatsoper gastiert. Sie saß bei mir in der Garderobe und heulte.«

»Damals schon?«

»Das sei nun die große Liebe ihres Lebens, erklärte sie mir. Und sie wisse nicht, was sie tun solle. Und er sei ein ganz anderer Mann, ein wunderbarer Mann, so klug, so verständnisvoll. Und ein Genie obendrein. Na ja!«

Ein Blitz zuckte über den Himmel, gar nicht weit entfernt, dann kam der Donner.

Und da erschien auch schon Bibi auf dem Fensterbrett. Agnes ließ sie herein und fuhr mit dem Finger um das Schnäuzchen der Katze.

»Kein Blut? Gut, dann darfst du hierbleiben.«

»Ein Genie also«, sagte Constanze. »Er war Physiker, hat mir mein Verflossener erzählt. Aber dann war er als Offizier in Frankreich.«

»Er war bei der Kaiser-Wilhelm-Gesellschaft. Als Physiker, sehr richtig. Max Planck war damals der Direktor. Er trat 1936 von diesem Posten zurück. Ob er nicht mehr mit den Nazis arbeiten wollte oder die nicht mit ihm, tut mir leid, ich weiß es nicht. Meine Welt, Constanze, war eine andere Welt. Ich weiß nichts darüber. Carlsen verließ das Institut dann auch. Was er gemacht hat, weiß ich auch nicht.«

»Im Sommer '38«, sagte Constanze, »waren wir hier, in diesem Haus. Wir haben dich gerade zwei Tage gesehen, dann mußtest du nach Bayreuth. Die Festspiele begannen. Und dann kam dein Mann aus Damaskus und erzählte irgendwas von alten Syrern oder so. Er blieb nur einen Tag, dann fuhr er auch nach Bayreuth. Bald darauf verließ uns Mami.«

»Na, siehst du, du weißt es besser als ich.«

Noch ein Blitz, ein Donner. Bibi schmiegte sich schnurrend auf Agnes' Schoß in die streichelnde Hand.

»Es blieb wohl keine Zeit, um wichtige Dinge zu besprechen«, sagte Constanze leise. »Man könnte sagen, du hast dich um deine Schwester nicht viel gekümmert.«

»Sie war schließlich ein erwachsener Mensch. Und wichtig? In Bayreuth die Isolde zu singen war für mich auf jeden Fall wichtiger als Annettes blöde Liebesgeschichte. Ich dachte, sie wird schon wieder zu Verstand kommen. Sie hatte Mann und Kind. Und schließlich war das Genie verheiratet.«

»Carlsen war verheiratet?«

»Gewiß doch. Und soviel ich weiß, ist sie heute noch mit deinem Vater verheiratet. Und Carlsen möglicherweise mit seiner Frau.«

Constanze legte die Hände an ihre Schläfen. »Das ist schrecklich. Was für ein Chaos in Mamis Leben. Gib mir noch einen Whisky, bitte. Dasselbe Chaos wie in meinem Leben. So etwas vererbt sich offenbar.«

»Mehr oder weniger befindet sich dieses Land, in dem wir leben, in einem Chaos. Kann sein, es bessert sich, immerhin sieht es jetzt so aus. Die meisten Menschen haben Schlimmeres erlebt als eine mißglückte und zweifelhafte Liebesaffäre.«

»In deinem Leben«, sagte Constanze, »hat es nie ein Chaos gegeben.«

»Nein«, erwiderte die Sängerin und streichelte die Katze. »Diese Art von Chaos nie. Ich war mal verliebt, mehr oder weniger. Wichtig war nur der Beruf. Natürlich gibt es mal einen Abend, an dem man nicht in Bestform ist und sich über einen Patzer ärgert.«

In Constanze mischten sich Bewunderung mit Abneigung; diese verdammte Sicherheit. Für diese Frau hatten weder die Nazis noch der Krieg etwas an ihrem Leben verändert. Eine Künstlerin, die über allem stand.

»Es war immer nur dein Beruf, der dich erfüllt hat.«

»So ist es. Die Musik ist eine herrische Gebieterin, sie duldet keine anderen Herren neben sich. Und das ist auch richtig so. Nur so kann man etwas erreichen.«

Draußen fing es an zu regnen, heftig, wild.

»Schön«, sagte Agnes. »Ich liebe den Regen. Die Erde lebt

dann erst richtig. Nur der Ferdl wird um seine Rosen bangen.«

Da öffnete sich auch schon die Tür, und der Professor erschien.

»Es regnet«, sagte er vorwurfsvoll.

»Wir sehen es. Tut gut. Ein kurzer Sommerregen, keine Bange, morgen scheint die Sonne wieder.«

»Was trinkt ihr denn da? Ach, ich seh schon. Euren Whisky. Meinst du, es ist noch Sherry im Haus?«

»Sicher. Im Eckschrank im Wohnzimmer.«

»Ich wollte einen Tee haben, aber Mary ist nicht da.«

»Sie ist mit ihrem Mike zum Starnberger See gefahren, zum Baden.«

Der Professor blickte aus dem Fenster und schüttelte den Kopf.

»Bei dem Wetter!«

»Bis jetzt war das Wetter doch sehr schön. Und vielleicht sind sie auch schon fertig mit dem Baden und sitzen irgendwo in einem Wirtshaus draußen am See. Mike liebt die bayerischen Wirtshäuser. An einem Holztisch, eine Maß Bier und eine Schweinshaxe. Das kriegt er in Alaska nicht.«

»Kommt er denn aus Alaska?« fragte der Professor erstaunt.

»Es kann auch Alabama sein. Irgendwas mit A.«

»Seltsam, daß er so lange hierbleiben darf.«

»Gott gebe, daß er weiterhin bleibt. Sonst geht Mary mit ihm, das wäre furchtbar. Sie liebt ihn nämlich wirklich. Siehst du«, das galt Constanze, »wir haben eben darüber geredet. Es gibt sie halt doch, die Liebe. Mary braucht von ihm weder Zigaretten noch Nylonstrümpfe. Nicht mehr. Die kriegt sie hier jetzt auch.«

»Ihr habt über die Liebe geredet?« fragte der Professor.

»Unter anderem. Meinst du, du findest den Sherry?«

»Sure, um mit Mary zu reden. Wenn sie den Sergeanten nicht hergeben will, müssen wir ihn halt adoptieren.«

»Gar keine schlechte Idee. Er könnte unser Chauffeur werden.«

»Chauffeur? Wir haben doch gar kein Auto.«

Die Frau Kammersängerin legte den Kopf auf die Seite. »Wir werden uns eins kaufen. Ich möchte auch mal an den Starnberger See fahren oder nach Garmisch hinein. Dort habe ich gute Freunde, wie du weißt. Und wenn ich abends ausgehen will, brauche ich ein Auto und einen Chauffeur.«

Der Professor murmelte: »Na, dann such ich mal den Sherry. Und dann werde ich noch etwas arbeiten. Du sagst mir, wenn es Abendessen gibt?«

»Heute gibt es nur kalt.«

»Ach, richtig, Mary badet im Starnberger See.«

An der Tür blieb der Professor stehen und zog die Brauen hoch. »Hoffentlich ersäuft sie nicht.«

»Er wird sie schon retten.«

Constanze lächelte etwas trübsinnig. So etwas gab es also auch, Liebe hin und her, eine freundliche, wenn nicht gar glückliche Ehe. Eine berühmte Frau, selbstsicher, selbständig, ein in seinem Beruf erfolgreicher Mann, der nun an einem Buch schrieb über die Arbeit seines Lebens. Sie war erst drei Tage in diesem Haus, doch sie hatte schon begriffen, wie harmonisch das Leben hier ablief. Arme Mami!

Agnes lachte vor sich hin, nachdem ihr Mann gegangen war. »Ich kann gar nicht Auto fahren«, sagte sie heiter. »Mußte ich nie lernen, es war immer ein Chauffeur da. Oder ein Verehrer, der mich transportierte. Und der Ferdl ist in meinen Augen ein mäßiger Fahrer. Wenn er mich vor dem Krieg mal nach der Vorstellung abgeholt hat, war ich immer froh, heil zu Hause gelandet zu sein.«

»Und im Krieg hattet ihr kein Auto mehr?«

»Ich hätte den roten Winkel schon gekriegt, wenn ich darauf bestanden hätte. Unser Gauleiter war immer sehr charmant und fragte mich stets, was er für mich tun könne. Vielen Dank, sagte ich dann, nett von Ihnen. Aber ich habe alles, was ich brauche, meine Stimme und die Oper. Als dann die Theater schließen mußten, war ich sehr wütend.«

»Der dämliche Goebbels«, sagte Constanze. »1944 war das. Als ob man ohne Theater diesen Krieg hätte gewinnen können.«

»Genau. Das habe ich dem Wagner auch gesagt. So hieß unser Gauleiter. Er war ein ziemlich ungebildeter Mensch. Aber was unsere Oper, was überhaupt Musik für die Menschen bedeutete, wußte er schon. Glauben Sie, sagte ich, Sie werden den Krieg gewinnen, wenn Sie den Menschen das letzte bisserl Freude nehmen?«

»Und was sagte er darauf?«

»Er grinste dämlich, wie du das nennen würdest, und sagte, aber liebe gnädige Frau, wir müssen nun alle Kräfte zusammennehmen für den Endsieg. Na, dann mal zu, sagte ich. Erwarten Sie, daß ich in eine Fabrik gehe und Granaten herstelle? Aber Sie doch nicht, liebe, gnädige Frau. Es ist nur für kurze Zeit, dann werden wir Sie wieder hören und sehen, in alter Frische. Bisserl kleinlaut war er da schon.«

Agnes lehnte sich zurück, streichelte ihre Katze, sah hinaus, der Regen fiel immer noch, nicht mehr so wild, sondern ruhig und stetig.

»Stört es dich, wenn ich mal das Fenster aufmache?«

»Aber gar nicht«, erwiderte Constanze.

»Ich höre so gern, wie der Regen in den Blättern rauscht. Das ist wie Musik. Die Sonne ist stumm, nicht wahr? Stumm, gewalttätig, oft grausam, bösartig. In manchen Ländern jedenfalls. In einem Land, in dem es regnet, da kann man leben.«

»Und was machen wir nun mit Mami?« fragte Constanze, nachdem sie eine Weile dem Rauschen des Regens in den Bäumen zugehört hatte.

»Wir werden ihr schreiben. Das heißt, du wirst schreiben. Daß du jetzt bei mir bist und daß wir uns freuen würden, wenn sie käme.«

»Allein?«

»Ob allein oder nicht, das werden wir ja dann sehen. Hast du schon mal daran gedacht, daß dieser Carlsen aus ihrem Leben verschwunden sein könnte?«

»Aber wovon lebt sie dann, um Himmels willen?«

»Wovon lebt er? Der letzte Brief kam aus Kalifornien. Irgendwo in der Gegend von Los Angeles. Da wohnen die Filmstars, müßtest du ja wissen.«

»Wie du redest«, sagte Constanze unglücklich. »Mami wird kaum ein Filmstar geworden sein.«
»Nein. Aber es hat sehr viele Deutsche dorthin verschlagen. Emigranten.«
»Mami ist keine Emigrantin.«
»Vielleicht doch. Kann sein, sie hat einen Job gefunden. Sie spricht deutsch, sie spricht französisch, inzwischen sicher auch gut amerikanisch. Warum sollte sie keine Arbeit gefunden haben?«
»Dann hätte sie es wohl in ihrem Brief erwähnt.«
»Da hast du recht. Und sie ist keine Kämpferin, sie ist eine Träumerin.«
Das klang erbarmungslos, und Constanze haßte Agnes in diesem Moment.

Auf den Brief kam keine Antwort. Es vergingen zwei Jahre, bis Constanze etwas vom Leben ihrer Mutter erfuhr. Es war Jonathan, der ihr berichtete.
Erst im Winter bekam Constanze wieder ein Engagement, ein recht gutes diesmal, eine interessante Rolle in einem Boulevardtheater. Sie hatte monatelang alle einschlägigen Agenten besucht, jede Intendanz, hatte bei der Bavaria in Geiselgasteig antichambriert. Tagsüber saß sie oft im Operncafé in der Maximilianstraße, das als eine Art Schauspielerbörse galt. Unten war ein Cabaret, darüber das Café, in ihm trafen sich Schauspieler, Starlets und solche, die es werden wollten, und nicht jeder Mann, der sich hier an ein Mädchen heranmachte, hatte mit Theater oder Film zu tun. Constanze, immer gut geschminkt und dank der Großzügigkeit ihrer Tante mit eleganter Garderobe versehen – denn noch immer arbeiteten die besten Schneider der Stadt gern für die Frau Kammersängerin und nun auch für ihre Nichte –, Constanze hätte Gelegenheit genug gehabt, einen Freund, einen Liebhaber zu finden, aber sie war zurückhaltend, abweisend. Was sie mit Eugen erlebt hatte, genügte ihr, ganz zu schweigen von dem, was sie vorher durchgemacht hatte. Sie hatte einfach kein Verlangen nach einem Mann, schon gar keine Lust auf ein flüchtiges Abenteuer.

»Worauf warten Sie eigentlich, Signorina?« fragte einmal ein gutaussehender Beau, in diesen Kreisen bekannt für seine wechselnden Liebschaften. »Auf einen Multimillionär aus Chicago?«

»Gute Idee. An so etwas habe ich noch gar nicht gedacht. Sehen Sie einen hier, Signore?«

»Man sieht es den Burschen nicht immer an, was sie auf dem Konto haben. Und meist sind sie ziemlich alt. Ich habe ein Haus am Tegernsee. Hätten Sie nicht Lust, ein Wochenende mit mir dort zu verbringen?«

»Ach, wissen Sie, der Tegernsee. Wenn Sie ein Haus in der Bretagne hätten, da möchte ich wieder mal hin.«

Das brachte den Playboy, so nannte man diese Männer neuerdings in München, zum Verstummen.

»So, so. In der Bretagne. Ist es da nicht ziemlich kühl?« fragte er dann dußlig.

»Eine herrliche Landschaft. Eine wunderbare Luft. Und das Meer! Wissen Sie, ich liebe das Meer.«

»Sie kennen Frankreich?« fragte der junge Mann beeindruckt.

»Ich bin in Paris aufgewachsen«, erwiderte Constanze. »Und in den Ferien waren wir oft an der Küste. Natürlich auch an der Côte d'Azur. Aber die bretonische Küste gefällt mir besser. Der Wind und die Luft. Das stürmische Meer«, sie schlug den Blick schwärmerisch nach oben, »das ist es, was ich wiedersehen möchte.«

Der junge Mann dachte nach, legte seine Hand dabei auf ihr Knie.

»Wenn ich nun ein Haus an der bretonischen Küste kaufen würde, kämen Sie dann mit mir?« fiel ihm schließlich ein.

»Kann sein.«

»Aber die Franzosen mögen uns nicht besonders.«

»Wie kommen Sie darauf? Ich habe nie Schwierigkeiten in Frankreich.«

»Na ja, eine schöne Frau wie Sie. Demnach sprechen Sie perfekt französisch.«

»Naturellement.«

Wenn er jetzt mit mir französisch spricht, bin ich blamiert, dachte Constanze, denn ihre Sprachkenntnisse stammten aus der Schule, und das meiste hatte sie längst vergessen.

Der junge Mann sprach nicht französisch, doch immerhin brachte dieser Dialog Constanze das Engagement an der ›Komödie‹ ein. Als sie nach einer Weile ging, kam eine Dame ihr nach und sprach sie auf der Straße in fließendem Französisch an. Constanze verstummte verlegen, die Dame lachte.

»Das habe ich mir schon gedacht. Sie haben den guten Camillo großartig abserviert. Er heißt eigentlich Karl und nennt sich jetzt Camillo. Ein paar Brocken italienisch hat er sich zugelegt. Aber ein wenig französisch sprechen Sie doch?«

»Ich kenne die Aussprache.«

»Das genügt. Ich kenne Sie auch, Constanze Meroth. Sie haben bei uns schon vorgesprochen.«

Constanze blickte erstaunt.

»Bei meinem Mann. Er ist der Intendant der ›Komödie‹. Ich war dabei. Sie sind gut. Und wir bringen ein Stück, Anfang des Jahres, in das Sie vom Typ her gut hineinpassen würden. Schon gut«, die Dame hob die Hand. »Das ist nur eine Anregung. Die Rolle, an die ich denke, ist nur eine Nebenrolle. Aber man muß ein paar französische Brocken einstreuen. Wollen Sie noch einmal bei uns vorbeikommen? Morgen vormittag so gegen elf?«

Das war eine Hoffnung, eine unter vielen. Constanze bekam die Rolle, und sie wurde ihr erster Erfolg in München. Nur ihren Namen hatte man geändert.

»Sie können hier nicht unter dem Namen Meroth auftreten«, sagte der Intendant des Theaters. »Jeder verbindet das hier mit dem Namen Agnes Meroth. Sind Sie mit ihr verwandt?«

»Sie ist die Schwester meiner Mutter«, sagte Constanze. Die Bezeichnung Tante wäre ihr albern vorgekommen.

»Und Sie leben draußen bei ihr in Solln?«

»Das wissen Sie?«

»Nun, man weiß manches über berühmte Leute. Ich kenne Agnes Meroth. Sie ist ein Traum. Schade, daß sie nicht mehr auftritt.«

»Sie hat die ersten Jahre nach dem Krieg noch im Prinzregententheater gesungen.«

»Ich weiß. Und nun leider nicht mehr. Können Sie singen?«

Constanze lachte nervös. »Nicht sehr gut.«

»Es wäre nur ein Chanson, ein kleines sentimentales Chanson, französisch gesungen. Trauen Sie sich das zu?«

»O ja«, sagte Constanze.

Von da an begann sie ernsthaft zu arbeiten, die Lähmung, die sie seit der Flucht aus Berlin befallen hatte, wich. Sie sang wieder, sorgfältig beraten von Agnes, sie ging in eine Tanzschule, um wieder geschmeidig zu werden, und sie besuchte einen Französischkurs.

Die Premiere war im Januar, das Stück war amüsant, sie hatte Partner mit bekannten Namen, und sie war fast wieder die Constanze von früher. Sie bekam gute Kritiken, und bald darauf meldete sich die Bavaria bei ihr für Probeaufnahmen. Und dann, Anfang März, kam eines Abends nach der Vorstellung Tenzel in ihre Garderobe.

»Mensch, Ralph!« rief Constanze überrascht. »Du bist es wirklich?«

»Meine schöne Solveig«, sagte er in seiner gelassenen Art, »was für eine Freude, dich wiederzusehen. Constanze Morvan, ich konnte ja nicht ahnen, daß du das bist.«

Er nahm sie in die Arme und küßte sie auf beide Wangen. Sie hob sich auf die Zehenspitzen und küßte ihn auf den Mund.

Er war sehr groß, groß und hager, mit Falten in seinem ausdrucksvollen Gesicht.

Sie wandte sich zu der Kollegin Mira, mit der sie die Garderobe teilte. »Er war mein Regisseur in Königsberg.«

»Sag bloß, du hast die Solveig gespielt.«

»Aber ja. Und noch viele andere Rollen.«

Tenzel stellte sich vor. »Sie war ein begabtes Mädchen«, sagte er.

»Königsberg«, sagte Mira. »Das ist lange her.«

»Zehn Jahre«, sagte Constanze. »Es ist kaum zu glauben. Ich freu mich so, Ralph, daß es dich noch gibt.«

»Das ist in Zeiten wie den unseren nicht selbstverständlich«, sagte er.

Später saßen sie in einer Kneipe in Schwabing.

»Warum hast du deinen Namen geändert?« fragte Tenzel.

»Du kennst den Namen Agnes Meroth?«

»Eine Sängerin, soviel ich weiß.«

»Meine Tante. In München sehr bekannt. Darum konnte ich unter diesem Namen nicht auftreten. Man hat mich sowieso immer gefragt, ob ich ihre Tochter bin.«

»Constanze Morvan, klingt auch nicht schlecht.«

»Morvan ist ein Teil von Burgund, haben sie mir erklärt, und da ich hier eine Französin spiele, paßt es ganz gut.«

»Und wie geht's weiter?«

»Das wissen die Götter. Ich habe lange kein Engagement gehabt. Vielleicht klappt es jetzt mit einer Filmrolle. Es ist schwer, in München anzukommen.«

»Hm. Ich erinnere mich an die großen Rollen, die du spielen wolltest. Die Julia zum Beispiel, die Cordelia.«

»Das ist vorbei. Dafür bin ich zu alt.«

»Du wolltest die Jungfrau spielen. Und die Maria Stuart. Zu alt? Kennst du die Wilson noch? Die hat mit vierzig noch die Julia gespielt. Hat ihr jeder abgenommen. Wenn du willst, kannst du gute Rollen bei mir spielen. Die Katharina in den ›Widerspenstigen‹, die müßte dir liegen.«

»Davon haben wir damals schon gesprochen.«

»Siehst du! Und wie wäre es mit der Blanche in ›Endstation Sehnsucht‹? Oder die Colombe?«

»Wovon redest du eigentlich?«

»Ich habe für die nächste Spielzeit ein Engagement in Bochum. Als erster Regisseur. Ich kann einige Schauspieler meiner Wahl mitbringen. Wenn du willst ...«

»In die Provinz?«

»Wenn du große Rollen spielen willst, kannst du es nur in der Provinz. Ich mache eine große Schauspielerin aus dir.«

»Das hast du in Königsberg schon gesagt.«

»Und? War es nicht gut, was wir gemacht haben?«

»In die Provinz. Und auch noch ins Ruhrgebiet. Ich bin gern in München.«

»Ja, ja, ich weiß. Das seid ihr alle. Lieber in München eine Charge gespielt als in der sogenannten Provinz die Hedda Gabler.«

»Wie kommst du auf die Hedda Gabler?«

»Weil ich gerade gedacht habe, es wäre eine passende Rolle für dich. Ich habe als blutjunger Kerl noch Louise Dumont als Hedda gesehen. In Düsseldorf. Kann ich nie vergessen. Aber es muß nicht Ibsen sein. Es gibt eine Menge interessante amerikanische und englische Stücke, die wir gar nicht kennen. Fabelhafte Rollen für eine Frau, wie du es bist.«

Sie blickte ihn mit großen Augen an. »Du weißt nicht, was du redest. So hat kein Mensch mehr mit mir gesprochen. Seit Jahren nicht.«

»Ich mache eine große Schauspielerin aus dir«, wiederholte er. »In fünf Jahren werden sich die Kammerspiele um dich reißen. Oder Barlog in Berlin.«

»Ich geh nicht wieder nach Berlin.«

»Warum? Du bist doch Berlinerin.«

»In Berlin sind die Bolschis. Die Russen, die Kommunisten. Ich will damit nichts mehr zu tun haben.«

Er betrachtete sie eine Weile schweigend.

»Was hast du erlebt in Berlin?«

»Darüber rede ich nicht.«

Als er wieder schwieg und sie nur ansah, erinnerte sie sich daran, daß es schon immer seine Art gewesen war zu schweigen und nur mit Blicken zu fragen.

»Nichts weiter«, sagte sie ärgerlich. »Ich habe nur ein paar unwichtige Rollen gespielt, ein paar alberne Filme bei der DEFA gemacht. Und ich hatte es einem Mann zu verdanken, der es mit den Kommunisten gut konnte.«

»Aha. Und wo ist dieser Mann jetzt?«

»Weg.«

»Und er fehlt dir?«

»Nicht die Bohne. Ich bin froh, daß ich ihn los bin. Letzten Endes muß ich ihm dankbar sein, denn er war der Anlaß, daß ich Berlin verlassen habe und nach München gekommen bin.«

»Das ist die ganze Geschichte?«

»Im Moment ja.« Ablenkend fragte sie: »Was machst du eigentlich in München?«

»Ich mache eine Art Rundreise durch Deutschland. Von Theater zu Theater. Ich will sehen, was los ist, wer wo spielt, was für Stücke gespielt werden, wer sie inszeniert hat. Und, wie Beispiel zeigt, ob ich alte Freunde wiederfinde.«

»Du mußt viel Geld haben, wenn du dir so eine Rundreise leisten kannst.«

»Habe ich nicht. Ich wohne überall bescheiden, hier in einer kleinen Pension in der Brienner Straße. Zwei Jahre habe ich bei einer Landesbühne gearbeitet, vorher war ich auf Tournee. Wie man sich eben so durchgeschlagen hat. Daß ich jetzt ein Engagement in Bochum bekommen habe, verdanke ich Hans. Er ist der Intendant dort. Wir kennen uns von früher, ich habe als Regieassistent bei ihm gearbeitet. Das war vor Königsberg. Weil ich in der nächsten Spielzeit ein festes und dazu gutes Engagement habe, leiste ich mir diese Reise. Möchtest du noch ein Glas Wein?«

»Ich müßte längst weg sein. Ich wohne in einem Vorort, und es ist immer schwierig, da hinauszukommen. Es fährt zwar eine Bahn, aber um diese Zeit nicht mehr. Johannes, der mich meist in seinem Wagen mitnimmt, hat Semesterferien und ist bei seinen Eltern. Er will Ski fahren. Verrückt.«

»Wer ist Johannes, und warum ist es verrückt, wenn er Ski fährt?«

»Er hat nur ein Bein. Seine Eltern leben im Allgäu, und er sagt, dort gibt es um diese Zeit noch jede Menge Schnee.«

»Er ist dein Freund?«

»Er ist der Neffe meiner Tante. Oder genau gesagt, der Neffe ihres Mannes. Und er wohnt auch in dem Haus, in dem ich wohne. In dem ich wohnen darf, gnädigerweise. Und ich habe kein Verhältnis mit ihm, falls du das meinst.«

»Also dann trinken wir noch ein Glas. Möchtest du nicht eine Kleinigkeit essen?«

Sie hätte gern etwas gegessen, aber nach allem, was er berichtet hatte, verfügte er wohl nicht über viel Geld.

»Nein, danke«, sagte sie artig.

Er war ein kluger, ein einfühlsamer Mann. Einmal hatte sie zu Paul Burkhardt gesagt: Der kann Gedanken lesen.

Das bewies Ralph Tenzel auch jetzt.

»So schlecht geht es mir auch wieder nicht. Und Hunger habe ich jedenfalls. Sieh mal, der Dicke dort hinter dem Tresen dürfte wohl der Wirt sein. Zu dem gehe ich jetzt und frage, was er uns zu essen machen kann.«

Sie lächelte ihm nach, als er durch den Raum ging. Zehn Jahre! Aber er war ihr so vertraut. Er war ein sehr strenger Regisseur gewesen. Und sie hatte gewußt, daß er sie gern hatte. Aber Paul Burkhardt hatte gut auf sie aufgepaßt. Und in den war sie verliebt. Damals.

Als er zurückkam, sagte er: »Wir bekommen Schnitzel und Bratkartoffeln. Macht er höchstpersönlich. Und schlafen kannst du heute nacht bei mir. Es ist nur ein kleines Zimmer, aber ich habe ein ziemlich breites Bett.«

»Ich kann mir auch ein Taxi nehmen.«

Er lächelte. »Das kannst du.«

»Gibt es denn ... ich meine, gibt es denn keine Frau in deinem Leben?«

»Wenn es eine gäbe, ist sie jedenfalls nicht hier.«

»Ich habe keine Zahnbürste.«

»Dann müssen wir schlimmstenfalls einen Apotheker herausklingeln, der Nachtdienst hat. Falls ich dir meine nicht anbieten darf.«

»In der Garderobe habe ich eine«, sagte Constanze. Sie lächelte, ihre Augen waren voll Erstaunen. »Ich bin nicht auf die Idee gekommen, sie mitzunehmen.«

Er nahm ihre Hand und küßte sie.

»Man kann nicht an alles denken. Aber ich hätte es dir natürlich sagen müssen.«

»Wieso?«

»Weil ich schon daran dachte, als ich dich auf der Bühne sah. Aber es hätte ja sein können, daß jemand nach der Vorstellung auf dich wartet.«

Dann kamen die Schnitzel und die Bratkartoffeln, sie aßen mit Appetit und sprachen miteinander, als hätte es diese schlimmen zehn Jahre nicht gegeben. Sie redeten quer durcheinander, vom Krieg, von der Nachkriegszeit, und immer wieder vom Theater, von diesen und jenen Rollen, von diesen und jenen Stücken, die sie gesehen hatten oder noch sehen wollten. Manchmal hielt er ganz versunken ihre Hand und sah sie nur an.

»Du singst doch recht nett, habe ich heute abend ja gehört. Und als Solveig hast du wirklich wunderschön gesungen.«

»Das hat mir damals Paul beigebracht.«

»Ich überlege gerade – Musical, das wäre doch auch was für dich. Du kannst singen, du kannst tanzen, du hast Temperament. Ich denke da an ein bestimmtes Stück. Die ›Widerspenstige‹ als Musical, ›Kiss me, Kate‹. Eine hinreißende Musik. Von Cole Porter. '49 am Broadway uraufgeführt. Die Rolle ist dir auf den Leib geschrieben. Das machen wir bestimmt. Wir müssen nur einen tollen Mann als Partner für dich finden. Kennst du es wirklich nicht?«

Er begann leise zu singen. »Wunderbar, wunderbar, what a perfect night for love ...«

Constanze betrachtete ihn fasziniert, ihre Augen strahlten wie einst. Er nahm ihr Gesicht in die Hände und küßte sie. »Das ist der Beginn.«

»Was für ein Beginn?« fragte sie, mitgerissen von seiner Begeisterung.

»Du und ich. Der Beginn deiner Karriere. Ich werde noch einmal jung mit dir. Zehn Jahre! Was sind schon zehn Jahre. Sie können kurz sein oder lang. Mir erscheinen sie manchmal als eine endlos lange Zeit. Verlorene Zeit. Verlorenes Leben. Für viele endgültig verloren. Aber wir leben noch. Wir fangen jetzt erst richtig an. Du wirst viel arbeiten müssen bei mir.«

Sie lachte. »Kommt mir bekannt vor, dieser Ausspruch.«

»Wie bist du eigentlich damals aus Königsberg rausgekommen? Hat Burkhardt dich mitgenommen?«

»Nein. Er reiste zu Weib und Kindern nach Bayern. Er vermachte mich dem Freiherrn, den kennst du ja auch. Ich sollte auf seinem Gut so pro forma irgendwas arbeiten. Denn das mußte ich ja, sonst hätten sie mich in eine Rüstungsfabrik gesteckt. Aber ich blieb nicht lange dort, ich schlug mich nach Berlin durch.«

Nein, sie würde ihm nicht erzählen, was geschehen war. Sie würde nie und nie davon sprechen. Zu keinem Menschen.

»Dann hast du das Kriegsende in Berlin erlebt?«

Sie nickte.

»Muß schlimm gewesen sein.«

»Ja, sehr schlimm. Aber das Haus, in dem wir wohnten, blieb einigermaßen heil.« Immer wieder Lügen, das blieb ihr wohl nicht erspart. Sie sprach hastig weiter: »Mein Vater ... ich weiß nicht, ob du dich erinnerst, ich verstand mich nicht besonders mit ihm. Deswegen bin ich dann bald nach Kriegsende weggezogen.«

»Ah ja, der verschwundene Kommunistenfreund. Ich verstehe. Apropos verschwunden – hatte deine Mutter, Mami, wie du immer gesagt hast, deinen Vater nicht verlassen?«

»Ja. Schon lange vorher, da ging ich noch in die Schauspielschule. Und ich habe sie seitdem nicht wiedergesehen.«

»Aber sie lebt noch?«

»Ja. Sie ist in Amerika.«

Doch darüber wollte sie jetzt nicht sprechen. Deshalb fragte sie: »Wie ist es dir denn ergangen, als in Königsberg Schluß war?«

»Ich mußte natürlich ran. Ich war zu Anfang des Krieges schon mal eingezogen, aber sie ließen mich wieder laufen. Ich hatte Asthma und war nicht kriegstauglich. Zum Schluß spielte das keine Rolle mehr, da war jeder gut genug.«

»Asthma? Davon habe ich nie etwas gemerkt.«

»Das Klima in Königsberg war gut für mich. Ich kam zu einer Sanitätskompanie und begleitete Transporte von Verwundeten, die gingen westwärts, südwestlich genauer gesagt. Nicht über die Ostsee. Da sind ja noch viele Menschen umgekommen. Ich landete in Thüringen, und da geriet ich dann in die amerikanische Gefangenschaft.«

»Nach Amerika?«

»Leider nicht. Wir lagen bloß so in der Gegend herum und hungerten. Und als es mit dem Asthma wieder losging, ließen sie mich auch laufen.«

»Das ist ungeheuerlich. Ich meine, was wir alles so erlebt haben. Du mußt mir das noch genau erzählen.«

»Nicht jetzt. Diese endlos lange Zeit von zehn Jahren wollen wir vergessen. Jedenfalls heute nacht. Ich bin dafür, wir gehen jetzt. Siehst du, wir sind sowieso schon die letzten Gäste.«

Sie schlief in dieser Nacht in der Pension in der Brienner Straße.

»Es ist wirklich ein erstaunlich breites Bett für so ein kleines Zimmer«, sagte sie, als sie dort eintrafen. Sie war unsicher, geradezu verlegen. Es war eine ganze Weile her, daß sie mit einem Mann geschlafen hatte. Und sie entdeckte plötzlich, daß es mit einem total Fremden leichter wäre als mit einem alten Freund.

Freund? Er war nicht ihr Freund, sondern ihr Regisseur gewesen. Wie alt mochte er damals gewesen sein? Fünfunddreißig, achtunddreißig? Sie wußte es nicht. Paul Burkhardt war älter, nur bei ihm ...

Sie blickte sich verloren in dem Raum um. Was sollte sie jetzt tun?

»Ein erstaunlich breites Bett«, wiederholte er und betrachtete sie prüfend. »Sie denken sich eben etwas bei einer kleinen Pension in der Stadtmitte.«

Darüber mußte sie lachen, und er nahm sie in die Arme.

»Das soll uns jetzt nicht kümmern. Mach die Augen zu und laß dich küssen. Und wenn du nicht willst ...«

»Ach, sei still«, sagte sie heftig, »ich will ja. Wen denn sonst, wenn nicht dich.«

»Es ist eine alte Geschichte ...«, fing er an.

Und sie fuhr fort: »Doch bleibet sie ewig neu.«

Dann schloß sie wirklich die Augen, überließ sich seinen Armen, seiner Zärtlichkeit.

Nur nicht denken. Nicht denken, was früher geschehen war. Es war besser als mit Eugen. Sie konnte sich auf einmal hingeben, konnte die Umarmung eines Mannes genießen, konnte seine Zärtlichkeit, seine Liebe erwidern.

Liebe. Wer spricht denn von Liebe? Das dachte sie noch, ehe sie einschlief, geborgen in seinen Armen, den Kopf auf seiner Schulter.

»Ich wußte gar nicht, wie groß du bist«, murmelte sie, schon halb im Schlaf.

»Du hast es damals leider nicht ausprobiert«, erwiderte er.

»Ich hatte viel zu viel Respekt vor dir. Du hast mich ganz schön schikaniert, als ich die Eliza probierte und ...«

Sie schlief.

Er schlief noch lange nicht, lauschte auf ihren Atem, spürte ihren Körper an seinem Körper. Die kleine Anfängerin von einst, in viel zu schwierigen Rollen eingesetzt, das hatte er damals gewußt. Er hatte sie herausgefordert, das stimmte. Und ihr Verhältnis mit dem Bariton hatte ihn geärgert. Eine dumme Mädchenschwärmerei, das hatte er auch gewußt. Es war Burkhardts letzte Spielzeit in Königsberg, er war für die nächste Saison nach Hamburg verpflichtet. Nur, es gab keine nächste Saison. Es gab den Krieg. Es gab schwere, mühselige Jahre.

Sein Atem ging schwer, das Asthma. Nein, nicht jetzt. Er durfte nicht aufstehen, das Spray lag auf der Kommode. Es begann ein neues Leben. Sein Engagement an einer guten Bühne, und sie würde er mitnehmen.

Er dachte über die Rollen nach, die sie spielen konnte. Es war nicht so, daß sie in Bochum auf ihn gewartet hätten. Ohne die alte Freundschaft zu dem Intendanten hätte er das Engagement nicht bekommen. Sie brauchten auch Constanze nicht unbedingt, sie hatten gute Schauspieler in diesem Haus. Hans mußte kommen und sie in dieser Rolle sehen. Morgen mußte er sich erkundigen, wie lange das Stück noch lief. Er würde noch einige Male hineingehen und sie ansehen. Es gab einiges zu verbessern an ihrer Darstellung. Er mußte ihr beibringen, daß sie in der zweiten Szene ...

Er lächelte in der Dunkelheit und bekämpfte den würgenden Atem in seiner Kehle.

Auch er war unsicher gewesen, als sie das kleine Zimmer mit dem breiten Bett betraten. Es gab keine Frau in seinem Leben, es hatte lange keine gegeben. Nur flüchtige Abenteuer in solchen Zimmern wie diesem. Ein Mann durfte nicht aus der Übung kommen. Ein Mann durfte nicht versagen.

Mit einer schönen jungen Frau durfte man sich nicht blamieren.

Er hätte aufstehen mögen, wenigstens eine Schlaftablette nehmen. Er schlief schon lange nicht mehr ohne Tabletten. Doch er lächelte in die Dunkelheit. Zehn Jahre. Im nächsten Jahr wurde er fünfzig. Ein wenig Zeit noch, Herr im Himmel. Und dann schlief er endlich doch. Er wachte auch früher auf als sie. Sie dehnte sich, streckte sich, drehte sich um, breitete die Arme aus, spürte ihn. Und dann war sie wach.

»Oh!« sagte sie. Und dann: »Na, so was!«

Ihre Augen waren strahlend blau wie einst.

Sie richtete sich auf. Sah ihn erstaunt an.

»Ich habe sehr gut geschlafen«, sagte sie. »Bei dir. Mit dir. Du auch?«

»Ja«, sagte er und strich leicht mit dem Zeigefinger über ihre morgenfrische Wange. »Deine Tante wird sich wundern, daß du heute nacht nicht nach Hause gekommen bist.«

»Ich habe oft in der Stadt übernachtet, im Theater, wenn kein Zug mehr ging. Seitdem Johannes das Auto hat, ging es ja besser. Und weil Johannes zur Zeit nicht da ist ...«

»Er ist Ski fahren, ich weiß. Du wirst mir alles noch genau erzählen, von deiner berühmten Tante und von diesem Johannes, und alles, alles, was du erlebt hast in diesen letzten Jahren.«

»Du willst alles wissen?« fragte Constanze, reckte wieder die Arme über den Kopf, sie war nackt, ihre Brüste jung und fest, auf einmal mochte sie auch ihren Körper wieder.

»Alles, alles«, sagte er.

Sie ließ sich zurückfallen, lachte.

»Geht das gleich los?« fragte sie.

»Nein. Ich werde erst zu unserer charmanten Wirtin gehen und für uns Frühstück holen.«

»Läuft das hier so?«

»Es gibt ein Frühstückszimmer. Wenn man will, bringt sie es auch. Und heute hole ich es.«

»Da wird sie sich etwas denken.«

»Wird sie. Aber ich glaube nicht, daß sie es sonderlich erschüttert.«

»Willst du damit sagen, du hast auch hier schon mit einer anderen Frau geschlafen?«

»Habe ich nicht. Und das weiß sie.«

»Sie ist charmant?«

»Etwa Anfang Fünfzig, oder sagen wir Mitte Vierzig, um meinerseits charmant zu sein.«

»Was in diesem Fall bedeutet, galant zu sein.«

»Der Mann ist gefallen. Und sie hat dann nach dem Krieg aus ihrer Wohnung eine Pension gemacht. Es gibt auch ein paar schöne große Zimmer. Die Wohnung war, bis auf die Fenster, unbeschädigt, und sie hatte glücklicherweise reichlich Möbel, sagt sie. Die Betten hat sie so nach und nach auf dem schwarzen Markt besorgt. Ich kümmere mich jetzt um das Frühstück. Wo das Bad ist, weißt du ja.«

Constanze stand eine Weile am Fenster und blickte auf die belebte Straße hinab. War das nun der Beginn eines neuen Lebens, wie er es nannte?

Anfang August, es waren zwei Jahre vergangen, nachdem sie Berlin verlassen hatte, klopfte Mary am Nachmittag an ihre Tür. »Da ist ein Mr. Jones am Telefon, der Sie sprechen möchte.«

Constanze vermutete, es sei die Bavaria, die sich endlich bei ihr meldete. Doch es war Jonathan.

»Wo kommst du denn her?« fragte sie mäßig begeistert.

»Ich bin in München, und ich möchte dich gern sehen.«

»Willst du mich wieder auf eine Reise schicken?«

»Nein. Ich möchte mit dir essen gehen. Paßt es dir heute abend?«

»Heute abend?« fragte sie gedehnt. »Was ... was ist denn los?«

»Nichts. Ich will mit dir sprechen. Es ist jetzt fünf Uhr, ich hole dich gegen sechs Uhr ab.«

»Du wirst es nicht finden, es ist ziemlich weit draußen. Ich muß dir das erklären ...«

»Nicht nötig, ich finde es schon. Es soll da draußen an der Isar ein paar hübsche Lokale geben, hat man mir im Hotel gesagt. Also dann um sechs.«

Er hatte aufgelegt, ehe sie antworten konnte.

Lokale an der Isar? Sie war hier draußen nicht zum Essen gegangen, nicht mit Agnes und ihrem Mann. Einmal mit Johannes, da waren sie zum Kloster Schäftlarn gefahren.

Sie ging zu Mary in die Küche. »Ein Bekannter holt mich um sechs Uhr ab. Er möchte gern mit mir irgendwo an der Isar essen gehen. Gibt es denn hier ein hübsches Lokal?«

»Sure«, erwiderte Mary. »Kommt er mit dem Wagen?«

»Das nehme ich an.«

»Alsdann, da wärn die Bürgerbräuterrassen in Pullach, das is gar net weit von uns. Oder Sie fahrn nüber ans andere Ufer, nach Grünwald, da gengans zum Grünwalder Weinbauer. Very nice indeed. My friend likes that place. Oder ...«

Mary hatte noch viel anzubieten, Constanze lauschte und nickte mit dem Kopf. Die Köchin kam zweifellos viel herum und wußte gut Bescheid.

Constanze war in München und Umgebung so gut wie gar nicht ausgegangen, mal mit Kollegen auf ein Glas nach der Vorstellung. Und solange Tenzel dagewesen war, blieben sie immer in der Stadt, und meist hielten sie sich in dem kleinen Pensionszimmer auf. Sie hatten beide wenig Geld.

Agnes und der Professor waren an diesem Nachmittag nicht da, sie waren eingeladen bei Freunden in Garmisch und würden dort auch übernachten.

Constanze war nervös, unruhig. Was wollte dieser Mensch von ihr? Was würde sie erfahren? Sie hatte jetzt eine Zukunft, im September würde sie in Bochum ihr Engagement antreten. Sie wollte keine Vergangenheit mehr haben. Gar keine.

Eine Weile stand sie vor dem Kleiderschrank, sehr groß war die Auswahl nicht. Sie zog erst ein Kostüm an, es war zu warm. Dann ein blaues Kleid, schließlich nahm sie das sportliche Weiße mit dem spitzen Ausschnitt.

»Nehmens auf alle Fälle ein Jackerl mit«, riet Mary, »falls ihr draußen sitzt.«

Sie blickte zum Fenster hinaus. »Here we go«, sagte sie dann, »da ist er schon.« Sie nickte anerkennend mit dem Kopf. »Ein Caddy.«

Ein großer amerikanischer Wagen, Jonathan war ausgestiegen, stand da, schlank, drahtig, mit seinem gebräunten Gesicht und den hellen Augen. Er sah genauso aus wie früher.

Früher, dachte Constanze. Dabei war es gar nicht so lange her, daß er sie in das Flugzeug nach München gesetzt hatte. In den Jahren zuvor war er hin und wieder aufgetaucht, meist unangemeldet. Eugen hatte sich immer gefreut, ihn zu sehen, und sie eigentlich auch.

Mary war mit herausgekommen und beschrieb dem Besucher in breitem Amerikanisch den Weg zu den Bürgerbräuterrassen. Wenn ein Mann einen Cadillac fuhr, mußte man auch in einer ihm geläufigen Sprache mit ihm reden, dachte sie. Jonathan grinste und antwortete in bestem Amerikanisch.

Das gefiel Mary. Endlich hatte das Fräulein einen gescheiten Mann erwischt.

»Alsdann«, sagte sie, »have a nice evening.«

»Wer war das denn?« fragte Jonathan, als sie abgefahren waren. »Du hast mich mit der Dame nicht bekannt gemacht.«

»Es ist die Köchin meiner Tante. Sie heißt Mary. Eigentlich Maria, aber da sie seit langem mit einem Amerikaner befreundet ist, nennt sie sich nun Mary. Und englisch reden kann sie auch, wie du gehört hast.«

»Englisch würde ich das nicht unbedingt nennen. Aber ich kann mich auch als Ami ausgeben, wenn es verlangt wird.«

Mary war ein guter Einstieg, erleichterte ihr das Wiedersehen mit der Vergangenheit.

»Und was bist du nun? Ein Amerikaner? Oder Engländer?«

Er lächelte ihr flüchtig zu. »Mein Vater ist Ungar, meine Mutter Deutsche. Ich bin ein Bürger der Vereinigten Staaten von Amerika.«

»Und Jonathan ist natürlich nicht dein richtiger Name.«

»Du hast es erraten.« Mehr erfuhr sie nicht, doch sie dachte, wie damals schon: Es sind alles verdammte Spione, der genauso wie Eugen.

Es war noch früh am Abend, sie bekamen einen guten

Platz auf der Terrasse, direkt an der Brüstung, und hatten einen prachtvollen Blick hinab ins Isartal, nach beiden Seiten, flußaufwärts, flußabwärts.

»Es ist wirklich ein hübscher Platz. Kommst du oft hierher?«

»Ich bin heute zum erstenmal hier.«

Es klang knapp und abweisend. Er blickte sie kurz an, dann studierten sie die Speisekarte, und er bestellte als erstes ein Bier. Constanze wollte lieber Wein.

»Du wohnst in einem schönen Haus, wie ich gesehen habe. War es nicht nett von mir, dich nach München zu verfrachten?«

»Verfrachten ist der richtige Ausdruck. Ich bin mir schon ziemlich blöd vorgekommen.«

»Kann sein, sie hätten dir nichts weiter getan. Aber man kann bei den Kommunisten nicht wissen, was sie tun. Sie hätten dich auf jeden Fall verhört, nachdem Eugen verschwunden war. Vielleicht auch für eine Weile eingesperrt, das wollte ich dir ersparen.«

»Warum zum Teufel sollten sie mich einsperren? Ich hatte nichts mit ihnen zu tun.«

»Auf jeden Fall hast du immer sehr deutlich deine Meinung gesagt, was die Bolschis betrifft, wie du sie nanntest. Du denkst doch nicht im Ernst, daß sie das nicht wußten? Eugen hat es ja gar nicht mehr gewagt, mit dir irgendwohin zu gehen.«

»Das stimmt. Ich habe meine Meinung immer gesagt. Aber er konnte es doch sehr gut mit denen. Oder nicht? War er wirklich nichts anderes als ein verdammter Spion?«

»Aber nein, Constanze, das war er nie. So, jetzt wollen wir erst mal einen Schluck trinken. Es gefällt mir hier, dieser Blick hinab und dazu noch ein frisches bayerisches Bier, was will man mehr. Hast du dir etwas ausgesucht?«

Er gab die Bestellung auf, lächelte ihr dann zu.

»München wäre eine Stadt, in der ich auch gern leben würde«, sagte er.

»Ich werde nicht mehr lange hier sein. Ich gehe ins Ruhrgebiet, ich habe ein Engagement dort an einem Theater.«

»Wirklich? Erzähle.«

»Ich kann mir nicht vorstellen, daß dich das interessiert«, sagte sie aggressiv.

»Aber ja.«

»Damit du es Eugen erzählen kannst?«

»Ich habe ihn lange nicht gesehen. Er ist kein Spion, Constanze. Er war immer ein überzeugter Kommunist. Einer von den Gutgläubigen. Er gehörte nur nicht zur roten Elite, die die Nazizeit in Moskau verbracht haben. So wie Ulbricht und Konsorten. Und mit denen hat er sich zunehmend nicht vertragen. Deine Kritik an den Bolschis, die, sagen wir mal, aus dem Bauch kam, kam bei ihm aus dem Kopf. Und das war für ihn schwer zu ertragen.«

»Ich wußte wenig über sein Leben.«

»Das ist nicht wahr. Oder sagen wir mal so, du hast es ihm nicht leichtgemacht, über das zu reden, was ihn bewegte. Du warst oft ziemlich abweisend.«

Das stimmte. Sie hatte mit ihm gelebt, von ihm, von seinem Geld, seiner Protektion.

Jetzt blickte sie hinab ins Isartal, Tränen verdunkelten ihren Blick.

»Er hat dich geliebt, Constanze, das weiß ich. Und er sagte einmal zu mir: Sie macht sich im Grunde nichts aus mir.«

»Das hat er zu dir gesagt? Das paßt gar nicht zu ihm.«

»Das denkst du, und das hast du damals gedacht. Ich gebe zu, er konnte seine Gefühle schlecht ausdrücken. Und dazu kam die zunehmende Belastung in der Partei. Er war viel klüger als Ulbricht. Und er war ein brillanter Schreiber, das mußt du zugeben. Er und Ulbricht, das ging auf die Dauer nicht. Und ich sah es kommen.«

»Und dann ist er einfach abgehauen.«

»Das habe ich arrangiert. Um sein Leben oder zumindest seine Freiheit zu retten. Ah, hier kommt unsere Suppe.«

Sie aßen eine Weile schweigend. Dann legte Constanze den Löffel hin.

»Du willst also sagen, ich habe es falsch gemacht.«

»Was heißt falsch oder richtig. Es war eine irre Zeit. Und nach allem, was du erlebt hast ...«

»Was habe ich erlebt?« fuhr sie auf.

Er hob abwehrend die Hand. »Ich weiß es nicht. Aber etwas muß gewesen sein, das dich verstört hat. Du mochtest deinen Vater nicht, deine Mutter war verschwunden, deine Arbeit, die dir Freude gemacht hatte, mußtest du aufgeben. Siehst du, das ist es, was ich weiß. Eugen hat dir, für die damalige Zeit, ein angenehmes Leben bereitet, und dafür hast du ihn gehaßt.«

»Ich habe ihn nicht gehaßt. Aber ich konnte nicht ... ach, lassen wir das doch. Ich will nicht mehr davon reden. Du willst sagen, er mußte so plötzlich verschwinden, sonst hätte man ihn verhaftet?«

»Ja, das denke ich. Er hatte sich ernsthaft mit Ulbricht gestritten. Und sich sehr abfällig über Stalin geäußert. Das Ideal, das er in der kommunistischen Partei gesehen hatte, früher einmal, das hatte man seiner Ansicht nach verraten. Und das sprach er aus.«

»Und warum ging er nach Kanada?«

»In die Staaten hätte er keine Einreise bekommen. Mit Kanada ließ sich das leichter machen. Jetzt ist er in den Staaten. In einer kleinen Stadt in Ohio. Er arbeitet bei einer Zeitung, nur kann er nicht so eloquent auf englisch schreiben, wie er das auf deutsch konnte. Er hat es nicht leicht.«

»Er war also kein Spion. Ein Kommunist. Einer von der edlen Sorte, falls es so was gibt. Das ist schwer zu verstehen. Wo kam er denn wirklich her?«

»Aus Polen. Sein Vater ist nach dem Ersten Weltkrieg eingewandert. Seine Eltern kamen nach Berlin, und es war ein schweres Leben. Seine Mutter, eine polnische Jüdin, verließ Mann und Kind, sie ließ sich scheiden, das war schon Anfang der zwanziger Jahre. Was für Eugen nur gut war. Sein Vater heiratete dann eine Berlinerin, mit der er gut zusammenlebte. Sie hatten ein kleines Geschäft, einen billigen Kleiderladen in Moabit, das rettete sie gerade vorm Verhungern. Eugen war neun, als sie nach Berlin kamen. Er ging dort zur Schule, und sein Vater tat alles, damit der Junge später studieren konnte.«

»Das war also nicht gelogen.«

»Nein, durchaus nicht. Sehr früh trat er der kommunistischen Partei bei, was sein Vater gar nicht gut fand. Der hatte inzwischen die deutsche Staatsangehörigkeit und tat alles, um in Deutschland anerkannt zu werden. Und dann also die Nazizeit, da mußten die kommunistischen Töne verstummen, obwohl Eugen sich immer noch mit seinen alten Freunden, den Genossen, heimlich traf. 1939 wurde er dann eingezogen, er hat den Frankreichfeldzug mitgemacht, aber später nur noch als Kriegsberichterstatter gearbeitet. Weil er, wie ich schon sagte, brillant schreiben konnte. Den Rest kennst du. Seine Ideale wurden nicht verwirklicht. Heute ist er kein Kommunist mehr. Vielleicht, wenn er zurückkäme, nach Deutschland, in den Westen natürlich, könnte er hier wieder arbeiten, bei der Presse, beim Funk, etwas in der Art.«

»Will er das denn?«

»Ja. Das will er.«

Constanze lachte kurz auf. »Das paßt ja sehr gut. Wir haben eine ganze Menge ehemaliger Kommunisten bei der Presse, die vor den Bolschis weggelaufen sind. Soweit ich weiß, haben die ganz gute Chancen hier.«

Die Kellnerin brachte das Essen. Die Terrasse war inzwischen gut besucht, ein schöner warmer Sommerabend an der Isar.

»Ich bin froh«, sagte Constanze nach einer Weile, »daß er kein Spion ist.«

Jonathan lächelte. »Ich dachte mir, daß es gut wäre, dir einmal die Geschichte von Eugen zu erzählen.«

»Falls du mich nicht belogen hast.«

»Warum sollte ich das tun?«

»Und du? Was bist du eigentlich?«

Er hatte das Messer auf den Tellerrand gelegt, zerteilte mit der Gabel den großen Knödel, schnitt das Fleisch, legte wieder das Messer auf den Tellerrand. Das war so Sitte in Amerika, wußte Constanze.

»Du bist also eine Mischung aus deutsch und ungarisch, ansonsten ein richtiger Amerikaner.«

»So kann man es nennen.«

»Und bist du wenigstens ein Spion?«

Er lachte. Schob ein Stück von dem Knödel in den Mund.
»Schmeckt großartig. Nicht direkt ein Spion. Ich arbeite in geheimer Mission.«
»Klingt ja toll. Beim FBI?«
»Das ist eine andere Organisation. Was du meinst, heißt CIA. Aber ich gehöre keiner Organisation an. Ich bin ein einsamer Jäger. A lonely hunting wolfe. Für mich gibt es bestimmte Aufgaben. Nur für mich allein. Ich spreche außer ungarisch und deutsch, englisch und amerikanisch auch noch französisch. Und wo immer ich auftauche, weiß man nicht genau, wer ich bin.«
Er lächelte ihr zu. »Zufrieden?«
»Ich kann mir schwer etwas darunter vorstellen.«
»Das ist ja der Gag bei der Sache, daß man sich nichts darunter vorstellen kann. Ich erzähle dir das nur, damit du mich nicht so mißtrauisch ansiehst. Für einen Mann meiner Art gibt es eine Menge interessanter Aufgaben.«
»Ist es nicht gefährlich?«
»Doch. Kann es sein. Ich war während des Krieges in Deutschland, auch in Wien. Ich muß niemanden verfolgen und keinen verraten, ich muß nur Berichte über die Situation über bestimmte Menschen sammeln. Und weitergeben. Nach und nach hat diese Arbeit ihre Schwierigkeiten. Ich wage mich jetzt auch nicht mehr in die DDR. Höchstens wenn es wieder einen gibt, den man retten muß.«
»Kein Verräter, kein Spion. Ein Retter. Klingt ja höchst edel.«
»Sagen wir so, ich versuche zu helfen, falls es nötig ist. So wie dem Eugen. Und dir.«
»Und wer finanziert deine ... eh Tätigkeit?«
Er schwieg.
»Und du heißt natürlich auch nicht Jonathan.«
»Du kannst mich Steven Jones nennen, wenn dir das besser gefällt.«
»Jonathan gefällt mir ganz gut. Und Steven bedeutet eigentlich Stephan und kommt aus Ungarn.«
»Du bist ein kluges Kind.«
»Ich könnte ja noch fragen, wohnst du irgendwo, hast du

eine Frau, hast du Kinder, aber du würdest mir doch nicht die Wahrheit sagen.«

»Ich habe dir eine ganze Menge gesagt. Weil du mir gefällst. Ich habe in Berlin sehr wohl gemerkt, daß du unglücklich warst. Ich wollte dich deswegen wiedersehen, damit ich dir von Eugen erzählen kann. Damit du nicht im Bösen an ihn denkst. Er hat dich wirklich geliebt.«

»Das hast du schon gesagt. Und ich hoffe, du hast nicht die Absicht, mir ihn wiederzubringen.«

»Keineswegs. Ich habe ihm eine sehr nette Frau besorgt, sie hat in Harvard studiert, wurde dann Lehrerin, und jetzt ist es ihre Aufgabe, seine Sprachkenntnisse zu verbessern, damit er auch in Amerika so gut schreiben kann wie früher hier.«

»Und die liebt er nun?«

»Das weiß ich nicht. Es ist ein Zweckbündnis. Genau wie du es mit ihm eingegangen bist.«

Er sah sie gerade an, hielt ihren Blick fest.

»Wenn du es so nennen willst«, murmelte sie.

»Es war üblich in jener Zeit. Manche Frauen haben sich einen Ami genommen, damit sie besser leben konnten. Und du einen Kommunisten mit guten Beziehungen.«

»Und ohne deine Hilfe hätten sie erst ihn und dann mich eingesperrt.«

»Vielleicht.«

»Dann muß ich dir also dankbar sein.«

»Wenn du willst. Es geht dir doch ganz gut in München, nicht wahr?«

»Nein. Ich war lange ohne Engagement. Dieses Jahr habe ich wenigstens vier Monate eins gehabt.«

»Ich nehme an, es gibt auch einen Mann, den du liebst.«

»Es gibt einen Mann.«

»Das dachte ich mir. Wenn es ihn nicht gäbe, würde ich dich fragen, ob du mich nicht nach Kalifornien begleiten möchtest.«

»Was soll ich in Kalifornien?«

»Nun, vielleicht gibt es eine Möglichkeit für dich in Hollywood. Du bist eine schöne Frau, du hast bereits gefilmt.«

»Ich gehe im September ins Engagement, das habe ich dir schon gesagt. In Hollywood werden sie kaum auf mich gewartet haben.«

»Ich habe ganz gute Beziehungen zu den Studios durch meinen Vater.«

»Den Ungarn.«

»Richtig. Er hat bei Metro-Goldwyn-Mayer gearbeitet, als Regisseur. Zu meinem großen Kummer ist er im vergangenen Jahr gestorben. Er hätte bestimmt eine Rolle für dich gehabt. Er ist ein wohlhabender Mann geworden und hat mir ein hübsches Haus in Malibu vererbt. Meine Mutter wohnt darin. Und ich habe die Absicht, mich nun öfter dort aufzuhalten. Ich habe zwanzig Jahre lang dieses verrückte Leben geführt, ich habe genug davon. Du bist hiermit herzlich eingeladen, uns zu besuchen.«

Die Kellnerin kam, räumte ab und fragte nach weiteren Wünschen.

»Für mich noch ein Bier und für die Dame ein Viertel Wein. Und dann wollen wir schauen, was es zum Nachtisch gibt, Fräulein.«

Er lächelte dem hübschen Mädchen im Dirndl zu, sie lächelte zurück. Der Amerikaner gefiel ihr. Daß er ein Amerikaner war, daran gab es keinen Zweifel, man hatte in den letzten Jahren gelernt, sie zu erkennen. Außerdem stand unten vor dem Lokal ein Cadillac.

»Du kannst ja mal darüber nachdenken«, sagte er nach einer Weile, als Constanze immer noch schwieg.

»Vielen Dank für die Einladung. Aber du hast doch gehört, daß ich ins Engagement gehe.«

»Und da ist dieser Mann, den du liebst.«

Sie hob ablehnend die Hand. »Hör auf, ewig von Liebe zu reden.«

Liebte sie Tenzel? Komisch, diese Frage hatte sie sich bisher nicht gestellt. Seit drei Monaten hatte sie ihn nicht gesehen, und wenn sie an ihn dachte, betraf es nur die Arbeit, die auf sie wartete. Die Zusammenarbeit mit ihm. Das war die Bindung. Sie war ganz gern mit ihm ins Bett gegangen, aber sie vermißte es jetzt nicht. Und nachdem sie zweimal seine

Asthmaanfälle miterlebt hatte, fiel es ihr schwer, an weitere Umarmungen zu denken.

Die Kellnerin brachte das Bier, den Wein und die Speisekarte. »Wir haben einen Süßspeiser aus Wien. Der könnte Ihnen Zwetschgenknödel machen.«

»Das ist ja fabelhaft. Aber erst wenn ich mein Bier ausgetrunken habe, ja?«

Er hob sein Glas, sagte: »Cheers, Darling.« Er trank, setzte das Glas ab, blickte wieder ins Isartal hinab, der Fluß glänzte silbern, es war fast dunkel. »Willst du dir nicht dein Jäckchen umhängen?« fragte er. Ohne eine Antwort abzuwarten, stand er auf, trat hinter ihren Stuhl, nahm die Jacke und legte sie um ihre Schultern. Dabei beugte er sich herab und küßte sie auf die Wange. Und als sie überrascht den Kopf wandte, küßte er sie auf den Mund.

»Das wollte ich schon den ganzen Abend tun«, sagte er, als er ihr wieder gegenübersaß. »Ich denke, jetzt ist es dunkel genug. Und nun verlier bitte nicht die Fassung.«

»Wegen deinem Kuß? Deswegen verliere ich die Fassung bestimmt nicht.«

»Nein, das meine ich nicht. Es ist nämlich so, ich habe dir noch etwas mitzuteilen. In dem Haus in Malibu, in dem meine Mutter wohnt, befindet sich zur Zeit ein Gast. Jemand, den du kennst.«

»Aha! Eugen. Darum diese langwierigen Vorbereitungen.«

»Nein. Nicht Eugen. Deine Mutter.«

»Meine ... meine Mutter?«

»Mrs. Annette Lindemann. Ich habe mich noch einmal als Retter betätigt. Diesmal ganz unpolitisch. Sie war sehr verzweifelt, sehr allein.«

»Woher weißt du das? Woher kennst du sie? Wie ... ich verstehe das nicht.«

»Ich werde dir der Reihe nach genau berichten. Trink noch einen Schluck.«

Aber Constanzes Hand zitterte, sie konnte das Glas nicht heben.

»Ich wußte, was ich anrichte«, sagte er bekümmert. »Ich

wollte uns den Abend nicht verderben. Aber du mußt es schließlich wissen.«

»Wir haben ewig nichts von ihr gehört. Sie hat auf keinen Brief mehr geantwortet. Und wo ... wo ist er denn?«

»Doktor Carlsen ist in einer psychiatrischen Anstalt. Man kann nicht sagen, er sei ein leichter Fall.«

»Großer Gott!« Constanze legte beide Hände vor ihr Gesicht. »Darum also hat man nichts von ihr gehört. Was hat sie denn gemacht all die Jahre?«

»Das hat sich bei ihm wohl erst in den letzten beiden Jahren entwickelt. Ich erzähle es dir noch genau, jedenfalls, soweit ich es weiß. Darling! Schau mich an!«

»Mami!« flüsterte Constanze.

»Sie ist bei meiner Mutter gut aufgehoben, die beiden verstehen sich, sie reden deutsch miteinander. Das war offenbar sehr wichtig für deine Mutter. Meine Mom ist eine lebenstüchtige und auch resolute Frau, sie wird Annette wieder Mut zum Leben machen. So, das reicht für den Augenblick. Es ist schon ganz dunkel, siehst du. Jetzt essen wir die Zwetschgenknödel von dem Österreicher und trinken eine Tasse Kaffee dazu. Dann gehen wir ein Stück spazieren. Falls du magst. Und dabei erzähle ich dir alles, was ich weiß.«

Annette Lindemann hatte Christian Carlsen schon Anfang der dreißiger Jahre kennengelernt. Er war verheiratet, sie war verheiratet. Sie hatte ein Kind, er zwei Kinder. 1917 war er ziemlich schwer verwundet worden, konnte aber später sein Studium fortsetzen. Er war Physiker, galt als höchst begabt, arbeitete dann bei der Kaiser-Wilhelm-Gesellschaft, gehörte dem engsten Kreis um Max Planck an, kannte Einstein gut, Lise Meitner, Otto Hahn, Max von der Laue, die großen Namen jener Zeit. Carlsen schien eine blendende Zukunft vor sich zu haben, was ihm jedoch fehlte, war die Widerstandskraft, um sich bei den Nationalsozialisten zu behaupten. Es gab nichts an ihm auszusetzen in den Augen der Partei, er war arisch, Weltkriegsteilnehmer, ein anerkannter Wissenschaftler. Und was in den Instituten erforscht und erfunden wurde, gefiel den Nazis außerordentlich.

Carlsen jedoch reagierte verletzt, verärgert, schließlich empört, als seine jüdischen Kollegen und Freunde aus den Instituten vertrieben wurden und in die Emigration gingen.

1936 legte dann Max Planck sein Amt als Direktor der Kaiser-Wilhelm-Gesellschaft nieder. Von da an widerstrebte Carlsen die Arbeit im Institut, er wußte ja, woran man arbeitete, Kernspaltung, die Freisetzung des Atoms, 1938 war es Otto Hahn gelungen, die Vorbedingungen zur Herstellung der Atomenergie zu schaffen.

»Ich kann es dir nicht wissenschaftlich erklären«, sagte Jonathan, »du verstehst es so wenig wie ich. Du weißt nur, wo es endete. Bei der Atombombe, mit der wir nun leben und an der wir möglicherweise auch sterben werden, wie die Menschen von Hiroshima.«

Carlsen verließ das Institut, übersensibel schon damals, geplagt von Zukunftsangst, denn er hatte begriffen, wohin das Naziregime steuerte: in einen Krieg.

Alle Forschungen auf seinem Gebiet wurden nun für den Krieg intensiviert, und er weigerte sich, dabei weiter mitzuarbeiten. Was ihn zunächst in Gefahr brachte. Dazu kam sein verworrenes Privatleben. Sein Verhältnis zu Annette Lindemann dauerte nun über sieben Jahre, und so, wie beide geartet waren, nahmen sie es sehr ernst. Es gab Szenen bei ihm zu Hause, seine Frau hetzte die Kinder gegen ihn auf, der Sohn war Fähnleinführer bei der Hitlerjugend und wandte sich gegen den Vater, der nicht nur die Frau betrog, sondern auch den Führer verriet, indem er seine Arbeit niederlegte. Der Sohn bedrohte den Vater, der jüngere Sohn, erst neun Jahre alt, wurde von dem Großen beeinflußt. Carlsen sah sich von Wut und Haß umgeben, er flüchtete sich in die Krankheit. Der einzige Mensch, der zu ihm hielt, der nun ganz zu ihm kam, war Annette.

»Tuberkulose. Er war am Ende. Ein labiler Mensch war er wohl immer gewesen. Die beruflichen Schwierigkeiten zusammen mit den privaten brachten den körperlichen Zusammenbruch. Alles, was ich dir erzähle, habe ich von deiner Mutter erfahren. Es tat ihr gut, sich endlich einmal auszusprechen. Und das Wichtigste war für sie, daß ich ihr von dir erzählen konnte. Sie fühlt sich schuldig, weil sie dich verlassen hat. Denn sie verließ euch, dich und deinen Vater, und ging zu Carlsen, als er krank wurde.«

Ein schwerer Entschluß für Annette. Sie verließ ihre Tochter und ging zu dem Mann, den sie seit so vielen Jahren liebte und dessen seelische Not sie genau kannte. Nun kam die Krankheit dazu. Allerdings dachte Annette nicht daran, daß es eine Trennung für so lange Zeit sein würde. Sie lebten etwa zwei Jahre im Riesengebirge, in einer kleinen, bescheidenen Hütte, und Carlsen wurde von einem Freund aus der Jugendzeit behandelt, der in der Gegend ein Sanatorium leitete. Erfolgreich behandelt, denn bereits 1940 meldete er sich freiwillig zur Wehrmacht und wurde angenommen. Er kam nicht an die Front, sondern zur Besatzung nach Frankreich.

»Ja, von dort hat Mami oft an mich geschrieben«, sagte Constanze nachdenklich. »Ich wußte, daß sie mit einem Mann zusammenlebt, daß sie mit diesem Mann von uns weggegangen ist. Aber was wirklich geschehen war, wußte ich nicht, und sie schrieb es mir nicht. Obwohl ich ja langsam erwachsen war. Und mit Vater konnte ich sowieso nicht darüber reden.«

»In Berlin hatte man nicht vergessen, wer Christian Carlsen war. Er wurde nach Peenemünde beordert, wo ja, wie du weißt, an den V-Waffen und an der Atombombe gebastelt wurde. Wernher von Braun ist dir ja sicher ein Begriff.«

Nach Peenemünde wollte Carlsen auf keinen Fall. Er desertierte. In einer Nacht ging er mit Annette über die Demarkationslinie ins unbesetzte Frankreich. Er wußte von einem früheren Kollegen, der emigriert war und in der Provence lebte. Hier versteckten sie sich, fielen später der Résistance in die Hände, die beschützten sie, nachdem dann ganz Frankreich besetzt war.

»Ich kann dir das nicht genau erzählen. Der Bericht deiner Mutter geht kreuz und quer durcheinander. Offenbar war sie zu jener Zeit herzkrank. Sie mußten immerfort ihren Aufenthaltsort wechseln, verbargen sich in den Bergen, denn wenn man sie geschnappt hätte, wäre es zumindest für ihn das Todesurteil gewesen.«

»Ich dachte immer, daß sie tot ist. Und dann schrieb sie eines Tages aus Amerika. An meine Tante. Dann auch an meinen Vater.«

»Die Franzosen hatten sie erst einmal eingesperrt und dann an die Amerikaner ausgeliefert, die Carlsen sofort für seine Arbeit haben wollten. Die Russen haben ja damals auch jeden halbwegs fähigen Wissenschaftler mitgenommen.«

Für Carlsen bedeutete das New Mexico, weitere Forschung an der Kernspaltung, doch die Bombe, die in Hiroshima gefallen war, konnte er nicht vergessen.

»Frag mich nicht, was sie in den letzten Jahren gemacht haben. Annette arbeitete einige Zeit als Kellnerin in einem Nachtclub.«

»Das darf nicht wahr sein.«

»Not macht erfinderisch. Sie hat so etwas Herzanrührendes, doch, das muß man sagen. Sie gab sich als Emigrantin und Naziverfolgte aus, das brachte ihr Sympathien. Sie soll sogar dort manchmal kleine deutsche Lieder gesungen haben.«

»Warum sind sie nicht zurückgekommen?«

»Das wollte er nicht. Sie hatten sicher nicht das Geld für ein Ticket. Das kann sie jetzt von mir haben, aber sie will es nicht. Sie will in seiner Nähe bleiben. Er ist seit zwei Jahren in dieser Anstalt, das ist in der Nähe von Los Angeles. Sie besucht ihn jede Woche.«

»Und wie hast du das alles herausbekommen?«

»Deinetwegen. Du hast ja öfter von deiner Mami gesprochen. Und ich habe mich vor Jahren schon mit Eugen darüber unterhalten, wie man herausfinden könnte, was aus Carlsen geworden ist. Sein Name war ja in einschlägigen Kreisen bekannt. Vor einem Jahr nahm ich die Spur auf. Und ich fand ihn. Und dann sie.«

Jonathan griff im Gehen nach Constanzes Hand. Er würde ihr nicht erzählen, wie er ihre Mutter gefunden hatte, in einem elenden Kellerloch wohnend, nachts arbeitete sie in einer miesen Spelunke als Putzfrau.

Sie waren längst wieder in Solln, gingen die Straße auf

und ab, der Cadillac stand nicht weit entfernt, wo Mary ihn natürlich entdeckt hatte. Wenn Agnes Meroth und der Professor nicht zu Hause waren, ging sie nicht aus, dann war Mike bei ihr. Eine Weile standen sie am Fenster und beobachteten, wie das Fräulein und der Ami durch die stille Straße spazierten, immer hin und her.

»Why don't they come in?« fragte Mike.

Das wußte Mary nicht. Sie kannte den Amerikaner nicht, sie hatte ihn heute zum erstenmal gesehen.

Es war ziemlich spät, als Constanze und Jonathan Abschied nahmen. Zuletzt hatte Constanze geweint.

Er nahm sie in die Arme und küßte sie.

»Du bist eingeladen, vergiß das nicht. Ich setze deine Mami auch in ein Flugzeug und schicke sie dir. Das habe ich ihr schon vorgeschlagen. Sie schämt sich vor dir, sagt sie.«

Constanze legte den Kopf zurück und blickte hinauf in den klaren Sternenhimmel.

»Da, schau«, sagte sie, »eine Sternschnuppe. Da darf man sich etwas wünschen.«

»Und? Hast du dir etwas gewünscht?«

»Ich weiß nicht, was ich mir wünschen soll. Es ist alles so maßlos traurig. Mamis Leben ...«, und nun weinte sie wieder. Er küßte ihr die Tränen von den Wangen.

Als sie vor dem Tor standen, kamen Mary und Mike heraus.

»Verdammt noch mal«, sagte Constanze. »Ich weiß nicht, was ich tun soll.«

»Ich habe noch ein paar gute Verbindungen durch meinen Vater. Vielleicht könnte es klappen mit Hollywood.«

»Hi«, sagte Jonathan.

»Hi«, erwiderte der Sergeant.

Bibi war auch da und strich um Constanzes Beine.

»Keine Vögel, das weißt du ja, Bibi«, sagte Constanze.

Mary betrachtete sie besorgt, der Sergeant ging langsam zu seinem Jeep, der ein Stück entfernt am Straßenrand stand.

»Ich danke dir, daß du dich um Mami kümmerst. Vielleicht komme ich.«

»Ich bin für eine Woche in Berlin. Wenn du mit mir fliegen willst ... hier ist die Nummer, unter der du mich erreichen kannst.«

Er drückte ihr eine Karte in die Hand, lächelte Mary zu. »Bye, Mary. Please, look at her.«

Constanze und Mary gingen zusammen ins Haus, und Mary fragte: »Can I help you?«

»Mir kann niemand helfen.«

»Ist er verheiratet?« fragte Mary teilnahmsvoll.

»Das weiß ich nicht.«

»Das muß man aber wissen.«

»Er lebt bei seiner Mutter. Und es handelt sich um keine Liebesgeschichte.«

»Nein?« fragte Mary enttäuscht.

Agnes Meroth brachte am nächsten Tag Constanzes Welt wieder in Ordnung.

»Ich denke, du gehst ins Engagement. Und auf einmal faselst du mir etwas vor von diesem Jonathan und deiner Mutter. Was willst du eigentlich? Du bist reichlich spät dran, wenn aus dir noch etwas werden soll.« Agnes schüttelte den Kopf. »Erinnerst du dich nicht, was ich dir gesagt habe? Eine Künstlerin muß zuerst und dann wieder, und dann wieder an sich und ihre Arbeit denken. Herr Tenzel bietet dir eine große Chance. Kann sein, die letzte in deinem Leben. Wenn du jetzt das Engagement sausen läßt, bekommst du nie wieder eins, das garantiere ich dir.«

Sie hatte Ralph Tenzel kennengelernt und ihn nicht unbedingt als Liebhaber für Constanze, aber als fähigen Theatermann akzeptiert. Dafür hatte sie ein Gespür.

»Annette kannst du nicht mehr helfen. Sie hat ihr Leben verkorkst, und das von Anfang an. Sie ist jetzt in guten Händen, vielleicht kommt sie endlich zu sich. Ich werde ihr schreiben, wir haben ja jetzt die Adresse. Wenn sie will, kann sie zu mir kommen.

»Sie kommt nicht. Nicht, solange er lebt.«

»Dann kann man ihr nur wünschen, daß er bald stirbt«, sagte Agnes hart.

»Es ist erstaunlich, daß sie überhaupt noch lebt. Wenn du

denkst, was die beiden alles durchgemacht haben. Erst jahrelang in Berlin der ganze Ärger, sie mit Vater, er mit seiner Frau und den Kindern. Das wußten wir ja gar nicht. Dann wird er auch noch lungenkrank. Bei der Atomspaltung will er nicht mehr mitarbeiten, er geht nach Frankreich zur Besatzung, dann fliehen sie und müssen sich verstecken, und schließlich ist Mami herzkrank.«

»Sie war immer ein kleines, zierliches Ding. Und dann muß sie auch noch mit nach Amerika. Warum ist er nicht zurückgekommen? Max Planck ist nach dem Krieg noch einmal Präsident der Kaiser-Wilhelm-Gesellschaft geworden, da war er schon sehr alt und sehr krank. 1947 ist er gestorben. Das hat mir der Ferdl neulich erzählt.«

»Und was machen wir nun?« fragte Constanze unglücklich.

»Du gehst in dein Engagement, ich werde an Annette schreiben.«

»Vielleicht kann ich nächsten Sommer, in den Theaterferien, nach Amerika fliegen«, versuchte sich Constanze zu trösten.

Ein Flug nach New York war teuer, nach Los Angeles würde es noch teurer sein. Und im nächsten Sommer würde sie genau wie jetzt das Geld für die Reise nicht haben. So hoch war ihre Gage nicht.

Die Reise erübrigte sich. Annette Lindemann, geborene Meroth, starb im Frühling folgenden Jahres an einem Herzanfall.

Jonathan befand sich gerade in Vietnam, wo der erbitterte Kolonialkrieg ein Jahr zuvor ein vorläufiges Ende gefunden hatte. Die Partisanenarmee des Vietminh hatte die Festung Dien Bien Phu erobert und dort der französischen Kolonialmacht die entscheidende Niederlage zugefügt. Im Norden des Landes etablierte sich die kommunistische Regierung unter Ho Chi Minh, in Südvietnam übernahm Ngo Dinh Diem die Macht. Unterstützt von den feindlichen Großmächten Sowjetunion und USA, rüsteten beide Landesteile auf, und wenige Jahre später würde die Welt vom nächsten, noch viel grausameren Vietnamkrieg erschüttert werden.

Jonathan erfuhr erst von Annettes Tod, als er sich einige Wochen später in Hongkong aufhielt. Er telefonierte mit seiner Mutter, die ihm kurz davon berichtete. Auch daß sie Annettes Schwester in München verständigt habe.

»Ist jemand gekommen?«

»Nein. Nur ein Brief mit der Anfrage, wie hoch die Beerdigungskosten seien.«

Jonathan mußte lachen. »Auch gut. Und er?«

»Er merkt davon nichts mehr. Er hat auch schon lange ihre Besuche nicht mehr wahrgenommen.«

Jonathan erwog flüchtig, nach Deutschland zu fliegen, um Constanze zu besuchen. Aber es gab so viel zu tun. Die Welt zündelte, brannte, loderte an vielen Ecken. Deutschland, jedenfalls die Bundesrepublik, war ein höchst friedlicher Teil dieser Erde.

»Nächstes Jahr«, sagte er seiner Mutter über das Meer hinweg, »setze ich mich zur Ruhe.«

»Das glaubst du doch selber nicht«, kam die Antwort aus Malibu.

Constanze empfand eigentlich keine Trauer, als sie vom Tod ihrer Mutter erfuhr, eher Erleichterung. Es war zu viel Zeit vergangen, der Abgrund war zu tief.

»Sie hat mich verlassen«, sagte sie zu Tenzel. »Ich bin treulos, weil ich nicht zu ihr gefahren bin.«

»Nein, sie war treulos.«

»Nicht ihm. Aber mir.«

Sie vergaß ihre Mami nun wirklich, verdrängte sie aus ihrem Leben. Es gab soviel Arbeit, es gab so wundervolle Rollen für sie. Im Jahr darauf, zu Silvester, war es tatsächlich die Lilli in »Kiss, me, Kate«, es wurde ein Riesenerfolg für sie. Und Thomas Ashton, der tolle Mann, den Tenzel als Partner für das Musical ausgesucht hatte, wurde zunächst ihr Liebhaber, später heiratete sie ihn. Sie filmten auch zusammen.

Sie spielte niemals die Julia, niemals die Cordelia und ebensowenig die ›Jungfrau von Orleans‹. Das waren Träume aus einer lang vergangenen Zeit, eine endlos lange Zeit war es her, wie Ralph Tenzel es nannte.

Er starb Anfang der sechziger Jahre an seinem Asthma. Sein Tod ging Constanze viel näher als Mamis Tod im fernen Kalifornien.

Harald

IN DEN JAHREN DER Gefangenschaft hatte Alexander oft an Harald gedacht, bis die Erinnerung an die unbeschwerte Zeit der Jugend verblaßte und die Not des Tages alles überwucherte. Vor dem Krieg hatte er Harald in London besucht, es bestand auch eine briefliche Verbindung, die abriß, als Harald nach New York übersiedelte.

Er hatte Beatrice von seinem Freund erzählt und fragte sie: »Sag mal, weiß er eigentlich, daß Fritz dich geheiratet hat?«

Darüber mußte Beatrice lachen.

»Das weiß ich doch nicht. Ich kann mich nur daran erinnern, daß Friedrich einmal sagte, Alexander ist mal wieder nach England abgehauen. Da ist er zu gern. Und dann erzählte er mir von deinem Freund.«

»Ja, Harald war dann in London, sein kleiner Bruder studierte in Oxford, der große war bereits in Amerika. Nur die Eltern waren noch in Hamburg. Ob sie überlebt haben? Nachdem man jetzt weiß, was alles mit den Juden passiert ist ... Gott, waren wir dämlich auf unserer Klitsche. Wir hatten keine Ahnung.«

»Mit Friedrich habe ich durchaus davon gesprochen. Wir hatten ja viele jüdische Freunde hier und wußten, was los war. Nicht, wie es endete, das haben wir erst nach dem Krieg erfahren. Vaters bester Freund war ein jüdischer Bankier aus Düsseldorf. Der wartete nicht ab, er verschwand, so, ja, warte mal, wann war das mit den Nürnberger Gesetzen? Ich glaube '35, nicht?«

»Wie schon gesagt, wir waren reichlich doof auf dem

Land da draußen. Ich kann mich noch erinnern, wie Harald eines Tages sagte, ich gehe nach London und komme nicht wieder, und ich wunderte mich, und er sagte, ich bin doch Jude, weißt du das nicht?«

»Und du wußtest es wirklich nicht?«

»Keinen blassen Schimmer. Und Friedrich lachte und sagte, mein Bruder ist ein Lebenskünstler. Das war ziemlich früh, schon zu Anfang der Nazizeit.«

In Hamburg ging Alexander zu der Stelle, wo sich das Bankhaus Raven befunden hatte. Jetzt stand dort ein Neubau, von einer Bank konnte keine Rede sein. Schließlich fuhr er hinaus zur Elbchaussee, wo die Ravens gewohnt hatten. Das Haus stand noch, aber es wohnten andere Leute darin, die nichts von einer Familie Raven wußten. Harald mochte am Leben sein, die Brüder sicher auch. Die Eltern? Dann vergaß Alexander es wieder, weitere Nachforschungen stellte er nicht an.

Was er nicht wissen konnte: Auch Harald dachte an den Jugendfreund, auch ihn beschäftigte die Frage, was aus ihm geworden sein könnte. Hatte er den Krieg überlebt? Sein Vater, sein Bruder? Die schöne Inga in Berlin, die mit dem Nazi verheiratet war?

Er sprach mit seinen Brüdern darüber, und Henry, inzwischen ein bekannter Anwalt in Washington D. C. und dazu mit besten Verbindungen zum Weißen Haus, sagte: »Wenn du es partout wissen willst, werden wir es herausbekommen. Dort in der DDR werden sie wohl nicht mehr sein; da hat man sie sicher rausgeworfen.«

Trotzdem ging Haralds erster Brief an das Gut Renkow in Mecklenburg, darauf bekam er nie eine Antwort.

»Das werden wir ja sehen«, sagte Henry energisch. »Die Roten können uns schließlich nicht für dumm verkaufen.«

Diesmal war es ein offizielles Schreiben vom State Department an den Botschafter der UdSSR in Ostberlin.

Und diesmal kam eine Antwort. Das Gut sei enteignet, Max von Renkow gestorben, seine Söhne gefallen.

»Also doch«, sagte Harald erbittert. »Dieser verdammte Hitler! Hätte ich Alexander doch in London behalten!«

Es vergingen einige Jahre, ehe es sich ergab, daß Klaus Raven, seinerzeit Kläuschen genannt, nach Hamburg kam, in einer Erbschaftssache eines Klienten. Er war ebenfalls Anwalt geworden und Partner einer großen, angesehenen Kanzlei in New York.

Hamburg, eine lang vergessene Heimat. Doch ein wenig wehmütig stimmte es ihn schon, die veränderte Stadt wiederzusehen.

»Was wollen Sie denn«, sagte der Kollege, mit dem er beim Essen in den ›Vier Jahreszeiten‹ saß. »Ist doch schon wieder alles fabelhaft. Sie hätten Hamburg 1945 sehen müssen.«

Am letzten Tag seines Aufenthalts fuhr er hinaus nach Horn, gerade fand das Derby statt. Und hier war eigentlich alles wie früher, die Pferde, die Jockeys, Frauen in eleganten Kleidern und feschen Hüten, und Klaus dachte, was jeder dachte, der von drüben kam: diese Deutschen! Wie haben sie das nur geschafft, in so kurzer Zeit. Er dachte wirklich: Diese Deutschen! Denn inzwischen fühlte er sich ganz als Amerikaner. Er hatte auch keine Ressentiments, denn er hatte genau wie sein Bruder Henry die Nazis nicht miterlebt.

Abends im Hotel, er wohnte im ›Atlantic‹, saß er am Fenster und blickte hinaus auf die im Abendlicht schimmernde Alster. Dann blätterte er noch einmal in dem Programm des Renntages herum, er las den Namen des Hengstes, der das Derby gewonnen hatte, und daneben stand Gestüt Rottenbach, und darunter stand Beatrice von Renkow.

Im Moment konnte Klaus Raven nichts damit anfangen, nur ein vager Gedanke: Den Namen habe ich doch schon mal gehört. Erst am nächsten Tag, er saß schon in der Maschine nach New York, fiel es ihm ein. War das nicht der Name, den Harald genannt hatte? Leider hatte er das Programm im Hotel zurückgelassen, aber er erzählte Harald davon.

»Vielleicht Verwandte von deinem Freund?«

»Ich weiß nichts von Verwandten, die ein Gestüt hatten. Kann ja noch mehr Leute dieses Namens geben.«

Doch nun war es ganz einfach. Harald schrieb an die

Rennleitung, er bekam die Adresse des Gestüts, und im Herbst des gleichen Jahres trafen sich Alexander und Harald in Hamburg.

Es war in der Halle des ›Atlantic‹, sie konnten beide zunächst nicht sprechen. Eine endlos lange Zeit schien es auch in diesem Fall zu sein.

»Mensch, bin ich froh, daß du lebst«, sagte Harald.

Alexander hatte Tränen in den Augen.

»Wie hast du das bloß fertiggebracht?«

»Tja, die Pferde, nicht wahr? Sie sind immer noch unsere besten Verbündeten. Und die verdammten Schweine haben mir mitgeteilt, du seist tot.«

»Friedrich ist tot.«

Sie standen beide mitten in der Halle des Hotels, klopften sich auf die Schultern, bezwangen mühsam ihre Rührung. Zwei erwachsene Männer Mitte der Fünfzig.

Später saßen sie lange in der Bar, tranken einen Whisky nach dem anderen, und es war immer wieder die gleiche Frage: Weißt du noch? Die unbeschwerte Studienzeit in Göttingen, ihre gemeinsamen Ritte im Stadtwald, Bismarcks kleines Häuschen, der Abend in einer Kneipe.

»War für meinen Vater viel zu teuer, mich studieren zu lassen. War ja auch rausgeschmissenes Geld. Es wurde doch nichts aus mir.«

»Du hast deinen Vater nicht wiedergesehen«, sagte Harald traurig.

»Friedrich auch nicht. Und Inga ebenfalls nicht.«

»Wo ist sie?«

»Ich weiß es nicht.«

»Seit jenem Brief aus Spanien nichts wieder?«

»Nein. Olga vermutet, sie sind nach Südamerika gegangen. Vielleicht sind sie auch noch in Spanien.«

»Aber sie hätte doch schreiben können.«

»An wen? Du hast doch auch keine Antwort aus Mecklenburg bekommen. Und sie wird denken, daß wir tot sind. Denn zunächst wurde ja mein Tod für Führer und Vaterland bekanntgegeben. Daß ich in Gefangenschaft war, wußte keiner. Erst später, als ich schreiben konnte. Mein Vater hat nicht mehr erfahren, daß ich lebe.«

»Gefangenschaft bei den Sowjets! Wie entsetzlich. Und nun sitzt du hier. Und du siehst großartig aus.«

»Na ja, ich hab's ganz gut getroffen. Andere waren schlimmer dran. Aber schlimm war es schon. Natürlich. Adenauer hat ja erst vor drei Jahren die letzten rausgeholt.«

»Du mußt mir davon erzählen.«

»Ich denke nicht daran. Ich will gar nicht mehr daran denken.«

So ging es den ganzen Abend lang. Harald betrieb ein Immobiliengeschäft in New York.

»Geht ganz gut. Aber nicht so gut wie bei euch. Hier wird ja gebaut und gebaut, daß einem schwindlig wird.«

»Wir hatten es nötig. Und für mich ist es ja auch so eine Art Job geworden.«

Er erzählte vom Werk Munkmann und daß er versuchte, dort einen einigermaßen nützlichen Posten auszufüllen.

»Baumaschinen! Das muß doch das Geschäft des Jahrhunderts sein.«

»Ist es auch. Und wir haben großartige Maschinen. Wir exportieren auch schon.«

»Das wird noch besser werden. Laß mich mal machen.«

Harald bestellte noch zwei Whisky, echten schottischen. Aus Bourbon machte er sich nicht viel.

Schließlich hatte Alexander auch die Frage nach Haralds Eltern gestellt.

»Das war schwierig. Mein alter Herr war nun mal ein leidenschaftlicher Deutscher. Aber dann setzten wir uns alle drei hin, Henry, Kläuschen und ich, und schrieben einen Brief. Wenn sie nicht sofort kommen würden, mit dem nächsten Dampfer, dann kämen wir alle drei zurück nach Deutschland und meldeten uns direkt bei Hitler. Da kamen sie denn. Es war höchste Zeit, es war im Frühjahr '38. Du weißt, was am 9. November passierte?«

»Ich weiß. Sie kamen also?«

»Widerwillig. Mein Vater hatte ja schon längst die Bank

an einen Arier übergeben müssen. So hieß das doch damals.«

»So hieß es. Und willst du mich deswegen jetzt verdammen?«

»Ach, Quatsch! Ich kannte die Ansichten deines Vaters. Und du warst nun mal ein ahnungsloser Lebenskünstler, nicht? Ich sehe heute noch dein dummes Gesicht vor mir, als ich sagte, daß ich Jude sei. Du mußt doch diesen Unsinn nicht so ernst nehmen, hast du gesagt, irgend so was. Und dein Vater sagte, er tut das Richtige. So ungefähr, nicht? Vorher hatten wir über den Röhm-Putsch gesprochen. Wie der Hitler da seine treuen Mannen umbringen ließ. Flugs, flugs, ohne Zögern. Er war gar nicht so dumm, dieser Mann. Aber er hat es nicht zu Ende gedacht. Die Welt hat ihn bewundert. Wenn er keinen Krieg gemacht hätte, sie hätten ihm alles nachgeschmissen. Niemand wollte Krieg.«

»Wir auch nicht.«

»Bestimmt nicht. Der letzte war ja noch nicht lange her. Weißt du, wir sehen das heute mit einem gewissen Abstand. Der erste Krieg, der zweite Krieg, sie gehören zusammen, es war gewissermaßen eine Fortsetzung. Ein Historiker kann das heute sehr gut beschreiben. Nur die Menschen haben es nicht begriffen, dort nicht und hier nicht. Hitler wäre leicht einzufangen gewesen. Wenn er nur nicht diese Judenhetze angefangen hätte. Das war sein großer Fehler.«

»Er war Österreicher.«

»Ja, das wissen wir inzwischen alle. Der Antisemitismus hatte in Österreich eine lange Tradition. Genau wie in Polen. Deswegen war es so unsinnig von ihm, Polen anzugreifen.«

»Der polnische Korridor war ein großes Thema bei uns.«

»Gewiß. Aber den hätte er auch bekommen. Den zweiten großen Fehler hat er gemacht, als er in Prag einmarschierte. Nicht mal das Sudetenland, da hatte er noch gewisse Sympathien. Aber Prag war zuviel. Da wurde die Welt aufmerksam. Und dann ließ man ihm nichts mehr durchgehen.«

»Wir haben es teuer bezahlt.«

»Die zerbombten Städte.«

»Und die vielen toten Menschen. Und das Land, das wir wiederum verloren haben. Meine Heimat.«

Sie schwiegen eine Weile. Es war sehr schwer, in einem Gespräch, in einem im Grunde unbeschwerten Gespräch zwischen alten Freunden, der Wirklichkeit gerecht zu werden.

Diesmal bestellte Alexander zwei Whisky.

»Wir werden uns besaufen«, sagte Harald. »Aber das ist in Ordnung bei solch einem Wiedersehen.«

»Erzähl mir noch von deinen Eltern.«

»Mein Vater starb im April '45. Er hat noch erlebt, daß Hitler geschlagen war. Und mit ihm Deutschland. Aber er hat sich furchtbar aufgeregt über die Angriffe auf Dresden. Das muß doch nicht mehr sein, das muß doch nicht mehr sein, sagte er immer wieder, es ist doch vorbei. Meine Mutter stammt aus Dresden, weißt du. Sie haben in dieser Stadt ihre junge Liebe erlebt. Und mein Vater liebte diese Stadt. Ja, und dann ist er gestorben.«

»Und deine Mutter?«

»Es geht ihr ganz gut. Nächstes Jahr wird sie achtzig. Henry ist verheiratet und hat zwei Kinder. Und Kläuschen sogar drei. Das beschäftigt sie.«

»Und du?«

»Keine Frau, keine Kinder. Irgendwie hatte ich keine Lust.«

Alexander lachte. »Genau wie ich. Abgesehen davon, daß es mir an der Gelegenheit gefehlt hat.«

»Aber Beatrice? Du hast vorhin von ihr gesprochen.«

»Sicher«, sagte Alexander auf seine altgewohnte, leichtfertige Weise. »Wir verstehen uns gut. Sie war mit Friedrich verheiratet. Und das genügt ja wohl, oder? Aber ich habe so etwas Ähnliches wie eine Tochter. Ein Kind, um das ich mich kümmere. Das mir nahesteht.«

Und nun hörte Harald das erstemal von einem Kind namens Cordelia, zu der Zeit dreizehn Jahre alt.

Dabei erinnerten sie sich auch wieder an ihre gemeinsame Liebe zu der Tänzerin Joan vom Sadler's Wells Ballett.

»Gott, ist das lange her«, sagte Harald. »Sie muß schon eine alte Dame sein.«

»Aber ich bitte dich! Was sind wir denn dann? Sie war ungefähr in unserem Alter, vielleicht sogar etwas jünger.«

Sie lachten beide.

»Ich bin ihrem Namen noch einige Male begegnet. Sie tanzte dann bei einer amerikanischen Compagnie. Also bitte, keine alte Dame. Aber tanzen kann sie bestimmt nicht mehr. Die Laufbahn einer Tänzerin ist meist kurz.«

»Denk doch an die Pawlowa! Die hat mit fünfzig noch ihren ›Sterbenden Schwan‹ getanzt. Wir haben sie gesehen.«

»Das war aber auch alles, was sie noch getanzt hat. Sie gehörte zu Diaghilews berühmter Truppe. Und mit fünfzig war sie schon tot.«

»Wirklich?«

»Sie starb ein Jahr vor ihrem fünfzigsten Geburtstag. Sie war weltberühmt. Aber verbraucht wie jede Tänzerin. Es ist ein mörderischer Beruf. Warum tust du dem Kind das an, wenn du es so gern hast, wie du sagst.«

Das stimmte Alexander für eine Weile nachdenklich.

»Sie ist sehr zart. Und sehr hübsch, auf eine seltsame fremdartige Weise.« Einen Moment lang war er versucht, Harald zu erzählen, auf welche Weise Cordelia gezeugt worden war. Die Vergewaltigung, der unbekannte Russe. Doch da war das Versprechen, das er Elsgard gegeben hatte. Und schließlich wollte er an diesem Abend nicht mehr von Krieg und Nachkriegszeit reden. Er lebte, Harald lebte, sie führten beide ein gutes Leben, man mußte sich an der Gegenwart, auf die Zukunft freuen. Bloß nicht immer das Vergangene aufwühlen, es war vorbei. Man hatte es begraben. Das Gut, das Bankhaus Raven, die Väter, seinen Bruder.

»Ja, du hast recht. Das Leben einer Tänzerin ist hart. Und falls sie Erfolg hat, ich meine, wenn sie eine Primaballerina wird, bleibt sie es nur für kurze Zeit.«

»Das beste ist, sie heiratet rechtzeitig«, sagte Harald nüchtern, »und zwar einen Mann mit einem guten Einkommen, dann ist sie versorgt. Ein paar Möglichkeiten gibt es schon, wenn sie älter ist, kann sie Ballettmeisterin werden, sie kann Unterricht geben und, last not least, sie kann Choreographin werden. Aber das ist schon schwieriger, das machen meist Männer.«

»Darüber brauchen wir uns heute abend den Kopf nicht zu zerbrechen. Sie ist ein Kind. Sie geht ja noch zur Schule. Also, ich meine nicht nur in die Ballettschule, auch in eine richtige Schule. Wer weiß, wie lange ihr das Tanzen Spaß macht. Und wie weit sie es bringt. Ich werde sie gewiß nicht übermäßig mit meinem Ehrgeiz quälen.«

»Ausgerechnet du, der nie Ehrgeiz besaß.«

Alexander seufzte. »Ich sehe, du kennst mich noch ganz gut.«

Das war der Wiederbeginn ihrer Freundschaft, und für Alexander bedeutete es, wieder reisen zu können, nicht nur nach Hamburg, Köln oder München zu Renntagen.

Schon im Jahr darauf flog er das erstemal in die Staaten, wurde von Harald herzlich empfangen und in seinen Freundeskreis eingeführt, genau wie einst in London, sah Kläuschen wieder und lernte Henry kennen.

Es blieb nicht die einzige Reise, auch Beatrice begleitete ihn einmal, und Harald war sehr entzückt von ihr.

»Sehr schade um deinen Bruder. Er hat eine großartige Frau geheiratet.«

»Sage ich ja immer«, erwiderte Alexander. »Er hätte am Leben bleiben sollen. Auf mich hätte man leicht verzichten können.«

Sie trafen sich in London und immer wieder in den USA, und mit der Zeit, als der Export sich rasant entwickelte, konnte Alexander diese Reisen mit der Arbeit für das Werk verbinden. Was Oscar Munkmann sehr befriedigte.

»Hab ich doch gleich gesehen, daß der Herr Schwager ein tüchtiger Mann ist.«

Cordelia allerdings litt unter diesen Reisen. Wenn er nicht da war, kam sie sich verlassen vor. Und begleiten konnte sie ihn nicht, sie war viel zu fest gebunden durch ihre Arbeit, Tag für Tag, Abend für Abend, ein Sklavendasein. Ohne das sie nicht mehr leben konnte. Es war schon soweit, daß sie sich ein anderes Leben nicht vorstellen konnte.

Die Lumins

ZEHN JAHRE SIND VERGANGEN, seit Elsgard und Jochen ihre Heimat, Haus und Hof verlassen haben. Geblieben ist die Erinnerung, sie sprechen manchmal davon, aber immer seltener. Sie sind mit ihrem Leben höchst zufrieden.

Mit wachsendem Wohlstand in der Bundesrepublik entwickelt sich auch der Rennbetrieb, sie haben oft Gäste im Haus, sogar internationale, und Elsgard ist eine vorbildliche Gastgeberin, umsichtig, aufgeschlossen, freundlich. Das Kind, das junge Mädchen, auf Renkow aufgewachsen und gut erzogen, an Manieren gewöhnt, zeigt sich wieder.

Sie sieht gut aus, ist etwas voller geworden, kleidet sich mit Geschmack, geht jede Woche zum Friseur. Sie kommt mit den Leuten im Stall gut aus, ist beliebt im Umkreis, hat ein Hausmädchen.

Sie muß nicht saubermachen, kein Geschirr abspülen, keine Wasche waschen, dafür gibt es eine Waschmaschine. Sie hat weniger Arbeit als damals auf dem Hof. Und das alte Gutshaus auf dem Gelände des Rottenbach-Gestüts ist fast wie ein eigenes Haus, groß und komfortabel, mit Radio und Fernsehen. Elsgard hat sogar inzwischen ein paar eigene Möbelstücke eingekauft, einen bequemen Lehnsessel für Olga und ein ähnliches Sofa, wie es zu Hause in der Wohnstube stand. Und schließlich eine neue Stehlampe, sie hat in ihrer Jugend gern gelesen, sie tut es wieder, wenn sie Zeit hat.

Olga, die das mit Wohlwollen betrachtet, bringt sie dazu, ihr den Inhalt der Bücher zu erzählen, manchmal liest Elsgard ihr vor.

Olga hat Schwierigkeiten mit den Augen, sie bekommt immer wieder eine neue Brille, doch das nutzt nicht viel. Man müsse die Augen operieren, sagt der Augenarzt, doch davon will Olga nichts wissen. Sie ist nie operiert worden, abgesehen von dem Rheuma hat sie nie einen Arzt gebraucht. Trotzdem ist ihr Leben nicht langweilig, sie nimmt Anteil an allem, was geschieht, Elsgard und Jochen berichten ihr, und sie hat die Tiere, ihren kleinen Hund, die beiden großen Hunde, die frei herumlaufen, die drei Katzen, alle besuchen Olga gern, sommers im Garten, winters im Haus. Außerdem gibt es noch Hühner und zwei Ziegen, die ebenfalls frei herumlaufen, und schließlich einen Esel, den einer der Bauern aus der Gegend eines Tages bringt. Seine Hunde und der Esel vertragen sich nicht, die Hunde bellen und beißen, der Esel schreit.

Auf dem Gut vertragen sich alle Tiere, die Hunde sind gut erzogen, und wenn sie auch um die Ziegen einen Bogen machen, tun sie ihnen doch nichts. Außerdem sind die Ziegen am liebsten in den Stallungen, sie haben dort ihre kleine Stallbox für sich, die Pferde mögen sie. Die Katzen braucht man, um die Ställe mäusefrei zu halten. Der Esel bekommt auch seine Unterkunft, er bewundert die schönen Pferde und geht ihnen vorsichtig nach, wenn sie vorbeikommen.

»Das ist ja wie im Paradies hier«, sagt Beatrice an einem Sommertag, als sie die Idylle betrachtet, die Tiere im Hof, die Pferde auf den Koppeln, eine Katze auf dem Zaun, die Hunde faul ins Gras hingestreckt, die Angus-Rinder auf der Weide. Das gab es früher hier nicht.

»Was kommt denn noch, Herr Lumin? Eine Schafherde?«

Jochen lacht unbeschwert, und Elsgard, die Kaffee und selbstgebackenen Kuchen auf dem Gartentisch serviert, lacht auch und sagt: »Wir haben hier alles, was wir brauchen.«

Fragt sich nur, wie lange sie es behalten können. Das ist die Frage, die sich Jochen manchmal stellt. Seine Arbeit füllt ihn aus von früh bis abends. Er kennt jedes seiner Pferde genau und ist immer wieder aufs neue betrübt, wenn die kaum Zweijährigen zum Training fortgebracht werden. Manche kommen später wieder; falls sie erfolgreich waren, für die Zucht, oder wenn sie verletzt sind, den Husten haben, lahm gehen, hypernervös geworden sind. Oder einen Herzschaden bekommen haben, wie die Stute Valera, deren Geburt Jochen miterlebt hat. Ihre Laufbahn war kurz, als Rennpferd ist sie nicht geeignet. Man müßte sie töten, aber Jochen wehrt sich dagegen, sie sei noch jung, sagt er, vielleicht geht es ihr bald wieder besser. Sicher, Rennen wird sie nicht mehr laufen können, man müßte sie decken lassen und abwarten, ob sie ein gesundes Fohlen zur Welt bringt.

Das sind die Sachen, die er mit Beatrice aushandelt, sie entscheidet über Leben und Tod. Alexander unterstützt ihn in diesem Fall.

»Irgendwie erinnert sie mich an die Fuchsstute, die Vater euch geschenkt hat. Wie hieß sie gleich?«

»Dolka«, antwortet Jochen. »Elsgard ritt immer mit ihr spazieren. Man konnte sie auch vor den Wagen spannen. Sie hat zwei hübsche Fohlen bekommen.«

Valera wird behandelt, sie wird gedeckt werden, und dann wird man weitersehen. Natürlich weiß ein Bauer so gut wie ein Rennstallbesitzer, daß Tiere nach ihrem Gebrauchswert beurteilt werden.

Jochen kommt gut mit den Leuten zurecht, er führt ein strenges Regiment, streng, aber gerecht. Sein Arm hat sich nicht verschlechtert, schwere Arbeit muß er nicht leisten, er braucht mehr den Kopf als die Arme, er muß wissen, wo er günstig einkauft, was er für die Pferde und die Ställe braucht, und daß er sich mit den Münsterländer Bauern mit der Zeit recht gut versteht, kommt ihm dabei zugute. Mecklenburg dort, das Münsterland hier, beides Gegenden mit ruhigen, etwas schwerfälligen Menschen, sie sind nicht so sehr verschieden.

Natürlich gibt es auch mal Ärger, Stallburschen sind nicht mehr so leicht zu bekommen wie in der Nachkriegszeit. Tiere machen viel Arbeit, benötigen viel Zeit. Die jungen Leute gehen lieber in die Stadt, sie ziehen Fabrikarbeit der Arbeit bei Tieren vor. Es gibt da schon gelegentlich Engpässe.

Im Spätherbst, nach dem Ende der Saison, kommt Karl Neumann zu Besuch. Sie waren in Telgte, haben seine Mutter und Ilses Mutter besucht, der es gesundheitlich nicht sehr gutgeht. Ilse ist dort geblieben, Karl kommt aufs Gestüt. Er erzählt, daß Jürgen in diesem Jahr sein Abitur gemacht hat, ein sehr gutes Abitur, wie er stolz berichtet.

»Und was wird er nun machen?« fragt Elsgard.

»Erst mal seinen Dienst bei der Bundeswehr, wie sich das gehört. Und dann wird er studieren.«

»Oh! Und was?«

»Er will Bauingenieur werden.«

»Na, dann kann er später ja mal bei den Munkmanns arbeiten«, sagt Elsgard. »Das wäre doch was.«

Neumann hebt die Schultern. »Das braucht noch viel Zeit.«

»Dem alten Munkmann soll es nicht sehr gutgehen.« Das weiß Elsgard von Alexander. »Er hat's mit dem Herzen. Er hat ja auch viel gearbeitet. Im Krieg und danach. Das Werk exportiert sehr viel. Aber seine Baumaschinen sollen ganz erstklassig sein. Und der Markt ist nach wie vor sehr aufnahmefähig.«

So nennt es Alexander, der jetzt wirklich so eine Art Verkaufsdirektor geworden ist und sich immer öfter im Ausland aufhält.

»John studiert noch. Der Enkel, wissen Sie?«

Neumann nickt, er weiß, wer John von Renkow ist.

»Er studiert jetzt in Berlin. Er sagt, dort ist es interessant.«

»Das ist Ansichtssache«, erwidert Neumann kühl.

Durch Berlin ist eine Mauer gebaut. Mag sein, daß man es interessant findet, wenn man jung ist. Das andere Deutschland ist Ausland geworden. Schlimmer als Ausland, eine feindselige Welt. Verschlossen. Versperrt.

»Wenn das damals schon gewesen wäre«, sagt Elsgard, »wären wir nicht herausgekommen.«

»Als Familie wohl kaum. Obwohl es immer wieder Menschen gibt, die es versuchen. Und es oft mit ihrem Leben bezahlen müssen.«

Später gehen Jochen und Neumann durch die Ställe, und Jochen kann loswerden, was ihn bedrückt.

»Ich bin jetzt sechzig«, sagt er.

»Na und? Soweit ich sehe, klappt doch alles gut. Sie wollen sich doch nicht zur Ruhe setzen, Herr Lumin?«

»Nein. Ich möchte nicht. Aber wenn ich noch älter werde …«

Neumann lacht. »Was wohl nicht zu verhindern ist. Hat Frau von Renkow eine Andeutung gemacht?«

»Nein, nein. Aber irgendwann muß ich damit rechnen, daß sie einen jüngeren Mann sucht.«

»Ich würde mich darum kümmern, daß sie einen guten Gestütsmeister bekommt. Aber es eilt ja nun wirklich nicht.«

Jochen wird gut bezahlt, aber seine Sozialversicherung ist noch jung, viel jünger als er.

Und er denkt manchmal darüber nach, was geschehen wird, wenn er diesen Posten räumen muß. Und damit auch das Haus, in dem sie leben. Wo sollen sie eigentlich hin? Er spart, so gut er kann, er hat ein kleines Bankkonto inzwischen, für sich selbst verbraucht er so gut wie nichts. Seine Garderobe ist bescheiden, für Elsgard muß es hin und wieder ein neues Kleid sein. Das braucht sie, um bei guter Laune zu bleiben, und er ist froh, daß sie nun meist wieder guter Laune ist. Fast die Elsgard von früher.

Er bekommt hin und wieder eine Prämie, wenn Pferde gesiegt haben. Trotzdem werden sie nicht viel haben, falls sie noch eine Weile leben. Hier in der Gegend müßten sie eine Wohnung finden, auf einem Hof, in einem kleinen Ort. Wenn er noch zehn Jahre arbeiten könnte, würde die Sozialversicherung besser aussehen.

Darüber denkt er manchmal nach. Jetzt spricht er es zum erstenmal aus. Mit Alexander hat er nie darüber gesprochen.

»Es wäre schrecklich für mich, keine Pferde mehr zu haben«, fügt er noch hinzu.

»Nun warten Sie erst mal ab. Machen Sie sich keine Sorgen, Herr Lumin. Kommt Zeit, kommt Rat.«

Und Jochen muß wieder einmal an Alexanders Worte denken: Werden wir leben, werden wir sehen.

Und er denkt: Ist es nicht schon ein Wunder, daß wir leben? Nach allem, was geschehen ist, was wir erlebt haben, überlebt haben. Und daß ich hier bin und tun kann, was ich tue. Heute und morgen noch.

»Nein, ich mache mir keine Sorgen, ich denke nur manchmal darüber nach.«

»So wie ich Frau von Renkow kenne, brauchen Sie sich keine Sorgen zu machen. Wenn sie etwas ändern will, wird sie es ... ja, sagen wir mal, wird sie es auf faire Weise tun.«

Den Munkmanns gehören viele Häuser, in Essen, in den Vororten, im Ruhrtal. Das weiß Karl Neumann sehr genau.

Der alte Munkmann war immer auf Besitz aus, vor dem Krieg, im Krieg, nach dem Krieg. Eine Bleibe für die Lumins wird es bestimmt geben. Beatrice von Renkow ist eine reiche Erbin. Der Bruder gleichfalls. Und John? Es bleibt abzuwarten, was aus ihm wird.

Eine Weile stehen sie bei der Fuchsstute Valera. Neumann kennt die Geschichte schon.

»Ein hübsches Pferdchen«, sagt Neumann. »Aber für die Rennbahn nicht geeignet. Ich war dabei, als sie nach einem Rennen zusammengebrochen ist. Es war in München, in Riem. Wir dachten, wir müßten sie gleich töten. Aber sie hat sich dann schnell erholt. Wie geht es ihr jetzt?«

»Ganz gut. Sie war viel auf der Koppel, sie frißt mit gutem Appetit, sie hat blanke Augen, sehen Sie ja. Wir werden sie im Frühjahr decken lassen.«

Jochen streicht der Stute leicht über die Nase, zieht einen Apfel aus der Tasche. Äpfel frißt sie besonders gern. Er ist nahe daran, von Dolka zu erzählen, der kleinen Fuchsstute daheim, die so ähnlich aussah.

Aber er läßt es. Wozu von vergangenen Zeiten reden? Doch dann ist es Neumann, der von vergangener Zeit etwas weiß.

»Sie sagten vorhin, es fehlen Stallburschen?«

»Ja. Einer hat im Sommer aufgehört und jetzt vorige Woche wieder einer. Ich muß mich umschauen. Es wird immer schwieriger, gute Leute zu finden. Die wollen alle nicht mehr arbeiten. Der im Sommer wegging, wollte vier Wochen Urlaub haben. Er wollte mit seiner Freundin nach Italien. Ich sagte, bist du verrückt? Ich habe in meinem Leben noch keinen Urlaub gemacht. Und er sagte, daß ist Ihre Sache, Herr Lumin. Das war vielleicht früher mal so. Heute ist es anders. Und dann verschwand er.«

»Hm«, macht Neumann. »Ich wüßte vielleicht einen guten Mann für Sie. Können Sie sich an einen gewissen Waleri Lukonow erinnern?«

»Waleri? Wali? Unser Ukrainer?«

»Richtig. Wali nennt er sich selber. Sie erinnern sich an ihn?«

Jochen steigt das Blut in den Kopf.

»Wali? Er lebt?«

»Der lebt. Ich war kürzlich bei einer Jagd in der Lüneburger Heide. Schönes Gelände. Ein kleiner Stall, aber es waren allerhand Leute da, bis von Hamburg kamen sie. Mich hatte ein Bekannter mitgenommen. Und dieser Wali fiel mir gleich auf, sehr groß und dünn und immer lachend. Er sattelte die Pferde, er beruhigte sie. Und nach der Jagd führte er sie trocken, beruhigte sie wieder, und ein Wallach hatte sich das Bein an einem Hindernis aufgeschlagen, das behandelte er gleich. Ich fragte den Jagdherrn, wer das denn sei. So 'n komischer Russe, sagte der. Er zieht hier von Stall zu Stall, behalten will ihn keiner, er hat keine Papiere. Später, nach dem Jagdessen, ging ich noch mal in den Stall, da saß er auf dem Boden, den Kopf an die Box gelehnt. Er sprang auf, und ich fragte, ob er denn zu essen bekommen habe. Ja, ja, sagte er, vielen Dank. Wie heißen Sie denn? fragte ich. Und er wurde auf einmal viel kleiner. Sie sind von Polizei? Aber nein. Ich war Jagdgast hier. Dann nannte er seinen Namen, und ich erinnerte mich daran, daß Ihre Frau mal von einem gewissen Wali erzählt hatte.«

»Das ist ja unglaublich«, sagte Jochen. »Wir dachten, er ist tot.«

»Als ich den Namen Lumin nannte, strahlte er wie ein Kind zu Weihnachten. Meine Lumins, rief er. Meine Lumins. Vielleicht wäre das ein Mann für Sie. Mit Pferden kann er umgehen, das habe ich gesehen. Man müßte das bloß mit den Papieren regeln.«

Elsgard ist begeistert.

»Unser Wali! Er hat also überlebt. Wie hat er das nur geschafft.«

Ja, wie hat er das geschafft? Auf abenteuerliche Weise. Er spricht inzwischen gut deutsch und schildert ausführlich, wie er sich damals wochenlang in den Wäldern herumtrieb, nachdem er Widukind zurückgebracht hatte. »Er war hungrig. Und Gras gab es noch wenig im Mai.«

Mai '45. Das ist auf einmal wieder da, als Wali davon

spricht. Er schlich durch die Wälder, immer westwärts, immer sichernd, ob er auf die russischen Besatzungstruppen stoßen könnte. Wovon er sich ernährt hat? Dazu lacht er nur.

»Geht schon irgendwie«, sagt er.

Als er in die Nähe von Lübeck kam, versteckte er sich weiter. Die Briten, die Amerikaner würden ihn an die Russen ausliefern, das wußte er. Und das wäre sein Tod gewesen. Arbeit war damals schwer zu finden. Schließlich kam er bis Hamburg. In einer Großstadt, in einer zerstörten Stadt, konnte man sich leicht verstecken. Er spricht nicht davon, aber er muß bis zum Skelett abgemagert gewesen sein. Am Hafen war auch keine Arbeit zu finden, die Werften waren zerbombt. Aber dann fand er in der Hafengegend einen Landsmann, der bei Aufräumungsarbeiten beschäftigt war, eine kleine Kammer bewohnte und ihn aufnahm. Der besorgte ihm dann später auch die falschen Papiere. Das war ein Fiasko, die Papiere waren schlecht, und obwohl er nun auch in den Trümmern arbeitete, wurde er verhaftet und eingesperrt. Aber wenigstens nicht mehr an die Russen ausgeliefert.

Nach der Haftstrafe, sie war nur kurz, war er wieder auf sich selbst gestellt. Und trieb sich in der Gegend herum, immer auf der Suche nach Pferden.

»Menschen waren nicht böse. Menschen waren gut. Alle wußten, was passiert war. Keiner hat mich angezeigt.«

Dann ging er in die Lüneburger Heide. Er arbeitete mal am Bau, manchmal bei einem Bauern, sein Wesen, sein Lachen machten es ihm leichter. Und inzwischen war allen klar, daß der Osten, daß Rußland ein Feind war, wieder aufs neue gefährlich.

Hier und da gab es auch wieder Pferde, nicht zuletzt die Reste der geretteten Trakehner und ihre ersten Nachkommen.

Walis große Stunde kam, als er bei der Geburt eines Fohlens, das quer lag, helfen konnte, mit Erfolg. Man hatte die Stute samt dem Fohlen schon töten wollen, aber Wali schaffte es, das Fohlen zur Welt zu bringen und die Stute wieder auf die Beine. Der Veterinär, der aufgeben wollte, war von

Wali beeindruckt und beschäftigte ihn eine Weile. Aber da war immer noch die Sache mit den nicht vorhandenen Papieren, und vorbestraft war Wali nun auch.

Als Beatrice die ganze Geschichte hörte, brachte sie Ordnung in Walis Leben. Die Firma Munkmann war angesehen genug, mit so einem Fall fertig zu werden.

Wali war bei seinen Lumins und bei Pferden.

»Manchmal«, sagt Elsgard, »gibt es auch Gutes in unserem schrecklichen Jahrhundert.«

Seit sie Bücher liest, spricht sie vom Jahrhundert, vom zwanzigsten Jahrhundert. »Zwei Kriege«, sagt sie beispielsweise, »zwei verlorene Kriege. Und Deutschland lebt immer noch.«

»Krieg hat es immer gegeben«, erwidert Jochen. »Und die Menschen haben trotzdem überlebt.«

»Manche«, sagt Olga darauf. »Zur Zeit spricht keiner von den Toten.«

»Tot ist tot«, sagt Elsgard darauf hart.

»Ja, so ist es wohl. Ich habe mir immer Kinder gewünscht. Und heute bin ich froh, daß ich keine bekommen habe. Sie wären im ersten Krieg gestorben, und falls es Enkel gegeben hätte, im zweiten Krieg. Und nun warten wir auf den nächsten Krieg.«

»Ach, Quatsch«, sagt Elsgard. »Die Amerikaner haben die Atombombe, da traut sich keiner ran.«

Ob die Russen inzwischen vielleicht auch die Bombe haben, wissen sie nicht. Möglich ist es.

»Kann ja sein«, sagt Olga. »Man hört es doch immer von den Überläufern.«

Das ist ein Thema, das die Zeitungen beschäftigt. Es gibt Leute, die Atombomben von West nach Ost transportieren, zumindest die Rezepte dazu.

Die Amerikaner! Das ist das große Wunderwort der Zeit. Sie können alles, sie machen alles, und vor allem beschützen sie die Deutschen. Von den Briten spricht kein Mensch mehr. Doch Amerika wird die Welt retten, daran glauben sie alle. Die jedenfalls, die abseits der großen Entwicklungen leben. Amerika, sagen sie und meinen die Vereinigten Staaten von

Amerika. Die Welt ist groß. Aber dieser Teil, der auch ein Feind war, ist zum Freund geworden. Das ist so schnell gegangen, es begann nicht erst mit der Blockade, es begann schon vorher. Jochen, der selten etwas zu diesen Gesprächen äußert, sagt: »Wenn sie nicht gegen uns gekämpft hätten.«

»Das mußten sie. Schon wegen der Juden.«

Elsgard weiß das inzwischen. Sie hat nie in ihrem Leben einen Juden kennengelernt. Vielleicht gab es mal einen Viehhändler, einen Landmaschinenhändler, sie weiß es nicht. Man hat das Wort Jude nie erwähnt. Sie kennt es auch von Gut Renkow nicht.

Aber Olga weiß es. Auch wenn sie nicht mehr gut sehen kann, ihr Gedächtnis ist in Ordnung.

»Wir hatten einen Pferdehändler. Ein Kenner erster Klasse. Herr von Renkow sagte immer, der ist mit Pferden aufgewachsen. Nie ein Betrüger, immer erstklassige Pferde. Und dann war er eines Tages verschwunden.«

»Das ist lange her«, sagt Jochen.

Es ist lange her, es ist alles so lange her. Das Gut Renkow, der Hof Lumin, die Pferde. Widukind wird nicht mehr leben.

»Wie kann man das Leben nur ertragen«, sagt Jochen an diesem Abend.

Das ist ein seltsamer Ausspruch von ihm, denn das Leben, das er führt, ist sehr leicht zu ertragen.

Besonders, seit Wali zu seiner Mannschaft gehört.

Was fehlt bei diesen Gesprächen, was fehlt am Tisch, ist Cordelia. Dieses Kind, von der Geburt an im Haus, Elsgards Kind, ist nicht mehr da.

Seltsamerweise vermißt Jochen sie mehr als Elsgard. Durch ihre Lüge hat sie sich von dem Kind getrennt. Jochen freut sich über jeden Tag, den Cordelia bei ihnen verbringen kann. Auch wenn sie immer an dem Koppelzaun herumturnt.

Alexander hat sie zweimal mitgenommen in die Oper. Sie haben Cordelia im ›Nußknacker‹ gesehen und als kleinen Schwan, als Ginette Durans zum letztenmal ›Schwanensee‹ tanzte.

»Das wird eines Tages ihre große Rolle werden«, sagt Alexander. »Sie wird die Schwanenprinzessin tanzen.«

Für Jochen ist es eine total fremde Welt. Elsgard, die immerhin in ihrer Jugend schon einige Male im Theater war, gibt sich sachverständig. Von Ballett allerdings versteht sie nichts. Sie hat nur miterlebt, wie das Kind geschunden wurde, als es ständig hin- und herfuhr, von zu Hause, von der Schule, zu der alten Russin, wie das Kind todmüde zusammensank, wenn es heimkam.

Sie fragt an einem Abend, es ist Silvester, als sie nach der ›Fledermaus‹, in der Cordelia natürlich auch mithopsen mußte, nach Hause fahren: »Was soll eigentlich daraus werden?«

Die Aufführung hat Elsgard ausnehmend gut gefallen.

In der ersten Pause hatte sich Alexander blicken lassen, zusammen mit Fred Munkmann, der wieder einmal im Vaterhaus weilte.

Er spendierte Sekt für Elsgard und Jochen und sagte: »Wir schauen uns den zweiten Akt an, dann müssen wir zurück, wir haben Gäste im Haus.«

»Und was für Gäste!« strahlte Fred, der sich übrigens seit neuestem Alfredo nennt. »Ich hab meine Freundin mitgebracht aus Rom, schicke Puppe. Mein Vater ist ganz hingerissen. Sie spricht leider kein Wort deutsch. Aber wir haben Giordano eingeladen, das ist der Werksdirektor bei uns, der kann für Unterhaltung sorgen, während wir nicht da sind.«

»Können wir Cordelia nicht mitnehmen?« fragte Jochen.

»Nein, sie hat morgen nachmittag Vorstellung. Ein bißchen feiern werden sie nachher auch, wenn sie fertig sind, und Madame Lucasse paßt schon auf, daß die Kinder nicht zuviel trinken und rechtzeitig zu Bett gehen. Ich gehe jetzt für eine Weile hinter die Bühne und kümmere mich um Cordelia. Im dritten Akt gibt es nur noch am Schluß einen kurzen Auftritt.«

Es ist wichtig, daß Alexander das Jahresende in der Familie Munkmann feiert. Oscar legt Wert darauf, denn schließlich ist Alexander nun der Leiter des Exportgeschäftes, das sich gut entwickelt. Nur das Verhältnis zwischen Beatrice und Alexander ist manchmal gespannt. Er ist viel auf Reisen, auch im Ausland, es gibt hier und da eine andere Frau in seinem Leben. Obwohl er nun älter ist, kann er auf anregende Abenteuer dieser Art nicht verzichten. Er war immer so.

Es sind noch mehr Gäste im Haus, außer Giordano und seiner Frau ein paar Freunde von Munkmann, und aus Berlin ist John gekommen mit zwei Kommilitonen.

Eine Weile halten sich Alexander und Fred bei den Tänzerinnen in der Garderobe auf, flachsen herum, spendieren eine Kiste Piccolo.

»Aber nur für jede ein Fläschchen, das habt ihr mir versprochen.«

»Haben wir das?« gurrt Marguerite. »Habt ihr vielleicht so ein Versprechen vernommen?«

Cordelia schlingt die Arme um seinen Hals.

»Mußt du wirklich weg?«

»Leider, Kleines. Ich komme morgen. Nach der Nachmittagsvorstellung. Abends bist du ja frei. Wir können zusammen essen gehen. Wilma ist in der Vorstellung, sie wird dich dann nach Hause begleiten.«

Er hätte Cordelia gern mitgenommen ins Haus Munkmann, aber das erlaubt Beatrice nicht. Außerdem wäre es wirklich unvernünftig, wo sie doch morgen um drei wieder auf der Bühne stehen soll mit dem ›Nußknacker‹.

Der Abendregisseur hat kurz hereingeschaut und die Stirn gerunzelt, dann der Ballettdirektor und schließlich auch Madame Lucasse. Es ist nicht gestattet, daß die Mädchen Besuch in der Garderobe empfangen. Aber Alexander von Renkow hat nun mal einen Sonderstatus an diesem Theater.

»Bitte, meine Herren!« sagt Madame Lucasse tadelnd.

»Wir sind schon weg, Madame. Wir bitten vielmals um Verzeihung, aber ich mußte unserer Kleinen doch einen guten Rutsch wünschen.«

Er umarmt Cordelia, küßt sie auf die Wange. Madame bekommt einen formvollendeten Handkuß.

»Meine besten Wünsche für Sie, Madame. Hoffen wir, daß 1964 für uns alle ein gutes Jahr wird.«

Es ist noch nicht einmal sechs Wochen her, daß John F. Kennedy in Texas ermordet wurde. Cordelia trauert immer noch um ihn, sie hat sich erst ein wenig getröstet, seit Onkel Alexander aus Amerika zurück ist, seit sie ihn wieder häufig sieht; ganz kurz mal nach der Morgenarbeit, bei Proben, wenn sie auftritt abends im Theater.

In Bonn regiert Ludwig Erhard, dem sie das Wirtschaftswunder zu verdanken haben, und gegen Ende des Jahres '64 wird es in der Sowjetunion einen Wechsel geben, kein Attentat, Nikita Chruschtschow wird abgesetzt, ganz sang- und klanglos, ihm folgt Kossygin auf den russischen Thron. In der DDR behauptet sich nach wie vor Ulbricht, die Mauer steht unverrückbar in Berlin, Besucher stehen auf einem Podest und schauen neugierig hinüber in das fremde Land, auf den verödeten Potsdamer Platz. Doch es ist nicht nur Berlin, durch ganz Deutschland, von der Ostsee bis nach Franken zieht sich die bösartige, die tödliche Grenze. Tödlich für die, die sie überwinden möchten. Nach wie vor versuchen viele zu fliehen. Über die Ostsee, durch die Wälder, durch die Minenfelder, denn die DDR will ihre Bürger lieber durch Minen in die Luft jagen, als ihnen die Freiheit zu lassen, in die Freiheit zu gehen, wohin sie wollen. Das hat es nicht einmal bei den Nazis gegeben, verreisen, wohin er wollte, ob mit der Absicht wiederzukommen oder nicht, durfte jeder.

Dafür gibt es jetzt raffinierte Möglichkeiten, die Flucht über andere kommunistische Länder zu versuchen, über Polen, die Tschechoslowakei und weiter über Ungarn oder Rumänien. Das erfordert viel Mut und vor allem viel Geld. Das ist bei den sogenannten Fluchthelfern zu bezahlen, ein zeitgemäß einträglicher Beruf. Andere graben Tunnel unter der Berliner Mauer. Wieviel wird da gewagt! Und wieviel Unglück, wieviel Leid und wie viele Tote gibt es, von denen die Welt nichts erfährt.

Doch inzwischen hat sich neues Unheil entwickelt. Deutschland ist nicht das einzige geteilte Land auf der Erde. Da war schon Korea, und nun ist es Vietnam, das ehemalige Indochina. Es gibt sowohl Südvietnam als auch Nordvietnam, und letzteres wird kommunistisch regiert. Diem ist ermordet worden, auch im gerade beendeten Jahr, nur daß sein Tod nicht soviel Aufsehen erregte wie der Mord an Kennedy.

Und nun beginnt wieder einmal ein Krieg, ein langer, barbarischer Krieg, den die USA, auch wieder einmal, in einem fernen, fremden Land zu führen haben. Oder glauben, führen zu müssen, im Kampf gegen den Kommunismus.

Es sagt sich leicht: Alles Gute für 1964.

Wie immer auf dieser törichten Erde gibt es Krieg, gibt es Elend und Tod für unschuldige Menschen.

Doch wenn Elsgard auf der Heimfahrt ins Münstertal die Frage stellt: »Was soll eigentlich daraus werden?«, denkt sie an Cordelias Leben.

Am nächsten Tag holt Alexander Cordelia nach dem ›Nußknacker‹ ab, wie versprochen. Sie tanzt immerhin jetzt die Klara, sie hat sie schon oft getanzt, alternierend mit Marguerite, beide machen sich nicht viel aus dieser Partie.

Auf die ›Giselle‹ muß Cordelia noch warten, sie ist erst für nächstes Jahr vorgesehen, eventuell. Dies ist ein Stadttheater, das Ballett spielt eine Nebenrolle darin.

Alexander fährt mit ihr zum Abendessen in einen Landgasthof, zwischen Essen und Düsseldorf, der sehr beliebt ist, man muß hier immer rechtzeitig einen Tisch bestellen. Auch an diesem Neujahrstag ist das Lokal bis auf den letzten Platz besetzt, die Deutschen essen wieder mit großem Vergnügen, auch wenn sie nun oft über Zunahme an Gewicht klagen.

An einem größeren Tisch sitzt eine vergnügte Runde. Die schöne, lebhafte Frau, den gutaussehenden Mann erkennt Cordelia sofort.

»Das ist Constanze Morvan«, flüstert sie Alexander zu. »Und er ist Thomas Ashton. Der letzte Film mit den beiden war toll. ›Sieger fallen vom Himmel‹ heißt der. Er ist da ein Flieger, weißt du, aber er ist natürlich nicht abgestürzt, er erzählt es ihr bloß, damit sie ihn pflegt. Weil sie nämlich ...«

Er unterbricht sie. »Deine Suppe wird kalt.«

»Weil sie nämlich«, fährt Cordelia fort, den Löffel schon

in der Hand, »einen reichen Industrieboß heiraten will. Aber er kriegt sie natürlich zum Schluß, der Flieger. Und dann stellt sich heraus, er ist noch reicher, sein Vater ist ein amerikanischer Millionär. Sie ist so schön, nicht?«

»Sie ist eine rasante Person«, gibt Alexander zu. »Übrigens haben die beiden gestern abend in Düsseldorf gastiert, mit einem Musical.«

»Alle Leute schauen zu ihr hin, siehst du? Ob ich auch mal so berühmt werde?«

»Vielleicht«, sagt er. Er könnte hinzufügen, daß Tänzerinnen, selbst wenn sie eine Primaballerina sind, selten so berühmt werden wie eine Filmschauspielerin. Weil mehr Leute ins Kino gehen als ins Ballett. Es ist immer nur ein kleiner Kreis, der Tanz sehen will, der Verständnis hat.

Die Schauspielerin sprüht vor Leben, ihr Lachen ist mitreißend. Sie ist nicht nur eine schöne Frau, sie ist eine Persönlichkeit.

Cordelia wirkt immer noch wie ein Kind. Sie trägt das Haar heute offen, ihr Gesicht ist blaß wie eh und je, ihr Lächeln scheu. In diesem Jahr wird sie neunzehn.

»Vielleicht wenn ich einmal die Schwanenkönigin tanzen werde«, fügt sie hoffnungsvoll hinzu.

Dazu besteht wenig Aussicht, das weiß er auch. Das Theater hat ›Schwanensee‹ zehn Jahre auf dem Spielplan gehabt, so schnell wird es keine Neuproduktion geben.

Sie müßte die Bühne wechseln, überlegt er. Aber wie und wohin? Berühmt ist sie nicht. Und ob sie je eine Primaballerina werden wird, bezweifelt er nun manchmal auch.

Unter dem Tisch hat Cordelia die Schuhe ausgezogen. Die großen Zehen sind geschwollen und schmerzen, gestern haben sie wieder geblutet. Ihre Fußgelenke schmerzen. An diesem Morgen an der Stange hat sie gedacht: Ich schaffe es nicht. In der Nacht hat sie schlecht geschlafen, ist mehrmals aufgewacht, hat Umschläge um die Füße gemacht. Der ›Nußknacker‹ heute nachmittag war eine Pein. Und wenn sie jetzt wirklich die ›Giselle‹ probieren ... Mit einem Seufzer legt sie den Löffel hin.

»Schmeckt es dir nicht?«

»Doch, sehr gut.«

»Dann iß bitte die Suppe auf. Du weißt doch, daß du ordentlich essen mußt. Du brauchst Kraft für deine Arbeit.«

Sie nickt. Und löffelt die Suppe weiter.

Als dann der Teller mit der gebratenen Ente vor ihr steht, blickt sie mit leichter Verzweiflung darauf nieder. Wie soll sie das nur schaffen?

Wie soll sie es nur schaffen?

Begegnung I

DIESER NEUJAHRSTAG hat für Constanze eine besondere Bedeutung, denn in dem Jahr, das nun beginnt, muß es in ihrem Leben eine Veränderung geben. Dazu ist sie wild entschlossen. Sie ist weder glücklich in ihrem Privatleben noch zufrieden mit ihrer Arbeit. Sie verbirgt das hinter einem strahlenden Lächeln, kaschiert es mit lebhaftem Geplauder. Doch sie hat genug von Ashton, und sie möchte wieder ein Engagement an einer guten Bühne.

Erst hat man sie in Bochum beurlaubt für die Filmarbeit, dann mußte sie das Engagement aufgeben, sie stand für Proben nicht mehr zur Verfügung.

Film war dennoch wichtig, er hat ihr Geld und Popularität gebracht, sie ist durchaus erfolgreich, doch die Streifen, die sie dreht, und ihre Rollen darin gefallen ihr nicht. Diesen letzten Film ›Sieger fallen vom Himmel‹ nennt sie selbst eine dämliche Schnulze, und als man ihr bei der DIOVA einen neuen Vertrag vorlegte, hat sie hochmütig erklärt, für ähnlichen Schwachsinn wolle sie nicht mehr arbeiten. Die Produktion hat das mit einem Achselzucken zur Kenntnis genommen. Der deutsche Film stagniert, das Geschäft geht schlecht, viele Hallen in Geiselgasteig stehen leer. Außerdem gibt es genügend Mädchen, die zum Film drängen, jüngere als sie.

Man hat in den letzten Jahren große amerikanische Filme gesehen, und seit einiger Zeit kommen bedeutende Filme auch aus Italien und aus Frankreich. Besonders die Franzosen machen von sich reden, nouvelle vague, neue Welle nennt sich das, was sie produzieren, sie bieten interessante Stoffe, haben fähige Regisseure und hervorragende Schauspieler.

Die Produzentin in München erklärte kühl, diese Art von Filmen komme in Deutschland nicht an. Und warum, will Constanze wissen, gehen die Leute ins Kino, wenn diese Filme gespielt werden, warum sind alle Zeitungen, alle Illustrierten, auch die Fachblätter voll des Lobes über diese Filme.

Als erstes waren es schon vor Jahren ›Die Kinder des Olymp‹, die Constanze tief beeindruckt hatten. ›Les enfants du Paradis‹ mit Barrault und Brasseur und der wunderbaren Arletty. Sie hat den Film noch zusammen mit Tenzel gesehen und begeistert gesagt: »So was möchte ich machen.«

Tenzel hatte Bedenken. »Wer sollte das hier machen«, sagte er mit Bedauern.

»Soviel ich weiß, war der deutsche Film einmal weltberühmt.«

»Ja, war er einmal.«

Alain Resnais brachte vor vier Jahren den Film ›Hiroshima, mon amour‹ in die Kinos, ein neues Zeitalter der Filmkunst begann. Constanze kennt die wichtigen Namen genau – Godard, Chabrol, Truffaut, unter solchen Regisseuren möchte sie spielen, aber es führt für sie kein Weg nach Paris, so bekannt ist sie nicht.

Dann will sie lieber wieder Theater spielen. Doch den Weg zurück an eine große Bühne hat sie sich selbst verbaut mit diesen albernen Filmen. Mit dem Partner vieler ihrer Filme, der nun auch ihr Ehemann ist, kann sie sich über dieses Thema nicht verständigen. Ihm geht ihr ewiges Gemeckere, wie er es nennt, auf die Nerven. Ihm gefallen sein Leben und sein Erfolg. Er ist ein ausnehmend attraktiver Mann mit viel Charme, die Frauen schwärmen für ihn, er bekommt ständig Liebesbriefe. Am Abend zuvor quoll seine Garderobe über von Blumen.

»Ach, mein Schönster«, hat sie spöttisch gesagt, »wie viele Herzen hast du heute wieder gebrochen?«

»Für einen Mann ist das Leben eben einfacher«, hat er kaltschnäuzig gesagt, ehe sie zu der Silvesterfeier mit den Kollegen gingen. »Du wirst langsam zu alt für diese Rollen, meine Liebe.«

Sie beherrscht sich. Die Anspielung auf ihr Alter macht er nun schon zum zweitenmal. Er nämlich hat den Vertrag für den neuen Film unterschrieben, seine Partnerin wird eine junge Nachwuchsschauspielerin sein, die in diesem Film ihre erste Hauptrolle spielt.

Und in dem Zusammenhang kam von ihm schon die Bemerkung: »Sie paßt ja auch altersmäßig besser für die Rolle.«

Beim Neujahrsessen nippt Constanze nur am Wein, sie hat in der Nacht zuviel getrunken, sie trinkt jetzt manchmal zu viel, besonders wenn sie sich ärgert.

Sie weiß, daß er recht hat. Sie wird in diesem Jahr vierzig. Für eine große Schauspielerin ist das kein Alter, für sie eben doch. Er ist siebenunddreißig.

Mit den beiden Musicals sind sie nun lange genug durch das Land gezogen, es ist immer noch ›Kiss me, Kate‹, später ist Paul Burkhards ›Feuerwerk‹ dazugekommen. Beide Rollen gehen in ihrem Alter noch. Für die Eliza in ›My fair Lady‹, das einen beispiellosen Siegeszug angetreten hat, ist sie nun wirklich zu alt.

Musical ist in Deutschland überhaupt kein großes Geschäft, die erfolgreichen Stücke kommen aus Amerika. Autoren und Komponisten, die es hierzulande versuchen, kommen damit nicht weit.

Constanze hat einen Freund, der ihr seit Jahren erklärt: »Ich schreibe dir einen Erfolg auf den Leib, wie du ihn noch nie erlebt hast.«

Aber es gelingt ihm nicht. Constanze sagte, als sie seinen letzten Entwurf begutachtete: »Du solltest dich lieber an Schiller orientieren, Dossi, und nicht an amerikanischen Songs.«

Er hat diese sozialkritische Ader, alles gerät ihm zu anspruchsvoll, zu bitterernst.

Dossi nennt er sich, denn der Unglückswurm ist auf den Namen Adolf getauft worden. Das ist ein verpönter Name, auch wenn Dossi-Adolf bereits 1921 auf diesen Namen getauft worden ist, als noch keiner an einen gewissen Hitler dabei dachte.

»Schließlich hat sich Cole Porter an Shakespeare orientiert«, erwiderte Dossi beleidigt. »Warum geht das denn? Und ich orientiere mich an Bert Brecht.«

»Das ist auch eine vergangene Zeit. Außerdem konnte er es besser als du. Und dieser Junge, der dir die Musik schreibt, ist kein Kurt Weill.«

Constanze hat ein paar Songs probiert, sie sind einfach langweilig, zünden nicht, soviel versteht sie von dem Metier.

Vierzig! Ein Menetekel, wenn man nicht an einer großen Bühne engagiert ist. Wenn man seinen Ruf mit törichten Filmen verplempert hat. Aber ehrlich, wie sie ist, gibt sie zu: Ich habe das Geld gebraucht. Ich wollte frei sein, unabhängig.

Ist sie das? Thomas Ashton zu heiraten war ein Irrtum, das weiß sie auch. Damals, als Tenzel ihn für ›Kiss me, Kate‹ engagierte, war er ein Nichts. Sie immerhin eine erfahrene Schauspielerin, unter Tenzels Leitung immer besser geworden. Tenzel hatte die Affäre mit dem Partner, dann ihre Ehe mit schweigender Mißbilligung ertragen. Sie hat ein schlechtes Gewissen, wenn sie an ihn denkt.

Thomas scharmuziert derweil mit der jungen Schauspielerin, die der Regisseur Braun mitgebracht hat.

Sie erzählt ganz beglückt, daß sie in der nächsten Spielzeit die Julia machen wird, und Ashton sagt albern: »Der Romeo war immer meine Traumrolle.«

Constanze sagt nicht, dazu bist du zu alt, sie sagt lächelnd: »Dann wird es aber Zeit, Schatz.«

Eigentlich sitzt Constanze wegen des Regisseurs Roderich Braun hier am Tisch. Er ist ein fähiger Mann, gewissermaßen Tenzels Nachfolger in Bochum, und sie hat gedacht, daß sie möglicherweise mit ihm über neue Aufgaben an diesem Theater sprechen könnte, an dem sie viele gute Rollen gespielt hat.

Noch während des Essens gibt sie den Plan wieder auf. Das junge Mädchen ist offenbar seine Freundin, und zwei andere ehemalige Kollegen aus Bochum, die dabei sind, sprechen ebenfalls von den Rollen, die sie in der laufenden und in der nächsten Spielzeit machen werden. Das liegt anscheinend schon alles fest, das ist wie bei Tenzel, der hat auch immer lange vorausgeplant, zusammen mit dem Intendanten.

Außerdem soll man nie zurückgehen. Man muß vorwärts gehen. Gerade in ihrem Fall wäre es lächerlich, nach Bochum zurückzukehren. Wie ist sie bloß auf diesen blödsinnigen Gedanken gekommen?

Kurz ehe sie gehen, sagt Braun zu ihr: »Haben Sie das junge Mädchen gesehen da drüben an dem Ecktisch? Sie ist total fasziniert von Ihnen, Frau Morvan. Sie kann den Blick nicht von Ihnen wenden, sie muß Sie anschauen immerdar.«

Constanze lacht. »Ja, die Kleine ist mir schon aufgefallen. Apartes Kind. Wissen Sie, wer sie ist?«

»Eine Tänzerin. Sie ist beim Ballett. Sehr begabt. Ich habe sie zufällig letztes Jahr als Aurora gesehen.«

»Eine Tänzerin? Ja, der Typ ist sie. Und der distinguierte Herr an ihrer Seite, ist das ihr Liebhaber oder ihr Vater?«

»Das weiß ich nicht. Er hat irgendwie mit Industrie zu tun. Ich habe ihn mal bei einem Empfang in Düsseldorf getroffen.«

Als sie gehen, kommen sie an dem Tisch vorbei, und Constanze lächelt dem jungen Mädchen zu.

»Hast du gesehen?« fragt Cordelia fassungslos. »Sie hat gelächelt. Sie hat mich angesehen und gelächelt.«

»Hm, ja«, antwortet Alexander. »Es ist ihr wohl aufgefallen, daß du sie die ganze Zeit angestarrt hast.«

Eine Begegnung?

Was wäre geschehen, wenn Braun den Namen der jungen Tänzerin genannt hätte?

In der Nacht gibt es Streit zwischen Constanze und ihrem Mann. »Also gut«, sagt sie schließlich resigniert und müde, »wir werden uns scheiden lassen.«

»Aber warum denn, meine Liebe? Das würde unsere Fans sehr enttäuschen.«

»Eine Scheidung ist mindestens so interessant wie eine Heirat. Stoff für die Käseblätter auf jeden Fall.«

»Und was wäre der Scheidungsgrund?«

»Das ist doch naheliegend. Eine jüngere Frau. Nachdem du mir immerzu mein Alter vorschmeißt.«

Er lacht und nimmt sie in die Arme. »Verzeih mir noch einmal, es soll nicht wieder vorkommen. Ich liebe dich, das weißt du doch. Was wäre ich ohne dich?«

Auf diese Art beendet er meist einen Streit. Und er weiß, was er ihr zu verdanken hat. Er ist nicht sehr intelligent und nicht begabt. Was er kann, hat er von ihr gelernt. Und das Erstaunliche: Trotz seines guten Aussehens und seines Erfolgs bei Frauen ist er kein stürmischer Liebhaber, er ist ihr sogar treu. Er ist genaugenommen an Frauen nicht besonders interessiert, er spielt nur die Rolle des Verliebten, des Eroberers. Constanze kennt ihn gut genug. Und genaugenommen könnte sie sich damit zufriedengeben, es ist eine sehr bequeme Ehe.

Es wird ein gutes Jahr für Constanze Morvan. Es wird eins der besten. Später wird sie sogar sagen: das beste Jahr meines Lebens.

Es beginnt damit, daß sie sich etwas überflüssig vorkommt.

Ab Februar dreht Ashton den neuen Film, in dem mitzuspielen sie großartig abgelehnt hat. Abends muß sie sich anhören, was er von den Dreharbeiten erzählt.

»Ohne dich«, sagt er, »macht es keinen Spaß. Diese Doris ist eine unbegabte Kuh.« Doris, seine neue Partnerin. »Kein Temperament, kein avec, kein gar nichts. Wir hatten heute eine Liebesszene, also, ich bin bald eingeschlafen. Wenn ich denke, wie so was mit dir läuft. Himmel, da führt kein Weg hin.«

Constanze lächelt nachsichtig: »Sie muß es eben erst lernen. Du mußt ihr helfen.«

»Ich? Wie komme ich dazu?« fragt er empört. »Ich habe Roskoy gefragt, wie er auf die Idee kommt, die Rolle mit dieser lahmen Ente zu besetzen.«

»Das hat nicht er getan, sondern die Produktion, nicht? So ein junges Ding, wo soll sie es denn herhaben?«

Sie könnte hinzufügen, daß immer sie es war, die das Temperament mitbrachte und eine Liebesszene zum Glühen brachte. Er gewiß nicht.

»Wenn ich denke, wie wir das zusammen machen würden, das wäre kein schlechter Film. Aber mit dieser Holzpuppe, nein, alles, was recht ist.«

Er sitzt ihr gegenüber und ißt mit gutem Appetit. Betty hat Kalbsragout gekocht mit reichlich Champignons in der Soße und ihre selbstgemachten Spätzle, die ißt er besonders gern. Dazu trinkt er zwei Flaschen Bier. Constanze trinkt Wein. Betty ist eine gute Köchin, ihr Repertoire ist zwar beschränkt, doch nachdem Constanze ihr das Mehl in den Soßen ausgeredet hat, schmeckt es ganz gut, was sie auf den Tisch bringt.

Thomas lädt sich eine zweite Portion Spätzle auf den Teller, nimmt reichlich Soße darüber. Constanze müßte sagen, iß nicht soviel, denn er hat zugenommen im Laufe der letzten Jahre. Jetzt, in dem bequemen Hausanzug, fällt es nicht so auf, aber seine Hosen und Sakkos sitzen knapp, und für den Film hat er sich einen neuen Smoking machen lassen müssen.

»Vielleicht solltest du mal mit ihr schlafen«, schlägt sie vor.

»Ich? Mit wem?« Er blickt irritiert von seinem Teller auf.

»Na, mit Doris.«

»Da sei Gott vor. Wie kommst du bloß auf so eine Idee. Du solltest dich schämen.«

Constanze lacht.

Er nimmt den Löffel zu Hilfe, schiebt sich die letzten Spätzle, den letzten Bissen Fleisch und alle Soße in den Mund.

»Ich dachte halt. Im Interesse des Films. Hat sie denn keinen Freund?«

»Weiß ich nicht. Interessiert mich auch nicht.«

Er trinkt sein Bier aus. »Ich muß Betty nachher loben. Sie kocht wirklich gut. Und du? Was hast du heute gemacht? Ist dir nicht langweilig?«

Ist ihr langweilig? Doch, ein wenig schon. Sie liest sämtliche Zeitungen, sie liest Drehbücher, die man ihr schickt, und die neuesten Theaterstücke.

»Ich war lange mit Tobias spazieren, das Isartal rauf und runter.«

»Da liegt doch noch Schnee«, sagt er unwillig.

»Eben. Das ist ja gerade das Schöne. Du hättest Tobias sehen sollen. Er ist wie ein Verrückter durch den Schnee gekugelt.«

Tobias ist der Hund, den sie zärtlich liebt. Eine verwegene Mischung aus mindestens drei Rassen, er ist mittelgroß, hat ein schwarzes Fell und ein weißes Hemd auf der Brust, ein Ohr steht hoch, das andere klappt herunter. Er liebt sie nicht weniger als sie ihn. Und wenn sie zusammen sind, kann das Leben keinesfalls langweilig sein.

Er ist ihr im vergangenen Sommer zugelaufen, auf dem Hochweg über der Isar, er war allein, ohne Halsband, und als sie ihn ansprach, kam er mit. Und gab von Anfang an zu verstehen, daß er bei ihr bleiben wollte.

Constanze hat in der ganzen Gegend herumgefragt, keiner kannte ihn, sie hat sogar eine Annonce aufgegeben, keine Antwort darauf. Also blieb der Hund bei ihnen, sie nennt ihn Tobias, auch Tobby, er ist gehorsam, sauber und immer fröhlich.

Sie wohnen in einem hübschen Haus mit Garten in Grünwald, einem Vorort von München, sie leben in einem Luxus, wie Constanze ihn vorher nicht gekannt hat. Abgesehen vielleicht von den zwei Jahren, die sie bei Agnes Meroth lebte. Auch für Thomas Ashton, der eigentlich Thomas Alber heißt, ist es ein ungewohntes Dasein, sein Vater war Briefträger in einem kleinen Ort in Brandenburg, die Mutter hat er früh verloren. Als die Russen über Brandenburg herfielen, verloren Vater und Sohn die Wohnung, waren eine Zeitlang in einem Lager, heute wohnt der Vater in Berlin-Tempelhof bei seiner Schwester. Thomas kann ihn finanziell unterstützen, das tut er auch.

Thomas hat Glück gehabt. Er hatte schon den Gestellungsbefehl in der Tasche, da brach er sich das Bein bei einem Sprung über eine Mauer.

»Daran war ein Junge schuld, mit dem ich früher in der Schule war, Willy. So ein richtig wilder Hitlerjunge. Der hatte mich schon immer auf dem Kieker, weil ich nicht mitmarschieren wollte. Der war schon Gefreiter oder Unteroffizier oder so was, er war auf Urlaub da und schrie, na warte, jetzt kriegen wir dich, du fauler Sack. Wir werden dich richtig zwiebeln. Er wollte mich packen und hinschmeißen, das hat er früher schon immer getan, da lief ich weg und sprang über die Mauer. Die Mauer war um den Hof von unserem Kohlenhändler. Erst war es eine kleine Mauer, doch dann hat er sie höher gemacht, weil sie immer seine Kohlen klauten. Und ich brach mir das Bein. So ein Glück.«

Diese Geschichte erzählt er gern und oft, es gibt keinen, der mit ihm zu tun hat, der sie nicht kennt.

Manchmal fügt er hinzu: »Der war bloß eifersüchtig. Weil ich aussehe, wie ich aussehe.« Zweifellos, er muß ein hübscher Junge gewesen sein. Aber keineswegs ein Draufgänger und Marschierer. Constanze kann sich gut vorstellen, wie er mit sechzehn, siebzehn ausgesehen hat. Und vielleicht auch damals schon eine Art hatte, die die Altersgenossen reizte.

»Ich möchte ja wissen, ob dieser Willy überlebt hat. Und ob er mich jetzt manchmal im Film sieht. Er würde platzen.«

Später ging Thomas Alber nach Berlin, und dank seines Aussehens beschäftigte ihn die DEFA in der Statisterie. Und noch später fand er einen Gönner, dem gefiel die Stimme des jungen Mannes, der mit Begeisterung die amerikanischen Schlager sang, die der Rundfunk nach dem Krieg sendete. Thomas bekam von ihm Gesangsunterricht. Sein gutes Aussehen, die geschmeidigen Bewegungen, die Stimme verschafften ihm wieder Arbeit, in den Casinos der Amerikaner, beim Theater, beim Film, bis Tenzel ihn entdeckte und als Partner für Constanze engagierte.

Er hat wirklich Glück gehabt, denkt Constanze, als sie eine Weile später ihren Mann beobachtet, der vor dem Fernseher sitzt, die dritte Flasche Bier, einen Korn und eine Zigarette zur Gesellschaft.

Ob er auch mit Männern geschlafen hat, überlegt sie. Sie hat sich mal erkundigt, was für ein Mann sein Gönner war. Schon alt, erzählte Thomas, ehemaliger Operettensänger aus der Provinz, aber er hatte eine ganz hübsche Stimme. Es ging ihm nicht besonders gut.

»Das kennst du ja. Die Theater geschlossen, kein Engagement mehr. Und für ihn keine Aussicht auf ein neues. Da war nichts mehr mit dem ›Zarewitsch‹. Das war seine Glanzrolle.« Und dann begann Thomas zu singen. »Es steht ein Soldat am Wolgastrand, hält Wache für sein Vaterland.«

Er konnte das ganze Lied noch auswendig und sang es mit Gefühl.

»Mein armer Benno! Zu schade, daß er nicht mehr erlebt hat, wie es mit mir weiterging.«

Selbstverständlich würde Thomas ihn auch unterstützen, falls Benno noch lebte, das fügt er jedesmal hinzu.

»Ich habe ihm viel zu verdanken. Genau wie dir, mein Liebling.«

Sie haben hin und wieder Streit, es gibt Szenen, denn ein Star ist er nun doch, aber ansonsten leben sie ganz friedlich zusammen.

Liebe? Das war zu Beginn mal ganz hoffnungsvoll, aber vielleicht war es auch damals mehr ihr Temperament. Eine innige Zärtlichkeit, eine Übereinstimmung wie mit Tenzel war es nie, nur der war krank, und der andere war jünger und gesund. Er macht sich eben nicht so viel aus Sex, weder mit Frauen noch mit Männern, er wird auch nicht mit Doris schlafen, es gibt auch keinerlei Männer in ihrer Umgebung, für die er sich interessiert. Er hat es gern, so wie an diesem Abend bei ihr zu sitzen, über alles zu reden, was er erlebt hat am Tag, zu essen, zu trinken, ein paar Stunden fernzusehen und dann ins Bett zu gehen. Morgen im Atelier wird er angeben, wird sich aufspielen als großer Star, das kann er gut.

Constanze betrachtet ihn von ihrem Sessel aus, denkt darüber nach, ob sie heute mal versuchen soll, ihn zu verführen. Aber sie hat auch keine Lust dazu.

Und sie denkt weiter: Liebe ist nicht für mich bestimmt,

Paul, ja. Eugen, na ja, das habe ich vermasselt. Tenzel, ja. Und jetzt hier mein Schöner.

Sie ist nicht ungerecht, auch für ihre Karriere war er nützlich. Die Frage ist nur, wie wird es weitergehen? Mit Tobias spazierengehen, Drehbücher lesen, sich faul zu Hause herumräkeln, das ist kein Leben. Morgen wird sie über die Isar fahren und Agnes Meroth besuchen. Die ist immer noch dieselbe wie vor zehn Jahren.

»Sänger«, sagt sie, »sind nicht so schnell umzubringen. Wir haben schließlich atmen gelernt.«

Agnes hat Schüler, gibt immer noch Gesangsunterricht, sitzt nach wie vor in jeder Premiere, München hat jetzt seine Oper wieder, das Nationaltheater wurde aufgebaut, ist so prächtig wie früher. Nur der Ferdl ist ein bißchen wackelig geworden. Johannes hat sich habilitiert, er ist jetzt Dozent. Geheiratet hat er auch. Mary ist nicht mehr da. Mike hat sie mitgenommen nach Amerika und geheiratet.

»Ein echtes Happy-End«, hatte Tante Agnes gesagt. »Nur für uns ein schwerer Schlag.«

Mary ist nicht so leicht zu ersetzen, es gab einigen Wechsel in den letzten Jahren, jetzt ist eine Walburga da, etwas bärbeißig, leicht beleidigt, aber wenigstens ehrlich und anständig, kochen kann sie einigermaßen. Und es wird bestimmt keinen Mike geben, der sie entführt.

»Worüber lachst du?« fragt Thomas, der zur ihr hinblickt.

»Ich bin froh darüber, daß wir unsere Betty haben. Sie ist ordentlich und fleißig. Vor allem selbständig, man muß ihr nicht sagen, was sie tun soll. Und sie liebt Tobias.«

Der Hund steht auf, als er seinen Namen hört, kommt zu Constanze und legt den Kopf an ihr Knie, blickt sie mit seinen dunklen, schimmernden Augen an. Sie legt die Hand auf seinen Kopf und streichelt ihn sacht.

»Und das Essen schmeckt dir auch. Du wolltest sie übrigens heute noch loben.«

»Mach ich gleich«, er springt auf und geht zur Tür.

»Falls sie noch nicht schlafen gegangen ist.«

Betty stammt aus dem Chiemgau, eigentlich heißt sie Babette, aber man hat sie auch daheim immer schon Betty genannt. In ihrem Leben gab es auch einen Mike, doch der hat sie nicht geheiratet, ist eines Tages verschwunden, in Amerika hatte er bereits Frau und Kinder.

Betty haßt nun die Amis, denn sie hat ein Kind bekommen. Der Bub wächst auf dem Hof ihres Bruders in Seeon auf, die Eltern haben sie rausgeworfen, sie ging nach München.

Das alles weiß Constanze nicht, denn Betty spricht nicht davon. Thomas kommt zurück.

»Sie ist noch wach, und ich habe ihr gesagt, wie gut es mir geschmeckt hat. Sie sind schuld, Betty, hab ich gesagt, wenn mir meine Anzüge nicht mehr passen. Da hat sie mich mit großen Augen angeschaut. Glaubst du, sie ist in mich verliebt?«

»Aber sicher doch. Wer ist nicht in dich verliebt?«

»Du nimmst mich nicht ernst, das weiß ich schon.«

Er setzt sich wieder vor den Fernseher. Constanze geht ins Nebenzimmer, wo ihr Plattenspieler steht. Sie hört lieber Musik. Das Fernsehen hat auch schon mal bei ihr angefragt, ob sie nicht an einer Rolle interessiert sei. Das hat sie weit von sich gewiesen. So tief wird sie nicht sinken, daß sie Fernsehen macht. Sie ahnt noch nicht, was für eine Rolle dieses Medium in Zukunft spielen wird.

So vergeht der Rest vom Februar, der März. Doch dann erhält Constanze einen Anruf aus Berlin.

Ein Mann, der sich Borgward nennt, will wissen, ob sie sich an ihn erinnert.

Constanze überlegt kurz, dann fällt es ihr ein.

»Doch. Sie waren Regieassistent am Schiffbauerdamm.«

»Richtig. Ich bin jetzt in Westberlin.«

»Gratuliere.«

»So ist es. Ich habe ein Theater am Kurfürstendamm übernommen. Wir machen gutes Boulevard und hier und da ein gutes, interessantes Stück. Und ich möchte Sie haben, Constanze Morvan.«

»Mich?«

»Ja. Ich kann mir nicht vorstellen, daß Sie auf Dauer auf diese Art weiterfilmen wollen.«

»Weder auf Dauer noch auf diese Art«, antwortet Constanze, und sie ist sich sofort klar darüber, daß dies ein wichtiges Gespräch ist.

»Ich möchte Sie in Berlin vorstellen, nächsten Herbst. In einer großen, einer bedeutenden Rolle. Zeitgeschichte. Sie werden in der Zeitung gelesen haben, was für ein Erfolg der ›Stellvertreter‹ ist. Sehen Sie, in dieser Art plane ich eine weitere Arbeit. Der Krieg ist jetzt fast zwanzig Jahre her, man kann daran gehen, schwierige Themen aufzugreifen. Wenn es Ihnen recht ist, komme ich demnächst zu Ihnen nach München. Noch besser wäre es, Sie kämen nach Berlin. Sie könnten dann gleich mein Theater kennenlernen.«

Constanze hat atemlos zugehört, ihre Hand umklammert fest den Telefonhörer.

»Ich wollte ...«, beginnt sie.

»Ja?«

Ich wollte nie mehr in Berlin arbeiten, nie mehr dort leben, hatte sie sagen wollen.

Doch nun fragt sie: »Ein neues Stück?«

»Ja. Ein begabter Dramatiker. Er arbeitet noch an dem Stück. Das heißt, um genau zu sein, er schreibt erstmals für die Bühne, bisher hat er Romane geschrieben. Vielleicht kann eine versierte Schauspielerin den einen oder anderen Rat geben, was den Dialog betrifft. Damit er echt und lebendig wird. Gut sprechbar, für jemand, der so gut sprechen kann wie Sie.«

Constanze lacht kurz. »Das wissen Sie doch gar nicht, ob ich eine gute Sprecherin bin.«

»Selbstverständlich weiß ich das, ich habe Sie einige Male auf der Bühne gesehen, als Tenzel so hervorragend mit Ihnen gearbeitet hat.«

»Sie kannten Ralph Tenzel?«

»Ich kannte ihn. Sie haben einmal die Rosalinde bei ihm gemacht. Ich sehe Sie noch zwischen den Bäumen herumturnen. Und ich höre Sie sprechen. Es war ein Genuß, Sie sprechen zu hören.«

Constanze schluckt und schweigt.

»Nun, wie ist es?« fragt er, als sie weiter schweigt. »Darf ich Sie in München besuchen?«

»Ich komme nach Berlin«, sagt sie schnell. »Ich will Ihr Theater sehen, Ihren Dramatiker kennenlernen. Und wir sind ...«, sie bricht wieder ab. Wir sind ungestört, wollte sie sagen. Sie braucht Thomas nicht bei diesen Gesprächen. »Und ich kann dann gleich in den ›Stellvertreter‹ gehen«, fügt sie hinzu.

»Sehr schön. Wann darf ich Sie erwarten?«

»Nächste Woche.«

Sie wirft den Hörer auf die Gabel, dreht sich im Kreis, einmal, zweimal. Sie weiß schon, daß etwas auf sie wartet, auf das sie so lange gehofft hat.

Dann kniet sie nieder, schlingt beide Arme um Tobias.

»Das Dumme daran ist nur, daß ich dich verlassen muß, wenn ich in Berlin Theater spiele, weißt du. Dahin kann man nur fliegen, und da kannst du nicht mitkommen. Aber es wäre erst im Herbst. Und du kommst ja gut mit Betty aus.« Sie preßt den Hund fest an sich, dann springt sie auf. »Verdammt, verdammt«, schreit sie laut. »Ich wußte es. Glaube mir, Toby, ich wußte es. Jetzt gehen wir spazieren, ganz weit. Es ist schon wie Frühling draußen, siehst du.«

Constanzes freudige Erwartung wird nicht enttäuscht. Mit Borgward versteht sie sich auf Anhieb, sie erinnert sich auch daran, daß Tenzel sie einmal mit ihm bekannt gemacht hat. Der Autor ist ein Mann Anfang Vierzig, sie kennt seinen Namen, auch wenn sie noch kein Buch von ihm gelesen hat.

»Ich habe eine Weile bei der Gruppe 47 mitgemacht, aber das war mir auf die Dauer zu steril. Wir Deutschen neigen dazu, ewig und drei Tage über das Schreiben zu schreiben, nur zu wirklichen Taten kommt es nicht. Erlebt haben wir gerade genug, aber das Palaver darüber bringt nichts. Ich habe mich in die Vergangenheit geflüchtet, habe einen Roman geschrieben, der um die Jahrhundertwende spielt, der Titel war ›Dekadente Träume‹. Sie werden davon gehört haben.«

Constanze nickt unsicher, der Autor lacht.

»Haben Sie nicht, es war ein Mißerfolg. Dann kam mir die Idee mit dem Theater. Ich bin immer viel ins Theater gegangen. Ich bilde mir ein, es wird mir gelingen. Und es muß ein Stoff aus unserer Zeit sein, aus unserer erlebten Zeit. Wir haben Angst davor. Einerseits verständlich, andererseits töricht. Hochhuth hat es gewagt, er hat viel Kritik bekommen, aber auch viel Zustimmung. Mein Stoff nun ...«

Er unterbricht sich, schaut sie ernst an, und Constanze denkt: Du gehst mit viel zuviel Bedenken dran, du bist ein Theoretiker wie die meisten. Du machst es genau wie Dossi.

Aber sie schweigt und wartet.

»Sie wissen, was mit den Juden geschehen ist. Und wieviel Unglück es gab in den sogenannten Mischehen. Wir wissen auch inzwischen, daß es in vielen Fällen gutgegangen ist, wenn der sogenannte arische Partner zu dem jüdischen Partner hielt, wenn er ihn nicht im Stich ließ. Ich habe einen Jugendfreund, er ist Jude, seine Frau hat ihn nie verlassen, sie haben beide überlebt. Aber schwierig war es, wenn es sich um Prominente handelte. Sie wurden unter Druck gesetzt. Sie kennen die tragische Geschichte von Joachim Gottschalk, ein guter, vielbeschäftigter Schauspieler. Man verlangte von ihm, er solle sich von seiner jüdischen Frau scheiden lassen, beide nahmen sich das Leben. Heinz Rühmann ließ sich von seiner jüdischen Frau scheiden, Hans Albers, clever wie er ist, trennte sich von seiner Lebensgefährtin, brachte sie in die sichere Schweiz, Geld genug hatte er, und ein riesiges Publikum auch, seine Karriere wurde nicht gestört, gleich nach dem Krieg war sie wieder bei ihm. Und der andere tragische Fall – Sie erinnern sich an Renate Müller?«

»Selbstverständlich.«

»Eine bezaubernde Frau. Berühmt und geliebt vom Publikum. Ihr jüdischer Freund befand sich zwar in England in Sicherheit, doch man verbot ihr, ihn zu besuchen, sie nahm sich das Leben. Es gibt noch viele Beispiele dieser Art. Wie gesagt, wer prominent war, den erwischte es. Es sei denn, er hatte Protektion von oben, war nicht nur Goebbels oder Himmler ausgeliefert. Göring und vor allem seine Frau haben manchem geholfen.«

»Ich kenne auch solch einen tragischen Fall«, warf Borgward ein. »Konrad Weickert, ein großartiger Schauspieler, schon als er noch jung war, später erst recht. Die großen Bühnen rissen sich um ihn. Er ließ sich schließlich auch von seiner jüdischen Frau scheiden, die er sehr geliebt hat. Und er hatte weder das Geld noch die Möglichkeit, sie ins Ausland zu bringen, sie starb in einem Konzentrationslager. Weikkert ist heute ein gebrochener Mann, spielt irgendwo in der Provinz und säuft. Tja!«

In dem geplanten Stück geht es um einen bekannten Schriftsteller, mit einer Jüdin verheiratet. Er läßt sich scheiden, ein Freund bringt die Frau nach Prag, später gelingt es ihr, nach Amerika zu kommen. Nach dem Krieg kommt sie zurück und findet in dem Haus, in dem sie einst mit ihrem Mann lebte, eine andere Frau vor, zwei Kinder dazu.

»Dies ist der erste Akt«, erläutert der Autor. »Sie gibt sich nicht zu erkennen, die neue Frau ist ahnungslos. Der Schriftsteller ist berühmter denn je. Sie nimmt sein neuestes Buch in die Hand, blättert darin.«

»Ja, und wer soll sie sein?« fragt Constanze. »Irgendwie muß sie sich doch vorstellen, wenn sie unangemeldet ins Haus kommt.«

»Nun, ich denke mir das Bühnenbild so: Man sieht sie durch das Fenster oder über eine Terrasse hinweg, wie sie mehrmals an dem Haus vorbeigeht, dabei die spielenden Kinder entdeckt. Das Haus steht zwar, muß aber noch etwas beschädigt aussehen. Möglicherweise denkt sie, daß inzwischen andere Leute in diesem Haus wohnen, darum klingelt sie schließlich und fragt nach dem Schriftsteller. Als sie erkennt, daß die Frau seine Frau ist, die Kinder seine Kinder, stellt sie sich als Journalistin vor, die ein Interview für eine amerikanische Zeitung machen will. Die neue Frau ist beeindruckt, bittet die Fremde zu warten, doch die sagt, sie werde wiederkommen, und geht.«

»Aha! Warum ist der Mann noch immer berühmt, wenn er nazibekleckert ist? Und wie lange nach dem Krieg ist es denn? So schnell wurden kaum Bücher gedruckt. Und wo spielt es denn überhaupt?«

Borgward lacht, der Autor ist verwirrt.

»Ich dachte, hier in Berlin. Der zweite Akt spielt in genau dem gleichen Zimmer, unbeschädigt natürlich, der Krieg hat soeben begonnen, man hört die Sondermeldungen aus dem Radio, der Mann sagt, daß er sich freiwillig melden wird, und sie antwortet heftig, denn sie weiß, warum er das, schlecht gelaunt, verkündet. Er steht unter Druck wegen ihr, seiner jüdischen Frau. In einem ausführlichen Dialog erfahren wir alles, was wir wissen müssen. Der dritte Akt spielt dann wieder in der Gegenwart.«

»Und werden sich die beiden treffen? Der Mann und die erste Frau?«

»Das eben ist die Frage, über die ich mir nicht klar bin. Es kann zu einer großen Aussprache kommen, vielleicht liebt er sie immer noch, die neue Frau will verzichten, geht und nimmt sich das Leben.«

»O nein«, sagt Constanze rasch. »Das wäre zu melodramatisch. Außerdem würde man damit der ersten Frau eine Schuld auflasten. Sie könnte einer Begegnung aus dem Weg gehen. Sie stellt fest, daß sie diesen Mann nicht mehr liebt, daß er obendrein ein Feigling ist. Oder besser noch ein Opportunist. Sie sagen, das Stück spielt in Berlin. Ost oder West?«

»Ach, das ist doch ziemlich egal.«

»Ist es nicht. Wenn unser Mann sich mit den Bolschis angefreundet hat, kann er leicht noch berühmt sein. Dann kriegt er auch sein neues Buch gedruckt. So groß ist der Unterschied zwischen Braunen und Roten nicht, das kostet ihn keine Mühe, die neue Fahne zu schwingen. Und darum verachtet ihn seine erste Frau.«

»Und wie kriegt sie das alles so schnell heraus?«

»Im dritten Akt. Das kann ein Gespräch zwischen dem Mann und den beiden Frauen sein. Oder es kann in seinem Verlag sein, wo sie hinkommt, um das angebliche Interview zu machen.«

»Ja, das ist vielleicht besser«, sagt der Autor. »Dann hätten wir gleich das kommunistische Ambiente.«

»Oder«, Constanze kommt in Fahrt, »es kann auch eine

Party sein, zu Ehren des Dichters. Er hat einen Preis bekommen. Da bringen Sie noch ein paar Leute auf die Bühne, und aus den Gesprächen zwischen diesen und jenen kann sie genug erfahren, um sich eine Meinung über ihren Verflossenen zu bilden, nicht? Als er dann kommt, sich in Positur setzt, um der Amerikanerin das Interview zu geben, ist sie nicht mehr da. Sie ist still und heimlich gegangen. Und wird nie wiederkommen.«

Borgward schlägt vergnügt die Hände zusammen.

»Ich sehe schon, es wird mindestens drei Fassungen geben, und ich frage mich nur, wann die Premiere sein soll. Und was ist mit dem Titel?«

»Der ist mir gerade eingefallen«, sagt der Autor. »Das Stück heißt ›Die Fremde‹.«

Berlin

PREMIERE IST ANFANG November. Es wird ein großer Erfolg, für das Theater, für den Autor, für Constanze Morvan und ihre Partner. Später wird es einen Film geben mit erweitertem Szenarium.

Sie spielen en suite bis zum Sommer. Constanze hat in Wilmersdorf eine kleine Wohnung gemietet, sie kann nicht ständig im Hotel wohnen. Im Februar bringt Jonathan ihr Tobias, seit Oktober, seit die Proben begannen, mußte sie auf den Hund verzichten, das fiel ihr schwer.

Anfang Januar hat sie Blumen in ihrer Garderobe vorgefunden und einen kurzen Brief von einem gewissen Steven Jones, der sich freuen würde, sie wiederzusehen. Er wohne im Kempinski und würde sie gern am nächsten Tag nach der Vorstellung abholen. Eine Weile muß sie überlegen, wer das ist, Steven Jones. Sie hat so viele Leute kennengelernt in letzter Zeit.

Doch dann fällt es ihr ein: Jonathan.

Eine Weile sitzt sie wie erstarrt, es ist eine Mischung aus Schreck und Freude. Eine Begegnung mit der Vergangenheit. Und was wird es diesmal sein? Einmal hat er sie Hals über Kopf aus Berlin verschickt, angeblich, um ihr Leben zu retten, das nächstemal war es die traurige Geschichte mit Mami.

Diesmal ist es eine Begegnung besonderer Art, das spürt sie sofort, als er vor ihr steht. Eine Weile sehen sie sich stumm an, dann legt er beide Hände auf ihre Arme, zieht sie sanft an sich, blickt ihr in die Augen, dann küßt er sie.

»Endlich«, sagt er. »Ich habe Sehnsucht nach dir gehabt.«

Sie lacht nervös. »Ach ja? Kann nicht weit her sein mit der Sehnsucht. Du hast dir viel Zeit gelassen.«

»Ich habe ja immer Pech mit dir. Erst konnte ich dich Eugen nicht wegnehmen, das nächstemal warst du mit Herrn Tenzel befreundet, der dich in ein Engagement entführte. Und diesmal bist du verheiratet.«

»Woher weißt du denn das schon wieder?«

»Über berühmte Leute weiß man doch Bescheid.«

Er streichelt sanft über ihre Wange, betrachtet sie dann wieder. »Wie schön du bist!«

Sie *ist* schön. Erfolg macht schön, die Zustimmung, die sie findet, die Freunde, die sie auf einmal hat, und dieses atemberaubende Leben in Berlin.

Auch er ist kaum verändert, ein wenig Grau in den Haaren, das Gesicht geprägter nun, die Augen klar, der Blick eindringlich wie damals.

Er fragt: »Wo würdest du gern zum Essen hingehen?«

»Ich weiß nicht«, antwortet sie verwirrt, denn sie hat schon begriffen, daß es diesmal ernst wird. »Ist mir egal.«

»Wir gehen zu mir ins Hotel. Und wir könnten dort vorher eine Kleinigkeit essen.«

»Wenn eine Kleinigkeit genügt, können wir auch zu mir gehen. Ich habe eine Wohnung. Irgendwas zu essen wird schon da sein.«

»Und dein Mann? Wird er uns dort erwarten?«

»Er dreht zur Zeit in Österreich einen Skifilm.«

»Kann er denn so gut Ski fahren?«

»Gar nicht. Das wird alles gedoubelt.«

»Und wenn er nicht dreht, ist er dann da?«

»Nein. Dann ist er in München. Er war gerade mal zwei Tage im November da, um das Stück zu sehen.«

»Vermißt du ihn?«

»Nein. Ich vermisse nur Tobias.«

»Ich wußte es«, sagt Jonathan resigniert, als sie aus dem Taxi steigen. »Es ist immer ein anderer da, den du liebst.«

Er sieht sich in der kleinen Wohnung um, nachdem geklärt ist, um wen es sich bei Tobias handelt.

»Es ist nicht richtig mein Geschmack«, sagt Constanze mit einer fahrigen Bewegung durch den Raum, »ich hab das möbliert übernommen. Nur das Bett habe ich neu gekauft.«

»Das ist gut. Ein Bett muß nach eigenem Geschmack sein.«

Er geht in das zweite Zimmer, das Bett ist breit und nimmt fast den ganzen Raum ein.

»Ein schönes Bett«, lobt er. »Wir werden genug Platz darin haben.«

»Aber ...«, beginnt sie und schweigt. Sie hat sofort gewußt, was geschehen würde. Hätte sie ihn sonst mitgenommen?

»Du darfst nicht nein sagen, Darling. Darauf habe ich ein Menschenalter gewartet.«

»Das konnte ich nicht ahnen.«

Er lacht, nimmt sie wieder in die Arme.

»Du konntest es nicht ahnen! Du hast es immer gewußt. Zeig mir die Frau, die nicht spürt, wenn ein Mann sie begehrt.«

»Du hast dich gut beherrscht. Und du hattest ja auch nie Zeit.«

»Jetzt habe ich Zeit, viel Zeit.«

Er streicht mit den Händen über die seidigen Ärmel ihres Kleides ... Sie hat es extra für ihn angezogen, weil sie dachte, sie würden ausgehen. Sonst geht sie meist nur in Hosen und einem Jumper ins Theater.

So schrecklich eilt es ja nicht, denkt sie, aber sie denkt es nur pro forma, denn es eilt wirklich. Sie hat Verlangen nach einem Mann. Nicht nach irgendeinem, nach diesem hier. Dann ist seine Hand auf ihrem Rücken, er zieht gekonnt den

Reißverschluß ihres Kleides auf, streift es ihr von den Schultern, läßt es zu Boden gleiten, betrachtet sie, als sie im kurzen Hemdröckchen vor ihm steht. Sie hat sich nicht gerührt.

»Ein Menschenalter habe ich darauf gewartet«, wiederholt er. »Weißt du noch, wie ich dir einmal seidene Unterwäsche besorgt habe? Ein Hemdchen, ein Höschen und Nylons dazu.«

Sie nickt. »Ja, ich erinnere mich.«

»Du sagtest, bei den verdammten Bolschis kriege ich nicht mal ein anständiges Hemd auf den Körper. Ich kann das kratzige Zeug nicht mehr ausstehen. Wenn sie schon den Krieg gewonnen haben und sich hier so großartig aufführen, könnten sie wenigstens für anständige Unterwäsche sorgen.«

»Das weißt du noch?«

»Wörtlich. Eugen und ich, wir lachten. Eugen sagte, na, er bringt Whisky, das ist doch auch schon was wert. Whisky kann man nicht anziehen, sagtest du darauf. Meine Haut leidet unter diesem ekelhaften Zeug. Und das nächstemal brachte ich das Gewünschte.«

»Eugen hat mir ja manchmal Stoffe mitgebracht. Aber an Dessous hat er nicht gedacht.«

»Im Westen gab es das auch nicht so ohne weiteres zu kaufen. Bei den Amis bekam ich es. Und als ich es abgeliefert hatte, bei meinem nächsten Besuch, fielst du mir um den Hals und warst begeistert. Und ich dachte, verdammt noch mal, sie zieht es für Eugen an, nicht für mich.«

»Das kann nicht wahr sein«, sagt Constanze. »Das ist fast zwanzig Jahre her. Und du weißt es so genau.«

»Alles weiß ich.«

»Aber dann, als du Eugen nach Kanada verfrachtet hattest und mich nach München ...«

»Ja, du hast recht. Ich hätte dir nachkommen müssen. Sofort. Aber es gab so viel zu tun.«

Sie denkt wieder, was sie damals gedacht hat: ein Spion, ein Abenteurer, ein Mann vom Geheimdienst. Aber das ist nicht mehr wichtig. Sie leben nun mal in einer verrückten Welt, in einer verrückten Zeit.

Er streift ihr nun auch das Hemdröckchen ab, betrachtet sie immer noch genau.

»Du bist sehr dünn«, sagt er tadelnd.

»Ich habe abgenommen, ja«, sagt sie erstaunt. »Wenn man jeden Abend spielt, das ist anstrengend. Zum Essen kommt man kaum.«

Er zieht sie an sich, ihren nackten Körper, läßt sie wieder los.

»Mein Anzug stammt zwar aus London, es ist feinster Stoff, aber irgendwie ist er störend. Hättest du etwas dagegen, wenn ich mich ausziehe?«

Sie legt den Kopf zurück und lacht. Nichts, was sie bisher erlebt hat, kein Mann, den sie kannte, läßt sich mit dieser Situation vergleichen.

Da hat er sie schon hochgehoben, trägt sie auf das Bett. Zieht ihr die Pumps von den Füßen, streift die Strümpfe herunter, verschwindet wieder im Wohnzimmer, zieht sich dort aus.

Sie liegt und wartet. Sie hat alles vergessen, jeden anderen Mann, und endgültig in dieser Nacht vergißt sie, was vor zwanzig Jahren in Ostpreußen passiert ist. Denn noch nie hat ein Mann so zärtlich, so ausführlich mit ihrem Körper gespielt, noch nie hat ein Mann sie so erregt, noch nie hat einer sie so lebendig gemacht, sie stöhnt, als er endlich wirklich zu ihr kommt, sie kann seine Leidenschaft mit gleicher Leidenschaft erwidern, sie ist befriedigt, glücklich, als sie ermattet an seiner Schulter liegt.

Und als sie wieder denken kann, denkt sie: Das hat er gut gelernt. Er ist wohl geübt.

Wo, wann, mit wem? Das ist mehr als gleichgültig. Sie wird nie eine Frage stellen, er wird nie von seinem Leben erzählen. Er hat sie schon geliebt, als sie mit Eugen zusammenlebte, hat er gesagt.

Und Constanze korrigiert sich sofort. Er hat sie nicht geliebt, er hat sie begehrt.

Das ist ein Unterschied.

Doch ehe sie dazu kommt, sich über diesen Unterschied Gedanken zu machen, sind seine Lippen wieder da, gleiten von ihrer Schulter herab zu ihrer Brust, zu ihrem Schoß. Diesmal kann sie es kaum erwarten, sie reißt ihn in sich hinein, noch ehe er mit seinem Liebesspiel fertig ist.

Es ist spät in der Nacht, als sie aufstehen, beide hungrig, und Constanze an ihren Kühlschrank geht.

Jonathan betrachtet die Wurst, den Käse und das ziemlich vertrocknete Brot, das sie auf den Tisch stellt.

»Morgen werde ich einkaufen«, sagt er. »Erst kaufe ich mir ein Auto, und dann schau ich mich mal bei Rollenhagen um. Wenn du aus der Vorstellung kommst, brate ich dir ein erstklassiges Steak. Du brauchst Kraft für deine Arbeit. Und Kraft für mich.«

»Soll das heißen, du bleibst noch ein paar Tage?«

»Tage? Ich bleibe Wochen und Monate. So schnell wirst du mich nicht los.«

»Bist du immer noch nicht verheiratet?« fragt sie scheinheilig.

»In meinem Alter fängt man so etwas gar nicht mehr an. Aber falls du Wert darauf legst, mache ich dir einen Antrag.«

»Ich bin verheiratet.«

»Habe ich ein Glück.«

»Und was ist mit deiner ... eh, Tätigkeit?«

»Was für eine Tätigkeit?« Er grinst, steckt ihr eine Scheibe Jagdwurst in den Mund.

»Na, wie man das nennen soll. Wo kommst du denn jetzt her?«

»Aus Kalifornien. Ich habe Weihnachten bei meiner Mutter verbracht. Und vorher war ich in Vietnam. Und zwar zum letztenmal, ich habe nicht die Absicht, da wieder hinzugehen. Dort wird es nämlich übel. Nein, ich habe das, was du meine Tätigkeit nennst, beendet. Ich setze mich zur Ruhe und schreibe ein Buch. Erlebt habe ich genug. Komm, laß uns wieder ins Bett gehen.«

»Willst du nicht was trinken? Ich habe eine Flasche Sekt da.«

»Ich kann die Flasche ja aufmachen. Morgen bringe ich Champagner mit.«

»Gib bloß nicht so an. Ich habe auch Whisky und Cognac. Wein ist auch da.«

»Habe ich schon gesehen. Mich dürstet nur nach deinen Lippen.«

»Oh! Poetisch kannst du auch sein.«

»Du wirst dich wundern, was ich alles kann.«

Sie wundert sich über nichts mehr. Er liebt sie ein drittes Mal in dieser Nacht, und dann schlafen sie beide wie tot. Am nächsten Morgen, während sie noch schläft, läßt er ein Taxi kommen und kauft erst mal für das Frühstück ein. Es gibt frische Brötchen, Eier und Schinken, Kaffee hat er auch mitgebracht, weil ihm der Rest in ihrer Kaffeedose nicht sehr vertrauenerweckend vorkam.

Constanze, als sie beim Frühstück sitzen, sagt: »Du hast wirklich erstaunliche Talente.«

»Das kann für dich keine Überraschung sein. Du hattest doch Gelegenheit, das zu entdecken.«

Und dann spricht sie erstmals von Mami.

»Ich habe ein schlechtes Gewissen, wenn ich an sie denke.«

»Warum?«

»Ich hätte sie besuchen müssen. Aber ein Flug nach Amerika, das lag damals jenseits meiner Möglichkeiten. Und dann das Engagement, nicht wahr?«

»Du brauchst kein schlechtes Gewissen zu haben. Sie ist friedlich gestorben. Und sie hat sich bei meiner Mutter sehr wohl gefühlt. Soweit das noch möglich war.«

»Und er?«

»Er ist auch tot. Bitte, Darling, iß noch ein Brötchen. Du bist wirklich zu dünn.«

»Ja, ich weiß. Es wird ein anstrengendes Leben. Das Theater und du.«

»Ich und das Theater.«

»Und das für Wochen und Monate. Mußt du dich nicht um deine Mutter kümmern? Viel hat sie von dir nicht gehabt.«

»Ich war ja eben Weihnachten und Silvester dort. Es geht ihr hervorragend. Erstens hat sie auch einen Hund, und zweitens hat sie wieder geheiratet.«

Constanze läßt das angebissene Brötchen sinken.

»Was hat sie?«

»Wieder geheiratet. Einen Freund meines Vaters. Sie kennen sich schon seit tausend Jahren. Er war inzwischen Witwer und wollte nicht gern allein bleiben, und da haben sie geheiratet. Es geht ihnen sehr gut. Er hat einen Sohn und eine Tochter aus der ersten Ehe, die haben Kinder, es ist immer Betrieb in Malibu. Mama ist nicht allein, sie ist bestens unterhalten.«

»Aber um Gottes willen – man soll ja so was nicht fragen, wie alt ist denn deine Mutter?«

»Kannst du ruhig fragen, würde sie dir selber sagen; sie ist jetzt dreiundsiebzig, und als sie Bill geheiratet hat, war sie achtundsechzig. Na und?«

Im Februar, als er mit Tobias kommt, ein Amerikaner kann auch mit einem Hund durch die Zone reisen, sagt er: »Wir brauchen eine größere Wohnung. Am besten ein Haus mit Garten. Ich habe gesehen, wie er in Grünwald lebt. Die kleine Bude können wir ihm nicht zumuten.«

»Aber ich bleibe doch nicht ewig in Berlin.«

»Berlin ist die wichtigste Stadt der Welt, das wirst du schon noch sehen. Und wenn du mal nach München willst, fliegst du eben hin. Ich möchte nur nicht, daß du mit deinem Mann schläfst. Das habe ich ihm auch mitgeteilt.«

»Du hast ihn also getroffen?«

»Mit den Außenaufnahmen ist er fertig, jetzt dreht er in Geiselgasteig im Atelier. Er wußte sofort, was los ist, als ich kam, um Tobias zu holen. Er trägt es mit Fassung. Nur Betty, euer Mädchen, war empört. Sie gab mir Tobias höchst ungern.«

»Ich weiß, ich habe ja mit ihr telefoniert.«

»Ich habe ihr gesagt, ich würde Sie ja gern mitnehmen nach Berlin, aber im Moment haben wir noch zu wenig Platz. Wenn wir umgezogen sind, werde ich Sie fragen, Betty, ob Sie kommen und für Frau Morvan sorgen wollen.«

Constanze lacht. Und ißt auch diesmal das zweite Brötchen, das er für sie zurechtgemacht hat, dick mit Butter und Honig. Zu dem ersten Brötchen gab es Schinken und Spiegeleier.

»Du bist verrückt.«

Er sieht ihr mit zufriedenem Lächeln beim Essen zu.

»Wieso? Ich mußte doch für klare Verhältnisse sorgen.«

»Sehr klare Verhältnisse. Was hat Betty denn gesagt?«

»Sie würde ja ganz gern nach Berlin kommen, aber wer soll dann für Herrn Ashton sorgen. Das Gespräch fand bei ihr in der Küche statt. Dein Mann saß vor dem Fernseher.«

Constanze sieht die Szene vor sich, Thomas mit einer Flasche Bier vor dem Fernseher und Jonathan vor Betty stehend. Sie kann sich sogar vorstellen, wie er sie angesehen hat, mit dem fassenden Blick seiner grauen Augen.

»Sie würde gern nach Berlin kommen. Na, so was! Sie ist ein Mädchen aus Oberbayern.«

»Aus Breitbrunn am Chiemsee. Ihr Vater hat dort einen Laden für landwirtschaftliche Geräte, auch eine Werkstatt dabei, für entsprechende Reparaturen. Ihre Mutter ist sehr streng und offenbar sehr katholisch. Sie haben sie hinausgeworfen wegen des Kindes. Der Bub ist bei ihrem Bruder, auf einem Hof in Seeon. Und manchmal möchte sie das Kind sehen, sagt sie.«

»Was für ein Kind?«

»Ihr Kind. Unehelich geboren, weswegen die Eltern nichts mehr von ihr wissen wollen. Der Vater des Kindes ist ein Amerikaner. Von der Besatzung. Der Bub ist zehn Jahre alt und sehr, sehr lieb.«

Constanze schaut ihn mit offenem Mund an. Jonathan lächelt und gießt ihr noch eine Tasse Kaffee ein.

»Davon hat sie nie gesprochen. Das weiß ich gar nicht. Ich weiß nur, daß sie immer weggefahren ist, wenn sie frei hatte. Und ich dachte, sie besucht ihre Eltern. Verdammt noch mal«, sie schlägt mit der Faust auf den Tisch, »warum erzählt sie dir das? Einem total Fremden, den sie nie im Leben gesehen hat.«

Er nimmt sich auch noch einmal Kaffee, zündet sich eine Zigarette an.

»Das ist mein Geheimnis.«

»Was heißt das? Dein Geheimnis?«

»Daß die Menschen mir vertrauen. Und mir Dinge erzählen, die sie keinem anderen erzählen würden.«

»Du bist ein geübter Spion, nicht wahr?« ruft sie, plötzlich wütend.

»Wenn du es so nennen willst.«

Sie sehen sich an, über den Frühstückstisch hinweg. Seit drei Wochen haben sie nun zusammen gefrühstückt, Tag für Tag. Und Nacht für Nacht in dem breiten Bett geschlafen. Als er nach München fuhr, hat sie gedacht, sie würde froh sein, ihn für eine Weile loszusein. Sie hat ihn vermißt.

»Du bist ein verdammter Spion«, wiederholt sie. »Und ein Hexenmeister. Früher habe ich mal gedacht, ich bin eine Hexe. Den Gedanken habe ich lange aufgegeben, nachdem ...«

»Nachdem was?«

»Oh, bilde dir bloß nicht ein, daß ich dir alle Geheimnisse meines Lebens erzählen werde, so wie Betty es getan hat.«

»Aber ich weiß doch alles.«

Was weiß er? Alles?

Sie steht auf.

»Ich muß gehen. Wir haben heute eine Probe. Die Evi wird demnächst umbesetzt.«

Evi ist die zweite Frau in dem Stück. »Ich werde«, sagt er friedlich, »für Tobias heute kochen. Ich werde ein großes Stück Ochsenbrust kaufen, davon mache ich ihm eine Brühe. Mit viel Gemüse. Das habe ich von meiner Mutter gelernt. Ein Hund muß viel Gemüse bekommen.«

»Das hat er bei mir auch bekommen«, erwidert Constanze unwirsch.

»Von Betty. Du hast nie gekocht, sagt sie.«

Tobias, der auf dem Boden liegt, den Kopf auf den Pfoten gebettet, hebt den Kopf und sieht zu ihnen auf.

Er ist noch unsicher in der fremden Umgebung. Und die Autofahrt hat ihn auch genervt. Jetzt steht er auf, streckt sich, kommt zu Jonathan, sieht ihn an.

»Den Hund nimmst du mir auch weg«, sagt Constanze böse.

»Ich habe ihn dir gebracht. Bist du eifersüchtig?«

»Wegen Tobias. Wegen Betty. Und nun kannst du mir

gleich noch verpassen, welchen Segen dir mein Mann mit auf den Weg gegeben hat.«

Am Abend zuvor sind sie angekommen, Jonathan und Tobias. Als Constanze aus der Vorstellung kam, waren sie da. Sie saß auf dem Boden, hielt den Hund umschlungen. Und dann umarmte sie Jonathan, küßte ihn, bedankte sich. Sagte immer wieder, wie glücklich sie sei, daß Tobias nun da sei. Doch nun, am Morgen danach, ist sie zornig.

Sie steht, Jonathan sitzt, trinkt seinen Kaffee aus. »Wir lieben dich«, sagt er. »Tobias liebt dich. Ich liebe dich. Und in gewisser Weise liebt dein Mann dich auch.«

»So. In gewisser Weise. Wie geht das denn?«

»Ich weiß schon, sagte er, daß sich Constanze nicht allzuviel aus mir macht. Sie hat die Flügel für den großen Flug, ich werde sie da nicht einholen.«

»Das hat er gesagt? Das ist ja toll. Wie ist er denn darauf gekommen?«

Jonathan lacht. »Geübte Spione und Hexenmeister wie ich holen eben aus den Leuten die Wahrheit heraus.«

»Manchmal hasse ich dich«, sagt sie.

»Aber manchmal liebst du mich auch?«

»Das ist ja mein Problem.«

Sie geht um den Tisch herum, legt die Arme von hinten um seinen Hals.

»Es ist ja so, daß ich heute arbeiten muß. Und was wirst du tun, außer für Tobias das Essen zu kochen?«

»Ich werde mit ihm spazierengehen, damit er die Umgebung kennenlernt. Und damit er weiß, wo er in Zukunft seine Geschäfte erledigen kann. Und dann werde ich mich um ein Haus kümmern, ein Haus für dich, für Tobias, und wenn du mich ertragen kannst, auch für mich.«

»Ein Haus«, sagt Constanze verträumt. »In Berlin. Ich wollte nie wieder nach Berlin. Du hast gesagt, es ist die wichtigste Stadt der Welt.«

»Ja, das denke ich. Die Welt ist voller Unruhe, voller Feindschaft.«

»Eben. Und Berlin liegt auf einer Insel, einer unseligen, jederzeit einnehmbaren Insel.«

Er legt die Hände um ihre Arme, die um seinen Hals liegen. »Das ist es ja gerade. Diese Insel ist Deutschland.«

»Du bist kein Deutscher.«

»Nein. Bin ich nicht. Doch wenn man ein Gefühl für Geschichte hat, spürt man es. Es war Korea, und nun wird es Vietnam sein. Es wird Haß und Tod und Mord sein. Und dennoch werden sie alle auf diese Insel starren, die eine Seite, die andere Seite. Sie töten sich nicht hier. Sie töten sich in Vertretung gewissermaßen, anderswo. Aber sie meinen diese Insel. Ich habe das damals schon gedacht, während der Blockade. Warum war es wohl so wichtig, diese Insel zu retten? Für wen war es wichtig? Für die Amerikaner? Für die Engländer? Und warum zogen die Russen schließlich den Schwanz ein? Für eine besiegte Stadt in Trümmern. Für ein elendes, besiegtes Land, das einmal Deutschland hieß?«

Constanze löst ihre Arme, richtet sich auf.

»Ich verstehe dich nicht.«

»Ich würde es bedauern, wenn du mich nicht verstehst. Du bist eine Deutsche, nicht wahr? Du solltest stolz sein auf dein Land.«

Sie lacht. »Das kann nicht dein Ernst sein. Ständig bekomme ich zu hören, was das für ein Scheißland ist.«

»Von wem? Von euch selber. Die Nazizeit hat zwölf Jahre gedauert. Sechs Jahre genau, dann war Krieg. Das ist ein Ausnahmezustand.«

Constanze muß plötzlich an ihren Vater denken. Das Tausendjährige Reich. Wie lächerlich sich das heute anhört.

»Die deutsche Geschichte ist unblutiger als jede andere«, fährt Jonathan fort. »Selbst der Dreißigjährige Krieg, der von außen in dieses Land hineingetragen wurde und so verhängnisvoll war, hat die Kultur dieses Landes nicht verändert. Und wenn sich euer törichter Kaiser nicht in falsch verstandener Treue zu Österreich zu diesem ersten Krieg entschieden hätte, woraus dann zwingend der zweite entstand, hätte Deutschland, beispielgebend für die ganze Welt, weiterexistieren können. Die Kultur war vorbildlich, in jeder noch so kleinen Stadt ein Theater, ein Orchester, wo gibt es das denn? Ein wohlhabendes, gebildetes Bürgertum, eine blühende Wirtschaft, die sozialen Verhältnisse fortschrittlich wie sonst nirgends auf dieser Erde. Das war Deutschland, vor 1914. Der Mord in Sarajevo hat alles zerstört. Ein Attentat. Der Thronfolger und seine Frau. Millionen mußten dafür sterben, sie sterben heute noch. Rußland, Korea, und nun also Vietnam.«

»Es klingt schrecklich, was du sagst.«

»Es ist schrecklich. Ich bin kein Deutscher, da hast du recht. Nur – wer ist denn eigentlich in Amerika? Die Europäer. Nicht zuletzt die Deutschen. Knapp zweihundert Jahre alt ist die Geschichte der Vereinigten Staaten. Weißt du, wie alt die Geschichte des Landes ist, aus dem mein Vater stammt?«

»Ungarn.«

»Richtig. Jetzt werden sie von Moskau aus regiert. 1956 der Aufstand gegen den Kommunismus. Vergebens. Wieder ein sinnloses Sterben. Ich war dort, ich habe es gesehen.«

»Du warst dort?«

»1953 Berlin, 1956 Ungarn. Jetzt warte ich auf den nächsten Aufstand, wenn möglich auf eine Revolution. Denn eins weiß ich gewiß: Der Kommunismus wird nicht mehr allzu lange diese Welt beherrschen und die Menschen quälen.«

»Du machst mir angst.«

Er steht auf, nimmt sie in die Arme.

»Verzeih mir, Darling. Geschichte ist etwas Ungeheures. Hier und heute, gestern und morgen. Manchmal macht sie kleine Schritte, manchmal große Schritte. Manchmal geht sie langsam, manchmal rast sie so, daß der kleine Mensch atemlos überrollt wird. Oft reicht ein Menschenleben nicht aus, um abzuwarten, was geschieht. Aber was bedeutet schon ein Menschenleben im Angesicht der Geschichte.«

»Darum werden sie wohl auch so leichtfertig vernichtet.«

»Deutschland hat wieder Glück. Oder sagen wir, das halbe Deutschland. Eine Mauer geht durch das Land. Auf dieser Seite lebt ihr in Freiheit, in Wohlstand. Ihr habt großartige Männer an der Spitze, die alles richtig machen. Adenauer, Erhard. Wie kommt ihr zu diesen Männern, nach allem, was Furchtbares geschehen ist, nachdem ein Hitler euch gedemütigt hat. Woher nimmt das Land diese Kraft? Nach dieser Niederlage. Auch die Opposition hat gute Männer, Carlo Schmid, Erler, und der junge Mann, der sich hier in Berlin profiliert, Willy Brandt, von dem wird man noch hören. Kennedy hat gesagt, ich bin ein Berliner. Vielleicht war es nicht mehr als eine freundliche Geste. Mag jedoch sein, er war sich klar darüber, was diese Mauer bedeutet, die die ganze Welt bedroht. Er war noch jung. Wenn er Gelegenheit gehabt hätte, weiterzuarbeiten ...«

»Wer hat ihn wirklich getötet?«

»Ich weiß es nicht. Kann sein, man wird es eines Tages erfahren. Es gibt mehr so ungeklärte Fragen. Denk nur an Bayern, an Ludwig II. Wir wissen noch immer nicht, wer ihn getötet hat und warum. Oder denk an Österreich, Mayerling. Die ungeklärten Morde der Geschichte. Wenn du an die Römer denkst ...«

»O nein«, unterbricht Constanze. »Das nun nicht auch noch. Ich muß gehen.«

»Arbeite nicht zu viel, Darling! Was soll ich für dich heute abend kochen? Die Suppe ist schon mal da.«

»Ich bin verabredet heute abend.«

»Einer deiner zahllosen Verehrer.«

»So was in der Art, ja. Ich brauche für nächstes Jahr schließlich auch ein Engagement.«

»Ich würde sagen, darüber brauchst du dir keine Sorgen zu machen. Du kannst wählen.«

»Ja, du Hexenmeister, so ist es wirklich. Ich bin jetzt direkt berühmt.«

Er küßt sie, läßt sie langsam los, sieht sie an. »Darf ich trotzdem auf dich warten und dir das Bett wärmen?«

»Du hast vorhin gesagt, Tobias liebt mich. Und du liebst mich auch?«

»So ist es.«

»Liebe«, sagt Constanze und bietet ihm ihren Mund. »Was ist das eigentlich?«

»Ein Geheimnis. Das nicht jeder enträtseln kann.«

»Aber du kannst es, Hexenmeister.«

»Ich kann es.«

Constanze fährt mit Jonathans Auto ins Theater, er braucht es nicht, hat er gesagt, er erledigt alles mit Tobias zu Fuß.

Ihre Gefühle sind gespalten. Einerseits freut sie sich, daß Tobias da ist, andererseits weiß sie, daß es Unsinn ist, daß sie dem Hund nichts Gutes tut mit der engen Wohnung, ohne Garten. In Grünwald hat er es zweifellos besser. Und inzwischen hat er sich vielleicht daran gewöhnt, daß sie nicht da ist.

Kurze Zeit, nachdem sie nach Berlin übergesiedelt war, hatte Betty ihr am Telefon erzählt, daß Tobias weggelaufen sei. Das ganze Isarufer entlang, erst unten, dann den Hochweg, bis nach Harlaching, immer hin und her. Bis ein Mann schließlich, der dort auch mit seinem Hund spazierenging und dem der herumirrende Tobias schon einige Male begegnet war, ihn ansprach, schließlich an die Leine nahm.

»Er hat Sie gesucht, Frau Morvan«, hat Betty vorwurfsvoll gesagt.

Da Tobias diesmal ein Halsband trug, auf dem sein Name stand und seine Telefonnummer, brachte der Mann ihn zurück.

»Jetzt lasse ich ihn nicht allein hinaus«, so ging der Bericht von Betty weiter. »Und wenn wir spazierengehen, nehme ich ihn an die Leine.«

Das ist er nicht gewöhnt, er ist immer frei gelaufen. Thomas, das weiß Constanze, geht nicht spazieren, dazu ist er viel zu faul.

Wie es aussieht, wird er hier nicht weglaufen, er liebt Jonathan jetzt schon.

Constanze ist eifersüchtig. Dieser verdammte Spion, dieser Hexenmeister. Holt Betty die Würmer aus der Nase, verweist den berühmten Liebling der Frauen, Thomas Ashton, auf seinen Platz und gewinnt das Herz von Tobias.

Meins vielleicht nicht, denkt sie. Das werden wir ja sehen. Ich bin nicht so leicht zu verhexen.

Dann lenkt die neue Schauspielerin sie ab. Wie es scheint, hat Borgward keine gute Wahl getroffen. Sie ist hübsch, diese Sylvia, einige Jahre jünger als ihre Partnerin, auch im Typ passend, blond, naiv, aber schon während sie den ersten Akt probieren, findet Constanze, daß dies eine unbegabte Person ist. Diese Frau hat ja keine Schuld auf sich geladen, sie ist ja ahnungslos, nur darf sie nicht dumm wirken. Ärgerlich, daß sie die Rolle umbesetzen müssen. Aber Hilde, die bis jetzt die zweite Frau gespielt hat, bekommt ein Kind. Sie kann ungefähr noch drei Wochen bleiben, länger nicht.

»Obwohl es ja durchaus denkbar wäre«, sagt Constanze nach der Probe zu Borgward, »daß sie noch ein Kind bekommt von meinem Verflossenen. So gesehen könnten wir sie leicht weiter auftreten lassen.«

Borgward verzieht das Gesicht. »Das denn doch nicht! Man muß die Realität nicht übertreiben. Übrigens habe ich noch eine andere Dame in petto. Der Nachteil ist nur, sie ist Ihnen im Typ ein wenig zu ähnlich, brünett, sehr gewandt. Ich möchte eben gern wieder eine Blonde in der Rolle.«

»Eine richtig blonde deutsche Maid. Paßt ja auch gut.«

Da sie die unergiebige Probe rasch abgebrochen haben, fährt sie nach Hause, eigentlich wollte sie bis zur Vorstellung in der Stadt bleiben.

Sie findet Jonathan in der kleinen Küche beim Kochen. Tobias sitzt daneben und schaut erwartungsvoll zu.

»Riecht gut«, sagt Constanze. »Wie weit ist denn eure Suppe?«

»Viertelstunde noch. Das Fleisch ist so gut wie weich, das Gemüse habe ich eben erst reingetan. Es darf nicht zu lange kochen, damit es noch Biß hat.«

»Aha!« Constanze blickt in den großen Suppentopf. Neben dem Fleisch schwimmen nun Mohrrüben, Sellerie, Zwiebel, Lauch und Tomaten in der Brühe.

»Reis habe ich auch gekauft, der ist gleich fertig.«

»Woher hast denn du diesen Riesentopf?«

»Gekauft natürlich. Ich kann doch in einer Bratpfanne keine Suppe machen.«

Sie bekommt nun, hex, hex, einen richtigen Haushalt eingerichtet.

»Ich glaube, wir brauchen wirklich eine größere Wohnung«, sagt sie nachdenklich.

»Morgen geht's los. In vier Wochen können wir umziehen.«

Dann erzählt sie von der Probe und von der unbegabten Kuh, mit der sie eventuell in einem Monat auf der Bühne stehen muß.

»Das kenne ich«, sagt Jonathan ungerührt. »Die anderen sind bei euch immer unbegabt.«

»Das verbitte ich mir. Ich bin immer fair zu Kollegen. Von mir aus könnte Hilde ruhig weiterspielen, auch mit wachsendem Bauch. Würde doch ganz gut passen.«

»Einen kleinen Aperitif?« fragt der Koch. »Trockener Martini?«

»Hm, gern.«

Trockener Martini wird jetzt oft getrunken, schließlich befindet sich ein Amerikaner im Haus. Whisky gibt es nicht vor sechs Uhr abends.

»Eigentlich schade, daß du das Kind nicht bekommen hast«, sagt Jonathan. Er hat das Fleisch auf einem Brett liegen und schneidet es in nicht zu kleine Brocken für Tobias, dem es bereits aus den Mundwinkeln tropft.

»Was für ein Kind?« fährt Constanze auf.

»Das Kind von Eugen. Er war damals ziemlich deprimiert, daß du es abgetrieben hast.«

»Das weißt du also auch. Hat er dir eigentlich von jedem Orgasmus erzählt, den er hatte? Ich hatte sowieso keinen bei ihm.« Sie ist wütend.

»Ich mag es nicht, wenn du so redest.«

»So, du magst es nicht. Und ich mag es nicht, wenn Eugen über mich und unser Privatleben redet.«

»Geredet hat«, verbessert er.

»Vielleicht tut er es heute noch.«

»Ja, manchmal sprechen wir von dir. Und das mit dem Kind – er hat gesagt, er hätte gern mit dir ein Kind gehabt.«

»Ich bin gerührt. Und als er dann nach Kanada abgehauen ist, was wäre denn dann mit dem Kind gewesen? Hätte er es mitgenommen? Oder Ulbricht vermacht? Ich hätte ja nicht mit Kind bei Agnes in München aufkreuzen können. Hat ja alles seine Grenzen, nicht wahr?«

»Nun reg dich nicht auf, Darling. Trink deinen Martini, und dann bekommst du ein schönes Süppchen.«

Tobias wird es gerade serviert, das Süppchen, Reis, Fleisch, Brühe und reichlich Gemüse. Das Klappohr zuckt vor Wonne, so gut schmeckt es ihm.

»Ich denke, er ist jetzt verheiratet. Da kann er es ja noch mal probieren mit dem Kindermachen«, sagt sie boshaft.

»Ich schätze, das tut er auch.«

Daß Eugen eine gute Position bei einem Fernsehsender hat, sein Englisch ist jetzt perfekt, und daß er eine Frau, die am gleichen Sender arbeitet, geheiratet hat, weiß sie schon. Jonathan hat es berichtet, sie hat es mit Gleichgültigkeit aufgenommen.

Ende März beziehen sie ein hübsches Haus mit Garten in Dahlem. Constanze hat so gut wie gar nichts damit zu tun, Jonathan erledigt alles, den Kauf, die Möbel, den Umzug. Als sie das Haus zum erstenmal besichtigt, sagt sie: »Aber das kostet doch ein Vermögen.«

»Halb so schlimm.«

Woher hat er eigentlich das Geld? Auf diese Frage bekommt sie nie eine Antwort.

»Und wenn ich nun nicht in Berlin bleibe?«

»Ich werde bleiben. Du weißt auch, warum.«

»Ja, ja, ich weiß. Berlin ist die wichtigste Stadt der Welt.«

»Von hier aus wird ein neues Leben beginnen«, sagt er. »Ohne Kommunismus.«

Berlin ist eine Insel und wird es wohl für alle Ewigkeit bleiben. Noch immer hat man Angst vor einem Krieg, noch immer ist es ein Abenteuer, auf dieser Insel zu leben. Das Klima ist wieder kälter geworden. In der Sowjetunion herrscht nun ein Mann namens Breschnew. In der Bundesrepublik regiert der Vater des Wirtschaftswunders, Ludwig Erhard. In Frankreich die imponierende Gestalt Charles de Gaulle, dem es immerhin gelang, den blutigen Algerienkrieg zu beenden. In der DDR bestimmt nach wie vor Ulbricht, was geschieht. Grotewohl, der die SPD mit der KPD zusammenführte, ist gestorben. Durch Berlin geht eine Grenze.

Durch ganz Deutschland geht diese Grenze, eine bösartige, tödliche Grenze. Durch die ganze Welt geht diese Grenze. Vietnam wird es wieder einmal beweisen.

Jonathan hat sein Buch geschrieben, es ist komischerweise nichts anderes geworden als ein spannender Krimi, der zwischen Ost und West spielt, eine Spionagegeschichte, aufregend bis zur letzten Zeile. Das Buch kommt auch in Amerika heraus, dort wird es verfilmt.

»Das hat richtig Spaß gemacht«, sagt er und fängt mit einem neuen Manuskript an, in gleicher Art.

»Meine Memoiren kann ich später noch schreiben«, verkündet er. Große Reisen macht er nicht mehr, nur manchmal besucht er seine Mutter. Auch während der Dreharbeiten ist er drüben.

Im Juni 1968 reist er nach Prag. »Ich muß mal nachsehen, was los ist«, sagt er zu Constanze. »Dort wird es interessant.«

Dafür hat er immer noch eine Nase.

Dubćek, der Prager Frühling, später der Einmarsch der Truppen des Warschauer Paktes, Moskaus drohender Schatten über alle Grenzen hinweg.

Constanze hört nichts von Jonathan, wartet auf seine Heimkehr. Ist er diesmal einen Schritt zu weit gegangen?

Sie wartet. Kam er denn nicht immer überraschend?

III

TANZ

Abschied

DIE ABSCHIEDSVORSTELLUNG von Ginette Durans ist sensationell, das Haus ist ausverkauft, all ihre Verehrer sind da, auch ein Publikum, das für gewöhnlich Ballettabende nicht besucht. Die Presse hat schon im voraus berichtet, mit welch großem Erfolg, in welchen Rollen die berühmte französische Primaballerina in dieser Stadt aufgetreten ist. An erster Stelle wird natürlich ›Schwanensee‹ genannt, das war seinerzeit, als Ginette dieses Engagement gerade angetreten hatte, ihr erster großer Erfolg. Sie tanzte beide Rollen, die Odette und die Odile, choreographiert hatte Harald Lund, der leider das Theater schon längst verlassen und eine Karriere in Amerika begonnen hat.

Zudem erfahren die Leser, daß die Pariserin Ginette Durans sich so wohl fühlt in Deutschland, besonders im Ruhrgebiet, daß sie bleiben und einen Deutschen heiraten wird. Sein Bild ist in den Zeitungen ebenfalls zu besichtigen, seine Kaufhäuser kennt ohnehin jeder. Es gibt viele Bilder von Ginette im Tütü und auf der Spitze, aber es gibt auch ein seriöses Privatbild im schwarzen hochgeschlossenen Kleid, sie sieht wirklich bildschön aus mit ihrem schmalen Tänzerinnengesicht, den großen Augen unter hochgeschwungenen Brauen, das glatte dunkle Haar nicht hochgesteckt, sondern offen, lang und glatt.

Das Programm ist sehens- und hörenswert, alle Kollegen, nicht nur die Tänzer, feiern den Abend mit ihr.

Es beginnt mit Beethoven, dem Schlußbild aus dem ›Prometheus‹, das ganze Corps ist auf der Bühne. Dann folgt der Frühling aus dem Ballett ›Die Jahreszeiten‹, hier tanzen nun auch Ginette, die Solisten, das Corps. Es folgt das Nocturne aus ›Les Sylphides‹, Corps und Solisten, und dann hat Ginette die Bühne für sich allein, aus dem gleichen Ballett der Ges-Dur-Walzer, Chopin liegt ihr, es ist eine vollendete Darbietung.

Dann singen Angela Lucca und der Startenor des Hauses Bernd Koller das Trinklied aus ›Traviata‹, umrahmt von Chor und Ballett. Für die Tänzer bedeutet es schnelle Umzüge, hastige Auftritte, es geht nicht ohne Fehler ab. Als nächstes singt Eva Barth das Auftrittslied der Carmen, Chor und Statisterie auf der Bühne.

Dann geht das Publikum, erfüllt von Zustimmung, in die Pause. Als erstes folgt nach der Pause eine lang zurückliegende, fast vergessene Choreographie, auch eine Schöpfung von Lund. Es ist ein Pas de deux mit gewissermaßen umgekehrten Rollen. Ginette tanzt einen Clown, in plumpem, schlabbrigem Gewand, rote Kreise auf den Wangen.

Ein Tänzer stellt die Ballerina dar, im Tütü und Ballettschuhen, es ist Sorell, der das zum erstenmal tanzt, sie haben gründlich probiert. Die falsche Ballerina benimmt sich höchst ungeschickt, stolpert, rutscht aus, plumpst auf den Boden, während sie immer wieder versucht, auf den Spitzen zu stehen, eine Pirouette zu drehen. Wohingegen der Clown, trotz des hinderlichen Kostüms, sich gewandt bewegt und die unbeholfene Ballerina immer wieder stützt und aufrichtet. Das Publikum lacht, hinter den Kulissen lachen sie auch, es gibt stürmischen Beifall.

Ginette ist, als sie abgeht, schon ziemlich erledigt. Sie taumelt, sie nimmt die Handküsse abwesend entgegen. Aber ihr wirklich großer Auftritt kommt ja erst, ein Pas de deux mit Zomas aus ›Schwanensee‹. Das ist ihr Wunsch gewesen.

Inzwischen, während sie neu geschminkt wird, gibt es den Zigeunerchor aus ›Trovatore‹, dann schmettert Koller die Stretta. Und nun das Corps mit ›Schwanensee‹, es folgen die vier kleinen Schwäne, die Cordelia zum erstenmal mittanzen darf. Der Intendant tritt auf. Er kommt auf die Bühne, spricht lobende und dankende Worte für die scheidende Primaballerina.

Der Pas de deux. Ginette schafft es mühsam. Zomas muß sie stützen, muß sie halten. Hasse am Pult merkt es, kürzt ab. Zomas entscheidet sich für eine Hebefigur, und so, Ginette hoch auf den Armen, tanzt er mit ihr auf die Seitenbühne.

Madame Lucasse winkt den vier Schwänen, sie müssen noch mal raus, Hasse kapiert und wiederholt.

Ginette liegt im Seitengang auf dem Boden, der Schweiß rinnt ihr über das Gesicht, ihre Beine zittern, sie ringt mühsam nach Luft. Zomas lehnt an der Wand, kalkweiß im Gesicht.

»Ich hab gleich gesagt, wir sollen das weglassen«, japst er. Der Intendant nickt. »Sie wollte es unbedingt. Zum letztenmal ›Schwanensee‹, hat sie gesagt.«

Das Publikum hat nichts gemerkt, großer Beifall, doch die kleinen Schwäne geben die Bühne nicht frei. Ginette kann jetzt nicht hinaus.

Als letztes kommt die Champagnerszene aus der ›Fledermaus‹, nun sind sie alle auf der Bühne, die Solisten, der Chor, das Corps, die Statisterie. Und nun kommt auch Ginette, rechts und links liebevoll gehalten von Zomas und Sorell. Sie lächelt, sie verneigt sich, sie knickst. Zomas hebt sie noch einmal, trägt sie von der Bühne. Das Publikum rast vor Begeisterung, es ist ein rauschender Erfolg. Keiner, fast keiner, hat gemerkt, wie mühsam sie an manchen Stellen improvisiert haben.

Wie bekannt, Tänzer sind aus Eisen. Eine Stunde später erscheint Ginette am Arm ihres zukünftigen Mannes zu dem Fest, das die Stadt ihr zu Ehren gibt. Sie trägt ein wundervolles Kleid, sie ist frisch geschminkt, sie lächelt, sie strahlt, küßt alle, läßt sich von allen küssen.

In den Zeitungen wird die gelungene Abschiedsvorstellung gepriesen, der Abgang der Primaballerina bedauert. Zwei Wochen später heiratet Ginette Durans, wird nun endlich Ruhe finden, ohne ramponierte Ballettschuhe an den Füßen, ohne strapazierte Muskeln, Sehnen und Nerven. Kann ausschlafen, das Leben genießen.

Die Hochzeitsreise geht an die Côte d'Azur, es ist mittlerweile April. Hier hat sie nach dem Krieg getingelt, jetzt wohnt sie im Negresco, jeder reißt die Tür vor ihr auf. Im Mai will sie unbedingt nach Paris. Seit man sie damals schmählich fortjagte und sie danach für einige Zeit in den Casinos der Amerikaner auftrat, mehr als Amüsiermädchen denn als Tänzerin, seitdem ist sie nicht mehr in Paris gewesen. Jetzt als Frau eines wohlhabenden Mannes, eine große Karriere hinter sich, was durch reichlich Zeitungsausschnitte zu belegen ist, reizt es sie zu erkunden, wer von früheren Kollegen, von Freunden oder Feinden, noch zu finden ist. Und ob es jemanden gibt, der vor wenigen Wochen noch die Schwanenkönigin getanzt hat.

Ginette sieht blendend aus. Sie wohnen natürlich im Ritz. Die Reise nach Paris hat Folgen für das Theater, von dem sie gerade Abschied genommen hat.

Ein hartes Leben

POSITION, RANG UND KÖNNEN einer Primaballerina hatte Ginette Durans über ein Dutzend Jahre vertreten. Nun allerdings verfügt das Haus über keine Primaballerina mehr, was an sich kein großes Manko ist, Ballett spielt an einem Stadttheater nur eine untergeordnete Rolle. Es wird vor allem gebraucht für Oper und Operette, und falls gute Tänzer zur Verfügung stehen und das Publikum Interesse zeigt, finden in jeder Saison einige Ballettabende statt. Ab und zu wird ein neues Ballett einstudiert, meist von der gängigen Sorte, und bleibt dann für einige Jahre auf dem Spielplan. Gemessen an ihrer harten Arbeit verdienen die Tänzer zu wenig, weniger als Sänger und Orchestermitglieder, ganz zu schweigen von den leitenden Verwaltungsangestellten des Hauses. Ein ständiger Ärger für Profis wie Madame Lucasse und Maître Chalons. Die Rolle, die das Ballett in Frankreich, in England und vor allem in Rußland spielt, ließ sich an deutschen Theatern nie durchsetzen. Bis jetzt jedenfalls nicht. Es wird die Zeit kommen, da Choreographen wie Cranko in Stuttgart und Neumeier in Hamburg dem Tanz im Rahmen eines Opernhauses neuen Rang und neue Bedeutung verleihen. Ganz anders gestaltet sich das Leben der Tänzer in den USA. Da es keine Häuser mit festen Spielplänen gibt, werden Tänzer, eine Compagnie, engagiert, wie und wo man sie braucht, sehr oft auch für Musicals. Vor allem aber veranstaltet die Compagnie eigene Abende, und wenn es eine berühmte Compagnie ist, unter einem bedeutenden Direktor, mit einem bekannten Choreographen, ist sie zumeist viel beschäftigt, oft auch ein halbes Jahr lang auf Tournee, nicht nur in Amerika, auch in anderen Kontinenten. Das ist ein anstrengendes Leben, verlangt noch mehr Arbeit, noch mehr Einsatz als ein Engagement in einem festen Haus.

Zunächst ist es eine Geldfrage. Denn die Compagnie muß sich selbst finanzieren, entweder verfügt deren Chef über Vermögen, oder man benötigt Sponsoren.

Geboten wird Tanz auf hohem Niveau. Doch Unsicherheit begleitet das Dasein der Tänzer von Anfang an. Die Konkurrenz ist groß, und es gibt so viele junge Menschen, die tanzen wollen. Zunächst sind es Kinder, die tanzen lernen wollen, oft werden sie auch von ehrgeizigen Müttern in diesen Beruf gedrängt. Die meisten bleiben im Corps, nur wenigen gelingt der Sprung zu Solopartien, zum Rang einer Ballerina, einer Primaballerina. Disziplin, Fleiß, Arbeit und wieder Arbeit und natürlich Ehrgeiz sind die Voraussetzungen. Doch die Tänzerinnen sind jederzeit austauschbar, ersetzbar. Im Krankheitsfall, bei ungenügender oder nachlassender Leistung können sie von heute auf morgen vor dem Nichts stehen. Vor dem Elend retten sich manche in den Amüsierbetrieb, in Bars oder Nachtclubs, was eine altersbedingte Grenze hat.

Es ist alles in allem ein Leben voll Unsicherheit, voll Risiken, wie fast jeder künstlerische Beruf. Auch ein Musiker, der von einer Virtuosenlaufbahn träumt, muß schließlich froh sein, in einer mittelmäßigen Band ein Engagement zu bekommen oder abends in einer Bar die Tasten zu bedienen: ein enttäuschtes Leben, voll Qual und Resignation.

Tänzer nun, angewiesen auf das ständige Training, sind meist total aus der Bahn geworfen, wenn sie nicht mehr tanzen können. Nicht jeder hat so viel Glück wie Ginette, an diesem Theater unterzukommen, ehe sie zermürbt und nicht mehr fähig war zu tanzen. Und schließlich in einer lukrativen Ehe zu landen, die sie aller zukünftigen Sorgen enthebt.

Es gibt also keine Primaballerina mehr, doch immerhin eine Ballerina, diese Position kommt Sophia zu, eine versierte und erfahrene Tänzerin mit reichhaltigem Repertoire, leider etwas schlampig in der Arbeit und viel zu sehr von ihrem Privatleben beansprucht. Was ein ständiges Ärgernis für Madame Lucasse und erst recht für Maître Chalons bedeutet, den alten Ballettdirektor, seit einer Ewigkeit an diesem Theater beschäftigt. Er ist längst im Pensionsalter, aber ein Leben ohne Bühne kann er sich nicht vorstellen. In seiner Jugend war er selbst Tänzer, auch schon an diesem Haus, später choreographierte er, gelegentlich tut er es heute noch, er ist steifbeinig, leicht gebückt, aber ihm entgeht nichts, sein Urteil ist nach wie vor treffend. Er ist es auch gewesen, der damals deutlich ja sagte, als sich Ginette vorstellte.

Sophia also ist leichtsinnig, lebenshungrig, sie hat wechselnde Liebhaber, schlägt sich die Nächte um die Ohren, trinkt und raucht zuviel. Doch wenn sie in Form ist, besonders wenn sie wieder einmal neu verliebt ist, kann sie bedeutende Leistungen bringen. Aber eben nicht zuverlässig. Madame Lucasse hat schon oft in letzter Minute umbesetzt, wenn sie bei der vorbereitenden Übung merkte, daß Sophia an diesem Abend nicht auftreten konnte. Es kommt auch vor, daß sie überhaupt nicht erscheint. Rauswurf und Kündigung haben ihr schon oft gedroht, dann weint sie, schluchzt verzweifelt, kniet vor Madame Lucasse oder Maître Chalons, küßt ihnen die Hände, gelobt Besserung.

Cordelia zum Beispiel verdankt ihr erstes Solo im ›Zigeunerbaron‹ dem Umstand, daß Sophia an jenem Abend im Theater nicht erschien. Sie kannte das Solo, denn sie tanzte ja in dieser Szene im Corps mit.

»Wirst du es können, Kind?« hatte Madame Lucasse gefragt.

»Ich weiß nicht«, hatte Cordelia gemurmelt, aber es blieb nicht viel Zeit, um Lampenfieber zu bekommen, als Zigeunerin war sie sowieso gekleidet, und als das Corps hinaustanzte, hielt Madame Lucasse sie fest, gab ihr eine Weile später einen Schubs, und sie war auf der Bühne. Sie tanzte nicht jeden Schritt exakt wie Sophia, aber das war nicht nötig, die Musik gab ihr die Schritte und Bewegungen ein, sie war musikalisch bis in die Fingerspitzen, sie improvisierte sehr geschickt. Am nächsten Tag probten sie den Tanz, das Solo blieb ihr, Sophia bekam es nicht wieder.

Anders war es dann mit der Aurora, die sie von heute auf morgen übernehmen mußte, nachdem Ginette sich verletzt hatte. Im ganzen ersten Akt, im Prolog, wie er sich nannte, hatte sie nichts zu tun, sie lag ja noch in der Wiege, so blieb Zeit genug, sich aufzuregen, sie zitterte und bebte, wurde geradezu von Krämpfen geschüttelt. Onkel Alexander, Madame Lucasse, Maître Chalons versuchten sie abzulenken, aufzumuntern, doch sie flüsterte nur immerzu: »Ich kann es nicht.«

Madame Lucasse sagte später zu Maître Chalons, als Cordelia glücklich auf der Bühne war: »Das Kind hat die Nerven nicht für diesen Beruf.«

Und dann schwiegen sie und sahen zu, wie das Kind das machte. Gelockert, gelöst, hingegeben, wie im Traum, getragen von der Musik. Sie hatte alle Proben mitgemacht, sie hatte Ginette während der beiden vorangegangenen Aufführungen genau beobachtet, wenn sie an der Seite stand, das linke Bein nach außen gedreht in der vierten Position, und nun tanzte sie selbst, schwebend, schwerelos – eine Traumtänzerin, der man keine Mühe anmerkte, es kam alles wie von selbst.

Madame Lucasse, die natürlich um die Eifersucht, die Gehässigkeit in den Garderoben wußte, hatte anschließend sowohl Sophia als auch Marguerite die Aurora probieren lassen. In jeder folgenden Saison steht ›Dornröschen‹ wieder für einige Tage auf dem Spielplan, und nachdem Ginette die Rolle abgegeben hat, bleibt sie jetzt Cordelia.

Außer den Auftritten in Oper und Operette haben sie den ›Nußknacker‹, traditionsgemäß zur Weihnachtszeit, ansonsten nur die ›Puppenfee‹.

Weihnachten sind sie als die vierzehn Engel beim Abendsegen in ›Hänsel und Gretel‹ beschäftigt. Das macht Cordelia besonders gern. Es gibt nicht viel zu tanzen bei diesem Auftritt, aber die Musik ist so schön, sie hat jedesmal Tränen in den Augen, wenn sie von der Bühne kommt.

Der Intendant, Madame Lusasse und Maître Chalons haben zu Anfang der Spielzeit überlegt, was man denn noch für die Tänzer ins Programm nehmen könnte, was nicht zu viel Aufwand verlangt, der Etat ist knapp, besonders für das Ballett, das zudem kleiner geworden ist, einige Tänzer und Tänzerinnen haben das Theater gewechselt, ein paar der Mädchen haben geheiratet, eine wirkliche Primaballerina ist nicht vorhanden, ebensowenig ein neuer Choreograph.

Sie kommen auf die Idee für einen gemischten Abend, nicht zuletzt, weil Ginettes Abschiedsvorstellung so ein großer Erfolg war. Der Dirigent Hasse beteiligt sich an der Musikauswahl, sie probieren mit großem Eifer, denn diesmal kommen sie alle dran, allein, zu zweit, in kleiner oder großer Gruppe und das Corps. Sie tanzen nach Musik von Rossini, Mozart, Gounod, Strauß und Tschaikowsky. Den Abend mögen sie, jeder gibt sich große Mühe, um besser zu sein als der andere. Trotzdem wird es beim Publikum kein großer Erfolg, die klassischen Ballette mit einer richtigen Handlung sind beliebter.

»Seltsam«, sagt der Intendant. »Der Abend mit Ginette war doch auch so eine Art Potpourri und hat gut gefallen.«

»Das ganze Drumherum«, sagt Madame Lucasse. »Es ist schon vorher soviel darüber geschrieben worden, das hat die Leute neugierig gemacht.«

Sie sehen sich an und schweigen. Beide denken sie an Ginettes Verfassung und wie leicht der Abend mit einer Katastrophe hätte enden können.

Das Ensemble hat in dieser Spielzeit ein neues Mitglied, einen lyrischen Tenor, einzusetzen für Oper und Operette, ein junger Mann von blendendem Aussehen, voll Spiellaune, Charme und mit einer ganz annehmbaren Stimme. Er übernimmt ein paar Partien in Operetten, er bekommt den Lyonel in einer Neueinstudierung der ›Martha‹, Silvester singt er den Alfred in der ›Fledermaus‹.

Glücklich ist, wer vergißt, was nicht mehr zu ändern ist ...

das singt er genauso gut, wie er es spielt. Er wird binnen kurzem der Schwarm aller Mädchen und Frauen, nicht nur im Publikum, auch bei den Kolleginnen. Sophia kann an nichts anderes mehr denken als an diesen Mann, sie läßt nichts unversucht, ihn zu erobern. Er ist zu ihr genauso reizend, so männlich strahlend wie zu jeder anderen, doch keine bekommt ihn. Er ist das Tagesgespräch, auch in den Garderoben der Tänzerinnen.

»Sophia, ha!« ruft Marguerite. »Die ist schon viel zu alt für den. Sie schmeißt sich ran, daß einem schwarz vor Augen wird.«

Er ist nicht verheiratet, man sieht auch keine Freundin an seiner Seite, falls er eine hat, kennt man sie nicht.

»Vielleicht ist er schwul«, vermutet Pauline, die langsam aufrückt. Sie hat zusammen mit Cordelia angefangen, zuerst war sie etwas schwerfällig, nun macht sie sich langsam.

»Der!« sagt Marguerite. »Das glaubst du doch selber nicht. So wie der die Frauen umarmt.«

»Na ja, auf der Bühne.«

»Unsinn! So etwas merkt man. Sorell umarmt dich auch sehr innig, wenn er dich hebt. Das ist aber auch schon alles.«

Sophia ist bei diesem Gespräch nicht dabei.

Zum Karneval gibt es eine Premiere, ›Der Graf von Luxemburg‹, und der Neue, er heißt Joseph, und das finden alle sehr komisch, so ein irrer Typ und dazu der fromme Name. Joseph Thormann ist ein hinreißender Graf, das Publikum ist begeistert.

In der dritten Aufführung passiert es. Das Ballett hat viel zu tun, in der Karnevalszene wirbeln sie um ihn herum, daß es eine Lust ist. Er nimmt mal die eine, mal die andere in den Arm, doch dann, am Ende der Szene, greift er nach Cordelia, hebt sie hoch, geübt wie ein Tänzer, wirbelt ein paarmal mit ihr herum, läßt sie sanft nieder, dicht an seinem Körper, und küßt sie. Richtig auf den Mund, und nicht eben kurz.

Cordelia, noch gelockert von dem Tanz, kann sich nicht wehren, ist auch viel zu überrascht.

Er läßt sie los, lacht und singt weiter.

»Das ist ja allerhand«, sagt Marguerite in der Garderobe, als sie sich umziehen zum nächsten Auftritt. »Wie hast du das denn gemacht, du Schlafmütze.«

Cordelia schüttelt den Kopf, sie wird rot unter der Schminke.

»Da kann ich doch nichts dafür.«

»Ich hab schon gemerkt, daß du ihn anhimmelst«, sagt Sophia giftig.

Bei der nächsten Aufführung tanzt sie sich möglichst in seine Nähe, nichts geschieht, er umarmt die eine oder die andere wie vorher auch.

Doch dann, am darauffolgenden Abend, mischt er sich bewußt unter die Mädchen und zieht, obwohl sie entfernt von ihm tanzt, wieder Cordelia zu sich heran, hebt sie, küßt sie. Es wird wieder geredet, gelästert und gelacht. Cordelia ist verwirrt. Sie ist gewöhnt daran, die Arme eines Mannes um sich zu spüren, gehoben zu werden, aber das ist Arbeit, kein Vergnügen.

Hat sie sich verliebt? Schwer zu sagen, sie ist immer noch ein Kind.

Es gibt nur einen Mann, den sie bisher geliebt hat, ihren Onkel Alexander. Er legt auch die Arme um sie, er küßt sie auf die Wange, auf die Stirn, auch mal leicht auf die Lippen, das ist alles. Wenn sie an ihn denkt, ist es Liebe. Keine Verliebtheit.

Der Karneval ist zu Ende. ›Der Graf von Luxemburg‹ für dieses Jahr nicht mehr auf dem Spielplan. Wenn Cordelia den Sänger trifft, sieht sie ihn scheu an, er lacht ihr zu.

Im März singt er die Titelpartie in ›Hoffmanns Erzählungen‹, im Giulietta-Akt sind auch ein paar Tänzerinnen auf der Bühne, Cordelia ist nicht dabei.

Im nächsten Jahr steht ›Dornröschen‹ um Ostern herum wieder auf dem Spielplan, und diesmal kann Cordelia nicht tanzen. Einige Tage zuvor bei einer Probe ist sie bei einem zu hohen Sprung schlecht aufgekommen, ist umgeknickt und hat sich den Fuß verknackst. Es ist genauso wie damals bei Madame Llassanowa. Ihre Gelenke sind immer noch zu schwach, ihre Muskeln trotz aller Arbeit nicht kräftig genug.

Und sie spannt den Rücken nicht genügend an, das jedenfalls tadelt Madame Lucasse.

Cordelia weint vor Wut und Schmerz, sie hat sich so auf die Aurora gefreut, es ist immer noch ihre größte Rolle, und nun sitzt sie mit dick bandagiertem Fuß in der Kulisse und muß zusehen, wie Marguerite die Aurora tanzt.

Sophia steckt wieder einmal in einer Krise, also darf Marguerite die Aurora übernehmen. Ein Risiko, und Madame Lucasse läßt das Mädchen nicht aus den Augen.

Marguerite macht ihre Sache gut, sie tanzt nicht so schwebend, so gelöst wie Cordelia, sie ist ein fröhliches, unbeschwertes Königskind, dann eine glückliche Braut. Sie trifft die Stimmung der Aurora sehr genau.

Madame Lucasse blickt mit Besorgnis in Cordelias finsteres Gesicht, hoffentlich gibt es keinen Streit zwischen den Mädchen.

Cordelia läßt Marguerite nicht aus den Augen, sie humpelt fort, ehe der Pas de deux im Schlußbild beginnt.

Madame Lucasse folgt ihr.

»Hat sie gut gemacht, nicht?« sagt Cordelia.

»Ja. Sehr gut.«

»Anders als ich.«

»Selbstverständlich. Jede von euch hat ihre eigene Note.«

»Auch wenn wir es auf genau die gleiche Art einstudiert haben.«

»Das ist so. Und das ist auch richtig so. Wie wirst du nach Hause kommen?«

»Gustav ist da. Er fährt mich.« Kleine Pause. »Onkel Alexander hat ihn mir geschickt, als er hörte, daß ich nicht laufen kann.«

»Aha«, sagt Madame und lauscht der Musik.

»Er hat gesagt, wenn ich nicht tanze, braucht er ja nicht zu kommen.« Es klingt bitter.

Madame legt ihr die Hand auf die Schulter. »Du bleibst besser ein paar Tage zu Hause und kurierst deinen Fuß.«

»Eigentlich hätte es ihn ja interessieren müssen, wie Marguerite es macht, nicht? Ob sie es besser macht.«

Madame Lucasse unterdrückt einen Seufzer.

»Kann sein, ›Dornröschen‹ hängt ihm zum Hals heraus. Er hat es ja nun oft genug gesehen.«

»Das hat er auch gesagt.«

»Na, siehst du! Dachte ich mir's doch.«

»Gustav macht mir Umschläge mit seinem Kräuterzeugs. Das hat mir damals auch schnell geholfen.«

»Also dann gute Besserung.« Madame Lucasse wendet sich ab, sie hört an der Musik, daß sich der Akt dem Ende nähert.

»Aber die Giselle, nicht wahr, die Giselle gehört doch mir.«

»Kümmere dich um dein Bein und nicht um die Giselle. Fraglich, ob wir sie nächste Spielzeit machen werden. Kommt auf den Etat an.«

»Aber ...«

Doch Madame Lucasse ist schon gegangen, Cordelia humpelt zum Bühnenausgang. Gustav steht beim Portier und nimmt sie sofort fürsorglich am Arm.

»Gute Besserung!« ruft ihr auch der Portier nach.

Keine Giselle, immer noch nicht. Und die Aurora ist sie nun auch los. Marguerite gibt sie bestimmt nicht mehr her. Und von ›Schwanensee‹ ist überhaupt keine Rede.

Cordelia ist todunglücklich. Alexander kommt nicht, um sie zu trösten. Aber sie braucht Trost.

»Meinen Sie, Gustav, Sie können mich zu meinen Eltern fahren?«

»Jetzt gleich?«

»Nein, nein, morgen. Heute ist es schon zu spät. Ich habe Vati lange nicht mehr gesehen. Und sicher sind schon die ersten Fohlen geboren.«

»Jetzt machen wir Umschläge, und dann schlafen Sie schön aus, Fräulein Cordelia. Und morgen fahre ich Sie raus zum Gestüt.«

Gustav hat viel Zeit. Im Winter ist Oskar Munkmann gestorben, die täglichen Fahrten von der Villa zum Werk entfallen.

»Ob sie mir jetzt kündigen?« hat er Beatus besorgt gefragt.

»Keine Rede davon. Wer soll sich denn um den Garten

kümmern? Und zu fahren ist immer jemand, das haben Sie ja gemerkt, Gustav.«

Das bezieht sich auf Fred Munkmann, dem man vor einem Jahr für einige Zeit den Führerschein entzogen hat. Er hatte ein wenig zuviel getrunken, als er mit seiner neuen Freundin, diesmal einer Spanierin, verwegen durch Düsseldorf schlitterte.

»Da werden sich Ihre Eltern aber freuen, wenn Sie morgen kommen.«

»Na ja, vielleicht. Vati bestimmt.«

»Und was machen wir mit Wilma?« Gustav ist immer gründlich.

»Die lassen wir hier. Sie wollte sowieso einen Frühjahrsputz machen. Hat sie gesagt.«

Dann sitzt sie im Sessel, Gustav wickelt den Kräutertee um ihren Fuß, Wilma bringt eine Tasse Fleischbrühe.

»Ich will nichts essen«, wehrt Cordelia ab.

»Doch. Du ißt!«

Sie löffelt die Suppe, betrachtet kummervoll den geschwollenen Fuß, denkt an Marguerite, die man jetzt feiern wird, denkt an die Giselle und an ›Schwanensee‹.

»Ich will das überhaupt nicht mehr«, sagt sie plötzlich.

»Was willst du nicht mehr, Mäuschen?« fragt Wilma.

»Tanzen. Ich hab es satt. Ich bleib draußen bei Vati.«

Und dann weint sie. Wilma nimmt ihr die halbgeleerte Suppentasse aus der Hand. Gustav blickt zu ihr auf, wickelt vorsichtig eine Mullbinde über den Streifen mit dem feuchten Kräutertee.

»Wenn es Sie nicht stört«, sagt er, »bleibe ich noch eine halbe Stunde hier und mache einen neuen Verband.«

»Sie stören nicht, Gustav«, sagt Wilma. »Wollen Sie ein Bier? Oder erst eine Tasse Suppe? Ich kann Ihnen auch ein Schnitzel braten.«

»Nein, danke. Gegessen habe ich. Aber ein Bier wäre schon recht.«

Er streicht leicht mit der Hand über Cordelias Bein.

»Es wird bald wieder gut«, sagt er tröstend. »Draußen können Sie in der Sonne sitzen, Fräulein Cordelia. Es ist schon manchmal ganz schön warm. Jetzt kommt der Frühling. Frau Olga wird sich freuen, wenn Sie da sind.« Und dann, Wilma ist aus dem Zimmer gegangen, um das Bier zu holen, mit unvermuteter Heftigkeit: »Und wenn Sie nicht mehr tanzen wollen, dann hören Sie eben auf damit. Es ist ja doch eine Schinderei.« Manches hat er mitbekommen im Laufe der Jahre, und jetzt sieht er ihr trostloses Gesicht mit den verweinten Augen.

»Ich habe doch nichts anderes gelernt«, sagt sie.

»Sie können doch erst mal bei Ihren Eltern bleiben, da gibt es genug zu tun. Und Sie sind jung genug, Sie können noch viel lernen.«

»Ich kann gar nichts mehr lernen. Ich bin viel zu dumm.«

Wilma kommt mit der Flasche Bier. Nur eine Flasche wird Gustav trinken, keinen Tropfen mehr.

»Ich habe noch ein Löffelchen Hühnerfrikassee von gestern und ein bißchen Reis«, sagt Wilma. »Würdest du mir den Gefallen tun und das essen, Cordelia?«

Nun lächelt Cordelia. »Ja, ja, ich weiß schon. Ein Löffelchen für Wilma, ein Löffelchen für Gustav. Bring es schon her.«

Daß sie dumm ist, weiß sie seit dem vergangenen Sommer. Es macht ihr Kummer, es ärgert sie. Sie hat wirklich wenig gelernt, es begann schon im ersten Schuljahr, mit dem Wechsel von Mecklenburg nach Bayern, wo man ihr das Leben schwermachte, dann wieder eine andere Schule, im Münsterland. Vielleicht hätte sie hier ordentlich lernen können, aber dann fing der Ballettunterricht bei der Llassanowa an, das ewige Hin und Her, die Hetze, die Übermüdung. Und zu alledem ihre Liebe zu Onkel Alexander und der Wunsch, alles zu tun, was er wünschte.

Als sie in die Ballettschule der Oper aufgenommen wurde, war sie gerade dreizehn. Natürlich mußte sie noch in die Schule gehen, wieder in eine andere Schule, und die Hetzerei blieb die gleiche, Schule und Schularbeiten, Ausbildung zur Tänzerin, Übungen an der Stange, jeden Tag. Zunächst wohnte sie bei einer Familie, bei der Madame Lucasse sie untergebracht hatte. Eine ältere Frau, ehemalige Tänzerin vor undenklicher Zeit, doch sie sprach von nichts anderem. Ihr Mann war auch am Theater gewesen, ein mittelmäßiger Schauspieler, der mit durchschossener Lunge und einem verletzten Kehlkopf aus dem Krieg zurückgekehrt war und seinen Beruf nicht mehr ausüben konnte. Er konnte kaum sprechen, keuchte nur, kein sehr angenehmer Umgang für ein Kind.

Die beiden hatten wenig Geld, deswegen nahmen sie immer drei oder vier junge Mädchen auf.

Eine eigene Tochter, mittlerweile fünfundzwanzig Jahre alt, hatte längst das Weite gesucht.

Die Kinder wurden gut behandelt, sie bekamen auch einigermaßen ausreichend zu essen, lieblos zubereitet allerdings und sehr eintönig. Der Raum in der Wohnung war eng bemessen, Cordelia bewohnte zunächst ein Zimmer allein, als dann ein viertes Mädchen dazukam, mußte sie mit der das Zimmer teilen. Um ihre Schularbeiten kümmerte sich kein Mensch, nur was sie an diesem Tag an der Stange geübt hatte, wollte die Alte wissen und gab dann ihre Meinung dazu. Er röchelte vor sich hin, verschwand in einer Kneipe, kam manchmal betrunken nach Hause.

Alexander gefiel das gar nicht, er brachte Cordelia schon nach drei Monaten in einer Pension unter, in der Nähe des Theaters. Und so oft wie möglich kam er, um sie zu treffen, mit ihr essen zu gehen, für sie zu sorgen.

Es gab Ärger mit Beatrice.

»Soviel ich weiß, hast du die Absicht, in der Fabrik zu arbeiten. Beziehungsweise erst einmal dort zu lernen. Wenn du ständig herumgondelst und dich als Gouvernante betätigst, wird wohl aus deiner Arbeit nicht viel werden.«

»Aber ich kann das Kind doch in der Stadt nicht allein lassen. Sie ist noch so hilflos.«

»Das Kind hat Eltern.«

»Die sind draußen auf dem Land. Das nützt ihr doch nichts.«

»Es ist nicht gut, was du mit dem Mädchen tust. Du hast sie gern, aber du zwingst ihr einen Beruf auf, eine Berufung, von der sie gar nicht gewußt hat, was das ist.«

»Jedes Kind, das tanzen lernt, weiß das nicht.«

Das waren so die Gespräche, die sie führten, und sie endeten meist damit, daß Beatrice sich abwandte, ihn stehenließ. Denn es war schließlich ihr Geld, das er für Cordelia ausgab.

Beatrice war es auch, die ihm die Wohnung verschaffte. Sie war in einem Haus, das den Munkmanns gehörte, die Wohnung hatte drei Zimmer, nicht sehr groß, sie blickte auf einen engen Hinterhof hinaus, bekam selten Sonne. Sie war nicht teuer, nur konnte die inzwischen fünfzehnjährige Cordelia nicht allein darin wohnen. Aber da hatte er bereits in der Kantine der Fabrik Wilma entdeckt. Eine ideale Lösung, für Cordelia, für Wilma und auch für Alexander, der nun nicht mehr täglich zwischen Villa, Fabrik und Cordelia hin- und herfahren mußte. Er teilte sich die Zeit sehr sorgfältig ein, bemühte sich, eine brauchbare Arbeitskraft zu werden, und kam nur ins Theater, wenn Cordelia auftreten mußte. Beatrice, die sehr gern ins Theater ging, begleitete ihn manchmal. Und an jenem Abend, als Cordelia zum erstenmal die Aurora tanzte, war sie auch dabei.

Als sie heimfuhren, sagte sie: »Du hast wohl recht gehabt. Sie ist wirklich eine gute Tänzerin geworden.«

So ist Beatrice, immer ehrlich, nie hinterhältig oder nachtragend.

Auch wenn sie tanzen gelernt hat, ist Cordelia doch ungebildet geblieben. In der Schule hat sie nur das Nötigste begriffen, sie hat keine Ahnung von Geschichte und Geographie, geschweige denn von weitergehenden Fächern, das einzige, was sie gelernt hat, und das geschah auch wieder auf Alexanders Wunsch oder, besser gesagt, auf seinen Befehl, ist Französisch. Denn, so sagt er, das muß eine Tänzerin können, ohne Französisch ist sie nicht zu gebrauchen.

»Russisch auch noch?« hatte Cordelia verzagt gefragt.

»Das ist nicht mehr nötig, heutzutage. Die Russen, die hier sind, sprechen alle Französisch.«

Und er bringt ihr Bücher mit, die muß sie lesen, das ist auch ein Befehl. Die Klassiker vor allem, Goethe und Schiller, er fragt sie danach, sie muß berichten, was sie gelernt hat.

Daß ihr Name aus einem Stück von Shakespeare stammt, weiß sie längst, und als sie den ›Lear‹ dann gelesen hat, ziemlich verständnislos und ohne sich dafür zu begeistern, fragt sie Alexander: »Wie sind sie bloß auf diesen Namen gekommen?«

»Das habe ich mich auch gefragt.«

»Und was hat Vati gesagt?«

»Ich habe mit ihm nicht darüber gesprochen. Und mit Els auch nicht.«

Daß er mit ihnen so wenig wie möglich über Cordelia spricht, sagt er nicht, könnte er ihr auch nicht erklären. Er nimmt sich vor, Olga gelegentlich zu fragen, vergißt es aber wieder.

Sein Leben ist ausgefüllt. Seit er auf Reisen geht, Harald trifft, in London, Paris oder New York, manchmal begleitet von Beatrice, oft ohne sie, rückt Cordelia ein wenig an den Rand seines Lebens. Sie hat ihre Arbeit, sie hat ihren Beruf, sie kommt gut damit zurecht, und langsam erwachsen wird sie auch.

Daß sie dumm ist, hat John von Renkow ihr verkündet. Es war im letzten Sommer, sie war für einen kurzen Urlaub auf dem Gestüt, war heiter und unbeschwert, lief ständig hinter Jochen her. Im Stall, auf den Koppeln, in seinem Büro.

Mit Elsgard verstand sie sich auch ganz gut, sie saß gern bei Olga, und dazwischen turnte sie am Koppelzaun herum. John hatte Semesterferien und kam manchmal zum Gestüt hinaus, mit seiner Mutter, auch allein, zu Cordelia sagte er gnädig: »Na, du bist ja ganz niedlich geworden. Machst du immer noch die Hopserei?«

Cordelia schwieg beleidigt. Er gefiel ihr gut, ein hübscher junger Mann, lässig, überlegen, sehr klug. Er hatte ein erstklassiges Abitur gemacht, jetzt studierte er in Berlin. »Du kannst ja mal ins Theater kommen, wenn ich tanze«, schlug Cordelia vor.

»Das interessiert mich nicht. Ich mache mir auch nicht allzuviel aus der Oper. Ich gehe gern in richtiges Theater. Wir haben ein paar gute Bühnen in Berlin.«

Aus Hamburg kam dann Jürgen Neumann zu Besuch, der

ältere der Neumann-Jungen, der Cordelia damals so elegant in die Schule eingeführt hatte.

Jürgen hatte seinen Dienst in der Bundeswehr hinter sich und studierte nun auch. In Hamburg.

Er wohnte für ein paar Tage hier draußen. John kam manchmal zu Besuch, sie verstanden sich gut.

»Du warst nicht beim Bund?« fragte Jürgen. »Ach ja, deswegen studierst du wohl in Berlin.«

»Nicht nur deswegen. Ich muß so schnell wie möglich fertig werden. Meinem Großvater geht es schlecht, er hat ein krankes Herz. Und meine Mutter arbeitet viel zuviel.«

»Aber ...«, Jürgen stockte. Es war eine Weile her, daß er hier gelebt hatte. Die Verhältnisse der Gestütsherrin waren ihm nicht mehr so vertraut.

»Es ist so«, erklärte ihm John. »Sie arbeiten ja alle, aber meine Mutter arbeitet zu viel, sie wird auch nicht jünger. Die Fabrik und der große Haushalt und hier das Gestüt, sie reibt sich auf. Und mein Onkel gibt sich ja viel Mühe, er ist für den Export zuständig. Aber wie die Dinge heute liegen, es entwickelt sich alles so schnell. Verstehst du? Man muß die Fabrik eines Tages modernisieren. Und wer soll das machen? Ich. Sie arbeiten immer noch wie vor zwanzig Jahren.«

»Vor zwanzig Jahren war gerade mal der Krieg vorbei.«

»Eben. Und so wie vorher haben sie weitergemacht. Ein paar moderne Maschinen und so, das genügt nicht. Wir brauchen ein neues Management. Die bilden sich alle ein, sie haben wunder was geschafft mit ihrem Wirtschaftswunder. War ja zunächst ganz gut, sicher. Aber nun wird die Luft kälter und das Leben härter. Wir müssen uns mehr anstrengen, müssen mehr leisten. Es kommt eine neue Generation, die wird es anders machen.«

»Und du meinst, das bist du.«

»Genau. Aber ich brauche noch ein paar Jahre. Inzwischen müssen sie weiterwursteln.«

Cordelia saß auf der Mauer, eine Katze auf dem Schoß, und baumelte mit den Beinen.

»So siehst du auch aus«, kicherte sie. »Richtig wie ein Wurschtl. Wir haben so einen in der ›Puppenfee‹ dabei.«

John beachtete sie gar nicht.

»Mein Großvater hat viel geleistet. Das weiß ich. Das erkenne ich an. Aber nun kann er nicht mehr. Seine Söhne, na ja, er ist auf den Enkel angewiesen.«

Es klang selbstbewußt und auch ein wenig überheblich.
»Du bist wirklich wie Hamlet«, sagte Cordelia.

Diesmal sah John sie an, etwas irritiert.

»Wie kommst du denn auf Hamlet?«

»Na, das ist doch auch ein Held. Eine Bombenrolle am Theater. Ich hab's gesehen.«

»Du bist doch wirklich unbeschreiblich dumm. Quasselst hier von Hamlet. Was hat denn das mit mir zu tun?«

»Na, ich meine, das ist doch einer, der die Hauptrolle spielt.«

»Tu mir den Gefallen und halt den Mund.«

Das zum Beispiel war so ein Gespräch. Ein anderes, als John wieder zum Gestüt herausgekommen war, bescherte Cordelia eine ähnliche Abfuhr.

Die beiden jungen Männer sprachen von Berlin. Sie standen am Koppelzaun, sahen den Pferden zu, und Cordelia, die eine Stange nicht sehen konnte, ohne daran zu üben, versuchte sich an einer Arabesque.

»Berlin zu erleben ist schon sehr eindrucksvoll«, sagte John. »Wenn man bedenkt, was in dieser Stadt alles geschehen ist, ich stehe da im Tiergarten und schaue auf das Brandenburger Tor. Und stelle mir vor, wie da der Kaiser durchgefahren ist. Dann der Hindenburg. Und dann der Hitler. Und das ist alles in unserem Jahrhundert geschehen. In diesem kleinen bißchen Jahrhundert, in dem wir leben. Und ich, hier und heute, kann mich nicht mal in Bewegung setzen, um da durchzuspazieren, durch dieses Brandenburger Tor. Das ist doch absurd. Das ist doch nicht zu fassen.«

»Warum kannst du da nicht durchspazieren?« fragte Cordelia.

»Du bist doch das dümmste Stück, das mir je begegnet ist«, sagte John. »Hast du denn außer Heu nichts in deinem Kopf? Hast du nichts gelernt als diese dämliche Hopserei?

Nimm dein Bein aus der Luft ... ach komm, Jürgen, laß uns woanders hingehen. Ich kann dieses doofe Frauenzimmer nicht ertragen.«

Cordelia war dennoch fasziniert von John. Trotz seiner unfreundlichen Worte kam sie immer wieder in seine Nähe, hörte zu, wenn die jungen Männer sich unterhielten, hütete sich aber, wieder etwas dazu zu sagen. Doch der eine Satz blieb ihr in Erinnerung: Du bist unbeschreiblich dumm.

Sie kannte einige Opern inzwischen, ein paar Theaterstücke, hatte einiges gelesen, konnte ganz gut französisch plappern, nur gerade soviel, wie sie gelernt hatte, die Gewandtheit, sich wirklich auszudrücken in der fremden Sprache, dazu fehlte die Übung.

Aber sie konnte viele Biegungen und Sprünge, und sie war glücklich, solange sie tanzte.

Und nun nicht einmal mehr das, der Fuß war krank und geschwollen, es brauchte diesmal lange, bis er heilte. Sie sitzt da draußen auf der Bank in der Sonne, neben Olga und dem kleinen Hund, und wenn sie aufsteht und auftritt, fährt ein stechender Schmerz durch ihren Fuß.

Elsgard macht die Umschläge mit Gustavs Kräutertee, diesmal hilft es nicht so schnell wie beim letztenmal.

»Was soll aus mir werden, wenn ich nicht mehr tanzen kann?«

Elsgard sagt: »Wird schon wieder werden.« Sie steht auf, nimmt den Topf mit dem Kräutertee und streichelt Cordelia übers Haar.

»Es gibt eine Menge Menschen, die leben und tanzen nicht. Wir haben Schlimmeres erlebt, Cordelia. Weißt du das nicht mehr?«

Kann sie das wissen? Die Erinnerung an den Lumin-Hof ist noch da. Das Haus, die Ställe, die Tiere. Das Bett, in dem sie geschlafen hat. Käte und Willem. Die kleine Stute, die sie umarmte.

»Ich möchte da wieder hin«, sagt sie zu Olga.

»Wohin möchtest du?«

»Da, wo wir mal waren.«

»Sag genau, was du meinst.«

So alt kann Olga gar nicht werden, daß sie nicht verlangt zu hören, was einer sagen will.

»Es heißt Mecklenburg«, sagt Cordelia zaghaft. »Ich habe erst gestern mit Vati darüber gesprochen.«

»Kannst du dich denn noch daran erinnern?«

»O ja. Es war schön dort.«

»Das war es.«

Olga beginnt zu erzählen. Nicht vom Lumin-Hof, vom Gut Renkow. Das ist in ihrer Erinnerung lebendiger. Cordelia hat es nie gesehen, aber sie hört aufmerksam zu. »Dort hat Onkel Alexander gewohnt?«

»Was heißt gewohnt? Er ist dort geboren und aufgewachsen.«

»Dort sind jetzt die Russen, hat er gesagt. Und darum kann man auch nicht mehr durchs Brandenburger Tor gehen.«

»Wie kommst du denn jetzt aufs Brandenburger Tor? Das steht in Berlin. Da kann man nicht mehr durchgehen, das stimmt. Hat Alexander mit dir vom Brandenburger Tor gesprochen?«

»Nein, nein, das war jemand anderes.«

Sie hat immer die stille Hoffnung, daß John eines Tages kommt. Sie möchte ihn gern wiedersehen. Und sie wird den Mund halten.

Nein, wird sie nicht. Inzwischen weiß sie mehr. Sie hat ein paar Bücher gelesen und immer fleißig die Zeitung. Sie weiß nun, wer der Kaiser war, wer Hindenburg und wer Hitler. Und was geschehen ist in diesem Krieg und in früheren Kriegen. Wann der Dreißigjährige Krieg war, das hat sie gelernt, wer Friedrich der Große war und Bismarck. Sie hat sich Bücher aus einer Bibliothek besorgt, sie liest alles kreuz und quer durcheinander, es fehlt jemand, der ihr hilft bei diesen späten Lernübungen. John könnte ihr vieles erklären, aber er kommt nicht, und er täte es sowieso nicht, weil sie zu dumm ist.

Dann kommt endlich Alexander, besieht die Schwellung und fährt sie zu einem Arzt, damit der Fuß geröntgt wird.

»Ihr seid doch wirklich zu dumm«, kommt es nun auch

von ihm. »Das hättet ihr längst machen können. Els, wirklich, ich verstehe dich nicht.«

Es ist nichts gebrochen, ergibt die Röntgenaufnahme, aber es ist eine schlimme Zerrung, und der Arzt meint, das könnte noch eine Weile dauern.

»Unter Umständen heilt so etwas schwerer als ein Bruch«, sagt er mitleidig.

»Was soll aus mir werden, wenn ich nicht mehr tanzen kann?« fragt sie verzagt.

Alexander nimmt sie liebevoll in die Arme und setzt sie dann vorsichtig in sein Auto.

»Ich bin doch immer für dich da, das weißt du doch. Außerdem wirst du wieder tanzen. Alle Tänzer haben mal einen Unfall, das geht vorbei. Ihr habt trainierte Muskeln und Sehnen. Du hast mir die Schwanenprinzessin versprochen, vergiß das nicht.«

Die lahme Ballerina

AN EINEM TAG IM MAI geht Cordelia vorsichtig durch den Stutenstall, Schritt für Schritt, es tut nicht mehr weh, wenn sie auftritt, der Fuß ist nicht bandagiert, nur eine Gummibinde stützt das Gelenk. Sie bleibt bei jeder Box stehen, in der sich ein Fohlen befindet. Vor einer Stunde hat man die Pferde hereingebracht, es fing an zu regnen. Dann stützt sie sich an einer Futterkrippe ab, steht auf dem gesunden Bein und hebt das kranke langsam in die Höhe. Schwingt es vor, schwingt es zurück. Setzt es auf, kleine Beugung, dann noch einmal.

»Geht gut, geht sehr gut«, kommt eine Stimme vom Eingang her, es ist Wali, er führt Valera am Zügel. Sie war nicht mit draußen, sie steht kurz vor der Geburt ihres ersten Fohlens und wird darum täglich eine halbe Stunde am Vormittag, eine halbe Stunde am Nachmittag in der Bahn herumgeführt, damit sie Bewegung hat.

Vor Cordelia bleiben sie stehen. Das Mädchen streicht

sanft mit dem Finger über Valeras Nüstern, haucht ihr dann einen Kuß auf die Nase. »Sie ist so schön«, sagt sie.

Die Stute legt den Kopf ebenso sanft auf Cordelias Schulter, sie stößt einen kleinen Laut aus, es hört sich fast an wie ein Seufzer. Der schwere Leib ist ihr lästig.

»Jetzt hat sie es bald«, sagt Wali, »ein paar Tage noch.«

»Hoffentlich wird es ein gesundes Fohlen.«

Denn sie weiß, daß Valera ein Herzleiden hat. Wenn sie kein gesundes Fohlen bringt, wird man sie töten.

»Wird gutes Fohlen. Bestimmt«, sagt Wali.

»Du weißt es?«

»Ich weiß.«

Wenn Wali so etwas ausspricht, glauben ihm alle. Er hat nun mal einen sechsten Sinn für Pferde.

Sie bringen Valera in ihre Box, die große, gleich am Ausgang des Stalls, damit man schnell bei ihr sein kann, wenn sie abfohlt. Wali verbringt sowieso die Nacht in der Kammer daneben.

Sie sehen beide zu, wie Valera sich ihrem Abendessen zuwendet, nicht zuviel Hafer, ein paar Äpfel, ein Löffel Sirup. Sie zerbeißt die Äpfel, macht Apfelmus daraus und mixt sich einen Brei in ihrer Krippe.

»Sie ist eine Genießerin«, stellt Cordelia fest.

»Ja, ja. Sie macht immer so. Du mußt sehen ihr Gesicht, wenn kein Apfel dabei. Manchmal vergesse ich. Vergesse nicht, tu bloß so. Dann sage ich, herrje, kein Äpfelchen mehr da. Im ganzen Stall kein Äpfelchen mehr. Wenn ich gehe, sieht sie mir nach. Weil sie weiß, ich hole Äpfelchen.«

Er lacht über das ganze Gesicht. Cordelia lacht mit ihm. Wali ist ein guter Freund. Anfangs, als das Laufen ihr sehr schwerfiel, hob er sie manchmal hoch und trug sie dahin, wohin sie wollte.

Sie lacht das erstemal an diesem Tag. Sie langweilt sich. Wenn man an Arbeit gewöhnt ist, wird Nichtstun zur Plage. Sie hat viel gelesen, sich mit Olga unterhalten, hat sich erzählen lassen, wie es war, damals auf Gut Renkow, und was für Pferde sie dort hatten.

Olga hat ein erstaunliches Gedächtnis, jedenfalls was das Gut betrifft, sie kennt die Namen der Pferde noch und kann sie beschreiben. Nur was sie gerade getan hat oder tun wollte, vergißt sie oft. Wo sie die Brille hingelegt hat und was sie am Morgen in der Zeitung gelesen hat. Und ob sie ihre Pille genommen hat oder nicht.

»Doch, hast du. Gerade vorhin«, antwortet Cordelia.

»Und wo sind sie jetzt?«

»Wo sie hingehören. In die oberste Schublade von der Kommode.«

All die Zeit hat Cordelia gehofft, daß John kommen würde, denn daß er in der Villa war, hat sie von Gustav erfahren.

»Nur ein paar Tage«, hat Gustav gesagt. »Er ist dann mit der gnädigen Frau nach Genf gefahren.«

»So. Nach Genf.«

»Das ist in der Schweiz«, erklärt Gustav noch.

»Ich weiß, wo das ist«, sagt sie beleidigt. »Das ist am Genfer See.«

Aber sie hat dann doch den Atlas genommen und sich genau angesehen, wo Genf liegt. Ein Atlas ist im Haus, er stammt noch von den Neumann-Kindern.

Sie stehen vor der Stalltür, es regnet nicht mehr, es schüttet. Der Himmel ist fast schwarz.

»Ich trage dich«, sagt Wali, und ehe sie abwehren kann, hat er sie schon auf den Armen und trabt mit ihr über den Hof, platscht durch die Pfützen und setzt sie unter der Hintertür ab.

»Danke«, sagt Cordelia.

»Du bist wie Federchen«, strahlt Wali und geht durch den Regen zurück.

Die Hintertür führt zu einem langen Gang, rechts und links sind die Vorratskammern, zwei große Kühlschränke stehen hier und die Waschmaschine. Alles Produkte aus der Munkmann-Fabrik. Dann kommt man in die riesige Küche, von dort in die sogenannte Diele, ebenfalls ein großer Raum, viereckig, ausgestattet mit Sofa, Tisch und ein paar Sesseln, hier kann man kurzen Besuch empfangen, mit Lieferanten reden, einen Scheck ausstellen. Auch die Löhne werden hier ausgezahlt. Von der Seite aus kommt man ins Eßzimmer, ins Wohnzimmer, in Olgas Zimmer, wo sie auch schläft, das Treppensteigen fällt ihr schwer, in Jochens Büro und schließlich in das sogenannte Arbeitszimmer, wo dienstliche Gäste empfangen werden.

In der Diele bleibt Cordelia stehen. Sie hat Stimmen gehört aus dem Wohnzimmer. Eine Stimme hat sie erkannt.

Sie balanciert wieder auf einem Bein, zieht das Knie, das andere hoch bis ans Kinn.

Dann schleicht sie vor den Spiegel, den es in der Diele gibt. Ihr Haar ist lang geworden, sie trägt es offen, jetzt ist es naß, und sie hat keinen Kamm. Sie schleicht zur Wohnzimmertür, sie steht einen Spalt offen, und Cordelia drückt vorsichtig gegen die Tür, vergrößert den Spalt nur um ein kleines.

Doch John, der der Tür direkt gegenübersitzt, sagt: »Ach, da kommt ja unsere lahme Ballerina.«

Das klingt lieblos. Eine Falte erscheint zwischen Cordelias Brauen, sie stößt die Tür auf und geht ins Zimmer, gerade aufgerichtet, ohne das geringste Hinken, schüttelt das nasse Haar.

»Aber Kind«, ruft Elsgard, »du bist ja ganz naß. Wo kommst du denn her?«

»Aus dem Stall. Ich bin nur ein bißchen naß. Und lahm schon gar nicht.«

John lacht, steht auf und kommt auf sie zu.

»Ich sehe es. Entschuldige.«

»Wer hat denn gesagt, daß ich lahm bin?«

»Alle haben mir furchtbare Dinge erzählt von deinem Unfall. Alexander ist ganz außer sich. Und Gustav hat beinahe geweint.«

Er legt leicht die Arme um sie und küßt sie auf die Wange. Das hat er noch nie getan, Cordelias Augenlider flattern ein wenig.

Doch sie richtet sich nun höher auf, spannt den Rücken an. »Es war kein Unfall. Ich bin bloß ein bißchen umgeknickt. Und von wegen lahm ...«

Sie greift nach der Lehne des schweren Sessels, der da steht, es ist Jochens Sessel, steht auf dem unverletzten Bein und hebt das andere Bein hoch. Nicht allzu hoch, nur in die Waagrechte. Und dann wechselt sie, steht nun auf dem verletzten Bein und hebt das gesunde Bein.

Das tut sie hier und jetzt zum erstenmal. Nun gerade. Und es geht. Es tut ein wenig weh, aber nicht allzusehr.

»Ist ja toll«, sagt John. »Keine Rede von lahm. Was die mir nur für Märchen erzählen. Trinkst du ein Gläschen Sherry mit uns?«

»Och«, sagt sie. Aus Alkohol macht sie sich nicht viel, am liebsten trinkt sie aus Jochens Glas mal einen Schluck Bier. Elsgard hat nichts gesagt, sie kennt Cordelias Übungen, und sie weiß genau, daß sie so etwas hier zum erstenmal vorführt. Und sie weiß auch warum. Das Wort lahm war schuld, das hat Cordelia gereizt. Sie findet es auch sehr unfreundlich. »Es geht uns schon viel besser, wie du siehst«, sagt sie, geht zur Vitrine, holt noch ein Glas, schenkt ein und stellt es auf den Tisch in der Sofaecke. Oder Couchecke, wie Elsgard das nun nennt. Die Couch und die Sessel sind neu, sie hat sie erst vor einem Jahr gekauft. Cordelia setzt sich, nimmt das Glas und nippt.

Auch John hat sich wieder gesetzt, hebt nun sein Glas und sagt: »Auf deine Gesundheit, Cordelia. Das wird Alexander freuen, wenn ich ihm das erzähle. Eine lahme Schwanenprinzessin, das hätte er nicht überlebt.«

Cordelia legt den Kopf auf die Seite, fährt sich noch einmal durch das Haar, es ist schon fast trocken, Walis schützende Arme haben sie vor zuviel Nässe bewahrt. Sie nimmt einen zweiten kleinen Schluck und ist im Moment sehr glücklich und sehr stolz, daß ihr das gelungen ist mit dem Bein.

»Wo kommst du denn eigentlich her?« fragt sie. »Soviel ich weiß, hat doch das Semester begonnen.«

»Was du alles weißt! Du bist doch ein kluges Kind.«

»Da hast du aber deine Meinung sehr geändert seit dem vergangenen Jahr. Damals nanntest du mich noch unbeschreiblich dumm.«

»Im Ernst? Das glaube ich nicht.«
»Doch, hast du gesagt.«
»An sich bin ich ja ein höflicher Mensch.«
»Das bildest du dir ein. Deine Begrüßung heute klang auch nicht gerade höflich.«
»Da hat sie recht«, sagt Elsgard.

Olga lächelt verbindlich und schweigt. Sie hört inzwischen sehr schwer und bekommt von dem Geplauder nichts mit. Elsgard sagt, nun lauter: »Noch ein Gläschen, Olga?«

»Ja, gern«, antwortet Olga.

Früher haben sie Korn getrunken, wenn Besuch kam. Heute trinken sie Sherry. Vieles hat sich geändert.

Eine gute Beobachterin ist Olga immer noch. Sie hat die Sache mit dem Bein gesehen, und da sie Johns Begrüßungsworte sehr gut verstanden hat, weiß sie auch, warum Cordelia es getan hat.

Und nun betrachtet sie ihre hochnäsige Miene.

»Du warst im Stall?« fragt sie.

»Ja. Sie sind alle drin und haben schon zu Abend gegessen.«

John steht auf. »Abendessen muß ich auch bald. Ich bin nur zu einem Abschiedsbesuch gekommen. Und will auch noch mal durch die Ställe gehen.«

Olga und Elsgard wissen schon, worum es sich handelt, Cordelia weiß es nicht.

»Du fliegst also nach Berlin?«

»Ich fliege, aber nicht nach Berlin. Nach New York.«

»Oh!« macht Cordelia. »Und dein Studium?«

»Ich studiere für einige Zeit in Amerika. In Boston. Das hat Harald arrangiert. Er meint, es sei Zeit, daß ich die Nase hinausstecke. Ihr denkt immer hier in Deutschland, ihr seid der Nabel der Welt, sagt er. Solange du nicht eine Zeitlang in den Staaten gelebt hast, wird nie etwas aus dir. Was soll schon groß aus mir werden, habe ich gesagt, der Chef von der Maschinenbau Kettwig-Ruhr. Ist ja vielleicht ganz schön, wenn man weiß, wo man hingehört. Aber es fehlt jeder Überraschungseffekt im Leben, nicht?«

»Was wirst du denn studieren?« fragt Elsgard.

»Mehr oder weniger dasselbe wie hier. Ich habe ja auch schon in Berlin mein Studium auf andere Fächer ausgeweitet. Es gibt so viel, was einen Menschen interessieren kann. Wenn das mit der Fabrik nicht wäre, also am liebsten hätte ich Physik studiert.«

Cordelia denkt schnell nach. Physik, was ist denn das nun wieder? Besser, sie sagt gar nichts.

Elsgard jedoch beweist, daß sie eine eifrige Zeitungsleserin ist. »Kann man wissen, was ihr später machen werdet in eurer Fabrik? Vielleicht baut ihr eines Tages Raumschiffe. Das ist ja jetzt die große Mode.«

»Keine schlechte Idee, Frau Lumin. Man weiß wirklich nicht, was die Zukunft bringt. Sie ist –«, er überlegt und fährt dann fort: »Es ist ungeheuerlich, in dieser Zeit zu leben. Die Welt verändert sich von Tag zu Tag. Was man gestern gelernt hat, ist heute schon altmodisch. Es ist einfach fantastisch, in dieser Zeit zu leben.«

Er hat lauter gesprochen, Olga hat ihn verstanden. Sie sagt: »Es war in jeder Zeit ungeheuerlich. Das Leben. Und soviel ich weiß, führt Amerika einen Krieg.«

»Na ja, Krieg! Das mit Vietnam. Krieg kann man das nicht nennen. Sie werden dort schnell Ordnung schaffen. Den Kommunismus muß man eben bekämpfen, wo er sich breitmacht.«

»Er ist ziemlich weit verbreitet. Und man kann sich fragen, was die Amerikaner Vietnam angeht.«

»Das geht sie schon etwas an.«

»Deine Physik, von der du eben sprachst, John, das sind doch auch Atombomben«, sagt Elsgard.

»Ich sage es ungern, aber wir brauchen sie. Die Russen haben sie auch. Wenn der eine sie hat, muß sie der andere auch haben.«

»Wenn mein Präsident noch lebte«, sagt Cordelia träumerisch, »gäbe es keinen Krieg.«

»Dein Präsident? Wer ist denn das?«

»Präsident Kennedy«, sagt Elsgard. »Die große Liebe ihres Lebens.«

John lacht. »Und ich dachte immer, das sei Onkel Alexander.«

In diesem Moment betritt Jochen das Zimmer. Er hat noch die Stiefel an, die Stiefel sind naß und schmutzig, und Elsgard fährt ihn auch gleich an: »Kannst du dir nicht die Stiefel ausziehen, ehe du hereinkommst?«

Jochen hat den rechten Arm um sein linkes Ellbogengelenk gelegt, bei Regenwetter hat er immer Schmerzen.

Er bleibt an der Tür stehen.

»Tut mir leid. Ich habe das Auto gesehen. Ich dachte, Alexander wäre hier.«

»Ich bin es bloß, Jochen. Guten Abend.«

John steht auf, geht zur Tür und gibt Jochen die Hand.

»Ich komme zu einem Abschiedsbesuch, ich wollte die Pferde noch einmal sehen. Meine Mutter wollte eigentlich mitkommen. Aber wir feiern heute abend so eine Art Abschiedsparty. Nur ein paar leitende Herren vom Werk, um alles Wichtige zu besprechen.«

»Seid ihr denn länger weg?«

»Mutter nicht. Sie kommt bald wieder. Alexander und ich bleiben eine Weile.«

Folgt die ganze Geschichte noch einmal.

Cordelia sinkt in ihrem Sessel zusammen. Onkel Alexander ist weg, John ist weg, und sie ist eine lahme Ballerina. Der Fuß schmerzt jetzt wieder, sie hat ihm zuviel zugemutet. Es fängt alles von vorn an, Übungen an der Stange, kein Auftritt in nächster Zeit. Die Aurora ist sie los, von der Giselle kann man nur träumen, erst recht von ›Schwanensee‹. Und wieder einmal, blitzartig, ist der Gedanke in ihrem Kopf: Ich will das alles nicht mehr.

Nur – was will sie dann?

Doch der Abend hält noch eine Überraschung für sie bereit. Ehe John aufsteht, um mit Jochen durch die Ställe zu gehen, sagt er: »Du könntest eigentlich mitkommen heute abend.«

Cordelia bleibt stumm, doch Elsgard fragt: »Wie meinst du das, John?«

»Sie könnte mitkommen. Ich sage doch, wir haben eine kleine Party, es gibt sicher gut zu essen, und Alexander wäre sicherlich beruhigt, wenn er sähe, daß seine Schwanenprinzessin wieder laufen kann. Zieh dir ein hübsches Kleid an, in einer halben Stunde fahren wir los.«

Das ist eine Sensation. Noch nie ist Cordelia im Haus Munkmann gewesen, nur damals, als sie sich zum erstenmal den Fuß verknackst hatte.

»Also wie finde ich das denn?« sagt Elsgard, nachdem die Männer gegangen sind. »Sie ist noch nie dort eingeladen gewesen. Olga, was sagst du?«

Olga sagt gelassen: »Warum denn nicht? Wenn John sie mitnehmen will. Und Alexander wäre sicher froh, sie noch einmal zu sehen, ehe er abreist.«

»Ich finde, da hätte er schon selber kommen können. Und ob das Frau von Renkow recht ist?«

Und nun sagt Olga etwas Erstaunliches: »Es ist egal, ob es Frau von Renkow recht ist oder nicht, John ist nun mal der zukünftige Chef des Hauses. Wenn er Cordelia einlädt, was soll daran nicht gut sein?«

Beide blicken sie Cordelia an, die zusammengesunken in ihrem Sessel sitzt.

»Möchtest du denn?« fragt Elsgard.

Cordelia richtet sich auf, spannt den Rücken an.

»Ich möchte Onkel Alexander gern noch wiedersehen, ehe er … ich meine, wenn er dann länger nicht da ist. Aber ich habe ja gar nichts anzuziehen.«

Sie läuft hier meist in Hosen herum, was sie an Kleidern besitzt, es ist ohnehin wenig, ist in der Stadt geblieben. Es gibt ein einziges Kleid, das sie dabei hat, es ist schwarz mit einem kleinen blauen Muster, sie hat es immer nach Premieren angezogen.

»Laß uns mal nachschauen«, sagt Elsgard impulsiv.

Sie hat sich immer darüber geärgert, daß sie in der Villa Munkmann nicht willkommen waren. Es ist nicht darüber geredet worden, aber für sie war es deutlich.

»Eigentlich will ich nicht«, sagt Cordelia, als sie das Kleid aus dem Schrank nehmen.

»Na, warum denn nicht? Einer muß mal den Anfang machen.«

»Ich habe ja auch gar keine Schuhe für das Kleid«, sagt Cordelia widerwillig.

»Ich habe schwarze Pumps. Mit nicht zu hohem Absatz. Die passen dir. Wir haben doch dieselbe Schuhgröße.«

Eine halbe Stunde später sitzt Cordelia neben John im Auto und fährt ins Ruhrtal. Halb betäubt von Angst, halb erfüllt von Trotz. Die lahme Ballerina ist nicht vergessen.

John ist bester Laune, singt einen Song von Frank Sinatra vor sich hin. »I've got you under my skin ...«

»Kennst du das?«

»Natürlich. Ich liebe ihn.«

»Kennedy, Sinatra. Wen liebst du noch?«

»Alexander.«

»Und wen noch?«

»Niemand.«

»Du wirst mir doch nicht weismachen, daß du keinen Freund hast.«

»Das kann dir doch egal sein.«

Ein paar Kilometer lang schweigt er, dann sagt er: »Eigentlich schon. Aber ich würd's trotzdem gern wissen.«

Daraufhin lacht sie nur, es klingt überheblich und spöttisch.

»Ich habe dich voriges Jahr mal gesehen, in ›Dornröschen‹. Also du warst schon sehr süß.«

Sie verzieht den Mund, was er nicht sehen kann.

Süß! Ob er eine Ahnung hat, wie schwer sie arbeiten muß, eingewickelt in wollene Wadenschoner, schwitzend, keuchend, nur damit er sie dann süß findet? Außerdem erinnert sie sich noch genau, was er im vorigen Sommer gesagt hat. Aus Ballett mache er sich nichts, er gehe lieber in ein richtiges Theater. Geschwindelt hat er also auch.

»Nun, sag schon. Hast du einen Freund?«

»Ich hab eine Menge Freunde und Freundinnen am Theater, das ist doch klar.«

»Stell dich nicht wieder dumm. Du weißt genau, was ich meine. Ob du einen Liebhaber hast?«

»Das geht dich einen Dreck an«, sagt sie laut.

»Uff! Du kannst ja biestig sein?«

Er fährt den Wagen an den Rand der Straße, bremst sacht, hält.

»Ich würde es gern wissen.«

»Was?«

»Ob du mit einem Mann schläfst.«

»Warum willst du das denn wissen?«

»Nur so.«

»Ach, nur so. Dann kann es ja nicht so wichtig sein. Fahr lieber weiter, sonst kommen wir zu spät.«

»Du denkst doch nicht im Ernst, daß ich weiterfahre, ehe ich eine vernünftige Antwort bekommen habe.«

Sie legt den Kopf zurück an die Sitzlehne.

»Fährst du eben nicht. Ich versteh bloß nicht, was in diesem Fall eine vernünftige Antwort sein soll.« Sie ist gut, sie ist ganz begeistert von sich selber, weil sie so mit ihm umspringt. Und sie denkt rasch an Sophia, was die immer so erzählt von ihren Liebhabern.

»Also sag schon! Wer ist es?«

»Dieser und jener. Man hat viele Verehrer beim Theater. Besonders, wenn man süß ist.« Und das süß bringt sie langgedehnt. »Am liebsten mag ich unseren neuen Tenor. Der kann wunderbar küssen.«

»Und mit dem schläfst du?«

»Was du immer mit dem Schlafen hast. Schlafen ist sehr wichtig für mich. Ich muß viel arbeiten und brauche viel Schlaf. Und dabei bin ich am liebsten allein.«

Er runzelt die Stirn. Nimmt sie ihn auf den Arm?

»Wenn ich nicht gleich einschlafen kann, und das kann ich oft nicht, weil Tanzen hektisch macht, dann lese ich. Und ich weiß nun auch, warum du nicht wie der Kaiser und Hindenburg und der Hitler durch das Brandenburger Tor spazieren kannst.«

Er lacht verblüfft und erinnert sich an das Gespräch vom vorigen Jahr. Dann legt er den Arm hinter sie auf die Lehne.

»Sieh mich an, Kätzchen!«

»Warum nennst du mich Kätzchen?«

»Weil du so aussiehst.«

Und dann küßt er sie. Ganz ungeküßt ist dieser Mund

nicht mehr, das hat Joseph, der Tenor, bewirkt. Immer wieder einmal, wenn sie ihm begegnet, bleibt er stehen, zieht sie an sich und gibt ihr einen Kuß. Daß er mit ihr schlafen will, hat er noch nie gesagt. Aber über seine Küsse freut sie sich, sie hält jedesmal still. Jetzt auch, sie widerstrebt nicht, aber sie erwidert den Kuß nicht.

»Direkt schade, daß ich wegfahren muß«, sagt John.

»Ja, nicht wahr?« sagt Cordelia, keineswegs beeindruckt. Eine Weile betrachtet er sie in dem fahlen Regenlicht, das durch die Scheiben dringt.

»Ich würde gern wissen, was du jetzt denkst.«

»Was gibt es denn groß zu denken? Wegen einem Kuß?«

»Verdammt noch mal, ja.«

Er küßt sie noch einmal. Diesmal heftiger, leidenschaftlich. Er ist nicht ungeübt. Und Cordelia erwidert seinen Kuß diesmal. Das geht auch ohne Übung.

Seine Hand fährt vorsichtig unter ihren Mantel, umfaßt ihre Brust. Das ist ein seltsames Gefühl, sie zuckt zusammen, und gleichzeitig wird ihr ganz heiß. Und es ist ihr so, als müsse sie sich zurücksinken lassen, schweigen, nachgeben, sich hingeben – da ist plötzlich etwas geschehen, von dem sie nicht gewußt hat, daß es geschehen kann.

Und wieder seine Lippen, fast schon vertraut, die Hand um ihre Brust.

Doch nun wehrt sie ihn ab, biegt den Kopf zur Seite, faßt sein Handgelenk.

»Ich denke, du willst zu einer Party?«

Er läßt sie los, betrachtet sie.

»Ganz schön cool, die Künstlerin. Du bist es ja doch gewöhnt.«

»Und ich kann dir das Kompliment vom vergangenen Jahr zurückgeben. Du bist ziemlich dumm.«

Eine Weile sitzt er stumm und starrt auf die nun fast dunkle Straße. Dann fährt er wieder an.

Wenn Beatrice überrascht ist über den unerwarteten Gast, läßt sie es sich nicht anmerken. Sie begrüßt Cordelia sehr freundlich, sagt: »Wie ich sehe, geht es deinem Bein besser. Das freut mich.«

Alexander ist ganz entzückt, Cordelia zu sehen, nimmt sie in die Arme, küßt sie auf beide Wangen.

»Kleines! Dir geht es wieder gut?«

»Einigermaßen«, erwidert Cordelia kühl. Sie nimmt es übel, daß er wegfahren wollte, ohne sie noch einmal zu sehen. Er merkt, daß sie verstimmt ist. Er hatte ja auch vor, sie zu besuchen, aber es war so viel zu tun in den letzten Tagen. Im stillen bewundert er seinen Neffen, der fertiggebracht hat, was er nie wagte: Cordelia in dieses Haus zu bringen. Sie ist zudem ein Erfolg auf dieser Party. Es sind alles Geschäftsleute, Lieferanten, Kunden, ein Banker, nur wenige Frauen und nun mittendrin ein Mädchen vom Theater, eine Tänzerin. Es stellt sich heraus, daß einige sie kennen und schon auf der Bühne gesehen haben. Besonders Roberto Giordano, neben Beatrice und Alexander nun der leitende Mann in der Fabrik, und seine Frau sind ausgesprochene Ballettfans.

Sie haben ›Dornröschen‹ gesehen, den gemischten Abend, natürlich auch Ginettes Abschiedsvorstellung, und sie sind jedes Jahr im ›Nußknacker‹, denn sie haben heranwachsende Kinder. »Meine Tochter Gianna ist jedesmal ganz begeistert. Sie möchte auch tanzen lernen.«

»Für begabten Nachwuchs haben wir immer Interesse«, spricht Cordelia ganz im Ton von Madame Lucasse. »Sie soll sich einmal bei uns vorstellen. Wie alt ist sie denn?«

»Sie ist jetzt sieben.«

»Das ist genau die richtige Zeit, um anzufangen.«

Noch ein anderer Mann, ein graumelierter Fabrikbesitzer aus Duisburg, erweist sich als begeisterter Ballettbesucher. Er ist auch ein alter Bewunderer des Sadler's Wells Ballett in London, das heute zur Royal King Opera gehört. Und er kennt, das ist der Höhepunkt, auch Joan Seymour, die Alexander einmal heiraten wollte.

»Man kann eigentlich nicht mehr davon sprechen«, sagt Alexander eitel. »Da merkt man, wie alt wir schon sind.«

»Damals waren wir junge Burschen, Herr von Renkow. Sicher, es ist lange her. Aber sie ist unvergessen. Sie war eine hinreißende Schwanenprinzessin.« Und zu Cordelia gewandt: »Wann werden Sie die Odette und Odile tanzen, Fräulein Lumin?«

Cordelia hebt graziös beide Hände in einer typischen Ballettgeste, sie lächelt.

»Ich hoffe bald«, sagt sie.

Sie sprechen natürlich von Ginette, von ihren Erfolgen und von ihrem derzeitigen Leben.

»Sie führt ein großes Haus«, berichtet der Herr aus Duisburg.

»Ich war auch schon bei ihr eingeladen. Schließlich bin ich ein alter Verehrer von ihr. Sie ist immer noch eine bildschöne Frau.«

Alles ist ein wenig verwirrend für Cordelia, da sind noch die Küsse auf ihren Lippen und die Gedanken an dieses seltsame Gespräch mit John. Falls man es ein Gespräch nennen will. Er kümmert sich im Laufe des Abends um sie, bringt ihr einen Teller vom Buffet, füllt immer wieder ihr Glas. Einmal streichelt er zärtlich über ihr Haar. Beatrice beobachtet das sehr genau. Sie kennt ihren Sohn gut, auch seine Amouren. Er hat schon öfter ein Mädchen ins Haus gebracht, es war nie sehr ernst zu nehmen.

Morgen fahren sie nach Frankfurt, dann fliegen sie nach Amerika, dort wird er wohl dann für einige Jahre beschäftigt sein. Alexander, und nun John, also das langt, denkt sie. Als die Party zu Ende ist, es wird nicht sehr spät, denn morgen müssen sie früh starten, will er Cordelia nach Hause bringen.

»Das macht Gustav«, sagt Beatrice entschieden. »Du hast schließlich einiges getrunken.«

»Richtig, Mutterherz«, sagt John lächelnd, denn er weiß genau, was sie denkt. »Gustav macht das besser. So wichtig ist es auch wieder nicht.«

Cordelia ist sehr erleichtert, daß Gustav sie fährt. Der Abend war anstrengend, sie ist Partys nicht gewöhnt, der Fuß tut auch wieder weh. Und sie will nicht mehr von John geküßt werden, will nicht seine Hand an ihrem Körper spüren. Überhaupt macht sie sich nicht das geringste aus ihm, er hat sie gerade genug beleidigt. Du bist unbeschreiblich dumm. Die lahme Ballerina. Kätzchen! Und so ein Kuß, und noch ein Kuß, was bedeutet das schon. Soll er doch in Amerika oder in der Hölle studieren, der aufgeblasene Pinsel.

»War es ein hübscher Abend?« fragt Gustav, als sie kein Wort spricht.

»Ganz nett«, antwortet sie. »Alles fremde Leute.«

Alles fremde Leute? Alexander, Beatrice, John?

John, der sich die Frechheit herausnimmt, sie zu küssen und ihr am Busen herumzufummeln. Und ihr blöde Fragen zu stellen.

Ob sie einen Liebhaber hat, was fällt dem ein? Sie ärgert sich, daß sie nicht schlagfertig geantwortet hat. Einen? Ich kann sie schon nicht mehr zählen.

»Das Bein tut nicht mehr weh?« fragt Gustav besorgt.

»Nicht im geringsten. Nächste Woche arbeite ich wieder.«

Sie muß ganz von vorn anfangen. Übungen an der Stange, warm vermummt. Und wann wird sie wieder auftreten können, das ist die Frage. Madame Lucasse wird sie sehr genau beobachten. Zu Hause, allein im Wohnzimmer, macht sie die Übung noch einmal, auf Jochens Sessel gestützt. Erst das eine Bein, dann das andere Bein. Es tut wirklich nicht mehr weh. Sie hat für ihre Verhältnisse viel getrunken, das mag hilfreich sein.

Elsgard kommt ins Zimmer.

»Na, wie war es?«

»Es hat mir nicht besonders gefallen«, antwortet Cordelia kühl.

»Warum?«

»Lauter fremde Leute. Sie waren alle sehr nett zu mir. Ich weiß nicht, wer das alles war. Aber – ich war dort so allein.«

»Allein? Wenn es doch viele Leute waren.«

»Man kann auch unter vielen Leuten allein sein. Kann ich noch etwas zu trinken haben?«

»Willst du ein Glas Milch?«

»Nein. Champagner.«

Elsgard lacht. »Du bist verrückt. Ich habe doch keinen Champagner.«

»Haben wir nicht?«

»Sekt habe ich.«

»Na gut, dann trinke ich ein Glas Sekt.«

»Was hat denn Alexander gesagt?«

»Mit dem habe ich kaum gesprochen.«

»Wieso denn das?«

»Als Gastgeber hatte er viel zu tun. Außerdem war er in Gedanken wohl schon auf dem Flug nach Amerika.«

»Ja, ja, das kenne ich. Wenn er nur zu seinem Freund Harald kann. Der bedeutet ihm mehr als wir alle zusammen.«

Elsgard holt den Sekt, und dann kommt auch Olga aus ihrem Zimmer. Sie kann sowieso schlecht schlafen, und sie hat wohl auch auf Cordelias Rückkehr gewartet. Sie bekommt auch nicht mehr von der Party erzählt. Sie bemerkt nur, daß Cordelia mißmutig ist.

»Ein merkwürdiger Junge, dieser John«, klopft sie auf den Busch.

»Ich finde ihn gräßlich«, sagt Cordelia.

Mit dem ersten Glas Sekt in der Hand balanciert sie wieder auf einem Bein, diesmal ohne sich zu stützen. Dann das andere Bein, sie schwankt, beinahe wäre sie wieder umgeknickt.

Elsgard greift nach dem Glas, nimmt es ihr aus der Hand. »Laß das doch! Du machst mich ganz nervös.«

»Wenn ich nicht mehr tanzen kann, müßte ich immer hier bei euch bleiben. Das würde dir erst auf die Nerven gehen, Mutti.«

»Vermutlich. Und warum sollst du nicht mehr tanzen können?«

»Man denkt mal so darüber nach, nicht? Es kommt öfter vor, daß einer es plötzlich nicht mehr kann.«

Plötzlich wird sie gesprächig. Sie erzählt von einem Mädchen namens Livia.

»Die war so ungefähr neunzehn, als ich angefangen habe. Sie war sehr gut. Wirklich, das hat jeder gesagt. Damals hatten sie ja noch ›Schwanensee‹ auf dem Spielplan. Ginette war schon etwas angeschlagen. Zuerst hat sie beide Rollen getanzt, aber dann wurde ihr das zu anstrengend, sie machte nur die Odette, und Livia bekam die Odile. Wirklich, sie war toll. Sie sei besser als Ginette, wurde geflüstert. Ginette war ziemlich gehässig zu ihr. Damals tanzte noch nicht Zomas, sondern einer, der hieß Kilian. Der sagte es jedem, der es hören wollte oder nicht, daß Livia viel besser sei. Und dann war es aus.«

»Warum war es aus?« fragt Elsgard.

»Sie hat sich ein Bein gebrochen, mehrfach, sehr kompliziert. Und das Steißbein auch. Sie lag monatelang in Gips.«

»Beim Tanzen ist das passiert?«

»Nein, eben nicht. Sie hatte einen Unfall. Sie fuhr immer mit einem Mofa durch die Gegend. Wie eine Verrückte, es konnte ihr nicht schnell genug gehen. In einer Kurve ist sie über eine Böschung geflogen.«

»Das ist ja schrecklich«, sagt Olga. »Aber du fährst ja nicht mit so einem Ding.«

»Wir dürfen nicht einmal mit dem Rad fahren. Das hat Madame Lucasse verboten. Damals in Rosenheim bin ich immer mit dem Rad in die Schule gefahren. Das hatte mir dein Gemüsehändler geschenkt. Weißt du das nicht mehr?«

Doch, Elsgard erinnert sich daran. Und Olga sagt: »Mitten im Winter bist du gefahren, bei Eis und Schnee.«

»Und einmal bin ich auch ziemlich böse hingefallen. Aber das habe ich euch gar nicht erzählt.«

Sie trinken die ganze Flasche Sekt aus, und Cordelia ist ein wenig betrunken, als sie ins Bett geht. Das erstemal in ihrem Leben.

Damals

DAMALS, ALS DIE DEUTSCHEN aus Paris abzogen, aus einer unzerstörten Stadt, denn obwohl ihre eigenen Städte in Trümmern lagen, hatten die Barbaren Paris nicht verwundet: Damals, im Rausch der Befreiung und des Sieges, bewegte nicht nur Freude und Glück die Franzosen, es gab ebensoviel Bösartigkeit und Haß; damals trieben sie Ginette Durans mit Püffen und Schlägen aus dem Theater, stießen sie draußen auf das Pflaster und wollten ihr die Haare abscheren, wie sie es mit allen Mädchen und Frauen taten, die mit einem Deutschen befreundet gewesen waren. Damals war es Serge Raikov, der Ginette hochriß, festhielt und sie, hinter sich her zerrend, mit ihr davonlief. Verfolgt von den wütenden Schreien der Rächer rannte er mit ihr um einige Ecken und nahm sie schließlich mit in seine kleine Hinterhofwohnung in der Rue Caumartin.

Als sie an seine Tür schlugen und die Herausgabe von Ginette verlangten, riß er die Tür auf und brüllte in seinem schaurigen Russisch auf sie ein.

Er konnte nicht sehr gut Russisch, eigentlich gar nicht, er gab nur so eine Art Kauderwelsch von sich, das er als Russisch bezeichnete.

Sein Vater war Bulgare gewesen, seine Mutter stammte aus dem Kaukasus, aufgewachsen war er in Paris.

Ginette lag schluchzend auf dem Boden, geschüttelt von Angst und Entsetzen. Und auch von Trauer, denn sie hatte den deutschen Leutnant geliebt, den man vor einigen Tagen getötet hatte.

Sie verfluchte die einmarschierenden Amerikaner, und vor allem de Gaulle, der ihrer Meinung nach an dem ganzen Unglück schuld war.

»Ferme ta gueule!« schrie Raikov sie an. »Das darfst du jetzt nicht mehr sagen. Sei froh, daß ich dich gerettet habe. Wenigstens für den Moment.«

Sie blieb zunächst bei ihm, daraufhin bekam er Krach mit seiner Freundin, die verlangte, daß er die Verräterin hinausschmiß, und als er sich weigerte, verschwand sie und kam nicht wieder.

Ginette blieb einige Zeit bei Serge Raikov, keine Liebesgeschichte, sie dachte nur an ihren toten Freund, weinte oft, was Raikov auf die Nerven ging. Er ließ sie allein, trieb sich in der aufgeregten Stadt herum, ging zu seinen Kollegen, die ihm den Rücken zuwandten. Er war damals Tänzer in der Oper an der Place Garnier, und man machte ihm klar, daß er in diesem Haus nichts mehr verloren hätte. Später, als die Gemüter sich beruhigt hatten, konnte er zurückkehren, blieb jedoch nicht mehr lange. Er war nur ein mittelmäßiger Tänzer, er komponierte, und vor allem wollte er choreographieren, da lag sein Talent.

Ginette verließ ihn nach einiger Zeit und begann ihr ruheloses Nachkriegsleben. Sie ließ nie wieder etwas von sich hören, weder bei ihm noch bei den anderen Kollegen ihrer jungen Jahre.

Doch nun kehrte sie nach Paris zurück und forschte nach, ob sie den einen oder anderen finden könnte. In drei Fällen gelang es; Zeitungsausschnitte und Bilder gab es genug, mit denen sie beweisen konnte, wie erfolgreich sie in den vergangenen Jahren gearbeitet hatte.

»Du hast es immer mit den Deutschen getrieben«, sagte eine ehemalige Kollegin verächtlich, die es nicht weitergebracht hatte als bis zur Garderobiere des Theaters, in dem sie einst getanzt hatte. Ginette lächelte überlegen. Sie fuhr in einem großen Wagen mit Chauffeur, sie wohnte im Ritz, sie sah blendend aus und war elegant gekleidet.

»Ich komme mit den Deutschen gut aus«, sagte sie mit freundlicher Zurückhaltung. »Und daß ich besser tanzen kann, als sie es können, haben sie anerkannt.«

Eine andere ehemalige Kollegin war unglücklich verheiratet und lebte in engen Verhältnissen, und die dritte, die sie schließlich auftrieb, war Kellnerin in einem kleinen Bistro. Sonst waren alle verschwunden aus Paris, zumindest wußten die drei nicht, was aus ihnen geworden war. Eins stand fest: Berühmt geworden war keine. Die Schwanenprinzessin hatten sie gewiß nicht getanzt.

Abends speiste Ginette mit ihrem Mann im ›Tour d'Argent‹, sie war nachdenklich, fast ein wenig traurig.

»Damals wollte ich am liebsten sterben. Und später dachte ich, daß ich nie wieder nach Paris kommen würde. Ich wollte Paris nie wiedersehen. Ich haßte sie alle, so wie sie mich gehaßt haben.«

Sie hatte ihrem Mann die ganze Geschichte erzählt, schon lange bevor sie sich entschloß, ihn zu heiraten. Auch daß sie nie wieder einen Mann wirklich geliebt hatte, daß es überhaupt kaum Männer in ihrem Leben gegeben hatte.

»Jetzt hasse ich sie nicht mehr. Sie tun mir nur noch leid. Kann sein, sie hassen mich noch.«

»Aller Haß hat einmal ein Ende«, sagte ihr Mann und strich leicht über ihre Hand, an der jetzt ein prächtiger Diamantring blitzte.

»Es ist sehr anstrengend zu hassen. Außerdem bringt es nichts. Daß unsere Völker sich jetzt vertragen, das werte ich als eine der erfreulichsten Entwicklungen der letzten Jahre. Siehst du, es besteht nicht einmal mehr ein Grund für dich, de Gaulle zu hassen. Er und Adenauer haben einen Bund geschlossen, der halten wird. Und daß es de Gaulle schließlich gelungen ist, diesen fürchterlichen Algerienkrieg zu beenden, kann man nicht hoch genug preisen.«

»Es gibt auch dafür wieder Menschen, die ihn hassen. Algerien hat den Franzosen viel bedeutet.«

Sie hatten an diesem Tag schon über Algerien gesprochen, denn Ginette hatte von der Garderobiere erfahren, daß sich Serge Raikov in den Jahren nach dem Krieg in Algerien aufgehalten und dort gearbeitet hatte. Nachdem er zurückgekehrt war, ging es ihm nicht sehr gut, er war in Marseille, später in Toulouse, und jetzt hatte er eine eigene Truppe gegründet, mit der zog er durch das Land.

»Im Sommer in den Bädern, im Winter in den Städten, wo er halt ein Engagement bekommt. Keine große Truppe, kein Ballett, sie sind nur acht. Aber sie sind gut, ich habe sie mir einmal angeschaut.«

»Sie tanzen meist nach seinen Kompositionen«, erzählte Ginette ihrem Mann. »Ob das dem Publikum gefällt, bezweifle ich. Komponiert hat er damals schon, und ich fand es schrecklich. Nicht das, was ich unter Musik verstehe. Wo er jetzt ist, weiß sie nicht. Ich hätte ihn gern getroffen. Ich verdanke ihm mein Leben.«

»Du hast gesagt, die Dame wird sich nach der Agentur erkundigen.«

Ginette lächelte und legte nun ihre Hand auf die ihres Mannes.

»Du bist so lieb. Und so geduldig.«
»Nur muß ich jetzt zurück nach Düsseldorf, Liebling. Hochzeitsreise, gut und schön, und nun noch mit dir in Paris, das war wundervoll. Aber gelegentlich muß ich mich um meine Firmen kümmern. Ich denke, wir fahren nach Hause, du bleibst mit der Dame in Verbindung, und wenn du von diesem Raikov etwas erfährst, kannst du ihn ja dann besuchen.«

Sie erfuhr schon am nächsten Tag die Adresse der Agentur, und dort sagte man ihr, daß sich Serge Raikov mit seinen Tänzern zur Zeit in Brüssel aufhalte und anschließend, wenn die Sommersaison begann, in den belgischen Bädern auftreten würde, die ganze Küste entlang, von Knokke bis De Panne. Ihr Mann flog nach Düsseldorf zurück, Ginette bekam den Mercedes samt Chauffeur und fuhr nach Brüssel.

Noch ehe die Theaterferien beginnen, kann Ginette dem Intendanten des Theaters, an dem sie zwölf Jahre lang aufgetreten ist, einen erstklassigen Mann empfehlen, ehemaliger Tänzer, Komponist und ein Choreograph mit brillanten Einfällen. Man könnte so einen Mann an diesem Haus gebrauchen; Maître Chalons ist alt, Madame Lucasse eine gute Ballettmeisterin, aber keine besonders einfallsreiche Choreographin. Nur zu teuer dürfte dieser Mann nicht sein.

Ginette übernimmt die Verhandlung. Und sosehr sich Serge Raikov gefreut hat, sie wiederzusehen, so wenig ist er bereit, nun mit fliegenden Fahnen über die Grenze zu kommen und sich von einem deutschen Stadttheater engagieren zu lassen. Obwohl er den Job dringend brauchen könnte. Mit seiner Truppe verdient er wenig, eine Tänzerin hat ihn verlassen, die anderen sind zwar recht gut, er arbeitet sehr intensiv mit ihnen, mittelmäßige Tänzer würde er nicht beschäftigen, aber weil sie gut sind, bekommen sie auch anderswo Engagements, feste Engagements. Er hat noch vier Tänzerinnen und drei Tänzer, sie müssen an Kostümen und Requisiten sparen, doch tanzen können sie, nach der Musik von Strawinsky, Prokofiew, Rachmaninow, auch nach der

Musik von Ravel, sogar von Johann Sebastian Bach, und nach seiner eigenen natürlich.

Kommt dazu, daß er einen Traum hat, einen leidenschaftlichen Traum, und das seit vielen Jahren schon, den hat er schon in Algerien geträumt. Dort hatte er eine Truppe hochbegabter Afrikaner zusammengebracht, doch der Krieg machte ihrer Arbeit ein Ende, vertrieb ihn schließlich, der Traum aber reiste mit. Zwei Jahre hat er sich durchgehungert, die neue Truppe gesucht, ausgebildet, mit ihr gearbeitet, und der Traum ist immer dabei.

Der Traum heißt Amerika. Da will er hin, mit seiner Musik, seinen Tänzern. Dort wird er Karriere machen, er wird endlich berühmt werden. Hollywood wird sich um ihn reißen. Und dafür ein popliges deutsches Stadttheater?

»Non, non, Ginette, jamais!«

Aber wie soll er nach Amerika kommen? Da ihn niemand engagiert, müßte er das selber finanzieren. Es geht so weit, daß er Ginette um Geld bittet für eine Tournee in die Vereinigten Staaten. Denn Geld hat sie ja nun.

»Tu es fou«, sagt Ginette wütend.

Das geht so den ganzen Sommer über, mit seiner Truppe probiert er während der belgischen Tournee nun ein paar Nummern nach amerikanischer Musik, Gershwin, Bernstein, Barber, sie probieren am Tag in behelfsmäßigen Räumen, treten am Abend auf.

Dann verläßt ihn einer der Jungen, er hat einen Verehrer und Freund gefunden, der kommt von Gent Abend für Abend an die Küste gefahren, um den geliebten Jungen tanzen zu sehen. Er ist reich, kann dem Jungen ein sorgloses Leben bieten, und die Schinderei, die Raikov mit den Tänzern veranstaltet, ist nicht mit anzusehen, sagt er. Nun sind sie bloß noch sechs.

Ginettes Mann, den das nicht so sehr interessiert, lacht.

»Dann gib ihm halt das Geld für den Flug. Sieben Leute, das können wir uns gerade noch leisten. Drüben muß er dann sehen, wie er zurechtkommt.«

»Ich will, daß er an mein Theater kommt«, sagt Ginette. Mein Theater, sagt sie. Es ist seltsam, aber seitdem sie dort nicht mehr auftritt, ist es viel mehr *ihr* Theater geworden, als es das vorher war.

Immerhin läßt sich Raikov im November zu einem Besuch und zu einer Vorstellung beim Intendanten herab.

Er sieht den gemischten Abend und verzieht angewidert das Gesicht. Rossini, Mozart, Chopin, Gounod, Tschaikowsky, also in welchem Jahrhundert leben denn die Leute im Ruhrgebiet?

Auch ›Der Graf von Luxemburg‹ ist wieder auf dem Spielplan, und er sieht, wie der schöne Joseph sich eines der Mädchen herauspickt und küßt. Das macht der immer noch. ›Hoffmanns Erzählungen‹ jedoch findet er ganz gut.

Alles da in diesem Theater, Oper, Operette, Ballett, manche sind ja auch ganz gut, sagt er gnädig. Ein großer Apparat, so etwas hat er nie erlebt. Und er könnte ihnen beibringen, wie man heute tanzt.

»Schade, daß wir ›Dornröschen‹ zur Zeit nicht auf dem Spielplan haben«, sagt Ginette. »Die Aurora habe ich zuletzt noch getanzt.«

Er verschluckt höflich die Bemerkung, daß sie eigentlich dazu schon zu alt gewesen sein muß.

Wider Willen gefällt es ihm ganz gut. Er ist Gast in der Villa in Meerbusch, Ginettes Leben ist nicht nur angenehm, es ist feudal. So hat er nie gelebt. Die Kleine, die er damals durch den Dreck zog, als sie ihr die Haare scheren wollten.

Er kennt inzwischen nicht nur den Intendanten, er kennt Madame Lucasse, Maître Chalons, den Dirigenten Hasse. Es wäre eine ganz andere Art von Leben, bei den Deutschen. Es schockiert ihn, auf welch großem Fuß sie leben. Natürlich nur die, die er kennt. Die Gäste, die in Ginettes Haus kommen, ihren liebenswürdigen, wie er findet, viel zu gutmütigen Ehemann. Es wäre wirklich eine neue Art zu leben. Diese Deutschen! Wie haben sie das nur geschafft.

Er sieht natürlich nur die eine Seite, die glänzende, die wohlhabende. Die Reichen im Ruhrgebiet.

Es ist eine Verführung. Schließlich läßt er sich dazu herab, daß er kommen würde. Aber erst in der nächsten Spielzeit. Er muß und er muß nach Amerika.

Ginettes Mann gibt ihm schließlich das Geld für den Flug.

»Sie können es mir ja zurückgeben, wenn Sie hier engagiert sind, Monsieur.«

Ginettes Mann spricht nicht französisch, Raikow nicht deutsch. Ginette sorgt für Verständigung, nicht ohne Ärger. Sie weiß, daß ihr Mann sie gern vom Theater lösen möchte. Nicht im Bösen, er hat sie schließlich dort gesehen, bewundert, liebengelernt. Aber nun ist sie seine Frau. Eine Frau, für die ihn jeder bewundert.

»Laß ihn doch, Schatz«, sagt er. »Wenn er einen Hollywood-Vertrag bekommt, dann hast du dich wirklich ausreichend bedankt für das, was er für dich getan hat.«

Es gibt keinen Hollywood-Vertrag. Raikow kommt zurück und tritt in der folgenden Spielzeit ein befristetes Engagement im Theater an.

Es verschafft ihm ein regelmäßiges Einkommen, ein gut geschultes Corps und eine Menge Arbeit, auf die er sich mit Begeisterung stürzt.

Und zu alledem hat er eine Primaballerina mitgebracht. Eine großartige Tänzerin, ein wunderschönes Mädchen, eine Amerikanerin: Jennifer Byle.

Der Neue

DIE TÄNZER WERDEN ÜBERRASCHT. Daß ein neuer Ballettdirektor für das Haus gesucht wird, davon ist schon oft die Rede gewesen. Maître Chalons ist nun wirklich sehr alt, doch niemand will ihn vertreiben, ohne Theater kann er nicht leben. Er wird nach wie vor dabei sein, wird zuschauen, wenn sie trainieren, probieren, auftreten. Manchmal ist es schon vorgekommen, daß er abends in der Kulisse einschläft. Dann heben ihn die Bühnenarbeiter sacht vom Stuhl und tragen ihn zu dem Sofa, das in dem Gang steht, der zu den Garderoben führt. Wenn er aufwacht, wird er ärgerlich.

»Was fällt euch ein! Laßt mich sofort los!«

Manchmal schläft er friedlich weiter, und wenn die Mädchen von der Bühne abgehen, bleiben sie bei ihm stehen, und eine weckt ihn mit einem Kuß. Dann schimpft er nicht, dann lächelt er.

Raikov hat er kennengelernt, als der sich vor einem Jahr für einige Vorstellungen im Theater aufhielt. Er betrachtete den Landsmann skeptisch, gut sah der Bursche ja aus, über seine Laufbahn jedoch war ihm nichts bekannt.

»Ein Franzose«, sagt Sophia. »Das haben wir Ginette zu verdanken.«

»Jetzt müßt ihr euch aber anstrengen«, sagt Marguerite. »Der kann nämlich kein Wort deutsch.«

Marguerite hat, was die Verständigung betrifft, einen großen Vorteil, sie ist zweisprachig aufgewachsen, ihre Mutter ist Französin. Es hat im Krieg auch Liebesgeschichten mit gutem Ausgang gegeben. Marguerites Vater war Stabsarzt, er liebte die junge Französin, die überdies ein Kind von ihm erwartete. Ehe die Ardennenoffensive begann, brachte er sie von Soissons, wo er zu jener Zeit in einem Lazarett arbeitete, nach Reims. Da gab es ein hübsches kleines Restaurant, mit dessen Patron er sich angefreundet hatte und wo der Doktor, wenn es seine Zeit erlaubte, Champagner trank. Denn es gab nicht nur Feindschaft und Haß zwischen Deutschen und Franzosen. Der Wirt war von 1915 bis 1918 in deutscher Kriegsgefangenschaft gewesen und hatte die besten Erinnerungen daran.

»Und vor allem, mon ami«, sagte er, »hat es mich am Leben erhalten. Sonst wäre ich wohl vor Verdun verreckt. Wie mein Bruder und mein Cousin und viele andere, auch von euch.«

Hierhin brachte der Doktor sein Mädchen, mit dem Auftrag, es zu verstecken und gut zu behüten. Über den Ausgang der Ardennenschlacht machte er sich keine Illusionen. Auf dem Rückzug verpaßte er ihr eine Schwesterntracht und steckte sie in einen Verwundetentransport.

Es wurde eine glückliche Ehe. Marguerite, im selben Jahr wie Cordelia geboren, bekam noch einen Bruder und eine

Schwester, ihr Vater hatte eine gutgehende Praxis in Mülheim an der Ruhr.

Ihre Mutter hatte einst davon geträumt, Tänzerin zu werden, der Krieg, die Liebe hatten es verhindert. Sie hatte Verständnis, als Marguerite sich diesen Beruf erwählte, und unterstützte sie gegen den Willen des Vaters, der seinem kleinen Mädchen ein leichteres Leben wünschte. Er hoffte im stillen, daß Marguerite, so hübsch wie sie war, vielleicht bald heiraten würde.

Als er sie im Frühjahr als Aurora sah, gab er zu, sie sei begabt, und lachte, als seine Frau sagte: »Da siehst du, was ich verpaßt habe.«

Für Cordelia hat es für den Rest der Spielzeit keine Soli mehr gegeben, sie tanzt nur im Corps. Das verletzte Bein hat sie sehr verunsichert, sie übt zwar fleißig an der Stange, das Gelenk ist gut verheilt, doch sie scheut jeden hohen Sprung, lauscht gewissermaßen ständig in ihre Füße hinein. Wenn sie einen Fehler macht, wenn eine Übung mißlingt, läßt sie sich einfach auf den Boden fallen. Sie neigt zur Selbstaufgabe, dazu, sich einfach gehen-, sich fallenzulassen. Madame Lucasse hat das genau beobachtet, sie kennt Cordelia sehr gut, weiß, was in ihr vorgeht. Keine ›Giselle‹ in der nächsten Spielzeit, darüber ist sie sich klar. Auch kommt dann der Neue, man muß abwarten, wie sich alles entwickelt. Ihre Gefühle sind gespalten. Ein neuer, ein guter Mann muß her, das sieht sie ein. Fragt sich nur, was Ginette ihnen für einen Vogel ins Nest setzen wird.

»Scheint eine Jugendliebe von ihr zu sein«, sagt Hasse.

»Bißchen sentimental, die Gute.«

Zuerst kommen die Theaterferien, sie sind für Cordelia eine Erlösung. Sie hat Ruhe, kann ausschlafen, bekommt gut zu essen, spielt mit den Hunden oder mit den Katzen, hält sich meist in Jochens Nähe auf, obwohl sie sich mit Elsgard jetzt viel besser versteht als früher. Elsgard Lumin, in sicherer Obhut lebend, in geordneten Verhältnissen, in einem hübschen Haus, ähnelt wieder der Elsgard von einst. Sie denkt, im Gegensatz zu Olga und Jochen, eigentlich gar nicht mehr an das vergangene Leben, drüben, hinter der tödlichen Grenze. Da ist auch keiner mehr, an den sie denken muß. Am liebsten ist Cordelia bei den Pferden, und am allerliebsten bei Valera, die ein hübsches Hengstfohlen bekommen hat.

»Und sie sind beide gesund, nicht wahr, Vati?«

»Sieht so aus«, antwortet Jochen. »Valeras Herz war unruhig bei der Geburt und auch noch einige Zeit danach. Aber das ist ja normal. Jetzt geht es ihr wieder gut, sagt der Doktor.«

Auch Wali hat die Stute immer im Auge, und wenn sich Valera ins Gras legt, ist er sofort bei ihr und prüft ihren Puls, ihren Herzschlag. Man hat sie nicht gleich wieder decken lassen, erst mal abwarten, wie Mutter und Sohn sich entwickeln.

Bei Valera kommt es zu einer Begegnung zwischen Beatrice und Cordelia, zum erstenmal seit jenem Abschiedsabend. Cordelia turnt nicht wie sonst am Koppelzaun herum, sie sitzt innen in der Koppel, den Rücken an den Zaun gelehnt. Valera grast in der Nähe, der Kleine hopst schon recht munter um sie herum.

»Komm her, Valera! Komm! Du bist die Schönste von allen. Kann sein, weil du nicht gesund bist. Ich habe mal gelesen, daß man besonders schön ist, wenn man nicht ganz gesund ist. Vermutlich ist das Unsinn. Und du bist ja gesund, Valera. Außerdem kannst du doch ganz froh sein. Du brauchst keine Rennen mehr zu laufen. Ich hab's mal gesehen, in Düsseldorf. Mir gefällt das nicht. So eine Hetzerei. Und jeden Tag trainieren. Und dann die Rennen, da kommt es drauf an, nicht? Du hast gewonnen in München, und dann bist du zusammengebrochen. Es ist wie bei mir. Wir müssen trainieren und trainieren, bis wir nicht mehr können. Mein Herz klopft auch manchmal ganz fürchterlich, und dann denke ich, jetzt falle ich um.« Die Stute, von ihrer leisen Stimme angezogen, ist gekommen, senkt den Kopf, läßt sich streicheln. Den kleinen Sohn läßt sie dabei nicht aus den Augen.

»Er ist wirklich goldig, der Kleine. Schau nur, wie er herumhopst. Das Traurige ist nur, daß du ihn hergeben mußt, wenn er ein halbes Jahr alt ist. Und dann ein Jahr später muß er schon arbeiten. Die Vollblüter haben ein hartes Leben. Das sagt Vati auch. Er ist jetzt schon so lange hier, aber daß die Vollblüter schon so jung trainieren müssen, das gefällt ihm nicht. Bei unseren Pferden war das anders, sagt er.«

Beatrice ist auf dem Wiesenrand des Weges herangekommen, sie steht da und hört Cordelias Geplauder zu.

»Da hat er sich noch immer nicht daran gewöhnt, dein Vater«, sagt sie. »Er hat schon recht, es ist ein hartes Leben. Und Vollblutzucht ist ein hartes Geschäft. Manchmal denke ich das auch.«

Cordelia ist erschrocken aufgesprungen und bekommt sofort ihre angstvollen Augen.

»Oh! Guten Tag«, sagt sie.

»Der Fuß wieder in Ordnung?« fragt Beatrice.

»Doch. Es scheint so.«

»Was heißt, es scheint so. Ist die Zerrung verheilt?«

»Es sieht so aus.«

Beatrice blickt auf die Pferde, sieht dann Cordelia an.

»Ich kann mir vorstellen, daß es ein Unterschied ist, ob man mit einem verletzten Fuß wieder laufen kann oder ob man damit tanzen muß.«

Cordelia nickt. »Ja. Man hat immer Angst, daß es wieder passieren könnte.«

»Jetzt hast du erst mal Ferien. Und wie ich sehe, bist du immer noch gern bei den Pferden.«

Valera geht auf die Koppel hinaus, das Fohlen drängt sich an sie, beginnt zu trinken.

»Du hast sie nicht laufen gesehen«, sagt Beatrice. »Sie flog wie ein Pfeil, ihre Füße schienen kaum den Boden zu berühren. Und sie siegte. Und es war auch schon einer da, der mir viel Geld für sie bot. Und dann fiel sie um. Es war entsetzlich. Ich dachte, sie wäre tot.«

»Und dann sollte sie getötet werden.«

»Ja. Keiner dachte, daß sie wieder auf die Beine kommt.«

»Ich bin so froh, daß sie hier ist. Und sie ist gesund. Und der Kleine ist überhaupt gesund. Sagt der Doktor.«

»Wenn er das Talent seiner Mutter geerbt hat, und sein Vater ist ja auch unser Bester, dann wird er mal ein Sieger.«

»Das wäre schön, gnädige Frau.«

Beatrice betrachtet das Mädchen prüfend.

»Warum sagst du gnädige Frau zu mir?«

Cordelia wird rot. »Gustav sagt auch immer so.«

»Du bist nicht mein Chauffeur, und ich habe einen Namen.«

»Ja, Frau von Renkow.«

Jetzt lacht Beatrice, legt den Arm auf Cordelias Schulter. »Es fällt mir auf, daß du mich eigentlich nie mit Namen angesprochen hast. Könntest du dich daran gewöhnen, mich Beatrice zu nennen?«

»Ich werde es versuchen, Beatrice.«

»Nachdem sich ja mein Sohn in dich verliebt hat, fände ich das ganz passend.«

Cordelia lacht. »Ach, verliebt! Sie sollten mal hören, was er mir alles an den Kopf geschmissen hat, als Jürgen hier war. Mach, daß du wegkommst, du bist zu dumm, mit dir kann man nicht reden. So was hat er gesagt.«

»Na ja, das kann ich mir schon denken. So junge Männer können manchmal rüde sein. Sie bilden sich ein, sie haben die Welt neu erfunden. Auf dem Flug jedenfalls hat er von dir gesprochen.«

Wie immer ist Beatrice eine andere, wenn sie bei ihren Pferden ist.

»Es täte ihm leid, daß er nicht öfter im Theater war, um dich tanzen zu sehen.«

»Mir hat er gesagt, er macht sich nichts aus Ballett.«

»Siehst du, so schnell kann man seine Meinung ändern. Er wollte wissen, was denn eigentlich ›Schwanensee‹ ist. Weil Alexander so oft davon spricht. Daraufhin erzählte ihm Alexander während des Fluges die ganze Handlung, und mein Herr Sohn sagte, das kann ich mir gut vorstellen, daß sie so was tanzt. Und weißt du, was Alexander dann sagte? Jetzt kümmere dich gefälligst um dein Studium. Cordelia gehört mir und nicht dir.«

»Ein seltsames Gespräch«, sagt Cordelia befangen.

»Ja, finde ich auch. Und wie steht es nun mit ›Schwanensee‹? Ich habe das nun auch schon tausendmal gehört.«

»Keine Aussicht. Das hat Ginette Durans doch jahrelang getanzt, das kommt so schnell nicht wieder auf den Spielplan. Ich habe ja immer ...«, sie stockt. »Ich habe immer auf die ›Giselle‹ gehofft. Aber jetzt ...«, sie blickt hinunter auf ihren Fuß.

»Jetzt?«

»Ich würde mich gar nicht trauen.«

Beatrice betrachtet sie nachdenklich. »Ja, es ist wohl ein harter Beruf«, sagt sie dann. »Wie bei meinen Vollblütern.«

Eine Weile sehen sie schweigend den Pferden zu. Das Fohlen hat genug getrunken, streckt sich satt und zufrieden im Gras aus.

»Wir brauchen noch einen Namen für ihn«, sagt Beatrice.

»Wali meint, man soll ihn Valerius nennen. Und Olga sagt, dann haben wir drei Walis im Haus. Aber sie hat gesagt, dann lieber gleich Valerianus, das war ein römischer Kaiser.«

»Olga ist doch immer noch die Klügste von allen.«

»Wie war es denn in Amerika?«

»Ganz nett. Harald ist sehr unterhaltsam. Und seine Brüder auch. Wir sind viel ausgegangen. Wir waren auch oft im Theater. Dann sind wir nach Boston gefahren, um John dort zu etablieren. Bin ja gespannt, wie lange er es aushalten wird.«

»Und Onkel Alexander? Er ist noch nicht zurück?«

»Er ist in Argentinien, er muß sich um den Export kümmern.«

So viel und so lange hat sich Cordelia noch nie mit dieser Frau unterhalten, die sie kaum kennt. Die Party hat wohl eine neue Basis geschaffen.

»Wo ist denn deine Mutter? Ich habe sie nicht gesehen.«

»Heute ist Freitag. Da ist Mutti beim Friseur.«

Beatrice lacht. »Es geht doch nichts über ein geordnetes Leben. Na, komm, schauen wir mal nach Jochen. Der hatte einen Getreidehändler im Büro und war sehr vertieft.«

»Das ist ein neuer. Der importiert Hafer aus Frankreich.«

»Warum? Haben wir hier nicht genug?«

»Der soll angeblich besser sein. Und auch billiger. In Frankreich haben sie ja viel Pferde.«

»Sehr schöne Pferde. Und prachtvolle Gestüte. Ich war mal in Sémur, Riesenweiden, großer Auslauf für die Pferde.«

Beatrice bleibt sogar zum Abendessen. Es ist ziemlich einsam in der Villa Munkmann, kein Vater, kein Mann, kein Sohn. Fred hat seinen Besuch angekündigt. Er bummelt immer noch durch sein Leben, macht mal hier oder dort Musik, neuerdings plant er, sich in Rom an einer Filmproduktion zu beteiligen. Von Beatrice bekommt er klaglos Geld.

Der Sommer geht vorbei, die neue Spielzeit beginnt und das aufregende Leben mit dem neuen Ballettdirektor.

Sophia äußert sich als erste.

»Das wäre ein Mann nach meinem Geschmack«, sagt sie, das bekannte Glimmern im Blick. »Sieht er nicht toll aus?«

So was ist natürlich Geschmackssache. Er ist ungefähr Mitte Vierzig, mittelgroß, mit einem festen durchtrainierten Körper und einem ausdrucksvollen Gesicht mit greifenden Augen unter einem Wust von schwarzem Haar.

Ein wenig Angst macht er ihnen allen, an Flirt ist da gar nicht zu denken. Da sind die Sprachschwierigkeiten, und da ist die Art, wie er mit ihnen umgeht.

Tagelang sieht er ihren Übungen zu, auch ihren Auftritten, kein Tanz, nur ein wenig Bewegung im ersten Akt des ›Rigoletto‹, die erste Premiere der Spielzeit, Joseph singt den Herzog.

Und dann nimmt er sich jeden einzeln vor, die Mädchen und die Jungen. An der Stange müssen sie tanzen, nur im knappen Trikot, ohne Beinwärmer, mal auf der Spitze, mal auf den Füßen. Er faßt sie an, prüft die Muskeln, die Spannung im Körper beim Sprung. Alle geläufigen Figuren kommen vor, dabei redet er in seinem rasanten Französisch, das die meisten nicht verstehen, auch wenn sie Französisch gelernt haben.

Cordelia zum Beispiel. Sie kann zwar korrekt sprechen, aber verstehen kann sie ihn nicht, er redet einfach zu schnell.

Er erkennt auch sofort ihre Schwächen, die Oberschenkel sind zu dünn, die Muskeln nicht kräftig genug, die Gelenke zu schwach. Er prüft das alles mit den Händen, kniet vor ihr, umfaßt ihre Beine, in der Ruhe, in der Bewegung. Schließlich hebt er sie, wirft sie in die Höhe, sehr hoch, fängt sie sicher auf.

Cordelia ist blaß vor Angst, sie kann nur schwer ihren Atem kontrollieren, sie ist wieder einmal nahe daran, sich einfach auf den Boden fallen zu lassen.

Außer ihm ist es der neue Star, die neue Primaballerina, die sie alle fasziniert.

Sie ist für eine Tänzerin ziemlich groß und langbeinig, und sie ist sehr schön, ihr Haar ist rotblond und lang, ihre Augen sind graugrün. Katzenaugen, wie Pauline feststellt.

»Vor der müssen wir uns in acht nehmen«, sagt sie.

Dazu besteht zunächst kein Grund. Jennifer arbeitet genau wie alle anderen jeden Tag an der Stange, sie ist freundlich, doch distanziert. Deutsch sprechen kann sie natürlich auch nicht.

Was alle am meisten interessiert: Ist sie seine Geliebte?

Sie wohnen beide in einem kleinen Hotel in der Nähe des Theaters, sie haben getrennte Zimmer. Aber, so sagt Sophia, das will nichts heißen.

Jennifer und Raikov arbeiten unermüdlich zusammen, sie reden englisch oder französisch, sie streiten, doch sie lachen auch zusammen, es dreht sich offenbar immer nur um die Arbeit. Auf jeden Fall benehmen sie sich nicht wie ein Liebespaar, doch das kann man sich bei dieser kühlen Göttin sowieso nicht vorstellen.

Als erste Produktion ist der ›Feuervogel‹ geplant, den hatten sie an diesem Theater noch nie.

Bis dahin muß es der gemischte Abend tun, der von Raikov geändert wird. Das Divertimento von Mozart fliegt raus und der Gounod-Walzer. Dafür gibt es den ersten Auftritt von Jennifer Byle auf dieser Bühne, er nennt sich schlicht ›Übungen‹.

Es ist atemberaubend. Sie sehen es das erstemal bei der Generalprobe, es ist mäuschenstill im Theater, vor der Bühne, hinter der Bühne. Sie stehen in den Gängen und schweigen. Dann die Aufführung, keine Premiere, nur ein verändertes Programm. Das Publikum ist hingerissen. Ginette ist vergessen. ›Übungen‹ also. Mitten in das gemischte Programm hineingepflanzt.

Zunächst keine Spitze. Jennifer wirbelt in einem Tempo über die Bühne, daß einem Hören und Sehen vergeht. Sie kann alles. Sie biegt sich, daß ihr langes Haar über den Boden schleift, sie macht Überschläge über die ganze Breite der Bühne, landet in einem Spagat, der Kopf zwischen den Knien, und aus dieser Stellung springt sie auf, wie aus einer Sehne geschnellt, steht auf dem Kopf, wirbelt wieder, man kann ihr kaum mit den Blicken folgen.

Maître Chalons murmelt: »Das ist kein Tanz, das ist Zirkus.«

Der Intendant faßt sich an die Nase und ist sich klar darüber, daß er diese Frau nicht lange behalten wird.

Doch das ist nur der erste Teil der ›Übungen‹. Mit acht Überschlägen verschwindet sie in der Kulisse. Die Musik macht eine kurze Pause, gerade zwei Minuten lang. Bisher waren es Kompositionen von Raikov, eigentlich nur aufreizende Disharmonien. Der Dirigent Hasse und das Orchester haben es schwer damit.

Dann ein Paukenwirbel, hart und wild. Dann die Harfe, zur Beruhigung gewissermaßen, dann setzen die Bläser ein, erst eine einsame Klarinette, die Oboen, dann eine einsame Flöte. Schließlich die Streicher. Keiner kann erkennen, was sie da spielen, es ist von Raikov zusammengestellt, und er hat Anleihen gemacht bei ziemlich allen, die Musik komponiert haben.

Nun schreitet er höchstpersönlich auf die Bühne, in weißen schmalen Hosen, oben ein seidenes fahlgrünes Hemd. Er steht mitten auf der Bühne, streckt die Hand aus, und dann kommt Jennifer. Diesmal hat sie Ballettschuhe an, sie kommt auf Spitzen. Kein Tütü, nur ein kniekurzes Röckchen, weiß, das knappe Oberteil ebenfalls fahlgrün.

Sie tanzt auf Serge zu, nimmt seine Hand, tanzt auf der Spitze um ihn herum, dann schleudert er sie quer über die

Bühne, sie landet auf der Spitze, wirbelt einmal um ihn herum in einiger Entfernung, noch einmal, nun näher. Er greift wieder nach ihr, zwingt sie nieder, sie beugt sich, den Kopf am Boden, das lange Haar immer noch nicht aufgesteckt, schleift um seine Füße. Er greift unter ihren Rücken, wirft sie hoch in die Luft, fängt sie auf, vor seinem Körper gleitet ihr Körper vorbei, hautnah, dann steht sie wieder auf Spitzen, er will sie greifen, doch sie entzieht sich, pirouettiert über die ganze Bühne mit schwereloser Leichtigkeit, bis er sie, sich einmal nach rechts oder links bewegend, wieder greifen kann, sie hebt und von der Bühne trägt.

Das Ganze dauert nicht mehr als fünf Minuten. Das Publikum hat den Atem angehalten, die in den Gassen auch.

Ebenfalls Ginette. Sie hat die Hand ihres Mannes umklammert, sie flüstert: »Mon dieu!«

Es folgt die Pause. Das Publikum ist erregt, aufgeregt, sie reden über die fantastische Nummer, die sie eben gesehen haben.

Ginette und ihr Mann gehen nicht ins Foyer, zu viele Leute kennen Ginette, und sie will sich heute dort nicht sehen lassen.

»Warum sie die nicht nach Hollywood geholt haben, ist mir ein Rätsel«, sagt sie.

Sie gehen hinter die Bühne, Ginette wird umarmt und geküßt, sie macht einen Knicks vor Maître Chalons, küßt ihm die Hand. Sie knickst auch vor Madame Lucasse, ohne Handkuß. Raikov nimmt sie in die Arme, küßt sie leidenschaftlich.

»Comment?« fragt er nur.

»C'est formidable.«

Jennifer lehnt an der Wand, sie keucht und schwitzt, das ist das gewohnte Bild. Auch diese Göttin ist nur ein Mensch.

»Vous etes grandiose, Mademoiselle«, sagt Ginette.

»Merci, Madame«, sagt Jennifer. Sie kann wieder lächeln, nimmt das Tuch, das die Garderobiere ihr reicht, und wischt sich den Schweiß aus dem Gesicht. Auf die Schminke muß sie keine Rücksicht mehr nehmen, für heute ist sie fertig. Es war nur dieser Auftritt, sonst nichts.

Was die anderen nach dieser Pause tanzen, eine Nocturne von Chopin, Sophie und Zomas ein Pas de deux nach Tschaikowsky, schließlich ein Straußwalzer für das ganze Corps – kalter Kaffee nach Jennifers Auftritt.

Als sie zurückfahren nach Meerbusch, sagt Ginette noch einmal: »Warum sie die nicht nach Hollywood geholt haben.«

»Vielleicht haben sie in Amerika mehr solche, die das können«, sagt ihr Mann gelassen. Und dann: »Mein Gott, bin ich froh, daß du dort nicht mehr herumhopsen mußt.«

»Sagtest du 'opsen?« fragt Ginette beleidigt.

Sie hat zwar inzwischen das deutsche H ganz gut gelernt, aber wenn sie erregt ist, vergißt sie es manchmal.

»Das habe ich gesagt, Schatz. Und du wirst lachen, was ich noch sage. Dein ›Schwanensee‹ gefiel mir besser.«

Ginette lehnt sich zurück. Im Grunde denkt sie das auch. Das ist eine neue Zeit, ein anderer Tanz. Das könnte sie sowieso nicht. Sie kommt nun in ihr friedliches, wohl eingerichtetes Haus, sie wird sich mit ihren Katzen in die Sofaecke kuscheln, ein Glas Champagner trinken, nicht verschwitzt und nicht erledigt. Sie ist gerade zweiundvierzig, und so Gott will, werden noch ein paar schöne bequeme Jahre vor ihr liegen. Sie wird sogar ohne Neid dieser Jennifer zusehen können.

Sie legt den Kopf an die Schulter ihres Mannes, er fährt heute selbst, kein Chauffeur dabei. Sie ist nicht mehr erregt, sie ist entspannt, sie ist geradezu glücklich.

»Cheri!« sagt sie zärtlich.

Er legt seine Hand auf ihr Knie. Auch er ist zufrieden, um nicht zu sagen glücklich. Er hat gutgehende Kaufhäuser, der Wohlstand im Land steigt und steigt, er wird noch mehr Personal einstellen, damit die Kunden zufrieden sind, und er hat eine schöne Frau, die ihm allein gehört. Vielleicht könnte man noch einen Extraladen einrichten, nur Luxusklasse, kleiner, feiner, und das natürlich in Düsseldorf. Vielleicht auch, denkt er weiter, könnte man sich dazu ein paar aparte Verkäuferinnen aus Paris holen. Und man könnte sogar jeden Herbst und jedes Frühjahr eine Modenschau machen. Und man könnte …

»Vous avez raison«, flüstert Ginette. Es bezieht sich auf die Hopserei, die sie nicht mehr machen muß.

»Was hast du gesagt, Schatz?«

Sie biegen in die breite Auffahrt ein, alle Lampen brennen, Paola, die italienische Köchin, wird einen Imbiß vorbereitet haben, der Champagner steht im Kühler.

Sie sagt noch, ehe sie aussteigt: »War es nicht gut, was isch mit Serge gemacht habe?«

»Sehr gut, mein Schatz.«

»Er tanzt nicht. Er schmeißt sie nur durch die Luft. Isch bin gespannt auf das ›Feuervogel‹.«

Wer nicht? Die Presse überschlägt sich vor Begeisterung. Die Premiere von ›Feuervogel‹ ist ausverkauft, ehe sie mit den Proben fertig sind. Und Raikov hat noch zwei Tänzer seiner letzten Gruppe ins Haus geholt.

Der Intendant wehrt sich. Kein Geld, der Etat. Sie brauchen kein Geld, läßt Raikov großkotzig verlauten, ich bezahle sie selbst. Es sind zu wenig Männer im Ballett. Übrigens ist ihm die Truppe sowieso nicht groß genug. Für den ›Feuervogel‹ braucht er sie alle, auch die Kinder, die unteren Klassen müssen auf die Bühne, auch die Statisterie muß dabei sein.

Er ist ein wenig größenwahnsinnig geworden mit diesem ersten Erfolg, nun muß er noch einen draufsetzen. Er plant schon weiter, einen revueartigen Abend, mit seiner, mit amerikanischer Musik, mit Gershwin vor allem, Musicaltöne, Jazz und Rockmusik und mit Beatles-Songs, von denen jetzt jeder spricht.

Der Intendant hebt abwehrend die Hände.

»Vielleicht für den Karneval«, sagt er entnervt.

»Carnevale, si, si«, sagt Raikov, der auch ein wenig italienisch spricht. »Carnevale in Venezia.«

»Stimmt«, sagt Hasse, der bei dem Gespräch zugegen ist. »›Eine Nacht in Venedig‹ wollten wir schon lange machen.«

Das, was Raikov plant, hat mit Johann Strauß nichts zu tun. Dann kommen die zwei Tänzer, sowieso ohne Engagement nach der mißglückten Amerikatournee. Einer davon ist ein Schwarzer, das hatten sie noch nie an diesem braven deutschen Stadttheater.

Doch der Junge ist umwerfend, er ist wie eine Schlange, es gibt nichts, was er mit seinem Körper nicht anfangen könnte. Wie zu erwarten, wird der ›Feuervogel‹ die Sensation des Jahres.

Jennifer tanzt den Feuervogel, Sophia bekommt die Zarewna, obwohl sie Raikovs Ansprüchen durchaus nicht genügt, er probiert mit ihr, bis sie total zermürbt ist. Zomas als Zarewitsch ist sehr gut.

»Man muß nur Gelegenheit haben zu zeigen, was man kann«, sagt er eitel nach dem Erfolg dieses Abends.

Der Schwarze, Oliver mit Namen, tanzt den Zauberer Köstschei, der andere Jüngling, den Raikov kommen ließ, wird mit ihm alternieren, und Jennifer hat schon angekündigt, daß sie den Zauberer tanzen will, und dann kann einer von den Jungen den Feuervogel machen. Es ist wirklich schwirig, in dieser Truppe Ordnung zu halten, Madame Lucasse verschweigt ihre Mißbilligung nicht, schließlich hat sie immer für Disziplin gesorgt. Serge Raikov selber ärgert sich über die Eigenmächtigkeit seiner Tänzer, er läßt ein schreiendes Donnerwetter los, gespickt mit unflätigen Worten, teils in französisch, teils in englisch, das die anderen sowieso nicht verstehen. Dann knicksen sie vor ihm, knien nieder, küssen ihm die Hand.

»Ich schmeiß euch alle raus!« schreit er, und das sogar auf deutsch. Madame Lucasse macht dazu eine hochmütige Miene, da hascht er nach ihrer Hand und küßt sie.

»Das kommt von der Amerikatournee, da sind sie ein bißchen verwildert. Ich sorge schon für Ordnung.«

Warum sie verwildert sind, erklärt er nicht. Tatsache ist, sie hatten oft kein Engagement und haben die verrücktesten Sachen angenommen, um zu überleben.

Cordelia tanzt eine der Prinzessinnen, und als Alexander nach der zweiten Aufführung endlich kommt und sie abholt, sagt sie zu ihm: »Es ist fast wie ›Schwanensee‹, nicht? Dort sind es die verzauberten Schwäne, und hier sind es die gefangenen Prinzessinnen. Und ein Zauberer ist auch dabei.«

»Hm«, macht Alexander. Ihm geht es wie Ginettes Mann, ihm gefällt ›Schwanensee‹ immer noch besser.

»Und was macht dieser Wunderknabe als nächstes?« fragt er.

»So eine Art Revue. Da kommen wir alle dran. Für den Karneval. Und das meiste nach eigenen Kompositionen.«

»Vielen Dank. Offenbar gehöre ich ja doch einer vergangenen Generation an. Zugegeben, diese Frau ist toll.«

Was soll Cordelia dazu sagen? Jennifer ist toll, und was sie selbst in mühevoller Arbeit gelernt hat, ist ein Nichts dagegen.

Cordelia schweigt, sie ist traurig, sie ist einsam und verlassen. Onkel Alexander bewundert diese Frau, die, wie sich herausstellt, doch von dieser Welt ist. Sie hat seit neuestem ein Verhältnis mit Joseph, dem Tenor. Als Hoffmann, als Herzog hat er sie erobert, er kann eben nicht nur singen.

Sie macht auch gar kein Geheimnis daraus, sie verläßt das Hotel und zieht zu ihm. Raikov macht sich nichts daraus, woraus zu schließen ist, daß er mit Jennifer kein Verhältnis hatte.

»Na, warum denn nicht?« sagt Sophia enttäuscht, sie hatte weder bei dem einen noch bei dem anderen eine Chance. »Die tauschen doch leicht die Frauen aus. Das weiß man doch.«

»Vielleicht macht er sich nichts aus Frauen«, gibt Pauline zu bedenken.

Marguerite lächelt dazu. Raikov hat sie geküßt, nachdem sie die Aurora getanzt hat. Als die ersten Erkältungen den Spielplan durcheinanderbrachten, hat man zweimal ›Dornröschen‹ eingeschoben, einen Abend mit Cordelia, am nächsten Abend mit Marguerite.

Zu Cordelia hat er nur gesagt, auf deutsch: »Ganz gut.«

Dabei hat er sie nachdenklich angesehen. Kein Kuß.

Alternierend mit Marguerite tanzt Cordelia auch wieder die Klara im ›Nußknacker‹, die wie jedes Jahr zur Weihnachtszeit dran ist.

»Dieses Jahr für euch zum letztenmal«, bestimmt Madame Lucasse. »Nächstes Jahr kommen Pauline und Cissy dran.«

Cissy ist der jüngste und erfolgreichste Nachwuchs, sie ist gerade fünfzehn, sie springt höher als alle anderen und nimmt sich besonders Jennifer zum Vorbild. Was die kann, will sie auch können. Sie macht Überschläge durch die ganze Länge und Breite des Übungssaals, bricht schließlich ein und beschädigt sich das Rückgrat.

Madame Lucasse enthält sich jeden Kommentars. Sie hat die akrobatischen Übungen verboten, und als sie eines Tages in den Saal kommt, nachdem sie ein Gespräch mit dem Intendanten hatte und Cissy wimmernd am Boden liegt, befiehlt sie die anderen an die Stange, Sorell bringt Cissy hinaus, sie ist längere Zeit in Behandlung, ob sie je wieder tanzen kann, ist die Frage.

Cissys Unfall hat auch Cordelia schweigsam gemacht. Ihr verstauchter Fuß ist nicht vergessen, sie hat noch immer Angst vor hohen Sprüngen.

Sie schreitet wieder mit andächtiger Miene über die Leiter, um die Kinder in ›Hänsel und Gretel‹ zu segnen, tanzt Silvester in der »Fledermaus«, dann kommt auch der ›Graf von Luxemburg‹ wieder dran, und trotz seiner Opernerfolge singt Joseph die Rolle nach wie vor und greift sich in der Karnevalszene jedesmal ein Mädchen heraus und küßt es. Am liebsten Cordelia. Es ist nicht mehr so aufregend, nachdem er nun ein Verhältnis mit Jennifer hat.

Bei den Proben zu der Revue hat Cordelia nicht viel zu tun, es macht ihr auch keinen Spaß, sie findet das albern. Dafür glänzen Jennifer, Oliver und Ralo, der andere von Raikovs Männern, sie bieten eine amerikanische Sensation: Steptanz. Man kennt das aus dem Kino, und eigentlich ist es auch schon veraltet. Aber die drei machen es großartig.

Nach der ›Giselle‹ fragt Cordelia nicht mehr. Davon spricht sowieso keiner mehr, auch Madame Lucasse nicht.

Doch dann, an einem Abend Anfang Februar, geschieht etwas Unerwartetes.

Wolkentanz

RIGOLETTO IST DRAN, Cordelia ist im ersten Akt beschäftigt, und als sie abgeht, steht Raikov im Kulissengang.

Er sagt: »Zieh dich schnell um, schmink dich ab, und dann komm runter zum Portier. Ich warte auf dich.«

Cordelia blickt ihn fragend an.

»Ich muß dir was vorspielen. Und halt den Mund. Geht keinen was an.«

Zunächst geht er durch die kleine Tür, die das Bühnenhaus mit dem Zuschauerraum verbindet, denn er weiß, daß Jennifer in der Loge sitzt; das tut sie immer, wenn Joseph singt. Er tippt ihr auf die Schulter, sie wendet den Kopf, dann legt sie die Fingerspitzen an die Lippen und haucht einen Kuß darauf. Es gilt nicht ihm, es gilt Joseph, dem Herzog. Raikov grinst und nickt. Jennifer entwickelt sich zu einem echten Opernfan.

Dann steht er am Bühnenausgang, raucht eine Zigarette, in seinem Kopf sind wieder einmal neue Ideen. Sie betreffen Cordelia. Er hat sie nun lange genug beobachtet. Ihre Aurora war ausgezeichnet, auch wenn er Marguerite geküßt hat. Und unvergessen ist ihm der entrückte Ausdruck in diesem seltsamen Gesicht, als sie nach dem Abendsegen von der Bühne kam.

Da ist etwas Besonderes an diesem Mädchen, das sieht er, das fühlt er. Und es gehört eine andere Musik zu diesem Mädchen. Er hat sich eine Weile damit beschäftigt, und er hat die Musik gefunden.

Er steht da in der kalten Winterluft, er ist, wieder einmal, ganz besessen. Auf eine neue, eine andere Art.

Cordelia kommt, sie trägt eine graue Pelzjacke, Geschenk von Alexander, darunter nur einen grauen Rock und eine weiße Bluse. Schön macht sie sich nur auf der Bühne.

»Allons«, sagt Raikov und greift nach ihrer Hand.

»Wo gehen wir denn hin?« fragt sie.

»Zu mir. Ich muß dir was vorspielen.«

Er ist in dem kleinen Hotel geblieben, hier gefällt es ihm,

und er wird verwöhnt von Elinor Gutsche, der Chefin des Hauses. Französisch spricht sie sehr gut.

Er hat jetzt zwei Zimmer, seit Jennifer ausgezogen ist, die Verbindungstür ist geöffnet, in einem Zimmer hat er das Bett und den Schrank rausnehmen lassen. Er braucht Platz, probiert Schritte aus, Drehungen, Wendungen, er macht Musik. Die Zimmer liegen im ersten Stock, unter ihm wohnt Frau Gutsche, und seine Musik und seine Schritte stören sie nicht. Sagt sie. Hin und wieder hat er eine Frau mitgebracht, doch nie eine Tänzerin vom Theater.

Cordelia ist befangen, und schon sind die dunklen Augen voller Angst.

»Da setz dich hin«, befiehlt er und weist auf einen der zwei Sessel, neben einem runden Tisch die einzigen Möbel. Außer dem Radio und dem Plattenspieler natürlich.

»Kennst du das Violinkonzert von Bruch?« fragt er.

Cordelia, schüchtern auf der Sesselkante sitzend, schüttelt den Kopf.

»Dann hör zu. Ich spiel es dir vor.«

Er legt die Kassette ein, besinnt sich dann.

»Möchtest du etwas essen?«

Sie schüttelt wieder den Kopf.

»Aber ein Glas Wein trinkst du doch?«

»Ja, gern.«

Rotwein und Gläser hat er da, er schenkt ein, betrachtet sie prüfend.

Was ist das für ein seltsames Mädchen! Sie schaut ihn an, als sei er ein Ungeheuer. Der Zauberer Köstschei zum Beispiel. Er unterdrückt ein Lachen. Entweder ist sie ganz ausgekocht oder wirklich so harmlos, wie es scheint.

»Doch, etwas essen mußt du. Ich habe auch Hunger. Ich geh mal runter zu Frau Gutsche. Irgendwas hat sie immer im Kühlschrank. Sie macht uns ein paar Sandwiches. Oder soll sie dir ein Steak braten?«

»Nein, danke, wirklich nicht.«

»Ich mach inzwischen den Apparat an, und du hörst zu.« Das g-moll-Violinkonzert von Max Bruch. Cordelia, die still auf ihrem Sessel sitzt, wird gefangen von der

Musik, sie sitzt regungslos, sie lauscht, ihre Verwirrung legt sich.

Raikov geht runter. Leo, der ältere Mann, der als Nachtportier fungiert, sitzt hinter dem Pult und lächelt freundlich. Daß der Franzose ein Mädchen mitgebracht hat, stört ihn nicht. Frau Gutsche hockt vor dem Fernseher, Raikov entschuldigt sich, daß er stört, sie winkt ab, dieser Mann ist ihr wichtiger als jedes Fernsehprogramm. So einen charmanten Gast hat sie selten, noch dazu ein Dauergast.

»Bisserl was zu schnabeln?« fragt sie, sie ist geborene Österreicherin. Und wiederholt dann die Frage in korrektem Französisch.

Das hat sie im Krieg gelernt. Erst war sie Wehrmachtshelferin, aber da sie die Sprache so gut beherrschte, wurde sie Dolmetscherin. In Frankreich hat sie ihren Mann kennengelernt, er war in Rußland verwundet worden, ziemlich schwer sogar, und hatte nach der Genesung einen angenehmen Posten im besetzten Frankreich. Noch ehe der Krieg zu Ende war, kam sie mit ihm ins Ruhrgebiet. Das Hotel, in dem sie jetzt residiert, gehörte seiner Familie, es war im Krieg zerstört worden. Die Eltern lebten bei seiner Tante draußen im Ruhrtal. Da landeten die beiden zunächst auch.

Elinor kam gut mit der unbekannten Familie aus, sie war trotz der schweren Zeit voller Tatkraft, nach Österreich wollte sie nicht zurück. Später bauten sie alle zusammen das Hotel wieder auf, die Eltern leben nicht mehr, ihr Mann ist vor zwei Jahren gestorben, seitdem führt sie das Hotel, achtzehn Zimmer, ihr einziger Sohn besucht die Hotelfachschule.

Raikov kennt die ganze Geschichte. Besser als bei ihr könnte er nirgendwo aufgehoben sein. Das Hotel hat zwar kein Restaurant, aber sie hat immer etwas zu essen da, vor allem die erstklassigen Steaks, die er nicht mit Pommes frites ißt, sondern mit Bratkartoffeln. Er liebt deutsche Bratkartoffeln. Selbstverständlich macht sie auch ein hervorragendes Wiener Schnitzel und im Sommer wunderbare Marillenknödel.

»Bisserl was schnabeln«, wiederholt er, er kennt den Satz.

Erklärt ihr, daß er eine Tänzerin mitgebracht hat, mit der er noch arbeiten müsse.

»Falls es Sie nicht stört, Madame«, fügt er höflich hinzu. Es stört sie nicht, dann schauen sie gemeinsam in den Kühlschrank, Schinken ist da, Mortadella; Käse hat sie auch, ein paar Gürkchen. Als er hinaufkommt, sitzt Cordelia nun entspannter im Sessel, die Musik hat sie erreicht. Das wußte er. Und ganz genau weiß er nun, was er will.

Er bleibt an der Tür stehen, sieht sie an, und auf einmal erfüllt Zärtlichkeit sein Herz.

Er hat es doch gewußt, daß sie diese Musik braucht. Und er will aus ihr herausholen, was in ihr steckt. Er kennt ihre Schwächen, aber er weiß, was sie kann, wie sie ist.

Jennifer ist eine Sache. Cordelia eine andere. Natürlich war Jennifer seine Geliebte, oder besser gesagt, er war ihr Geliebter. Denn sie nimmt sich, was sie haben will. Das begann schon in Amerika, aber es dauerte nicht lange. Denn so kaltschnäuzig er sich auch gibt, er ist ein Mensch mit Gefühl. Ein Mensch, der träumen kann. Der letzte Ton verklingt, Cordelia blickt auf.

»Das ist schön«, sagt sie.

»Du kennst es wirklich nicht? Ihr kommt eben nicht dazu, in ein Konzert zu gehen. Es ist ein bekanntes Stück. Die Violinvirtuosen spielen es gern, jedenfalls anfangs. Später werden sie anspruchsvoller. Und nun werde ich dir sagen, was ich vorhabe. Du wirst das tanzen.«

»Dieses Konzert?«

»Ja, und zwar das Vorspiel und das Adagio aus dem zweiten Satz. Hast du nicht gespürt, wie sich das in dir bewegt?«

Es klopft. Leo bringt das Tablett mit dem Imbiß. Genau mit dem Ende der Musik. So ist das hier in diesem Hotel. Raikov nimmt Leo das Tablett ab, bedankt sich ausführlich, stellt den Teller mit den liebevoll angerichteten Brötchen ab, immer nur ein halbes, und das auch noch in der Mitte geteilt, damit man es bequem essen kann. Gurken und Salatblätter sind drumherum garniert, die Käsebrötchen haben einen Extrateller und sind mit Radieschen geschmückt. Er füllt sein Glas wieder, Cordelia hat noch nichts getrunken.

»Also los, trink einen Schluck! Und dann essen wir ein paar Bissen, dann wird es dir gleich besser gehen.«

»Ich – soll das tanzen?«

»So ist es. Und wenn du jetzt brav zwei Happen ißt, werde ich dir erklären, wie ich mir das vorstelle.«

Sie blickt zögernd auf den Teller.

»Iß, ma petite. Und trink einen Schluck Wein.«

Sie ißt, sie trinkt, aber sie bemerkt weder, was sie ißt, noch was sie trinkt.

Um sie abzulenken, erzählt er von Frau Gutsche und wie es zugeht in diesem Hotel.

»Es ist immer gut besucht. Wer einmal hier war, kommt wieder. Ich lebe sehr günstig hier, und es ist nahe am Theater. Unter mir wohnt kein Hotelgast, sondern Frau Gutsche, und sie sagt, es stört sie nicht, wenn ich Musik mache. Und wenn wir beide jetzt zusammen mal probieren, was ich mir so denke.«

Er spricht langsam und prononciert, damit sie ihn auch genau versteht.

»Zusammen?« fragt sie.

»Du und ich, wir tanzen das Adagio aus diesem Violinkonzert. Es gibt auch ein Violinkonzert von Beethoven, das ist noch viel schöner. Und dann gibt es eins von Brahms, das gefällt mir am besten. Aber das kann man nicht tanzen.« Er unterbricht sich, überlegt. »Warum eigentlich nicht? Tanzen kann man alles. Alles, alles. Nach jeder Musik dieser Welt kann man tanzen. Wenn man in die Musik hineinhört, wenn sie durch dein Ohr in deinen Kopf und dann in deinen Körper fließt.«

Er schweigt, selber überrascht von dem, was er eben gesagt hat. Hat er so etwas schon einmal gedacht? Dieses seltsame Mädchen hat ihn darauf gebracht. Durch das Ohr in den Kopf und dann in den Körper. Der Kopf gehört unbedingt dazu. Er steht immer noch, nimmt sein Glas, leert es bis auf den Grund.

Schenkt wieder ein.

»Hast du das verstanden?«

»O ja.« Sie ist angesteckt von seiner Begeisterung, hat keine Angst mehr. »Die Schwierigkeit wird nur sein, daß der Körper es kann. Daß er mitmacht.«

Er nickt. »Da hast du recht. Darum muß ein Tänzer soviel arbeiten, damit er dahin kommt. Ich mache mir nur Sorgen wegen der Violine. Ob Herr Wiedmer das kann?«

Herr Wiedmer ist der Konzertmeister in ihrem Orchester. Er hat das Solo in ›Schwanensee‹ wunderbar gespielt.

»Das hier ist ein bißchen länger als das Solo in ›Schwanensee‹.«

Cordelia, angeregt jetzt, weiß noch mehr.

»Er hat auch schon Konzerte gegeben.«

»So. Na ja. Nun wollen wir mal überlegen, wie wir das zusammen machen werden.«

»Zusammen?« wiederholt sie. »So, wie Sie mit Jennifer getanzt haben?«

»Genau so. Nur eben nach dieser Musik. Ich tanze ja auch nicht viel, ich bin nur mit dir auf der Bühne. Ich denke mir das so ...«

Er stellt sich in die Mitte des Raums und ist auch schon in der Pose des Tänzers. »Ich bin ein Mann in der Mitte der Bühne. Ich könnte einen weißen Frack tragen. Nein, nein, nein. Das ist nicht gut, das ist zu künstlich.« Er spricht schneller, Cordelia muß aufpassen, um ihn zu verstehen. Er agiert schon. Steht da, in sich versunken, ein Mann auf einer leeren Bühne. Dazu wird das Hotelzimmer nun.

»Ich könnte auch sitzen. Auf einer Bank zum Beispiel. Nehmen wir mal an, es ist eine Parklandschaft. Komm mal her!«

Sie steht auf, geht zu ihm, er streckt ihr die Hand entgegen, die sie wie im Traum ergreift. Er geht ein paar Schritte mit ihr, sie lockert sich, geht schwebend auf seine Schritte ein.

»Also nehmen wir an, ich sitze auf einer Bank und lese ein Buch. Oder eine Zeitung. Ja, Zeitung ist besser.«

Er läßt sie los, geht ins Schlafzimmer, holt einen Stuhl, dann stellt er den Plattenspieler wieder an.

»Du kommst von dort.«

Er führt sie an den Platz, von dem aus sie auftreten soll.

»Du kommst herein. Ganz normal. Nicht auf der Spitze. Du trägst auch kein Tütü, nur ein leichtes, kniekurzes Kleid mit weitem Rock. Du kommst auf die Bühne, ganz verträumt, in dich versunken. Mach mal!«

Er setzt sich auf den Stuhl, sie kommt von der Tür her langsam auf ihn zu, ganz der Musik gehorchend.

Es ist nur ein kleines Hotelzimmer, doch sie sind nun beide auf der Bühne.

»Dann gehst du auf die Spitze, ein paar Schritte nur, drehst dich langsam, noch einmal, dann stehst du wieder, hörst auf die Musik, hebst die Hände, drehst dich ganz langsam, so, so, ja, genau so, wie die Musik es dir vorschreibt. Ich habe die Zeitung sinken lassen, schaue erstaunt auf dieses Wesen, das da kommt, stehe auf, gehe auf dich zu, nehme deine erhobene Hand, und du drehst dich an meiner Hand. Und die Geige, hörst du, wie sie singt, du beugst dich leicht zurück, ich lege den Arm um dich, so, siehst du, so, und du beugst dich nach hinten über diesen Arm. Ja, so ist es richtig. Ich nehme dich etwas fester, du weichst zurück. Jetzt scheinst du mich erst zu sehen. Aber du willst niemanden sehen, schon gar nicht irgendeinen fremden Mann, der da im Park herumsitzt. Du willst allein sein mit dir und der Musik. Du gehst weg, über die ganze Bühnenbreite, drehst dich wieder für dich allein, aber ich komme dir nach, nehme dich, hebe dich, und nun gibst du nach, läßt dich tragen, hier, genau bei diesem Legato, ich lasse dich langsam hinunter, und du drehst dich, über die ganze Bühne, und ich bleibe immer bei dir, will dich wieder fassen, du senkst den Kopf, drehst dich wieder, ganz langsam, ganz gelöst, und dann läßt du dich an mich sinken, in meine Arme, und ich hebe dich und lasse dich dann ganz langsam, dicht an meinem Körper niedersinken, und du liegst auf dem Boden, still, nur deine Hand hebt sich mir entgegen. Ja, ja, genauso. Du hast es verstanden. Du hast es verstanden.«

Er lacht, ist glücklich.

Sie blickt auf und lacht auch.

Sie improvisieren weiter, das Adagio noch einmal, und noch einmal. Sie macht es schon ganz gut, ohne Spitze zunächst, aber sie hebt sich, als hätte sie Ballettschuhe an. Als sie den zweiten Satz zum drittenmal getanzt haben, nimmt er sie in die Arme und küßt sie.

»Ich wußte, daß du es kannst. Du hast verstanden. Ich sitze da auf der Bank«, er setzt sich wieder auf den Stuhl, »und plötzlich kommt dieses Geschöpf auf mich zu, ohne mich zu sehen. Kommt wie von der Geige herangetragen, ach!«

Er stößt einen Schrei aus. »Ich hab's. Wir machen so ein bißchen Nebel auf der Bühne, so ein weißes Gewoge. Es muß aussehen, als ob du auf diesen Wolken hereinschwebst. Gerade vom Himmel gefallen. Ja, ja, ich sehe das vor mir.«

Und zum viertenmal den Beginn, den zweiten Satz, und noch einmal tanzen sie die Szene.

Schweiß steht auf ihrer Stirn, ihre Augen sind übergroß.

»Die Wolken verziehen sich, während wir tanzen, du bist bei mir auf der Erde. Auf einmal kommen sie wieder, ich strecke die Hände nach dir aus, aber du verschwindest im Nebel, bist wie weggeweht.«

Er lacht, streicht sich das schwarze Haar aus der Stirn, auch sein Gesicht ist naß von Schweiß.

»Und nun weiß ich auch, wie das heißen wird. Danse des nuages? Ist das gut?«

»Tanz der Wolken«, sagt sie auf deutsch.

»Nein, nein, nein. Die Wolken tanzen ja nicht. Du bist es, die tanzt.«

Er setzt sich an den Tisch, trinkt sein Glas aus, stützt die Stirn in die Hände und murmelt vor sich hin.

»Ja. Ich weiß, wie es heißt. Wolkentanz.«

Und das letzte Wort spricht er auf deutsch.

»Wolkentanz?« flüstert Cordelia.

»Wolkentanz. So etwas kann man nur auf deutsch sagen. Nur die deutsche Sprache hat diese zusammengesetzten Worte.«

Er steckt sich noch ein Stück von den übriggebliebenen Brötchen in den Mund.

»Es klingt wunderbar«, sagt Cordelia. »Wolkentanz.«

Sie taumelt jetzt vor Müdigkeit, die Anstrengung, die Konzentration der letzten Stunden ist ihr anzusehen.

»Es wird wunderbar«, sagt er. »Aber du darfst es niemand erzählen. Es ist unser Geheimnis. Ich werde die Choreographie aufzeichnen, denn es wird mir noch vieles dazu einfallen. Und dann werden wir probieren.«

»Wo? Wenn es doch keiner wissen soll. Immer hier?«

»Nein, hier ist zu wenig Platz. Wir müssen einen Raum haben ...« Er überlegt. »Wir gehen ins Dirigentenzimmer. Da ist ein Plattenspieler drin.«

»Ins Dirigentenzimmer?« fragt sie entsetzt.

Ihre Knie geben nach, sie stützt sich auf den Stuhl, der die Bank im Park vorstellt.

»Natürlich wenn keiner drin ist. Wir werden nachts probieren. Erst wenn wir es können, gehen wir auf die Probebühne. Als erstes werden wir es Hasse sagen. Er mag dich, das weiß ich. Er wird uns das Dirigentenzimmer aufschließen in der Nacht.«

Jetzt sieht er sie endlich an, springt auf, kommt zu ihr, hebt sie hoch und trägt sie ins Nebenzimmer, legt sie auf das Bett. Cordelia denkt nicht daran, sich zu wehren. Doch er zieht sie gleich wieder hoch.

»Wir müssen erst duschen. Du zuerst.«

Er knöpft ihr die Bluse auf, zieht sie ihr von der Schulter, streift den Rock herunter, das Hemdchen, das Höschen, die Strümpfe. Dann trägt er sie in den Duschraum, stellt sie unter die Dusche, läßt das Wasser laufen, nur lauwarm, dabei singt er vor lauter Begeisterung. Trocknet sie sorgfältig ab, hebt sie wieder hoch und bringt sie ins Bett. Immer noch singend, geht er nun unter die Dusche, bleibt lange. Er ist ein begeisterter Künstler im Schöpfungsrausch, es ist keine Begierde, er will es nur vollenden, er und sie, in dieser Nacht müssen sie zusammenbleiben.

Als er zurückkommt zu seinem Bett, schläft sie.

Endlich kommt er zur Besinnung. Steht und betrachtet sie nachdenklich. Er hätte sie nach Hause bringen müssen. Ist ja klar, daß sie müde ist. Und was soll er nun tun? Er bringt es nicht übers Herz, sie zu wecken, schiebt sich vorsichtig neben sie in das Bett.

Doch er ist viel zu aufgeregt, um zu schlafen. Überdenkt

das Ganze noch einmal, und noch einmal. Am liebsten würde er aufstehen und den Plattenspieler wieder in Gang setzen. Aber das würde sie stören. Sie soll schlafen.

Erst nach einer Weile stellt er sich die Frage, ob sie wohl schon einmal mit einem Mann im Bett gelegen hat, nackt, ohne Angst, schlafend.

Warum nicht? Wenn sie sich so selbstverständlich, so gefügig in sein Bett legen läßt.

Kaum anzunehmen, daß sie unberührt ist.

Die Ruhe, einfach so neben ihr zu liegen, ebenfalls einzuschlafen, hat er nicht.

Er schiebt sich vorsichtig wieder aus dem Bett, geht in das andere Zimmer, trinkt noch Wein, zündet sich eine Zigarette an. Öffnet das Fenster, es ist kalt draußen. Er zieht den Morgenmantel an, setzt sich wieder, die Flasche ist leer. Eine neue wird er nicht öffnen. Eine Stunde später schaut er nach ihr, sie liegt mit geöffneten Augen da, sagt verwundert: »Ich habe geschlafen.«

»Verzeih mir, ich war rücksichtslos. Es war sehr anstrengend, nicht wahr?«

»Ja.«

Er setzt sich auf den Bettrand, berührt sacht mit den Lippen ihre Stirn.

»Weißt du noch, was wir gemacht haben?«

»Ja. Ich weiß alles noch.«

Die Tatsache, in seinem Bett zu liegen, scheint sie nicht weiter zu verwirren.

Aber plötzlich fährt sie hoch. »Wie spät ist es denn?«

Er blickt auf die Uhr. »Kurz nach zwei.«

»Um Gottes willen! Ich muß sofort Wilma anrufen.«

»Wer ist Wilma?«

Sie erklärt es kurz, greift nach dem Telefon, das auf dem Nachttisch steht.

»Sie wird längst schlafen«, sagt er.

»Nein, sie schläft nie, ehe ich zu Hause bin. Sie wird denken, es ist mir was passiert.«

»Du wirst doch schon manchmal nachts nicht nach Hause gekommen sein.«

»Ich komme immer nach Hause. Und wenn Onkel Alexander mit mir ausgeht, dann weiß sie das. Und es wird auch nie so spät. Wirklich, ich muß sie anrufen. Und dann gehe ich.«

Um zu telefonieren, muß er Leo wecken, der bestimmt jetzt schläft. Leo muß die Verbindung herstellen.

Er beugt sich über sie, küßt sie auf den Mund.

»Du bleibst heute bei mir.«

»Ich muß Wilma anrufen.«

Er seufzt. »Also schön, sag mir die Nummer.«

Erst fällt ihr die Nummer nicht ein. Dann doch.

Wilma ist sofort am Apparat.

»Um Gottes willen, Kind, was ist denn passiert?«

»Nichts, gar nichts. Wir haben nur so lange probiert. Ich komme jetzt gleich.«

Da nimmt er ihr den Hörer aus der Hand. Sie kommt nicht, sagt er zu Wilma, die ihn natürlich nicht versteht.

»Müde«, sagt er auf deutsch. »Cordelia ist müde. Sie schlafen in Hotel.«

»Im Hotel? In was für einem Hotel? Und wer sind Sie?«

Nun hat Cordelia verstanden. Nicht nur den Tanz, den Wolkentanz.

Sie nimmt den Hörer wieder, sagt: »Wilma ...«

»Wo bist du? Und was heißt das, du schläfst in einem Hotel?«

»Das ist hier in der Nähe vom Theater. Wir hatten noch eine Nachtprobe, und nun schlafen wir alle im Hotel.«

Kann sie auf einmal lügen? Lernt man das so schnell?

»Aber du hast doch nicht weit nach Hause. Soll ich dich holen?«

»Nein, Wilma. Wirklich nicht. Schlaf gut.«

Und entschieden legt sie den Hörer auf, läßt sich zurücksinken. Sie will nicht aufstehen, will dieses Bett nicht verlassen, auch fallen ihr schon wieder die Augen zu. Er zieht den Morgenmantel aus, nimmt sie in die Arme, preßt sie an sich, fest, ganz fest, und sieht den Schreck in ihrem Gesicht, die Angst.

»Sei still«, sagt er. »Ich tu dir nicht weh.«

Sie ist unberührt, und sie hat keine Ahnung, was er mit ihr tun wird. Garderobengeschwätz, Theaterklatsch, der mit dieser, jene mit diesem, das ist an ihr vorbeigeglitten.

Er muß ihr weh tun, aber er ist ganz behutsam, ganz sacht, fängt den Schrei auf ihren Lippen mit seinen Lippen auf, sieht die Tränen auf ihren Wangen, küßt sie fort, er ist zärtlich, sanft, noch nie ist er mit einer Frau so umgegangen.

Eine Frau?

Ein Mädchen. Ein Kind noch.

Wird sie eine Frau in dieser Nacht?

Sie wird es nie sein. Sie läßt etwas über sich ergehen, was sich Liebe nennt, es ist Schmerz und sonst nichts, der Mann über ihr ist fremd, auch seine Worte, die liebevoll sind, tröstend, aber auf einmal versteht sie auch seine Sprache nicht mehr. Dann schläft sie wieder ein.

Wie nicht anders zu erwarten, schüttelt Hasse nur den Kopf, als er die Sache mit dem Dirigentenzimmer vorgetragen bekommt.

»Das ist eine Schnapsidee«, sagt er.

»Schnaps? Was?« fragt Raikov.

Cordelia lacht albern. »Das kann man nicht übersetzen. Es ist wieder so ein zusammengesetztes Wort.«

Es bleibt nichts anderes übrig, als Hasse zu erzählen, was Raikov plant.

Hasse spricht nicht französisch, aber gut englisch. Raikovs Englisch ist nicht gerade perfekt, aber es geht. Wenn er die Geduld verliert und französisch spricht, muß Cordelia übersetzen. Eine neue Rolle für sie, Teilnehmer an einem geheimen Komplott. Doch sie ist die einzige, die in Raikovs Pläne eingeweiht ist, seine Wünsche und Träume kennt. Dabei nun als Übersetzer und Vermittler zu fungieren, verleiht ihr eine gewisse Wichtigkeit.

Hasse erweist sich als verständiger und mitdenkender Gesprächspartner.

»Sure«, sagt er, »tanzen kann man zu jeder Musik. Und der Bruch, doch, das leuchtet mir ein, es ist eine sehr ausdrucksvolle Musik, bewegt und lyrisch zugleich, es umspannt einen großen Bogen. Und darum geht es auch nicht so, wie Sie sich das denken, mein Lieber.«

Nachdem Hasse darüber nachgedacht hat, kommt er mit eigenen Vorschlägen.

Zunächst ist Raikov bockig, wehrt ab. Aber er kann sich den Argumenten des Dirigenten nicht entziehen.

»Erstens«, sagt Hasse, »können Sie das Konzert nicht auseinanderreißen, das wäre unkünstlerisch. Den Anfang und das Adagio im zweiten Satz als Einheit zu bringen ist brutal. Und zweitens ergibt das Violinkonzert sowieso keinen Abend. Es dauert etwa eine halbe Stunde, vielleicht auch vierzig Minuten, das kommt auf die Tempi an. Sie müssen sowieso vorher oder danach mindestens noch eine Nummer bringen. Vielleicht einen Satz aus dem Beethoven-Violinkonzert? Oder aus dem e-Moll von Mendelssohn? Oder darf's zur Abwechslung ein Klavierkonzert sein? Wie stellen Sie sich das vor, Maître?«

Tatsache ist, daß Hasse recht hat. Raikov ärgert sich, daß er nicht selbst daran dachte, so besessen ist er von seinem ›Wolkentanz‹.

»Merde alors!« murmelt er zwischen den Zähnen.

Soviel französisch versteht Hasse allemal, er lacht.

»Also, was machen wir an diesem Abend noch? Ich hätte da eine Idee. Le chant du Rossignol. Auf deutsch ›Der Gesang der Nachtigall‹. Hatten wir noch nie. Hat Diaghilew in Paris uraufgeführt. Ich gebe zu, ich kenne es nicht. Es ist nach einem Märchen von Andersen. Eine wunderschöne Geschichte.«

Raikov weiß nicht, wer Hans Christian Andersen ist, gehört und gesehen hat er dieses Ballett auch nicht.

Cordelia kennt das Märchen von dem Kaiser mit der Nachtigall, ganz so dumm, wie John sie nannte, ist sie nicht. Und Märchen hat Olga genug erzählt.

Also erzählt sie nun das Märchen, sie tut es mit großer Hingabe, auch wenn sie manchmal mit französischen Vokabeln kämpfen muß. Unterhalten, Plaudern ist eine Sache. Ein Märchen richtig erzählen, damit seine Stimmung herauskommt, ist schon schwieriger.

Das spielt sich im Dirigentenzimmer ab, am Vormittag, als gerade keiner da ist.

»Mais oui, ist ganz hübsch«, sagt Raikov unlustig. »Aber wer soll denn singen?«

»Singen eben nicht, man muß es tanzen. Möglicherweise auch beides, ich habe keine Ahnung. Wie gesagt, ich habe es nie gesehen, ich kenne es nur aus der Literatur.«

»Und die Musik?« fragt Raikov.

»Strawinsky.«

»Den hatten wir doch gerade erst.«

Am nächsten Abend treffen sie sich im Hotel, sitzen in Raikovs Zimmern, von Frau Gutsche mit Steaks und Bratkartoffeln verwöhnt. Hasse hat inzwischen mit seiner Frau gesprochen, die versteht genug von Musik, sie war Flötistin im Orchester, ehe sie ihn heiratete und sehr bald darauf ein Kind bekam.

»Das Bruch-Konzert ist gut«, sagt sie. »Es sind genügend wechselnde Tempi darin, um einige Tänzer zu beschäftigen. Und Raikovs Plan gefällt mir. Cordelia wäre gut in der Rolle. Wie du ja immer sagst, sie hat Musik in den Fingerspitzen. Und darstellen könnte sie es auch.«

»Und was nehmen wir für den zweiten Teil des Abends?«

»Nehmt doch einfach wieder ›Les Sylphides‹ aus dem Karton. Das hatten wir doch lange genug. Die Kulissen müssen noch da sein, die Kostüme, es wird auch ohne Ginette gehen.«

Hasse steht auf, küßt seine Frau. »Du hast recht, und du bist fabelhaft. Zusammen mit seinem ›Wolkentanz‹ gibt das einen prima Abend. Und wer soll Ginettes Mazurka tanzen?«

»Irgendeine wird's schon können, Sophia oder Marguerite. Oder eben auch Cordelia.«

»Nein, das paßt nicht zusammen. Sie kann nur den einen Auftritt haben. Es ist ihre Partie.«

»Laßt ihr die Mazurka eben weg. Ist ja genug da, und ich finde, Chopin und Bruch, das verträgt sich.«

Am nächsten Abend also erklärt Hasse diese neue Version. »Zugegeben, wir hatten ›Les Sylphides‹ eine ganze Weile im Spielplan. Ist immer gut angekommen. Ginette hat zuletzt eine Nummer daraus bei ihrer Abschiedsvorstellung getanzt. Das ergibt eine schöne Harmonie. Cordelia könnte den Ges-Dur Walzer tanzen, muß aber nicht sein, wenn sie für ihre Rolle geschont sein soll. Dann hätten wir ein komplettes Programm.«

Raikov macht ein mürrisches Gesicht. Er soll eine Choreographie übernehmen, die ein anderer gemacht hat.

»Sie stammt von Maître Chalons«, sagt Hasse friedlich. »Sie können ja das eine oder andere daran ändern. Es sind sowieso nur einzelne Nummern. Fokine hat das etwa 1907 oder 1908 in St. Petersburg uraufgeführt. Zwei Jahre später oder so dann Diaghilew in Paris. Ganz berühmtes Ballett. In Amerika tanzen sie es heute noch. Pausenlos und immer wieder.«

»Chopin«, sagt Raikov. »Das ist wenigstens Musik.«

Trotz dieser gräßlichen Töne, die er selber komponiert, liebt er die alte Musik, die richtige Musik.

»Alle können an diesem Abend tanzen«, sagt Hasse. »Es wird eine große Arbeit für Sie, Raikov.«

Raikov schiebt sich die letzte Bratkartoffel in den Mund, macht immer noch ein finsteres Gesicht. Er läßt sich nun mal ungern von anderen belehren. Doch Hasse ist als Dirigent ein Profi, er kennt die Verhältnisse am Theater, und er kennt sein Publikum. Amerika bedeutet ihm gar nichts. Wenn es einen Traum in *seinem* Leben gibt, dann ist es der, in Bayreuth zu dirigieren. Hier ist er zuständig für Spielopern, Operette und Ballett. Nicht einmal die ›Aida‹ wird ihm gehören. Es führt kein Weg nach Bayreuth, das weiß er. Aber träumen kann man ja.

Raikov springt wieder einmal auf und rennt im Zimmer hin und her. Versucht, diese neuen Ideen in seinem Kopf unterzubringen. Einerseits ärgert er sich über Hasses eigene Meinung, andererseits muß er ihm dankbar sein, daß er die Dinge so nüchtern betrachtet.

Übrigens hat seine Frau noch eine andere gute Idee, damit rückt Hasse bei ihrem nächsten Zusammentreffen heraus, zwei Tage später, wieder im Hotel, ziemlich spät in der Nacht, sie hatten Vorstellung. Aber der Dirigent ist nun so engagiert, er muß loswerden, was seine Frau sich ausgedacht hat.

»Vergessen Sie Wiedmer als Solisten, den brauchen wir im Orchester. Sie müssen einen richtigen Geiger haben. Den stellen Sie auf die Bühne, gleich zu Beginn. Nicht im Frack, irgendwie fantasievoll gekleidet. Der spielt einen Part, und um ihn versammeln sich so nach und nach einige Tänzer.«

Raikov steht starr. Das ist natürlich eine ganz neue, eine ganz andere Version.

Eine Violine auf der Bühne. Dann kommen von da und dort die Tänzer, die Musik wächst, man könnte ein paar Soli hineinbringen.

»Und was machen wir mit dem Geiger? Soll er die ganze Zeit auf der Bühne bleiben?«

»Keineswegs. Ihre Inszenierung bleibt wie geplant. Sie und Cordelia später allein auf der Bühne, und es kann übergehen in den dritten Satz. Ehe das Allegro beginnt, schwebt sie auf ihrer Wolke von der Bühne.«

»Und was machen wir mit dem Geiger?«

»Ganz einfach. Wir bauen ihm ein Treppchen hinunter ins Orchester. Das hatten wir schon mal, beim ›Liebestrank‹. Nicht für einen Geiger, für einen Sänger. Er geht mit seiner Violine hinunter, steht links vom Dirigenten und spielt wie in einem normalen Konzert.«

Wie sich herausstellt, kennt Hasse den Geiger schon. Es ist der Neffe seiner Frau, er studiert an der Musikakademie in München, ist zwanzig und wird den Bruch makellos abliefern.

»Der Junge ist hochbegabt. In zehn Jahren, ach, was sage ich, in fünf Jahren wird man seinen Namen kennen. Dann würde er das nicht mehr machen, aber jetzt macht er es. Er ist zudem ein hübscher Mensch, so ein romantischer Typ. Er paßt genau. Wir machen die Premiere im Herbst. Ende Oktober, das ist eine sensible Zeit. Und wenn Sie es richtig machen, Raikov, dann wird es … na, warten wir es ab.«

Hasse klopft auf den Tisch, nur kein voreiliges Lob, er ist abergläubisch wie alle Theatermenschen.

Frau Gutsche wird manchmal zu einem Glas gebeten, wird für ihre Steaks gelobt und erfährt also, was in Gang gekommen ist. Außerdem ist sie sehr hilfreich, wenn es ums Übersetzen geht.

»Ich bekomme aber eine Karte für die Premiere«, sagt sie.

»Selbstverständlich, gnädige Frau. Sie bekommen immer und jederzeit Karten.«

Geheimhalten läßt sich dieses Projekt sowieso nicht mehr, der Intendant muß eingeweiht werden, muß interessiert werden. Das will Hasse übernehmen.

»Ich werde ihm das so darstellen, daß er sich alle zehn Finger danach beleckt«, sagt Hasse selbstgefällig. »Und dann haben wir endlich mal eine richtige Uraufführung in unserem Haus.«

Frau Gutsche muß herzlich lachen, als sie versucht, die zehn beleckten Finger ins Französische zu übersetzen.

»Sicher gibt es einen adäquaten Ausdruck dafür, bloß ich kenne ihn nicht.«

Übrigens bleibt Cordelia nach solchen Abenden nie im Hotel. Raikov und Hasse bringen sie gemeinsam nach Hause zu Wilma. Die hat sich mittlerweile damit abgefunden, daß Cordelia manchmal nachts nicht nach Hause kommt. Nein, sie hat sich nicht damit abgefunden, sie ärgert sich. Der Franzose gefällt ihr nicht, das ist kein Mann für ihr zartes, kleines Mädchen. Sie beobachtet Cordelia sehr genau, aber die ist eigentlich unverändert. So groß wird die Liebe nicht sein, hofft sie. Vor allem darf Alexander davon nichts erfahren. Eines Abends kommt Cordelia blaß, erschöpft, zitternd vor Müdigkeit nach der Vorstellung nach Hause.

Die Nacht vorher war sie nicht da, sie ist gleich am Morgen vom Hotel ins Theater gegangen, der Übungssaal, lange Proben, Vorstellung.

»Wie siehst du aus, Mäuschen. Du bist krank.«

Cordelia schüttelt nur den Kopf, sinkt auf einen Sessel.

Wilma faßt ihren Puls.

Er schlägt sehr unregelmäßig, mal langsam, mal schneller. Das ist ihr bisher nie aufgefallen.

Wilma kennt das erschöpfte Kind, die blutenden Füße, das lautlose Hinsinken, auch Tränen.

»Du warst letzte Nacht wieder nicht zu Hause«, sagt sie, obwohl sie sich vorgenommen hat, über diese Sache nicht zu reden. »Warum tust du das? Du brauchst deinen Schlaf. Und du mußt ordentlich essen.«

»Ich habe gestern abend sehr gut gegessen«, sagt Cordelia.

»Und warum übernachtest du bei dem Kerl?« Wilma kann nicht länger schweigen. »Du wirst doch nicht behaupten, daß du ihn liebst?«

Cordelia hebt langsam den Kopf, nun lächelt sie sogar ein wenig.

»Nein. Das behaupte ich nicht. Ich weiß gar nicht ...« Sie hebt langsam die Hand und streckt sie Wilma entgegen. »Schimpf nicht mit mir.«

»Was würde denn dein Onkel dazu sagen?« fragt Wilma kummervoll.

»Der kümmert sich doch kaum um mich, das siehst du ja.«

Wilma zieht sie an der Hand hoch aus der halb liegenden Stellung, faßt dann wieder nach dem Puls, er ist ruhiger geworden.

»Kann ich baden?«

»Ich lasse dir ein Bad ein, nicht zu heiß. Und dann wirst du essen, und dann wirst du bald schlafen gehen.«

Eigentlich findet es Cordelia viel angenehmer, zu Wilma zu kommen und von ihr versorgt zu werden, als die Nacht mit Raikov im Bett zu verbringen. Allein in ihrem Bett fühlt sie sich wohler, es ist kühl und frisch, es wird von Wilma jeden dritten Tag neu bezogen, sie kuschelt sich zusammen wie ein kleines Tier, Wilma bringt ihr noch ein Glas Milch, streichelt ihr sacht übers Haar.

Das Mädchen hält Wilmas Hand fest. »Erzähl mir noch von deiner Heimat«, bittet sie.

»Ach, Mäuschen, das ist so lange her.«

Das sagt Wilma jedesmal, und dann erzählt sie doch. Von dem Haus, in dem sie mit ihren Eltern lebte, das war in Eger.

»Wir wohnten in der Nähe vom Theater. Wir hatten auch ein schönes Theater in Eger. Meine Eltern haben mich mitgenommen, als ich noch ein kleines Mädchen war.«

Der Vater war Buchbinder, hatte eine Werkstatt, wo er sich liebevoll mit Büchern beschäftigte.

»Früher«, so erzählt Wilma, »arbeitete man nicht mit Maschinen. Mit der Hand, weißt du.«

Vorn hatten sie einen kleinen Laden mit Schreibwaren. Dort arbeitete die Mutter, und Wilma half ihr, als sie groß genug war.

»Wir hatten auch Schulhefte für die Kinder. Das war jedesmal ein Betrieb, wenn das neue Schuljahr anfing. Und ich hatte die schönsten Hefte von allen. Ich durfte sie mir aussuchen.«

So, zum Beispiel, hörten sich Wilmas Geschichten an. Sie erzählt von der Schule, vom Marktplatz, von der alten Burg. Sie spricht nicht davon, daß Wallenstein in dieser Stadt ermordet wurde, sie erzählt nur hübsche Geschichten.

Später hat sie geheiratet, es war ein junger Lehrer, der auch in den Laden kam, um einzukaufen. Sie erzählt, wie er sie angeschaut, wie er sie zu einem Spaziergang aufgefordert hat und wie er sie manchmal ins Theater eingeladen hat. Der erste Kuß kommt vor, die Heirat, sonst nichts.

Sie spricht niemals von dem traurigen Ende: daß ihr Vater starb noch während des Krieges, daß Tschechen ihren Mann erschlugen, daß sie mit der Mutter und dem Kind auf die Flucht ging, daß die Mutter starb, das Kind verhungerte. Sie erzählt nur das Gute aus ihrem Leben, nur von Freude und Glück. Von anderem spricht sie nicht. Sie denkt daran, wenn sie allein ist, wenn sie auf ihr kleines Mädchen wartet. Cordelia ist für sie wie ein eigenes Kind geworden, ein Ersatz für das, was sie verloren hat.

Cordelia kennt die Geschichten aus Wilmas Kindheit, aus ihrer Jugend, von ihrer jungen Liebe. Sie kann sie immer wieder hören, und dann schläft sie ein.

Manchmal erzählt sie auch von ihrer Kindheit. Was sie davon noch weiß. Vom Lumin-Hof, wie es da aussah, was sie für Pferde hatten, wie süß Dolkas Fohlen war. Vieles hat sie vergessen, aber Wilmas Erzählungen bringen sie dazu, sich zu erinnern.

»Schade, daß ihr dort fortgehen mußtet«, sagt Wilma. Und dann fügt sie hinzu: »Ja, so ist das Leben heute nun mal.«

Keine Klagen, keine Vorwürfe. So ist das Leben nun mal.

Cordelia erinnert sich auch an die Schule in Rosenheim, daran, was die Kinder zu ihr gesagt haben.

»Onkel Alexander hat mich gerettet«, sagt sie dann wohl noch. Sie liebt ihn, genauso wie Wilma ihn liebt. Er hat beiden ein neues Leben geschenkt.

Soll dieses Kind nun erwachsen sein? denkt Wilma. Dieser Mann, der sie mit ins Bett nimmt? Nicht so einer wie damals der junge Lehrer in Eger, ein verrückter Franzose, der nichts im Kopf hat als die Tanzerei.

Daß ihr kleines Mädchen überfordert ist, hat Wilma sehr schnell begriffen. Sie war auch schon im Theater, hat Cordelia tanzen sehen, im ›Zigeunerbaron‹, im ›Luxemburger‹ und auch als Aurora. Das ist wirklich wunderschön, findet Wilma, aber es ist auch eine Schinderei. Sie kennt die zertanzten Schuhe, sie wäscht das Blut von den Füßen. Und sie ist die erste, die erkennt, daß Cordelias Herz nicht in Ordnung ist. Sie geht zu ihrem Hausarzt in der Nachbarschaft, er behandelt sie manchmal, sie hat wehe Füße, sie hat Krampfadern, und sie hat Schmerzen in den Gelenken. Sie erzählt dem Arzt von Cordelia, ihrer Arbeit, ihrer Belastung und auch von dem unregelmäßigen Herzschlag.

»Sie soll mal zu mir in die Praxis kommen«, schlägt der Arzt vor.

Cordelia lehnt entschieden ab. Sie wird ärgerlich. »Mir geht es gut. Mir fehlt gar nichts. Jeder Mensch hat komische Herzschläge, wenn er so was macht wie ich«, bescheidet sie Wilma unwirsch.

»Ist kein gutes Leben, das Tanzen«, sagt Wilma. »Macht dich kaputt.«

An diesem Abend nun, Cordelia liegt im Bett, trinkt die Milch, sagt: »Erzähl noch was.« Sie schläft nicht ein, das neue Ballett, Raikovs Pläne wirbeln in ihrem Kopf herum. Das Violinkonzert von Bruch kennt sie inzwischen auswendig, sie weiß auch schon die Schritte, die Bewegungen, sie freut sich auf diese Arbeit. Hasse ist ein Freund, Raikov ist ein Freund. Nur das andere, das, was nun dazugehört, behagt ihr im Grunde nicht. Sie ist keine leidenschaftliche Geliebte, sie nimmt es hin. Es gehört offenbar dazu, man muß sich damit abfinden. Der heiße Mann, an sie gepreßt, er küßt sie, er streichelt ihre kleinen Brüste, ihren schmalen Schoß, in den er eindringt. Es ist eigentlich lästig, aber das ist eben Liebe. Sie kennt Sophias eindeutige Geschichten, auch Marguerite hat jetzt einen Liebhaber und erzählt gern davon, auch alle anderen reden von ihrer Liebe oder von dem, was sie dafür halten. Sie hört das, und keiner ahnt, daß sie mit Raikov schläft. Seltsamerweise bleibt das verborgen. Keiner von beiden verhält sich so, daß man es vermuten könnte.

Im Gegenteil, als die Proben beginnen, benimmt sich Raikov ihr gegenüber besonders ruppig.

»Man könnte meinen, daß du am Boden klebst. Du wirst es niemals lernen. Du bist ein schwerfälliges deutsches Trampel.«

So oder so ähnlich hört sich das auf französisch an, und nur Marguerite versteht es und kichert entzückt. Madame Lucasse wird manchmal ärgerlich, verbietet ihm diese Ausdrücke.

Maître Chalons sagt: »Non, non, mes enfants. Adagio, adagio.« Cordelia ist jedesmal erschöpft von diesen Proben.

Und dann wieder ist sie in seinem Bett, er streichelt sie, ist zärtlich, liebevoll, er ist ein guter Liebhaber, und es ist seltsam, ihre Passivität stört ihn nicht. Sie ist so, wie sie ist, und gerade das gefällt ihm.

Die einzige, die das Spiel durchschaut, ist Jennifer. Die hat dafür einen sechsten Sinn.

»That's ridiculous«, sagt sie. »You and this little one.«

Sie wird beim ›Wolkentanz‹ nicht mehr dabei sein, sie

verläßt das Theater noch vor Ende der Spielzeit. Der Agent, den sie schon in Amerika hatte, hat für sie einen neuen Vertrag bei einer guten amerikanischen Compagnie unterschrieben.

Auch Joseph, der Tenor, wird Ende der Spielzeit das Haus verlassen, er hat ein Engagement nach München. Die beiden geben eine rauschende Abschiedsparty in der Kantine, alle sind eingeladen, sogar der Intendant läßt sich kurz blicken. Um den Tenor tut es ihm leid, auf Jennifer verzichtet er gern. Die paßt einfach nicht ins Haus, so erfolgreich ihre Auftritte auch waren.

Cordelia ist natürlich auch dabei, klein und bescheiden sitzt sie in einer Ecke, obwohl sie der Star in Raikovs neuer Choreographie sein wird, das wissen sie nun alle.

Raikov ist die ganze Nacht unterwegs, er küßt alle Frauen, soweit sie ihm einigermaßen gefallen, er küßt auch Cordelia, und jeder kann sehen, daß sie ihn zurückstößt.

Sie haßt diese Küsserei, diese Körpernähe. Es ist seltsam, denn sie ist ja durch das Tanzen an Körpernähe gewöhnt, an Männer, die sie tragen, die sie heben, die sie überall berühren.

»Sie wird es nie lernen«, kichert Marguerite und schmiegt sich an ihren Freund, es ist der erste Cellist des Orchesters. Er ist verheiratet, das stört Marguerite nicht weiter. In der Garderobe spricht sie davon, daß sie auch nicht mehr lange bleiben will.

»Denkt ihr, ich will an diesem Theater alt und grau werden? Ich doch nicht. Also wohin dann? An ein anderes Haus? Da spielt sich dasselbe ab.«

»Und wo willst du hin?« fragt Sophia. »Auch nach Amerika?«

Sophia ist reichlich zehn Jahre älter, für sie gibt es keinen neuen Weg mehr.

»Ballett ist doch altmodisch«, kontert Marguerite. »Wir machen immer noch alles nach russischem Modell. Es gibt schließlich eine moderne Art zu tanzen.«

»So wie Jennifer.«

»Die kann beides. Amerika? London? Kommt für mich

nicht in Frage. Wenn ich mich verändere, gehe ich nach Paris. Wir arbeiten schließlich hier mit lauter Franzosen.«

»Dann beeil dich mal«, sagt Sophia giftig. »Du wirst auch nicht jünger.«

Diese Garderobengespräche sind das übliche, jeder hat seine Träume. Das Damoklesschwert, das über ihnen schwebt, ist die Tatsache, daß sie älter werden.

Auch in der Nacht nach der Party schläft Cordelia mit Raikov. »Du kommst mit«, sagt er einfach, und da geht sie mit. Er hat ziemlich viel getrunken, aber das macht ihm nichts aus. Er zieht sie aus wie immer, legt sie sanft in sein Bett, beugt sich über sie und küßt sie.

Richtet sich dann ein wenig auf, sieht ihre geschlossenen Augen, ihr unbewegliches Gesicht.

»Sieh mich an!«

Cordelia öffnet die Augen, sie bleibt stumm.

»Tu ne m'aime pas«, sagt er traurig.

Sie hebt die Hand, legt sie an seine Wange.

»Du hast so viele heute abend geküßt«, sagt sie.

»Ach, das gehört doch dazu. Bist du vielleicht eifersüchtig?«

Nun lächelt Cordelia. »Naturellement«, sagt sie, und das befriedigt ihn.

Er liebt sie, zärtlich, sanft wie immer. Dann schläft er sehr schnell ein.

Sie schläft nicht, sie hat nicht viel getrunken, und sie wäre lieber allein.

Am Ende der Spielzeit steht der ›Wolkentanz‹, sie arbeiten alle daran, es gefällt ihnen.

Dann sind endlich Ferien, kurze Ferien in diesem Jahr, denn Raikov will so bald wie möglich mit der Arbeit wieder anfangen.

Er fährt für zwei Wochen nach Paris und fragt Cordelia: »Möchtest du nicht mitkommen? Du warst noch nie in Paris.«

»Ich möchte zu meinen Eltern. Und ich hoffe, Onkel Alexander wird auch manchmal kommen.«

»Ach ja, der berühmte Onkel.«

Seltsamerweise hat Raikov ihn bis jetzt nicht kennengelernt. Wenn der Onkel in der Stadt ist, verschwindet Cordelia sofort nach den Proben oder nach der Vorstellung, schiebt ihre Hand unter seinen Arm, so wie sie es als Kind getan hat, und geht mit ihm fort.

Raikov hat den beiden einmal nachgesehen. Kein Zweifel, sie liebt diesen Mann.

Bei den Pferden ist Cordelia glücklich. Valera geht es gut, sie ist wieder gedeckt worden, ihr Sohn ist gesund, ein Jährling, der übermütig auf der Koppel mit den Gleichaltrigen herumspringt. Wie schnell wird seine Jugend vorbei sein!

Cordelia liegt im Gras, oder sie sitzt bei Olga auf der Bank und hat den kleinen Hund auf dem Schoß. Sie geht auch mal zu Elsgard in die Küche und fragt: »Kann ich was helfen?«

»Erhol du dich nur. Du siehst so klapprig aus.«

Nach wie vor läuft sie hinter Jochen her, oder sie albert mit Wali herum, der sie immer noch über die Koppelzäune hebt, obwohl ihr Fuß wieder gesund ist.

Beatrice und Alexander kommen an einem Nachmittag zu Besuch, sie sind viel unterwegs, die Rennsaison ist auf dem Höhepunkt, und sie müssen dabeisein, wenn ihre Pferde laufen.

»Willst du uns nicht wieder einmal besuchen?« fragt Beatrice freundlich. »Nächste Woche kommt John, gerade für ein paar Tage. Er hat soviel zu tun, behauptet er.«

Dann kommt John an einem Nachmittag, springt über den Koppelzaun, ruft: »Da ist ja meine kleine Tänzerin.« Nimmt sie in die Arme und küßt sie.

Diesmal erwidert Cordelia seinen Kuß, das hat sie inzwischen gelernt.

»Nanu? Wie seh ich das denn? Du betrügst mich doch nicht etwa?«

»Was hast du denn gedacht? Muß ich jedesmal ein Jahr warten, bis ich einen Kuß bekomme?«

Aber das ist auch schon alles, es kommt auch nicht zu einem Besuch in der Villa Munkmann, denn John hat seine amerikanische Freundin mitgebracht, und die will nach Italien, nach Venedig vor allem, und so reist er bereits nach einer Woche wieder ab.

Daß er ein Mädchen dabei hatte, erfährt sie von Gustav. Denn eines Tages faßt sie sich ein Herz, ruft in der Villa an und fragt, ob Gustav sie nach Münster fahren könnte. Sie möchte eine Platte von dem Violinkonzert kaufen. Ein alter Plattenspieler ist im Haus, der stammt noch von den Neumanns, Platten gibt es nicht viele. Sie will die Musik gern hier vorspielen. Jochen fährt nicht mehr mit dem Auto, höchstens eine kurze Strecke, sein Arm ist ziemlich verkümmert, er hat nun auch noch Arthrose in den Gelenken und fühlt sich unsicher am Steuer.

Gustav kommt nur zu gern.

»Ich möchte mir eine Platte kaufen«, erklärt ihm Cordelia. »Ein Violinkonzert, das ich tanzen werde.«

Auf der Fahrt nach Münster erfährt sie also von Johns Freundin und von der Reise nach Italien.

»Die bringt viel Unruhe ins Haus«, berichtet Gustav. »Wir waren immerzu unterwegs.«

Von den Küssen des vergangenen Sommers weiß er ja nichts. John und Miß Bessie sind nach Rom geflogen, erzählt er, und dort werden sie Munkmann junior treffen.

»Herr Alfredo macht einen Film, ganz tolle Geschichte, er hat sie mir erzählt, als er das letztemal hier war.«

Cordelia kommt mit dem Violinkonzert von Max Bruch zurück, und Gustav muß sich auch die Musik anhören. Jochen kann nicht dabei sein, sie haben eine Kolik im Stall, der Tierarzt ist gerade da.

»Er kann es sich abends anhören«, sagt Cordelia.

Olga, Elsgard und Gustav sitzen also im Wohnzimmer, und Cordelia legt die Platte auf. Der Neumannsche Apparat ist nicht von bester Qualität, und Cordelia tippt ungeduldig mit dem Fuß auf den Boden. Einige Male steht sie auf, tanzt eine Figur.

»Schöne Musik«, sagt Gustav am Ende. »Vielen Dank auch.«

»Wie findest du das, Mutti?« fragt Cordelia, als sie wieder

ins Zimmer kommt, und ohne eine Antwort abzuwarten, fährt sie fort: »Ich bin ja dumm. Ich hätte gleich einen neuen Plattenspieler kaufen müssen. Das alte Ding klingt ja gräßlich.«

Die Premiere wird ein Erfolg. Nicht so sensationell wie Jennifers erster Auftritt in diesem Haus, doch es ist ein runder, wohlgelungener Abend. Es ist Cordelias Abend. Und ein rauschender Erfolg für den schönen jungen Geiger. Am Ende geht der Vorhang noch einmal auf, sie steht zwischen Raikov und dem Geiger, sinkt in einen tiefen Knicks. Sie trägt das Haar offen und ein schwingendes leichtes Kleid in Frühlingsgrün und Weiß.

Das war ein anderer Abend als die üblichen. Alles wirkte so leicht und natürlich. Es ist kein Ballett, es ist Tanz. Trotz aller Rederei und endlosem Probieren ist es eigentlich so geblieben, wie Raikov es von Anfang an gesehen hat. Das Wichtigste ist die Musik, ihr paßt sich alles an; die Parklandschaft, die Büsche und Bäume, die Kleidung, die sie tragen, die Bewegungen, die Gesten.

Der Geiger auf der Bühne, seitwärts stehend, träumend mit seiner Violine, achtet gar nicht auf das, was um ihn geschieht.

Raikov, ein Flaneur mit Hütchen und Spazierstock, setzt sich auf die Bank. Cordelia kommt sehr bald auf die Bühne, schon der erste Satz paßt für ihren Auftritt. Zunächst tanzt sie nur so vor sich hin, genauso verträumt und abwesend wie der Geiger. Er spielt für sie, sie tanzt für ihn, dabei sehen sie sich gar nicht.

Der Mann auf der Bank jedoch sieht sie, sieht ihr zu. Dann kommt ein Forte, und sie tanzt hinaus. Ein paar andere Tänzer kommen aus den Büschen, ganz locker, ganz leicht sieht das aus, sie halten sich an den Händen, zwei küssen sich. Wie sorgfältig und mühevoll das probiert wurde, ist nicht erkennbar. Es ist wirklich eine ganz ungewöhnliche Vorstellung, etwas, das man in dieser Art noch auf keiner Bühne gesehen hat.

»Der Mensch ist begabter, als ich dachte«, sagt Ginette,

die natürlich in der Premiere sitzt. »C'est tres romantique! Das hätte ich ihm gar nicht zugetraut. Ich dachte, er ist ein harter Bursche.«

»Die Musik ist auch besonders schön«, sagt ihr Mann, ebenfalls sehr beeindruckt.

»Und dieser zauberhafte Junge mit der Violine! Der ist zum Verlieben. Das ist eine geniale Idee. Und aus der Kleinen hat er alles herausgeholt. Ich nehme an, er schläft mit ihr.«

»Wie kommst du denn darauf?«

»Das spüre ich. Wie er sie hebt, wie er sie hält, wie sie an ihm niedersinkt ...«

»Aber das macht ihr doch alle so.«

»Gewiß. Doch da ist ein Unterschied.«

Sie sagt es später, bei der Premierenfeier, Raikov auf den Kopf zu. Er lacht nur und küßt sie. Und sie sagt noch: »Mit der Nummer könnt ihr beide berühmt werden.«

Was sie damit anrichtet, weiß sie nicht.

Die Kritiken sind ausgezeichnet, die Inszenierung, der Choreograph und vor allem Cordelia werden ausführlich gelobt.

Alexander sieht den ›Wolkentanz‹ erst bei der zweiten Aufführung.

Er kommt nach der Vorstellung zu den Garderoben, um Cordelia abzuholen, er hat sich etwas verspätet, weil er sich noch mit der Dame unterhalten hat, die in der Loge saß. Er muß Cordelia davon erzählen.

Die Tänzerinnen sind zum Teil schon abgeschminkt, flattern an ihm vorbei, winken ihm zu.

Doch dann vergißt er die Begegnung in der Loge, denn er hat an diesem Abend die erste Begegnung mit Serge Raikov.

Der ist auch im Garderobengang, spricht hierhin und dorthin, ist laut, dem Tonfall nach hat er verschiedenes auszusetzen, er tadelt, wedelt mit den Händen, aber keiner beachtet ihn. Es ist gut gelaufen, es klappt, nun soll er aufhören mit der ewigen Meckerei. Neidisch auf Cordelia sind sie sowieso.

Dann blickt Cordelia über Raikovs Schulter, sie hat noch die fette Abschminke im Gesicht, doch ihre Augen strahlen.

»Da bist du ja endlich«, sagt sie. »Wie findest du uns?«

Alexander lächelt. »Gut finde ich euch. Das ist eine hübsche Sache. Da wird einem ganz warm ums Herz.«

»Darf ich bekannt machen?« fragt Cordelia. »Das ist Serge Raikov. Mein Onkel.«

Mein Onkel, sagt sie, weiter nichts. Kein Name.

Die Herren neigen die Köpfe.

»Wirklich eine wunderschöne Aufführung«, sagt Alexander höflich und mustert den Mann, den er eben auf der Bühne gesehen hat, genauer. Er ist älter, als er dachte, er ist kräftig, nicht sehr groß, die Figur nicht so geschmeidig wie sonst bei Tänzern. Getanzt hat er ja auch nicht viel, er hat Cordelia gehoben, getragen, hoch in die Luft gestemmt, niedergleiten lassen, vom Boden aufgehoben, herumgewirbelt und dann beim Adagio wie ein Kind über die Bühne getragen.

»So was hast du noch nicht gesehen, nicht?« fragt Cordelia, noch erregt von der Arbeit. »Er sitzt da so herum, und ich komme auf einer Wolke hereingetanzt. Das hat er sich doch fabelhaft ausgedacht, nicht?«

Sie schiebt unwillkürlich ihre Hand unter Raikovs Arm, Alexander sieht es mit Mißfallen. Er spürt sofort, daß sie verändert ist. Allerdings kennt er die Erregung nach solch einem Abend. Daß Cordelia im Moment Raikov wirklich liebt, das kann er nicht wissen, aber vielleicht spürt er es, wie es Ginette am Premierenabend gespürt hat.

»Sieh zu, daß du fertig wirst«, sagt er. »Ich habe heute nicht viel Zeit.«

Sie erfährt auf dem Weg zur Wohnung, daß er am nächsten Tag mit Beatrice nach London fliegt. Es steht ein junger Hengst mit berühmten Papieren zum Verkauf, den wollen sie sich ansehen.

»Und vor allem geht es ihr um einen neuen Jockey. Sie will partout wieder einen Engländer haben.«

Darüber redet er eine Weile, es interessiert Cordelia nicht sonderlich. Sosehr sie die Pferde in den Ställen und auf den

Koppeln liebt, so wenig macht sie sich aus Rennen. Sie möchte viel lieber noch über den ›Wolkentanz‹ reden, möchte gelobt werden.

»Habe ich dir denn gar nicht gefallen?« fragt sie traurig, als er geht.

Er nimmt sie in die Arme, küßt sie. »Du warst bezaubernd. Ich schaue mir bestimmt noch eine Vorstellung an. Und sobald ich zurück bin, gehen wir wieder einmal nett zum Essen, ja? Auf Wiedersehen, Wilma.« Und wie immer setzt er hinzu: »Passen Sie mir gut auf das Kind auf.«

Erst als er im Auto sitzt, fällt ihm ein, daß er vergessen hat, von der Begegnung im Theater zu erzählen.

»Er hat mich nicht mehr lieb«, sagt Cordelia traurig, nachdem Alexander gegangen ist.

»Aber Kind! Er ist ein vielbeschäftigter Mann. Ich habe neulich erst in der Zeitung gelesen, daß die Munkmann-Werke die größte Maschinenfabrik im Land sind. Sie bauen jetzt noch eine neue Fabrik in der Nähe von Duisburg.«

»Das steht in der Zeitung?«

»Ja, du liest ja weiter nichts als die Theaternachrichten.«

»Früher, als er noch nicht so viel zu tun hatte, war er immer für mich da. Er hat mich eben nicht mehr lieb.«

In der vierten Aufführung ist dann endlich auch Wilma, sie kommt nicht dazu, den Abend zu genießen, denn sie weiß, daß Cordelia erkältet ist, sie hatte ein wenig Fieber am Morgen, und Wilma fürchtet die ganze Zeit, sie könnte nicht mehr aufstehen, wenn sie an Raikovs Körper zu Boden gesunken ist. Sie ist froh, als Cordelia endlich auf der Wolke hinausschwebt.

Und dann kommt sie nicht einmal nach Hause. Sie bleibt bei Raikov, und es kommt zu einem Streit. Einer unschönen Szene. Einem großen Krach.

Raikov ist ein wenig übergeschnappt durch seinen Erfolg. Er hat im Grunde genug von dieser Stadt und diesem Theater. Er ist zu schade dafür, findet er. Und da ist der alte Traum: Amerika.

Cordelia sieht ihn nur fassungslos an, als er davon spricht, mit ihr nach Amerika zu gehen. Sie sitzt im Sessel, essen mag sie nicht, sie hat Halsschmerzen und Kopfschmerzen, das Fieber ist gestiegen. Auch sie war froh, als sie abgehen konnte.

Am liebsten wäre sie mit Wilma nach Hause gegangen, aber Raikov hatte nur gesagt: »Du kommst mit. Ich habe etwas mit dir zu besprechen.«

Er hat keinen festen Vertrag an diesem Theater, und es ging jetzt um die Frage, ob er als Nachfolger von Maître Chalons Ballettdirektor werden soll. Intendanz und Stadtrat haben darüber gesprochen, und an diesem Vormittag gab es eine Unterredung zwischen dem Intendanten und Raikov.

Als erstes verlangte Raikov die doppelte Gage, aber das ist ganz unmöglich, das Ballett ist ja nur ein Nebenzweig in diesem Haus.

»Ich will sowieso auf Tournee gehen«, sagt er lässig.

»Wie Sie meinen«, erwidert der Intendant kühl.

Eine Tournee mit dem ›Wolkentanz‹. Er wird Cordelia mitnehmen und den Geiger.

Cordelia schüttelt nur müde den Kopf, als er in der Nacht von seinen Plänen spricht.

»Du willst doch nicht dein ganzes Leben an diesem Provinztheater tanzen. Oder?«

»Das würde Onkel Alexander nie erlauben«, sagt sie heiser.

»Du mit deinem blöden Onkel. Ist dir deine Karriere nicht wichtiger?«

»Nein«, sagt sie leise.

Er starrt sie mit wutglitzernden Augen an.

»Du könntest mit dem ›Wolkentanz‹ in den Staaten großen Erfolg haben.«

»Das glaube ich nicht.«

»Natürlich nicht, wenn du so schlecht bist wie heute abend. Du hast getanzt wie eine tote Fliege.«

Sie lächelt unsicher. »Ohne deine Hilfe wäre es nicht gegangen. Danke. Ich bin ein wenig erkältet.«

»Das kann einer guten Tänzerin nichts ausmachen. Das geht nur Sänger etwas an. Und ein guter Sänger kann auch singen, wenn er erkältet ist. Dafür hat man schließlich seine Technik. Ich habe Jennifer mal erlebt, da lief ihr der Rotz aus der Nase. Und sie war besser denn je.«

»Ich bin eben nicht wie Jennifer.«

Er rennt schon wieder im Zimmer hin und her, erklärt, wie er mit ihr durch die Staaten tanzen wird.

»Dann Südamerika, und anschließend wird mir etwas Neues einfallen. Wir machen etwas Modernes. Ganz amerikanisch. Kennst du die Musik von Bernstein? Nein, du kennst ja gar nichts außer deinem verkalkten ›Schwanensee‹. Hörst du mir eigentlich zu?«

Sie hebt den Kopf von der Sessellehne, sein Gesicht verschwimmt vor ihren Augen.

»Man müßte ein Orchester haben. Und Tänzer«, gibt sie sich Mühe, ihm zu folgen.

»Die finden wir in Paris. Und in Amerika erst recht. Weißt du, wieviel Musiker und Tänzer dort auf der Straße sitzen? Die sind froh, wenn sie Arbeit finden.«

»Man müßte alles von vorn probieren«, sagt sie unlustig.

»Na und? Willst du nun Karriere machen oder nicht?« schreit er sie an.

Will sie Karriere machen? Sie hat keinen Ehrgeiz, sie hat nie über dieses Theater, über diese Stadt hinausgedacht.

»Ich möchte hierbleiben und die ›Giselle‹ und später ›Schwanensee‹ machen, und ich möchte in der Nähe von Onkel Alexander bleiben.« Sie steht auf.

»Ihm habe ich alles zu verdanken. Was wäre aus mir geworden ohne ihn? Was wäre aus Vati und Mutti geworden? Ich habe dir doch erzählt, wie das war mit uns. Es gibt Menschen, die man liebhat. Bei denen man bleiben möchte. Verstehst du das nicht?«

»Liebhat, liebhat«, brüllt er jetzt in voller Lautstärke. »Was ist denn das für ein Unsinn? Was hat das mit deiner Karriere zu tun?«

»Schrei doch nicht so! Was soll denn Frau Gutsche denken? Ich hab dich doch auch lieb ...« Sie geht auf ihn zu, streckt ihm die Hände mit einer bittenden Geste entgegen, er stößt sie zurück und brüllt: »Am besten gehst du ins Bett zu deinem Onkel, das ist es ja doch, was du willst. Was soll denn auch ein normaler Mann mit dir anfangen?«

Sie geht noch einmal auf ihn zu, da schlägt er sie ins Gesicht. Sie weint nicht, sie sinkt auch nicht auf den Boden, sie sieht ihn nur mit großen Augen an.

Ihm tut es sofort leid, er will sie in die Arme nehmen, doch nun stößt sie ihn weg, rennt aus dem Zimmer, aus dem Hotel, nach Hause zu Wilma. Dort erst weint sie.

Am nächsten Tag erzählt sie Madame Lucasse von Raikovs Plänen, nicht von dem Streit, nicht von dem Schlag.

»Der Kerl ist größenwahnsinnig«, sagt Madame Lucasse. »Und für dich kommt das sowieso nicht in Frage. Mit dem Verrückten auf Tournee! Wie er sich das vorstellt. Das schafft er nie. Er müßte zunächst einen Sponsor haben. Oder mehrere. So ist das nämlich in Amerika.« Und dann eine klare Frage: »Liebst du ihn denn?«

Sie bekommt eine klare Antwort. »Nein.«

Und auf Madames prüfenden Blick setzt sie hinzu: »Ich will ihn nicht mehr.«

Das ist eine Art Geständnis. Ihre Augen füllen sich mit Tränen.

»Schon gut, reg dich nicht auf.«

»Ich möchte hierbleiben.«

»Das wird für dich das beste sein«, sagt Madame Lucasse und wischt ihr wieder einmal die Tränen von den Wangen. »Du bist ein labiles Mädchen. Oder besser gesagt, ein empfindsames Mädchen. Amerika ist ein hartes Geschäft, dafür bist du nicht geeignet. Er müßte eine eigene Compagnie haben, und wie will er das finanzieren? Er ist dümmer, als ich dachte.«

»Ich möchte bei Onkel Alexander bleiben. Und bei Vati und Mutti. Und bei Ihnen, Madame.«

»Zunächst gehörst du mal ins Bett, du bist krank. Deine Stirn ist ganz heiß. Geh jetzt nach Hause. Die nächsten Tage hast du frei.«

Der ›Wolkentanz‹ steht erst Mitte Dezember wieder auf dem Programm. Kein abendfüllendes Ballett dazwischen.

»Kurier dich aus. Und komm erst wieder an die Stange, wenn du gesund bist.«

»Aber die Proben?«

»Wir probieren für die ›Aida‹, da kannst du immer noch einsteigen.«

Cordelia macht einen Knicks und wendet sich zum Gehen.

»Und was wir heute geredet haben«, sagt Madame Lucasse, »bleibt unter uns.«

Logenplatz

BEIM FRÜHSTÜCK ÜBERFLOG Constanze die Zeitung, verweilte etwas länger bei den Theater- und Filmnachrichten. Ein Kritiker äußerte sich geradezu begeistert über die Uraufführung eines neuen Balletts. ›Wolkentanz‹, ein guter Titel, fand Constanze. Doch dann stockte sie, hob den Kopf, blickte starr in die Luft.

Der Name.

Der Name?

Cordelia Lumin.

Cordelia.

Die Leute damals in Mecklenburg, hießen die nicht Lumin? Nie mehr hatte sie an diese Leute gedacht. Er hieß Jochen, der sie aus dem Wasser gezogen hatte. Und sie? Doch, da kam der Name schon. Sie hieß Elsgard.

Sie sah alles vor sich wie auf einer Bühne. Der Tisch mit der Hängelampe darüber. Nein, erst war es eine Petroleumlampe.

Cordelia. König Lears Tochter.

Cordelia Lumin. Eine Tänzerin.

Thomas hatte seine Zeitung sinken lassen und sah sie an. »Was hast du denn? Ist dir nicht gut?«

Sie faßte sich sofort. »Wieso?«

»Du bist ganz weiß im Gesicht.«

»Ich habe schlecht geschlafen.«

Sie griff mit der Hand nach der Tasse, ihre Hand zitterte. Rasch stand sie auf, ging durchs Zimmer ins Bad. Betrachtete sich im Spiegel.

Weiß im Gesicht? Quatsch. Sie sah aus wie immer. Eben noch ungeschminkt.

Cordelia Lumin. Also gut, also schön. Die war also am Leben geblieben. Warum denn nicht? Sie war hier, ganz in der Nähe. Tänzerin. Warum denn nicht? Ihr konnte das doch egal sein. Eine gute Tänzerin, der Besprechung nach.

Sie ging zurück, setzte sich wieder an den Tisch und nahm die Tasse in die Hand.

»Der Kaffee ist kalt.«

»Gib her«, sagte Thomas. »Ich gieß das aus, und du bekommst neuen Kaffee, in der Kanne ist noch genug.«

Wie in guten Hotels üblich, gab es zum Zimmerfrühstück eine Thermoskanne, die den Kaffee warm hielt.

»Richtig nett, mal wieder mit dir zu frühstücken«, sagte er, nachdem er ihr frischen Kaffee eingegossen hatte.

Sie lächelte ihm zu. »Ja, heute haben wir wenigstens etwas Zeit.«

Sie wohnten zwar seit vier Tagen im Parkhotel in Düsseldorf, doch es war morgens immer eine Hetze gewesen, Presse, Interviews, Fotografen, das bedeutete für Constanze früh aufstehen, sich rasch schminken, anziehen.

Sie stand aber nicht gern früh auf, und sie frühstückte nicht gern angezogen und geschminkt.

»Ich fand's auch anstrengend«, sagte Thomas und setzte sich wieder, betrachtete das Angebot auf dem Frühstückstisch. Das Ei hatte er schon gegessen, ein Brötchen mit Schinken, nun griff er in den Korb.

»Da wir heute etwas mehr Zeit haben, kann ich ja noch ein Brötchen essen.«

»Das tu, mein Lieber.«

»Schade, daß wir so selten zusammen frühstücken«, sagte er, während er Butter auf sein Brötchen strich.

»Wirklich schade.«

»Jetzt machst du dich lustig über mich. Ich meine, es ist schade, daß wir uns so selten sehen.«

»Aber wir haben uns auf dem Set ausreichend gesehen und sind uns ebenso reichlich auf die Nerven gegangen.«

»Die Dreharbeiten sind nun schon eine Weile her. Ich meine, mehr privat. Du könntest wieder einmal für ein paar Tage nach München kommen. Komm doch heute gleich mit.«

»Ich kann Tobias nicht so lange allein lassen.«

»Na, dein Steven kümmert sich wohl um ihn.«

Er sagte niemals Jonathan, und Constanze sprach ihm gegenüber auch nur von Steven.

»Betty würde sich sehr freuen, dich zu sehen. Sie spricht oft von dir.«

»Betty hat immer nur dich geliebt.«

»Und Tobias. Sie wird dir nie verzeihen, daß du Tobias nach Berlin geholt hast.«

Constanze seufzte. »Das Thema hatten wir schon.«

Sie hatte sich beruhigt, jedenfalls äußerlich. Außerdem war Thomas unsensibel genug, die Verstörtheit in ihren Augen nicht zu bemerken.

Sie zündete sich eine Zigarette an, griff nach der Zeitung, sah noch einmal auf die Besprechung.

›Wolkentanz‹, eine Neuinszenierung. Die Choreographie von einem Mann namens Serge Raikov. Vor einigen Jahren, als sie in dieser Gegend Theater spielte, hatte sie nie etwas von diesem Mann gehört oder gelesen. Von einer Cordelia Lumin auch nicht. Die mußte ja immerhin jetzt ... kam sie eben gerade aus Mecklenburg, oder war sie schon länger hier? Noch einmal schlug es wie eine Woge über ihr zusammen. Sie brauchte gar nicht so zu tun, als ob sie es nicht wüßte. Cordelia Lumin mußte jetzt zweiundzwanzig sein.

Sie warf den Kopf zurück und lachte.

Thomas Ashton, der Mann, mit dem sie immer noch verheiratet war, sah sie erstaunt an. »Steht etwas Lustiges in der Zeitung?« fragte er.

»Sehr lustig.«

Vorgestern war Premiere gewesen, heute war die zweite Aufführung. Sie würde hingehen und würde sich diese Cordelia Lumin ansehen.

Warum nicht?

»Warum nicht?« sagte sie laut.

»Wie?« fragte Thomas.

»Ach, nichts.«

»Ich werde dann meinen Kram zusammenpacken und starten. Und du kommst wirklich nicht mit?«

»Nein, mein Schatz, ich komme nicht mit.«

»Und wann geht deine Maschine?«

»So gegen Mittag.«

»Allein schon deswegen könnte ich nicht in Berlin wohnen. Die ewige Fliegerei, das würde mich wahnsinnig machen.«

Sie wußte, daß er Angst hatte vorm Fliegen. Es kostete ihn jedesmal Überwindung, in ein Flugzeug zu steigen.

»Du kommst auch mit dem Auto nach Berlin«, sagte sie.

»So verrückt möchte ich sein, daß ich durch die Zone fahre. Mit meinem schönen Wagen, und das im Schneckentempo. Keine Macht der Welt wird mich je in ein Land bringen, in dem die Kommunisten herrschen. Nicht für zehn Millionen Dollar. Und du wirst schon sehen, wie das ausgeht mit deinem Berlin. Eines Tages machen sie die Faust zu, und da sitzt du drin.«

Das war ein altes Thema zwischen ihnen. Er würde auch in diesem Jahr zur Premiere des Films nicht nach Berlin kommen, dort mußte sie sich allein verbeugen. Die Uraufführung hatte darum im Rheinland und im Ruhrgebiet stattgefunden, und sie waren zusammen nun eine Woche unterwegs gewesen und hatten sich in den Kinos verbeugt.

Es war das erstemal wieder seit vier Jahren, daß sie einen Film zusammen gemacht hatten, und es war ein guter Film geworden.

Thomas, etwas fülliger jetzt dank Bettys gutem Essen und etwas reifer dank einiger Stirnfalten und leicht ergrautem Haar, war die richtige Besetzung gewesen, nicht mehr der fröhliche Siegertyp wie in seinen früheren Filmen. Er spielte einen Mann, der durch dubiose Geschäfte in Erpresserhände fällt. Constanze gehörte in ihrer Rolle auf die Seite der Erpresser, was eine Liebesaffäre zu dem Erpreßten nicht ausschloß, sie jedoch am Ende das Leben kostete.

»Endlich mal kein Happy-End«, hatte sie vor zwei Tagen in einem Interview gesagt.

»Worüber das Publikum sehr betrübt sein wird«, hatte der Journalist erwidert.

»Das glaube ich nicht. Wirkliche Kunst kennt kein Happy-End. So wenig wie das Leben. Oder denken Sie, irgendein Mensch würde in den ›Faust‹ gehen, wenn Gretchen und Heinrich am Schluß Hand in Hand vor der Gartenlaube säßen? Oder wenn Romeo und Julia ihre Enkel spazierenführten?«

Kein Wunder, daß Constanze so beliebt war bei der Presse. Interviews mit ihr verliefen meist sehr amüsant. Nachdem Thomas mit seinem großen amerikanischen Wagen abgefahren war, verlängerte Constanze zunächst ihren Aufenthalt im Hotel auf den nächsten Tag, stornierte den Flug und ließ sich mit dem Theater verbinden, in dem dieser ›Wolkentanz‹ aufgeführt wurde.

Die Vorstellung sei ausverkauft, erfuhr sie. Nach einigem Hin und Her gelang es, die Sekretärin des Intendanten zu erreichen, dann den Intendanten selbst, schließlich kannte er Constanze aus der Zeit, als sie in Bochum engagiert war, und ihr Name war inzwischen bekannt genug. Außerdem hatte sie sich vor drei Tagen auch dort für den neuen Film verbeugt.

Der Intendant bot ihr seine Loge an.

»Es freut mich sehr, daß Sie zu unserem Ballettabend kommen.«

»Ja, ich habe die Besprechung gelesen, die war ja fulminant.«

»Ist eine schöne Sache, doch. Etwas ungewöhnlich. Leider kann ich Ihnen nicht Gesellschaft leisten, wir sind heute beim Oberbürgermeister eingeladen. Aber um Sie zu begrüßen, Constanze Morvan, bin ich selbstverständlich da.«

»Ich werde pünktlich sein.«

Dann rief sie Jonathan an und sagte ihm, daß sie erst am nächsten Tag kommen würde.

»Da sind wir aber sehr traurig, Tobias und ich. Kannst du dich von deinem Mann nicht trennen?«

»Der ist schon abgefahren. Nein, ich habe heute abend noch eine Verabredung.« Sie zögerte, sie belog ihn eigentlich nie. »Ehemalige Kollegen vom Theater.«

»Und wann kommst du morgen?«

»Weiß ich noch nicht. Ich muß mich erst erkundigen, welche Maschine ich bekomme. Vielleicht fliege ich auch von Köln aus, da gibt es mehr Möglichkeiten.«

»Liebst du mich noch?«

»Mehr denn je.«

Das war Ende Oktober '67. Das verfluchte Jahr 1968 stand ihnen noch bevor.

Alexander kam erst kurz vor der Pause, ›Les Sylphides‹ hatte er oft genug gesehen.

Die Dame, die allein in der Loge saß, wandte flüchtig den Kopf, er erkannte sie sofort.

Als das Licht anging, stand er auf.

»Frau Morvan! Welche Überraschung, Sie hier zu treffen.«

»Sie kennen mich?«

»Wer kennt Sie nicht? Außerdem bin ich in den letzten Tagen mindestens zehnmal an Ihrem Gesicht vorbeigefahren.«

»Ach so.«

»Ein sehr ernstes Gesicht diesmal. Kein Lächeln.«

»Es ist auch eine ernste Geschichte.«

»Kein Happy-End, das weiß ich schon. Meine Sekretärin hat den Film gesehen und ist begeistert.«

»Fein.« Constanze stand auf und trat in den Hintergrund der Loge. Manche Leute, die hinausgingen ins Foyer, blickten zu ihr auf und erkannten sie möglicherweise auch. Sie hatte keine Lust, jetzt Autogramme zu geben.

Alexander neigte den Kopf. »Renkow«, stellte er sich vor.

Constanze nickte. Es kam ihr vor, als hätte sie diesen Mann schon einmal gesehen. Nicht in den letzten Tagen. Viele Menschen hatten ihr die Hand gegeben, diesen hätte sie nicht vergessen.

»Und was verschafft uns die Ehre, Sie hier im Theater zu sehen?«

Constanze hob das Programm, das sie in der Hand hielt.

»Nun, dieser ›Wolkentanz‹. Ich habe heute morgen eine Besprechung gelesen.«

»Deswegen bin ich auch hier. Zu der Premiere konnte ich leider nicht kommen, aber nun muß ich es mir ansehen. Sonst ist die Kleine gekränkt.«

Auf ihren fragenden Blick fügte er hinzu: »Meine Nichte tanzt diese sehr gelobte Rolle.«

»Ihre Nichte?«

Sie hob das Programm wieder, tat, als lese sie darin.

»Ja, Cordelia Lumin. Endlich hat sie mal eine Hauptrolle, das hat sie sich lange gewünscht.«

Constanze studierte aufmerksam das Programm.

»Cordelia Lumin, das ist Ihre Nichte?«

»So ist es. Mögen Sie hinausgehen? Darf ich Sie einladen? Zu einem Glas Sekt oder sonst irgendwas.«

»Ihre Nichte«, wiederholte sie.

Da war die Erinnerung wieder. Ich könnte ja deine Cousine sein, hatte sie gesagt. Ich habe keine Cousine, hatte Elsgard gesagt. Jochen auch nicht. Keine Cousine, aber ein Onkel. Wenn es einen Onkel gab, mußte es auch Cousinen geben. Oder nicht? Ein Onkel aus Mecklenburg? Na egal.

»Ich möchte nicht hinausgehen. Ich würde lieber in der Loge bleiben.«

»Verstehe. Man hat in den letzten Tagen so viele Bilder von Ihnen gesehen und so viele Interviews gelesen, das könnte lästig sein.«

Sie nickte wieder. Und grub in ihrer Erinnerung. Ein Onkel? War je von einem Onkel die Rede gewesen?

»Aber ich könnte uns etwas zu trinken bestellen«, sagte der Onkel. »Der Logenschließer bringt es uns gern. Ein Glas Sekt, einen Cognac, einen Whisky?«

»Einen Whisky, ja, gern.«

Während er hinausging, um die Bestellung aufzugeben, überlegte sie weiter. Wer war denn damals dagewesen? Da war die ältere Dame. Sie hieß Olga, das fiel ihr nun auch ein. Hatte sie nicht von irgendwelchen Renkows gesprochen? Von einem Gut?

Vergebens, es würde ihr nicht einfallen. Sie hatte es verdrängt, vergraben, vergessen. Es waren etwas mehr als zwanzig Jahre, aber es kam ihr vor, als sei es ein Menschenalter her.

»Wissen Sie, daß wir uns schon einmal begegnet sind«, sagte Alexander, als er zurückkam.

Sie standen beide im Hintergrund der Loge, ein angenehmes Halbdunkel, das Parkett hatte sich inzwischen geleert.

»So?« fragte Constanze abwehrend.

»Ja. Es war an einem Neujahrstag. Warten Sie, ja, es war der Beginn des Jahres '64. Draußen in der Wulfinger Mühle, beim Mittagessen. Sie waren in einer größeren Gesellschaft, und ich saß mit meiner Nichte an einem Tisch in der Ecke. Ist sie nicht schön, sagte das Kind, ganz hingerissen. Sie hatte kurz zuvor einen Film mit Ihnen gesehen. Irgend etwas von einem Sieger.«

»Ja«, sagte Constanze monoton, »›Sieger fallen vom Himmel‹, hieß die Schnulze. Und das hat ...«, sie blickte wieder in das Programm, »das hat Cordelia gut gefallen?«

»Sie starrte Sie immerzu an, und Sie müssen das wohl bemerkt haben, denn als Sie gingen, lächelten Sie ihr zu.«

»Ich habe ihr zugelächelt. Na so was.«

Constanze fiel es nun auch wieder ein. Sie erinnerte sich nicht an das junge Mädchen, aber an diesen Mann. Und daß sie irgend jemand gefragt hatte: Ist das ihr Vater oder ihr Liebhaber?

Der Onkel. Kaum zu glauben.

»Ihre Nichte tanzt schon länger an diesem Theater?«

»Von Anfang an. Sie ist hier in die Ballettschule gegangen. Es war meine Idee, daß sie Tänzerin werden sollte. Als ich sie das erstemal sah, war sie ein Kind von sieben Jahren, scheu, verschüchtert. Sie bestand eigentlich nur aus Angst. Sie war mit ihren Eltern aus der Ostzone gekommen. Aber ich fand, sie sei der Typ einer Tänzerin.« Alexander lachte. »Ich hab mich immer für Ballett interessiert.«

»Ich mache mir nichts aus Ballett«, sagte Constanze.

»Ihr Vater ist auch nicht sehr glücklich, daß sie tanzt. Das sagt er nicht, aber das denkt er. Ich weiß es.«

»Und ihre ... ihre Mutter?«

»Ach, sie hat sich nie so sehr für das Kind interessiert.«

Es klopfte, der Logenschließer brachte die beiden Whisky und eine Flasche Soda auf dem Tablett.

Constanze war versucht zu fragen: Und wo ist die Familie Lumin?

Sie schwieg. Kein Wort zuviel, bloß kein Wort zuviel.

»Cheers«, sagte sie und trank von dem Whisky.

Also war dieser Onkel im Westen gewesen und hatte die Lumins herüberkommen lassen.

Was hatten sie ihm erzählt? Was wußte er?

Sie war versucht davonzulaufen. Und nie wiederzukommen. Ihre Mutter hat sich nie so sehr für das Kind interessiert. Warum auch?

Und waren die Lumins auch hier? Doch, das hatte er ja gesagt. Oder nicht?

Ich bin verrückt, verrückt, verrückt, dachte Constanze. Warum bin ich hierhergekommen? Was geht mich das an? Eine Tänzerin, na gut, mit guter Presse, na gut. Alles bestens. Besser konnte es gar nicht sein.

»Diese Produktion hier soll ja ganz originell sein. Irgend so ein verrückter Franzose hat die Choreographie gemacht. Sie finden seinen Namen im Programm.«

Constanze hob wieder das Programm und dachte dabei: Ich brauche jetzt wohl bald eine Brille.

»Serge Raikov«, las sie vor.

»Er hat schon mal ein tolles Programm hier abgeliefert. Mit einer Amerikanerin. Sie hieß Jennifer Byle, ein tolles Talent. Nie gehört?«

»Nein, nie«, sagte Constanze abweisend. »Ich interessiere mich nicht für Ballett.«

Das sage ich jetzt schon zum zweitenmal. Richtig idiotisch. Ich habe selber mal Ballettunterricht genommen und habe sehr gut getanzt.

Er sah sie an, sah die Abwehr in ihrem Blick, den Zug von Hochmut um ihren Mund. Sie war wirklich eine schöne Frau, da hatte Cordelia recht gehabt. Aber mehr als das, sie war eine interessante Frau.

»Schade«, sagte er. »Ich war schon als junger Mann ganz verrückt auf Ballett. Da auf dem Land, wo wir lebten, gab es das nicht. Und im nächstgelegenen Stadttheater ... na ja, viel wurde da nicht geboten. Aber ich fuhr oft nach Berlin, da gab es hervorragendes Ballett, in der Staatsoper oder im Charlottenburger Opernhaus. Und natürlich genügend Auswahl außerhalb der Theater. Eigene Truppen, sehr gute russische darunter. Und dann der moderne Ausdruckstanz, der feierte damals Triumphe. Später dann war ich oft in London, und da ...«

Es folgten seine Eindrücke von Sadler's Wells und eine Schilderung der Tänzerin Joan, in die er sich verliebt hatte. »Ich erschreckte meinen Vater mit der Ankündigung, daß ich sie heiraten wolle. Und wo wird sie tanzen, fragte er mich, hier bei unseren Kühen auf der Weide?«

Constanze trank ihren Whisky aus, sie war ruhiger geworden.

»Und wo hielten Sie sich auf, wenn Sie nicht in Berlin oder London waren? Ich meine, wo lebte Ihr Vater, den Sie mit einer tanzenden Schwiegertochter beglücken wollten?«

»Mein Vater hätte sich bestimmt glänzend mit ihr verstanden. Wir lebten in Mecklenburg.«

»In Mecklenburg, so.«

»Ja, das liegt jetzt auf einem anderen Stern. Darf ich Ihnen noch einen Whisky bestellen, gnädige Frau?«

»Danke, nein. Ach ja, Sie sagten ja, daß Ihre Nichte aus Mecklenburg kommt.«

»Ihr Vater hatte einen Hof, der nicht weit entfernt von unserem Gut lag. Sie sind dann Anfang der fünfziger Jahre in den Westen gekommen, Cordelias Eltern.«

»Und Sie waren schon hier?«

»Ja, ich war hier.«

Überflüssig, von Krieg und Gefangenschaft zu reden.

Keine weiteren Fragen, verbot sich Constanze. Von dem Gut war die Rede gewesen. Da war diese Olga hergekommen. Mit einem Hund und ein paar Hühnern. Von einem Herrn von Renkow war die Rede gewesen, die Kommunisten oder die Bolschis hatten ihn eingesperrt. Und dann waren auch Männer des neuen Regimes gekommen, sie saß da mit dem dicken Bauch, und – verdammt, Schluß damit. Auf einmal fiel ihr alles wieder ein.

Einer hatte ihr dann zu der Fahrt nach Berlin verholfen. Sie stöhnte und faßte mit der Hand an die Stirn. Wie war sie bloß auf die irrwitzige Idee gekommen, in dieses Theater zu gehen? Sie könnte jetzt zu Hause sein und den Whisky mit Jonathan trinken.

»Gnädige Frau?« fragte Alexander besorgt.

»Nichts. Ich habe nur ein wenig Kopfschmerzen. Die letzten Tage waren sehr anstrengend.«

Sie begann von der Rundreise durch die Städte zu erzählen. »In Köln und Bonn haben wir angefangen und dann ...«

Mecklenburg. Verdrängt, vergessen und vergraben. Das konnte nicht sie gewesen sein, die dort auf der Bank vor dem Bauernhof saß. Nicht sie. Ein Film vielleicht. Nicht mal einer, in dem sie gespielt hatte.

Sie hatte den Wunsch, die Loge zu verlassen, wegzugehen, diesem verdammten Ballett und den Erinnerungen den Rücken zu kehren.

»Ja, ich kann mir vorstellen, daß so eine Tour anstrengend ist«, sagte Alexander höflich und sah, daß ihre Lippen zitterten.

»Ja, wirklich. Anstrengender, als den Film zu drehen. Ah, es klingelt.«

Warum sollte sie nicht gehen? Kopfschmerzen und die Mühen der letzten Tage würden als Grund ausreichen.

»Nun bin ich wirklich gespannt. Cordelia hat immer von einer großen Rolle geträumt. Am liebsten natürlich sollte es ›Giselle‹ sein. Oder ›Schwanensee‹. Davon träumt jede Tänzerin. Aber das kommt vielleicht ja noch.«

Das Parkett füllte sich langsam, Constanze blieb im Hintergrund stehen.

Ich gehe einfach. Ich sage, mir ist nicht gut.

Alexander rückte ihr den Stuhl zurecht. Doch er wartete, bis das Licht ausging.

»Bitte«, sagte er.

Diesmal setzte er sich neben sie.

Sie konnte nicht weglaufen.

Es war die zweite Aufführung von ›Wolkentanz‹, Cordelia noch nicht erkältet und in bester Form, schwebend, träumend, biegsam, als habe sie keine Knochen im Körper, niedergesunken dicht an Raikovs Körper, gehoben von ihm, getragen, davontanzend, wieder von ihm eingeholt, gehalten, getragen, ein schmaler, kindlicher Körper, biegsam, schmiegsam, die Fußspitzen schienen kaum den Boden zu berühren.

Und dieses Gesicht.

Constanze konnte es aus der Nähe sehen, als das Mädchen sich verbeugte, tief knickste, zwischen dem Tänzer und dem Geiger.

Acht, neun Vorhänge.

Sie ist schön, dachte Constanze. Nein, nicht schön, sie ist apart, sie sieht aus ...

Sie schlug die Hände klatschend zusammen.

Irgendwie fremdartig sah sie aus. Schräggestellte Augen, ein weicher, ein wenig lasziver Mund.

Sie sieht mir nicht ähnlich. Bei Gott, nein, wirklich nicht. Man stelle sich vor, sie sähe aus wie ich.

Constanze lachte hysterisch.

Die Tänzerin blickte in ihre Loge, sie lächelte. Es war das erstemal an diesem Abend, daß sie lächelte.

Also doch, sie lächelt wie ich.

Alexander lächelte auch zur Bühne hinab, er nickte.

»Sie ist bezaubernd«, sagte Constanze mühsam, als sie wieder im Hintergrund der Loge standen.

»Ja, nicht wahr? Und das habe ich aus ihr gemacht«, sagte Alexander eitel. »Sie hätten sie sehen müssen, damals. Ein scheues verängstigtes Kind, ich sagte es schon. Und sie war so einsam.«

»Einsam? Aber ich denke, ihre Eltern ...«

»Schon. Aber die ganzen Umstände, diese Flucht in den Westen, sie war noch so jung, sie verstand das alles nicht. Sie hatte ja auch ihre Heimat verloren, wie so viele Menschen vor ihr. Wenn auch auf andere Weise. Und Jochen – das ist ihr Vater, fand sich in der neuen Welt zunächst gar nicht zurecht.«

»Und ihre ... ihre Mutter?«

»Els ist ein harter Typ, die kam besser damit zurecht.«

Els gleich Elsgard. Nun müßte er nur noch von Olga sprechen, dann weiß ich nicht, was ich tun werde. Aber die ist vermutlich längst tot.

»Es war ein schöner Abend«, sagte Constanze mühsam. »Ich habe ihn sehr genossen.«

»Das freut mich, gnädige Frau. Wollen Sie nicht noch mit hinter die Bühne kommen? Ich muß Cordelia beglückwünschen zu ihrem Auftritt.«

»O nein, wirklich nicht. Ich habe noch eine Verabredung. Ich muß schleunigst zurück nach Düsseldorf.«

»Darf ich Sie fahren, gnädige Frau?«

»Vielen Dank, aber ich habe meinen Wagen hier. Also dann ...«, sie streckte ihm die Hand hin, raffte ihren Mantel auf, der über einem Stuhl hing. Er half ihr hinein.

»Ich wage es nicht zu hoffen«, sagte Alexander. »Aber vielleicht kommen Sie wieder einmal in die Gegend. Es muß ja nicht immer ein neuer Film sein.«

»Nein, nein, in nächster Zeit mache ich nur Theater.«

Alexander griff in die Tasche seines Sakkos. »Darf ich Ihnen trotzdem meine Karte geben? Ich würde mich freuen, Sie einmal wiederzusehen. Ich werde Cordelia erzählen, daß Sie hier waren. Sie wissen ja, daß Sie sehr von ihr bewundert werden.«

»Oh, ja, danke.« Constanze nahm die Karte, steckte sie achtlos in die Manteltasche.

Er brachte sie bis zum Portal des Theaters.

»Wo steht Ihr Wagen?«

»Da drüben irgendwo. Bitte, bemühen Sie sich nicht. Gehen Sie jetzt zu Cordelia. Sie wird auf Ihr Lob warten.«

Er küßte ihre Hand, sah ihr nach, wie sie rasch über den Platz vor dem Theater ging.

Eine berühmte Frau. Sie gefiel ihm. Aber Frauen hatten ihm immer gefallen. Ein bißchen seltsam war sie gewesen.

Dann ging er hinter die Bühne, lernte an diesem Abend

Serge Raikov kennen. Und vergaß, Cordelia von seiner Begegnung in der Loge zu erzählen.

Am nächsten Tag flog er mit Beatrice nach London.

Constanze saß wie betäubt in dem Taxi, das sie nach Düsseldorf zurückbrachte. Warum nur hatte sie das getan? Warum war sie dahin gefahren? Sie sah den tanzenden Körper vor sich, das Gesicht. Das lächelnde Gesicht, als sie hinaufsah zu der Loge. Das Lächeln hatte nicht ihr gegolten, es galt dem Onkel. Das habe ich aus ihr gemacht, hatte er gesagt. Vermutlich schlief er mit ihr. Hatte sie nicht damals schon so ein Gefühl gehabt? Ist er ihr Vater oder ihr Liebhaber, hatte sie gefragt.

Was für ein Windhauch von Mädchen! Was für ein Gesicht! Und was ist mit den sogenannten Eltern? Im Westen sind sie. Das hatte er gesagt. Hier in der Stadt, hier in der Gegend? Und was taten sie? Sie hätte fragen müssen. Zum Teufel, nein, gerade das konnte sie nicht. Es war schon schlimm genug, daß sie in dieser Loge gesessen hatte. Warum sollte sich Constanze Morvan für eine mittelmäßige Aufführung in einem mittelmäßigen Stadttheater interessieren? Wie war das zu erklären? Er würde dem Mädchen davon erzählen, würde von der Begegnung vor einigen Jahren beim Mittagessen sprechen. Erinnerst du dich nicht, du hast sie angestarrt, und sie hat dir zugelächelt, als sie an unserem Tisch vorbeiging? Weißt du nicht mehr?

Das war nicht weiter schlimm. Aber wenn er den Lumins davon erzählte? Falls er überhaupt mit ihnen zusammentraf. Warum sollte er nicht mit ihnen zusammentreffen? Wahrscheinlich wohnten sie in der Stadt mit dem Kind zusammen.

Sie ist an diesem Theater schon in die Ballettschule gegangen, das hatte er doch auch gesagt. Also waren die Lumins hier. Elsgard Lumin, Els, wie er sie genannt hatte, wußte bestimmt, daß Constanze Morvan Constanze Meroth war. Sicher ging sie manchmal ins Kino. Und jetzt der ganze Rummel in der Presse. Wer war dieser Kerl eigentlich, warum saß er in der Loge? Nur weil er ein Onkel war? Oder was hatte er mit dem Theater zu tun? Der Intendant hatte, als er sie vor der Loge begrüßte, kein Wort davon gesagt, daß da noch jemand sitzen würde. Meist saßen in dieser Loge nur Leute vom Theater. Onkel oder nicht Onkel. Also war dieser Mensch auch vom Theater.

Constanze fingerte in der Manteltasche nach der Karte, die er ihr gegeben hatte, aber es war zu dunkel im Taxi, um zu lesen, was darauf stand. Vielleicht war er Regisseur oder Dramaturg. Nein, wie ein Künstler sah er nicht aus. Er sah gut aus, aber nicht wie ein Künstler. Er konnte vielleicht in der Verwaltung des Theaters arbeiten. Oder zum Beispiel ...

Sie stöhnte so laut, daß der Fahrer den Kopf wandte.

»Wir sind gleich da«, sagt er tröstend. »Man sieht schon die Lichter von Düsseldorf.«

»Das ist fein. Ich bin sehr müde. Es war ein aufregender Tag.«

Das stimmte nicht. Es war der erste ruhige Tag gewesen. Aber sie war zu Tode erschöpft von den Gedanken, die in ihrem Kopf kreisten, immer wieder von vorn.

Sie warf einen Blick in die Bar. Gestern abend hatte sie mit Thomas hier gesessen, noch spät in der Nacht, aber trotzdem waren sie erkannt worden und mußten Autogramme geben. Heute war es ziemlich leer, sie konnte sich in eine dunkle Ecke setzen und noch einen Whisky trinken oder zwei. Der Klavierspieler neigte grüßend den Kopf, als sie an ihm vorbeiging, und begann dann ihre Lieblingsmelodie zu spielen.

»So in love ...«

Was hieß schon Lieblingsmelodie. Er hatte sie gestern danach gefragt, und sie hatte diesen Song genannt, irgend etwas mußte sie ja sagen. Ihre Lieblingsmelodie war immer noch Solveigs Lied. Und das Auftrittslied des Escamillo. Nein, eigentlich mehr der Prolog des ›Bajazzo‹, den hatte Paul wunderbar gebracht. Sie konnte lächeln, sie entspannte sich, als sie in der stillen dunklen Ecke saß.

Endlich konnte sie an etwas anderes denken. An Paul. Das war eine Erleichterung.

Als der Barmann kam und nach ihren Wünschen fragte, bestellte sie ein Glas Champagner.

»Meinen Sie, Sie könnten für mich ein Schnittchen mit Kaviar auftreiben? Ich habe nicht zu Abend gegessen.«

»Auch zwei«, sagte der Keeper.

Paul Burkhardt hatte sie vor zwei Jahren in Berlin besucht. War nach der Vorstellung in ihre Garderobe gekommen, genauso wie Tenzel damals in München in ihre Garderobe kam.

»Meine schöne Carmencita!« hatte Paul gerufen mit seinem klangvollen Bariton und sie in die Arme geschlossen und geküßt.

»Das habe ich mir lange gewünscht, dich einmal wiederzusehen.«

»Dazu hast du dir aber auch lange Zeit gelassen.«

»Der Name war ein bißchen irritierend. Bis ich dann eines Tages im Kino entdeckte, daß Constanze Morvan meine Constanze aus Königsberg ist. Ich gehe selten ins Kino, weißt du. Denkst du denn noch manchmal an mich?«

»Sehr oft. Es war eine schöne Zeit in Königsberg.«

»Acht Jahre habe ich dort gesungen. Alles, was gut und teuer ist in meinem Fach. Mein Rigoletto, was? Mein Escamillo, wie?«

»Als Escamillo habe ich dich das erstemal gesehen. Und mich sofort in dich verliebt.«

»Unser schönes Königsberg. Das haben die Bolschis kaputtgemacht. Und den Rest behalten. Scheißkrieg. Scheißhitler. Aber es war gut, daß ich dich bei dem Freiherrn gelassen habe, nicht?«

»Sehr gut«, antwortete Constanze lächelnd.

»Da brauchtest du nicht in die Fabrik. Aber du bist dann heil rausgekommen?«

»Ja. Ich bin heil rausgekommen.«

»Was ist aus dem Freiherrn geworden?«

»Ich weiß nicht. Ich habe einen anderen Verehrer gefunden, der mich mitgenommen hat.«

Lügen waren besser als die Wahrheit. Warum sich dieses Wiedersehen verderben.

»Gott, warst du ein süßes Mädchen.«

»Und was bin ich jetzt?«

»Eine schöne Frau, und eine berühmte dazu.«

»Und was singst du jetzt?«

»Na, mach Sachen. Ich bin siebzig, da singt man nicht mehr viel. Ich gebe ab und zu einen Liederabend. Und habe ein paar Schüler.«

»Am Chiemsee?«

Er lachte, laut und herzlich wie damals.

»Das weißt du noch? Nee, nee, auf die Dauer ist das nichts für mich gewesen. Da wohnt immer noch meine Frau und malt. Ich mache da mal Ferien. Ich habe eine Wohnung in München ...«

»Da war ich auch einige Zeit ...«

Sie erzählte von Agnes Meroth, die er natürlich kannte.

»Als du in München warst, hatte ich ein Engagement in Hamburg. Darum sind wir uns nicht begegnet. Agnes gibt auch noch Unterricht, sie ist topfit.«

»Wie alle Sänger. Weil ihr atmen gelernt habt.«

Constanze aß mit Appetit den Kaviar und bestellte ein zweites Glas Champagner, sie hatte sich beruhigt. Sie würde jetzt in ihr Zimmer gehen und Jonathan anrufen und ihm alles erzählen.

Nichts würde sie erzählen. Alles, alles durfte er wissen von ihr, nur das nicht. Was 1945 geschehen war, blieb verborgen, vergessen, vergraben.

Das wußten nur Jochen und Elsgard Lumin. Es sei denn, sie hätten es dem Mann erzählt, der heute in der Loge saß. Das Karussell in ihrem Kopf begann sich wieder zu drehen. Warum war sie bloß in dieses verdammte Theater gegangen? Und wieso war dieser Mann Cordelias Onkel?

Sie holte die Karte aus ihrer Manteltasche.

Alexander von Renkow – Kettwig-Ruhr-Maschinenbau Direktion. Eine Adresse, eine Telefonnummer.

So what! Sie warf die Karte in den Papierkorb.

Sie konnte Jonathan jetzt nicht anrufen. Morgen auf dem Flug würde sie überlegen, mit wem sie heute abend zusammen war.

Morgen früh mußte sie sich erst nach einem Flug erkundigen. Jonathan würde sie abholen, Tobias säße hinten im Auto.

Sie könnte in München anrufen und sich erkundigen, ob Thomas gut nach Hause gekommen wäre. Aber sicher schlief er schon. Er ging gern früh ins Bett, wenn er nichts vorhatte. Wieso früh, es war halb zwei. Sie mußte unbedingt jetzt schlafen, sonst sah sie morgen furchtbar aus.

Sie nahm zwei Schlaftabletten, schminkte sich ab, duschte und ging ins Bett.

Bis morgen würde sie alles vergessen haben.

Eine Überraschung

NACHDEM CORDELIA drei Tage nicht im Theater gewesen war, ging Raikov zu ihrer Wohnung. Sie sei krank, hieß es, und er war von Reue geplagt. Dieser häßliche Streit, und dann hatte er sie geschlagen. Wie war das bloß gekommen, er hatte noch nie eine Frau geschlagen. Und dann ausgerechnet dieses Mädchen. Und wie konnte er sie mit seinen Amerikaplänen überrumpeln, er hätte ihr das nach und nach beibringen müssen, er kannte sie doch. Nicht, daß er den Plan aufgegeben hätte, keineswegs. Im Geiste arbeitete er schon an einer anderen Choreographie. Der Tanz mußte erotischer werden, die Musik gab das her. Ah, er würde den Broadway erobern, endlich.

Wilma ließ ihn nicht herein. Sie stand unter der Tür, die Arme in die Seite gestemmt.

»Fräulein Cordelia ist krank.«

»Ich wissen, ich sie sehen.«

»Nix da.« Sie warf ihm die Tür vor der Nase zu.

Er bezähmte seine Wut, eine halbe Stunde später war er wieder da, mit einem großen Blumenstrauß und einem Zettel in der Hand.

»Sie geben das. Ich warten.«

Er blieb vor der Tür stehen, drückte nach einer Weile wieder auf die Klingel.

Mit mürrischem Gesicht ließ Wilma ihn ein, ging mit in das Schlafzimmer, blieb da stehen, mit entschlossener Miene.

Cordelia hatte noch Fieber, sie sah elend aus. Er kniete an ihrem Bett nieder, schloß sie in die Arme.

»Oh, Cherie, verzeih mir! Verzeih mir!«

Cordelia wandte das Gesicht zur Seite.

»Du wirst dich anstecken.«

»Es ist meine Schuld.«

»Gar nicht. Ich bin nur erkältet. Danke für die Blumen.«

»Genug!« sagte Wilma energisch. »Raus jetzt! Gleich kommt der Doktor.«

Er sprach später mit Madame Lucasse und machte ein so belämmertes Gesicht dabei, daß er ihr leid tat.

»Eine Grippe, jetzt beruhigen Sie sich. Sie hat gute Pflege, ich telefoniere mit Wilma.«

»Ich möchte auch telefonieren.«

»Sie können sich doch nicht mit ihr verständigen.«

Sie wartete gespannt, ob er ihr etwas von seinem Wunsch, mit dem ›Wolkentanz‹ nach Amerika zu gehen, erzählen würde, aber noch konnte er darüber schweigen.

»Wir bringen den ›Wolkentanz‹ noch zweimal vor Weihnachten«, sagte sie. »Ein ›Nußknacker‹ fällt aus, und der ›Feuervogel‹.« Sie lächelte freundlich. »Es ist wirklich ein großer Erfolg.«

Er küßte ihre Hand und ging.

Was für ein Erfolg würde es erst sein, wenn er die Änderungen hineinbrachte, an denen er jetzt bastelte. Sie würden auf dem Boden liegen, die Arme weit über den Kopf gestreckt, ihre Fingerspitzen würden sich berühren, dann ihre Körper, dann ihre Lippen, dann kam ein Forte in der Musik, sie würde sich zur Seite wälzen, und er, noch liegend, würde sie wieder an sich reißen.

Er war achtundvierzig, es war höchste Zeit, wenn er noch Karriere machen wollte.

Alexander kam eine Woche später, er hatte in der Zeitung gelesen, daß Cordelia an diesem Abend spielfrei hatte, und nun konnte er sein Versprechen wahr machen, mit ihr essen zu gehen.

Cordelia war an diesem Tag zum erstenmal wieder an der Stange gewesen, noch ein wenig wackelig. Madame Lucasse hatte nach einer halben Stunde gesagt: »Es ist gut, hör auf. Du kannst jetzt zusehen, was wir für die ›Aida‹ probieren. Wir machen ein paar Änderungen in der ›Fledermaus‹, und wir fangen an mit der ›Lustigen Witwe‹, da gibt es viel zu tun.«

Cordelia hatte sich fast den ganzen Tag im Theater aufgehalten, dazwischen Wilma angerufen und ihr gesagt, daß sie in der Kantine eine Kleinigkeit essen werde.

»Warum kommst du nicht nach Hause?« fragte Wilma ärgerlich. »Das ist noch viel zu anstrengend.«

»Aber ich tue ja nichts. Ich sehe nur zu.«

Alexander kam kurz vor halb sieben, unangemeldet.

»Sie hat doch heute spielfrei«, sagte er.

Wilma sagte: »Sie war sehr krank, eine schwere Grippe. Und sie ist heute zum erstenmal ins Theater gegangen. Sie arbeitet nicht, sie sieht nur zu. Aber sie müßte längst zu Hause sein.«

Und dann fing Wilma an zu weinen.

»Sie ist also zu früh aufgestanden«, sagte Alexander vorwurfsvoll. »Also wirklich, Wilma. Sie haben schließlich die Verantwortung für das Kind.«

Für ihn war sie immer noch das Kind. Genau wie für Wilma auch.

»Der Doktor hat gesagt, sie hat Herzstörungen.«

»Was hat sie?«

»Herzstörungen«, wiederholte Wilma unter Tränen.

»Sagen Sie das noch mal!«

»Der Doktor sagt, man kann das nicht richtig beurteilen, wenn sie krank ist und Fieber hat. Man muß das später noch mal untersuchen.«

Alexander fuhr ins Theater. Vom Portier hörte er, daß Fräulein Lumin das Haus schon vor einer Stunde verlassen habe.

Zurück zu Wilma, weitere Tränen.

»Können Sie mir sagen, wo sie ist?« fragte Alexander drohend.

»Wahrscheinlich bei dem Kerl. Im Hotel.«

»Was für ein Kerl? Was für ein Hotel?«

Zehn Minuten später stand Alexander vor Frau Gutsche. Leo war noch nicht da, Frau Gutsche begrüßte gerade einen Gast.

»Bitte?« fragte Frau Gutsche dann und blickte wohlwollend den stattlichen Herrn an, der vor der Rezeption stand.

»Ich suche Fräulein Lumin«, sagte Alexander kühl.

Elinor Gutsche begriff sofort.

»Also, ich weiß nicht …«, begann sie.

»Rufen Sie bitte bei Herrn Raikov an und fragen Sie, ob meine Nichte bei ihm ist.«

Frau Gutsche griff zum Telefon, drei Minuten später kam Cordelia die Treppe herab, gefolgt von Raikov.

Sie waren beide richtig angezogen, bemerkte Frau Gutsche mit einem erleichterten Seufzer.

Alexander ignorierte Raikov vollkommen, sagte zu Cordelia kurz: »Komm mit!« und verließ mit ihr das Hotel.

Als sie im Auto saß, ärgerte sich Cordelia. So etwas wie Trotz, ein ganz neues Gefühl, überkam sie.

Mußte sie sich behandeln lassen wie ein ungezogenes Kind?

»Du bist krank, habe ich gehört.«

»Nichts weiter. Ich war erkältet.«

»Und was tust du in diesem Hotel?«

»Das hast du ja gesehen. Ich war bei Serge.«

»In seinem Zimmer?«

»Da war ich schon oft«, sagte sie trotzig. »Wir haben dort angefangen mit dem ›Wolkentanz‹.«

»Was heißt das?«

»Er hat mir dort die Musik vorgespielt. Und wir haben probiert.«

»Was probiert?«

»Na, den Tanz. Wie er es machen wird.«

»So. Und was noch?«

Sie schwieg.

Schweigend kamen sie bei Wilma an. Sein Blick war eiskalt, sein Mund hart.

»Seit wann gehst du dorthin? In diese Absteige.«

»Es ist keine Absteige. Das Hotel gehört Frau Gutsche, du hast sie gesehen. Und ...«, ihre Stimme war hoch und hell, bebend vor Angst. Dann bekam sie einen Hustenanfall.

»Warum bleibst du nicht zu Hause, wenn du krank bist?«

Sie sei ja zu Hause gewesen, die ganze Woche, sagte Wilma zitternd. »Sie ist heute das erstemal ausgegangen. Und ich habe gleich gesagt ...«

»Sie können Ihre Sachen packen und verschwinden. Sie sind hier, um auf Cordelia aufzupassen. Statt dessen dulden Sie, daß sie ...«

Und zu Cordelia: »Hast du ein Verhältnis mit dem Burschen?«

Cordelia, immer noch von Husten geschüttelt, schüttelte den Kopf, dann nickte sie.

»Ich hol dir deine Tropfen, Kind«, flüsterte Wilma.

Alexanders Wut erlosch. Er stand und sah das Mädchen an, sie sah elend aus, keine schöne Ballerina, ein unscheinbares Geschöpf, mager, blaß, die Haare strähnig. Der Husten hatte ihr Tränen in die Augen getrieben.

Wilma kam mit der Flasche Hustensaft und einem Löffel.

»Du hast meine Frage nicht beantwortet.«

»Er liebt mich«, sagte Cordelia, noch krächzend.

»Wie schön. Und du? Liebst du ihn auch?«

Cordelia sah ihn tapfer an. »Ich bin kein Kind mehr.«

Alexander schwieg und sah zu, wie sie den Hustensaft schluckte. Sie war kein Kind mehr. Er sah immer noch das verängstigte kleine Mädchen vor sich, damals in Rosenheim.

»Und wie lange geht das schon mit dieser ... Liebe?«

Sie sah ihn an, der Trotz war wieder da. »Seit er mir das erstemal vom ›Wolkentanz‹ erzählt hat. Und das war im Februar.«

»Das ist ja allerhand.«

Alexander setzte sich in den Sessel, er kam sich auf einmal lächerlich vor. Wieso hatte er eigentlich nie daran gedacht, daß so etwas geschehen würde?

»Ich bin kein Kind mehr«, wiederholte Cordelia.

»Das sagtest du schon. Und du konntest keinen anderen Mann finden als diesen abgetakelten Schmierenkomödianten?«

»Aber dir hat der ›Wolkentanz‹ doch gefallen. Das hast du gesagt, als du neulich da warst.«

»Du hast mir gefallen. Er tut ja nicht viel mehr, als dich hin- und herzuschmeißen.«

»Es ist seine Choreographie. Und wir werden ...«

Sie verstummte erschrocken. Beinahe hätte sie es ausgesprochen, was sie doch weit von sich gewiesen hatte: Wir werden damit in Amerika gastieren.

»Und Sie haben das also gewußt, Wilma?«

»Nein, o nein, ich habe es nicht gewußt. Aber sie ist manchmal nicht nach Hause gekommen, und da habe ich mir gedacht ...« Wilma weinte.

»Wie gesagt, Sie werden hier nicht mehr gebraucht. Verschwinden Sie!«

Wilma hob energisch das Kinn. »Und wer soll sich um das Kind kümmern?«

»Sie nicht mehr. Wir werden jemand finden, der hier den Haushalt besorgt.«

»Ach, und die, die dann hier den Haushalt besorgt, wird mir vorschreiben, wohin ich gehe und wohin nicht«, rief Cordelia zornig. »Wilma bleibt hier. Ich brauche Wilma. Wenn sie fortgeht, gehe ich auch fort. Sie ist der einzige Mensch, der mich liebhat. Sie ist der einzige Mensch, der zu mir gehört. Und ich ...«, dann begann sie wieder zu husten.

»Der einzige Mensch, der dich liebhat, so. Und was ist mit deinem Liebhaber?«

Doch Cordelia konnte ihn nicht hören, geschweige denn antworten. Sie sank zu Boden, rang nach Luft.

Alexander stand auf.

»Bringen Sie sie zu Bett, und rufen Sie den Arzt.«

Sie hoben Cordelia auf, Alexander trug sie ins Schlafzimmer. Sie ist der einzige Mensch, der mich liebhat. Das hatte ihn getroffen.

Was hatte sich denn geändert seit Rosenheim?

Alexander war deprimiert, als er nach Hause kam. Beatrice saß in ihrem kleinen Büro, sie sah müde aus. Er erzählte ihr alles.

»Na ja«, sagte sie. »Damit war ja zu rechnen, nicht?«

»Aber dieser windige Bursche!«

»Mein Gott, Alexander, was weißt du von diesem Mann. Du warst doch ganz begeistert von der Aufführung. Komm mal mit, du hast ja gar nichts gegessen. Was hat der Arzt gesagt?«

»Nicht viel. Ich bin für ihn ein Fremder. Sie ist überarbeitet, geschwächt und braucht Ruhe. Ich habe mir gedacht, sie könnte hierherkommen, um sich zu erholen.«

»Und warum kann sie das nicht bei ihren Eltern?«

»Ja, selbstverständlich, das geht auch. Ich denke nur, daß sie bei uns besser versorgt wäre.«

Beatrice betrachtete ihn prüfend. »Möchtest du sie wirklich ständig hier haben?«

»Nein, das nicht. Sie hat offenbar eine schwere Grippe gehabt, sie wird sich erholen und wieder arbeiten. Gustav könnte sie dann fahren.«

»Zu jeder Probe und zu jedem Auftritt. Wie stellst du dir das vor?«

»Warum nicht? Er hat schließlich nicht viel zu tun.«

»Komm, jetzt trinken wir einen Cognac, und du wirst dich beruhigen.«

»Da ist nichts zu beruhigen. Ich frage mich nur, ob ich etwas falsch gemacht habe.«

»Hast du nicht. Cordelia fühlt sich sehr wohl in ihrem Beruf. Und nun hat sie eine Grippe, das wird vorübergehen. Und sie hat einen Freund, das wird auch vorübergehen. Du weißt nicht einmal, ob es der erste ist. Sag mal, in was für einer Welt lebst du eigentlich? Ausgerechnet du spielst auf einmal den Moralapostel?«

»Darum geht es nicht. Ich fühle mich eben verantwortlich für das Kind.«

»Das Kind ist kein Kind mehr, wie du nun weißt. Ich kenne diesen Raikov, ich habe ja damals diesen Abend gesehen mit Jennifer Byle. Er hat schon was. Ich könnte mir vorstellen, daß er ein guter Liebhaber ist.«

Alexander starrte sie entgeistert an. »Das kann nicht dein Ernst sein.«

»Aber ja. Und sie arbeiten zusammen und haben dieses tolle Ding gemacht, von dem alle schwärmen. Giordano war in der Premiere, er war begeistert.«

»Aber ...«

»Nichts aber. Betrachte den Fall doch mal sachlich. Und natürlich muß Wilma bei ihr bleiben. Eine bessere kannst du nicht finden.«

»Du nimmst das so leicht«, sagte er vorwurfsvoll.

»Und du nimmst es unnötig schwer.«

Sie gingen ins Wohnzimmer, Beatrice nahm die Karaffe mit dem Cognac aus der Bar und füllte zwei Gläser.

»Trink das, und dann hole ich dir was zu essen. Sieh mal, du hast dich eine Zeitlang sehr intensiv mit Cordelia beschäftigt, aber nun schon eine Weile nicht mehr. Sie ist erwachsen und hat Erfolg. Sie hat die Grippe und einen Freund. Also! Ich kann ja nächster Tage mal in die Stadt fahren und schauen, wie es geht. Vermutlich hast du Wilma total verstört, das werde ich in Ordnung bringen.«

Alexander nahm einen Schluck von seinem Cognac, dann stellte er das Glas ab und schloß Beatrice in die Arme.

»Ich bin so froh, daß ich dich habe«, sagte er.

»Das hast du lange nicht mehr zu mir gesagt«, murmelte sie.

»Wirklich nicht? Das tut mir leid. Denn ich habe das immer empfunden. Seit ich damals hier ins Haus kam, ein armer, abgerissener Kriegsgefangener, das ist jetzt ... laß mich rechnen ...«

»Da ist nichts zu rechnen, es ist siebzehn Jahre her, siebzehn und ein halbes Jahr.«

»Vom ersten Tag an habe ich dich bewundert. Dein Aussehen, dein Auftreten, deine Sicherheit. Was war mein Bruder Fritz doch für ein kluger Mann, habe ich mir gedacht. Und eines Tages wagte ich es, dir zu sagen, ich liebe dich. Und daran hat sich bis heute nichts geändert, Beatrice.«

Er küßte sie, sehr liebevoll.

Beatrice löste sich von ihm, griff nach ihrem Glas, trank langsam einen Schluck.

»Manchmal habe ich gedacht, es gilt nicht mehr. Wenn du auf Reisen warst ...«

»Ach, schmeiß mir nicht jeden albernen kleinen Seitensprung vor. Männer brauchen so etwas zur Selbstbestätigung. Überhaupt wenn sie älter werden. Es war ganz unwichtig. Es stand etwas ganz anderes zwischen uns.«

»Und das wäre?«

»Die Arbeit. Das Werk. Ich mußte etwas tun, was ich nicht konnte und nicht wollte. Ich habe einsehen müssen, daß ich nicht wie ein Schmarotzer hier im Hause leben durfte. Und das schlimmste war, es gab ja auch nichts anderes. Ich konnte nicht sagen, tut mir leid, mein Beruf ist der und der, und ich werde in Zukunft dies oder das arbeiten. Ich hatte keinen Beruf, vorher nichts Gescheites gelernt und später auch nicht. Das Gut war weg, ich war Offizier, der Krieg, die Gefangenschaft, nun war ich gar nichts mehr. Ich gebe zu, ich habe widerwillig in der Fabrik gearbeitet. Und ich habe mich vor dir und deinem Vater geschämt.«

»Du bist für das Exportgeschäft unersetzlich.«

»Wenigstens etwas. Aber ich kann niemals leisten, was du und Giordano leisten.«

»Wir haben inzwischen eine Menge guter Leute. Ach, Alexander, ich muß lachen. Ich hatte nie den Eindruck, daß du dir ernsthaft Sorgen machst über deine Arbeit und dein Leben.«

»Das war eben immer mein Fehler«, sagte er resigniert.

»Mein Vater mochte dich, das weißt du. Und er war eigentlich ganz zufrieden mit dir. Einmal sagte er zu mir, es ist schwierig für ihn, aber er gibt sich doch Mühe.«

»Dein Vater war eine große Hilfe. Weil er es mir nicht schwergemacht hat.«

»In gewisser Weise warst du ein Ersatz für seine Söhne. Das machte ihn so geduldig und kommunikationsbereit. Und jetzt werde ich dir etwas sagen: Ich habe die Arbeit manchmal satt bis obenhin. Ich möchte noch etwas von meinem Leben haben, ehe ich alt werde. Ich möchte hier und da mal verreisen ...«

»Verreisen? Aber wir waren doch ...«

»Nein, ich spreche nicht von Amerika oder England, auch nicht von den Rennplätzen. Ich möchte mal nach Spanien oder nach Italien oder auf diese Kanarischen Inseln, wo die Leute nun immerzu hinreisen. Und zwar ohne Arbeit möchte ich das, nur zum Vergnügen.«

»Das ist ja großartig. Dann könnten wir doch ...«

»Nein, nein, Pläne können wir immer noch machen. Ich will damit nur sagen, daß ich ein wenig mehr Freiheit haben möchte. Ich werde nicht jünger.«

»Du siehst fabelhaft aus«, rief er.

»Danke. Aber vor allem möchte ich eins, daß mein Sohn aufhört zu studieren und in das Werk eintritt. Wir haben uns vergrößert, wir expandieren ständig. Er muß anfangen zu lernen, was er später leisten soll. Und er muß es lernen, solange wir noch da sind und solange vor allem Giordano noch da ist. Ich werde Weihnachten mit John darüber sprechen.«

»Aber er will jetzt wieder in Berlin studieren.«

»Ich weiß, aber ich finde, er hat nun genug studiert. Und jetzt hole ich dir was zu essen.«

Nachdenklich trank Alexander einen zweiten Cognac. Das waren ganz neue Aspekte. Beatrice wollte ihre Arbeit reduzieren und dachte an Ferienreisen. Unter Palmen und am Meer. Urlaub hatten sie in all den Jahren nicht gemacht.

In dieser Nacht schlief er seit längerer Zeit wieder mal mit Beatrice. Als sie später in seinem Arm lag, sagte er: »Weißt du, was wir machen? Eine Hochzeitsreise. Wir werden uns wunderbar lieben unter Palmen.«

»Ich möchte in die Toscana«, sagte Beatrice. »Es ist Giordanos Heimat. Und ich möchte nach Florenz und in die Uffizien. Ich möchte über den Ponte Vecchio gehen. Giordano hat so oft davon erzählt. Und das machen wir im Frühling, ehe die Rennsaison beginnt.«

»Ja, meine Geliebte, so machen wir es«, sagte Alexander und küßte sie sacht.

An Cordelia hatte er nicht mehr gedacht.

IV

DIE TORHEIT UND DIE HOFFNUNG

Weihnachten

ALEXANDER MIT SEINEM glücklichen Naturell gelang es, Ärger und Enttäuschung zunächst einmal beiseite zu schieben. Er fuhr allerdings nicht mehr in die Stadt, um Cordelia im Theater abzuholen oder in der Wohnung zu besuchen.

Falls er dies als Strafe betrachtete, so wurde es von Wilma und Cordelia mit Erleichterung aufgenommen.

Beatrice allerdings fand sich in der Woche darauf in der kleinen Wohnung ein, von Wilma ängstlich empfangen, denn bisher hatte sie Frau von Renkow selten gesehen.

Beatrice war freundlich, erkundigte sich nach Cordelias Gesundheitszustand.

Es gehe ihr wieder gut, erfuhr sie, sie sei bei der Probe. Kein Wort davon, daß Wilma ihre Sachen packen und verschwinden sollte.

Wann denn der ›Wolkentanz‹ wieder im Programm erscheinen werde, wollte Beatrice wissen.

Das wußte Wilma. In der Woche vor Weihnachten, sagte sie.

Beatrice besorgte zwei Karten, diesmal im Parkett. Alexander lehnte es ab mitzugehen.

»Ich kenne es ja«, sagte er unlustig. »Und diesen Burschen brauche ich mir nicht zum zweitenmal anzusehen.«

Beatrice wurde begleitet von ihrem Bruder Fred, der sich in der Villa Munkmann eingefunden hatte, um mit der Familie Weihnachten zu feiern. Vor allem aber brauchte er wieder einmal Geld, und zwar eine große Summe. Er wollte selbst in der Cinecittà einen Film produzieren, er habe ein großartiges Buch.

»Willst du vielleicht Rosselini als Regisseur gewinnen?« fragte Beatrice spöttisch.

»Warum nicht? Ich werde es versuchen. Mir fehlen bloß ausreichend Lire.«

Vom ›Wolkentanz‹ war er begeistert, besonders von Cordelia. »Sie ist ja ganz bezaubernd geworden. Wenn ich an das mickrige kleine Mädchen denke, das wir damals zur Llassanowa brachten. Ist ja kaum zu glauben.«

Der ›Wolkentanz‹ enthielt jetzt die Änderungen, die Raikov sich ausgedacht hatte, er war nun wirklich erotischer geworden, das färbte auch auf die anderen Tänzer ab, die teilweise neue Nuancen einbrachten. Kam dazu, daß sie in diesem Stück alle gern tanzten, es war so eine lockere, leichte Sache, die Musik so einschmeichelnd, sie improvisierten manchmal sogar ein wenig, was an sich streng verboten war, doch Raikov monierte es nicht; der ›Wolkentanz‹ war nach wie vor eine ungewöhnliche Produktion.

Während sie die Änderungen probierten, schliefen Cordelia und Raikov wieder zusammen. Streit und Schlag waren vergessen. Cordelia tat es aus einem gewissen Trotz heraus. Wenn Onkel Alexander sie nicht mehr besuchen wollte, na bitte, sie konnte auch ohne ihn leben. Wilma schwieg, wenn Cordelia solche Reden führte. Raikov kam jetzt sogar manchmal in die Wohnung, er brachte Cordelia ganz manierlich von den Proben oder einer Vorstellung nach Hause und aß, was Wilma ihm vorsetzte.

Und dann erlebte er einen Triumph. Zwar meldete sich nicht New York, aber Brüssel. Man lud ihn zu einem Gastspiel mit dem ›Wolkentanz‹ ein, und zwar mit der ganzen Truppe. Das erweckte eine Menge Begeisterung, selbst Madame Lucasse war bewegt. »Das ist noch nie passiert«, sagte sie gerührt.

»Siehst du«, sagte Raikov zu Cordelia. »Wir werden berühmt mit diesem Tanz. Nach Brüssel wirst du wohl mitkommen, hein? Oder hat da der Herr Onkel auch was dagegen?«

Er nahm sich vor, Jennifer davon zu berichten, die derzeit in einem Musical am Broadway auftrat, und bei ihr anzufragen, ob sie nicht einmal ihren Agenten veranlassen könnte, einen kurzen Flug nach Brüssel einzulegen, um sich die Nummer anzusehen. Das Gastspiel war für März geplant. »Was machen wir nur mit Andreas?« fragte er sorgenvoll Hasse.

Andreas, der Geiger, hatte erklärt, dies sei sein letzter Auftritt gewesen, er bereite sich auf sein Prüfungssemester vor und dazu auf einen Wettbewerb.

»Nach Brüssel kommt er vielleicht mit«, tröstete Hasse. »Das ist dann immerhin ein internationaler Auftritt. Ich weiß schon, er findet es inzwischen ein bißchen unter seiner Würde, auf der Bühne zu stehen und bei einem Ballett herumzufiedeln, auch wenn es das Bruch-Konzert ist. Neulich, ehe er abreiste, sagte er zu meiner Frau, er würde den Bruch nie wieder spielen, er könne ihn nicht mehr hören. Momentan studiert er das Brahms-Konzert, das ist etwas schwieriger. Mal sehen. Schlimmstenfalls finden wir in Brüssel einen Geiger, Brüssel hat ein berühmtes Konservatorium. Bis März haben wir Zeit genug.«

»Wir«, sagte Hasse. Obwohl die Einladung für ihn nicht galt.

Weihnachten waren sie voll beschäftigt. Am ersten Feiertag nachmittags ›Hänsel und Gretel‹, abends die neue ›Aida‹, die vor vierzehn Tagen Premiere gehabt hatte, am zweiten Feiertag nachmittags ›Nußknacker‹, abends ›Hoffmanns Erzählungen‹. Nur Heiligabend war spielfrei.

Gustav fuhr Cordelia bereits am Abend zuvor zum Gestüt hinaus, da gab es ebenfalls ›Hänsel und Gretel‹, sie durfte nach dem Abendsegen gehen.

Raikov stand beim Bühnenportier und küßte sie zärtlich zum Abschied. Gustav sah geniert zur Seite.

»Es ist eine so schöne Musik«, sagte Cordelia verträumt, während sie ins Münsterland fuhren. »Haben Sie ›Hänsel und Gretel‹ schon einmal gesehen. Und zugehört, Gustav?«

»Nein.«

»Fahren Sie mich übermorgen wieder hinein?«

»Ich denke doch. Herr von Renkow wird keine Zeit haben.«

»Ich werde Ihnen eine Karte beschaffen. Es ist zwar ausverkauft, aber ich mach das schon. Sie bleiben in der Stadt und hören sich die Oper an.«

»Falls ich soviel Zeit habe.«

»Warum denn nicht?«

»Wir haben viel Besuch.«

»Die essen Gänsebraten, und dann müssen sie schlafen. Wirklich, Gustav, ich möchte gern, daß Sie das einmal hören.« Leise begann sie, den Abendsegen zu singen.

Wilma begleitete sie nicht.

»Es tut mir leid, wenn du am Weihnachtsabend allein bist«, hatte Cordelia gesagt.

»Ist ja nur ein Tag. Übermorgen bist du wieder da, Mäuschen.«

Einmal war Wilma mitgekommen, aber sie hatte keine Lust zu einer Wiederholung. Sie war fremd bei den Lumins, Jochen schweigsam und verschlossen, und Elsgards bestimmende Art schüchterte sie ein. Lieber blieb sie allein. An diesem Abend erlebte sie eine Überraschung. Es klingelte, und Wilma dachte zunächst, Cordelia habe etwas vergessen. Doch vor der Tür stand Raikov.

»Schöne Weihnachten!« artikulierte er langsam. »Da!« Er überreichte zwei Tüten.

In der einen befanden sich Plätzchen, in der anderen eine Flasche Wein.

»Frau Gutsche backen das«, erklärte er. »Und Wein ist von mir.«

Er sah sie erwartungsvoll an, Wilma war gerührt.

»Danke«, sagte sie. »Oh, danke.«

»Alles Gutes, Wilma.«

Sie reichte ihm die Hand, er nahm sie, drückte einen Kuß darauf, dann lief er die Treppe hinunter, immer zwei Stufen überspringend.

Vielleicht ist er doch kein böser Mensch, dachte Wilma. Und wenn das Kind ihn nun einmal liebt.

Am nächsten Abend ging sie in die Kirche, später trank sie zwei Glas Wein und aß von Frau Gutsches Plätzchen, die wirklich sehr gut waren. Kochen würde sie erst, wenn das Kind wieder da wäre.

Alexander war zwei Tage vor Weihnachten im Gestüt aufgetaucht, wie immer mit Geschenken für Olga, für Elsgard und Jochen und Weihnachtsgeld für die Pfleger.

Er kam allein.

»Beatrice läßt sich entschuldigen, sie schickt auch herzliche Grüße und wünscht euch frohe Weihnachten. Wir haben das Haus voller Gäste, es geht zu wie in einem Taubenschlag. Die neue Köchin ist etwas überfordert.« Er setzte sich, streckte die Beine aus. »Habt ihr einen Schnaps?«

Elsgard holte die Flasche mit dem Steinhäger.

»Das ist sehr gut«, sagte Alexander. »Denkt ihr noch manchmal an unseren Korn?«

»Ja, sicher«, sagte Jochen. Er hatte nie viel getrunken, damals nicht, heute nicht.

»Viele Gäste?« fragte Elsgard interessiert.

»Beatus ist ja nun auch schon ziemlich wacklig. Wir haben zwar einen neuen Diener, den lernt er gerade an. Ja, Els, das ist eine Überraschung für dich. Inga ist da.«

»Inga?« schrie Elsgard.

»Harald hat sie mitgebracht. Sie möchte wieder einmal deutsche Weihnachten erleben.«

»Inga!«

»Sie hat ihren jüngsten Sohn mitgebracht. Netter Junge. Die anderen sind inzwischen verheiratet und haben eigene Familien.«

»Und ihr Mann?«

»Des Führers wackerer Kämpe ist im letzten Sommer gestorben. Es ging ihr ja nicht schlecht bei ihm, er war nun mal ein tüchtiger Mann. Aber ich habe nicht den Eindruck, daß sie allzuviel um ihn trauert. Du weißt ja, daß ich sie schon ein paarmal in Argentinien besucht habe. Das war so ein Kreis ehemaliger Nazis, die nie begriffen haben, was sie angerichtet haben. Immerhin, Berthold Schwarz, der Erfinder des Schießpulvers, ist gut über die Runden gekommen. Aber richtig glücklich war Inga in Argentinien nie. Eine Mecklenburger Deern. Da mußt du ja lachen. Sie redet ununterbrochen von unserem Gut. Wie wir da Weihnachten gefeiert haben. Wie wir die Leute beschert haben. Was Vater gesagt hat. Und wie sie vorher immer einkaufen waren in Schwerin oder in Lübeck. Kannst du dir das vorstellen? Sie war die erste, die fortging, schon '31. Und nur noch von Berlin schwärmte.«

»Das ist viele Jahre her«, sagte Elsgard wehmütig.

»Eben. Und weißt du, was sie jetzt sagt? Sie hat immer Heimweh gehabt.«

»Na ja, Argentinien ist wohl anders als Mecklenburg.«

Alexander trank seinen Schnaps und seufzte. »Wird ein anstrengendes Weihnachtsfest. Gib mir noch einen.«

»Du mußt doch fahren.«

»Els! Das mache ich mit links.«

»Und wer ist denn noch da?«

»Harald, Inga und ihr Sohn. Und Alfredo Mungo, so nennt sich mein Schwager jetzt, weil er in Italien einen Film dreht. Glücklicherweise diesmal ohne Freundin. Und natürlich John. Mit einem Freund aus Harvard, der auch mal deutsche Weihnachten erleben möchte. Wir haben einen Riesenchristbaum. Und für alle muß man ja auch irgendwelche Geschenke haben. Ihr habt nicht irgendwas Mecklenburgisches hier?«

»Nur die Erinnerungen«, sagte Olga, die bisher geschwiegen hatte. Gott sei Dank sprach Alexander laut, sie konnte ihn verstehen.

»Gut«, sagte Alexander und stand auf. »Bringen wir den Leuten im Stall ihr Geld. Und ein paar warme Worte.«

»Cordelia kommt morgen. Und muß am ersten Feiertag wieder weg«, sagte Elsgard.

»Ja, ich weiß. Theatermenschen haben nun mal Weihnachten viel zu tun. Ein Geschenk für sie ist dabei. Ein Kleid. Beatrice hat es ausgesucht.«

»Ich finde das nicht gut«, meldete sich Jochen zum erstenmal zu Wort.

»Was meinst du?«

»Daß es für sie keine Feiertage gibt.«

»Das ist nun mal so. Für ein Theater ist das Publikum das wichtigste. Und die wollen an den Feiertagen etwas geboten bekommen. Gehen wir?«

»Und was ist mit Inga?« fragte Elsgard, leicht beleidigt.

»Ach so, hätte ich beinahe vergessen. Am zweiten Feiertag würde sie euch gern besuchen.«

»Zum Essen?«

»Ach wo, nachmittags zum Kaffee. Wie ich dich kenne, Els, hast du ja Kuchen gebacken.«

»Habe ich«, sagte Elsgard kühl.

Im Hinblick auf den Gänsebraten am ersten und die Wildenten am zweiten Feiertag hatte Beatrice beschlossen, daß am Heiligen Abend nicht gekocht wurde. Es gab ein kaltes Buffet mit reichlich Kaviar, Hummer, Lachs und anderen Köstlichkeiten, und wer etwas Warmes wollte, für den stand eine Terrine mit Hühnersuppe bereit.

Am Nachmittag fuhr Beatrice zur Messe, begleitet von ihrem Sohn.

Auf der Rückfahrt erklärte sie ihm, wie sie sich die Zukunft vorstellte.

»Studiert hast du nun genug. Ich möchte, daß du deine Arbeit im Werk beginnst. Da hast du viel zu lernen.«

John sah das ein. »Ich kann nächste Woche anfangen. Wenn du mir dann erlaubst, zum Sommersemester nach Berlin zu gehen, bin ich ab August nur für dich und das Werk da.«

»Und warum willst du nach Berlin? Man hört zur Zeit nicht viel Gutes von dort.«

»Ja, ich weiß. Es gibt Trouble seit dem letzten Sommer, seit dem Schahbesuch, als sie den Benno Ohnesorg erschossen haben. Es wird demonstriert. Und Rudi Dutschke macht immer mehr von sich reden. Ich habe noch eine ganze Menge Freunde dort und will hören, was die so sagen. Du kannst ganz beruhigt sein, ich bin nicht der Typ, der mit der Mao-Bibel herumläuft und Che Guevara schreit. Ich hatte eine Freundin dort, die war ganz verrückt mit ihrem Mao. Ich habe ihr vorgeschlagen, sie solle doch in die DDR gehen, da sei sie ihrem Idol schon ein gutes Stück näher; ich will mal sehen, ob die immer noch spinnt. Mai, Juni, Juli Berlin und dann sofort wieder hier. Okay, Mama?«

Der Abend verlief turbulent, der riesige Christbaum erweckte Begeisterung, Inga setzte sich an den Flügel, sie spielte noch so gut wie früher, konnte noch alle Weihnachtslieder, und siehe da, auch Fred Munkmann kannte die Texte noch. Da sang schließlich auch Alexander. Früher, auf Renkow, hatten sie immer gesungen.

»Erstaunlich«, sagte Alexander zu seinem Neffen Hermann (Göring war sein Taufpate gewesen), daß du das kannst.«

»Wir haben immer richtig Weihnachten gefeiert. Madre sang, und wir sangen mit.«

»Und dein Vater auch?«

»Der auch. Klar.«

Die drei jungen Leute verstanden sich gut, Hermann, der Argentinier, John und sein Freund Nick aus Boston.

»Was uns fehlt«, sagte John so gegen neun, »ist ein hübsches junges Mädchen.« Und dann fiel ihm auch schon eins ein.

»Cordelia.«

Er ging zu seiner Mutter.

»Mama, warum ist Cordelia nicht hier?«

»Sie ist noch nie Weihnachten hiergewesen. Schließlich hat sie Eltern.«

»Ist sie auf dem Gestüt?«

»Ja.«

»Ich werde sie besuchen.«

»Du kannst sie doch jetzt nicht stören.«

»Na, warum nicht? Gegessen werden sie wohl haben. Da fahre ich schnell mal raus und wünsche fröhliche Weihnachten.«

»Laß den Unsinn«, sagte Beatrice.

Doch John war nicht zu bremsen. Er verschwand stillschweigend nach einer Weile, setzte sich in seinen Wagen und fuhr zum Gestüt. Es waren immerhin an die vierzig Kilometer, und es hatte angefangen zu schneien.

Im Hof vor dem Gutshaus stand auch ein großer Christbaum, seine Lichter spiegelten sich im Schnee. Es war sehr still. Jochen war müde; da die meisten Pfleger frei hatten, mußten er und Wali alles allein machen. Olga war in ihrem Sessel eingenickt, Elsgard sah in den Fernseher, und Cordelia hatte das neue Kleid angezogen, das Geschenk von Beatrice, es war aus schwarzem Seidensamt mit silbernen Blüten in den Stoff eingewebt. Es paßte ausgezeichnet.

»Nanu«, rief Elsgard erstaunt, als John plötzlich im Zimmer stand. »Wo kommst du denn her?«

»Ich muß euch doch frohe Weihnachten wünschen. Ich wollte gestern schon kommen, aber bei uns ist ein Irrsinnsbetrieb. Also denn, fröhliche Weihnachten.«

Er gab allen die Hand. Cordelia schloß er in die Arme, küßte sie und sagte: »Du bist aber schick. Wie ich sehe, hast du dich schon feingemacht.«

»Deine Mutter hat mir das Kleid geschenkt.«

»Prima. Da können wir gleich fahren.«

»Fahren? Wohin denn?«

»Dreimal darfst du raten. Zu uns natürlich.«

»Du bist verrückt. Jetzt, mitten in der Nacht.«

»Es ist kurz nach zehn.«

»Nein, das geht nicht. Ich muß morgen arbeiten.«

»Wann denn?«

»Morgen nachmittag um drei. Das heißt, ich muß eine Stunde vorher da sein.«

»Na, auch schon was! Ich fahr dich rein.«

»Gustav fährt mich.«

Eine Viertelstunde später saß sie dann doch bei John im Auto. Jochen hatte den Kopf geschüttelt, Elsgard nicht sehr überzeugt protestiert.

»Dann wird sie noch vor uns Inga sehen«, sagte sie zu Jochen, als sie wieder ins Zimmer kam.

»Inga kann für Cordelia nichts bedeuten.«

»Ja, da hast du recht. Uns wird sie ja dann übermorgen die Gnade ihres Besuchs erweisen.«

Auf der Hinfahrt wollte John genau wie beim erstenmal Cordelia küssen, doch sie wehrte ihn ab.

»Ich habe mir gerade die Lippen geschminkt«, sagte sie.

»Ist gut, Schwanenprinzessin, sehe ich ein. Dann später, nicht?«

Falls Beatrice verärgert war, ließ sie es sich nicht anmerken.

»Vielen Dank für das Kleid«, sagte Cordelia schüchtern. »Es ist wunderschön.«

»Ja, ich sehe, es steht dir gut.«

Cordelia warf einen scheuen Blick zu Alexander, er saß in einem Sessel, er war nicht aufgestanden, er begrüßte sie nicht.

Seit jenem Abend, als er sie aus dem Hotel holte, hatte sie ihn nicht gesehen. Ein Weihnachtsgeschenk, wie sonst üblich, hatte sie diesmal von ihm auch nicht bekommen.

Fred jedoch umarmte den überraschenden Besuch stürmisch. »Ich habe dich gesehen vorige Woche. Du bist hinreißend mit dieser Nummer. Warum hast du deinen Partner nicht mitgebracht? Der hat mir auch gefallen.«

Unwillkürlich mußte Cordelia lachen. Das wäre wohl der größte Schock, wenn sie mit Raikov hier erschienen wäre.

Harald umarmte sie auch, Inga sagte: »Nein, so was, Elsgards und Jochens Tochter. Sie ist ja reizend.«

Cordelia ging zu Alexander, blieb vor ihm stehen. Nun stand er endlich auf.

»Frohe Weihnachten, Onkel Alexander«, sagte sie leise.

»Danke«, sagte Alexander. Er gab ihr nicht die Hand. John kam mit einem Glas Champagner.

»Hier, Ballerina, trink das. Vor dir steht mein Freund Nick, viel deutsch reden kann er nicht, aber sonst ist er ganz erträglich. Und dies ist Hermann, der Cherusker, frisch importiert aus Argentinien. Eigentlich aber ein Mecklenburger, so wie du. So 'ne Art Cousin von dir. Wie alt warst du, als du das letztemal in Mecklenburg warst, Hermando?«

»So etwa ein Jahr alt, sagt Madre.«

Inga, die zu ihnen getreten war, nickte.

»Ein Jahr und zwei Monate genau. Als wir bei meinem Vater waren, fing gerade der Krieg an. Ich war fassungslos.«

»Und das, obwohl du ja, wie ich gehört habe, an der Quelle saßest.«

»Mein Mann sprach nie mit mir über Politik.«

»Wenn man es denn Politik nennen will«, sagte John. »Aber lassen wir die Vergangenheit. Ich werde euch einiges über diese junge Dame erzählen. Sie ist Tänzerin. Und wenn ihr euch manierlich benehmt, dürft ihr mal mitkommen ins Theater und sie bewundern. Wann steht denn dein großer Erfolg wieder auf dem Spielplan?«

»Nicht so bald. Wenn ihr den ›Wolkentanz‹ sehen wollt, müßt ihr nach Brüssel kommen. Wir gastieren dort.«

Aus dem Augenwinkel blickte sie zu Alexander, ob er es wohl gehört hatte. Aber von ihm kam keine Reaktion. Dann eben nicht, dachte sie. Aber es verdarb ihr den Abend. Sie trank viel gegen ihre Gewohnheit, sie redete mit den jungen Leuten, ließ sich eine Weile von Fred zur Seite nehmen.

»Hör mal zu, du«, sagte er. »Laß mal die blöden Bengels, das ist kein Umgang für dich. Du bist ein Karrieremädchen, für so etwas habe ich eine Nase. Brüssel, sehr gut. Vielleicht noch Paris, wie? Dein Partner ist ja Franzose.«

»Er will nach Amerika«, sagte Cordelia ganz ungeniert.

Mit Fred zu reden war leicht.

»Mit dir?«

»Ja.«

»Dio mio, Amerika, ausgerechnet. Möchtest du nicht lieber zu mir nach Rom kommen?«

Cordelia legte den Kopf zurück. »Warum nicht«, sagte sie lässig. Sie war müde, sie hatte viel getrunken. Sie dachte an Wilma, die allein zu Hause saß. Und Serge, was mochte er machen? Ach ja, er hatte gesagt, Frau Hasse habe ihn eingeladen.

Und Frau Gutsche war schließlich auch da, und Frau Gutsches Sohn ebenfalls. Serge würde einen hübschen Abend verbringen.

Ich wäre lieber bei ihnen, dachte Cordelia aufsässig. Er sieht mich nicht an, er spricht kein Wort mit mir. Er wird froh sein, wenn ich draußen bin.

Sie ging zu der Ecke, in der Inga und Beatrice mit Alexander und Harald saßen.

»Ich möchte jetzt nach Hause fahren«, sagte sie bestimmt. Sie sah Beatrice an. »Es tut mir leid, wenn ich Ihnen Ungelegenheiten mache. Aber John ließ mir gar keine Zeit zum Überlegen. Es ist gleich ein Uhr. Ich muß morgen arbeiten.«

Sie sprach mit einer ganz ungewohnten Selbstsicherheit. Beatrice stand auf.

»Ich werde mal nachsehen, was Gustav macht.«

Aber da war John schon da, der die Szene beobachtet und die letzten Worte gehört hatte.

»Wir werden Gustav nicht wecken. Ich habe Cordelia geholt, ich fahre sie auch nach Hause. Oder kann sie nicht einfach hier schlafen? Dann bringe ich sie morgen in die Stadt.«

»Das kommt nicht in Frage«, sagte Cordelia heftig.

Es fiel immer noch leichter Schnee, er machte die Nacht hell und still.

»Stille Nacht, heilige Nacht, paßt gut, nicht?« sagte John nach einer Weile.

»Ja.«

»Habt ihr auch gesungen?«

»Nein. Früher hat Olga immer gesungen, aber das tut sie nicht mehr.«

»Bei uns war das reinste Konzert. Die Señora aus Argentinien singt und spielt wie ein Profi. Wir hatten alle Mühe, da mitzuhalten.«

Wie nicht anders zu erwarten, fuhr er nach einiger Zeit an den Straßenrand und hielt.

»Wie ich annehme«, sagte er, »willst du mir einen weihnachtlichen Kuß geben.«

»Und was ist, bitte, ein weihnachtlicher Kuß?«

»Ich zeig's dir.«

Cordelia war müde. Und traurig. Onkel Alexander hatte sie kaum angesehen, ihr nicht die Hand gegeben, geschweige denn einen Kuß.

War es immer so, daß man eine Liebe verlor, wenn eine andere Liebe begann?

Liebe! Keiner liebte sie. Ihr Vater war so seltsam gewesen, er hatte kaum gesprochen. Und Alexander hatte sie nicht mehr lieb. Der einzige, der sich wirklich gefreut hatte, sie zu sehen, war Wali.

»Das konntest du schon mal besser«, sagte John, als er sie losließ. »Liebst du mich nicht mehr?«

»Ach, laß mich in Ruhe mit dem Gerede von Liebe. Du liebst mich so wenig, wie ich dich liebe.«

»Woher willst du das wissen?«

»Ich weiß es eben. Fahr weiter. Ich möchte ins Bett.«

»Das ist genau der Punkt. Ins Bett! Wie schaffen wir es,

endlich zusammen zu schlafen. Bei dir ist die Familie, bei mir ist Familie, in der Stadt hast du auch so einen Zerberus. Es ist mein Ernst, Cordelia. Ich möchte mit dir schlafen. Ich weiß bloß nicht, wo. Wir müßten glatt in ein Hotel gehen.«

»In eine Absteige«, wiederholte sie das böse Wort, das Alexander gebraucht hatte.

»Na, ich kann mir schon etwas Besseres leisten. Bloß heute nacht wird es schwierig sein. Stell dir vor, wir kommen jetzt irgendwo an, wie Joseph und Maria ...«

»Ach, red nicht so einen Blödsinn. Das ist keine Nacht für dumme Witze. Und nun fahr endlich.«

Keine Unterbrechung mehr, er fuhr schnurstracks zum Gestüt, verwirrt durch ihr seltsames Verhalten.

Er weiß nichts, dachte Cordelia. Onkel Alexander hat keinem etwas erzählt. Und vielleicht hätte ich heute abend sagen sollen ... was denn?

Ihn um Verzeihung bitten? Um Verständnis?

Sie standen vor dem Gutshaus, es war schon dunkel. Die Tür offen, wie immer.

John streckte noch einmal den Arm nach ihr aus.

»Im Ernst, Cordelia, ich möchte mit dir schlafen.«

Cordelia wich zurück.

»Ach, hör doch auf mit dem Schlafen. Es heißt faire l'amour. Das meinst du doch. Und ich brauche dich nicht. Ich habe einen Mann pour l'amour. Gute Nacht!«

Und damit verschwand sie im Haus.

John sah ihr verblüfft nach. Wie dieses Mädchen sich verändert hatte. Und sie schien sich wirklich nichts aus ihm zu machen.

Gespräche

ES WAR DANN DOCH ein sehr bewegtes Wiedersehen, Inga und Elsgard lagen sich in den Armen, sie lachten, und sie weinten, sie redeten von damals und wann sie sich eigentlich zum letztenmal gesehen hatten.

Das war in den großen Ferien 1943 gewesen, Olga wußte es genau.

In Berlin gab es damals schwere Luftangriffe, und Max von Renkow war der Meinung, Inga solle mit den Kindern auf dem Gut bleiben.

»Es sind jetzt viele Kinder hier auf dem Land, hat er gesagt, ganze Schulklassen mit ihren Lehrerinnen. Meist aus dem Rheinland. Auch aus Hamburg. Und du hast gesagt, Berthold erlaubt es nicht, daß wir Berlin verlassen. Meine Frau und meine Kinder sind keine Drückeberger«, das wußte Olga noch. »Und dein Großer schrie dazu: Und wir sind keine Feiglinge. Zehn war er da.«

»Daß du das noch so genau weißt!«

Es war für Inga die größte Freude, Olga hier zu treffen. Sie saß neben ihr, hielt ihre Hand. »Ich bin so froh, daß du noch lebst.«

»Darüber wundere ich mich auch«, sagte Olga trocken. »Eigentlich müßte ich längst tot sein. In Mecklenburg wollten sie mich schon in ein Altersheim stecken. Und als wir dann hier rüberkamen, da gab ich mir höchstens noch ein paar Wochen.«

Darüber mußte sogar Jochen lachen.

»Ohne Olga wäre uns die Flucht nie gelungen. Sie hat bestimmt, was geschehen soll, und dann haben wir es gewagt.«

»Das war schließlich immer so. Als wir Kinder waren, wurde auch unser Leben von Olga regiert. Und es ist uns nicht schlecht bekommen.«

»Bis auf deine Heirat, Inga. Damit war ich nicht einverstanden.«

»Ich weiß, das war keiner von euch.«

Sie sah Alexander an, der bis jetzt schweigsam dagesessen hatte. »Mein Vater nicht, meine Brüder nicht. Aber ob ihr es glaubt oder nicht, Berthold hat mich geliebt, und er hat immer gut für mich und die Kinder gesorgt.«

»Und du?« fragte Alexander. »Hast du ihn auch geliebt?«

»Ja, ich habe ihn geliebt. Es ist mir schwergefallen, Deutschland zu verlassen, auch wenn alles in Trümmern lag. Es war schwierig genug hinauszukommen. Und dann war ich in Spanien mit den Kindern, alles war fremd, ich verstand die Sprache nicht. Doch eines Tages war Berthold da, und dann, na ja, dann schaffte er auch die Überfahrt nach Südamerika. Tüchtig war er, da könnt ihr sagen, was ihr wollt. Er hat geschafft, was er wollte.«

Hermann, der Sohn, hatte bis jetzt nicht viel dazu gesagt, für ihn waren die Menschen fremd, die er hier traf, Menschen, die er nur aus den Erzählungen seiner Mutter kannte.

»In den letzten Jahren war er ziemlich schwierig«, äußerte er nun. »Nicht so einfach, mit ihm auszukommen.«

»Ja, das ist wahr«, gab Inga zu. »Er war magenkrank und meistens schlecht gelaunt. Ich konnte ihm nichts mehr recht machen, und die Kinder schon gar nicht.«

»Aber es ist euch nicht schlecht gegangen«, sagte Elsgard. »Alexander hat uns mal erzählt, ihr habt irgendwas mit Schuhen gemacht.«

»Hauptsächlich mit Stiefeln. Da, in dem Ort, wo wir waren, hatten sich viele Deutsche eingefunden.«

»Nazis«, warf Alexander ein.

»Nationalsozialisten«, verbesserte ihn Inga mit einem strafenden Blick. »Natürlich, die auch.«

Alexander grinste, aber weder Elsgard noch Jochen gingen auf dieses Thema ein.

»Stiefel?« fragte Elsgard.

»Es war einer von uns, der war ein genialer Stiefelmacher. Er hat Stiefel gemacht für Hermann Göring, für Heß, für Keitel, für die Generäle der obersten Stufe. Er war ein Könner. Nicht alle Stiefel passen auf Anhieb.«

Alexander ließ den Blick schweifen, aber keiner war sich der makabren Situation bewußt, stockte vor den Namen, die hier genannt wurden. Doch dann traf er Olgas Blick, ein leichtes Lächeln erschien um ihren Mund.

Hermann sah etwas gelangweilt aus. Das kannte er schließlich alles. Und die Leute hier interessierten ihn nicht im geringsten. Er wäre viel lieber mit Harald, John und Nick nach Bonn gefahren, weil Nick die deutsche Hauptstadt kennenlernen wollte.

Na gut, mit dieser etwas fülligen älteren Dame war seine

Mutter aufgewachsen. Wir waren wie Schwestern, hatte Madre gesagt. Und die Uralte war so eine Art Mutterersatz gewesen, weil es keine Mutter gab. Das wußte er alles. Und Madres Bruder Alexander hatte er sowieso schon gekannt.

»Mit Stiefeln kann man allerhand Ärger haben«, blieb Inga noch beim Thema. »Ihr wißt, daß ich mit meinen Reitstiefeln oft nicht zurechtkam und Blasen hatte. Nicht in Willys Stiefeln, die paßten von der ersten Stunde an. Und dann hatte Berthold die Idee, wir fangen mit Willys Stiefeln einen Betrieb an. In Argentinien wird ja viel geritten. Und die Offiziere brauchen auch Stiefel. Sie kamen von weither, um sich welche machen zu lassen. Wir hatten schließlich einen ansehnlichen Betrieb, direkt eine kleine Fabrik. Willy hat noch viele angelernt, aber so gut wie er kann es keiner. Er lebt nicht mehr.«

»Bist du in Argentinien auch geritten?« fragte Elsgard.

»Selbstverständlich«, antwortete Inga. »Ich reite auch jetzt noch jeden Tag.«

»Wir haben Vollblüter hier, mit denen kann man nicht spazierenreiten.«

»Ja, ja, ein Vollblutgestüt, ich weiß schon. Das haben wir in Argentinien auch.«

»Sprichst du denn nun richtig spanisch?« wollte Elsgard wissen.

»Na, hör mal, nach so langer Zeit. Ich bin doch nicht blöd.«

»Wenn ihr da doch alle Deutsche seid.«

»Das Personal spricht nur spanisch, und die Lieferanten und Kunden, und sonst eben alle. Ist ja klar, nicht?« Elsgard nickte beeindruckt.

Alexander sagte: »Sie hat ein wunderschönes Haus mit einem riesigen Garten. Man muß es schon einen Park nennen. Und jede Menge Personal.« Er grinste wieder. »Sie muß nach wie vor keinen Finger krumm machen. Tja, Berthold hat schon gut für sie gesorgt. Trotz allem, was wir gegen ihn hatten, das muß man zugeben. Es sind recht feudale Verhältnisse. Wie Inga es immer gewohnt war.«

»Und die Stiefel?« fragte Elsgard.

»Den Betrieb hat Berthold noch verkauft. Für die Jungs war das nichts. Adolfo hat Medizin studiert, er arbeitet heute in einem Krankenhaus in Buenos Aires. Und meine Tochter ist sehr gut verheiratet.«

Elsgard empfand Neid. Feudale Verhältnisse also. Die Nazis, hier verpönt und verteufelt, waren also zum Teil ganz gut über die Runden gekommen.

»Wer will noch Kaffee?« fragte sie und hob die Kanne.

Hermann blickte um sich. Das hübsche Mädchen von vorgestern abend war nicht da.

»Kann ich wohl mal die Pferde sehen?« fragte er.

Jochen stand erleichtert auf, ihn ödete das Gespräch auch an.

»Gern«, sagte er. »Ich zeige sie Ihnen. Gehen wir in die Ställe.«

Dann sprachen sie von Rosmarie Helten.

»Ich möchte sie in Berlin besuchen«, sagte Inga. »Sie war meine beste Freundin, das wißt ihr ja.«

»Und durch sie hast du deinen Mann kennengelernt.«

»Ja. Ich habe ihr sehr bald aus Argentinien geschrieben, aber sie hat mir nicht geantwortet. Erst viel später.«

Olga erinnerte sich an ihren Besuch bei den Heltens. Damals, als sie die Flucht vorbereitete, da hatte sie Rosmarie in Berlin besucht. Sie kramte mühsam in ihrem Gedächtnis.

»Es waren sehr nette Leute«, sagte sie. »Sie lebten da mit ihren Kindern und ihren Schwiegereltern. Ihr Mann war noch zuletzt bei den Straßenkämpfen in Berlin gefallen.«

»Ja, das weiß ich inzwischen. Sie nahm mir das irgendwie übel, daß Berthold lebte und ihr Mann tot war. Wer konnte denn ahnen, daß die Russen nach Berlin kommen.«

»Das hätte zumindest dein Mann ahnen müssen«, sagte Alexander. »Auch wenn er sich am Krieg nicht beteiligt hat, dürfte er ja wohl über den Verlauf desselben informiert gewesen sein. Hitlers Krieg. Der Krieg der Nazis«, sagte er betont. »So abgehoben kannst du ja in deinem Blütenparadies nicht leben, daß du das nicht mehr weißt.«

»Laß das doch«, sagte Inga belästigt. »Wir haben schon davon gesprochen.«

»Ja, liebe Schwester, wir haben davon gesprochen. Ich habe mich sogar mit Berthold ziemlich heftig gestritten. Die Nazis waren nicht schuld am Krieg, sondern irgendwelche höheren Mächte. Hast du das deinen Kindern auch so erzählt?«

»Ich habe ihnen gar nichts erzählt. Sie leben heute. Es kann ihnen egal sein, was früher war.« Ihre Stimme klang gereizt.

»Hitlers Größenwahn. Lebensraum für das deutsche Volk im Osten. So war das doch, nicht?« Alexanders Stimme klang nun auch gereizt. »Hitlers Krieg. Ich finde schon, man sollte noch darüber reden. Er hat deinen Bruder Friedrich das Leben gekostet. Ich war sechs Jahre lang in russischer Gefangenschaft, ganz abgesehen davon, was vorher war. Er hat uns die Heimat genommen. Und vielen anderen Menschen auch. Halb Deutschland lebt unter kommunistischer Herrschaft. Unter der Knute Rußlands. Auch wenn man in Argentinien lebt, sollte man das nicht vergessen.«

Eine Weile blieb es still.

Dann sagte Inga bedrückt: »Laß uns nicht mehr davon reden.«

»Nein, nicht heute. Wir machen einen Weihnachtsbesuch, und ihr feiert Wiedersehen. Ich gehe jetzt auch mal zu den Pferden.«

Als sie allein waren, sagte Inga: »Immer fängt er davon an. Es geht ihm doch gut.«

»Das hat er der Frau seines Bruders zu verdanken«, sagte Olga. »Die Heimat ist verloren. Gut Renkow, dein Vater ...«

Olga war müde, alle Gelenke schmerzten sie, das kam von dem Schnee. Und Inga, das Kind, das sie aufgezogen hatte, war eine Fremde.

»Hier spricht man immer noch davon«, sagte Inga unwillig.

»Wovon?« fragte Elsgard. »Vom Krieg? Von Hitler? Ja, allerdings, man spricht davon.«

»Doch die ganze Welt spricht davon, wie gut es den Deutschen geht. Euch doch auch.«

Elsgard lachte, es klang gequält. »Ja, es geht uns ganz gut. Und wir verdanken es auch Friedrichs Frau.«

»Ich erinnere mich an die Hochzeit. Die Ruhrpottprinzessin nannte Vater sie. Und das mit Friedrich ...«, sie verstummte. Drüben, fern über dem Ozean, dachte sie eigentlich nie daran.

»Ich möchte Rosmarie besuchen«, kam sie auf das Thema zurück. »Sie ist sehr allein. Ihre Schwiegereltern sind tot, ihr Sohn bei einem Unfall ums Leben gekommen. Und ihre Tochter hat einen Amerikaner geheiratet. Sie lebt an der Westküste, in Kalifornien, und Rosmarie soll sie besuchen. Was soll ich da, schrieb sie, ich bin alt. Sag selber, Els, sind wir alt? Rosmarie ist so alt wie ich und wie du.«

Elsgard sah die Frau an, die ihr gegenübersaß. Sie war immer noch schlank, zart und hübsch, ihr Haar so blond wie damals, als sie im Hof von Gut Renkow Ball spielten.

»Nun fang schon«, hatte das Mädchen gerufen. Sie war schneller und gewandter, Elsgards Wurf war kräftiger, und wenn sie Inga am Kopf traf, freute sie das.

Dann ging Inga fort, zur Schule, in ein Pensionat, dann kam Rosmarie immer öfter zu Besuch. Sie hatte Jochen geheiratet, Inga den Mann in Berlin.

Das war tausend Jahre her. So lange, wie das Nazireich dauern sollte.

Elsgard mußte plötzlich lachen.

Die Verhältnisse waren die gleichen geblieben. Inga lebte in feudalen Verhältnissen und sprach mit ihrem Personal spanisch. Und sie lebte hier von Alexanders Gnaden. Besser gesagt, von seiner Frau, die nicht seine Frau war. Sie war seine Schwägerin.

Elsgard dachte auf einmal: Und wenn sie genug von ihm hat? Und von uns? Aber da waren die Pferde. Die Pferde brauchten Jochen, brauchten sie.

»Und was machst du mit Rosmarie?« fragte sie freundlich.

»Ich werde sie besuchen in Berlin. Nächste Woche.«
»Und dann?«
»Dann fahre ich nach Hause.«
Zu Hause, das war jetzt Argentinien.
Olga war in ihrem Sessel eingeschlafen.

In der Villa Munkmann war es an diesem Nachmittag vergleichsweise ruhig und friedlich.

»Schön, daß sie alle mal weg sind«, sagte Beatrice, als sie mit ihrem Bruder Tee trank.

»Ja, es ist allerhand los bei dir. Ich hatte mir so ein stilles, friedliches Weihnachten vorgestellt«, sagte Fred.

»Das paßt gar nicht zu dir.«

»Wieso nicht? Ich werde auch nicht jünger.«

»Ausgerechnet jetzt, da du so große Pläne hast.«

»Du kannst dir den Spott sparen, Bea. Ich weiß, daß ich noch nicht viel Gescheites auf die Beine gestellt habe. Nun laß es mich mal mit dem Film versuchen.«

»Ich? Was kann ich dazu tun?«

»Mir Geld geben. Und ich könnte verstehen, wenn du ablehnst.«

»Du hast jedes Recht, aus dieser Firma Geld abzuziehen.«

»Ich leiste nichts dafür.«

»Das sind ganz neue Töne. Ich leiste, Alexander leistet, und vor allen Dingen hat unser Vater geleistet. Und hoffentlich nun im nächsten Jahr auch John.«

»Das wird er?«

»Ich denke schon.«

»Warum bist du nicht mitgefahren zum Gestüt?«

»Das ist eine Familienangelegenheit. Es ist Alexanders Schwester, und sie kennt die Lumins seit ihrer Kindheit. Nein, da sei Gott vor, daß ich mir das auch noch antue.«

»Die Schwester, die Nichte, die Freunde aus der Kindheit. Bedeutet er dir so viel?«

Beatrice ersparte sich die Antwort.

»Also, wie ist das mit dir?«

»Ich habe eine neue Idee. Seit vorgestern abend.«

Beatrice seufzte. »Also gut, laß hören.«

»Wir waren letzte Woche im Theater.«

»So ist es.«

»Dieses Mädchen, Alexanders Nichte ...«

»Sie ist nicht seine Nichte.«

»Na, was auch immer. Ich möchte sie haben.«

»Was möchtest du?«

»Ich möchte sie haben für meinen Film.«

»Das kann nicht dein Ernst sein.«

»Doch. Sie ist ein eigenartiger Typ. Kapriziös, ungewöhnlich. Dieses Gesicht, diese Augen. Ich habe sie vorgestern abend hier beobachtet. Sie war ganz für sich. Man hat mit ihr geredet, und sie war gar nicht da. John ist in sie verliebt?«

»Ach, John! Der sieht sie jedes Jahr einmal. Höchstens.«

»Ich hatte so den Eindruck, daß sie ihm etwas bedeutet. Sie hat ihn kaum angesehen. Sie hat immer nur Alexander angesehen, aber der hat sich gar nicht um sie gekümmert.«

»Also, was willst du nun mit Cordelia?« sagte Beatrice ungeduldig.

»Ich will sie haben für meinen Film.«

»Das hast du schon gesagt. Was verdammt noch mal ist das für ein Film?«

Fred lehnte sich zurück. »Darf ich dir kurz die Story erzählen?«

»Wenn es sein muß.«

»Nachkriegszeit in Italien. Toscana.«

»Toscana?« fragte Beatrice interessiert.

»Das ist sehr photogen. Die Ebenen, die Hügel. Der hohe Himmel, die Zypressen, die Pinien. Das gibt was her, schon rein optisch.«

»Ich wollte da auch immer gern mal hin«, sagte Beatrice nachdenklich. »Giordano stammt aus der Toscana, aus Lucca, er hat mir viel von seiner Heimat erzählt.«

»Na, siehst du, das klappt ja hervorragend. Dann besuchst du mich bei den Dreharbeiten. Die Geschichte geht so ... also es ist ein Roman, den ein junger Autor geschrieben hat. Auch ein Toscanese. Es handelt sich um drei Frauen, drei Mädchen. Es ist ein alter verwitterter Hof, sehr abseits gelegen, und die drei Mädchen sind allein. Der Bruder ist im Krieg gefallen, den Vater haben die Partisanen umgebracht. Die Mutter ist noch da, aber sie ist ziemlich verstört. Die Älteste versucht, den Hof zu retten, sie arbeitet Tag und Nacht unter schwierigsten Bedingungen. Am Anfang werden in kurzer Folge der Tod des Bruders, der Tod des Vaters gezeigt, das drehen wir in schwarzweiß, ganz knapp. Dann die mühselige Arbeit auf dem Hof. Donata, die älteste der Schwestern, hat jedoch wenig Hilfe von den anderen. Die Mittlere hat nur Männer im Sinn, sie ist ständig auf der Suche nach einem Mann, sie treibt sich herum, wird immer wieder verlassen. Die jüngste der Schwestern ist verträumt, sie singt, zieht durch die Gegend und singt. Und da kam mir eben vorgestern die Idee. Singen ist in Italien nichts Besonderes, dort singen sie alle. Als ich Cordelia sah, neulich im Theater und dann hier bei uns, bildhaft ist es viel besser darzustellen, wenn sie tanzt.«

»Auf dem alten Hof in der Toscana?«

»Ja. Über die Hügel, über die weiten Wiesen, ganz verträumt und abgehoben. Wenn die ältere Schwester sie zu einer Arbeit anstellt, dann erledigt sie die. Sie hütet die Schafe, sie erntet die Oliven, aber dann tanzt sie wieder dahin.«

»Aha. Und wie endet die Geschichte deines Bekannten?«

»Ziemlich trübsinnig. Der Hof verrottet immer mehr, geht verloren, wird für einen Appel und ein Ei aufgekauft. Die Mittlere kommt zwar nach Mailand, aber nicht an die Scala, sie singt zwar ganz hübsch, aber sie hat keine Ausbildung, sie singt schließlich in einer miesen Bar für miese Gäste.«

»Eine ziemlich trübsinnige Geschichte, da hast du recht. Könnte nicht die Große wenigstens einen anständigen Mann finden, der ihr hilft, den Hof zu bewirtschaften und zu erhalten.«

»Irgendwie hast du schon recht, ich habe mir das auch schon gedacht. Mein junger Freund, der Autor, ist natürlich zeitgemäß pessimistisch. Ist ja heute Mode, alles den Bach runtergehen zu lassen. Wenn man am Schluß zeigen könnte, wie sie ihre Oliven ernten und auch verkaufen können, vielleicht noch ein Kind gekriegt haben, würde es dem Publikum besser gefallen. Ich habe auch gute Beziehungen zum Fernsehen. Und die hätten es vielleicht ganz gern, wenn wenigstens etwas gut ausgeht.«

»Und die Jüngste, die Tänzerin?«

»Landet auch in einer Bumsbude und tanzt da nun.«

»Vielleicht Striptease?«

»Nein, nein, das würde zu ihr nicht passen. Ich meine, zu

Cordelia. Sie tanzt und bleibt unberührt von allem, was um sie vorgeht.«

»Es könnte auch ein gutes Ende mit ihr nehmen. Ein netter Mann holt sie da raus, heiratet sie, Ende gut, alles gut.«

Fred lachte. »Ich sehe schon, du bist für ein Happy-End. Wenn ich das meinem Freund erzähle, springt er aus dem Fenster.«

»Du willst den Film machen. Und ein wenig solltest du auch an die Kasse denken.«

»Das wird eine ganz andere Geschichte, jedenfalls zum Teil. Ich muß darüber nachdenken. Hauptsache ist ja zunächst mal die Landschaft, die Toscana. In all ihrer Schönheit und ihrer Armseligkeit.«

»Giordano hat mir davon erzählt. Es ist ein alter, geschichtlicher Boden. Eine große Geschichte. Eine glanzvolle Geschichte. Die Medici und das alles. Du mußt unbedingt Florenz hineinbringen. Nicht Mailand.«

Fred sah seine Schwester erstaunt an.

»Hätte ich nie vermutet, daß du so mitdenkst.«

»Da du es mir jetzt erzählst. Wirklich, Fred, du solltest das nicht so düster machen. Drei Schwestern, das ist gut. Jede anders. Warum muß es Mailand sein?«

»Wegen der Scala. Die Leute strömen dorthin, Karajan dirigiert, und sie geht vorbei, sieht es, singt dann ihre dummen Schlager in der Bar. Schnitt.«

»Und die Tänzerin?«

»Tja, das ist es. Ich habe ja bisher nicht an eine Tänzerin gedacht. Aber seitdem ich Cordelia gesehen habe, da hat etwas in mir gefunkt. Ihre Bewegungen, ihr Gesicht. Ihr Gesicht ist einmalig, ich sehe es vor mir in Großaufnahme. So ein Gesicht hat es noch in keinem Film gegeben.«

»Alexander wird es nicht erlauben.«

»Also mal ganz nüchtern. Sie ist jetzt seit unzähligen Jahren bei uns am Theater. Und sie hat nun etwas Ungewöhnliches mit diesem ›Wolkentanz‹ abgeliefert. Und was weiter? Soll sie da immer im Ballett herumhüpfen? Ich gebe ihr eine einmalige Chance. Nach meinem Film wird sie berühmt sein.«

»Vielleicht, vielleicht auch nicht. Sie ist ein merkwürdiges Mädchen. Abgehoben, verträumt, ja, das schon. Der Mann, mit dem sie tanzt, ist ihr Liebhaber. Sie sprach von Amerika.«

»Nach Amerika? So ein Blödsinn. Da paßt sie nicht hin, sie kommt zu mir nach Rom. Ich habe sie schließlich zur Llassanowa gebracht.«

»Es war Alexanders Idee, daß sie tanzen sollte. Und ich weiß nicht, ob es eine gute Idee war. Dieses Mädchen tut, was er will. Aber sie ist nicht glücklich dabei.«

»Hat er – entschuldige die Frage, hat er ein Verhältnis mit ihr?«

»Das hat er. Aber nicht so, wie du es meinst. Er fühlt sich verantwortlich für sie. Es muß eine ganz seltsame Begegnung gewesen sein, damals, in Bayern. Ich kann das nicht erklären. Er liebt sie. Aber nicht als Mann. Als Mensch.«

»Also, nun hör auf, Bea. Er liebt sie als Mensch. Wo gibt es denn so etwas?«

»Das gibt es. Es war von Anfang an etwas Seltsames um dieses Kind. Kann sein, es hängt mit ihrer gemeinsamen Herkunft zusammen.«

»Was heißt das?«

»Na ja, das ist Mecklenburg. Ich habe einen Mecklenburger geheiratet. Alexander ist sein Bruder.«

»Das verstehe ich nicht. Soviel ich weiß, ist Cordelia dort schon als Kind weggegangen.«

»Sie ja. Aber Alexander nicht. Es ist eine seltsame Bindung. Ich kann es dir nicht erklären.«

»Wie auch immer. Sie spielt in meinem Film. Und dann wird sie nicht mehr in einer blöden Operette herumhüpfen. Gibst du mir das Geld?«

»Ich gebe dir das Geld und eine letzte Chance. Das ist keine Drohung, Fred. Nur eine vernünftige Warnung. Überleg dir gut, was du machst. Dein Geschäft ist genauso hart wie mein Geschäft. Wenn du dich mit einem Spinner zusammentust, der ein tristes Buch schreibt, wirst du keinen Erfolg haben. Denk darüber nach. Weltuntergang haben wir gehabt. Die Leute wollen im Kino nicht immer wieder Weltuntergang erleben.«

»Ja, ja, ich weiß, es gibt auch jetzt im deutschen Film so trostlose Geschichten. Kein Geschäft damit zu machen, da hast du recht. Also ein Mann für die Große, der Hof floriert so ein bißchen.«

»Es ist dein Film«, sagte Beatrice gelangweilt.

Weihnachten auch in Berlin.

Constanze saß auf der Couch, die Beine angewinkelt, Tobias neben ihr, den Kopf an ihren Oberschenkel geschmiegt. Bißchen bequemer war er inzwischen geworden, ein wenig steifbeinig auch. Da seine Herkunft im dunkeln lag, wußten sie auch nicht, wie alt er war. Der Tierarzt schätzte ihn auf zehn oder elf Jahre. Seine Augen und Ohren waren in Ordnung, seine Zähne auch, sein Appetit bestens. Wie immer hatte er einen Weihnachtsteller bekommen, eine kleine milde Wurst, Kekse und ein Stück gebratenes Kalbfleisch, letzteres vorsichtshalber in durchsichtiges Papier gewickelt.

»Du kannst es inzwischen ansehen«, hatte Constanze ihm erklärt, »essen erst morgen. Nicht alles auf einmal.« Tobias kannte das schon. Das war jedes Jahr das gleiche, immer an einem bestimmten Abend. Da stand ein Baum, auf dem Lichter flackerten, da erklang eine bestimmte Musik vom Plattenspieler, und an diesem Abend hatten sie noch den dämlichen Fernseher angemacht, den er nicht ausstehen konnte. Das Licht, die wechselnden Bilder störten ihn, er hatte sich beleidigt abgewandt und in eine entfernte Ecke des Zimmers zurückgezogen.

»Du solltest hinsehen, Tobias«, hatte Jonathan gesagt. »Da kannst du Frauchen besichtigen.«

Das hatte Tobias nicht nötig, Frauchen war ja hier bei ihm im Zimmer. Dann hatten sie das dumme Ding endlich ausgemacht, und Tobias war auf seinen Platz auf der Couch zurückgekehrt.

Es war eine erbauliche Geschichte, Constanze eine Frau, die Mann und Kinder verlassen hatte, kein anderer Mann, Gott bewahre, so verdorben ging es im deutschen Fernsehen noch nicht zu, eine Karriere hatte sie im Sinn, und zwar als Pressefotografin. Es gelang auch ganz gut, und es gab Möglichkeiten für hübsche Bilder aus der großen weiten Welt, aber dann trieb sie das schlechte Gewissen zurück in das kleine Haus in dem kleinen Ort, wo man zwar diese Bilder nicht machen konnte, wo aber Mann und Kinder lebten. Sie kommt am Weihnachtsabend, weil sie vermutet, daß man ihr da wohl verzeihen wird. Sie hat allerhand Päckchen mit Geschenken in ihrem Auto, und je näher sie dem Haus kommt, es liegt ein wenig abseits, desto langsamer fährt sie, dann hält sie, steigt aus, geht zu Fuß weiter, zögert, geht durch tiefen Schnee.

Diese Szenen sind im August gedreht worden, da lag kein Schnee, es war allerhand Mühe gewesen, ihn herbeizuzaubern.

Dann also die reuevolle Heimkehr, der Mann ist zunächst ablehnend, starrt in den Christbaum und schweigt. Die Große wehrt die Umarmung der Mutter ab, nur der Kleine freut sich. Am Schluß sitzen sie alle glücklich vereint vor dem Christbaum.

»Eine richtige Schnulze«, sagte Constanze, nachdem sie den Apparat ausgeknipst hatte. »Wenn die mich wieder einmal haben wollen, müssen sie sich schon etwas Besseres einfallen lassen.«

»Für Weihnachten halt, da können sie nicht so hart rangehen. Im wirklichen Leben – wie lange warst du fort?«

»Zwei, drei Jahre, so was.«

»Im wirklichen Leben hätte der Mann längst eine andere. Und die Heimkehrerin könnte wieder durch den Schnee marschieren und trostlos in ihrem Auto die Geschenke betrachten, die keiner haben will. Wäre auch ein hübscher Schluß gewesen.«

»Dann hätte es beinahe meinem ersten Auftritt in Berlin geglichen. Die Frau, die zurückkommt, die Jüdin. Weißt du noch?«

»Und ob ich es weiß. Da habe ich dich wiedergesehen.«

»Da haben wir uns wiedergesehen. Und du bist bei mir geblieben.«

Darauf folgte eine Umarmung und ein langer Kuß.

»Wir sind ein richtig glückliches Ehepaar«, sagte Constanze. Es klang erstaunt. Sie wunderte sich immer noch darüber.

»Richtig, das sind wir. Und wenn sie meinen Roman verfilmen, da wäre eine gute Rolle für dich drin.«

»Ein ziemliches Biest.«

»Das wird besser zu dir passen als das, was wir eben gesehen haben.«

»Apropos – Ehepaar. Ich werde jetzt Thomas anrufen.«

Dieses Gespräch brachte eine Überraschung.

Zunächst sagte Thomas: »Wir haben dich eben bewundert hier. Eine schöne Schnulze hast du da abgeliefert.«

»Ja, das haben wir auch festgestellt. Wer ist wir?«

»Betty und unser Besuch. Betty fand es übrigens sehr gut, sie hatte Tränen in den Augen.«

»Siehst du! Nicht alle Leute sind so abgebrüht. Und wer ist der Besuch? Oder darf ich das nicht fragen?«

»Na, was denkst du?«

»Eine neue Freundin?«

»Das fehlte mir noch. Nein, viel interessanter. Bettys Sohn.«

»Waas?«

»Ja. Ein netter Junge. Er ist jetzt sechzehn. Er geht ins Wasserburger Gymnasium und ist der Beste in seiner Klasse.«

»Na, so was.«

»Ihm hat das Stück auch gut gefallen. Besonders der erste Teil, wie du da durch die Welt getrampt bist und die tollen Bilder geschossen hast. Das wäre doch ein prima Beruf, hat er gesagt. Und als es aus war, sagte er: Ob die nun zu Hause bleibt bei ihrem Mann? Das glaube ich nicht.«

Constanze lachte. »Dann gib mir Betty mal.«

»Sie hat eine Ente gebraten, mit Knödeln und Blaukraut. Ganz vorzüglich.«

»Na, fabelhaft. Und was eßt ihr morgen?«

»Gänsebraten.«

»Mit Knödeln und Blaukraut. Dann vergiß nur nicht, einen langen Spaziergang hinterher zu machen.«

Dann sprach Constanze eine Weile mit Betty, bestellte Grüße von Tobias.

»Wir haben nicht so gut gegessen wie ihr«, sagte sie. »Nur ein bißchen Kaviar.«

»Da wird Tobias nicht sehr begeistert gewesen sein«, sagte Betty, und Constanze konnte durchs Telefon sehen, wie sie die Nase rümpfte.

»Er hat mittags gut zu essen bekommen. Und vorhin seinen Weihnachtsteller. Ente gibt es morgen bei uns.«

Später hatte Jonathan auf die Uhr geschaut.

»Jetzt werde ich Mama anrufen. Sie werden wohl nun in Kalifornien gefrühstückt haben.«

Es wurde ein langes Gespräch. Einmal hörte Constanze den Satz: »Es ist ein Wahnsinn, und es kann nicht gut ausgehen.«

Eine Weile später, sie saßen alle drei auf der Couch, Constanze hatte die Grüße und die freundlichen Worte seiner Mutter entgegengenommen, fragte sie: »Was hast du damit gemeint, es ist ein Wahnsinn, und es kann nicht gut ausgehen?«

»Vietnam. Mama hat auch gesagt, es ist dir zu verdanken, daß ich mich dort nicht herumtreibe. Habe ich nicht von Anfang an gesagt, dort gehe ich nicht hin? Habe ich das gesagt oder nicht.«

»Das hast du gesagt.«

»Sie machen sich Sorgen um Clive. Das ist ihr Enkel aus der neuen Ehe.«

»Ja, ich weiß. Ist er in Vietnam?«

»Ja. Es ist ein sinnloser und grausamer Krieg. Sie werden den Kommunismus dort sowenig besiegen wie in Korea. Was denken sich die Amerikaner eigentlich. Der Kommunismus kann nur von innen besiegt werden.«

»Von innen? Wie meinst du das?«

»Durch sich selber. Er wird sich selber umbringen, irgendwann. Gewiß nicht dadurch, daß man in einem fremden fernen Land, auf einem anderen Kontinent, unter anders gearteten Menschen, in undurchschaubaren Verhältnissen Krieg führt.«

»Aber die Amerikaner haben hier auch Krieg geführt gegen eine Diktatur.«

»Das war Europa. Und wo kommen die Amerikaner her? Aus Europa. Asien? Das werden sie nie verstehen. Und das können sie nicht bekämpfen. Weil sie es nicht verstehen. Korea, Vietnam, was denn noch? Der Kommunismus beherrscht die halbe Welt. Noch.«

»Und wie soll er dann besiegt werden?«

»Gar nicht. Er muß zugrunde gehen. Wie ich gesagt habe, von innen. Verrotten und vermodern wie ein Krebsgeschwür.«

»Ein Krebsgeschwür kann man operieren.«

»Selten mit Erfolg.«

»Dann zerstört es den Körper.«

»Das ist es, was ich meine. Der Kommunismus wird sich selbst zerstören.«

»Daran glaubst du. Ob wir das noch erleben?«

»Das weiß ich nicht.«

»Keine schönen Aussichten. Friede auf Erden, das verheißt die Weihnachtsbotschaft. Wir sind weit davon entfernt.«

»Ja, das sind wir.«

»Na, wenigstens sind wir diesmal nicht schuld daran.«

»Wer, wir?«

»Die Deutschen.«

»Das würde ich an deiner Stelle nicht so unbedingt unterschreiben. Marx war schließlich ein Deutscher.«

Constanze sprang auf. »Ich kann es nicht mehr hören. Krieg! Krieg! Wird das denn nie ein Ende nehmen. Friede auf Erden, den Menschen ein Wohlgefallen. Ist denn das nur so dahingeredet?«

»Du hast den Anfang der Weihnachtsbotschaft vergessen. Ehre sei Gott in der Höhe.«

»Welcher Gott? Der christliche Gott, der islamische Gott, der jüdische Gott oder welcher? Kein Gott hat den Menschen Frieden beschert. Im Gegenteil, sie töten sich in seinem Namen.«

Tobias hatte beleidigt den Kopf gehoben. Er hatte gerade so gut geschlafen und so schön geträumt. Und nun lief Frauchen im Zimmer herum und schimpfte.

Er erhob sich gähnend und blickte auf seinen Weihnachtsteller, da waren noch ein paar Kekse. Das Fleisch war blödsinnigerweise in irgend etwas eingewickelt.

Constanze kniete nieder.

»Du hast recht, Tobias, du kannst das jetzt essen, es ist schließlich Weihnachten. Wir laufen nachher ein gutes Stück durch Dahlem, du und ich. Und Herrchen führt seinen Krieg allein in Vietnam.« Sie wickelte das Fleisch aus, sah zornig zu Jonathan auf.

»Und was ist mit den Juden? Mit den Israelis, wie man jetzt sagt? Die haben dieses Jahr auch Krieg geführt. Sechs Tage lang und erfolgreich. Sind da keine Menschen umgekommen?«

»Doch, gewiß. Und ich fürchte, sie werden auf die Dauer keine Freude daran haben. Die Torheit der Menschen ist unvergänglich. Ebenso wie die Hoffnung. Die Torheit und die Hoffnung, das hat uns Gott, welcher auch immer, mit auf den Weg gegeben. Sie sind unsterblich.«

»Die Torheit und die Hoffnung.«

»Beides läßt die Menschen beten. Wenn sie in die Torheit verstrickt sind und wenn die Hoffnung ihnen das Weiterleben verheißt. So lebt die Menschheit seit Jahrhunderten und seit Jahrtausenden. Und genaugenommen, das wollen wir nicht verschweigen, war Jesus der erste Sozialist auf Erden.«

»Na, das sag mal den Bolschis. Oder deinen Vietnamesen.«

»Es sind nicht meine Vietnamesen. Aber es sind meine Amerikaner, die dort elend zugrunde gehen.«

Er stand auf, trat zu Constanze, die neben Tobias kniete, der mit Appetit das Kalbsstück verspeiste.

»Hund müßte man sein«, sagte sie.

»Kommt ganz drauf an, wo und bei wem«, sagte er und zog sie hoch in seine Arme. »Auch Hunde können ein sehr elendes Leben haben. Nicht zuletzt in einem Land, in dem Krieg stattfindet.«

»Ach, hör auf, ich will es nicht mehr hören.«

»Nein, Schluß damit. Ehre sei Gott in der Höhe, Friede auf

Erden und den Menschen ein Wohlgefallen. Klingt doch gut, oder?« Es klang nicht gut, seine Stimme war voller Spott.

Silvester feierten sie ein paar Häuser weiter bei Kollegen von Constanze. Tobias durfte mitkommen, dort gab es eine Hündin, mit der er gut bekannt war.

Die Böller knallten um Mitternacht, die Glocken von den Kirchen konnte man darum nicht hören. Sie stießen an auf das Jahr 1968.

1968

ZWANZIG JAHRE WAREN vergangen seit der Berliner Blockade, die den Westen vereinte, die ehemaligen Feinde zu Freunden machte. Sieben Jahre seit dem Bau der Mauer durch Berlin und Deutschland, die Europa, die den Westen und Osten nun sichtbarer trennte, Freiheit und Gefangenschaft deutlich machte.

Deutschland, der westliche Teil, hatte profitiert davon, war zu nie geahntem Wohlstand gelangt. Warum nun die Kinder des Wohlstands, die weder Not noch Sorge, weder Leid noch Elend erlebt hatten, keine Wunden davongetragen hatten, keinen mörderischen Tod erdulden mußten, keine Konzentrationslager, keinen Gulag kennengelernt hatten, warum diese Kinder des Wohlstands nun revoltierten, blieb unverständlich. Die Menschen hatten Arbeit, waren sozial wohlversorgt, schienen allesamt zufrieden damit.

Die Jugend jedoch entdeckte plötzlich, daß die Welt und das Leben ihnen nicht mehr gefielen. Die Studenten hatten in den letzten Jahren mit dieser Feindschaft gegen alles und jedes begonnen, das Schlagwort hieß zunächst Vietnam; der grausame Krieg, der dort stattfand, war der Anlaß. Es ging von den Vereinigten Staaten aus, schwappte nach Europa herüber und ging bald über die Ablehnung dieses Krieges hinaus, verlagerte sich auf so ziemlich alles, was das öffentliche Leben betraf, erzeugte eine bösartige Feindschaft gegen Ordnung und Recht.

Die Universitäten vor allem wurden Plätze der Unruhe, der Kämpfe, der oft unklaren Forderungen nach einer grundlegenden Veränderung.

Wie immer, wenn etwas entstand, was die Nazis treffend eine ›Bewegung‹ genannt hatten, fanden sich auch für diese Bewegung Mitläufer. Krawalle, Aufstände, Drohungen und ihnen folgend kriminelle Taten übten einen Reiz auf viele aus, die oft gar nicht wußten, wogegen sie randalierten, was sie denn eigentlich verändern wollten.

Es wurde mit zunehmender Begeisterung demonstriert, in Hörsälen, auf Straßen und Plätzen, es wurden Brände gelegt, Menschen verletzt und getötet, es wurde der Boden bereitet für Terrorgruppen, die viele Jahre lang die Menschen in Angst und Schrecken versetzen sollten. Denn was vielleicht aufgebrachte Studenten nicht vorhersehen konnten, dank ihrer Vorarbeit entstanden verbrecherische Organisationen, die vor Entführung, Folter und Mord nicht zurückschrecken würden. Seltsamerweise kamen sie aus einer linken, kommunistischen Ecke, was gerade in Deutschland unverständlich war, denn man hatte den Kommunismus vor der Tür. Von wem das alles gefördert, von wem bezahlt, das war nicht schwer zu erraten.

In Frankreich eskalierten die Studentenunruhen im Mai fast zu einer Art Revolution, auch in Italien kam es zu schlimmen Ausschreitungen, wovon wiederum nur die Mafia begünstigt wurde. Und was das Ärgste war, auch die kommende Generation, die Kinder dieser kaputten Typen, würden durch Eltern und Lehrer Erziehung erfahren, die sie antiautoritär nannten und die sie keineswegs zu positiven Menschen machte. Es geschahen noch andere böse Taten in diesem Jahr des Unheils: In Amerika wurde Martin Luther King ermordet, und Robert Kennedy, der jüngere Bruder von John F. Kennedy, fiel einem Attentat zum Opfer.

Zur gleichen Zeit aber gab es Anlaß zu Hoffnung, diesmal nun gerade im östlichen, im kommunistischen Teil der Erde. In der Tschechoslowakei hatte schon zu Beginn des Jahres Alexander Dubček in der Folge von Antonin Novotny die Führung der kommunistischen Partei übernommen, er verhieß Reformen und ein gewisses Maß an Rede- und Denkfreiheit. Man würde diesen ›Sozialismus mit menschlichem Antlitz‹ später den Prager Frühling nennen.

Das ließ die Welt aufhorchen. Also gab es doch noch Persönlichkeiten, die es wagten, sich gegen den kommunistischen Terror aufzulehnen. Und das war der Grund, warum Jonathan Ende Juni zu Constanze sagte: »Ich muß mir das mal ansehen.«

»Du kannst es doch nicht lassen«, sagte Constanze. »Was geht dich das an? Schreib lieber dein Buch fertig. Die schaffen das auch ohne dich.«

»Es interessiert mich«, erwiderte er. »Der Dubček macht das sehr geschickt. Er ist Kommunist, aber einer von der neuen Sorte. Ich mache mal eine Reise durch das Land und höre mir an, was die Leute sagen. Essen konnte man immer gut dort, und ich möchte mal wieder einen Becherovka trinken.«

»Was ist das?«

»Ich bringe dir eine Flasche mit.«

»Aber bleib nicht zu lange. Wir wollen diesen Sommer deine Mama besuchen.«

Im August war der ›Prager Frühling‹ beendet. Die Truppen des Warschauer Pakts, auch Panzer der DDR, marschierten in der Tschechoslowakei ein und schlugen den Aufstand, wie man ihn nun nannte, blutig nieder. Alexander Dubček und seine Mitstreiter wurden später verhaftet.

Berlin 1953 war zu früh gewesen, Ungarn 1956 war zu früh gewesen und, wie sich zeigte, Prag nun auch.

Jonathan, Steven Jones, kam nicht wieder.

Constanze erfuhr nicht, was aus ihm geworden war. Tod, Gefangenschaft, Gulag, er blieb verschwunden.

»Der dumme Junge«, sagte Jonathans Mutter, als Constanze mit ihr telefonierte, um den angekündigten Besuch abzusagen. »Das sieht ihm ähnlich. Immer muß er seine Nase überall hineinstecken. Konnten Sie ihm das nicht ausreden?«

»Es sah ja ganz hoffnungsvoll aus«, sagte Constanze. »Er wollte eben dabeisein, wenn der Kommunismus untergeht.«

In diesem Jahr starben Olga Petersen und Jochen Lumin. Jochen zuerst. Es war ein heißer, schwüler Sommertag, sie hatten die Pferde schon mittags hereingeholt, sie wurden zu sehr von Fliegen und Bremsen gequält. Man würde sie lieber in der Nacht auf die Koppeln bringen, das tat man oft bei solchem Wetter. Wali blieb dann auch draußen, legte sich ins Gras am Rand einer Koppel, träumte in den Sternenhimmel, schlief sorglos ein. Er war ein rundherum glücklicher Mensch, einer der wenigen, die es auf dieser Erde gab. In dieser Nacht würde es keinen Sternenhimmel geben, gegen Abend zogen dunkle Wolken vom Rhein her über das Land, es sah nach einem Gewitter aus.

Cordelia war seit einigen Wochen da, sehr still, nachdenklich, in einem seltsamen Zustand zwischen Betrübnis und Erlösung. Sie las viel, saß bei den Pferden, noch am späten Nachmittag war sie durch die Ställe gegangen, traf Wali, der mit der Hand nach oben wies, dazu sagte er: »Bum, bum«, was auf das bevorstehende Gewitter hinwies.

Bei Valera blieb Cordelia stehen, ging dann in die Box und legte ihr Gesicht an den Hals der Stute.

»Du brauchst keine Angst zu haben, wenn ein Gewitter kommt«, sagte sie. »Überall sind Blitzableiter. Es kann manchmal schlimm sein hier in der Ebene. Weißt du, ich habe auch Angst bei Gewitter. Das hatte ich schon als Kind. Ich kann mich daran erinnern, ich muß so vier oder fünf gewesen sein, da gab es ein fürchterliches Gewitter, Blitze kamen schnell hintereinander und der Donner fast gleichzeitig und direkt über uns, da dachte ich, die ganze Welt geht in Trümmer. Das war in Mecklenburg. Kennst du nicht, Valera. Ich möchte da gern wieder einmal hin. Aber da kann man nie mehr hinfahren. Komisch, nicht?« Sie neigte den Kopf und küßte das Pferd auf die Nüstern. »Wir sind Schwestern, Valera. Wir sind beide krank. Nicht sehr, aber so ein bißchen. Du kannst keine Rennen mehr laufen, und ich kann nicht mehr tanzen. Jetzt nicht. Vielleicht später wieder. Aber wenn man nicht trainiert, kann man eben nicht mehr tanzen.«

Eine Weile später saß sie wieder in ihrer Leseecke unter

der Stehlampe, es war so dunkel draußen geworden, daß man Licht machen mußte.

»Na, das kann ja was geben«, sagte Elsgard, während sie den Tisch für das Abendbrot deckte. »Das wird eine unruhige Nacht. Mal sehen, was es im Fernsehen gibt. Obwohl Jochen sagt, man soll den Fernseher bei Gewitter nicht einschalten.«

Olga saß gerade aufgerichtet in ihrem Sessel, sie sagte: »Es gibt eine böse Nacht.«

Cordelia machte nur: »Hm.«

Sie las ›Tom Sawyer‹, das Buch stammte aus Johns Jungenbibliothek, Alexander versorgte sie regelmäßig mit Lesestoff. Elsgard blätterte im Fernsehprogramm und entdeckte, daß an diesem Abend wieder einmal Constanze zu besichtigen sein würde. Erst durch das Fernsehen war sie darauf gekommen, daß Constanze Morvan ihre Constanze von damals war. Ins Kino kam sie selten, seit sie hier draußen lebten, und seit sie den Fernseher besaßen, überhaupt nicht mehr. Sie hatte einmal Jochen darauf hingewiesen, doch es interessierte ihn nicht weiter.

»So«, hatte er gesagt.

»War doch gut für sie, daß du sie aus dem Wasser gezogen hast. Ob sie noch manchmal daran denkt?«

»So etwas vergißt man wohl nicht«, war seine Antwort gewesen. Elsgard stellte die Schüssel mit den grünen Bohnen auf den Tisch.

»Los, wir wollen essen. Wo bleibt denn Jochen wieder?«

Sie ging in sein Büro. Dort saß er tot auf seinem Stuhl, den Kopf auf der Schreibtischplatte.

Bis der Arzt kam, tobte das Gewitter über ihnen.

Ein schöner Tod, das fanden alle. Die harte Arbeit in der Kindheit und Jugend, der Krieg, die Verwundung, die Kraft, die es gekostet hatte, die Behinderung, den lahmen Arm zu beherrschen, nun hatte sein Herz aufgehört zu schlagen.

Olga starb sechs Wochen später in einem Krankenhaus.

Am meisten weinte Wali um Jochen. Elsgard weinte nicht, sie mußte sich darum kümmern, wo sie hinfort leben sollte. Die Rente, die sie bekommen sollte, war knapp. Jochen hatte manchmal davon gesprochen, was aus ihnen werden sollte, wenn sein Platz von einem jüngeren Mann besetzt werden würde. Auch das ein Grund dafür, daß er sich keine Ruhe, keinen Feiertag, keine Ferien gegönnt hatte.

Und nun lebte auch noch Cordelia in diesem Haus.

Selbstverständlich mußte sofort ein neuer Gestütsleiter angestellt werden, darüber waren sich Beatrice und Alexander einig.

John kam aus Berlin, sie berieten gemeinsam. Es erwies sich als positiv, daß Beatrice immer wieder einmal mit Jürgen Neumann über einen Nachfolger für Jochen gesprochen hatte. Neumann hatte einige Vorschläge, aber man befand sich mitten in der Rennsaison, von heute auf morgen ging nichts. Auch Wali fürchtete um seinen Arbeitsplatz. Man konnte ja nicht wissen, ob ein neuer Mann mit einem Ukrainer zusammenarbeiten wollte, und wenn, ob Wali seine sehr angesehene Stellung behalten konnte. Und Cordelia lief mit großen, angstgeweiteten Augen durch die Ställe und über die Koppeln.

John traf sie einmal so an. »Mach dich nicht verrückt. Wir lassen euch schon nicht auf der Straße stehen.«

»Zu gnädig«, sagte Cordelia.

Er legte den Arm um ihre Schultern. »Wie geht es dir denn so?«

»Mir geht es gut. Wenn die Spielzeit beginnt, werde ich wieder tanzen. Dieses Jahr ist die ›Giselle‹ dran.«

Sie schüttelte seinen Arm ab und ließ ihn stehen.

An die ›Giselle‹ war nicht zu denken. Cordelias Karriere als Tänzerin war vorbei.

Es hatte im März begonnen, bei dem Gastspiel in Brüssel, das ohnehin unter keinem guten Stern stand. Sie hatten nur eine kurze Probe auf der fremden Bühne, das Orchester spielte dasselbe Stück, und doch spielte es anders, und erst recht spielte die fremde Violine anders. Andreas war wirklich nicht mitgekommen, er hatte eine Prüfung vor sich und bereitete sich auf ein Konzert vor.

Hasse fehlte, Andreas fehlte, und so wichtig nahm man in

Brüssel die aus dem Ruhrgebiet angereiste Truppe sowieso nicht.

Raikov war ungeduldig, nervös, er schrie herum, und zu alledem war Cordelia nicht in Form. Sie war wieder einmal umgeknickt, nur ein wenig, aber der Fuß schmerzte und war geschwollen. Gustav mit seinem Kräutertee war nicht da, sie waren mit einem Bus gereist.

Cordelia sprach zu niemand davon, auch nicht zu Raikov, sie versuchte, den Schmerz zu unterdrücken, sie tanzte mit großer Mühe, aber sie war nicht wirklich gut.

Raikov merkte es auch, während einer Hebefigur zischte er ihr eine Beschimpfung ins Ohr, setzte sie dann ziemlich hart auf, Cordelia sank zu Boden. Sie verwandelte es geistesgegenwärtig in eine Drehung, aber wenn er ihr nicht die Hand hingestreckt hätte, wäre es ihr unmöglich gewesen aufzustehen.

Das war am zweiten und Gott sei Dank letzten Abend. Madame Lucasse, die in der Kulisse stand, hatte den Vorfall genau beobachtet.

»Was hast du, Kind?« flüsterte sie, als Cordelia endlich auf ihrer Wolke herausgeschwebt war. Aber da lag Cordelia schon auf dem Boden und rang nach Luft.

Diesmal war es wirklich ein Herzanfall. Was Wilma immer befürchtet hatte.

Gestützt auf Raikov und den Geiger kam sie dreimal vor den Vorhang, dann packte Madame Lucasse sie energisch am Arm.

»Schluß! Laß die anderen jetzt allein rausgehen.«

»Was hat sie denn?« fragte Raikov ungeduldig.

»Sie fühlt sich nicht wohl«, beschied ihn Madame Lucasse.

Die anderen wollten noch ausgehen. Wenn man schon einmal in Brüssel war, mußte man unbedingt gut essen gehen, dafür war die Stadt berühmt, wie Marguerite wußte. Sie war mit ihren Eltern schon dagewesen.

Den Theaterarzt, den Madame Lucasse rufen ließ, wehrte Cordelia ab. »Mir geht's schon wieder gut. Ich bin nur etwas überanstrengt.«

Madame Lucasse fuhr mit Cordelia ins Hotel.
»Sollen wir jetzt einen Arzt rufen?« fragte sie sanft.
»Nein, doch nicht hier im Ausland«, antwortete Cordelia gereizt. »Ich habe in Essen einen Arzt. Und es ist nur, weil ich mich über den Fuß so aufgeregt habe.« Sie wies auf das geschwollene Gelenk. »Es ist nicht weiter schlimm, ich bin nur so ein bißchen umgeknickt. Ich war nur unsicher beim Tanzen heute. Sobald Gustav da ist, wird es wieder weg sein.«

Wilma holte sofort ihren Arzt, nachdem Cordelia halb ohnmächtig bei ihr eingetroffen war und sich, wie es ihre Art war, einfach auf den Boden sinken ließ.

»Du mußt Gustav anrufen«, flüsterte sie, doch Wilma tat, was sie für richtig hielt, und der Arzt diagnostizierte eine ernstzunehmende Herzrhythmusstörung.

Als Cordelia es hörte, lächelte sie seltsamerweise.

»Wieder einmal ein deutsches zusammengesetztes Wort«, sagte sie. »Muß auch schwer zu schreiben sein.«

Der Arzt nahm ihre Hand. »Sie sollten besser eine Zeitlang nicht tanzen, Fräulein Lumin.«

Cordelia lag auf dem Rücken und blickte mit weit geöffneten Augen zur Decke.

»Ja«, sagte sie.

»Und Sie sollten versuchen, ein wenig mehr zu essen. Schlank ist ja sehr schön, aber Sie sind mager. Wo wollen Sie denn die Kraft hernehmen für Ihren Beruf?«

»Ja, ja, ich weiß, das ist mein Fehler. Serge sagt ja immer, meine Muskeln sind zu schwach und meine Oberschenkel zu dünn.«

Sie war erstaunlich ruhig, ganz gelassen. Und zum erstenmal empfand sie dieses Gefühl der Erlösung.

Zehn Jahre lang die tägliche Arbeit an der Stange, die Proben, die Aufführungen, die ständige Anspannung, der überhitzte, der kalt gewordene Körper, eingehüllt in Wolle, dann wieder fast nackt bei den Auftritten. Und wenn man die Zeit bei Madame Llassanowa dazuzählte, waren es weit mehr als zehn Jahre.

»Ruf Gustav an«, sagte sie müde zu Wilma, nachdem der Arzt gegangen war.

Aber Wilma rief nicht Gustav an, sondern Alexander.

Sie hatte zwar nicht mehr mit ihm gesprochen, seit er sie quasi hinausgeschmissen hatte, aber nun mußte es sein.

Zunächst kam Cordelia nicht auf das Gestüt, sondern in die Villa Munkmann. Drei Tage später fuhr Alexander mit ihr zu einem Herzspezialisten in Duisburg, der zuletzt auch Oscar Munkmann behandelt hatte.

Der Spezialist bestätigte die Diagnose von Wilmas Hausarzt.

»Nicht weiter schlimm«, sagte er. »Kein organisches Leiden. Sie ist so jung, daß man es erfolgreich behandeln kann. Nur tanzen sollte sie nicht mehr. Nicht als Beruf. Höchstens mal abends in der Bar mit einem netten jungen Mann.«

»Meine arme kleine Schwanenkönigin«, sagte Alexander, als sie zurück ins Ruhrtal fuhren. »Was habe ich dir angetan! Ich habe dir einen Beruf aufgezwungen, den du vielleicht gar nicht wolltest.«

Cordelia lächelte und legte ihre Hand auf seinen Arm. »Wollen konnte ich es nicht, denn ich wußte ja gar nicht, was das ist. Aber ich habe es gern getan. Und doch auch ganz gut gemacht, nicht? Und wenn es mir bessergeht, vielleicht tanze ich eines Tages doch noch ›Schwanensee‹. Ginette war dreißig, als sie die Odette und die Odile getanzt hat.«

Alexander fuhr an den Straßenrand und hielt.

»Vergessen wir ›Schwanensee‹. Jeder Mensch träumt nun mal von Dingen, die er nicht bekommen kann. Die Hauptsache ist, daß du nicht ernsthaft krank bist. Du hast gehört, was der Doktor gesagt hat. Man kann das in deinem Alter gut behandeln.«

Er nahm ihr Gesicht, das sie ihm zugewandt hatte, in beide Hände und küßte sie zärtlich.

»Der ›Wolkentanz‹ war wunderschön. Etwas ganz Besonderes. Das will ich ja deinem Freund nicht absprechen, daß er wirklich etwas Originelles kreiert hat.«

»Du hast ihn dir ja nur einmal angesehen.«

»Stimmt. Weil ich verärgert war über diese Geschichte. Na, das weißt du ja. Übrigens habe ich diesen ›Wolkentanz‹ in sehr charmanter Gesellschaft gesehen.«

»Die Dame, die bei dir in der Loge saß?«

»Das weißt du noch?«

»Natürlich, du kanntest sie?«

»Ich habe sie an diesem Abend kennengelernt. Es war die von dir so bewunderte Schauspielerin Constanze Morvan.«

»Ach, wirklich. Wie kam sie in unser Theater?«

»Nun, sie hat früher in unserer Gegend gespielt. Und sie war hier wegen einer Uraufführung. Film, in diesem Fall. Und in der Zeitung hatte sie etwas über den ›Wolkentanz‹ gelesen.«

»Ich hätte sie eigentlich erkennen müssen. Aber ich bin ja etwas kurzsichtig.« Sie lachte plötzlich. »Wenn ich nicht mehr tanze, kann ich ja eine Brille tragen.«

»Das wirst du nicht tun«, sagte Alexander und streichelte über ihr Haar. »Paß auf, wie ich mir das vorstelle. Du bleibst eine Weile bei uns.«

»Wird das denn Beatrice recht sein?«

»Ja, und wenn du dich etwas erholt hast, gehst du dann zu Mutti …«, er stockte. »Zu Mutti und Vati. Da bist du ja gern.«

»Ich bin gern bei den Pferden. Und bei Wali.«

»Und was zu deiner Behandlung nötig ist, wird gemacht. Gustav steht dir immer zur Verfügung. Dann wollen wir mal abwarten, wie du dich, sagen wir, etwa im Herbst fühlen wirst.«

»Und was machen wir mit Wilma?«

»Sie bleibt zunächst, wo sie ist. Wenn es ihr Spaß macht, kann sie später mal zu Besuch aufs Gestüt kommen. Weißt du, was mich erstaunt?«

»Nein, was?«

»Wie leicht du es nimmst. Ich meine, die Möglichkeit, daß du nicht mehr tanzen kannst.«

»Vielleicht habe ich genug getanzt. Eine große Primaballerina wäre sowieso nicht aus mir geworden, die Gelenke, die Muskeln und das alles sind nicht gut genug. Serge hat es mir schon oft gesagt. Aber ich müßte dann einen anderen Beruf erlernen.«

Alexander, der gerade den Wagen wieder starten wollte, ließ die Hände verblüfft vom Steuer sinken.

»Na ja, irgend etwas muß ich doch tun. Und Geld muß ich schließlich auch verdienen.«

»Du wirst meine Erbin sein. Ich habe zwar keinen Besitz mehr, aber ich verdiene ganz gut und brauche wenig Geld. Es ist angelegt. Für dich. Wenn ich tot bin, kannst du darüber verfügen.«

»Ich will dein Geld nicht«, sagte sie heftig. »Wenn du deswegen sterben mußt.«

»Es ist ein Wunder, daß ich noch lebe. Eigentlich müßte ich schon seit fünfundzwanzig Jahren tot sein.«

»Weißt du, was ich am liebsten möchte? Ich möchte noch mal in die Schule gehen. Ich bin sehr dumm, wie John sagt. Und das ist ja verständlich, so wie es bei mir mit der Schule war.«

»In die Schule gehst du nicht mehr, da bin ich dagegen. Man kann sehr vieles durch Lesen lernen.«

»Ja, das weiß ich. Und ich lese ja auch, sooft ich kann. Aber nach der Vorstellung bin ich meist zu müde.«

»Oder anderweitig beschäftigt. Was machen wir denn mit deinem Serge?«

»Gar nichts. Der kommt sehr gut ohne mich zurecht. Außerdem war Jennifer in Brüssel. Er hat sich nicht einmal im Hotel erkundigt, wie es mir geht. Sein Traum ist Amerika. Ich habe ihm immer gesagt, daß ich nicht mitgehen will. Und nun kann ich gar nicht mehr.«

»Und du wirst ihn nicht vermissen?«

»Nein«, antwortete Cordelia gleichgültig.

Raikov hatte den Abend in Brüssel mit Jennifer verbracht, er war höchst entzückt, sie wieder einmal zu sehen. Zudem sei sie extra seinetwegen gekommen, erklärte sie, als sie vor Beginn der Vorstellung in seiner Garderobe auftauchte. »Bestimmt nicht wegen diesem Wolkendings, das habe ich bei euren Proben schon erlebt.«

Auch nach der Vorstellung war ihre Meinung über das Stück nicht freundlicher.

»Dafür wird sich in Amerika kein Mensch begeistern, das kann ich dir versichern.« Er hatte ihr ja schon früher am Telefon von seinem Wunsch erzählt, mit dem ›Wolkentanz‹ auf Tournee zu gehen. »Eine blöde Idee von dir, daß mein Agent deswegen nach Brüssel kommen soll. Warum sie euch mit dieser Nummer nach Brüssel eingeladen haben, werde ich nie verstehen. ›Les Sylphides‹ haben sie hier sicher selber, das ist doch ein alter Hut. Und getanzt haben sie alle ziemlich mittelmäßig, am schlechtesten deine Partnerin.«

»Cordelia war heute nicht in Form, es ging ihr wohl nicht sehr gut.«

»Form oder nicht Form, für ein großes Talent habe ich sie nie gehalten. Also vergiß nun diese Wolken und komm mit mir hinüber.«

»Mit dir?« fragte er erstaunt.

»Ja, mit mir. Es beginnt nämlich eine ganz andere Epoche im Musical. Nicht mehr so sentimentale Geschichten mit hübschen Songs, nein, jetzt wird es hart, laut und wild. Jetzt wird vor allem getanzt, nach neuen scharfen Rhythmen. Das ist das Musical der Zukunft. Voriges Jahr hatte ›Hair‹ am Broadway Premiere. Rock, Pop, Chöre, Tanz. Handlung ist Nebensache. Die Leute waren zunächst empört. Doch dann kam der Erfolg. Inzwischen läuft die Nummer rund um die Welt. Und das ist erst der Anfang. Da kannst du mitmachen, mit deinen Kompositionen, mit deinen Choreographien. Da sind deine großen Möglichkeiten.«

Er lauschte ihr fasziniert; sie war bildschön, ihre Augen blitzten, ihr Haar, lang und rotblond, fiel ihr über die Schultern. »Vergiß das dumme Ballett. Eine neue Zeit, eine neue Musik.«

»Und wie soll sich das abspielen, wenn ich mit dir nach Amerika komme? Ich habe keinen Job. Und ich habe kein Geld.«

»Kein Problem. Ich habe zur Zeit einen Freund, vielfacher Millionär, der tut alles für mich. Ich bin erster Klasse herge-

flogen, und erster Klasse werden wir beide zurückfliegen. Ich wohne bei ihm, er hat ein prachtvolles Haus, einen englischen Butler, zwei Hunde, zwei Reitpferde, fünf Autos, Chauffeur natürlich auch. Was will ich denn noch?«
»Hat er keine Frau?«
»Nein. Das heißt, er hat sie noch, aber sie lassen sich scheiden, es geht nur noch ums Geld. Sie ist schon vor einem Jahr ausgezogen. Also mit mir hat das nichts zu tun. Sie lebt jetzt mit ihrem Freund in Miami. Und weißt du, wer der Freund ist? Der ehemalige Chauffeur im Haus. Ach, es ist eine lange Geschichte, sie hat ihn, aber er hat sie zuvor auch schon betrogen. Ich kann dir das ja auf dem Flug erzählen. Und wie ich Frank kennengelernt habe, das ist erst eine hübsche Geschichte. Erzähl ich dir auch auf dem Flug.«
»Um Gottes willen, wann willst du denn fliegen?«
»Na, möglichst bald. Morgen oder übermorgen.«
»Du bist verrückt. Ich muß mit der Truppe zurückfahren. Und im Theater Bescheid sagen. Und ein paar Sachen habe ich schließlich auch.«
»Gut, gut, erledige das, brauchst du eben vier Tage. Ich fahre inzwischen nach Paris, und wir treffen uns dort. Und du brauchst dir um deine nächste Zukunft keine Sorgen zu machen, du bekommst meine Wohnung auf der East Side, sehr hübsche kleine Wohnung, ich habe sie auf alle Fälle behalten, man weiß ja nie, und Geld habe ich genug, ich sorge schon für dich, bis du einen Job hast. Und du bekommst einen, darauf gehe ich jede Wette ein.«
»Das klingt fantastisch«, sagte Serge Raikov und blickte gebannt in das schöne, ihm wieder vertraute Gesicht.
»Frank ist nämlich einer von den Angels, weißt du. Das sind die Leute, die Theater am Broadway finanzieren. Er liebt das Theater über alles, moderne Komödien und Musical. Shakespeare natürlich auch. Und ich nehme jetzt Sprach- und Gesangsunterricht. Ich muß ja nicht immer nur tanzen. Eines Tages werde ich eine Hauptrolle spielen. Am Broadway. Ich.«
Raikov dachte an diesem Abend nicht mehr an Cordelia. Und einige Tage später nahm er von ihr Abschied.
Sie war zu Hause, lag auf der Couch, Gustavs Kräuter-

wickel um den Fuß, und er saß eine Weile neben ihr, von Wilma mißtrauisch beobachtet.

»Ich schau mir das drüben mal an«, sagte er lässig. »Mal sehen, wie es läuft. Du hörst von mir.«

Cordelia nickte. »Ich gehe jetzt für eine Weile zu Onkel Alexander.« Sie legte mit einer dramatischen Gebärde die Hand auf ihre linke Brustseite. »Mein Herz ist etwas unruhig.«

»Dann erhol dich mal schön«, sagte er gleichgültig.

Genauso gleichgültig, wie sie später nein sagte, als Alexander sie fragte, ob sie ihren Freund nicht vermissen werde. Es hatte mit dem ›Wolkentanz‹ angefangen, an jenem Abend, als er ihr das Violinkonzert von Max Bruch vorspielte, in seinem Zimmer im Hotel. Und nun mit der letzten Aufführung von ›Wolkentanz‹ hatte es aufgehört.

Mit dem neuen Gestütsdirektor ging es dann sehr schnell. Neumann rief eines Tages bei Beatrice an und sagte: »Jetzt habe ich den Richtigen. Er ist gerade nach Deutschland zurückgekommen, er war drei Jahre in England, hat bei einer Vollblutzucht gearbeitet. Ein Kenner und ein Könner. Und ich denke, daß Rottenbach ihn interessieren wird. Er ist nämlich Münsterländer, hat als junger Mann in Warendorf gearbeitet.«

»So«, sagte Beatrice. »Hat er Familie?«

»Eine Frau und drei Kinder, der älteste Sohn ist zwanzig. Vom Vater bestens geschult, er wird ein wertvoller Mitarbeiter sein.«

Der von Neumann empfohlene Mann kam bereits vier Tage später, zusammen mit Beatrice und Alexander besichtigte er ausführlich das Gestüt, hatte sofort Pläne parat, was man verbessern, modernisieren und wie man erweitern könne. Beatrice konnte wirklich keinen besseren Nachfolger für Jochen Lumin finden.

Ins Gutshaus kam er selbstverständlich auch. Elsgard gab ihm befangen die Hand, Alexander wich ihrem Blick aus.

»Sehr hübsch«, sagte der Neue, nachdem er sich flüchtig umgesehen hatte, »das ist Sache meiner Frau hier.«

Cordelia hatte sich ganz an das Ende der oberen Koppel verdrückt, wo der Wald begann. Wali kam zu ihr. Von ferne sahen sie den fremden Mann, begleitet von Beatrice und Alexander, unten gehen.

»Er wird mich wegwerfen«, sagte Wali traurig.

»Das heißt rauswerfen«, verbesserte sie ihn. »Und das macht er mit uns auch.« Sie lachte. »Kommst du eben mit zu Wilma. Aber wir haben kein Pferd. Vielleicht können wir Valera mitnehmen, und ich kann manchmal mit ihr so ganz ruhig spazierenreiten. Als kleines Mädchen habe ich schon oft auf dem Pferd gesessen. Und Mutti kann überhaupt gut reiten. Aber es geht nicht. Valera wird es in einem fremden Stall nicht gefallen, so schön wie hier ist es nirgends.«

Beatrice und der Neue besiegelten das Engagement noch am selben Abend mit einem Handschlag. Er würde weit mehr verdienen als Jochen, und es würde nicht mehr Gestütsmeister, sondern Gestütsdirektor heißen. Anfangen konnte er sofort.

Für Elsgard war diese neue Entwicklung eine Katastrophe.

»Und wo sollen wir hin?« fragte sie, der Neue und Alexander waren schon vorausgegangen.

»Darüber denken wir gerade nach«, sagte Beatrice nervös, denn sie wußte, was sie Elsgard antat.

»Und meine Sachen?« fragte Elsgard und sah sich um. Die schöne breite Couch, die Sessel, der neue Teppich, ganz zu schweigen von dem Geschirr, das sie angeschafft hatte. So nach und nach war das alles gekommen, immer wenn Jochen etwas Geld herausrückte. Er war sparsam gewesen, und er hatte immer gesagt: »Ewig können wir hier nicht bleiben.«

Elsgard hatte es immer gewußt, aber nun kam alles so plötzlich, aufs neue wurde sie heimatlos, und nun war kein Mann mehr an ihrer Seite, keine Olga.

Cordelia fand sie weinend, als sie wenig später ins Haus kam.

Sie setzte sich neben Elsgard auf die bewußte Couch und legte ihr den Arm um die Schulter.

»Der wird's werden, der heute hier war«, schluchzte Elsgard. »Das ist ein ganz Energischer. Er hat mich kaum angesehen.«

»Ja, der wird's werden, das glaube ich auch. Ich habe ihn nur aus der Ferne gesehen, und ich sehe ja nicht so gut, aber er ging da entlang wie einer, dem das alles schon gehört.«

»Dem gehört gar nichts. Es gehört Beatrice von Renkow.«

»Schon. Aber hat Vati nicht immer gesagt, meine Pferde, meine Ställe, meine Koppeln, mein Büro. Nicht, hat er doch gesagt.«

»So sagt man eben. Und so hat er gefühlt.«

»Er wird uns wegwerfen«, wiederholte sie Walis Worte.

»Wegwerfen?«

»Rauswerfen, meine ich.«

»Wir müssen raus hier, das ist es ja. Ob es nun der ist oder ein anderer, wir müssen hier weg. Und kannst du mir sagen, wohin?«

»Nein«, erwiderte Cordelia. Und sie dachte: Ich kann zu Wilma. In meine Wohnung. Ich sage auch *meine* Wohnung. Eigentlich gehört die Wohnung Onkel Alexander. Stimmt nicht, sie gehört Beatrice. Das Haus gehört ihr, und ich zahle nicht einmal Miete. Alles, alles gehört Beatrice. Ohne sie wäre auch Onkel Alexander nur ein armer Flüchtling.

Alexander und Beatrice brachten Herrn Steiner zum Bahnhof. Er wollte gleich zurückfahren nach Bremen, wo seine Frau mit den Kindern jetzt wohnte. Sein ältester Sohn war noch in England.

»Es ist furchtbar mit Elsgard«, sagte Beatrice, während sie heimfuhren. »Aber was tun? Lumin ist jetzt seit zwei Monaten tot, es muß jemand her, der das Gestüt leitet. Fast täglich war ich draußen. Im Werk habe ich mich kaum sehen lassen.«

»Wir werden das schon schaffen«, sagte Alexander.

»Eine Woche, dann muß das Haus geräumt werden. Und Cordelia ist nun auch noch da.«

»Sie hat ja nach wie vor die Wohnung in der Stadt.«

»Soll Elsgard dort auch wohnen? Elsgard und Wilma, glaubst du, daß das gutgehen würde?«

»Die Wohnung ist zu klein. Zu dritt können sie dort nicht wohnen.«

»Nach dem Krieg haben die Leute noch ganz anders gewohnt. Na gut, eine größere Wohnung kann ich auftreiben.«

»Wir müssen Elsgard woanders unterbringen. Sie hat doch sicher im Laufe der Jahre da draußen in der Umgebung ein paar Leute kennengelernt. Vielleicht gibt es irgendwo einen Hof, wo sie sich wohl fühlen könnte.«

»Aber ich bitte dich! Man kann sie doch jetzt nicht von ihrer Tochter trennen, nachdem ihr Mann tot ist, Olga tot ist, da wäre sie ja ganz verloren.«

Noch einmal war Alexander nahe daran, Beatrice die Wahrheit zu sagen. Daß Elsgard nicht darunter leiden würde, von dieser Tochter getrennt zu sein, die sie einen Bastard genannt hatte. Aber das war lange her. Vielleicht verstanden sie sich inzwischen sehr gut. Allerdings war Cordelia selten bei ihrer Mutter gewesen, sie hatten lange Zeit nicht zusammen gelebt. Erst wieder im vergangenen Sommer.

Aber das Versprechen, das er Elsgard gegeben hatte, galt noch, auch jetzt, wo Jochen tot war. Alexander würde nie davon sprechen. Er seufzte.

»Fahr nicht so schnell«, mahnte Beatrice. »Zusätzlich mache ich mir Sorgen um Wali. Ich habe extra nicht von ihm gesprochen, habe ihn nicht gelobt. Das hätte Steiner nur mißtrauisch gemacht. Ich bin eine ganz gute Menschenkennerin, das weißt du ja. Er muß selber merken, daß Wali tüchtig ist, und ihn behalten.«

»Sehr richtig. Das ist auch ein Problem.«

»Und das nächste ist Wilma. Du hast ihr zwar vor einem Jahr erklärt, daß sie gehen könne, aber sie ist noch da, und wo soll sie denn auch hin? Du hast sie bei uns aus der Kantine geholt. Und inzwischen ist sie auch nicht jünger geworden.«

Alexander drosselte das Tempo, legte die rechte Hand auf Beatrices Knie.

»Hör zu, mein Schatz. Wir fahren jetzt nach Hause, trinken in Ruhe einen Whisky und erkundigen uns, was es zum Abendessen gibt. Und dann wird ja wohl auch dein Herr Sohn nach Hause kommen und berichten, was heute im Werk los war. Wir haben schon schlimmere Dinge erlebt und haben vor wirklich ausweglosen Situationen gestanden. Ich jedenfalls. Wir werden Elsgard, meine kleine Schwester, nicht im Stich lassen. Und ob Cordelia wieder tanzen kann oder nicht, das muß man abwarten. Werden wir leben, werden wir sehen, sagt mein Freund Harald immer.«

John war es, der einen Rat wußte.

»Das ist ganz einfach«, sagte er. »Wir versetzen Elsgard nach Berlin.«

»Nach Berlin?« fragte Beatrice. »Spinnst du? Was soll sie denn da?«

»Das kann ich dir genau erklären. Ein gutes Werk tun, indem sie einem unglücklichen Menschen beisteht.«

»Ach, du meinst diese Rosmarie?«

»Ja, die meine ich. Rosmarie Helten. Als ich im Januar mit Tante Inga nach Berlin kam, haben wir sie besucht. Das wißt ihr. Sie hat ein schönes großes Haus in Dahlem, und sie wohnt ganz allein darin. Ihr Mann ist am Ende des Krieges noch umgekommen, das wißt ihr auch.«

»Und dann hatte der Sohn einen Unfall«, sagte Alexander.

»Eigentlich hatte sie den Unfall, denn sie saß am Steuer. Der junge Mann saß neben ihr. Das war vor sechs Jahren. Sie hatte eine Quetschung am Oberkörper, vier gebrochene Rippen. Also, ich habe mir mal eine gebrochen und weiß, wie weh das tut.«

»Du hast dir eine Rippe gebrochen?« fragte Beatrice.

»Ja, in Boston. Ich wollte es mal mit Baseball versuchen. Habe ich dir gar nicht erzählt. Nun weiter. Sie hat sich die Kniescheibe zertrümmert und hatte eine schwere Gehirnerschütterung. Rosmarie. Daß ihr Sohn tödlich verletzt wurde bei dem Unfall, hat sie erst später erfahren. Und sie gibt sich die Schuld daran. Sie kann sich zwar nicht an den Augenblick erinnern, in dem es passiert ist, aber sie erinnert sich daran, daß ihr Sohn kurz zuvor noch gerufen hat, nicht so schnell, Rosmarie. Nicht überholen!«

»Das ist ja schrecklich. So genau hast du uns das gar nicht erzählt.«

»So genau wurde auch nicht darüber gesprochen, als ich mit Inga bei ihr war. Es gab da so gewisse Ressentiments, das hing wohl mit Ingas Mann zusammen. Weil der ein Nazi war und alles so prima überstanden hat. Was Rosmarie, die ihren Mann verloren hat, ungerecht findet. Davon sprach sie immer, von der Ungerechtigkeit des Schicksals. Inga sagte damals, ich weiß gar nicht, was du willst, ich habe Berthold schließlich durch dich kennengelernt. Na ja, so sehr hat mich das auch nicht interessiert. Aber als ich dann das letzte Semester in Berlin war, habe ich sie manchmal besucht.«

»Du hast sie besucht?« fragte Beatrice erstaunt. »Warum?«

»Warum? Darum. Weil sie mir leid tat. Und weil sie so einsam war.«

»Das hast du mir nie erzählt.«

»Geliebte Mutter, ich habe in den Jahren meines Studiums manches getan, was ich dir nicht erzählt habe.«

»Und was soll nun Frau Lumin dabei tun?«

»Hör zu, noch den Rest der Geschichte. Erst lebte noch Rosmaries Schwiegermutter, da konnten sie zusammen weinen. Dann starb die alte Dame. Und seitdem ist Rosmarie ganz allein. Sie hat zwar eine Tochter, aber die hat einen Ami geheiratet, schon mit achtzehn oder so. Der ist bei der Army und in San Diego stationiert, und drei Kinder haben sie auch. Soviel wird der nicht verdienen, daß seine Frau sich öfter einen Flug nach Deutschland leisten kann. Und in jedem Brief schreibt sie, daß sie so Angst hat, er müsse nach Vietnam. Also scheint es eine ganz gute Ehe zu sein.«

»Was du alles weißt«, staunte Alexander.

»Du kennst doch Rosmarie.«

»Natürlich kenne ich sie. Wir hatten einen ausgedehnten Flirt, wenn sie zu uns aufs Gut kam. Sie war ein süßes Mädchen. Inga und Rosmarie waren dicke Freundinnen. Sie kam oft, zu den Ferien, auch übers Wochenende. Warte mal, sie hatte keine Eltern mehr, glaube ich.«

»Ja, Pech hat sie immer gehabt. Der Vater machte Konkurs und nahm sich das Leben. Das war Anfang der zwanziger Jahre. Die Mutter, die sowieso kränkelte, starb bald darauf.«

»Und wie kam sie nach Rostock in das Pensionat?«

»Durch eine Tante, die dort Lehrerin war. Und die muß eine sehr strenge Dame gewesen sein. Rosmarie beklagte sich manchmal darüber, wenn sie bei uns war. Und darum kam sie auch so gern. Inga hat sich nur immer darüber geärgert, daß Rosmarie nicht reiten wollte. Sie hatte einfach Angst vor Pferden.«

»Du weißt ja auch noch allerhand«, sagte John anerkennend.

»Wenn man darüber spricht, kommen ganz von selbst Erinnerungen. Na ja, und dann hat sie bald geheiratet. Albert, jetzt fällt es mir auch wieder ein. Albert hieß ihr Mann. Es war eine glückliche Ehe, sie hatte zwei Kinder und kam vor allem gut mit den Schwiegereltern aus, die lebten irgendwo in Brandenburg. Wir besuchten Rosmarie meist, wenn wir in Berlin waren. Und sie sagte, wie wunderbar es für sie sei, daß sie nun doch Eltern bekommen habe. Und nun sind alle tot, und sie ist ganz allein.«

»Die Tochter lebt glücklicherweise noch«, stellte John richtig. »Aber weit weg. Findet ihr die Idee schlecht, daß Elsgard bei ihr wohnt und sich um sie kümmert? Sie kennen sich ja schließlich auch noch aus ihrer Jugend. Und als die Lumins damals geflüchtet sind, waren sie ein paar Tage bei Rosmarie, ehe sie ins Lager mußten, um ausgeflogen zu werden. Wir haben davon gesprochen.«

»Also ich kann mir beim besten Willen nicht vorstellen, was Elsgard in Berlin tun soll. Sie hat noch nie in einer Großstadt gewohnt«, sagte Beatrice.

»Was sie tun soll, habe ich ja gerade erklärt. Sie soll sich um Rosmarie kümmern, soll den Haushalt führen, soll ihr gutes Essen kochen, abends können sie zusammen fernsehen. Außerdem ist Dahlem nicht so großstädtisch. Wir leben da ganz friedlich und im Grünen.«

»Klingt ja alles ganz hübsch, jedenfalls in der Theorie.

Meinst du nicht, du gehst etwas leichtfertig mit Menschenschicksalen um?«

»Ich? Also, teure Mutter. Ich finde, du bist ungerecht. Ich zerbreche mir pausenlos den Kopf, was wir mit Mrs. Lumin machen sollen, und du nennst mich leichtfertig?«

»Dann fährst du aufs Gestüt und verkündest ihr das.«

»Es geht genau umgekehrt. Ich fliege morgen nach Berlin und rede mit Rosmarie. Erst muß man wissen, ob sie das will. Ich habe sowieso mein Zimmer noch in Dahlem und Sachen dort, Bücher vor allem, das muß ich auflösen. Übermorgen bin ich wieder da, und falls ich Rosmaries Zustimmung habe, fahre ich sofort zu Elsgard.«

»Gib mir noch einen Whisky«, sagte Beatrice und zündete sich eine Zigarette an. »Kann ja sein, es klappt. Und du bist nicht leichtfertig, John, das nehme ich zurück. Du bist ein ganz kluger Junge.«

»Oh! Danke, Mama.«

»Das werde ich sagen, falls es klappt.«

»Cordelia kommt in deinem Plan nicht vor«, sagte Alexander. »Soll sie auch nach Berlin übersiedeln?«

»Ich nehme an, daß dir das nicht recht wäre.«

»Das stimmt.«

»Ich möchte sie auch lieber hierbehalten.«

Beatrice gab ihrem klugen Sohn einen schiefen Blick. »Warum?«

»Nun, sie könnte mich unterhalten, wenn ich abends müde von der Arbeit komme. Und wenn ich nicht zu müde bin, kann ich für ihre Bildung sorgen.«

»Du denkst also, sie soll hier im Haus leben?«

»Warum nicht? Wenn sie in der Wohnung bliebe, so nahe am Theater, wäre sie vielleicht traurig.«

»Und Wilma? Soll die auch mit herkommen?«

»Wäre doch eine Möglichkeit. Ihr seid doch mit der neuen Köchin sowieso nicht ganz glücklich. Ich übrigens auch nicht. Wenn ich schon mittags in der Kantine essen muß, wäre es doch prima, wenn ich abends etwas Anständiges bekäme. Man sagt doch immer, die böhmische Küche wäre ganz hervorragend. Wenn das gutgegangen wäre mit dem

Dubček, wäre ich mal nach Prag gefahren. Muß eine schöne Stadt sein.«

Beatrice trank ihren Whisky aus und lachte plötzlich.

»Mein Sohn ist wirklich tüchtig. Ein erstklassiger Organisator. Wenn er das in seinem Berufsleben auch ist, können wir uns bald zur Ruhe setzen, Alexander.«

»Nicht sehr bald, aber in absehbarer Zeit. Vielleicht fragst du mal Signor Giordano, was er von mir hält. Zur Zeit arbeite ich ja nebenbei noch an meiner Erfindung für eine neue Waschmaschine. Mit integriertem Wäschetrockner. Da ja nicht alle Leute einen Garten haben, wo sie ihre Wäsche trocknen können und darum ...«

»Genug, John, genug. Das können wir inzwischen genau darstellen.«

»Kannst du nicht, Mama, auch wenn ich viel darüber rede. Warte nur, was das für ein Schlager wird.«

»Und wann willst du also nach Berlin fliegen?« fragte Alexander.

»Morgen früh, acht Uhr dreißig. Das Ticket habe ich schon.«

Beatrice und Alexander sahen sich nur an.

»Von wem hat er das wohl?« fragte Beatrice.

»Von den Renkows nicht. Ich nehme an, von deinem Vater.«

»Da kannst du recht haben. Noch einen Whisky, bitte.«

»Und vielleicht fragst du, falls es klappt. – Falls!« betonte Alexander. »Fragst du Rosmarie, ob Elsgard ihre Couchgarnitur und den Teppich mitbringen darf. Daran hängt nun mal ihr Herz.«

»Kann sie sicher. Das Haus ist groß genug, und sie kann sich ein Zimmer nach ihrem Geschmack einrichten. Und nun würde ich auch gern einen Whisky haben.«

Um den Wirrwarr noch größer zu machen, traf zwei Tage später Fred Munkmann, Alfredo Mungo, ein.

Er war lange nicht dagewesen, Beatrice hatte nur öfter mit ihm telefoniert. Das Geld hatte er bekommen, der Film war bis jetzt nicht gedreht worden.

»Perfetto«, sagte Fred. »Die Sache läuft. Ich habe jetzt den richtigen Regisseur. Es verzögert sich nur, weil wir die Maltina für die Rolle der ältesten Schwester haben wollen. Sie ist genau der richtige Typ. Nur war sie bisher nicht frei. Eine vielbeschäftigte Künstlerin. Und wir machen es genauso, wie du es vorgeschlagen hast, Bea. Sie kann den Hof halten, sie heiratet einen tüchtigen Mann und kann das Anwesen vergrößern. Und Cordelia nehme ich jetzt mit.«

Beatrice und Fred waren allein an diesem Abend, genau wie damals nach Weihnachten, als er ihr von seinem Film erzählte. Alexander und John waren hinaus zum Gestüt gefahren, um mit Elsgard über Rosmarie zu sprechen, die sich auf die alte Gefährtin schon freute.

»Du nimmst sie mit? Wohin?«

»Nach Rom natürlich. Wir müssen Probeaufnahmen von ihr machen. Davon hängt es zunächst mal ab. Aber ich habe Rollenbilder von ihr gesehen, sie ist sehr fotogen. Und ein unerhört aparter Typ. Die Maltina mit ihrem großflächigen Gesicht, Cordelia als kleine Schwester, und für das Luder haben wir auch schon eine, wieder ganz anders. Diese drei Frauen und dazu die Toscana, wenn das kein guter Film wird, gebe ich auf. Wir machen in Rom Probeaufnahmen. Soviel ich weiß, war sie noch nie in Italien.«

»Sowenig wie ich.«

»Siehst du, wird höchste Zeit, daß du dein Leben ein wenig genießt. Anschließend fahren wir durch die Toscana, suchen nach geeigneten Drehplätzen. Da nehme ich Cordelia mit. Damit sie versteht, was ich meine. Sie ist ja so ein scheues Reh, und wir müssen sie ein wenig unter Leute bringen. Ballett ist ja ganz hübsch, aber eine sehr abgeschlossene Welt. Meine Filmleute sind höchst amüsant. Und sie kann dabei schon mal ein bißchen italienisch lernen. Ich würde vorschlagen, wir treffen uns dann in Florenz. Da wolltest du doch mal hin, hast du gesagt.«

»So bald?«

»Warum nicht? Oktober ist eine herrliche Zeit für die Toscana. Die Touristen sind weg, jedenfalls die meisten. Wir fahren nach Siena, nach Lucca, nach San Gimignano.

Du bekommst hervorragend zu essen und einen guten Wein.«

»Und Alexander? Wird er gestatten, daß du Cordelia einfach mitnimmst?«

»Mehr oder weniger ist sie ja nun erwachsen.«

»Aber sie ist nicht so gesund.«

»Ja, ich weiß, du hast es mir erzählt. Das ist nicht weiter anstrengend, was sie machen muß. Kein Spitzentanz, kein hartes Training. Sie tanzt leicht schwebend über die Wiesen der Toscana, sie wird auf dem Hof beschäftigt, von der großen Schwester ein bißchen gepiesackt, aber nicht zu sehr, sie schaut ängstlich mit ihren schrägen Augen, tut alles, was man von ihr will, sie ist eine Träumerin, eine Wolkentänzerin. Diese Nummer, die wir gemeinsam angesehen haben, hat mich darauf gebracht. Sie braucht auch gar nicht viel zu reden. Sie schaut, sie träumt, sie tanzt davon. Übrigens ist mein Autor sehr angetan von dieser Veränderung. Wie gesagt, singen können sie in Italien alle. Ist nicht so originell. Es werden auch Kompositionen von mir dabei sein.«

»Um Gottes willen«, sagte Beatrice.

»So nach Rossini-Art. Nach Mozart-Art. Ich will ja nicht behaupten, daß ich ein genialer Komponist sei. Ein Nachahmer halt. Auf jeden Fall glaube ich, daß du dein Geld nicht hinausgeworfen hast.«

Beatrice seufzte, dann lächelte sie. »Das sollte unser Vater hören.«

»Ja, ja, ich weiß, daß er nicht viel von mir gehalten hat. Wenn er meinen Film gesehen hat, wird er wohl aus dem Jenseits herab freundlich lächeln.«

»Das glaube ich zwar nicht. Warten wir also deinen Film ab. Vielleicht kann wenigstens ich lächeln.«

»Wir treffen uns in Florenz.«

»Vielleicht.«

»Wo ist eigentlich Alexander?«

»Soviel ich höre, kommt er gerade. Er und John. Sie waren in Rottenbach draußen. Dazu gibt es auch Neuigkeiten.«

Die erfuhren sie kurz darauf. Die erstaunlichste Neuigkeit

bestand darin, daß Elsgard Lumin geradezu mit Begeisterung bereit war, nach Berlin umzusiedeln.

»Du wirst es nicht für möglich halten«, sagte John. »Sie hat sich immer gewünscht, in einer großen Stadt zu leben, sagt sie. Mensch, Mama, wenn wir sie in Berlin etablieren, das ist der Hit des Jahrhunderts.«

»Mensch, John, würdest du mir noch erklären, was Cordelia dazu gesagt hat?«

»So gut wie nichts. Sie erinnert sich noch an Rosmaries Kinder, weil die so nett zu ihr waren. Wir haben in ihrer Gegenwart nicht davon gesprochen, daß Rosmaries Sohn tot ist. Wir mußten sie sowieso erst von den Koppeln holen. Es wird ihr schwerfallen, auf die Pferde zu verzichten.«

»Sie kann jederzeit mit mir zu den Pferden fahren. Es ist mein Gestüt. Und ewig wird sie ja nicht in Rom bleiben.«

»In Rom?« fragte Alexander erstaunt.

Begegnung II

ERNEUT VERÄNDERUNGEN in Elsgards Leben: vom Gut Renkow auf den Lumin-Hof, von dort in ein Barackenlager, dann auf ein Gestüt im Münsterland. Und nun nach Berlin.

Sie hatte Glück, sie traf es gut. Das Haus in Dahlem war geräumig und behaglich eingerichtet. Sie entschied sofort, als sie mit John eintraf, Couch, Sessel und Teppich könnten bleiben, wo sie waren.

Mit Rosmarie verstand sie sich gleich wieder gut, es gab lange Gespräche. Rosmarie erzählte von ihrer Familie und Elsgard von den Erlebnissen der vergangenen Jahrzehnte. Zweifellos tat Rosmarie die Gesellschaft einer Gleichaltrigen gut. Bisher war nur zweimal in der Woche eine Frau gekommen, die saubermachte und einkaufte, aber die Einkäufe erledigte bald Elsgard, nachdem Frau Merck, eine aufgeweckte Berlinerin, ihr alles Nötige gezeigt und erklärt hatte. Vor allem den Weg zur U-Bahn und wie man damit in die Stadt kam.

Elsgard entwickelte eine wahre Leidenschaft fürs U-Bahnfahren, manchmal fuhr sie aus purem Spaß hin und her, aber sie gewöhnte sich auch an, über den Kurfürstendamm zu bummeln und ein Schaufenster nach dem anderen zu bestaunen.

Einmal stieg sie auch in die S-Bahn. Was hatten sie damals für Angst gehabt, als sie in der S-Bahn saßen. Wenn es die Mauer schon gegeben hätte, wären sie nie herausgekommen. Sie wunderte sich jetzt, daß es in der S-Bahn so leer war, sie saß ganz allein in dem Wagen.

Frau Merck erklärte es ihr. »Ein anständiger Berliner fährt nicht mit der S-Bahn, die gehört denen drüben. Wir nehmen den Bus, wenn wir ein Stück nach außerhalb wollen. Viel haben wir ja sowieso nicht mehr.«

Elsgard gefiel es in Berlin, sie lebte so bequem wie nie zuvor in ihrem Leben.

Über Weihnachten würde Cordelia kommen, das hatte sich Rosmarie gewünscht. Damals war Cordelia ein kleines Mädchen gewesen, scheu und ängstlich in der fremden Umgebung. Nun wollte sie sehen, was aus dem kleinen Mädchen geworden war.

Für Constanze war es ein tristes Weihnachtsfest. Sie wartete nun seit Monaten auf eine Nachricht von Jonathan aus Prag. Der Aufstand war niedergeschlagen, die Reformer verhaftet, es gab Streik, eine neue Regierung war eingesetzt worden. Möglicherweise war es sehr interessant, das mitzuerleben. Aber könnte er denn nicht mal telefonieren oder schreiben? Sie kam sich sehr verlassen vor. Das Zusammenleben mit Jonathan war so angenehm gewesen, so konfliktfrei, seine Fürsorge, seine Liebe waren so wohltuend.

»Ich habe so etwas nie erlebt, Tobby«, erzählte sie dem Hund. »Als ich jung war, damals mit Paul, das war etwas anderes. Er fehlt dir doch auch. Aber er wird schon kommen. Eines Tages steht er hier im Zimmer, wenn ich heimkomme. Da werde ich ihm was erzählen. Warum muß er seine Nase immer noch da hineinstecken, wo was los ist. Was geht uns die Tschechoslowakei an. Die Bolschis sitzen nun mal am längeren Hebel.«

Sie gewöhnte sich an, den Hund ins Theater mitzunehmen, er saß geduldig in der Garderobe, während sie ihren Auftritt hatte, und jeder verwöhnte ihn mit Leckerbissen. Das war nicht gesund für ihn.

Thomas hatte angerufen. »Mr. Jones immer noch nicht zurück? Komm doch zu uns, feiern wir Weihnachten zusammen.«

»Und was soll ich mit Tobias machen?«

»Du sagst doch, man kann mit dem Auto durch die Zone fahren. Komm halt.«

Aber das hatte sie sich nicht getraut. Ihre Angst vor den Kommunisten war noch zu groß. Was wußten die über sie, über ihr Leben früher, und welche Rolle spielte Jonathan hinter dem Eisernen Vorhang?

Und dann, in der Woche nach Weihnachten, hatte sie eine seltsame Begegnung. Sie war mit Tobias zum Botanischen Garten spaziert, auf dem Rückweg kamen ihr zwei Frauen entgegen.

Constanze, abwesend, in Gedanken versunken, grübelnd wie jetzt oft, sah sie erst an, als sie dicht vor ihr waren. Sie stockte, verhielt den Schritt.

Die Tänzerin.

Cordelia.

Auch Cordelia hatte die Schauspielerin erkannt, ein zaghaftes Lächeln erschien auf ihrem Gesicht.

Constanze lächelte auch.

Aber da hatte Elsgard schon Cordelias Arm umfaßt und zog sie weiter, schritt schneller aus.

Doch Cordelia löste ihren Arm aus dem klammernden Griff, blieb stehen und drehte sich um.

Und da stand, einige Meter entfernt, Constanze, sie hatte sich ebenfalls umgedreht, ihre Blicke trafen sich.

»Was stehst du denn und starrst?« herrschte Elsgard sie an. »Komm schon.«

»Hast du nicht gesehen, wer das ist? Das ist die Morvan. Constanze Morvan, die berühmte Schauspielerin.«

»Na, wenn schon.«

»Sie hat mir zugelächelt.«

»Unsinn.«

»Das hat sie schon einmal getan, vor Jahren. Und sie war in einer Vorstellung vom ›Wolkentanz‹.«

»Wo war sie?«

»Im ›Wolkentanz‹. Onkel Alexander hat es mir erzählt.«

»Er hat ... Kennt er sie denn?«

»Sie saß bei ihm in der Loge, und da hat er sie kennengelernt.«

»Und?«

»Was und?«

»Was hat er sonst noch gesagt?«

»Nichts weiter.«

»Komm jetzt. Ich muß Mittagessen machen, es ist schon spät.«

Plötzlich setzte sich die Schauspielerin in Bewegung, kam langsam auf sie zu.

Elsgard ließ vor Schreck Cordelias Arm los.

»Da wir uns zufällig begegnen, Cordelia Lumin, möchte ich die Gelegenheit nutzen, Ihnen zu sagen, daß Sie mir außerordentlich gefallen haben auf der Bühne.« Es klang ein wenig gestelzt. Constanze wußte selbst nicht, warum sie sich umgewandt hatte, warum sie auf die beiden Frauen zugegangen war. Sie lächelte mühsam. »Ich habe Sie in Essen gesehen. ›Wolkentanz‹ hieß die Produktion.«

Cordelia war rot geworden, sie machte unwillkürlich einen Knicks.

»Ja, ich weiß. Mein Onkel hat es mir erzählt. Sie saßen zusammen in der Loge.«

»Sind Sie jetzt in Berlin im Engagement?«

»O nein. Ich habe nur meine Mutter zu Weihnachten besucht.«

Constanze blickte in Elsgards starres Gesicht. Sie lächelte nicht mehr.

Ihre Augen sind so blau wie damals, dachte Elsgard. So blau wie der lächerliche Fetzen, den sie trug, als Jochen sie aus dem Wasser zog.

»Sie wohnen in Berlin, Frau Lumin?« fragte Constanze.

»Ja.« Elsgard stockte. Und dann fiel es ihr ein, was sie sagen mußte. »Noch nicht lange. Erst seit dem Tod meines Mannes.«

Constanze begriff sofort. Sie nickte stumm. Nur noch sie und ich. Nur noch sie und ich. Sonst kennt keiner die Wahrheit. Nun lächelte sie wieder, streckte Elsgard die Hand hin.

»Es sind zwar noch drei Tage bis Silvester, aber ich darf Ihnen schon jetzt alles Gute wünschen.«

Elsgard nahm die Hand, versuchte auch zu lächeln. »Danke«, sagte sie.

Und dann reichte Constanze ihre Hand Cordelia.

»Auch Ihnen alles Gute, Cordelia Lumin. Viel Erfolg weiterhin. Und toi, toi, toi für das nächste Jahr.«

Constanze neigte den Kopf, drehte sich um und ging wieder in ihre Richtung, gefolgt von Tobias, der beleidigt war, denn er war es nicht gewohnt, daß man ihn nicht beachtete.

Elsgard und Cordelia standen da und sahen ihr nach.

»Der Hund, Mutti, siehst du, sie hat einen Hund«, sagte Cordelia aufgeregt. »Sie wohnt bestimmt auch in Dahlem.«

Elsgard atmete auf. Es war genau richtig, was sie gesagt hatte. Und diese Frau hatte es verstanden.

»Ein Hund, ja, ich sehe es. Nun komm, wir müssen uns beeilen. Rosmarie wartet sicher schon.«

»Sie hat mit uns gesprochen, einfach so«, plapperte Cordelia vor sich hin, während sie weitergingen, »so ganz normal, nicht? Und ich habe ihr gefallen im ›Wolkentanz‹. Wie findest du das? Und sie hat mir die Hand gegeben. Ich hätte ihr sagen sollen, daß ich nicht mehr tanze. Daß ich in Rom einen Film drehe. Da hätte sie sich aber gewundert, nicht, Mutti? Aber mir fiel gar nichts ein, was ich hätte sagen sollen. Sie wohnt bestimmt in Dahlem. Ich möchte sie mal auf der Bühne sehen. Wenn ich hierbliebe, könnte ich ja mal ins Theater gehen, nicht? Aber du gehst bestimmt mal, ja, Mutti? Vielleicht triffst du sie öfter mal, wenn sie mit ihrem Hund spazierengeht.«

»Wir können ja mal im Telefonbuch nachsehen, wo sie wohnt«, sagte Elsgard abwesend.

»Ach, berühmte Leute stehen doch nicht im Telefonbuch.

Das war nicht mal bei uns so, geschweige denn in Berlin. Sie ist ja auch verheiratet. Da heißt sie sicher anders.«

»Sie ist verheiratet?«

»Ganz bestimmt, das habe ich mal in einer Filmzeitschrift gelesen. Sie ist wunderschön, nicht, Mutti?«

»Ja.«

Wie schön war sie erst damals, als sie bei ihnen unter der Petroleumlampe saß und mit beiden Händen durch ihr Haar fuhr. Lebendig, gerettet, redend, lachend. Und fest entschlossen, den Bastard zu töten.

»Ich möchte sie unbedingt mal auf der Bühne sehen, Mutti. Sie hat auch so eine schöne Stimme, so ... so ...«

»Wann geht morgen dein Flugzeug?«, unterbrach Elsgard.

»So um halb elf rum.«

»Ich bringe dich zum Flugplatz.«

»Brauchst du nicht, das kann ich schon allein. Ich habe ja nicht viel Gepäck. Meine Sachen sind in Rom. Bist du traurig, weil ich Silvester nicht da bin?«

Elsgard seufzte erleichtert auf. Endlich ein anderes Thema. »Du bist Silvester nie dagewesen.«

»Ja, das ist wahr. Aber ich würde noch gern bei euch bleiben. Ich mag Rosmarie. Und ich bin froh, daß du bei ihr bist.«

»Ja, ich auch.«

»Alfredo will eben, daß ich Silvester mit ihm verbringe. Es ist ein wichtiges Jahr für uns, hat er gesagt. Und wir müssen mit ihm und seinen Freunden Silvester feiern.«

Elsgard wandte im Gehen den Kopf und sah in Cordelias Gesicht. Sie hatte rote Wangen, ihre Augen leuchteten.

»Wenn sie wirklich in Dahlem wohnt ...«

»Schluß jetzt. Beruhige dich. Sie ist nicht die Königin von England, sie ist eine Schauspielerin, einigermaßen berühmt, aber das ist auch schon alles. Und berühmt wirst du ja vielleicht auch.«

Cordelia lachte. »Das kann ich mir nicht vorstellen. Ich kann nicht mal mehr tanzen. Und begabt als Schauspielerin bin ich gar nicht. Ich bin viel zu dumm.«

»Dein Alfredo denkt das wohl nicht.«

»Na ja, vielleicht. Aber auf einer Bühne stehen, da gehört doch mehr dazu. Nicht nur tanzen, sondern sprechen.«

Mit Alfredo hatte sie sich ganz gut angefreundet. Er war unterhaltsam, redete gern, lachte viel, sprach von seinen Plänen.

»Du bringst mir Glück, cara. Von den Probeaufnahmen sind alle ganz begeistert. Ich mache einen Star aus dir.«

»Ich kann das nicht.«

»Das werden wir ja sehen. Leider bin ich zu alt für dich. Irgendwann wirst du einen tollen Mann heiraten.«

Er war genauso alt wie Raikov. Der hatte sie verlassen. Amerika, na gut. Sie vermißte Serge Raikov nicht im geringsten. Und vielleicht schaffte sie es doch. Dann würde sie es allen zeigen, Raikov und Jennifer. Und Marguerite und Sophia. Madame Lucasse würde sich freuen. Sie hatte Tränen in den Augen gehabt, als sich Cordelia von ihr verabschiedete.

»Einen Hund könnten wir eigentlich auch haben«, sagte Elsgard plötzlich, als sie sich dem Haus Helten näherten. »Platz haben wir wirklich genug. Und einen Garten auch.«

»Das würde Rosmarie bestimmt Freude machen.«

»Wir haben immer Hunde gehabt.«

Auf einmal war da die Erinnerung an Mutz, den die Bolschis erschossen hatten. An damals, als sie auf dem Boden saß, den sterbenden Hund auf dem Schoß. Alle waren tot. Zuerst Mutz, später Theo, der erste Theo, und wie gut, daß er gestorben war, ehe sie die Flucht wagten. Die Pferde hatten sie im Stich gelassen. Widukind wurde ihnen weggenommen. Und die Tiere auf dem Gestüt hatte sie nun auch im Stich gelassen, die Pferde, die Hunde, die Katzen, auch den Esel. Und nun stieg auf einmal in Elsgard die Rebellion auf. Jochens Rebellion, der sie nie deutlich gezeigt hatte.

Wer sind wir eigentlich, was sind wir eigentlich? Verlassen, verloren, verschickt nach dort und da. Haben wir gar kein Recht auf ein eigenes Leben?

Und mußte sie bei alledem nicht dankbar sein, daß sie nun bei Rosmarie Helten sein durfte? Und was soll sonst aus mir werden? Was wäre aus mir geworden? Ich hätte eine gute Kommunistin werden und bleiben können, wo ich war. Nicht Olga ist schuld. Ich wollte weg. Warum eigentlich?

»Aber du mußt mir schreiben, wenn du mal im Schillertheater warst und sie gesehen hast. Und wenn ich das nächstemal komme, gehen wir zusammen hin und dann ...«

»Jetzt hör auf damit.«

Als sie die Tür aufschlossen, hörten sie Rosmarie lachen und dann eine Männerstimme.

»Nanu«, sagte Elsgard, »ist Besuch gekommen?«

John stand auf, als sie ins Zimmer kamen.

»Na, ihr beiden Hübschen, wo bleibt ihr denn so lange? Es ist schon halb eins, und ich habe Hunger. Rosmarie meint, es wird nicht genug da sein. Aber ich habe mir den Braten angesehen, das könnt ihr unmöglich allein essen. Soll ich vielleicht Kartoffeln schälen?«

»John, wo kommst du denn her?« fragte Elsgard.

Cordelia sagte kühl: »Hallo, John.«

»Ich wollte mal sehen, wie ihr hier so zurechtkommt. Ob Elsgard sich eingelebt hat. Und daß ich Cordelia treffe, ist natürlich ein besonderes Vergnügen. Die bekommen wir ja überhaupt nicht mehr zu sehen. Und dann habe ich noch allerhand Freunde hier.«

»Und Freundinnen sicher auch«, sagte Cordelia.

»So ist es. Heute abend seid ihr mich los, da treffe ich sie, sofern sie noch in Berlin sind.«

»Das ist aber schade«, sagte Cordelia mokant. »Ich bin nämlich morgen auch wieder weg. Ich fliege nach Rom.«

»Mitnichten, Ballerina. Ich habe deinen Flug schon umgebucht. Du fliegst mit mir nach Frankfurt, dort warten wir auf Zio Alfredo, der kommt aus Rom, und dann fahren wir alle drei nach Hause und feiern Silvester im trauten Familienkreis.«

»Wieso? Was soll denn das heißen?« Cordelia runzelte die Stirn.

»Das hat der Familienrat beschlossen. Genauer gesagt, meine Mutter und ich. Wir müssen mit Alfredo mal Tacheles reden. Geld hat er nun schon eine Menge kassiert.«

»Und was wird aus dem Film?« fragte Cordelia.

»Das eben wollen wir erfahren. Ob sich der geniale Kompositeur schon mal nach einem Verleih umgesehen hat. Ob es wasserdichte Verträge gibt. Darf ich der Dame aus dem Mantel helfen?«

Er nahm Elsgards Mantel, trug ihn in den Vorraum und hängte ihn ordentlich auf einen Bügel. Auch sein Mantel hing da, und Cordelia sagte, während sie aus der Pelzjacke schlüpfte: »Hätten wir ja gleich sehen können, daß jemand da ist.«

»Wer ist jemand?«

»Ich glaube, ich habe dich noch nie in einem Mantel gesehen.«

»Für gewöhnlich trage ich nur Jacken. Aber momentan findet Winter statt. Ich finde es sogar ziemlich kühl.«

»Es ist sehr kalt«, verbesserte Cordelia.

»Na ja, für eine halbe Römerin sicher. Freust du dich denn nicht ein bißchen, daß ich da bin?«

»Nach dem, was du eben angekündigt hast ...«

Sie gingen ins Zimmer zurück, Elsgard hatte inzwischen Sherry eingeschenkt.

»Einen kleinen Begrüßungsschluck. Zum Aufwärmen. Es ist sehr kalt heute.«

»Das haben wir auch gerade festgestellt«, sagte John.

»Eine Frage, Rosmarie. Dann verschwinde ich gleich in der Küche. Könntest du dir vorstellen, daß wir einen Hund im Haus haben?«

»Oh!« machte Rosmarie überrascht. »Das würde mich freuen. Früher haben wir immer einen Hund gehabt. Aber nachdem ich jetzt so schlecht laufen kann ...«

»Es ist ein Garten da. Und ich bin da. Und es kann ja ein kleiner Hund sein.«

»Wie bist du denn darauf gekommen?«

»Eben jetzt, wir haben eine Dame getroffen, die einen sehr originellen Hund dabei hatte. Nicht, Cordelia?«

Cordelia nickte. »Am liebsten würde ich hier bei euch bleiben«, sagte sie spontan.

»Auf Ihr Wohl, meine Damen«, sagte John und hob sein Glas. »Hierbleiben, Ballerina? Ich denke, du willst einen Film drehen?«

»Es kommt ja offenbar jetzt darauf an, ob die Direktion es erlaubt. Und sag nicht immer Ballerina zu mir. Ich bin keine mehr.«

»Was für eine Direktion?«

»Na, du und deine Mutter«, sagte Cordelia bissig.

»Irgendeiner muß ja mal auf die Kopeken schauen, nicht? Ich werde schließlich eines Tages dafür verantwortlich sein. Wir werden Onkel Fred schon nicht verhungern lassen.« Er sah Rosmarie an. »Bei Mama ist es immer noch die Liebe zu Hella, zu ihrer Stiefmutter, und Freds und Dieters Mutter.«

»Wer ist Dieter?«

»Sein Bruder. Wißt ihr das nicht? Hella hat zwei Kinder zur Welt gebracht. Dieter, der jüngere, wurde in Essen bei einem Luftangriff getötet. Er stand kurz vor dem Abitur.«

»Das habe ich nicht gewußt«, sagte Elsgard.

»Es wurde nie von ihm gesprochen. Mein Großvater wollte es nicht. Und darum hat man Fred eben tun lassen, was er wollte. Er hat nie daran gedacht, im Werk zu arbeiten.«

»Und jetzt willst du ihn also an die Kandare nehmen«, sagte Cordelia finster.

»Wir wollen bloß mal hören, was so läuft in Rom. Das ist doch verständlich. Auch in seinem Interesse. Und schließlich in deinem auch.«

»Ach, ich. Was aus mir wird, interessiert ja keinen Menschen.«

John betrachtete sie eine Weile schweigend. Dann sagte er: »Ob du dich da nicht täuschst?«

Cordelia vermied seinen Blick, sie machte »Pöh!« wie ein unartiges Kind.

Elsgards Gedanken waren an einem Satz hängengeblieben. »Wir haben auch nicht mehr von Heiner gesprochen«, sagte sie. »Heiner war mein Sohn. Er fiel im Herbst '44. Als die Russen das erstemal in Ostpreußen einfielen. Das war bei Goldap, nahe der Grenze zum Baltikum.«

Das wußte sie von Constanze, die hatte den Namen dieses Ortes damals genannt.

Constanze, dachte sie auf einmal ganz einfach. Der Name war ihr wieder vertraut. Und ihr nächster Gedanke war:

Wenn sie wirklich hier in der Gegend wohnt, und wenn ich ihr begegne, werde ich sie ansprechen.

»Meine Tochter«, fuhr sie fort, »ist ertrunken. Sie ist auf dem Eis auf einem See eingebrochen.«

Cordelia blickte sie entsetzt an. »Aber das weiß ich ja gar nicht. Ich habe einen Bruder gehabt. Und eine Schwester?«

Elsgard sah das Mädchen nachdenklich an. »Es wurde nicht davon gesprochen.«

Cordelia sprang auf, helles Entsetzen in den Augen. »Aber warum denn nicht? Warum denn nicht? Und wenn ihr nicht davon sprechen wolltet, warum hat es mir denn Onkel Alexander nicht erzählt?«

Ein Lächeln erschien um Elsgards Mund. »Dein Onkel Alexander? Kennst du ihn so wenig? Er ist ein Lebenskünstler. Er spricht nie über unangenehme Dinge.«

»Ein Lebenskünstler«, wiederholte Cordelia verständnislos.

»So nannte ihn sein Bruder Friedrich. Und er ist immer ...« Elsgard verstummte. Sie hatte sagen wollen: Er ist immer jeder Verantwortung ausgewichen.

Sie stand auf. »Jetzt werde ich mich mal um das Essen kümmern.«

»Aber, Mutti«, sagte Cordelia aufgeregt. »Ich muß das doch wissen.«

»Nicht heute«, antwortete Elsgard abwehrend. »Wenn du das nächstemal kommst, erzähle ich dir alles.«

Rosmarie blickte zur Seite. Sie sprach auch nicht mehr von ihrem Sohn. Eine Zeitlang, als ihre Schwiegermutter noch lebte, hatte sie pausenlos von ihm gesprochen. Sie war schuld an seinem Tod, nicht der Krieg.

John sah die beiden Frauen an, dann Cordelias verstörtes Gesicht.

Sie tat ihm leid. Er hätte sie am liebsten in die Arme genommen. Er wollte nicht nur mit ihr schlafen, wie er das leichtfertig genannt hatte.

»Wollen wir doch nicht zu trübsinnig werden, drei Tage vor dem neuen Jahr. Wir können nicht ändern, was geschehen ist.« Das war ein dummer Satz, fand er selber. »Schau nicht so verzweifelt, Cordelia. Es gibt noch ein paar Leute, denen es gutgeht. Wali kommt zum Beispiel bestens mit dem neuen Chef aus. Wenn wir zu Hause sind, werden wir ihn besuchen. Und nach Wilma hast du überhaupt nicht gefragt.«

»Wilma?« fragte Cordelia, wie erwachend.

»Sie ist ein Volltreffer. Sie hat uns einen Gänsebraten gemacht, der übertraf alles je Dagewesene. Mit böhmischen Klößen oder Knödeln, wie sie das nennt, und böhmischem Kraut. Ein Glück, daß ich mittags in der Kantine esse. Sonst würde ich platzen. Sie wird sich sehr freuen, wenn ich mit dir nach Hause komme.«

Cordelia schwieg. Ihre Gefühle waren widersprüchlich. Wo war sie denn eigentlich zu Hause? Doch nicht bei Beatrice die zwar freundlich, aber distanziert sein würde, wie immer, nicht bei Onkel Alexander, der ihr das Verhältnis mit Raikov offenbar nicht verzeihen konnte.

Nein, am besten war es, Wilma wiederzusehen.

»Werden wir auch Valera besuchen?« fragte sie.

»Aber sicher«, sagte John. »Valera und Wali. Der Neue ist übrigens sehr in Ordnung. Ein äußerst fähiger Mann«, das war zu Elsgard gewendet. »Strenger als Jochen. Den wünschen sich alle zurück.«

»Na ja, wer nicht«, sagte Elsgard. Sie ging zur Tür. »Und wer kommt mit, um die Kartoffeln zu schälen?«

Cordelia und John sprangen gleichzeitig auf.

»Ich komm schon!« rief Cordelia.

John legte den Arm um ihre Schultern.

»Laß man, Ballerina. Ich wette, das kann ich besser als du.«

»Was kannst du nicht besser? Wissen wir ja.«

»Nur kein Konkurrenzkampf«, rief Elsgard über die Schulter. »Es ist auch noch Gemüse zu putzen.«

»Möchte bloß wissen, wann wir endlich was zu essen kriegen«, murmelte John, ehe er aus dem Zimmer verschwand.

Rosmarie, in ihrem Sessel vor dem runden Tisch, lachte.

Es fiel ihr gar nicht auf, daß sie an diesem Vormittag schon mehrmals gelacht hatte.

Elsgard traf Constanze nicht wieder. Die verließ bald darauf Berlin und flog nach München.

Es war wie eine Welle in ihr hochgestiegen, der Haß, die Erniedrigung, die Demütigung, vergewaltigt worden zu sein. Man konnte diese Gefühle verdrängen, aber nie vergessen. Sie hatte sich töten wollen, und erst recht das Ding in ihrem Bauch. Sie konnte lächeln und diesem Wesen die Hand hinstrecken. Aber der Haß blieb.

Nicht gegen dieses Kind. Aber sie wollte es nie mehr sehen.

Dieses Kind mit den fremden, schrägen Augen würde nie davon erfahren. Warum war sie stehengeblieben, warum zurückgegangen? Nur um zu erfahren, daß es keine Zeugen mehr gab. Nur sie und ich, das hatte Elsgard Lumin ihr mitgeteilt.

Thomas hatte einen zuverlässigen Mann gefunden, der mit Tobias durch die DDR fuhr.

Betty freute sich sehr, daß Constanze und Tobias wieder da waren.

Thomas Ashton freute sich auch. »Siehst du, wie gut es war, daß wir uns nicht haben scheiden lassen? Macht alles viel einfacher.«

Constanze nickte.

»Und nun lies mal sofort dieses Drehbuch. Eine tolle Geschichte. Und diesen Film machen wir wieder zusammen. Diesmal gibt es ein dickes Happy-End.«

Constanze lächelte und las das Drehbuch.

Für sie gab es kein Happy-End. Sie wartete in diesem Jahr, sie wartete im nächsten Jahr. War er nicht immer überraschend aufgetaucht? Sie filmte, sie spielte in München Theater, sie saß bei Agnes Meroth am Fenster, sie sprachen über Mami und sahen der Katze zu. Es war nicht mehr Bibi, es war eine andere.

Der Professor lebte nicht mehr. Mary war längst nicht mehr da. Johannes Seefellner war Professor an der FU in Berlin. Agnes hatte immer noch Schüler, die sie lehrte, wie man das Zwerchfell stützte, um richtig singen zu können.

»Weißt du, daß ich einmal in Königsberg die Solveig gespielt habe?«

»Du hast es mir erzählt.«

»Es war die Rolle meines Lebens, doch ich wußte es damals nicht.«

Als Tobias tot war, schenkte ihr Thomas einen anderen Hund. Ein liebes, anhängliches Tier. Doch Tobias war schwer zu ersetzen. Schon allein deswegen, weil er Jonathan gekannt und mit ihr auf ihn gewartet hatte.

Nun wartete sie allein.

Was man Heimat nennt

DER FILM WIRD NICHT gerade ein Welterfolg, aber er bekommt eine erträgliche Presse und gefällt dem Publikum, besonders in Deutschland. Das ist einerseits den wundervollen Außenaufnahmen in der Toscana und ihren Städten zu verdanken, zum anderen der Maltina, die eine großartige Schauspielerin ist. Eine andere Schauspielerin, die Venezianerin Gabriella, bringt Schwung und Sex in den Film, Cordelia Anmut und Poesie. So jedenfalls interpretiert es Alfredo.

Dennoch bleibt Cordelia ziemlich blaß, sie ist eben keine Schauspielerin, und niemand, der den Film gesehen hat, wird das behaupten. Ihre Rolle gibt auch nicht viel her, man hat ihr zwar noch einen Verehrer verpaßt, der ihr folgt, sie in die Arme nimmt und küßt, sie aber lächelt abwesend und tanzt davon. Was eigentlich aus ihr werden soll, bleibt ungeklärt.

Mit einer Sängerin, wie es zunächst geplant war, die zum Schluß in einer schäbigen Bar singt, hätte sich vielleicht doch mehr anfangen lassen.

»Oder man hätte sie schließlich in einem Puff strippen lassen sollen«, sagt Beatrice trocken.

»Pfui, Mama«, sagt daraufhin John. »Ich muß mich über dich wundern.«

Alexander und Cordelia bekommen diese lästerlichen Reden nicht zu hören. Alexander hat der Film sehr gut gefallen, er findet, Cordelia paßte zu der Rolle und die Rolle zu ihr.

Alfredo ist wieder in Rom und ruht sich auf seinen Lorbeeren aus. Was er danach machen wird, weiß er noch nicht. Immerhin hat er bewiesen, daß er einen Film produzieren kann, und vielleicht spornt es ihn an, es aufs neue zu versuchen.

Cordelia lebt nun in der Villa Munkmann, sie fühlt sich nach wie vor nur geduldet, geht am liebsten allen aus dem Weg. Sie, die viele Jahre an tägliche, harte Arbeit gewöhnt war, leidet unter dem Nichtstun. Sie ist schmal und blaß, ißt wenig und läuft mit mürrischer Miene herum.

Alexander ist besorgt, Beatrice sagt nichts dazu, John pflaumt sie manchmal an.

Er ist selten zu Hause, das immer weiter expandierende Werk verlangt seinen ganzen Einsatz. Wenn es abends spät wird, bleibt er in Cordelias früherer Wohnung in Essen, um die Fahrt am Morgen und am Abend zu vermeiden.

Beatrice nimmt Cordelia manchmal mit hinaus zum Gestüt, aber hier ist auch alles anders, Cordelia sitzt nicht mehr bei den Pferden auf der Koppel, und als es Winter wird, treibt sie sich nicht stundenlang in den Ställen herum. Herr Steiner blickt abwesend über sie hinweg, und Wali ist nicht mehr so vergnügt.

»Ich könnte ja auch bei Mutti und Rosmarie in Berlin wohnen«, sagt Cordelia eines Tages, als sie mit Beatrice vom Münsterland zurückfährt.

»Möchtest du das denn gern?« fragt Beatrice.

»Ich gehe euch ja doch nur auf die Nerven.«

»Wer sagt denn das?«

»Das spüre ich.« Und heftig fügt sie hinzu: »Es ist, weil ich gar nichts zu tun habe.«

»Und was hättest du bei deiner Mutter und Rosmarie zu tun?«

»Auch nichts.«

Beatrice blickt zur Seite und sieht, daß Cordelia weint.

»Nichtstun ist zermürbender als jede Arbeit«, sagt sie

nach einer Weile. »Da hast du schon recht. Möchtest du vielleicht Schauspielunterricht nehmen?«

»Nein. Ich bin keine gute Schauspielerin, das habt ihr ja gesehen. Ich bin überhaupt zu dumm. John hat schon recht.«

»Sprechen und eine bestimmte Technik kann man wohl erlernen. Aber es muß eine gewisse Begabung da sein und vor allen Dingen die Lust zu diesem Beruf.«

»Habe ich nicht. Ich könnte mich nie vor fremden Leuten produzieren.«

»Aber das hast du doch jahrelang getan.«

»Tanzen ist anders.«

Eine Weile schweigen sie, dann sagt Cordelia heftig, während ihr die Tränen über die Wangen rollen: »Ich habe mir immer nur eins gewünscht, für Onkel Alexander die Schwanenprinzessin zu tanzen.«

Beatrice legt ihr die Hand auf das Knie. »Nun hör auf, dich zu quälen. Wir werden mal darüber nachdenken, was du lernen könntest.«

»Ich bin zu dumm«, wiederholt Cordelia hartnäckig.

Als Sekretärin, beispielsweise im Werk, kann sich Beatrice dieses Mädchen auch nicht vorstellen.

»Und als Pferdepfleger würde mich Herr Steiner nicht einstellen«, sagt Cordelia.

»Kaum.«

Flüchtig denkt Beatrice daran, mit Alexander darüber zu sprechen, doch sie verwirft den Gedanken sofort wieder. Alexander ist auch oft schlecht gelaunt, und im Werk arbeitet er nicht mehr viel, es verdrießt ihn, daß John nun dort der Chef ist, daß er gewissermaßen unter ihm arbeiten müßte. Auch um das Exportgeschäft kümmert sich John nun meist selbst.

Nicht einmal mehr zum Lesen hat Cordelia Lust, am liebsten sitzt sie bei Wilma in der Küche und läßt sich von ihr verwöhnen.

Alexander fährt mit Cordelia wieder einmal zu dem Herzspezialisten, der ist zufrieden.

»Vielleicht kann ich doch wieder tanzen«, sagt Cordelia, als sie zurückfahren.

»Ja, vielleicht«, antwortet er zerstreut.

Aber Cordelia besucht nicht einmal Madame Lucasse, sie betritt das Theater nicht mehr, mag auch nicht mehr in der Stadt sein.

»Ihr seid ziemlich trübe Tassen hier«, sagt John, als er an einem Sonntag zu Hause ist. »He, Ballerina, wollen wir nicht etwas unternehmen? Mal über Land fahren und schick essen gehen?«

Cordelia gibt ihm einen schiefen Blick und läuft aus dem Zimmer.

Alexander findet sie eine Weile später, ganz hinten im Garten, sie sitzt unter einem Rosenstrauch, auf dem die ersten Knospen treiben. Gustav arbeitet in der Nähe, er hat sie angesprochen, sie hat keine Antwort gegeben.

Cordelia weint.

Alexander nimmt ihre Hände und zieht sie energisch hoch.

»Steh auf! Es ist noch zu kalt, um auf der Erde zu sitzen. Du wirst dich erkälten.«

»Hoffentlich. Dann kann ich wenigstens sterben«, sagt sie trotzig.

»So schnell stirbt es sich nicht. Warum weinst du?«

»Er hat wieder Ballerina zu mir gesagt. Er verspottet mich. Er tut nichts anderes, als mich zu verspotten.«

Alexander legt den Arm um ihre Schultern, sie gehen zu Gustav, sehen ihm eine Weile zu, wie er an den Rosen herumpusselt, tote Zweige entfernt, andere aufbindet, den Knospen Luft verschafft.

Gegen Abend ruft Harald wieder einmal an, und da kommt Alexander die rettende Idee.

»Wir haben uns lange nicht gesehen. Was hältst du davon, wenn wir dich mal besuchen?«

»Da halte ich eine Menge davon. Du und Beatrice?«

»Nein, ich und Cordelia. Sie war noch nie in den Staaten, wäre doch mal eine Abwechslung für sie. Weißt du, es ist nämlich so ...« Er schildert kurz Cordelias Zustand.

»Na, denn kommt mal schnell. Ich habe euch noch mehr

zu bieten als New York. Ich habe eine Ranch gekauft in Kentucky.«

»Was hast du?«

»Ein Riesenbesitz. Wunderbare Gegend. Kentucky ist das Pferdeland in den USA, das weißt du ja wohl. Schöne große Ställe habe ich, wir können reiten, und ich werde züchten.«

»Was wirst du?«

»Sage ich doch. Henry, Kläuschen und ich, wir haben zusammengelegt, die Sache war nicht ganz billig, und ich werde mich jetzt meist dort aufhalten. Für mein Büro in New York habe ich einen tüchtigen Partner gefunden, so nach und nach werde ich mich abseilen, alt genug bin ich ja. Acht Pferde stehen schon dort, erstklassige Reitpferde, ich habe sie alle ausprobiert. Bis auf eine Stute, die wird im Mai abfohlen.«

»Das ist ja ein Ding!« sagt Alexander. »Kentucky, wo liegt denn das?«

»Schau es dir auf der Karte an. Südosten. Wir haben auch große Flüsse im Land, den Ohio und den Mississippi. Unsere Hauptstadt heißt Frankfort. Ist das nicht komisch? Aber mit o, nicht mit u. Dem Governor habe ich schon einen Besuch gemacht.«

Für New York bleiben nur drei Tage, Harald kann es kaum erwarten, seinem Freund den neuen Besitz zu zeigen. Ein prachtvolles Haus, im Südstaatenstil, riesige Weiden und Pferde. Sie sind schon da, als das Fohlen geboren wird, es ist gesund, eine kleine Fuchsstute.

Cordelia sagt entzückt: »Das ist wie damals bei Dolka. Und Dojana hieß das kleine Fohlen, das ich später reiten sollte.«

Auf einmal ist die Erinnerung wieder da, nicht nur bei ihr. »Dolka, stimmt. Die hat mein Vater Elsgard geschenkt.«

»Ich war so traurig, als wir damals fortgingen«, sagt Cordelia. »Vor allem, weil wir die Pferde verlassen mußten.«

»Ja, da hast du recht«, sagt Alexander. »Die Heimat zu verlieren ist schlimm genug. Aber die Tiere zu verlassen, das ist das schlimmste dabei.«

Er denkt auch an Widukind, aber er spricht den Namen nicht aus. Cordelia war wohl noch zu klein und kann sich an ihn nicht erinnern. Und wenn er von dem Hengst spräche, müßte er auch von seinem Bruder Friedrich sprechen, auch von seinem Vater.

Die Rosen haben ihre zweite Blüte hinter sich, da fragt John von Renkow seine Mutter: »Meinst du, daß die jemals wiederkommen?«

Beatrice hebt die Schultern.

»Ich weiß es nicht, John. Du hörst es ja, und du liest in jedem Brief, wie gut es ihnen dort geht. Und wie glücklich Cordelia ist.«

»Das treulose Luder«, sagt John ärgerlich.

»Sie hat inzwischen reiten gelernt, sie ist ständig bei den Pferden, sie haben eine mexikanische Köchin, von der lernt sie jetzt kochen. Wilma konnte es gar nicht fassen.«

»Mexikanisch, so. Ziemlich scharf, wie?«

»Und nun haben sie auch noch ein eigenes Flugzeug, das hat Henry besorgt, Haralds großer Bruder. Der kann fliegen. Aber noch ist er ja in Washington. Also haben sie einen Piloten. Es ist einfacher so, hat Harald gesagt, sie sind dann beweglicher.«

»Seit wann weißt du das denn?«

»Seit gestern. Und dann kam Cordelia ans Telefon und sagte, vielleicht lerne ich auch fliegen, das ist gar nicht schwer. Ich bin schon ein paarmal mitgeflogen und habe gut aufgepaßt.«

John lacht. »Ausgerechnet! Die Ballerina als Fliegerin. Da werden sie wohl bald abstürzen.«

»Und ich soll sie bald mal besuchen.«

»Du fliegst mir nicht mit dem Ding.«

John steht auf, geht einmal quer durch das Zimmer, bleibt dann vor Beatrice stehen. »Ich muß dich etwas fragen, Mama?«

»Ja?«

»Glaubst du, daß er mit ihr schläft?«

»Wer?«

»Alexander. Dein Mann.«
»Er ist nicht mein Mann.«
»Aber doch so gut wie.«
»Ich könnte mir vorstellen, daß er mit ihr ... wie du es nennst, daß er mit ihr schläft.«
»Ja, ich weiß, es heißt faire l'amour. Würde es dir nichts ausmachen?«
»Nein, gar nicht. Sie hat ihn angebetet, seit sie ihn zum erstenmal gesehen hat. Und daran hat sich wohl nichts geändert. Und er ... nun ja, es war immer eine ganz besondere Bindung. Zunächst war sie ein Kind, und sie blieb sehr lange ein Kind. Sie hat alles getan, was er wollte. Sie hat sich einen Beruf aufzwingen lassen, sie hat es lange Zeit ganz gut geschafft. Und er war sehr verärgert, als sie das Verhältnis mit dem Franzosen hatte. Er war eifersüchtig. Eifersüchtig, wie ein liebender Mann es nur sein kann. Also haben sie jetzt vielleicht zusammengefunden, in der Art, wie du es meinst.«
»Aber er ist viel zu alt für sie«, ruft John heftig.
»Sicher. Und es muß ja nicht für ewig sein. Aber es ist irgendwie ... na ja, in meinen Augen ist es verständlich. Es mußte wohl einmal sein.«
»Und es macht dir nichts aus?«
»Nein. Nicht im geringsten. Es ist nie hier im Haus geschehen. Nicht einmal hierzulande.«
»Weißt du das so genau?«
»Ja, das weiß ich. Und ob es jetzt geschieht, wissen wir auch nicht. Wir vermuten es nur.«
»Und wenn sie hier wieder auftauchen?«
»Warum sollten sie nicht. Alexander kommt bestimmt eines Tages.«
»Und dann wirst du ihn fragen?«
»Das wird nicht nötig sein. Er wird es mir von selbst erzählen.«
»Und dann wirfst du ihn hinaus?«
»Warum sollte ich? Er ist Friedrichs Bruder, er ist dein Onkel. Er hat sich bemüht, im Werk zu arbeiten, und er hat es ganz gut gemacht. Und daß es ihm dort jetzt gefällt, ist ganz verständlich, nicht? Kentucky hat sicher keine Ähnlich-

keit mit Mecklenburg. Aber es muß so ein Gefühl der Heimkehr sein. Denke ich mir.«

»Du bist sehr großzügig, Mama.«

»Du nicht, John?« fragt Beatrice und lächelt.

»Ich möchte Cordelia nicht mehr.«

»Wolltest du sie denn?«

»Ja.«

»Dann warten wir mal ab. Vielleicht sagt sie immer noch andächtig Onkel Alexander zu ihm und läßt sich vom Pferd heben. Und er küßt sie liebevoll auf die Wange, und dann gehen alle drei, Harald, Alexander und Cordelia, in die Küche zu der Mexikanerin und schauen nach, was sie gekocht hat. Und das werde ich jetzt auch tun, um zu erfahren, was Wilma für uns hat. Vorher könnten wir ein Glas Champagner trinken, was meinst du?«

»Hm«, brummt John.

John sieht ihr nach, wie sie aus dem Zimmer geht, gerade aufgerichtet, den Kopf erhoben.

Eine knappe Woche danach kommen Beatrice und John etwas später nach Hause, sie haben noch mit einem Geschäftsfreund gegessen. Es ist ein warmer Abend, es dämmert schon; im Haus ist es leer und still, in der Halle brennt kein Licht, doch als sie durch das Speisezimmer gehen, hören sie Stimmen von der Terrasse her.

Eine Stimme.

»Na, so was«, sagt John. »Alexander ist da.«

Alexander ist da. Er lümmelt im bequemsten Liegestuhl, neben ihm auf dem Tisch stehen eine leere und eine halbgeleerte Champagnerflasche.

Beatus lehnt am Türrahmen, der neue Diener neben ihm an der Wand; Wilma sitzt aufrecht mit angespannter Miene in einem Sessel; auf der obersten Stufe der kleinen Treppe, die in den Garten führt, sitzt Gustav. Jeder hat ein Glas in der Hand, sie lauschen Alexander so fasziniert, daß sie die beiden gar nicht bemerken.

»Sieh dir das an«, sagt John, »hier findet offenbar eine Art Party statt.«

Beatus hat sie gehört und löst sich vom Türrahmen.

»Hallo!« ruft Alexander. »Da kommt ihr ja endlich.«

»Und wo kommst du auf einmal her?« wundert sich Beatrice.

»Direktemang aus Frankfurt. Beziehungsweise aus New York.« Er rappelt sich hoch, streckt sich.

»Schön, daß ihr da seid. Und noch schöner, daß ich wieder da bin. Kentucky in allen Ehren, und die Ranch Rosewater sei gepriesen, aber auf die Dauer ist es mir dort zu langweilig. Ich bin nach wie vor lieber in Germany.«

Er tritt zu Beatrice, küßt sie auf die Wange, dann legt er John den Arm um die Schulter.

Wilma ist aufgesprungen, Gustav steht auf und nimmt vorsichtig das Glas von der Stufe.

»Und was feiert ihr hier?« fragt Beatrice.

»Na, meine Rückkehr, denke ich doch. Sie freuen sich alle, daß ich wieder da bin.«

»Und wir trinken auf das Wohl von Fräulein Cordelia«, sagt Gustav und lächelt. »Auch wenn wir traurig sind, daß sie nicht wiederkommt.«

»Ich bin auch traurig!« ruft Wilma. »Aber wenn es ihr dort so gut gefällt. Und wenn sie heiratet ...«

»Sie heiratet?« fragt Beatrice.

»Langsam, langsam, Wilma«, bremst Alexander. »Es könnte sein, daß. Amerikaner haben es immer sehr eilig mit dem Heiraten. Behauptet jedenfalls Harald. Verliebt ist Jeff zweifellos. Und Cordelia scheint sehr angetan von dem jungen Mann. Sie reitet mit ihm zusammen, sie ist öfter in seinen Ställen, für mich hat sie kaum einen Blick mehr übrig.«

»Das sind Neuigkeiten«, murmelt Beatrice.

»Zu denken, daß das Kind heiraten wird«, sagt Wilma gerührt. »Sie ist ja noch so jung.«

»Wie alt waren Sie denn, Wilma, als Sie geheiratet haben?« fragt John.

»Noch jünger, das stimmt. Aber mein kleines Mäuschen ...«

Dann besinnt sie sich auf ihre Pflichten. »Wollen Sie noch essen?«

»Danke, wir haben gegessen. Aber wenn wir vielleicht auch ein Glas haben könnten, um auf Onkel und Nichte zu trinken, hätten wir nichts dagegen.«

»Ich bringe sofort eine neue Flasche.« Beatus ist schon unterwegs.

»Ich hatte leider für den gnädigen Herrn nicht viel zu essen«, sagt Wilma. »Ich habe das Ragout von gestern aufgewärmt und ...«

»Es hat mir ausgezeichnet geschmeckt. Wenn man eine Zeitlang in Amerika gegessen hat, schmeckt hier alles großartig. Ich freue mich schon darauf, was Wilma morgen kochen wird.«

Alexander lacht unbeschwert. Er scheint sich nicht nur auf Wilmas Essen zu freuen, sondern viel mehr noch darüber, daß er da ist.

Da kommt es auch schon.

»Ich bin ja so froh, wieder bei euch zu sein. Das ist meine Heimat hier. Es ist wirklich Heimat geworden, dieses Haus, dieser Garten, das schöne Ruhrtal. Das habe ich noch nie so deutlich gespürt wie heute.«

John räuspert sich und denkt: Jetzt wird der alte Esel auch noch sentimental.

Beatrice betrachtet Alexander schweigend. Sie weiß, was er denkt.

Und dann spricht er es aus.

»Damals, als ich dieses Haus betrat, als ich aus Rußland kam, das ist nun fast zwanzig Jahre her, da hatte ich keine Heimat mehr. An Heimat konnte man gar nicht denken, der Begriff war so tot wie mein Vater, wie mein Bruder, wie das Gut. Und nun, ich komme hier an ...«

Seine Stimme klingt belegt.

John unterbricht ihn ungeduldig. »Schon gut. Freut uns, daß es dir hier gefällt.«

»Das verstehst du nicht, John«, sagt Alexander ruhig. »Das kannst du nicht verstehen. Keine Angst, ich will euch keine rührselige Szene vorspielen. Es ist nur komisch, daß ich heute daran denken mußte. Gerade heute. Verreist war ich schließlich oft genug. Als ich hier so überraschend und unangemeldet eintraf, als Beatus mir die Tür aufmachte, er war auch damals der erste, den ich sah und der mich begrüßte. Und wie er mich begrüßte. Das habe ich nicht vergessen. Und das habe ich ihm vorhin auch gesagt. Nicht wahr, Beatus?«

Beatus, der gerade mit der neuen Flasche kommt, nickt.

»Ja, Herr von Renkow, ich kann mich auch gut daran erinnern.« Er macht sich daran, die Flasche zu öffnen, der neue Diener bringt zwei Gläser.

»Und warum hast du nicht telegraphiert? Gustav hätte dich doch in Frankfurt abgeholt.«

»Beckmann junior war im Flieger, er hatte seinen Wagen in Frankfurt stehen und hat mich mitgenommen. Eigentlich wollte ich noch ein paar Tage in New York bleiben; aber dann war ein Platz in einer Maschine frei, und da habe ich mich schnell entschlossen. Harald war etwas enttäuscht, und dennoch versteht er mich. Demnächst kommt er auch wieder mal rüber. Seltsam, aber irgendwie hat er auch noch immer Heimweh.«

»Trotz der schönen Ranch in Kentucky«, meint Beatrice, es klingt ein wenig spöttisch. Möglicherweise kann sie es auch nicht verstehen, sie hat Heimweh niemals kennengelernt. Sie nimmt das gefüllte Glas, das Beatus ihr reicht. »Also dann, auf deine Heimkehr. Und dann würde ich gern erfahren, was eigentlich los ist.«

»Ich sehe schon, ich muß die ganze Geschichte noch mal erzählen.« Er tritt zu Beatrice, nimmt ihren Kopf in beide Hände und küßt sie auf den Mund.

»Last but not least habe ich mich auf dich gefreut. Falls du das verstehst.«

»Doch«, erwidert Beatrice ernst. »Das verstehe ich.«

Beatus reicht Alexander ebenfalls ein Glas; sie trinken, sehen sich schweigend an.

Ist ja wirklich rührend, denkt John und weist das Glas zurück. Er möchte lieber einen Whisky.

»Na, ist ja alles fabelhaft«, sagt er kühl. »Und nun werden wir wohl erfahren, was da so läuft.«

Die Diener ziehen sich zurück; Wilma ist mit einem letzten tränenumflorten Blick von der Terrasse verschwunden, Gustav steigt mit dem halbvollen Glas langsam in den Garten hinab.

»An sich seid ihr auf dem laufenden«, beginnt Alexander, nachdem sie sich gesetzt haben. »Ich habe euch ja ausführlich berichtet. Das Land ist wunderschön, die Ranch ein Riesenbesitz, dagegen hatten wir in Mecklenburg eine Klitsche. Die Pferde sind eine Pracht. Harald ist oft da, Kläuschen selten, Henry kommt dann und wann, bringt Frau und Kinder mit. Einsam ist es nicht. Der Mann, der alles verwaltet, ist ein Kenner und Könner, dabei sehr sympathisch.«

»Und Cordelia?« fragt Beatrice.

»Anfangs war sie natürlich unsicher und ängstlich. Ihr kennt sie ja. Auch konnte sie sich kaum verständigen und wich mir kaum von der Seite. Zuerst waren es die Pferde, denen sie sich zuwandte, dann war es Mr. Johnson, gewissermaßen unser Jochen dort, mit dem sie sich verstand. Er brachte ihr das Reiten bei, mehr so auf amerikanische Art, und sie lernte es in Windeseile. Eine Tänzerin hat schließlich einen durchtrainierten Körper, und die leichte Hand für Pferde hat sie auch. Dann tauchte der junge Mann von der Nachbarranch auf. Nachbar heißt in diesem Fall an die vierzig Kilometer, aber das spielt in Amerika keine Rolle. Er heißt auch Johnson, ist ein Neffe von unserem Johnson. That's it. Er ist hingerissen von Cordelia. Harald hat mir erzählt, was er über Cordelia sagte. Sie sieht gar nicht aus wie eine Deutsche. Wieso, fragte ihn Harald, wie sieht denn eine Deutsche aus? Na ja, blond und irgendwie rund. Harald lachte, als er mir das erzählte. Die Amerikaner haben immer noch ein Nazibild von deutschen Frauen, mit blonden Zöpfen um den Kopf gewickelt und gebärfreudigen Hüften. Das kommt natürlich durch die Filme, die sie zu sehen bekommen. Trotz des Fräuleinwunders und der Begeisterung, mit denen die GIs sich den deutschen Frauen zuwandten. Aber das wissen eben bloß die, die hier bei der Besatzung waren.«

»Hm«, macht Beatrice. »Nun ja, Cordelia sieht wirklich anders aus.«

Alexander schweigt für einen Augenblick. Nur er weiß, wie Cordelia entstanden ist – oder glaubt, es zu wissen. Was Elsgard ihm erzählt hat. Daß es nicht die Wahrheit ist, wird er nie erfahren.

»Für Jeff Johnson ist Cordelia ein höchst aufregendes Mädchen. Dazu ihre Anmut, ihre Beweglichkeit. Und wie sich das in den letzten Wochen entwickelt hat, kann man wirklich vermuten, daß sie heiraten werden.«

»Und du?« fragt Beatrice.

»Was soll ich sagen? Was kann ich mir Besseres wünschen, als daß Cordelia sich wohl fühlt und hoffentlich glücklich wird. Es ist ein neues Leben für sie. Und einigermaßen verständigen kann sie sich jetzt auch. Ein etwas ulkiges Amerikanisch, aber das ist für die anderen ganz reizvoll.«

»Ich wundere mich nur über deine Großzügigkeit. Du warst sehr erbost, als du von dem Verhältnis mit dem Franzosen erfuhrst. Du warst eifersüchtig, würde ich sagen.«

»Mit Recht. Dieser gräßliche Kerl war doch kein Mann für das Kind. Um mit Wilma zu sprechen.«

»Immerhin hat sie ihren einzigen großen Erfolg ihm zu verdanken.«

»Das war etwas anderes, als ich mir vorgestellt habe. Gut, ich sehe es ein, ich bekenne mich schuldig, und das habe ich nun schon öfter getan. Ich habe das Kind vom ersten Augenblick an liebgehabt. Dann habe ich es in eine Arbeit getrieben, habe ihm einen Beruf aufgezwungen, weil ich es dafür geeignet hielt. Cordelia war diesem Beruf nicht gewachsen. Schlimmer war es, daß ich Cordelia auch einen Traum eingeredet habe.«

»Der Traum von der Schwanenkönigin«, wirft John ein.

»Richtig. Also mea culpa. Alles meine Schuld. Und jetzt bin ich, wenn man es genau betrachtet, auch nicht unschuldig daran, was geschieht. Ich habe sie in eine andere Welt gebracht, abermals in ein anderes Leben. Wißt ihr, was sie sagt? Das ist wie damals in Mecklenburg. Was kann sie schon für Erinnerungen haben an Mecklenburg? Nichts als weites Land um sie herum, eine schöne Landschaft, sie hat Pferde, einen Hund, sie reitet, schwimmt, und sie ist möglicherweise verliebt. Hätte ich sie wieder mitbringen sollen?«

Jetzt macht er ein verzweifeltes Gesicht. Beatrice lächelt.

»Du wirst halt aufhören müssen, dich einzumischen. Ein weiser Entschluß.«

»Wißt ihr, daß sie nicht schwimmen konnte? Das hat ihr Jeff beigebracht. Natürlich gibt es einen Pool und nicht weit entfernt sogar einen wunderschönen See, der ebenfalls zur Ranch gehört. Es ist wirklich ein herrliches Land. Ich kann nur hoffen ...«

Er schweigt. Beatrice betrachtet ihn nachdenklich. Ganz glücklich ist er dennoch nicht, das merkt sie ihm an.

»Eigentlich«, sagt John, »habe ich daran gedacht, Cordelia zu heiraten.«

»Du?« fragt Alexander erstaunt. »Das kann nicht dein Ernst sein. In deiner Position mußt du repräsentieren, du brauchst eine gebildete Frau aus gutem Haus. Hast du nicht immer gesagt, Cordelia sei dir zu dumm?«

Schweigen auf der Terrasse im Hause Munkmann. Keiner der drei kann sich Cordelia als Herrin in diesem Haus vorstellen. Das ungewollte, ungeliebte Kind. Abgeschoben in eine andere Welt, in ein anderes Leben.

Alexanders Miene ist nun nicht mehr fröhlich.

»Hoffentlich habe ich nicht wieder etwas falsch gemacht«, murmelt er.

»Warten wir es ab«, meint Beatrice energisch. »Sie ist ja nicht am Ende der Welt. Vielleicht findet sie dort wirklich so etwas, was du Heimat nennst. Meinst du denn, sie hat mit diesem Jeff schon ...«, sie stockt. »Geschlafen«, vollendet John den Satz. »Ach so, ich weiß, es heißt nicht schlafen, es heißt faire l'amour. Hat sie mir beigebracht.«

»Ich glaube nicht«, sagt Alexander. »Das hat sich so nach und nach entwickelt. Und unser Mr. Johnson ist ein strenger Mann, der das nicht tolerieren würde. Und Jeff hat schließlich Vater und Mutter und noch eine jüngere Schwester auf seiner Ranch, die würden das vermutlich auch nicht gern sehen.«

»Du lieber Himmel, das ist ja eine richtige Familie. Und du denkst, sie kann sich da hineinfinden?«

»Es sieht so aus. Sie sind alle sehr nett zu ihr. Und mit Jeffs Schwester Jane hat sie sich richtig angefreundet.«

»Ein neues, ganz anderes Leben«, sagt Beatrice nachdenklich. »Da hast du recht. Und du bist wieder dafür verantwortlich.«

»So ist es. Na, ihr werdet es euch ja ansehen.«

»Wieso?« fragt Beatrice, Ablehnung in der Stimme.

»Zur Hochzeit müssen wir natürlich hinüberfliegen.«

»Ohne mich«, wirft John ein.

»Und warum bist du so sicher, daß es zu einer Hochzeit kommt?«

»Jeff hat es seinem Onkel angekündigt, und der wiederum hat es Harald erzählt.«

Beatrice denkt an das überarbeitete Kind, an das tanzende Mädchen, ihre Liebe zu Alexander und schließlich an das kranke Herz. Doch sie will nicht davon reden, jetzt nicht, morgen nicht. Sie wundert sich nur, wie leicht Alexander es nimmt, daß es keine Karriere für seine Tänzerin gab. Und sie muß an den ›Wolkentanz‹ denken. Auch wenn Alexander den Franzosen nicht mochte, so war es doch eine gelungene, eine hinreißende Aufführung. Es hätte der Anfang einer Karriere sein können, nun war es das Ende.

Jacobs Frauen

Madlon

Die Heimkehr

Im November 1923 kam Carl Jacob Goltz zurück in sein Elternhaus am See, in die wohlgeordnete, festgefügte Welt, die ihm in seiner Jugend so eng vorgekommen war. Die Ferne hatte er gesucht, die große Weite, das Abenteuer auch; das alles hatte er gefunden, doch nun kam er zurück. Nicht mit hängenden Flügeln, das hätte seinem Wesen nicht entsprochen, dazu gab es auch keinen Grund. Er war, wie so viele, ein Opfer der Zeit, ein Opfer des großen Krieges, der hinter ihnen lag.
Wild und bewegt war sein Leben gewesen, die Lust an der fremden Welt ging unter in dem langen, erbarmungslosen Kampf, in dem er Hunger und Durst, Not und Krankheit ertragen mußte, Attacke und Flucht, Siege und Niederlagen erlebte und schließlich die bittere Enttäuschung des Endes.
Doch wenn auch Deutschland den Krieg verloren hatte, er hatte an der einzigen Front gekämpft, an der die Deutschen nicht besiegt wurden. Das blieb in all den Jahren, die noch vor ihm lagen, sein stolzer Ausspruch, dem sich nicht widersprechen ließ.
Dennoch hatte er nichts und besaß er nichts, als er kam, nicht einmal einen Beruf, nur die Malaria in seinem Blut und ein lahmes Bein.
Und eine Frau brachte er mit.
Von seiner Ehe hatte die Familie nichts gewußt. Im Frühjahr 1919 erst erfuhren sie, daß er lebte. Er schrieb aus Berlin, wo er nach der Gefangenschaft und der Rückverschiffung nach Europa gelandet war. Zunächst war es nur eine kurze Nachricht, es gehe ihm gut und er werde bald zu einem Besuch nach Hause kommen. Doch dann kam ein Brief aus Pommern.
›Ich erhole mich auf dem Gut eines Kameraden von den Stra-

pazen der vergangenen Jahre. Und hier gibt es auch mehr zu essen als in Berlin.‹
Von einer Frau war nicht die Rede, und auf die Idee, daß er sich auch zu Hause erholen könnte und daß es da ganz sicherlich mehr zu essen gab als in Berlin, schien er nicht gekommen zu sein.
Eine Weile riß die Verbindung nicht ab; seine Mutter schrieb ihm, auch sein Vater, sie mahnten ihn ungeduldig zur Heimkehr, er antwortete, später wieder aus Berlin, mit vagen Ausflüchten. Wie er eigentlich lebte, wovon, was er tat, davon schrieb er nichts, und seine Mutter entnahm daraus, daß es ihm schlecht ging.
Sie schrieb nicht gern Briefe, aber eines Tages wurde es ein langer Brief, mit vielen Fragen, mit energischen Worten, mit dem Satz: ›Komm endlich! Ich brauche dich hier.‹
Dieser Brief kam als unzustellbar zurück. Sie hatte ihn an das Hotel adressiert, das er als Absender angegeben hatte, doch dort wohnte er nicht mehr.
Wieder einmal war Carl Jacob Goltz verschollen, und seine Familie hielt es durchaus für möglich, daß er Deutschland abermals verlassen hatte und ins Ausland gegangen war. Zurück nach Afrika oder, wie sein Onkel Carl Eugen Goltz vermutete, nun vielleicht nach Amerika.
»Er wird erst zurückkommen, wenn er Millionär geworden ist, das ist ihm zuzutrauen«, fügte er hinzu, und Jacobs Schwester Agathe meinte spöttisch: »Millionär war er schon immer. Eine Million Flausen im Kopf, daran hat sich bestimmt nichts geändert.«
Aber Jacob war in Berlin geblieben, und Millionär wurde er gleichzeitig mit allen anderen Deutschen, als die Inflation ihrem Höhepunkt zustrebte. Von dem Hotel war er in eine Pension umgezogen, dann bewohnte er mit seiner Frau ein möbliertes Zimmer im Westen, eine Zeitlang wohnten sie geradezu fürstlich, sie verfügten über eine große Wohnung in Schöneberg, altmodisch, aber gemütlich eingerichtet, sie gehörte den Eltern eines Kameraden, die sich in ihr Haus im Riesengebirge zurückgezogen hatten, weil ihnen das Berlin der Nachkriegszeit widerwärtig sei, wie sie sagten. Ihr Sohn,

der Aufnahme fand in das neue Heer der Republik, heiratete jedoch nach einiger Zeit und beanspruchte die Wohnung dann für sich.
Sie logierten nun wieder in billigen Pensionen und lebten wie die meisten Menschen in dieser Zeit von heute auf morgen, von der Hand in den Mund.
Und dennoch, so wechselvoll ihr Leben war, sie genossen beide, Madlon und Jacob, die Jahre im turbulenten Berlin der Nachkriegszeit.
Abenteuerlich war ihr Leben immer gewesen, wenn auch auf andere Art, doch das Triumphgefühl des Lebens, des Überlebthabens, war stärker als die Sorgen des Alltags, jedenfalls so lange, bis das immer wertloser werdende Geld sie in nackte Not brachte. Zuvor waren die Jahre wie ein einziger Rausch gewesen. Sie hatten alte Freunde in Berlin wiedergetroffen und noch mehr neue gefunden, sie saßen lange Nächte in den Bars und Kneipen, es waren Vergnügungen, die einer Betäubung gleichkamen. Wie so viele dieser Kriegsgeneration hatten sie noch nicht in ein normales Leben zurückgefunden, sie versuchten es auch gar nicht, wieder ordentliche Bürger zu werden. Das heißt, nur Jacob hätte es versuchen können, Madlon war es nie gewesen.
Am liebsten wäre Jacob in das 100 000-Mann-Heer eingetreten, das der Versailler Vertrag der deutschen Republik zubilligte, aber dafür bestand nicht die geringste Aussicht, sein Gesundheitszustand machte es unmöglich. Einmal erwog er, sich einem der Freikorps anzuschließen, die viel von sich reden machten, aber dem widersprach Madlon energisch.
»Wir haben glücklich überlebt, und ich habe dich behalten. In solch einen sinnlosen Kampf ziehst du nicht.«
»Aber wir müssen uns wehren gegen die Roten.«
»Laß es andere tun, du hast genug gekämpft. Deutschland hat den Krieg verloren. Wer auf diese Weise noch Selbstmord begehen will, soll es meinetwegen tun. Du nicht. Es ist töricht, für eine verlorene Sache zu kämpfen.«
»Haben wir nicht jahrelang für eine verlorene Sache gekämpft?«
»O nein«, widersprach sie entschieden, »gerade das haben wir

nicht getan. Und wir haben nicht verloren. Gerade wir nicht.«

Eine Zeitlang hoffte er, Lettow-Vorbeck, der eine Brigade in Schwerin befehligte, werde sich für ihn verwenden und einen Posten für ihn finden, doch bereits im Sommer 1920 bekam Lettow sehr abrupt den Abschied, im Anschluß an den mißglückten Kapp-Putsch.

Für ein Berliner Boulevardblatt schrieb Jacob dann, auf Anforderung, seine Erlebnisse aus der afrikanischen Dienstzeit nieder, auch hierin seinem General nacheifernd, aber Jacob hatte kein Talent zum Schreiben, es wurde nur ein kahler Bericht, dem die Journalisten erst Form und Farbe geben mußten, was einer Fälschung nahekam und dem, was sie erlebt hatten, nicht gerecht wurde. Die Stimmung in Berlin war antimilitaristisch, pazifistisch, und gerade in bestimmten Zeitungskreisen redete man übel von den besiegten Helden und nahm jede Gelegenheit wahr, ihnen etwas am Zeug zu flikken.

Der General ließ Jacob wissen, daß er diese blödsinnige Schreiberei unterlassen solle.

Eine Zeitlang spielte Jacob Chauffeur bei einem reichen Schieber, eine relativ angenehme Stellung, die er jedoch verlor, als ihn wieder einmal die Malaria packte. Einige Monate lang stand er als Portier vor einer Nachtbar, während Madlon drinnen hinter dem Tresen saß. Nach einer nächtlichen Prügelei mit Spartakisten, die ihn angepflaumt hatten, warf man ihn hinaus; ein hünenhafter russischer Emigrant mit Vollbart und dekorativem eisgrauen Lockenhaupt nahm seinen Posten ein.

Seine ehrbare und wohlhabende Familie daheim hätte fassungslos vor diesen Tatsachen gestanden. Natürlich hätten sie ihm Geld geschickt, wenn er es angefordert, wenn er sie nur hätte wissen lassen, wo er sich befand und wie es ihm erging. Aber ein lächerlicher Stolz hinderte ihn daran, sie um etwas zu bitten, und da er nicht wußte, was er ihnen schreiben sollte, schrieb er gar nicht. Zwar faselte er immer wieder einmal von dem Besuch, den er nun bald zu Hause machen wollte, Madlon hörte sich das mit skeptischer Miene an, und so sehr

sie seine Familie fürchtete, war es am Ende ihr vorbehalten, ihn zur Vernunft zu bringen.
Am besten ging es ihnen, als Madlon für eine Konfektionsfirma phantastisch farbige Gewänder mit exotischem Touch entwarf, die für eine Weile Mode wurden, so daß sie gutes Geld damit verdiente. Außerdem besaß sie eine geniale Hand für Schwarzmarktgeschäfte, die in dieser Zeit üppig gediehen. Doch die wachsende Inflation machte ihr Leben zunehmend schwieriger.
Sie wohnten in einer Pension am Wittelsbacher Platz, als Jacob wieder einmal von einem heftigen Malariaanfall geschüttelt wurde. Madlon beschloß, ihren Ring mit dem großen Diamanten, von dem sie sich nie hatte trennen wollen, nun doch zu verkaufen. Während der Kämpfe hatte sie ihn in einem Beutelchen unter dem Buschhemd getragen, dann ließ sie ihn blitzen im Licht der vergnügten Nächte, nun suchte sie einen, der ihr Geld dafür gab.
»Merde!« sagte sie, als sie in das düstere Pensionszimmer zurückkam, schmiß den Haufen Papier, den der Ring ihr eingebracht hatte, auf Jacobs Bettdecke und streckte ihm die entblößte Hand entgegen.
»Ich hätte es nicht tun sollen. Das Geld ist doch nichts wert.« Aber ehe er noch ein Trostwort finden konnte, raffte sie die Scheine wieder zusammen, stopfte sie in ihre Tasche und rief: »Ich hole ihn mir wieder. Mir ist etwas Besseres eingefallen.« Sie war aus dem Zimmer, ehe er eine Frage stellen konnte. Das war so ihre Art; impulsiv in allem, was sie tat, kaufte sie den Ring zurück, bereits mit Verlust, und fuhr unverzüglich in den Grunewald.
Kosarcz war ihr eingefallen, dessen dunkle Geschäfte über alle Grenzen reichten. Sie hatte ihn kennengelernt, als sie in der Bar arbeitete; er kam jeden Abend und ließ sie wissen, daß er verrückt nach ihr sei. Was zu verstehen war, denn die harten Jahre hatten ihrer Schönheit nicht geschadet, erst recht nicht ihrem Temperament und ihrem Sex-Appeal, wie man seit neuestem in Berlin die erotische Ausstrahlung einer Frau nannte.
Kosarcz war der einzige, mit dem sie Jacob je betrogen hatte,

was Jacob niemals erfahren durfte. Er war jähzornig, er besaß eine Waffe, und das Töten war eine jahrelange Gewohnheit. Gewiß hätte er sie beide umgebracht, ohne mit der Wimper zu zucken.

Kosarcz sei in New York, erfuhr Madlon von dessen Sekretär, als sie unangemeldet in der Grunewaldvilla vorsprach. Sie kannte den jungen Mann, auch er war Offizier gewesen und hatte früher ebenfalls oft bei ihr an der Bar gesessen. Dort hatte er wohl auch Kosarcz kennengelernt.

Madlon beglückwünschte ihn zu der angenehmen Position, die er gefunden hatte.

»Allein schon der Rahmen hier«, sagte sie neidvoll und wies mit einer ausladenden Geste über das geräumige Terrassenzimmer mit dem riesigen Schreibtisch.

»Sie sagen es, gnädige Frau«, entgegnete Kosarczs Sekretär. »Es ist eine wohltuende Abwechslung nach den Jahren im Schützengraben. Dort war es ziemlich eng.«

Wann Kosarcz zurückkomme? Man erwarte ihn jeden Tag, denn er neige zur Seekrankheit und fürchte die Herbststürme auf dem Atlantik.

Bei dieser Gelegenheit sah sie die Frau, mit der Kosarcz zur Zeit zusammenlebte, sehr jung, sie konnte kaum über zwanzig sein, eine schmale Knabenfigur, das blonde Haar zu einem kurzen Pagenkopf gestutzt. Alles so, wie es die derzeitige Mode vorschrieb.

Madlon lächelte dem Mädchen zu; Grund zur Eifersucht bestand für sie nicht, und sie war niemals biestig zu anderen Frauen, selbst wenn sie um so viele Jahre jünger waren. Auch war sie sich ihrer eigenen Wirkung auf Männer vollkommen sicher. Sie wunderte sich nur, daß die Blonde Kosarcz nicht zu dünn war, aus eigener Erfahrung kannte sie seine Freude an weiblichen Formen.

Nachdenklich fuhr sie mit der S-Bahn in die Stadt zurück. Den Ring trug sie wieder im Lederbeutelchen unter der Bluse. Sie würde Jacob nichts von ihrer vergeblichen Fahrt in den Grunewald erzählen, aber sie war mittlerweile entschlossen, den Ring nicht gegen wertloses Papier einzutauschen. Wenn, dann nur gegen Dollars.

Wer kam in Frage? Sie ging in Gedanken die Gesichter der Freunde und Bekannten durch, die in den letzten Jahren ihr Leben begleitet hatten – es war keiner dabei, der ausreichend Geld, geschweige denn Dollars hatte. Dann fiel ihr Blumenauer ein, der Inhaber der Konfektionsfirma, für die sie die bunten Kleidchen entworfen hatte.
Sie traf ihn noch an in seiner Etage in der Mohrenstraße, er ging selten abends vor neun Uhr nach Hause.
»Nett, Kindel, dich mal wiederzusehen.«
Den Ring wollte er nicht, er drückte ihr einfach so ein paar Millionen in die Hand.
»Mit dem Kram kann man sowieso nichts mehr anfangen. Behalt den Ring, vielleicht brauchst du ihn eines Tages. Es wird sich bald ändern, und dann ist Geld teuer. Wie geht's euch denn? Grüß deinen Mann. Malaria, so. Na, wird auch vorübergehen.«
Am nächsten Tag ging es Jacob besser, das Fieber war gesunken, sein Gesicht nicht mehr so hohlwangig und eingefallen.
»Wenn ich wieder auf den Beinen bin, suche ich mir Arbeit.«
»Du findest keine.«
Sie hatte den Arzt bezahlt und zu essen eingekauft, das Geld war schon wieder weniger wert als am Tag zuvor.
»Ich werde noch mal an General von Seeckt schreiben. Vielleicht nehmen sie mich doch. Irgendein Posten wird sich für mich in diesem Heer doch finden.«
Madlon blickte von ihrer Strickerei auf und lächelte mitleidig.
»Hör auf damit, dich zu quälen. Sie nehmen dich nicht.«
»Ich weiß. Ich bin ein Krüppel.«
»Übertreibe nicht, mon ami. Aber du weißt doch genau, wie viele Männer in diesem Land, allein in dieser Stadt hier, herumlaufen, ohne Arbeit und ohne Aussichten, und die nichts lieber wären als wieder Offizier.«
Es waren nicht nur die Malariaanfälle, von einer Patrouille auf die Uganda-Bahn war sein kaputtes Bein zurückgeblieben. Ein Durchschuß oberhalb des Knies, der Knochen war verletzt, und die Wunde wollte nicht heilen. Sie entzündete

sich, verfärbte sich, und er hatte höllische Angst, das Bein zu verlieren. Es war während der Regenzeit, sie lagen im Sumpf, geplagt von Moskitos.
Lettow-Vorbeck besah sich das Bein eines Tages und sagte: »Das sieht schlimm aus, mein Junge. Ehe du den Brand bekommst, müssen wir dir das Bein absägen.«
»Lieber verrecke ich«, stieß Jacob hervor, vom Fieber geschüttelt. Lettows gesundes Auge blitzte zornig, aber er sagte nichts darauf. Vielleicht weil er sich dachte, daß der Verletzte so oder so sterben würde, ob man ihm das Bein nun amputierte oder nicht. Was er brauchte, waren Männer, die kämpfen konnten, keine Kranken, keine Verletzten, keine Sterbenden. Davon hatte er sowieso genug.
Madlon wich Tag und Nacht nicht von Jacobs Lager, und Numba brachte Kräuter, die sie in die Wunde legte, worauf die Entzündung wirklich zurückging. Dann behandelte ihn endlich ein weißer Arzt, ein gefangener Engländer, der sein Bestes tat, des Feindes Bein zu heilen. Schließlich wußte er, daß in diesem Krieg selten Gefangene gemacht wurden. Wenn sie ihn also am Leben ließen, mußte er etwas dafür tun. Der Engländer war Pragmatiker, das kam erstens von seiner Nationalität, zweitens von seinem Beruf. Zudem machte der Krieg aus jedem Idealisten einen Pragmatiker, erst recht der Krieg im Busch.
Jacob hinkte, manchmal mehr, manchmal weniger. Seit der Prügelei nachts auf dem Kurfürstendamm mit den Spartakisten wieder mehr. Er hatte einen Tritt gegen das Bein abbekommen, fiel zu Boden und konnte nicht wieder aufstehen.
»Du hast recht, sie nehmen mich nicht«, wiederholte er bitter. »Hunderttausend Mann, ein Witz. Gesunde und kräftige Männer können sie haben, Männer mit hervorragender militärischer Qualifikation, soviel sie nur wollen. Spitzenleute. Wir Schutztruppler sind ihnen sowieso dubios. Unser Krieg wurde nicht nach hergebrachten Regeln geführt, das macht uns verdächtig.«
Madlon saß beim letzten Tageslicht am Fenster und strickte. Stricken war ihre Leidenschaft – Schals, Pullover, Kleider. Sie besaß etwa ein Dutzend selbstgestrickter Kleider, kühn in

den Farben, chic in der Form, die nichts von ihrer makellosen Figur verbargen.

»Es wird uns etwas einfallen«, sagte sie mechanisch, legte das Strickzeug beiseite und fuhr sich durch die kurze, kupferbraune Mähne. Sie hatte ihr Haar schon während der Kämpfe abgeschnitten, es war einfach praktischer, auch wenn es schade gewesen war um ihre Haarpracht, die bis zu den Hüften reichte. Alle Männer, die um sie waren, trauerten um ihr Haar, aber sie lachte nur. »Es wächst ja wieder.«

Aber nun war kurzes Haar Mode, also blieb sie dabei.

Sie setzte sich auf den Bettrand, küßte Jacob und sagte: »Blumenauer meint, es wird bald etwas geschehen. Dann wird Geld teuer, sagt er. Aber es muß verdient werden.«

»Nicht mal Eintänzer kann ich werden mit dem verdammten Bein.«

»Non, chéri; aber auch mit zwei gesunden Beinen würdest du dich nicht zum Gigolo eignen. Dazu bist du viel zu überheblich.«

»Ich? Überheblich? Nach allem, was ich erlebt habe?«

»Bien sûr. Die Überheblichkeit des Provinzlers, das kenne ich, das verliert sich nie.«

Ihre Worte machten ihn sprachlos. Er hätte es nie für möglich gehalten, daß sie ihn in irgendeine Rubrik einordnete. Sie hatte ihn immer so genommen, wie er war, sie kannte ihn als Soldaten, als Kämpfer, triumphierend oder geschlagen, und nun in den letzten Jahren – was war er da eigentlich? Ein Versager, Strandgut der Zeit. Aber auf jeden Fall hatte er sich als Großstädter gefühlt, heimisch geworden in Berlin. Wie kam sie auf die Idee, ihn einen Provinzler zu nennen? Er starrte in ihr schönes, so vertrautes Gesicht. Die dunkelbraunen Augen blickten in eine unbekannte Ferne. Sie schien weit weg von ihm zu sein, und plötzlich hatte er Angst, sie zu verlieren. Sie war alles, was er noch besaß – ihr warmer, lebendiger Körper, ihr zärtlicher Mund, ihre Fürsorge, ihre Liebe – er konnte sich nicht vorstellen, jemals ohne sie zu sein.

»Ich war früher ein guter Tänzer«, sagte er heiser. »Sehr begehrt bei den jungen Damen. Warum nennst du mich einen Provinzler?«

Ihr Blick kehrte zurück, sie lachte und küßte ihn wieder. »Das bist du doch. Keine Großstadtpflanze, wie sie hier in Berlin sagen. Ein Mensch, der irgendwo Wurzeln hat, und vielleicht auch ein wenig...« Sie verstummte, wieder ihr suchender Blick ins Weite.
»Ein wenig was?«
»Nun, ich weiß nicht, wie man das nennen soll. Bourgeois, n'est-ce pas? Bürgerlich. Das ist es, was du bist.«
»Das bin ich ganz gewiß nicht. Das war ich nie.«
»Aber doch. So etwas ist man und bleibt man. Du hast lange nicht mehr an deine Eltern geschrieben.«
»Nein. Was sollte ich ihnen schreiben?«
»Du könntest fragen, wie es ihnen geht. Du weißt nicht einmal, ob sie noch leben. Du könntest berichten, wie es dir geht. Nicht genau, aber ein bißchen davon. Und dann könntest du schreiben, daß du sie nun einmal besuchen wirst. Daß *wir* sie besuchen werden. Sie wissen immer noch nicht, daß du verheiratet bist, hein?«
Er war so erstaunt, daß ihm keine Antwort einfiel. Früher, wenn er nur davon gesprochen hatte, einen Besuch bei seinen Leuten zu machen, hatte sie heftig abgewehrt: »Ich werde auf keinen Fall mitfahren. Was soll ich da? Ich kenne sie nicht. Sie werden mich nicht mögen. Und du hast immer gesagt, du könntest dort nie mehr leben.«
Sie hatte Angst vor den feinen und reichen Leuten, die seine Familie waren. Sie, die niemals im Leben, nicht in der gefährlichsten Situation, Angst gefühlt hatte, konnte sich ein normales, bürgerliches Leben nicht vorstellen.
Aber an diesem Abend auf einmal, es war schon fast dunkel im Zimmer, sie schmiegte sich an ihn und legte ihre Wange an seine, an diesem Abend sprach sie ganz gelassen, in größter Selbstverständlichkeit folgende Worte aus: »Warum willst du dir Arbeit suchen? Du bist ein Sohn, ein Erbe. Der einzige Sohn. Die Häuser und den Hof frißt die Inflation nicht auf.«
Ganz plötzlich erwog sie den Gedanken, unterzukriechen bei den fremden Leuten, von denen sie annahm, daß sie ihnen nicht willkommen sein würde. Kam es davon, daß sie langsam ein wenig müde wurde?

Im August war sie vierzig Jahre alt geworden, vierzig, die magische Zahl im Leben einer Frau. Einen Beruf würde sie sich nicht mehr aufbauen können in dieser schweren Zeit, genausowenig, wie sie noch ein Kind bekommen würde.
Es war der größte Kummer ihres Lebens, daß sie keine Kinder hatte. Zwei Ehemänner und eine Reihe von Liebhabern – es mußte wohl an ihr liegen. Numba hatte es mehrmals mit einem geheimnisvollen Trank versucht, doch es hatte nichts genützt.
Für eine Vollblutfrau wie Madlon war es schwer, sich mit ihrer Unfruchtbarkeit abzufinden. Immer war ein Mann dagewesen, der sie wollte, der sie liebte; der erste verführte sie mit sechzehn, dort in dem Bergarbeiternest, in dem sie aufgewachsen war, dann holte sie der Mann ihrer älteren Schwester in sein Bett. Daraufhin lief sie von zu Hause fort. Nüchtern betrachtet war es in der derzeitigen Situation nur ein Vorteil, daß sie keine Kinder zu versorgen hatten. Aber nüchtern konnte sie in diesem Punkt nicht denken. Sie war ein Mensch, der nur aus dem Gefühl heraus lebte; keine Kinder zu haben, machte sie arm.
Nachdem sie es ausgesprochen hatte, und da es nun ihr Einfall war, heimzukehren, war es Jacob, der Abwehr und Angst verspürte; er war einem normalen, bürgerlichen Leben ganz und gar entfremdet. Gleich nach seiner Rückkehr nach Deutschland hätte er nach Hause fahren müssen, da wäre es ihm leichter gefallen, und er hatte seinerzeit auch durchaus die Absicht gehabt.
Wie oft hatte er in den Jahren des Krieges an daheim gedacht. In den glutheißen Tagen im afrikanischen Urwald, im Sumpf der Regenzeit, in den eisigen Nächten am Kilimandscharo träumte er von der milden Luft, roch den Duft des Obstes, sah den Glanz über See und Bergen und tauchte sein fieberndes Gesicht in die Kühle des Nebels über dem herbstlichen See.
In den letzten Jahren hatte er Gedanken dieser Art immer rasch beiseite geschoben. Wie konnte er heimkommen, so wie sein Leben jetzt aussah, er war ein Nichts und ein Niemand, und sein Stolz würde immer stärker sein als das Heimweh,

und Heimweh war es, auch wenn er ein so sentimentales Wort nie in den Mund genommen hätte.
Nachdem er seinen Dienst bei der Schutztruppe quittiert hatte, war er zwei Jahre lang in gutbezahlter Position auf der Baumwollplantage einer Hamburger Compagnie tätig gewesen, und es bestanden Pläne, zusammen mit einem Freund, eigenes Land zu erwerben und es mit Kaffee zu versuchen. Doch da begann der Krieg, und es gab nur noch Kampf.
»Du meinst, wir sollten sie besuchen?« fragte er unsicher.
»Pourquoi pas?« meinte Madlon leichthin, doch sie hatte sich bereits entschlossen. Ein bewegtes Auf und Ab war *ihr* Leben gewesen, viel abenteuerlicher als das seine, denn *er* kannte schließlich die Geborgenheit einer sorglosen Jugend. Das hatte sie nicht gehabt. Sehnte sie sich nun nach Geborgenheit? Dieser Begriff kam ihr nicht in den Sinn, weil er für sie nicht vorhanden war. Sie dachte nur an Geld, an Besitz, an finanzielle Sicherheit. Weniger für sich selbst als für ihn. Er brauchte gutes Essen, ärztliche Behandlung und Ruhe.
Das alles erklärte sie unumwunden Kosarcz, den sie wenige Tage später traf. Sie hatte angerufen, um zu erfragen, ob er zurück sei, und er bestellte sie in den Reitstall im Grunewald, wo er sein Pferd stehen hatte. Sie vermutete, es sei wegen der dünnen Blonden, daß er sie nicht bei sich zu Hause empfangen wollte.
Er sah blendend aus, als er von seinem Ausritt zurückkam, die frische Herbstluft hatte seine Wangen gerötet, seine Augen leuchteten auf, als er sie sah. Er küßte sie auf beide Wangen, dann auf den Mund. Sie strich dem Schimmel über den Hals und legte für einen Augenblick ihre Stirn an das seidige Fell.
Viele Jahre ihres Lebens hatte sie im Sattel verbracht, und sie hatte die Pferde oft mehr geliebt als die Menschen. Und wieviel Kummer hatten die Pferde ihr bereitet! Es war schwer, sie in Ostafrika heimisch zu machen, das Klima bekam ihnen schlecht, die Stiche der Tsetsefliegen kosteten sie Gesundheit und oft das Leben, ihre Beine gingen kaputt bei den mörderischen Ritten. Wie waren sie geschunden worden während des Krieges, ausgepumpt bis zum letzten bei den endlosen Mär-

schen durch die Steppe und durch den Busch. Wenn sie zusammenbrachen, wurden sie geschlachtet und aufgefressen. Daran konnte sie sich nie gewöhnen. Und wenn jemals einer sie weinen sah, dann geschah es, wenn das Tier getötet wurde, das sie zuvor geritten hatte.
Nachdem das Pferd im Stall versorgt war, führte Kosarcz seinen Gast in das Lokal, das sich neben dem Reitstall befand.
»Wir werden jetzt ausführlich frühstücken. Champagner, Madlon? Ein Tellerchen mit Kaviar?«
»Hört sich gut an.«
»Du bist dünner geworden«, stellte er fest.
Sie unterdrückte die Bemerkung, daß er doch offenbar seit neuestem die Dünnen bevorzuge, nahm jedoch das Stichwort auf. »Es geht uns nicht besonders gut.«
»Den meisten Menschen geht es dreckig in dieser Zeit«, entgegnete er kühl.
»Nur dir nicht.«
»Nein, mir nicht. Mir ist es lange nicht mehr schlecht gegangen, und mir wird es nie mehr schlecht gehen. Dafür habe ich gesorgt.«
»Du wirst reich vom Elend der anderen«, sagte sie bitter.
»Man kann es so nennen. Und das ist keine Neuheit in der Menschheitsgeschichte. Das Elend wird für die meisten Menschen in diesem Land noch größer werden. Deutschland hat den Krieg verloren, und der Versailler Vertrag drückt ihm schön langsam den Hals zu.«
»Dieses verdammte Geld ist schuld!«
Er wischte die Billionen mit einer Handbewegung vom Tisch.
»Die Währung wird sich bald normalisieren. Die einen haben dann alles verloren, und die anderen werden sehen, wie hart es ist, Geld zu verdienen.«
»Das habe ich oft gehört in letzter Zeit«, sagte Madlon und versuchte, genauso kühl und sachlich wie er zu reden. »Deswegen habe ich darüber nachgedacht, was aus uns werden soll, aus Jacob und mir.«
Sie berichtete von ihrem Plan und bediente sich dabei reichlich von dem Kaviar.
»Als Hungerleider dürfen wir dort nicht ankommen. Es darf

nicht so aussehen, als wollten wir unterkriechen, verstehst du? Jacob könnte das nicht ertragen.«
»Du auch nicht. Ein Versuch mit seiner Familie also. Glaubst du, daß du das aushalten wirst?«
Sie lachte unsicher. »Ich kenne sie ja noch nicht.«
Sie legte die Hand mit dem Ring, den sie heute wieder trug, auf den Tisch.
»Ich möchte ihn verkaufen. Aber nur gegen Dollar.«
Er streifte den Ring mit einem kurzen Blick.
»Ich kenne ihn, ich habe ihn oft genug an deiner Hand bewundert. Ein selten schönes Stück, fünf Karat mindestens. Lupenrein. River, würde ich sagen. Aus den Kongominen, nicht wahr? Es wäre schade, wenn du ihn verkaufst.«
Sie zog den Ring ab und legte ihn neben sein Glas.
»Ich nehme kein Papier dafür.«
»Das solltest du auch nicht tun. Von mir bekommst du so viele Dollars dafür, daß du dich überall sehen lassen kannst. Aber die bekommst du nur von mir, denn Schmuck kannst du heute an jeder Straßenecke kaufen.«
Sie warf hochmütig den Kopf in den Nacken.
»Den letzten Satz hättest du dir sparen können.«
Er lachte und legte seine Hand auf die ihre.
»Ich bin ein Emporkömmling. Ein Herr Neureich, wie man heute sagt. Ich muß immer ein wenig prahlen.«
»Du kannst den Ring ja deiner Freundin schenken.« Diese Bemerkung konnte sie sich nun doch nicht verkneifen.
»Das werde ich nicht tun. Ich werde ihn erst einmal behalten. Ich werde ihn aufheben für dich, du Rotfuchs. Vielleicht willst du ihn später einlösen.« Er umfaßte ihre Hand fester. »Meine Freundin ist kein Thema zwischen uns. Ich würde lieber etwas anderes mit dir besprechen.«
»Und was?«
»Vermutlich werde ich ganz nach drüben gehen. In die Vereinigten Staaten. Möchtest du nicht mitkommen?«
»Wir?«
»Nein. Du.«
Sie schwieg überrascht. An seiner Seite würde sie nicht mehr arm sein. Wahrscheinlich nie mehr. Und im Alter paßte er

besser zu ihr als Jacob. Ein Kind allerdings hatte er ihr auch nicht gemacht.

»Ich liebe meinen Mann.«

»Gewiß.« Er lächelte. Den Hinweis darauf, daß sie ihn betrogen hatte, ersparte er sich.

»Überlege es dir. Ich nehme den Ring als Pfand. Und ich werde dich wissen lassen, so in einem Jahr etwa, wo ich mich befinde. Bis dahin wirst du wissen, ob du dort leben magst, wo du hingehst.«

»Und wie wirst du es mich wissen lassen?«

»Ganz einfach, Madlon, du gibst mir die Adresse.«

»Die Stadt heißt Konstanz«, sagte sie langsam. »Und sie liegt an einem See, irgendwo im Süden. Jacob sagt, für deutsche Begriffe ist es ein großer See.«

»Man nennt ihn Bodensee, Madlon.«

»Ja, so heißt er.«

Von den Dollars kaufte Madlon als erstes ein Auto. Es würde sich gut machen, mit einem Auto anzukommen, fand sie. Sie erstand einen gebrauchten, doch noch höchst ansehnlichen Studebaker, und mit dem fuhren sie, beide neu eingekleidet, südwärts. Sie ließen sich Zeit, übernachteten zweimal in guten Hotels, denn jeder von ihnen, jeder mit seinen eigenen Gedanken beschwert, fürchtete die Ankunft. »Wenn sie unfreundlich zu mir sind, nehme ich den Wagen und fahre gleich wieder weg. Du kannst ja dortbleiben.«

Sie rief es laut und heftig, es war in einem Dorf in Württemberg, und überfuhr im selben Moment ein Huhn, das ihnen gackernd vor die Räder flatterte. Laut schimpfend kam ein Bauer auf sie zugelaufen.

Madlon hielt ihm schweigend auf der offenen Hand einen Dollar hin, den er ebenso schweigend nahm. Dann blickte er mit aufgesperrtem Mund dem Wagen nach.

»Dafür hätte er dir seinen ganzen Hühnerhof vor die Räder getrieben«, sagte Jacob. »Armes Vaterland.«

»Die Bauern sind nicht zu bedauern. Sie haben einen guten Reibach gemacht in der Kriegs- und Nachkriegszeit.«

Über der Konstanzer Bucht lag dichter, silberner Nebel, als sie sich, von Radolfzell kommend, der Stadt näherten.

Madlon stoppte den Wagen.
»Wo ist der See?«
»Du würdest ihn erst sehen, wenn du schon darin bist. Das ist in dieser Jahreszeit hier oft so.«
»Es ist so still. Und nun?« fragte sie nervös. »Wie geht es jetzt weiter?«
Er blickte, genauso nervös, auf seine Uhr. »Noch nicht zwei. Wir fahren über die Brücke in die Stadt hinein. Es ist zu früh. Um diese Zeit hat mein Vater seinen Nachmittagsschlaf noch nicht beendet. Es wird immer erst um ein Uhr gegessen.«
Das wußte sie bereits. Er hatte ihr während der Fahrt alles über die heimatlichen Bräuche erzählt. Sie wußte, wann sein Vater das Haus verließ, wann er es wieder betrat; was er am liebsten aß, nämlich zart in Butter gebratene Felchen aus dem See; was er am liebsten tat, nämlich im Ried sitzen und die Vögel beobachten. Sie kannte die Ansichten und Gewohnheiten von Carl Eugen, Vaters Bruder, der von anderer Art war, ein Weltmann, charmant und witzig, der die Frauen liebte und über dessen Aktivitäten auf diesem Gebiet die tollsten Geschichten im Umlauf waren.
»Toll für unsere Verhältnisse jedenfalls«, schränkte Jacob ein. »Immerhin, als ich ein Bub war, gab es kein Jahr, in dem er nicht einige Wochen in Paris verbrachte. Das hat enormes Aufsehen in unserer Stadt erregt. Ein Teufelskerl, der Carl Eugen Goltz, so hieß es immer. Na, die Parisreisen wird der Krieg ihm vermasselt haben. Und zu alt ist er inzwischen auch.«
Carl Eugen war der ältere der beiden Brüder, mittlerweile zweiundsiebzig. Carl Ludwig, Jacobs Vater, war zwei Jahre jünger. Sie waren beide Juristen, führten gemeinsam die Kanzlei und das Notariat, wie es zuvor auch ihr Vater getan hatte und wie man es in der Folge von Carl Jacob ebenfalls erwartet hatte.
Geheiratet hatte Onkel Carl Eugen, der Schwerenöter, nie, so blieb wenigstens von seiner Seite aus Familienanhang erspart. Trotzdem war die Verwandtschaft immer noch groß genug, und Madlon befürchtete, sie werde Jahre brauchen, bis sie sich darin auskannte.

Die Großeltern waren schon lange tot, an seine Großmutter hatte Jacob kaum mehr eine Erinnerung, sie starb, als er noch ein kleiner Junge war. Der Großvater dagegen wurde alt und überlebte sie um viele Jahre.

An das letzte längere Gespräch mit seinem Großvater erinnerte sich Jacob noch ganz genau. Es fand statt, als Jacob seine Dienstzeit beim 6. Badischen Infanterieregiment antreten mußte. Für das Militär hatte die Familie im ganzen nicht allzuviel übrig, abgesehen davon, daß Jacobs Schwestern gern mit den jungen Leutnants tanzten und daß Jacobs Tante Lydia mit einem Offizier verheiratet war. Der Großvater gab Jacob einige gute Ratschläge mit auf den Weg, dazu eine großzügige Summe, was erstaunlich war, denn im allgemeinen war er sehr sparsam.

»Das Jahr geht schnell vorbei, Bub«, sagte er am Ende tröstend, aber der Trost wäre gar nicht nötig gewesen, denn Jacob gefiel es ausgezeichnet bei der Truppe, er blieb über das Einjährig-Freiwillige Jahr hinaus, wurde aktiv, was keiner in der Familie verstand, und später, als er sich zur Schutztruppe meldete, wurde es erst recht von jedermann mißbilligt. Denn man erwartete von ihm, daß er studierte und in die Kanzlei eintrat. Was bewies, daß keiner in der Familie ein guter Menschenkenner war, noch beobachtet hatte, wie der Junge sich entwickelte. Tollkühn und abenteuerlustig war er immer gewesen, und wenn er etwas verabscheute, war es irgendeine Art von geistiger Arbeit, was sich während seiner Schulzeit bereits gezeigt hatte.

Eine Enttäuschung also für die Familie war dieser einzige Sohn, der in die Ferne entschwand und selten von den regelmäßig verkehrenden Postdampfern Gebrauch machte. Sehr spärlich gelangten Nachrichten von ihm nach Konstanz, und es stand auch nicht viel Gescheites in diesen Briefen, die er in seiner steilen Handschrift mühsam aufsetzte, weil er eigentlich nie wußte, was er denen zu Hause schreiben sollte. Sie hatten alle von ihm etwas erwartet, was er nicht gewollt hatte, und nun tat er, was ihm gefiel, und das verstanden sie sowieso nicht.

Nachdem der Großvater gestorben war, blieb seine Wohnung

im Parterre des Hauses unberührt, nur Staub wurde dort täglich gewischt und im Frühjahr und Herbst die Fenster geputzt. Das besorgte Balthasar, der gleichzeitig Großvaters Kutscher und Diener gewesen war.
Diese Kunde übermittelte Tante Lydia, von der fast immer ein Brief dabei war, wenn ein Reichspostdampfer in Daressalam anlegte. Sie und ihr Mann mochten den Neffen, und da sie selbst keine Kinder hatten, nahmen sie regen Anteil an seinem Schicksal. Erst recht natürlich später, als der Krieg ausbrach und die Verbindung abriß. »Und ich habe ihr so selten geantwortet«, meinte Jacob reuevoll.
Madlon hörte sich all diese Erzählungen, die sie zum Teil schon kannte, geduldig an.
So viel Familie. Am meisten interessierte sie sich natürlich für Jacobs Schwestern, beide älter als er, die eine schon verheiratet, ehe er nach Afrika ging, die andere verlobt. Neidvoll dachte Madlon, daß sie sicher viele Kinder haben würden. Und weil das nun einmal ihr wunder Punkt war, dachte sie auch: Sie werden mich verachten, weil ich kinderlos bin. Kinderlos und sechs Jahre älter als er.
Sie beschloß im selben Augenblick zu lügen. Das war am letzten Tag der Fahrt.
Sie würde einfach erzählen, sie hätte zwei Kinder in ihrer ersten Ehe gehabt, und sie seien beide bei einem Buschbrand ums Leben gekommen. Als das Farmhaus abbrannte. So etwas hatte sie einmal miterlebt, im belgischen Kongo noch, als sie erst kurze Zeit dort lebte. Sie hörte die Frau noch schreien, sie schrie die ganze Nacht. Die anderen Frauen weinten, auch Madlon, und Père Jérôme, von der Missionsstation in der Nähe, war gekommen und hatte mit den Frauen gebetet. Als sie daran dachte, wurde die Geschichte so lebendig, als sei sie gestern passiert, und es gelang ihr ohne Mühe, sich in die Frau zu verwandeln, die ihre Kinder verloren hatte.
Das würde sie der Familie erzählen – keiner sollte ihr nachsagen, sie sei unfruchtbar. Und wenn Jacob sich wunderte über das ihm unbekannte Geschehen aus ihrem Leben, so würde sie einfach sagen, sie hätte nie darüber sprechen können.

Genau informiert war Madlon über die Qualitäten und den Eigensinn der Köchin Berta. Die Hausmädchen hießen Marie und Ida, der Kutscher Balthasar, Carl Eugens Diener Muckl. Nur über seine Mutter sprach Jacob während der ganzen Fahrt kein Wort, genausowenig wie früher.

Und als Madlon ihn schließlich fragte, lautete seine Antwort: »Über Mutter kann man nichts erzählen. Sie ist ganz anders. Sie ist...«, er stockte, suchte nach den richtigen Worten... »sie ist ein sehr selbständiger Mensch. Manche sagen, sie sei eine Egoistin. Das trifft es nicht. Sie ist nur nicht zu beeinflussen. Sie tut nur das, was sie will und was sie für richtig hält.« Und nach einem kurzen Schweigen fügte er hinzu, selbst erstaunt: »Sie ist eigentlich wie du.«

Madlon hörte das mit Unbehagen. Wenn das heißen sollte, daß seine Mutter stark und unabhängig war, eigenwillig wohl auch, genau wie Madlon, so ließ das Schwierigkeiten befürchten. Zwei starke Persönlichkeiten kamen selten gut miteinander aus.

Allerdings fiel es ihr schwer, Jacobs Worten zu glauben. Wo konnte es eine Parallele geben zwischen ihr, der heimatlosen Abenteuerin aus armseligen Verhältnissen stammend, und seiner Mutter, der wohlversorgten Frau mit Geld und Besitz, mit Haus und Hof, mit Mann und Kindern.

Was kann es für Ähnlichkeiten geben zwischen uns, dachte Madlon. Sie wird alt sein und dick und satt und wird auf mich herabblicken. Nichts, was ich sage oder tue, wird ihr gefallen. Kann ihr gar nicht gefallen, und das verstehe ich. Es würde mir auch nicht passen, wenn mein Sohn mit solch einer Frau nach Hause käme, mit einer Frau, die sechs Jahre älter ist und nicht einmal Kinder hat.

Nun waren sie angelangt, und Madlon wäre am liebsten auf der Stelle umgekehrt. Was für eine törichte Idee von ihr, ihm einzureden, er müsse nach Hause zurückkehren. Und wenn, dann hätte er allein fahren müssen. Dann hätte immer noch die Möglichkeit bestanden, daß er wieder zu ihr kam. Hier, das wußte sie auf einmal ganz sicher, hier würde sie ihn verlieren.

Als der Wagen auf die Rheinbrücke rollte, fuhr gleichzeitig

mit ihnen ein Zug über die Brücke, ebenfalls nach Konstanz hinein. »Wie seltsam!« rief sie ihm durch den Lärm hindurch zu. »Der Zug fährt über dieselbe Brücke wie wir.«
»Wir haben nur die eine. Was glaubst du, was sich schon abgespielt hat auf dieser Brücke. Die Pferde scheuen jedesmal, wenn ein Zug kommt. Da – sieh da vorn. Fahr langsam. Da scheuen die beiden Braunen vor dem Fuhrwerk. Halt lieber an, uns entgegen kommt auch ein Gespann, Zug und Auto, das ist zuviel für ein normales Pferd. Wir haben uns als Kinder nie über die Brücke getraut, wenn gerade die Eisenbahn darüberfuhr.«
Das Auto scheute nicht, sie kamen glücklich über die Brücke, und Jacob wies nach links.
»Das alte Dominikanerkloster. Ein wunderschöner Bau. Jetzt ist ein Hotel darin. Und nun mußt du nach rechts abbiegen.«
Am Münsterplatz hielten sie an und stiegen aus. Gleichzeitig schlug es vom Turm die zweite Stunde des Nachmittags.
Sie blickten beide hinauf zu dem seltsam geformten Turm, der eckig wirkte und den man, da man ihm offenbar die volle Höhe verwehrt hatte, mit vielen kleinen Türmchen und Spitzen versehen hatte.
»Ist er nicht originell?« fragte Jacob. »Solch einen Turm wirst du bestimmt kein zweites Mal sehen.«
Madlon mußte daran denken, daß seine Familie nicht einmal wußte, daß er verheiratet war. Warum hatte er es verschwiegen? Aus Feigheit? Weil er der Meinung war, sie sei nicht gut genug für seine Leute, und im stillen hoffte, sie würden diese Frau, die er da aufgelesen hatte an einem feuchtfröhlichen Abend in Daressalam, nie zu Gesicht bekommen? Daß er eines Tages mit ihr in seine Heimatstadt kommen würde, war von ihm aus nie geplant gewesen. Also schämte er sich ihrer. Zorn und Schmerz stiegen gleichzeitig in ihr auf, und sie hatte Mühe, an sich zu halten und ihm nicht ins Gesicht zu schreien, was sie dachte.
Wenn sie überhaupt richtig verheiratet waren! Wer weiß, ob das hier galt. Eine rasche Zeremonie, von einem Missionar im Busch vorgenommen, kurz bevor ein Überfall sie aus dem La-

ger vertrieb. Der Missionar kam dabei ums Leben, ebenso Numbas Mann, und Madlon hatte das als böses Omen angesehen. Numba, ihr so treu ergeben, lag nachts weinend vor dem Zelt, in dem Madlon und Jacob schliefen.
»Früher haben wir hier auf dem Münsterplatz gewohnt. Da drüben, siehst du, in dem Haus. Jetzt ist nur noch die Kanzlei im ersten Stock, das übrige haben wir vermietet.«
Mit welcher Selbstverständlichkeit er auf einmal *wir* sagte.
»Laß uns mal schnell hinübergehen.«
Sie gingen an dem Haus vorbei, rasch, offenbar mochte er hier nicht stehenbleiben und gesehen werden. Nur das Schild faßte er ins Auge.
»Goltz, Goltz und Bornemann – wer ist das denn, Bornemann? Da haben sie doch wirklich einen Wildfremden in die Kanzlei aufgenommen. Wie findest du das denn?«
Madlon ersparte sich die Antwort, sie kämpfte immer noch mit den Tränen und ihrer Wut.
»Na ja, mußten sie ja wohl. Vater und Onkel Eugen sind ja schon ziemlich alt. Ich bin geboren in diesem Haus, und ich habe meine Kindheit darin verbracht. Als wir hinunterzogen an den See, war ich schon fast vierzehn.« Er wandte sich und ging wieder auf das Münster zu.
»Das Münster hatte ich ständig vor Augen, seine Glockenschläge begleiteten jede Stunde meines Lebens. Ist es nicht ein schöner Bau? Stammt aus dem 11. Jahrhundert, wenn ich mich richtig erinnere. Vorher gab es natürlich auch schon eine Kirche hier, die alte eben. Und noch viel früher war es ein Römerkastell. So wie du das Münster hier vor dir siehst, ist immer wieder an ihm um- und angebaut worden. Du wirst sowohl romanische wie gotische Formen darin finden.«
Madlon sah nicht das Münster an, sondern ihren Mann. Groß und hager, das Gesicht gelblich getönt, die Augen leicht zusammengekniffen, starrte er zum Turm des Münsters hinauf.
Bisher hatte er ihr allein gehört, und nun würde sie ihn verlieren. Jetzt gehörte er dieser Stadt und dem Münster und der Familie und dem nebligen See und was sonst noch sein mochte, das sie nicht kannte und nie mit seinen Augen sehen konn-

te. Was für ihn ein Teil seines Lebens war, würde für sie nur wieder eine andere Fremde sein. Was konnte stärker sein als die Erinnerung an eine glückliche Kindheit? In so einem Haus wie dem da drüben aufzuwachsen, welch eine Geborgenheit mußte das geben. Wenn sie nach Hause zurückkehrte, da gäbe es nur die Erinnerung an Schmutz und Armut und Prügel. In keinem Traum konnte sie nachempfinden, wie seine Kindheit gewesen war.
Ihr wurde warm, die Luft war weich und mild, in der Stadt war vom Nebel nichts zu bemerken. Sie knöpfte die Jacke ihres Tweedkostüms auf und bog den Kopf zurück, um gehorsam den Münsterturm zu betrachten. Doch seine Spitzen verschwammen, denn ihre Augen standen voll Tränen.
Ich werde dich verlieren. Du bist nicht mehr der Mann, der mir gehört. Ich habe dich schon verloren. Komm, laß uns wegfahren, damit du wieder mir gehörst. Damit du mich brauchst, wie nichts sonst auf der Welt. Weil niemand sonst auf der Welt da ist, der für dich sorgt, der für dich denkt und handelt, der dich liebt.
»Das größte Ereignis, das diese Stadt erlebte, war das Konzil. Du hast sicher vom Konstanzer Konzil gehört.«
»Nein«, sagte Madlon abweisend, »nicht daß ich wüßte.«
»Irgendwann bist du ja wohl mal in die Schule gegangen, oder?« fragte er ungeduldig. »Und eine Katholikin bist du auch.«
Mit dem Zorn, der jetzt noch heftiger in ihr aufstieg, besiegte sie die Tränen. »Ich bin im Kohlenpott von Liège in die Schule gegangen. Drei Jahre lang, in eine Dorfschule, wenn du es genau wissen willst. Wir waren sehr arme Leute, und mit zehn Jahren mußte ich schon mitverdienen. Habe ich dir das nicht erzählt? O doch, ich habe. In unserer Schule jedenfalls habe ich nichts von einem – wie heißt es? – Konzil gehört.«
Sie sprach das Wort französisch aus. Obwohl sie genausogut Deutsch wie Englisch sprach, verfiel sie stets in den Tonfall ihrer Muttersprache, wenn sie ein Wort nicht kannte.
Er ließ sich nicht beirren. Alles, was *er* gelernt hatte, war nun wieder da.

»Das Konstanzer Konzil begann 1414 und dauerte vier Jahre. Die Einwohnerzahl von Konstanz betrug damals etwa 6000. Das war für die Begriffe jener Zeit eine höchst ansehnliche Stadt. Es wird berichtet, mehr als 60000 Menschen hätten sich während des Konzils in der Stadt versammelt. Der Kaiser kam, viele Bischöfe und Herzöge und Fürsten. Auch einer von den Päpsten.«

»Und so einen Unsinn glaubst du?« fragte sie verächtlich. »Wo sollen diese 60000 denn gewohnt haben? Wer soll sie verpflegt haben? Und was heißt, einer von den Päpsten. Es gibt nur einen Papst.«

»O nein, mein kleines Dummerle. Es war nach dem Schisma, und es gab damals deren drei. Einen haben sie dann hier gefangengenommen, soweit ich mich erinnere. Wir haben das zwar gründlich in der Schule gepaukt, aber ich werde es zur Sicherheit noch einmal nachlesen und dir dann genau erklären. Jedenfalls war das Konzil ein weltgeschichtliches Ereignis. Außerdem war es…«

»Jacques«, unterbrach ihn Madlon mit Nachdruck, »ich denke, wir hätten im Moment über wichtigere Dinge zu sprechen als über den alten Kram.«

»Johan Hus wurde damals hier verbrannt«, fuhr er beharrlich fort. »Du weißt natürlich nicht, wer das ist.«

»Nein, zum Teufel, ich weiß es nicht, und ich will es auch nicht wissen.«

»Er war gewissermaßen ein Vorläufer der Reformatoren, und er…«

»Jacques, laß uns wieder wegfahren.«

»Wegfahren? Was soll das heißen? Wohin?«

»Egal, wohin. Zurück nach Berlin.«

»Bist du verrückt?«

»Dann laß uns hier in ein Hotel gehen. Wir können sie doch nicht einfach so überfallen. Jahrelang läßt du nichts von dir hören, und plötzlich stehst du vor der Tür. Das… das ist barbarisch. Deine Eltern sind alt, sie könnten tot umfallen.«

Er starrte sie eine Weile stumm an, und in seinen Augen, grau wie der Himmel, lag eine Kälte, die sie nie darin gesehen hatte. »Es war deine Idee hierherzufahren.«

»Wenn wir sie wenigstens vorher anrufen könnten«, sagte sie verzweifelt.
»Gut, rufen wir an.«
»Meinst du, sie haben Telefon?«
»Mein liebes Kind, wir haben schon Telefon gehabt, als ich noch ein kleiner Bub war.«
Sie ergab sich in ihr Schicksal.
»Also gut.«
Eine halbe Stunde später fuhren sie zurück über die Brücke, bogen nach rechts ab und hielten vor einem der Häuser in der Seestraße. Anfang des Jahrhunderts waren diese feudalen Häuser erbaut worden, mit Front zur Konstanzer Bucht, mit dem Blick auf die Insel, auf Stadt und Münster, und weiter auf das Schweizer Ufer. Eines dieser Häuser hatte Jacobs Großvater erworben, und vornehmer konnte man zu jener Zeit in dieser Stadt nicht wohnen.
Madlon schwieg eingeschüchtert, als sie aus dem Wagen stieg, und seufzte, als sie an der verspielten Jugendstilfassade emporblickte. Es erschien unvorstellbar, daß sie jemals in diesem Haus wohnen würde.
Noch während sie die Stufen hinaufstiegen, die zur Haustür führten, wurde die Tür weit geöffnet, eine kleine, alte Frau im schwarzen Kleid stand auf der Schwelle. Ihre Augen schwammen in Tränen.
»'s Jacöbele! 's Jacöbele!« stammelte sie, und dann, mit einem tiefen Knicks, der ein wenig mißglückte, denn ihre Knie waren nicht mehr die gelenkigsten, fügte sie feierlich hinzu: »Der Herr Jacob!«
Madlon mußte laut herauslachen, und zum Teil geschah es aus reiner Nervosität, doch dieses unpassende Lachen trug ihr vom ersten Augenblick an die Abneigung Bertas ein.
Jacob legte beide Arme um die kleine Frau, beugte sich herab und küßte sie auf die Backe. Auch er war gerührt und bewegt.
»Berta! Meine gute Berta!«
Es war Heimkehr und Begrüßung, wie man sich so etwas vorstellte nach fünfzehn Jahren Abwesenheit.
Das war aber auch schon alles, was in dieser Art geboten wur-

de. Jacobs Vater, der beim Nachmittagskaffee saß, war weder gerührt noch bewegt, es schien, als fühle er sich eher belästigt, daß das ruhige Gleichmaß seiner Tage eine Störung erfuhr. Auch wenn ihm das Telefonat ein wenig Zeit gegeben hatte, sich auf die Heimkehr seines Sohnes einzustellen.
Er stand auf, trat seinem Sohn zwei Schritte entgegen und sagte, nicht eben geistreich: »Nun also! Da bist du ja.« Und, über die Schulter zurückgewandt, zu dem anderen alten Herrn, der sich gerade eine Zigarre angezündet hatte: »Da ist er.«
»Ich sehe es«, erwiderte Carl Eugen, der sofort nach dem Anruf benachrichtigt worden und heraufgekommen war, um seinem Bruder zur Seite zu stehen. Zwar war Carl Eugen Goltz der ältere der beiden Brüder, doch er erschien um vieles rüstiger und kräftiger als Carl Ludwig Goltz.
Nun legte er die angerauchte Zigarre auf einen großen Zinnaschenbecher, blickte von Jacob zu Madlon und sagte: »Und etwas Hübsches hat er uns mitgebracht.«
»Das ist Madeleine, meine Frau«, sagte Jacob.
So undramatisch verlief die Rückkehr Carl Jacobs in sein Vaterhaus.
Eine Weile verharrten sie alle vier bewegungslos, es gab kein weiteres Wort, keine Umarmung, sie waren wie Schauspieler, die auf ihr Stichwort warteten. Nur Berta, die auf der Schwelle stand, schniefte und wischte sich die Tränen von den Bakken.
Auch Madlon rührte sich nicht, auch ihr fielen kein Wort, keine Geste ein, die der Situation angemessen gewesen wären.
Carl Eugen faßte sich als erster.
»Deine Frau, mein Junge? Was für eine reizende Überraschung! Enchanté, madame. Höchst erfreut, Sie zu sehen.«
Er trat zu Madlon, machte einen Diener, nahm ihre Hand, die sie ihm schüchtern entgegenstreckte, und führte sie an die Lippen.
»Sei Frau?« echote Berta von der Tür her, und es klang keineswegs entzückt.
Carl Ludwig scheuchte sie mit einer unwirschen Handbewegung fort.

»Es fehlen zwei Kaffeetassen, Berta«, sagte er, schärfer, als es sonst seine Art war. Dann neigte er kurz den Kopf in Richtung Madlon und kniff die Augen hinter der goldgerandeten Brille ein wenig zusammen. Das kam Madlon bekannt vor. Das tat Jacob auch, wenn er sich unsicher fühlte.
Sie lächelte, wagte aber nicht, ihm ebenfalls die Hand hinzustrecken.
»Willkommen also denn!« sagte Carl Ludwig abschließend und setzte sich wieder. »Nehmt doch Platz!«
Seine Hand wies auf die beiden geblümten Sessel, die noch um den runden Kaffeetisch standen. Er hatte sich gefaßt, die Störung, wenn auch widerwillig, akzeptiert.
Frischer Kaffee kam in einer großen Kanne, vom Gugelhupf wurden weitere Stücke abgeschnitten, Berta überwachte das Dienstmädchen, das die Tassen und Teller auf den Tisch stellte. Es war weder Marie noch Ida, es gab sie beide nicht mehr im Haus, so wenig wie den Kutscher Balthasar. Nur Berta war geblieben und würde bleiben, solange sie stehen und gehen und einen Kochlöffel in die Hand nehmen konnte. Sie war auch nicht mehr nur die Köchin im Haus, sie führte praktisch den Haushalt.
Ein wenig mühsam kam die Konversation in Gang, und ohne Carl Eugen wäre es zweifellos noch mühsamer gewesen. Jacobs Vater war nie sehr gesprächig gewesen, ein stiller Mann, der gern für sich lebte, zwar ordentlich und gewissenhaft seine Arbeit tat, doch von der Familie möglichst nicht allzusehr behelligt sein mochte.
Das alles war Jacob gleich wieder gegenwärtig, als er seinem Vater gegenübersaß. Als heranwachsender Bub, wenn er Probleme hatte oder Rat brauchte, hatte er sich stets an seinen Onkel gewandt. Auch an seinen Großvater, der ein lebensfroher, heiterer Mensch war, allerdings auch ärgerlich, sogar sehr zornig werden konnte, wenn es Anlaß zu Verdruß gab. Jacob gab diesen Anlaß öfter; seine Leistungen in der Schule waren bescheiden, seine Streiche und Ungezogenheiten dagegen oft beachtlich. Es war sein Onkel, dem er beichtete, wenn es gar nicht mehr anders ging, und dem es oft gelang, einen Eklat zu vermeiden.

Sein Vater redete außerhalb seines Berufslebens eigentlich nur über die Vögel. Er war durch eigene Beobachtungen und eigene Studien zu einem Ornithologen von Rang geworden. Sein Interesse galt allem, was auf und um und über dem See flog und schwamm, und am liebsten saß er im Wollmatinger Ried und beobachtete das Leben der Tiere.
»Sie sind Französin, Madame?« fragte Carl Eugen hoffnungsvoll, denn wenn auch die Zeit seiner Pariser Reisen lange vorbei war, seine Liebe zu Frankreich und zu den Pariserinnen war geblieben, daran hatte der Krieg nichts geändert.
»Belgierin«, erwiderte Madlon. »Wallonin, um genau zu sein.«
»Interessant«, meint Carl Eugen und ließ den Blick dezent über Madlons wohlgeformte Beine schweifen, die sie übereinandergeschlagen hatte.
Zweifellos ein Fortschritt der modernen Zeit, daß man die Beine der Frauen sah, so mochte er denken, wenn es auch früher seine Reize gehabt hatte, einen flüchtigen Blick auf schmale Knöchel unter einem langen Rock zu erhaschen. Abgesehen von den Pariser Cabarets, wo es auch zu seiner Zeit schon mehr zu sehen gab.
Er sammelte seine Gedanken, die ihm jetzt manchmal ein wenig durcheinandergerieten.
»Aus Brüssel?«
»Aus Liège. Lüttich, wie man hier sagt.«
Der Name weckte unangenehme Erinnerungen an den Beginn des Krieges, allerdings nicht in Madlon, die damals schon längst im Kongo lebte.
Madlon, die seinen Blick wohl bemerkt hatte, nahm einen Schluck Kaffee, den Kuchen hatte sie nicht angerührt, ein weiterer Grund, sich bei Berta unbeliebt zu machen.
Dann zog sie ihr Etui aus der Tasche und steckte eine Zigarette zwischen die Lippen. Jacobs mißbilligender Blick entging ihr nicht, aber es störte sie nicht. Familie hin oder her, sie würde sich auch in diesem ehrwürdigen Haus nicht von ihren Gewohnheiten abbringen lassen. Soweit hatte sie sich wieder gefangen.
Carl Eugen stand auf und reichte ihr Feuer.

»Ich wollte Sie gerade fragen, Madame, ob es Sie stört, wenn ich rauche. Aber da Sie selbst rauchen...« Erleichtert setzte er seine Zigarre wieder in Brand.
Madlon schenkte ihm ihr strahlendes Lächeln, jenes wohlgeübte Lächeln, dem kein Mann widerstand. Und dieser hier war ein Mann, auch wenn er ein alter Mann war, das hatte sie schon erkannt.
»Ich habe es mir im Krieg angewöhnt. Es beruhigt die Nerven, wenn einem die Kugeln um die Ohren fliegen.«
»Sie waren ebenfalls in... eh, in Afrika?« schwang sich nun Carl Ludwig zu einer Frage auf.
»Früher noch als Jacob. Ich war zuerst im Kongo. Ich kam schon als junges Mädchen hin. Mit meinem ersten Mann.« Besser, wenn sie gleich Bescheid wußten. »Mein Mann starb an Fleckfieber. Und meine Kinder kamen bei einem Buschbrand um, der unser Farmhaus total zerstörte. Um diesen schrecklichen Erinnerungen aus dem Weg zu gehen, wechselte ich dann hinüber nach Deutsch-Ost.« So, nun hatte sie ihre Geschichte gleich angebracht. Sie vermied Jacobs erstaunten Blick, der bei dieser Gelegenheit zum erstenmal von diesen Kindern hörte.
»Wie fürchterlich!« murmelte Carl Ludwig, und Carl Eugen meinte: »Sie haben Schweres durchgemacht, Madame.«
»Nun, das war noch nicht alles«, erzählte Madlon weiter, die sich zunehmend sicherer fühlte. »Dann kam der Krieg. Vier Jahre lang haben wir Seite an Seite gekämpft, Jacob und ich. Wir sind nicht nur Mann und Frau, sondern auch Kriegskameraden. Und es war ein übler Krieg, meine Herren.«
Das klang nun ein wenig pathetisch, und Jacob zog peinlich berührt die Brauen zusammen. Er kannte Madlons Neigung, von ihren gemeinsamen Heldentaten zu berichten, dabei gelegentlich ein wenig zu übertreiben, und vor allem das Elend und den Schmutz nicht zu verschweigen, in dem sie oftmals gesteckt hatten.
Madlon jedoch konnte mit der Wirkung ihrer Worte zufrieden sein. Die beiden alten Herren betrachteten sie mit einer Mischung aus Staunen, Respekt und Entsetzen.
»Sie wollen doch wohl nicht sagen, Madame, daß Sie mit die-

ser schönen, zarten Hand ein Gewehr abgefeuert haben?« fragte Carl Eugen.

»Aber gewiß habe ich das. Bien sûr, monsieur. Und auch getroffen. Ich habe viele Menschen getötet. Um nicht selbst getötet zu werden. Und daran hat oft nicht viel gefehlt. Aber ich habe Glück gehabt. Sehen Sie«, sie streifte die Kostümjacke ab und rollte den Ärmel ihrer Bluse hoch. »Nur ein Streifschuß, das war alles, was ich abbekommen habe.«

Die Narbe an ihrem Oberarm war deutlich zu sehen, und die beiden alten Herren beugten sich vor, betrachteten mit sichtlichem Schauder Madlons schlanken Arm, der noch immer von der Sonne Afrikas leicht gebräunt war.

Sie blickte Jacob herausfordernd an, und nun grinste er. Er hatte begriffen. Sie würde nicht das brave Hausmütterchen spielen, niemals, hier nicht und nirgendwo auf der Welt.

»Madlon war ein tapferer Soldat«, sagte er dann. »Lettow-Vorbeck hat oft gesagt, einer der tapfersten, den er je gekannt hat. Und es ging ja nicht nur ums Schießen, wißt ihr. Es wurde marschiert und geritten, oft unter schwierigsten Bedingungen. Durch den Urwald, durch die Sümpfe, durch den Busch. Wir haben gehungert. Wir haben gefroren und geschwitzt. Es war ein Kampf, der keine Pause kannte. Ein Kampf, in dem wir nicht besiegt wurden. Und in dem uns dennoch der Sieg nicht vergönnt war.«

Jetzt wurde *er* pathetisch, und Madlon lächelte spöttisch. Aber sie hatte ihn auf ihrer Seite, wieder und aufs neue.

»Genug davon, würde ich sagen«, sie fand den leichten Plauderton wieder. »Wir wollen die schwere Zeit vergessen. Und ich nehme an, daß Sie auch hier wissen, was in Afrika geschehen ist. Lettow-Vorbeck hat ja einige Bücher geschrieben, die viel gelesen wurden. Übrigens hat auch Jacob in einer Berliner Zeitung über unsere Kämpfe geschrieben.«

»Ah ja?« machte sein Vater höflich. »Davon wußten wir nichts. Ich hätte es gern gelesen.«

»Es wäre nicht der Mühe wert. Ich bin kein großes Schreibtalent, Vater. Du erinnerst dich sicher noch an meine kümmerlichen Schulaufsätze. Lies lieber, was der General geschrieben hat, da bist du besser informiert.«

»Ich habe seine *Erinnerungen aus Ostafrika* gelesen«, bekannte Carl Eugen. »Höchst interessant. Und dann kenne ich noch ein Buch von ihm, es ist mehr für die Jugend geschrieben. Es nennt sich *Heia Safari*. Ich würde sagen, es glorifiziert den Krieg ein wenig zu sehr. Dein Neffe, Agathes Ältester, hat es verschlungen. Er wird dir sicher viele Fragen stellen. Der unbekannte Onkel, der so große Heldentaten vollbracht hat, hat ihn immer schon sehr interessiert.«
Jacob lachte. »Seltsam, daß ich auf einmal ein Onkel bin.«
»Mehrfach, mein Lieber, mehrfach. Agathe hat drei Kinder und Imma zwei.«
Eine Zeitlang wurde nun über die Familie gesprochen, über diesen und jenen, Madlon hörte nur mit halbem Ohr zu, sie würde sie ja sowieso alle kennenlernen. Es fielen eine Menge Namen, Familienmitglieder, Freunde, Bekannte, doch Madlon wartete immer noch auf einen bestimmten Namen, der jedoch nicht erwähnt wurde. Wo eigentlich war Jacobs Mutter?
Dann wurde lange über die Veränderungen gesprochen, die im Haus eingetreten waren. Das geschah, nachdem die Herren übereinstimmend beschlossen hatten, heute ihre Kanzlei nicht mehr aufzusuchen. Bernhard, so hieß es, würde sicher sehr gut allein mit allem fertig.
Bernhard war Immas Mann, und Carl Ludwig betonte mehrmals, wie glücklich man darüber sein konnte, daß Imma so vernünftig gewesen sei, einen Juristen zu heiraten. So blieb die Familientradition und der Stadt die Kanzlei und das Notariat Goltz und Söhne erhalten.
»Eine Vernunftheirat?« fragte Jacob schließlich, nachdem das Wort vernünftig zum drittenmal gefallen war.
»Als du damals fortgingst«, sagte sein Vater, »war sie mit einem anderen verlobt. Das mußt du doch noch wissen, ein junger Leutnant, ein Kamerad aus deinem Regiment. Weißt du das nicht mehr?«
»Ja doch, natürlich. Und was geschah mit ihm und der Verlobung?«
»Nun, es gab einigen Ärger. Der junge Mann hatte Spielschulden, sonst noch einige Affären, die man nicht hinnehmen konnte. Frauengeschichten, du verstehst? Imma war eine

Zeitlang sehr traurig, aber sie sah später ein, daß wir recht gehabt hatten, die Lösung der Verlobung von ihr zu fordern. Einige Jahre darauf hat sie Bernhard Bornemann geheiratet. Es ist eine gute Ehe geworden, nicht wahr, Eugen?«
Carl Eugen hob die Schultern. »Na ja, gewiß doch. Eine Ehe halt.«
Im Haus hatte sich die Einteilung ebenfalls geändert. Man hatte endlich Großvaters Wohnung, die so lange unberührtes Heiligtum geblieben war, wieder in Betrieb genommen. Carl Eugen wohnte nun mit seinem Diener darin. Den ersten Stock, in dem sie sich befanden, bewohnten Jona und Carl Ludwig. Der zweite Stock schien mehr oder weniger unbewohnt. Agathe und ihr Mann hatten mit den Kindern den zweiten und dritten Stock bewohnt, bevor sie sich ein eigenes Haus bauten. Imma und Bernhard dagegen wohnten im alten Haus am Münsterplatz.
»Praktisch seit sie verheiratet sind. Wir haben allen Mietern gekündigt. Bernhard wollte es so. Er ist immens fleißig«, erzählte Onkel Eugen. »Er ist mehr mit der Kanzlei verheiratet als mit Imma.«
»Aber Eugen«, widersprach Ludwig, »so kann man das nicht nennen.«
»Ich nenne es so. Und es ist doch gut für die Kanzlei. Oder etwa nicht?«
»Berta richtet oben alles für euch her«, lenkte Carl Ludwig ab. »Ich hoffe, ihr werdet eine Weile hierbleiben.«
»Ja, sicher«, sagte Jacob und streifte Madlon mit einem raschen Blick. Sie lächelte.
»Ich möchte gern für eine Weile hierbleiben«, sagte sie herzlich. »Jacob hat mir so viel von allem hier erzählt. Wie schön der See ist und das Land ringsum. Ich möchte es gern kennenlernen.«
»Nun, es ist gerade keine sehr gute Zeit dafür«, sagte Carl Ludwig, und sein Blick ruhte mit ausgesprochener Freundlichkeit auf der neuen Schwiegertochter. »Wir haben meist Nebel um diese Jahreszeit. Der Frühling, der Sommer, und vor allem der Herbst, das ist die rechte Zeit, sich hier umzuschauen.«

Auf Frühling, Sommer und Herbst ging Jacob nicht näher ein, er sagte nur: »Wenn also Platz genug ist im Haus, dann bleiben wir gern.«
»Platz, soviel du willst, mein Sohn.«
Madlon liebkoste mit den Blicken das glänzende Holz der Biedermeiermöbel, mit denen das Zimmer eingerichtet war, in dem sie saßen. Ihre letzte Bleibe, das kahle Pensionszimmer in Berlin, war so häßlich gewesen.
Und die Wanzen, dachte sie mit plötzlichem Schreck, hoffentlich haben wir keine Wanzen mitgebracht. Ich muß jedes Stück einzeln in die Hand nehmen, wenn ich auspacke.
Nun kam endlich die Frage, auf die sie den ganzen Nachmittag gewartet hatte. »Wo ist Mutter?«
»Drüben.«
Die lapidare Antwort wurde von einer vagen Handbewegung begleitet, die überall und nirgends hinwies.
Jacob nickte, die Antwort schien ihm zu genügen.
Es war wohl von dem Bauernhof die Rede, von dem Jacobs Mutter stammte, wie Madlon wußte.
Ihr Blick schweifte aus dem Fenster, der Nebel war dünn geworden, ein letzter Sonnenstrahl sickerte durch ihn hindurch und verwandelte das dichte, silberne Gespinst in einen hellgoldenen Schleier über dem Wasser. Ein großes, weißes Schiff glitt langsam in die Bucht hinein, in der unbewegten Luft zog es die Rauchfahne aus seinem Schornstein wie einen langen Schweif hinter sich her.
Das Ufer auf der anderen Seite der Bucht war nun undeutlich zu erkennen. Madlon blickte hinüber und fragte sich, ob dort wohl Jacobs Mutter sein mochte, dort drüben auf der kaum zu erahnenden anderen Seite des Sees.
Doch sie blickte in die falsche Richtung, was sie sah, war das Schweizer Ufer. Jonas Hof lag oberhalb von Meersburg, auf dem Weg nach Markdorf zu. Von hier aus konnte man das nicht sehen, nicht einmal die Richtung ausmachen.
Madlon, der Fremdling am See, konnte das nicht wissen. Sie konnte nicht einmal ahnen, wie weit voneinander entfernt die Ufer waren, viel weiter, als man es in Kilometern messen konnte. Der See verband nicht, er trennte.

Jona

Johanna Goltz, genannt Jona, war eine Bauerntochter vom anderen Ufer des Sees; aus dem Hinterland des Sees. Der Hof stand in einer Landschaft von vollendeter Schönheit und Harmonie, dazu mit blühender Fruchtbarkeit gesegnet, sofern der Mensch es verstand, mit den Gaben Gottes etwas anzufangen. Dort war Jona geboren und aufgewachsen, dort war sie tief verwurzelt.
Wenn es je eine mißglückte Ehe gegeben hatte, so war es die zwischen ihr und dem Rechtsanwalt Dr. Carl Ludwig Goltz, nur daß es beide nicht so empfanden. Es war eine Liebesheirat von seiner Seite aus, eine unüberlegte Liebesheirat, was immer man unter Liebe verstehen mochte. Von Jonas Seite aus war es ein verzweifelter Fluchtversuch gewesen. Die Ehe sollte sie vom Hof, der bisher ihr Leben bedeutet hatte, wegführen, von ihrem Vater gleichfalls, und es ihr – vielleicht – möglich machen, Qual und Schuld leichter zu ertragen.
Sie erfüllte die neuen Pflichten genauso vorbildlich wie zuvor jene auf dem Hof, sie sorgte für Mann und Kinder, stand dem Hauswesen vor, doch es gelang ihr nie, sich vom Meinhardthof zu lösen; ihre Bindung an das Land war stärker, als die Bindung an einen Mann oder an eine Ehe es je sein konnte.
Sie war achtzehn, als sie heiratete, sie kannte nichts weiter von der Welt als den Hof und seine nähere Umgebung und einige nahegelegene Orte am See. Nur die Stadt Konstanz hatte sie zuvor einige Male besucht und scheu bestaunt.
Carl Ludwig Goltz war dreißig, hatte Studium und Promotion in Freiburg hinter sich, die übliche Bildungsreise nach Italien zusammen mit seinem Bruder unternommen, fand aber keinen Ort der Welt schöner als seine Heimatstadt Kon-

stanz, in der er für immer bleiben wollte. Schon damals war er ein Naturbetrachter, schon damals beschäftigte ihn das Studium der Vogelarten am See, und er konnte still und hochzufrieden seine freie Zeit allein mit dieser Liebhaberei verbringen. Im Gegensatz zu seinem Bruder hatte er sich für Mädchen kaum interessiert; die zwei Bordellbesuche, zu denen sein Bruder ihn gedrängt hatte, blieben ihm in widerlicher Erinnerung, eine Studentenliebe in Freiburg war halbherzig absolviert worden.
Doch dann dieses Mädchen Jona. Dieses schwarzhaarige, dunkeläugige Geschöpf, kein Kind mehr, auch noch keine Frau, dabei reif und erwachsen wirkend, sehr still, sehr ernst; selten, daß sie lächelte oder gar lachte.
Der junge Rechtsanwalt, unerfahren wie er war, erblickte ein Madonnengesicht, wenn er Jona ansah. Er erklärte seinem Vater allen Ernstes, als er ihm mitteilte, daß er um ein Bauernmädchen werben wolle: »Sie sieht aus wie die Mater Dolorosa in der Kirche St. Nikolaus in Markdorf. Jünger halt, Vater. Aber so schaut sie aus.«
Sein Vater, im Gegensatz zu seinem Sohn durchaus erfahren, was Frauen betraf, schüttelte nur den Kopf über den Schwärmer. Aber als er die zukünftige Schwiegertochter zu sehen bekam, konnte er seinem Sohn eigentlich nur einen besonders guten Geschmack bescheinigen.
Die Mater Dolorosa in Markdorf kannte er nicht; Carl Gebhard Goltz ging selten in die Kirche, und wenn es denn sein mußte, gab es in Konstanz schließlich das Münster. Im fernen Markdorf, einem unbedeutenden Nest im Hügelland über dem See, war er noch nie gewesen. Allerdings fuhr er dann einmal, als er merkte, wie ernst es sein Sohn meinte, mit dem Dampfschiff über den See und ließ sich nach Markdorf kutschieren.
Das Kunstwerk aus dem 17. Jahrhundert beeindruckte ihn sehr, und er fand, sein Sohn habe das richtig gesehen. Sofern man das gereifte Gesicht der Mutter Jesu umdenken konnte in das Mädchengesicht Jonas, bestand wirklich eine gewisse Ähnlichkeit – das großflächige, ebenmäßige Gesicht, die langen Brauen eng an die Nasenwurzel gewachsen, die edle

schmale Nase und dazu der ausgesprochen weibliche Mund mit der vollen Unterlippe, es fand sich dort wie hier.
Das Haar der Madonna war verhüllt, doch als blonden Lockenkopf konnte man es sich schwer vorstellen. Jonas dunkles, fast schwarzes Haar, schwer und glänzend, hätte gut zu diesem Gesicht gepaßt.
Der Senior setzte dem Wunsch seines Sohnes, dieses seltsame Mädchen zu heiraten, keinen weiteren Widerstand entgegen, er war froh, daß überhaupt einer seiner Söhne heiraten wollte. Er gab nur zu bedenken, daß das Mädchen aus einem ganz anderen Milieu stamme und über eine mangelhafte Bildung verfüge, es sei möglich, daß dies auf Dauer dem Sohn nicht genügen werde. Die Mängel an Bildung, Sicherheit und Auftreten würden ihr sicherlich auch Schwierigkeiten in der Konstanzer Gesellschaft bereiten.
Doch das war niemals der Fall. An Sicherheit und Auftreten konnte Jona es mit einer Fürstin aufnehmen, und was ihr an Bildung fehlte, lernte sie schnell dazu. Sie besaß einen scharfen Intellekt, war eine aufmerksame Zuhörerin und jeder Belehrung zugänglich. Auch las sie viel und sprach kaum badischen Dialekt, wie er in der Gegend allgemein gesprochen wurde, selbst in allerfeinsten Kreisen.
Carl Ludwigs Mutter widersetzte sich der Heirat zwischen ihrem braven Sohn und dem ungebildeten Bauernmädchen allerdings sehr energisch. Das werde niemals gutgehen, verhieß sie. Und es gebe doch in Konstanz hübsche, wohlerzogene, junge Mädchen aus guter Familie genug, unter denen er nur zu wählen brauche. Doch Carl Ludwig, dieser sanfte, ruhige Vogelbeobachter, war das erste Mal in seinem Leben stur und hartnäckig: er wollte Jona und keine andere.
Er bekam sie. Er hätte besser daran getan, ein Mädchen aus der Konstanzer Gesellschaft zu heiraten. Denn wenn sie auch eine friedliche und freundliche Ehe führten und Jona alles tat, was Familie und Stand ihr abverlangten, ihm drei gesunde Kinder schenkte, heimisch wurde sie in Konstanz nie, nicht am Münsterplatz, nicht in dem prachtvollen neuen Haus an der Seestraße. Ihr Herz war drüben geblieben am anderen Ufer, auf dem Hof, bei den Äckern und Weiden, bei den Obst-

bäumen, bei Pferden und Kühen, bei den Schafen und Schweinen, bei den Hühnern, Gänsen und Enten auf Vaters Hof. Sie war die geborene Bäuerin, sie wollte nie etwas anderes sein.
Sie gehörte Carl Ludwig niemals so an, wie eine Frau ihrem Mann angehören sollte, und er verlor sie auch bald wieder. Schon als die Kinder einigermaßen aus dem Gröbsten herauswaren, ein Kindermädchen war sowieso im Haus, bestieg Jona immer öfter das Schiff, das sie nach Meersburg brachte. Gleich beim Hafen, in einem Gasthof, lieh sie sich Pferd und Wagen und kutschierte heimwärts. Es war nicht nur die Liebe, die sie zu Hof und Vater zog, es war auch die dunkle Schuld, die sie immer wieder an den Ort zurückzog, dem sie eigentlich hatte entfliehen wollen.
Später, als die Töchter verheiratet waren, Jacob in der fernen Welt verschwunden, blieb sie immer länger drüben, und nachdem ihr Vater gestorben war, bewirtschaftete sie den Hof und war nur noch ein seltener Gast im Hause Goltz. Nicht daß es für ihren Mann eine große Kümmernis bedeutet hätte; die einzige große Liebe seines Lebens, er hatte sie bekommen, und es hatte ihn glücklich gemacht. Aber im Grunde war er kein sehr liebesfähiger, auch kein sehr potenter Mann, er vermißte seine Frau nicht allzusehr, nachdem er sich an ihr Wegbleiben gewöhnt hatte. Andere Leute empörten sich viel mehr darüber, vor allem seine Schwester, auch manche Freunde der Familie, doch Carl Ludwig lächelte nur und sagte: »Aber lasset sie doch tun, was sie mag. Wir können uns ja sehen, wenn wir wollet.«
Es gab keinen Zorn, keinen Streit, auch nicht die geringste Spur von Haß zwischen ihnen, es war alles in Ordnung, so wie es war, weil beide, Jona und Carl Ludwig, es so in Ordnung fanden. Was andere Menschen darüber dachten, war ganz und gar unwichtig. Das war ihnen immer, auch in anderer Beziehung, unwichtig gewesen, und so paßten sie also im Grunde doch recht gut zusammen.
Der Hof also. Der Hundigerhof, so hatte er früher geheißen. Mit der Zeit führte er den Namen des neuen Bauern und wurde Meinhardthof genannt.

Vielleicht muß man, um Jonas Geschichte richtig zu verstehen, mit der Geschichte ihres Vaters anfangen.
Er stammte nicht aus dieser Gegend, er kam von weither, aus dem Westfälischen, wo er im Jahr 1838 als vierter Sohn eines Bauern geboren wurde. Im selben Jahr übrigens, in dem im ehemaligen Dominikanerkloster auf der Insel zu Konstanz Ferdinand Graf Zeppelin geboren wurde, der später einmal seiner Heimatstadt zu neuem Weltruhm verhelfen sollte.
Aber das war natürlich nur ein Zufall, von dem der Bauer Peter Meinhardt niemals etwas erfuhr. Er war auf einem Bauernhof geboren und aufgewachsen und hatte eigentlich keinen anderen Wunsch, als Bauer zu sein. Jedoch, er war der jüngste Sohn, es bestand nicht die geringste Aussicht, daß er den Hof je übernehmen konnte. Er kam zu einem Wagenmeister in die Lehre, zeigte sich fleißig und geschickt, und als er Geselle geworden war, verließ er, wie das damals üblich war, die Heimat und begab sich auf Wanderschaft. Er arbeitete hier und dort, aber es hielt ihn nirgendwo lange, er zog weiter südwärts, wobei zu jener Zeit immer noch viele Grenzen zu überschreiten waren. Schließlich gelangte er in das Königreich Bayern, und in Bayern kam er dann zum erstenmal an den See.
Der Bodensee, dieses riesige Gewässer, faszinierte ihn. Er kratzte seine letzten Gulden zusammen und bestieg zum erstenmal in seinem Leben ein Schiff. Noch bis in seine alten Tage erzählte er von dem ungeheuren Eindruck, den diese Fahrt über das Wasser auf ihn gemacht hatte. Was die Leute am See nie ganz verstehen konnten; denn sie hatten immer nicht nur am, sondern auch auf dem See gelebt, und seit es die Dampfschiffahrt gab, war es noch einfacher geworden, den See zu überqueren.
Peter verließ das Schiff in Meersburg, bestaunte lange die steil ansteigende Stadt, über der majestätisch die alte Burg und das neue Schloß thronten, suchte jedoch vergeblich nach Arbeit und zog nach drei Tagen wieder landeinwärts, nach Ittendorf, wo ihn auch keiner brauchen konnte. Es war später Nachmittag, ihm knurrte der Magen, er wanderte ziellos in der Gegend umher, und es sah ganz so aus, als müsse er wie-

der eine Nacht im Freien verbringen. Tief zwischen Weißdornbüschen und niedrigen Weiden floß ein klarer Bach. Peter kletterte die Böschung hinab und füllte seinen Becher mit Wasser. Das stillte zwar seinen Durst, aber satt wurde er davon nicht.

Eine Weile stand er ratlos am Wiesenrand und schaute sich um. Fruchtbares grünes Land, so weit er blickte. Gerste und Hafer standen schon gut auf dem Halm, ein Rapsfeld war abgeblüht, an den Obstbäumen war die wachsende Frucht zu erkennen. Nicht weit entfernt lag ein stattlicher Hof ins Grün gebettet, und dazwischen stand schönes, gesundes Vieh auf der Weide. Peter lehnte sich über den Zaun und sah den grasenden Rindern zu.

Er stand so eine Stunde lang, kaum daß er sich rührte.

Der Bauer, der ihn schon eine Weile beobachtet hatte, trat schließlich zu ihm und fragte barsch, was der Fremde hier zu suchen habe.

Ohne zu überlegen, ganz spontan, fragte Peter: »Braucht Ihr keinen Knecht?«

So fing das an. Der Bauer brauchte wirklich einen Knecht; einer war ihm davongelaufen, der andere betrank sich zu oft, und dem dritten war die Sense in den Fuß gefahren bei der ersten Mahd, ungeschickt, wie er war.

Peter lachte vor sich hin; das konnte ihm nicht passieren. Er führte die Sense mit ruhiger Sicherheit, in langen Schwaden fiel das Gras, die Grasnarbe wurde nie verletzt, und noch weniger verletzte er sich selbst dabei.

Der Bauer nahm den wandernden Gesellen mit ins Haus, damit die Bäuerin ihn begutachten konnte. Peter, ein hübscher, schlanker Bursche, mit braunem Haar und offen blickenden braunen Augen, gefiel der Bäuerin; er bekam erst einmal zu essen und dann acht Tage Zeit, um zu zeigen, ob er ordentlich arbeiten könne.

Das konnte er, und er vergaß die Wagnerei sehr schnell, nachdem er endlich wieder tun konnte, was er am liebsten tat.

Er gefiel nicht nur dem Bauern und der Bäuerin, er gefiel auch der Tochter Maria. Und wie gut die ihm gefiel, dafür

gab es gar keine Worte. Sie war das einzige Kind im Haus, es gab keinen Sohn und Erben. Ein bayerischer Engel mußte es gewesen sein, der den Peter auf das Schiff von Lindau nach Meersburg gesetzt hatte, ein badischer führte ihn dann wohl den Weg hinauf von Meersburg in das grüne fruchtbare Land hinein.
Die Hochzeit fand bereits ein halbes Jahr später statt, und alle vier waren zufrieden, daß es so gekommen war.
Zehn Monate nach der Hochzeit gebar Maria Meinhardt ihr erstes Kind, einen gesunden Knaben, den sie nach dem Großvater Franz nannten. Nun schien das Glück der Familie vollkommen zu sein. Peter arbeitete von früh bis spät, verständlicherweise mit größerem Fleiß, als der beste Knecht aufbringen konnte, denn dieser Hof würde sein Hof und Hof seines Sohnes sein. Sie erzielten gute Erträge und lebten in bescheidenem Wohlstand. Peters Schwiegervater erzählte manchmal von den Jahren der bösen Mißernten in der Mitte des Jahrhunderts, die eine Hungersnot im Gefolge hatten. Damals hatte es wieder eine große Auswanderungswelle gegeben, viele Badener verließen ihr Land, um in anderen Ländern, vornehmlich jenseits des Ozeans, eine neue Heimat zu finden. Inzwischen hatten neue Erkenntnisse der Landwirtschaft die Höfe ertragreicher gemacht; die Vereinödung ersparte, wie später die Flurbereinigung, den Bauern weite Wege zu ihren auseinanderliegenden Feldern; man hatte versucht, die landwirtschaftlich genutzten Flächen möglichst zusammenhängend um den dazugehörigen Hof zu vereinen; auch war die Fruchtfolge allgemein üblich geworden, brachliegende Äcker sah man nur noch selten. Vor allem aber wurde der Obstanbau immer sorglicher kultiviert und erwies sich im Laufe der Jahre als eine beträchtliche Einnahmequelle. Zudem lebte man in Baden in einem relativ modernen Staat; der Großherzog hatte dem Land bereits 1818 eine Verfasssung gegeben.
Peter mußte einiges dazulernen, um sich in der in vielem anders gearteten Wirtschaft eines süddeutschen Bauernhofes zurechtzufinden. Vieles jedoch war genauso wie daheim – die Versorgung der Tiere, der Ablauf der Jahreszeiten und der damit verbundenen Arbeiten. Nur daß der Frühling hier frü-

her kam und der Herbst länger dauerte, auch wenn es im Winter sehr kalt werden konnte. Von der sagenhaften Seegfrörne, dem seltenen Ereignis, daß der See von einem zum anderen Ufer so fest zufror, daß man hinüberlaufen- oder fahren konnte, hörte er lange nur erzählen. Erst im Jahr 1880, er lebte fast zwei Jahrzehnte auf dem Hof, erlebte er die erste Seegfrörne.

Der See blieb, wie beim ersten Anblick, das große Wunder für ihn. Auch wenn er nicht direkt am Ufer lebte, so war der See doch zu Pferd in einer guten halben Stunde zu erreichen, sehen konnte man ihn sowieso von den Hügeln aus.

Peter, der ein Pferdekenner und auch selbst ein guter Reiter war, legte viel Wert darauf, daß sie brauchbare, aber auch schöne Pferde auf dem Hof hatten. Anfangs gab es nur zwei Gespanne für die Feldarbeit, eines mit Ochsen, eines mit Pferden, von denen das eine Pferd sich auch vor einen Wagen spannen ließ.

Franz Hundiger bewilligte seinem Schwiegersohn nach der Hochzeit ein eigenes Pferd, das sich Peter mit Bedacht aussuchte. Von einem Viehhändler in Neufrach brachte er schließlich einen vierjährigen braunen Wallach mit, mager und ungepflegt, auch offensichtlich von widerspenstigem Charakter, den er für wenig Geld bekommen hatte. Sein Schwiegervater schüttelte mißbilligend den Kopf, aber Peter sagte: »Laßt mich nur machen. Ihr werdet sehen, Vater, das ist ein vorzügliches Tier. Seht die tiefe Brust und den kräftigen Hals und dazu diese schlanken und gutgefesselten Beine. Und sein Auge! Da ist Feuer drin. Die Unarten werde ich ihm schon abgewöhnen.«

So geschah es. Robinson, wie der Braune hieß, entwickelte sich zu einem erstklassigen Pferd, schnell, hart und ausdauernd, er schaffte den Weg nach Meersburg in zwanzig Minuten, und gab es im Herbst Stoppelfelder und gemähte Wiesen, unterbot er diese Zeit sogar noch. Er galoppierte wie der Wind, sprang ohne Zögern über ein Hindernis, und zu alledem gehorchte er seinem Herrn aufs Wort. Wenn Peter auf die Koppel kam, schnalzte er nur mit der Zunge, und Robinson ließ das schönste Gras im Stich und kam bereitwillig her-

angetrabt. Glücklicherweise war er auch ein gesundes Pferd, und Peter konnte ihn sechzehn Jahre lang reiten, was ein seltenes Glück bedeutete. Für ihn und für das Pferd.
Nur vor den Wagen ließ sich Robinson nicht gern spannen, da keilte er aus, und da sein Herr ihn als Reitpferd und nicht als Wagenpferd wollte, blieb es bei zwei Versuchen, auch wenn Franz Hundiger darüber den Kopf schüttelte.
»Mir send Baure«, sagte er, »koi Grafe. Mer kennet uns koi Reitpferd leiste.«
Aber Peter löste auch dieses Problem mit Geschick. Eins der Arbeitsgespanne war sowieso überaltert, und da er sich nun als Kenner erwiesen hatte, überließ ihm sein Schwiegervater den Einkauf eines neuen Gespanns. Peter brachte zwei noch junge Dunkelfüchse nach Hause, die er selbst einfuhr und die kräftig genug waren, auf dem Feld zu arbeiten, aber auch recht flott vor dem Wagen gingen. So konnten sie nun sogar zweispännig in die Kirche oder zur Stadt fahren.
Stadt bedeutete in diesem Fall Meersburg oder landeinwärts Markdorf, das auch nicht viel weiter entfernt war als Meersburg. Doch die Füchse trabten auch bis nach Überlingen, wenn es galt, größere Einkäufe zu tätigen, oder wenn im Überlinger Münster ein Hochamt stattfand.
Peter Meinhardt fühlte sich binnen kurzer Zeit so heimisch in diesem sanft gehügelten Land mit seinen blühenden Bäumen im Frühling und der reichen Frucht im Herbst, als hätte er nie ein anderes gekannt. Der Obstbaumkultur, die neu für ihn war, widmete er sein besonderes Interesse, und das kleine Stück Wald, jenseits des Baches, das zum Hof gehörte, wurde von ihm liebevoll gehegt.
Und ständig blieb ihm das Glücksgefühl beim Anblick des Sees, in dem er übrigens auch gern schwamm, falls er an einem Sommerabend die Zeit dafür erübrigen konnte, und dazu kam sein andächtiges Staunen beim Anblick der Bergkette am jenseitigen Ufer des Sees, die bei schönem Wetter und erst recht bei Föhn gewaltig und bis in den Sommer hinein mit schneebedeckten Gipfeln ihre Welt begrenzte.
Die einzigen Schwierigkeiten gab es mit den Ansässigen, die sich zunächst zurückhaltend gegen den ›Neigschmeckten‹ ver-

hielten. Nicht feindselig, aber abwartend, distanziert und zur Kritik bereit. Besonders auf dem ihnen nächstgelegenen Hof, auch ein schöner, großer Besitz, auf dem zwei Söhne heranwuchsen, war man sehr abweisend. Und im Dorf gab es auch einige, die es dem Fremden nicht gönnten, daß er eingeheiratet und die hübsche Maria bekommen hatte. Aber das legte sich mit der Zeit, als man sah, wie fleißig Peter war, wie geschickt er arbeitete und wie gut er sich Umwelt und Verhältnissen anpaßte. Glücklicherweise war er gut katholisch erzogen, so gab es auf diesem Gebiet keinerlei Komplikationen.
Marias Mutter war genau wie Maria selbst sehr fromm, ohne bigott zu sein. Der Pfarrer, er hieß Seemüller, kam oft ins Haus, er hatte Maria und Peter getraut, er taufte den kleinen Franz. Zu der Zeit war Pfarrer Seemüller dreiundsechzig Jahre alt, ein sanftmütiger und gütiger Seelsorger, vielseitig gebildet dazu.
Übrigens brachte ihnen der Pfarrer auch das Buch *Robinson Crusoe* von Daniel Defoe mit, nachdem das Pferd Robinson Einzug auf dem Hof gehalten hatte. Das fanden sie nun höchst beachtlich, ein Pferd mit so berühmtem Namen zu besitzen. Sie lasen das Buch alle, denn lesen hatte jeder von ihnen gelernt. Bei Franz Meinhardt senior ging es etwas mühsam, der Finger mußte der Zeile folgen, und er brauchte viele Winterabende, bis er mit Robinsons Abenteuern durch war. Immerhin tat er dann den treffenden Ausspruch: »Wenn du wieder ein Pferd kaufst, Peter, mußt du es Freitag nennen.«
Worauf Peters Schwiegermutter den Kopf schüttelte und strikt erklärte: »Das ist kein Name für ein Pferd. Der Freitag ist ein heiliger Tag.«
Anderthalb Jahre nach der Geburt von Franz bekam Maria ihr zweites Kind, die Tochter Johanna. Beide Schwangerschaften und auch beide Geburten waren ohne allzu große Mühen und ohne Komplikationen verlaufen.
Anders war es, als sie mehrere Jahre später, Franz war bereits neun und Johanna siebeneinhalb Jahre alt, wieder ein Kind erwartete. Schon die Schwangerschaft bereitete ihr ungewohnte Beschwerden, sie war schwach, fühlte sich elend und fiel immer wieder in Ohnmacht. Dann setzte die Geburt auch

noch zu früh ein, mitten in der Nacht, und obwohl Peter sofort mit Robinson losjagte, um die Wehmutter und möglichst auch einen Arzt zu holen, kam jede Hilfe zu spät.
Maria starb. Sie verblutete. Das Kind jedoch, ein Knabe, lebte, war aber schwächlich, kaum daß man seinen Atem spürte.
Pfarrer Seemüller nahm eine Nottaufe vor, doch wider Erwarten blieb das Kind am Leben, es blieb freilich schwach, hatte einen verkrüppelten Arm, stand immer nur wackelig auf kümmerlichen Beinchen und lernte niemals richtig sprechen.
Nach so vielen glücklichen Jahren war nun Leid auf dem Hof eingekehrt. Marias Eltern trugen schwer am Tod des einzigen Kindes, und als sich zeigte, wie der neugeborene Enkel beschaffen war, vertiefte das ihren Kummer. Marias Mutter starb bereits im Jahr darauf.
Peter war von tiefem Gram erfüllt, denn er hatte Maria sehr geliebt. Schweigsam und in sich gekehrt, wie man es von ihm gar nicht kannte, arbeitete er mehr denn je, vom ersten Morgengrauen bis in die späte Nacht, und nur die Arbeit war es, die ihm einigermaßen Trost und die Kraft zum Weiterleben geben konnte. Und Jona, seine Tochter.
Die Bindung zwischen Jona und ihrem Vater war schon immer besonders eng und herzlich gewesen; kaum daß das Kind laufen konnte, lief es hinter ihm her, und kaum daß es sprechen konnte, rief es seinen Namen. Es stapfte auf seinen kleinen Beinen an seiner Hand den Feldrain entlang oder saß vor ihm im Sattel von Robinson und ließ sich alles zeigen und erklären. Man muß das wissen, um zu begreifen, wie tief und unzerreißbar das Band zwischen Jona und dem Hof war, wie eng verbunden sie sich ihrem Vater fühlte und wie sie von frühester Kindheit an ihren Lebensinhalt nur in dem Hof und in der Arbeit auf dem Hof sehen konnte.
Sehr früh wuchs sie in eine tief ernstgenommene Verantwortung hinein, bereits nach dem Tod ihrer Großmutter. Mit zehn Jahren schon kümmerte sie sich umsichtig um das Wohl ihrer Männer, um den Großvater, den Vater, den älteren Bruder und vor allem um den unglücklichen kleinen Max, allge-

mein Mäxele genannt, den sie aufopfernd umsorgte. Das Gesinde respektierte sie, als sei sie die Herrin auf dem Hof. Was man über die Landwirtschaft wissen mußte, lernte sie von ihrem Vater, und sie lernte es gründlich. Wie er war sie den ganzen Tag auf den Beinen, sie war im Stall, in den Scheuern, auf den Weiden und auf den Feldern und zudem noch im Kinderzimmer. Nur um die Küche brauchte sie sich nicht zu kümmern, da hatten sie eine tüchtige Magd, noch von der Großmutter angelernt, die für die Familie und das Gesinde kochte.

Pfarrer Seemüller, der noch häufiger als früher ins Haus kam, meinte, das Kind übernehme sich und solle lieber öfter in die Schule gehen. Aber gleichzeitig sah er ein, daß ihr für die Schule einfach die Zeit fehlte. Und da er sowieso schon angefangen hatte, Franz zu unterrichten, speziell in Latein, denn Franz war ein ausnehmend kluges Bürschchen, und die Dorfschule genügte ihm schon lange nicht mehr, setzte er Jona daneben, wenn er sie erwischen konnte, und unterrichtete auch sie. Lesen, Schreiben und Rechnen konnte sie einigermaßen, wenigstens in den Grundlagen, das förderte er weiter, natürlich besonders das Lesen, er brachte wie von jeher Bücher ins Haus und bestand darauf, daß sie gelesen wurden. Religionsunterricht verstand sich von selbst, aber was dem Pfarrer besonders am Herzen lag, war Heimatkunde, wie man das später nennen würde.

Er erzählte den Kindern von der großen Vergangenheit des Bodenseegebietes, von der bewegten Geschichte des Landes, in dem sie aufwuchsen, und so hörte Jona auch zum erstenmal von der prächtigen Stadt Konstanz, die einst eine Römersiedlung war, später vom Stamm der Alemannen erobert wurde. Sie erfuhr, daß Konstanz Bischofssitz gewesen war und eine Freie Reichsstadt, eine der größten und glänzendsten im Mittelalter, und was für geschichtliche und religiöse Ereignisse von Weltgeltung sich in dieser Stadt zugetragen hatten.

»Wenn du etwas größer bist, fahren wir beide einmal über den See, und ich zeige dir die Stadt. Das Münster, weißt du, und das Konzilsgebäude und die Insel mit dem schönen, alten Dominikanerkloster, und dann gehen wir auf die Brücke, darunter fließt der Rhein aus dem Bodensee in den Untersee.«

»Kann man das sehen?« fragte Jona.

»Nun, man sieht es nicht direkt. Aber wenn man es weiß, dann kann man es sich vorstellen. Und wenn man sich etwas vorstellen kann, dann ist es fast so, als ob man es sieht.«

»Das ist wie mit dem lieben Gott, nicht wahr?«

Der Pfarrer bedachte eine Weile, ob sich der Rhein mit dem lieben Gott vergleichen ließ, und meinte dann nachdenklich: »Es ist nicht das gleiche, aber ein wenig hast du schon recht. Die Vorstellungskraft gibt uns auf jeden Fall ein inneres Bild. Und ein inneres Bild kann unter Umständen deutlicher und eindrucksvoller sein als ein äußeres Bild. Als ein wirkliches Bild. Denn die Wirklichkeit ist nicht immer die Wahrheit. Und die Wahrheit kann man sehr oft nur richtig in seinem Inneren begreifen.«

An dieser Stelle brach er ab, das wurde wohl zu schwierig für das Kind. Das waren ja für ihn selbst noch unlösbare Fragen. Übrigens kam es nie zu der gemeinsamen Fahrt nach Konstanz, der Pfarrer starb, als Jona dreizehn war. Der junge Pfarrer, der nach ihm kam, gab weder privaten Unterricht, noch plante er Fahrten über den See mit einem Bauernmädchen.

Allerdings war der alte Pfarrer noch mit Franz über den See gefahren und hatte ihn in Konstanz etabliert. Jonas älterer Bruder war, wie schon erwähnt, ein besonders kluger und lernbegieriger Bub, und Pfarrer Seemüller hatte empfohlen, ihn in das Gymnasium in Konstanz zu schicken. Die Vorbereitung, die Franz von dem Pfarrer erfahren hatte, erwies sich als ausreichend, er bestand mühelos die Aufnahmeprüfung. Da er ja nicht jeden Tag über den See fahren konnte, hatte der Pfarrer dafür gesorgt, daß er in Konstanz, bei einer Lehrersfamilie, die Pensionäre aufnahm, gut untergebracht wurde.

Später, um dies gleich vorwegzunehmen, schlug Franz seinerseits die geistliche Laufbahn ein und besuchte das Priesterseminar in Meersburg. Und falls sich noch jemand daran erinnern sollte, von ihm stammt das Buch: *Der Zweifel ist der*

Dünger des Glaubens. Woraus deutlich seine bäuerliche Herkunft ersichtlich wird. Er hatte als Bub alle Arbeit auf dem Hof getreulich getan, die von ihm verlangt wurde, er war groß und kräftig und verstand es durchaus zuzupacken. Aber größer und kräftiger in ihm war das Verlangen, dem Herrn zu dienen, darin erkannte er seine Berufung, und weder sein Vater noch sein Großvater hätten ihn daran gehindert zu tun, was er tun mußte und tun wollte, da es ja offensichtlich Gottes Wille war. Vielleicht auch der Wille der beiden Frauen, die ihnen ins Jenseits vorausgegangen waren, so dachte manchmal der alte Bauer.
Schwer zu verstehen war Gottes Wille, wenn man den jüngsten Meinhardtsohn ansah, der sein Lebtag lang krank und elend bleiben würde. Das Mäxele würde niemals auf dem Hof arbeiten können, nur mit ganz einfachen Handreichungen konnte man ihn manchmal beschäftigen. Die Bäuerin auf dem Hof würde Jona sein, und damit gab sich jeder zufrieden, denn in bessere Hände konnte der Hof gar nicht fallen. Auch sie konnte sich eine andere Art von Leben nicht vorstellen. Und wenn man annahm, daß sie einmal einen geeigneten Mann heiraten würde, so brauchte man um die Zukunft des Hofes nicht zu fürchten. Aber noch war Peter ja ein Mann von vierzig, und wenn Gott es wollte, würde er selbst noch lange auf dem Hof arbeiten können.
Und dann wurde auf einmal alles ganz anders.
Der Großvater starb, als das Deutsche Reich acht Jahre alt geworden war. Denn das gab es inzwischen, die Grenzen waren gefallen, sie lebten in einem starken, mächtigen Reich, aber eigentlich lebten sie immer noch im Großherzogtum Baden, der Kaiser im fernen Berlin war wie eine Figur aus dem Märchenbuch, und sein großer Kanzler Bismarck war ein gefürchteter Übermensch, den man sich weniger vorstellen konnte als den Rhein und den lieben Gott.
Das große Unglück im Leben Jonas begann im Jahr darauf, als ihr Vater wieder heiratete. Was zu verstehen war, er war ein Mann in den besten Jahren seines Lebens und seine Frau schon lange tot. Wie sich nun herausstellte, kannte er das Mädchen, das er zu seiner Frau machte, schon eine geraume

Weile, und nur die Rücksichtnahme auf seinen Schwiegervater, dem er so viel verdankte, hatte ihn daran gehindert, das Verhältnis zu legalisieren. Die Frau war noch jung, gerade vierundzwanzig, sie stammte aus Meersburg, hatte erst in einem Haushalt, dann in einem Gasthof gearbeitet, sie war blond und zierlich, heiter und unbeschwert, sie lachte und sang den ganzen Tag und brachte Fröhlichkeit auf den Hof, die es hier lange nicht gegeben hatte.
Jona haßte die neue Frau ihres Vaters aus tiefstem Herzensgrund und machte keinen Hehl daraus. Bisher hatte der Vater ihr allein gehört, sie liebte ihn wie nichts auf der Welt, und sie hatte gut für ihn gesorgt. Der Hof war ihr Hof, der kranke kleine Bruder ihr Besitz, die Tiere, die Felder und Wiesen, der Wald, alles gehörte ihr. Es war nicht Besitzgier, es war einfach Besitzliebe, die sie für alles empfand, was ihre Welt ausmachte. Sie wollte ja auch die Verantwortung tragen, so jung sie war. Sie war nicht imstande zu teilen. Und sie war nicht willens, das Vorhandensein und das Wesen der Stiefmutter zu tolerieren. Sie war ein Mensch, wie sich nun zeigte, der zu keinerlei Kompromiß fähig war, und da sich kompromißlos nicht leben läßt, zog Unfriede auf dem Hof ein. Sie mußten alle darunter leiden, am meisten Jona.
Leni, die neue Frau, versuchte einige Zeit lang mit viel Geduld, ein gutes Verhältnis zu dem Mädchen zu gewinnen, vergebens.
Sie gab auf, erst recht, als sie ein eigenes Kind erwartete.
Auch das Verhältnis zwischen Jona und ihrem Vater war gestört, sie zog sich von ihm zurück, wurde schweigsam, abweisend, kalt.
Peter hätte glücklich sein können mit der jungen Frau, gerade weil sie Heiterkeit ausstrahlte und weil er, Anfang Vierzig nun, die Liebe einer Frau so lange entbehrt hatte. So sehr er seine Tochter liebte, konnte sie doch kein Ersatz sein für eine Frau, die sein Leben teilte. Aber das erklärte Jona keiner.
Leni gebar einen Sohn, und sie und Peter freuten sich darüber, doch Jona schenkte dem Kind keinen Blick.
Zu dieser Zeit hatte Peter den Hof vergrößert, er hatte Äcker und ein weiteres Stück Wald erworben, auch der Viehbestand

war aufgestockt worden. Dann ging er daran, den Anbau, in dem sich das Altenteil befand – in dem der Großvater jedoch nie gewohnt hatte, er war immer in ihrem Kreis geblieben –, umzubauen, und dorthinein zog nun Jona mit dem Mäxele. Sie nahm das in düsterem Schweigen hin, war sich aber voll der Tatsache bewußt, daß der Hof niemals ihr Hof sein würde, sondern eines Tages dem neugeborenen Erben gehören würde.

Und so kam es zu jener furchtbaren Tat, an der sie ihr Leben lang tragen würde und die ihr Wesen grundlegend veränderte. Sie hätte danach nicht sagen können, wie es geschehen war, wie sie es hatte tun können – sie stieß den kleinen Stiefbruder, er war knapp anderthalb Jahre alt, in den Bach, der hinter der großen Koppel vorbeifloß, und sah zu, wie er fortgetrieben wurde.

Es war ein kalter, grauer Novembertag, sie stand eine Weile wie erstarrt, dann ging sie, noch halb betäubt, sich noch nicht wirklich bewußt, was für eine grauenvolle Schuld sie auf sich geladen hatte, in den Stall, um die Kühe zu melken.

Da saß sie, den Kopf an die warme Flanke eines der Tiere gepreßt, und das Entsetzen über sich selbst, über das, was sie getan hatte, stieg in ihr auf wie eine vernichtende schwarze Flut. Es dauerte nicht lange, und Leni kam in den Stall.

»Ist das Fritzele bei dir?«

Keine Antwort.

»Jona! Hörst net? Hast das Bürschele net gesehn?«

»Hier ist er nicht«, antwortete Jona und begann die Kuh zu melken. Die kleine Leiche wurde erst am nächsten Tag, ein ganzes Stück vom Hof entfernt, gefunden, denn es hatte tagelang geregnet, und der an sich schon schnell fließende Bach führte viel Wasser.

Leni weinte nur noch, auch Peter weinte, doch er machte seiner Frau auch Vorwürfe.

Warum hatte sie nicht besser auf das Kind aufgepaßt? Wie war er überhaupt mit seinen kleinen Beinen über die ganze Weide bis zum Bach gekommen? Sicher hatte Fritz nach den Kühen gesucht, die er so gern hatte, aber die waren ja um diese Jahreszeit im Stall.

Warum hatte niemand das Kind gesehen? Es mußte doch eine ganze Weile gebraucht haben, bis es über die ganze Weide getappelt und an den Bach gekommen war.
Das alles sagte Peter, und mit einem gewissen Recht, er belud seine junge Frau zu allem Schmerz auch noch mit der Schuld, das Kind nicht sorglich genug behütet zu haben.
Niemand verdächtigte Jona der ungeheuerlichen Tat, niemals erfuhr ein Mensch, was sie getan hatte. Sie beichtete es nicht dem Pfarrer, sie ging überhaupt nicht mehr in die Kirche, sie hatte sich gewissermaßen selbst exkommuniziert. In den Nächten lag sie wach und suchte nach Worten, um Gottes Vergebung zu erflehen, aber sie wußte, daß es für sie keine Vergebung geben konnte, weder im Himmel noch auf Erden, also betete sie auch nicht mehr.
Aber sie wollte fort. Sie wollte den Hof nicht mehr sehen, den Vater nicht, schon gar nicht Leni, sie wollte weit, weit fort und nie zurückkehren.
Zu der Zeit war sie sechzehn Jahre alt.
Einmal war sie nahe daran, ihrem älteren Bruder alles zu gestehen, sich die Last von der Seele zu reden. Er wollte ja Priester werden, er würde vielleicht wissen – was sollte er wissen? Und sie entschied sofort, daß sie ihn nicht, am Anfang seines schwierigen Weges, mit ihrem furchtbaren Verbrechen belasten konnte.
Sie fuhr jetzt manchmal nach Konstanz hinüber, meist um dem Bruder ein paar zusätzliche Lebensmittel vom Hof zu bringen, denn die Verpflegung in dem Lehrerhaushalt, in dem er untergebracht war, konnte nur spärlich genannt werden. Früher war der Vater jeden Monat einmal gefahren, und einmal jeden Monat kam der Franz am Sonntag herüber. Und natürlich war er in den Ferien da. Doch nun mußte er hart arbeiten, im nächsten Jahr würde er das Abitur machen.
Auf diese Weise hatte sie nun Konstanz kennengelernt, ihr Bruder hatte sie durch die Stadt geführt und ihr alle Sehenswürdigkeiten gezeigt, auch auf der Rheinbrücke standen sie, und Jona erinnerte sich an das Gespräch mit dem alten Pfarrer. Wenn er noch lebte, vielleicht hätte sie ihm alles sagen

können. Sie sah im Geist sein entsetztes Gesicht vor sich und schüttelte den Kopf. Nein, auch ihm hätte sie es nie gebeichtet. »Du bist so seltsam geworden«, sagte Franz. »So... so trübsinnig. Geht dir das denn so nahe mit dem Kind? Ich kann schon verstehen, daß ihr euch alle Vorwürfe macht. Es ist ja auch zu schrecklich.«
»Ich will nicht davon reden«, sagte Jona rauh.
Einmal, als der See sehr stürmisch wurde im Laufe des Tages, fuhren die Schiffe nicht, und sie mußte in Konstanz übernachten. Im Lehrerhaus wies man ihr eine kleine Dachkammer an, es war kalt darin, das Lager war schmal und hart.
Da kam sie auf die Idee, daß sie in ein Kloster gehen konnte. Sie konnte Nonne werden und ein Leben lang für ihre Schuld büßen. Das wäre der richtige Weg. Sie war ganz entflammt von dem Gedanken, und auf der Rückfahrt über den See, der immer noch unruhig war, dachte sie weiter darüber nach. Doch dann fiel ihr ein, daß sie ja beichten mußte, daß sie nur mit reiner Seele eine Braut Jesu werden konnte. Wenn sie es verschwieg, machte sie alles nur noch schlimmer, denn dann war sie eine Lügnerin vor Gottes Angesicht.
Nein, das war sie nicht. Er wußte es ja. Er hatte es gesehen. Den Menschen gegenüber konnte sie schweigen. Allen Menschen gegenüber. Aber sie konnte keine Nonne werden mit diesem Schweigen. Also fortgehen, irgendwohin. Sie konnte sich auf einem weit entfernten Hof als Magd verdingen. Nur brauchte sie dazu die Erlaubnis ihres Vaters, sie war ja noch nicht mündig.
So verging ein Jahr, Frühling, Sommer und Herbst, Jona arbeitete bis zum Umfallen, sie sprach nur das Nötigste, sie wohnte mit dem Mäxele in dem Anbau, sie ging Leni und ihrem Vater, soweit es möglich war, aus dem Weg. Sie dachte nur immer darüber nach, wie sie von dem Hof, den sie einst so geliebt hatte, fliehen könnte.
Auch Leni lachte und sang nicht mehr, sie war lange Zeit sehr traurig. Es wurde erst besser, als sie wieder schwanger wurde.
Auf ihrer letzten Fahrt nach Konstanz, Jona war hinübergefahren, um ihrem Bruder das Geld zu bringen, das er für den

schwarzen Anzug brauchte, den er bei der Abiturfeier tragen sollte, auf dieser letzten Fahrt lernte Jona den jungen Rechtsanwalt aus Konstanz kennen.
Es war ein schöner Tag, der Himmel blau, der Säntis glänzte im Sonnenschein. Jona stand an der Reling, und da sprach er sie an, ganz spontan, das heißt, er sprach nicht, er rief: »Da! Sehen Sie! Ein Graureiher! Sehen Sie den Flügelschlag?« Er wies mit der Hand in das Blau auf den großen Vogel, der in einiger Entfernung vorbeistrich.
»Oh!« sagte Jona. »Der ist aber schön.«
»Ja, nicht wahr?« Und dann sah er das junge Mädchen an seiner Seite an, und so begann es.
Auch sie war schön, und der Ernst in diesem jungen Gesicht, die Schwermut, die sie umgab, rührte sein Herz an. Er war kein Charmeur, dieser Carl Ludwig Goltz, aber immerhin war er ein weltgewandter junger Mann aus guter Familie und sowohl an Konversation wie auch an eine tiefergehende Unterhaltung gewöhnt.
Bis sie das andere Ufer erreichten, hatten sie eine ganze Menge miteinander geredet. Er hatte sich vorgestellt, er wußte, wie sie hieß und wo sie herkam, und am Schluß sagte er, daß er sie gern wiedersehen würde.
So bot sich Jona also ganz von selbst die Gelegenheit zur Flucht, kein Kloster, kein fremder Bauernhof, auf dem sie sich verdingen mußte. Ein junger Herr aus Konstanz, ein Akademiker obendrein, wollte sie heiraten.
Ihre Heirat war eine Flucht, aber auch das wußte keiner. Sie gab ihm bald ihr Jawort, denn sie wollte nicht mehr auf dem Hof sein, wenn Leni das Kind bekam.
Peter und Leni wunderten sich sehr, als der Herr Doktor Goltz auf dem Hof erschien und schon bei seinem dritten Besuch um Jonas Hand anhielt. Es war eine fremde Welt, die ihnen hier begegnete, aber die erste Befangenheit legte sich rasch, denn der Besucher war ohne jede Überheblichkeit, war still und freundlich, ließ sich den Hof zeigen, hörte sich geduldig alles an, was dazu zu sagen war, lobte Peters wohlgenährte Kühe und Lenis wohlgelungenen Kuchen, und ansonsten hing sein Blick mit andächtiger Bewunderung an Jona.

Auch Peter sah seine Tochter, die so lange stumm an ihm vorübergegangen war, auf einmal mit anderen Augen. Sie war ein schönes Mädchen geworden. Sie sah seiner ersten Frau, sie sah Maria ähnlich, und doch war sie anders, sie wirkte kühl, überlegen, und ihr Gesicht glich manchmal einer starren Maske.
»Du bist noch so jung«, sagte er einmal unbeholfen. »Liebst du ihn denn?«
»Ich werde ihn heiraten«, sagte Jona mit unbewegter Miene.
Es fiel Peter schwer, sie aus dem Haus zu geben, obwohl sie sich seiner Liebe entzog und eine unsichtbare Mauer sie zu trennen schien, seit er wieder geheiratet hatte. Peter war kein dummer und kein dickfelliger Mann, er verstand Jonas Gefühle, er hatte sie immer verstanden. Und er hatte immer gehofft, mit der Zeit würde sie Verständnis haben und würde wieder sein wie früher, seine geliebte und vertraute Tochter.
»Und das Mäxele?« fragte er noch.
Jona preßte die Lippen zusammen.
»Es wird ja von euch gut versorgt.«
Das Mäxele zu verlassen, war das schwerste von allem. Aber in ein Kloster oder auf einen fremden Hof hätte sie ihn ja auch nicht mitnehmen können.
Leni dagegen konnte den Tag kaum erwarten, an dem die schwierige Stieftochter vom Hof verschwunden sein würde, und es war ihr nur recht, wenn Jona heiratete, ehe sie selbst niederkam.
Auch wenn sie reifer wirkte, so war Jona doch gerade erst achtzehn geworden, als sie heiratete. Die Hochzeit fand nicht bei den Brauteltern statt, wie es üblich gewesen wäre, sondern in Konstanz. Es wurde entschuldigt mit dem Zustand Lenis, die im achten Monat war. Sie nahm auch an der Hochzeit ihrer Stieftochter nicht teil. Peter fuhr allein über den See, feierlich im schwarzen Anzug, Franz war da, doch beide fühlten sich nicht sehr behaglich inmitten der neuen feinen Verwandtschaft, von der nur der Vater und der Bruder des Bräutigams ihnen mit Liebenswürdigkeit entgegentraten.

Carl Ludwigs Mutter wahrte nur die nötigste Form der Höflichkeit, ganz zu schweigen von der übrigen Sippe.
Die Hochzeit fand in bescheidenem Rahmen statt, jedenfalls für Konstanzer großbürgerliche Verhältnisse, aber das war Carl Ludwig gerade recht, und Jona war es ohnehin gleichgültig.
Ihr Vater war dennoch beeindruckt. Was für eine Familie! Was für gebildete und vornehme Leute! Wie sollte die arme Jona sich da nur zurechtfinden.
Er sprach nicht viel, auch die Braut tat kaum den Mund auf, und die Verwandten und Bekannten des Bräutigams schüttelten insgeheim die Köpfe über die seltsame Verbindung.
Carl Ludwigs Schwester Lydia, die ihre neue Schwägerin erst am Hochzeitstag zu sehen bekam, sie lebte mit ihrem Mann in München, sagte zu ihrer Mutter: »Na, weißt, das ist eine komische Person. Was findet der Ludwig an ihr? Sie schaut ja nicht schlecht aus, aber mit der kann er doch nix reden. Kannst du dir vorstellen, daß das gutgehen wird?«
Es ging recht gut. Das junge Paar bewohnte den dritten Stock im Haus am Münsterplatz, wo bisher Ludwig zusammen mit seinem Bruder gelebt hatte. Der hatte sich mit größtem Vergnügen eine andere Wohnung gesucht, seine Mutter, im zweiten Stock, paßte viel zu gut auf, wann er ging und kam und wer ihn besuchte. Zu jener Zeit hatte er gerade eine Liaison mit einer Schauspielerin vom Stadttheater, und es war jedesmal ein Problem, wenn die Dame zu ihm kam. Ein Mann von über dreißig, fand Carl Eugen, mußte endlich einmal tun und lassen können, was ihm beliebte, ohne jedesmal der Frau Mama Rechenschaft darüber ablegen zu müssen.
Jona und Carl Ludwig zu Beginn ihrer Ehe – er war glücklich und zufrieden, daß er die Frau bekommen hatte, die er haben wollte, und sie fügte sich mit erstaunlicher Sicherheit in sein Leben ein. Sie führte den Haushalt, anfangs nur mit Hilfe eines jungen Dienstmädchens, ruhig und gelassen, als hätte sie seit eh und je in einer großen Stadt gelebt. Sie hörte sich geduldig seine Erzählungen an, über Fälle, die er zu bearbeiten hatte, es waren sowieso nur Bagatellsachen, wichtige Fälle nahm immer noch sein Vater wahr. Am liebsten und am läng-

sten redete er über seine guten Freunde, die Vögel, über die Schwäne, die Enten, die Haubentaucher, die Bläßhühner, die Reiher, die Kiebitze, die Rohrdommeln und die Teichrohrsänger und wie sie alle hießen; allein, was er an Entenarten aufzählte, machte Jona staunen. Stockente, Reiherente, Löffelente, Knäkente, Schnatterente... »Hör auf, hör auf«, rief Jona, und sie lachte sogar dabei.
»Das kann es ja gar nicht geben. So viele Enten!«
»Das sind lange noch nicht alle«, sagte er eifrig. Und es folgten andere Namen, Vögel, nichts als Vögel, wann sie kamen, wann sie gingen, wie und wo sie brüteten, wie ihre Lebensgewohnheiten waren, was sie für Nahrung brauchten; endlich war da mal ein Mensch, der ihm aufmerksam zuhörte.
»Wir kennen bisher dreihundertsieben verschiedene Vogelarten hier am Bodensee«, schloß er triumphierend, »aber am Ende ist das noch nicht alles, und man wird noch andere entdecken.«
Der sexuelle Teil ihres Ehelebens war nicht sehr aufregend und machte auf Jona keinen besonderen Eindruck. Als Landkind wußte sie ja, wie das vor sich ging, und Carl Ludwigs bescheidenes Repertoire auf diesem Gebiet war nicht dazu angetan, Jona leidenschaftliche Regungen zu entlocken.
Nachts lag sie lange wach, während ihr Ehemann neben ihr leise vor sich hinschnarchte, wenn er endlich ihre Hand losgelassen hatte, die er, jedenfalls im ersten Jahr ihrer Ehe, zum Einschlafen brauchte.
Auch das neue Leben konnte ihr nicht helfen: Immer wieder durchlebte sie den fürchterlichen Augenblick, als ihre Hand das Kind ins Wasser stieß. Sie konnte nicht weinen und nicht beten, sie wartete nur ständig auf die gerechte und schreckliche Strafe Gottes. Zur Beichte hatte sie gehen müssen, ehe sie heirateten, und sie war zu einem fremden Priester des Münsters gegangen, und da sie die Wahrheit nicht bekennen konnte, hatte sie sich nur noch tiefer in Schuld und Sünde verstrickt. Dessen war sie sich voll bewußt, und das Leben mit der furchtbaren Lüge machte alles, was sie tat und sagte, ebenfalls zur Lüge. Sie wurde sich selbst fremd; und es würde

noch eine Weile dauern, bis sie so hart geworden war, daß sie mit sich selbst und ihrer Schuld leben konnte.
Zunächst wurde es eher noch schlimmer, als sie ein Kind erwartete. Denn nun, daran zweifelte sie nicht, würde sie ihre Strafe erhalten. Sie ging manchmal ins Münster, allein, wenn keine Messe und keine Andacht stattfand, sie kniete da, den dunklen Kopf in die gefalteten Hände gepreßt, sie betete nicht, sie dachte immer nur: Strafe mich! Aber straf nicht mein Kind! Laß es nicht elend und krank sein! Laß mich sterben, denn ich verdiene die Strafe, nur ich!
Doch Gott strafte sie nicht, noch nicht. Sie bekam eine Tochter, und im Jahr darauf eine zweite, und beide Kinder waren normal und gesund und wuchsen ohne Komplikationen auf.
Sie wußte, daß die Familie einen Sohn erhofft hatte, aber sie war froh, daß sie keinen Sohn bekam, denn inzwischen war ihr klar, daß die Strafe ja den Sohn treffen mußte. Das getötete Kind war ein Knabe gewesen, und wenn sie einen Buben zur Welt brachte, würde dieser für ihre Schuld bezahlen müssen. So jedenfalls stellte sie sich ihr Menetekel vor.
Gestraft zunächst von dem unbegreiflichen Gott wurde Leni, die ein totes Kind zur Welt brachte, in den folgenden Jahren zwei Fehlgeburten hatte und daraufhin den Meinhardthof und ihren Mann verließ. Sie verschwand aus der Gegend, man hörte nie wieder von ihr.
Peter war nun allein auf dem Hof mit dem Mäxele und dem Gesinde, und noch immer war es die Arbeit, die ihn am Leben erhielt. Franz, der inzwischen Kaplan in Radolfzell war, besorgte ihm ein junges Mädchen aus dem Waisenhaus, das allein für das Mäxele da war.
Mehrere Jahre lang hatte Peter seine Tochter nicht gesehen. Er fuhr nicht nach Konstanz, weil er nicht dazu aufgefordert wurde, und sie kam nicht herüber an sein Ufer. Warum das so war, wußte er nicht zu sagen. Und sie, die es ihm hätte sagen können, schien sich ganz von ihm zurückgezogen zu haben. Daß es ein Teil der Buße war, die sie sich selbst auferlegt hatte, den Vater nicht zu sehen, den Fuß nicht mehr auf den Hof zu setzen, konnte er nicht ahnen.

Franz traf sie manchmal, und durch ihn erfuhr er, wie es seiner Tochter ging, daß er Großvater geworden und daß seine Jona ein anderer Mensch geworden war.
»Ich bin ihr nicht fein genug«, sagte Peter bitter. »Sie will mich nicht dorthaben bei ihrer vornehmen Gesellschaft.«
»Nein«, widersprach Franz, »so ist es nicht. Sie hat sich auf eine seltsame Art verändert, die ich nicht erklären kann. Aber es hat nichts mit den Leuten zu tun, mit denen sie jetzt lebt. Die bedeuten ihr nicht viel.«
»Aber ihr Mann? Ihre Kinder?«
»Ja, freilich, die schon. Aber auch nicht so, wie es eigentlich sein sollte. Weißt du, sie kommt mir manchmal vor wie eine Schlafwandlerin. Ich weiß nur nicht, wie man sie aufwecken könnte, damit sie wieder wird, wie sie war. Ich kann auch nicht begreifen, was sie so verändert hat. Es kam nicht durch ihre Heirat.«
»Nein«, sagte Peter langsam, »durch meine Heirat. Sie war schon ein anderer Mensch geworden, als sie hier noch bei uns lebte.«
Ein halbes Jahr etwa war vergangen nach Lenis Verschwinden, da fuhr Jona zum erstenmal wieder über den See, um ihren Vater zu besuchen. Peter schloß sie in die Arme, hielt sie ganz fest, ein Schluchzen schüttelte ihn. Und nun endlich konnte auch Jona weinen.
»Verzeih mir! Verzeih mir, Vater!«
Und Peter sagte: »Was hätte ich dir zu verzeihen?«
Das konnte sie ihm nicht sagen. Aber dieser Tag wurde zu einem Wendepunkt in ihrem Leben. Sie begriff, daß der Vater ihr mehr bedeutete als Mann und Kinder, und wenn es für sie überhaupt eine Möglichkeit gab, etwas gutzumachen, dann bot sich dazu nur auf dem Hof die Gelegenheit. Wenn sie Hilfe finden wollte, in der Wirrnis ihres Gemütes, dann konnte sie sie nur bei ihrem Vater finden.
Nun begannen ihre Fahrten über den See. Sie blieb tagelang auf dem Hof, sorgte für den Vater, kümmerte sich um das Mäxele, nahm auch einen Teil ihrer Arbeit wieder auf. Es war ein gehetztes Leben; ob sie hüben oder drüben das Haus verließ, sie hatte jeweils ein schlechtes Gewissen, notwendige

Pflichten zu versäumen. Aber in dieser Hinsicht erwies sich Carl Ludwig als große Hilfe; er machte ihr niemals Vorwürfe, und er hielt es für richtig, daß sie sich um ihren Vater kümmerte, der allein war und so viele Schicksalsschläge hatte ertragen müssen. Carl Ludwig fuhr hin und wieder mit ihr hinüber, und seine Sympathie für den Schwiegervater war offensichtlich. Jona liebte Carl Ludwig für sein Verständnis, ihr Verhältnis war das allerbeste, ihre Ehe absolut intakt. Was für Außenstehende natürlich schwer zu begreifen war; besonders die Familie Goltz bis in ihre äußersten Zweige hinein erwartete immer ein Ende mit Schrecken dieser unmöglichen Ehe, in der die Frau die Hälfte der Zeit außer Haus lebte. Aber Jonas Hochmut und Carl Ludwigs gütige Geduld machten eine Debatte unmöglich.

Eine Unterbrechung ihrer Fahrten trat ein, als sie viereinhalb Jahre nach Immas Geburt zu ihrem Ärger wieder schwanger wurde. Daß sie einen Sohn gebar, jagte ihr noch einmal einen heillosen Schrecken ein. Denn inzwischen hatte sie gelernt, mit ihrer Schuld zu leben, sie zu verdrängen, auch war sie viel zu beschäftigt, der Haushalt hier, der Haushalt dort, als daß sie wie früher hätte grübeln und sich quälen können. Aber nun ein Sohn! Kam die Strafe endlich?

Doch auch dieses Kind war gesund und entwickelte sich ganz normal, und Jona kam zu dem Schluß, daß es unberechenbar blieb, wann die Strafe sie treffen würde. Wenn es nach ihrem Tod geschah, in jener Hölle, die die Kirche den Sündern prophezeite, kam es immer noch zur rechten Zeit. Sie war hart geworden; und innerlich frei.

Man konnte es ein Doppelleben nennen, das sie in den folgenden Jahren führte; Mann, Kinder und Haushalt wurden gut versorgt, unterstützt von erstklassigem Personal, das sie selbst aussuchte und anlernte. Mit Personal umzugehen und es zu schulen, hatte sie auf dem Hof gelernt. Bei alledem war sie beliebt bei den Leuten, die für sie arbeiteten, denn sie war gerecht und großzügig, verlangte nicht mehr, sei es auf dem Hof, sei es im Haus, als was sie nicht selbst zu leisten imstande war. Einzig Berta, die Köchin ihrer Schwiegermutter, brachte ihr immer ein gewisses Mißtrauen entgegen, nicht anders als die Schwiegermutter selbst. Nach dem Tod der alten Frau Goltz war Berta jedoch nur noch für den Senior tätig, und Jona hatte wenig mit ihr zu tun. Die Kinder dagegen, alle drei, liebten Berta von Herzen und ließen sich gern von ihr verwöhnen. Man konnte sagen, daß sie ihnen in gewisser Weise die fehlende Mutter ersetzte. Sie nahmen die Mahlzeiten oft beim Großvater ein, wenn Jona nicht im Hause war. Dann saß Carl Ludwig allein bei Tisch, was ihm nicht das geringste ausmachte, denn die Kinder fielen ihm manchmal auf die Nerven. Für seine Vögel interessierten sie sich nicht, das Geplapper der beiden kleinen Mädchen interessierte ihn nicht, und was den Buben anbelangte, so mußte man halt warten, bis er größer und verständiger wurde, dann ließ sich vielleicht etwas mit ihm anfangen. Es war ein ungewöhnliches Familienleben, und genaugenommen hatten die Kinder weder Vater noch Mutter als wirkliche Partner, aber der Rahmen der großen Familie glich das wieder aus.

In den Jahren seiner frühen Kindheit, ehe er in die Schule ging, gab sich Jona viel mit ihrem Sohn ab. Sie nahm ihn fast immer mit, wenn sie über den See fuhr, denn er war von ihr zum Hoferben bestimmt worden, auch wenn sie nicht darüber sprach; sie wußte schließlich, daß die Familie Goltz andere Vorstellungen von seiner Zukunft hatte. Doch er war *ihr* Sohn, und sie würde das aus ihm machen, was sie aus ihm machen wollte. Worin sie sich täuschte. Er tat weder das eine noch das andere, er ging einfach fort und lebte ein eigenes, ganz fremdes Leben, und das war *seine* Antwort auf die Ansprüche, die von zwei Seiten an ihn gestellt wurden.

Als kleiner Bub fuhr Jacob gern mit ihr über den See, das freie Leben auf dem Hof gefiel ihm. Er verstand sich gut mit dem anderen Großvater, der ihm alles zeigte und erklärte, ihn vor sich auf den Sattel setzte und an den Feldern entlangritt, mit ihm durch den Wald spazierte und ihm die Zügel in die kleinen Hände legte, wenn sie mit dem Wagen unterwegs waren. Für Peter bedeutete der Umgang mit dem Enkelsohn endlich wieder etwas, worüber er sich freuen konnte. Die allergrößte Freude für ihn aber bedeutete Jona, die nun wieder zu ihm gehörte, genau wie einst.

Er fragte nur manchmal: »Kannst du denn so lange wegbleiben? Was sagt denn dein Mann dazu?«
»Der hat viel zu tun«, erwiderte Jona gelassen. »Er macht die meiste Arbeit in der Kanzlei. Sein Vater arbeitet nicht mehr viel, und der Eugen läßt sich sowieso nur selten blicken. Der übernimmt nur ganz besondere Fälle. Wenn er nicht überhaupt verreist ist.«
»Aber wenn er so viel Arbeit hat, braucht dich dein Mann doch erst recht«, beharrte Peter.
»Du brauchst mich mehr, Vater. Ludwig hat seine Vögel.«
Die beiden Mädchen hatte Peter auch kennengelernt, sie waren einige Male mit herübergekommen auf den Hof, aber er fand zu diesen Kindern keine engere Beziehung. Sie waren niedlich, artig und ein wenig affig, besonders die Ältere, Agathe, die immer und überall den Ton angab. Die kleine Imma machte ihr alles nach. Der Hof bedeutete ihnen nichts, und dieser fremde Mann in derben Stiefeln und im groben Hemd war in nichts zu vergleichen mit dem richtigen Großvater in Konstanz, der stets elegant gekleidet war und fein roch. Imma bewunderte scheu ihre schöne Mutter mit der stolzen Haltung, die so anders war als alle Frauen der Familie und des Bekanntenkreises, aber sie wagte es nicht, ihre Zuneigung zu zeigen. Agathe dagegen hatte nicht vergessen, was ihre Großmutter einmal Tante Lydia gegenüber geäußert hatte. »Was erwartest du denn von der? Sie ist eine Bauersfrau, und sie bleibt eine Bauersfrau.«
Tante Lydia, Lydia von Haid, die jüngere Schwester von Carl Eugen und Carl Ludwig, wurde von allen Kindern herzlich geliebt. Sie war eine warmherzige, heitere Frau, sie kam oft zu Besuch nach Konstanz, immer mit vielen Geschenken, und die Kinder, besonders die beiden Mädchen, verbrachten alle Ferien bei ihr.
Ganz jung, als halbes Kind noch, hatte sie den Leutnant Max Joseph von Haid, der aus einer bayerischen Offiziersfamilie stammte, kennengelernt.
Max Joseph hatte die Militärakademie in München absolviert und stand zu jener Zeit in Garnison in Ingolstadt.
Und weil ihm der Bodensee so ausnehmend gut gefiel, mach-

te er im Sommer mit Kameraden eine Wanderung um den See. Das kleine Fräulein Goltz sah er zum erstenmal in einer Kutsche, in der sie zusammen mit Mutter, Tante und einem anderen jungen Mädchen saß. Es war am Untersee, und die Damen kamen von Schloß Arenenberg, wo die Kaiserin Eugénie ein Gartenfest gegeben hatte. Weiß und rosa wogten Tüll und Spitze über den Kutschenrand, die Sonnenschirmchen tanzten anmutig über zarten Gesichtern, der Staub der Straße wirbelte den jungen Offizieren ins Gesicht. Lydia winkte den jungen Männern übermütig zu, was ihr eine Rüge ihrer Mutter eintrug, doch ihr fröhliches Lachen blieb dem Leutnant noch lange im Ohr.
Am nächsten Tag, in Konstanz, sahen sie sich wieder, ganz zufällig.
Lydia kam aus der Töchterschule, der Leutnant betrachtete – was sonst? – das Münster.
»Gfallts Ihnen?« fragte das junge Mädchen keck. »Wollet Sie, daß ich Ihnen was erklär?«
»Da wär ich sehr dankbar, gnädiges Fräulein.«
Sie blieben in Verbindung, der Leutnant schrieb, das Fräulein Goltz antwortete, und mit siebzehn erklärte sie ihrer Mutter sehr bestimmt: »Den will ich heiraten.«
»Den willscht heirate? Den kennscht doch kaum.«
»Aber ich lieb ihn.«
Sie war sich ihrer Sache absolut sicher, und wie ihr ferneres Leben bewies, hatte ihr Gefühl sie nicht getäuscht. Sie liebte ihn unvermindert eine langwährende Ehe lang, und er liebte sie genauso. Abgesehen davon, daß ihnen ein dreijähriges Söhnchen an Gehirnhautentzündung starb, gab es keine großen Sorgen in ihrem gemeinsamen Leben. Kinder bekamen sie allerdings nicht mehr, was sie stets bedauerte und weswegen sie auch gern die Kinder ihres Bruders bei sich hatte.
Nur gegen Ende seines Lebens war es für den General von Haid ein großer Kummer, daß Deutschland den großen Krieg verloren hatte, den er, seines Alters wegen, nicht mehr bei der Truppe, sondern als Stadtkommandant im Elsaß verbracht hatte. Und ebensowenig konnte er sich mit den Zuständen nach dem Krieg abfinden: Schon während der Räte-

republik verließ er fluchtartig seine Heimatstadt München und kehrte nie wieder dorthin zurück.
Aber zunächst zog der Leutnant in einen Krieg, der gewonnen wurde, als Oberleutnant kam er aus dem Siebzigerkrieg zurück; außerdem war er einer der wenigen Bayern, die mit der Gründung des Deutschen Reiches höchst einverstanden waren. Das änderte nichts an seiner Liebe und Treue zum angestammten Wittelsbacher Haus; erst unter König Ludwig II., dann unter dem Prinzregenten Luitpold nahm er die normale Laufbahn eines tüchtigen Offiziers mit hervorragender militärischer Qualifikation. »So weit willst fortheirate«, hatte Lydias Mutter damals gejammert, »bis nach Bayern.«
»S'isch gar net so weit«, erwiderte die Tochter, »und ein Stückkerl von unserem See gehört zu Bayern. Du weißt ja, wie sehr der Max Joseph unseren Bodensee liebt.«
Sie war der Sonnenschein im Haus, immer gutgelaunt, gesprächig, vergnügt, die einzige Tochter, die jüngste dazu, verwöhnt und geliebt von allen. Sie waren alle traurig, daß sie so früh schon heiratete, doch die Verbindung zum Elternhaus blieb immer eng und herzlich. Die Eheschließung machte keine Schwierigkeiten, der Oberleutnant von Haid stammte aus wohlsituiertem Haus und konnte ohne Mühe die Kaution stellen, Lydia bekam überdies eine ansehnliche Mitgift.
So sehr Lydia Carl Ludwigs Kinder liebte, so wenig hatte sie je Kontakt zu Jona gefunden. Anfangs teilte Lydia durchaus die Meinung ihrer Mutter, daß es eine ganz und gar unpassende Verbindung sei, die Ludwig anstrebte. Aber sicher wäre es später möglich gewesen, daß die beiden Frauen, so verschieden sie von Herkunft und Wesen waren, einander nähergekommen wären, denn, wie gesagt, Lydia war ohne Falsch und immer bereit, einem anderen Menschen herzlich entgegenzukommen. Aber Jonas abweisende Haltung, bedingt durch ihre innere Verfassung, machte jede Annäherung unmöglich. Und später bekam Lydia sie kaum mehr zu Gesicht. Kam sie nach Konstanz, war Jona meist nicht da, und verständlicherweise konnte es Lydia nicht richtig finden, daß Jona ihren Mann und ihre Kinder im Stich ließ, nur um den Hof ihres Vaters zu bewirtschaften.

»Warum hat sie denn überhaupt geheiratet? Sag, Maxl, das ist doch net recht von ihr. Wenn man einen Mann hat und Kinder, muß man auch für sie dasein.«
Damit befand sich Lydia in Übereinstimmung mit allen Mitgliedern der Goltzschen Familie, aber an den Tatsachen änderte es nichts. Jona folgte auch niemals der Einladung, die Haids zu besuchen, später wurde sie nicht mehr eingeladen.
Dagegen traten die Kinder, besonders Agathe und Imma, mehrmals jährlich die Reise nach Landsberg an. Sie hegten große Liebe zu Tante Lydia, die noch immer so heiter und gesprächig war wie als junges Mädchen. Sie führte ein großes Haus, hatte gern Gäste, und da sie von ihrem Vater ein großzügiges Nadelgeld bekam, war sie zweifellos die eleganteste Dame von Landsberg am Lech, wo der Oberst von Haid in den neunziger Jahren das 3. Bataillon des 20. Infanterieregimentes kommandierte. Sie bewohnten eine geräumige, vornehm ausgestattete Villa am Landsberger Berg, nicht zu weit von den Kasernen entfernt, im Haus wimmelte es von Dienerschaft und Ordonnanzen, und besonders Agathe, die den Hang zur großen Welt hatte, fühlte sich im Haus ihrer Tante und ihres Onkels immer ganz fabelhaft. Sie konnte es jedesmal kaum erwarten, bis sie mit Imma, begleitet von dem Kinderfräulein, die jeweilige Ferienreise antreten konnte.
Es war die erste Treulosigkeit – er war elf –, die Jacob an seiner Mutter beging, als er verkündete, er wolle die nächsten großen Ferien viel lieber mit den Schwestern bei Tante Lydia und Onkel Oberst als auf dem Hof verbringen. Agathe und Imma, schon angehende junge Damen, waren mäßig begeistert, denn Jacob spielte ihnen oft üble Streiche. Aber Tante Lydia und der Oberst freuten sich sehr, daß der Bub mitkommen würde. Es war ohnedies ihr letztes Jahr in Landsberg, der Oberst wurde kurz darauf nach München abkommandiert, wohin die Kinder jedoch ebenfalls reisen durften, um die Haids zu besuchen, und München war natürlich noch viel großartiger als Landsberg. Dann allerdings wurde Haid zum Generalleutnant befördert und für einige Jahre nach Berlin gerufen, auf einen ehrenvollen Posten am kaiserlichen Hof,

den er dank seiner Herkunft und militärischen Qualifikation erhielt, vielleicht auch wegen seiner charmanten Frau.
Bis an ihr Lebensende würde Tante Lydia von den Jahren in Berlin schwärmen, Baden hin und Bayern her. So glanzvoll hatte sie nie gelebt, so viele Feste und Bälle nie mitgemacht, so prächtige Paraden und Aufmärsche nie gesehen.
Doch was hatte nun Jacob veranlaßt, sich von seiner Mutter abzuwenden und die Ferien auf dem Hof mit ihr und dem Großvater kühl abzulehnen?
Ganz einfach die Tatsache, daß seine Mutter nun von ihm verlangte, daß er arbeitete auf dem Hof, daß er half bei der Ernte, daß er sich auf das Leben eines Bauern einstellte. Er begriff sehr früh, was sie von ihm erwartete, und sofort setzte seine Verweigerung ein.
Er war ein ungebärdiger Junge, seine Leistungen in der Schule ließen immer sehr zu wünschen übrig, seine Streiche dagegen waren oftmals Stadtgespräch. Er sprang von der Rheinbrücke in den See, ein anderes Mal schwamm er über den Untersee und wäre ertrunken bei diesem Unternehmen, wenn Fischer ihn nicht gerettet hätten, er spannte wartenden Kutschern die Pferde aus, falls der Kutscher sich mittlerweile ein Viertele Wein genehmigte, oder er nahm gleich die ganze Kutsche mit, einmal gelangte er auf diese Weise über den ganzen Bodanrücken bis nach Radolfzell. Bei den jährlichen Fasnachtstreiben in der Stadt war er der Anführer einer wilden Horde, die selbst in diesen freizügigen drei Tagen das Maß des Gewohnten sprengte. Er war ein großgewachsener, hübscher Bursche, reif für sein Alter; mit fünfzehn erwischten sie ihn denn auch im Bett eines der Dienstmädchen. Von da an rissen seine Affären nicht mehr ab, und nur das Ansehen der Familie und vor allem das Eingreifen seines Onkels Eugen verhinderte einige Male einen handfesten Skandal.
Sie waren ganz froh, als er endlich die Schule mit Mühe und Not hinter sich gebracht hatte, und fanden, daß ein Jahr Militärdienst ihm nicht schaden könne, sowenig sie auch für das Militär übrighatten, und erwarteten, daß die darauf folgenden Studienjahre ihm endgültig Gelegenheit geben würden, sich auszutoben. Eines Tages würde es dann wohl geschafft

sein, daß er sich als angesehener Anwalt wie Vater, Großvater und Urgroßvater bei den Konstanzern wieder blicken lassen konnte.
So sah es die Familie Goltz.
Anders seine Mutter. Jona war tief erbittert über die Entwicklung ihres Sohnes, und seit seinem zehnten, elften Lebensjahr etwa lagen sie in ständigem Kampf miteinander. Sie schlug ihn oft, zornig und hart, und er wußte nie, ob er sie liebte oder haßte.
Mit achtzehn schleuderte er ihr nach einer bösen Auseinandersetzung ins Gesicht: »Mach dir keine falschen Hoffnungen. Einen Bauern machst du nie aus mir.«
Und sie darauf: »Ich weiß. Du wirst immer ein Nichtstuer und Taugenichts bleiben.«
Eine Enttäuschung war Jacobs Entwicklung auch für seinen Großvater Peter, der ja eine Zeitlang geglaubt hatte, in diesem einzigen Enkelsohn werde wirklich ein Erbe für den Hof heranwachsen.
Peter Meinhardt starb noch vor Beginn des Krieges, da war Jacob schon seit vier Jahren in Deutsch-Ostafrika. Viele Jahre lang hatte er, genau wie Jona, den Jungen nicht mehr gesehen. Jacob schien sich so endgültig von seinem Elternhaus, von seiner Familie, von seiner Heimat, gleichgültig, an welchem Ufer er sie suchen sollte, gelöst zu haben, wie es bei einem so jungen Menschen kaum glaubhaft war.
Er schrieb sehr selten, auch als vor dem Krieg der Postverkehr mit Afrika noch intakt war, und was er schrieb, war nichtssagend. Er schien kein Heimweh zu haben, keine Sehnsucht, und für keinen der Menschen, die er verlassen hatte, schien er so etwas wie Liebe zu empfinden.
Er hatte alle enttäuscht, nicht nur seine Mutter. Sowenig, wie er den Hof übernehmen wollte, sowenig dachte er daran, eines Tages in die Kanzlei einzutreten. Von Studium war überhaupt keine Rede gewesen.
Bei einer der seltenen Gelegenheiten, bei denen Jona und Carl Ludwig einmal über den verschwundenen, den verlorenen Sohn sprachen, sagte Ludwig: »Es ist ganz offensichtlich, er hat keinen von uns geliebt.«

»Und du willst sagen, das ist meine Schuld«, sagte Jona.
»Das will ich bei Gott nicht sagen.«
»Du hättest ein Recht dazu. Weil ich so oft nicht da war. Du könntest sagen, ich habe mich zu wenig um die Kinder gekümmert.«
»Die beiden Mädels sind doch in Ordnung. Und was den Buben betrifft – wild war er immer. Schwer zu erziehen. Mich trifft mindestens soviel Schuld wie dich. Ich bin schließlich der Vater, und wenn ich ehrlich bin, muß ich zugeben, er hat mir selten gehorcht. Er tat, was er wollte, immer schon. Ich war bestimmt zu weich, zu nachgiebig.«
Seltsamerweise, oder auch verständlicherweise, wie man es sehen wollte, wurde es im Krieg dann erträglicher, daß der Bub fort war und fortblieb. Das war nun in fast allen Familien so, die Söhne gingen, und viele kamen niemals wieder.
Carl Jacob Goltz hingegen kam wieder. Im November 1923 war er wieder da.

Die Familie

Es dauerte noch zwei Wochen, bis Jacob seine Mutter wiedersah. Seine Schwester Imma allerdings erschien am selben Abend, nachdem sie von ihrem Mann von dem Heimkehrer erfahren hatte. Sie kam gelaufen, ihre Wangen glühten, und sie atmete rasch; doch nicht nur vom raschen Laufen, ganz offensichtlich auch von der Freude, ihren Bruder wiederzusehen.
Sie umschlang Jacob mit beiden Armen und rief: »Oh, Jacöbele! Daß du wieder da bisch! Nein, ich freu mich so. Ich freu mich ganz schrecklich. Ich mußte einfach gleich kommen. Ich hab den Kindern nur schnell ihr Nachtmahl gegeben, Bernhard kann noch e bißle warten. Er sitzt noch bei seine Akte. O Jacob! Wie geht's dir denn? Dünn bisch du, man fühlt alle Rippe. Und immer noch so groß. Nein, wie ich mich freu!«
Das kam alles in einem Rutsch heraus und aus ganz ehrlichem Herzen.
Jacob kam nicht zu Wort; ihn noch festhaltend, wandte sie sich über die Schulter zu den Brüdern Goltz und fuhr fort, im gleichen atemlosen Tonfall: »Papa, was sagst denn? Da isch er. Auf einmal isch er da. Wer hätt denn das gedacht? Onkel Eugen, freust dich auch?«
Eugen nickte. »Ja, mein Kind, wir freuen uns alle sehr.«
»Warum habt ihr mich denn nicht gleich angerufe? Ich hätt ja die Kinder mitgebracht. Die sind schon ganz aufgeregt, Evi hat gefragt, ob er einen Löwen mitgebracht hat. Hast du, Jacob? Hast net, gell? Täte mir uns auch fürchte, gell, Papa? Aber morgen darf ich die Kinder mitbringe? Ja? Ach, Jacöbele!«
Sie waren alle gerührt, auch Jacob und vor allem Berta, die wieder einmal von der Tür aus der Begrüßung beiwohnte.
Imma war klein und ein wenig rundlich, sie reichte Jacob ge-

rade bis zur Schulter, ihr Gesicht war auch rund, mit kindlichen hellblauen Augen. Ihr Haar, weich und hellblond, trug sie wie einen Kranz um den Kopf geschlungen, was das Mädchenhafte ihrer Erscheinung unterstrich.
Jacob küßte seine Schwester und meinte lächelnd: »Das ist aber eine liebevolle Begrüßung. Man könnte meinen, du hättest mich vermißt.«
»Kannst frage? Da hat man nun einen Bruder, nur einen, und ewig ist er fort. Wir haben immer Angst gehabt, sie bringen dich um, da bei dene Schwarze. Gell, Papa, immer haben wir Angst um den Jacob gehabt.«
So ging es noch eine Weile weiter, auch Carl Ludwig und Carl Eugen erhielten einen Kuß, und dann verstummte Imma schließlich und schaute staunend auf die fremde, elegante Dame.
»Imma, das ist meine Frau Madeleine«, sagte Jacob, und Imma machte: »Oh!«, ein wenig eingeschüchtert, doch als Madlon ihr zulächelte, lächelte sie auch, nahm die dargebotene Hand und drückte sie fest.
»Dei Frau, Jacob? So eine schöne Frau.«
Madlon lachte und küßte Imma spontan auf beide Wangen.
»Danke, Imma, das war eine hübsche Begrüßung, auch für mich. Und ich hatte Angst, Jacobs Schwestern würden mich nicht sehr freundlich willkommen heißen.«
»No ja«, meinte Imma ahnungsvoll. »ich bin ja nur die eine davon. Die kleine Schwester, weißt.«
Imma blieb nicht lange, nur gerade auf ein Glas Wein, denn ihr Mann mußte schließlich auch sein Abendessen haben. Aber sie versprach, am nächsten Tag wiederzukommen, mit den Kindern.
»Am Nachmittag, ja? Evi muß ja in die Schul. Der Konrad noch nicht, der kommt erst nächstes Jahr hinein. Ist dir doch recht, Jacob, wenn ich die Kinder mitbring?«
»Aber natürlich, ich bin schon sehr gespannt auf sie.«
»Na, die werden Augen mache. Ein Onkel, der aus Afrika kommt.« Die vergangenen vier Berliner Jahre ließ Imma weg. Afrika war viel interessanter.

Dann wirbelte sie wieder hinaus, vom Fenster aus sahen sie, wie sie die Straße überquerte und der Rheinbrücke zustrebte, und dann verloren sie sie auch schon aus den Augen, denn es war nun dunkel draußen.

»Ich hätte sie ja fahren können«, sagte Madlon, noch ganz erwärmt von dem herzlichen Empfang, »es ist ein weiter Weg, und es ist schon ganz dunkel.«

»Es ist kein weiter Weg«, meinte Carl Eugen. »Hier gibt es keine weiten Wege.«

»Aber es weht immer ein kalter Wind über der Brücke«, fiel Jacob ein, »ich werde ihr nachfahren.«

»Laß es bleiben«, sagte sein Vater. »Bis du den Wagen in Gang gesetzt hast, ist sie schon fast zu Hause. Sie hat immer Tempo am Leib, das hatte sie als kleines Mädchen schon.«

Jacob versuchte, sich an Imma als kleines Mädchen zu erinnern. Etwas Zierliches, Blondes wirbelte da durch die Gegend, das niemandem Mühe machte und keinen Ärger verursachte und eigentlich erstmals richtig in Erscheinung trat, als es durch einen schweren Unfall an ein langes Krankenlager gefesselt war.

Beherrschend war immer Agathe gewesen, die ältere Schwester, die war ihm gleich gegenwärtig, mit ihr hatte er viel Streit gehabt, sie war rechthaberisch, wußte alles besser, verstand sich durchzusetzen und ließ ihn mehrmals am Tag wissen, was für ein ungebildeter Flegel er sei. Mal sehen, dachte er leicht amüsiert, wie ihre Begrüßung aussehen wird.

»Ich wußte gar nicht mehr, was Imma für ein liebes Mädchen ist«, sagte er.

»Das ist sie«, stimmte Carl Eugen zu. »Lieb zu uns, lieb zu ihren Kindern, lieb zu ihrem Mann. Mehr, als er es verdient. Er ist ein ziemlich strenger Eheherr. Ich kann mir vorstellen, daß sie einen Tadel einstecken muß, wenn sie heimkommt. Erstens, weil sie Hals über Kopf hierhergelaufen ist, vermutlich ohne ihn um Erlaubnis zu fragen, denn er hätte es nicht erlaubt, und zweitens, weil er auf sein Nachtessen warten mußte.«

Madlon krauste die Nase. »La pauvre petite. Ich glaube, ich werde sie gern haben. Sie hat zwei Kinder?«

»Ja«, klärte Carl Eugen sie auf. »Eva ist zehn geworden in diesem Jahr, und der Kleine, der Konrad, ja, wie alt ist der, fünf, glaub ich, oder sechs. Sehr nette Kinder.«
Madlon blickte versonnen in das warme Licht der Lampe, die über dem Tisch hing.
»Wie schön! Ein kleines Mädchen, ein kleiner Junge. Das muß sie sehr glücklich machen.«
Die Herren hörten die Wehmut in ihrer Stimme und dachten an die traurige Geschichte, die Madlon zuvor erzählt hatte, von ihren Kindern, die bei einem Brand ums Leben gekommen waren. Das heißt, Carl Eugen und Carl Ludwig dachten daran, Jacob hatte ihr diese Geschichte keineswegs geglaubt.
Carl Eugen wechselte das Thema.
»Tja, dann sollten wir mal hören, was Berta für uns zum Nachtessen bereithält. Ich nehme doch an, ich bin eingeladen zur Feier des Tages. Schmeckt Ihnen der Wein, Madame?«
»Oh, er ist wundervoll, danke«, Madlon hob ihr Glas mit dem Meersburger Weißherbst und trank dem alten Herrn zu.
»Und Jacobs andere Schwester? Sie hat auch Kinder?« fragte sie.
»Drei«, antwortete Carl Ludwig. »Agathe hat zwei Buben und ein Mädchen. Carl Heinz, der ist jetzt fünfzehn, dann Hortense, die ist…«
»Elf«, half Carl Eugen aus. »Ein besonders reizendes kleines Mädchen. Sehr aparter Typ. Die wird Ihnen gefallen, Madame. Und der Jüngste, Paul, der ist im Krieg geboren, der muß etwa neun sein. Oder zehn. Eva und Paul sind fast gleichaltrig. Imma hat ja erst 1912 geheiratet.«
»Ach ja, der Kummer mit dem schlimmen kleinen Leutnant, Sie erzählten davon«, sagte Madlon. Zu ihrer eigenen Verwunderung begann sie sich wohlzufühlen bei dem Gedanken, auf einmal von Familie umgeben zu sein. Eigentlich gerade das, wovor sie sich gefürchtet hatte. Das hatte Immas Herzlichkeit bewirkt und möglicherweise auch, ihr unbewußt, die Tatsache, daß auf einmal so viele Kinder zu ihrem Leben gehören würden.
»Bernhard, also Immas Mann, wurde 1915 eingezogen, wißt

ihr. Da mußten wir beide noch mal tüchtig ran. 1917 wurde Bernhard dann an der Isonzofront verwundet, glücklicherweise nicht allzu schwer, nach dem Lazarett kam er dann nach Hause und mußte nicht mehr fort. Ja ja, also ist der Konrad erst 1918 geboren. Ist er jetzt fünf. Wird im nächsten Jahr sechs.«

Carl Eugen kannte sich offenbar gut aus in der Familiengeschichte, und obwohl er selber nie geheiratet hatte, befriedigte ihn das Vorhandensein von zahlreichem Nachwuchs, das war seiner behaglichen Erzählung deutlich zu entnehmen.

»Genaugenommen hat ja Agathe noch eine zweite Tochter. Henri, ihr Mann, hatte einen Bruder, der fiel gleich 1914 an der Somme. Clarissa wurde dadurch Vollwaise, denn ihre Mutter war zwei Jahre zuvor im See ertrunken.«

»Hieß sie nicht Liliane?« warf Jacob ein. »Eine ganz bezaubernde junge Frau.«

»Sehr richtig, Liliane. Agathes Schwägerin. Sie war eine gute Seglerin, bekannt am ganzen See. Sie nahm an Regatten teil, damals noch ungewöhnlich für eine Frau. Eines Tages kenterte sie, als das Wetter plötzlich umschlug. Sie müssen wissen, Madame, der Bodensee kann sehr heftig werden. Manchmal bläst es sehr plötzlich von den Schweizer Bergen herunter. Oder auch vom Untersee herein, das kann auch tückisch sein. Ja, Liliane ertrank. Wir waren alle sehr betrübt, sie war wirklich eine bezaubernde Frau, wie du gesagt hast. Roman, ihr Mann, war untröstlich. Nun ja, lang hat er sie nicht überlebt. Henri ist heute der letzte Lalonge in unserer Stadt. Und Clarissa, Lilianes und Romans Tochter, ihr einziges Kind, wuchs bei Agathe und Henri auf. Sie war elf, als ihr Vater fiel.«

Madlon versuchte, sich die Namen zu merken. Eva und Konrad, das waren Immas Kinder. Carl Heinz, Hortense, seltsamerweise ein französischer Name, und Paul waren Agathes Kinder, und dieses Mädchen Clarissa war Agathes Nichte. Sechs Kinder, zwischen fünf und fünfzehn. Nein, Clarissa mußte ja nun schon – es war schwierig, so schnell zu rechnen, auf jeden Fall mußte sie annähernd erwachsen sein. Neidisch dachte Madlon: Ich habe keine Kinder und überhaupt keine Familie, und die haben hier so viel davon.

Aber wie konnte sie behaupten, keine Familie zu haben? Natürlich hatte sie Familie gehabt, mehr als genug, eine Schwester und vier Brüder waren es gewesen. Es war ihre Schuld, daß sie sich nie mehr um sie gekümmert hatte. Als sie noch im Kongo lebte, hatte sie einige Male nach Hause geschrieben, aber nur ihre Schwester Ninette hatte einmal geantwortet. Die anderen und deren Kinder – Gott allein mochte wissen, was aus ihnen geworden war; die Jungen alle im Bergwerk gelandet; die Mädchen verheiratet, verprügelt von ihren Männern und ewig schwanger, so wie sie es von ihrer Mutter kannte. Der schönste Tag im Leben ihrer Mutter war zweifellos jener gewesen, als ihr Mann in einem schlagenden Wetter umkam. Zwar waren sie dann noch ärmer als zuvor, aber die Mutter war befreit von dem Mann, der sie schlug und dann aufs Lager warf und ihr ein Kind machte. Und Ninette, so hübsch und zart und so empfindsam, warum bei allen Heiligen heiratete sie dann genau so einen Mann, kaum neunzehn Jahre alt.

Madlon hatte es nicht verstehen können. Zwei Kinder in zwei aufeinander folgenden Jahren bekam Ninette, blaß und verhärmt sah sie schon mit einundzwanzig aus, zitternd vor dem Mann, zitternd vor der nächsten Schwangerschaft.

Als sie zum drittenmal ein Kind erwartete, sagte Madlon: »Laß uns doch weglaufen. Bleib doch nicht bei ihm. Wir gehen nach Brüssel. Dort finden wir jemanden, der dir das Kind wegmacht, das gibt es.«

»Tu es folle«, war Ninettes Antwort.

Während Ninettes dritter Schwangerschaft fiel ihr Mann über die jüngere Schwester her, er vergewaltigte Madlon und nahm sie einige Zeit lang jede Nacht mit in sein Bett.

Ninette wußte es, und Madlon schämte sich, vor allem deswegen, weil sie wider Willen Lust empfand bei der vitalen, oder besser gesagt, brutalen Art, mit der ihr Schwager eine Frau nahm. Und natürlich hatte sie Angst, nun auch ein Kind zu bekommen, damals hatte sie Angst davor. Sie betete jeden Abend zur Jungfrau Maria, daß sie sie vor dieser Schande und Last behüten möge. Ihr Gebet war erhört worden. Sie bekam damals kein Kind, sie bekam nie eines.

Schließlich lief sie von zu Hause weg, allein ging sie nach Brüssel, und seitdem hatte sie keinen von ihrer Familie wiedergesehen. Was mochte aus Ninette geworden sein? Aus ihrem Mann, aus ihren Kindern? Und die Brüder, lebten sie noch, wo und wie? Was mochte der Krieg ihnen angetan haben?

»So nachdenklich, Madame?« fragte Carl Eugen, der für eine Weile das Zimmer verlassen hatte und nun, als er zurückkam, alle drei schweigsam, in ihre Gedanken vertieft, vor den Weingläsern sitzen sah. Madlon lächelte ihm zu. Sie hatte ihn schon ins Herz geschlossen.

»Nun, es gibt viel nachzudenken, nicht wahr? Es ist alles so neu, was ich hier höre und sehe. Und ein wenig habe ich Angst vor all den vielen Leuten, die zu Jacob gehören.«

»Aber doch nicht vor mir?«

»O nein, Monsieur, nicht vor Ihnen. Und auch nicht vor Imma, die kenne ich jetzt.«

»Zugegeben, mit Agathe wird es Ihnen wohl anders ergehen. Vor der haben wir alle ein bißle Angst. Nicht, Ludwig?«

»Du übertreibst«, erwiderte sein Bruder. »Agathe hat nun einmal – nun, wie soll man das nennen, sehr festgefügte Ansichten vom Leben.«

Jacob lachte laut auf, es klang jungenhaft. »Die hatte sie immer schon. Daran hat sich also nichts geändert. Festgefügte Ansichten vom Leben und wie die Menschen sich darin zu benehmen haben. Sie wird kaum heute abend hier angestürzt kommen, um mich zu begrüßen.«

»Gewiß nicht«, sagte Carl Eugen und schmunzelte. »Sie wird erst einmal ihre Schwester streng verhören. Und ihr dann mitteilen, daß sie sich wieder einmal unmöglich benommen habe. Dann wird sie morgen vormittag mit deinem Vater und mit mir ein ernstes Gespräch führen, um zu erkunden, ob man Jacob und seine unbekannte Frau der Gesellschaft präsentieren könne, und dann müssen wir abwarten, was ihr dazu einfällt.«

»O mon dieu«, seufzte Madlon mit einem koketten Augenaufschlag, »das klingt nicht sehr verlockend. Sicher werde ich ihr nicht gefallen.«

»Dieses Schicksal würden Sie mit vielen Menschen teilen, Madame«, sagte Carl Eugen. »Aber nun möchte ich euch gern berichten, was ich das Abendessen betreffend ermittelt habe. Berta und Muckl – das ist mein Diener«, wandte er sich erklärend an Madlon, »er ist fast genauso alt wie Berta, aber noch tipptopp in Form, und vor allem hat er Einfälle. Also die beiden, Berta und Muckl, haben sich zusammengetan, um ein einigermaßen akzeptables Mahl zu bereiten. Ein Willkommensmahl.«
»Aber das wäre doch nicht nötig gewesen, Onkel Eugen«, meinte Jacob, »macht euch doch bloß keine Umstände.«
»Die beiden machen sich nichts lieber als Umstände, denn sie finden das Leben mit uns beiden sowieso zu langweilig. Ich esse unten mein Brot mit Wurst und Käse, und Ludwig ißt das gleiche hier oben, wir trinken unseren Wein dazu, und wenn nicht gerade mal Besuch kommt, ist das Leben für Berta und Muckl höchst ennuyant. Sie fühlen sich weder alt, noch sind sie faul. Nun hört, was ich euch künde! Mein Muckl, der ja immer gern mit dem Einhart, dem Fischer, hinausfährt, weiß auf jeden Fall genau, was der Einhart gefangen, verkauft oder in seinem Bassin hat. Zur Zeit befindet sich darin ein prachtvoller Wels, gestern an Land gezogen. Zu dem hat sich der Muckl jetzt auf den Weg gemacht mit seinem Fahrradl, und den bringt er uns. Als Vorspeise hat Berta noch für jeden eine Maultasche in einer Tasse Brühe. Danach gibt es Käse und Obst. Wie gefällt euch das?«
»Klingt fabelhaft«, sagte Jacob, »wie lange habe ich keinen Fisch aus dem Bodensee mehr bekommen.«
»Deine Schuld, mein Junge. Sie essen gern Fisch, Madame?«
»O ja, sehr gern.«
»Nun, dann wäre alles soweit geklärt. Ich würde vorschlagen, ihr begebt euch jetzt mal nach oben, dort ist inzwischen alles hergerichtet, ihr wollt vielleicht auspacken und euch ein bißle frisch machen. In einer Stunde oder anderthalb können wir dann speisen.«
Carl Ludwig lehnte sich bequem in den Sessel zurück, auch er fühlte sich jetzt außerordentlich behaglich.

»Ein Festmahl«, sagte er zufrieden. »Um die Heimkehr des verlorenen Sohnes zu feiern. Wie es sich gehört. Eugen, ich wäre da nicht draufgekommen.«
»Das dachte ich mir sowieso.«
Madlon verstummte ratlos, als sie in das obere Stockwerk kam. Sie ging von einem Zimmer ins andere, sie stand und staunte immer wieder unter jeder Tür.
Hier sollten sie wohnen? Es kam ihr vor wie ein Traum. Große Zimmer, mit wunderschönen alten Möbeln eingerichtet, ein Schlafzimmer mit einem riesigen Doppelbett unter einem Baldachin, weiße Wolkenstores an den Fenstern.
Warum waren sie nicht längst hierhergekommen? Warum hatten sie sich so geplagt, Jacob immer wieder krank, sie auf der Jagd nach dem Lebensunterhalt; die miesen kleinen Pensionszimmer. Gewiß, Berlin war interessant gewesen, ein Abschnitt ihres Lebens, den sie nicht missen mochte, aber dies hier war – was war es? es war, was sie nie gekannt hatte – Geborgenheit, Sicherheit, Wärme.
In den Kachelöfen war inzwischen überall Feuer gemacht worden, alle Lampen brannten, es war heimelig, es war gemütlich, all diese deutschen Worte fielen ihr ein, die sie nie benutzt hatte.
Es ist dennoch nicht möglich, daß ich hier leben werde, ich passe nicht hierher. Aber ich würde gern bleiben. Ich werde so tugendhaft und brav sein, wie ich nur kann, damit ich bleiben darf. Und wenn Agathe noch so schrecklich ist, ich werde alles tun, um sie zu gewinnen.
Blieb noch Jacobs Mutter. Alles kam darauf an, wie sie sich verhalten würde.
Sie stand an den Türrahmen gelehnt und blickte auf das Bett unter dem Baldachin und schluckte. Dann betrachtete sie die Hand, an der sie den Ring getragen hatte. Mit Dankbarkeit dachte sie an Kosarcz, er hatte es ermöglicht, daß sie nicht als Hungerleider, als abgerissene Bittsteller hier ankamen. Sie würde ihm das nie vergessen, auch wenn sie nicht mit ihm nach Amerika gehen würde. Hierzubleiben erschien ihr im Augenblick als das schönste Geschenk, das das Schicksal ihr machen konnte. Wenn sie bleiben durfte –

Ihre Kehle wurde eng, Tränen stiegen ihr in die Augen. Konnte es sein, daß es also doch auf dieser Welt einen Platz für sie gab, wo sie Ruhe und Geborgenheit finden konnte?
»Dieu le veuille!« flüsterte sie.
Plötzlich stand Jacob hinter ihr, sie hatte ihn gar nicht kommen hören. Er war mit den Mädchen unten gewesen, hatte den Wagen ausgeräumt und das Gepäck nach oben gebracht. Er legte von hinten beide Arme um sie, schmiegte sein Gesicht an ihre Wange.
»Mon amour, was hast du? Du weinst? Gefällt es dir hier nicht?«
»Es ist wunderbar«, flüsterte sie. »Oh, Jacques! Dieu merci!« Sie drehte sich in seinem Arm und preßte sich fest an ihn. »Dieu merci! Meinst du, sie werden uns behalten wollen?«
Er küßte sie liebevoll. »Ich denke schon. Bis jetzt macht es den Eindruck, als freuten sie sich über unser Kommen. Es ist ein Experiment, nicht wahr? Erst mal abwarten, wie es weitergeht. Und wie lange dir das Leben in der Provinz unter lauter Provinzlern gefällt.«
Er hatte beide Worte spöttisch betont, sie legte den Kopf in den Nacken und lachte.
»Ich rede manchmal Unsinn. Was bin ich denn? Ich bin nicht in Brüssel groß geworden und nicht in Paris. Da, wo ich herkomme – mon dieu, das ist nicht einmal Provinz.«
»Aber unser Leben war schön, Madlon«, sagte er träumerisch.
»Schön. Das weite, große Land, die Freiheit. Es wird dir hier schon noch eng vorkommen.«
»Freiheit war es zuletzt nicht mehr.«
»Da hast du recht. Himmel, bin ich müde. Am liebsten ginge ich gleich ins Bett. Weißt du, was du da vor dir siehst? Das ist das Himmelbett meiner Großmama. Als ganz kleiner Bub saß ich da manchmal auf dem Rand und durfte ihr zuschauen, wenn sie frühstückte. Ab und zu steckte sie mir einen Bissen in den Mund. Dann war sie plötzlich nicht mehr da. Wo ist sie denn hingegangen? fragte ich, und meine Mutter sagte: zum lieben Gott. Tja!« Er straffte sich. »Hilft alles nichts, dem Abendessen müssen wir standhalten. Bist du auch so müde?«

»Ein wenig, ja.«
»Wir können baden, sagt Berta. Sie hat den Badeofen angeheizt. Wie wär's mit einem schönen heißen Bad, Madame?«
»Das wäre wundervoll.«
»Dann ziehst du eines von deinen neuen feschen Kleidern an, und dann speisen wir mit den beiden da unten und trinken noch ein paar Gläser von unserem Wein. Es wird nicht allzu lange dauern, die beiden werden auch müde sein, es war für sie ein anstrengender Nachmittag. Dann werden wir uns in Großmamas Himmelbett lieben.«
»Wenn du nicht zu müde bist.«
»Bestimmt nicht. Und was morgen und übermorgen ist, daran wollen wir nicht denken. Das haben wir nie getan.«
Ich schon, hätte Madlon antworten mögen, ich habe in letzter Zeit immer nur daran gedacht.
Jacob ging durch die Zimmer, was er zuvor noch nicht getan hatte. »Na ja, ziemlich kunterbuntes Meublement, was sie hier abgestellt haben. Früher waren hier die Kinderzimmer und unsere Arbeitszimmer, wo wir Schularbeiten machten, und das Kinderfräulein wohnte auch hier. Zuletzt hat ja wohl Agathe hier mit ihrem Mann gewohnt, ehe sie das neue Haus gebaut haben. Sie soll nämlich ein ganz fabelhaftes Haus haben, gar nicht weit von hier entfernt. Berta hat mir das gerade erzählt. Eine prächtige Villa, fast schon ein Palais, wie sie sagte.«
Agathe Lalonge kam am nächsten Nachmittag ins Haus, angemeldet natürlich, zu einem kurzen Besichtigungsbesuch. Zuvor hatte sie veranlaßt, daß Imma ihren Besuch mit den Kindern um einen Tag verschob. Agathe war eine gutaussehende Frau, großgewachsen und schlank wie ihr Bruder, sie trug das reiche, dunkelblonde Haar in einem tiefen Knoten gefaßt, ihr Gesicht war wohlgeformt mit großen grauen Augen, vielleicht war die Nase ein wenig zu spitz, der Blick zu scharf. Auf jeden Fall war sie eine imponierende Erscheinung. Herzlich konnte man ihre Begrüßung nicht nennen, sie war höflich, gemessen und kühl.
Madlon zeigte sich von der charmantesten Seite, hatte aber nicht das Gefühl, viel an Boden gewonnen zu haben.

Es wurde Tee getrunken, Carl Ludwig war in die Kanzlei gegangen, nur Carl Eugen war zugegen, leicht amüsiert, immer hilfreich zur Hand, wenn es galt, Klippen zu umschiffen, um zu verhindern, daß Jacob bockig wurde oder Madlon unsicher. Denn ohne Zweifel war es eine Art Examen, das Agathe anstellte: sie wollte wissen, ob sie den Taugenichts von Bruder und diese undefinierbare Fremde den Bekannten und Freunden des Hauses Lalonge präsentieren konnte. Dazu mußte sie erst herausbringen, ob die Ankömmlinge zu bleiben gedachten. Verschwanden sie bald wieder, brauchte man sich die Mühe gar nicht erst zu machen. Blieben sie jedoch eine Weile, mußte man die Situation mit Stil und Haltung meistern.
Das Ergebnis der Inquisition war offenbar nicht ausgesprochen negativ. Ehe sie ging, ließ Agathe wissen, daß sie demnächst eine kleine Abendgesellschaft geben werde, damit Jacob Gelegenheit habe, Verwandte und Bekannte wiederzutreffen.
Agathes Mann, Henri Lalonge, war ein Nachkomme der Genfer Emigranten, die gegen Ende des 18. Jahrhunderts nach Konstanz gekommen waren. Noch vor der Französischen Revolution hatte es im Stadtstaat Genf immer wieder Revolutionen und Aufstände gegeben, die sich hauptsächlich gegen die Herrschaft der Aristokraten, die Oligarchie der Patrizier, richteten, die bis dahin unangefochten die Stadt beherrscht hatten. Im Jahrhundert der Aufklärung war die Stadt Rousseaus mit eine der ersten, die sich gegen diese Herrschaft wehrten. Es gab diverse kriegerische Auseinandersetzungen, ein Eingreifen Frankreichs, auch der Schweizer Nachbarn, schließlich mußten viele der alten Familien aus der Stadt fliehen.
In Konstanz hingegen stand es zu jener Zeit wirtschaftlich nicht zum Besten. Die ruhmreiche Zeit der Freien Reichsstadt gehörte der Vergangenheit an, das Bistum Konstanz hatte Glanz und Bedeutung verloren. Es begann damit, daß der alte Bischofssitz sich erstaunlicherweise der Reformation gegenüber sehr aufgeschlossen zeigte. Der Bischof verließ daraufhin die Stadt und zog mit seinem Hof nach Meersburg, das Domkapitel nach Überlingen. Nachdem die Reformation in der Stadt gesiegt hat-

te, suchte man neue Verbündete und hoffte sie in der Schweiz, speziell in Zürich, zu finden, das sich ja fast uneingeschränkt zu Zwinglis Lehre bekannte. Aber dieses Bündnis währte nur kurze Zeit, die gespaltene christliche Religion schuf wie überall im Heiligen Römischen Reich Deutscher Nation eine schwierige und schwer überschaubare Situation, Kaiser und Papst übten immer noch eine unangefochtene Macht aus, und 1548 wurde über Konstanz gar die Reichsacht verhängt. Sofort überfielen spanische Truppen die Stadt, brandschatzten, raubten und mordeten; zwar verteidigten sich die Konstanzer tapfer, aber sie erkannten, daß sie verloren waren, wenn sie sich nicht dem Kaiser ergaben.

Karl V. war ein zu mächtiger und starker Herrscher. Seinem Bruder, König Ferdinand, dem späteren Kaiser und Nachfolger Karls, mußten die Konstanzer 1549 den Treueid schwören, und von jener Zeit an gehörten sie dem Hause Habsburg, das heißt also Österreich an, und zwar so lange, bis wieder ein Übermächtiger erschien, der die Welt neu verteilte: Napoleon Bonaparte, der das Großherzogtum Baden schuf, woraufhin Konstanz eine badische Stadt wurde.

Etwa 250 Jahre lang waren die Konstanzer also Österreicher und daher auch wieder gute Katholiken. Allerdings hatte der Bischof nicht mehr viel mit ihnen im Sinn, nur vorübergehend kehrte er nach Konstanz zurück, dann übersiedelte er für immer nach Meersburg, wo es ihm offensichtlich besser gefiel.

Keine Bischofsstadt mehr, keine Freie Reichsstadt mehr, kein Platz des Welthandels mehr, wirklich nur noch Provinz, eine unwichtige kleine Stadt im Südwesten des Reiches war das einst so stolze Konstanz geworden. Das brachte wirtschaftlichen Abstieg, die Bevölkerungszahl ging rapide zurück, der Handel war kaum noch der Rede wert. Auf der Plusseite allerdings konnte die Stadt verbuchen, daß sie weitgehend vom Dreißigjährigen Krieg verschont blieb, nur einmal belagerten die Schweden für drei Wochen ergebnislos die Stadt, und so gute Kaisertreue waren die Konstanzer inzwischen wieder geworden, daß sie sich tapfer und erfolgreich verteidigten.

Doch zurück zu den Genfer Emigranten, sie wurden von Kai-

ser Josef II., dem leidenschaftlichen Reformer, in Konstanz angesiedelt, um der maroden Wirtschaft zu helfen, denn Voraussetzung für das Wohnrecht in der Stadt war, daß die Einwanderer ein Gewerbe ausübten, das für die Zukunft einen wirtschaftlichen Gewinn versprach. Eine der berühmtesten Genfer Familien, die damals nach Konstanz kamen, war die Familie Macaire, die in dem säkularisierten ehrwürdigen Dominikanerkloster auf der Insel, das man ihnen verpachtet hatte, eine Seiden- und Baumwollfabrik und Färberei errichteten. Eine geborene Macaire war es, das sei hinzugefügt, die die Mutter des Grafen Zeppelin wurde, der 1838 im ehemaligen Dominikanerkloster geboren wurde.
Manche Genfer Familien blieben, viele gingen wieder. Die Nachkommen des Raymond Lalonge de Rocher waren geblieben. Sie legten den Adelstitel ab, nannten sich einfach Lalonge und wurden Österreicher, Badener, schließlich Deutsche, auf jeden Fall aber waren und blieben sie gute Konstanzer.
Henri Lalonge war der Letzte seines Namens in der Stadt, allein schon deswegen war er stolz und glücklich darüber, zwei Söhne zu besitzen, so daß der Name in Konstanz nicht aussterben würde. Er besaß eine Textilfabrik, die er früher zusammen mit seinem Bruder, seit dessen Tod allein führte. Wohlhabend war er immer gewesen, der Krieg hatte ihn reich gemacht, da er auf Lieferungen für das Heer umgestellt hatte.
So war auch Agathe eine wichtige Persönlichkeit in der Stadt, sie war in Wohltätigkeitsausschüssen tätig, gehörte einigen Clubs an und hatte während des Krieges für das Rote Kreuz gearbeitet. Auch jetzt gab es viel Not und Elend in der Stadt, bedingt durch den Krieg und die daraus folgende Abschnürung vom Schweizer Hinterland, dem Thurgau. Agathe hatte viel zu tun, der große Haushalt, die vier Kinder und ihre übrigen Tätigkeiten füllten ihre Zeit überreich aus, doch das brauchte sie, und dem war sie gewachsen. Clarissa, ihre Nichte, die seit ihrem elften Lebensjahr bei ihnen lebte, war nun zwanzig und stand ihr tatkräftig zur Seite, sei es im Haushalt, sei es, was die Erziehung der jüngeren Kinder betraf. Natürlich gab es genügend Personal im Haus, es lief alles reibungs-

los und perfekt. Auch die Abendgesellschaft, die an einem Samstag stattfand, als Empfang und Einführung für Jacob gedacht.
Nur ergab es sich, daß Jacob nicht die Hauptperson des Abends wurde. Ein Ereignis, das zwei Tage zuvor stattgefunden hatte, erfüllte alle Gedanken und bestimmte jedes Gespräch.
Der Irrsinn der Inflation hatte sein Ende gefunden.
Von heute auf morgen gab es eine neue Währung – die Rentenmark. Eine Billion Reichsmark war nun eine Rentenmark wert. Oder, um den in den vergangenen Jahren so bedeutenden Dollar anzuführen, ein amerikanischer Dollar, ein einziger, hatte zuletzt den Gegenwert von 4,2 Billionen Reichsmark besessen.
So ungeheuerlich der Verfall der Mark gewesen war, so ungeheuerlich war nun dieser plötzliche Wandel. Er stürzte viele Menschen in tiefe, ratlose Verzweiflung, da sie praktisch vor dem Nichts standen, er sollte zur Ursache vieler Selbstmorde deutscher Bürger werden, besonders älterer Menschen, die nicht mehr aus noch ein wußten. Dennoch war es ein Neubeginn; eine schwache Hoffnung auf eine bessere Zukunft begleitete diese Währungsreform, die Aussicht auf ein normales Leben mit normalem Geld. Sofern man in der Lage war, sich solches zu verdienen. Wie schwer es für viele Menschen sein würde, nicht nur alte, sondern auch junge Menschen, sich dieses Geld zu verdienen, sollte die Zukunft lehren.
Die Heimkehr des Sohnes Goltz ging also in diesem Ereignis unter. Man sprach an diesem Abend über nichts anderes als über das Geld, das von gestern, das von heute und von morgen. Jacob und seine mitgebrachte Frau konnten mit diesem Erdbeben nicht konkurrieren.
Nett, daß du wieder da bist, alter Junge. Wie geht's dir denn so? Tolle Geschichten, die ihr da gemacht habt in Afrika, mußt du mir gelegentlich mal erzählen. Stimmt es, daß ihr alle Gefangenen abgemurkst habt? Dieser Lettow-Vorbeck muß ja ein phantastischer Bursche sein, haben Sie ihn gut gekannt? Na, den Engländern habt ihr es vielleicht gezeigt, wenigstens ihr habt das getan. Gott, wissen Sie, wir hätten den

Krieg ja nicht verloren, wenn man uns nicht in den Rücken gefallen wäre. Diese Russische Revolution, wissen Sie, wissen Sie, das ist ein großes Übel, daran werden wir noch alle zu kauen haben.
So in der Art wurde er von verschiedenen Seiten angesprochen, meist von Leuten, die er gar nicht kannte. Es waren immer nur kurze Bemerkungen, gleich darauf war man wieder beim Geld angelangt; vorgestern noch Millionen, Milliarden, Billionen – heute eine Mark. Eine einzige kleine Mark, die aber etwas wert sein sollte.
Das zweite Thema war die Politik, die Regierung der Republik im fernen Berlin. An Gustav Stresemann, der seit dem Sommer Reichskanzler war, erhitzten sich die Gemüter, sowenig man hier auch von ihm wußte.
Jemand sagte zu Jacob: »Wie ich gerade von Lalonge gehört habe, kommen Sie direkt aus Berlin. Was halten Sie von Stresemann? Ein Mann der Mitte, nicht wahr? Ein vernünftiger, zuverlässiger Mann an der Spitze, das ist es, was wir brauchen.«
Ein anderer, der dabeistand, widersprach: »Ein Mann der Rechten. Die Sozialdemokraten werden ihn nicht lange auf diesem Stuhl dulden.«
»Die Sozis, ich bitte Sie! Die haben ausgespielt. Sie sind nicht imstande, gegen die Kommunisten aufzutreten, und die sind es, die wir zu fürchten haben. Ist es nicht so, Herr Goltz? Man hört furchtbare Geschichten, was sich in Berlin so tagtäglich abspielt.«
Jacob nickte hierzu und nickte dazu, im Grunde hatte er keine Ahnung. Zwar hatte er in Berlin gelebt, doch um die Politik der Weimarer Republik hatte er sich kaum gekümmert.
Das Leben in Afrika hatte ihn deutscher Politik, auch jener vor dem Krieg, total entfremdet. Und dann hatte er jahrelang nur noch ums Überleben gekämpft, zuerst im Krieg im afrikanischen Busch und dann im unübersichtlichen Dschungel des Berlin der Nachkriegszeit. Er war überhaupt kein politischer Mensch. Politik hatte ihn nie interessiert.
»Fest steht, daß die Zustände in Deutschland nicht so bleiben können«, fuhr der Mann fort, der Jacob als erster angespro-

chen hatte. »Wir haben nun einmal diesen Krieg verloren, aus welchen Gründen auch immer, und wir müssen einfach wieder zu einer Ordnung finden. Und dazu ist diese derzeitige Republik nicht imstande. Nehmen Sie allein diese Attentate, erst Erzberger, dann Rathenau, das schreit doch zum Himmel.«
»Na, Sie können mir doch im Ernst nicht einreden, daß Sie ausgerechnet um diese beiden Tränen vergießen«, sagte der andere.
»Rathenau war ein brillanter Kopf. Wir brauchen nicht nur Leute an der Spitze, die Geschrei machen, sondern Leute, die denken können.«
»Einen von den Schreiern haben sie ja jetzt in München abserviert.«
»Ach, Sie meinen diesen Hitler? Na, den braucht man ja wohl wirklich nicht ernst zu nehmen.«
»Hoffentlich täuschen Sie sich da nicht.«
Jacob wußte gar nicht, wer dieser Hitler war. Seit er nach Konstanz gekommen war, hatte er keine Zeitung mehr gelesen, es blieb einfach keine Zeit dafür. Und von dem Marsch auf die Feldherrnhalle, der vor vierzehn Tagen in München stattgefunden hatte und von der bayerischen Polizei rasch und entschieden gestoppt worden war, hatte er überhaupt keine Ahnung.
Alles in allem kam er sich etwas überflüssig vor an diesem Abend, der zu seinen Ehren veranstaltet worden war. Leute seines Jahrgangs traf er kaum, die meisten waren älter. Von seinen Schulkameraden und Jugendfreunden, den Gefährten seiner wilden Streiche, waren viele aus dem Krieg nicht heimgekehrt. Auch das erfuhr er an diesem Abend.
Was immer die Zeit an Not mit sich brachte, die Tafel bei Agathe war reich gedeckt. Sie selbst, und das beobachtete nun wieder Madlon sehr aufmerksam, regierte souverän den Kreis der Eingeladenen, und ihr zur Seite, still und zurückhaltend, aber sehr beherrschend, wirkte Agathes Nichte Clarissa.
Dieses junge Mädchen faszinierte Madlon über alle Maßen; auch wenn sie alles andere war als eine auffallende Erscheinung, strahlte sie eine erstaunliche Kraft und Selbstsicherheit

aus. Sie war keine Schönheit, wirkte aber anziehend, das Haar ein rötliches Braun, fast dem Madlons gleich, auch der Teint leicht bräunlichgetönt, die Nase kräftig, der Mund groß und die Backenknochen leicht betont. Sie schien im Haus Lalonge uneingeschränkte Autorität zu genießen: Die Dienerschaft dirigierte sie mit Blicken; wenn ihr etwas nicht gefiel, ließ sie einen kurzen Zischlaut hören, der sofort Wirkung zeigte.
Madlon registrierte das mit einem gewissen Amüsement. Was für ein kleines Biest, dachte sie. Die weiß, was sie will.
Mit Agathe schien sich Clarissa ausgezeichnet zu verstehen, auch diese beiden verständigten sich mit Blicken, und das funktionierte. Wenn Agathe ein Gespräch unterbrochen haben wollte, nachdem die Tafel aufgehoben war, wenn es ihr schien, daß die falschen Partner zusammen standen oder saßen, genügte ein kurzer Blick zu Clarissa, die sich sodann mit bescheidenem Lächeln einmischte und die Dinge in Agathes Sinn ordnete.
Madlon sah sich von beiden Damen, der etwa gleichaltrigen Schwägerin und deren junger Nichte, mit vollendeter Höflichkeit und ebenso vollendeter Kühle behandelt. Dafür war Imma um so freundlicher, wenn auch nicht so überschwenglich wie bei der ersten Begegnung, das verhinderte die Gegenwart der älteren Schwester. Ihr Mann, Bernhard, war ein trockener Herr, der erst ein wenig umgänglicher wurde, als er genügend dem Wein zugesprochen hatte. Henri Lalonge, Agathes Mann, etwas kleiner als seine Frau, den Embonpoint von einem guten Schneider kaschiert, mit einem Napoleondem-Dritten-Bart versehen, war dagegen außerordentlich liebenswürdig und verbindlich.
Agathes Kinder bekam Madlon nicht zu sehen, sie waren zu der Abendgesellschaft nicht zugelassen. Immas Kinder dagegen hatte sie in den vergangenen Tagen kennengelernt und schon Freundschaft mit ihnen geschlossen, beide waren zutraulich und freundlich wie die Mutter.
Das Haus der Lalonges war prächtig, höchst eindrucksvoll, ein Palais, wie Berta schon gesagt hatte. Große Räume, kostbar eingerichtet, strahlend im Licht der riesigen Kronleuchter.

Vom Elend der Zeit, von der Not des Landes, von der Ungewißheit der Zukunft merkte man nichts in diesem Haus, und Madlon dachte nicht ohne Neid: So haben sie immer gelebt, sie kennen es gar nicht anders.

Im großen und ganzen gesehen war es für sie nicht leicht, den Abend durchzustehen. Sie wußte, daß sie gut aussah, daß sie elegant gekleidet war, sie wußte aber auch, gerade an diesem Abend, sehr genau um die sechs Jahre, die sie älter war als Jacob. In Afrika und in Berlin hatte es keine Rolle gespielt, dort war sie immer Mittelpunkt gewesen, hier war sie die Frau an seiner Seite, und man würde sicher an ihrem Alter rätseln. Irgendwann, im Laufe des Abends, war das Wort wieder da, ging ihr verächtlich durch den Kopf – bourgeois. Das ist es, was sie sind, alle bourgeois.

Ziemlich spät, einige Gäste hatten sich schon verabschiedet, suchte Madlon nach Jacob. Sie wollte ihn fragen, wann man denn nach Hause gehen würde. Carl Ludwig und Carl Eugen waren bereits gegangen.

Sie fand Jacob im Musikzimmer, in dem in der Mitte ein Flügel stand, ein Notenpult mit einem verschlossenen Geigenkasten daneben und einige dekorative Sitzgruppen an den Wänden. Möglicherweise machten sie sogar wirklich Musik in diesem Haus. Jacob saß in der Ecke neben der Tür, auf einem kleinen Empiresofa, zu zierlich für seine lange Gestalt, und schräg neben ihm, auf einem Sesselchen, saß Clarissa, zu ihm geneigt und hörte ihm eifrig zu.

Sie waren so vertieft in ihr Gespräch, das heißt, er sprach so angeregt, und sie hörte ihm so intensiv zu, daß sie Madlon zunächst gar nicht bemerkten.

Madlon blieb unter der Schiebetür stehen und beobachtete die Szene eine Weile. Von Clarissa sah sie nur das Profil, die nach vorn gebeugte Nackenlinie, auf dem der Knoten von rötlichschimmerndem Haar schwer zu lasten schien.

Schönes Haar, dachte Madlon. Wenn sie es auflöst, reicht es ihr bis zu den Hüften, wie einst bei mir. Eigentlich sind die kurzen Haare doch keine gute Erfindung.

Jacob gestikulierte mit beiden Händen, und aus den Bewegungen erkannte Madlon, daß er sich im Busch befand und

Krieg führte. Nun ja, dieses Thema würde wohl für den Rest seines Lebens sein Hauptthema bleiben. Seine Augen flackerten, und seine Haut war gelb. Sicher hatte er zuviel getrunken.
Madlon ging langsam näher, die beiden sahen sie erst, als sie direkt bei ihnen war.
Jacob stand auf. »Oh, Madlon! Wo steckst du denn immer?«
Sie lächelte. »Hier und da. Meinst du nicht, es ist Zeit, nach Hause zu gehen?« Und nun ihr Lächeln, voll auf Clarissa: »Es war wirklich ein reizender Abend, Fräulein Lalonge. Ich hoffe, Sie werden uns auch einmal besuchen, wenn wir hier ein wenig etabliert sind.«
»Natürlich gern.«
Ihre Augen waren grün, stellte Madlon überrascht fest. Oder nicht direkt grün, braungrün, wie schillerndes Moorwasser.
»Clarissa wird uns sicher bald besuchen«, meinte Jacob animiert, »sie interessiert sich außerordentlich für unsere afrikanischen Heldentaten. Ich habe ihr gerade erzählt, wie wir damals Leutnant Wetzel und seine beiden Unteroffiziere und drei Askaris aus der Schlucht herausgeholt haben. Zweihundert Engländer, vielleicht auch dreihundert, hatten ihnen den Weg abgeschnitten und die Schlucht umstellt. Wir haben nie erfahren, wieviel es wirklich waren.«
»Wir werden es auch nicht mehr erfahren«, meinte Madlon. »Aber du denkst wirklich, eine junge Dame wie Clarissa hat Interesse an so blutigen Kriegsgeschichten? Ich weiß nicht, wie weit Jacob mit seiner Geschichte gekommen ist, aber Leutnant Wetzel, der arme Hans, starb schon, kaum daß wir die Schlucht ein paar Kilometer hinter uns gelassen hatten, so schwer waren seine Verletzungen. Wir mußten ihn liegenlassen, und die zweihundert oder dreihundert Engländer werden ihn wohl gefunden haben, nehme ich an. Von den Askaris kam auch nur einer lebendig ins Lager zurück.«
Madlon wußte auch nicht, warum sie ihm mit allzuviel Realismus seine Geschichte verdarb. Sie sah den Ärger in seinen Augen, doch der Eindruck auf Clarissa war gering.

Sie flüsterte zwar: »Wie schrecklich!«, aber das Lächeln um ihren Mund blieb unverändert. Das Lächeln galt Jacob. Und dann, zu Madlon gewandt, sagte sie kühl: »C'est la guerre, n'est-ce pas?« Und Madlon dachte, was sie schon einmal an diesem Abend gedacht hatte: was für ein kleines Biest!

»Ein sehr intelligentes Mädchen, diese Clarissa«, sagte Jacob, als sie eine Weile später im Auto saßen, um die kurze Strecke, es war praktisch nur um drei Ecken herum, nach Hause zu fahren. »Sie hat sogar das Abitur gemacht, stell dir vor! Das ist immer noch sehr selten für ein Mädchen.«

»Ah ja«, machte Madlon.

»Sie möchte gern Medizin studieren, sagt sie, aber Agathe läßt sie nicht fort, sie braucht sie im Haus und für die Kinder und überhaupt für alles.«

»Ah ja«, machte Madlon zum zweitenmal. Sie saß am Steuer, bog in die Seestraße ein und hielt vor dem Hause Goltz.

»War irgendwie ein komischer Abend«, sagte Jacob und gähnte. »Immerzu haben sie von dem blöden Geld geredet. Meinst du, unsere Dollars sind überhaupt noch was wert?«

»Keine Ahnung. Warum sollen sie auf einmal nichts wert sein?«

»Na, mit dem neuen Geld. Davon haben wir ja nun gar nichts.«

»Nein«, sagte Madlon heiter und stieg aus. »Davon haben wir nichts, und davon kriegen wir auch nichts, es sei denn, du versuchst, es zu verdienen.«

»Womit denn?«

»Das ist ja gerade die Frage.«

Sie sah zu, wie er seine langen Beine auf das Pflaster schob und etwas mühselig hochkam. Ein wenig betrunken war er zweifellos.

»Wirklich, 'n komischer Abend«, wiederholte er.

»Drôle, tu le dis«, bestätigte Madlon und wünschte sich auf einmal, weit weg zu sein.

So zwiespältig waren ihre Gefühle jetzt oft. Einmal war sie glücklich, in diesem Haus mit all seinem Komfort zu leben, sorglos zu leben und dazu weitgehend unbehelligt. Und ein andermal befiel sie Angst und Unsicherheit, und sie hatte das

Gefühl, daß es nicht lange währen würde, dieses sorglose Leben, das sie genau wie zuvor auf dünnem Eis lebte.
Am schönsten war es, wenn sie allein zu Hause waren. Sie genossen beide das behagliche Wohnen, das befreiende Gefühl, mehrere Räume zur Verfügung zu haben, Bedienung, gutes Essen und auch die Gesellschaft der beiden alten Herren. Mit Jacobs Vater und Jacobs Onkel kam Madlon blendend aus, schon nach wenigen Tagen war es klar, wieviel Abwechslung und Auftrieb sie in das Leben der beiden brachten.
Auch mit Jacob war Madlon glücklich in dieser Zeit. Abgesehen von diesem einen Abend der Gesellschaft bei Agathe herrschte große Harmonie zwischen ihnen, er lebte vernünftig, sie gingen viel spazieren, sei es in der Stadt oder in der Umgebung, und es störte sie nicht, wenn Nebel den See verhüllte. Manchmal unternahmen sie Fahrten mit dem Auto, er zeigte ihr die Plätze seiner Jugend, und jedesmal sagte er: »Warte nur, bis es Frühling wird. Dann wirst du sehen, wie schön es hier ist.«
Einmal antwortete sie: »Meinst du denn, daß wir im Frühling noch hier sein werden?«
»Möchtest du nicht?«
»Ich weiß es nicht. Doch, ich möchte schon. Aber was sollen wir eigentlich hier tun? Immer nur spazierengehen? Essen, trinken, ein bißchen Unterhaltung mit Eugen und Ludwig?«
»Wir lieben uns«, sagte er. »Das genügt doch.«
Sie hatten sich immer geliebt. Er hatte immer ihre Nähe und ihre Umarmung gebraucht, aber jetzt lagen sie so leidenschaftlich und zärtlich einander hingegeben in Großmamas Himmelbett wie nie zuvor. Früher hatten sie nie so viel Zeit für die Liebe gehabt. Während des Krieges schon gar nicht; zwischen den Kämpfen, zwischen Angriff und Flucht, immer mit Plänen, mit Überlegungen ausgefüllt, von Angst gejagt, von Hunger geplagt, von Krankheit und Verwundung und Tod bedroht, waren ihre Umarmungen heftig und kurz gewesen.
Jetzt hatten sie auf einmal Zeit. Zeit für Liebkosungen und Zärtlichkeit. Aber auch Zeit, das dachte Madlon manchmal

mit leiser Furcht, Zeit für Langeweile. Sie selbst tat gern etwas. Und sie war der Meinung, daß auch ein Mann etwas tun sollte.
Aber noch war die Zeit nicht reif dafür, Jacob das zu sagen. Noch waren sie ja kaum angelangt, noch war es unklar, wie es weitergehen würde, noch war es wie Ferien.
Sie befanden sich genau fünfzehn Tage im Haus am See, als Jacobs Mutter vom anderen Ufer herüberkam.
Ihre ersten Worte, mit deutlichem Spott, lauteten: »Bist du also zurückgekehrt an die Pfütze.«
Jacob stutzte, dann lachte er.
Er erklärte seinem Vater und Madlon, kein anderer war zugegen bei dieser ersten Begegnung: »Das hat sie nicht vergessen. Als ich kaum in Afrika war, habe ich mal folgendes geschrieben: ›Für hiesige Verhältnisse ist der Bodensee eine Pfütze. Der Victoriasee ist hundertdreißigmal so groß.‹ Stimmt's, Mutter?«
Jona nickte. »Es hat mich sehr beeindruckt. Ich hab dann mal einen gefragt, einen Professor aus Tübingen, der kam immer mit seiner Frau und den Kindern in den Sommerferien zu uns, im Krieg, damit sie sich mal satt essen konnten. Den hab ich gefragt, ob das stimmt, und er hat sich genau erkundigt. Er hat gesagt, hundertsechsundzwanzigmal so groß, vielleicht auch hundertsiebenundzwanzigmal, so in etwa stimme es schon. Nun ja. Da kann man es auch bei hundertdreißigmal lassen, das ist eine schöne runde Zahl. Aber ganz gehört hat er euch doch nicht.«
»Richtig, nur etwa die Hälfte davon. Aber wir hatten auch noch ein paar andere ganz beachtliche Seen. Den Tanganjikasee zum Beispiel, auf dem wir sogar Schiffe hatten. Und den Njassasee. Alles ganz schöne Wässerchen. Aber im Verhältnis gesehen, Mutter, ich meine Afrika verglichen mit Deutschland, da ist der Bodensee immer noch sehr ansehnlich.«
Alles, was Madlon gesehen, gehört und erlebt hatte, seit sie in Konstanz war, verblaßte vor dem Eindruck, den Jona auf sie machte. Was immer sie sich vorgestellt hatte unter dieser Frau, die Jacobs Mutter war, es traf nicht zu.
Sie war nicht alt und dick und satt, sie war groß und schlank

wie der Sohn, sie schien alterslos zu sein, keine Spur von Grau im tiefdunklen Haar, die Augen von ungebrochenem Glanz, das Gesicht edel geformt, nicht faltig, aber gegerbt, wie es bei einem Menschen aussieht, der sich viel im Freien aufhält, in Luft und Sonne, in Wind und Wetter. Sie ging stolz und gerade, und nur ihren Händen sah man die nahezu sechzig Jahre an, es waren die verarbeiteten Hände einer Bäuerin.

Es hatte keine Umarmung gegeben zwischen ihr und Jacob, nur einen Händedruck, einen festen Blick und dann ihre Worte von der Pfütze. Es schuf immerhin einen neutralen Beginn des Gespräches. Carl Ludwig wurde von ihr auf die Bakke geküßt, liebevoll betrachtet, aus den ersten Worten ging hervor, daß sie sich vor wenigen Tagen erst gesehen hatten. Davon hatte er nichts erzählt; war er drüben bei ihr gewesen, hatten sie sich auf diesem Ufer getroffen? Wollte sie einen ersten Bericht aus seinem Mund haben, ohne Zeugen?

Die Schwiegertochter wurde freundlich, ohne Voreingenommenheit, man konnte sagen wohlwollend, begrüßt.

Jona blieb eine Woche, und keine Zweifel konnten darüber bestehen, daß sie hier ins Haus gehörte. Sie hatte das Wunder vollbracht, ein halbes Leben lang an zwei Orten gegenwärtig zu sein, sie war die Herrin in diesem Haus, sie war die Herrin auf dem Hof.

Madlon war beeindruckt von dieser Frau. Vom ersten Augenblick an hatte sie Respekt vor Jona; ihr Auftreten, ihre Sicherheit waren imponierend.

Jona überprüfte die Wohnung im zweiten Stock, befand, daß einiges umgestellt, einiges entfernt werden und einiges dazukommen müsse. Das Himmelbett mißfiel ihr.

»Schlaft ihr wirklich in dem Ding da?«

Jacob lachte, etwas verlegen. »Vorerst ja. Ist mal eine Abwechslung.«

Sie saßen zusammen bei allen Mahlzeiten und auch am Abend meist noch lange, die Unterhaltung war mühelos.

Eines Abends kam, ganz ohne Umschweife gestellt, die Frage: »Ihr habt keine Kinder?«

»Nein«, antwortete Madlon rasch, »leider nicht.«

95

Jona nickte und sagte: »Schade! Aber so wie ihr gelebt habt, blieb dafür sicher keine Zeit. Und mir fehlt immer noch der Erbe für den Hof.«
Als keiner darauf etwas sagte, fuhr sie fort, mit einem Blick auf Jacob: »Aber wenigstens bist du ja wieder da.«
Es war das erste Mal, daß das Thema zwischen ihnen angeschnitten wurde, und sofort erwachte in Jacob die alte Widerspenstigkeit. Er sagte: »Ich fürchte, Mutter, du wirst auch jetzt keinen Bauern mehr aus mir machen.«
»Etwas mußt du doch gelernt haben in Afrika. Ich denke, du hast auf einer Farm gearbeitet.«
»Das war eine Baumwollplantage, die nicht mir gehörte, sondern einer Hamburger Handelscompagnie. Und was heißt gearbeitet! Ich habe bestenfalls die Leute beaufsichtigt, die da gearbeitet haben. Aber genaugenommen nicht einmal das, denn auch dafür waren Leute da.«
»Die berühmte Kolonialherrlichkeit«, meinte sie spöttisch.
»Das habt ihr den Engländern nachgemacht, die haben das auch immer großartig verstanden, andere für sich arbeiten zu lassen.«
»Nun, es war nur teilweise so ähnlich wie in englischen Kolonien«, berichtete Jacob friedlich. »In Indien waren es zuerst ja auch britische Handelskompanien, die dort über Land und Arbeitskräfte verfügten, dann Truppen von einheimischen Soldaten besoldeten, und erst später, so Mitte des vorigen Jahrhunderts, wurde das Land der Krone unterstellt, und Queen Victoria konnte sich Kaiserin von Indien nennen. Bei uns lief es etwas anders. Wir haben das Land rechtmäßig von den Häuptlingen erworben, und sie haben es uns gern verkauft. Von der berühmten Kolonialherrlichkeit, wie du es nennst, haben wir soviel nicht verspürt. Wir haben natürlich, auf echt deutsche Art, erst einmal versucht zu verwalten und Ordnung zu schaffen. Wir haben den Menschenhandel unterbunden. Denn die Häuptlinge haben ihre Untertanen skrupellos als Sklaven verkauft. So etwas wie Menschenrechte, das kannte man dort nicht. Das Geschäftsleben, der Handel, das lag alles in den Händen von Indern, die sich dort angesiedelt hatten, speziell in den Hafenstädten. Die haben uns gar nicht

so gern kommen sehen. Übrigens war die Währungseinheit bis zuletzt eine Rupie, das wissen viele Leute hier gar nicht. Nun ja und dann, die Zeit war kurz, die uns zur Verfügung stand. Es waren viel zu wenig Arbeitskräfte da. Weiße, meine ich. Speziell Deutsche. Die Missionsstationen, der Gouverneur und seine Verwaltung, die Schutztruppe und dazu die Handvoll Farmer. Du darfst nicht vergessen, als wir die Kolonien erwarben, lebte Deutschland in allerbesten Verhältnissen, es gab keine Arbeitslosen, es gab keine Not, die Industrialisierung machte riesige Fortschritte – warum sollte sich ein normaler Bürger in ein ungewisses afrikanisches Abenteuer stürzen? Es mußte also schon ein wenig Abenteuerlust mitsprechen. So wie bei mir, um dir das vorwegzunehmen, Mutter.«

Jona lächelte verhalten. Doch beharrlich kam sie zu ihrem Thema zurück.

»Du willst also sagen, du hast die ganzen Jahre da drüben überhaupt nichts gearbeitet?«

»Ich war bei der Schutztruppe. Die erste Zeit. Ich weiß, daß du Militärdienst nicht als Arbeit betrachtest. Aber es war für mich eine interessante Aufgabe, die Schwarzen militärisch zu schulen. Und sie waren am Ende verdammt gute Soldaten, die Askaris. Was sie geleistet haben in diesem Krieg, ist bewundernswert. Und ehe der Krieg begann, war ich zwei Jahre bei der Compagnie beschäftigt. Es war, wie gesagt, eine reine Baumwollplantage. Barkwitz hat mich da hingebracht. Er war im Vergleich zu mir schon ein alter Afrikaner, ich lernte ihn in Daressalam kennen, und wir haben uns angefreundet.«

Erstaunlicherweise sagte Jona: »Ich erinnere mich, du hast einmal ausführlich über ihn geschrieben. Du nanntest ihn deinen Freund.«

»Ja, das war er auch. Er war fünfzehn Jahre älter als ich, aber wir haben uns blendend verstanden. Wir hatten den Plan, uns selbständig zu machen, die Kompanie zu verlassen, ein Stück eigenes Land zu erwerben, und dann wollten wir es mit Kaffee versuchen. In den höheren Lagen gedieh der ostafrikanische Kaffee gut. Und wir hätten bestimmt auf die Dauer gutes Geld damit verdient, denn Deutschland ist ein Land der

Kaffeetrinker. Tja. Jetzt sitze ich hier, Barkwitz ist tot, er fiel schon in der Tangaschlacht. Ich bin am Leben geblieben, Mutter, was mehr oder weniger ein Zufall ist. Und ich bin mir in all den Jahren seit Kriegsende nicht darüber klargeworden, ob ich mich darüber freuen soll. Ich habe einen Krieg erlebt, einen erbarmungslosen Krieg, das kannst du mir glauben. Aber nun sitze ich hier, stecke die Füße unter Vaters Tisch und habe noch nie im Leben etwas gearbeitet.«

Jetzt klang deutlich Bitterkeit aus seiner Stimme, seine Mundwinkel waren herabgezogen, Madlon kannte diese Stimmung. Für gewöhnlich gelang es ihr, ihn zu ermutigen und zu trösten. Aber hier und heute hatte sie das Gefühl, daß sie sich nicht einmischen dürfe. Dies Gespräch fand auf einem Hintergrund statt, der ihr unbekannt war. Und Jona gab auch nicht nach.

»So hat es angefangen und so ist es weitergegangen«, stellte sie unerbittlich fest. »Aber es muß nicht immer so weitergehen. Du bist noch jung, du kannst noch etwas aus dir machen. Auch andere, die aus dem Krieg zurückgekommen sind, müssen neu anfangen. Unter härteren Bedingungen als du. Der Hof ist da.«

»Mutter, bitte!«

Es war genau wie früher. Nichts hatte sich geändert.

»Aber Jona«, versuchte Ludwig zu vermitteln. »Darüber brauchen wir doch jetzt nicht zu reden. Der Bub ist ja kaum da. Er muß sich hier erst einmal wieder zurechtfinden.«

Jona erwiderte nichts darauf, ihr Blick streifte Carl Eugen, der sich heraushielt aus dem Gespräch, dann erfaßten Jonas dunkle Augen voll Madlon, und Madlon errötete unter diesem Blick. Sie wußte selbst nicht, warum, und sie ärgerte sich darüber.

Arbeit! Und die letzten Jahre in Berlin, hätte sie sagen mögen, was haben wir da alles versucht, wie mühselig haben wir uns durchgeschlagen. Aber es wäre sinnlos gewesen, davon zu sprechen, das wußte Madlon genau. Ein Auto zu steuern oder vor einer Nachtbar zu stehen, beides hätte Jona nicht als Arbeit angesehen. Sie ertappte sich dabei, daß sie dachte: Hoffentlich fährt sie bald wieder hinüber an jenes andere Ufer. Sie macht unser Leben friedlos, das bis jetzt so harmonisch war. Sie wird ihn quälen, und es wird Streit geben. Streit auch zwischen uns, zwischen Jacob und mir. Denn sie wird mich dafür verantwortlich machen, daß er nicht arbeitet, genauso wie sie mich dafür verantwortlich machen wird, daß ich keine Kinder habe.

»Der Hof ist da, und er ist jetzt doppelt so groß«, sagte Jona in ruhigem Ton, nachdem sie alle eine Weile geschwiegen hatten. »Ich habe den Nachbarhof dazugekauft.«

»Du hast... du hast den Hof nebenan gekauft?«

»Er war günstig zu haben während der Inflation. Der Sohn ist gefallen. Die Tochter hat nach Stuttgart geheiratet. Der Bauer ist alt und krank.«

»Großer Gott, Mutter, das ist ja jetzt ein Riesenbesitz. Wozu brauchst du das denn?«

»Dreiundvierzig Hektar sind es. Das ist für hiesige Begriffe wirklich ein großer Besitz.«

»Ich frage dich, wozu brauchst du das? Warum habt ihr das nicht verhindert? Vater? Onkel Eugen?«

Onkel Eugen lachte. »Kennst du deine Mutter nicht mehr, Jacob? Wir haben nur den Kaufvertrag aufgesetzt und die Abwicklung übernommen. Das Geld hatte sie selbst.«

»Während der Inflation!« sagte Jacob voll Verachtung. »Das ist Leichenfledderei.«

»Es sind viele Höfe in dieser Zeit verkauft worden«, sagte Jona unbeeindruckt. »In schlechtere Hände als in meine.«

»Ich frage dich noch einmal: Wozu brauchst du das? Du hattest doch deinen Hof. Du kannst die Arbeit allein doch gar nicht mehr schaffen.«

»Ich fühle mich noch nicht alt, Jacob. Außerdem habe ich einen erstklassigen Verwalter.«

»Einen Verwalter?« fragte Jacob fassungslos. »Einen Verwalter hast du? Das hört sich an, als seist du eine Gutsbesitzerin.«

Jona lehnte sich befriedigt in ihrem Sessel zurück, nahm ihr Weinglas und nippte daran.

»Mein Vater hat schon immer davon geträumt, daß die beiden Höfe zusammenkommen. Sie liegen beide in derselben Mulde, ihre Felder, ihre Waldstücke grenzen aneinander. Als ich ein Kind war, gab es zwei Söhne auf dem Hof, aber ich war noch zu klein, die konnten mich nicht heiraten. Jetzt hat es sich halt so ergeben. Wenn du also willst, Jacob, wirst du kein Bauer sein, sondern meinetwegen ein Gutsbesitzer, wenn dir das besser in den Ohren klingt.«

Madlon lachte nervös auf. Wie feindselig sie sich ansahen, Mutter und Sohn. Die Spannung im Raum war unerträglich. Sie suchte verzweifelt nach einem vermittelnden Wort.

»Ich finde es fabelhaft, was Sie leisten, Madame«, sagte sie. »Ich... ich würde Ihren Hof gern einmal sehen.«

»Was sie leistet!« rief Jacob heftig, ehe Jona etwas sagen konnte. »Sie schuftet sich zu Tode. Seit ich sie kenne, arbeitet sie an zwei Orten. Vielleicht hat mir das jede Art von Arbeit so verleidet. Wie lange willst du noch schuften auf deinem verdammten Hof, Mutter?«

»Solange ich lebe.« Und mit einem freundlichen Blick zu Madlon: »Ich hoffe, daß Sie und Jacob mich bald einmal besuchen werden.« Und nun ein kleines Lächeln, das eigentlich nur in den dunklen Augen aufschien. »Sie dürfen mich Jona nennen.«

»Danke«, flüsterte Madlon.

An einem sonnenhellen Tag Anfang Dezember fuhr Jona wieder hinüber ans andere Ufer.

Adventszeit

Ob man es nun Arbeit nennen wollte oder nicht, die folgende Zeit war jedenfalls voll von Tätigkeit und Betrieb. Denn nun fand etwas statt, was Madlon auch noch nicht kannte: Weihnachtsvorbereitungen. Das beschäftigte die Familie rundherum von früh bis spät.
Weihnachten in Afrika, Weihnachten während des Krieges – manche hatten sich betrunken, manche wurden sentimental, manche übersahen es einfach, und manche sagten immer nur: nachher. In den Berliner Jahren saßen sie mit Freunden in einer Kneipe. Auch da hatten sich manche betrunken, waren manche sentimental, manche schnoddrig geworden, und manche sagten: damals.
Aber nun war der Krieg vorbei, es war Frieden, es ging den meisten Leuten nicht sehr gut, doch das Geld, sofern man es verdienen konnte, hatte seinen echten Wert, nun wollten sie alle Weihnachten feiern. Echte deutsche Weihnachten.
Es wurde geputzt, eingekauft, gekocht und gebacken. Vor allen Dingen gebacken. Berta und die Mädchen rührten und walkten in Teigschüsseln, Bleche mit Gutslen wanderten unentwegt in den Ofen, und Madlon erschien in der Küche, sah ihnen zu und naschte manchmal. Berta blickte etwas freundlicher.
Schöner noch war es bei Imma, wo sich Madlon oft aufhielt. Beide Kinder, Eva und der kleine Konrad, waren ihr herzlich zugetan, und Imma sagte: »Ich bin dir ja so dankbar, daß du mir die Kinder ein wenig abnimmst, ich weiß gar nicht, wo mir der Kopf steht.«
Madlon ging am Vormittag mit Konrad spazieren, sie holten Eva von der Schule ab, und nachmittags saßen sie alle bei Imma in der Küche und sahen zu, was sich dort tat.
»Lieb's Herrgöttle«, sagte Imma, »du bisch so e schöne Frau.

Wenn man bedenkt, was du alles erlebt hast. Geh, sei lieb, halt mir mal die Schüssel fest.« Und Imma wirkte mit rotem Gesicht den schweren Teig, bis ihr der Schweiß auf der Stirn stand. »Kannst mir dann ebe mal die Mandeln abziehe? Die Annerl stellt sich so ungeschickt an, bei der landet alles auf dem Bode.«
Annerl war das junge Dienstmädchen, sie hatte, wie Imma zu sagen pflegte, zwei linke Händ. Mehr als das junge Mädchen erlaubte Bernhard nicht. Man müsse sparen, sagte er, die Zeiten seien vorbei, in denen man sich einen Stab von Dienstboten leisten könne, und ein Haushalt mit zwei Kindern könne von einer gesunden Frau leicht mit einem Dienstmädchen bewältigt werden.
Madlon begleitete Imma auch bei ihren Weihnachtseinkäufen und zerbrach sich mit ihr gemeinsam den Kopf, was man Bernhard, was den Kindern, was dem Vater, dem Onkel, der Tante, was man der Schwester und allen Nichten und Neffen schenken solle.
»Und Jona?« fragte Madlon einmal. »Was schenkst du ihr?«
»Ach, sie will ja nichts. Sie sagt, sie hat alles, was sie braucht. In den Kriegsjahren hat sie uns viel geholfen, weißt. Wir haben nie hungern müssen wie die anderen Leut. Wir hatten immer genug zu essen vom Hof drüben. Natürlich hat sie auch viel abliefern müssen, die Gesetze waren ja sehr streng, aber sie hat das alles geschafft. Sie isch ja so tüchtig. Ich tät ihr gern was schenken. Wenn ich Zeit hätt, tät ich ihr wieder mal eine Tischdecke sticken oder so etwas, das freut sie. Die Eva häkelt Topflappen, hast ja gesehen, da kriegt sie auch ein Paar davon.«
»Kommt sie Weihnachten nicht herüber?«
»Manchmal ist sie gekommen, manchmal auch nicht. Es ist oft schwierig. Wenn der See gefroren ist, fahren keine Schiffe. Oder wenn es sehr neblig ist. Sie hat's ja drüben sehr schön. Und sie hat ihren Rudolf.« Das letzte klang ein wenig spitz.
Rudolf, das wußte Madlon inzwischen, war der Mann, den sie ihren Verwalter nannte. »Was ist denn das für einer?« versuchte sie Imma auszuhorchen.

»Ach, der isch sehr nett. Ein Österreicher. Kommt da hinten aus dem Bregenzer Wald. Der ist schon lang auf dem Hof. Allein hätt sie ja das alles nicht mehr schaffe könne, im Krieg und so.«

Immas Kaufwut steckte Madlon an, und sie begann selbst darüber nachzudenken, wem sie etwas schenken wollte, und kam darauf, daß sie eigentlich jedem etwas schenken wollte. Dann mußte überlegt werden, was.

Zu den Lalonges ging Madlon nicht, ohne dazu aufgefordert zu sein, und sie wurde nicht aufgefordert. Dafür ging Jacob dort oft vorbei, und von ihm hörte Madlon, daß auch das Haus Lalonge voll Betriebsamkeit steckte. Die Hausarbeit, das Putzen, Kochen und Backen, wurde von Clarissa überwacht. Agathe war hauptsächlich außerhalb des Hauses tätig. Sie kümmerte sich um die Bedürftigen und Notleidenden, um die Kriegsversehrten, die Witwen und Waisen, sie besaß eine lange Liste, auf der alle verzeichnet waren, die ihre Hilfe brauchten. Sie sammelte bei den bekannten Familien und Geschäftsleuten, sie veranstaltete einen Weihnachtsbasar, sie richtete die Wärmestube ein, in der an die Ärmsten täglich warme Suppe verteilt wurde, sie sorgte dafür, daß sie Holz oder Kohle bekamen, sie kümmerte sich um alles und um jeden.

Das Pelzkäppchen auf dem dunkelblonden Haar, einen Schleier unter dem Kinn gebunden, so eilte sie Tag für Tag durch die Stadt, damit nur ja keiner frieren oder hungern mußte in dieser schweren Zeit.

»Es ist fabelhaft, was sie leistet«, sagte Jacob. »Man kann sie nur bewundern.«

»Das hat sie den ganzen Krieg über so gemacht«, erzählte Imma.

»Da war sie noch in den Krankenhäusern und in den Lazaretten. Und jeder konnte zu ihr kommen, der Kummer hatte oder etwas brauchte. Ja, der Jacob hat recht, man kann sie nur bewundern. Ich könnt das nicht.«

Agathe ist Jonas Tochter, dachte Madlon, sie ist genauso tüchtig. Aber sie ist es nicht ganz ohne Eigennutz, sie setzt sich gern in Szene und gefällt sich in der Rolle der Wohltäterin.

Aber das ist ihr gutes Recht, ich würde vielleicht genauso empfinden.
Was Madlon weniger gefiel, waren die bewundernden Worte, die Jacob immer häufiger für Clarissa fand.
»Ein erstaunliches Mädchen«, sagte er beispielsweise. »So jung und so umsichtig. Für jeden Tag hat sie einen Plan, und der läuft Punkt für Punkt ab. Sie schreibt Agathes Liste der Besorgungen am Abend für den nächsten Tag, sie schreibt genau auf, was im Haushalt zu tun ist, und genauso passiert es dann, jeder bekommt von ihr seine Anweisungen und weiß, was er zu tun hat. Dabei kümmert sie sich noch um die Kinder, schaut nach ihren Schularbeiten, besonders mit Hortense hat sie Mühe, die ist ein verwöhntes Zuckerpüppchen und tut nur, was ihr Spaß macht. Dem Kleinen liest sie vor und erzählt ihm Märchen, und mit Carl Heinz musiziert sie. Sie spielt ausgezeichnet Klavier. Sie begleitet ihn, wenn er Geige spielt.«
»Und du hörst zu?« fragte Madlon mit leicht erhobenen Brauen.
»Manchmal, wenn es sich gerade so ergibt. Hört sich hübsch an.« Daß er gern zuhörte, wenn auf dem Klavier gespielt und auf der Geige gefiedelt wurde, war etwas ganz Neues. Es war ihr in Berlin nie gelungen, ihn in ein Konzert mitzunehmen. Sie war manchmal hingegangen, und er sagte dann: »Ich hole dich ab.«
Sie wartete, daß er einmal vorschlagen würde, sie solle ihn begleiten bei seinen Besuchen im Hause Lalonge, aber daran schien er nicht zu denken. Sie gingen also in dieser Vorweihnachtszeit zum erstenmal, seit sie sich kannten, getrennte Wege. Jacob zu Agathe, Madlon zu Imma und ihren Kindern; ja, sie freundete sich sogar mit Bernhard an, da sie manchmal aufgefordert wurde, zum Mittagessen zu bleiben.
Bernhard wollte von ihr etwas über Belgien erfahren, speziell über die nie endenden Differenzen, ja Feindseligkeiten zwischen Flamen und Wallonen, die gerade jetzt in der Nachkriegszeit wieder zu fast bürgerkriegsähnlichen Zuständen in dem kleinen Land geführt hatten.
Aber Madlon wußte weniger über Belgien als er. Sie war aus

dem Kohlenbecken nie herausgekommen, sie war nie am Meer gewesen, sie kannte weder Gent noch Brügge, die berühmten alten flandrischen Städte, gerade eben in Brüssel hatte sie zwei Jahre gelebt, ehe sie mit Marcel nach dem Kongo ging.
Marcel war Hausdiener im Hotel Métropole, wo Madlon als Zimmermädchen Arbeit gefunden hatte. Allerdings nicht für lange, sie wußte so gut wie nichts über die Pflege komfortabler Räume und über den Umgang mit reichen Leuten. Man steckte sie in die Küche, wo sie abwaschen durfte. Das hatte sie damals kolossal gefuchst. Sie war voller Wut, voller Widerspenstigkeit, voller Aufsässigkeit, das brachte ihr gelegentlich eine Ohrfeige ein, und sie bedauerte es oftmals, von zu Hause fortgelaufen zu sein. Das Leben war hier und dort gleich mies und unfreundlich, und es würde für sie nie anders werden. Marcel, der sie einmal vor Wut und Angst heulend auf der Kellertreppe des Personaltraktes fand, tröstete sie. Es wurde sehr rasch Liebe daraus. Wenn sie einmal frei hatten, was selten vorkam, gingen sie Hand in Hand durch die Straßen der großen Stadt mit ihren glitzernden Schaufenstern, die nicht für sie glitzerten, mit den stattlichen Karossen, die prachtvollen Pferde vorgespannt, in denen sie nie sitzen würden.
Sie standen vor dem Schloß, und Marcel sagte: »Hier wird es für uns nie anders werden.«
»Wir müssen eine Revolution machen«, erwiderte die neunzehnjährige Madlon finster.
Er lachte, zog sie an sich und küßte sie.
»Davon ist noch nichts auf der Welt besser geworden. Ich gehe in den Kongo, sobald ich die Schiffspassage zusammengespart habe. Ein Freund von mir ist nach Albertville gegangen, schon vor drei Jahren. Er schreibt, wenn man arbeiten will, kann man es zu etwas bringen.«
»Und ich?« fragte Madlon verzagt.
»Du kannst mit mir kommen, wenn du willst. Aber dann müssen wir beide sehr sparen für die Reise.«
»Und was soll ich machen im Kongo?«
»Erst wirst du mich heiraten. Und dann werden wir uns umschauen, was wir tun. Ich will nicht in die Minen. Ich bin ei-

gentlich auch kein Großstadtmensch. Am liebsten würde ich auf einer Farm arbeiten. Könnte dir so ein Leben gefallen?«
Madlon konnte sich nicht das geringste unter einem Leben im Kongo auf einer Farm vorstellen, aber sie sagte mit Begeisterung: »Ja.«
Marcel war acht Jahre älter als sie, ein ruhiger, besonnener Mann, liebevoll und zärtlich, nicht so, wie sie die Männer bisher kennengelernt hatte. Und was er sich vorgenommen hatte, führte er durch.
Drei Jahre später lebten sie im Kongo, arbeiteten auf einer Farm, zusammen mit seinem Freund, der inzwischen Anteile an dieser Farm erworben hatte.
Ihre Ehe war glücklich und friedlich, nur auf ein Kind wartete Madlon vergebens. »Das ist die Umstellung, das andere Klima«, tröstete Marcel sie. »Das kommt schon noch.«
Als er starb, an Fleckfieber, schrecklich starb, weinte sie bitterlich.
»Über den Kongo, über Deutsch-Ostafrika kann ich Ihnen viel erzählen«, sagte Madlon zu Bernhard, »aber über Belgien weiß ich nichts. Es ist zu lange her, daß ich fort bin. Und ich kenne gerade nur die Gegend um Lüttich herum und Brüssel. Aber wie gesagt, es ist lange her.«
Lange, lange war es her, und wie schon einige Male in letzter Zeit dachte Madlon an ihre Familie. Was mochte aus ihnen geworden sein? Warum bloß hatte sie sich nie um sie gekümmert?
Jacob ging nicht nur zu Agathes Haus, er streifte auch viel durch die Stadt, und schließlich fand er zwei von seinen Jugendfreunden wieder, die den Krieg überlebt hatten. Heinrich hatte einen Arm verloren und saß als Pförtner in einer Bank, und Albert war im Schützengraben verschüttet gewesen, zuckte mit der linken Wange und schrie im Schlaf.
»Das hat das Gute«, sagte er, »daß ich eine Kammer für mich allein habe und nicht mehr mit meiner Alten schlafen muß. Sie ist ein Drachen.«
»Ich erinnere mich gut, daß du sie damals partout haben wolltest. Mir hat sie nie gefallen.«

»Daran kann ich mich auch erinnern. Hast recht gehabt.«
Aber er brauchte die Frau beziehungsweise die Familie, der Schwiegervater besaß ein Haushaltswarengeschäft, dort wurde er im Lager beschäftigt, für andere Arbeit taugte er nicht mehr.
»Wir drei passen gut zusammen«, meinte Jacob melancholisch. »Dir fehlt ein Arm, du hast einen Tick, und ich bin lahm und warte auf den nächsten Malariaanfall. Wißt ihr noch, was wir früher alles auf den Kopf gestellt haben?«
Das gab Redestoff für viele lange Abende.
Heinrich, den Bankpförtner, hatte Jacob durch Zufall getroffen, den anderen brachte Heinrich mit. Und nun saßen sie manche Abende in einer Weinstube in der Niederburg, redeten und tranken, rekapitulierten die wilden Streiche ihrer Jugend und tauschten Kriegserinnerungen aus. Wie gesagt, Redestoff für viele Abende, für Jahre hatten die drei.
Heinrich war die Frau im Krieg weggelaufen, er hatte keine neue genommen und wollte auch keine, wie er sagte. Er lebte bei seiner Mutter, und da fühlte er sich wie im Himmel. Er konnte heimgehen, so spät er wollte. Seine Mutter machte ihm keinen Vorwurf. Sie war so selig darüber, daß der Junge aus dem Krieg zurückgekehrt war, auch wenn er einen Arm weniger hatte, daß sie ihm alles Gute tat und wünschte. Lange Abende beim Wein mit alten Freunden? Wie schön, mein lieber Bub, so sagte sie.
Anders war es um Albert bestellt, der immer geduckt nach Hause schlich, sicher des Gewitters, das ihn dort erwartete.
»Mußt du den Rest von Gehirn, den du übrig hast, noch versaufen?« bekam er zu hören.
Jacob und Heinrich brachten ihn meist nach Hause, und manchmal steckten sie ihm eine Schachtel Pralinen oder ein Fläschchen Parfum in die Tasche, damit er seinen Drachen friedlich stimmen konnte. Er selbst bekam kein Geld von seinem Schwiegervater. Das, was er an Arbeitskraft wert sei, könne man gerade mit Essen und Wohnen verrechnen, hieß es.
»Dafür haben wir unsere Jugend hingegeben«, jammerte Albert manchmal. »Sie saßen hier auf ihren fetten Ärschen,

und uns haben sie kaputtgemacht. Aber wartet nur, eines Tages...«
Was eines Tages sein würde, wußte er anfangs nicht. Doch er war dann einer der ersten in der Stadt, der sich der nationalsozialistischen Partei anschloß.
Madlon sagte nichts, wenn Jacob spät und oft angetrunken nach Hause kam. Früher waren sie immer zusammen ausgegangen, nun gut, jetzt ging er eben allein. Das Leben hier war anders als das Leben in Berlin und schon dreimal anders als das Leben in Afrika. Das war zu erwarten gewesen.
Aber sie war nicht unzufrieden mit ihrem Leben. Manchmal saß sie mit Carl Ludwig und Carl Eugen zusammen, sie tranken Wein und unterhielten sich, manchmal war sie oben in ihren schönen Räumen und las, ein ganz neues Erlebnis für sie, sie hatte im Leben kaum je ein Buch gelesen, aber Carl Ludwig hatte eine reichhaltige und vielseitige Bibliothek, und es machte ihr auf einmal Spaß, die Nase in ein Buch zu stecken.
Carl Ludwig gab ihr hoffnungsvoll alle Bücher über seine Vögel mit, Madlon nahm sie dankend, aber lieber suchte sie sich einen richtigen Roman heraus, einen mit viel Gefühl und Liebe und Herzblut. Sie waren meist etwas älteren Datums, stammten noch aus der Zeit, als Agathe und Imma junge Mädchen gewesen waren, aber das störte Madlon nicht.
Wenn Jacob sehr spät nach Hause kam, lag sie bereits im Himmelbett und schlief. Er bemühte sich, leise zu sein, sie hörte ihn dennoch, rührte sich aber nicht. Auf die Umarmung eines angetrunkenen Mannes war sie nicht besonders erpicht, es würde andere Abende geben. Dann hörte sie ihn leise schnarchen und schlief auch wieder ein. Am nächsten Morgen beim Frühstück erzählte er, was er am Abend zuvor mit den beiden Freunden getrieben und gesprochen hatte.
Sie kannte Heinrich und Albert bald so gut, als sei sie auch mit ihnen aufgewachsen, sie hegte liebevolle Gefühle für Heinrichs Mutter und schüttelte den Kopf über den Drachen samt Familie.
Schneller, als Madlon es je vermutet hatte, war dieses Leben in Jacobs Heimat in recht alltägliche Bahnen gemündet. Ab-

gesehen davon, daß die nahende Weihnachtszeit eine nicht gerade alltägliche Stimmung und Betriebsamkeit mit sich brachte.
Zwei Ereignisse in diesem Dezember jedoch standen für sich und waren alles andere als alltäglich: der Adventstee im Hause Lalonge und der Besuch bei Jona.
Der Adventstee bei Agathe fand am zweiten Adventssonntag statt und war ein alljährlich wiederkehrendes Ereignis, bei dem die Damen aus Agathes Bekanntenkreis sich trafen, um zu besprechen, was noch zu tun und zu erledigen sei, wer vielleicht noch ihre Hilfe brauchte bei dem Werk weihnachtlicher Liebe und Fürsorge, aber auch, um Erfahrungen bei den eigenen Weihnachtsvorbereitungen auszutauschen und Anregungen mit nach Hause zu nehmen.
Darüber wurde Madlon von Jacob aufgeklärt, nachdem sie die Einladung erhalten hatte, schriftlich.
»Du gehst doch auch?« fragte sie Jacob.
»Es ist eine reine Damenangelegenheit.«
»Mon dieu! Und ich soll da hingehen?«
Er grinste. »Natürlich, geh nur. Es ist eine große Ehre für dich, daß du eingeladen bist.«
»Pöh!« machte Madlon, und am liebsten wäre sie nicht gegangen.
Jacob wußte von Clarissa genau, was sich abspielen würde: Sonntagnachmittag ab vier Tee und Kaffee, selbstgebackener Kuchen, ein Likörchen, jede der Damen mit einer Liste bewaffnet, Schluß war um sieben Uhr. Die Kinder über zehn durften mitkommen.
»Ich habe weder ein Kind noch eine Liste mitzubringen«, sagte Madlon, »was soll ich da bloß?«
»Sie werden dich kennenlernen wollen. Es gibt noch eine Menge Damen in der Stadt, die nur von dir gehört, dich aber noch nicht gesehen haben.«
»Es wird bestimmt fürchterlich«, jammerte Madlon. »Und was soll ich da nur anziehen?«
Von Agathes Kindern kannte sie bisher nur Carl Heinz, den Ältesten. Er kam oft in die Seestraße, er verstand sich gut mit Carl Eugen und Carl Ludwig, und er bewunderte Jacob. Er

hörte sich geduldig alles über die Vogelwelt des Bodensees an und lauschte Eugens Pariser Erinnerungen, reduziert natürlich auf historische und kunsthistorische Einzelheiten. Stundenlang konnte er Jacob zuhören, wenn dieser von Afrika erzählte. Einen so begeisterten und teilnahmsvollen Zuhörer hatte Jacob noch nie gehabt.
Carl Heinz sagte denn auch, am Tag vor dem Adventstee: »Also, ich komm dann zu euch. Das ganze Haus voller Weiber, das ist nichts für mich.«
Sonntag, zehn Minuten nach vier, fand sich Madlon im Hause Lalonge ein. Das Palais, leicht von Schnee überpudert, sah noch imponierender aus als sonst. Madlon trug eins von den selbstgestrickten Berliner Kleidern, leuchtendblau, mit kühnen, asymmetrischen, kirschroten Streifen; eine Perlenkette hing ihr bis in den Schoß. Das Kleid war in lockeren Maschen gestrickt und ließ die Haut an Armen und Schultern durchschimmern, ansonsten war es mit Seide gefüttert.
Als Madlon die anderen Damen sah, in Schwarz, Grau und Beige, kam sie sich höchst deplaziert vor. Doch alle waren freundlich, keine giftig, man nahm nicht allzuviel Notiz von ihr, denn die Damen hatten wirklich viel zu besprechen. Madlon konnte nur staunend zuhören, was sie alles getan hatten und noch tun würden.
»Es ist ein wirkliches Problem mit Elsa Dobler«, berichtete beispielsweise eine Frau Schilling. »Sie will sich einfach nicht helfen lassen. Man kommt sich selbst wie ein Bittsteller vor, wenn man ihr etwas Gutes tun will. Sie ist so abweisend, daß es schon beleidigend ist.«
»Ja«, seufzte Agathe, »ich weiß. Ich habe den Fall auch darum dir überlassen, liebe Mimi, weil du sie schon seit deiner Kindheit kennst. Von mir will sie überhaupt nichts wissen, ich treffe nur auf kalte Abwehr. Ich dachte, du findest vielleicht den richtigen Ton.«
»Sie weiß, daß ich nicht in besonders guten Verhältnissen lebe, mein Mann ist gefallen, und meine Pension ist bescheiden. Und sie sagt glatt zu mir, kümmere dich doch um deine Angelegenheiten, da hast du genug zu tun. Meine Situation kannst du doch nicht verstehen.«

Die ›Situation‹, soviel reimte sich Madlon aus dem nun folgenden, langwährenden Gespräch zusammen, bestand darin, daß der Mann der Frau Dobler, Hauptmann genau wie der von Frau Schilling, nicht gefallen war, sondern irgendwann im Verlauf des Krieges vor einem Kriegsgericht gestanden hatte, wegen einer Hochverratssache, deren nähere Umstände Madlon nicht erfuhr, die wohl auch die Damen nicht genau kannten. Jetzt befand sich dieser Mann in russischer Gefangenschaft.

»Seit sechs Jahren«, betonte Mimi mit erhobener Stimme, und ihre Stricknadeln klapperten wild, »stellt euch das vor! Der Mann ist längst tot. Doch das will sie nicht glauben, das darf man überhaupt nicht aussprechen. Er wird zurückkommen, sagt sie, und sein Fall wird wieder aufgerollt werden und man wird ihn rehabilitieren. Mein Mann ist kein Verräter, sagt sie. Und dann schreit sie auf einmal, ganz laut: Mein Mann ist kein Verräter, ich kenne ihn, ich weiß, wie er ist, man hat ihn verleumdet. Es ist schrecklich, sage ich euch, die Frau ist nicht mehr ganz bei sich. Die Kinder sitzen verstört in den Ecken herum und sagen gar nichts mehr. Es ist kalt im Zimmer, sie haben keine Kohlen, sie haben nichts zu essen, und die Kleine hustet, daß es Gott erbarmt.«

»Ja«, sagte Agathe, »das erzählt Hortense auch. Rosmarie geht in ihre Klasse. Der Mantel geht ihr gerade bis an die Knie und ist voller Flicken, sie ist blaß wie der Tod und hustet sich die Seele aus dem Leib. Die Mitschülerinnen wollen ihr von ihren Broten etwas abgeben, aber sie nimmt nichts. Sie ist genauso stolz wie ihre Mutter.«

»Stolz, wenn ich so ebbes Dummes hör«, regte sich Mimi auf. »Das Kind ist aufgehetzt von der Mutter. Wir alle wissen nicht, ob man Hauptmann Dobler zu Recht oder zu Unrecht beschuldigt hat, wir wissen überhaupt nichts Näheres über die Affär. Wir wissen nur, daß er immer gegen den Krieg war. Gell, das wissen wir? Und...«, sie senkte die Stimme, »gegen den Kaiser. Einen preußischen Protz hat er ihn genannt, das hab ich mit eigenen Ohren gehört. Lieb's Herrgöttle, wir haben's hier alle nicht so mit dene Preuße. Aber im Krieg – ich mein, im Krieg muß man zusammenhalten.«

»Er hat früher die Sozialdemokraten gewählt«, wußte eine andere Dame, »daraus hat er gar keinen Hehl gemacht. Ein deutscher Offizier, ich bitte euch!«

»Er war Reserveoffizier«, stellte eine andere Dame richtig, »und er war Lehrer. Oberstudienrat, na gut. Wir wissen alle, daß die Lehrer anfällig sind für die linke Richtung. Das hat man ja in Rußland vor und während der Revolution deutlich genug gesehen.«

»Hochverrat ist ein schlimmes Wort, besonders im Krieg«, sagte Agathe. »Auf jeden Fall hat man ihn seinerzeit nicht zum Tod verurteilt, er ist auch nicht aus der Armee ausgestoßen worden, also kann man ihn nicht schuldig gesprochen haben. Er wurde strafversetzt nach Galizien, und später war er in Brest-Litowsk, das ist das letzte, was man von ihm weiß. Das war kurz vor der Revolution.«

»Vielleicht«, meinte eine zierliche Brünette schaudernd und nippte an ihrem Chartreuse, »vielleicht ist er übergelaufen zu dene Bolschewisten.«

»Laß das bloß nicht Elsa hören«, warnte Mimi, »sie rammt dir glatt ein Messer in den Leib.«

»Von irgendeiner Art von Rehabilitation kann doch gar keine Rede sein«, meinte Agathe. »Falls Hauptmann Dobler wirklich noch leben sollte und er käme zurück, wen interessiert denn das heute noch. Der Krieg ist vorbei und verloren. Und wenn er wirklich bei den Sozis war, spielt das heute schon gar keine Rolle mehr. Wir haben schließlich einen sozialdemokratischen Reichspräsidenten.«

»Aber keinen Sozialdemokraten mehr im Kabinett, meine liebe Agathe«, mischte sich eine ältere Dame ein, die bisher zu dem Fall noch nichts geäußert hatte.

»Ja, das stimmt«, gab Agathe zu. »Sie haben recht, Frau von Oellingen, in dem neuen Kabinett vom 30. November nicht mehr.«

»Also, das ist alles offe und nicht zu überblicke«, nahm eine gemütliche Blonde das Wort, die mit Windeseile häkelte und auch beim Sprechen damit nicht aufhörte. »Mei Mann ist Bankdirektor, wie ihr wißt. Er weiß e bißle mehr. Er hat ja immer noch seine Verbindunge in die Schweiz, net wahr? Er sagt, demnächst wird's uns gar net so schlecht gehe, weil nämlich unsere neue Mark die Ausländer anzieht wie die Biene der Honig. Oder der Honig die Biene? Na, isch ja egal. Jetzt werdet se alle komme und ihr Geld bei uns investiere. Der Rubel rollt, sagt mein Emanuel. Oder besser sollte man sagen, der Dollar rollt. E bißle wird's uns bessergehe. Aber mir solle uns net täusche, das ist nur vorübergehend. Das dicke Ende kommt erst. Mer müsse bezahle für den Krieg. Ob mer nu den Wilhelm möge oder unseren Großherzog oder die Sozis oder die Kommuniste, das ist alles eins. Bezahlen müsse mer alle.«

»Das tun wir ja bereits«, sagte Agathe, nun sichtlich ein wenig nervös über die Wendung, die das Gespräch genommen hatte. »Wir haben den Krieg verloren, und daß wir ihn bezahlen müssen, ist nur allzu offensichtlich. Aber wir sind nicht hier zusammengekommen, liebe Elvira, um die Wirtschaftslage im großen zu besprechen, sondern im kleinen. In unserem Kreis. Sprechen wir also noch einmal über Elsa Dobler. Was können wir für sie tun? Und vor allem für die Kinder. Es sind vier, nicht wahr?«

»Vier«, bestätigte Mimi. »Der Jüngste ist sieben. Er ist nach dem Prozeß geboren. Der Wind könnt durch ihn durchblase. Und das Mädle hustet.«

»Sie hustet fürchterlich, das sagt Hortense auch. Sie ist lungenkrank. Und sie muß aus der Klasse raus, im Interesse unserer Kinder. Die Kleine muß irgendwohin zur Erholung, ins Gebirge. Es hilft nichts, ich werde mit Sanitätsrat Berger darüber sprechen müssen.«

»Das wirst du tun müssen«, stimmte Mimi zu. »Du kennst ihn gut genug und wirst das schon richtig machen. Vielleicht kann uns Elviras Mann dabei helfen, wenn er schon so gute Beziehungen zur Schweiz hat.«

»Ha, du bisch gut«, regte sich Elvira auf. »Die Schweizer sitze auf dem hohe Roß. Denkst du an eine Kur für das Kind in Davos? Wer soll das denn bezahle?«

»Wir werden zusammenlegen«, sagte Agathe kühl.

»Und wenn der Mann wirklich ein Verräter ist? Oder bei dene Bolschewiki?«

»Was kann denn das Kind dafür?«
Madlon lauschte staunend, mit steigender Aufmerksamkeit. Ihr Respekt vor Agathe wuchs. Sie war wirklich Jonas Tochter, auf ihre Art.
Als nach einer Weile eine Gesprächspause eintrat, frischer Kaffee und Tee wurde noch einmal serviert, hörte sich Madlon zu ihrer eigenen Überraschung auf einmal sagen: »Ich würde auch gern irgendwie helfen. Wenn Sie mir nur sagen würden, wie.«
Es wurde ganz still, alle Augen waren auf Madlon in ihrem leuchtendfarbigen Kleid gerichtet.
Sie bekämpfte tapfer die Verlegenheit, die sie überkam.
»Ich habe den Krieg auch erlebt. Und ich habe ihn an der Front erlebt. Eins habe ich gelernt: Mut und Tapferkeit ist die eine Seite, Not und Angst die andere. Und Gerechtigkeit...«, ihre Stimme wurde leiser, »Gerechtigkeit darf man nicht erwarten. Nicht von Gott und nicht von den Menschen.«
Schweigen.
Jetzt schmeißen sie mich raus, dachte Madlon.
Plötzlich stand jemand auf, kam auf sie zu, beugte sich zu ihr herab und küßte sie spontan auf die Wange: Clarissa.
Clarissa hatte sich bisher am Gespräch nicht beteiligt. Sie hatte dafür gesorgt, daß alle Tassen und Teller und Gläschen gefüllt waren, sie hatte dafür gesorgt, daß die Kinder, die in einem Nebenzimmer waren, ihren Kakao bekamen und dann spielen konnten, aber nun saß sie seit einer Weile in der Runde der Damen, hatte auch ein Strickzeug in der Hand und jetzt die Gelegenheit zu zeigen, daß sie da war.
»Danke, Madeleine«, sagte sie, so laut und klar, daß alle es hören konnten. »Sie haben recht. Aber – «, sie richtete sich auf und blickte um sich, »wir können jene Gerechtigkeit, deren Menschen fähig sind, walten lassen. Wir müssen es jedenfalls versuchen. Und Mut und Tapferkeit, das ist das wenigste, was wir aufbringen können. Die Soldaten haben es uns im Feld gezeigt, und wir, unter soviel besseren Bedingungen, sollten das nicht schaffen?«
Die Damen blickten verwirrt. Sie wußten nicht recht, worauf

Clarissa hinauswollte und wieso sie sich überhaupt mit der Fremden solidarisierte. Agathe runzelte leicht die Stirn. Clarissa stand ihr näher als ihre eigenen Kinder. Was nicht heißen sollte, daß sie sie mehr liebte. Clarissa forderte keine Liebe. Sie wollte Anerkennung, sie wollte teilhaben, an allem, was geschah. Und sie steckte voll wildem Ehrgeiz, das hatte Agathe in den letzten Jahren entdeckt, ohne zu erkennen worauf dieser Ehrgeiz sich eigentlich richtete. Alles gut zu machen, möglichst besser als jeder andere, das hatte das Kind Clarissa schon gewollt. Aber was wollte sie jetzt? Sie war in der Schule eine der Besten gewesen, weil sie es nicht ertragen hätte, nicht zu den Besten zu gehören. Sie hatte mit fieberhaftem Eifer, als Kind noch, für die Soldaten gestrickt und geflickt, sie hatte Agathe begleitet auf ihren Besuchen in den Lazaretten, und sie war auch jetzt, bei diesen vergleichsweise harmlosen Weihnachtswohltätigkeiten, voll Einsatzeifer. Dazwischen hatte es die Idee gegeben, Medizin zu studieren, doch davon hörte man nichts mehr.

Und warum jetzt auf einmal diese demonstrative Zustimmung für die banalen Gemeinplätze, die Jacobs Frau von sich gegeben hatte? Agathe kannte Clarissa sehr gut. Sehr, sehr gut. Diese Frau, die ihr Bruder Jacob mitgebracht hatte, mochte mit allen Wassern gewaschen sein, Clarissa war sie nicht gewachsen. Clarissa, diese kleine Katze, unter strenger Kontrolle aufgewachsen und sehr konservativ erzogen, die doch nun anfing, selbständig ihre Krallen zu wetzen.

Agathe lächelte vor sich hin. Sie hatte einiges beobachtet in letzter Zeit. Vielleicht würde es gut sein, in Zukunft auf Clarissas Hilfe zu verzichten und ihr doch ein Studium nahezulegen.

Die Damen blickten alle fragend und ein wenig unsicher auf Clarissa, die immer noch stand, hochaufgerichtet, eine unsichtbare Fahne schwingend. Und zugleich bemerkte, daß es Zeit war, in gewohnte Bahnen zurückzukehren.

Sie lächelte, auf ihre bescheidene, sanfte Art und fuhr fort, während sie sich wieder zu ihrem Platz begab: »Ich meine, was die kleine Rosmarie Dobler betrifft, ich habe einen Cousin in der Schweiz, er ist Arzt. Und er hat lange Jahre in ei-

nem Sanatorium in Davos praktiziert. Wir stehen in Verbindung. Ich werde dafür sorgen, daß die Kleine zu ihrer Kur kommt. Und für Elsa und die Kinder werde ich einen Weihnachtskorb packen, und den stellen wir ihr einfach vor die Tür. Sie braucht gar nicht zu wissen, von wem er kommt.«
»Sie wird ihn in den Bodensee schmeiße«, sagte Mimi, die sich als erste von dem Schock erholte, den Madlon und Clarissa verursacht hatten.
Dann sprachen sie auf einmal alle wieder und alle durcheinander. Clarissa lächelte Madlon zu, und die lächelte zurück, ein wenig verwirrt. Sie bereute ihre theatralischen Worte. Aber sie freute sich über Clarissas Zustimmung und Freundlichkeit.
Sie sah Clarissa heute zum zweitenmal, sie *konnte* nicht wissen, wer dieses junge Mädchen war, wie sie war. Sie hatte ein instinktives Mißtrauen gegen sie empfunden, und das war gewiß töricht von ihr gewesen. Clarissa war so jung, so wohlbehütet und so reizend, mit diesem rötlichglänzenden Haar, das in weicher Welle aus ihrer klaren Stirn gebürstet war.
Wie jung sie ist, dachte Madlon, fast noch ein Kind.
Aber Clarissa war kein Kind mehr, sie war eine Frau. Und sie war ein Produkt der neuen Zeit, mochte sie auch noch so wohlbehütet und fern jeder Gefahr aufgewachsen sein. Dieser Zeit, die aus Frauen Menschen gemacht hatte. Dieser weltumfassende Wahnsinn hatte nicht nur auf den Schlachtfeldern und in den Schützengräben stattgefunden. Er war so epochemachend, so epocheändernd gewesen, wie es die wenigsten Menschen noch begriffen hatten. Ein neues Denken, ein neues Fühlen, eine ganz neue Art von Leben war entstanden und entstand noch immer, täglich mehr und mehr. Und nicht zuletzt die neue Frau war aus dem Grauen dieser Zeit hervorgegangen, nicht Venus Anadyomene, lieblich an Land gespült, das unschuldig blickende Opfer einer starken Männerwelt, sie war als erste in diesem Krieg getötet worden.
Es gab die neue Frau. Lagen ihre Wurzeln auch noch im Gestern und Vorgestern, hafteten an ihr auch noch wie Eierschalen die Vorurteile der Mütter und Großmütter, kannte sie auch ihre eigene Stärke noch nicht, so war sie dazu bestimmt,

in Zukunft die Machtvolle zu sein. Nicht Madlon, auch wenn sie Schulter an Schulter mit den Männern gekämpft hatte, verkörperte das neue Frauenbild. Nicht Jona und nicht Agathe, selbständig und emanzipiert, wie sie im Grunde waren. Doch Clarissa? Erzogen im Sinn der hergebrachten Ordnung, und alles, was geschehen war, hatte an der stillen Ordnung ihres Lebens nichts geändert, und doch war sie bereits anders als jene, die ihr an Jahren voraus waren. Sie würde nicht warten, was sie bekam. Sie wollte sich nehmen, was sie begehrte. Sie begehrte Jacob Goltz.
Sie war jung und hübsch und reich. Aber sie wollte diesen Mann mit seinem lahmen Bein und seinem Malariagesicht. Das wußte keiner, auch er nicht, er schon gar nicht, nur sie.
»Ich beneide Sie, wenn ich Sie alle stricken sehe«, sagte Madlon auf einmal. »Was wird das alles nur?«
Die Damen zeigten und erklärten.
»Können Sie denn auch stricken?« fragte Mimi.
»Aber das ist mein größtes Vergnügen. Sehen Sie, dieses Kleid, das ich anhabe, ich habe es selbst gestrickt.«
Elsa Dobler, ihre Kinder und alle sonstigen Bedürftigen, von denen man gesprochen hatte, waren vergessen.
»Nein? Selbst gestrickt! Das ist ja unglaublich. Das müssen Sie mir geben, dieses Muster. Und es macht so eine tolle Figur.« Madlon stand auf und drehte sich, sie strahlte. Seit sie in Konstanz war, hatte sie die Stricknadeln nicht mehr in die Hand genommen. Warum eigentlich nicht? Gleich morgen würde sie sich Wolle besorgen. Ob sie es noch schaffen würde bis Weihnachten, dieser hübschen Clarissa ein Kleid zu stricken?
Agathe lächelte ein wenig säuerlich.
Clarissa strickte und lächelte auch. Nicht säuerlich, zufrieden. Sie war zwanzig Jahre alt. Man hatte einen Krieg verloren. Wer? Sie doch nicht. Man konnte gar keinen Krieg verloren haben, wenn man lebte, wenn man jung war und wußte, was man wollte. Es war sicher, daß ein Mann eines Tages genug haben würde von einer älteren Frau, daß er genug davon haben würde, sich von vergangenen Heldentaten zu nähren, stammten sie nun aus Afrika oder sonstwoher.

Nicht lange danach sammelten die Damen ihre Kinder ein, und es gab ein großes Abschiednehmen.
Clarissa küßte Madlon zum Abschied noch einmal auf die Wange, demonstrativ, jeder konnte es sehen. Und dann knickste sie. Der respektvolle Knicks eines jungen Mädchens vor einer reifen Dame.

Wie verabredet, machten sich Madlon und Jacob auf den Weg, um Jona zu besuchen. Sie fuhren mit dem Wagen, um den ganzen Überlinger See herum, und auf diese Weise bekam Madlon wieder ein Stück der Gegend zu sehen. Es war ziemlich kalt geworden, und am Tag zuvor hatte es geschneit, aber die Straßen waren noch frei.
Am Nachmittag, kurz bevor es dunkel wurde, erreichten sie ihr Ziel. Jacob bremste den Wagen an der höchsten Stelle der Straße, hielt an und wies in die weite Mulde, auf zwei Seiten begrenzt von Wald, die links vor ihnen lag.
»Da sind wir. Da liegt Jonas Hof. Ein Stück nach Osten zu steht der andere Hof. Aber es ist schon zu dunkel, du kannst ihn nicht sehen. Das andere Anwesen ist noch etwas größer. Na, wie auch immer, nun gehören ihr beide Höfe. Sie ist komplett verrückt. Es sind ja nicht nur die Häuser und die Stallungen und das alles, es sind ja auch Äcker und Wiesen und was weiß ich noch. Wie gesagt, sie ist verrückt.«
»Bitte, Jacques, keinen Streit. Sie ist deine Mutter. Und mir gefällt sie.«
»Mir auch, was denkst du denn? Sie ist einmalig in ihrer Art. Und warum sollten wir streiten? Sie weiß, daß ich kein Talent zum Bauern habe, das habe ich damals gesagt, das sage ich heute. Darüber muß man nicht streiten. Aber warum sie sich auf ihre alten Tage eine doppelte Last aufpackt, das kann ich halt nicht verstehen.«
»Sie ist nicht alt.«
»Gut, sie sieht fabelhaft aus. Aber sie ist nicht mehr jung, und sie wird jeden Tag älter.«
»Dein Vater versteht sie. Wir haben erst gestern abend darüber gesprochen.«
»Vater hat sie immer verstanden. Wenn es nicht so gewesen

wäre, hätte sie dieses Leben nicht führen können. Außerdem ist mein Vater ja nicht weltfremd, auch wenn es manchmal so wirkt. Wie jeder in der Familie Goltz hat er Sinn für Besitz.«
»Nur du nicht.«
»Richtig. Nur ich nicht.«
»Immerhin bist du dennoch der Erbe.«
»*Einer* von den Erben. Besitz dieser Art hier ist auf jeden Fall mit Arbeit verbunden. Man kann die Felder und Wälder nicht verrotten lassen, nicht wahr? Und zu verkaufen ist der Hof bestimmt nicht wieder. Nicht in der heutigen Zeit, wo kein Mensch Geld hat. Auf dem Land will auch keiner mehr leben, alle wollen in die Stadt. Oder möchtest du da unten leben?«
Madlon blickte in die grauweiße Dämmerung, lauschte in die tiefe Stille.
»Nein«, sagte sie, »ich glaube, das könnte ich nicht.« Aber sie fügte nicht hinzu, daß ihr das Leben in Konstanz auf die Dauer auch ein wenig öde vorkam und daß sie am liebsten wieder in Berlin leben würde. Er wäre imstande und sagte: ich auch. Und was dann? Das Leben, das sie jetzt führten, war so leicht und bequem, wie Madlon es bisher nie gekannt hatte. Ein wenig Langeweile gehörte gerechterweise dazu.
»Da! Siehst du die Rehe?«
Zwei schmale Schatten waren aus dem Wald getreten, verharrten regungslos im Weiß der Fläche.
»Sind das Rehe?«
»Was sonst? Im Winter kommen sie bis ans Haus heran.«
»Werden sie nicht geschossen?«
»Nicht um diese Zeit. Aber das Jagdrecht in ihrem Wald hat sie. Ich kann mich allerdings nicht erinnern, daß sie je auf die Jagd gegangen ist. Mein Großvater auch nicht. Der Wald ist nicht sehr tief, und die Tiere wechseln von Revier zu Revier. Hier ging eigentlich immer nur der Markgraf zur Jagd. Wenn zuviel Wildschäden entstanden waren, schickte er mal einen von seinen Jägern her.«
Er brachte den Wagen wieder in Gang, bog von der Landstraße ab und in den schmalen Feldweg ein, der, ordentlich ge-

räumt und gestreut, auf den Meinhardthof zuführte. Die Rehe stoben aufgeschreckt über den Grund und tauchten weiter oben wieder in den Wald.
Madlon hatte sich keine genaue Vorstellung, eigentlich überhaupt keine Vorstellung machen können, wie es aussehen würde auf Jonas Hof. Aber keine Phantasie der Welt hätte ausgereicht, um der Wirklichkeit gerecht zu werden.
Doch auch für Jacob war es eine Überraschung, wie der Bauernhof seines Großvaters sich verändert hatte. Ein richtiges Bauernhaus war es gewesen, mit gescheuerten Dielen, mit einfachen Möbeln, mit Petroleumlampen und eisernen Öfen, immer kühl und etwas feucht darin und mit dem typischen Geruch des Landlebens, nach Tieren, nach Dung, nach Erde.
Aber Jonas Leben in der Stadt, in der großbürgerlichen Atmosphäre der Familie Goltz, war nicht ohne Wirkung geblieben und hatte ihr die Augen geöffnet für schöne Möbel, ausreichende Beleuchtung, wertvolles Gerät, mit einem Wort, für einen gewissen Luxus des Wohnens. So nach und nach, im Laufe der Jahre, hatte sie umgebaut und angeschafft, zum großen Teil schon zu Lebzeiten ihres Vaters, der allerdings immer versucht hatte, sie daran zu hindern. Das koste zu viel Geld, war sein ständiger Einwand.
Jona hatte sich nicht beirren lassen, sie lieh sich Geld von ihrem Mann, sie ließ sich von ihm Bankkredite vermitteln, sie verstand es schließlich selbst, mit Banken zu verhandeln, und sie hatte vor allem während des Krieges und auch in den schweren Jahren danach überall in der Umgebung, wo ein Hof verkauft oder versteigert wurde, nach schönen alten Möbeln gesucht, nach Porzellan, nach Bildern, und nicht zuletzt hatten ihr auch die Städter in der Hungerszeit des Krieges manches ins Haus geschleppt, um es gegen Lebensmittel einzutauschen. So zum Beispiel den wunderschönen, tiefroten Teppich, der im Vorraum lag, und die beiden Wandleuchter, die warmes Kerzenlicht über den Teppich gossen.
Das war es, was Madlon zuerst mit erstaunten Augen betrachtete: den Teppich, der zweifellos echt war, die wertvollen Leuchter. Und das Mädchen. Keine tramplige Magd öffnete

ihnen die Tür, nachdem sie durchfroren und müde von der langen Fahrt aus dem Wagen gestiegen waren. Ein junges Mädchen stand auf der Schwelle, blond und hübsch, es trug einen blauen Trachtenrock und ein ebensolches Mieder, unter dem Mieder eine blütenweiße Bluse mit Spitzenkragen und Bündchen am Handgelenk.
Das Mädchen knickste und sagte höflich: »Grüß Gott, Herr Goltz. Grüß Gott, Frau Goltz.«
»Grüß Gott«, sagte auch Jacob, und ehe er sich noch von der ungewohnten Vornehmheit des Entrees erholt hatte, ging die Tür im Hintergrund auf, Jona erschien.
Sie war heute nicht städtisch gekleidet wie bei ihrem Aufenthalt in Konstanz. Sie trug einen schwarzen, seidenen Rock, der bis zum Boden reichte; das Mieder über der Bluse war schwarz, mit Gold durchwirkt.
»Willkommen«, sagte sie herzlich und kam ihren Besuchern entgegen. »Ich habe mir schon Sorgen gemacht, wo ihr bleibt. Es ist schon dunkel draußen.«
»Wir haben einen kurzen Halt in Überlingen gemacht«, sagte Jacob. »Ich habe Madlon das Münster gezeigt. Mutter, du siehst umwerfend aus. Wie eine Fürstin.«
Er schloß sie in die Arme, küßte sie auf beide Wangen, schob sie dann ein Stück von sich und betrachtete sie eingehend.
»Du warst einmal die schönste Frau auf diesem und auf jenem Ufer, und der Teufel soll mich holen, wenn du es nicht immer noch bist.«
Jona lachte freudig überrascht. Sie strich ihm mit zwei Fingern über die Backe.
»Danke, mein Lieber, das hört sich gut an. Nun zieht eure Mäntel aus und kommt herein in die warme Stube. Erst gibt es einen Obstler zum Aufwärmen, dann Kaffee und Apfelkuchen von unseren Äpfeln. Ich kann mir denken, daß ihr mit Weihnachtsgebäck schon überfüttert seid. Bärbel hat ihn gebacken. Das ist Bärbel, meine Haustochter.«
Bärbel knickste wieder, Madlon und Jacob reichten ihr die Hand.
Auf der Schwelle zum Wohnzimmer blieb Jacob gleich wieder stehen.

»Ist ja nicht zu fassen. Ist ja nicht zum Wiedererkennen. Das sieht hier aus, wie... wie...« Weiter kam er nicht, sein Blick blieb an dem Mann haften, der in der Mitte stand und den Raum auszufüllen schien. Denn niedrig war das Zimmer immer noch, trotz der veränderten Einrichtung.
Jona sagte: »Darf ich euch mit Rudolf Moosbacher bekanntmachen? Rudolf, das ist mein Sohn, seine Frau.«
Jacob hatte mit der Gegenwart eines Mannes im Haus nicht gerechnet, und er hatte Mühe, seine Überraschung zu meistern. Von einem Verwalter hatte sie zwar gesprochen. Sein Vater hatte auch einmal eine kurze Bemerkung gemacht.
»Gut, daß sie den Moosbacher hat. Für sie allein wäre die Arbeit zuviel.«
Und Madlon erinnerte sich an Immas Worte: Sie hat ja ihren Rudolf. Fast hätte sie laut gelacht. Vom ersten Augenblick an begriff sie. Ob dieser Rudolf sich nun Verwalter nannte oder wie auch immer – er gehörte in dieses Haus, und er gehörte zu Jona.
Er war so groß wie Jacob, kräftig und breitschultrig. Haar und Augen waren dunkel, das Gesicht ausdrucksvoll und gut geschnitten; er hätte ein Bruder von Jona sein können, so ähnlich sah er ihr.
Doch als er sich, einen Handkuß andeutend, über Madlons Hand neigte, entdeckte sie, was sein gutes Aussehen beeinträchtigte: eine breite Narbe auf der linken Wange, die vom Kinn bis zur Schläfe reichte. Eine Kriegsverletzung, dachte sie, auch er ist gezeichnet. Aber was für ein Mann!
Sie merkte, daß Jacob offensichtlich nicht wußte, was er von diesem Mann halten sollte. Also begann sie zu plaudern, erzählte von der Fahrt, von ihren Eindrücken.
»Es war so einsam. Ich glaube, außer uns war kein Mensch auf der Straße. Kein Spaziergänger, kein Fuhrwerk, ein Auto schon gar nicht.«
»An einem Sonntag und dann bei diesem Wetter«, nahm Jona das Gespräch auf, »und dann noch kurz vor Weihnachten, da bleiben die Leute lieber daheim. Aber setzt euch doch. Kommen Sie, Madlon, hier auf die Ofenbank. Sie müssen ja halb erfroren sein.«

»Was heißt halb! Ich bin eiskalt von Kopf bis Fuß. Schließlich bin ich immer noch ein halber Afrikaner und andere Temperaturen gewöhnt.«

Jona blickte auf Madlons zierliche schwarze Spangenschuhe.

»Das sind aber auch keine Schuhe für diese Jahreszeit, noch dazu in einem kalten Auto. Hatten Sie denn keine Decke dabei?«

»Leider nicht. Ich habe es während der ganzen Fahrt bedauert. Aber es war eigentlich heute zum erstenmal so kalt. Bisher hat man vom Winter nicht viel gemerkt. Danke!«

Sie nahm das Glas, das Rudolf ihr reichte, und schnupperte daran.

»Selbst gebrannt«, sagte Jona. »Wenn Sie zwei davon getrunken haben, ist Ihnen bestimmt nicht mehr kalt. Aber Sie sollten trotzdem die hübschen Schuhe ausziehen, Bärbel bringt Ihnen ein Paar warme Pantoffeln.«

Small talk. Madlon war amüsiert und ganz unbefangen, und Jona schien es genauso zu ergehen. Die Männer hingegen musterten sich mit einer gewissen Unsicherheit.

Bärbel verschwand aus dem Zimmer, und Madlon setzte sich auf die Bank vor dem grünen Kachelofen und lehnte den Rücken an die herrliche Wärme. Ungeniert streifte sie die Schuhe ab und bewegte die Zehen, die wirklich ganz steif waren. Sie nippte an dem Obstler, kippte dann den Rest.

»Oh, ist der gut!« rief sie. »Pardon, ich habe ganz vergessen, Prost zu sagen.«

»Das machen wir beim nächsten«, sagte Rudolf, und er lächelte Madlon so an, daß ihr ein sanfter Schauder über den Rücken lief. Sie erkannte immer und überall sofort einen Mann, der ein Mann war.

Für Madlon bekam Jonas Leben ein ganz anderes Gesicht. Was wußte Jacob schon von seiner Mutter. Gar nichts wußte er. So waren Männer nun einmal, Söhne vermutlich erst recht. Und dazu kam, daß er jahrelang von zu Hause fortgewesen war.

Bärbel kam mit braunen, flauschigen Hausschuhen, Madlon konstatierte mit Genugtuung, daß sie gut zu ihrem lindgrü-

nen Strickkleid paßten, und schlüpfte hinein. Sie rieb den Rücken an der Ofenwand und schnurrte vor Behagen.
»Es ist wunderbar bei Ihnen, Jona.«
Was sie sagte, meinte sie auch so. Dieses Haus umfing sie mit Wärme, mit einer wärmenden Selbstverständlichkeit, die sie in ihrem Leben noch nie empfunden hatte. Es lag an Jona. Und möglicherweise stimmte es doch, was Jacob einmal gesagt hatte: Ihr seid euch ähnlich, ihr seid von gleicher Art. Eine andere Nationalität, der Altersunterschied, das mochte nichts bedeuten.
»Das freut mich, wenn es Ihnen hier gefällt, Madlon«, sagte Jona. »Ich hoffe, ihr werdet ein paar Tage bleiben.«
Dann streifte sie ihren Sohn mit einem kurzen Blick. Er hatte noch kein Wort gesprochen, seit er das Zimmer betreten hatte. Ein Lachen saß ihr in der Kehle. Jacob, ihr weitgereister Sohn, der große Kriegsheld. Was wußte er von ihr?
Sie lebte ihr drittes Leben, seit sie Rudolf kannte. Sie war sechsunddreißig Jahre alt, als ihr Vater diesen Österreicher auf den Hof brachte. Zu jener Zeit war Jona seit achtzehn Jahren verheiratet, kein anderer Mann außer Ludwig hatte sie berührt. Was Liebe war, wußte sie noch nicht. Mit Rudolf jedoch kam die Liebe in ihr Leben. Erst da wurde sie wirklich erwachsen und begriff vieles, was sie zuvor nicht begriffen hatte.
Nicht daß sie sich leicht ergab. Anfangs war sie abweisend und mißtrauisch gegen den Fremden.
»Was soll der denn hier, Vater? Du hast doch mich. Du kannst dem doch nicht trauen.«
»Ich habe immer ein schlechtes Gewissen, Jona«, sagte ihr Vater, »wenn du so lange hier bist. Dein Mann und deine Kinder brauchen dich. Und was sollen denn die Leute in Konstanz sagen, wenn du so selten daheim bist.«
»Daheim bin ich hier«, brauste sie auf, »das weißt du ganz genau.«
»Nein, daheim bist du da, wo dein Mann und deine Kinder sind«, widersprach Peter, »und so ist es auch in der Ordnung. Franz findet deine Lebensweise auch nicht richtig. Wir haben bei seinem letzten Besuch lange darüber gesprochen.«

Ihr Bruder Franz hatte im Herbst davor eine Pfarrstelle im nördlichen Schwarzwald übernommen. Es lag nun eine gewisse Entfernung zwischen ihnen, und sie konnten sich nicht allzuoft sehen. Die Einsamkeit seines Vaters, ohne Frau, ohne Kinder, bekümmerte den Pfarrer. Andererseits konnte er Jonas rastloses Leben auch nicht billigen.
»Der Moosbacher ist eine angenehme Gesellschaft. Ich unterhalte mich gern mit ihm«, hatte Peter damals noch hinzugefügt.
»Er hat im Gefängnis gesessen«, konterte Jona.
»Er hätte es mir nicht zu erzählen brauchen. Und ich hätte wohl besser daran getan, es dir nicht zu sagen. Seit wann bist du selbstgerecht, Jona?«
Jona schwieg darauf. Sie, ausgerechnet sie, nahm sich heraus, über einen anderen Menschen zu urteilen. Rudolf Moosbacher hatte freiwillig und offenherzig seine Verfehlung gebeichtet, und gemessen an dem, was sie getan hatte, war es eine Bagatelle. So gut war es ihr in den vergangenen Jahren gelungen, die Erinnerung an ihre Tat, an das tote Kind zu verdrängen. Sie war eine Mörderin und eine Lügnerin, und ihre Schuld war noch immer ungebeichtet und ungesühnt.
Sie duldete also den fremden Mann auf dem Hof. Und im Winter kam sie ohnehin selten, und ihr Vater war allein. Nun hatte er einen Gesprächspartner, einen Menschen, der ihm half, die Einsamkeit zu ertragen. Und war es schließlich nicht auch ihre Schuld, daß seine zweite Ehe so kläglich gescheitert war? Inzwischen sah sie das ein.
Im August vor einem Jahr hatten sie das Mäxele begraben. Er war auf einen hochbeladenen Erntewagen geklettert, als keiner hinschaute, und war hinuntergefallen, als die Pferde anzogen. Er brach sich ein Bein und schlug schwer mit dem Kopf auf einen Feldstein auf, und an dieser Kopfverletzung starb er vier Tage später.
Fast dreißig Jahre alt war dieser unglückliche Mensch geworden; er war nicht größer als ein Zehnjähriger, er konnte sich nur lallend verständigen, und keiner hatte je gewußt, ob er sein Elend begriff. Sein Tod ging Jona nahe, und auch ihr Vater litt darunter.

Einsam, noch einsamer würde er nun auf dem Hof sein, das hatte Franz schon bei der Beerdigung des Mäxele zu Jona gesagt, und sie hatte unwirsch geantwortet: er hat doch mich. Doch im Herbst und Winter davor war sie gar nicht auf dem Hof gewesen, sie hatte nicht einmal bei der Obsternte helfen können. Der Grund war Imma gewesen.
Im Frühjahr hatte Imma ihre Schulzeit beendet, dann ein halbes Jahr lang eine Haushaltsschule besucht; im Winter sollte die Tanzstunde folgen.
Anfang Oktober, zu Beendigung des Kurses der Haushaltsschule, unternahmen die jungen Mädchen gemeinsam mit den Lehrerinnen einen Ausflug auf die Höri.
Als sie vom Schiener Berg abwärtsfuhren, stob ihnen ein Rudel Rehe über den Weg, die Pferde des ersten Wagens scheuten und gingen durch, wie üblich die anderen hinterdrein. Es waren drei Kutschen, zwei davon brachten die Lenker wieder in ihre Gewalt. Die Kutsche, in der Imma saß, raste talwärts. Eines der Pferde stolperte in einer Wegvertiefung und stürzte. Der Wagen wurde zur Seite geschleudert und kippte um. Eine Lehrerin und zwei Mädchen wurden ernsthaft verletzt, eine davon war Imma. Bewußtlos brachte man sie zum See hinunter und fuhr sie mit dem Schiff nach Hause.
Imma lag zunächst wochenlang im Krankenhaus, dann zu Hause. Sie hatte einen Beckenbruch und eine schwere Gehirnerschütterung. Wie immer war Jonas erster Gedanke: die Strafe! Die Strafe, nun kommt sie doch.
Sie verließ das kranke Kind keine Stunde, und so konnte sie auch ihren Vater nicht besuchen.
Nach langer Zeit ging sie wieder einmal ins Münster, um zu beten.
Laß Imma wieder gesund werden. Gott im Himmel, sei gerecht, strafe mich, aber strafe nicht mein Kind.
Es war kein Gebet, es war mehr ein Befehl, den sie an Gott richtete, aber wenn es ihn gab, würde er sie dennoch verstehen.
Jona hatte wilde Phantasien, sie wähnte, Gott habe als Strafe für sie vorgesehen, daß Imma nun die Leiden des toten Mäxele übernehmen müsse.

Aber davon konnte keine Rede sein. Nachdem Imma einige Wochen lang im verdunkelten Zimmer gelegen hatte, war ihr Verstand so klar wie zuvor, und der Bruch heilte tadellos. Sie war ja noch so jung, der Körper regenerierte sich aus eigener Kraft. Im Frühjahr fuhr Jona vorsorglich mit ihr zu einer Badekur nach Bad Ragaz. Doch im Winter darauf, Duplizität der Ereignisse, hatte Imma abermals einen Unfall, diesmal allerdings nicht so einen schweren. Sie stürzte beim Schlittschuhlaufen in der gefrorenen Bucht, möglicherweise war sie doch noch nicht wieder ganz so stabil, und brach sich zur Abwechslung diesmal einen Arm. Bei dieser Gelegenheit lernte sie den Leutnant kennen, in den sie sich später so wahnsinnig verliebte.

Er brachte sie nämlich nach Hause, fürsorglich und mit tröstenden Worten, und Imma, als sie ihre Mutter sah, rief schluchzend: »Jetzt isch wieder ebbes passiert. Diesmal mit meinem Arm. Ich hab aber auch so ein Pech, Mama! So ein Pech!«

Diesmal mußte sie nicht im Bett liegen, nur mit leidender Miene ihren Gipsarm betrachten und auf den Rest der Tanzstunde verzichten. Der Leutnant kam zweimal mit Blumen, um sich nach dem Befinden des gnädigen Fräuleins zu erkundigen, und was das Tanzen betreffe, solle sie sich keine Sorgen machen, sagte er, das werde man alles nachholen. Er war ein fescher junger Mann und Imma siebzehn. Es konnte gar nicht anders kommen.

Agathe war zu jener Zeit nicht im Haus, sie besuchte ein Pensionat am Genfer See, die Kosten dafür hatte der Großpapa übernommen, der zwar ein sparsamer Mann war, aber genau wußte, wo und wann eine Investition sich lohnte.

»Sie hat das Zeug zu einer vollendeten Dame«, hatte er gesagt. »So etwas muß man fördern. Sie kann einmal eine gute Partie machen und eine Rolle in der Gesellschaft spielen.«

Womit er recht behalten sollte.

Durch Immas Unfall kam es, daß Jona den fremden Mann, den ihr Vater im Winter bei sich aufgenommen hatte, lange nicht kennenlernte; sie erfuhr nur aus einem Brief, daß es ihn gab. Sie brauche sich keine Sorgen zu machen, schrieb ihr

Vater, der Herr Moosbacher sei eine tatkräftige Hilfe, und er würde wohl eine Weile bei ihm bleiben.
Erbost sagte Jona zu Ludwig: »Verstehst du das? Was hat denn dieser fremde Kerl bei uns zu suchen? Möchtest du nicht mal hinüberfahren und nach dem Rechten sehen?«
»Jona, dein Vater ist ein erwachsener und sehr besonnener Mann. Ich bin nicht der Meinung, daß man ihn kontrollieren muß.«
Als Carl Ludwig Ende Februar einen Termin in Überlingen hatte, nahm er die Gelegenheit wahr, seinen Schwiegervater zu besuchen. Zurückgekehrt, sagte er zu Jona: »Du kannst ganz beruhigt sein, dieser Österreicher hilft deinem Vater viel, und vor allem verstehen sich die beiden sehr gut.«
Jona vernahm das nur mit Widerwillen. Was hatte ein Österreicher bei ihrem Vater verloren, schnorrte er da herum? Und was sollte das heißen, sie verstanden sich gut? Das machte sie eifersüchtig; sie war nun einmal ein possessiver Mensch, und ihr Vater gehörte ihr allein und sonst keinem auf der Welt. Sie verhielt sich auch weiterhin abweisend, als sie Rudolf Moosbacher kennenlernte, und erst recht, als sie von ihrem Vater seine Geschichte erfuhr.
Wieder in Konstanz erzählte sie Ludwig alles sehr empört. »Das hat er dir nicht gesagt, nicht wahr? Einen Verbrecher hat sich Vater auf den Hof geholt. Im Gefängnis hat der gesessen. So etwas kann man doch nicht zulassen.«
Ganz gegen seine sonstige Art antwortete Ludwig mit einem Bibelspruch: »Wer unter uns ohne Schuld ist, der werfe den ersten Stein.«
Das machte Jona stumm. Unsicher sah sie ihren Mann an. Was wußte er? Was vermutete er?
Aber Carl Ludwig wußte und vermutete gar nichts, niemals hätte er seiner Jona eine üble Tat zugetraut.
»Übrigens hat er den Mann nicht getötet, ich habe das inzwischen ermittelt. Der Mann war verletzt, aber es war ein glatter Durchschuß unterhalb der Schulter, der weder die Lunge noch das Herz getroffen hat.«
Sprachlos starrte Jona ihren Mann an.
»Du... du hast das gewußt?« stieß sie hervor.

»Ja. Dein Vater hat es mir erzählt, als ich im Februar bei ihm drüben war.«
»Und du hast es mir nicht gesagt?«
»Nein. Ich kenne dich doch, mein Lieberle. Du hättest dich nur unnötig aufgeregt.«
Man konnte durchaus nicht behaupten, daß Ludwig der Unterlegene in dieser Ehe war. Er wußte ganz gut, was er von Jona zu halten hatte und wie er sie behandeln mußte.
»Ich finde das unerhört. Du hast mich glatt belogen.«
»Nicht belogen. Dir nur etwas verschwiegen. Vorerst. Denn daß du es erfahren würdest, war zu erwarten.«
»Dieser fürchterliche Kerl! Er sieht aus wie ein Räuberhauptmann mit diesem zerschossenen Gesicht und der Augenklappe. Er wird Vater etwas antun.«
Ludwig lachte. »Das ganz gewiß nicht. Er ist deinem Vater sehr dankbar, daß er bei ihm bleiben darf.«
Lange Zeit wehrte sich Jona dagegen, den Moosbacher zu akzeptieren. Er wußte das und wartete mit Geduld. Denn er liebte sie bereits.
Das war nun über zwanzig Jahre her. Peter Meinhardt war lange tot, und Rudolf Moosbacher gehörte auf den Hof, wie er in Jonas Leben gehörte, in ihr drittes Leben.
Von alldem wußte Jacob nichts, zu lange war er fort gewesen. Immerhin kehrte eine Erinnerung zurück.
Nachdem sie den zweiten Obstler getrunken hatten, sagte er: »Aber wir kennen uns doch, Herr Moosbacher.«
»Freilich kennen wir uns.«
»Sie sind der Rudi. Wir sind einmal drunten im See um die Wette geschwommen, und Sie waren der einzige weit und breit, der schneller schwimmen konnte als ich. Und jetzt fällt mir noch etwas ein. Sie trugen damals eine schwarze Augenklappe. Nicht immer, manchmal.« Er wandte sich lebhaft zu Madlon, die auf der Ofenbank saß und mit den Beinen schlenkerte. »Wie Paul, weißt du, der trug ja auch oft eine Binde über dem Auge, wenn die alte Verletzung ihn schmerzte und das Licht sehr grell war. Lettow-Vorbeck meine ich, unseren General. Ja, Sie waren damals schon auf dem Hof, ich muß so dreizehn oder vierzehn gewesen sein.«

»Da war ich schon eine Weile hier. Sie kamen nur damals sehr selten.«
Jacob grinste. »Es waren meine Flegeljahre. Und die Schule machte mir allerhand Mühe.«
Es war die Zeit, als er nicht mehr gern auf den Hof kam, als er sich gegen Jona und ihren Anspruch wehrte. Jetzt empfand er eine gewisse Erleichterung, daß dieser Mann auf dem Hof war. Seine Mutter hatte Hilfe und würde hoffentlich nicht mehr daran denken, aus ihrem Sohn einen Bauern zu machen.
»Mutter, warum hast du mir nicht gesagt, daß dein Verwalter der Rudi ist?«
»Hättest du denn noch gewußt, wer der Rudi ist?«
»Selbstverständlich. Ich kann doch einen nicht vergessen, der mich beim Wettschwimmen besiegt hat. Aber ich konnte ja nicht ahnen, daß er für immer hierbleibt. Na, darauf müssen wir noch einen trinken.«
Rudolf warf einen raschen Blick auf Jona, sah ihr amüsiertes Lächeln, dann füllte er die Gläser.
Erstmals mischte sich Madlon wieder in dieses Gespräch. Sie fuhr mit dem Zeigefinger an ihrer linken Wange vom Kinn bis zur Schläfe und fragte: »Dann ist dies also keine Kriegsverletzung?«
»Nein«, antwortete Rudolf. »Das hatte ich schon lange vor dem Krieg. Es rührt allerdings auch von einem Schuß her.«
Jona trat hinter ihn und legte ihm leicht die Hand auf die Schulter. »Genug jetzt von den alten Geschichten. Da kommt Bärbel mit dem Kaffee.«
Er war imstande und erzählte noch, daß er nicht im Krieg gewesen sei, weil man ihn aus der österreichischen Armee ausgestoßen habe, schmachvoll.
»Und nun werden wir vor allem Bärbels Apfelkuchen probieren, mal sehen, ob er gut gelungen ist. Ihr müßt wissen, die Bärbel – komm, setz dich, mein Kind –, die Bärbel stammt aus Freudenstadt. Ihr Vater ist dort Arzt und hat eine große Praxis. Und natürlich entsprechend viel zu tun. Sie ist sehr einsam aufgewachsen, sie hat keine Geschwister, und ihre Mutter ist gestorben, als sie noch ganz klein war. Ich darf das

doch erzählen, Bärbel? Und nun hat sie sich mit einem Hofbesitzer aus dem Bühler Tal verlobt, und ehe sie den heiratet, muß sie ein wenig von Hauswirtschaft und vor allem von der Landwirtschaft verstehen. Darum ist sie hier. Das hat der Franz wieder mal gefingert, der kennt Bärbels Vater gut.«
»Der gute Onkel Franz«, sagte Jacob. »Den müssen wir auch bald besuchen, Madlon. Und dann natürlich den Onkel General. Es dauert noch eine Weile, bis wir mit der Verwandtschaft durch sind.«
»Dem General soll es nicht gut gehen«, berichtete Jona. »Er hat's mit dem Herzen. Wir waren im Oktober in Lindau und haben ihn besucht. Nun, wie schmeckt euch der Kuchen?«
»Hervorragend. Mein Kompliment, Fräulein Bärbel«, sagte Jacob. »Ich esse glatt noch ein Stück.«
So komisch, daß sie hier immerzu Kuchen essen, dachte Madlon. Das muß eine deutsche Sitte sein. Sie selbst machte sich nicht viel aus Kuchen, hatte aber notgedrungen in letzter Zeit mehr davon gegessen, als für ihre Figur gut war.
»Wirst du denn jetzt ständig hierbleiben?« fragte Jona während des Kaffeetrinkens, eine Frage, die sie lebhaft beschäftigte.
»Offen gestanden, Mutter, ich weiß es nicht. Ich ginge zwar gern nach Afrika zurück, aber so, wie die Dinge liegen, haben wir dort nichts mehr verloren. Ich möchte gerade dort nicht gern unter englischer Herrschaft leben. Sie haben uns nicht besiegt, aber sie sind trotzdem die Sieger. So etwas kann man schwer schlucken.«
Jona nickte gleichgültig. Afrika und die Engländer interessierten sie nicht. Ihre Welt war hier. Und ihre Welt war größer als ganz Afrika. Aber sie hatte schon begriffen, daß ihr Sohn sich nicht geändert hatte. Er mochte ein tapferer Kämpfer gewesen sein, doch der abenteuerliche Krieg auf afrikanischem Boden war für ihn nichts anderes gewesen als die Fortsetzung der wilden Jahre seiner Jugend. Was wußte sie von ihm? Es lag zuviel Zeit dazwischen. Er war ihr fremd geworden. Ein ungebärdiger, trotziger Junge war er gewesen, ein Tunichtgut, ein Nichtstuer. Und was war er jetzt? War er nicht nur älter geworden, sondern auch reifer?

Sie kannte einige von den Kriegern, die zurückgekehrt waren. Machte der Krieg wirklich aus Knaben Männer? Bannte er sie nicht vielmehr in eine unwirkliche Welt, die unmenschliche Bedingungen stellte und es darum verhinderte, daß sie wirklich erwachsen wurden? Sie haßte den Krieg, auch wenn er sie kaum berührt hatte.
Madlon holte ihr Strickzeug aus der großen Tasche, die sie mitgebracht hatte. Es sollte ein Kleid für Clarissa werden, das sie möglichst bis Weihnachten vollenden wollte. Sie hatte sorgfältig überlegt, welche Farbe sie wählen sollte. So bunt wie sie mochte es Clarissa sicher nicht. Schließlich hatte sie ein gedämpftes Moosgrün gewählt, das würde gut zu Clarissas Augen passen.
Jona wollte wissen, was das werden sollte, und Madlon erklärte es.
»Ach ja, Agathes Ziehtocher. Eine tüchtige kleine Person. Sie paßt so gut zu Agathe, daß man meinen könnte, sie sei ihre wirkliche Tochter. Dann ist das Kleid, das Sie anhaben, auch selbstgestrickt?«
Eine Weile sprachen sie über Madlons modisches Talent, Jacob erzählte von den Kleidern, die sie in Berlin entworfen hatte, und fügte hinzu: »Ohne Madlon hätte ich in den letzten Jahren oft nicht gewußt, wovon ich leben sollte.«
»Das glaube ich«, erwiderte Jona schlicht. Sie hatte längst erkannt, daß es nicht allein Liebe war, was ihren Sohn mit dieser Frau verband, sondern daß sie ihm Kraft und Halt gegeben hatte, sowohl während des Krieges als auch in den Berliner Jahren.
»Ich kann nicht stricken«, sagte sie. »Ich habe überhaupt nie Handarbeiten gemacht. Es fehlte mir die Zeit und die Geduld dazu. Aber dieses Kleid ist sehr hübsch, das Sie anhaben, Madlon. Dazu gehört wirklich Talent. Ja«, sie stand auf und blickte Rudolf an, »wir müssen noch mal in den Stall, denn wir haben ein krankes Pferd. Tango hat gestern eine Kolik gehabt, wir haben ihn die ganze Nacht im Hof herumgeführt. Der Tierarzt kam erst heute früh um vier, er war über Land bei einer schwierigen Operation. Jetzt ist Willy bei dem Pferd, aber wir müssen ihn endlich ablösen. Bärbel, du

machst ihm einen frischen Kaffee und gibst ihm ein großes Stück Kuchen.«

»Ich bleibe gern über Nacht bei Tango im Stall«, bot Bärbel an.

»Das ist nicht nötig. Die letzte Nacht war für uns alle anstrengend genug. Leo kommt nachher wieder, er macht nur einen Besuch bei seiner Mutter, der geht es nicht besonders gut. Er übernimmt heute nacht die Stallwache, hat er gesagt. Und ich glaube, Tango ist über den Berg.«

»Das Pferd heißt wirklich Tango?« wunderte sich Jacob. »Auf was für Ideen die Leute kommen.«

»Ja, stell dir vor. Wir haben uns auch über seinen Namen amüsiert, als wir ihn kauften. Das beste Pferd, das wir im Stall haben. Ein Rappe, bildschön. Er geht vor dem Wagen, aber du mußt ihn halten können. Du kannst ihn auch reiten, falls du gut reiten kannst. Er ist noch jung, erst fünf, und manchmal ein bißchen wild.«

»Darf ich mitkommen in den Stall?« fragte Madlon. »Ich möchte ihn gern sehen. Hoffentlich geht es ihm wieder gut. Es ist schrecklich, wenn Pferde Koliken haben, man wird selbst ganz krank dabei.«

»Sie kennen sich aus mit Pferden?« fragte Jona freundlich.

»Ich habe mehr im Sattel gesessen als auf meinen Beinen gestanden. Pferde sind mir das Allerliebste auf der Welt. Na, und so ein Bursche wie den hier, den liebe ich auch.«

Sie liebkoste den Hund, der sich neben sie gesetzt hatte und ihr das Stricken unmöglich machte, denn er legte ihr immer wieder die Pfote in den Schoß.

»Man merkt, daß die Tiere Sie mögen«, stellte Jona fest. »Bassy ist schon ganz verliebt in Sie.«

Bassy war ein schwarzweißer Münsterländer, und Jacob hatte sich, nachdem er mit der Verwunderung über das Vorhandensein eines Mannes fertiggeworden war, über die Gegenwart des Hundes im Wohnzimmer gewundert. Früher befand sich der Hund im Hof, an einer Kette. Aber nicht nur der Hund war bei ihnen, auch zwei Katzen lagen auf der Ofenbank zusammengerollt.

Es war vieles anders als früher, eine ganz andere Atmosphäre.

Die Tiere im Haus, das Zimmer warm, freundlich beleuchtet und gemütlich eingerichtet, auch das Gespräch so mühelos und geradezu heiter. Früher herrschte eine gewisse Schwermut auf dem Hof, fast konnte man sagen, Düsternis, und die ging gleichermaßen von seinem Großvater aus wie von seiner Mutter. Und natürlich hatte die Gegenwart des armen Mäxele auch immer niederdrückend gewirkt.
Freilich, die Zimmer waren immer noch niedrig, die Fenster immer noch klein, und als er später in den Raum kam, in dem er mit Madlon schlafen sollte, sah es dort eigentlich kaum anders aus als früher. Aber es war auch hier gut geheizt, und eine Stehlampe stand im Zimmer. Auf einem runden Tisch lagen zwei Bücher. Neugierig nahm er eins davon in die Hand und mußte lachen.
Lettow-Vorbecks *Erinnerungen,* als ob er die lesen müßte, das hatte er alles miterlebt. Aber er fand es rührend von seiner Mutter, sie ihm hinzulegen. Ihm zu zeigen, daß sie das Buch besaß und möglicherweise auch gelesen hatte.
Oder war es eine Aufmerksamkeit von Rudi?
Einige Minuten lang stand er überlegend, das Buch in der Hand. Rudi. Rudolf Moosbacher. Er war seit vielen Jahren auf dem Hof, sie bezeichnete ihn als ihren Verwalter. Merkwürdig war das schon. Er mußte mit Madlon darüber sprechen, was sie davon hielt. Wie alt mochte der Mann sein? Ende Vierzig, Anfang Fünfzig? Und in Amerika war er gewesen. Sehr seltsam, wirklich.
Zerstreut griff er nach dem anderen Buch. Es war von einer gewissen Colette und nannte sich *Chéri*. Das war wohl als Aufmerksamkeit für Madlon gedacht.
Er grinste vor sich hin. Ein gutes Hotel, der alte Meinhardthof. Er setzte sich auf den Bettrand und las ein paar Seiten. Fing gut an. Bücher hatte er in seinem Leben kaum gelesen, aber das war etwas, was sich nun nachholen ließ.
Nach einer Weile kam Madlon, die mit im Stall gewesen war.
»Ein prachtvolles Pferd«, schwärmte sie, »und es geht ihm wieder gut, seine Augen sind ganz blank. Was liest du denn da, Chéri?«

»*Chéri.*«
»Wie?«
»So heißt das Buch.«
»Ach nein, wirklich? Zeig mal her.«
Zum Abendessen gab es Hasenbraten mit Spätzle und Preiselbeeren, dazu einen Trollinger.
Das Leben auf dem Hof hatte wirklich einen Anstrich von Feudalismus bekommen, fand Jacob. Früher saßen sie in der Küche und aßen aus einer großen Schüssel. Jetzt wurde auf feinstem Porzellan serviert.
Später, als sie im Bett lagen und gemeinsam *Chéri* lasen, sagte Jacob plötzlich: »Findest du nicht, daß meine Mutter sich verändert hat?«
»Das ist eine dumme Frage. Ich kenne sie ja nicht, wie sie früher war. Aber schließlich verändert sich jeder Mensch im Laufe seines Lebens. Mir gefällt sie jedenfalls sehr, sehr gut.«
»Na ja, mir ja auch. Sie ist wirklich anders geworden, weicher, umgänglicher. Und sie lacht. Früher hat sie nie gelacht.«
»Was mag sie denn so verändert haben?« fragte Madlon mit leichtem Spott.
»Ich weiß schon, was du denkst. Du denkst, es hängt mit Rudi zusammen, nicht wahr?«
»Ich halte es für möglich«, sagte Madlon leichthin. »Sie scheinen sich sehr gut zu verstehen.«
»Du willst damit doch nicht andeuten, daß er ihr Liebhaber ist?« Jacob richtete sich empört im Bett auf, das Buch rutschte von der Bettdecke.
»Mon amour, das weiß ich nicht. Dazu kenne ich eure Familienverhältnisse zu wenig.«
»Unsere Familienverhältnisse? Die waren immer ein wenig ungewöhnlich. Schon darum, weil Mutter auf beiden Ufern zu Hause war. Aber daß sie mit einem anderen Mann zusammenlebt – nein, das glaube ich nicht, das würde sie nie tun.«
Madlon kicherte. »Für jedes Ufer einen anderen Mann. Ich finde das gar nicht so schlecht.«
»Du bist unseriös, wie immer. Es handelt sich um meine Mutter. Sie tut so etwas nicht.«

»Bon, dann tut sie es nicht. Auf jeden Fall herrscht ein – wie soll man das nennen? –, ein großes Verständnis zwischen den beiden. Man kann einander auch liebhaben, ohne ins Bett zu gehen.«
Gab es denn keine Frau in Rudis Leben? überlegte Jacob. So ein Mann wie der. Und er gefiel den Frauen, auch Madlon gefiel er. Madlon gähnte.
»Willst du noch lesen?« fragte sie.
»Nein«, sagte er geistesabwesend.
Er rückte hinüber in das andere Bett, lag auf dem Rücken und starrte in die Luft.
»Es wäre unerhört...« sagte er nach einer Weile.
»Was?« fragte Madlon schläfrig.
»Wenn sie mit ihm...«
»Hör auf, dir über anderer Leute Liebesgeschichten den Kopf zu zerbrechen.«
»Sie ist meine Mutter!«
»Du hast dich viele Jahre nicht um sie gekümmert, und da war es dir ganz egal, was sie tut. Nicht einmal gesprochen hast du von ihr. Es geht dich wirklich nichts an, wie sie lebt und wen sie liebt. Außerdem habe ich nicht den Eindruck, daß dein Vater unzufrieden ist mit seinem Leben.«
»Er ist ein alter Mann.«
»Siehst du.«
»Sie ist auch alt.«
»Ist sie nicht.«
Madlon schwieg. War doch zu komisch, wie sich dieser heimgekehrte Sohn auf einmal wichtig nahm. In ihren Augen hatte Jona ein Recht auf ihr eigenes Leben, auch auf eine eigene Liebe, falls es so war. Und wenn es jemanden etwas anging, dann nur die drei, die betroffen waren.
Jacob dachte zurück. An damals. Das Leben auf dem Hof. Hart, wortkarg, und er immer unter ihrer Fuchtel. Einmal war er ausgerückt, weil er zum Arbeiten mit aufs Feld sollte. Er war hinuntermarschiert zum See – wie alt war er denn, zwölf, dreizehn? –, und er hatte die Absicht, so lange am Hafen herumzulungern, bis ein Schiff zum anderen Ufer fuhr. Oder vielleicht erwischte er einen Frachtkahn, der ihn mitnahm.

Ehe es dazu kam, hatte sie ihn aufgespürt. Sie zog die Zügel an, band sie fest, stieg vom Bock, hieb ihm rechts und links kräftig ins Gesicht. Dann mußte er aufsteigen, und ohne ein weiteres Wort fuhren sie zurück auf den Hof. Dort sperrte sie ihn in den Hühnerstall. Sein Großvater befreite ihn am Abend. Oh, wie hatte er sie gehaßt!
Oft hatte er sie gehaßt, und als er älter wurde, hatte er es ihr gezeigt und auch gesagt.
Er erinnerte sich an eine andere Szene, drüben in Konstanz, da war er siebzehn, das wußte er noch genau. Er hatte miserable Zeugnisse nach Hause gebracht, sie stellte ihn zur Rede, ziemlich barsch, wie es ihre Art war.
»Du willst ja am liebsten einen Bauern aus mir machen«, schrie er sie an. »Wozu brauch ich dann ein Abitur? Hast du eins? Hat der Großvater eins? Aber mich bekommst du nicht auf deinen verdammten Hof, mich nicht. Ich hasse euch alle da drüben, daß du es weißt. Und dich am allermeisten.«
Sie reagierte ganz anders, als er erwartet hatte. Sie stand eine Weile wie erstarrt, dann sagte sie ruhig: »Womit hätte ich es auch verdient, einen Sohn zu haben, der mich liebt.«
Das war seltsam gewesen. Er fand es heute noch seltsam. Damals war der Rudi schon auf dem Hof, hatte sie darum vielleicht ein schlechtes Gewissen?
»Als ich siebzehn war«, begann er und drehte sich zu Madlon um, »da habe ich folgendes erlebt...«
Madlon schlief.
Auch gut. Es interessierte sie sicher nicht, was damals war. Aber ihm fielen andere Szenen, andere Gespräche ein, vieles war auf einmal wieder lebendig. Er lag lange wach, und das Fazit seiner Gedanken war: ich will fort! Ich kann hier nicht bleiben. Genausowenig wie früher kann ich hier leben.

Peter Meinhardt hatte den Moosbacher in Friedrichshafen, genauer gesagt in Manzell bei Friedrichshafen, kennengelernt, und zwar am 30. Juni des Jahres 1900. An jenem Tag hatten sich nicht nur diese beiden, sondern im ganzen etwa zwölftausend Menschen eingefunden, lauter Neugierige, um den verheißenen ersten Aufstieg eines Luftschiffes mitzuerle-

ben, das ein gewisser Graf Zeppelin unter großer Anteilnahme von Bevölkerung und Presse, teils positiv, überwiegend aber negativ dazu eingestellt, erfunden und gebaut hatte.
Das Fliegen, die Fortbewegung durch die Luft, jener alte Menschheitstraum, war um die Jahrhundertwende in ein neues, erfolgversprechendes Stadium der Entwicklung getreten. So vieles war im vergangenen Jahrhundert an technischen Neuerungen entstanden, die das Leben der Menschen erleichterten, erweiterten, ihnen die Welt erschlossen – die Dampfmaschine, die Eisenbahn, das Dampfschiff und schließlich das Gefährt, das sich ohne Pferde fortbewegen konnte, das Automobil. Warum sollte man nicht endlich auch durch die Luft fliegen können? In Europa und in Amerika waren die Erfinder und Pioniere der Luftfahrt am Werk, meist noch recht erfolglos, aber unverdrossen.
Einer der originellsten dieser Erfinder war zweifellos der Graf Zeppelin, geboren in Konstanz, mütterlicherseits von den schon erwähnten Genfer Einwanderern abstammend.
Er hatte eine ganz neue Idee; er wollte kein Flugzeug konstruieren, sondern ein Luftschiff. Es basierte auf der Weiterentwicklung des Ballons, das einzige Luftfahrzeug, das bisher mit einigem Erfolg von hier nach dort gelangt war, allerdings nicht immer dorthin, wohin es sollte, denn es ließ sich nicht lenken, war allein auf günstige Winde angewiesen. Zeppelin hatte die Idee, einen Riesenballon zu bauen, der sehr wohl steuerbar war, da das luftgefüllte Ballongebilde mit Motoren ausgestattet war. An dieser Erfindung arbeitete er seit etwa zehn Jahren, verlacht und verspottet von der zumeist fortschrittsungläubigen Umwelt, ein dankbares Objekt für Glossen und Karikaturisten. Er ließ sich nicht beirren, und er hatte Helfer und Mitarbeiter, die genauso unbeirrt an seinen Plänen mitwirkten.
Das Besondere am Grafen Zeppelin war, daß er schon eine lange Laufbahn hinter sich hatte, als er sein neues Leben als Luftschiffkonstrukteur begann. Er war Kavallerieoffizier gewesen, hatte es bis zum General gebracht, hochangesehen und bewährt, er hatte 1866 gegen die Preußen und 1870 gegen die Franzosen gekämpft, und vorher war er bereits in

Amerika gewesen und hatte seine Nase in den amerikanischen Bürgerkrieg gesteckt.
Er war sechzig Jahre alt, als er die Gesellschaft für die Luftschiffahrt gründete, und er war zweiundsechzig, als schließlich das erste Luftschiff seine Jungfernfahrt über den Bodensee antreten sollte.
Während des Wartens auf den Start waren Peter und Rudolf Moosbacher ins Gespräch gekommen, der junge und der ältere Mann fanden aneinander Gefallen, und Peter spitzte die Ohren, als er hörte, daß der Fremde aus Amerika kam. Und zwar soeben. Rudolf Moosbacher hatte vor zwei Wochen erst wieder europäischen Boden betreten. Sofort war er an den Bodensee gereist, und nun hielt er sich schon seit Tagen am schwäbischen und bayerischen Ufer auf, sah die Berge seiner Heimat aus der Ferne und traute sich nicht nach Österreich hinein.
Das allerdings erfuhr Peter am Tag ihrer Bekanntschaft noch nicht. Zum Start des Luftschiffes kam es aus ihnen unbekannten Gründen an diesem Tag nicht, und sie wanderten gegen Abend gemeinsam nach Fischbach, wo Peter in einer Gastwirtschaft Pferd und Wagen untergestellt hatte.
Sie tranken zwei Viertele guten Bodenseewein, ein Göttergetränk, wie der Moosbacher sagte, wovon man in Amerika nur träumen könne, aßen dann ein gutes Nachtmahl und genehmigten sich noch zwei Viertele.
Nachdem sie alles besprochen hatten, was über den Grafen Zeppelin zu sagen war, erzählte Rudolf von seiner Zeit in Amerika. Fünf Jahre war er drüben gewesen, zuerst in New York, später war er die Küste abwärts nach Süden gewandert, und zuletzt hatte er sich in New Orleans aufgehalten. Was er über die romantische Stadt im Delta der Mississippimündung erzählte, fand Peter höchst interessant. Er hatte noch nie von dieser Stadt gehört, und er war ja sein Leben lang nicht mehr vom Bodenseegebiet weggekommen, seit er damals als junger Mann auf seiner Wanderschaft zum See gekommen war.
New Orleans also – Rudolf schilderte die Stadt sehr plastisch, das eigentümliche Flair des französischen Viertels, die guten alten Familien, die in wundervollen Herrschaftshäusern leb-

ten und, wie es schien, auch noch in einem anderen Jahrhundert, die Musik, die überall erklang, befremdlich für europäische Ohren, die Neger, die jetzt freigelassen, aber entwurzelt und heimatlos geworden waren. Das Sklavendasein hatte sie lebensfremd gemacht, doch die Freiheit machte sie elend.

»Ich habe mich viel mit dem Negerproblem beschäftigt«, sagte Rudolf, »denn ich habe vorher so gut wie nichts davon gewußt. Zweifellos ist es eine Schande für die freien Amerikaner, sich Schwarze als gekaufte Sklaven ins Land zu holen, aber man kann es wiederum entschuldigen mit Mangel an Arbeitskräften in dem riesigen Kontinent. Dann haben sie untereinander einen langen und blutigen Krieg deswegen geführt, der Norden hat gewonnen, und nun gibt es keine Sklaven mehr. Nur – die Neger sind noch da. Man kann sie nicht zurückbringen, in Afrika will sie keiner haben, auch sind sie ja zum großen Teil schon in Amerika geboren, aber dort sind sie jetzt eine ausgestoßene Minderheit, die auch keiner mehr haben will. Manche sind freiwillig bei ihren ehemaligen Herren geblieben, sie bekommen meist nur wenig Lohn, denn wenn sie teure Arbeitskräfte werden, dann verzichtet man auf sie, und dann sitzen sie auf der Straße. Gleichzeitig verkommen viele der schönen, großen Plantagen, weil die Arbeitskräfte fehlen. Eine gewisse Trägheit der Südstaatler beschleunigt diesen Prozeß noch. Sie sagen sich: Bitte, ihr habt es so gewollt im schlauen Norden, dann tun wir halt nichts mehr, seht zu, wir ihr damit fertig werdet. Ich sehe da große Probleme für die Vereinigten Staaten kommen, speziell was die Neger betrifft. In New Orleans kann man das sehr genau verfolgen. Es war auch für mich nicht leicht, dort Arbeit zu bekommen, und ich dachte daran, wieder in den Norden zurückzugehen, denn der Schlendrian in dieser Stadt ist ansteckend.«

Peter hörte sich das an, nickte mit dem Kopf, trank seinen Wein und versuchte sich ein Bild von dem fernen Land zu machen.

»Ach, und heiß kann es da sein«, fuhr Rudolf fort, »und die Luft ist so feucht, ich mußte immer an unseren frischen, kühlen Wald denken. Und an den Bodensee.«

Er schwieg eine Weile, trank auch vom Wein, und das tat er jedesmal mit einer gewissen Andächtigkeit. Er schien jeden Tropfen zu genießen, wie Peter bemerkte.
»Ich bin zwar droben im Bregenzer Wald aufgewachsen, auf einem Bauernhof, aber meine Mutter stammte aus Bregenz, und als kleiner Bub bin ich oft hinuntergekommen an den See, wenn wir die Großeltern und die Tanten besucht haben. Und so merkwürdig das klingt, ich mußte immer an den Bodensee denken, wenn über dem Mississippi die Sonne unterging. Dabei besteht gewiß keine Ähnlichkeit zwischen dem Mississippi und dem Bodensee, das können Sie mir glauben, Herr Meinhardt, aber machen Sie was gegen Heimweh. Und Heimweh hatte ich, von Tag zu Tag mehr. Und da bin ich nun wieder hier.«
»Aber Sie sind noch nicht hinübergefahren in Ihre Heimat?«
Rudolf schüttelte melancholisch den Kopf. »Das ist es halt. Und Sie sind heute der erste Mensch, mit dem ich zusammensitze und mit dem ich reden kann, seit ich wieder da bin. Dafür danke ich Ihnen.« Er hob sein Glas, sie tranken sich zu.
Und Peter wunderte sich, warum der Mann denn nun nicht hinüberfuhr in seine Heimat und zu seiner Familie, wenn es doch nur noch eine geringe Entfernung war, die ihn vom Ziel seiner Sehnsucht trennte, gemessen an der, die er schon zurückgelegt hatte.
Als Peter seinen Wagen bestieg und das ausgeruhte Pferd schon ungeduldig mit den Hufen scharrte, sagte er dem neuen Bekannten noch schnell, wo er zu finden sei und daß er sich über einen Besuch freuen würde.
Rudolf Moosbacher kam schon drei Tage später, um zu berichten, daß er am Tag zuvor nun doch das Luftschiff des Grafen Zeppelin gesehen habe, diesmal war der Start gelungen, das Schiff war durch die Luft gezogen, allerdings nur knapp zwanzig Minuten lang, bei Immenstaad war es bereits wieder zu Boden gegangen, aber immerhin glücklich gelandet.
Rudolf Moosbacher wurde zum Essen eingeladen, danach zeigte ihm Peter den Hof, besonders für die Pferde hatte

Rudolf großes Interesse, und dann verabschiedete er sich wieder.

Es verging mehr als ein Jahr, bis die beiden sich wiedersahen, ganz zufällig.

Es war im Spätherbst, nach der Obsternte, und Peter fuhr nach Lindau. Der Grund war eine Einladung, die schon seit Jahren vorlag und nun sehr dringlich wiederholt worden war. Damals, als Leni verschwunden war, brachte Franz, zu der Zeit Kaplan in Radolfzell, ein junges Mädchen auf den Hof, allein zur Pflege und Beaufsichtigung des Mäxele. Albertine war im Waisenhaus aufgewachsen, sie war fünfzehn, mager, scheu, ängstlich, aber guten Willens und fleißig.

Nachdem sie zwei Jahre auf dem Hof gelebt hatte, war sie kaum wiederzuerkennen, sie hatte sich zu einem ansehnlichen jungen Mädchen entwickelt, denn das Essen auf dem Hof war gut, und sie fühlte sich wohl. Um das Mäxele kümmerte sie sich mit fürsorglicher Zuverlässigkeit. Aber sie packte auch überall mit an, in der Küche, im Haus, im Stall; es war für sie eine Glücksstunde gewesen, als sie den Hof betrat.

Auf diese Weise vergingen acht Jahre, und dann hatte die Tini, wie sie genannt wurde, plötzlich einen Verehrer. Drunten, in Meersburg, in einer Bäckerei, arbeitete ein Geselle, die Haare blond wie seine Semmeln, ein Gesicht so hübsch und rund wie Marzipan und von fröhlicher Gemütsart.

Er und die Tini wurden ein Paar. Das ging ganz ehrbar zu; er kam am Sonntag auf den Hof und fragte höflich, ob er die Tini zu einem Spaziergang abholen könne oder ob er eine Dampferfahrt mit ihr machen dürfe oder ob er sie am Abend zum Tanz ausführen dürfe. Er fragte jedesmal Peter, und genauso fragte er ihn zwei Jahre später, ob er die Tini heiraten dürfe. Man ließ sie ungern gehen auf dem Meinhardthof, aber inzwischen war das Mäxele ja erwachsen, soweit sich dieser Begriff auf ihn anwenden ließ, Jona kam wieder öfter, und natürlich wollte niemand Tinis Lebensglück im Weg stehen. Sie schied schweren Herzens, sie schrieb regelmäßig, kam mindestens zwei- oder dreimal im Jahr zu Besuch, und jedesmal lud sie Peter ein, doch endlich einmal nach Lindau

zu kommen, denn von dort stammte ihr Mann, dort befand sich die Bäckerei seines Vater, in der er jetzt wieder arbeitete.
Zuletzt war Tini im Sommer dagewesen, bereits hochschwanger, sie erwartete ihr zweites Kind.
»Mei, mir hoffet, daß es diesmal e Bub wird. Und dann kommet Sie aber ganz gewiß, Herr Meinhardt.«
Es war ein Bub geworden, und Peter hatte einen dringlichen Brief von Tini erhalten, mit der Einladung zur Taufe, und ob sie ihn wohl bitten dürfe, Pate von dem kleinen Peter zu werden.
Darum also fuhr Peter Meinhardt nun nach Lindau, zur Taufe des Kindes, das seinen Namen tragen sollte. Er fuhr ganz gern, denn darin hatte der Pfarrer Franz recht gehabt, er fühlte sich jetzt manchmal ein wenig einsam. In Markdorf bestieg er den Zug und fuhr durch das herbstliche Land; es war das erste Mal, daß er nach Lindau fuhr, seit er damals als junger Bursche dort an den Bodensee gekommen war.
Tini war am Bahnhof, um ihn abzuholen, sie strahlte über das ganze Gesicht, erzählte ihm gleich, was für ein strammer Bub der kleine Peter sei und wie sehr sie sich freue, daß der Herr Meinhardt nun endlich gekommen sei. Und ihr Mann freue sich auch und ihre Schwiegereltern ganz besonders. In ihrer Begleitung befand sich der Bäckerjunge, der Peters Tasche trug, in der sich sein Nachtzeug und der feine Anzug für die Taufe befanden.
»Mer brauchet koi Kutsche zu nemme«, sagte die Tini, »es sind nur e paar Schritt, der Lade isch an der Maximilianstraß, allerbeste Lage. Geh, tummel dich«, fuhr sie den Buben an, »steh net und schau dumm, geh voraus und sag, daß mir komme.«
Der Bäckerjunge trabte mit der Tasche voraus, und Peter staunte still über die Wandlung der Tini von der dienenden, demütigen Art, die sie einst gehabt hatte, zur befehlenden und bestimmenden Herrinnenart.
Vor dem Bahnhof blieb er kurz stehen und schaute sich um. Ja, das erkannte er alles wieder. Gegenüber war das große Hotel, das gab es damals auch schon, und mitten auf dem

Platz stand das Denkmal vom König Max, während dessen Regierungszeit die Bahn nach Lindau gebaut wurde, und vor allem der Damm, über den die Bahn fuhr, denn Lindau war ja eine Insel. Und der Hafen! Der hatte ihm damals gewaltig imponiert; die Hafeneinfahrt, flankiert vom Leuchtturm auf der einen und dem prächtigen bayerischen Löwen auf der anderen Seite. Es war ihm, als sehe er sich da stehen, jung, mit vor Staunen geöffnetem Mund. Wirklich war es für ihn eine echte Freude, wieder einmal nach Lindau zu kommen, und er fragte sich selbst, warum er so viel Zeit hatte vergehen lassen. Arbeit, die viele Arbeit. Und dazu all das Unglück, das ihn getroffen hatte, da blieb keine Zeit für Reisen.
Auch jetzt blieb keine Zeit, sich den Hafen genauer anzuschauen, Tini drängte, der Kaffee und der Kuchen warte, und dann werde er sich gewiß hinlegen wollen, nach der anstrengenden Reise, damit er am Abend ausgeruht sei. Morgen gebe es auch noch viel zu tun, und am Sonntag steige dann das große Fest.
Peter entschied sofort, daß er den morgigen Tag, den Samstag also, zu einem ausführlichen Rundgang durch die Stadt und zu einer genauen Besichtigung des Hafens verwenden werde. Als er sich abwendete vom Blick auf den Hafen, auf See und Berge, einem Blick, der von hier aus besonders schön war und für den man Zeit brauchte, um ihn richtig zu genießen, sah er flüchtig die vier Mietkutschen, die vor dem Bahnhof auf Reisende warteten. Eine setzte sich gerade in Bewegung. Die drei anderen hatten keine Kunden gefunden. Der Zug war ja auch ziemlich leer gewesen.
Neben einer der Kutschen stand ein Mann, halb abgewendet, die Augen auf den Ausgang des Bahnhofs geheftet, ob nicht doch noch ein Nachzügler komme. Der Mann hatte eine Hand auf die Kruppe des Braunen gelegt, und Peter nahm ihn nur halb war, drehte sich noch einmal um, schaute genauer hin und dachte: Den kenne ich doch.
Als er mit Tini durch die schmale Gasse ging, die hinter dem Hotel Bayerischer Hof entlangführte, fiel es ihm auch schon ein. Das war der Mann, den er im letzten Sommer kennengelernt hatte, der Amerikaner aus Österreich, mit dem er sich so

gut unterhalten hatte. Was machte der denn hier? War er Mietkutscher in Lindau? Und warum war er nicht in seiner Heimat?
Diese Fragen interessierten ihn im Augenblick außerordentlich, und er wäre am liebsten umgekehrt. Aber das war unmöglich, Tini strebte eilig vorwärts, sie konnte den Moment kaum erwarten, in dem sie alles vorführen konnte, was ihr nun gehörte, die beiden Kinder, den Ehemann, die Schwiegereltern, die schöne Wohnung. Sie redete aufgeregt ohne Pause, mit vor Freude geröteten Backen.
Jedoch am nächsten Tag sagte Peter gleich beim Frühstück, daß er sich heute selbständig machen wolle, er habe vor, sich gründlich in Lindau umzusehen, und vielleicht werde er eine Dampferfahrt nach Bregenz unternehmen, das er noch nicht kenne.
»Aber zum Mittagessen werdet Sie doch dasein?« fragte Tini.
»Ich denke nicht, Tini. Ihr habt doch sicher heute viel zu tun, und ich werde unterwegs eine Kleinigkeit essen.«
Viel zu tun hatten sie, denn die Taufe vom kleinen Peter würde ein großes Fest werden, das hatte der große Peter schon erfahren. Die Bäckersleute hatten viel Verwandtschaft, und die würden alle, alle kommen. Eine Begleitung lehnte er ab, danke, er finde sich ganz gewiß allein zurecht.
Zuerst ging er zum Bahnhof, doch da stand keine Kutsche, es kam wohl demnächst kein Zug an. Er wandte sich zum Hafen und wanderte in genußvoller Ruhe an ihm entlang, besuchte den Löwen, blickte lange über den hellen See, der unter einem blaßblauen Herbsthimmel still und friedlich vor ihm lag, sah hinein in das obere Rheintal und auf die mächtigen Berge, die herübergrüßten. Und das links war also Vorarlberg. Pfänder hieß der Berg bei Bregenz, das wußte er.
Einen Dampfer bestieg er nicht, es gab so viel in Lindau selbst zu sehen, daß er damit kaum fertig wurde.
Die beiden Kirchen am Marktplatz, das Damenstift, das wunderschöne Haus Cavazzen und die vielen kleinen und großen Gassen, die ihn hierhin und dorthin führten. Gegen Mittag landete er wieder in der Maximilianstraße, kehrte im Sünfzen

ein, um etwas zu essen und sich auszuruhen. Was für eine schöne Stadt das war! Anders, ganz anders als Konstanz, geruhsamer, offener gebaut, mit diesen schönen, alten Häusern. Schließlich landete er wieder im Hafen, der ihn magnetisch anzog, und von dort war er ja auch gleich am Bahnhof, und da sah er auch den Moosbacher wieder, denn der Name war ihm inzwischen eingefallen.

Wie gestern stand er neben seinem Pferd, und wie er näher kam, sah Peter, daß der Mann schlecht aussah, er war dünner geworden und machte ein mißmutiges Gesicht. Die Narbe in seinem Gesicht war rot angelaufen, und ein Auge wurde verdeckt durch eine schwarze Klappe.

Peter trat zu ihm, und Moosbacher rief eilig: »Eine Kutsche, der Herr?« Doch dann erkannte er ihn sofort. Wußte auch gleich seinen Namen.

»Herr Meinhardt! Was für eine Überraschung!«

»Ich hab Sie gestern schon gesehen, als ich ankam«, sagte Peter. »Ich war mir nur noch nicht ganz sicher, ob Sie es wirklich sind. Ich dachte mir, Sie sind längst drüben«, er wies mit dem Kinn nach Bregenz hinüber. »Oder vielleicht gar wieder in Amerika.«

»Ich bin hier hängengeblieben. Drüben«, er blickte nun auch nach Bregenz hinüber, »will mich keiner mehr haben. Oder erst recht haben, wie man's nimmt.«

Er schien bedrückt, und Peter dachte sich, daß es dem Mann wohl nicht sehr gut ging. Aber direkt fragen mochte er nicht. Er erzählte statt dessen, was ihn nach Lindau geführt hatte, und eine Weile sprachen sie über die Stadt, und dann wollte Moosbacher wissen, wie es ihm denn so gehe und wie es auf dem Hof aussehe, also erzählte Peter vom Tod des Mäxele, den der Moosbacher ja kennengelernt hatte, und er sprach von seiner Tochter in Konstanz, die zur Zeit viel Sorgen habe mit einem kranken Kind.

Dann kam ein Zug; sie hatten ihn schon pfeifen hören, als er über den Damm fuhr. Ein Reisender, dem ein Gepäckträger folgte, hatte mehrere Koffer bei sich, und nun bekam Moosbacher eine Fuhre, die erste an diesem Tag, wie er Peter zuflüsterte.

Ehe er auf den Bock stieg, fragte er, ob man sich denn nicht am Abend treffen könne zu einem Viertele.
Peter sagte sofort ja, denn noch ein Abend in der guten Stube bei den Bäckersleuten reizte ihn nicht besonders, und er würde sie ja morgen auch noch ausführlich genießen.
»In der Weinstube Frey könnten wir uns treffen«, schlug Moosbacher vor. »Da sitzt man gut, und sie haben einen vorzüglichen Wein. Und gut zu essen gibt es auch. Das ist gar nicht weit von der Bäckerei entfernt. Im ersten Stock, ja? Ich komme so gegen sieben Uhr.«
Tini war sehr enttäuscht, daß er ausgehen wollte. Heute sei er doch schon den ganzen Tag unterwegs gewesen, und sie hätten so viel zu reden. Aber sie hatte kaum ausgesprochen, da sauste sie schon wieder aus dem Zimmer; das Kind mußte gestillt werden, die Dreijährige plärrte auf Großmutters Schoß, weil sie sich den Kopf angestoßen hatte, der Bäckervater verzog sich zu seinen Freunden zu einem Viertele, nur Tinis Mann verlor die Ruhe nicht und verschwand noch einmal in seiner Backstube, um nachzusehen, ob auch wirklich alles für den nächsten Tag vorbereitet war.
Peter nahm seinen Hut und machte sich auf die Suche nach der Weinstube Frey. Die war wirklich nicht weit entfernt. Er kletterte die Stufen zum ersten Stock hinauf, es war erst halb sieben, ging durch die gemütlichen Stuben unter der schweren, dunklen Holzdecke und sah sich nach einem freien Tisch um, der ihm für einen geruhsamen Abend geeignet erschien. Als er ihn gefunden hatte, ließ er sich mit einem befriedigten Seufzer nieder. Das Familienleben bei den Bäckersleuten war ihm zu turbulent. Tini, oder Tinerl, wie man sie jetzt nannte, quirlte den ganzen Tag herum, ihr Mundwerk stand nicht still. So war sie früher nicht gewesen. Auch ihre Schwiegermutter war ein betriebsames Frauenzimmer. Peter gestand sich ein, daß er sein ruhiges Leben auf dem Hof vorzog, auch wenn er manchmal einsam war. Und was hieß schon einsam? Arbeit hatte er das ganze Jahr über genug. Es war nur manchmal an den langen Winterabenden, daß er sich ein wenig verlassen vorkam. Wenn eine Frau da wäre, mit der man reden könnte, eine Frau, mit der man sich verstand, kein Zankteufel,

keine Rechthaberin, dann wäre es schon recht.

Wenn er sich diese Frau vorstellte, die bei ihm am Tisch sitzen sollte, dann dachte er immer an Maria. Die zweite, Leni, die junge und heitere, hatte er fast vergessen.

Eine Kellnerin kam an seinen Tisch, sagte grüß Gott und fragte, was sie ihm denn bringen dürfe.

Er bestellte ein Viertel Hagnauer; mit dem Essen wolle er noch warten, es käme noch jemand.

Er sah sich um. Gemütlich war es hier. Er kam so selten in eine Wirtschaft. In Meersburg gab es ja auch ein paar nette Lokale, doch wozu sollte es gut sein, allein da herumzusitzen.

Allein, da war es wieder. Es fehlte ihm nicht nur die Frau, es fehlte ihm auch ein Sohn, einer, der mit auf dem Hof arbeiten würde. Er hatte auch keine Verwandten, er hatte nicht einmal einen Freund.

Solange wenigstens das Mäxele noch lebte –

Schluß jetzt mit diesen sinnlosen Gedanken.

Er sagte danke, als ihm die Kellnerin das Glas brachte, und nahm einen tiefen Schluck. Gut, der Wein.

Er hatte Jona. Gebe Gott, daß Imma wieder ganz gesund wurde. Er wußte um die Angst, die Jona immer um die Kinder hatte. Keine normale Angst, wie sie jede Mutter empfand, sondern eine geradezu krankhafte Angst. Es paßte gar nicht zu ihr.

Jona, seine geliebte Tochter. Es war eine bittere Zeit gewesen, als sie sich ihm entzog, als sie fort war, drüben über dem See, und er sie jahrelang nicht zu sehen bekam. Eines Tages hatte er begriffen, daß sie nicht aus Liebe geheiratet hatte, sondern nur aus einem Grund, um von ihm und dem Hof fortzukommen. Weil er wieder geheiratet hatte, darum war Jona gegangen. Sie hatte es nicht ertragen, ihn mit der anderen Frau zu teilen, so war sie eben. Sie hätte den Goltz nie geheiratet, wenn er nicht zuvor Leni geheiratet hätte. Darüber war zwischen ihnen nie ein Wort gewechselt worden, aber er wußte es.

Nun fuhr sie rastlos über den See hin und her, sie lebte hier, und sie lebte dort, sie lebte zwei Leben, und sie leistete ein

doppeltes Pensum an Arbeit, aber ob sie nun eigentlich glücklich war, das wußte er nicht.
Doch, er wußte auch dies. Glücklich war sie nicht. Aber wer war das schon? Damals, als er auf den Hof kam, als er sich in Maria verliebte, als sie seine Liebe erwiderte und seine Frau wurde, ja, da war er glücklich gewesen. Es hatte seine Zeit gedauert, und dann war es vorbei. Maria starb, das kranke Kind überlebte. Von dieser Zeit an war keiner von ihnen mehr glücklich gewesen. Aber was hieß das schon, glücklich sein? Es gab unendlich viel, was einem Menschen auf dieser Erde widerfahren konnte, und Glück war davon nur das allerwinzigste Stück.
Bis der Moosbacher kurz vor sieben erschien, hatte Peter viel sinniert und fast schon das ganze Viertele getrunken. Er blickte vor sich auf die blanke Holzplatte des massiven Tisches, er haderte nicht mit Gott und dem Schicksal, das wäre sinnlos gewesen, wie er sehr wohl wußte. Und so wichtig war ja auch ein einzelnes Menschenleben nicht. Wichtig war sein Hof, war das Land, das er bebaute, wichtig waren die Tiere, die er versorgte, und wichtig waren Blüte und Frucht der Bäume und schließlich Himmel, See und Berge, denn sie würden alles und alle überdauern.
Aber wie sich erweisen sollte, war dieser Abend in Lindau in der Weinstube Frey für Peter Meinhardt ein glücklicher Abend, denn er gewann, was er nie besessen hatte, er gewann einen Freund. Von diesem Tag an bis zu seinem Tod würde er nie mehr einsam sein.
Genau wie damals unterhielten sie sich vom ersten Augenblick an auf das beste, sie aßen Flädlesuppe und dann Krätzerfilets in Butter gebraten, und die Viertele zählten sie später nicht mehr. Peter hatte keinen weiten Heimweg, und Moosbacher hatte Pferd und Wagen nach Hause gebracht, er selbst wohne in Aeschach, erzählte er, und den Weg finde er in jedem Zustand und zu jeder Stunde mit Sicherheit.
Übrigens war er so wenig betrunken wie Peter, sie tranken langsam und genußvoll, und das intensive Gespräch hielt sie wach.
Moosbacher erzählte die Geschichte seines Lebens, und es

war deutlich zu merken, wie wohl es ihm tat, einmal darüber zu sprechen, was er an Schuld auf sich geladen, was ihm an Verhängnis widerfahren war. Nun wurde es auch verständlich, warum er in Lindau den Lohnkutscher machte, anstatt in seine Heimat zurückzukehren. Wenn er österreichischen Boden betrat, würde man ihn sofort verhaften.
Ein Bauernbub aus dem Bregenzer Wald. Die Verhältnisse zu Hause waren bescheiden, ein hartes Leben voller Arbeit. Der Vater war schwerfällig, zu Düsternis neigend, wie oft die Leute aus dem Wald. Doch die Mutter, die aus der Stadt am See kam, aus einer Handwerkerfamilie, brachte Fröhlichkeit ins Haus.
»Wenn mein Vater brummte, lachte sie das weg. Sie verstand es gut, ihn zu nehmen. Wir Kinder waren eine Mischung aus beiden. Ich habe eine Schwester, und ich hatte einen Bruder. Er stürzte ab in den Bergen, und das kostete meine Mutter viel von ihrer Fröhlichkeit. Dann kam der Kummer, den ich ihr machte, und da hat sie wohl nicht mehr gelacht. Ich war der Jüngste, sie hat mich geliebt und verwöhnt, und sicher bin ich schuld an ihrem frühen Tod, weil sie sich über mich so grämen mußte. So jedenfalls drückte es ihre Schwester, meine Tante, aus, die einmal von Bregenz herübergekommen ist, eigentlich nur, um mir das zu sagen. Ja, so ist das mit mir, Herr Meinhardt.«
Die Jagd war Rudolfs große Leidenschaft von Jugend auf. Und da der Vater nach dem Tod des älteren Sohnes bestimmte, daß Rudolf den Hof übernehmen mußte, konnte er auch nicht, wie er es sich gewünscht hatte, beim Förster in die Lehre gehen. Er tat, was viele taten, er wilderte. Es war durchaus üblich bei den Bauernburschen, mit der Flinte im Wald herumzuschleichen, nur durfte man es nicht übertreiben, und man durfte sich nicht erwischen lassen. Beides war jedoch bei Rudolf der Fall. Als er bei den Kaiserjägern diente und auf Urlaub zu Hause war – ein vorzüglicher Schütze mittlerweile –, stellte ihn der Förster, als er gerade einen kapitalen Hirsch erlegt hatte.
Aus des Kaisers Armee wurde er mit Schimpf und Schande ausgestoßen, ein Jahr schweren Kerker mußte er absitzen.

Doch als er wieder daheim war, ließ er das Wildern nicht bleiben; wieder ging er nachts in den Wald.

Was ihm blühen würde, wenn man ihn wieder erwischte, wußte er. Genauso wie er wußte, daß der Förster einen ehrgeizigen Gehilfen hatte, der aus Rudolfs Dorf stammte und der ihm nachstellte.

In einer Nacht, Ende Oktober, es war schon kalt, auf den Bergen lag der erste Schnee, kam es zu der unvermeidlichen Begegnung. Sie schossen beide, und sie trafen beide. Rudolfs Glück war es, daß der Forstgehilfe nur Schrot in seiner Büchse hatte, das rettete ihm das Leben, denn die ganze Wange war aufgerissen, eine Schrotkugel saß im äußeren Augenwinkel, was sein Auge für immer schädigte. Nachts floh er über die Berge in die Schweiz, blieb schließlich liegen, Holzfäller fanden ihn blutüberströmt, er kam zu einem Arzt, der ihn behandelte. Zurückzukehren konnte er nicht wagen; er hatte eine Kugel im Gewehr gehabt, und er wußte, daß er getroffen hatte. Wenn der Jäger tot war, war sein Leben auch verwirkt. Die Schweiz lieferte ihn nicht aus, aber er wurde ausgewiesen. Er ging wieder schwarz über die Grenze, diesmal nach Deutschland, die Wunde knapp verheilt, das Auge verbunden.

»Wie ich damals gelebt habe, kann ich nicht schildern. Es war eine Frau, die mir half, eine Bäuerin aus dem Schwarzwald, sie pflegte mich halbwegs gesund, ihr Mann duldete es widerwillig, aber ich durfte bleiben, und sobald es mir besser ging, arbeitete ich auf dem Hof, um das Essen zu verdienen.

Es war nicht daran zu denken, daß ich zurückkehren konnte, man hätte mir den Prozeß gemacht und mich wieder eingesperrt, und diesmal für lange Zeit. Ewig konnte ich auf dem Hof nicht bleiben, der Bauer wollte es nicht. Ich ging zum Rhein, arbeitete auf einem Kohlenschlepper, es war meine erste Arbeit auf einem Schiff, und das erwies sich als Vorteil, als ich später nach Hamburg verschlagen wurde. Ich heuerte als Heizer auf einem Frachtdampfer an, und so kam ich nach Amerika.«

Nun war er wieder da, nicht daheim, aber fast. Er hatte erfahren, daß seine Mutter tot war. Der Hof war verkauft worden, sein Vater nach Linz gezogen, zu seiner Tochter, die dort verheiratet war. »Ich hab da drinnen im Wald keine Heimat mehr, und warum sollte ich hinübergehen, wenn sie mich doch nur in den Kerker bringen?«

»Solche Sachen verjähren ja nach gewisser Zeit«, meinte Peter. »Meine Tochter ist mit einem Rechtsanwalt verheiratet, der könnte das sicher herausbringen.«

»Mich will ja dort keiner mehr haben. Meine Mutter ist tot«, wiederholte Rudolf. »Es ist das schlimmste von allem, daß ich ihr das angetan habe. Ich habe nicht nur mein Leben verpfuscht, sondern das ihre dazu. Und mein Vater, so hat meine Tante aus Bregenz gesagt, würde mir nie mehr die Tür aufmachen.«

Er leerte sein Glas. Das Auge, über dem er jetzt am Abend keine Klappe trug, war gerötet und tränte. »Vielleicht hätte ich in Amerika bleiben sollen, die Entfernung hat es mir leichter gemacht. Nun bin ich hier, sehe die Berge und den See, und ich kann bereuen, was aus mir geworden ist.«

Noch ein Unglücklicher, dachte Peter. Mit Schuld beladen, von Reue geplagt, um die Heimat betrogen. Worüber beklage ich mich denn?

»Wollen Sie zu mir kommen?« fragte er.

In der Woche vor Weihnachten kam Rudolf Moosbacher auf den Meinhardthof. Er blieb, er begann ein neues Leben, er fand eine neue Heimat. Und er fand in Peter einen Freund und Vater zugleich, und er fand schließlich eine Frau, wie sie ihm noch nie begegnet war.

Frauen hatte es natürlich auf diesen wirren Wegen gegeben. Aber keine wie Jona.

Sie würde ihm nie ganz gehören, sie war verheiratet, sie kam, und sie ging, doch er liebte sie. Und sie liebte ihn auch. Das kam nicht von heute auf morgen, so war Jona nicht. Zunächst wandte sie sich gegen den Fremden.

»Was soll der denn hier? Du hast doch mich, Vater.«

Aber sie mußte zugeben, daß dieser Moosbacher brauchbare Arbeit auf dem Hof leistete. Peter wurde ja nicht jünger, und sie konnte nur immer einen Teil der nötigen Arbeit leisten. Im Sommer während der Ernte sah sie Rudolf öfter, und ob-

wohl sie immer noch abweisend war, konnte sie nicht umhin festzustellen, daß ihr Vater sich wohl fühlte mit diesem neuen Freund.
Peter sah so gut aus wie lange nicht mehr, er lachte auch wieder, er war gesprächig, die Arbeit ging ihm leichter von der Hand. Das machte Jona eifersüchtig, denn so war sie nun einmal. Aber die Anziehung, die der Österreicher auf sie ausübte, war auch schon da, auch wenn sie es sich nicht eingestand. Sie hatte einen Mann, sie brauchte keinen andern.
Im Frühjahr darauf, nach Immas zweitem Unfall, der Arm war gut verheilt, eine Badekur war diesmal nicht vonnöten, fuhr Jona immer öfter über den See. Moosbacher war nun über ein Jahr auf dem Hof, und eigentlich war Jonas Hilfe gar nicht mehr vonnöten, so tüchtig und umsichtig arbeitete er.
Einmal, als Jona wieder gekommen war, drei junge Kälber waren geboren, die Wintergerste lag wie ein grüner Teppich auf dem noch kahlen Land, sagte Rudolf: »Ich hab den Bach ein wenig reguliert. Da drunten bei der Weide, wo er über den Hang kommt. Er kann manchmal heftig sein, wenn er viel Wasser führt, und überschwemmt uns die Weide. Wollen Sie es sich nicht einmal ansehen, Frau Goltz?«
»Ich gehe nie zum Bach«, sagte sie schroff.
Er blickte sie erstaunt an.
»Aber warum denn nicht?«
Sie nahm sich zusammen.
»Also gut, gehen wir. Ich will es mir anschauen.«
Sie zog dicke Stiefel an, denn der Boden war noch naß, und stieg mit ihm den Feldweg hinab bis zum Bach.
Nie, nie mehr war sie seitdem am Bach gewesen.
Sie starrte in das rasch fließende Wasser und sah den Körper des Kindes, wie er fortgetrieben wurde.
Sie stöhnte laut und legte beide Hände vor das Gesicht.
»Fehlt Ihnen etwas?« fragte Moosbacher bestürzt. »Ist Ihnen nicht gut?«
Ganz sanft legte er den Arm um sie, nur um sie zu stützen, doch sie machte sich heftig frei.
»Nein, nein, ist schon gut, danke.« Sie wandte sich ab, ging den Weg zurück, ohne sich zu seiner Bachregulierung zu äu-

ßern. Auf dem Weg zum Hof hinauf erzählte er, was er noch alles geplant habe an Verbesserungen und Neuheiten in nächster Zeit, die seiner Ansicht nach förderlich für den Hof sein würden.
Jona blieb abrupt stehen.
»Sie haben also die Absicht hierzubleiben?«
Er war auch stehengeblieben.
»Ich würde gern bleiben«, sagte er ruhig und sah sie an. Sein Blick machte sie unsicher. Unsicherheit war etwas, das sie nicht kannte.
»Haben Sie etwas dagegen?« fragte er, als sie schwieg.
»Der Hof gehört meinem Vater«, erwiderte sie kühl. »Und er arbeitet ja offenbar gern mit Ihnen zusammen. Wie ich gehört habe, bekommen Sie nichts bezahlt für Ihre Arbeit. Ich kann mir nicht vorstellen, daß Sie auf die Dauer damit zufrieden sein werden.«
Er lachte plötzlich.
»Wir haben nie darüber gesprochen, Ihr Vater und ich. Ich habe hier alles, was ich zum Leben brauche. Es hört sich aber wirklich so an, als ob Sie mich gern los wären.«
»Wenn Sie angestellt sind auf dem Hof, müssen Sie auch Lohn erhalten. Ich werde mit meinem Vater darüber sprechen.«
»Danke«, sagte er, nun auch kühl, »das kann ich schon selbst. Wissen Sie, Ihr Vater und ich, wir sind so etwas wie Freunde. Ich glaube, es wäre ihm unangenehm, mit mir über Geld zu sprechen.«
»Unsinn. Sie brauchen ja schließlich auch mal etwas anzuziehen. Und haben Sie keine Freundin? Wollen Sie nicht heiraten?«
»Ich habe nicht die Absicht. Einer wie ich bleibt lieber allein. Man sollte eine Frau nicht mit einem gescheiterten Leben belasten.«
Er wußte, daß Peter ihr von seiner Vergangenheit erzählt hatte. Jona wandte sich nach links, bog in einen schmalen Weg ein, der zum Wald hinführte.
»Ein wenig können Sie hier ja auf die Jagd gehen«, sagte sie nach einer Weile des Schweigens. »Ganz legal, meine ich.«

Ernsthaft erwiderte er: »Das tue ich auch. Ich habe uns im Winter einige Male einen Hasenbraten geschossen. Und im Sommer zwei Rehe, die unsere Obstbäume gar zu heftig angeknabbert hatten. Aber Sie können ganz beruhigt sein, ich werde dieses Recht nicht mißbrauchen. Ich jage nicht mehr aus Leidenschaft. Und dies ist auch keine Gegend dafür.«
Sie gelangten schweigend bis zum Waldrand. Jona blieb wieder stehen.
»Es ist mir schon recht, wenn Sie hierbleiben wollen. Mein Vater wird älter, und ich weiß, wieviel Arbeit es gibt. Aber Sie werden schon dulden müssen, Herr Moosbacher, daß ich auch ab und zu komme.«
Er sah sie stumm an mit seinen dunklen Augen, so lange, bis ihr das Blut in die Wangen stieg. Dann sagte er ruhig: »Ich freue mich über jede Stunde, die Sie hier sind. Wissen Sie das nicht?«
So begann es. Gespräche, die immer müheloser und vertrauter wurden, Sympathie, Zuneigung, schließlich Freundschaft. Auch Liebe konnte man es nennen, wenn Vertrauen, Zuneigung und Freundschaft zusammengenommen Liebe ergeben. Verliebtheit dagegen war es nie gewesen. Dem hatte sich Jona entzogen, und das hatte er respektiert. Sie hatte ihrem Mann vieles genommen, doch sie betrog ihn nicht, nicht auf diese Weise. Ludwig wußte es, auch wenn sie nie darüber sprachen. Das wiederum ermöglichte es ihm, Rudolf Moosbacher freundschaftlich zu begegnen.
Ob er denn nicht heiraten wolle? Diese Frage stellte Jona noch einmal, das war nach Beginn des Krieges, und Rudolf hatte ein Verhältnis mit einer jungen Witwe aus Hagnau, deren Mann gleich zu Beginn des Krieges gefallen war. Sie hatte einen Gasthof, in den Rudolf einheiraten konnte. Er antwortete wieder, daß er nicht die Absicht habe, jemals zu heiraten, und zum Gastwirt sei er gewiß nicht geeignet. Er werde immer nur Jona lieben, und wenn sie erlaube, daß er auf dem Hof bleibe, so seien alle seine Wünsche erfüllt. Die Affäre in Hagnau war dann auch bald beendet, die Wirtin heiratete noch während des Krieges wieder, und Rudolf berührte es nicht. Es war das einzige Mal, daß man etwas von einer Be-

ziehung zu einer Frau erfuhr. Wenn er andere Begegnungen hatte, so blieben sie Jona verborgen. Es war ein seltsames Leben, das sie führten, aber sie waren niemals unglücklich dabei. Es war das Leben, das ihnen bestimmt war. Außenseiter waren sie beide, und beide waren sie bereit und imstande, diese Tatsache zu akzeptieren.
Und vom Hof war der Moosbacher nicht mehr fortzudenken, erst recht nicht, nachdem Jonas Vater gestorben war. Er starb einen friedlichen, gnädigen Tod, dieses Geschenk jedenfalls hatte Gott ihm nach aller Mühsal seines Lebens zugedacht.
Während des Krieges gab es mehr Arbeit denn je. Die jungen Männer waren eingezogen, sie hatte nur zwei französische Kriegsgefangene zur Hilfe, doch mußten sie soviel wie möglich produzieren, um soviel wie möglich abliefern zu können. Es rächte sich nun, daß landwirtschaftlicher Boden aufgegeben worden war, daß viele Menschen vom Land in die Städte gezogen waren, dem leichteren Leben nach, von den hohen Löhnen der Industrie angezogen. Das mächtige Deutsche Reich war wirtschaftlich in keiner Weise auf den Krieg vorbereitet, es war keinerlei Vorsorge für schlechte Zeiten getroffen worden, von einer Vorratswirtschaft konnte keine Rede sein. Man hatte sich daran gewöhnt zu importieren, aus dem Ausland, aus den eigenen Kolonien. Der Hunger kam schnell, und er traf naturgemäß die Menschen in den Städten am härtesten. Aus Wohlstand, aus einem sehr großzügigen Lebensstil heraus sahen sich die Menschen in bittere Not gestürzt. Darum war der Ertrag, der sich aus jedem Quadratmeter Boden herauswirtschaften ließ, ebenso wichtig wie jede Kanone, wie jedes Gewehr, das hergestellt wurde. Das Deutsche Reich war eingeschlossen, abgeschnürt, ganz auf sich selbst gestellt, die Zahl der Feinde zu groß, der Unverstand einer bisher so friedlichen Welt größer denn je.
Der Eintritt Amerikas in den Krieg machte den bitteren Ausgang des Krieges unabwendbar und war der Anfang vom Ende der führenden Rolle Europas in der Welt.
Jona sah es nicht mit diesen Augen, sie war kein politischer Mensch, sie hatte nur begriffen, wie wichtig in solchen Zeiten das Land und der Boden für die Menschen waren. Intensive

Arbeit auf dem Hof und endlich der Wunsch nach größerem Besitz waren für sie das Ergebnis des verlorenen Krieges. Dank Rudolfs Hilfe konnte sie daran denken, den Nachbarhof zu kaufen. Sie war eine wohlhabende Bäuerin, in Konstanz war sie nur noch ein Besuch.

Ehe Madlon und Jacob am übernächsten Tag nach Konstanz zurückfuhren, führte Jona ein kurzes Gespräch mit ihrem Sohn.
Jacob hatte das leidige Thema aufgegriffen.
»Ich bin sehr froh, Mutter, daß du den Rudi auf dem Hof hast. Er ist dir eine große Hilfe, wie ich sehe.«
Jona nickte, wartete, was noch kam.
»Ich werde kaum imstande sein, auf deinem Hof zu arbeiten, Mutter. Ich habe das lahme Bein, und ich fühle mich auch nicht sehr gesund.«
Das hatte Jona beobachtet. Er hatte während der letzten Tage stärker gehinkt; der Schnee, die feuchte Witterung machten ihm zu schaffen. Er sah schlecht aus, mager, seine Haltung war gebeugt und sein Gesicht gelb. Zur Bauernarbeit war er wirklich nicht geschaffen, Jona hatte es endlich eingesehen. Blieb die Frage, was er nun wirklich zu tun gedachte, doch sie stellte die Frage nicht.
Er jedoch gab eine Antwort.
»Ich weiß, ich müßte etwas arbeiten, ich müßte Geld verdienen. Aber kannst du mir sagen, was ich tun soll? Eine Pension bekomme ich nicht, denn dann müßte ich zehn Jahre Dienst getan haben, und das reicht bei mir nicht ganz. Wenn ich zurückginge nach Afrika, könnte ich wieder auf einer Pflanzung arbeiten. Als Angestellter der Engländer. Vielleicht. Vielleicht würden sie mich auch nicht nehmen. Kriegführen, das kann ich auch. Aber nicht einmal die Fremdenlegion würde mich nehmen bei meinem Gesundheitszustand.«
»Red nicht solchen Unsinn«, sagte Jona. »Der Familie Goltz geht es nicht schlecht, und mir geht es nicht schlecht. Erhalten können wir dich und deine Frau allemal.«
»Aber du verachtest mich.«

Jona sah ihn eine Weile schweigend an.
»Nein. Ich verachte dich nicht. Du tust mir leid. Ein Mensch braucht einen Lebensinhalt, eine Aufgabe. Besonders ein Mann braucht das, denke ich mir. Bloß so dahinleben – ich fürchte, das macht unzufrieden. Aber es ist nun mal nicht zu ändern.« Sie lächelte. »Wenn der Krieg nicht gekommen wäre, hättest du sicher eine große Plantage in Afrika, und ich würde mich eines Tages auf ein Schiff setzen und würde dich besuchen. Das stell dir nur mal vor! Aber auf jeden Fall bin ich sehr froh und Gott dankbar, daß du am Leben geblieben bist.«
Dieser Satz blieb Jacob im Ohr. Aber auch der andere: Du tust mir leid. Ein Mann braucht eine Aufgabe.
Am ersten Abend in Konstanz ließ er Madlon allein bei ihrer Strickerei, wanderte zu Heinrich, der Albert aus dem Bau holte, zu dritt saßen sie zusammen und betranken sich.
Obwohl sie auf der Rückfahrt eine Decke gehabt hatte, wurde Madlon in der folgenden Woche von einer hartnäckigen Erkältung gequält, etwas, was sie gar nicht kannte.
Und Weihnachten lag Jacob mit einem schweren Malariaanfall im Bett.
Die Weihnachtsvorbereitungen hatte Madlon ausgiebig genossen, von Weihnachten selber hatte sie nicht viel. Nur von der Tür aus durfte sie den großen Christbaum in Carl Ludwigs Zimmer betrachten. Berta scheuchte sie gleich wieder weg.
»Kommet Sie nur it näher. Daß Sie mir die alte Herre it anstecke.«
Eugen und Ludwig saßen also wie jedes Jahr allein vor ihrem Punsch. Jona war nicht gekommen. Zwar lag sowohl von Agathe als auch von Imma wie jedes Jahr eine Einladung für den Heiligen Abend vor, doch wie jedes Jahr zogen sie es vor, daheim zu bleiben. An den Feiertagen kamen sie sowieso alle zu Besuch. »Nun ja«, sagte Eugen und zündete sich behaglich eine Zigarre an, »ist ja alles wie immer. Hat auch sein Gutes. Schöner Baum. Tadellos gewachsen.«
Ludwig nickte. Er hatte immer noch kalte Füße. Drei Stunden war er unterwegs gewesen, am Ufer und im Ried, um die Vö-

gel zu füttern. Berta hatte fürchterlich geschimpft, als er heimkam. Darum hatte sie wohl auch den Punsch besonders stark gemacht. Ludwig nickte ein nach dem zweiten Glas. Eugen griff sich eins der Bücher, die auf seinem Gabentisch gelegen hatten. Es war immer das gleiche – Zigarren, Cognac, Bücher. Und von Berta warme Socken.

In der Wohnung über ihnen war es ganz still. Man konnte meinen, sie sei so leer wie im Jahr zuvor.

Briefe

Wie jedes Jahr war an Weihnachten ein Brief von Lydia gekommen, wie immer an alle gerichtet, also in diesem Jahr auch an Jacob und an ihn besonders. Ein ganzer Absatz war ihm allein gewidmet.
»Ich hab so sehr gehofft, daß ich dieses Jahr Weihnachten und Silvester bei Euch verbringen könnte. Es ist so traurig, Weihnachten ohne Familie zu sein. Und wer weiß, wie lange wir uns noch haben. Aber Max Joseph geht es sehr schlecht mit seinem Herzen, ich wage gar nicht zu Ende zu denken, wie schlecht. Jacob, lieber Bub, kannst Du es nicht möglich machen, bald einmal zu kommen? Für einen langen Besuch. Der Maxl ist so begierig, einen schönen, langen Bericht von Dir zu bekommen. Unlängst hat er erst gesagt, er möchte endlich mal einen Menschen sprechen, der den Krieg gewonnen hat. Kannst Dir so was vorstellen? Ich bin schon ganz deppert vor lauter Krieg. Er liest alle Bücher, die er erwischen kann, und kämpft alle Schlachten noch einmal. Es ist eine richtige Manie bei ihm geworden. Freilich hat er auch sonst keine Abwechslung, er geht nicht mehr aus dem Haus, sitzt nur in seinem Sessel, das ist schon ein arg fades Leben. Für ihn und für mich. Am liebsten unterhält er sich jetzt mit Benedikt, der war früher Bursche bei ihm und ist jetzt ganz bei uns. Er hat vor Verdun ein Bein verloren, aber er versucht, sich nützlich zu machen, so gut es geht. Er heizt die Öfen und hilft mir beim Kartoffelschälen. Aber wieviel Kartoffeln brauchen wir schon. Dringend brauchen wir neue Öfen, die unseren taugen nicht mehr viel, und im Winter ist es kalt im Haus. Ich kann es kaum abwarten, bis es Frühling wird und Maxl wieder im Garten sitzen kann. Wenn ich denke, wie wunderbar das Leben früher war, all die Feste und

Bälle, und was hatte ich für fabelhafte Toiletten. Jetzt komme ich mir vor wie eine graue Maus. Es ist schrecklich, wenn man alt wird.«
An dieser Stelle hatte sie wohl innegehalten, das Geschriebene gelesen und nachgedacht. Es folgte ein energischer Gedankenstrich.
»Sei nicht bös, lieber Jacob, daß ich Dir so trübsinnig schreibe. Im Grunde bin ich gar nicht trübsinnig, es geht uns ja nicht schlecht, mit der Pension kommen wir schon zurecht, und das Haus ist wirklich schön. Es ist nur wegen dem Maxl seinem Herzen. Aber Du kommst bald, ja? Und bringe Deine Frau mit. Ich bin schon sehr gespannt auf sie. Imma hat geschrieben, sie ist eine sehr schöne Frau und hat viel Charme. Maxl hat natürlich die Bücher von Lettow-Vorbeck, er kennt ihn übrigens persönlich. Und er hat alle Karten von Afrika und weiß, wann Ihr wo und wie gekämpft habt. Aber wenn Du es erzählst, wird es natürlich noch viel eindrucksvoller sein. Also, Du kommst bald, versprich es.«
»Daran ist ja wohl vorerst nicht zu denken«, sagte Madlon energisch und stopfte die Decke fest um seinen fiebergeschüttelten Körper. Es war der erste Anfall seit dem vergangenen Herbst. Der Hausarzt der Familie Goltz hatte auch nicht viel mehr anzubieten als Chinin, aber wenigstens das gab es nun. In Afrika hatten sie oft nicht einmal das gehabt.
Madlon sah auch blaß aus, in den Nächten quälte sie der Husten. Am ersten Weihnachtsfeiertag kam abwechselnd die ganze Familie zu Besuch, nur im ersten Stock, versteht sich. Berta hatte eine strenge Quarantäne über den zweiten Stock verhängt. Madlon war es egal. Außer der Erkältung war sie von einer tiefen Depression befallen, auch ein neuer Zustand für sie. Der Anlaß war mehr oder weniger der Besuch bei Jona. Sie war irgendwie neidisch auf deren erfülltes Leben. Ihr eigenes Leben kam ihr langweilig und öde vor. Würde das nun immer so weitergehen, bis sie so alt war wie die beiden da unten? Ein Mann, der krank und mißmutig war, gelegentlich sinnlose Pläne wälzte und dann aus dem Haus ging, um sich zu betrinken.
Draußen war es kalt, manchmal neblig, und so fürchterlich

still. Wenn sie zurückginge nach Berlin? Möglicherweise konnte sie Arbeit finden. Sie sprach Englisch und Französisch, sie hatte modisches Talent, sie war frei und unabhängig – hier stockten ihre Gedanken. Frei und unabhängig? Sie hatte einen Mann, der krank war und sie brauchte.
Brauchte er sie wirklich? Er wurde in diesem Haus sehr gut versorgt, und wenn sie erst aus dem Weg wäre, würde sich Berta bestimmt mit vollem Einsatz um Jacob kümmern.
Allein in Berlin? Wollte sie das wirklich?
Es waren Gedankenspielereien, nicht anders, als Jacob sie auch betrieb, wenn er von Afrika redete. Was immer man tat, es gehörte viel Mut dazu, wenn man versuchen wollte, in dieser Zeit auf eigenen Füßen zu stehen.
Ein wenig enttäuscht war Madlon auch, daß sie von Kosarcz nichts gehört hatte. Wenigstens zu Weihnachten hätte er ihr einen Gruß schicken können, er kannte ihre Adresse. Und in Amerika war er sicher noch nicht, er fürchtete die Herbst- und Winterstürme auf dem Atlantik, das wußte sie ja.
Am Vormittag des zweiten Feiertages saß sie übelgelaunt in ihrem Wohnzimmer – das Meublement war etwas bunt zusammengewürfelt, doch es war gemütlich – und malte sich aus, wie es wäre, wenn Kosarcz käme, ganz plötzlich, unangemeldet. So etwas war ihm zuzutrauen. Aber Konstanz war so weit weg von Berlin. Würde er ihretwegen nach Konstanz reisen, und das mitten im Winter? Und was, wenn er käme? Würde sie sagen: Nimm mich mit!?
Was für abscheuliche Gedanken! Sie stand rasch auf und ging noch einmal zu Jacob. Das Fieber war ein wenig gesunken, seine Stirn feucht von Schweiß, das war ein gutes Zeichen.
Sie wischte ihm die Stirn ab, er regte sich nicht, leise verließ sie wieder den Raum.
Kurz zuvor war Berta da gewesen, ein kurzes Klopfen an der Tür, da stand sie und fragte, eher barsch, ob sie zum Mittagessen einen Fasan heraufschicken solle, sie hätten heute zwei davon, es gebe Kartoffelpüree und Weinkraut dazu.
»Danke, Berta. Ein halber genügt. Jacob wird doch nichts essen.«
»Aber das isch ganz arg, er kommt ja ganz von Kräften. Er

isch eh viel zu dünn.« Sie blickte Madlon tadelnd an, als sei sie schuld an Jacobs Krankheit.
»Ein Mensch, der hohes Fieber hat«, erklärte Madlon geduldig, »hat kein Bedürfnis, etwas zu essen.«
Berta schnaubte durch die Nase und verschwand ohne weiteren Kommentar. Ob ich wohl jetzt etwas zu essen bekomme? dachte Madlon amüsiert. Aber im Grunde war es ihr egal. Sie war voller Überdruß, sie kam sich vor wie ein eingesperrter Vogel, der sich nach Freiheit sehnt.
Aber welche Art von Freiheit suchte sie eigentlich? War es nicht seltsam, daß sie sich in Berlin, bei aller Kärglichkeit ihres Daseins, niemals eingesperrt vorgekommen war? Ganz zu schweigen von Afrika. Dort hatte sie sich immer frei gefühlt, trotz aller Gefahr und Beschwernis, in der sie lebten und manchmal nur vegetierten. Es konnte nur daran liegen, daß sie dort wie da immer etwas zu tun gehabt hatte, daß es immer eine Aufgabe zu erfüllen, ein Problem zu lösen gab. Die Langeweile ihres derzeitigen Lebens versetzte sie in eine Trägheit, die ihrem Wesen nicht entsprach. Ruhe, Sicherheit, Geborgenheit hatte sie sich gewünscht. Das war lächerlich gewesen. Sie wollte das alles nicht, wie sie jetzt erfuhr. Weil sie es nicht brauchte.
Es klopfte wieder an der Tür, kräftiger diesmal. Madlon fuhr auf. Unsinnigerweise dachte sie: Das ist Kosarcz, jetzt kommt er doch.
Eins der Dienstmädchen war es.
Fräulein Lalonge lasse fragen, ob ihr Besuch angenehm sei.
»Clarissa?«
»Ja, gnädige Frau.«
»Ist sie unten bei euch?«
»Ja, gnädige Frau.«
»Ah ja, ich lasse bitten. In zehn Minuten etwa.«
Sie fuhr aus dem Morgenrock, lief ins Bad, bürstete ihr Haar und legte ein wenig Rouge auf. Welches Kleid? Egal. Nein, nicht egal. Auf keinen Fall eins von den Strickkleidern, sie mochte sie auf einmal nicht mehr.
Sie riß ein Gewand aus blaßlila Seide aus dem Schrank. Und dazu die goldenen Pantoffeln. Ja, so war es gut. Noch ein we-

nig Rouge, ein Hauch Puder. Sie stand lächelnd an der Tür, als Clarissa kam, und sagte: »Vielleicht sollten Sie mir lieber nicht die Hand geben.«
»Ach, Unsinn«, lachte Clarissa, »ich bin doch nicht aus Zukker. Wegen so ein bißchen Erkältung. Es geht Ihnen doch schon besser, nicht? Sie sehen jedenfalls sehr gut aus. Fröhliche Weihnachten.« Sie streckte ihr die Hand hin.
Madlon lächelte erleichtert. »Ihnen auch. Danke, Clarissa. Es ist sehr lieb, daß Sie mich besuchen. Ich kam mir ganz ausgestoßen vor.«
»Ja, ich weiß, was Berta für ein Theater aufführt. Sie hat uns gestern schon ganz verrückt gemacht mit ihrem Geschwätz. Die Kinder könnten sich anstecken oder Onkel Eugen oder Onkel Ludwig, eine ganze Epidemie hat sie an die Wand gemalt. Ich bin auch ein Bazillenträger, Carl Heinz liegt ebenfalls zu Bett, er ist auch erkältet. Und wie geht es Jacob?«
»Auch ein wenig besser. Das Fieber geht zurück.«
»Hat er das öfter?«
»In unregelmäßigen Abständen, mal mehr, mal weniger. Es sind Erreger, die sich im Blut erhalten und ab und zu wieder aktiv werden. Ein Arzt in Afrika hat es mir einmal genau erklärt, aber ich kann es Ihnen nicht so gut beschreiben. Man weiß ja überhaupt erst seit ungefähr fünfundzwanzig Jahren, daß die Krankheit durch eine Mücke übertragen wird, die in Sumpfgebieten lebt. Und man hat begonnen, die Sümpfe trockenzulegen, um die Mücke zum Aussterben zu bringen. Aber der Krieg hat diese Versuche natürlich unterbrochen.«
»Man wird sie wieder aufnehmen. Die Medizin hat ungeheure Fortschritte gemacht in den letzten hundert Jahren. Denken Sie nur an Virchow, an Robert Koch, an Röntgen, an Paul Ehrlich, an Semmelweis, an Pasteur, ach, es gibt so viele Namen. Das sind Männer, die unendlich viel für die Menschheit getan haben.«
»Sie haben sich damit beschäftigt?« fragte Madlon beeindruckt.
»Ja, seit langem. Ich wäre selbst gern Ärztin geworden. Man wird sicher auch etwas finden gegen die Spätfolgen der Malaria. Ich habe einen Cousin in Bern, der ist ein recht bekannter

Arzt. Ich glaube, ich erwähnte es schon einmal. Ich hatte sowieso die Absicht, ihn demnächst zu besuchen. Und dann gibt es ein Krankenhaus nur für Tropenmedizin in Hamburg. Vielleicht ist man dort schon mit den Forschungen weitergekommen. Ich meine, was Jacobs Leiden betrifft. Ich werde mich erkundigen.«

Wie stets betrachtete Madlon das junge Mädchen mit Hochachtung. Was für eine sichere kleine Persönlichkeit. Sie kam sich Clarissa gegenüber unfertig und töricht vor.

Sie saßen sich gegenüber auf den zierlichen Sesseln im Wohnzimmer, Clarissa gerade aufgerichtet, in einem schwarzen Rock und einer hochgeschlossenen weißen Bluse, das Haar aufgesteckt, keine Spur von Schminke in dem frischen, jungen Gesicht. Madlon in blaßlila Seide kam sich aufgedonnert vor. Wie war sie nur auf die Schnapsidee gekommen, diesem Mädchen ein Strickkleid andrehen zu wollen? Gott sei Dank war es nicht fertig geworden, angezogen hätte es Clarissa vermutlich nie.

»Darf ich Ihnen etwas anbieten? Einen Sherry? Einen Cognac?«

»Einen Sherry, gern, danke. Mir steht ja wieder ein reichhaltiges Mittagessen bevor. Man ißt immer zuviel während der Festtage. Was ich fragen wollte, bei dieser Gelegenheit – kann ich einmal für Jacob etwas bringen? Eine kräftige Hühnerbrühe, ein Kalbfleischsüppchen?«

Madlon versteifte sich.

Am liebsten hätte sie geantwortet: Danke, ich kann selbst für meinen Mann kochen.

Sie stand auf, holte den Sherry aus der Vitrine und füllte zwei kleine Gläser.

»Zur Zeit hat er keinen Appetit. Sobald er wieder etwas essen mag, bekommt er es von mir.«

Das Glas in der Hand lächelte sie auf Clarissa hinab.

Clarissa nahm ebenfalls ihr Glas und lächelte zu ihr hinauf.

»Selbstverständlich. Es war nur der Wunsch, etwas Nützliches zu tun. Irgendwie zu helfen. Verzeihen Sie, Madlon, wenn ich vorlaut war.«

Wie klug sie war! Wie rasch sie begriff!

»Berta war heute schon hier und hat uns Mittagessen offeriert. Fasan, glaube ich.« Madlon setzte sich wieder. »Übrigens, wie ist es Ihnen gelungen, an Berta vorbeizukommen?«

Clarissa lächelte. »Mich kann niemand aufhalten, wenn ich etwas vorhabe. Nicht einmal Berta. Der Sherry ist sehr gut. Ein ganz alter, nicht wahr?«

»Ja. Er ist von Jacobs Vater. Jacob selbst trinkt ihn kaum, er hat einen anderen Geschmack. Früher hat er sehr viel Whisky getrunken. Jetzt trinkt er gern Wein.«

»Nun, unser Wein ist ja auch vorzüglich. Der schadet ihm bestimmt nicht, wenn er ab und zu ein Glas davon nimmt.«

Ob sie nichts von den nächtlichen Streifzügen der drei Jugendfreunde wußte? Es erschien Madlon unwahrscheinlich, daß es etwas gab in dieser Stadt, wovon Clarissa beziehungsweise Agathe nichts wußten.

»Sie sollten Bertas Fasan nicht verschmähen. Sie kocht sehr gut.«

»Ja, ich weiß. Und ich habe für meine Person dankend angenommen. Ich denke, daß sie mir etwas heraufschicken wird.«

»Aber, meine Liebe, ich finde, Sie könnten ruhig hinuntergehen zu Onkel Eugen und Onkel Ludwig. Sie sind wirklich nicht mehr krank. Und Sie haben so ein entzückendes Kleid an. Die beiden wären über Ihren Anblick sicher höchst erfreut.«

Madlon blickte verwirrt in das junge, lächelnde Gesicht. Wie meinte sie denn das nun wohl?

Clarissa fuhr fort: »Ich werde das regeln. Ich werde Sie unten zum Mittagessen ansagen. Oder Sie kommen gleich mit mir hinunter. Ich muß leider bald gehen.«

»Aber ich huste noch in der Nacht«, sagte Madlon kindlich.

»Carl Eugen hustet immer. Das kommt vom Rauchen. Die beiden sind aus gesundem Holz. Und eine Erkältung kann man heute überall aufschnappen. Da müßte man ja in einem Glashaus leben. Darf ich kurz einmal nach Jacob schauen?«

»Ach... Er... er ist kein sehr erhebender Anblick.«

»Gewiß nicht. Aber glauben Sie mir, Madlon, ich habe schon oft an Krankenbetten gestanden. So schnell wirft mich das nicht um.«
Ich kann mir nicht vorstellen, daß es überhaupt etwas gibt, das dich umwirft, du kleines Biest, dachte Madlon.
Wie stets war ihr Gefühl Clarissa gegenüber gespalten. Einerseits Respekt, Achtung, auch durchaus Sympathie, und andererseits eine instinktive Abneigung, ein waches Mißtrauen. Und dazu kam noch das Gefühl, die Unterlegene zu sein. Ein Gefühl, das Madlon überhaupt nicht kannte. Bisher.
Jacob lag auf dem Rücken, die Augen jetzt weit geöffnet, gelb das Gesicht, nur fieberrot die Wangen. Seine Stirn war trokken. »Ehe es Morgen wird, müssen wir durchgebrochen sein. Madlon, hörst du! Pack schon die Sachen zusammen. Hast du noch Munition! Gib sie mir.«
Halb unverständlich murmelte er vor sich hin, dann hob er die Hand Madlon entgegen.
Hinter Madlon stand Clarissa, nun trat sie nahe an das Bett und griff nach der heißen Hand.
»Clarissa«, murmelte er.
»Ja. Ich bin es, Jacob. Wie schön, daß du mich erkennst. Da geht es dir schon viel besser. In ein paar Tagen bist du wieder auf dem Damm. Und dann werden wir überlegen, was zu tun ist, damit diese bösen Anfälle erst gar nicht wiederkommen. Nicht wahr, Madlon?«
Dieses Lächeln! Dieses sanfte und doch so sieghafte Lächeln in dem jungen Gesicht. In diesem Augenblick empfand Madlon Lust, in dieses Gesicht zu schlagen.
»Gute Besserung. Und auf bald, ja? Wenn du irgendwelche Wünsche hast, dann laß es mich durch Madlon wissen. Adieu!«
Zusammen mit Clarissa stieg Madlon die Treppe hinab in den ersten Stock, trank noch einen Sherry mit Ludwig und Eugen und durfte sich, wie Clarissa es angeordnet hatte, mit an den Tisch setzen zum Mittagessen. Die beiden alten Herren freuten sich. Und Madlon gab sich Mühe, sie zu unterhalten. Sie trank mehr als sonst von dem roten Wein, diesmal war es ein schwerer Burgunder, und sie war todmüde, als sie

wieder nach oben kam. Jacob schlief mit offenem Mund. Das Bett roch nach Schweiß. Madlon befühlte vorsichtig seine Stirn. Er hatte kein Fieber mehr. Das mußte wohl auch Clarissa, dieser sanfte, sieghafte Engel, bewirkt haben.
Sie streifte das blaßlila Kleid über den Kopf und ließ es zu Boden fallen. Dann zog sie den Morgenrock an, ging ins Wohnzimmer und legte sich auf die Chaiselongue. Fast augenblicklich schlief sie ein. Von ihrer Krankheit war sie noch geschwächt, eine Nacht hatte sie bei Jacob gewacht und kein Auge zugetan, und nun noch der schwere, rote Wein. Sie schlief zwei Stunden tief und fest. Genau wie Jacob träumte sie von Kampf und Gefahr und auch vom unendlichen Himmel Afrikas.
Als sie erwachte, wußte sie im ersten Moment nicht, wo sie sich befand. Dann hörte sie Jacobs Stimme nach ihr rufen. Sie setzte sich auf, fuhr mit allen zehn Fingern durch ihr Haar. Nom de dieu, dachte sie, das war mein erstes Weihnachtsfest in Konstanz. Ich wette, daß es auch das letzte war.
Noch im alten Jahr schrieb sie den Brief ins Ungewisse, über den sie oft nachgedacht, den Gedanken dann wieder als unsinnig verworfen hatte. Soviel Zeit war vergangen! So treulos hatte sie sich ihrer Familie gegenüber verhalten. Hatte sie sich je Sorgen gemacht, wie es ihrer Mutter gehen mochte, hatte sie sich gefragt, was aus ihren Brüdern, aus ihrer Schwester Ninette geworden war?
Als sie die ersten Jahre im Kongo war, hatte sie einige Male an Ninette geschrieben, später nie wieder. Der Wechsel nach Deutsch-Ost, die Unsicherheit ihrer eigenen Existenz, dann der Krieg, das mochte alles als Ausrede gelten. Aber seit fast fünf Jahren hielt sie sich in Europa auf, warum hatte sie nicht längst einmal geschrieben? Aber wohin? An wen? Das Häuschen im Dorf, in dem sie aufgewachsen war, in drangvoller Enge, gehörte der Bergwerksgesellschaft. Sie mußten ausziehen, nachdem ihr Vater ums Leben gekommen war. Sie bewohnten in einem Vorort von Liège dann zwei Zimmer, es war ein altes, baufälliges Reihenhaus, die Küche und die Toilette mußten sie mit anderen Parteien teilen; heute, von hier aus gesehen, war es ein mehr als armseliges Leben gewesen.

Ihre beiden älteren Brüder gingen dann auch ins Bergwerk, sie zogen in ein Heim für alleinstehende Männer und hatten es vergleichsweise bequem. Nachdem Ninette geheiratet hatte, mit neunzehn, sagte sie sofort zu ihrer jüngeren Schwester: »Du kommst mit mir«, und Pierre, Ninettes Mann, hatte nichts dagegen einzuwenden. Es war wieder so ein Haus, wie sie es noch zu Lebzeiten des Vaters bewohnt hatten, denn Pierre war tüchtig, er war Stollenführer, und das Haus stand ihm zu.

Während Ninettes dritter Schwangerschaft sagte Pierre zu Madlon ohne große Vorbereitung: »Los, komm!«

Er sah es als sein gutes Recht an, die Kleine, die nun seit vier Jahren bei ihnen wohnte und an seinem Tisch saß, zu benützen, wenn ihm danach war. Zu Ninette sagte er nur: »Wenn ich woanders hingehe, kostet es Geld.«

Madlon hatte sich auch kaum gewehrt. Als halbes Kind noch hatte sie bereits für Pierre geschwärmt, groß, kräftig und gutaussehend war er, und seine Art, mit weiblichen Wesen umzugehen, konnte ein junges Mädchen schon faszinieren. Aber nun hatte sich ihre kindliche Schwärmerei gelegt. Sie hatte miterlebt, wie Ninette von ihrem Mann behandelt wurde. Er schlug sie, wenn er getrunken hatte, er ließ sich bedienen, er warf auch mal den Teller an die Wand, wenn ihm das Essen nicht schmeckte, und seine sexuellen Bedürfnisse waren grenzenlos. Davon hatte Madlon genug mitbekommen. Aber nun konnte sie es nicht mehr ertragen und auch Ninettes Anblick nicht, Ninette mit dem dicken Bauch und dem blassen, müden Gesicht, ihre gebeugte Haltung, ihren Husten, ihre oft verweinten Augen. Was war aus der blonden Ninette geworden? Sie war fünf Jahre älter, und Madlon hatte sie von Kindheit an mehr geliebt als ihre Mutter. Und Pierre war ihr zuwider, wenn er mit seinem stinkenden Atem über ihr lag, sie drehte und wendete, wie es ihm paßte, und brutal, ohne ein zärtliches Wort oder eine liebevolle Geste, in sie hineinstieß.

Damals war sie fortgelaufen von zu Hause und nie wieder zurückgekehrt. Übrigens war sie nicht die erste in der Familie, die das Weite suchte. Ihr Bruder Jules war als Fünfzehnjähri-

ger auch weggelaufen, originellerweise mit einem Circus, der damals in der Nähe gastierte. Er war so begeistert von den Schaustellern, lungerte den ganzen Tag bei ihren Wagen herum, erschien nicht bei der Arbeit und bekam entsprechende Prügel; als dann die Truppe weiterzog, war er verschwunden.
Wer weiß, dachte Madlon, vielleicht ist er ein berühmter Circusstar geworden, und ich weiß es gar nicht.
Der Brief also nun! Madlon hatte ihr Leben lang noch nicht viele Briefe geschrieben, und dieser hier war kaum zu bewältigen. Tagelang war sie damit beschäftigt.
Liebe Ninette – und was dann? Einmal schrieb sie mehrere Seiten voll, bis ihr die Hand weh tat. Erzählte fast ihr ganzes Leben, im Kongo, in Deutsch-Ost, der Krieg, die Rückkehr, Berlin, und nun – als sie in ihrer Schilderung beim Bodensee angelangt war, fluchte sie laut, stand auf und knüllte die Seiten zusammen. Was für ein Unsinn! Sie wußte ja gar nicht, wo der Brief landete, wer ihn erhielt, wer ihn lesen würde. Sie hatte nichts als die alte Adresse in Liège, und ob die noch stimmte, war mehr als fraglich. Ihr Schwager Pierre mußte jetzt Mitte Fünfzig sein, die Lunge vom Kohlenstaub zerfressen, wenn er das Bergwerk bis jetzt überlebt hatte. Dazwischen lag ein Krieg, lag die Belagerung Belgiens durch die Deutschen, Madlon hatte keine Ahnung, wie sich das abgespielt haben mochte. Der Brief, den sie dann am letzten Tag des Jahres in den Kasten steckte, war sehr kurz.
»Meine liebe Ninette, ich hoffe so sehr, daß diese Zeilen Dich erreichen. Ich lebe jetzt in Deutschland, in Konstanz am Bodensee, es geht mir gut, ich habe viel erlebt, auch Böses, alles aber gut überstanden. Ich bin verheiratet und lebe hier bei der Familie meines Mannes. Geliebte Ninette, bitte antworte mir bald. Ich muß wissen, wie es Dir geht, was Du treibst, wie Dein Leben verlaufen ist. Und dann wünsche ich, daß wir uns bald wiedersehen. Deine Schwester Madeleine.«
Das Ganze natürlich auf französisch, und nachdem sie den Brief in den Kasten gesteckt hatte, lief sie noch eine Weile, tief aufgeregt, am Ufer des Sees entlang und malte sich in hundert Variationen aus, was für ein Gesicht Ninette machen

würde, wie sie sich freuen würde, wie überrascht sie sein würde. Meine Schwester Madeleine hat mir geschrieben, würde sie jedem erzählen. Stellt euch vor!
Fünfzehn, ich glaube sogar, achtzehn Jahre lang habe ich nichts von ihr gehört. Sie war so weit fort, in Afrika, und jetzt hat sie geschrieben.
Ninette würde lachen. Sie würde den kurzen Brief immer wieder lesen, und dann würde sie sich sofort hinsetzen und eine Antwort schreiben. Liebste Madeleine, ich habe mich so gefreut, von Dir zu hören. Ich habe kaum gehofft, daß Du noch am Leben bist...
Den ganzen Abend über war Madlon aufgeregt. Sie war froh, daß sie den Brief endlich geschrieben hatte, daß er fort war. Und sie mußte einfach darüber reden.
Jacob kannte die Geburtswehen bei der Abfassung des Briefes, er hatte sie miterlebt. Onkel Eugen und Onkel Ludwig kannten sie nicht und bekamen nun alles erzählt. Auch Clarissa, die kurz gegen Abend noch hereinschaute, mußte es erfahren.
Es war Silvester. Im Hause Lalonge waren Gäste eingeladen, es gab ein festliches Diner, und anschließend sollte getanzt werden.
»Das erste Mal nach dem Krieg, daß bei uns getanzt wird«, berichtete Clarissa, auch sie aufgeregt und voller Vorfreude. »Zu schade, daß ihr nicht kommen wollt.«
Eingeladen hatte man sie, aber Jacob fühlte sich noch zu schwach. Auch Madlon hatte wenig Lust gezeigt, sich dem Bekanntenkreis der Lalonges wieder gegenüberzusehen. Sie meinte, es sei doch viel netter, mit Ludwig und Eugen Silvester zu verbringen, nachdem man sie am Heiligen Abend schon allein gelassen hatte. Was sie nicht daran hinderte, sehnsuchtsvoll an die Silvesternächte in Berlin zurückzudenken. Aber das war vorbei, das kam niemals wieder. Diese wilde Lebensfreude, diese unbändige Lebenskraft, die sie nach dem Krieg verspürt hatten, die sich austoben mußte, die schon einen gewöhnlichen Abend zum Fest machte, geschweige denn eine Silvesternacht.
Es wurde ein ruhiger, beschaulicher Abend, wieder mit einem

vorzüglichen Essen, dazu Wein, den Punsch verschmähten alle, sie blieben beim Wein, und um zwölf stießen sie mit Champagner an. Sie hatten die Fenster geöffnet, die Glocken läuteten von den Kirchtürmen der Stadt, der See war von Eis bedeckt und schimmerte silbern.
Ninette, alles Gute, hörst du? Gesundheit, Glück und schreib mir gleich. Hörst du? Schreib mir gleich. Ich warte auf deine Antwort.
Es war etwas Neues in Madlons Leben. Sie wartete nun täglich auf den Briefträger.
Doch er brachte keinen Brief für sie.
Von Ninette kam keine Antwort. Von Ninette konnte keine Antwort kommen, denn Ninette war tot.

Jeannette

Ein Mädchen in Gent

Es ist mehr oder weniger ein Wunder, daß Madlons Brief am Ende doch in die Hände von Jeannette Vallin gelangt. Zuerst einmal landet er bei der Adresse, die auf dem Umschlag steht, in dem Vorort von Liège, wo Madlon zuletzt bei Ninette und Pierre wohnte.

Dort wohnt keine Ninette Vallin, schon lange nicht mehr, also bleibt der Brief zunächst auf der Post, liegt da eine Weile herum, bis man, nicht allzuweit entfernt, einen Roger Vallin ausmacht und dem den Brief zustellt. Der öffnet den Brief zwar und liest ihn, erklärt aber, eine Ninette Vallin kenne er nicht und eine Madeleine aus Deutschland ebensowenig. Also könne er den Brief beruhigt wegwerfen, aber seine Frau klebt ihn wieder zu und gibt ihn dem Briefträger zurück. Zuletzt liegt der Brief friedlich, mit einem Vermerk versehen, auf dem Hauptpostamt in Liège, und dort könnte er nun bis zum Ende aller Tage liegenbleiben. Ab und zu bekommt ihn aber doch einer in die Hand, und dann kommt die Frage an die Postzusteller: »He, connaissez-vous Madame Ninette Vallin?« Und eines Tages ist einer dabei, ein ganz junger noch, dem fällt ein, daß er eine Madame Vallin kennt. Sie sitzt an der Rezeption eines kleinen Hotels in der Nähe der Station Guillemins, und er hat schon mit ihr geplaudert, wenn er nach einem flüchtigen Abenteuer das Hotel verließ. Madame Vallin ist freundlich und gesprächig, und die Paare, die an ihr vorüberhuschen oder getrennt das Hotel betreten, interessieren sie besonders, denn, so erzählt sie dem jungen Mann, sie war zu ihrer Zeit auch keine Kostverächterin, ah, mais non, und dann folgt eine frivole Bemerkung, und so etwas behält man im Gedächtnis. Madame Vallin ist die Freundin vom Patron, der ist dick und schwabblig, und was er mit ihr treibt,

wenn er überhaupt noch etwas treibt, kann ihr nicht viel Spaß bereiten. Auch wenn sie nicht mehr die Jüngste ist und ein wenig in die Breite gegangen, kann man immer noch erkennen, daß sie einmal eine höchst ansehnliche Person gewesen sein muß.
Als er wieder einmal das Hotel benützt, sagt der junge Mann: »Bonjour, madame. Comment allez-vous? Votre pronom, est-il Ninette?«
Madame Vallin schüttelt den Kopf. »Non, non, je m'appelle Lucille«, sie lacht eine fröhliche Tonleiter. »Pourquoi vous me le demandez?« Sie blitzt ihn herausfordernd aus immer noch schönen Augen an.
Dann erfährt sie also von dem Brief, und auf einmal wird sie ernst, nickt mehrmals mit dem Kopf, und der Postbote erfährt, daß Ninette Vallin die erste Madame Vallin war und schon lange tot ist. Lucille hat Ninette nicht kennengelernt. Als sie Pierre Vallin heiratete, war Ninette schon über ein Jahr begraben.
»La consomption, vous voyez«, fügt Lucille mit einem Seufzer hinzu. Der Postbote nickt verständnisvoll. Nicht nur vor dem Krieg, auch heute noch sterben die Frauen in den Vororten an der Schwindsucht, wenn sie nicht zuvor im Kindbett gestorben sind.
Nicht Lucille. Sie ist und war immer gesund, man sieht es ihr an. Ninette soll eine sanfte und gute Frau gewesen sein, vier Kinder hatte sie geboren, zuletzt eine Fehlgeburt, da war sie schon sehr krank. Von den vier Kindern sind zwei am Leben geblieben, zwei kleine Mädchen, und Lucille wurde ihre neue Mutter, nachdem sie Pierre Vallin geheiratet hatte.
Madame hält eine Weile inne, seufzt abermals, ihre großen, dunklen Augen werden schwermütig. Pierre, der gutaussehende, brutale, unsagbar potente Pierre. Sie hatte ihn aus Liebe geheiratet, o ja, und es war eine stürmische Liebe gewesen, und so, wie sie veranlagt war, kam sie besser mit ihm zurecht als die zarte Ninette. Wenn er sie schlug, schlug sie zurück. Wenn ihm ihr Essen nicht paßte, warf *sie* ihm die Schüssel an den Kopf. Sie bekam ebenfalls zwei Kinder, zwei Söhne, der eine starb zwar gleich nach der Geburt, doch der andere, à la

bonheur, ein Prachtbursche, eine großartige Karriere steht ihm bevor, der arbeitet bei der Eisenbahn, zunächst noch bei der Gepäckabfertigung, aber Lokomotivführer will er werden oder zumindestens Bahnhofsvorstand, und das werde er auch schaffen, ihr Maxime, bien sûr.

Das alles erfährt der junge Postbote bei Madame Vallin auf das Pult gelümmelt, es ist später Nachmittag, seine Begleiterin für eine knappe Stunde hat das Hotel längst verlassen. Madame Vallin holt sogar eine Flasche Genièvre unter dem Pult hervor und schenkt jedem ein Gläschen ein. Der Patron schaut einmal aus seiner Stube heraus, brummt etwas und verschwindet wieder. Madame Vallin ist noch immer eine energische Person, sie läßt sich auch hier und heute von keinem vorschreiben, mit wem sie redet und ein Gläschen trinkt.

Als der Sturm auf Liège begann, war Madame mit den Kindern aus der Stadt geflüchtet, die Mädchen hatte sie auf einem Bauernhof zurückgelassen, sie waren alt genug, sich um sich selbst zu kümmern, sie selbst war später mit dem Jungen zurückgekehrt. Dann berichtet sie über das Schicksal von Monsieur Vallin. Als er zwangsverpflichtet werden sollte, um in einem deutschen Bergwerk zu arbeiten, ging er in den Untergrund, und da mußte er wohl ziemlich aktiv gwesen sein. Jedenfalls erwischten ihn die Deutschen eines Tages, oder besser gesagt, eines Nachts, mit seiner Franktireurgruppe, als sie aus einem Hinterhalt ein paar deutsche Soldaten umgelegt hatten, und stellten ihn kurzerhand an die Wand.

»Mais, voilà«, schließt Madame die dramatische Geschichte vom Ende ihres Gatten. »C'est la guerre. Ces Allemands, ils sont comme les diables. Mais, dieu les a punis, n'est-ce pas?«

Nach dem dritten Gläschen Genièvre fällt Madame ein, daß die erste Madame Vallin eine Schwester Madeleine gehabt haben soll, die sei als junges Ding durchgebrannt und in den Kongo gegangen. »Ah! Le Congo!« seufzt der Postbote sehnsüchtig und verdreht die Augen. Er gesteht, daß es seit seiner Knabenzeit sein größter Traum sei, in den Kongo zu gehen.

Solch ein Leben in großer Freiheit, bedient von allen Seiten, müsse es nicht herrlich sein?
Madame wiegt zweifelnd den Kopf. Das sei wohl alles auch nicht so, wie man es erzähle. Ein kleiner Mann bleibe auch im Kongo ein kleiner Mann. Natürlich, wenn man reich sei, eine Mine besitze oder eine große Plantage, ja dann...
Reich könne man dort sicher leichter werden als hier, meint der Postler. Aber wie mache man es nun mit dem Brief? Er komme jedenfalls aus Deutschland, den Namen des Absenders weiß er nicht auswendig, nur gerade den Namen Madeleine hat er sich gemerkt. Gerichtet sei er jedenfalls an Ninette Vallin, und deren Spur hat er nun gefunden und gleichzeitig erfahren, daß sie nicht mehr am Leben ist. Ja, meint Madame, da sei aber noch Jeanne Vallin, das einzige von Ninettes Kindern, das am Leben geblieben sei. Sie wohne in Gent.
Mühselig, Schritt für Schritt, bahnt sich der Brief seinen Weg zu Jeannette.
Als ihr Vater wieder heiratete, war Jeannette fünf Jahre alt, ihre Schwester Suzanne acht. Sie bekamen also eine Stiefmutter, aber sie hätten es schlechter treffen können. Zwar war Lucille energisch und temperamentvoll, es gab gelegentlich laute Worte und Ohrfeigen, aber sie war ein Mensch mit Herz und meinte es gut mit den Kindern.
»Zwei hübsche kleine Mädchen waren es«, erzählt Madame, »sehr artig. Der Großen, Suzanne, mußte man manchmal auf die Finger klopfen, sie konnte frech werden, eigenwillig war sie, und sie wußte, wie hübsch sie war. Sie war kaum zwölf, da konnte sie die Männer ganz schön anplinkern.«
Anfang des Krieges jedoch, wie schon berichtet, trennte sich Madame Vallin ohne großen Kummer von den beiden Mädchen, ließ sie irgendwo zurück. Zunächst hatte sie durchaus die Absicht, sie wieder zu holen, aber nachdem dann Pierre im Untergrund verschwunden war, mußte sie sich nach Arbeit umsehen, um sich und ihren Sohn zu erhalten. Wie glücklich sie es traf, läßt sie allerdings unter den Tisch fallen, darüber redet man besser nicht mehr. Tatsache ist, sie hat in der Küche eines deutschen Offizierscasinos abgewaschen, das

war ein höchst lukrativer Posten, da fiel manches für sie und ihren Sohn ab. Eine Zeitlang schlief sie mit dem Küchenbullen, da konnte sie zusätzlich sehr erfolgreich auf dem schwarzen Markt tätig werden, manches ließ sich zur Seite bringen. Allerdings brachte es ihr auch einmal vierzehn Tage Haft ein, doch auch davon mußte sie nicht mehr reden. Das ist vorbei. Passé. C'était la guerre, n'est-ce pas?
Die beiden Mädchen Suzanne und Jeanne jedenfalls hatten großes Glück. Sie hätten es gar nicht besser treffen können, als daß Madame sie im Stich ließ. Von dem Bauernhof jagte man sie allerdings wieder weg, aber sie kamen dann doch sage und schreibe zu den Beginen nach Gent. Da waren sie natürlich gut aufgehoben, wurden wohlbehütet und fromm erzogen. Nur hatte es bei Suzanne leider nicht lange gewährt. Sie lief den guten Frauen davon und begann einen Lebenswandel, den man nicht billigen könne.
»Ts, ts«, macht Madame und wiegt das Haupt mit den gefärbten Locken. »Heißblütig war sie. Das hatte sie von ihrem Vater. Jeanne kommt wohl mehr nach der Mutter. Ninette soll eine Stille und Brave gewesen sein. Sie ist lange bei den Beginen geblieben, Jeannette, meine ich. Nun arbeitet sie in einer Leinenfabrik. Sie wissen ja, Genter Leinen, das ist noch immer weltberühmt. Sie ist verlobt, ja, das ist sie. Ab und zu schreibt sie mir mal ein Brieflein. Eine Zeitlang hat sie mit ihrer Schwester zusammengewohnt. Aber nun ist Suzanne tot.«
»Tot?« fragte der Postler bestürzt, denn inzwischen, dank Madames plastischer Schilderung, sieht er die beiden Mädchen vor sich und hat entschieden, daß ihm Suzanne eigentlich besser gefällt.
Die Schwindsucht, wieder einmal. In ihrem letzten Brief vor ein paar Monaten hat Jeannette mitgeteilt, daß Suzanne gestorben sei.
Es war ein kurzer, aber ein sehr trauriger Brief. Désormais, je suis toute seule, hatte Jeannette geschrieben.
Madame Vallin muß noch ein Gläschen trinken. Der Gedanke an Jeannette macht sie traurig. Eigentlich hat sie ihr schreiben wollen, sie ein wenig trösten, aber sie schreibt nicht

gern Briefe, und sie hat ja auch so wenig Zeit, immer der Ärger mit diesem verdammten Hotel, das ja wohl längst der Teufel geholt hätte mit diesem faulen Dickwanst von Patron und dieser Schlampe von Patronne, wenn sie, Lucille, sich nicht um alles kümmern würde.
»Pauvre petite!« murmelt Madame und wischt eine imaginäre Träne aus den Augenwinkeln. »Portez-moi la lettre. Je l'enverrai à Jeannette.«
So gehe es auch nicht, meint der Junge von der Post. Madame gebe ihm besser die Adresse von Jeanne Vallin, und dann werde die Post den Brief offiziell weiterleiten.
»Comme vous voulez«, murmelt Madame etwas gekränkt.
Und so findet denn Jeanne Vallin an einem Tag Mitte März auf dem wackligen Stuhl in ihrer kleinen Kammer einen etwas schmuddeligen Brief vor mit mehrmals übermalter Anschrift.
Ein Brief aus Deutschland. Der Poststempel ist nicht mehr zu entziffern, der Absender jedoch deutlich lesbar.
Konstanz am Bodensee. Jeannette weiß nicht, wo das ist. Auch der Name Madeleine Goltz ist ihr fremd.
Ma chère Ninette –
Kann Jeannette sich an ihre Mutter erinnern? Kaum. Ein durchsichtiges, zartes Gesicht, das zuletzt nur noch aus den Augen zu bestehen schien, weiches, blondes Haar, eine müde Stimme.
Sie weiß das eigentlich nur, weil Suzanne, die drei Jahre älter war, es ihr so geschildert hat.
»Du bist Mama sehr ähnlich. Du hast ihre blauen Augen und ihr Haar. Und du bist auch so zart. Paß immer gut auf dich auf.«
So spricht Suzanne, als der Husten sie schon schüttelt und das ständige Fieber ihr ein unechtes blühendes Aussehen verleiht. Sie ähnelt der Mutter nicht, sie hat dichtes, braunes Haar, sie ist kräftig und vital, und trotzdem ist sie es, der Ninette die Anfälligkeit für diese Krankheit vererbt hat. Kommt natürlich das Leben dazu, das Suzanne geführt hat. Achtzehn war sie, als sie den frommen Beginen weglief, den Schutz der hohen Mauern und des grünen Gartens verließ, diesen Ort

des Friedens, an dem sie es so gut gehabt hatte wie nie zuvor. Aber sie war hungrig auf das Leben, hungrig auch nach Liebe, sie nützte die Chance nicht, die ihr das Leben geboten hatte.
Oder besser gesagt, die der Krieg bot. Denn deutsche Soldaten hatten die beiden halbwüchsigen Mädchen auf der Landstraße aufgegriffen und zu den Beginen gebracht.
Als der Krieg beginnt, marschieren die deutschen Truppen in Belgien ein. Das heißt, zunächst erbittet man auf diplomatischem Wege den friedlichen Durchmarsch, denn Belgien ist ein neutrales Land. So heißt es jedenfalls.
In Wahrheit macht Belgien schon am 31. Juli 1914 mobil, seine Grenze gegen Deutschland ist befestigt, es gibt keine Lücke zwischen den französischen und belgischen Forts. Den friedlichen Durchmarsch deutscher Truppen lehnt Belgien ab.
Da der Schlieffen-Plan jedoch vorsieht, daß die Deutschen von Norden her nach Frankreich vorstoßen, überschreiten sie also die Grenze und dringen sofort gegen Lüttich vor, um den Maasübergang zu erzwingen.
Ganz so schnell wie gehofft gelingt es nicht. Zwar ist die Innenstadt von Lüttich schon am 6. August in deutscher Hand, die Forts verteidigen sich jedoch tapfer und zeigen erst am 16. August die weiße Fahne.
Diese erste Phase des großen Krieges schadet den Deutschen sehr. Deutschland überfällt ein neutrales Land, wird es jetzt und später heißen. Und von England geht die sogenannte Greuelpropaganda aus, die Geschichten von Raub und Mord, von vergewaltigten Frauen und abgeschnittenen Kinderhänden. Was für Barbaren, diese Deutschen, so schreit die ganze Welt. Alle erdenkbaren Übel sagt man den deutschen Soldaten nach, zu Unrecht, wie auch die wissen, die es niederschreiben. Es geschieht nur das Unrecht, das *immer* geschieht, wenn ein Land in Kriegswirren gerät und von fremden Heeren heimgesucht wird. Doch der Haß auf die Deutschen wird bleiben, den ganzen fürchterlichen Krieg über, er bleibt auch in diesem Land, in dem es keinen Frieden gibt. Noch im selben Jahr sind es die furchtbaren Schlachten in Flandern, die

so vielen deutschen Soldaten das Leben kosten werden, auch 1915 kehrt keine Ruhe ein, und noch 1917 werden die Engländer versuchen, an der flandrischen Front zu stürmen.
Das Land ist besetzt, und da Deutschland rundherum an so vielen Fronten kämpfen muß und die Männer gebraucht werden, reicht die Besatzung nicht aus, um einigermaßen Ordnung im Land zu schaffen. Franktireure haben es leicht; die Schüssse aus dem Hinterhalt, die Explosionen auf Straßen und Gleisen gehören zum täglichen Leben, und die Besatzungsmacht reagiert hart, um das Leben der eigenen Soldaten zu schützen. Brüssel, die Hauptstadt, ist zudem ein dankbares Feld für Spione, Spitzel und Agenten aller Art.
Ein besetztes Land im Krieg, so schrecklich wie erregend, so tödlich wie gleichzeitig überschäumend von Leben und Lust. Das war es, was die achtzehnjährige Suzanne aus dem stillen Beginenhof vertrieb. Sie wollte dabeisein, sie wollte mitmachen, sie wollte teilhaben am Leben und an der Lust – daß es für sie eigentlich nur die Möglichkeit gab, in den Betten der Männer zu landen, dieser oder jener, hatte sie sich wohl nicht klargemacht.
Als sie von Brüssel nach Gent zurückkehrt, im Jahr 1922, sind es nicht mehr die Männer allein, die ihren Körper besitzen, die Krankheit hat bereits von ihm Besitz ergriffen, dauerhafter und intensiver als jeder Mann zuvor.
Aber sie sagt gleichwohl zu ihrer Schwester Jeannette: »Mir hat das Leben Spaß gemacht. Es war einfach wundervoll.«
Jeannette verläßt nun ihr zuliebe die Beginen auch, sie scheidet im guten, mit Dankesworten, und mit der Sicherheit, jederzeit Rat und Hilfe erbitten zu können. Sie hat viel gelernt bei den Beginen, sie ist gebildeter als viele Mädchen ihrer Herkunft, sie ist in Haushalts- und Handwerksarbeiten ausgebildet, und es fällt ihr nicht schwer, in der Leinenweberei La Lys Arbeit zu finden.
Sie zieht mit Suzanne zusammen, und es geht ihnen nicht schlecht, Suzanne hat ein wenig Geld gespart, sie haben ihr Auskommen. Von dem Geld allerdings bleibt nichts übrig, Suzannes Krankheit und die schwere Zeit verbrauchen ihre Ersparnisse.

Aber da hat Jeannette längst Michel kennengelernt, er sagt, daß er sie liebt, sie verloben sich, nachdem er sie seinen Eltern, biederen Handwerksleuten, vorgestellt hat. Suzanne spottet zwar über Michel, über das kleinbürgerliche Leben, das Jeannette erwartet, aber sie weiß, daß es für ihre Schwester das richtige Leben sein wird.
Michel mag Suzanne nicht, ihr herausforderndes Lachen, ihre morbide Schönheit, die immer strahlender wird, je kränker sie wird, und er ist eigentlich froh, als sie endlich tot ist. Jetzt gehört Jeanne ihm allein.
Suzannes Sterben ist schrecklich.
Jeanne weint tagelang, sie ist vor Entsetzen ganz starr, daß es so furchtbar sein kann, in Gottes seliges Reich zu kommen, von dem die Beginen ihr immer erzählt haben. Oder ist es für Suzanne darum so schwer gewesen, weil ihr Leben voller Sünde war?
Nein, an solche Kindermärchen glaubt auch Jeannette nicht mehr. Sie hat schließlich Krieg und Nachkriegszeit miterlebt; und auch wenn sie behütet war, weiß sie doch, wie bitter das Sterben sein kann, auch für einen Menschen, der frei von Sünde ist. Gott wird Suzanne ganz gewiß vergeben. Sie hat gebeichtet und kommuniziert, ehe sie starb, und Jesus hat Sünderinnen ihrer Art die Tür zum Reich Gottes weit geöffnet.
Dennoch weint und trauert Jeannette, sie kommt sich verlassen vor, fühlt sich einsam, und dieses Gefühl täuscht sie nicht, denn der Mensch, der ihr jetzt zur Seite stehen sollte, Michel, ihr Verlobter, hat wenig Verständnis für ihren Kummer, und er verläßt sie Anfang Februar, in den kalten Tagen des Winters. Da ist Suzanne gerade drei Monate tot. Er beteuert zwar bis zuletzt, daß er Jeannette liebt, aber dennoch sind ihm Zweifel gekommen, ob sie wohl die richtige Frau für ihn sei. Oder besser gesagt, seine Eltern und die beiden Schwestern haben diese Zweifel in ihm erweckt und werden nicht müde, mit Warnungen und Mahnungen das Gestrüpp des Mißtrauens wuchern zu lassen, bis seine Liebe darin erstickt.
Hat die sündige Schwester das Mädchen Jeannette nicht doch verdorben? Trägt sie ebenfalls den Keim der schrecklichen

Krankheit in sich und wird ihn seinen Kindern vererben? Aber das Schlimmste von allem ist die Tatsache, daß sie eigentlich nicht zu ihnen gehört, sie ist eine Fremde, eine Wallonin. Er ist Flame.
Der Nationalitätenstreit, der dieses Land von jeher zerrissen hat, ist nach einer gewissen Neutralisierung während des Krieges mit neuer Gewalt aufgebrochen, es kommt sogar zu bürgerkriegsähnlichen Zuständen.
Michel, der bei seinen Eltern wohnt, muß sich jeden Tag das gleiche Lied anhören.
Dieses Mädchen willst du heiraten? Die Schwester einer Hure. Schwindsüchtig die eine wie die andere. Wallonin.
Davon ahnt Jeannette nichts. Sie zieht um in ein kleines, einfaches Zimmer in einem alten Haus am Leiekanal, aber sie wird dort nicht lange bleiben müssen, sie wird ja in diesem Jahr noch heiraten. Das denkt sie. Sie geht wie zuvor jeden Tag zur Arbeit, die Arbeitszeit ist lang, abends ist sie sehr müde, und wer sie sieht, könnte wirklich befürchten, daß die Krankheit auch in ihr steckt. Ein zartes, schlankes, zerbrechlich wirkendes Geschöpf ist sie, furchtsam und scheu, so ein Mädchen, das eigentlich in einem Mann Beschützerinstinkte wecken müßte. Wie bringt es Michel fertig, sie zu verlassen?
Sie treffen sich jeden Sonntag und einmal in der Woche am Abend, das geht nun schon so seit Jahren. Sie hat nie einen anderen Mann gekannt, nie hat ein anderer Mann sie geküßt. Unberührt ist sie sowieso, denn Michel stammt aus ordentlichen Verhältnissen, er macht das Mädchen, das er heiraten will, nicht zu seiner Geliebten. Für gewisse Bedürfnisse gibt es andere Möglichkeiten.
Als Jeannette den Brief aus Deutschland vorfindet, ist es fast drei Wochen her, daß Michel ihr gesagt hat, und zwar aus heiterem Himmel, daß er sie nicht heiraten kann.
»Warum?« hat sie fassungslos und verständnislos gefragt.
»Du bist Wallonin. Meine Eltern erlauben es nicht.«
Sie lebt in Gent, seit sie vierzehn ist, sie spricht Flämisch so gut wie Französisch; den einheimischen wallonischen Dialekt, den sie in den Vorstädten sprachen, hat sie so gut wie vergessen. Die Lütticher sprechen ansonsten ein sehr elegantes

Französisch, dafür sind sie bekannt. Hier in Flandern will man jedoch weder ein elegantes noch ein grobes Französisch hören, eine bitterböse Grenze geht durch das kleine Land.
Jeannette kann das trotzdem nicht verstehen, bisher war *davon* zwischen ihnen nie die Rede. Er hatte zuletzt davon gesprochen, daß man vielleicht doch nicht, wie geplant, bei den Eltern wohnen werde, oder höchstens für die erste Zeit, und daß man dann eine eigene kleine Wohnung nehmen werde, auch wenn Wohnungen teuer seien, aber er würde gern mit ihr allein sein. Und dann hatten sie sich darüber unterhalten, wie sie die Wohnung einrichten würden, was man unbedingt haben müsse und worauf man verzichten könne, denn viel Geld verdient er nicht. Er ist zwar etwas Besseres als sein Vater, er ist Angestellter bei der Stadtverwaltung, aber er ist erst fünfundzwanzig, sein Einkommen ist bescheiden. Noch ein Argument, das er anführt.
»In meiner Stellung kann ich keine Wallonin heiraten.«
Wenn dem so ist, hätte ihm das eigentlich längst einfallen müssen, aber vorher hat er offenbar daran nicht gedacht. Nach allem, was sie erlebt hat, ist das ein schwerer Schlag für Jeannette.
Liebe, natürlich glaubt sie, daß sie ihn liebt. Es ist die einzige Form von Liebe, die sie bisher kennengelernt hat, zärtliche Blicke aus treublauen Augen, Arm-in-Arm-Spazierengehen am Sonntag an den Graachten entlang, die zaghaften, manchmal auch schon recht stürmischen Küsse, ein vorsichtiges Tasten nach ihrer Brust – das ist alles, was sie von Liebe weiß.
Zwar hat Suzanne so manches erzählt, aber eigentlich immer nur über die äußeren Umstände ihres Lebens, über die verschiedenen Männer und ihr Wesen, die darin eine Rolle spielten, aber niemals hat sie Jeannette genau darüber aufgeklärt, wie das, was man Liebe nennt, sich real abspielt. Michel fand sie gräßlich langweilig, und einmal sagte sie sogar: »Lieber sterbe ich, als daß ich solch einen Klotz heiraten würde. Viel Spaß wirst du mit ihm nicht haben, das kann ich dir prophezeien. Hinauf und hinunter, das wird alles sein, was der kann.« Und auch dieser Ausspruch stößt bei Jeannette weitgehend auf Verständnislosigkeit.

Spaß oder nicht Spaß, er hat sie verlassen. Er läßt sie sitzen. Diesmal weint Jeannette nicht, stumm und starr verbringt sie die Tage, geht zur Arbeit, kommt nach Haus in die kleine Kammer, und das Gefühl der Einsamkeit, der Verlassenheit steigt täglich und stündlich wie eine schwarze Mauer um sie, höher und höher, droht sie zu ersticken.
Allein. Da ist kein Mensch, der zu ihr gehört. Keiner.
Sie hat keine Eltern mehr, keine Geschwister, keine Verwandten, keine Freunde. Und Suzanne ist tot.
Wenn es noch Verwandte gibt, kennt sie sie nicht. Sie weiß nur, daß ein Bruder ihrer Mutter nach Amerika ausgewandert ist, sie hat ihn nie gesehen. Einer ist mit dem Circus durchgebrannt, als Junge schon, den kennt sie auch nicht. Einen hat sie gekannt, der älteste Bruder ihrer Mutter, der hatte das Bergwerk verlassen, fuhr zur See und ist mit seinem Schiff untergegangen.
Der einzige Mensch eigentlich, zu dem eine schwache Verbindung besteht, ist ihre Stiefmutter, Lucille Vallin in Liège, ab und zu schreibt sie ihr ein Brieflein, einmal im Jahr, höchstens zweimal. Antwort bekommt sie selten. Aber diesmal, drei Tage, nachdem sie den Brief aus Deutschland erhalten hat, kommt ein Brief von Lucille.
Hast du den Brief aus Deutschland bekommen? Ist es wirklich Deine Tante Madeleine, die ihn geschrieben hat? Und vergiß nicht, Du hast es mir zu verdanken, daß Du ihn überhaupt bekommen hast.
Folgt, etwas verworren, ein Bericht über das Gespräch mit dem Postboten.
Jeannette liest beide Briefe immer wieder. Eine Tante in Deutschland. Was kann ihr das helfen? Das ist ein fremder Mensch, der sie nichts angeht. Der Brief ist ja auch nicht an sie gerichtet, sondern an Ninette, an ihre Mutter.
Ninette, ma chérie, réponds-moi aussitôt que possible.
Also gehört es sich wohl, dieser Fremden in Deutschland mitzuteilen, daß Ninette nicht mehr am Leben ist und darum nicht antworten kann.
Zu diesem Entschluß kommt Jeannette nach einigen Tagen Überlegung, sie setzt sich hin und schreibt:

»Chère Madame...«
Es ist nur eine kurze, lapidare Mitteilung, und wie es dann dasteht, kommt es ihr doch etwas zu unfreundlich vor, also fügt sie noch hinzu, sie sei die einzige von der Familie Vallin, die noch in Belgien lebe, ihre Schwester sei vor kurzem auch gestorben und einer ihrer Onkel auf See umgekommen. Der andere sei in Amerika. Sie sei ganz allein und arbeite in einer Leinenfabrik.
Es sind nichts als Fakten, aber im ganzen klingt es doch ziemlich trübsinnig, ihrem derzeitigen Zustand entsprechend.
Doch am Tag, nachdem sie den Brief zur Post befördert hat, kommt sie auf eine gute Idee. Sie weiß nun, was sie machen wird. Sie geht durch die Stadt spazieren, es ist ein Sonntag, und ihr Weg führt sie am Beginenhof vorbei, dort, wo sie so viele Jahre gelebt hat und wo ihr keiner etwas Böses tat, keiner sie verletzte oder quälte.
Sie wird zurückkehren. Gott sei Dank ist sie noch Jungfrau, sonst ginge es nicht, man wird sie aufnehmen, und sie wird selbst eine Begine werden, wird ihr Leben Gott weihen und den Menschen Gutes tun. Sie hat damals schon in der Krankenpflege gearbeitet, darin wird sie sich weiter ausbilden lassen. Ein wenig getröstet beginnt sie die neue Woche, tut, wie immer, aufmerksam ihre Arbeit, denkt darüber nach, wann sie wohl kündigen muß. Das fällt ihr gar nicht so leicht, man hat sie immer gut behandelt bei La Lys. Vorher, natürlich, muß sie in den Beginenhof gehen und mit der Magistra sprechen. Sie muß wissen, ob man sie überhaupt haben will.
Am Mittwochabend klopft es an ihre Tür, die Frau, der die Wohnung gehört, steckt den Kopf herein: »Ihr Verlobter ist hier, Fröken.«
Das ist nicht ungewöhnlich, Mittwochabend hat Michel sie immer abgeholt, und da die beiden sich manierlich benommen haben, durfte er sie in ihrem Zimmer abholen. Von der Entlobung weiß die Vermieterin nichts. Darüber hat Jeannette nicht gesprochen. Sie schämt sich. Darum ist sie auch jeden Sonntag wie immer spazierengegangen.
Jeannette erschrickt, es ist ein freudiges Erschrecken; und als Michel ins Zimmer tritt, errötet sie.

Er ist also zurückgekommen, alles ist wieder gut.
Er nimmt sie sogleich in die Arme, stürmischer als sonst, preßt sie fest an sich, steckt das Gesicht in ihr Haar. Er liebe sie so sehr, sagt er, es sei schrecklich für ihn gewesen, sie so lange nicht zu sehen.
Jeannette hält still in seiner Umarmung, ihr Herz klopft, und als er sie fragt, ob sie ihn denn auch liebe, nickt sie. Und dann passiert, was noch nie passiert ist. Seine Küsse werden drängender, seine Hände fassen sie fester, er knöpft ihr die Bluse auf, drückt sie auf das schmale Bett. Das kommt so unerwartet, natürlich wehrt sich Jeannette, sie flüstert non! non!, aber sie wehrt sich nicht energisch genug, es darf ja auch nicht zu laut werden, keiner darf etwas hören, und die Einsamkeit der letzten Zeit war so schwer zu ertragen, und wenn er nun doch zurückgekehrt ist und alles gut ist –
Michel verführt sie; ehe sie überhaupt richtig begreift, was da geschieht, ist es schon geschehen. Er hat sich nicht einmal ausgezogen, er hat auch sie nicht völlig ausgezogen, nur ihre Brüste sind nackt, und ihr Rock ist hochgeschoben, er nimmt sie sich gierig und rasch, dann steht er schon wieder auf und knöpft sich die Hose zu. An ihren Schenkeln vermischt sich ihr Blut mit seinem Schleim, sie hat nicht geschrien, obwohl es weh getan hat, Lust hat sie keine empfunden, nur Ekel und Angst, und nun blickt sie fassungslos zu ihm auf, er sagt: »Entschuldige, aber das mußte einfach sein. Ich habe es nicht ausgehalten.« Und dann knöpft er seine Jacke zu, setzt seinen Hut auf, dreht sich um und verschwindet aus ihrem Zimmer.
Wie soll sie das verstehen? Wie kann sie das verstehen?
Nicht an diesem Abend, nicht in den folgenden Tagen; den ganzen Sonntag wartet sie, aber nachdem zwei Wochen vergangen sind, ist sie sich klar darüber geworden, daß dies ihre letzte Begegnung mit ihm war.
Gemein ist er. Gemein. Wenn sie sich je eingebildet hat, Liebe für ihn zu fühlen, so ist nur noch Haß zurückgeblieben, rotglühender, wütender Haß. Sie macht Pläne, wie sie ihn töten könnte. Dann wird man sie als Mörderin hinrichten, und das wird ihr gerade recht sein.

Aber wie tötet man einen Mann, der soviel stärker und kräftiger ist als sie, was er gerade bewiesen hat? Sie kann ihm nicht auflauern und ihn erschlagen. Eine Waffe besitzt sie nicht, um ihn zu erschießen. Sie könnte ein Messer nehmen. Ihn nachts in einen Kanal stoßen. Wenn er nur nicht soviel stärker wäre. Gift? Woher soll sie Gift nehmen? Einen Mörder dingen, der ihn umbringt. So etwas liest man manchmal in Büchern, früher gab es das. Aber wo findet man heute einen Mörder, der für Geld einen anderen tötet? Außerdem hat sie ja kein Geld.

Zu den Beginen kann sie nun nicht zurück, sie ist keine Jungfrau mehr. Es bleibt eigentlich nur ein Weg: sie muß sich selbst töten.

Sie ist eine fromme Katholikin, und sie weiß, daß es Sünde ist; alles, was sie plant, ist Sünde. Ihn zu töten, sich zu töten; was sie auch tut, ihr Weg führt in die Hölle. Sie wird Suzanne nicht wiedersehen, denn *ihr* hat Gott gewiß vergeben, nach allem, was sie hier erlitten hat bei ihrem langsamen Sterben. Sie wird ihre Mutter nicht wiedersehen. An ihren Vater denkt sie auch, möglicherweise trifft sie ihn in der Hölle. Er hat auch getötet, und sie bezweifelt, ob Gott einen Unterschied macht, ob man in einem Krieg tötet oder in der Zeit zwischen den Kriegen. Ihr Vater war ja kein Soldat, also hat er gemordet. Sie steigert sich so in ihre Wahnsinnsgedanken, daß sie krank wird, sie bekommt Fieber, ihr ist übel, sie kann nicht zur Arbeit gehen, man wird sie also hinauswerfen; recht so, sie wollte ja sowieso kündigen.

Sie legt beide Hände an ihre heißen Wangen und denkt: wie bei Suzanne. Ich habe die Krankheit auch. Also werde ich von allein sterben. Dann brauche ich es nicht selbst zu tun. Aber in ihr wohnt nicht der Tod, in ihr wohnt Leben. Sie hat ein Kind empfangen bei dem Überfall des gemeinen Verführers, nur weiß sie es noch nicht. Das Ziehen in ihren Brüsten hält sie für einen Teil ihrer Krankheit, sie bleibt einfach liegen, sie denkt, ich kann es beschleunigen; wenn ich nicht esse und nicht trinke, werde ich sehr schnell sterben, ich werde verhungern und verdursten. Sie weist die Vermieterin ab, die brummend nach ihr sieht; Leute, die nicht arbeiten gehen,

sind ihr verdächtig, die können bald die Miete nicht mehr zahlen.
»Was fehlt Ihnen eigentlich?«
»Nichts. Ich bin nur krank.«
Ich kann es beschleunigen, ich esse nicht, ich trinke nicht, vielleicht kann ich es lernen, nicht mehr zu atmen. Aber vorher würde ich ihn gern umbringen.
Verzeih mir, Gott im Himmel, vergib mir, Herr Jesus, aber ich kann ihm nicht verzeihen. Ich kann es nicht. Nie. Nie. Und wenn ich bis zum Jüngsten Tag in der Hölle bleiben muß. Er ist so gemein. So gemein. Ich wünsche ihm alles Schlechte auf Erden. Krank und elend und vernichtet soll er sein. Unglücklich, wohin er den Fuß setzt. Verdammt die Frau, die er heiraten wird. Verflucht die Kinder, die sie zur Welt bringen wird.
Ungeahntes bricht in diesem sanften, stillen Mädchen auf.
Die Scham über die Erniedrigung, die ihr angetan wurde, erzeugt den ungeheuren Haß, der sie um Sinn und Verstand bringt.
Nach zehn Tagen läßt die Vermieterin Jeannette ins Spital bringen. Rafft die paar Sachen zusammen, die dem Mädchen gehören, und gibt sie dem Krankenträger mit. Jeannette ist fast nicht mehr bei Besinnung, sie redet wirres Zeug, ihre sanften Augen funkeln böse und wild. Sie ist übergeschnappt, denkt die Frau, gut, daß sie fort ist. Als sie das Zimmer aufräumt, sieht sie die getrockneten Blutflecken auf dem Laken.
Aha, so eine war das also. Gut, daß ich sie los bin.
Am nächsten Tag trifft ein Brief aus Deutschland ein.
Die Frau gibt ihn dem Briefträger zurück.
»Die wohnt hier nicht mehr.«
»Und wo wohnt sie jetzt?«
»Weiß nicht. Demnächst auf dem Friedhof. Der ist nicht mehr zu helfen.«
Der Brief geht mit dem Vermerk ›Unzustellbar‹ nach Deutschland zurück. Diesmal ging es schneller.
Ende April trifft Madlon in Gent ein.

Reisen

Madlon hat längst nicht mehr damit gerechnet, überhaupt eine Antwort zu bekommen. Dann aber, Monate, nachdem sie ihren Brief abgeschickt hat, ein kurzes, ziemlich nichtssagendes Schreiben von einer Frau, die offenbar ihre Nichte ist. Fast nur von Toten ist die Rede. Ninette lebt nicht mehr, eine gewisse Suzanne ist kürzlich gestorben, einer ihrer Brüder ist auf See geblieben.
Aber eigentlich nimmt Madlon nur eine Nachricht wahr: ihre Schwester Ninette ist tot.
Es trifft sie tief, denn der Brief erreicht sie in einer ohnedies deprimierten Seelenlage.
Wann ist Ninette gestorben? Wie ist sie gestorben? Und warum? Das alles berichtet der Brief nicht.
Ich habe mich nicht um sie gekümmert, ich habe sie im Stich gelassen. Sicher wäre sie nicht gestorben, wenn ich dagewesen wäre. Dieser gräßliche Mann, der sie nur gequält hat, der ist schuld. Und ich – was habe ich für meine Schwester getan?
So ungefähr sind ihre Gedanken und Gefühle, das steigert sich zu einem Ausbruch, dessen Zeuge Jacob wird.
Der zuckt nur gleichgültig mit den Achseln.
»Was soll das Theater?« fragt er hart. »Für dich ist deine Schwester schon lange gestorben. Mir kannst du nicht weismachen, daß ihr Tod dir nahegeht.«
Madlon sieht ihn haßerfüllt an.
»Dir ist noch nie etwas nahegegangen, dir wird nie etwas nahegehen. Du bist ein Mensch ohne Herz. Du bist ein Egoist, der nur gerade immer das tut, was ihm gefällt. Ein Nichts bist du. Ein Garnichts. Unfähig, irgend etwas zu leisten.«
Er tritt auf sie zu, es sieht aus, als wolle er sie schlagen. Mit wutglitzernden Augen hält sie ihm stand, er dreht sich um,

geht. So weit sind sie jetzt, ein knappes halbes Jahr der Ruhe und Beschaulichkeit hat genügt, ihr Zusammenleben zu zerstören. Hat sie vergessen, daß sie es war, die ihm sagte: Du bist ein Sohn und ein Erbe?
Nun, jetzt lebt er so. Ein Sohn und künftiger Erbe. Und sonst tut er nichts. Er ist ein Kämpfer und ein Abenteurer, ein Landsknecht im Grunde genommen, und es hat immer Männer gegeben, die sich in dieser Lebensform wohl gefühlt haben. Ihm hat man dieses Leben genommen; mit dem, was geblieben ist, weiß er nichts anzufangen. Wirklich nicht?
Es gibt noch einen anderen Grund zum Ärger zwischen Madlon und Jacob. Denn niemand kann es mehr übersehen, Madlon am wenigsten, daß da ein handfester Flirt zwischen ihm und Clarissa im Gange ist. Das hat angefangen mit den vorweihnachtlichen Besuchen, mit seinem plötzlichen Interesse, Clarissa beim Klavierspielen zuzuhören; obwohl nun Weihnachten lange vorbei ist und er keineswegs Dur von Moll unterscheiden kann, spaziert er jeden Tag oder fast jeden Tag um die drei Ecken herum zum Haus der Lalonges.
Kein Mensch weiß, was er da eigentlich tut. Nun, er tut, was er immer tut: nichts. Er lungert da herum, schaut Clarissa zu bei dem, was sie gerade tut, und meist sagt er dann: »Willst du mir nicht etwas vorspielen?«
»Aber jetzt am Vormittag habe ich doch keine Zeit«, erwidert Clarissa und enteilt in die Küche, um dort nach dem Rechten zu sehen.
»Dann komme ich am Nachmittag wieder«, sagt er unverdrossen.
Manchmal wird er auch zum Essen eingeladen und bleibt stundenlang bei den Lalonges. Henri runzelt die Stirn, und Agathe, der das höchst unpassend erscheint, wird zunehmend mißtrauischer.
»Ich könnte ihm ja«, sagt Henri einmal zu seiner Frau, »irgendeinen Posten in der Fabrik anbieten. Was hältst du davon?«
»Gar nichts. Er hat in seinem Leben nicht gearbeitet, er wird auch jetzt nicht arbeiten. Du würdest nur gutes Geld hinauswerfen. Und du erklärst mir jeden Tag, wir müssen uns ein-

schränken, Geld sei knapp. Genausogut könnte ihn Bernhard als Bürovorsteher in der Kanzlei anstellen.«
»Bernhard hat einen sehr guten Bürovorsteher.«
»Und Bernhard würde Jacob nicht anstellen, auch wenn er keinen hätte. Bernhard kann rechnen.«
»Kannst du mir sagen, wovon er lebt?«
»Von Vater. Er braucht ja nicht viel. Er wohnt gratis, er ißt gratis, neu eingekleidet ist er hier angekommen, das hat Madlon besorgt. Er braucht nur Geld für seine Sauftouren. Das läßt er anschreiben, und die Rechnung geht an die Kanzlei.«
»Woher weißt du das?«
»Von Bernhard.«
Dabei sieht Jacob so gut aus wie nie zuvor. Seit Weihnachten kein Anfall mehr, ständige ärztliche Überwachung, gutes Essen, er hat zugenommen, er sieht jung, unternehmungslustig und ausgesprochen attraktiv aus. Und wie es scheint, ist er mit seinem Leben hochzufrieden.
Agathe würde sich schließlich mit seiner Untätigkeit abfinden, er war nie anders. Aber da ist die Sache mit Clarissa, und sie ist nicht bereit, unter gar keinen Umständen, das zu dulden.
Anfangs hat sie es nicht sehr ernst genommen. Clarissa ist klug und besonnen, sie hat Verehrer, wohin sie geht, sie könnte jederzeit eine gute Partie machen. Wer wäre je auf die Idee gekommen, daß dieses überlegene Mädchen auf den abgetakelten Afrikakämpfer hereinfällt?
Januar, Februar, März, der Frühling läßt sich blicken, der See ist offen, die Luft mild und weich, manchmal stürmt der Föhn von den Bergen, manchmal tobt der See übermütig, die Vögel beginnen ein geschäftiges Treiben. Eine unruhige Zeit.
Hortense, die naseweise Zwölfjährige, ist die erste, die ihrer Mutter Näheres mitzuteilen hat. Mädchen in diesem Alter sind sehr wachsam. Außerdem kann sie sich, wenn sie den Fuß auf einen Mauervorsprung setzt, hochziehen und ins Musikzimmer hineinlinsen.
»Die knutschen sich ganz schön, die beiden«, läßt sie so nebenbei eines Tages fallen.

Agathe fährt ihr scharf über den Mund und verbietet ihr derartig kindische Spitzeleien.
»Ich meine nur«, sagt Hortense ungerührt, »die Mädchen kichern schon darüber.«
Agathe kommt also einige Male unversehens ins Musikzimmer, nichts Besonderes ist da zu erblicken. Clarissa spielt, er sitzt im Sessel oder lehnt am Flügel. Manchmal unterhalten sie sich auch, immer im gebührenden Abstand. Oft ist Carl Heinz dabei, er spielt auf der Geige, von Clarissa begleitet. Auch Hortense bekommt Klavierstunden, Clarissa nimmt alles sehr ernst, was die Kinder betrifft.
Agathe erblickt das Paar dann unvermutet ganz hinten im Garten. Es ist ein warmer, sonniger Vorfrühlingstag, der Boden ist noch feucht, alles ist kahl, und doch spürt man den Frühling, kann ihn riechen. Es dämmert schon, Agathe ist früher als erwartet von einer Komiteesitzung zurückgekommen, sie will noch durch den Garten gehen und einen Überblick gewinnen, wann man den Gärtner bestellen muß und was als nächstes zu tun ist.
Ganz hinten im Garten steht eine Laube, sie nennen sie die Rosenlaube, weil sie im Sommer von Kletterrosen umrankt wird, wirklich sehr hübsch, sie sitzen da manchmal an warmen Sommerabenden, wenn es die Mücken nicht zu toll treiben.
Jetzt kann man natürlich noch durchsehen, kein Blatt versperrt die Sicht in die Laube.
Agathe bleibt stehen wie angenagelt. Clarissa und Jacob halten sich eng umschlungen, Körper an Körper gepreßt, sie küssen sich leidenschaftlich. Nicht nur irgend so ein leichter Frühlingsabendkuß, davon kann keine Rede sein, sie küssen sich wie ein Liebespaar.
Scham und Wut steigen in Agathe auf. Niemals hätte sie das von Clarissa erwartet. Schon gar nicht mit diesem verkommenen Bruder.
Sie dreht sich abrupt um, macht sich nicht die Mühe, leise zu sein, geht durch den Garten zurück. Auf den Wegen liegt feuchtes Laub.
Das ist das erste, denkt sie mechanisch, das alte Zeug muß

weg. Warum ist das nicht längst geschehen? Wir haben seit vier Wochen keine Spur von Schnee mehr.
Früher hätte sich Clarissa von selbst darum gekümmert. Jetzt scheint ihr die Leere und Verlassenheit des Gartens gerade recht zu sein.
Beim Abendessen streift Clarissas Blick einige Male Agathe. Aber Agathe ist gelassen und freundlich wie immer, zwei Gäste, Geschäftsfreunde von Henri, sitzen mit am Tisch, Agathe plaudert, man spricht auch über die Wirtschaftslage, über Politik, die Notverordnung vom Februar hat eine schwere Krise gebracht. Vor wenigen Tagen hat sich der Reichstag aufgelöst, also wieder einmal Neuwahlen. Alle sind sich einig, daß sie eigentlich Stresemann wieder gern als Reichskanzler hätten. Später sitzt man noch bei einem Glas Wein im Salon, Clarissa zieht sich bald zurück, sie habe noch Briefe zu schreiben. Agathe blickt ihr aus schmalen Augen nach. Ihr Plan ist schon fertig.

Am nächsten Vormittag läßt sie, gleich nach dem Frühstück, Clarissa ganz offiziell von einem der Mädchen in ihr kleines Wohnzimmer rufen, das ihr als Büro dient.
Clarissa, hübsch und schlank, grauer Rock, wie immer tadellos weiße Bluse, das Haar sittsam hochgekämmt, kommt mit einem Lächeln.
Ein etwas unsicheres Lächeln. War es Agathe, oder war sie es nicht, gestern im dämmerigen Garten? Als sie sich von Jacob löste, war es ihr, als habe sie Agathes schmalen Rücken gesehen. Warum sich etwas vormachen? Sie weiß, daß es Agathe war. Fragt sich nur, ob Agathe *sie* gesehen hat.
Darüber bleibt sie nicht lange im Zweifel.
»Setz dich, mein Kind. Wir haben einiges zu besprechen.«
»Ja, bitte«, sagt Clarissa artig und setzt sich auf die Kante des grün bezogenen Stuhles.
Agathe lehnt sich zurück, sie sitzt am Schreibtisch, die Platte vor ihr ist dicht besät mit Rechnungen, Briefen, Merkzetteln, Anweisungen. Sie kommt ohne Umschweife zur Sache.
»Du hast seit langem den Wunsch geäußert, deinen Cousin Hubert in Bern zu besuchen. Ich würde sagen, das wäre jetzt

ein günstiger Zeitpunkt. Er ist ja, soviel ich weiß, Chefarzt einer Klinik, da könntest du dich schon ein wenig umsehen, und du kannst dich von ihm beraten lassen. Auf dem Hinweg wirst du dich in Zürich immatrikulieren lassen. Du könntest im Sommersemester dein Studium beginnen. Ich werde dich gern begleiten, oder Henri wird dich begleiten, wenn du meinst, du kannst das nicht allein. Sollte es Schwierigkeiten geben mit einer so kurzfristigen Immatrikulation, wird dir sicher dein Cousin helfen. Ich überlege gerade, daß es also besser sein wird, du fährst *zuerst* zu ihm und dann nach Zürich. Du stehst ja immer mit ihm in Briefverbindung, nicht wahr?«

Clarissa nickt, sprachlos.

»Er hat dich ja auch immer wieder eingeladen, nicht wahr?«

Clarissa nickt wieder.

»1921, wenn ich mich recht erinnere, hast du ihn das letzte Mal gesehen, da war er für einige Tage in Konstanz. Du gingst noch ins Lyzeum und hast ihm erzählt, daß du Medizin studieren willst. Ich war dabei, ich weiß noch, daß er diese Ankündigung sehr wohlwollend aufgenommen hat. Er sagte damals: ›Ich werde mich freuen, Clari, wenn du eines Tages als Assistenzärztin in meine Klinik kommst.‹ Das sagte er doch, nicht wahr?«

»Das hast du dir gut gemerkt«, sagt Clarissa tonlos.

»Du nicht? Du warst damals ganz begeistert. Ich bin der Meinung, es ist höchste Zeit, daß du mit deinem Studium beginnst. Du kannst natürlich auch in Deutschland studieren. Aber du hast immer von Zürich gesprochen. Heute ist Mittwoch, in den nächsten Tagen werden wir alles vorbereiten, du könntest Montag reisen. An deinen Cousin wirst du heute noch ein Telegramm absenden.«

Keine Frage, keine Erörterung, kein Für und Wider – ein Marschbefehl.

»Das kommt sehr plötzlich«, murmelt Clarissa. Das Blut ist ihr in den Kopf gestiegen, sie muß sich beherrschen, um nicht ihren Zorn darüber zu zeigen, daß man sie wie ein ungezogenes Kind wegschicken will.

Agathe hat sie also gestern gesehen im Garten, trotz der Dämmerung. Sie hat gesehen, wie sie sich küßten. Wie er seine Hand unter ihre Bluse schob. Jeder hätte sie sehen können. Sie muß verrückt gewesen sein.

»Du willst mich also los sein«, sagt sie verbittert.

»Wenn du es unbedingt so ausdrücken willst«, erwidert Agathe kühl.

»Du warst aber früher gar nicht so dafür, daß ich studiere.« Jetzt verliert sie die Ruhe, Tränen zittern in ihrer Stimme.

»Nicht so sehr. Ich dachte, du würdest bald heiraten. Du bist eine gute Partie, und es gibt genügend Männer, junge, ordentliche, gesunde Männer«, sagt sie betont, »die dich sicher gern heiraten würden.«

»Aber ich liebe ihn«, ruft Clarissa leidenschaftlich.

»Das bildest du dir ein. Es gibt nichts, was man sich so sehr einbilden kann wie das, was man Liebe nennt. Mein Bruder ist ein Taugenichts. Es tut mir leid, daß ich das sagen muß, denn er ist mein Bruder, aber wir haben jetzt ja Zeit genug gehabt, uns ein Urteil darüber zu bilden.«

»Er ist aus dem Krieg gekommen. Er ist krank.«

»Es sind viele Männer aus dem Krieg gekommen, viele davon krank oder verkrüppelt oder für alle Zeiten invalid. Jacob ist nicht so krank, daß er zu jeder Art von Tätigkeit unfähig wäre. Und der Krieg ist immerhin jetzt seit über fünf Jahren vorbei. Was glaubst du, was ein Mann tut, der nicht zu Hause unterkriechen kann?«

»Er würde ja gern etwas tun, er weiß nur nicht, was.«

»Sehr schön, geben wir ihm Zeit zu überlegen«, meint Agathe sarkastisch, »und es wird besser sein, du störst ihn nicht dabei. Ganz nebenbei darf ich dich vielleicht noch darauf aufmerksam machen, daß er verheiratet ist.«

»Er ist nicht verheiratet.«

»Bitte?«

»Das ist keine richtige Ehe. Irgend so ein Medizinmann hat sie im Busch verkuppelt.«

Jetzt klingt Gehässigkeit in Clarissas Stimme, ihr Blick ist hart und böse.

Agathe betrachtet sie mit einer gewissen Verwunderung.

197

»Erstaunlich!« sagt sie dann langsam. Sie lehnt sich in ihren Sessel zurück, die Finger ihrer rechten Hand trommeln leise auf ein Blatt Papier, die Metzgerrechnung vom vergangenen Monat.
Sie hatte sich eingebildet, Clarissa gut zu kennen, ihre Vorzüge, ihre Talente, ihre Schwächen. Doch, die auch. Egoistisch, ehrgeizig, selbstsüchtig. Dafür ist Agathe nie blind gewesen. Gehässig ist sie also auch.
»Ich weiß nichts darüber, wie diese Ehe geschlossen wurde«, sagt Agathe nach einer Weile, und ihre Stimme ist kalt wie Eis. »Soviel ich weiß, gab es in den deutschen Kolonien eine sehr ordentliche Verwaltung, also wird man wohl auch diese Dinge ordentlich abgewickelt haben.« Sie hebt die Hand, als Clarissa sie unterbrechen will. »Mag das sein, wie es will, die beiden haben mitten im Krieg geheiratet, hier oder dort, möglicherweise unter seltsamen Umständen. Das geht uns nichts an. Jacob hat sie hier als seine Frau eingeführt, als seine Frau wird sie hier angesehen. Und ich verbiete dir«, bisher war ihre Stimme leise, jetzt steht sie auf, ihre Stimme wird laut und hart, »ich verbiete dir, jemals noch vor meinen Ohren eine derartige Unverschämtheit über meinen Bruder und seine Frau zu äußern. Geh sofort auf dein Zimmer und fang an, deine Sachen zu ordnen. Du nimmst zwei Koffer und eine Reisetasche, das andere wird dir nachgeschickt. Hier, in diesem Haus, will ich dich erst wieder sehen, wenn du zur Vernunft gekommen bist.«
Clarissa ist auch aufgesprungen, ihre Augen stehen voll Tränen, Tränen der Wut, ihre Stimme ist erstickt, aber sie kann die Worte nicht unterdrücken: »Du kannst ihn nicht daran hindern, mich in Zürich zu besuchen. Und dort können wir tun, was wir wollen.«
»Nein, ich kann ihn nicht daran hindern. Wenn sein Vater ihm das Reisegeld gibt, kann er dich besuchen. Und ihr könnt tun, was ihr wollt. Es trifft sich sogar ausgezeichnet. Im nächsten Monat wirst du mündig. Dann kannst du mit deinem Leben machen, was du willst. Bisher habe ich mich dafür verantwortlich gefühlt. Und das tue ich noch so lange, bis du in der Schweiz angekommen bist. Dann tu, was du willst.« Die letz-

ten Worte kommen schneidend, voller Verachtung. »Und nun geh mir aus den Augen.«

Agathe und Clarissa, ein Herz und eine Seele, mehr noch, ein Kopf und ein Gedanke bis jetzt, und nun dies. Ist es möglich, daß ein Mädchen wie Clarissa sich so in Liebe, in Verliebtheit verstrickt? Oder ist es nur, weil sie diesen Mann einfach haben will?

Sie kann sich das alles leisten. Sie ist reich. Von ihrem Vater her gehört ihr die Hälfte der Fabrik, sie kann studieren, sie kann heiraten, sie kann ohne Heirat mit einem Mann zusammenleben, freie Liebe ist heutzutage modern. Wenn nicht gerade wirtschaftlich sehr schlechte Zeiten kommen, was man natürlich nie wissen kann in einer so verrückten Zeit wie dieser, ein verlorener Krieg, Inflation, hohe Reparationszahlungen, politische Unruhen, nein, man weiß es natürlich nicht, was kommen wird, wenn also nicht sehr schlechte Zeiten kommen, eine Wirtschaftskrise beispielsweise, wird sie immer ein reichliches Auskommen haben.

Jetzt verläßt sie also die Stadt und die Familie, in der sie aufgewachsen ist.

Man wirft sie hinaus.

Eine Weile sitzt sie in ihrem Zimmer und heult. Dann fängt sie an, ihre Sachen durchzusehen, was sie mitnimmt, was zunächst hierbleiben kann. Viel zu tun ist nicht, alles ist ordentlich gewaschen und gebügelt, saubere Wäsche, Blusen und Kleider mehr als genug. Sie braucht sie nur in den Koffer zu legen.

Es kommt die Zeit, in der Jacob, wie er es zu nennen pflegt, auf seinem Morgenspaziergang mal kurz vorbeischaut.

Clarissa muß ihn sprechen, aber nicht jetzt und nicht hier im Haus. Es wäre auch gar nicht möglich, denn Jacob wird von Agathe empfangen, sehr freundlich, zu einem Himbeergeist eingeladen.

»Clarissa hat keine Zeit, sie packt.«
»Sie packt? Will sie denn verreisen?«
»Sie verläßt uns auf längere Zeit. Sie beginnt ihr Medizinstudium.«
»Aber –«

Agathe lächelt. Jacob versteht. Sie waren wohl etwas leichtsinnig in letzter Zeit.
»Das ... das tut mir aber leid«, bringt er schließlich hervor und blickt seine Schwester mit dem unschuldigen Bubengesicht an, das er schon vor zwanzig Jahren gut hinbrachte.
»Ja, das glaube ich«, sagt Agathe trocken. »Aber es geht nicht an, daß meine zwölfjährige Tochter und das Personal in diesem Hause euch in verfänglichen Situationen beobachten.«
Ihre eigene Beobachtung verschweigt sie, es macht sie verlegen und wütend zugleich, den eigenen Bruder in dieser Situation gesehen zu haben.
»Wir müssen nicht weiter darüber reden, Jacob. Es wäre mir lieber und dir vermutlich auch. Ich verlange nur dein Ehrenwort, daß du Clarissa nicht nachreisen wirst, daß du sie in Ruhe lassen wirst. Du warst ja schließlich Offizier. Da kann ich dein Ehrenwort erbitten.«
Es entsteht eine längere Pause. Jacob weiß nicht, was er sagen soll. Agathe fragt: »Noch einen?« Und als er stumm nickt, füllt sie sein Glas wieder, duldet es widerspruchslos, daß er sich eine Zigarette anzündet.
Er sagt nicht, wie Clarissa: ich liebe sie.
Er sagt schließlich: »Eigentlich kannst du so was doch gar nicht von mir verlangen.«
»O doch. Ich fordere dein Ehrenwort, daß du dich von Clarissa fernhältst. Dann bleibt die ganze Sache unter uns. Ich nehme an, deine Frau wird nicht so ganz ahnungslos sein, dazu ist sie zu klug. Aber ich möchte nicht, daß die Eltern oder Imma und ihr Mann davon erfahren. Auch Henri nicht. Und ich denke, du bist dir darüber klar, wenn du Clarissa nachreist, sie wird übrigens in der Schweiz studieren, wirst du von ihrem Geld leben müssen. Ich weiß nicht, ob sich das mit deiner Ehre als Offizier verträgt. Allzuviel Geld wird es nicht sein. Sie bekommt von Henri, was sie zum Studium und zu ihrem Unterhalt braucht, ansonsten arbeitet ihr Geld in der Fabrik. Und die Gewinne sind nicht mehr so hoch, wie sie einmal waren. Bei weitem nicht.«
»Du bist ein Ungeheuer«, sagt Jacob, nicht ohne Anerkennung.

Agathe lächelt.
»Ich denke, daß ihr mir alle zu Dank verpflichtet seid. Habe ich jetzt dein Ehrenwort?«
»Also gut, bitte. Du hast es. Aber ich darf mich wenigstens von ihr verabschieden?«
»Selbstverständlich. Am Samstagabend hier im Haus. Ein paar Freunde werden kommen, wir werden alle Abschied von ihr nehmen.«
Damit ist er entlassen. Er verläßt das Haus, geht hinunter zum See, pfeift vor sich hin. Es ist nicht gerade so, daß ihm das Herz bricht. Das war ganz nett, der Flirt mit der Kleinen. Die Initiative ging von ihr aus, und natürlich hat es ihm gefallen. Aber zuletzt ist es ihm doch ein wenig über den Kopf gewachsen. Seit dem Tag nämlich, und das ist noch nicht lange her, als sie sagte: »Aber richtig verheiratet, das seid ihr doch gar nicht.«
»Wie meinst du das?« hat er verblüfft gefragt.
»Na ja, Madlon hat mal erzählt, ihr seid schon eine ganze Weile zusammen gewesen, und dann, schon im Krieg, hat einer von deinen Kameraden gesagt, eigentlich könnten wir mal eine Hochzeit feiern.«
Genauso war es. Da waren sie zwei oder drei Jahre zusammen, er wußte es nicht auf den Tag. Nur an *den* Tag erinnert er sich genau, als er sie in einer Hafenkneipe in Daressalam zum erstenmal sah. Ein Postschiff aus Deutschland war angekommen, und sie saß auf dem Tisch und sang, einer klimperte dazu auf der Gitarre – in den Wald mit ihrem Körbchen, videralla, videron, Mohn zu suchen, ging Madlon, videralla, videron – davon blieb ihr der Name. Sie flirtete mit einem der Schiffsoffiziere, sie war ein tolles Frauenzimmer damals, alle Männer waren verrückt nach ihr. Aber er hatte sie im Handumdrehn allen weggeschnappt. Mein Gott, er war ja auch ein Bursche damals! Größer als die anderen, kräftiger, strahlender. Sie sahen sich an, und später ging sie mit ihm fort.
Im Krieg dann also, im Busch, jeder wußte inzwischen, daß sie zusammengehörten, und sie waren alle gute Kameraden, vom General bis zu den Unteroffizieren, und die Askaris mit

ihren Frauen gehörten auch dazu, und einer sagte: Heute ist der richtige Tag, eine Hochzeit zu feiern. Madlon und Jacob, ihr seid dran. Am Tag zuvor hatten sie die Engländer erfolgreich in die Flucht geschlagen und eine Menge Whisky dabei erbeutet. Whisky, Gewehre, Munition, sie waren in Siegerstimmung.

Der Missionar, der schon eine Weile mit ihnen zog, aus seiner Missionsstation hatten ihn die Engländer vertrieben, und er war überhaupt ein etwas heruntergekommener Saufaus, aber ein guter Kumpel, der nahm die Trauung vor. Auch das ging ganz schnell. Ich erkläre euch zu Mann und Frau. Nur hatten sie sich in falscher Sicherheit gewiegt, die Engländer kamen schon am Nachmittag zurück und vertrieben sie aus dem Lager, sie mußten tiefer in den Busch flüchten und ein neues Lager suchen. Verluste hatten sie auch, sogar erhebliche. Keine so lustige Hochzeit also, wenn man es genau betrachtete.

»War es ein katholischer oder ein evangelischer Missionar?« fragt Clarissa listig.

»Evangelisch, glaube ich. Er kam übrigens bei dem Überfall um; uns zu verheiraten, war die letzte Amtshandlung seines Lebens gewesen. Er starb sehr schön, die Kugel traf ihn mitten in die Stirn, und er war restlos besoffen.«

Das ist sein alter Landsknechtston, er sagt das ohne Bewegung und ohne Dramatik, Clarissa schaudert es leicht, aber leider schaudert es sie angenehm. Was für ein Leben! Was für ein Mann!

Aber nun wird Clarissa verschwinden, und das ist vielleicht ganz gut so, nur wird er sich überlegen müssen, wo und wie er seine Tage verbringt.

Es fällt ihm auch gleich etwas ein. Er sagt zu Madlon, das ist am Dienstag darauf: »Weißt du was, wir werden jetzt Tante Lydia und den Onkel General besuchen, das ist schon lange fällig.«

Am Tag zuvor ist Clarissa abgereist. Am Samstag hat Madlon dem Abschiedsabend beigewohnt, ein paar Leute waren eingeladen, nicht viele, meist Schulfreunde und Altersgenossen von Clarissa, es gab nur belegte Brote und Wein, und es dau-

erte nicht lange. Clarissa war blaß und schweigsam. Agathe lächelte, ganz Herrin der Situation. Henri schien etwas verlegen zu sein. Die einzige anzügliche Bemerkung kam von Hortense, der erlaubt worden war aufzubleiben.
Sie sagte: »Na ja, Zürich ist ja nicht aus der Welt. Und wenn man bedenkt, wie lang Semesterferien sind.«
Daraufhin wurde sie von ihrer Mutter zu Bett geschickt.
Madlon hat sich klugerweise jeden Kommentar erspart. Daß da was im Gange war, weiß sie schließlich, und daß es offenbar weiter gegangen ist, als sie vermutete, beweist Clarissas plötzliche Verbannung. Auf Agathe kann man sich verlassen.
Imma, die mit ihrem Mann auch zugegen war, hat zu Madlon gesagt: »Ich hab gar net gewußt, daß sie doch noch studieren will.«
»Vielleicht hat sie es selber nicht gewußt.« Das ist die einzige süffisante Bemerkung, die von Madlon fällt, Jacob blickt sie kurz an, und Imma fragt erstaunt: »Wie meinscht du denn des?«
Als sie zu Hause sind, setzt Jacob zu einer Art Erklärung an, aber Madlon schneidet ihm das Wort ab.
»Ach, laß doch. Es interessiert mich nicht.«
Es interessiert sie wirklich nicht, sie ist viel zu sehr mit sich selbst beschäftigt. Sie langweilt sich zu Tode, das angenehme, ruhige Leben soll der Teufel holen, sie mag nicht mehr lesen, nicht mehr stricken, überhaupt jetzt, da die Tage länger werden, der Frühling in ihr kribbelt, hat sie das Gefühl, die Decke fällt ihr auf den Kopf. Sie ist viel unterwegs, zu Fuß oder mit dem Wagen, meist allein, sie kennt inzwischen von Konstanz jeden Winkel, sie ist den ganzen Untersee hinauf- und hinuntergefahren, und sie war sogar noch einmal drüben bei Jona. Allein.
Wenn Jona sich darüber gewundert hat, zeigt sie es nicht. Die Frühjahrsarbeiten auf dem Hof haben begonnen, und Madlon fragt: »Kann ich nicht auch was tun?«
Sie reitet mit Tango auf den nassen Feldwegen entlang, er ist übermütig, auch er hat den Frühling im Sinn, er macht die tollsten Kapriolen, geht auch einmal mit ihr durch, und Mad-

lon kommt erhitzt und glücklich zurück. Jona sagt: »Paß bloß auf mit dem Pferd! Der kann ein kleiner Teufel sein.«
»Er ist ein Schatz! Ich liebe ihn.«
»Wenn dir etwas passiert, macht Jacob uns verantwortlich.«
»Jacob ist es egal, ob mir etwas passiert«, Madlon sagt das lächelnd, ohne jede Bitterkeit, »und außerdem weiß er gar nicht, was Verantwortung ist.«
Jona und Rudolf tauschen einen Blick. Sie sind zwar weit weg, auf dem anderen Ufer, aber sie wissen doch immer recht gut, was drüben vor sich geht. Wenn Jona nach Konstanz kommt, spricht sie mit Ludwig und mit Eugen, auch mit Berta, und sie trifft auch ihre Töchter. Das eine oder andere erfährt sie. Den Rest reimt sie sich zusammen.
Sie sagt während Madlons Aufenthalt auf dem Hof, er dauert diesmal fast eine Woche: »Möchtest du denn gern wieder fort von Konstanz?«
»Ich weiß nicht, was ich will. Ich habe ein wunderbares Leben da drüben, aber –«
Aber! Das ist es eben, sie hat nichts zu tun. Jona kann das voll und ganz begreifen. Was macht eine Frau wie diese, noch jung und vital, wenn sie bloß auf dem Stuhl sitzen muß und zum Fenster hinausschauen. So schön können See und Berge gar nicht sein, um ein Leben auszufüllen.
»Ob ich wohl segeln lernen könnte?« fragt Madlon eines Tages. »Ich glaube, das würde mir Spaß machen.«
»Kannst du denn schwimmen?« fragt Rudolf.
»Nein.«
»Na, dann würde ich das zuerst einmal lernen. Komm im Sommer herüber, ich bringe es dir bei.«
Sie duzen sich jetzt alle drei, das hat sich ganz von selbst ergeben. Auch der Flirt zwischen Madlon und Rudolf scheint ganz selbstverständlich zu sein, er blüht ganz schnell auf, bei Madlon ist das immer so, das erste Mal küßt er sie, als sie erhitzt von einem Ausritt zurückkommt, er hebt sie vom Pferd, sie lacht strahlend, legt beide Arme um seinen Hals, und da küßt er sie. Und sie küßt ihn auch.
Als sie nach einer Woche wegfährt, sagt sie: »Es ist Zeit, daß ich verschwinde, hier wird es gefährlich.«

»Alles hätte ich erwartet, nur nicht, daß du ein Angsthase bist«, kontert Rudolf, und Madlon darauf: »Hüte dich vor mir! Ich fresse einen Mann, wenn ich ihn mag.«
So gesehen hat Madlon wirklich keinen Grund, Jacob Vorwürfe zu machen. Wenn sie nicht auf Jona Rücksicht nehmen würde, wäre sie sehr schnell viel weiter gegangen, als Jacob seinerseits mit Clarissa weiterkommen konnte.
Jona hat das Geplänkel der beiden lächelnd und ohne jede Eifersucht mit angehört. Nur Bärbel errötet manchmal. Es sind ihre letzten Wochen auf dem Hof, im April fährt sie nach Hause, im Mai wird sie heiraten, sie sind alle eingeladen.
Madlons Besuch auf dem Hof findet statt, ehe der erste Brief aus Gent kommt. Sie hat Jona erzählt, daß sie an ihre Schwester geschrieben hat und keine Antwort bekommen.
»Ich mache mir große Vorwürfe, daß ich mich so lange nicht um sie gekümmert habe. Und ich *muß* einfach wissen, was aus ihr geworden ist.«
Als sie wieder in Konstanz ist, kommt der Brief von Jeannette, in dem steht, daß Ninette gestorben ist.
Madlon schreibt an Jeannette und bekommt den Brief zurück. Unzustellbar.
»Was soll das denn heißen? Gerade hat sie mir geschrieben, unter dieser Adresse. Wieso ist sie plötzlich verschwunden?«
»Sie ist halt weggezogen. Nun hör auf mit deiner Sippe in Belgien. Die wollen so wenig von dir wissen wie du von ihnen. Deine Schwester, na gut, das war etwas anderes. Da weißt du nun Bescheid.«
Madlon bekommt einen eigensinnigen Zug um den Mund.
»Ich werde hinfahren.«
»Was wirst du?«
»Hinfahren. Ich brauche den Wagen.«
»Nach Belgien?«
»Nach Gent. Ich will wissen, wieso die Kleine mir nicht mehr antwortet.«
»Du bist total verrückt. Und mit dem Wagen, das kommt überhaupt nicht in Frage. Bis nach Belgien! Weißt du, wie weit das ist?«

»Hach, da muß ich bloß lachen. Das sagst ausgerechnet du? Was gibt es in Europa schon für Entfernungen!«
Sie streiten erbittert wegen des Wagens. Jacob braucht ihn, um nach Bad Schachen zu fahren, er ist angemeldet, er wird Lydia und Max Joseph auf jeden Fall besuchen, und wenn sie nicht mitkommen will, bitte, soll ihm das auch recht sein. Außerdem ist der Wagen so taufrisch nun auch nicht mehr. Eine Fahrt nach Belgien, auf teilweise sicher sehr schlechten Straßen, würde ihm vermutlich den Garaus machen.
»Und einen neuen werden wir uns kaum mehr kaufen können«, gibt er zu bedenken.
»Da kannst du recht haben«, erwidert Madlon höhnisch. »Obwohl du ja nun dran wärst. Den ersten Wagen habe ich gekauft, jetzt kaufst du den nächsten.«
Er starrt sie erbittert an und dreht ihr den Rücken zu, geht aus dem Zimmer.
Solche Gespräche finden nun manchmal statt. Sie haben kein Geld mehr, gar keins. Das heißt, Madlon hat den Rest der Dollars, viel ist es nicht mehr, beiseite gebracht, und da sie ihr Verhältnis nicht damit belasten will, daß sie das Geld vor ihm versteckt, in seiner Wohnung, in seines Vaters Haus, hat sie das Geld Bernhard gegeben, mit der Bitte, es für sie aufzuheben.
»Soll ich es auf der Bank anlegen?« hat Bernhard sachlich gefragt.
»Das wird sich kaum mehr lohnen.«
»Das lohnt sich immer. Und ich finde es gut und richtig, wenn du eine gewisse Summe zu deiner eigenen Verfügung hast.«
Erstaunlicherweise hat Bernhard nämlich eine regelrechte Sympathie für die ungewöhnliche Schwägerin entwickelt, die nach wie vor oft zu ihnen ins Haus kommt, von Imma nach wie vor bewundert, von den Kindern zärtlich geliebt.
Für den Bruder seiner Frau hat Bernhard nicht das geringste übrig. Er spricht nicht mit Imma darüber, denn sie will das nicht hören, aber er ist in diesem Fall einer Meinung mit Agathe: ein Taugenichts und Nichtstuer, der Herr Schwager. Krieg hin und Afrika her, irgendwann muß ein erwachsener

Mann, der Mitte der Dreißig ist, zu einem normalen Leben finden.
Der Streit um den Wagen geht weiter, Madlon besteht darauf, mit dem Wagen zu fahren, es ist schließlich meiner, trumpft sie auf, es weitet sich zu dem bösesten Streit aus, den sie je hatten. Geschlichtet wird er dann von Jona, die überraschend wieder einmal herüberkommt und zu Madlon sagt: »Was für eine unsinnige Idee, mit dem Auto zu fahren. Es ist doch wirklich zu weit. Auch wenn der Bodensee für euch eine Pfütze ist und Europa ein Suppenteller, so ist es doch eine arg weite Fahrt. Und du ganz allein. Warum willst du es dir so schwer machen? Ich bin sicher, von Basel aus geht ein Nachtzug nach Brüssel oder wenigstens nach Paris, du fährst bequem im Schlafwagen, das ist doch viel vernünftiger.«
Unvernünftig ist Madlon noch nie gewesen, sie sieht es ein. Sie wird mit dem Zug fahren. *Daß* sie fahren soll, dafür ist Jona auch. Nachdem sie nun einmal angefangen hat, sich um die Familie zu kümmern, soll sie nicht auf halbem Weg stehenbleiben. Außerdem denkt sich Jona, daß es Madlon sehr guttun wird, ein paar Wochen auszufliegen. Jona weiß, daß Madlon es braucht. Und sie denkt auch noch weiter, sie sagt: »Falls du Geld brauchst, sag es mir. Du kannst es von mir bekommen.«
»Danke, das ist lieb. Ich hab noch was.«
So fährt also Madlon mit dem Zug nach Brüssel, Jacob mit dem Wagen nach Bad Schachen. Für beide ist es eine Reise in die Vergangenheit. Jacob wird mit dem General den ganzen Afrikafeldzug von A bis Z noch einmal durchkämpfen. Und Madlon wird den Spuren ihrer Familie nachgehen. Das heißt, was davon noch übrig ist, und das ist eigentlich nur das verschollene Mädchen.
Beide tun die Reise zur rechten Zeit: Der General wird im nächsten Jahr sterben, und das Mädchen Jeannette braucht Hilfe.
Beide Begegnungen, die Jacobs mit dem General und die Madlons mit ihrer Nichte Jeannette, werden ihr Leben verändern.

Besuch in Gent

Im Hospital hat man nicht allzuviel mit Jeannette anfangen können. Die Untersuchung ergibt, daß sie zu mager ist, anämisch, sich in einem latenten Erregungszustand befindet, aber Anzeichen einer ernsthaften Krankheit entdeckt man nicht an ihr. Natürlich wird die Lunge genau untersucht, nachdem sie, nachdrücklich befragt, zugeben mußte, daß sowohl ihre Mutter als auch ihre Schwester an Tuberkulose gestorben sind.
Eine Anfälligkeit für diese Krankheit sei zweifellos vorhanden, meint der Arzt, und eine Ansteckung sei zu befürchten, nachdem sie mit ihrer Schwester zusammengelebt habe. Allerdings seien zur Zeit noch keine Anzeichen der Krankheit erkennbar. Empfehlenswert sei ein längerer Aufenthalt auf dem Land, bei guter Ernährung, ob sie denn keine Verwandten auf dem Land habe?
Jeannette schüttelt den Kopf. Sie hat überhaupt keine Verwandten. Sie liegt so kümmerlich und unglücklich in ihrem Bett, daß der Arzt unwillkürlich zögert, ehe er weitergeht.
Ob sie sonst einen Kummer habe?
Kummer? Sie ist krank vor Scham und Haß und Wut, aber eine psychiatrische Behandlung ist in dem Saal von zwanzig Betten, in dem sie liegt, nicht vorgesehen.
Der Arzt ist ein erfahrener Mann.
»Eine Liebesgeschichte? Sind Sie vielleicht schwanger?«
Jeannette weist diesen Verdacht empört von sich. Das böse Funkeln ist wieder in ihren Augen, das früher nie darin zu finden war.
Ein wenig hysterisch, das gute Kind, denkt der Arzt, und natürlich steckt ein Mann dahinter. Dann geht er weiter.
Ob sie schwanger ist? Hat sie nicht selbst schon daran gedacht?

Das Hospital ist keine Wohltätigkeitsanstalt, nach acht Tagen wird sie entlassen und steht auf der Straße. Sie geht nicht zu dem Haus zurück, in dem sie bis jetzt gewohnt hat. Erstens weiß sie, daß sie dort nicht mehr willkommen ist, zweitens will sie das Zimmer nicht mehr wiedersehen, in dem ihr diese Schmach angetan wurde.

Es ist Frühling, ein wenig windig und kühl noch, sie steht an einer Graacht und starrt hinein.

Sind Sie vielleicht schwanger?

Ihre Periode ist ausgeblieben, sie hätte längst kommen müssen. Aber das kann die ganze Aufregung oder das, was mit ihr geschehen ist, verursacht haben. Morgens ist ihr übel, aber war das nicht früher auch schon so? Ein niedriger Blutdruck und ein wenig bleichsüchtig, das hat man ja festgestellt, da ist einem schwindlig, wenn man morgens aufwacht. Seltsam ist dieser ziehende Schmerz in der Brust, aber auch das kann von dem schrecklichen Erlebnis kommen. Sie hat keine Ahnung, wie es ist, wenn man schwanger ist. Da ist auch kein Mensch, den sie fragen könnte.

Suzanne hat ganz offen darüber gesprochen, daß sie einige Abtreibungen hinter sich hatte. Jeannette hat ihr schaudernd zugehört. »Ich hatte einen sehr guten Arzt in Brüssel«, hat Suzanne gesagt. »Darauf kommt es an, daß man einen richtigen Arzt hat. Man darf niemals zu irgendwelchen Pfuschern gehen.« Jeannette kennt weder einen Arzt noch einen Pfuscher, zu dem sie gehen könnte. Außerdem weist sie den Gedanken weit von sich. Sie ist nicht schwanger.

Einmal. Widerwillig erduldet. Vergewaltigt, wenn man es genau betrachtet. So kann man kein Kind empfangen, so bestimmt nicht. Sie starrt in die Graacht und denkt: Da kann ich immer noch hinein, das bleibt mir auf jeden Fall.

Im ganzen ist sie gelassener geworden, der Aufruhr in ihrem Inneren hat sich gelegt. Die Atmosphäre im Hospital war zu nüchtern, auch hat sie dort wirklich leidende Menschen gesehen, auch sterbende Menschen, das hat sie zur Besinnung gebracht. Sie ist jung, es wird alles gut werden, und es ist überhaupt nichts passiert.

Zunächst muß sie eine Bleibe haben. Bis zum Abend läuft sie

durch die Straßen, dann wagt sie sich in eine billige Pension in der Nähe des Hafens. Nicht gerade der passende Ort für ein anständiges Mädchen.
Man mustert sie ausführlich. Sie ist einfach und ordentlich gekleidet, drückt sich gebildet aus, nein, sie sieht nicht aus wie eine Dirne. Obwohl man ja nie wissen kann.
Die Concierge unterrichtet sie darüber, daß dies ein solides Haus sei, man dulde keine Männerbesuche.
Jeannette errötet und blickt verwirrt. Sieht sie denn aus wie so eine? Hat das eine Mal genügt, daß sie so aussieht?
Schließlich bekommt sie den Zimmerschlüssel. Das Zimmer gefällt ihr, es ist klein, aber behaglich und freundlich eingerichtet, viel hübscher als die kahle Kammer, die sie zuvor bewohnt hat. Weiße, bauschige Gardinen an den Fenstern, im letzten Tageslicht sieht sie die hohen Giebel der Zunfthäuser. Vom Hafen her tönt das Tuten und Orgeln der Schiffe.
Hier würde sie gern bleiben. Hier wird auch Michel sie nicht finden, weil er sie hier nicht vermutet. Schluß mit Michel! Nur nicht mehr an ihn denken, gleich steigt wie eine rote Welle der Haß in ihr auf. Das Zimmer ist natürlich teurer als ihr voriges. Aber sie braucht ja nicht viel zum Leben.
Am nächsten Tag geht sie zu La Lys und fragt, ob sie wieder arbeiten darf. Das darf sie, man kennt sie, und man schätzt sie, fragt, ob sie wieder gesund sei, und dann kann sie gleich anfangen.
Das Leben geht weiter, es ist fast genauso wie früher, nur daß sie um ein paar Erfahrungen reicher ist und daß sie sich einsam und verlassen fühlt. Nicht so sehr wegen Michel, an den will sie nicht mehr denken, aber Suzanne fehlt ihr. Fehlt ihr so sehr. Ein Mensch, der zu ihr gehört, eine Schwester, eine Freundin; ein Mann soll es nie wieder sein.
Eine kleine nagende Furcht begleitet sie außerdem Tag und Nacht, sie geht damit schlafen, sie steht damit auf. Ob vielleicht doch etwas passiert ist?

Madlon ist im *Cour St. Georges* abgestiegen, und natürlich gefällt es ihr in dem feudalen Hotel mit den alten, historischen Räumen. Bei ihrer Finanzlage wäre es allerdings vernünftiger

gewesen, in ein billigeres Hotel zu gehen. Aber wann wird sie schon wieder einmal in einem Hotel wohnen? So, wie die Dinge liegen, wird sie es sich kaum je wieder leisten können. Außerdem will sie vor ihrer Nichte nicht gerade als arme Frau auftreten. Die lebt ja zwar wohl auch nicht in glänzenden Verhältnissen, sonst würde sie nicht in einer Fabrik arbeiten. Immerhin, denkt Madlon, sie arbeitet wenigstens und verdient eigenes Geld. Und was tue ich? Ihr Verdruß über das Leben, das sie führt, und ihr Zorn auf Jacob, auf seine Gleichgültigkeit, seine Unfähigkeit, aus sich und seinem Leben etwas zu machen, ist durch die Entfernung nicht geringer geworden, ganz im Gegenteil. Ich werde mich von ihm trennen. Ich muß mich von ihm trennen, weil ich so nicht weiterleben kann. Und ich glaube, ich liebe ihn nicht mehr. Ist das so? Je ne l'aime plus.
Es ist sehr erstaunlich, daß sie gerade jetzt zu dieser Erkenntnis kommt. Aber es erklärt auch, warum ihr seine Poussiererei mit Clarissa so gleichgültig war.
Er kann sie haben, bitte sehr. Sie kann ihn haben, so stimmt es wohl eher. Die tüchtige, resolute Clarissa, sie wird ihn ganz schön aus den Lumpen schütteln.
Madlon lacht, nicht ohne Gehässigkeit.
Und ich? Was tue ich? Was zum Teufel werde ich tun?
Wie immer fällt ihr als erstes Kosarcz ein, und das ärgert sie. Als ob es auf der ganzen Welt keinen Weg für sie gibt als den Weg zu diesem Mann. Der sie vermutlich gar nicht mehr haben will. Denn sonst hätte er sich wohl einmal gemeldet.
Vielleicht ergibt sich hier in Belgien etwas. Schließlich ist das ihre Heimat. Sie hat keine Ahnung von den wirtschaftlichen Verhältnissen in Belgien; immerhin ist es ein Land, das den Krieg *nicht* verloren hat, es ist ein Land mit reichen Bodenschätzen und einer hochentwickelten Industrie, soviel immerhin weiß sie. Man wird sehen. Erst muß sie sich um diese Nichte kümmern, obwohl sie inzwischen eigentlich gar kein Interesse mehr an dem fremden Mädchen hat. Ninette wollte sie wiedersehen, nicht irgendeine unbekannte Nichte. Eine Fabrikarbeiterin. Komischerweise ist die Nichte nicht aufzutreiben. Bei der einzigen Adresse, die ihr bekannt ist, wird sie

mürrisch beschieden, das Fräulein wohne nicht mehr hier.
Madlon spricht Französisch, die Vermieterin Flämisch, es dauert eine Weile, bis Madlon herausbekommt, daß das Mädchen krank ist und ins Hospital gekommen ist. Wohin bitte?
Im Hospital ist sie auch nicht mehr, als gesund entlassen. Und nun?
Madlon geht durch die Straßen der alten Stadt, besichtigt s'Gravensteen, die alte Zwingburg Gents, in der so viel Blut geflossen ist. Darüber weiß Madlon nichts, leider, sie hat es nie gelernt, die große Geschichte ihres Heimatlandes ist ihr weitgehend unbekannt. Sie steht vor dem gotischen Rathaus, sie bewundert den Belfried, sie geht über den Markt und am Hafen entlang und betrachtet, täglich ein wenig aufmerksamer und aufnahmebereiter, die alten Zunfthäuser.
Die sollen sich bloß nicht so haben in Konstanz, denkt sie, hier ist es mindestens so schön, wenn nicht noch schöner.
Da sie so viel mit sich selbst beschäftigt ist, mit der Frage, was sie beginnen soll, vergißt sie manchmal ganz die Nichte. Aber dann rafft sie sich auf. Deswegen ist sie schließlich hergekommen. Sie muß noch einen Versuch machen, das Mädchen zu finden, und wenn sie es nicht findet, wird sie nach Brüssel fahren und dort noch ein paar Tage bleiben. Solange ihr Geld reicht. Vielleicht ergibt sich etwas, eine Möglichkeit, die ihr ein neues Leben bietet.
Sie geht noch einmal zu der unfreundlichen Vermieterin und fragt, wo ihre Nichte denn gearbeitet habe.
Nun wird es ganz einfach. Sie läßt sich beim Direktor der Leinenweberei La Lys melden, und der empfängt die elegante Dame sofort, natürlich kann er Französisch, sie unterhalten sich mühelos, und Mademoiselle Vallin, gewiß, ist eine bewährte Kraft, eine Weile war sie durch Krankheit ausgefallen, aber nun ist sie wieder da. Die Nichte, aha. Bitte sehr, Madame, sie wird sogleich gerufen.
Im Beisein des Direktors treffen sich die beiden Frauen zum erstenmal; die schöne, selbstsichere Madlon, die schüchterne, verhuschte Jeannette.
Madlon erschrickt. Wie sieht sie Ninette ähnlich! Sie sieht ihr so ähnlich, daß es Madlon wie einen Schlag aufs Herz emp-

findet, und sie muß sich beherrschen, das Mädchen nicht mit ihrer stürmisch hervorbrechenden Zuneigung zu erschrekken.
Der Direktor, der dem Treffen beiwohnt, ist sehr beeindruckt. Was für eine charmante Dame! Madlon kann nicht umhin, ein wenig anzugeben. Sie spricht vom Kongo, von Berlin, von ihrem Mann in Konstanz. Den Krieg in Deutsch-Ost läßt sie aus.
Für den Abend lädt sie Jeannette zum Essen in den *Cour St. Georges* ein. Jeannette knickst, ehe sie den Raum verläßt. Der Direktor von La Lys küßt Madlon die Hand. So erfreut, ihr behilflich zu sein.
»Merci, monsieur.«
»Toujours à votre service, madame.«
Madlon ist höchst zufrieden, als sie geht, sie hat nur versäumt, Jeannette zu fragen, wo sie jetzt wohnt. Aber sie hat sie gefunden, sie kann ihr nicht mehr entwischen, und am Abend kommt sie wirklich, sehr befangen in der vornehmen Umgebung, sie wagt kaum zu essen, schaut auf Madlon, ob sie auch alles richtig macht, nippt nur am Wein.
Madlon erzählt also zuerst einmal von sich, nun auch vom Krieg, was sie hier und da erlebt hat, nicht zuviel, ein wenig nur, dann beginnt sie zu fragen.
Über Ninettes Tod weiß Jeannette nicht allzuviel. Die Schwindsucht, das war es also. Madlon ist nicht weiter verwundert, sie hätte es sich denken können. Etwas länger erzählt Jeannette von Suzanne, und Madlon merkt, wie nahe ihr der Tod ihrer Schwester gegangen ist. Ganz allein also jetzt? Jeannette nickt. Keinen Freund, hübsch wie sie ist? Jeannette schüttelt den Kopf, Tränen steigen ihr in die Augen.
Madlon begreift, daß da ein wunder Punkt ist, sie fragt nicht weiter. Aber sie wird das alles erfahren, alles. Irgend etwas stimmt mit dem Mädchen nicht, sie wird es schon herausbringen. Ehe sie sich verabschieden, fragt sie nach der Adresse. Eine Pension am Hafen, so. Ob das nicht ein etwas unpassender Wohnort für ein junges Mädchen sei?
Sie wohne nur vorübergehend dort, erklärt Jeannette. Sie wä-

re eigentlich gern zu den Beginen zurückgegangen, von denen hat sie schon während des Essens erzählt, aber das gehe leider nicht mehr. Warum? Es gehe nun einmal nicht.
Am nächsten Tag, es ist ein Sonnabend, muß Jeannette auch arbeiten, aber am Sonntag hat sie frei.
Madlon hat sogleich einen Vorschlag parat. Sie wird Jeannette am Vormittag in ihrer Pension abholen, Jeannette wird ihr den Hafen zeigen, dann die Stadt, sie werden zusammen zu Mittag essen und ihr Gespräch fortsetzen. Jeannettes Blick ist unsicher. Der Gedanke, einen ganzen Tag mit dieser schönen Fremden, auch wenn es ihre Tante ist, zu verbringen, macht ihr Unbehagen. Was soll sie nur mit ihr reden?
Aber das geht viel leichter, als sie sich das vorstellt. Madlon ist voller Tatendrang, endlich hat sie etwas zu tun, und das Mädchen, das aussieht wie ihre Schwester Ninette, gefällt ihr. Sie kommt am Vormittag in die Pension in einem ihrer eleganten Kostüme, denn das Wetter ist hell und sonnig an diesem Tag. Auch Jeannette hat sich fein gemacht, sie trägt ein blaues Kostüm und eine weiße Bluse darunter, mit Garderobe ist sie nicht schlecht dran, sie hat ja viel von Suzanne geerbt.
Während sie durch die Stadt spazieren, erzählt Jeannette, was sie von Gent weiß, und das ist eine ganze Menge, denn sie hat es bei den Beginen gelernt. Gent, das Herz Flanderns, war schon immer eine schöne, stolze Stadt, stolz und eigenwillig vor allem waren stets ihre Bewohner, die sich ungern fremden Herren unterwarfen, es war eine Stadt der Zünfte, eines standesbewußten Bürgertums, das sich am liebsten selbst regieren wollte. Das bekamen die Herren von Burgund zu spüren, zu deren mächtigem Reich Flandern einst gehörte, später die Spanier, gegen die sich die Genter äußerst widerspenstig benahmen.
Karl der Kühne, der letzte der großen Burgunderherzöge, hatte ein einziges Kind, Maria von Burgund, die damals reichste Erbin Europas, eine vielbegehrte Partie, nicht nur aus finanziellen, sondern vor allem aus politischen Gründen.
Maria wurde 1457 in Brüssel geboren, sie verlor die Mutter

früh, den Vater, ewig in Krieg und Fehden verstrickt, bekam sie selten zu sehen. Auch gaben sie die Genter nicht heraus. Sie hatten sich das Vorrecht ausbedungen, die Erbin von Burgund zu erziehen, und damit hatten sie ein Pfand, um nicht zu sagen ein Druckmittel, gegen den Herzog in der Hand. Marias Erziehung war sorgfältig und vielseitig, sie war hochgebildet, sprach Lateinisch, Französisch und Flämisch, wußte über Geschichte und Politik Bescheid, Musik- und Malunterricht gehörten so selbstverständlich zu ihrem Lehrprogramm wie sportliche Übungen, sie war eine hervorragende Reiterin und Eisläuferin. Und zudem hübsch, anmutig und von liebenswertem Wesen.

Als der Vater im Januar 1477 auf dem Schlachtfeld von Nancy fällt, wird sie die Regentin von Burgund, von diesem reichen, mächtigen Staatsgebilde, das von der Schweizer Grenze bis zu den Niederlanden reicht. Karls ehrgeizige Pläne, Kaiser zu werden, hatten sich nicht erfüllt. Nun kommt es darauf an, daß seine Tochter nicht total entmachtet wird, was der französische König sofort versucht: Er überzieht ihre Länder mit Krieg und stiehlt davon, was er bekommen kann.

Bewerber um Marias Hand gibt es ausreichend. Ihr Vater hat sich jedoch schon vor seinem Tod mit dem deutschen Kaiser, dem Habsburger Friedrich III., darüber verständigt, daß dessen Sohn Maria heiraten solle.

Maria ist damit einverstanden. Sie kennt nur ein Bild des Prinzen Maximilian, und das genügt, daß sich ihre Träume ins ferne Wien richten. Alle anderen Freier, die auf oft recht plumpe Art um sie werben, lehnt sie ab. Aber natürlich müssen die Genter ihren Segen dazu geben, und bis zu ihrer Heirat, und genaugenommen auch danach, bleibt Maria eine Gefangene in Flandern. Gent und Brügge, dort darf sie sich aufhalten, weiter fort läßt man sie nicht.

Im August 1477 endlich zieht Maximilian, der letzte Ritter, wie man ihn später nennen wird, in Gent ein, und gleich darauf findet auch die Hochzeit statt. Eine politische Heirat ist es, aber sie verbindet zwei Menschen, die sich vom ersten Augenblick an herzlich zugetan sind, und das bleibt so, bis zu Marias frühem Tod im März 1482.

Sie ist fünfundzwanzig Jahre alt, als sie bei einer Jagd vom Pferd stürzt und sich so schwer verletzt, daß sie nach dreiwöchigem Krankenlager stirbt. Ihr Mann, der spätere Kaiser Maximilian, ist untröstlich. Er wird seine junge, schöne Frau nie vergessen, auch wenn er später, aus Staatsräson, wieder heiraten muß.
Drei Kinder hat Maria in der kurzen Ehe geboren, zwei davon sind am Leben geblieben, Philipp und Margarete. Philipp der Schöne, so wird Marias Sohn später genannt, hat auch nur kurze Zeit auf dieser Erde, er stirbt mit achtundzwanzig Jahren, aber er wird der Vater Karls V., der ebenfalls in Gent geboren wird und in dessen Reich, wie man sagte, die Sonne nicht unterging.
Denn das war das Besondere an der Heirat von Maria und Maximilian: Durch die Verbindung mit Burgund steigt das Haus Habsburg sehr rasch zur ersten Großmacht in Europa auf, eine Stellung, die Habsburg bis zum Ende des Ersten Weltkrieges behaupten kann.
Wo sie das alles nur gelernt hat, will Madlon von ihrer Nichte wissen, und so kommen sie wieder auf die Beginen, von denen Jeannette in den höchsten Tönen schwärmt. Sie gehen also auch am Beginenhof vorbei, und Jeannette, ganz aufgeschlossen nun, erklärt mit leuchtenden Augen, was sie dort getan hat, wie sie gelebt hat, wie friedlich und wohlbehütet ihr Leben war.
»Und nun würdest du gern wieder dorthin zurückgehen?«
»Ja, Madame.«
»Sag nicht immer Madame zu mir, ich heiße Madeleine. Warum möchtest du dahin zurück? Ist es nicht ein sehr – nun, sagen wir, ein sehr zurückgezogenes Leben für ein junges Mädchen?«
»Mir würde dieses Leben gefallen.«
»Das ist nicht normal«, erklärt Madlon energisch. »Bist du denn noch nie verliebt gewesen?«
Jeannette schüttelt den Kopf, sie errötet dabei.
Ihr hellblondes Haar ist zu einem Knoten aufgesteckt, neben dem rechten Ohr hat sich ein Löckchen gelöst, berührt spielerisch ihre Wange.

»Das glaube ich dir nicht. Die Männer in Gent können doch nicht blind sein.«

»Die Männer in Gent wollen keine Wallonin zur Frau.«

»So.«

»Und schon gar nicht eine, deren Schwester an der Schwindsucht gestorben ist.«

Madlon merkt, daß sie auf der richtigen Spur ist.

»Was hat der Kerl dir angetan?« fragt sie geradezu, und da fängt Jeannette auch schon zu weinen an.

Madlon nimmt sie mit ins Hotel, es ist inzwischen Nachmittag, nimmt sie mit hinauf in ihr Zimmer, läßt Tee und Gebäck bringen. Muß Jeannette nicht endlich einmal über alles sprechen? Ist da endlich ein Mensch, der bereit ist, ihr zuzuhören? Eine Fremde zwar, aber so freundlich und verständnisvoll, wie seit langem kein Mensch zu ihr gewesen ist. Es fällt ihr auf einmal gar nicht schwer, dieser Fremden alles zu erzählen. Freunde hat sie ohnedies nicht. Und diese Fremde ist die Schwester ihrer Mutter.

Michel, wie sie ihn kennengelernt hat, die Verlobung, Suzanne, ihre Krankheit, ihr elendes Sterben, dann wieder Michel, wie er sie im Stich läßt. Bis dahin ist es schon eine lange Geschichte. Madlon hört geduldig zu.

»Nun ja, ich würde sagen, an diesem Burschen hast du nicht so viel verloren, daß du gleich ins Kloster gehen mußt. Hast du ihn niemals wiedergesehen?«

Jeannettes Augen funkeln auf einmal, ihr weicher, mädchenhafter Mund verzerrt sich.

»Darüber möchte ich nicht sprechen.«

»Aber ja. Gerade darüber willst du sprechen. Das war bisher nur die Einleitung. Du hast ihn wiedergesehen, und du hast gedacht, alles ist wieder gut, und dann hat er dich ein zweitesmal verlassen.«

»Woher wissen Sie das?«

»So etwas kommt öfter vor. Merke es dir ein für allemal: Man darf niemals einem Mann glauben, der einen einmal verlassen hat. Er wird es wieder tun.«

»Kein anderer Mann könnte so gemein sein wie der.«

»Oh, là, là«, macht Madlon bestürzt, denn die Kleine zeigt ein ungeahntes Temperament. »Dann erzähl mal, was passiert ist.«

Es stürzt aus Jeannette heraus wie ein reißender Strom – Scham, Wut, Enttäuschung, Haß, alles ist wieder da, ihre Stimme wird schrill, ihre Augen werden ganz dunkel, sie zittert.

»Mon dieu, chérie«, sagt Madlon ganz erschüttert und nimmt das schluchzende Mädchen in die Arme. »So beruhige dich doch! Kein Mann ist es wert, daß man sich so aufregt. Wegen dem einen Mal. Natürlich hast du recht, er hat sich ganz übel benommen, er ist ein ganz gemeiner Schuft, und der Teufel schicke ihm hundertmal soviel Läuse, wie sein Leben Tage hat. Für jeden Tag hundert Stück.«

Dieser Ausspruch läßt Jeannette aufhorchen, sie blickt Madlon an, auf ihrem tränennassen Gesicht erscheint so etwas wie ein Lächeln. Madlon küßt sie auf beide Wangen.

»Kennst du das nicht? Das ist ein alter Soldatenspruch. Und nun hör mir zu! Ich kann deine Gefühle verstehen. Welche Frau könnte das nicht. Und es wäre natürlich wunderbar, sich an dem Kerl zu rächen und ihm etwas ganz Übles anzutun. Aber ich rate dir: vergiß ihn. Vergiß ihn und die häßliche Szene. Weißt du, Männer sind in gewisser Weise komische Wesen. Meine Mutter, deine Großmutter, sagte immer: alle Männer sind Schweine. Und sie meinte das in einer ganz gewissen Beziehung. Soweit ich ihr Leben kenne, hatte sie auch allen Grund dazu, so etwas zu sagen. Und vielleicht hat deine Mutter auch so gedacht. Und deine Schwester Suzanne? Nun ja, sie hat ja wohl Spaß an den Männern gehabt. Das gibt es nämlich auch, auch und gerade in dieser Beziehung. Deswegen solltest du wegen *einer* bösen Erfahrung nicht die Freude an der Liebe verlieren, die du eines Tages bestimmt erleben wirst, hein? Und ganz gewiß solltest du dich nicht hinter einer Art von Klostermauern vergraben. So ein hübsches Mädchen wie du.«

Sie trocknet mit ihrem Taschentuch Jeannette die Tränen von den Augen, küßt sie wieder.

»Weißt du, es war ein Fehler, daß er Suzannes Krankheit und Tod miterlebt hat. Männer mögen keine kranken Frauen.

Aber alles in allem bin ich der Meinung, du hast an dem Burschen nicht viel verloren. Es wird sich etwas Besseres für dich finden.«

Wenn ich eine Tochter hätte, denkt Madlon, würde ich genauso mit ihr sprechen. Dies ist das Kind, das Ninette im Leib trug, als Pierre sich über mich hermachte. Wenn sie das wüßte, die Kleine hier, dann hätte sie gleich noch etwas dazugelernt. Alles schön und gut, was sie bei ihren geliebten Beginen gelernt hat, Maria von Burgund und so, aber wie das Leben wirklich ist, wie Männer nun einmal sind, das lernt man dort nicht. Vielleicht ist das auch ein Grund, warum sie so gern dorthin flüchten möchte. Bewahrt sein vor der rauhen Wirklichkeit des Lebens, das kann möglicherweise seine Reize haben.

»Und weil das passiert ist, meinst du, daß du nicht mehr zu den Beginen gehen kannst?«

»Ich bin keine Jungfrau mehr«, flüstert Jeannette.

»Ah so, ja. Na, Wichtigkeit, kann ich dazu nur sagen.«

»Und dann«, Jeannettes Stimme wird noch leiser, man kann sie kaum verstehen, »ich weiß ja nicht... es ist nämlich so...«

»Hm?«

»Ich weiß es ja nicht, aber ich habe solche Angst.«

»Angst?« Madlon begreift blitzschnell. »Du hast Angst, daß du ein Kind bekommst.«

Jeannette nickt.

»Wie lange ist es her?«

»Sieben Wochen. Und alles ist nicht so, wie es sein sollte. Die Brust tut mir weh. Und... und ich habe mich morgens schon ein paarmal übergeben. Oh, mein Gott!« Sie schlägt die Hände vors Gesicht und fängt wieder zu weinen an. »Ich weiß ja nicht, wie das ist.«

Madlon weiß es, und sie ist wie elektrisiert.

»Aber das ist ja fabelhaft«, ruft sie spontan.

Jeannette läßt die Hände sinken und starrt Madlon fassungslos an.

Madlon springt auf. Sie zündet sich eine Zigarette an. Sie läutet nach dem Kellner.

»Weißt du was? Wir trinken ein Glas Champagner auf den Schreck.«
Madlon lacht mit zurückgeworfenem Kopf. »Champagner tut immer gut. Jeannette, chérie, das ist überhaupt kein Grund zum Verzweifeln. Warst du schon bei einem Arzt?«
Jeannette schüttelt den Kopf. »Ich würde mich zu Tode schämen.«
»Davon hat kein Mensch was. Wahrscheinlich kann man das auch jetzt noch gar nicht mit Bestimmtheit feststellen. Zum Schämen besteht überhaupt kein Grund, schon gar nicht, wie der Fall bei dir liegt. Siehst du, man kann so etwas wegmachen lassen, das weißt du ja sicher. Aber das solltest du nicht tun. Du bist bei diesen guten Frauen fromm erzogen, du würdest es gewiß als Sünde ansehen.«
»Die guten Frauen werden meine einzige Hilfe sein«, sagt Jeannette. »Wenn ich ein Kind bekomme, muß ich es ihnen auf die Schwelle legen. Ich könnte es gar nicht ernähren.«
»Unsinn. Jede Mutter kann ihr Kind ernähren.«
Es klopft, der Kellner kommt, und Madlon bestellt den Champagner. Als er gegangen ist, klagt Jeannette weiter.
»Ich würde gar keine Wohnung finden. Keiner nimmt eine Mutter mit einem ledigen Kind. Und arbeiten gehen muß ich auch.«
»Nun, zunächst könnte man diesem gräßlichen ehemaligen Verlobten von dir auf die Bude rücken. Zahlen muß er bestimmt. Ich glaube nicht, daß das hierzulande anders ist als in Deutschland.«
»Nie, nie«, ruft Jeannette heftig. »Das täte ich nie. Ich will ihn nie wiedersehen. Lieber töte ich mich und das Kind. Und er würde sowieso alles ableugnen.«
»Also mal langsam. Ehe du dich und das Kind tötest, müssen wir erst einmal abwarten, ob du überhaupt eins bekommst.«
Madlon betrachtet das Mädchen prüfend, dann lächelt sie. »Man sieht es dir leider nicht an der Nasenspitze an.«
Sie stellt sich ans Fenster und sieht eine Weile schweigend hinaus. In ihrem Kopf tanzen die Gedanken, sie macht in Windeseile zehn Pläne und verwirft sie wieder. Sie geht alle

Möglichkeiten durch, die ihr einfallen, und da gibt es verschiedene, aber alle haben sie mit Geld zu tun. Wenn sie beispielsweise in Gent bleibt, mit Jeannette zusammenzieht und für das Kind sorgt, so muß der Lebensunterhalt für drei Personen ja irgendwoher kommen. Es geht nicht an, daß Jeannette ewig in der Fabrik arbeitet und für alle drei verdient. Es wird auch nicht reichen.
Sie trommelt leicht mit den Fingerspitzen auf die Fensterscheibe, draußen dämmert es, der Frühlingshimmel ist rauchblau, die ersten Sterne sind zu sehen.
Ach, Ninette! Dein Kind. Deine Tochter. Unsere Tochter. Wenn ich damals von Pierre ein Kind bekommen hätte, wäre es beinahe so alt wie dieses Mädchen hier. Ich habe kein Kind bekommen, Ninette. Nie. Und jetzt werde ich Großmutter, ehe ich Mutter geworden bin.
Madlon lacht. Sie dreht sich ins Zimmer zurück, dann knipst sie alle Lichter an. Der Ober kommt mit dem Champagner, füllt die beiden Gläser.
»Danke vielmals«, sagt Madlon, und sie sagt es in diesem Fall auf deutsch, gibt dem Mann ein großzügiges Trinkgeld.
Madlon hebt ihr Glas.
»Prost, Jeannette. So sagt man in Deutschland.« Sie nimmt einen langen Schluck, leert fast das ganze Glas. »Ich will dir erzählen, worüber ich gerade nachgedacht habe. Ninette, meine Schwester, deine Mutter, sie ist es, die mich hierhergeführt hat. Glaubst du an so etwas? Ich schon. Weißt du, ich bin nicht direkt fromm, das heißt, ich gehe nicht sehr oft in die Kirche, aber ich glaube ganz fest, daß es eine Art von höherer Fügung gibt. Auch Führung. Bestimmung. Ganz wie du es nennen willst. Man spricht nicht gern über solche Dinge, nicht wahr? Ich habe ein sehr bewegtes Leben gehabt. Auch oft ein sehr gefährliches Leben. Aber der liebe Gott hat mich immer behütet. Er hat nicht alle meine Wünsche erfüllt, aber das gibt es sowieso nicht. Aber er hat mich auch nie verlassen. Und ich glaube auch daran, daß einer, der schon drüben ist, einem vielleicht helfen kann. Verstehst du, was ich meine?«
»Doch«, Jeannette nickt. »Ich denke immer, daß Suzanne mir helfen würde, wenn sie es könnte.«

»Siehst du. Suzanne und Ninette, alle beide haben mich hergeschickt. Gerade jetzt. Du hast meinen Brief bekommen, und das war offenbar schwierig, aber er ist angekommen. Ich habe ihn geschrieben, und er ist angekommen. Siehst du, das sind so diese Dinge.«
Madlon ist wie beflügelt. Sie füllt ihr Glas wieder, trinkt, zündet sich eine neue Zigarette an und spaziert im Zimmer hin und her. »Und nun weiß ich auch, was wir mit dir machen.« Sie bleibt vor Jeannette stehen, sie strahlt geradezu, nimmt das Gesicht des Mädchens zwischen beide Hände und küßt sie. »Wir werden weder deinem ekelhaften Michel die Pistole auf die Brust setzen, noch wirst du abtreiben, sondern du kommst mit mir.«
»Mit Ihnen, Madame?«
»Mit mir, Jeannette. Solltest du wirklich ein Kind bekommen, dann wirst du es in Ruhe und Frieden bekommen, und kein Mensch wird dich schief ansehen. Im Gegenteil, wir alle werden uns freuen über dein Kind.«
In Madlons Kopf ist jetzt der richtige Plan gereift. Sie wird Jeannette zu Jona bringen. Nicht nach Konstanz, nein, zu Jona auf den Hof, in das grüne, fruchtbare Land zwischen See und Hügeln. Eigentlich müßten jetzt bald die Obstbäume blühen. Sie hat es noch nicht gesehen, aber sie haben ihr immer davon erzählt. Warte nur, wenn erst die Bäume blühen! Hügelauf und hügelab, auf allen Wiesen, an allen Wegen, nichts als blühende Bäume. Warte nur, wenn du das siehst, das ist wie im Paradies. Madlon hat nicht den geringsten Zweifel, daß Jonas Tür für Jeannette weit geöffnet sein wird. Jona wird alles verstehen, und es gibt keinen Platz auf der Welt, an dem Jeannette besser aufgehoben sein könnte.
Und Madlon wird endlich eine Aufgabe haben. Sie wird ein Kind bekommen. Jeannette wird stellvertretend für sie das Kind bekommen, das sie sich immer gewünscht hat.

Onkel General

»Es ist phänomenal, Jacob, was ihr geleistet habt. Phä-no-me-nal! Davon werden spätere Generationen in den Geschichtsbüchern lesen.«
Der General von Haid sitzt aufrecht in seinem Sessel und blickt in die Ferne jener Zeit, in der die Geschichte über die afrikanischen Heldentaten der Schutztruppe berichten wird. Daß zur Zeit keiner die Leistungen, die im Krieg vollbracht wurden, richtig würdigt, damit hat er sich abgefunden. Er ist ein Geschichtskenner und weiß, daß Zeitgenossen immer undankbare und ungerechte Urteile fällen. Und vollends in dieser wackligen Republik, die nicht leben und nicht sterben kann, was kann man sich da schon groß erwarten.
»Ich hab schon viel darüber gelesen. Aber wenn man es von einem hört, der dabeigewesen ist – phänomenal! Bist du nicht stolz darauf, dabeigewesen zu sein?«
»Doch, das bin ich.« Jacob lehnt sich zufrieden zurück, trinkt einen Schluck Wein, blickt seinem Onkel in die Augen und lächelt Tante Lydia zu, die ein wenig Ironie in den Mundwinkeln verbirgt. Mein Gott, diese Männer! Da sitzen sie nun Tag für Tag und nehmen diesen ganzen Feldzug durch, alle Kämpfe, alle Schlachten, jedes Gefecht, jeden Vormarsch und jeden Rückzug, und man weiß nicht, wer sich mehr daran begeistert, der alte Mann, der das letzte Mal im Siebzigerkrieg einem Feind gegenüberstand, oder der junge Mann, der jahrelang von Tod und Elend begleitet war und dem das offenbar nicht zum Ekel wurde. Liegt das nun an dem, was er immer wieder betont: Uns haben sie nicht besiegt!
Genügt das schon, um das Sterben der Menschen erträglicher zu machen?
Das sind ungefähr die Gedanken, die Lydia durch den Kopf gehen, aber sie läßt sie nicht laut werden. Sie ist ja froh, daß

ihr Maxl so gut unterhalten wird, daß er so munter dreinschaut wie schon lange nicht mehr. Sie weiß auch, daß seine Augen schlecht geworden sind und daß er sich schwertut mit dem Lesen, und wenn er das alles erzählt bekommt, ist es für ihn um so vieles leichter.
Darum also ist Lydia sehr, sehr froh, daß der Neffe zu Besuch ist und auch eine Weile zu bleiben gedenkt.
Jacob fühlt sich ebenfalls sehr wohl, er lebt jetzt wieder in Deutsch-Ost, er riecht und schmeckt und fühlt jene Welt, die so lange seine Welt war, über Not und Tod zu sprechen, ist erträglicher, als mitten darin zu stecken, und endlich einmal einen Menschen als Gesprächspartner zu haben, der das alles versteht, den das interessiert, der auch anerkennt, was man geleistet hat, verschafft ihm tiefe Befriedigung. Seine Familie hat sich für seine Heldentaten nicht sonderlich interessiert, nicht sein Vater, nicht seine Mutter, weder Schwestern noch Schwäger. Agathes Sohn, der schon, und Clarissa natürlich, aber für die waren es Abenteuergeschichten, die er erzählte, nicht harte Wirklichkeit. Der Onkel General jedoch kann würdigen, was sie geleistet und vollbracht haben, Lettow-Vorbeck und das kleine Häuflein tapferer und verlorener Männer.
Zu Beginn des Krieges zählte die Schutztruppe in Deutsch-Ost 216 Deutsche und 2540 Askaris.
Diese Zahlen faszinieren den General ganz ungeheuer, Jacob muß sie ihm mehrmals wiederholen.
»Hätte ich nie für möglich gehalten. Wir haben uns ganz falsche Vorstellungen von den Kolonien gemacht.«
»Speziell in Deutsch-Ost waren wir knapp dran. Du mußt bedenken, es lebten ja damals überhaupt nur sechstausend Weiße in der Kolonie, Frauen und Kinder eingerechnet. Verwaltung, Missionsstationen, ein paar Wissenschaftler und Ärzte, was halt so dazugehörte. Lettow hat uns oft erzählt, wie schockiert er war, als er ins Land kam. Man hatte ihn 1914 mit dem Oberbefehl in der Kolonie betraut, er kam mit der ›Admiral‹, das war eins unserer schönen Schiffe von der Deutsch-Ostafrika-Linie, und er erwartete ähnliche Verhältnisse wie in Deutsch-Südwest, das er ja kannte. Und dann, so

sagte er immer, waren das so'n paar Männeken. Anfangs reiste er kreuz und quer durch das Land, um sich mit den Verhältnissen vertraut zu machen, und er war sich sehr schnell darüber klar, wie aussichtslos die Situation im Falle eines Krieges sein würde. Er erkannte allerdings auch den schwächsten Punkt der Engländer, das war die Ugandabahn, die parallel zu unserer Nordgrenze verlief, und es war eine verdammt lange Strecke, sie reichte bis zum Victoria-See. Die konnten sie praktisch nicht schützen und verteidigen.«
»Aber du warst ja zu jener Zeit bereits nicht mehr bei der Truppe?«
»Nein, ich hatte den Dienst quittiert und arbeitete auf einer Baumwollplantage, die einer Hamburger Compagnie gehörte. Mein Freund Barkwitz hatte mich dahin gebracht. Er fiel schon in der Schlacht von Tanga.«
Barkwitz – was für ein Mann, was für ein Freund! Ein Vater fast mehr als ein Freund. Er war fünfzehn Jahre älter als Jacob, ein Pommer, groß und stark, aber schweigsam und von Kummer erfüllt, weil seine Frau ihn verlassen hatte. Sie und das kleine Mädchen, Barkwitz' einziges Kind, vertrugen das Klima nicht, sie kehrten nach Deutschland zurück, und er war immer hin- und hergerissen zwischen der Liebe zu diesen beiden Menschen und der Liebe zu dem Land, in dem er seit über zwölf Jahren lebte und in dem er sich so wohl fühlte.
»Als der Krieg begann, haben wir uns natürlich sofort zur Verfügung gestellt, alle Pflanzer, ob sie nun gedient hatten oder nicht. Es gab außerdem eine Polizeitruppe, das waren 45 Deutsche und 2140 Askaris. Mit der Zeit waren wir dann ein ganz stattlicher Haufen. Ende 1915 hatten wir dreitausend Weiße und elftausend Askaris unter Waffen.«
»Bei der Größe des Landes war das ein Klacks.«
»Sicher. Aber du kannst es nicht mit einem europäischen Kriegsschauplatz vergleichen. Man konnte sich ganz gut aus dem Weg gehen. Sobald wir ins Innere zurückwichen, war für die Engländer, die nicht so beweglich waren wie wir, der Nachschubweg viel zu weit. Während der Regenzeit fielen die

Kämpfe sowieso aus. Und als großes Plus erwies sich unser Anfangserfolg bei Tanga. Der hat die Engländer erst einmal das Fürchten gelehrt.«

Das war gleich im November 1914, als sie sich einer Übermacht der Engländer gegenübersahen, die wohlausgerüstet von ihren Schiffen kamen und allzu sicher waren, das kleine Häuflein der Schutztruppe mit einem Handstreich zu vernichten.

Zwei Kreuzer und vierzehn Transportschiffe ankerten vor Tanga und verlangten die Übergabe der Stadt. Die Engländer ließen sich Zeit, mit der Verhandlung, mit dem Ausladen von Männern und Waffen, Zeit genug, daß Lettow-Vorbeck alle verfügbaren Männer zur Küste bringen konnte, zu Fuß, zu Pferd, mit der behelfsmäßigen Schmalspurbahn, die nach Tanga führte. Er selbst radelte schließlich durch die feindlichen Vorposten mitten nach Tanga hinein, am Abend hinunter zum Hafen, und dort betrachtete er nachdenklich die hellerleuchteten Schiffe. Bei Tagesanbruch sah er zu, wie das britische Expeditionskorps an Land ging. Als seine Schätzung bei sechstausend Mann angelangt war und die Ausschiffung immer noch weiterging, radelte er etwas beunruhigt zurück.

»Mit dem Fahrrad«, sagt der General respektvoll.

»Er zog es allen anderen Transportmitteln vor. Und er empfahl es auch seinen Offizieren. Man sei beweglich, sagte er, komme überall durch und könne sich notfalls leicht verstecken. Die Pferde waren ja ein ständiges Problem, sie waren oft krank, na, und mit dem Auto kam man meist nicht weit, ganz abgesehen davon, daß wir bald kein Benzin mehr hatten. Zum Transport menschliche Trägerkolonnen, das war das zuverlässigste, zur Erkundung das Fahrrad. Lettow war ein Artist auf dem Rad.«

»Dabei war er doch auf einem Auge blind, heißt es.«

»So gut wie blind, ja. Er hatte Granatsplitter ins Auge bekommen, früher schon, in Deutsch-Südwest, bei dem Hereroaufstand. Er machte gar nichts davon her. Manchmal trug er eine schwarze Binde über dem Auge, wenn er Schmerzen hatte.«

Achthundert Mann brachte Lettow-Vorbeck schließlich an Tanga heran, und damit gewann er die erste Schlacht dieses Krieges. Sie hatten nur uralte Gewehre und kein einziges Geschütz, während die Engländer ausreichend moderne Waffen an Land gebracht hatten. »Irgendwie stellte es die Weichen für alles, was später kam«, meint Jacob. »Es war ein Überraschungssieg, für beide Seiten. Und sehr effektvoll, was die Engländer betraf. Sie haben uns nie wieder unterschätzt. Unser Problem war von Anfang an, daß wir zu wenig Waffen hatten, zu wenig Munition, keine Maschinengewehre, keine Kanonen.« Zu Anfang des Krieges durchbrachen zwei deutsche Schiffe die Blockade in der Nordsee, und es gelang ihnen auf großen Umwegen, also um ganz Afrika herumschippernd, die Kolonie zu erreichen. Sie brachten es auch fertig, an den britischen Küstenschiffen vorbeizukommen und ihre Ladung an Land zu bringen: Gewehre, Geschütze und Munition. Es war der erste und einzige Nachschub, den die Schutztruppe während des ganzen Krieges erhielt.

»Soviel ich weiß, versuchte ja sogar einmal ein Luftschiff, zu euch durchzukommen.«

»Das muß eine ganz geheime Staatsaktion gewesen sein, wir haben davon gehört. Der Zeppelin nahm den Weg über den Balkan, kehrte aber dann aus ungeklärten Gründen wieder um. Wir haben ihn nie zu Gesicht bekommen.«

»Die Luftschiffe, die Zepps, wie die Engländer sie nannten, erwiesen sich im Laufe des Krieges sowieso als Enttäuschung«, sagt der General. »Die haben wohl immer wieder Bomben in England abgeworfen, aber sie waren viel zu schwerfällig und leicht herunterzuholen. Wir hatten da große Verluste. In der Luft, würde ich sagen, gehört die Zukunft dem Flugzeug, nicht dem Luftschiff. Ich frage mich bloß, was ihr eigentlich gemacht habt, so ganz ohne Nachschub.«

»Was wir brauchten, mußten wir uns erbeuten. Der General gab die Parole aus, jeder Soldat müsse aus einem Gefecht mehr Patronen zurückbringen, als er mitgenommen habe. Das klappte vorzüglich. Im Beutemachen waren wir groß.«

»Man kann das nicht als modernen Krieg ansehen.«

»Ganz gewiß nicht. Die Besatzung der ›Königsberg‹ brachte

uns dann ihre Geschütze vom Schiff mit. Sie zogen sie auf Lafetten über Land, unter größten Mühen, denn die Männer waren selber nur noch Wracks. Bis Juli 1915 hatte sich das Schiff im Delta der Rufiji-Mündung versteckt, dann spürten es die Engländer auf, nachdem sie lange danach gesucht hatten, und versenkten es. Die Männer waren alle krank und halb verhungert. Aber ihre Geschütze waren natürlich für uns ein Fang. Jedenfalls solange wir genug Munition hatten.«
Es ist eigentlich unmöglich, Jahre danach, im Lehnstuhl sitzend, zu schildern, wie es wirklich war. Es waren ja nicht nur die Kämpfe gegen den übermächtigen und gutgerüsteten Feind, es war ja auch der ständige Kampf gegen die Unbill des Klimas, gegen tropische Hitze und eisige Kälte, gegen Sumpf, Urwald, Busch, gegen wilde Tiere und Moskitos, gegen Hunger und Durst und gegen die Krankheiten, die sie plagten. Krank waren sie alle, Typhus, Fleckfieber, Schwarzwasserfieber und vor allem die Malaria. Lettow-Vorbeck hatte häufig selbst Malaria, einmal so schlimm, daß sie ihn für tot hielten. Chinin hatten sie auch schon bald nicht mehr, bis einer der Wissenschaftler darauf kam, aus der Rinde des Chinchonabaumes ein Präparat zu gewinnen, das das Chinin recht wirkungsvoll ersetzte.
»Nachdem Deutsch-Südwest im Juli 1915 kapituliert hatte, kamen noch stärkere Kräfte des Feindes ins Land. Und Anfang 1916 kamen dann die Südafrikaner unter General Smuts. Die kannten sich aus auf afrikanischem Boden und machten uns die Hölle heiß.«
»Das ist auch so etwas, was ich nie verstehen werde. Der Burenkrieg lag kaum mehr als ein Dutzend Jahre zurück.«
»Ja, die Geschichte macht manchmal große Sprünge.«
Das hat der General zur Genüge miterlebt. 1866 kämpfte Preußen gegen Österreich und Bayern. 1870 zogen die Bayern an der Seite Preußens in den Krieg, und in diesem Krieg, der gerade hinter ihnen liegt, waren Österreich und das Deutsche Reich Verbündete und sind nun die Verlierer. Mit einemmal sind sie kleine, unwichtige Staaten geworden, herausgeworfen aus der Weltgeschichte, arm, verachtet, verprügelt. Solche Riesenschritte kann die Geschichte machen.

»Smuts kam es vor allem darauf an, die Grenze nach Britisch-Ostafrika und die Ugandabahn zu schützen. Deswegen griff er uns um den Kilimandscharo herum an. Naturgemäß ein schwieriges Kampfgebiet, in dem sich keine offene Schlacht schlagen läßt. Wäre er so klug gewesen, an unserer Küste zu landen und uns von Süden her anzugreifen, dann hätten wir in der Falle gesessen.«

»Es wird mir dennoch ewig ein Rätsel bleiben, wie ihr euch so lange halten konntet. So wenig Menschen, so wenig Material und dazu der übermächtige Feind.«

»Wenig Menschen waren wir nicht, wenn du nicht allein von Soldaten sprichst. Wir waren ein ganz stattlicher Heerhaufen. Die Askaris hatten meist ihre Bibis dabei, und die schleppten ihre Kinder mit und bekamen auch noch ununterbrochen welche. Du mußt dir das nicht vorstellen wie eine normale Truppe, wir waren der reinste Karnevalszug. Das machte ja auch die Verpflegungsfrage so schwierig. Es waren immer zu viele, die wir füttern mußten. Natürlich gab es jagdbares Wild in Mengen, sofern du dir erlauben konntest, auf die Jagd zu gehen. Aber oft mußten unsere Pferde und unsere Maultiere daran glauben.«

»Mein Gott, wie schrecklich, wie schrecklich«, murmelt Lydia, die ansonsten wenig zu Jacobs Geschichten äußert. Sie hat genug vom Krieg und Kriegsgeschichten. Und es bekümmert sie, daß ihr Maxl so viel davon hören mag. Er war immer so ein freundlicher und friedliebender Mensch, Soldat sein Leben lang, gewiß, aber abgesehen von seinen jungen Jahren immer ein Soldat in Friedenszeiten, und darüber war er auch sehr froh. Krieg ist eine Barbarei, sagte er oft, er gehört nicht mehr in unsere aufgeschlossene, moderne Zeit. Und das hat er auch während des ganzen Krieges und in den Jahren danach gesagt, aber jetzt ist in seinem Kopf nichts anderes übriggeblieben als Gedanken an Krieg und Sieg und Niederlage. Ja, die Niederlage ist es wohl, die daran schuld ist, die Schmach des Vaterlandes, die verlorene Ehre, wie auch immer man es nennen will, es vergiftet das Ende seines Lebens. Das sieht Lydia sehr klar. Aber sie kann ihm nicht helfen. Er wird sterben und die Gewißheit mit ins Grab nehmen, daß aller Fortschritt dieser modernen Zeit den Menschen nicht geholfen hat, klüger zu werden. Nicht klug genug, um sich in Frieden an dieser Erde zu erfreuen, auf der sie ohnedies nur so kurze Zeit verweilen dürfen.

Vollends abenteuerlich wird es, als Jacob den Übergang über den Rovuma-Fluß schildert. Die Engländer und Südafrikaner hatten Verstärkung bekommen, und Lettow-Vorbeck erkannte, daß er sich nicht mehr stellen konnte. Von allen Seiten rückten sie auf ihn zu, die Lage erschien hoffnungslos. Und wieder fiel ihm dazu etwas ein.

Er reduzierte seine sowieso zusammengeschmolzene Truppe auf 300 Weiße und 1700 Askaris, nur die gesündesten, die zähesten, die tapfersten wurden ausgewählt, mit ihnen wagte er einen Marsch in unbekanntes Land. Das Land jenseits des Rovuma gehörte den Portugiesen, das kannten sie nicht, sie besaßen auch keine Landkarten und hatten keine Ahnung, auf was für Verhältnisse sie treffen würden. Es war ein Marsch ins Ungewisse, der im November 1917 begann. Für den Gegner war der Nachschubweg aufs neue nicht zu bewältigen, die Deutschen hatten für eine Weile Ruhe und machten bei den überraschten Portugiesen reiche Beute.

Als sich der Gegner gesammelt hatte und sich mit neuen Aufmarschplänen auf die veränderte Lage einstellte, um von der anderen Seite her anzugreifen, zogen sich die Deutschen heimlich über den Rovuma zurück nach Deutsch-Ost.

»Wenn der Waffenstillstand nicht gekommen wäre«, sagt Jacob und lacht, »zögen wir vermutlich heute noch von einer Ecke in die andere. Afrika ist groß.«

»Das hört sich an wie eine Geschichte von Karl May«, sagt Lydia einmal und betrachtet den Neffen mit gemischten Gefühlen. Da sitzt er, groß und gutaussehend, er ist nicht mehr ganz heil, aber doch einigermaßen, das Essen schmeckt ihm, der Wein ebenfalls, und er redet über alles, was er erlebt hat, als sei es nichts weiter als ein unterhaltsames Abenteuer gewesen.

Der größte Trumpf, den er auszuspielen hat, und er macht immer wieder Gebrauch davon: »Immerhin war Lettow-Vorbeck der einzige deutsche General, der hoch zu Roß durch

das Brandenburger Tor eingezogen ist. Im März 1919. Und das nach allem, was sich zuvor in Berlin abgespielt hatte. Das muß man sich einmal überlegen.«
»Jacob«, sagt Lydia an einem dieser langen Abende, an denen sie sitzen und reden, »Jacob, wie willst du dich eigentlich je wieder in einem normalen Leben zurechtfinden, nach allem, was du erlebt hast.«
Damit trifft sie ins Schwarze. Endlich jemand, der das begreift. Bisher hat keiner das begriffen.
»Es ist für alle Männer schwer, die aus dem Krieg zurückgekehrt sind, sich wieder an ein normales Leben zu gewöhnen«, sagt der General. »Wir haben so einen Fall in der Familie, ein Großneffe von mir. Er hat sich vor zwei Jahren das Leben genommen. Kam einfach nicht mehr zurecht. Sein Vater ist auch gefallen, seine Mutter hat sehr schnell wieder geheiratet, das kam wohl dazu. Wir haben den Buben hiergehabt, und wir haben versucht, nicht wahr, Lydia, wir haben versucht, ihm wieder etwas Lebensmut zu geben, ihn wieder an das, was Lydia ein normales Leben nennt, zu gewöhnen. Da ging es mir gesundheitlich auch noch besser, wir sind mit ihm hier durch die schöne Gegend spaziert, haben Ausflüge gemacht, und mit ihm haben wir nicht über den Krieg gesprochen. Das heißt, ich wollte es nicht, aber er, er konnte von nichts anderem reden. Bei ihm war es der Schützengraben, der ihn seelisch verkrüppelt hat. Er war nur einmal verwundet worden und nicht sehr schwer, daran lag es nicht. Aber er fand aus dem Schützengraben nicht heraus. Das war wie ein ewiges Gefängnis für ihn. Ein Trauma. Das ist euch ja nun erspart geblieben, ihr wart beweglich, ihr konntet handeln. Der Krieg im Schützengraben muß furchtbar deprimierend gewesen sein.«
So vergehen vierzehn Tage, drei Wochen, vier Wochen, Jacob bleibt in Bad Schachen, er denkt nicht daran, nach Konstanz zurückzufahren. Er fühlt sich so wohl wie lange nicht mehr. Keine Beschwerden, keine Malaria, auch das Hinken läßt nach, je wärmer der Frühling wird. Er sieht wieder so gut aus wie früher, ein Mann Mitte Dreißig, gesund und kräftig, er hat zugenommen, die Sauftouren haben aufgehört, dafür geht

er ein bißchen spazieren, viel schafft er nicht mit seinem Bein, und er wartet nur darauf, daß der See so warm wird, daß er darin schwimmen kann. Darauf freut er sich wie ein Kind.
Madlon ist in Belgien, die Sache mit Clarissa hat sich auch erledigt, er vermißt sie nicht im geringsten.
Als die ersten Kurgäste in das Hotel Bad Schachen einziehen, bemerkt er, daß die Frauen ihn ansehen, daß ihre Blicke ihm folgen. Es sind elegante Frauen dabei, das Hotel ist berühmt für seine Lage, seinen hervorragenden Service und seine kultivierten Gäste. Auf der Landungsbrücke beginnt er einen Flirt mit einer hübschen, blonden Rheinländerin, die fesche Kleider und einen flott gewellten Bubikopf spazierenführt. Sie ist frisch geschieden, sie hat Geld und offenbar auch Lust auf ein Abenteuer. Jacob ist nicht abgeneigt.
Madlon ist aus Belgien zurück, wie er aus einem kurzen Brief erfährt, sie hat seltsamerweise diese Nichte mitgebracht und hält sich mit ihr bei Jona auf. Sie könne jetzt nicht nach Bad Schachen kommen, läßt sie ihn wissen, aber er solle ruhig noch bleiben, wenn es ihm gefalle.
Sie vermißt ihn also offenbar nicht.
Natürlich haben es Lydia und der General sehr bedauert, daß Madlon nicht mitgekommen ist, Jacob sagt einige Male, daß er sie nun bald holen werde, aber dann fährt er lieber mit der hübschen Blonden nach Wasserburg oder nach Langenargen, sitzt mit ihr beim Kaffee, oder er trifft sie abends im Park zu einem Spaziergang. Und es dauert nicht lange, bis sie bei engeren Vertraulichkeiten angelangt sind. Es ist gar nicht so lange her, daß er Clarissa leidenschaftlich geküßt hat, doch nun küßt er einen sehr erfahrenen und willigen Mund, und das gefällt ihm ausnehmend gut. Es ist eigentlich alles so, wie es früher war, der Weg in das sogenannte normale Leben fällt ihm keineswegs so schwer, wie Lydia befürchtet hat. Daß er Madlon so viele Jahre treu war, nun, es lag an den Schwierigkeiten ihres Lebens, Schwierigkeiten, die sich gemeinsam leichter meistern ließen. Und natürlich auch daran, daß er sie liebte. Er ist auch durchaus heute noch überzeugt davon, daß er sie liebt, ein kleiner Flirt hier oder da hat damit nichts zu

tun. In letzter Zeit war sie ein wenig abweisend, daran war wohl die Sache mit Clarissa schuld. Aber es besteht eine feste Bindung zwischen Madlon und ihm, immer noch. Das hat gar nicht so unbedingt mit Liebe zu tun, Liebe ist immer etwas, das beginnt und das endet. Nicht im Traum denkt er daran, Clarissa nach Zürich nachzufahren, wie Agathe befürchtet hat. Er hat Clarissa so gut wie vergessen, einen Brief von ihr, den ihm sein Vater aus Konstanz nachgeschickt hat, beantwortet er nicht einmal.

Das Wetter ist herrlich, sie frühstücken im Garten auf der Terrasse, die Sonne wärmt den alten Körper des Generals und Jacobs Knie. Benedikt, der Bursche des Generals, stapft mit seiner Beinprothese ständig um sie herum, fragt unermüdlich, ob der Herr General, der Herr Oberleutnant einen Wunsch haben. Er deckt den Tisch und räumt ab, er macht sich in der Küche nützlich und im Garten, er putzt die Schuhe und bürstet die Anzüge aus. Auch ihm ist deutlich anzumerken, wie wohl er sich fühlt in diesem Haus, bei diesen Leuten, die er als seine Familie betrachtet. Das liegt natürlich auch an Lydia, sie ist so warmherzig und gütig wie eh und je, sie lacht auch wieder, sie ist heiter, obwohl ihr Leben nicht so einfach ist. Sie müssen sparen. Nach der Inflation wurde die Pension des Generals auf dreihundert Mark herabgesetzt, vom Vermögen hat die Inflation nichts übriggelassen. Nur dreimal in der Woche kommt eine Frau für die grobe Arbeit ins Haus, alles andere schaffen Lydia und Benedikt allein. Lydia kocht selbst, und sie kocht gern und gut, und sie geht auch selbst zum Einkaufen.

In dieser Zeit fährt Jacob sie oft mit dem Wagen nach Lindau hinein, dort gibt es einen Markt, dort gibt es mehr Läden. So ein Auto sei etwas sehr Praktisches, meint Lydia, wenn sie etwas jünger wäre, würde sie selbst noch chauffieren lernen.

»Schade, Jacob, daß du nicht ganz hierbleiben kannst. Du tust dem Maxl so wohl. Es geht ihm viel besser, seit du hier bist.« Sie sagt es auf einer Rückfahrt von Lindau, sie haben den ersten Spargel bekommen, es wird ein Festmahl werden, Spargel und Meersburger Weißherbst, das harmoniert wie selten etwas auf der Erde.

»Ich bleibe gern noch eine Weile«, sagt Jacob. »Es geht mir hier so gut wie lange nicht mehr. Ich bin schon immer gern bei dir gewesen, Tante Lydia, das weißt du doch.«
Im Fahren greift er nach ihrer Hand, führt sie an die Lippen und drückt einen Kuß darauf.
»Wird deine Frau nicht ärgerlich sein?«
»Kein Mensch hindert sie daran hierherzukommen. Ich habe ihr schon zweimal geschrieben und gefragt, ob sie nicht kommen will. Aber sie ist immer noch mit der Nichte bei Jona. Ich weiß auch nicht, was sie da auf einmal für Familiengefühle entwickelt.«
»Erstaunlich finde ich, daß sie bei Jona ist. Versteht sie sich denn so gut mit ihr?«
»Es scheint so.«
Lydia hat nie eine besonders gute Beziehung zu Jona gehabt, sie begegnen sich höflich, aber distanziert. Lydia war und ist der Meinung, daß diese Frau ihren Mann, Lydias Bruder, sträflich vernachlässigt hat. So etwas kann Lydia weder verstehen noch verzeihen. Sie ist immer für ihren Maxl dagewesen, Tag und Nacht, ein ganzes Leben lang. Und so gehört es sich ihrer Meinung nach in einer richtigen Ehe. Natürlich weiß sie, daß es nicht in allen Ehen so aussieht, offensichtlich in der ihres Neffen auch nicht. Und in dieser sittenlosen Nachkriegszeit hat sich ja sowieso vieles verändert, ganz besonders in der Beziehung zwischen Mann und Frau.
Sieghaft zieht der Frühling über das Land. Jacob sitzt drunten am Ufer und sieht ihn leuchten über See und Bergen. Bei Föhn kann man weit in das Rheintal hineinschauen, die Berge sind noch schneebedeckt, der See spiegelt die Bläue des Himmels wider. Manchmal kommt die Schlanke mit dem gewellten Bubikopf, legt Jacob die Hand auf die Schulter oder pustet ihm in den Nacken. »Was machen wir heute abend?« fragt sie, und Jacob zieht sie neben sich und sagt: »Wir fahren ein Stück über Land, suchen uns einen hübschen kleinen Gasthof, essen dort zu Abend und bleiben am besten gleich über Nacht.«
»Du Schlimmer«, sagt sie und lacht.
Wenn Lydia sich wundert, daß Jacob manche Nächte außer

Haus verbringt, so verliert sie darüber kein Wort. Sie hat ihn schon mit der Dame gesehen, und sie denkt: Darum also ist seine Frau nicht hier. Na ja, so ist es halt.

Dem General verschweigt sie diese nächtlichen Eskapaden Jacobs; auch Benedikt tut, als wisse er nichts davon.

Der General steht immer spät auf, Benedikt hilft ihm beim Ankleiden und rasiert ihn, unrasiert und im Morgenrock ließe sich der General niemals blicken. Manchmal ist Jacob schon zurück, wenn sie frühstücken, manchmal sagt Lydia, er sei schon weggefahren.

Der Garten ist um diese Jahreszeit für alle eine Freude, so ungepflegt er leider ist. In ihm und um ihn herum blüht es verschwenderisch. Narzissen und Tulpen, die Baumblüte, der Flieder, die Kastanien, und schon haben die Rosen dicke Knospen.

»Wir bräuchten einen Gärtner«, seufzt Lydia. »Ich schaffe das nicht, und Benedikt mit seinem Bein – « Sie hat ein Kräutergärtlein, ein paar Blumenbeete und eine Anzahl von Rosenstöcken. Dahinter wächst wild das Gras, die Hecke ist ungebärdig, die Bäume sind riesig, besonders der alte Thujabaum, der drunten am Ende des Gartens steht.

Jacob bietet seine Hilfe an, und erstaunlicherweise macht es ihm Freude, ein wenig im Garten herumzupusseln. Lydia sieht aus der Ferne mit hochgezogenen Brauen zu. Er stellt sich reichlich ungeschickt an. Was hat der Mensch eigentlich auf der Plantage getan? Kann er wirklich gar nichts anderes als Krieg führen und mit Frauen poussieren?

Das Haus ist schön. Nur zu groß für die paar Leute, die darin wohnen. Es ist ein mächtiger quadratischer Bau, einfach und formschön, im Parterre hat der General nun auch sein Schlafzimmer, seit das Treppensteigen ihm Mühe macht. Benedikt schläft gleich nebenan, damit er zur Hand ist, wenn er gebraucht wird und wenn der General sich nicht wohl fühlen sollte in der Nacht.

Lydia schläft allein im großen Schlafzimmer im ersten Stock, daneben hat sie ein Boudoir. Am liebsten wäre sie auch ganz nach unten gezogen, doch der General hat es verboten, er will nicht, daß sie gestört wird.

Aber seitdem hat sie einen unruhigen Schlaf, sie schläft schwer ein, wacht mitten in der Nacht auf und lauscht nach unten. Ist alles ruhig? Sie fürchtet seine nächtlichen Herzanfälle. Es ist schrecklich, wenn er daliegt und nach Luft ringt, sein Gesicht wird blau, er zittert. Sie spürt es immer, wenn es wieder geschieht, und kommt leise herunter; sie weiß, daß Benedikt ihm seine Tropfen gibt und nicht von seiner Seite weicht, und meist bleibt sie bloß vor seiner Tür stehen, er soll gar nicht merken, daß sie da ist.
Der zweite Stock besteht nur aus einem großen Giebelzimmer, das nicht mehr benutzt wird, allerhand Gerümpel hat sich hier angesammelt. Es ist ein Haus für eine große Familie, die meisten Zimmer werden nicht bewohnt.
Sie haben das Haus im Tausch erworben gegen ihr Haus in München, gleich nach dem Krieg. Ein schönes Haus, nur zu groß und im Winter kalt. Es liegt nicht direkt am See, sondern gewissermaßen in der zweiten Reihe, die Einfahrt führt auf die Straße hinaus. Das Gute daran ist, meint Lydia, daß sie im Winter vom schlimmsten Nebel verschont bleiben.
Zur Familie gehört auch Putzi, der Hund, ein mittelgroßer Schnauzer, der ist auch schon alt und liegt am liebsten auf der Terrasse in der Sonne, falls sie scheint. Wenn Jacob ihn mitnehmen will auf einen Spaziergang, läuft er ein kleines Stück mit, dann legt er sich mitten auf den Weg, sein Blick sagt: Bis hierher und nicht weiter. Wenn Jacob zurückkommt, sitzt er vor dem Tor und freut sich. Sein größtes Vergnügen ist Autofahren. Wenn Jacob Mütze und Schal anlegt, läuft er hinaus und setzt sich schweifwedelnd vor den Wagen.
Der blonde Bubikopf muß schließlich zurück nach Düsseldorf. Drei Wochen Bad Schachen, so lange wollte sie gar nicht bleiben. »Aber wir sehen uns wieder. Bald«, sagt sie zu Jacob, und er erwidert: »Aber natürlich. Bald.«
Er bringt sie nach Lindau, setzt sie in den Zug, winkt lange. War sehr nett. Hübsche Abwechslung. Und nun wird er einmal bei Jona vorbeischauen, um zu erfahren, was Madlon mit dieser Nichte dort eigentlich tut.
Sie hat ihm einige Male geschrieben. »Dieser Frühling ist ein Traum. Mir geht's gut, Jacques. Dir auch?«

Der Frühling ist zum Sommer geworden, es ist Juni, als sich Jacob zur Abfahrt rüstet. Im See war er auch schon, er ist noch ziemlich kalt, der Rhein bringt das Schneewasser von den Bergen mit, das dauert noch eine Weile, bis der See sich erwärmt.
Am letzten Abend haben sie ein ernstes Gespräch.
»Wir haben uns überlegt, Lydia und ich«, sagt der General, »daß wir dir dieses Haus vererben werden. Es gibt keine jungen Menschen mehr in meiner Familie, sie sind tot oder gefallen. Wir möchten nicht gern, daß das Haus an fremde Leute kommt. Dir gefällt es doch auch, nicht wahr?«
»Mir gefällt es außerordentlich«, antwortet Jacob gerührt.
»Du wirst halt eines Tages eine Heizung einbauen lassen müssen. Und wenn du hier nicht wohnen willst, kannst du es ja vermieten, dann hast du eine Einnahme daraus. Du siehst ja selbst, wie beliebt unser Ort ist. Im Sommer kommen immer viele Fremde, das Hotel drunten ist meist ausverkauft. Es ist ein gutes Publikum. Es wird ja auch allerhand geboten, einmal in der Woche Reunion, es gibt gut zu essen, die Schiffe legen hier an, und nach Lindau ist es nicht weit, da hat man die direkte Bahnverbindung nach München. Und von hier über Friedrichshafen nach Stuttgart. Man ist hier wirklich nicht von der Welt abgeschlossen.«
Dieses große, alte Haus, denkt Jacob, was soll ich damit. Er muß ein Grinsen unterdrücken. Madlon hat das ganz richtig gesehen. Du bist ein Sohn und ein Erbe, hat sie gesagt. Er ist überdies noch ein Neffe und ein Erbe. Dieses Haus hier allerdings wird ihm ganz allein gehören, im Gegensatz zu dem an der Seestraße und zu dem am Münsterplatz. Von Jonas Hof einmal abgesehen, an dem er sich gewiß kein Anrecht erworben hat.
»Deine Schwestern und ihre Kinder sind ja alle wohlversorgt«, fährt der General fort. »Man weiß zwar nicht, was noch alles auf uns zukommt. Es wird keine leichten Jahre geben, denke ich mir. Ich werde wohl nicht mehr allzu lange leben, und Lydia hat natürlich Wohnrecht in dem Haus, solange sie lebt, und ich möchte dich auch bitten, Benedikt zu behalten, und…«

»Ach, Maxl«, sagt Lydia und nimmt seine magere, blaugeäderte Hand in ihre, »tu mir das bloß nicht an, sterb bloß nicht.«
»Irgendwann muß es ja sein.« Der General lächelt und spürt den flatternden Schlag seines Herzens. Er weiß, daß es bald sein wird.

Ein Nachmittag im Juni

Dieser Frühling ist vorüber, der Sommer hat begonnen, und als Jacob in Richtung Meersburg fährt, ist ringsum die Heuernte in vollem Gange. Auch auf dem Meinhardthof sind sie wohl bei der Arbeit, denn als Jacob am frühen Nachmittag eintrifft, findet er nur Bassy, die Münsterländerhündin, vor. Die liegt im Sonnenschein vor dem Haus, blinzelt, als der Wagen hält, steht dann träge auf, als Jacob aussteigt, und kommt langsam auf ihn zu.
»Na, kennst du mich noch?« fragt Jacob, und das scheint der Fall zu sein, Bassy beschnuppert ihn kurz und läßt sich dann mit einem Seufzer wieder nieder.
Jacob geht durchs Haus, kein Mensch ist zu sehen; doch, in der Küche sitzt eine alte Magd, klein und verhutzelt, sie wakkelt mit dem fast haarlosen Kopf und gibt auf Jacobs Fragen keine Antwort. Sie ist taub.
Er geht durch die Ställe, da steht Tango, der Rappe, doch das Pferdegespann fehlt. Das Ochsengespann jedoch ist da, also fahren sie noch nicht ein, sie sind erst beim Wenden. Er versucht, sich zu erinnern, was sonst im Juni alles noch an der Reihe ist: Kartoffelhäufeln, Unkrauthacken im Getreide, Rübenhacken – eine Sauarbeit, wie er weiß. Es fällt ihm auch wieder ein, daß im Juni selten jemand vor Anbruch der Dämmerung im Haus anzutreffen war. Seine Mutter ist natürlich mit draußen, immer noch und unermüdlich. Gutsbesitzerin – lächerlich. Sie ist und bleibt eine Bäuerin, die nicht weniger arbeitet als ihre Knechte und Mägde.
Madlon hat offenbar genug vom Landleben und ist nach Konstanz zurückgekehrt.
Jacob steht eine Weile vor der Haustür, die Hände in den Taschen, geht dann hinüber zum eingezäunten Hühnerhof und

sagt zu dem stattlichen schwarzen Hahn, der ihn mißtrauisch beäugt: »Ist schon gut, keiner tut deinen Damen was«, dann blickt er ostwärts über die Wiesen, aber da ist niemand zu sehen.
Der Himmel weiß, wieviel Wiesen Jona inzwischen hat und wo die alle liegen. Vor dem Abend jedenfalls wird sich keiner hier einfinden.
Er überlegt, was er tun soll. Er könnte gleich weiterfahren, dann ist er am Abend in Konstanz, er könnte hinunterfahren zum See und schwimmen, warm genug ist es an diesem Tag, es ist geradezu heiß, und ein Bad wäre wohltuend. Er kann natürlich auch einfach hierbleiben und warten, denn wenn er schon einmal da ist, wäre es angebracht, seine Mutter zu sehen.
Er entschließt sich für das letztere, geht noch einmal ins Haus und holt sich aus dem Keller den Obstler. Mit der Flasche und dem Glas setzt er sich auf die Bank vor dem Haus und zündet sich eine Zigarette an. Bassy blinzelt faul zu ihm hin und streckt alle vier Beine weit von sich.
»Du hast es gut«, sagt Jacob. »Hund muß man sein auf einem Bauernhof. Du bist die einzige, die nichts arbeiten muß. Nicht einmal das Haus bewachst du ordentlich. Läßt es einfach zu, daß ich mir den Schnaps hole.«
Genauso faul und zufrieden wie die Hündin fühlt sich Jacob im warmen Sonnenschein, die Jacke hat er ausgezogen, nach dem dritten Obstler wird er schläfrig. Eine graugestromte Katze springt neben ihn auf die Bank, reibt ihren Kopf an seinem Arm, und als er sie streichelt, fängt sie laut zu schnurren an. Wirklich gemütlich auf Jonas Hof!
Auf den nahegelegenen Wiesen liegt das Gras bereits in Schwaden, es duftet nach Sommer, morgen werden sie es wenden, und wenn es nicht regnet, können sie es in zwei Tagen trocken einfahren. Die Obstbäume haben gut angesetzt, und drüben im Wald leuchtet es lichtgrün zwischen dem Dunkelgrün der hohen Bäume. Müßte ganz schön sein, im Wald spazierenzugehen, aber dazu müßte er aufstehen und dort hinüberlaufen, außerdem ist das Spazierengehen mit seinem lahmen Bein auch nur ein zweifelhaftes Vergnügen.

Also rückt er nur an das äußerste Eck der Bank, da wirft der alte Apfelbaum, der vor Jonas Blumengarten steht, ein wenig Schatten, und er kann ostwärts ins Land hineinblicken, ob vielleicht doch irgendwann einer kommt.

Jonas Garten ist wieder eine buntleuchtende Pracht, und Jacob fragt sich, woher sie eigentlich die Zeit nimmt, sich darum auch noch zu kümmern. Hinter dem Garten, das sieht er erst jetzt, führt ein schmaler Pfad über die Wiesen, den gab es früher nicht. Und der Zaun, der den Garten umschließt, hat nun auch dort hinten ein kleines Türchen, das ist ihm ebenfalls neu. Das ist offenbar der Privatweg hinüber zu dem anderen Hof, der ihr ja nun auch gehört. Und alle Wiesen und Felder, die dem anderen Hof angehören, sind nun ihre Wiesen und Felder.

Sie ist total verrückt, das denkt er genauso, wie er es dachte, als er vom Erwerb des Nachbarhofes hörte. Wieviel Arbeit hat sie sich aufgebürdet auf ihre alten Tage!

Und da auf einmal, er reißt erstaunt die Augen auf, die ihm schon fast zugefallen sind, kommt doch wahrhaftig ein menschliches Wesen auf dem Wiesenpfad dahergewandelt. Wandeln, anders kann man es nicht nennen; langsam, schlendernd, von einem weiten weißen Rock umschwungen, kommt eine Frau heran. Eine Frau? Eine Dame, der Kleidung nach. Eine junge Dame, wie er beim Näherkommen sieht. Das weiße Kleid hat kleine blaue Tupfen, sie trägt einen breiten weißen Strohhut, unter dem sich lange blonde Locken hervorringeln. Und das alles am hellen Werktag. Also kann es sich nur um eine Sommerfrischlerin handeln. So etwas gibt es hier nun erstaunlicherweise auch. In Bad Schachen gehörten solche Erscheinungen zum täglichen Bild. Aber hier?

Jacob blickt der Näherkommenden gespannt entgegen, seine Müdigkeit ist verflogen. Jetzt geht sie in aller Selbstverständlichkeit durch die kleine Pforte in Jonas Blumengarten hinein, geht mitten hindurch, berührt mit der Hand liebkosend eine Rose, die sich ihr entgegenneigt, und je näher sie kommt, um so besser kann Jacob erkennen, was für eine hübsche Person das ist. Das Gesicht, geneigt, beschattet von dem Hut, ist zart und von unschuldigem Liebreiz, und es interessiert ihn nun

wirklich, welche Farbe ihre Augen haben. Blau würde am besten passen.
Bassy ist aufgestanden. Sie geht der Frau entgegen, und das lebhafte Schwanzwedeln läßt erkennen, daß sie keine Fremde auf dem Hof ist. Möglicherweise, so fährt es Jacob durch den Kopf, vermietet Jona die Zimmer auf dem anderen Hof an Sommerfrischler, so etwas würde ihr ähnlich sehen.
Er stellt behutsam die große weiße Flasche mit dem Obstler auf die Erde und steht in seiner ganzen Länge auf. Eigentlich hätte sie ihn längst sehen müssen, sie ist nur noch drei Schritte von ihm entfernt, aber so verträumt und abwesend wandelt sie da vor sich hin, als gehe sie auf einer Wolke spazieren.
Jetzt allerdings sieht sie ihn, bleibt überrascht stehen, schaut ihn an – und wahrhaftig, ihre Augen sind blau wie der Himmel. Ihr Mund ist weich und unschuldig wie der eines Kindes, zartrosa wie die Rose, die sie eben gestreichelt hat, und Jacob denkt sofort, daß er diesen Mund küssen möchte. Solch ein sanfter, unschuldvoller Engel ist das, genau das, was ein Mann sich wünscht.
Sie steht regungslos, und er neigt übertrieben tief den Kopf und sagt: »Guten Tag und herzlich willkommen! Sie hat der Himmel mir geschickt, ich fing gerade an, mich zu langweilen. Darf ich Sie einladen, auf dieser Bank Platz zu nehmen? Mir zur Gesellschaft ein Gläschen mitzutrinken? Kommen Sie zufällig hier vorbei, oder wollen Sie einen Besuch in diesem Haus machen? Es ist keiner da. Nur ich.«
Jeannette versteht kein Wort. Sie ist nun schon zwar einige Wochen hier, aber sie hat sich nicht die geringste Mühe gegeben, auch nur ein Wort Deutsch zu lernen. Wozu auch, sie will ja sterben, sie will nicht leben, weder dort noch hier, also braucht sie auch die Sprache dieser Leute nicht zu lernen, bei denen sie jetzt wohnt. Die Ablehnung, die sie ihrer Umwelt entgegenbringt, die Apathie, die ihr geneigter Kopf, ihr abgewendeter Blick, ihr stummer Mund ausdrücken, wirkt auf alle, die um sie sind, verwirrend. Sie hat kein Auge für die Schönheit der Landschaft, für das Blau des Himmels, für das Grün von Wiesen und Wald, für das Leuchten der Blumen und Blüten. Daß sie soeben die Rose berührt hat, war das erste positi-

ve Zeichen von Leben, das sie seit langem gegeben hat. Es ist auf das Gespräch zurückzuführen, das sie am Abend zuvor mit Madlon gehabt hat. Oder genauer ausgedrückt, auf das, was Madlon ihr gesagt, eindringlich gesagt hat.
Die Erscheinung des Mannes, der plötzlich vor ihr steht, verursacht geradezu einen Schock. Nicht daß man sich hierzulande vor einem fremden Mann fürchten müßte, aber sie fürchtet sich noch immer vor allen Männern, und dieser hier sieht sie so eindringlich an, und außerdem hat sie einen Mann wie diesen noch nie gesehen. Und obwohl sie nie mehr in ihrem Leben von einem Mann etwas wissen will, denkt sie jetzt: was für ein großer Mann, was für ein schöner Mann!
Das denkt sie wirklich: quel bel homme!
So unrecht hat sie nicht, Jacob sieht aus wie in seiner besten Zeit. Wenn Lettow ihn ärgern wollte, nannte er ihn Jung-Siegfried. »Da kommt unser Jung-Siegfried. Habt ihr einen Drachen zur Hand?« Jacobs Gesicht ist gebräunt, seine Augen sind klar und hell, das Haar wächst ihm dicht aus der nicht allzu hohen Stirn. Und sein Mund, ja, auch bei ihm ist es der Mund, an dem der Blick der Frauen hängenbleibt, selbst der einer so unerfahrenen Frau wie Jeannette. Der Mund ist groß und schön geschwungen, die Unterlippe voll, und wenn er lächelt, wirkt es leicht ein wenig unverschämt, ganz von selbst, unbeabsichtigt.
Jetzt blickt er sie also an mit diesem Lächeln und wartet auf eine Antwort. Es kommt keine, also redet er weiter.
»Sie können nicht einfach gehen und mich hier allein sitzen lassen. Sehen Sie nur, wie gut es sich hier sitzt. Alles ist grün, das frisch gemähte Gras duftet, die Blumen blühen, na, und so weiter. Der Apfelbaum und der Hut beschatten Ihr reizendes Gesicht, die Sonne wird Ihrem Teint nicht schaden. Ich frage mich nur, wie Sie in diese Gegend kommen? Sind Sie möglicherweise eine Elfe aus des Markgrafs Wäldern?«
So aus dem Stand beginnt er einen handfesten Flirt, es ist wirklich schade, daß Jeannette ihn nicht verstehen kann. Sie macht eine rasche Bewegung zur Seite, als wolle sie fortlaufen, er faßt sie behutsam am Arm.
»Bitte! Bleiben Sie doch. Ich verspreche Ihnen, daß ich kei-

nen Unsinn mehr rede und mich ganz manierlich benehme. In Ausnahmefällen kann ich das.«
Sie versteht das Wort ›bitte‹, sie hört den freundlichen Tonfall, sie sieht den schon fast zärtlichen Blick. Nun lächelt sie ein wenig und läßt sich doch wirklich von ihm zur Bank führen, setzt sich vorsichtig, blickt nach rechts und links, lauscht ins Haus. Bemerkt auch seine Fahne.
Er hebt die Flasche vom Boden.
»Darf ich Ihnen so etwas anbieten? Ich hole noch ein Glas.«
Sie schüttelt den Kopf, doch er ist schon im Haus verschwunden und kommt in Windeseile mit dem Glas wieder, denn er hat Angst, sie könne verschwunden sein.
Sie ist noch da.
Er füllt das Glas, sie schüttelt zwar wieder den Kopf, nippt aber dann doch, nachdem er sich auch eingeschenkt hat und ihr zuprostet.
Ob sie taub ist? denkt Jacob. Oder stumm?
»Das ist ein sauberes Getränk, das einem gut bekommt. Selbst gebrannt auf diesem Hof. Sie kennen sich hier aus?« Sein immer wieder fragender Tonfall veranlaßt Jeannette nun doch zu einer Äußerung.
»Merci«, flüsterte sie, und Jacob öffnet vor Erstaunen den Mund. Das kann doch nicht wahr sein! Ist das am Ende Madlons Nichte?
Französisch, verdammt, das kann er so gut wie gar nicht. Madlon, die lernt eine fremde Sprache im Handumdrehn. Er war schon in der Schule, wie in vielen anderen Fächern, auch in Fremdsprachen ein Versager. Was allein hat es für Mühe gemacht, was hat es für Nachhilfestunden gekostet, ihn wenigstens in Latein einigermaßen über die Runden zu bringen.
»Mademoiselle«, beginnt er, »vous ... vous venez de Belgique?«
Jeannette nickt, lächelt und sagt: »Je suis Jeannette Vallin.«
»Na, so was!« Er deutet mit dem Finger auf seine Brust. »Ich...eh, ich meine, moi... Jacob. Je suis Jacob Goltz. Jacques.«
Darüber staunt Jeannette ganz außerordentlich. Der Mann von Madeleine. So hat sie sich den nicht vorgestellt. Genau-

genommen hat sie ihn sich überhaupt nicht vorgestellt. Seltsamerweise verspürt sie einen Hauch von Enttäuschung. Warum? Weil er der Mann ihrer Tante ist. Darum.
Sie blickt angestrengt in die Ferne, ob denn nicht Madeleine irgendwo zu sehen ist. Sie hat das Gespann gelenkt, als sie heute morgen hinausgefahren sind zu den östlichen Wiesen, aber sie hat gesagt, sie komme am Nachmittag zurück, früher als die anderen.
»Ich koche uns etwas Gutes, ja? Wenn du schon kein Mittagessen bekommst, dann sollst du wenigstens heute ein feines Abendessen haben. Du ruhst dich schön aus, gehst ein bißchen spazieren, das ist gesund für dich. Und ich möchte heute abend keine verweinten Augen sehen. Das versprichst du mir.«
Jeannette hat wirklich keine verweinten Augen, und das kann man bereits als Ausnahme bezeichnen.
Seit sie mit Sicherheit weiß, daß sie ein Kind bekommt, hat sie fast jeden Tag geweint. Ein Kind, das dieser widerlichen Szene entstammt, ein Kind, das sie nur hassen und niemals lieben kann, weil sie den Mann, der es in sie hineingezwungen hat, haßt aus tiefstem Herzensgrund, weil sie nur aus Haß besteht, wenn sie an ihn denkt, und weil sie auch das unerwünschte Leben in ihrem Leib darum hassen muß.
Madlon hat es nicht leicht mit dieser aufgelesenen Nichte. Sie hat alle Überredungskraft aufgewendet, um das Mädchen seiner Verzweiflung zu entreißen, auch hat sie ständig Angst, daß Jeannette sich etwas antut. Denn damit droht Jeannette, das hat sie mehrmals schluchzend herausgeschrien. Der See ist nicht allzuweit entfernt.
Jona und Rudolf stehen der ganzen Angelegenheit hilflos gegenüber, denn sie können mit Jeannette nicht reden, und Jeannette kann sie nicht verstehen. Die paar Brocken Französisch, die Rudolf drüben in New Orleans gelernt hat, die hat er längst vergessen.
Aber Jeannette will auch mit keinem reden, und sie will keinen verstehen, sie will nur eins: sich in ihrem Gram verkriechen. Gestern abend nun hat Madlon ihr sehr energisch die Leviten gelesen. Hat ihr wortreich klargemacht, was für

furchtbare Dinge es gibt unter Gottes Sonne, welches Leid, welche Not Menschen erdulden müssen, beispielsweise in dem noch nicht so lange vergangenen Krieg erduldet haben, und wieviel Unrecht und Elend täglich auf dieser Welt geschieht.

»Es ist kein Grund zur Verzweiflung, ein Kind zu bekommen. Ich habe mir nichts so sehnlich gewünscht wie ein Kind. Ich habe kein Kind bekommen. Gott wollte es nicht. Ich weiß, auf welch böse Weise du dieses Kind empfangen hast, und ich verstehe deinen Zorn und deine Weigerung, es hinzunehmen. Aber glaube mir, mein Kind, das ist schon vielen Frauen passiert, wir sind nun einmal in dieser Beziehung verletzbar. Es gibt Männer, die zu Frauen brutal sind, es hat sie immer gegeben. Auch wenn es jetzt heißt, die Frauen sind gleichberechtigt und brauchen sich nichts mehr gefallen zu lassen, so sind sie immer noch diejenigen, die die Kinder bekommen.«

Sie ist versucht, Jeannette zu erzählen, was mit ihr geschah, als ihre Schwester Ninette ihr drittes Kind, eben Jeannette, erwartete. Aber sie bringt es nicht über die Lippen, eine üble Geschichte löscht eine andere üble Geschichte nicht aus, und es kann für Jeannette kein Trost sein, wenn sie ihre Mutter in ihren Augen erniedrigt und ihren Vater als Wüstling hinstellt. Das ist alles so lange her, Ninette ist tot, Pierre ist tot. Es geht darum, hier und heute eine Lösung zu finden, eine Lösung, die auch Jeannette akzeptieren kann. Und die sie, das ist das wichtigste, mit dem Kind versöhnt, das sie zur Welt bringen wird.

»Man kann natürlich jederzeit eine Abtreibung vornehmen, das ist heute viel leichter als vor dem Krieg, aber es ist nun schon ein wenig spät in deinem Fall. Sicher ist es auch jetzt noch möglich, und wenn du um jeden Preis willst, fahre ich mit dir nach Berlin, und wir finden dort einen Arzt, der es tut.« Dabei denkt Madlon an ihre schlechte Finanzlage. Die Belgienreise hat viel Geld gekostet, und sie hat keine Ahnung, was eine Abtreibung kostet. Natürlich kann sie das Geld auftreiben, wenn sie will. Aber sie will nicht, daß Jeannette abtreibt, sie will das Kind.

»Aber ich denke, du bist eine fromme Katholikin, erzogen von den guten Frauen. Könntest du es denn mit deinem Gewissen vereinbaren?«

Da fängt Jeannette wieder zu weinen an, und Madlon nimmt sie tröstend in die Arme.

Sie sind allein bei diesem Gespräch, oder besser gesagt, bei dem Monolog, den Madlon hält, denn sie wohnen seit zwei Wochen auf dem anderen Hof. Das hat Jona so bestimmt. Sie sieht, wie verstört, wie gequält das Mädchen ist, und sie denkt, daß es ihm leichter fällt, mit Madlon allein, als immer mit fremden Menschen zusammenzusein.

Natürlich kennt Jona das ganze Drama, und sie hat sofort gesagt: »Deine Nichte kann hierbleiben, bis sie das Kind bekommt.« Dann hat sie Madlon und Jeannette nach Markdorf zu dem Arzt geschickt, den sie selbst gut kennt und der sie alle behandelt, falls es einmal nötig ist. Denn zuerst einmal, meinte Jona, müsse man wissen, ob wirklich eine Schwangerschaft vorliege oder ob es sich nur um eine nervöse Störung als Folge jenes üblen Nachmittags handle.

Nun wissen sie, daß Jeannette ein Kind bekommt, und alle haben sich darauf eingestellt, nur Jeannette nicht. Noch lange nicht. Ihre Tränen, ihre Verzweiflung haben alle, die um sie sind, auch Nerven gekostet. Jona konnte es nicht mehr mit ansehen. Sie ist sicher, daß es ihr gelingen würde, dieses verstörte Kind zurechtzurücken, wenn sie nur mit dem Mädchen reden könnte.

Rudolf hat auf dem anderen Hof drei Zimmer für Madlon und Jeannette eingerichtet, dort sind sie ungestört, wenn sie wollen, und Jeannette muß nicht jeden Abend bei fremden Leuten in der Stube sitzen und eine fremde Sprache hören, die sie nicht versteht, und muß nicht beschämt, mit tränengefüllten Augen an ihnen vorbei in eine Ecke starren.

Jonas Idee war nicht schlecht. Ein wenig entspannter wirkt Jeannette nun doch, sie kommt manchmal von allein herüber, sie spielt mit den Katzen, sie spricht Französisch mit dem Hund oder auch Flämisch, was weniger fremd in seinen Ohren klingt. Sie geht auch in die Ställe, zu den Pferden, zu den Kühen und den beiden starken, schönen Ochsen, und einige

Male hat ihr Jona auch schon den Korb in die Hand gedrückt, damit sie die Hühner füttert.
Die Tiere sind eine gute Medizin für Jeannette. Sie liebt die Tiere, sie findet Trost bei ihnen. Dennoch fließen die Tränen immer wieder aufs neue.
Madlon war noch einmal allein in Markdorf bei dem Arzt, um sich Rat zu holen, um zu fragen, was man tun könne, um dem Mädchen zu helfen.
Der Arzt war ein wenig ungehalten.
»Wenn Sie mich fragen, so finde ich, die junge Dame sollte Vernunft annehmen. Sie ist doch vergleichsweise in einer beneidenswerten Situation. Umsorgt, umhegt und betüttelt von Ihnen und der großartigen Frau Goltz. Also, ich kenne da andere Fälle. Ich habe armselige, verlassene Mädchen erlebt, die allen Grund zur Verzweiflung hatten. Rausgeschmissen von den Eltern, verlassen von ihrem Geliebten, verachtet von der Umwelt. Ich habe auch einige Selbstmorde in dieser Situation erlebt, o ja. Können Sie denn Ihre Nichte nicht auf irgendeine Weise beschäftigen? Es gibt doch auf einem Hof Arbeit genug. Und dann – na ja, gehen Sie öfter mal mit ihr in die Kirche. Das müßte doch auch eine gewisse Wirkung auf sie haben, nach allem, was Sie mir von ihr erzählt haben. Und lassen Sie ihr das ewige Lamento nicht durchgehen. Gott im Himmel, es ist doch heutzutage nicht mehr solch eine Tragödie, ein uneheliches Kind zu bekommen.«
Darum sagt Madlon: »Ich finde, du bist ein wenig undankbar, meine Kleine. Nicht mir gegenüber, das meine ich nicht. Aber dem Schicksal gegenüber. Oder dem lieben Gott gegenüber, wenn man es gleich beim richtigen Namen nennen will. Sieh mal, man kann es doch wirklich als höhere Fügung betrachten, daß ich nun ausgerechnet zu diesem Zeitpunkt nach Gent kam, als du Hilfe gebraucht hast. Du warst so allein und verlassen. Aber nun bist du hier, weit weg von allem, keiner kennt dich hier, keiner sagt ein schlechtes Wort über dich. Und ist es nicht schön hier? Diese Menschen hier, die dir fremd sind, waren für mich vor einem halben Jahr auch noch fremde Menschen. Und jetzt sind es meine Freunde. Ich liebe Jona. Und ich mag Rudolf. Und ich konnte dich ganz selbst-

verständlich hier ins Haus bringen, in ein Haus voll Güte und Verständnis. Solltest du nicht dafür dem lieben Gott ein wenig dankbar sein? Wenn du es mir schon nicht bist.«
Jeannette küßt Madlons Hände, dann weint sie wieder. Madlon nimmt sie in die Arme und tröstet sie. So war es an vielen Abenden, so war es am Abend zuvor.
Madlon bringt wirklich eine engelhafte Geduld auf, und das entspricht im Grunde nicht ihrer Wesensart. Sie hat Jeannette gern und möchte ihr helfen, aber vor allem will sie das Kind. Jeannette soll nicht abtreiben, sie soll auch sonst keine Dummheiten machen, und wenn Madlon für eine Weile Haus und Hof verläßt, ist sie voller Unruhe. Am Ende fällt es dem Mädchen ein, auf einen Baum zu klettern und hinunterzuspringen, das sind Ideen, auf die Frauen in vergleichbarer Situation schon gekommen sind.
Madlon will das Kind. Sie freut sich darauf, als ob es ihr eigenes wäre. Dieser Michel hat sich abscheulich benommen, aber jung und gesund muß er ja wohl gewesen sein. Und Jeannette ist ebenfalls jung und hübsch und gesund; der Arzt in Markdorf hat auch ihre Lunge gründlich untersucht. So übel, denkt Madlon, kann das Ergebnis folglich nicht sein. Nur möchte sie erreichen, daß Jeannette sich nicht immerzu grämt, daß sie nicht so viel weint und vor allem nicht diesen ständigen Haß in ihrem Herzen nährt. Das muß dem Kind ja schaden. Das sagt sie nicht zu Jeannette, so kann man mit ihr noch nicht reden, aber sie spricht darüber zu Jona, auch zu Rudolf, die beiden sind ihr so vertraut geworden wie keine anderen Menschen zuvor. Selbst Jacob stand ihr nie so nahe, nicht auf diese Art. Was für eine Art? Wie soll man es nennen, was Madlon in diesem Frühling und Sommer widerfährt?
Sie hat zum erstenmal in ihrem Leben eine Art Ruhe gefunden, eine Art Frieden, sie macht es sich nicht einmal klar, sie ist kein kontemplativer Mensch – und wirkliche Ruhe, wirklicher Frieden ist es im Grunde ja doch nicht. Da ist ihre unkontrollierbare Leidenschaft für Rudolf, das ungeklärte Verhältnis zu Jacob, die Sorge um das werdende Kind, nein, Ruhe und Frieden kann man es wirklich nicht nennen, also ist es

vielleicht eher eine Art Heimatgefühl, das sie nie zuvor gekannt hat.
Alles, was hinter ihr liegt, hat sie abgeschüttelt, in diesem Sommer beginnt sie ein neues Leben.
Drängt sich der Vergleich auf zu Jonas drittem Leben? Nur weil derselbe Mann daran beteiligt ist?
In keiner Weise läßt sich das Leben der beiden Frauen vergleichen, die Vorbedingungen sind andere, der Lebenslauf zeigt nicht die geringste Ähnlichkeit, denn so verwurzelt in ihrem Land, wie Jona es war und ist, so umhergetrieben und wurzellos war und ist Madlon. Oder ist sie es nicht mehr? In einem Punkt gleichen sich die beiden möglicherweise doch, in der Souveränität und der Stärke, mit der sie ihr Leben führen und ihre Umwelt beherrschen.
Nur gerade jetzt versagt Madlons Kraft, es gelingt ihr nicht, Jeannette ihrem Willen zu unterwerfen. Dieses zarte, unglückliche Kind widersteht mit erstaunlicher Zähigkeit jedem Trost und jeder Einsicht. Und die Angst, was Jeannette wohl tun könnte, allein gelassen, verläßt Madlon keine Minute.
Auch heute, an diesem Junitag, als sie im Waldschatten eine kurze Rast machen, fängt sie wieder davon an.
»Lieber Himmel«, sagt Jona, »mach dich doch nicht so verrückt. Man könnte meinen, du bekommst das Kind.«
»Ich? Ich würde vor Freude auf dem Tisch tanzen.«
»Das wäre dem Kind sicher auch nicht bekömmlich«, meint Jona trocken.
»Aber du verstehst mich doch, Jona. Es soll ein gesundes Kind werden. Und ein fröhliches Kind. Sie soll sich mit ihrem Kind vertragen, sie soll es liebhaben, jetzt schon. Ich denke mir, daß das wichtig ist. Wie es später weitergeht, was wir dann tun werden, das weiß ich auch nicht. Aber an später will ich jetzt nicht denken. Eins nach dem andern. Erst muß das Kind da sein. Mir wird dann schon etwas einfallen.«
Sie hat jede Menge schwierige Situationen erlebt, und es ist ihr meist etwas eingefallen. So wie ihr auch eingefallen ist, zu Jacob zu sagen: Du bist ein Sohn und ein Erbe. Laß uns zu deinen Leuten gehen.
Das ist noch gar nicht lange her, das war erst im vergangenen

November, da lag er mit seiner Malaria, geschüttelt vom Fieber, in dem kümmerlichen Pensionszimmer in Berlin, und ihr fiel ein, zu sagen: Laß uns zu deinen Leuten gehen.
Ein guter Einfall. Gut und richtig für Jacob, und wie sich gezeigt hat, auch für Madlon. Not und Elend gibt es nach wie vor in diesem geschlagenen Land, der Lebenskampf ist härter, als er jemals war, aber Madlon steht drüben in Konstanz eine geräumige Wohnung zur Verfügung, und hier lebt sie nun seit Wochen in aller Selbstverständlichkeit auf Jonas Hof. Und nicht nur das, sie hat ihr noch ihre schwangere Nichte, eine völlig Fremde, ins Haus gebracht.
»Du bist so gut, Jona«, sagt sie spontan. »Ich wüßte gar nicht, was ich ohne dich tun sollte. Wenn es dir zuviel wird, wenn du uns loshaben willst, bitte, ich bitte dich, dann sage es mir.«
Jona lächelt ein wenig spöttisch.
»Und was machst du dann? Wollt ihr das Kind in der Seestraße kriegen?«
Darüber müssen sie alle drei lachen.
»Ich sehe das Gesicht meiner Tochter Agathe vor mir. Oder das meines Schwiegersohnes. Und selbst mein guter Ludwig wäre wohl etwas überfordert.«
»Agathe ist so eine große Wohltäterin. Sie hilft doch allen Leuten.«
»Sie ist vor allem auf ihre Reputation bedacht. Und auf die der Familie. Ich, ihre eigene Mutter, bin schon eine Kröte, die sie schwer schlucken kann. Du, eine Ausländerin unklarer Abstammung, ein fremdes Mädchen, von dem sich das gleiche sagen läßt, und ein Bankert dazu, ich bezweifle, daß ihre Wohltätigkeit so weit reicht.«
Rudolf wischt sich den Schweiß von der Stirn, nimmt einen tiefen Schluck aus dem Mostkrug, schüttelt lachend den Kopf und sagt: »Ihr Frauen macht einen Wirbel um dieses ungeborene Kind, als gäbe es auf der ganzen Welt sonst nichts von Bedeutung.«
»Aber was könnte eine größere Bedeutung haben als die Geburt eines Kindes«, ruft Madlon lebhaft. »Ein Mensch kommt auf die Welt, er hat keinen Vater und eine todunglückliche Mutter. Und jeder wird ihn schief ansehen, weil er aus so un-

geordneten Verhältnissen stammt. Ein Bankert – Jona hat es gerade gesagt. Das ist doch schrecklich.«
»Ich möchte dich darauf aufmerksam machen, Madlon, daß nach diesem Krieg sehr viele Kinder ohne Vater aufwachsen müssen.«
»Das weiß ich auch, aber wenn der Vater gefallen ist, so war er doch einmal vorhanden. Und für einen toten Vater kann man ein Kind nicht verantwortlich machen. Und auch die Mutter nicht.«
»Du bist genauso verbohrt wie deine Nichte. Hör zu, Madlon, ich mach dir einen Vorschlag. Wenn es nur um die eheliche Geburt geht, na gut, ich bin bereit, deine Nichte zu heiraten. Nächste Woche, wenn du willst. Mir macht das nichts aus. Ich bin frei und ledig, ich bekomme sowieso nie die Frau, die ich will. Also heirate ich Jeannette, pro forma natürlich und nur standesamtlich, und wenn sie das Kind hat, kann sie sich scheiden lassen und tun, was sie will.«
Beide Frauen starren ihn sprachlos an. Er kann mit der Wirkung seiner Worte zufrieden sein und greift abermals zum Mostkrug. Madlon blickt hinauf in die Baumwipfel und denkt nach. Nicht nur sie, auch andere Leute haben Einfälle.
Jona sagt: »Das sollte mein Bruder Franz hören. Wenn ihr das macht, muß das wirklich ganz schnell gehen. Franz darf das nicht miterleben.«
»Ich denke, er kommt erst im Herbst«, sagt Madlon, auf einmal ganz nüchtern. »Und außerdem muß ein Priester alles verstehen und alles verzeihen.«
»Ist das so?« fragt Jona langsam. »Bei Franz wäre es vielleicht sogar möglich.« Jetzt blickt *sie* nachdenklich hinauf in die Wipfel.
Im Herbst kommt Franz nach Radolfzell, er wird dort Pfarrer, wo er einst als Kaplan begonnen hat. Jona weiß, wie sehr er sich darauf freut, wieder in ihrer Nähe zu sein.
»Jedenfalls kann er das Kind taufen. Es wird ja wohl ein Christkindl werden.« Und ganz begeistert auf einmal: »Wißt ihr was, wenn es zu kalt ist, machen wir eine Haustaufe.«
»Das mit dem Heiraten müßte sowieso schnell gehen«, meint Rudolf. »Sonst glaubt es keiner. Wenn wir deiner Tochter

Agathe ein eheliches Kind und eine ehrbare Mutter unterschieben wollen, dürfen wir keine Zeit verlieren.«
»Meine Tochter Agathe mag sein, wie sie will, dumm ist sie jedenfalls nicht. Rechnen kann sie auch.«
Madlon fragt naiv: »Würde es dir denn Freude machen, einen Sohn zu haben, Rudolf?«
Jona, die gerade trinken wollte, muß den Krug wieder absetzen, so schüttelt sie das Lachen.
»Madlon, du bist einmalig. Rudolf, dürfte es auch eine Tochter sein?«
»Na, wenn ihr das so komisch findet«, sagt Rudolf beleidigt, »brauchen wir ja nicht mehr darüber zu sprechen. Es war nur ein gutgemeinter Vorschlag. Natürlich wäre mir ein eigenes Kind lieber. Und dann möchte ich es von Madlon haben. So.«
»Das weiß ich«, bemerkt Jona kühl.
Madlon ist das Blut in die Wangen gestiegen, sie springt jäh auf. »Ach, mit euch kann man ja nicht ernsthaft reden. Ich gehe jetzt die Pferde tränken, und dann nehme ich das Rad und fahre heim. Erstens muß ich kochen, und zweitens hat Jeannette heute Geburtstag, wie ihr wißt. Gestern habe ich ihr in Meersburg ein Kleid gekauft, weiß mit blauen Punkten. Noch paßt ihr das ja. Ich habe ihr aufgetragen, daß sie es heute anzieht. Und ich habe ihr verboten zu weinen. Das Essen für die Leute habe ich schon vorgekocht, und für uns mache ich Escalopes à la crème und Spargel. Hab ich auch gestern in Meersburg noch bekommen. Bitte, kommt nicht zu spät.«
»Ich wüßte wirklich nicht, was wir ohne dich täten, Madlon«, sagt Jona in ihrem sanftesten Ton. »Wir würden glatt verhungern.«
Madlon wirft ihr einen raschen, unsicheren Blick zu, dann geht sie.
Es ist wahr, ganz unnütz ist Madlon auf dem Hof nicht. Seit Bärbel geheiratet hat, gab es keine richtige Köchin mehr. Die Magd Dorle kann nur Kaffee kochen, sonst kocht sie einen fürchterlichen Schlangenfraß, wie Rudolf sich ausdrückt. Die Leute haben gemeutert. Jetzt geht sie nur noch in den Stall und mit aufs Feld, und Madlon hat die Küche übernommen

und kocht zu aller Zufriedenheit. Anders, als man es hierzulande gewöhnt ist, aber es schmeckt immer sehr gut.
Als sie bei den Pferden ist, die sie ein Stück weiter im Wald an einem schattigen und luftigen Platz angebunden haben, kommt Rudolf.
»Willst du wirklich mit dem Rad fahren? Es ist ein weiter Weg, und bei der Hitze.«
»Das macht mir nichts. Was glaubst du, auf was für Wegen ich in Afrika herumgeradelt bin. Darum hab ich das Rad ja auf den Wagen geladen.«
Am Morgen hat sie den Wagen gelenkt, sie haben unterwegs zwei Knechte und zwei Mägde zu einem anderen Feld gebracht, die sie am Abend wieder abholen müssen. Da sie früher heimfahren will, hat sie das Rad mitgenommen.
»Madlon!«
Er will sie an sich ziehen, sie weicht zurück.
»Nein. Ich darf nicht. Sonst muß ich fort von euch. Ich will Jona nicht weh tun.«
»Jona weiß es längst.«
»Was weiß sie?«
»Wie es sein wird. Zwischen uns. Wenn deine Nichte nicht wäre...«
»Was wäre da?«
»Ich würde hinüberkommen in das andere Haus.«
»Wenn Jeannette nicht da wäre, würde ich nicht in dem anderen Haus wohnen. Das ändert gar nichts.«
»Nein. Das ändert gar nichts.«
Sie legt beide Arme um seinen Hals, sie küssen sich, lange, sein Körper drückt sich fest an ihren, sie spürt ihn, sein Verlangen, seine Kraft, und ihr Verlangen ist so heftig wie seins.
»Sie wird mich fortjagen«, stößt sie atemlos hervor. »Und dich dazu.«
»Nicht Jona. Sie versteht es.«
Und wieder versinken sie ineinander, vergessen, wo sie sind; der Braune schlägt mit dem Schweif nach den Fliegen, dann stößt er den Eimer um, er hat genug getrunken.
Madlon löst sich von Rudolf und holt aus dem Bottich, den sie mit hinausgefahren haben, Wasser für das andere Pferd.

»Morgen haben wir es leichter«, sagt Rudolf. »Auf der anderen Seite vom Wald ist ein Bach, da brauchen wir kein Wasser mitzunehmen.«
Sie sehen beide zu, wie das Pferd mit langen Zügen trinkt.
»Das ist alles – ganz unmöglich«, sagt sie.
»Vielleicht müssen wir doch fortgehen, wir beide. Eines Tages, wenn das Kind geboren ist.«
»Und wo soll sie hin mit dem Kind? Und wo sollen wir hin?«
»Nun –« Rudolf legt die Hand auf den glatten Pferderücken, »vielleicht – ich dachte an Amerika. Ich war schon dort, wie du weißt. Ein wenig kenne ich mich da aus. Ich würde es noch einmal versuchen. Mit dir.«
»Was für ein Unsinn!« sagt Jona. Sie steht an den Stamm einer Buche gelehnt, sie haben nicht gehört, daß sie gekommen ist. »Dazu seid ihr beide zu alt. Und Madlon wird Jacob nicht verlassen. Er braucht sie.«
Sie drückt sich ihren alten gelben Strohhut auf den Kopf und blickt hinaus auf die Wiese, wo die beiden Knechte schon wieder dabei sind, das Heu zu wenden.
»Jetzt an die Arbeit.« Doch sie dreht sich noch einmal um. »Natürlich weiß ich, was los ist mit euch beiden. Aber es geht nicht. Nicht meinetwegen. Wegen Jacob. Du solltest nicht vergessen, daß du seine Frau bist, Madlon. Und was ich dir noch sagen will, Madlon, ist folgendes: es ist mir sehr recht, wenn auf meinem Hof ein Kind geboren wird. Ein Kind, dem keiner etwas Böses antun wird. Ganz gleich, was mit dir und Rudolf wird, das Kind kann hierbleiben. Hier ist lange, sehr lange, kein Kind geboren worden. Sage das deiner Nichte in der Sprache, die sie versteht: ein Kind, dem keiner etwas Böses antun wird. Und darum sollte sie sich jetzt endlich mit ihrem Kind vertragen, wie du es ausgedrückt hast.«
Sie geht durch die lichter stehenden Stämme des Waldrandes hinaus in den Sonnenglast der Wiese, den Rechen in der Hand. Sie hat merkwürdig ernst, geradezu feierlich gesprochen, und die beiden sehen ihr betroffen nach.
Madlon zieht ärgerlich die Oberlippe hoch. Jonas Autorität ist manchmal schwer zu ertragen.

Woher nimmt sie sich das Recht, mir zu sagen, was ich zu tun und zu lassen habe, denkt sie voll Zorn. Ich bin weder ihre Tochter noch zwanzig Jahre alt.
In was für eine verrückte Situation ist sie da wieder geraten! Wird das nie anders werden? Da lebt sie auf dem Hof dieser Frau, dieser reichen und mächtigen Frau, lebt von ihr, um es genau zu sagen, und sie hat das Mädchen mitgebracht, das ein Kind erwartet. Und Jacob ist ihr Mann, und natürlich liebt sie ihn, aber es hat sie nicht daran gehindert, sich in diesen Mann zu verlieben, der Jonas Freund ist.
Oder liebt sie Jacob wirklich nicht mehr? Sie fühlt sich für ihn verantwortlich, sie hat sich seit Jahren für ihn verantwortlich gefühlt. Seine Krankheit, seine Behinderung, seine Unfähigkeit, für sich selbst zu sorgen – er ist nicht mehr der strahlende Held, den sie in der Hafenkneipe von Daressalam vor sich sah und dem sie in die Hände fiel wie eine reife Frucht. So ist er schon lange nicht mehr. So war es schon zuletzt in Afrika nicht mehr. Eines Tages war sie die Stärkere, und so ist es geblieben. Doch nun ist er in Sicherheit, er ist bei seiner Familie, die immer für ihn sorgen wird, und er muß nicht einmal dafür arbeiten. Er ist ein Sohn und ein Erbe.
Und war er nicht auf dem besten Wege, sie mit Clarissa zu betrügen, wenn Agathe es nicht verhindert hätte? Wenn es nicht schon geschehen war. Und jetzt hat er sich viele Wochen nicht um sie gekümmert, sie hat ihm nicht gefehlt, sonst wäre er längst hier aufgetaucht.
Sie macht ihm keinen Vorwurf, sie hat auch nicht an ihn gedacht; wenn sie nicht mit Jeannette beschäftigt ist, denkt sie nur an Rudolf. Wenn er nur ins Zimmer kommt, immer leicht gebeugt unter der niedrigen Tür, geht es wie ein Stromschlag durch sie. Wenn er sie ansieht mit seinen großen dunklen Augen, ist das wie ein Sog, wenn sie seine kräftigen braunen Hände sieht, wünscht sie sich, daß diese Hände nach ihr greifen. So geht es ihr nicht mit jedem Mann, so ist es ihr selten ergangen. Mit Jacob zum Beispiel, als sie ihn kennenlernte. Später mit Kosarcz. Und nun noch einmal, was sie gar nicht mehr für möglich gehalten hätte, mit Rudolf. Und so wild und sehnsuchtsvoll hat sie noch nie nach einem Mann verlangt

wie gerade nach ihm. Kommt es daher, weil man intensiver fühlt, wenn man älter ist? Und das alles unter Jonas Augen. Auch sie liebt Rudolf. Das einzig Vernünftige wäre, auf und davon zu gehen und nie wiederzukehren. Aber da sind Jeannette und das Kind.

»Hast du gesagt, du willst mit mir nach Amerika ausreißen?«

»Ich habe in letzter Zeit manchmal daran gedacht.«

Er steht neben ihr, sieht sie nicht an, blickt hinaus auf die sonnenüberglühte Wiese, und seine rechte Hand umklammert den Stiel der Heugabel so fest, daß die Knöchel weiß hervortreten. »Danke«, flüstert Madlon und legt die Wange an seine Schulter. Er hat die Ärmel seines Hemdes hochgekrempelt, seine Arme sind so braun und kräftig wie seine Hände. Sie fährt mit dem Finger an seinem nackten Arm entlang und stellt sich vor, wie es wäre, wenn er die Heugabel fallen ließe, sie mit diesen kräftigen Armen auf den Boden drückte und sich auf sie legte. Sie spürt, wie ihr Schoß sofort feucht wird und ihre Brüste hart.

Rudolf blickt hinab auf ihre liebkosenden Finger und sagt: »Laß das lieber.«

»Ich möchte dich so gern glücklich machen. Und du wärst gut für mich, das weiß ich. So etwas weiß ich einfach. Ich gehe auch mit dir nach Amerika, und ich habe keine Angst, daß wir zu alt sind. Ich fühle mich überhaupt nicht alt. Warum sagt sie das?«

Sie blickt mit zusammengezogenen Brauen zu Jona hin, die mit langen, gleichmäßigen Schwüngen das Heu wendet.

Rudolf lacht.

»Sie kann einem manchmal so etwas unter die Nase reiben, und dann meint sie das auch ernst. Es ist wahr, Madlon, hier auf dem Hof kann es nichts werden mit uns. Wir müßten fort.«

»Aber du bist hier daheim. Du würdest sicher nicht gern fortgehen.«

»Du hast recht. Ich würde nicht gern fortgehen. Nicht vom Hof und nicht von ihr.«

»Ja, und sie braucht dich auch. Jacob braucht mich, und sie braucht dich. Und was soll aus uns werden?«

»Nichts.«

Es ist offenbar sein Schicksal. Er büßt noch immer für vergangene Schuld. Peter hat ihm eine Heimat gegeben und seine Freundschaft, und nach anfänglicher Weigerung übernahm Jona Peters Rolle. Aber er hat sie niemals wirklich bekommen, er hat überhaupt keine Frau bekommen, die zu ihm gehört, er hat nicht geheiratet, er hat keine Kinder. Jona konnte ihm alles geben, nur dies nicht. Und nun will er eine Frau haben, von der er das alles auch nicht bekommen kann.

Er stößt ein kurzes, unfrohes Lachen aus, dann schultert er die Heugabel und tritt aus dem Schatten auf die Wiese hinaus.

»So warte doch«, ruft Madlon ihm nach. »Was soll denn nun werden?«

»Nichts, Madlon, gar nichts.«

»Das werden wir ja sehen«, sagt Madlon trotzig. »Ich kapituliere nicht so leicht. Nicht einmal vor Jona.«

»Ich muß an die Arbeit. Sonst schmeißt sie mich noch raus.«

»Du! Hör mal! Es war so seltsam, was sie da gesagt hat, das mit dem Kind, meine ich, das auf dem Hof geboren werden soll. Es ist hier sehr lange kein Kind geboren worden, hat sie gesagt.«

»Das stimmt ja auch. Sie hat ihre Kinder in Konstanz bekommen. Und ihre Brüder – der eine ist Priester, der andere war ein Kretin. Den habe ich sogar noch kennengelernt, ehe er starb. Als ich das erste Mal auf dem Hof war, bei Jonas Vater. Das war kurz nachdem ich aus Amerika zurückgekommen bin. Und da fällt mir etwas ein, was Peter mir später einmal erzählt hat. Viel später. Von dem Kind, das damals im Bach ertrank. Es war das Kind seiner zweiten Frau. Es muß eine ganz furchtbare Geschichte gewesen sein. Die Frau hatte danach nur noch Totgeburten, und dann hat sie ihn verlassen. Ja, das hat Jona wohl gemeint.«

»Ich verstehe kein Wort. Was für ein Kind ist ertrunken?«

Rudolf starrt auf die Wiese hinaus zu Jona.

»Daran hat sie gedacht. Und darum hat sie auch damals zu mir gesagt: ich gehe nie an den Bach. Jetzt verstehe ich das

erst. Und das muß das letzte Kind gewesen sein, das hier geboren wurde. Jona war damals selber noch ein halbes Kind.«
»Ich weiß überhaupt nicht, wovon du redest.«
»Ich kann dir auch nicht mehr erzählen. Das ist alles, was ich weiß. Ihr Vater hat einmal kurz davon gesprochen. Sie spricht nie darüber.«
»Warum?«
»Das weiß ich doch nicht. Wahrscheinlich war es für alle ganz schrecklich. Sicher haben sie nicht richtig auf das Kind aufgepaßt, es war noch sehr klein. Aber nun muß ich wirlich gehen. Leb wohl, Madlon.«
Die Worte klingen wie Abschied, er küßt sie auf die Stirn, das ist auch wie ein Abschiedskuß, und Madlon ballt die Fäuste hinter dem Rücken, sie besteht im Augenblick nur aus Widerspruch und Rebellion.
Sie sieht ihm nach, wie er mit langen Schritten auf die Wiese geht, und sie denkt: Non. Non, non ami, tu ne me dis pas adieu. Je te veux.
Sie streicht den Pferden noch einmal über den Hals, dann nimmt sie ihr Rad und schiebt es am Waldrand entlang bis zu der staubigen Landstraße, die seewärts führt. Die Sonne brennt heiß, und sie bedauert es, den alten Strohhut nicht mitgenommen zu haben, den Jona ihr angeboten hat.
»Ah bah«, hat sie gesagt, »die Sonne am Bodensee, was soll die mir schon tun. Ich kenne die Sonne Afrikas.«
Die Sonne am Bodensee zeigt ihr, was sie kann. Sie steht ihr voll ins Gesicht, während sie schwitzend vorwärtsstrampelt. Wieso eigentlich Amerika? Warum kann sie mit Rudolf nicht nach Afrika gehen? Beispielsweise in den Kongo, dort kennt sie sich aus. Sie ist Belgierin, es wäre ihr eigenes Land, in das sie ginge. Sie hat dort keinen Krieg verloren. Und Rudolf hat in keinem Krieg gekämpft. Sie könnte ihn sogar heiraten. Gibt es ein Papier, das ihre Ehe mit Jacob Goltz bezeugt? Es gibt keins. Ich erkläre euch zu Mann und Frau, irgend so etwas hat der Missionar im Busch damals gesagt, eine Stunde später war er tot. Sicher, Zeugen waren genug da, allen voran der General. Aber es gibt nichts Schriftliches über eine Ehe-

schließung. Zweifellos war die Verwaltung in den deutschen Kolonien sehr ordentlich und gewissenhaft, nur da, wo sie dann waren, gab es keine Behörde mehr.
Warum eigentlich, grübelt sie vor sich hin, während sie die Pedale tritt und der Schweiß ihr den Nacken hinunterrinnt, warum eigentlich haben wir nie richtig geheiratet, nachdem wir in Deutschland waren? In Berlin zum Beispiel. Nicht gerade in Konstanz, das hätte Aufsehen erregt, aber in Berlin wäre das gar keine Affäre gewesen.
Weil sie gar nicht daran gedacht haben. Sie fühlten sich einander so verbunden, sie *waren* Mann und Frau, die fehlende Legalität kam ihnen gar nicht in den Sinn.
Will sie das jetzt als Waffe gegen Jacob benutzen? Beweist es denn nicht gerade, daß sie zusammengehören?
Angenommen also, sie geht mit Rudolf in den Kongo. Sie hat nicht die geringsten Bedenken, ob sie ein Auskommen finden würden. Sie können beide arbeiten, sie sind beide nicht wählerisch, wo und was es ist, spielt keine Rolle.
Aber sie kann nicht Jeannette mit dem ungeborenen Kind bei Jona zurücklassen. Also kann sie erst gehen, wenn das Kind geboren ist. Und was soll dann aus Jeannette und dem Kind werden?
Sie will das Kind.
Also geht sie mit Rudolf und Jeannette und dem Kind in den Kongo. Das ist natürlich eine vollkommen blödsinnige Idee.
Es geht ein Stück bergauf, sie tritt die Pedale wie eine Wilde, die Haare hängen ihr feucht ins Gesicht, ihr Herz klopft wie rasend, den letzten Rest des Weges muß sie dann doch schieben, das Rad ist alt und taugt nicht mehr viel.
Oder *du* bist zu alt, meine Liebe, und taugst nicht mehr viel. Jona hat ja auch gesagt: du bist zu alt.
Oben angekommen, schmeißt sie das Rad in den Straßengraben und setzt sich daneben, um wieder zu Atem zu kommen.
Was für eine wahnsinnige, was für eine ausweglose Situation! Wäre sie doch nie an diesen verdammten Bodensee gekommen! Wäre sie doch gleich mit Kosarcz nach Amerika gegan-

gen. Jacob zu seinen Leuten an den Bodensee und sie mit Kosarcz nach New York. Dort könnte sie jetzt im Waldorf Astoria sitzen und einen Cocktail trinken. Statt dessen strampelt sie hier über staubige Straßen, schweißbedeckt, verzweifelt und ratlos.
Sie steht auf und fährt sich mit allen zehn Fingern durch das feuchte Haar. Nom de dieu, was hat sie bloß alles in ihrem Leben falsch gemacht. Immer wieder und immer wieder.
Und dann sieht sie ihn. Sieht von dieser Anhöhe aus den blitzenden blauen See.
Dorthinein. Und darin schwimmen. Rudolf hat ihr längst versprochen, daß er mit ihr schwimmen geht. Daß er ihr es beibringt, denn sie kann nicht schwimmen. Aber sie ist sicher, daß sie es sehr schnell lernen wird, wenn seine Hand sie hält. Wenn er ein Stück hineingeht ins Wasser, dann wird sie ihm folgen, und dann kann sie auch schwimmen.
Sie wendet sich um, in der anderen Richtung begrenzt der lange, gerade Rücken des Gehrenbergs ihr Blickfeld. Rundherum auf den Wiesen und Feldern wird gearbeitet, keiner hat Zeit zum Spazierengehen oder zum Schwimmen. Und sie hat schließlich heute auch noch viel zu tun. Sie hebt das Rad auf – jetzt geht es bergab, jetzt kann sie es laufen lassen.
Wie schön der See ist! Die Berge am anderen Ufer sind nicht zu sehen, Schönwetterdunst verbirgt sie. Das Wetter hält sich, sie werden das Heu trocken hereinbringen.
Es wird Zeit, daß sie heimkommt, sich um Jeannette kümmert und dann um das Abendessen. Das Essen für die Leute, das Essen für die Familie. Abends wird Rudolf mit am Tisch sitzen. Kein Adieu. Alles fängt erst an.
Sie war nie so weit entfernt von Jacob wie an diesem Nachmittag. Eine Viertelstunde später sieht sie ihn wieder.
Sie glaubt ihren Augen nicht trauen zu können, als sie in den Hof einbiegt. Fast fällt sie vom Rad, so stürmisch springt Bassy sie an, und da sitzen zwei auf der Bank vorm Haus, das ist Jacob und daneben Jeannette in dem Kleid mit den blauen Tupfen, und gerade als Madlon sie erblickt, lacht Jeannette mit zurückgebogenem Kopf, sie lacht tatsächlich, es klingt hell und fröhlich.

Und wie sieht sie aus, was hat sie mit ihrem Haar gemacht? Bisher trug sie es brav aufgesteckt, und heute fällt es in schimmernden langen Locken über die Schulter und über ihre Brust.
»Parbleu!« ruft Jacob und steht langsam und leicht schwankend auf.
»Madlon! Wie siehst du aus?«
›Parbleu‹ ist sein allerbestes Französisch, das konnte er immer schon. Und er sieht fabelhaft aus, Madlon kann nicht umhin, das auf den ersten Blick festzustellen. Auf den zweiten Blick sieht sie die Flasche auf dem Boden und daß er zuviel getrunken hat.
Sie stürzt auf Jeannette zu und reißt ihr das Glas aus der Hand.
»Was trinkst du denn da? Schnaps?« Und empört zu Jacob: »Bist du verrückt? Du kannst ihr doch keinen Schnaps geben.«
Jacob lacht.
»Ein sauberer Obstler, der hat noch keinem geschadet. Ein Mädchen aus Belgien, parbleu, die kann so was vertragen. N'est-ce pas, Jeannette?«
Und mit einem Kopfschütteln zu Madlon wiederholt er seine Frage: »Wie siehst *du* denn aus? Wo kommst du denn her? Beschäftigt dich Jona neuerdings für die Feldarbeit? Grüß dich Gott, Madlon.«
»Bonjour«, erwidert Madlon steif. Wie sie aussieht, kann sie sich ungefähr vorstellen, das Gesicht verbrannt, die Haare feucht und unordentlich, keine Spur von Schminke im Gesicht, natürlich, wozu denn auch?
»Und wo kommst *du* her?« fragt sie zurück, kippt das Glas, das sie Jeannette weggenommen hat, und gießt den Schnaps auf den Boden.
»Schade drum«, sagt Jacob. »Ich komme direkt aus Bad Schachen. Und ich sitze schon stundenlang hier auf der Bank. Gott sei Dank kam dann deine bezaubernde Nichte und hat mir die Zeit vertrieben.«
»So.«
Madlon mustert die bezaubernde Nichte prüfend. Das lieb-

reizende Gesicht unter dem weißen Strohhut ist zart und hell, weder gerötet von der Sonne noch vom Schnaps, viel kann sie nicht getrunken haben, die Augen sind blank, keine Spur von Tränen, sie lächelt zwar nicht mehr, blickt Madlon ein wenig ängstlich an, und die offenen Haare sind wirklich sehr dekorativ.
Madlon lächelt ihr zu und küßt sie dann auf die Wange.
»Tu es très jolie aujourd'hui, ma chère.«
Dann bekommt auch Jacob einen Kuß auf die Backe. »Fein, daß du da bist. Lange nicht gesehen. Soll ich euch einen Kaffee kochen? Ich muß mich erst waschen. Ihr habt euch also kennengelernt. Wie habt ihr euch eigentlich verständigt?«
»Och, das ging ganz einfach«, sagt Jacob. »Manchmal hab ich geredet, und sie hat zugehört, und dann hat sie geredet, und ich habe zugehört. Man kann sich verständigen, ohne sich zu verstehen.«
Madlon ist erstaunt. Sophistereien ist sie von Jacob nicht gewöhnt. Auf jeden Fall hat der Umgang mit ihm Jeannette gutgetan. »Na, wirklich schön, daß du gerade heute kommst. Jeannette hat nämlich Geburtstag.«
»Nein? Na so was! Das hat sie mir nicht erzählt. Oder wenn sie es erzählt hat, habe ich sie nicht verstanden. Wie gratuliert man denn auf französisch?«
»Du küßt sie rechts und links auf die Wange und sagst dann: Bon anniversaire.«
»Bon ... sehr schwierig. Ich fange lieber mit dem Küssen an.«
Madlon sieht gespannt zu, wie Jeannette sich verhält. Ganz normal. Die Nähe eines Mannes, die Küsse eines Mannes, wenigstens auf die Wangen, scheinen ihr kein Unbehagen zu bereiten. Jacob hat ein Wunder vollbracht. Es ist wirklich ein Grund, sich über sein Kommen zu freuen.
Madlon lächelt beide freundlich an.
»Dann unterhaltet euch noch ein bißchen weiter. Aber ohne Schnaps. Ich gehe mich waschen und bringe euch dann Kaffee. Und was deine Frage betrifft: Ich war zwar mit draußen auf den Wiesen, aber gearbeitet habe ich nicht, ich stelle mich zu ungeschickt an. Ich helfe hier nur ein wenig im Stall und

bin als Köchin engagiert. Jona kocht ja nicht, wie du sicher weißt, und seit Bärbel weg ist, hat eine von den Mägden die Küche übernommen, und das mochte keiner essen, was die zusammenpampte.«
»Na so was!« sagt Jacob zum zweitenmal. »Und du bist die ganze Zeit, seit du zurück bist, nicht in Konstanz gewesen?«
»Aber ja. Als wir kamen, blieben wir einige Tage drüben. Aber nun sind wir hier, und es gefällt uns sehr gut. Und wie du hörst, werde ich auch gebraucht.«
»Und das ist für dich ein großartiges Gefühl.«
Madlon nickt. »C'est vrai.«
Sie geht ins Haus, begleitet von der schweifwedelnden Bassy. Die Hündin mochte Madlon schon immer; seit sie die Küche übernommen hat, kennt ihre Zuneigung keine Grenzen.
Für gewöhnlich kocht auf den Höfen die Bäuerin für alle. Jona hat das nie getan. Nach dem Tod ihrer Großmutter war lange keine Frau im Haus, und damals war es eine der älteren Mägde, die den Küchendienst versah, und die lernte dann die nächste an, das ist die, die jetzt kopfwackelnd in der Küche sitzt.
Madlon sieht zuerst nach ihr, streicht ihr über den Kopf, schaut dann in den Wasserkessel, gießt eine geringe Menge davon ab und stellt es im dafür bestimmten Topf auf die Herdplatte. Dann schürt sie das glimmende Feuer an. Puh, heute wird es ihr noch wärmer werden.
Drüben in Konstanz haben sie einen Gasherd. Das ist natürlich praktisch, so etwas sollte es hier auch geben.
Sie geht in den kleinen Raum, der am Gang zwischen Wohnhaus und Stall liegt und in dem Rudolf sehr geschickt eine Art Badezimmer eingerichtet hat. Ein großer Zuber steht hier, Eimer mit Wasser, kalt genug, um zu erfrischen, aber nicht so kalt, daß es einem den Atem nimmt.
Madlon läßt den Rock zu Boden fallen, streift die naßgeschwitzte Bluse herunter und stellt sich in den Zuber, gießt Wasser hinein, nimmt den großen Schwamm und drückt ihn immer wieder über ihren Schultern und ihrem Rücken und Brüsten aus. Das tut gut.

Natürlich gibt es im Haus auch ein richtiges Badezimmer, mit einer Badewanne auf hohen Beinen und einem Badeofen zum Heizen. Auf diesen städtischen Komfort mochte Jona nicht verzichten, nachdem sie ihn einmal kennengelernt hatte. So wie vieles auf diesem Hof anders ist als auf den Höfen rundum. Jona war ja nie allein nur auf den Ertrag des Hofes angewiesen, sie ist schließlich die Frau eines wohlhabenden Bürgers. Sie muß auch nicht sparen mit dem Personal, sie kann sich einen Knecht, eine Magd mehr leisten als der gewöhnliche Bauer. Sie hätte es auch nicht nötig, selbst das Heu auf ihren Wiesen zu wenden. Aber das will sie, das läßt sie sich nicht nehmen.

Madlon bindet ihr Haar mit einem Band zurück, zieht einen losen Kittel über den nackten Körper, der schlank und straff ist wie bei einem jungen Mädchen. Sie fühlt sich fabelhaft. Zu alt, lächerlich. Sie könnte Bäume ausreißen.

Daß Jacob gekommen ist, irritiert sie nicht im geringsten. Einmal mußte er ja kommen. Und wenn seine Sehnsucht nach ihr sich in Grenzen hielt, so braucht sie ihm auch nicht vorzuspielen, daß sie vor Verlangen nach ihm vergeht. Er wird hier im Haus schlafen, und sie schläft drüben mit Jeannette, und falls er denkt, daß heute nacht – o nein, das wird leider nicht möglich sein.

Ob er Clarissa inzwischen getroffen hat? Er sieht so aus wie immer, wenn er von einer Frau befriedigt ist. Sie weiß schließlich sehr genau, wie er dann aussieht. Wenn nicht Clarissa, dann war es eine andere in Bad Schachen, Madlon ist das sogleich klar.

Eifersucht? Nicht die Spur. Eher ein Gefühl der Erleichterung.

Eine Weile später kommt sie mit dem Tablett wieder vor das Haus und stellt alles auf den Tisch unter dem Apfelbaum.

»Zum Kuchenbacken bin ich leider nicht gekommen. Hier ist Brot, Butter und Apfelgelee. Aber eßt nicht zuviel, es gibt heute ein gutes Abendessen. As-tu compris, ma petite?«

Jeannette nickt und lächelt, sie ist wie ausgewechselt, liegt es nun am Gespräch von gestern abend, liegt es an Jacobs anregender Gesellschaft, egal, Hauptsache, es ist, wie es ist.

Es wird alles gut werden, denkt Madlon, während sie den Kaffee einschenkt. Irgendwie wird alles gut werden. Wir werden das Kind kriegen, und ich muß Jacob nicht verlassen, aber ich kann trotzdem Rudolf lieben, und Jona wird es verstehen.
Die ganze Verzweiflung, die sie auf der Herfahrt empfunden hat, ist schlagartig verschwunden. Es gibt nichts, was sie sich jetzt am späten Nachmittag dieses heißen Junitages unter dem Apfelbaum nicht zutrauen würde. Sie ist stark und mutig und ihrer selbst ganz sicher.

Eine Nacht im Juni

Der Abend verläuft zunächst in voller Harmonie und zu aller Zufriedenheit. Madlon zaubert in der Küche; nachdem die Tiere versorgt sind, finden sich die Leute in der Diele hinter der Küche ein, wo Madlon den Tisch für sie vorbereitet hat. Es ist ihre Idee, daß sie im Sommer hier essen sollen, in der Küche sei es zu warm, findet sie.
Auf Jonas Hof sind auch die Eßgewohnheiten anders als auf den anderen Höfen. Normalerweise essen der Bauer und die Bäuerin gemeinsam mit den Leuten. Aber nach dem Tod ihres Vaters hat Jona es eingeführt, daß sie allein mit ihrem Verwalter ißt. Beziehungsweise mit ihren Gästen, falls welche im Hause sind.
Daran hat sich das Gesinde mittlerweile gewöhnt.
Es ist immer wie ein Bannkreis um Jona. Man respektiert sie, achtet vor allem ihre Arbeitsleistung, schätzt ihre Gerechtigkeit und den guten Lohn, den sie zahlt, und im übrigen weiß jeder genau, wie er mit ihr dran ist. Sie wird keinen im Stich lassen, der krank oder alt wird, aber sie schmeißt rücksichtslos jeden hinaus, der faul oder falsch ist.
Diese Distanz zu ihrer Umwelt existiert nicht nur auf dem eigenen Hof, auch die Bauern in den umliegenden Orten und Gehöften können nicht viel mit ihr anfangen, und sie trifft selten mit ihnen zusammen. Jeder weiß, wer sie ist, daß sie eine halbe Bäuerin und eine halbe Städtische ist und in vieler Beziehung eine ungewöhnliche Erscheinung, mit der man nicht recht reden kann. Schon, daß sie keinen Dialekt spricht, ist befremdlich. Es ging ja auch Peter Meinhardt schon so; ganz gleich, wie lange er den Hof seines Schwiegervaters bewirtschaftet hatte, wurde er von den alteingesessenen Bauern nie so recht angenommen.
Seltsamerweise hat Madlon, die Ausländerin, sofort guten

Kontakt zu den Leuten auf Jonas Hof gefunden. Nach anfänglichem Mißtrauen begegnet man ihr jetzt mit Zutraulichkeit, sogar mit Zuneigung, und das sowohl von männlicher wie von weiblicher Seite. Und man ist jeden Tag gespannt darauf, was sie wohl auf den Tisch bringen wird.
Heute sind es Carbonades flamandes, ein belgisches Nationalgericht, das sind gebratene Rindfleischstücke in Zwiebelsauce, dazu gibt es eine Riesenschüssel Kartoffeln, und sie legt auch jedem noch vier Stangen Spargel auf den Teller. Sie sollen alle etwas merken von Jeannettes Geburtstag. Daß man von Tellern und nicht mehr aus einer gemeinsamen Schüssel ißt, hat Jona schon vor Jahren bestimmt; nach anfänglichem Befremden haben sich die Leute daran gewöhnt, nun fühlen sie sich in gewisser Weise aufgewertet. Tatsache ist, daß man gern bei Jona arbeitet, sie hat wenig Wechsel im Gesinde, die meisten sind schon seit Jahren bei ihr und arbeiten zum größten Teil sehr selbständig.
Daß sie beispielsweise zum Großknecht sagt: »Du machst das schon richtig, da brauch ich mich weiter nicht darum zu kümmern«, führt meist zu einem positiven Ergebnis. Oder wenn ein Jungknecht eingestellt wird: »Du schaust nach dem Buben, daß er alles recht gezeigt bekommt, und schaust auch drauf, daß er nicht zu kurz kommt.«
Vor zwei Jahren, als sie Rotlauf im Schweinestall hatten und alle Schweine, einschließlich der zweiunddreißig Ferkel, notgeschlachtet werden mußten, was ein großes Unheil auf einem Hof bedeutet, empfand keiner Schadenfreude, alle litten ehrlich mit der Herrin und den Tieren. Seitdem haben sie übrigens keine Schweine mehr auf dem Hof. Sie haben dafür mehr Kühe und entsprechend mehr Kälber, der Stier wird alle zwei Jahre gewechselt, damit es keine Inzucht gibt, und er ist jedesmal ein Prachtexemplar, das Jona sorgfältig aussucht. Das hatte zur Folge, daß sie mehr Raps anbauen, denn der Raps ist wichtig für die Kälberzucht. Außerdem liebt Jona den Anblick der blühenden gelben Rapsfelder im Mai.
Die Rapsernte steht bevor, Ende Juni wird es soweit sein, er hat wundervoll geblüht in diesem Jahr und verspricht einen guten Ertrag.

Alles in allem verfügt der Hof über ein Drittel Grünland und zwei Drittel Ackerland, einschließlich Futteranbau und Kartoffeln. An neu auf den Markt kommenden Maschinen ist Jona immer interessiert, im vergangenen Jahr hat sie eine Sämaschine angeschafft, was die Aussaat erleichtert und beschleunigt.
Madlon steht noch eine kleine Weile unter der Küchentür, sieht ihnen zu, wie sie essen. Daß es ihnen schmeckt, ist unüberhörbar. Sie lächelt zufrieden vor sich hin und macht sich daran, das Abendessen für die Familie zu bereiten. Die Kartoffeln sind fast gar, auch der Spargel, Jeannette hat beim Schälen geholfen, nun muß Madlon noch die Escalopes, phantasievoll gewürzt, in die Pfanne legen. Im Augenblick hat sie alle Bedrängnis vergessen, sie ist ganz ausgefüllt von dem, was sie tut, und empfindet die tiefe Befriedigung, die die Zubereitung eines gelungenen Mahles dem Koch oder der Köchin vermittelt. Sie hat immer gern gekocht, auch während des Feldzuges; wenn sie einmal in Ruhe lagen, und die Männer hatten Wild geschossen, sagte Lettow jedesmal: Laßt die Finger davon; was ich esse, soll Madlon kochen.
Eine Suppe hat sie sich geschenkt bei der Hitze, dafür bekommt jeder als ersten Gang eine Schüssel frischen Salat aus dem Garten vorgesetzt. Den Salat vor dem Hauptgericht zu servieren, ist nun wiederum eine Sitte, die Madlon eingeführt hat. Zum Nachtisch gibt es eingezuckerte Erdbeeren mit flüssiger Sahne, es sind die ersten in diesem Jahr, es gibt sie am Familientisch und in der Gesindestube, und auch hier war Jeannette, eine Schürze über das weiße Kleid mit den blauen Tupfen gebunden, bei der Zubereitung behilflich; Jacob übrigens auch.
Alles in allem muß jeder anerkennen, daß Madlon tüchtig und rasch gearbeitet hat, seit sie von den Wiesen zurückgekehrt ist; das Essen steht pünktlich auf dem Tisch, es schmeckt allen hervorragend.
Jacob sagt, nach dem Essen: »Sitten sind hier eingerissen auf diesem Hof! Man könnte meinen, man speist beim Markgrafen.«
»Madlon ist die beste Köchin, die wir je hatten«, gibt Jona zu.

»Ich werde sie gewiß nicht so schnell wieder entlassen.«
»Und jetzt lerne ich auch noch Spätzle machen. Berta hat es mir schon mal gezeigt, und Dorle kann es auch. Beim nächstenmal gibt es Rehbraten mit Spätzle, vorausgesetzt, Rudolf schießt uns ein Reh.«
»Man spricht im Dorf darüber, wie bei uns gegessen wird, seit die Französische im Haus ist«, berichtet Rudolf. »Unsere Leute erzählen stolz davon, nach der Kirche oder sonntags im Wirtshaus oder wo sie halt zusammentreffen.«
»Die Französische?« fragt Madlon entzückt. »Nennt man mich so?«
»Ja, so nennt man dich. Die Dörfler sehen dich manchmal auf Tango reiten, oder sie sehen dich den Wagen kutschieren, wenn du zum Einkaufen fährst, sie finden dich höchst ansehenswert, und daß du zu alledem noch so gut kochen kannst, verschafft dir Hochachtung.«
Madlon strahlt Jacob an.
»Na, was sagst du?«
»Ich wußte schon immer, daß du eine tüchtige Person bist. Was würden sie erst sagen, wenn sie dich mit dem Gewehr in der Hand gesehen hätten, wie du kaltblütig unsere Feinde niedermähst.«
»Jetzt übertreibst du. Ich denke nicht mehr gern daran. Und ich glaube, heute könnte ich das gar nicht mehr. Auf Menschen schießen, meine ich.«
»Das tut keiner gern. Es war halt Krieg.«
Jacob erzählt dann lange vom Onkel General, mit dem er den ganzen Krieg noch einmal geführt hat. Und wie gut Tante Lydia ihn versorgt hat.
»Ich habe dort auch sehr gut gegessen, da ist mir nichts abgegangen.«
»Man sieht es dir an«, sagt Madlon. »Du hast lange nicht so gut ausgesehen. Viel an der Luft, keine Malaria, nein?«
»Nicht die Spur.«
»Und auch sonst netten Umgang?«
»Sehr nett. Bad Schachen ist voll von Kurgästen, eine Menge hübscher Frauen laufen da in der Gegend herum. Ich wäre ja sehr gern mal ins Hotel zum Tanzen gegangen, aber mit mei-

nem blöden Bein geht das leider nicht. Aber was einem hier an reizenden Frauen geboten wird, da kann Bad Schachen nicht mit. Eine hübscher als die andere.«

Er hebt sein Glas, trinkt seiner Mutter zu, dann Madlon, schließlich Jeannette. Und jede der Damen bekommt ein Lächeln dazu, dieses verführerische, ein wenig unverschämte Lächeln, das ihm gelingt wie keinem sonst.

Madlon, die ja nicht jedes Wort übersetzen kann, dolmetscht jedoch die letzten Sätze Jacobs und sieht mit Staunen, daß Jeannette ihn geradezu schwärmerisch anblickt, als sie ihr Weinglas in die Hand nimmt. Jacob hat offenbar großen Eindruck auf die kleine Nichte gemacht. Jetzt fehlt bloß noch, daß sie sich in Jacob verliebt, denkt Madlon, dann haben wir ein totales Durcheinander.

Jacob ist bester Laune und sehr gesprächig, damit wird die Müdigkeit derjenigen, die von draußen gekommen sind, erst einmal überbrückt; erst später, als sie beim Wein sitzen, muß Jona öfter gähnen. Rudolf ist den ganzen Abend über ziemlich schweigsam, Jonas Blicke gehen von einem zum anderen, sie ist sich über die verworrenen Gefühle der hier Sitzenden vollkommen klar. Einzig Jacob wirkt ganz unbefangen.

Erstaunen zeigt er erst, als er erfährt, daß Madlon und Jeannette drüben auf dem anderen Hof wohnen.

»Warum denn das? Ihr habt doch hier im Haus Platz genug.«

»Eigentlich nicht«, sagt Madlon gelassen. »Drüben haben wir jeder unser eigenes Zimmer zum Schlafen und noch eine gemeinsame Wohnstube und auch eine Küche, wir müssen nicht ununterbrochen Jona auf die Nerven fallen.«

»Das hört sich an, als hättest du dich für einen längeren Aufenthalt eingerichtet. Ich dachte, du kommst morgen mit mir nach Konstanz zurück.«

Mit einem Blick auf Jeannette: »Mit ihr natürlich. Sicher wird es deiner Nichte auf die Dauer doch zu langweilig hier.«

»Sie hat sich noch nicht darüber beklagt. Sie hat mindestens zwei von den Katzen immer mit drüben, auch Bassy besucht uns oft. Und wie du gesehen hast, füttert Jeannette bereits ganz selbständig die Hühner.«

»Ja«, er nickt, leicht verwirrt, »ich habe es gesehen. Du kommst also wirklich nicht mit?«
»Nicht jetzt. Wenn die Heuernte vorüber ist, können wir ja mal ein paar Tage rüberkommen.«
Von Jeannettes Zustand sagt sie nichts, sie hat auch nicht die Absicht, ihm das mitzuteilen. Das geht Jacob gar nichts an. Und die Familie in Konstanz auch nicht.
»Wie mir scheint«, sagt Jacob langsam, »bist du dabei, die Gewohnheiten meiner Mutter zu übernehmen. Dein Leben zwischen diesem und jenem Ufer aufzuteilen.«
Madlon lacht ein wenig unsicher.
»Die Verhältnisse sind wohl anders. Jona hatte ja immer an beiden Ufern eine Aufgabe zu erfüllen.«
»Und du?«
»Ich habe zur Zeit hier eine.«
»Und drüben nicht? Welche Rolle hast du mir zugedacht? Ich fürchte, daß ich nicht so nachsichtig bin wie mein Vater.«
»Ach, Jacques, mach keine Affäre daraus. Bis jetzt warst du ja nicht da. Ich komme hinüber, sobald das Heu drinnen ist.«
»Und wer kocht dann das fabelhafte Essen für Jonas verwöhntes Gesinde?«
Jona gähnt.
»Geh, spiel dich nicht auf, Jacob. Kein Mensch will dir deine Frau wegnehmen.« Was eine Lüge ist, wie sie weiß. »Sie denkt halt, daß der Kleinen die Landluft guttut. Sie hat allerhand mitgemacht, erst der Tod ihrer Schwester, mit der sie zusammengelebt hat, und dann ist ihr Verlobter bei einem Unfall umgekommen. Bissel blutarm ist sie auch, wir päppeln sie hier auf.«
»Hast du Angst, daß sie in Konstanz verhungern müßte?«
Madlon hat den Atem angehalten. Was für eine großartige Lüge ist Jona da soeben eingefallen! Jeannettes Verlobter sei bei einem Unfall umgekommen. Warum ist sie nicht selbst darauf gekommen? Das ist überhaupt die allerbeste Erklärung, die es für Jeannettes Zustand und ihre nie versiegenden Tränen gibt. Das ist die Lesart, die von jetzt an alle Leute hören werden; so nach und nach wird sie, Madlon, dazu eine Bemerkung machen, dem Gesinde gegenüber, jedem gegen-

über, der mit der Zeit sehen wird, was mit Jeannette los ist. Und zweifellos ist es Rudolfs Verdienst, daß Jona darauf kam. Als er nämlich an diesem Nachmittag davon sprach, wie viele Kinder nach dem Krieg ohne Vater aufwachsen müssen.
Jonas und Madlons Blicke treffen sich, Madlon legt zwei Finger an die Lippen, sie muß sich beherrschen, um nicht vor Begeisterung aufzuspringen und Jona zu umarmen.
Rudolf sitzt stumm dabei und verzieht keine Miene.
Und Jeannette erwidert scheu Jonas Lächeln, dieses Lächeln mit leicht vorgeschobener Unterlippe, aus dem Mundwinkel heraus, das sehr viel Ähnlichkeit mit Jacobs Lächeln hat.
Wie gut, wie gut, très bon, daß Jeannette nicht versteht, was gesprochen wird. Gar nicht so dringend nötig, daß sie Deutsch lernt. Gelegentlich wird Madlon ihr auseinandersetzen, wie die neue Lage aussieht.
Immerhin merkt Jeannette, daß man über sie spricht. Das bringt wieder ein Zittern auf ihre Lippen. Erzählen sie jetzt dem schönen blonden Mann, was mit ihr los ist? Was für eine sie ist? Doch er sieht sie gar nicht an, weder Empörung noch Verachtung klingt aus seiner Stimme.
»So, verlobt war sie auch schon.«
Mit Emphase spinnt Madlon den Faden weiter.
»Ja, denk dir! Ein netter Mann muß es gewesen sein, ein richtiger Flame, blond und stattlich.« Und nun kommt ihre Phantasie richtig in Schwung, schwindeln konnte sie schon immer sehr gut. »Er war bei der belgischen Handelsflotte, Heimathafen Antwerpen. Sein Schiff ist in diesem Frühjahr ausgelaufen, ein paar Tage zuvor hat Jeannette ihn noch gesehen, und dann die Frühjahrsstürme im Kanal, das Schiff kam in Seenot. Es ist nicht untergegangen, aber ein paar Mann gingen über Bord und konnten nicht gerettet werden. Ihr Verlobter war dabei. Er war Zweiter Offizier auf dem Schiff.« Wenn schon, denn schon. Mit einem einfachen Matrosen gibt Madlon sich nicht zufrieden.
Jetzt ist es an Jona und Rudolf, bewundernd auf Madlon zu blicken. Es klingt so aufrichtig und überzeugend, was sie sagt, kein Mensch käme auf die Idee, daran zu zweifeln. Sie hat sie beide zu Komplizen gemacht, gegen Jacob, Madlons Mann.

Jacob sieht Jeannette liebevoll und mitleidig an.
»Das arme Kind! Jetzt verstehe ich, warum du sie mitgebracht hast. Nein, es ist wohl wirklich besser, wenn sie eine Weile hierbleibt, aber vielleicht hätte sie drüben in Konstanz mehr Abwechslung.«
»Ja, sicher«, sagt Madlon, »wir kommen auch bald hinüber. Du hast jedenfalls heute sehr hilfreich gewirkt. Es ist der erste Tag, seit sie hier ist, daß sie nicht geweint hat.«
»Sie hat sogar gelacht«, sagt Jacob stolz.
»Siehst du! Du bist und bleibst eben ein unübertroffener Charmeur.« Zuviel, Madlon, zuviel? Auch Lügen haben ihre Grenzen. Sie könnte nun den Rest erzählen, Jeannettes verzweifelte Situation. Aber sie tut es nicht. Noch nicht. Er wird es rechtzeitig erfahren.
»Ihr kommt also morgen nicht mit mir nach Konstanz?«
»Jetzt nicht, Jacob, du weißt ja...«
»Das Heu, ich weiß.«
Jona gähnt vernehmlich.
»Wollen wir nicht schlafen gehen? Wir müssen morgen früh heraus.«
»Und wo, wenn ich mir die Frage erlauben darf, werde ich schlafen?«
»Du schläfst oben in deinem Zimmer, wo du immer schläfst«, sagt Madlon schnell. »Es steht seit Wochen für dich bereit.«
Er ist nahe daran, die Bemerkung zu machen, daß sich in dem Zimmer zwei Betten befinden und daß sie bisher gemeinsam dort geschlafen haben. Doch er denkt nicht daran, sich als Ehemann aufzuspielen. Erstens merkt er, wie einig sie sich sind, gegen ihn, und zweitens kennt er diesen Ausdruck von Entschlossenheit auf Madlons Gesicht. Sie ist in Kampfstimmung, er weiß zwar nicht, warum, doch er macht sich nicht die Mühe, es herauszufinden. Auf jeden Fall weiß er nun, daß sie sich wohl fühlt auf Jonas Hof und daß es sie befriedigt, etwas zu tun zu haben. Das wundert ihn nicht. Untätigkeit ist ihr ein Greuel.
Um zu zeigen, daß es ihm genauso ergeht, rückt er jetzt damit heraus, was er keinesfalls ernsthaft erwogen hat, was nur ganz vage in seinem Kopf herumspaziert ist.

Sein Vater hat ihm aus Konstanz einen Brief nachgeschickt, den er gelesen und in die Tasche gesteckt hat, ohne mit Lydia und dem General darüber zu sprechen.
Aber jetzt spricht er davon.
»So, so«, macht er langgedehnt, füllt sein Glas wieder und blickt mit Gemächlichkeit von einem zum anderen. Wenn sie denken, sie können ihm imponieren, indem sie ihm die fleißig arbeitende Landbevölkerung vormimen, täuschen sie sich, er kann ihnen gleichfalls Tatendrang beweisen.
»Es ist nur so, Madlon, ich hätte gern einmal in Ruhe ein ernsthaftes Gespräch mit dir geführt. Unsere Zukunft betreffend. Und ich wollte die Angelegenheit zunächst mit dir allein besprechen. Aber da sich offenbar keine Gelegenheit bietet, reden wir halt jetzt darüber.«
Das war schon einmal ein spannender Anfang. Erwartungsvolles Schweigen herrscht um den Tisch. Beeindruckt hat er sie auch. Jacob Goltz hat sich mit seiner Zukunft beschäftigt.
Sein überlegener Gesichtsausdruck macht Madlon ein wenig nervös. Will er sich scheiden lassen und Clarissa heiraten?
Er kann sich gar nicht scheiden lassen, denkt sie, weil wir nicht richtig verheiratet sind. Parbleu, Jacques, c'est ça.
»Schieß los«, sagt sie burschikos.
Er erspart sich eine weitere Einleitung.
»Ich habe die Absicht, nach Afrika zurückzukehren.«
Es ist ein Volltreffer, das Schweigen um den Tisch hält an.
»Mit dir natürlich. Ich dachte, wir beide versuchen es noch einmal in jenem Erdteil, in dem wir uns ja sehr wohl gefühlt haben.«
Nun geschieht etwas Überraschendes. Madlon wirft den Kopf in den Nacken und lacht. Sie muß so lachen, daß ihr Tränen in die Augen treten. Jetzt sehen alle sie an, ihr unmotiviertes, unbeherrschtes Lachen ist keinem verständlich.
Aber ist es nicht komisch? Sie selbst hat heute nachmittag an Afrika gedacht, an den Kongo. Daß sie dorthin gehen könnte mit Rudolf. Und Rudolf seinerseits hat eine Auswanderung nach Amerika erwogen. Was ist nur los an diesem Tag, reitet der Teufel durch die warme Bodenseeluft?

»Was gibt es da zu lachen?« fragt Jacob beleidigt.
»Es ist zu komisch«, japst Madlon. »Du willst nach Afrika? In den Kongo vielleicht?«
»Nein, nach Südwest.«
»Südwestafrika? Wie kommst du bloß darauf. Das ist englisches Mandat. Du wolltest doch nicht zu den Engländern.«
»Der Krieg ist seit sechs Jahren vorbei. Inzwischen haben sich alle etwas beruhigt. Die Deutschen sind gar nicht so unbeliebt bei den Engländern. Denen hat es nämlich imponiert, wie tapfer wir uns geschlagen haben. In dieser Beziehung sind sie ein faires Volk.«
»Und deine Malaria?«
Er macht eine wegwerfende Handbewegung. »Halb so schlimm. Deswegen denke ich auch an Südwest, dort ist das Klima weitaus besser. In der Gegend von Windhuk soll es sehr angenehm sein. Windhuk liegt ziemlich hoch, schöne grüne Täler, reichlich Wasser, sie züchten dort besonders gesundes Vieh.«
»Schöne grüne Täler, reichlich Wasser, gesundes Vieh«, wiederholt Jona, und denkt: das haben wir hier auch.
Doch das spricht sie nicht aus. Das Vieh in ihrem Stall und auf ihren Weiden hat ihn noch nie interessiert.
»Wie kommst du denn darauf?« wiederholt Madlon. Sie läßt den Blick rasch über die Gesichter gleiten. Jona sieht man nicht an, was sie denkt. Rudolf hat den Kopf geneigt, eine steile Falte steht zwischen seinen Brauen. Verständnislos und hübsch anzusehen sitzt Jeannette zwischen ihnen, zum erstenmal mit dem Kuhausdruck werdender Mütter im Gesicht.
»Du erinnerst dich an Georgie? Georgie von Garsdorf?«
»Natürlich.«
»Er hat mir geschrieben. Und zwar hat er jetzt in der Nähe von Windhuk eine Farm, ein Riesenbesitz. Das sind ja in Afrika sowieso ganz andere Dimensionen als bei uns in Deutschland.«
Das mußte ja wieder einmal gesagt werden, denkt Jona und wirft einen schiefen Blick auf ihren Sohn.
»Es geht ihm ganz großartig, schreibt Georgie, er hat bereits viele Freunde unter den Engländern und den Buren, die ha-

ben gar nichts gegen ihn. Aber es sind auch noch viele Deutsche da, Südwest war ja sowieso immer besser besiedelt als Deutsch-Ost. Seit drei Jahren ist er schon wieder unten, die Farm hat er offenbar bald erworben. Zu Hause hat es ihm nicht mehr gefallen. Er ist nämlich Oberschlesier, und da, wo er herkommt, regieren jetzt die Polen. Sein Vater war Bergwerksdirektor oder so was Ähnliches. Na, jedenfalls hat er eine Jugendfreundin geheiratet, die Tochter von einem Gut, und der gefällt es in Afrika auch allerbestens.«
Keiner sagt etwas.
Also fährt Jacob fort: »Wir sollen ihn mal besuchen und uns alles anschauen, er könnte gut einen Partner für die Farm brauchen, für *eine* Familie sei der Besitz viel zu groß.« Er sieht seine Mutter an. »Ich denke mir, daß Vater mir mein Erbteil auszahlen würde, so daß ich mich bei Georgie beteiligen oder auch etwas anderes kaufen könnte.«
Von dem Haus in Bad Schachen, das er erben wird und das ihm auf alle Fälle als pied-à-terre in Deutschland zur Verfügung steht, sagt er nichts. Außerdem ist alles, was er von sich gibt, eine Eingebung des Augenblicks. Bisher hat er keine Minute ernsthaft darüber nachgedacht.
»Woher hatte er denn deine Adresse?« fragt Madlon.
»Er hat bei Lettow-Vorbeck in Bremen nachgefragt.«
»Deutsch-Südwestafrika«, murmelt Madlon. Sie ist nun wirklich aus der Fassung geraten, das Lachen ist ihr vergangen. »Das kennst du doch gar nicht.«
»Na, wenn schon. Georgie hat es auch nicht gekannt. Auf jeden Fall ist das Klima viel angenehmer als in Deutsch-Ost. Und es heißt nun auch nicht mehr Deutsch-Südwestafrika, sondern Südwestafrika, und ist, wie du ganz richtig bemerkt hast, englisches Mandat. Es grenzt an Südafrika, auch keine schlechte Gegend, nach allem, was man so hört.«
Jona lehnt sich in ihren Stuhl zurück und unterdrückt ein erneutes Gähnen. Sie ist müde, ihre Beine sind bleischwer. So leicht fällt ihr die Arbeit nicht mehr. Unter halbgesenkten Lidern betrachtet sie die Tischrunde. Sie weiß von jedem, wie es in seinem Inneren aussieht. Nur von ihrem Sohn weiß sie es nicht.

Das Erbteil will er ausgezahlt haben und in Afrika eine Farm bewirtschaften. Farmer will er werden, Bauer auf gut deutsch, genau das, was er bisher weit von sich gewiesen hat. Vermutlich lebt ein Farmer in Afrika leichter und großzügiger als ein Bauer am Bodensee, Kolonialverhältnisse sind es schließlich immer noch, mit eigenen Händen muß da wohl keiner arbeiten. Ihr Blick bleibt an ihrer Schwiegertochter haften. Die scheint etwas überrumpelt von Jacobs Vorschlag.
Madlon zündet sich eine Zigarette an, leert ihr Glas und schiebt es Jacob hin, damit er es wieder füllt.
Dann sagt sie, an alle gewendet: »Georgie war unser jüngster Leutnant. Der schlechteste Soldat, der mir je begegnet ist. Er wollte immer gern tapfer sein, aber seine Angst war meist größer. Er spielte sich als Abenteurer auf, aber er war nichts weiter als ein verwöhntes Bürschchen. Jacob hat er immer sehr bewundert und hielt ihn für den größten Helden aller Zeiten. Nach dem General natürlich.«
»Er hat auch dich immer sehr bewundert, Madlon, und war schrecklich verliebt in dich.«
»Ein wenig vielleicht.« Auch er war Zeuge bei der Heirat im Busch. Als sie überfallen wurden, schrie er: »Der Missionar! Der Missionar, den hat's erwischt.« Und dann lief er auch schon um sein Leben.
Ach ja, Georgie! Sie sieht ihn vor sich, blond, nicht sehr groß, furchtbar dünn, schmale, sensible Hände und ein weicher Mund. Als Farmer in Afrika kann sie ihn sich kaum vorstellen, aber vielleicht ist die Frau, die er geheiratet hat, sehr tüchtig. Frauen sind es ja zumeist, in Afrika und anderswo, die den Laden schmeißen müssen.
Das denkt sie wörtlich, den Ausdruck hat sie in Berlin gelernt. »Seine Mutter ist Engländerin«, erzählt sie weiter, »es war ihm sehr zuwider, daß er gegen die Engländer kämpfen mußte. Ich komme mir vor wie ein Muttermörder, sagte er immer. Möglicherweise ist es jetzt für ihn ganz günstig, daß er ein halber Engländer ist.« Sie hat ihre Fassung wiedergefunden. »Ich finde es nett, daß er dir geschrieben hat, Jacob. Schreib ihm doch auch mal. Und wenn du Lust hast, besuchst du ihn halt. Du mußt ja nicht gleich eine Farm kaufen.«

»Und du?«
»Ich habe kein Geld für so eine weite Reise.«
»Red doch nicht so einen Quatsch!« fährt Jacob sie zornig an. »Wenn ich das Geld für die Reise habe, dann habe ich es auch für dich.«
»Du bekommst es von deinem Vater. Geld für die Reise und Geld, um dich eine Weile dort aufzuhalten. Um dich umzuschauen, wie du sagst. Nicht einzusehen, warum dein Vater auch noch das Reisegeld für mich zahlen soll. Es herrschen schlechte Zeiten in Deutschland. Es ist nicht so, daß alle Leute bis zum Hals in Geld stecken, auch deine Familie in Konstanz nicht mehr. Immas Mann hat mir einen langen Vortrag darüber gehalten, als ich aus Belgien zurückkam. Er fand, ich hätte viel zuviel Geld auf dieser Reise ausgegeben.« Sie hebt den Finger und blickt tadelnd über eine imaginäre Brille. »Es ist durchaus nicht nötig, meine liebe Madlon, daß man immer in den teuersten Hotels absteigt. Und reisen kann man auch dritter Klasse. Ich fahre *immer* dritter. Und dabei ist mir ... wie sagte er doch gleich? ein ganz ulkiger Ausdruck. Ach ja, dabei ist mir noch kein Zacken aus der Krone gebrochen.«
Alle lachen jetzt, erleichtert, daß die Spannung gewichen ist.
»Und dann«, fährt Madlon fort, »hat er noch hinzugefügt: Soviel mir bekannt ist, meine liebe Madlon, stammst du ja auch nicht gerade aus Verhältnissen, die einen derart aufwendigen Lebensstil obligatorisch machen.«
»Dieser unverschämte Lümmel!« ruft Jacob empört.
»Ich fand's auch nicht besonders vornehm, so was zu sagen. Aber recht hat er.«
»Du weichst mir aus, Madlon«, sagt Jacob mit leiser Schärfe in der Stimme. »Ich will, daß du mit mir fährst. Du solltest dir genau wie ich Land und Leute ansehen und auch das, was wir eventuell kaufen würden.«
»Ich möchte weder dorthin fahren noch dort etwas kaufen.«
»Was heißt das?« Seine Stimme wird jetzt laut, sie kennt ihn gut genug und weiß, daß er kurz vor einem Jähzornsausbruch steht. Genaugenommen blamiert sie ihn ja hier vor seiner Mutter, und das sollte sie nicht tun.
Sie lächelt und lenkt ein.

»Das kommt alles sehr plötzlich, nicht? Du mußt mir etwas Zeit geben, darüber nachzudenken. Und ich denke, daß auch du diese Zeit noch brauchst. Wann hast du eigentlich Georgies Brief bekommen?«
Er gibt keine Antwort, blickt sie finster an.
Jona lächelt, ein wenig spöttisch und sehr überlegen. Sie nimmt ihren Sohn nicht ernst und glaubt nicht im mindesten an seine Pläne. Mal da hinfahren mit Vaters Geld, ja, das vielleicht. Mehr aber nicht.
Aber genau wie Madlon möchte sie Streit und Ärger vermeiden.
»Madlon hat recht«, sagt sie, und es klingt abschließend. »Man muß das alles gut überlegen. Sprich doch erst einmal mit Vater darüber.« Was Unsinn ist, wie jeder weiß. Was soll der gute Ludwig zu Afrika sagen?
»Laß dir erst einmal von deinem Freund genau berichten, und dann machst du halt eine Informationsreise.«
»Ich fahre nicht ohne Madlon«, sagt Jacob gereizt.
»Brauchst du ja auch nicht. Wir werden schon zusammenlegen für das Reisegeld. Kinder, es ist Zeit, schlafen zu gehen. Morgen müssen wir wieder früh aufstehen.«
Jona steht auf, und Madlon benutzt die Gelegenheit, sich ebenfalls zu erheben, sie stellt sich hinter Jeannette und legt ihr beide Hände auf die Schultern. »Damit das klar ist, Jacques. Ich will jetzt nicht wegfahren. Nicht, solange sie hier ist.«
Jacobs Blick ist kalt wie Eis. Er fühlt sich verraten von ihr.
»Ich habe nicht gesagt, daß wir morgen reisen. Du kannst ruhig hier noch ein bißchen kochen und deine Nichte verwöhnen. Wir werden im September fahren. Ich werde mich inzwischen um die Schiffspassagen kümmern.«
Alles schweigt, Madlon hat die Unterlippe zwischen die Zähne gezogen, und Jona hat Angst, daß sie gleich etwas Nichtwiedergutzumachendes sagen wird, sie legt warnend ihre Hand auf Madlons Arm.
Jacob sieht es und verzieht spöttisch den Mund. Er kommt sich so fremd vor in diesem Haus, auf seiner Mutter Hof, wie nie zuvor.
»Mich entschuldigt ihr wohl. Es ist etwas spät, um heute noch

zu fahren, aber morgen seid ihr mich wieder los. Gute Nacht allerseits.«

Er geht aus dem Zimmer, die Treppe knarrt unter seinem Schritt, oben klappt die Tür zu.

Jeannette blickt verwirrt zu Madlon auf, die immer noch hinter ihr steht und ihre Finger geradezu in Jeannettes Schulter krallt. Es gab Ärger, das hat Jeannette mitbekommen. Sonst hat sie nichts verstanden. Die andern sind betreten. Madlon schämt sich. Sie hat Jacob im Stich gelassen, das hat sie noch nie getan.

Sie ist wieder da, wo sie am Nachmittag war. Ratlos und verzweifelt. Ihre Augen füllen sich mit Tränen, sie flüstert: »Oh, mon dieu! Que dois-je faire?«

Sie läßt Jeannette los, wendet sich zur Tür, bleibt wieder stehen. Soll sie hinaufgehen zu ihm? Mit ihm schlafen in dieser Nacht? »Jona! Rudolf! Was soll ich tun?«

Rudolf, der als einziger noch am Tisch sitzt, erwidert Madlons Blick nicht.

Jona hat mehr Mitleid mit Rudolf als mit ihrem Sohn. Das ist nicht normal, sie weiß es.

Es klingt hart, als sie sagt: »Wenn du ihn liebst, dann geh hinauf zu ihm. Wir bringen Jeannette hinüber. Bassy wird bei ihr bleiben und sie beschützen.«

Madlon murmelt auf französisch etwas vor sich hin, was sie nicht verstehen. Dann richtet sie sich gerade auf und sieht Jona in die Augen.

»Natürlich liebe ich ihn, er ist schließlich mein Mann. Aber wenn ich jetzt zu ihm gehe, dann habe ich auch zu allem anderen ja gesagt. Ich will nicht nach Afrika. Ich will hierbleiben. Und es ist nicht nur wegen Jeannette.«

»Es ist schwierig, zwei Männer zu lieben«, sagt Jona. »Ich weiß, wovon ich spreche. Ich habe für mich das Problem nicht gelöst. Aber ich habe eine Entscheidung getroffen und habe Rudolf gezwungen, mit dieser meiner Entscheidung zu leben. Und ich habe darum kein Recht, mich zwischen dich und Rudolf zu stellen, das will ich dir bei dieser Gelegenheit sagen. Und was du tun sollst? Da kann ich dir nicht raten. Wie gesagt, wenn du ihn liebst...«

»Ach, zum Teufel mit der ganzen Liebe!« ruft Madlon unbeherrscht. »Was geschieht denn, wenn ich jetzt zu ihm hinaufgehe? Hier bin ich, hier hast du mich, verzeihe mir! Das liegt mir nicht. Wir würden doch nur streiten. Und Jeannette kann nicht allein drüben schlafen, auch nicht mit Bassy. Sie würde sich fürchten. Komm, meine Kleine, allons, il est très tard.«
Bassy, die ihren Namen nun mehrmals gehört hat, steht schon schweifwedelnd an der Tür. Nun steht auch Rudolf auf.
»Wegen mir brauchst du dir keine Gedanken zu machen«, sagt er in barschem Ton, aber sein Gesicht straft seine Worte Lügen. »Falls du – falls du hier im Haus noch zu tun hast, ich bringe Jeannette hinüber und bleibe auch bei ihr. Du weißt, daß ihr nichts zustoßen wird, wenn ich bei ihr bin.«
Nun lächelt Madlon, ein sehr weiches, sehr zärtliches Lächeln. »Natürlich weiß ich das. Aber ich habe hier im Haus nichts mehr zu tun. Dorle hat den größten Teil vom Geschirr schon abgewaschen, den Rest mache ich morgen. Ich gehe nicht mit euch hinaus. Für Jeannette und Jacob mache ich ein wunderbares Frühstück, das bekommen sie unter dem Apfelbaum serviert, ich werde es vermeiden, mich mit Jacob zu streiten, ich werde sagen: nous verrons, plus tard. Wir sprechen später über alles. Nach Südwestafrika gehe ich jedenfalls nicht mit. Jetzt nicht und später nicht. Wenn überhaupt nach Afrika, dann ginge ich höchstens in den Kongo. Aber am liebsten bleibe ich hier.«
Sie tritt dicht vor Jona hin und wiederholt leise: »Es ist wahr. Am liebsten bleibe ich hier. Wenn ich darf. Nicht nur wegen Rudolf. Auch wegen dir.«
Jona hebt langsam die Hand, legt sie an Madlons Wange, dann beugt sie sich zu ihr und küßt sie sacht.
Hat Jona jemals auf diese Art einen fremden Menschen geküßt? Niemals. Hat sie jemals für ihre eigenen Töchter empfunden, was sie für diese fremde Frau empfindet, die Jacob mitgebracht hat? Diese Frau, die ihr Rudolf wegnimmt, aber dafür – ihr Blick geht zu Jeannette, die aussieht wie ein müdes, eingeschüchtertes Kind.
Ist es endlich soweit, daß sie ihre Schuld sühnen kann, jetzt, gegen das Ende ihres Lebens zu?

»Du kannst bleiben, solange du willst. Du – und diese beiden da.« Das letzte sagt sie mit einer Kopfbewegung zu Jeannette hin. Und zu Rudolf: »Bring sie hinüber! Gute Nacht.«
Bassy trabt zufrieden über den Wiesenpfad, vor den drei Menschen her, die kein Wort miteinander sprechen. Sie schläft jetzt manchmal drüben auf dem anderen Hof, und da es ihr keiner verbietet, wird es langsam zur Gewohnheit. In einer warmen Nacht wie dieser bleibt sie vor dem Haus, bleibt zwischen den Häusern, bewacht gewissermaßen beide Häuser und die Menschen darin, die sie liebt.
In mancher Beziehung ist es ein einfaches Leben, ein Hund zu sein.
»Gute Nacht«, sagt Jeannette zu Rudolf, und sie sagt es auf deutsch.
»Gute Nacht, Jeannette, schlaf gut.«
Dann wendet er sich um und geht. Nicht über den Wiesenpfad zurück, er wendet sich nach Westen, geht den Feldweg entlang, der zum Wald führt.
Madlon sieht ihm nach. Das weiße Hemd, das er sich zum Abendessen angezogen hat, ist in der Dunkelheit noch lange zu sehen.
Madlon bürstet Jeannettes weiches blondes Haar.
»Du hast so hübsch ausgesehen heute, Chérie. Und du wirst sehen, alles wird gut. Ich bleibe bei dir. Ich werde für dich sorgen.«
Nachdem Jeannette eingeschlafen ist, tritt Madlon noch einmal vor die Tür. Sie hat sich schon gewaschen, hat sich die Zähne geputzt, sie trägt wieder nur einen dünnen Kittel über dem nackten Körper. Die Nacht ist warm und so still.
Wo mag Rudolf hingegangen sein? Das weiße Hemd ist nicht mehr zu sehen. Vielleicht ist er längst zu Hause.
Sie ist nicht die Treppe hinaufgegangen zu Jacob, aber sie geht wie im Traum den Feldweg entlang, der zum Wald führt. Bassy will sie begleiten, doch Madlon sagt scharf: »Nein. Du bleibst hier.«
Bassy gehorcht, setzt sich etwas unglücklich ins Gras und wartet. Sie wird lange warten müssen.
Der Wald verbirgt Rudolf, aber Madlon ist kaum drei vor-

sichtige Schritte unter den Bäumen gegangen, da sieht sie ihn. Er bewegt sich nicht, aber sie geht nahe zu ihm hin, bis ihre Körper sich berühren. Dann schlingt sie beide Arme um seinen Oberkörper, preßt sich fest an ihn.
»Du bist – zu mir gekommen?«
»Ja. Zu dir. Es gab nur zwei Möglichkeiten heute nacht. Ich habe eine Entscheidung getroffen, so wie Jona vorhin gesagt hat.« Ihre Lippen gleiten an seinem Hals entlang, erreichen sein Ohr, sie nimmt das Ohrläppchen sanft zwischen die Zähne. Eine Entscheidung, die gilt? möchte er fragen. Für immer? Aber was sollen sinnlose Fragen, die sowieso keiner beantworten kann. Er stürzt sich auf ihren Mund, saugt sich fest, zerrt an dem Kittel, denn daß sie darunter nackt ist, hat er schon bemerkt.
Vorsichtig legt er sie auf das Moos des Waldbodens, steht eine Weile über sie gebeugt, sein Verlangen ist so stark, so heftig, daß er weiß, alles wird in Minutenschnelle vorüber sein. Sie weiß es auch.
»Sag nichts«, flüstert sie, »kein Wort. Komm nur zu mir. Ganz schnell.«
Er reißt sich das Hemd vom Leib, streift die Hose zu Boden, legt sich neben sie, immer noch vorsichtig, immer noch in Angst, sie mit seiner Gier zu erschrecken, aber sie reißt ihn an sich, auf sich, in sich hinein, sie ist so bereit, sie ist so gierig wie er, und viel zu kurz ist diese Lust, um ihr Verlangen zu stillen.
Schon eine Viertelstunde später lieben sie sich wieder, nun ohne Hast, nun schon behutsam erforschend, wie der andere Körper reagiert, das Begehren hat nicht nachgelassen, aber nun ist Zärtlichkeit dabei, Hingabe, bewußte Lust – Liebe.
Es ist spät in der Nacht, als sie es endlich fertigbringen, sich voneinander zu trennen.
Rudolf will sie zurückbegleiten, aber sie sagt: »Nein, ich gehe allein. Du wartest noch eine Weile und machst am besten einen kleinen Umweg.«
Er begreift.
Immerhin ist es möglich, daß Jacob nicht schläft, daß er hinübergegangen ist zu dem anderen Hof und gemerkt hat, daß

Madlon nicht da ist. Sie küssen sich lange, dann geht Madlon aus dem Wald hinaus auf den Feldweg, es ist heller als zuvor, der abnehmende Mond steht am Himmel. Sie hat ein wenig Angst.

Sie weiß nicht, wie Jacob reagieren würde. Wäre es ihm egal? Oder würde er sie töten?

Seltsam, sie kennt ihn so gut und doch nicht gut genug. Beides wäre möglich.

Aber es bleibt ganz still, nichts rührt sich in der warmen Juninacht, nur Bassy kommt ihr entgegen, springt an ihr hoch und leckt ihr rasch mit der Zunge über das Gesicht.

Jeannette schläft. Madlon betrachtet sie durch den Türspalt. Sie liegt halb auf der Seite, das blonde Haar über das Kissen gebreitet, sie sieht gelöst und friedlich aus. Es sieht so aus, als sei die Krise vorüber. Sie schläft da zusammen mit ihrem Kind, in ein paar Wochen wird man ihren Zustand sehen, das Kind in ihrem Leib wird sich regen, sie wird sich vertragen mit ihm.

Madlon streckt sich lang aus im Bett, ihr Schoß brennt, ihre Schenkel sind müde, sie ist satt und zufrieden. Sie ist glücklich. Nicht jetzt, nicht in dieser Nachtstunde wird sie darüber nachdenken, was geschehen soll.

Doch plötzlich läßt ein Gedanke sie aufschrecken. Wenn Jacob drüben, im anderen Haus, Rudolf auflauert?

Sie springt aus dem Bett, geht in die Wohnstube, dessen Fenster hinüberblicken zum anderen Hof.

Dort ist es dunkel und still.

Doch das hat nichts zu bedeuten – Jacob kann im Dunkel und lautlos töten. Am liebsten würde sie hinüberlaufen und sich überzeugen, daß Rudolf gut in sein Zimmer und sein Bett gekommen ist. Aber das wäre nun wirklich heller Wahnsinn. Sie kehrt in ihr Bett zurück, die Gedanken verwirren sich, Rudolf, Jacob, Jeannette und das Kind, ach und Jona! Sie hat ihr den Mann weggenommen.

Dann schläft sie ein.

Am nächsten Tag erfährt sie, daß Rudolf gar nicht ins Haus zurückgekehrt ist. Er hat im Heu geschlafen, bei den Tieren. Nicht aus Angst vor Jacob, sondern weil er weiß, daß Jona ihn gehört hätte. Doch gerade sie braucht dringend ihren Schlaf.

Jona hat gewartet. Sie stand am Fenster und sah ihn in den Stall gehen. Denn auch sie hatte Angst, was noch geschehen würde in dieser Nacht.

Es wird schon hell, als Jona endlich ins Bett geht. Aber sie kann lange nicht einschlafen. Sie hat Rudolf also verloren. Nein. Man kann nicht etwas verlieren, was man nie besessen hat. Und doch wird nun alles anders sein. Sie empfindet weder Eifersucht noch Zorn, nur einen leisen Schmerz.

Sie steht am nächsten Morgen nicht auf und fährt nicht mit auf die Wiesen. Sie fühle sich nicht wohl, sagt sie der Magd, die nach ihr schaut.

Später frühstückt sie mit Madlon, Jeannette und Jacob unter dem Apfelbaum. Sie sieht alt und müde aus an diesem Morgen.

Carl Ludwig

In der Woche darauf erscheint Jona überraschend in Konstanz. Sie ist mit dem Frühschiff gefahren und trifft am Vormittag in der Seestraße ein, von Berta erstaunt begrüßt.
»Isch ebbes?«
»Nein, Bertele, alles in Ordnung«, sagt Jona gutgelaunt. »Ich muß nur dringend mit meinem Mann sprechen.«
»Der Herr Doktor isch in der Kanzlei.«
»Ich rufe ihn gleich an. Wo ist mein Sohn?«
»Der Herr Jacob isch obe. Er schlaft noch. Er isch spät heimkomme in der letzscht Nacht.«
»Frühstückt er hier oder oben?«
»Ich schick ihm dann sei Frühstück nauf.«
»Ich hab auch noch nicht gefrühstückt, Berta. Könnt ich einen Tee haben und ein Kipferl?«
»Aber freili, aber gern«, ruft Berta, begeistert, daß es mal etwas zu tun gibt. »I richt's Ihne glei.«
Carl Ludwig ist ebenfalls erstaunt, als er Jonas Anruf erhält.
»Bist du in der Kanzlei unabkömmlich, oder kannst du gleich kommen? Ich muß dich sprechen. Allein.«
Auch er fragt: »Ist ebbes passiert?«
»Vieles ist passiert. Aber nichts, was dich ängstigen müßte. Ich brauche deinen Rat.«
»Ich komme sofort. Was hier zu tun ist, können Eugen und Bernhard erledigen.«
Die Sonne scheint nicht mehr, es regnet sacht vor sich hin, ein warmer, sanfter Sommerregen. Das Heu haben sie trokken hereingebracht, und der Regen ist nun höchst erwünscht. Rudolf ist heute draußen mit dem Häufelpflug, ein Pferd vorgespannt, in den Kartoffeln. Es wird ihm nichts ausmachen, daß es regnet, wahrscheinlich merkt er es gar nicht. Er ist ein

seliger Narr in diesen Tagen, er geht durch das Leben wie im Traum.
Jona steht am Fenster und lächelt wehmütig vor sich hin. Er ist glücklich. Endlich kann er einmal wirklich glücklich sein. Er soll es bleiben, und darum ist sie hier. Sie muß mit Ludwig besprechen, wie es weitergehen soll.
Die Bucht ist grau verschwommen im Regen, die Berge drüben sind verhüllt. Jona dreht sich um und überblickt den vertrauten Raum. Wie schön es hier ist! Vielleicht sollte sie sich in Zukunft wieder öfter hier aufhalten. Sie fühlt sich auf einmal alt, die Arbeit wird ihr mühsam. Und es läuft ja alles gut daheim, Rudolf arbeitet für drei mit dem neuen Schwung, der ihn erfüllt, und Madlon ist auf dem besten Wege, eine tüchtige Bäuerin zu werden. Heute assistiert sie Dorle beim Brotbacken, das will sie auch lernen.
Sie hört Pferdegetrappel und schaut wieder aus dem Fenster. Ludwig hat sich eine Droschke genommen, um schnell bei ihr zu sein. Zärtlichkeit erfüllt ihr Herz, als sie ihn aussteigen sieht. Ein wenig umständlich, der Kutscher hilft ihm. Es ist derselbe, der ihn immer fährt, seit vielen Jahren nun. Auch das Haar des Kutschers ist mittlerweile weiß geworden, genau wie Ludwigs Haar.
Es war nicht recht, ihn so viel allein zu lassen, denkt sie, er ist nun alt, er braucht mich doch.
Er kommt rasch ins Zimmer, korrekt gekleidet wie immer, dunkelgrauer Anzug, weißes Hemd, die Krawatte in etwas hellerem Grau, die Perle darin. Hinter ihm Berta mit dem Frühstück. »Was ist los, Jona?«
»Furchtbar viel, Ludwig. Ich bin ziemlich ratlos, du mußt mir helfen. Mußt mir sagen, was ich tun soll.« Sie küßt ihn auf die Wange, schiebt ihren Arm unter seinen, zusammen gehen sie zu dem runden Tisch, um den die geblümten Sessel stehen.
Berta hört gespannt zu, während sie den Tisch deckt. Aber mehr gibt es im Moment nicht zu hören.
»Bleibet Sie denn auch zum Esse hier, gnä Frau?«
»Ja, sicher.«
»Mer hent aber heut nur Nudelsupp mit Rindfleisch. Und einen Strudel hinterdrein.«

»Aber das ist doch wunderbar.«
Jona lächelt ihr zu, und Berta bleibt unschlüssig stehen. Die Neugier plagt sie fürchterlich. Was mag denn bloß los sein? Etwas mit der jungen Frau Goltz? Ist schon merkwürdig, daß die gar nicht wiederkommt, überhaupt jetzt, wo das Jacöbele wieder im Haus ist.
»Mhm!« macht Jona und überblickt den Frühstückstisch. Sie ist so erleichtert, endlich ist ein Mensch da, der ihre Sorgen teilen wird. Ein Mensch? Ihr Mann. Ihr guter, verständnisvoller Ludwig. Sie fühlt sich ihm so nah verbunden wie seit Jahren nicht mehr. »Das sieht ja herrlich aus, Berta. Selbstgemachtes Apfelgelee?«
»Von Ihre Äpfel, gnä Frau. Darf ich einschenke?«
Sie gießt Tee in die dünne Tasse, rückt Zucker und Sahne daneben, stellt den Teller mit dem goldbraunen Kipferl, die Butter und das Apfelgelee vor Jona hin.
»I hätt e gute Leberwurscht da, wenn'S die lieber möge.«
»Nein, danke, Berta, es ist alles recht so.«
Berta blickt Ludwig an, der sich auch gesetzt hat, die beiden Ellenbogen auf die Sessellehne gestützt, die Fingerspitzen aneinandergelegt.
»Wellet Sie auch ebbes, Herr Doktor?«
»Ja, Berta. Bring mir den Sherry.«
Jona bestreicht das Kipferl dick mit Butter und Gelee, Ludwig nimmt mit einem Kopfnicken das Glas und die Karaffe mit dem Sherry entgegen, keiner sagt etwas.
Berta verharrt noch eine Weile, zieht sich dann ungern zurück. Ob sie wohl erfahren wird, was los ist?
»Also!« sagt Ludwig. »Was gibt es? Aber iß nur erst in Ruhe.«
Jona kaut und überlegt. Wie fängt sie am besten an? Womit? Worüber?
»Ludwig! Ich steck in einer schlimmen Patschen da drüben. Irgend etwas muß geschehen, aber ich weiß nicht, was. Andererseits ist alles gut so, wie es ist.«
»Hm!« Ludwig tippt die Fingerspitzen leicht aneinander. »Das ist ein bisserl schwer zu verstehen. Klammern wir mal aus. Hast du Schwierigkeiten mit dem Hof? Mit den Leuten? Mit dem Finanzamt? Kranke Tiere? Der Kartoffelkäfer? Der

Wurm im Obst? Stiehlt dir einer dein Holz? Kriegt eine von den Mägden ein Kind?«
Sie muß lachen. Das haben sie alles schon gehabt.
»Nein, auf dem Hof ist alles in Ordnung, die Tiere sind gesund, die Heuernte ist gut eingebracht. Im Wald wird nicht mehr geräubert als sonst auch. Ein Kind allerdings kriegen wir.«
Mit irgend etwas muß sie schließlich anfangen.
Und wie klug ihr Ludwig ist, beweist er gleich mit den folgenden Worten, die eine Feststellung sind, keine Frage.
»Madlons Nichte.«
Jona schaut ihn verblüfft an.
»Woher weißt du das?«
»Ich weiß es nicht, ich denk es mir halt. Sie war ja eine knappe Woche hier, wie sie aus Belgien gekommen sind. Und da hab ich ja gesehen, in was für einem desperaten Zustand das Mädle war. Und Madlon war so ruhelos, so hektisch. Sie wollte partout sofort zu dir.«
»Ja. Also, das stimmt erst einmal. Sie bekommt ein Kind, sie ist schon fast im vierten Monat, sie ist verzweifelt, und sie hat uns wochenlang etwas vorgeheult. Madlon bringt sich halb um mit ihr. Sie kann das Kind bei mir kriegen, das ist mir ganz recht. Aber sie will kein uneheliches Kind, und darum hat der Moosbacher gesagt, er wird sie heiraten.«
»Waaas?«
»Vor einer Woche hat er mal davon gesprochen, halb im Spaß, aber inzwischen hat Madlon den Gedanken aufgegriffen und findet ihn gut. Und da der Moosbacher sie liebt, wird er alles für sie tun.«
»Wen liebt der Moosbacher?«
»Madlon.«
»Madlon?«
»Ja. Und nicht nur platonisch, falls du das denkst. Sie sind ein Paar, und sie sind ganz verrückt aufeinander und ganz närrisch vor Liebe. Und ich hab alle Hände voll zu tun, damit das nicht jeder merkt und sieht.«
»Also mal langsam! Das kann kein Mensch so schnell begreifen.«

»Siehst du! Das meine ich ja.« Jona schenkt sich Tee nach, rührt in ihrer Tasse und blickt ihren Mann vertrauensvoll an. »Drüben bei mir ist der Teufel los. Zwei Verliebte, die sich benehmen, als ob sie zwanzig wären. Ein schwangeres Mädchen, das immer wieder droht, sich das Leben zu nehmen, und verheiratet werden soll, damit sie eine eheliche Geburt hat. Verschiedene Versionen über die Entstehung des Kindes und...«

»Augenblick! Meines Wissens gibt es nur eine Version, wie ein Kind entstehen kann.«

»Ja, Herr Rechtsanwalt. Aber man kann über den sogenannten Erzeuger dies und das erzählen. Es gibt eine wahre Geschichte, die ist nicht sehr schön. Und es gibt eine Lügengeschichte, die klingt recht gut. Dir werde ich natürlich die Wahrheit erzählen. Für alle anderen soll die Lüge gelten. Das will Madlon so.«

»Madlon und der Moosbacher? Das gibt es ja gar nicht. Und du?« Jona richtet sich gerade auf.

»Zwischen mir und Rudolf ändert sich nichts. Er hat seine Arbeit auf dem Hof, und da brauche ich ihn wie das tägliche Brot. Und er ist und bleibt mein Freund. Mein Geliebter war er nie, ich nehme an, das weißt du. Und kann ich ihm verwehren, daß es endlich eine Frau gibt, die er liebt?«

»Und trotzdem will er dieses Mädchen aus Belgien heiraten?«

»Dem Kind zuliebe, Jeannette zuliebe, vor allem Madlon zuliebe. Er sagt, er ist ein freier Mann und kann nun endlich mit dieser Tatsache etwas Gutes tun. Keine kirchliche Trauung natürlich. Es wäre ja sowieso nur eine Pro-forma-Heirat, später können sie sich scheiden lassen. Das müßtest du alles arrangieren, Ludwig.«

»Mir wird ganz schwindlig, wenn ich dir zuhöre. Was treibt ihr nur alles da drüben? Du mußt mir das Ganze in Ruhe und der Reihe nach erzählen.«

»Ich fang gleich noch mal von vorn an. Mir fällt nur auf, daß du bisher deinen Sohn noch nicht erwähnt hast. In einer sehr bedrohlichen Weise gehört er auch in die Geschichte hinein. Madlon ist seine Frau.«

»Und – er weiß das alles?«
»Er weiß gar nichts.«
»Ach, du liebs Herrgöttle!«
Ludwig nippt an seinem Sherry, stützt die Ellenbogen wieder auf die Sessellehne und tippt die Fingerspitzen aneinander, nun etwas lebhafter.
»Ich rekapituliere, soweit ich begriffen habe. Falls etwas nicht stimmt, verbessere mich.«
Jona nickt zufrieden. Endlich wird so etwas wie Ordnung in das ganze Geschehen kommen. Soweit das überhaupt möglich ist.
»Es begann also mit Madlons Reise nach Belgien. Wie es dazu kam, wissen wir. Was dort geschehen ist, wissen wir nicht oder nur bruchstückweise, was sie halt davon erzählt hat. Sie hat gesagt, sie bringt die Nichte mit, weil die einsam und unglücklich ist, seit ihre Schwester gestorben ist. Von einem Mann hat sie nichts gesagt. Es war aber offensichtlich einer vorhanden, die Nichte ist schwanger – wußte Madlon das bereits, als sie mit dem Mädle hier ankam?«
»Sie wußte es nicht, sie hat es nur vermutet, nachdem die Kleine ihr das ganze Drama erzählt hatte.«
»Ist die Schwangerschaft mittlerweile ärztlicherseits festgestellt?« Jona nickt.
»Und was war es für ein Drama? Wer ist der Kindsvater?«
»Eine üble Geschichte. Ich erzähl dir jetzt, wie's wirklich war. Und dann erzähl ich dir, was wir den Leuten erzählen wollen.«
»Die Lügengeschichte, wie du es vorhin genannt hast.«
»Ja.«
Ludwig hört schweigend zu, gießt sich einen zweiten Sherry ein, als sein Glas leer ist.
Schließlich ist er genau informiert darüber, was sich in Gent zugetragen hat. Was sich abgespielt hat in den letzten Wochen auf dem Hof. Jacobs kurzer Besuch und die allerneueste Entwicklung.
»Hat er übrigens zu dir davon gesprochen, daß er nach Südwestafrika gehen will?«
»Kein Wort.«

»Ich dachte es mir. Drüben sagte er, er wolle sich sein Erbteil auszahlen lassen und sich an einer Farm beteiligen. Es war wohl mehr als Köder gedacht für Madlon. Aber sie fühlt sich sehr wohl hier am Bodensee. Sie will hierbleiben, sagt sie. Sie arbeitet sehr tüchtig bei mir, kocht für uns alle, hilft im Stall. Und sie wird auf keinen Fall fortgehen, ehe das Kind geboren ist. Und erst recht nicht, wenn das Kind da ist. Sie freut sich nämlich auf das Kind.«
»Und obendrein hat sie sich in Rudolf verliebt.«
»Ja, das auch. Ich habe es kommen sehen. Es ging nicht etwa von heute auf morgen.«
»Du hättest sie wegschicken müssen.«
»Mitsamt der Nichte?«
»Warum nicht? Die kann das Kind auch anderswo bekommen.«
»Ich freue mich auch auf das Kind.«
Ludwig öffnet vor Erstaunen den Mund.
»Sagst du das im Ernst?«
»Ganz im Ernst, Ludwig. Ich möchte, daß endlich auf meinem Hof ein Kind geboren wird.« Und sie spricht aus, was bisher nie über ihre Lippen gekommen ist. »Du weißt, was damals mit dem Buben passiert ist, dem aus Vaters zweiter Ehe. Ich hab... ich hab das nie vergessen können. Es war...« Es war meine Schuld, ich habe das Kind getötet. Mit meinen Händen. Aber das bringt sie auch jetzt nicht über die Lippen. Vielleicht wird sie es auf ihrem Sterbebett beichten, wenn ihr die Zeit dazu bleibt.
Aber jetzt – sie kann sich selbst nicht so zerstören in den Augen ihres Mannes.
Hastig spricht sie weiter. »Ich hab das Gefühl, es wäre da etwas gutzumachen. Schön, es ist ein ganz fremdes Kind. Aber ich möchte, daß es auf dem Hof geboren wird und dort aufwachsen kann. Sorgsam behütet.«
Sie ist sehr blaß jetzt, ihre dunklen Augen sind umschattet. Ludwig sieht sie besorgt an.
»Geht's dir nicht gut, Jona?«
»Doch, doch. Gib mir auch einen kleinen Sherry. Aber mich regt das Ganze mehr auf, als du ahnst.«

Er nimmt ihre Hand, streichelt sie liebevoll.
»Dann soll also die Nichte auch bei dir bleiben.«
»Das kann sie halten, wie sie will. Bis jetzt haßt sie das Kind. Sie will es nicht. Und wenn sie es auch nicht will, nachdem es geboren ist, behalten wir es einfach. Madlon wird ihm eine gute Mutter sein. Sie hat zwar keine Kinder, aber sie hat sich immer welche gewünscht.«
»Ihre Kinder sind ja bei einem Brand des Farmhauses ums Leben gekommen.«
Jona staunt, davon hört sie zum erstenmal. »Das hat Madlon nie erzählt.«
»Sie spricht verständlicherweise nicht gern darüber. Sie erwähnte es damals, gleich am ersten Tag, als sie hier angekommen sind.«
»Das wußte ich nicht. Jacob hat auch nie etwas darüber gesagt.«
»Es waren die Kinder aus ihrer ersten Ehe. Sie war wohl da noch im Kongo.«
»Ach so! Nun kann ich Madlon noch besser verstehen.«
»Nun noch einmal zusammengefaßt. Wenn ich richtig verstanden habe, will Madlon bei dir bleiben. Mit dem Kind der Nichte. Und sie hat ein Verhältnis mit dem Moosbacher, der die Nichte heiraten wird. Also weißt du, Jona, mir kommt es so vor, als wärt ihr da drüben alle übergeschnappt.«
»Das habe ich dir ja gleich gesagt. Jetzt siehst du, wie schwierig das alles ist. Ich finde mich nicht mehr zurecht, Ludwig, du mußt mir helfen.«
»Ja, wie denn, um Himmels willen?«
»Ich denke mir, daß du das wissen wirst«, sagt Jona schlicht und nimmt einen kleinen Schluck von ihrem Sherry.
»Also sprechen wir nun über Jacob«, sagt Ludwig nach einem kurzen Schweigen. »Was für eine Rolle soll er eigentlich spielen?«
»Madlon hat Angst, daß er sie umbringt. Oder Rudolf. Oder sie alle beide.«
»Hat sie das gesagt?«
»Ja. Das hat sie gestern zu mir gesagt.«
»Und darum bist du heute hier?«

»Ja, Ludwig.«
Wieder tippen die Fingerspitzen aneinander.
»Eigentlich müßte der Moosbacher verschwinden. Meinetwegen, nachdem er die Nichte geheiratet hat. Heiraten müßten sie natürlich hier in Konstanz, nicht drüben bei euch auf dem Dorf. Hier fällt das nicht so auf. Vielleicht kann das auch irgendwie...« Ludwig überlegt. »Vielleicht könnte man das in der Schweiz... also, da muß ich erst darüber nachdenken. Sind die Papiere von der Nichte in Ordnung?«
»Madlon sagt, sie hat alles dabei. Selber kann man ja mit diesem Mädchen nicht reden. Flämisch ist anders als Deutsch, und Französisch kann ich auch nicht.«
»Und dann muß der Moosbacher verschwinden.«
»Er ginge nicht ohne Madlon. Er hat schon erwogen, mit ihr nach Amerika auszuwandern.«
»Nach Amerika, so. Falls Jacob die beiden nicht vorher umbringt.«
»Ich brauche Rudolf auf dem Hof. Ich schaffe das nicht allein, Ludwig. Ich werde alt.«
»Lieberle«, sagt er zärtlich, »du bist nicht alt, du siehst aus wie immer.«
»Aber ich fühle mich jetzt manchmal alt. Die Beine tun mir weh. Die Glieder sind mir schwer. Meine Knie schmerzen manchmal ganz fürchterlich, ich komme früh kaum aus dem Bett.«
»Aber Jona! Davon weiß ich ja gar nichts.«
»Ich habe auch nie davon gesprochen.«
»Warst du beim Arzt?«
»Der kann mir auch nicht helfen. Ich werde älter, das ist es halt. Ich kann nicht mehr so viel arbeiten wie früher. Und ich würde ganz gern wieder öfter hier bei dir sein. Und gar nichts arbeiten.«
Ludwig schweigt lange. Das hat sie nie gesagt. Es hängt wohl doch damit zusammen, daß sich der Moosbacher in Madlon verliebt hat. Im Grunde genommen wäre das alles gar nicht so schlimm, wenn Madlon nicht Jacobs Frau wäre.
»Dann ist es ja ganz gut, wenn sie die Fähre bauen«, murmelt er versonnen nach einer Weile.

»Was für eine Fähre?«
»Es ist eine Fähre geplant, zwischen Konstanz und Meersburg, die mehrmals am Tag verkehren soll. Das Projekt ist in der Stadt noch sehr umstritten. Aber unser Bürgermeister protegiert es eifrig. Es käme natürlich teuer, man müßte hier und drüben einen neuen Hafen bauen. Auf alle Fälle dauert es noch ein paar Jahre, bis es soweit ist.«
»Das wäre ja großartig«, meint Jona.
»Und weißt du was? Wir werden im Herbst zusammen eine Kur machen. In Bad Ragaz oder Badgastein. Das wird deinen Knien guttun. Und meinen ebenso, die sind auch reichlich steif. Und dann wirst du halt den anderen Hof wieder verkaufen. Vorausgesetzt, es findet sich einer, der ihn nimmt bei dieser Wirtschaftslage. Und auf deinem Hof läßt du den Moosbacher mit Frau und Kind und als Freundin Jacobs Frau.«
Ludwig steht auf.
»Verdammt«, sagt er, und so etwas sagt er selten. »Das ist ja eine ganz und gar unmögliche Geschichte.«
»Siehst du!«
»Und was machen wir mit Jacob? Eine Farm in Südwestafrika, sagst du? Mit der Malaria und seinem Bein? Und das Erbteil soll ich ihm auszahlen? Wie stellt er sich das vor? Geld haben wir nicht mehr viel, das hat die Inflation gefressen. Wir haben das, was wir verdienen. Und das Vermögen steckt in den Häusern. Und in deinem Hof. Und soviel ist das heute nicht mehr wert wie vor dem Krieg.«
Sie schweigen beide, er überlegt, Jona fühlt sich erleichtert, und gleichzeitig ist sie todmüde.
Dann tritt Jacob auf, der von Berta inzwischen gehört hat, daß seine Mutter überraschend gekommen ist.
Nicht viel später kommt Onkel Eugen nach Hause, sie essen gemeinsam die Nudelsuppe und das Rindfleisch, hernach einen Strudel, dann trinken sie noch eine Tasse Kaffee, und dann geschieht etwas noch nie Dagewesenes; Jona sagt: »Ich muß mich hinlegen, ich bin so müde.«
Keiner hat es je erlebt, daß sie einen Mittagsschlaf gemacht hat. Heute schläft sie bis in den späten Nachmittag hinein, es ist fünf Uhr, als sie erwacht, aber nur halb, sie kuschelt sich

wieder in das Bett, schläft noch einmal ein und erscheint erst um halb sieben, gebadet, schön frisiert, in einem blauen Musselinkleid, wieder im Biedermeierzimmer.
Dort sitzt Ludwig allein, liest Zeitung, denkt dazwischen nach, wartet.
Eugen ist unten in seiner Wohnung, aber er ist zum Abendessen eingeladen und wird bald heraufkommen. Jacob ist in die Stadt gegangen, wird aber auch zum Abendessen dasein, für das Berta große Vorbereitungen getroffen hat. Sie hat das Gefühl, es müsse etwas Besonderes geben an diesem Tag.
Sie hat Felchen holen lassen, im Rohr schmurgelt ein Kalbsrollbraten, sie arbeitet am Spätzleteig.
Jona sieht frisch und ausgeruht aus, sie lächelt, sie küßt Ludwig auf die Wange, dann auf den Mund. Auch das hat sie lange nicht getan.
»Lieberle«, sagt er gerührt. »Wie fühlst du dich?«
»Wunderbar. Ich brauch mich um überhaupt nichts mehr zu kümmern. Du wirst bestimmen, was geschieht, und so wird's dann gemacht.«
Kann man noch ein viertes Leben haben? Falls es möglich sein sollte, ist Jona dabei, es zu beginnen.

Geburt und Tod

Am 21. Dezember bringt Jeannette Moosbacher einen gesunden Sohn zur Welt. Sie haben alle Angst gehabt vor der Geburt, wie wird die zarte, empfindliche Jeannette sie wohl überstehen. Aber es geht viel leichter als erwartet, sechs Stunden, nachdem die ersten Wehen eingesetzt haben, pünktlich um die Mittagsstunde, tut das Kind seinen ersten Schrei.
Dr. Fritsche aus Markdorf ist anwesend, die Hebamme hat Rudolf gleich in der Früh mit dem Auto geholt, denn sie haben Madlons Studebaker jetzt auf dem Hof.
Jeannette hat die üblichen Schmerzen ertragen müssen, die mit einer Geburt verbunden sind, aber es waren keine unerträglichen Qualen, es gab keine Komplikationen.
»Ich wünschte, es ginge immer so glatt«, meint Dr. Fritsche, als sie bei einem Imbiß und einer Tasse Kaffee in Jonas Stube sitzen. »Sie ist vorzüglich gebaut und könnte ruhig noch ein paar Kinder kriegen.«
»Gott behüte«, sagt Jona, »wir sind froh, daß wir dies erst einmal überstanden haben.«
»Es wird ihr nicht recht sein, daß es ein Junge ist«, sagt Madlon. »Sie hat immer von einem Mädchen gesprochen.«
Wenn sie überhaupt von dem Kind gesprochen hat. In den letzten Monaten schien sich Jeannette in ihr Schicksal ergeben zu haben, man könnte sagen, sie hat eine gewisse Wurschtigkeit entwickelt. Sie hilft ein bißchen im Haushalt, sie strickt und flickt und bessert Sachen aus, das kann sie gut, das hat sie bei den Beginen gelernt, sie spricht nun auch ein paar Brocken Deutsch und versteht einigermaßen, was man zu ihr sagt. Im übrigen ist sie fest davon überzeugt, daß sie bei der Geburt sterben wird. Darum hat sie sich auch keine Gedanken gemacht, was später, was danach, aus ihr werden soll.

»Ich werde ja dann tot sein«, hat sie in dem larmoyanten Ton, den sie sich angewöhnt hat, einige Male zu Madlon gesagt, »aber ich möchte, daß ihr sie Suzanne nennt.«
Sie ist nicht tot, ganz im Gegenteil, sie schläft, ein wenig erschöpft, aber nicht allzusehr mitgenommen, und das Kind ist ein Knabe, der mit dem Namen Moosbacher aufwachsen wird. Jona meint, man könne ihn ja Ludwig nennen.
»Denn was hätten wir ohne Ludwig angefangen, er hat alles geregelt und gerichtet.« Und nach einer kurzen Pause, in der keiner etwas äußert: »Nach dem Erzeuger wird sie ihn kaum nennen wollen. Höchstens vielleicht nach ihrem eigenen Vater.«
»O nein«, widerspricht Madlon entschieden. »Pierre Vallin hat es bestimmt nicht verdient, daß unser Kind seinen Namen trägt.« Unser Kind sagt sie, und darüber wundert sich inzwischen keiner mehr; Madlon könnte kaum beteiligter sein, wenn sie selbst ein Kind bekommen hätte.
Dr. Fritsche blickt von einem zum anderen, dann lacht er.
»Ihr seid eine ganz erstaunliche Familie«, sagt er. »So etwas wie hier ist mir noch nicht untergekommen.«
Jona lächelt und nickt dann.
»Ja, eine etwas seltsame Familie sind wir wohl immer gewesen.«
»Ein Sonntagskind, um die Mittagsstunde geboren«, fährt der Arzt fort. »So etwas erlebt man auch nicht alle Tage. Bin gespannt, was daraus werden wird.«
Die Hebamme kommt ins Zimmer und berichtet, daß es wirklich ein besonders prächtiger und kräftiger Bub sei. Dann gehen sie alle noch einmal in die Wochenstube, da liegt Jeannette, süß und rosig, im Schlaf, und das Kind liegt in seinem Körbchen, die Augen, die strahlendblau sind, weit geöffnet.
Madlon betrachtet es in stummem Staunen.
»Und es ist wirklich alles in Ordnung?«
»Alles so, wie es sein soll«, bestätigt die Hebamme, »und nun hätt ich auch gern einen Kaffee, wenn's recht ist.«
Dorle kommt nach einer Weile mit frischem Kaffee, sie blickt von einem zum anderen und sagt schließlich schüchtern: »Also dann tät ich auch recht schön gratulieren.«

Sie wirft einen unsicheren Blick auf Rudolf. Ist er nun der Vater oder nicht?
»Danke, Dorle«, sagt Jona ruhig.
Madlon nimmt Dorle die Kaffeekanne ab. »Wir freuen uns alle sehr, Dorle. Ein Sonntagskind, denk nur mal. Sag den anderen, daß wir am Nachmittag rüberkommen zu einem Umtrunk. Gekocht habe ich heute nicht. Aber es ist noch reichlich da von gestern, das kannst du ihnen aufwärmen.«
»Und wer ins Wirtshaus gehen will«, fügt Rudolf hinzu und lacht so vergnügt, als hätte wirklich *sein* Sohn heute das Licht der Welt erblickt, »der ist von mir eingeladen.«
Die seltsame Ehe vom Moosbacher hat die Leute sehr bewegt. Sie rätseln immer noch daran herum, wo und wann er das fremde Mädchen getroffen hat oder ob er am Ende gar nicht der Vater des Kindes ist. Auf Ludwigs Rat nämlich ist die Lügengeschichte nicht weiterverbreitet worden, er meinte, je weniger die Leute wüßten, um so besser.
Im September, nach der Ernte, haben sich die Wohnverhältnisse auf den Höfen wieder einmal geändert, Jona war der Meinung, daß Jeannette in ihrem Zustand zu ihr ins Haus gehört, außerdem passen ihr die nächtlichen Ausflüge Rudolfs nicht. Madlon und Jeannette ziehen zurück auf ihren Hof, Madlon und Rudolf haben nun ein Doppelzimmer zur Verfügung, wenn sie wollen, das heimliche Herumschleichen hört auf. Dorle behält ihre Kammer unten hinter der Küche, gleich neben der Kammer der Alten, auch der Jungknecht bleibt dort in der Schlafstelle vor dem Stall, denn Jona will nicht, daß er zuviel von dem mitbekommt, was die anderen reden und treiben. Der Bub ist gerade dreizehn Jahre alt.
Das übrige Gesinde zieht auf den anderen Hof, und diese neue Regelung behagt den Leuten außerordentlich, sie sind freier, unbeaufsichtigt, doch man kann nicht sagen, daß sie es ungehörig mißbrauchen. Sie trinken gerade mal ein Glas mehr, es geht lauter zu als früher; wenn sie Besuch mitbringen wollen, müssen sie Jona fragen. Und das tun sie auch, denn ihr Respekt vor Jona ist ungeheuer.
Ein bißchen schwierig wird es, als im Herbst eine neue Magd

auf den Hof kommt, sie ist jung und sehr hübsch, und sie hat einige Mühe, ihre Unschuld zu verteidigen. Aber diese Flora ist nicht nur ein hübsches und tüchtiges, sondern auch ein kluges Mädchen, sie weiß, was sie will. Sie stammt von einem ganz kleinen Hof hinter Wangen, der Betrieb bei Jona imponiert ihr außerordentlich, ihre Arbeit versteht sie, besonders mit dem Vieh kann sie gut umgehen, und sie möchte gern hierbleiben. Im Jahr darauf wird sie den Großknecht Kilian heiraten, und damit etabliert sich eine zuverlässige Familie auf dem Hof, die Jona bis an ihr Lebensende die Treue halten wird.
Und Jacob? Was ist mit Jacob geschehen?
Er ist nicht mehr da.
Ende Juli, sie sind mitten in der Ernte, erscheint er wieder einmal auf dem Hof, keiner hat Zeit für ihn, das kennt er zur Genüge. Nur Jeannette bleibt ihm zur Unterhaltung, ihr Zustand ist inzwischen sichtbar, und daß sie Frau Moosbacher geworden ist, weiß er auch. Nur was mit Madlon eigentlich los ist, das weiß er nicht.
Sie sagt ihm kurzentschlossen die Wahrheit, und er nimmt es erstaunlicherweise sehr gelassen auf. Keine Rede davon, daß er jemanden umbringen will.
»Du kannst dich ja scheiden lassen«, schlägt sie ihm vor.
»Wie denn?« fragt er lakonisch.
Er ist sich also auch der Fragwürdigkeit ihrer Ehe bewußt.
»Und wozu auch? Den Moosbacher kannst du nicht heiraten, der ist jetzt mit deiner Nichte verheiratet. Zu albern so was.«
»Diese Ehe kann jederzeit wieder geschieden werden. Und wir müßten eine richtige Ehe eingehen, dann können wir uns auch scheiden lassen.«
»Blödsinn«, sagt Jacob. »Viel zu umständlich. Willst du den Rudi unbedingt heiraten?«
»Nein. Ich will nur, daß du deine Freiheit hast.«
»Die habe ich.«
Seine Augen sind kalt, er läßt sich nicht anmerken, wie verletzt er ist.
Ob es nun Liebe ist oder wie man es nennen will, Madlon

und er, sie waren so eng verbunden, wie konnte sie das von einem Tag auf den anderen auslöschen.
Wenn sie es kann, kann er es auch.
Doch er wird ihr nie verzeihen, es wird nicht einmal mehr Freundschaft bleiben zwischen ihnen, jedenfalls soweit es ihn betrifft. Er macht nicht den kleinsten Versuch, sie zurückzugewinnen, er ist kalt, abweisend, fast bösartig. Madlon bedrückt es. Er hat ja recht, sie hat ihn verraten. So viele Jahre der Gemeinschaft, und warum hat sie ihm das nun angetan?
An diesem Tag ihres letzten Zusammentreffens weiß sie es selber nicht. Bedeutet ihr Rudolf wirklich so viel mehr als ihr eigener Mann?
»Ich kann auf keinen Fall hier weg, ehe Jeannette das Kind bekommen hat«, sagt sie hilflos.
»Du kannst hierbleiben, bis du angewachsen bist auf diesem verdammten Hof. Ich mochte ihn nie, das weißt du ja. Er hat mir meine Mutter genommen, und jetzt nimmt er mir meine Frau. Und wenn es dir gefällt, hier zu verbauern, dann mußt du es halt tun.«
Blitzartig wird ihm klar, daß es nicht Rudolf ist, an den er sie verloren hat. Jona hat sie ihm weggenommen. Und nun vertreibt Madlon ihn aus seiner eigenen Familie, nachdem sie es war, die ihn zurückgebracht hat.
Absurd. Lachhaft geradezu.
Sie ist schöner denn je, sie ist so lebendig, so kraftvoll, sie hat sich kaum verändert seit damals, als er sie in der Hafenkneipe in Daressalam zum erstenmal sah.
»In den Wald mit ihrem Körbchen, videralla, videron, Mohn zu suchen ging Madlon – videralla, videron –«
Sie saß auf dem Tisch und sang, einer klimperte auf der Gitarre, die Männer verschlangen sie mit den Augen.
Aber keiner war so groß und blond und jung wie Jacob. Noch am selben Abend fuhr sie mit ihm hinaus zur Plantage; Barkwitz lächelte wehmütig, als er die schöne junge Frau sah, er saß vor der Flasche wie so oft, er war einsam und unglücklich.
In seinem Zimmer zog Jacob sie aus, löste ihr langes Haar,

schlang es sich um den Hals, umfing die erste Frau seines Lebens, die er wirklich und leidenschaftlich lieben konnte.
Kann man so etwas vergessen? Sie kann es, aber er war auch nicht der erste, den sie geliebt hat.
Er wird es nun auch vergessen.
Er fährt umgehend nach Zürich und beginnt ein Verhältnis mit Clarissa, das seine Wunde heilen soll. Das Semester ist zu Ende, er begleitet Clarissa nach Bern, wird in der großen alten Villa ihrer Verwandten sehr freundlich aufgenommen. Clarissas Cousin und seine Frau haben schon viel von dem Helden aus Afrika gehört. Wie schön, daß er eine Weile bei ihnen bleiben wird.
Clarissa arbeitet während der Semesterferien in der Klinik ihres Cousins, sie tut jede Arbeit, und sei es die allerniedrigste, die von ihr verlangt wird. Sie will lernen. Lernen und erfahren. Wenn sie nicht arbeitet, ist sie bei Jacob. Endlich gehört er ihr. Sie hat das Glück, daß er gerade zu dieser Zeit einen neuen Malariaanfall bekommt, sie pflegt ihn mit Hingabe, und sie läßt ihn auch nicht aus den Fingern, als er wieder gesund ist. Anfang Oktober flüchtet Jacob nach Berlin.
Agathe erfährt natürlich, was sich in Zürich und Bern abspielt; Clarissa bekommt endgültig Hausverbot. Ihren Bruder Jacob wird Agathe nicht mehr empfangen, er hat sein Ehrenwort gebrochen, doch zunächst hat sie sowieso keine Gelegenheit, ihm die Tür zu weisen, er läßt sich in Konstanz nicht blicken. In Berlin führt er ein recht bewegtes Leben, da ist nun wirklich viel los, die tollen zwanziger Jahre sind höchst unterhaltsam, die Kneipen und Bars die ganzen Nächte geöffnet, die Mädchen willig. Überhaupt wenn man genügend Geld zur Verfügung hat.
Das hat er. Finanziert wird das alles stillschweigend von seinem Vater. Auch als er in einem Brief mitteilt, daß er nun doch gern einen Besuch bei seinem Freund Garsdorf in Afrika machen würde, bekommt er anstandslos das Reisegeld.
Ludwig hat deswegen eine harte Auseinandersetzung, die erste dieser Art, mit seinem Schwiegersohn Bernhard Bornemann. Bernhard ist der Meinung, daß man es sich auf die Dauer nicht leisten kann, diesen arbeitsscheuen Sohn des

Hauses, der noch nie eine Mark selbst verdient hat, in derart großzügiger Weise zu unterstützen und ihm auch noch teure Auslandsreisen zu finanzieren.
Ludwig beschafft sich das Geld durch einen Bankkredit, der durch eine Hypothek auf das Haus am Münsterplatz abgesichert wird. Bernhard schäumt vor Wut, Eugen versucht zu beschwichtigen, Imma muß viel weinen; erstens muß sie es ausbaden, wenn Bernhard wütend ist, und zweitens erwartet sie ihr drittes Kind, wovon sie gar nicht entzückt ist. Sie hat nicht mehr damit gerechnet, noch einmal ein Kind zu bekommen, sie ist achtunddreißig, und Bernhards sexuelle Gelüste waren in den letzten Jahren ohnedies recht bescheiden. Sie wird bockig, nachdem sie sich pausenlos die Vorwürfe ihres Mannes anhören muß über die sinnlose Verschwendung, die ihr Vater zugunsten Jacobs betreibt.
»Jacob ist mein Bruder, und er hat ein Recht auf das Geld. Du? Du hast schließlich hier eingeheiratet.«
»Ich arbeite für euch alle«, schreit Bernhard, mit vor Wut überkippender Stimme. »Was tätet ihr denn ohne mich? Dein Vater ist senil, das ist ja wohl deutlich sichtbar. Na, und Eugen, der hat sich noch nie ein Bein ausgerissen.«
Unfriede in der Familie. Agathe rümpft zu alledem nur die Nase, sie hat ja immer gesagt, Jacob ist ein Taugenichts, und was sich auf dem Hof ihrer Mutter abspielt, schreit zum Himmel. Sie macht sich ihren eigenen Vers darauf, warum Madlon dortbleibt und warum ihr Bruder verschwunden ist. Und sie kommt der Wahrheit sehr nahe. Sie war lange nicht mehr auf dem Hof, den Moosbacher hat sie ohnedies immer übersehen.
Im Februar schifft sich Jacob von Marseille aus nach Afrika ein, erster Klasse natürlich, das Schiff heißt *Azay le Rideau* und ist die frühere *General* der Woermannlinie, die nach dem Krieg von Frankreich beschlagnahmt wurde.
Für einige Zeit wird man von Carl Jacob Goltz wieder einmal nichts hören.
Clarissa, die sich für ihr drittes Semester in Berlin einschreiben wollte, um bei ihm zu sein, ist außer sich. Sie ist keine Frau, die leichthändig die Männer wechselt, sie will diesen

und keinen anderen. Und sie wird sich davon nicht abbringen lassen.
Jacob ist kaum auf See, da stirbt in Bad Schachen der General von Haid.
Bei der Beerdigung trifft die Familie fast vollzählig zusammen, auch Agathe ist gekommen, auch Bernhard. Das gehört sich so. Nur Imma nicht, es geht ihr nicht gut, ihr Zustand macht ihr zu schaffen. Ihr wird schlecht, sobald sie ein Schiff nur sieht, geschweige denn darauf fährt.
Alle benehmen sich natürlich tadellos, von den Familienquerelen merkt keiner etwas.
Jona hält Ludwigs Hand fest während der ganzen Trauerfeier, und sie denkt: Lieber Gott, laß ihn nicht so bald sterben. Ich brauche ihn, und ich werde jetzt viel, viel öfter bei ihm sein. Sie macht sich Sorgen, weil er so schmal, so blaß ist. Alt sieht er aus und irgendwie krank. Was ist eigentlich mit seinem Herzen?
Ende September, Anfang Oktober waren sie wirklich vierzehn Tage in Badgastein. Das erste Mal seit ihrer Hochzeitsreise, die sie an den Vierwaldstätter See gemacht haben, daß sie zusammen verreist sind.
In Badgastein hat er manchmal an sein Herz gefaßt.
»Was hast du?« hat sie gefragt.
»Da tut es mir manchmal weh.«
Es ist kalt auf dem Friedhof, windig, und Jona schiebt besorgt ihre Schulter an Ludwigs Schulter. Wenn er sich bloß nicht erkältet!
Später sitzen sie bei Lydia in dem großen Haus, in dem es nicht besonders gemütlich ist.
»Die Heizung fehlt«, sagt Lydia, auch sie sieht blaß und krank und müde aus. Sie wird nun sehr einsam sein.
»Dann solltest du endlich eine ordentliche Heizung einbauen lassen«, sagt Ludwig.
»Wovon denn?«
»Das werde ich finanzieren«, sagt Ludwig, und er weiß genau, was für ein Gesicht sein Schwiegersohn Bernhard jetzt macht. Das freut ihn mittlerweile, wenn er den ärgern kann.
»Selbstverständlich«, meint Eugen, »das machen wir. Voraus-

gesetzt, du willst in dem Haus bleiben. Du könntest doch auch zu uns nach Konstanz kommen. Wir haben Platz genug. Seit Jacob nicht mehr da ist, steht die ganze Etage leer.«
»Aber Jacob wird doch zurückkommen«, meint Lydia. »Und seine Frau...«
Sie weiß ja nicht, was da vorgegangen ist. Madlon kennt sie immer noch nicht, sie weiß nur, daß sie sich bei Jona aufhält und daß Jacob verschwunden ist.
Benedikt, der die Gäste bedient, blickt Lydia ängstlich an, und sie nickt ihm zu.
»Wo immer ich bin, hier oder dort, Benedikt bleibt bei mir.«
»Selbstverständlich«, sagt Eugen. »Auch für ihn haben wir Platz genug.«
»Auch bei uns wäre Platz für dich und Benedikt, Tante Lydia«, sagt Agathe, und es klingt herzlich. »Du solltest wirklich nicht allein in dem großen Haus hier bleiben.«
»Ach, ich weiß nicht. Ich habe so lange mit dem Maxl hier gewohnt.«
»Am besten wäre es, das Haus zu verkaufen«, läßt sich Bernhard vernehmen. »Warum sollte man noch unnötig Geld in den alten Kasten stecken, für Heizung oder ähnliches.«
Um Lydias Mund erscheint ein leichter Zug von Hochmut, in ihrem Blick liegt Abneigung. Bernhard war ihr noch nie sonderlich sympathisch. Und darum sagt sie nicht, was sie gerade sagen wollte.
Erst spät in der Nacht, ehe sie schlafen gehen, sie sind alle müde, es war ein langer und anstrengender Tag, hält sie ihren Bruder Ludwig am Arm fest.
»Bleib noch einen Moment. Ich muß dir noch etwas sagen.«
Und so erfährt Ludwig von dem Testament des Generals, erfährt, daß Jacob dieses Haus, dieses große Grundstück mit dem schönen Garten, erben soll.
»Das hat der Maxl so gewollt, und ich will es auch. Ob ich hierbleibe oder zu euch komme, verkaufen kann ich das Haus auf keinen Fall. Es gehört Jacob.«
Diese Neuigkeit befriedigt Ludwig ganz außerordentlich.
Als er hinaufkommt, liegt Jona schon im Bett, die Decke bis

über die Ohren gezogen. Es ist wirklich ungemütlich kalt in diesem Haus. »Ich muß dir was erzählen«, sagt er.
»Ja. Aber komm erst ins Bett. Du erkältest dich sonst. Das ist ja wie am Nordpol hier bei denen. Der arme Maxl, was muß er all die Jahre gefroren haben. Und die arme Lydia! Ich fände es wirklich gut, wenn sie zu uns nach Konstanz käme.«
Zu uns, sagt sie, Ludwig vermerkt es gerührt.
Die Botschaft, daß Jacob dieses Haus erben soll, macht ihr keinen besonderen Eindruck.
»Möchte wissen, was er hier soll. Und nach Afrika wird es ihm bestimmt hier zu kalt sein.«
»Es ist ja nicht immer Winter am Bodensee«, sagt Ludwig und räkelt sich zurecht. Sein Knie schmerzt wieder, sein Rücken ist steif, aber sonst ist er ganz zufrieden. Jona ist bei ihm. Was immer war, sie ist bei ihm geblieben. Er ist viel besser dran als Jacob, sein Sohn. Aber wenigstens wird Jacob dann ein Haus für sich allein haben, ob er es nun verkauft oder vermietet oder bewohnt, das kann er halten, wie er will.
»Weißt du was«, sagt Jona und kuschelt sich an ihn. »Morgen fahren wir auf den Hof. Am Vormittag fährt ein Zug, da können wir zum Mittagessen schon dasein. Bei mir ist es schön warm. Und Madlon wird uns etwas Gutes kochen. Und dann mußt du doch endlich das Baby einmal sehen, den kleinen Ludwig. Zu schad, daß du bei der Taufe nicht dabeiwarst. Der Franzl hat so schön gesprochen, wenn er sich auch sehr gewundert hat. Jeannette sah so süß und unschuldig aus, und Madlon leuchtete vor Glück und hielt während der ganzen Zeremonie den Rudolf bei der Hand. Ich habe dem Franzl natürlich erzählt, wie das alles ist, ich kann ja meinen Bruder nicht belügen, noch dazu, wenn er das Kind tauft. Er hat nur immer den Kopf geschüttelt. Was macht ihr nur für Sachen, hat er gesagt. Was macht ihr nur für Sachen.«
Zur Taufe konnte Ludwig nicht kommen, es war sehr kalt, der See fast zugefroren, es fuhren keine Schiffe.
»Aber morgen«, murmelt Jona, »morgen wirst du ihn sehen, den kleinen Ludwig. Er ist ja eigentlich ein ganz fremdes Kind, aber irgendwie...«
Dann schläft sie ein, den Kopf an der Schulter ihres Mannes.

Mary

Jacob hatte zwar, gleich nachdem er in Berlin eingetroffen war, an Georg von Garsdorf geschrieben, aber dann die geplante Reise nach Afrika erst einmal vergessen. Er stürzte sich in den Trubel der Berliner Nächte und stellte fest, daß man ihn in seinen Stammkneipen erfreut begrüßte; noch nicht einmal ein Jahr war vergangen, seit er Berlin verlassen hatte, und so schnellebig die Stadt auch sein mochte, die meisten der alten Bekannten waren noch da und schienen nur auf ihn gewartet zu haben, um so mehr, als er diesmal nicht knapp bei Kasse war. Nur wenn einer ihn nach Madlon fragte, wurde er böse. »Ich weiß nicht, was aus ihr geworden ist. Interessiert mich auch nicht«, lautete seine stereotype Antwort.
Meistens schwiegen die anderen dazu, vor allem die Männer, nur einer, von dem Jacob wußte, daß er ganz verrückt nach Madlon gewesen war, lachte anerkennend und setzte Jacob in größte Verwunderung mit dem Ausspruch: »Also hat Kosarcz sie sich doch geschnappt. Der Bursche kriegt immer, was er haben will. Nebenbei bemerkt, das Klügste, was Madlon tun konnte, der verdammte Schieber schwimmt im Geld. Ich hab mich seinerzeit schon gewundert, daß sie nicht mit ihm abgehaun ist. War ja eine leidenschaftliche Affäre mit den beiden.«
Jacob ersparte sich die Antwort und verkniff sich eine Frage. Aber wenn es stimmte, was er zu hören bekam, wenn Madlon ihn schon mit dem Ungarn betrogen hatte, dann konnte das seinen Haß nur noch vertiefen.
Denn je länger die Trennung dauerte, um so bösartiger wurden seine Gefühle. Tatsächlich empfand er immer stärkeren Haß auf die Frau, die ihn betrog und, wie er nun erfuhr, offenbar nicht zum erstenmal. Mit wem wohl noch in all den

Jahren? Vielleicht in Afrika schon? Männer waren genug dagewesen; er ging sie in Gedanken alle durch, denen Madlon Freundin und Kameradin gewesen war und möglicherweise auch Geliebte. Bis zu dem General verstieg sich sein Verdacht. Kosarcz – das hätte er sogar noch verstanden, das war ein richtiger Kerl. Aber dieser halbblinde Österreicher mit dem zerfetzten Gesicht, was konnte sie an dem schon finden?

Doch Jacob war sich darüber klar, daß der Mann gar nicht schuld an dem war, was sich entwickelt hatte. Die Weiber waren es; erst die blonde Unschuld mit dem Kind im Bauch und dann natürlich, wie konnte es anders sein, seine Mutter. Unter ihrem Einfluß hatte Madlon ihn abgelegt wie einen alten Hut. Köchin und Kuhmagd auf diesem verdammten Hof, das war aus ihr geworden, und dazu noch die Geliebte des Liebhabers seiner Mutter, blieb alles in der Familie, geradeso, wie es Jona paßte. Immer und ewig mußte es nach ihrem Willen gehen.

Nur bei mir nicht, dachte Jacob voll Grimm, bei mir ist es ihr nicht gelungen. Mich kriegt sie nicht. Nie.

Madlon schrieb ihm zweimal, er antwortete nicht. Die Adresse hatte sie von seinem Vater, dem er sie notgedrungen mitteilen mußte, denn von ihm kam das Geld. Ausreichend. Jacob konnte es sich leisten, in einem komfortablen kleinen Hotel in einer Seitenstraße des Kurfürstendammes zu wohnen, und es störte ihn nicht im geringsten, daß er von Vaters Geld existierte. Stand es ihm etwa nicht zu?

Nur eine Bedingung hatte sein Vater gestellt: er wünsche immer zu wissen, wo sein Sohn sich aufhalte. Anonyme Banküberweisungen nehme er nicht vor.

Im stillen hoffte Jacob, Madlon würde eines Tages auftauchen, und mit Genuß malte er sich aus, wie er sie hinauswerfen würde. Aber sie kam nicht.

Statt dessen erschien Clarissa in der Woche vor Weihnachten und reiste noch vor dem Heiligen Abend wieder ab, als sie entdeckt hatte, daß er mit einer Tänzerin der Scala liiert war. Nicht allerdings, ohne ihm mitzuteilen, daß sie ab dem nächsten Semester in Berlin studieren werde.

»Bis dahin wirst du ja wohl diese alberne Affäre beendet haben«, sagte sie mit funkelnden Augen.
»Sicherlich«, erwiderte Jacob friedlich, und der Plan, nach Afrika zu reisen, nahm wieder festere Formen an. Erstens hatte er inzwischen die Naumanns kennengelernt, und zweitens war die Vorstellung nicht sehr verlockend, endgültig unter Clarissas Fuchtel zu geraten.
Er brachte sie zum Anhalter Bahnhof, sie sah reizend aus, ein Pelzkäppchen auf dem inzwischen kurz geschnittenen Haar, die Nase hochmütig emporgereckt, um sich nicht anmerken zu lassen, wie verletzt sie war. Er war immer noch der Mann, den sie liebte und den sie haben wollte, auch wenn sie ihn zurückstieß, als er sie zum Abschied küssen wollte.
»Einmal wirst du ja erwachsen werden«, ihre Stimme klang kühl und beherrscht, und sie ähnelte in diesem Augenblick auf geradezu lächerliche Weise seiner Schwester Agathe, mit der sie nicht einmal verwandt war. Einundzwanzig war sie nun, und sie hatte in der Fingerspitze mehr Verstand als er im ganzen Kopf. Blieb nur zu hoffen, sie entdeckte eines Tages, daß es noch andere Männer auf der Welt gab.
Er seufzte, als er den Bahnhof verließ, und bereute es, daß er sie wegfahren ließ. Sicher wäre sie zu versöhnen gewesen, wenn er es nur ernsthaft versucht hätte. Konnte er je eine Frau finden, die attraktiver und begehrenswerter war als dieses kluge Mädchen? Eine gute Partie war sie obendrein. Schon im Sommer, in Bern, hatte sie ihn wissen lassen, daß sie ihn heiraten wollte. Nun hatte er sie tief beleidigt. Er war nicht nur der erste, er war noch immer der einzige Mann in ihrem Leben. Bewundernswert war ihre Haltung, trotz der glitzernden Wut in ihren grünen Augen.
Wenn er Clarissa heiraten würde – so seine Gedanken, als er, die Hände in den Taschen, zum Potsdamer Platz schlenderte –, welch eine großartige Rache an Madlon mit ihrem abgetakelten Österreicher, welch ein Ärger für seine aufgeblasene Schwester Agathe.
Die Strafe ereilte ihn schon in der folgenden Nacht, als seine hübsche, schwarzhaarige Tänzerin ihm mitteilte, daß sie keineswegs gedenke, den Heiligen Abend mit ihm zu verbrin-

gen. Ungeniert ließ sie ihn wissen, daß er nicht der einzige sei, es gebe da einen Mann mit älteren Rechten, und seine Weihnachtsgeschenke seien immer besonders wertvoll.
Dagegen ließ sich schwer argumentieren. Jacob hatte noch nicht einmal darüber nachgedacht, was er ihr schenken sollte. Und daß sie einige sehr hübsche und kostbare Schmuckstücke besaß, war ihm schon aufgefallen, ohne daß es ihn sonderlich interessiert hätte, woher sie wohl stammen mochten. Daß ein Mann sie ihr geschenkt haben mußte, lag auf der Hand, nur daß dieser Mann vorhanden war, neben ihm, auf die Idee war er nicht gekommen.
»Verschwinde! Und laß dich hier nicht mehr blicken«, sagte er finster. Sie lachte, sprang mit einem eleganten Satz aus dem Bett, machte dann, nackt wie sie war, eine Brücke und anschließend einen gekonnten Überschlag. Das Zimmer war so groß, daß sie sich das erlauben konnte. Sie verschwand im Bad, zog sich dann in aller Ruhe an, schlüpfte in den Pelz – sicher auch ein Geschenk von dem anderen –, und ganz zum Schluß erst stieg sie in die hochhackigen schwarzen Pumps.
Sie warf ihm eine Kußhand zu.
»Mach's gut, Darling. Und fröhliche Weihnachten.«
»Der Teufel soll dich holen«, lautete sein Abschiedsgruß.
Jacob lag im Bett, die Arme unter dem Kopf verschränkt. Mit Weihnachten hatte er offenbar kein Glück. Voriges Jahr war es Malaria gewesen, diesmal dieses kleine Miststück. Und dafür hatte er Clarissa sausen lassen.
Flüchtig kam ihm der Gedanke, Clarissa nachzureisen, sie in Zürich zu überraschen. Vielleicht war sie aber auch bei ihrem Cousin in Bern gelandet, möglicherweise sogar reumütig nach Konstanz zurückgekehrt, und weder nach heimischem noch nach Schweizer Familienleben stand ihm der Sinn. Daß es ihm am Weihnachtsabend an Gesellschaft mangeln würde, stand nicht zu befürchten, in den vergangenen Jahren hatte er mit Madlon schließlich auch in den Kneipen gesessen und sich bestens unterhalten.
Doch diesmal kam es anders; er verbrachte Weihnachten mit seinen neuen Bekannten, den Naumanns, die seit etwa vier-

zehn Tagen im selben Hotel wohnten, die einen Brief und Grüße von Georgie mitgebracht hatten und die sich auf dem verändertern Berliner Pflaster gar nicht wohl fühlten.
Frau Naumann hatte im Hotelzimmer ein Bäumchen aufgestellt und geschmückt und fragte Jacob am Mittag des Vierundzwanzigsten, ob er denn nicht mit ihnen zusammen feiern wolle, da er ja offenbar allein sei. Jacob brachte es nicht übers Herz, ihr das abzuschlagen. Später in der Nacht konnte er sich immer noch anderswo umsehen.
Clarissas Ankunft und rasch darauffolgende Abreise hatten sie am Rande mitbekommen und konnten sich natürlich keinen Vers darauf machen. Die Schwarzhaarige hatten sie nie zu sehen bekommen. Daß er verheiratet war, wußten sie zwar, von Georgie, der Madlon ausführlich beschrieben hatte, aber wie auch immer, sie war nicht da.
So kam es, daß Jacob mit den Naumanns bei Kempinski speiste und später bei ihnen im Hotel saß, wo sie ein Schlafzimmer und einen Salon bewohnten, sehr gemütlich eingerichtet.
Und damit kam die Reise nach Afrika wieder aufs Tapet. Dr. Friedrich Naumann war ein deutscher Arzt, der seit 1906 in Windhuk praktiziert hatte, auch nach dem Krieg nicht ausgewiesen worden war, ganz einfach, weil er gebraucht wurde. Er war einer der ersten Privatärzte gewesen, die sich in der Kolonie niedergelassen hatten, zuvor gab es nur Militärärzte und davon auch zu wenig.
In dem Brief, den Dr. Naumann mitgebracht hatte, wiederholte Georgie dringlich seine Einladung, sonst stand nicht viel darin, denn, so schrieb Georgie, alles, was du wissen willst, kann Dr. Naumann dir erzählen.
So war es auch. Ehe Jacob seine Reise antrat, war er über Südwestafrika, über Land und Leute bestens informiert.
»Wir kennen uns alle«, erzählte Dr. Naumann. »Wir sind wie eine große Familie, und daran hat auch der Krieg nichts geändert.«
Im Juli 1915 hatte Deutsch-Südwest bereits kapituliert, und soweit die Deutschen interniert wurden, behandelte man sie sehr anständig. Nach Kriegsende wurden zwar die Angehöri-

gen der Schutztruppe und die Beamten ausgewiesen, auch manche Farmer mußten ihr Land hergeben, aber letzteres war nur ein vorübergehender Zustand, viele waren zurückgekehrt und lebten auf dem Boden der ehemaligen deutschen Kolonie in bestem Einvernehmen mit den neuen weißen Herren und arbeiteten wie zuvor auch ohne Schwierigkeiten mit den Farbigen zusammen. Die Haltung der Engländer und Buren gegenüber den Deutschen war ebenso klug wie großzügig. Engländer waren sowieso nicht viele da, die Buren oder Afrikaaner, wie man sie später nannte, verstanden sich gut mit den Deutschen, das waren fleißige Arbeiter und zuverlässige Geschäftspartner. Südwestafrika war englisches Mandat, wurde verwaltet von der südafrikanischen Union und stand politisch unter Aufsicht des Völkerbundes.
Das höre sich schwierig an, gab Dr. Naumann zu, aber in der Praxis merke man nichts davon, es sei alles so wie immer. Und überhaupt sei es das schönste, friedlichste und freundlichste Land der Welt, ein Paradies auf Erden.
Kaum hatte Dr. Naumann es verlassen, sehnte er sich danach zurück. Es war der Wunsch von Leonore Naumann gewesen, den Rest ihres Lebens in Deutschland zu verbringen, das sie als junge Frau verlassen hatte.
»Und nu, Muttchen«, fragte der Arzt, ein großer, stattlicher Mann, dem man seine Fünfundsechzig nicht ansah, keiner hätte ihn älter als Anfang der Fünfzig eingeschätzt, »und nu? Biste nu zufrieden? Gefällt's dir hier?«
Sie waren zwar erst knapp zwei Wochen da, aber Leonore Naumann hatte bereits festgestellt, daß es ihr nicht gefiel im Berlin der zwanziger Jahre.
»Konnte man denn wissen, daß alles so anders geworden ist? Das ist doch eine verrückte Welt hier, da kann man doch nicht drin leben.«
»Siehste! Hat dir aber jeder gesagt. Aber nee, du mußt nach Berlin. Möchte wissen, was wir hier sollen. Passen wir nicht mehr hin. Und alle unsere Freunde sind in Südwest.«
Die zierliche Dame, auch sie noch sehr ansehnlich und temperamentvoll, schüttelte seufzend den Kopf und erging sich in Erinnerungen an das Berlin der Kaiserzeit, in dem sie all

die Jahre ein verlorenes Paradies gesehen hatte. Verloren blieb es jetzt auch.

Sie war in sehr guten Verhältnissen aufgewachsen, in einer Villa am Tiergarten, behütet und verwöhnt, sie hatte als junges Mädchen große Feste und Bälle mitgemacht, an Verehrern hatte es ihr nicht gefehlt. Davon erzählte sie lange und ausführlich.

»Und dann mußte ich mich ausgerechnet in diesen langen Lulatsch von Doktor verlieben. Er war an der Charité damals. Hatte weiß Gott wenig Geld. Aber machen Sie mal was gegen die Liebe!«

Sie sah ihn an, den langen Lulatsch, und in ihren Augen stand zu lesen, daß sich nach über dreißigjähriger Ehe an dieser Liebe nichts geändert hatte.

»Mein Vater sagte: Gott, Kind, was willste denn mit dem? Aber irgendwie mochte er Paul eben auch. Und da haben wir dann geheiratet.«

»1893 war das«, fügte der Arzt hinzu. »War wirklich ne schöne Zeit damals. Doch, muß man sagen.«

»Eine hübsche Praxis hier in Berlin, so hatte ich mir das vorgestellt. Meinetwegen auch Chefarzt in ner guten Klinik, war ja alles drin. Und dann ist der Mann so abenteuerlustig. Will unbedingt nach Afrika. Ich habe mich lange dagegen gesträubt. Die Kinder waren noch so jung, die Inge acht und der Heinz elf, das müssen Sie sich mal vorstellen, Herr Goltz. Aber Gott sei Dank, Gott sei ewig gedankt –«, sie legte die Hände ineinander und schüttelte sie heftig in Richtung Zimmerdecke, »wir haben sie dann bald nachkommen lassen. Ein Offizier der Schutztruppe brachte sie mit, sicher und wohlbehalten kamen sie an, und wir haben sie in Swakopmund abgeholt. Allein wenn ich denke, wie sie ausgeschifft wurden, das ist nämlich man schwierig dort, der Hafen ist gar kein richtiger Hafen, zu stürmisch, wissen Sie. Man schwingt in einem Sessel durch die Luft und landet klitschnaß in einem Boot, das dann durch die Brandung donnert. Fürchterlich! Einfach fürchterlich! Mein Gott, was habe ich ausgestanden, bis sie endlich an Land waren. Kein Schiff kann dort ordentlich anlegen. So ist das nämlich.«

Ihr Mann lachte vergnügt.
»Das war unser Hafen in Swakopmund. In Walfishbay gleich nebenan geht es zu wie in einem richtigen Hafen. Aber dort saßen ja immer die Engländer, das haben sie nie hergegeben. Heute spielt das ja keine Rolle mehr. Aber den Kindern hat das Spaß gemacht damals.«
»Spaß! Inge war ganz grün um die Nase. Und dann die Bahnfahrt, Herr Goltz. Die dauerte zwei Tage. Ging immer nur tagsüber, man mußte dazwischen übernachten. Weil die Gleise immer gefegt werden mußten. Ja, ist wahr, Sie brauchen gar nicht zu lachen. Ist ja überall Sand und Wüste, und die Gleise waren ständig zugeweht. Jeder Streckenabschnitt mußte gefegt werden, wenn ein Zug darüberfahren sollte. Zustände waren das!«
Jacob lehnte sich behaglich zurück, er fühlte sich wohl bei den beiden. Er hatte Clarissa vergessen, auch die treulose Schwarzhaarige, und an Madlon wollte er schon gar nicht denken.
»Aber in Windhuk lebten sie sich dann schnell ein«, fuhr Leonore fort. »Wir haben dort sehr gute Schulen, und die Kinder haben alles gelernt, was sie fürs Leben brauchen. Und der ganze schreckliche Krieg ist ihnen erspart geblieben.«
Als dringend benötigter Arzt war Dr. Naumann nicht interniert worden, und die Familie lebte in ungestörten Verhältnissen, ohne Hunger und Not oder Gefahr. Der Sohn hatte in Johannesburg studiert und war heute Mineningenieur, die Tochter Inge war in Südwest mit einem Karakulfarmer verheiratet. Zwei Enkel gab es auch schon.
»Und wir«, grollte der Doktor, »wir sind nu hier. Allein. Nee, Muttchen, da kannste machen, was du willst, hier bleib ich nicht. Alle unsere Freunde sind in Windhuk, und die Kinder sind nicht so weit entfernt und unser schönes Haus in der Leutweinstraße – nee, Muttchen, sag selber.«
»Wir haben das Haus nur vermietet, Herr Goltz«, berichtete Frau Leonore, »nur vermietet. Schon wegen der Kinder, nicht wahr? Nur vermietet, Herr Goltz!« Ihre Stimme klang bedeutungsschwer, sie blickte ihren Mann an. »Da können wir wieder hin.«
»Na, was sagen Sie zu dieser Frau?« Der Doktor lachte schal-

lend. »Piesackt mich jahrelang. Sie muß zurück nach Berlin. Partout nach Berlin. Meine Schwiegereltern sind lange tot. Der einzige Bruder meiner Frau ist im Krieg gefallen. Und nun frage ich Sie, was wir eigentlich hier sollen? Wir ziehn in irgendeine kleine dunkle Wohnung, wo das ganze Jahr kein Sonnenstrahl reinkommt, nich? Und zu Hause haben wir ein schönes großes Haus, mit Blick über die ganze Stadt. Und die warmen Quellen sind ganz in der Nähe.«
»Warme Quellen?« wunderte sich Jacob pflichtschuldigst.
»Haben wir, haben wir. Was denken Sie denn, warum die Leute in Südwest so gesund sind und so alt werden?«
»Na, hier haben Sie es doch sehr gemütlich«, sagte Jacob und wies mit dem Korkenzieher in der Hand über das Zimmer hin, dann zog er die nächste Flasche auf.
Es war ein schwerer Rheinhessen, der dem Doktor trefflich mundete, Jacob weniger, er war an die spritzigen Bodenseeweine gewöhnt. Ob es wohl sehr unhöflich war, wenn er in sein Zimmer ging und die Whiskyflasche holte?
»Wir können ja nicht alle Lebtag im Hotel wohnen«, meinte Frau Leonore. »Das ist viel zu teuer. So viel Geld haben wir nicht gespart. Und hier ist sowieso alles sehr teuer, auch die Wohnungen, da habe ich mich schon erkundigt. Ach, und dann der Lärm hier und der irrsinnige Verkehr, man wird ja ganz dösig davon. Und all die gräßlichen Leute mit ihrer ewigen Politik. Jetzt soll es schon wieder eine neue Regierung geben, habe ich in der Zeitung gelesen. Und die Kommunisten und das alles, nee, wissen Sie, Herr Goltz, an so was sind wir nicht gewöhnt. Bei uns in Windhuk herrscht Ruhe und Ordnung, da gibt es keine Keilereien auf den Straßen wie hier. Und Arbeit findet auch jeder, der arbeiten will!«
»Ja, ja, Muttchen«, sagte der Doktor und kostete von seinem Wein. »Wer nicht hören will, muß fühlen.«
»Ach, und deine armen Patienten! Was waren sie traurig, daß du weggegangen bist. Daß du sie einfach im Stich gelassen hast.«
»Nun hör sich einer die Frau an! *Ich* wollte ja gar nicht weg. Jetzt bin ich auf einmal derjenige, der alles im Stich gelassen hat. Das wird ja immer besser.«

»Der Neue, der deine Praxis übernommen hat – nee, wissen Sie, Herr Goltz, man soll ja nicht vorschnell urteilen, soll man gewiß nicht, aber ich kann mir beim besten Willen nicht vorstellen, daß unsere Patienten mit dem zurechtkommen.«
»Sie werden sich schon an ihn gewöhnen. Er ist ein moderner, junger Arzt, hat eine sehr ordentliche Ausbildung. Die Erfahrung wird er schon noch bekommen. Und mit Land und Leuten kennt er sich aus. Er ist in Südafrika aufgewachsen.«
»Das allein macht noch keinen guten Arzt aus«, widersprach seine Frau.
»Anfangen muß jeder mal. Mußte ich auch. Und unter weitaus schwierigeren Bedingungen. Lange Zeit waren wir nur drei Ärzte, weit und breit. Außer den Militärärzten natürlich. Wir mußten alles können. Vom Kinderkriegen bis zum Blinddarm, von der Mandelentzündung bis zur Syphilis. Und jede Art von Verletzungen und Unfall; was so einem armen Menschen alles passieren kann auf dieser Erde.«
»Ja«, sagte Frau Leonore leise und nachdenklich, »es war immer viel Arbeit. Viel Mühe. Aber eine gottgesegnete Arbeit, das war es auch.«
Eine Weile schwiegen die drei, es war nach Mitternacht, die Heilige Nacht, die den Menschen Erlösung verhieß von allem Bösen. Erlösen kann sie nur ihr Glaube, denn das Böse ist noch da und gehört zum Menschenschicksal auf Erden.
»Was ich damals für Angst hatte vor Afrika!« Frau Leonore war immer noch bei ihren Erinnerungen. »Mir graulte vor den Schwarzen und vor der Hitze und vor den wilden Tieren und was es sonst noch alles geben mochte. Und heute bin ich dort daheim. Und hier ist alles fremd geworden.«
Noch ehe Jacob abreiste, war es beschlossene Sache, daß die Naumanns nach Windhuk zurückkehren würden, in einem halben Jahr etwa. Die Heimkehr nach Deutschland hatte sich unterdessen in einen Besuch verwandelt. Jacob bekam ein Kündigungsschreiben an den Mieter in der Leutweinstraße mit.
»Denn sagen wir man bloß auf Wiedersehen«, meinte Leonore bei seinem letzten Besuch. »Grüßen Sie Windhuk. Haben

Sie auch alle Adressen gut aufgeschrieben? Ach, ist ja gar nicht nötig, die Leute werden sich sofort auf Sie stürzen. Ein Mann aus Deutschland, so ein schmucker Mann wie Sie, ein Schutztruppler dazu. Sie werden sich vor Einladungen nicht retten können.«
Das klang sehr verheißungsvoll, und Jacob, der sich etwas überstürzt zu der Reise entschlossen hatte und es nun fast schon wieder bereute, fand langsam Geschmack an dem Unternehmen.
»Sie kommen zum Ende der Regenzeit, mein Lieber«, sagte der Doktor, »das ist die schönste Zeit, da ist alles grün, und es blüht. Die Regenzeit ist für uns die wichtigste Zeit im Jahr. Je mehr es regnet, je mehr Wasser die Riviere führen, um so besser wird das Jahr, dann haben Mensch und Tier nichts zu fürchten. Wenn es wenig regnet oder gar nicht, was leider auch mal vorkommt, dann ist es eine Katastrophe. Denn das ganze übrige Jahr regnet es keinen Tropfen mehr. Die Riviere trocknen sehr schnell aus, das Gras verdorrt, die Tiere verdursten. Flüsse haben wir ja nicht viele, nur den Oranje im Süden und den Kunene im Norden. Die Riviere, das sind außerhalb der Regenzeit trockene Sandbetten. Aber wenn es ordentlich regnet, dann strömt es nur so dahin, und je mehr davon in Tümpeln stehen bleibt, um so besser.«
»Und wenn hier Sommer ist«, erklärte Frau Leonore, »haben wir Winter. Da kann es ganz schön kalt werden. Ganz schnell mal unter null Grad. Jedenfalls in der Nacht. Am Tag scheint ja immer die Sonne.«
Das alles hatte Jacob nun schon so oft gehört, daß er es auswendig kannte. Denn er war viel mit den Naumanns zusammen, nicht nur weil sie im selben Hotel wohnten, auch weil die beiden sich etwas verloren vorkamen in Berlin. Es gab nur noch eine entfernte Cousine von ihr, ein paar alte Schulfreundinnen, doch da lagen Welten dazwischen.
Dr. Naumann, der aus Stettin stammte und ein Einzelkind gewesen war, besaß überhaupt keine Verwandten mehr. Von Windhuk her waren sie an engen nachbarlichen Verkehr und abwechslungsreiches gesellschaftliches Leben gewöhnt, ganz zu schweigen von den vielen lieben, netten und dankbaren

Patienten. Kein Wunder, daß sie sich hier vereinsamt fühlten. Sie trabten zwar unermüdlich durch Berlin, die Friedrichstraße und die Leipziger entlang, Unter den Linden, durch den Tiergarten und natürlich den Kurfürstendamm hinauf und hinunter. Auch ins Theater gingen sie öfter, einmal in die Scala, einmal in den Wintergarten und natürlich immer in gute Restaurants zum Essen.
Bei all diesen Unternehmungen begleitete Jacob sie oft, und Frau Leonore meinte einmal befriedigt: »Also, das macht schon Spaß, mit zwei so stattlichen, schönen Männern auszugehen.«
Der Doktor grinste, und Jacob zeigte seine besten Manieren. In gewisser Weise lenkte ihn das Zusammensein mit den beiden mehr von den Ärgernissen der letzten Zeit ab als das nächtelange Herumsitzen in den Kneipen.
Als nächstes, so Ende Februar etwa, planten die Naumanns eine Reise ins Riesengebirge, das Leonore von ihrer Kindheit her kannte.
»So mal richtig wieder im Schnee spazierengehen und Schlitten fahren, darauf freue ich mich. Und dann reicht das auch für den Rest des Lebens.«
»So im Mai, Juni reisen wir dann. Da ist das Meer friedlich. Meiner Frau graust es vor der Seereise.«
»Ach ja«, seufzte Leonore, »die ist so lang. Und kann sehr stürmisch sein. Aber weißt du, Paul, was ich mir noch ausgedacht habe? Wie wäre es denn im Frühling mit drei Wochen Baden-Baden? Da war ich mit Papa oft. Noch mal auf der Lichtenthaler Allee spazierengehen – also, das würde mir Spaß machen.«
»Du machst mir jetzt schon Spaß. Wo sollen wir denn die Piepen hernehmen?«
»Ach, dazu reicht es schon noch. Wenn du wieder zu Hause bist, wirst du ja doch wieder Praxis machen, das ist doch klar. Oder denkst du, deine Patienten werden nicht in Scharen angestürmt kommen, wenn sie hören, du bist wieder da?«
»Ich habe keine Praxis mehr.«
»Das machen wir bei uns im Haus, habe ich mir schon überlegt. Ein bißchen Praxis eben. Wir nehmen das ehemalige

Schulzimmer von den Kindern als Ordination und das Zimmer von der Bubba daneben als Wartezimmer. Das richte ich dir ganz süß ein. Bubba war unser schwarzes Kindermädchen«, fügte sie erläuternd hinzu. »Und Baden-Baden lasse ich mir auf keinen Fall entgehen.«
Der Doktor hatte Jacob geraten, die Seereise in Marseille anzutreten, er spare sich damit die stürmische Fahrt durch Nordsee und Kanal und die Biscaya entlang.
»Und schneller geht es auch. Ich habe jetzt schon von mehreren Südwestern gehört, die so gereist sind und sehr zufrieden waren.« Es klang verlockend in Jacobs Ohren. Ein paar Tage in Paris, das er nicht kannte, dann mit dem Zug quer durch Frankreich. Störend waren wieder nur seine mangelnden Sprachkenntnisse, sowohl Englisch wie Französisch sprach er sehr kärglich.
Doch ganz überraschend kam er zu einem Reisegefährten. In seiner Stammkneipe in der Nürnberger Straße erzählte er eines Abends einem alten Bekannten von diesen Plänen, und Viktor Mayer war begeistert.
»Mensch, da beneide ich dich aber. Mal raus hier. Nach Paris! Einmal Paris noch wiedersehen. Auch wenn die heute auf uns nicht mehr gut zu sprechen sind. Aber mein Französisch ist so perfekt, die merken gar nicht, daß ich Deutscher bin.«
»Woher kannst du denn so gut Französisch?«
»Ich bin da sogar ein paar Jahre in die Schule gegangen. Habe ich das nie erzählt? Nee, wozu auch? Ist so lange her, und wenn ich davon spreche, kriege ich bloß das heulende Elend.«
Viktors Vater war Physiker gewesen und hatte einige Jahre bei Pierre Curie in Paris gearbeitet.
»Damals, als wir dort waren, bekam er den Nobelpreis. 1903 war das. Mensch, war das ne Aufregung. Ich war ja noch ein Rotzjunge, aber ich weiß noch, wie bewegt alle waren. Mein Vater hatte immerzu Tränen in den Augen, und der war bestimmt kein Weichmann. Das heißt, sie bekamen ihn ja beide, Pierre und Marie. War das eine tolle Frau! Mein Vater betete sie an. Ein Genie, sagte er immer, diese Frau ist ein Genie. Meine Mutter war immer richtig eifersüchtig auf Madame

Curie. Pierre starb ja dann schon drei Jahre drauf. Und mein Vater bekam einen Ruf an die Friedrich-Wilhelms-Universität. Und so kehrten wir nach Berlin zurück.«
Jacob betrachtete den schmalen, dunkelhaarigen Viktor mit Respekt. Das hatte er nicht gewußt. Viktor war Jude, wirkte immer ein wenig heruntergekommen, trotz seiner tadellosen Manieren; auch einer, den der Krieg zerstört hatte. Zwar hatte er ein Studium begonnen, war dann bei Kriegsbeginn eingezogen und gleich bei Langemarck sehr schwer verwundet worden. Er lag zwei Jahre lang im Lazarett, zum Fronteinsatz kam er nie wieder, aber dank seiner guten Sprachkenntnisse, das erfuhr Jacob nun auch, beschäftigte man ihn als Dolmetscher in Kriegsgefangenenlagern. Nach dem Krieg versuchte er das Studium wieder aufzunehmen, aber es wurde nichts daraus, er konnte, er wollte sich nicht konzentrieren, die Kopfverletzung, die er neben dem Lungendurchschuß davongetragen hatte, machte ihn müde und unlustig. Er trank viel, er redete wenig, er saß nur meist so dabei. Madlon und Jacob hatten ihn kennengelernt, schon bald nachdem sie nach Berlin gekommen waren.
Viktor lebte allein. Seine Mutter war noch vor Kriegsbeginn gestorben, an Krebs, sein Vater gegen Ende des Krieges bei einem Unfall im Labor ums Leben gekommen.
»Ich bin der einsamste Hund unter Gottes Sonne«, sagte Viktor, und seine dunklen, schwermütigen Augen blickten an Jacob vorbei in die trostlose Zukunft, die vor ihm lag. »Ich war verlobt, weißt du. Vor dem Krieg schon. Aber ich habe das aufgegeben. Es ist keiner Frau zuzumuten, mit mir zu leben. Es wird sowieso nie etwas aus mir.«
Er malte. Bildete sich ein, malen zu können, wie er es selbst ausdrückte. Natürlich ohne jeden Erfolg, und wovon er eigentlich lebte, wußte keiner. Sicher bekam er eine kleine Rente, und das war es auch schon.
»Der einzige Mensch auf Erden, der mich noch kennt, als Kind, meine ich – verstehst du, was ich meine?« Er blickte Jacob an, ein wenig betrunken inzwischen, wie fast an jedem Abend. Jacob nickte.
»Ein Mensch, für den ich nicht nur das Wrack bin, das ich

heute bin, sondern der auch weiß, daß ich mal ein begabter und netter kleiner Junge war. Das gibt es nämlich in meinem Leben nicht mehr.«

»Doch. Gerade hast du gesagt, das gibt es. Wer ist es denn?«

»Meine Tante Valérie. Ich schreibe ihr manchmal. Und sie schreibt mir. Sie ist eine jüngere Schwester meiner Mutter. Sie war so eine Art Enfant terrible in unserer Familie. Sie ist mit einem russischen ... Ja, was war der noch gleich? Der war gar nichts. Der war nur reich. Also sie ist mit einem Russen durchgebrannt. Ein verheirateter Russe natürlich. Schon lange vor dem Krieg. Sie hat ein kleines Hotel in Antibes. Das heißt, sie hat später dann einen Franzosen geheiratet, nachdem der Russe wieder fort war. Mit dem war sie an die Riviera gegangen. Da gingen die Russen immer hin.« Die Erzählung Viktors wurde immer zerfahrener, seine Augen immer schwermütiger, seine Sprache stockte manchmal.

»Und dann hat sie also einen französischen Hotelier geheiratet«, nahm Jacob nach einem kurzen Schweigen den Faden wieder auf.

»Ja. Hotel oder Pension, was weiß ich. Wir haben sie nie mehr gesehen. Der Krieg und das alles. Aber ich schreibe ihr manchmal. Und sie schreibt mir. Ich soll sie mal besuchen, schreibt sie. Ich kann mir kaum ne S-Bahn-Karte nach Potsdam kaufen.«

Später brachte Jacob den torkelnden Viktor nach Hause, sofern man das schmale kleine Hinterzimmer in der Kantstraße ein Zuhause nennen konnte. Doch schon am nächsten Vormittag tauchte Jacob dort wieder auf und rüttelte Viktor aus dem Schlaf. »Hör zu, Mensch! Ich habe heute nacht eine fabelhafte Idee geboren. Hörst du mich?«

»Du bist nicht ganz normal, mitten in der Nacht hier anzutanzen.«

»Es ist elf Uhr. Die Sonne scheint, ein herrlicher Wintermorgen. Und ab sofort wirst du weniger saufen, sonst bleibst du nämlich hier.«

»Wo soll ich denn sonst bleiben?«

»Also, ich habe mir ausgedacht, wir fahren zusammen nach

Paris. Wenn du doch so gut Französisch kannst, ist das für mich sehr nützlich. Ich kann's nämlich so gut wie gar nicht.«
»Trotz deiner schönen Madlon? Hat sie dir das nicht beigebracht?«
Viktor saß nun im Bett und versuchte Jacob zu folgen. »Hast du gesagt, nach Paris?«
»Genau das hab ich gesagt. Wir bleiben eine Woche in Paris oder so, dann fahren wir nach Süden, ich nach Marseille aufs Schiff, und du besuchst deine Tante Valérie. Na? Wie findest du das?«
»Und wie soll ich das bezahlen?«
»Das bezahle ich. Beziehungsweise mein Vater. Ich kriege ja genug Geld von daheim. Die haben es ja.«
»Haben sie so viel? Wo bist du her? Aus Koblenz, nicht?«
»Aus Konstanz, du Trottel. Konstanz am Bodensee. Wir sind nicht direkt reich. Aber auch nicht arm. Wenn ich studiert hätte, wie sie das wollten, das hätte schließlich auch eine Menge Geld gekostet. Jahrelang war ich nicht da, hab ich die keinen Penny gekostet. Ich war im Krieg, ich hab mich hier so durchgeschlagen, du weißt es ja, aber jetzt bin ich nicht mehr so blöd. Meine Mutter hat ne Art Gut, leistet sich sogar einen Verwalter. Meine Schwester ist mit einem reichen Fabrikanten verheiratet. Die andere mit dem Anwalt, der die Kanzlei macht, nee, für mich reicht das auch noch. Und deine Reise bezahle ich. Du mußt Französisch reden. Und bei Tante Valérie läßt du dich herausfüttern. Als Maler, Mensch, an der Riviera! Da bist du doch goldrichtig. Vielleicht kannst du dortbleiben. Wird deiner Lunge auch guttun. Und in Frankreich bekommst du gut zu essen, das mal bestimmt. Und einen guten Wein gibt es auch. Und wenn du so fabelhaft Französisch sprichst, stört es bestimmt keinen Menschen, daß du Deutscher bist!«
Jacob saß auf dem Bettrand; und auf einmal rannen Viktor die hellen Tränen über das Gesicht.
»Du bist so gut, Jacob, du bist so gut zu mir. Noch nie ist ein Mensch so gut zu mir gewesen. Das willst du alles bezahlen?«

»Klar. Alles. Kümmere dich um deinen Paß. Und morgen kaufen wir für dich noch einen anständigen Anzug, und nächste Woche reisen wir. Ab die Post.«
Endlich tat sich etwas, endlich kam wieder Schwung in Jacobs Leben. Plötzlich verstand er gar nicht, wie er eigentlich das letzte langweilige Jahr ertragen hatte.
Als er in Marseille an Bord ging, lagen fünf amüsante Tage in Paris hinter ihm, zu mehr hatte die Zeit nicht gereicht. Viktor war in einen Zug nach Nizza verfrachtet worden und fieberte Tante Valérie entgegen.
»Viel Glück, Mensch! Vielleicht sehen wir uns mal wieder«, sagte Jacob zum Abschied.
Und Viktor schluchzte: »Ich werde dir das nie vergessen. Nie, nie. Du hast die Adresse. Wenn's dir mal danach ist, kommst du nach Antibes. Das heißt, wenn ich da bleiben kann, das weiß ich ja noch nicht.«
»Du kannst bleiben, du wirst sehen. Du malst, setzt dich in die Sonne, siehst du, hier scheint sie schon, und dann hilfst du Tantchen ein bißchen im Hotel, machst dich nützlich, und siehst, daß du mit ihrem Mann gut auskommst. Hat sie eigentlich Kinder?«
»Wer?«
»Na, Tante Valérie.«
»Nicht daß ich wüßte. Da war sie wohl schon zu alt zu, als sie den Franzosen geheiratet hat.«
»Na, siehst du, vielleicht erbst du eines Tages das Hotel. Ist alles möglich.«
Und dann mußte Jacob über sich selbst lachen. So etwas hätte auch Madlon einfallen können, und das erste Mal dachte er ohne Haß und Rachegefühle an sie. Arme Madlon! Saß da mitten im Kuhmist, und er fuhr hinaus in die weite Welt. Nach Afrika. In sein geliebtes Afrika.
Auf dem Schiff erging es ihm nicht viel anders als mit den Naumanns in Berlin. Mehrere Südwestler waren an Bord und belegten ihn gleich mit Beschlag, als sie erfuhren, wo seine Reise hinging. Zwei Farmer waren es, ein Landwarenhändler aus Windhuk, der sich auf der Grünen Woche in Berlin über den neuesten Stand landwirtschaftlicher Maschinen infor-

miert hatte, ein Botaniker, der erstmals nach Südwest ging, um im Auftrag einer Universität Forschungen anzustellen, ein Geologe mit gleichen Absichten und schließlich einer, etwa in Jacobs Alter, der bei der Schutztruppe gedient hatte, nach 1919 ausgewiesen worden war und nun zurückkehrte, von nicht zu stillendem Heimweh nach Afrika getrieben.
»Einmal Afrika, immer Afrika«, sagte er. »Ich kann einfach woanders nicht mehr leben. Geld habe ich nicht, aber vielleicht kann ich auf einer Farm Arbeit finden. Und mich später mal beteiligen.«
Er hatte also ähnliche Pläne wie Jacob, und das alles zusammen ergab viel Gesprächsstoff auf der langen Reise, die durch das Mittelmeer und an Gibraltar vorbei sehr friedlich verlief und erst, als sie die Westküste Afrikas erreichten, stürmische Grüße vom Atlantik brachte.
Nur ein einziger Engländer war an Bord, ein Diplomat unteren Ranges, der von Paris kam und nun, wie er freimütig zugab, nach Pretoria strafversetzt worden war. Warum, ließ sich bald erkennen, denn ohne Whiskyglas in der Hand sah man ihn selten. Bis fünf Uhr nachmittags hielt er mühsam durch, bis dahin trank er Bier, aber kaum war die Bar geöffnet, fand man ihn dort, und er verließ sie, abgesehen von der Abendmahlzeit, nicht mehr, bis sie schloß.
»Das haben wir in Indien gelernt. In Jaipur habe ich eine Kompanie Sepoys befehligt, god save my soul, was kann man da anderes tun als saufen. Aber es war eine schöne Zeit.« Und er begann von Indien zu schwärmen, so wie die anderen von Afrika schwärmten.
Die Franzosen an Bord hielten sich abseits, mit ihnen kam man kaum ins Gespräch. Mit den Deutschen wollten sie nichts zu tun haben, und von den Engländern hielten sie auch nicht viel, zumal sie der Meinung waren, daß sie den Deutschen viel zu großzügig in der Reparationsfrage entgegenkämen. Der Dawesplan hatte ihre Zustimmung nicht gefunden.
Einer von den Farmern, Uwe Barnsen mit Namen, war ein Nachbar von Georgie und kannte ihn gut.
»Was man bei uns so Nachbarn nennt. Sind so Stücker sieb-

zig bis achtzig Kilometer zwischen unseren Farmen. Aber ein ganz ordentlicher Pad ist da, wir kommen da schon öfter mal rüber.«

Pad, so lernte Jacob, nannte man die Straßen in Südwest. Sie waren meist breit, denn angelegt hatte man sie für Ochsenkarren, die einst das schnellste und beste Verkehrsmittel waren und auch heute noch benutzt wurden. Zwanzig Ochsen wurden manchmal vorgespannt, und das ging dann zwar nicht flott, aber stetig durch das Land. Autos gab es natürlich inzwischen auch genug; wenn die Pads es erlaubten, fuhren sie nun im Auto durch das Land, meist in Fords.

Auch Frau Barnsen befand sich an Bord, sie trank keinen Tropfen Alkohol und hielt sich fern von den Männergesprächen, meist einen tadelnden Blick in den Augen. Ihretwegen, so erfuhren die Mitreisenden, war man in Marseille an Bord gegangen, denn Elke Barnsens Lebenstraum war es gewesen, Paris und das südliche Frankreich kennenzulernen.

»Warum, kann ich Ihnen auch nicht erklären«, sagte ihr Mann. »Jedenfalls ist sie nun für alle Zeiten kuriert. Die Franzosen behandeln uns wie den letzten Rotz. Für die ist der Krieg noch lange nicht vorbei. Poincarré hat da gute Arbeit geleistet. Und dann, wissen Sie, meine Frau hat nicht das geringste Talent, sich auf die Verhältnisse in einem anderen Land einzustellen. In Frankreich ist es nun mal üblich, daß man gut und lange ißt, und denn sitzt sie am Tisch, zieht die Nase kraus und sagt: am liebsten möchte ich eine Kartoffelsuppe. Wein trinkt sie schon gar nicht. Was mich das Nerven gekostet hat. In Lyon hätte ich sie am liebsten in der Rhône ersäuft. Soll man wahr sein.«

Die Herren lachten und warfen einen Blick hinaus in den Salon, wo die Damen saßen. Elke Barnsen strickte mit vehementer Eile.

»Weil nämlich«, erläuterte Herr Barnsen, »unser erster Enkel ist unterwegs. Drum haben wir es eilig heimzukommen.«

»Und wie«, fragte Jacob, »hat sich denn Ihre Frau in Afrika zurechtgefunden, wenn sie sich so schlecht auf fremde Länder einstellen kann?«

»Ach, da ist sie schon als junges Mädchen mit ihren Eltern

hingekommen. Sie gehört mit zu den ersten Siedlern. Und auf unserer Farm geht es deutscher zu als in Deutschland. Das war bei meiner Schwiegermutter schon so.«
Eines lernte Jacob auf dieser Reise wie schon zuvor von den Naumanns in Berlin, diese Südwestler schienen wirklich eine einzige große Familie zu sein, einer wußte alles vom anderen. Natürlich wußte Uwe Barnsen auch genau über Georgie von Garsdorf Bescheid, und Jacob bekam, ohne daß er viel fragen mußte, weitere Informationen.
»Was den guten Georgie betrifft, so ist er bestimmt nicht als Farmer auf die Welt gekommen. Wenn er seine tüchtige Mary nicht hätte, müßte er den Laden dichtmachen. Aber sie hält alles am Laufen, und wie. Die kann zupacken. Und sie reitet wie der Teufel. Mit den Farbigen kommt sie prima aus, da hat sie genau den richtigen Ton, bestimmt, streng, aber immer gerecht, ohne die Leute zu schurigeln. Die wissen genau, wie sie mit ihr dran sind, und dann spuren sie auch. Wenn man bedenkt, wie kurze Zeit sie das erst macht, also dann – Hut ab! Sie soll von einem großen Gut stammen, da hat sie das wohl gelernt. Da sitzen jetzt die Polen. Wir wundern uns bloß alle, wie sie auf die Idee kam, den guten Georgie zu heiraten.«
»Ist die Ehe denn nicht gut?« fragte Jacob, mäßig interessiert, nur um überhaupt etwas zu sagen. Meist bestritten Uwe Barnsen und sein Freund Erich Kellermann, der eine Karakulfarm weiter südwärts besaß, die Unterhaltung allein. Wenn nicht der Engländer seine indischen Träume spann, die immer bunter wurden, je später der Abend und je höher sein Whiskykonsum wurde.
»Ist die Ehe gut?« wiederholte Barnsen und bewegte zweifelnd den Kopf von rechts nach links. »Eine Ehe ist eine Ehe. Und bei uns, da ist das so, mein lieber Herr Goltz, da sind wir aufeinander angewiesen, auch Mann und Frau. Sehen Sie, meine Frau –« er dämpfte seine Stimme vorsorglich – »ist auch manchmal schwierig. Hat so ihre Mucken. Hat sie von ihrer Mutter. Die war ne Kapitänstochter aus Blankenese. Falls Sie wissen, was das bedeutet. Das ist ne Rasse für sich. Aber meine Elke, die war ein verdammt hübsches Mädchen.«

»Ich finde, das sieht man heute noch deutlich«, sagte Jacob höflich.
»Na ja, eben, eben. Und tüchtig ist sie. Sparsam, zuverlässig, treu wie Gold. Und sehr fleißig. Unsere Kinder sind alle wohlgeraten. Tadellos. Da gibt es nichts.«
Vier waren es, wie Jacob längst wußte.
»Nur eben ihr Fimmel mit Frankreich. Da hat ihr Vater immer von geklütert. Na, nun ist sie ja bedient, nun war sie dort, und damit hat die liebe Seele Ruh. Wissen Sie, das ist so meine jahrelange Erfahrung als Ehemann. Man muß den Frauen auch mal ihren Willen lassen, denn kommen sie am ehesten zu Verstand. Hat bannig viel Geld gekostet, die Frankreichreise. Und mir hat sie eigentlich Spaß gemacht. Manchmal, wenn ich mich nicht zu sehr über die Franzmänner ärgern mußte. Wo ist eigentlich Ihre Frau, Herr Goltz? Die süße Madlon. Georgie schwärmt unentwegt von ihr.«
Die Berliner Antwort paßte nicht hierher. Also sagte Jacob: »Ich will mich erst einmal allein umschauen. Gefällt es mir, kommt sie nach.«
»Das ist nämlich ein Lieblingsthema von Georgie. Von Ihren Heldentaten in Deutsch-Ost kann er stundenlang erzählen. Kaum zu glauben, was der Junge dort angestellt hat. Erst recht nicht zu glauben, wenn man ihn heute so sieht. Muß ja ein doller Knabe gewesen sein.«
Jacob unterdrückte ein Grinsen. Das kannte er. Krieg hinterher zu führen, in wildbewegten Erzählungen, das war eine feine Sache. »Ja«, sagte er, »Georgie war ein tapferer Soldat.«
»Na, und Sie erst. Und Ihr General. Aber Georgie erzählt auch viel von Ihrer Frau, die muß ja eine wahre Heldin gewesen sein. Erzählen Sie uns doch ein bißchen was.«
Aber Jacob wich aus. Er verspürte auf einmal keine Lust mehr, über den Krieg, über ihre Kämpfe zu sprechen. Es würde ohnehin zum Dauerthema werden, wenn er erst bei Georgie war.
»Ich bin nach wie vor der Meinung«, mischte sich Erich Kellermann ein, »daß es ein Fehler war, schwarze Truppen einzusetzen. Gewiß, ich weiß, die Askaris waren sehr tapfer, und ohne sie hätte Lettow-Vorbeck den Krieg nicht so lange

durchgestanden. Aber es hat die Engländer sehr gegen uns aufgebracht. Sie haben von vornherein gesagt, die Schwarzen dürfen niemals gegen Weiße kämpfen. Und der schwarze Mann sollte nicht einmal mit ansehen, daß weiße Männer sich bekämpfen, das untergräbt für alle Zeit den Respekt. Wir hatten ja keine Askaris, wie Sie wissen.«
»Ja, ich weiß. Darum mußtet ihr auch 1915 schon kapitulieren.«
»Das war es nicht allein. Die Umstände in Deutsch-Südwest waren anders. Wir haben immer eng mit Südafrika zusammen gelebt und gearbeitet, wir konnten sie gar nicht von heute auf morgen als Feinde betrachten. Und dann – in einem so wasserarmen Land, einem Land, in dem es so viel Wüste gibt, läßt sich auf die Dauer kein Krieg führen. Einmal in die Wüste abgedrängt, kann man nur zu Grunde gehen. Das haben die Hereroaufstände bereits gelehrt.«
»Ach ja, die Schlacht am Waterberg.«
»Das war das glorreiche Ende. Aber vorher gab es viel Elend und sinnloses Sterben.«
»Und die Hereros sind heute friedlich?«
»Sie sind der intelligenteste Teil der farbigen Bevölkerung, und wir kommen sehr gut mit ihnen aus. Auch sie sind ja ursprünglich keine Eingeborenen, sie sind eingewandert, von Norden her. Nur eine Weile früher als wir. In Afrika gibt es ja auch so etwas wie eine Völkerwanderung so wie früher in Europa. Die Hereros waren stark und klug und besiegten die Buschmänner sehr schnell, die ein reines Nomadenleben führten. Sie wurden auch mit den Hottentotten fertig und mit verschiedenen anderen Stämmen. Es gibt ja keine einheitliche einheimische Bevölkerung bei uns, sie setzt sich aus verschiedenen Stämmen zusammen, die miteinander nichts zu tun haben wollen, wenn sie sich nicht sogar spinnefeind sind. Daran hat sich bis heute nichts geändert.«
»Es gibt eine feste Rangordnung, und jeder weiß, wo er hingehört«, fuhr Barnsen fort. »Sie können Hereros und Hottentotten und Damaras auf Ihrer Farm arbeiten lassen, und wenn man ein strenges Regiment führt, dann klappt das auch. Aber sie würden sich niemals privat zusammensetzen, bei-

spielsweise beim Essen, da bleibt jeder Stamm für sich.«
»Die Hereros haben seinerzeit erfolgreich um die Vorherrschaft in diesem Teil Afrikas gekämpft, soweit sich in diesen riesigen Gebieten überhaupt eine Art Herrschaft errichten läßt. Es gibt immer noch Gegenden, wo kein Weißer je hingekommen ist und wo uns unbekannte Stämme leben wie in der Steinzeit.«

»Aber warum haben die Hereros damals den Aufstand gegen die Weißen gemacht?«

»Sie hatten uns zuerst Land verkauft, die Häuptlinge. Gute Rechner waren sie durchaus. Aber dann wollten sie die Herrschaft des weißen Mannes doch nicht anerkennen. So kam es zu den Aufständen. In denen sie sich als tapfere und zähe Krieger erwiesen. Es gibt noch Leute, die sehr anschaulich davon erzählen können.«

»Und wie ist es heute?«

»Heute geht alles gut.«

Der Engländer, der bei ihnen an der Bar saß und nicht sehr viel von dem deutsch geführten Gespräch verstand, mischte sich ein. »Askari bad«, sagte er. »Schwarze Mann zusammen mit weiße Mann gegen weiße Mann nicht gut.«

»Das soll man wahr sein«, meinte Barnsen. »Damit haben wir viel an Ansehen bei den Schwarzen verloren.«

Und wie sie gekämpft hatten, die Askaris. Gekämpft und gestorben für einen fernen Kaiser und ein nie gesehenes Deutsches Reich. Aber Jacob hatte nun schon begriffen, daß man dies in Südwest nicht so gern hörte.

An einem anderen Abend sprachen sie über Georgies Farm. »Ein schöner Besitz, tipptopp in Schuß«, berichtete Uwe Barnsen. »Er hat da sehr günstig gekauft. Friedrichsburg liegt nordöstlich von Windhuk, hat sehr gutes Klima. Die Farm war immer gut bewirtschaftet, hat viele Windräder, sehr ordentliche Bauten und wunderschönes Vieh. Sie gehörte vor dem Krieg einem preußischen Baron, der da viel hineingesteckt hat. Man erzählt, die Familie habe ihn abgeschoben, weil er allerhand Unfug in seiner aktiven Zeit angerichtet hat. Spielschulden, Duelle, allerhand Affären. Was glaubhaft ist, denn er war ein toller Kerl, sah sehr gut aus. Unsere Frauen

verdrehten sich immer die Köpfe nach ihm, wenn er mal nach Windhuk kam. Aber tüchtig war er auch.«
»Ja, er hat einen Musterbetrieb aufgebaut«, sagte der Landwarenhändler. »Die modernsten Maschinen, das beste Werkzeug, und ein Auto hatte er damals schon. Die Familie war wohl reich und hat ihn gut abgefunden. Und die Farbigen liebten ihn über alles, ihr Baas war der Größte, für den wären sie durchs Feuer gegangen. Nur verheiratet war er nicht.«
»Nee, wir bekamen jedenfalls nie eine Frau zu sehen. Das gehörte wohl mit zu seiner dunklen Vergangenheit. Aber gleich nach Kriegsbeginn ist er verschwunden, ist nach Deutschland zurück und hat sich wieder bei seinem Regiment gemeldet. Na, und bei Verdun ist er dann gefallen. Zum Sterben war er dem Vaterland wieder recht.«
Barnsen hob sein Glas.
»Trinken wir einen Schluck auf ihn. Er war ein feiner Kerl.«
»Und was wurde aus der Farm?« fragte Jacob.
»Von Windhuk aus, also vom deutschen Gouverneur, wurde zunächst ein Verwalter eingesetzt, aber den internierten sie dann nach der Kapitulation. Dann kam einer vom Kap mit seiner jungen Frau, aber der konnte sich dort nicht eingewöhnen, hatte immer Heimweh. Der verschwand nach einem Jahr wieder. Tja, und dann sah es eine Weile schlimm aus mit Friedrichsburg. Die Farm verwahrloste, das Vieh wurde gestohlen, die Farbigen verliefen sich. So um 20 oder 21 rum kam einer aus dem Süden, wieder ein Deutscher, der kaufte Friedrichsburg, aber er hatte nicht viel Glück. Er baute zwar wieder Viehstämme auf, aber die Zeiten waren damals auch bei uns nicht so rosig, war alles ein bißchen ungewiß, kam noch ein Dürrejahr dazu, wie das so geht, wenn einer Pech hat. Der wollte dann nicht mehr. Wie hieß er doch gleich? Blaschke, nicht? Tja, und denn tauchte Georgie mit seiner Mary in Windhuk auf. Sie wohnten im Thüringer Hof, waren feine Leute und wurden von ganz Windhuk bestaunt. Georgie von Garsdorf, ein Held aus Deutsch-Ost, einer, der den Krieg gewonnen hatte, und wie. Und so ne hübsche junge Frau da-

zu. Daß sie was kaufen wollten, wußte bald jeder, und einer meinte dann, Friedrichsburg wäre genau das Richtige.«
»Ich hab sie zusammengebracht«, erzählte der Landwarenhändler, »Blaschke und Garsdorf. Blaschke war ordentlich froh, daß er den Laden loswurde und die ganzen Schulden dazu, zudem war noch kurz zuvor seine Frau im Kindbett gestorben. Wenn Sie den Dr. Naumann in Berlin getroffen haben, der hätte Ihnen das genau erzählen können. Ging ihm verdammt nahe, daß die junge Frau draufging. Es war ihr erstes Kind.«
»Ja, und Blaschke nahm sein Kind und verschwand. Wir haben nie wieder von ihm gehört. Und Georgie war noch keine acht Wochen im Land, da hatte er Friedrichsburg, eine der schönsten Farmen in ganz Südwest.«
Ein Besitz von 15 000 Hektar war es, begrast von 1500 Rindern. Denn die Faustregel lautete, wie Jacob lernte: zehn Hektar für ein Rind. Hier wuchs das Gras nicht so mühelos wie auf Jonas Hof. Mit dem Wasser, das die Regenzeit brachte, mit dem Gras, das sie wachsen ließ, mußten die Tiere das ganze Jahr auskommen. War nur wenig oder gar kein Regen gefallen, gingen die Tiere ein. Auch die pausenlos sich drehenden Windräder, das Wahrzeichen der Farmen in Südwest, konnten nicht so viel Wasser heraufpumpen, daß es für alle Tiere gereicht hätte. Doch die moderne Technik, so wußte der Landwarenhändler, würde in Zukunft Abhilfe schaffen. Es gab Pläne, wie man Staudämme errichten, wie man Leitungen legen wollte. Allerdings mochten darüber noch Jahre hingehen, besonders solange die politische Lage der ehemaligen Kolonie noch ungeklärt war.
»Die südafrikanische Union ist der Meinung, Deutsch-Südwest müsse voll angegliedert werden. Und meiner Ansicht nach wäre das auch die vernünftigste Lösung. Die Union ist reich, modern und ein freier Staat, gehört zudem zum Commonwealth, was ihr den weltpolitischen Rückhalt gibt. Da ist nur dieser komische Völkerbund in Genf, der sich am Grünen Tisch seine Vorstellungen macht. Ist ja immer so nach einem Krieg, daß um die Beute gestritten wird. Und selten wird danach gefragt, was für ein Land das beste ist.«

Bei der Politik landeten sie immer wieder einmal während ihrer nächtlichen Gespräche auf der langen Seereise.
Wie immer und überall bei solchen Gesprächen waren es die Bestimmungen des Versailler Vertrages, an denen man sich erhitzte.
»Jährlich zweieinhalb Milliarden Mark«, erregte sich der Geologe, »man muß sich das einmal vorstellen. Das ist doch Utopie.«
»Das werden wir nicht zahlen, und das können wir nicht zahlen. Aber der Dawesplan läßt uns zunächst etwas Luft«, sagte der Botaniker.
Die beiden Herren, noch jung an Jahren, beide Kriegsteilnehmer, beide gerade erst mit dem Studium fertig, waren gut informiert. Der eine kam aus Köln, der andere aus München. Jacob, der aus Berlin kam und von dem sie Auskunft heischten, bewies wieder einmal seine beschämende Unkenntnis der politischen Lage. Die Weimarer Republik hatte ihn nie sonderlich interessiert, und das Gezänk der Parteien war ihm gleichgültig.
»Vielleicht kommt es daher«, sagte er mit einem entschuldigenden Lächeln, »daß ich in einer so gottgesegneten Gegend aufgewachsen bin. Fern der Hauptstadt. Am Bodensee, wissen Sie, Konstanz am Bodensee. Wir haben uns immer als Badener gefühlt, fast sogar als halbe Schweizer. Berlin und was dort passierte, ging uns kaum etwas an. Das war schon so, als ich noch ein Kind war. Na ja, und dann ging ich verhältnismäßig jung nach Deutsch-Ost, habe dort meine Art von Krieg erlebt, und als ich dann wieder in Deutschland war –«
Er verstummte. Er hätte sagen müssen, es ging mir zu dreckig, ich war krank, ich hatte kein Geld, *wir* hatten kein Geld, denn eine Frau hatte ich damals auch noch, wir wußten oft nicht, wovon wir am nächsten Tag leben sollten, aber wir hatten ein amüsantes Leben. Trotzdem. Und diese ganze Republik und ihre Parteien waren uns schnurzegal. Die Inflation höchstens, ja, die hat uns getroffen, aber nur des Geldes wegen. Aber so konnte er sich nicht ausdrücken, es klang zu läppisch; es hätte nur einmal mehr gezeigt, wie oberflächlich, wie träge er in den Tag hineingelebt hatte. Madlon, die

Freunde, der Amüsierbetrieb in Berlin – mein Gott, hatten nicht viele so gelebt nach dem Krieg? Die Reparationen? Gewiß. Von seinem Geld wurden sie nicht bezahlt, denn er verdiente kein Geld.

Das war natürlich kindisch, das wußte er selbst. Und da er sich vorgenommen hatte, in Südwest ernst genommen zu werden und gute Figur zu machen, verschwieg er alles, was er dachte.

»Meine Verwundung aus dem Krieg, dann meine Malaria, das quälte mich in den ersten Jahren noch sehr«, sagte er statt dessen. »Ich lebte dann wieder bei meiner Familie am Bodensee, und von dort ist Berlin immer noch so weit entfernt wie früher.«

»Malaria haben wir in Südwest nicht«, sagte Barnsen. »Bei uns gibt es keinen Sumpf. Bei uns sind Sie richtig.«

»Aber jetzt«, beharrte der Geologe, »jetzt kommen Sie doch aus Berlin.«

»Ja, gewiß, einige Monate war ich dort.« Er runzelte die Stirn. Der Dawesplan? Das war letzten Sommer gewesen, da hatte man viel davon geredet.

An den letzten Wahlen im Dezember hatte er gar nicht teilgenommen. Der Reichstag war im vergangenen Monat, im Januar, neu zusammengetreten, und soviel er wußte, hieß der neue Reichskanzler Luther. Das war aber auch schon alles, was er wußte.

»Der beste Mann, den wir haben«, sagte der Kölner, »ist Stresemann. Sehr schade, daß er nicht mehr Reichskanzler ist. Aber wenigstens Außenminister. Und ich bin sicher, er wird auch wieder Kanzler.«

Und auf einmal, ganz unmotiviert, begann der Münchner von Adolf Hitler zu schwärmen. Das sei der Mann der Zukunft, der werde wieder Ordnung schaffen in Deutschland.

»Der?« fragte der Landwarenhändler. »Der sitzt doch irgendwo in Süddeutschland. Muß ein ziemlich übler Bursche sein, nach allem, was ich so gehört habe in Berlin. Der hat doch einen Putsch gemacht in München. Und dann haben sie ihn eingelocht.«

»Es handelt sich um eine ehrenvolle Haft. In Landsberg am

Lech«, sagte der junge Botaniker feindselig. »Und dort wird er nicht lange bleiben. Deutschland braucht diesen Mann.«
Jacob blickte gelangweilt von einem zum anderen. Immer das gleiche Lied. Die Kommunisten, die Nationalsozialisten, natürlich, so am Rande hatte er das alles mitbekommen, und damals, während seiner ersten Berliner Zeit, hatte er sich auch noch manchmal darüber aufgeregt. Heute war es ihm vollkommen gleichgültig. Der eine sagte, wir brauchen Stresemann, der andere sagte, wir brauchen Hitler, und wenn noch ein paar mehr dagewesen wären, hätten sie bestimmt noch andere Namen gewußt. Den Südwestlern schien es egal zu sein. Sein Vater, das immerhin fiel Jacob ein, hatte sich mehrmals ausgesprochen positiv über Stresemann geäußert. Über so einen Typ wie Hitler hatten sie in der Seestraße nicht gesprochen, ebensowenig wie über die Kommunisten.
Aber sie waren etwa auf der Höhe von Dakar, als ein Funkspruch das Schiff erreichte, der ihre Gespräche erst einmal verstummen ließ. Friedrich Ebert, der erste Reichspräsident der Weimarer Republik, war gestorben.
Viel mehr erfuhren sie nicht, sie befanden sich auf einem französischen Schiff, und die Franzosen nahmen keinen Anteil an der Nachricht, blickten nur manchmal forschend, manchmal höhnisch auf die kleine Gruppe der Deutschen.
Doch die hatten alle keine nähere Beziehung zu Ebert. Der junge Rückkehrer nach Afrika meinte nur: »Er hat seine Sache nicht schlecht gemacht. Es war eine harte Zeit, die er durchzustehen hatte.«
Und der Geologe sagte: »Ich bin kein Sozialdemokrat. Aber ich kann diesem Mann meine Hochachtung nicht verweigern. Sie haben ihn zu Tode gequält in dieser schrecklichen Republik.«
So wie es auch, in einigen Jahren, dem von ihm so bewunderten Stresemann ergehen würde.
Nur einer würde leider ungeschoren all die kommenden schweren Jahre überleben. Das war der, der zur Zeit in Landsberg am Lech einsaß. In ehrenvoller Haft, wie sein Bewunderer gesagt hatte.
Nein, Gottes Segen ruhte wohl nicht auf dieser Republik, die

aus dem Inferno des Krieges entstanden war. Der gute Wille, der selbstlose Einsatz vieler fähiger Männer konnte ihr nicht helfen, sowenig wie dem deutschen Volk. Der Krieg war noch nicht zu Ende. Noch lange nicht.

Die Bahnfahrt nach Windhuk war lang und ermüdend und mußte wirklich einmal unterbrochen werden. Jacob bekam gleich wieder einen Eindruck davon, wie groß dieses Land war und wie klein und verloren sich ein Mensch darin vorkommen konnte. Schon während des letzten Stücks der Seereise, als das Schiff an der südwestafrikanischen Küste entlangstampfte, bei teilweise heftigem Seegang, hatte Jacob all die Schauergeschichten von den gestrandeten Schiffen und verdursteten Seeleuten zu hören bekommen, denen dieser Teil der Küste den makabren Namen Skelettküste verdankte. 2000 Kilometer lang erstreckte sich unmittelbar hinter Brandung und Sandstrand die Wüste Namib, in der weder Mensch noch Tier leben konnte. Seit kühne Seefahrer die Küste Afrikas hinabgesegelt waren, später meist auf der Suche nach der Spitze des Kontinents, um so den ersehnten Seeweg nach Indien zu finden, waren nur allzu viele Schiffe in der mörderischen Brandung gestrandet. Konnten sich die unglücklichen Seeleute an Land retten, waren sie dennoch dem Tode geweiht, ihre Skelette lagen haufenweise in der Wüste, wie man Jacob erzählte.
Sein Einwand, ob da nicht ein wenig Übertreibung zu vermuten sei, wurde von seinen Bekannten einhellig zurückgewiesen. Die Namib sei eine der furchtbarsten Wüsten der Welt, gerade weil sie so unmittelbar ans Meer, also an Salzwasser, grenzte. Nun war der Zug durch die Namib gefahren, und sie war so gefährlich schön wie jede Wüste, in den seltsam wechselnden Farben je nach Tageszeit, hohe Dünen stiegen auf zwischen weiten öden Flächen, und leer, leer war diese Erde, wie am ersten Tag der Schöpfung.
Später rollte der Zug durch endloses Hochland, durch Steppe, man sah ein wenig Vegetation, in der Ferne erblickte man riesige Berge. Sonnengetränkt war das Land, schattenlos. Die Regenzeit war vorüber.

Wie schon manchmal während der Seereise kamen Jacob Zweifel an dem ganzen Unternehmen. Er war nicht mehr so abenteuerlustig wie als junger Mann, er hatte die Zeit seiner Abenteuer gehabt und kein Verlangen danach, neue zu erleben. Und ganz und gar nicht hatte er den Wunsch, Farmer zu werden. Der Schlendrian der letzten Jahre hatte ihm im Grunde sehr gut gefallen. Gewiß, die Nachkriegszeit war von Sorgen nicht frei gewesen, aber wer hatte die zu jener Zeit nicht gehabt. Doch nun, im vergangenen Jahr, war es ihm eigentlich ganz gut gegangen. Das Leben in Berlin war abwechslungsreich und amüsant gewesen, und selbst der heimische Bodensee erschien ihm angesichts der Wüste in verlockendem Licht. Und wieder regte sich der Zorn auf Madlon in ihm; sie, nur sie, war schuld, daß er jetzt in diesem verteufelten heißen Zug saß und gen Windhuk rollte.

Einige der Reisegefährten vom Schiff waren ebenfalls im Zug; der Botaniker war in Swakopmund geblieben, er wollte einige Exkursionen in die Namib machen, der Geologe war weitergefahren nach Lüderitzbucht, ihn interessierten vor allem die Minen. Kellermann und seine Frau schließlich stiegen in Okahandja aus, aber mit den anderen blieb Jacob bis Windhuk zusammen. Müde und gereizt, mit Kopfschmerzen, verbrachte er den letzten Teil der endlos scheinenden Reise. Vermutlich kam er mit Malaria in Windhuk an. Auch wenn sie alle erklärten, in diesem Lande kenne man die Malaria nicht, er hatte sie nun einmal.

Aber Windhuk, 1600 Meter hoch in einem weiträumigen Hochtal gelegen, empfing ihn freundlich und hatte sogleich eine Überraschung für ihn bereit. Neben den Gleisen stand ein junger Mann, im offenen Hemd, fröhliche braune Augen im wohlgeformten Gesicht, der stracks auf Jacob zukam und dabei rief: »Sie müssen es sein! Carl Jacob Goltz! Willkommen in Windhuk!« Erstaunt schüttelte Jacob die dargebotene Hand.

»Ich bin Andreas Matussek«, sagte der junge Mann und machte eine artige Verbeugung. »Ich bin hier, um Sie abzuholen, Herr Goltz.«

»Sehr liebenswürdig«, erwiderte Jacob, und als keiner seiner

Reisegefährten eine Reaktion zeigte, fügte er hinzu: »Sie kennen sich?«
»Absolut nicht«, meinte Vogt, offenbar höchst erstaunt darüber, daß einer in Windhuk neben den Gleisen stand, so, als gehöre er dahin, und den kannte er nicht einmal.
»Andreas Matussek«, wiederholte der junge Mann seinen Namen, und Jacob ging daran, ihn mit seinen Begleitern bekannt zu machen, weit jedoch kam er damit nicht, denn nun rollte mit wedelnden Armen eine rundliche Frauengestalt heran, im Schlepptau drei Kinder verschiedener Altersstufen, und alle schrien begeistert: »Papa! Papa!« und umringten den Landwarenhändler, womit klar wurde, daß es sich um seine Familie handelte.
Frau Vogt überschüttete ihren Mann sofort mit Fragen. Wie die Reise gewesen sei, ob viel Sand im Zug, ob das Meer sehr stürmisch, ob er todmüde sei, ob er alles mitgebracht habe, was sie aufgeschrieben hatte, und was die Frauen in Berlin jetzt für Hüte trügen.
Das ging so eine Weile, das Gepäck wurde nebenbei auf einige Farbige verteilt, die von Frau Vogt kommandiert wurden, dann unterbrach sie ihren Redestrom, wandte sich an Elke und Uwe, um ihnen mitzuteilen, daß es höchste Zeit sei, ihre Tochter befinde sich bereits in der Stadt im Entbindungsheim, es könne jede Stunde soweit sein, und dann kam Jacob dran, sie rief überschwenglich: »Und Sie sind also der sagenhafte Herr Goltz. Der Held aus Deutsch-Ost. Auf Sie wartet schon die ganze Stadt.«
Dabei schüttelte sie kräftig Jacobs Hand, und ehe der etwas sagen konnte, wandte sie sich an den Braunäugigen.
»Das ist aber nett, Andreas, daß Sie den Herrn Goltz abholen. Werden Sie bei uns wohnen? Wann gehen Sie auf den Pad?«
»Danke, danke, Frau Vogt«, lachte Andreas sie an, »machen Sie sich keine Umstände, ich habe zwei Zimmer im Thüringer Hof reservieren lassen. Und ich denke, wir bleiben drei Tage hier, damit Herr Goltz ein bißchen was von Windhuk sieht, dann fahren wir raus auf die Farm.«
»Hach, ein bißchen was von Windhuk, das ist gut. In drei Ta-

gen kennt er die ganze Stadt auswendig. Aber Sie kommen morgen abend bestimmt zu uns, Herr Goltz? Wir machen ein Braaivleis zum Empfang für meinen Mann. Da lernen Sie gleich alle wichtigen Leute kennen.«
»Um Himmels willen, Martha«, unterbrach sie ihr Mann. »Wen hast du denn alles eingeladen?«
»Ná, so an die vierzig bis fünfzig Leute. Sie kommen bestimmt, Herr Goltz? Sie auch, Andreas. Und Sie und Ihr Mann natürlich auch, Frau Barnsen, falls Sie noch in der Stadt sind.«
»Bestimmt sind wir noch in der Stadt«, antwortete Elke Barnsen mit Nachdruck, »wenn Sie doch sagen, Elly ist schon im Spital. O Gott, o Gott, ist es wirklich schon soweit? Ich dachte, erst in vierzehn Tagen.«
»Nein, nein, die Wehen haben schon eingesetzt und...«
»Aber da muß ich ja gleich...«
Der Zustand der werdenden Mutter beschäftigte die Damen eine Weile, Vogt wurde von seinen Kindern mit Beschlag belegt, so daß Jacob endlich dazu kam, sich den jungen Mann näher anzusehen. Er lachte, ein wenig gehemmt, und sagte: »Ich wußte gar nicht, daß ich hier schon so bekannt bin, che ich überhaupt da bin. Sie... Sie kennen mich auch?«
Andreas strahlte ihn an. »Kennengelernt, so von Angesicht zu Angesicht, habe ich Sie eben jetzt erst. Aber sonst weiß ich alles über Sie. Was denken Sie denn, wovon Georgie redet, seit Ihr Telegramm aus Paris gekommen ist? Nur von Ihnen. Ich habe inzwischen den ganzen Feldzug in Deutsch-Ostafrika so gut wie auswendig gelernt.«
»Von mir werden Sie nicht viel darüber hören. Für mich ist der Krieg vorbei«, sagte Jacob und staunte selbst über seine Worte. Aber seit er mit seinem Onkel so ausführlich über den Feldzug geredet hatte, hing ihm das Thema zum Hals heraus. Und erst recht, seit Madlon, die Gefährtin jener Zeit, ihn verlassen hatte, war das alles zu einem abgeschlossenen Kapitel seines Lebens geworden. Freilich, mit Georgie über das alles wieder und wieder zu reden, würde sich kaum vermeiden lassen.
»Sie kennen Georgie gut?«

»Klar doch. Marie Charlotte ist meine Schwester.«
»Marie Charlotte?«
»Na, Georgie ist mein Schwager.«
»Ach so. Georgie ist Ihr Schwager. Demnach ist Frau von Garsdorf Ihre Schwester.«
»So ist es. Jetzt haben wir endlich Licht ins Dunkel gebracht. Konnten Sie ja auch nicht wissen. Gehen wir? Die sind hier noch eine Weile mit Kinderkriegen beschäftigt, außerdem sehen wir sie ja morgen abend. Sie werden ein Bad brauchen und einen kühlen Trunk. Die Bahnfahrt ist wirklich mörderisch.«
Später, sie saßen in dem hübschen Restaurant des Hotels bei einem späten Abendessen, meinte Jacob: »Bisher war immer von Mary die Rede, wenn von Georgies Frau gesprochen wurde.«
»Er nennt sie so. Sie kennen ja vermutlich seinen englischen Fimmel. Hier nennt sie jeder so. Ich werde mich auch noch daran gewöhnen. Ich bin ja noch nicht lange hier, ich bin gewissermaßen drei Schiffe vor Ihnen gekommen.«
»Ach, darum waren Sie meinen Reisebegleitern heute unbekannt.«
»Ja, die haben nicht schlecht gestaunt, was? Es ist ein wahres Wunder, wenn hier einer einen nicht kennt. Wir waren eine Woche in der Stadt, nachdem ich angekommen war, und seitdem kenne ich halb Windhuk. Nee, das reicht nicht. Mindestens drei Viertel. Die sind hier sehr gastfreundlich, und jeder Fremde ist eine willkommene Abwechslung. Außerdem ist meine Schwester sehr beliebt. Sie konnte leider nicht mit hereinkommen, sie hat derzeit auf der Farm viel zu tun, die Tiere müssen getrieben werden, jetzt, nach der Regenzeit, und sie hat viel neue Leute, die sie einweisen muß. Und Georgie konnte nicht kommen, weil er sich den großen Zeh gebrochen hat. Er hat sich ein Beil darauf fallen lassen, glücklicherweise mit der stumpfen Seite. Meine Schwester sagt, sie wundert sich, daß er sich den Kopf noch nicht abrasiert hat. Er ist manchmal sagenhaft ungeschickt.« Daran konnte Jacob sich noch lebhaft erinnern.
»Ich bin mit dem Auto hier. Es ist nämlich nicht sehr weit zu

unserer Farm, und wir haben einen erstklassigen Pad, jedenfalls für hiesige Verhältnisse. Da hat meine Schwester für gesorgt, sie hat ihn selbst mit ihren Leuten ausgebessert. Angelegt ist er schon vom früheren Besitzer, noch aus der Kolonialzeit. Der muß außerordentlich tüchtig gewesen sein.«
»Ja, von dem hat man mir schon erzählt.«
»Im allgemeinen ist es hierzulande recht abenteuerlich, mit dem Auto unterwegs zu sein. Irgendwo bleibt man immer stecken, sei es im Sand, sei es in einem Loch, die Reifen platzen, die Achsen brechen, nach wie vor gilt der Ochsenkarren als sicherstes Fortbewegungsmittel. Morgen zeige ich Ihnen den Ausspannplatz, der ist wirklich eindrucksvoll. Was ich noch fragen wollte – sind Sie zufrieden mit Ihrem Zimmer?«
»Mehr als das. Es schwimmt nicht auf dem Meer, es fährt nicht mit dem Zug, es bewegt sich überhaupt nicht, das finde ich schon einmal großartig.«
Der Junge lachte. »Kann ich verstehen. Die Reise ist ziemlich lang. Ich hab ja in Hamburg angeheuert, ich bin als Hilfssteward gefahren, sonst hätte ich mir die Reise gar nicht leisten können.«
»Sie wollen auf der Farm bleiben?«
»Gott behüte! Ich besuche nur meine Schwester. Mein Vater hat mich hergeschickt, ihm war es gar nicht recht, daß Marie so weit fortgegangen ist. Wir sind eigentlich eine Familie, die zusammengehört. Jetzt noch mehr als früher, nachdem wir nicht zu Hause sein können.«
Andreas wurde zum erstenmal ernst, das unbeschwerte Lachen verschwand aus seinem Gesicht, als er von dem verlorenen Gut erzählte. Bei Lissa hatte es gelegen, das jetzt Lezno hieß, und wo nun die Polen residierten.
»Was glauben Sie, was es für meinen Vater bedeutet hat, einfach fortzugehen, alles zu verlassen? Aber er wollte nicht für Polen optieren, er ist schließlich deutscher Offizier. Und Schiebung war sowieso dabei, trotz der internationalen Kommission, die angeblich alles überwachte. Den Polen wurde ein großer Teil des Landes zugesprochen, in dem für Deutschland optiert worden war.«

Die Familie lebte jetzt in Breslau, wie Jacob weiter erfuhr. Der Rest der Familie. Andreas' älterer Bruder war im Krieg gefallen, seine Mutter kurz nach Kriegsende gestorben. Und Marie hatte sie verlassen, lebte so weit entfernt, was sie alle bekümmerte.

»Nach Mutters Tod war sie der Mittelpunkt der Familie. Und sie war immer der Liebling meines Vaters. Irgendwie sind wir alle verbittert darüber, daß sie Georgie geheiratet hat. Entschuldigen Sie, er ist Ihr Freund, aber eigentlich passen sie nicht zusammen. Aber sie hat es auch nicht verwunden, daß wir das Gut verloren haben. In der Stadt kann sie nicht leben.«

In Breslau lebten sie jetzt zu viert in einer Wohnung: Ernst Matussek, sein Sohn Andreas, seine jüngste Tochter Julia und seine Schwester Margarethe, die ihnen den Haushalt führte. Ihr Mann war ebenfalls gefallen. Und sie lebten, gemessen an früher, in recht bescheidenen Verhältnissen.

»Es klingt absurd«, sagte Andreas langsam, »aber irgendwie sind wir ganz glücklich darüber, daß meine Mutter nicht mehr erleben mußte, wie wir das Gut verließen. Und wie wir jetzt so leben. Es hätte ihr sowieso das Herz gebrochen, Schönweide zu verlassen. Sie ist dort aufgewachsen, sie war das einzige Kind im Haus, mein Vater hat eingeheiratet, wie man so sagt. Er war nur der Sohn des Verwalters. Und sie ist eine geborene Gräfin Loskow. Was glauben Sie, was da los gewesen ist, als sie den Sohn des Verwalters heiraten wollte! Wir Kinder haben es ja nicht miterlebt, aber sie erzählte oft davon, sie lachte bis an ihr Lebensende darüber. Die ganze hochadlige Familie stand kopf. Und meine Mutter sagte immer: es war eben Liebe. Liebe, nichts als Liebe. Und dann umarmte sie Vater und sagte: es war alles gut und richtig. Ja.« Andreas nahm einen Schluck aus seinem Bierglas. »Sie haben sich sehr geliebt. Und nun können Sie sich vorstellen, wie meinem Vater jetzt zumute ist. Das Gut weg, die Frau tot, der Sohn tot und nun Marie auch noch in Afrika.«

»Und gefällt es Ihrer Schwester nun hier?«

»Sie findet es großartig. Und am liebsten wäre es ihr, wir kämen alle und blieben bei ihr. Aber abgesehen davon, daß ich zum Beispiel hier nicht leben möchte, will ich jetzt erst einmal studieren. Aber für meinen Vater wäre es vielleicht nicht schlecht, könnte sein, daß er sich gut einlebt. So etwas weiß man ja vorher nicht. Aber was macht man dann mit Tante Gretel? Die käme bestimmt nicht mit. Und meine kleine Schwester – die ist gerade siebzehn und sehr hübsch, die träumt von einem fabelhaften Leben in Berlin. Sie war ja auch noch ein Kind, als wir von Schönweide weggingen, sie leidet am wenigsten darunter. Und hier? Was bliebe ihr denn weiter übrig, als irgend so einen Farmer aus dem Hinterland zu heiraten. Nö, das finde ich auch nicht gut. Sie ist anders als Marie. Mehr ein geistiger Mensch. Verstehen Sie? Sie liest ein Buch nach dem anderen, und sie geht gern ins Theater und ins Konzert. Sagen Sie selbst, was soll so ein Mädchen in Südwestafrika?«

Geradezu kummervoll sah der Junge jetzt aus, die Probleme der Familie machten ihm offensichtlich schwer zu schaffen. Jacob, obwohl nur mäßig daran interessiert, hatte sich alles mit verständnisvoller Miene angehört. Er war müde und unlustig und hatte immer noch Kopfschmerzen. Er versuchte Andreas abzulenken.

»Sie wollen studieren?«

Nun kam wieder Leben in die braunen Augen.

»Ja. Ich weiß zwar noch nicht, wie ich das finanzieren werde. Ich muß halt nebenbei arbeiten. Vielleicht bekomme ich auch ein Stipendium.«

»Und was wollen Sie studieren?«

»Ach, so Verschiedenes. Geschichte. Germanistik. Mein Vater ist für Jura. Aber ich – wissen Sie, was ich am liebsten werden möchte?«

»Nein, wie sollte ich?«

»Sie finden es vielleicht albern, aber ich möchte gern Journalist werden. Das Leben ist so interessant, es passiert so viel. Ich stelle es mir fabelhaft vor, wenn man da an der Quelle sitzt. Ich meine, wenn man alles aus erster Hand erfährt und dazu auch seine Meinung sagen kann. Mein Vater findet allerdings, es sei kein seriöser Beruf. Aber da ist er wirklich etwas altmodisch. Wir denken heute anders darüber.«

Wir? Wen meinte er damit?
Er gehörte einer neuen Generation an, erkannte Jacob auf einmal, der Nachkriegsgeneration. Zwanzig, einundzwanzig höchstens, älter war der Junge nicht. Er war ein Kind gewesen während des Krieges, und er war auch noch ein Kind, als sie ihre Heimat verlassen mußten. Und er suchte nun, wie jeder junge Mensch, das große Abenteuer, das Abenteuer *seiner* Zeit. Daß seine Familie zu der großen Schar derer gehörte, die der Krieg in eine andere Gesellschaftsschicht gestoßen hatte, bekümmerte ihn wenig. Auch die Tatsache, kein Geld zu haben, machte keinen sonderlichen Eindruck auf ihn. Er hatte Pläne, er hatte so etwas Ähnliches wie ein Ziel, er war jung, ihm gehörte die Zukunft.
Studieren, ach ja! Jacob dachte flüchtig an seine Familie. Er hätte sorgenfrei, ohne Geldmangel, studieren können. Doch der Krieg wäre ihm nicht erspart geblieben. Der Krieg auf europäischem Boden allerdings. Fraglich, ob er den überlebt hätte.
Aber so etwas war wohl Schicksal. Härter als auf afrikanischem Boden konnte er auch nicht gewesen sein. Aber wie hatte sein Onkel gesagt? Ihr konntet wenigstens etwas tun. Ja, und gesiegt hatten sie auch noch.
Jacobs Laune besserte sich. Eine andere Generation? Na bitte, von ihm aus. Sollte der junge Mann studieren, was er wollte.
»Ich denke, daß es ein sehr interessanter Beruf ist«, sagte er höflich. Jona fiel ihm ein: ein Mann muß eine Aufgabe haben.
Etwas anderes interessierte ihn im Augenblick mehr.
»Wie ist eigentlich Georgie an Ihre Schwester geraten?«
»Ich kenne Georgie praktisch, seit ich auf der Welt bin. Sein Vater kam oft zu uns aufs Gut hinaus. Einige Male sogar seine Mutter, die kühle Maud. Ich weiß eigentlich gar nicht so genau, woher meine Eltern Georgies Vater kannten. Aber Georgie kam oft in den Ferien zu uns. Er ist ja in Posen aufgewachsen, sein Vater besitzt dort ein Bergwerk. Und er besitzt es noch, denn er hat für Polen optiert.« Ein wenig Verachtung klang mit in der Stimme des Jungen. Dann seufzte

er. »Der Garsdorf war immer schon reich. Und heute ist er erst recht reich. Er ist ein eiskalter Hund. Georgie hat sich mit seinem Vater nie verstanden, und darum ging er auch seinerzeit zur Schutztruppe. Aus Trotz, wie er selber sagt. Und seine Mutter ist auch so ein kaltes Biest. Entschuldigen Sie, aber ich sehe es so.«

»Bitte, bitte, Sie können das beurteilen, ich nicht.«

»Ich war noch ein ganz kleiner Junge, da kam Julius Garsdorf schon aufs Gut. Er ist übrigens auch der Pate meiner Schwester Julia. Er besucht uns manchmal in Breslau, und dann geht er mit Julia einkaufen, sie bekommt alles von ihm, was sie will. Und er setzt ihr eine Menge Flöhe ins Ohr, wie mein Vater es nennt. Daß sie eine bildschöne Frau sein wird, daß sie nur einen reichen Mann heiraten darf und so ähnlichen Kram. Doch meine kleine Schwester lacht ihn aus, sie sagt, sie möchte Musik studieren, das ist ihr Lebenstraum. Vielleicht will sie auch lieber Schauspielerin werden, das weiß sie nicht so genau. Bis jetzt geht sie noch in die Schule.«

»Sie wollten mir von Georgie erzählen«, ermahnte ihn Jacob.

»Wie er früher war.« Daß Andreas vernarrt war in seine kleine Schwester, hatte er nun schon begriffen.

»Ja, früher. Er kam in den Ferien oft nach Schönweide, seine Eltern verstanden sich ja nicht besonders gut und schoben das Kind ab, weil sie nicht gemeinsam verreisen wollten. Aber Georgie war gern bei uns. Und er tat uns immer leid, weil ihn keiner richtig liebhatte. Das heißt nicht wir, ich war noch zu klein. Aber Fritz, mein großer Bruder, sie waren etwa gleichaltrig, und Marie, die gaben sich viel mit ihm ab.«

»Wollen Sie sagen, Marie hat Georgie aus Mitleid geheiratet?«

»Nein, wegen seines Geldes«, erklärte Andreas gelassen.

Jacob zog überrascht die Brauen hoch.

»Wegen seines Geldes?«

»Na, klar doch. Genauer gesagt, wegen seines Vaters Geld.«

»Also hat sie genau das getan, was Herr von Garsdorf eurer hübschen Julia empfiehlt.«

»Er meint das wohl anders. Marie ging es nicht um Reichtum, um ein bequemes Leben, ihr ging es nur um einen eigenen

Besitz. Ein Gut. Eine Farm, bitte, warum nicht? Georgie hat ihr das versprochen, und da hat sie ihn geheiratet. Sie können mir glauben, daß keiner von uns darüber sehr glücklich war.«

»Warum nicht?«

»Erstens, weil sie so weit fortgehen wollte, und zweitens, weil wir finden, sie ist zu schade für Georgie. Entschuldigen Sie, daß ich das sage.«

»Bitte, bitte. So nahe steht Georgie meinem Herzen nun auch wieder nicht.«

Jacob war amüsiert. Armer Georgie! Was er auch anfaßte, es ging daneben. Wie oft hatte er in einem Schlamassel gesteckt, aus dem man ihn herausholen mußte. Diesmal also war es eine problematische Ehe mit einer berechnenden Frau.

»Als wir Schönweide verlassen mußten«, erzählte Andreas, »war Marie einundzwanzig. Es war für sie buchstäblich der Weltuntergang. Sie liebte nichts auf der Welt so wie das Gut, mit allen Feldern und Wiesen, und vor allem ihre Tiere. Ich weiß nicht, ob Sie so etwas verstehen können.«

Und ob Jacob das konnte! Eine zweite Jona stand ihm offenbar bevor.

»Mit vierzehn hatte man sie in ein Pensionat nach Dresden geschickt, Bildung und Schliff, feine Manieren, na alles, was eben eine Tochter aus guter Familie lernen muß. Aber sie war dort todunglücklich und brannte zweimal durch. Im Krieg holte Mutter sie zurück, denn schließlich bekam sie auf dem Gut mehr zu essen. Sie stürzte sich gleich mit Feuereifer in die Arbeit, und sie machte das ganz fabelhaft, so jung sie war. Mein Vater war eingezogen, er war Reserveoffizier. Mein Bruder kam direkt vom Gymnasium ins Feld. Mutter und Marie leiteten zusammen den ganzen Gutsbetrieb. Wir hatten noch einen Verwalter, Gott sei Dank war es ein älterer Mann, der wurde wenigstens nicht eingezogen. Aber der war langsam und umständlich und kam gar nicht gut mit den Gefangenen aus. Mit der Zeit hatten wir zur Arbeit ja fast nur noch Kriegsgefangene. Aber Sie hätten meine Schwester sehen müssen! Die machte das, als sei sie mit lauter Russen und Franzosen aufgewachsen, und das Dollste war, die mochten

sie alle, die liebten sie geradezu und taten ihr alles zu Gefallen. Wenn ich sie heute mit den Farbigen umgehen sehe, draußen in Friedrichsburg, da ist das wieder genauso. Die gehen für sie durchs Feuer. Und man könnte denken, sie sei in diesem Land aufgewachsen.«
Jacob hörte das mit einem gewissen Mißbehagen. So wie es ihm immer Mißbehagen schuf, wenn Leute so tüchtig waren.
»Natürlich wächst hier kein Getreide, das muß man importieren. Nur Hirse und Mais und so ein Zeug. Aber sie hat ihre Rinder, viele, viele Rinder. Und um das Farmhaus herum hat sie einen Gemüsegarten angelegt, also, da kriegen Sie den Mund nicht zu, was da alles wächst. Sogar eigene Kartoffeln hat sie. Jeder, der nach Friedrichsburg kommt, staunt von früh bis spät, was sie in den wenigen Jahren alles zustande gebracht hat. Nee, Marie will da nicht wieder weg. Und das wird Schwierigkeiten mit Georgie geben.«
»Wieso?«
»Na, der mit seinem England. Jeden zweiten Tag sagt er, wenn's uns hier nicht mehr paßt, gehen wir zu Mam nach England. Die ist nämlich wieder dort, Georgies Eltern haben sich getrennt.«
Bis sie drei Tage später zur Farm hinausfuhren, nachdem Jacob wirklich die ganze Stadt Windhuk und mindestens die Hälfte ihrer Einwohner kennengelernt hatte, war er sehr gespannt auf Mary von Garsdorf. Nur hatte Andreas versäumt, ihn davon zu unterrichten, daß er Mary eigentlich schon kannte, ehe er sie gesehen hatte. Sie sah genauso aus wie ihr Bruder Andreas. Sie hatte die gleichen strahlenden braunen Augen, das hübsche, wohlgeformte Gesicht, das gleiche bezwingende Lächeln. Die hellbraunen Haare fielen ihr lockig auf die Schultern, sie war voller Schwung und Leben, von sprühendem Temperament, gesprächig, heiter, pausenlos tätig, ohne jedoch hektisch zu wirken. Ihre Figur war schlank und fest, wohlgerundet, aber ohne jede Üppigkeit. Sie war mit einem Wort ganz bezaubernd, und wie Jacob schon am ersten Tag dachte, nachdem er sie kennengelernt hatte, viel zu schade, um auf einer abgelegenen Farm in Südwestafrika zu ver-

bauern und zu versauern. Dazu noch mit dem trödligen Georgie als Ehemann.
Aber Mary von Garsdorf schien hochzufrieden zu sein mit dem Platz, den sie gefunden hatte: Die Riesenfarm unter dem endlosen blauen Himmel, ihre 1500 Rinder, die drei Hunde, die fünf Pferde, ein Stall voll Gespannochsen, ein paar Schafe und Ziegen, eine Schar von Perlhühnern und die unüberschaubare Anzahl der Farbigen, die für sie arbeiteten, Männer, Frauen, Kinder, und um deren Wohl sie genauso besorgt war wie um das jener Leute, die damals auf Vaters Gut gearbeitet hatten. Und dazu noch der sagenhafte Obst- und Gemüsegarten, auf den sie mit Recht stolz war. Das war ihre Welt, in der sie sich rasch eingelebt hatte und die sie von morgens bis abends auf Trab hielt, was sie offenbar zu ihrem Lebensglück brauchte.
Das einzig störende Utensil in dieser ganzen Pracht war ihr Mann: Georgie von Garsdorf.
Der hatte zwar zur Zeit einen gebrochenen Zeh, aber wie Jacob bald heraushörte, tat er auch sonst nicht viel, er saß auf der Veranda, er nörgelte, er trank viel Whisky und träumte von dem Landsitz in England, den er sowieso eines Tages erben würde, denn er gehörte dem unverheirateten Bruder seiner Mutter.
»Ich bin bloß so aus alter Anhänglichkeit nach Afrika gegangen, weißt du«, sagte er zu Jacob.
Georgie hatte seinen Gipsfuß sorglich auf einen Stuhl gebettet, er schien mit seinem derzeitigen Zustand nicht unzufrieden. »War doch unsere ganz große Zeit, nicht? Zu denken, daß wir als einzige den Krieg gewonnen haben, so was gibt's doch gar nicht. Das wollte ich Mary alles mal zeigen.«
»Aber da bist du ja hier auf der falschen Seite. Hier ist doch alles ganz anders als in Deutsch-Ost.«
»Sicher. Aber das weiß sie ja nicht. Für sie ist Afrika eben Afrika, nicht? Und sie wollte so gern eine Farm haben. Du kennst ja das Drama mit Schönweide. Außerdem ist hier das Klima besser als in Deutsch-Ost. Ich hab mir ja schließlich auch eine Malaria eingefangen, genau wie du. Nach drüben wäre ich nicht wieder gegangen. Und hier sind die Leute alle

so nett. Mit den Buren kommt man prima aus. Engländer sind kaum da, siehste ja selber. Aber für mich spielt das sowieso keine Rolle, ich bin ja fast ein Engländer. Außerdem imponiert es denen ganz gewaltig, wie wir uns geschlagen haben. Ist Mary nicht wundervoll?«
Jacob nickte. »Eine bemerkenswerte Frau.«
»Hättest du auch nicht gedacht, daß ich mal so etwas Besonderes für mich bekomme, nicht? Du mit deiner Madlon, um die habe ich dich immer beneidet. Mary hat mir schon imponiert, als sie noch ein kleines Mädchen war. Ich war ganz baff, als sie einwilligte, mich zu heiraten, hatte ich gar nicht erwartet. Es klappte auch nur, weil ich ihr versprach, eine Farm in Afrika zu kaufen. Also nun hat sie das Ding, und da kann sie sich erst mal austoben.«
»Und später? Meinst du, sie wird später mit dir nach England gehen?«
»Sicher. Warum denn nicht? Mein Onkel George hat da auch einen schönen Besitz. Alles schön grün gegen hier. Und es regnet auch mal zu vernünftigen Zeiten und nicht bloß ein paar Wochen im Jahr wie hier, wo es dann aber gleich Tag und Nacht schüttet. Und die Bäume! Weißt du, ich bin ganz verrückt darauf, mal wieder Bäume zu sehen. Hier in diesem komischen Land gibt es ja keine Bäume. Außer diesen Kokkerdingern oder wie die heißen. Und was man halt selber so mühselig anpflanzt und pausenlos begießt. Falls man Wasser hat. Falls!« Er hob den Zeigefinger. »Hast du schon einmal ein Dürrejahr hier erlebt? Furchtbar, sage ich dir. Einfach furchtbar.«
»In Windhuk fand ich aber alles ganz schön grün.«
»Die stecken da auch was hinein, was denkst du. Park und Gärten und so. Die lassen sich das was kosten. Und dann vergiß nicht, du bist einen Monat nach der Regenzeit gekommen. Schau dir das alles mal in einem halben Jahr an. Nee, bei allem, was gut und teuer ist, für immer will ich hier nicht bleiben.«
»Warum schreibst du mir dann, ich soll kommen und mich beteiligen?«
»Irgend etwas mußte ich doch schreiben, um dich herzulok-

ken. Du kannst dich beteiligen, wenn du willst. Du kannst die ganze Klitsche übernehmen, wenn wir später nach England gehen. Du kannst auch bloß so hier bei uns leben, das spielt alles keine Rolle. Du brauchst hier nicht zu arbeiten.« Georgie lehnte sich zufrieden zurück in seinem Sessel, nahm einen Schluck aus seinem Glas und erklärte mit Nachdruck: »Wir haben genug fürs Vaterland getan. Ein für allemal.«
Jacob mußte lachen. Das hätte Jona hören sollen.
»Weißt du, wenn ich gleich nach England gegangen wäre, das hat so ein paar Haken, mit meinem Onkel komme ich zwar gut hin, aber meine Mutter lebt jetzt ständig dort, seit sie sich von meinem Vater getrennt hat, und die würde mir in alles hineinreden. So ist sie nun mal. Und ich glaube nicht, daß Mary da glücklich dabei wäre. Die muß einfach etwas zu tun haben, bloß so die Lady spielen und sich immer nach dem tüttrigen Butler richten, also, das gefiele ihr nicht. Wenn wir erst einmal Kinder haben, ist das etwas anderes. Da hat sie zu tun. Und die sollen dann auch in England aufwachsen.«
»Es kann ja sein, dein Onkel heiratet noch und bekommt selber Kinder.«
»Der nicht. Der macht sich nichts aus Frauen, der ist homosexuell.«
»Und wann bekommt Mary ihr erstes Kind? Ihr seid doch nun schon vier Jahre verheiratet oder so.«
»Die hat keine Zeit, das siehst du ja. Die saust den ganzen Tag lang kreuz und quer durch die Lande. Da, bitte!«
Denn gerade kam Mary auf ihrer braunen Stute in den Hof geritten, winkte ihnen zu und sang dabei: »Wohlauf, Kameraden, aufs Pferd, aufs Pferd!« und verschwand um die Hausecke.
»Und ich hab ja auch den gebrochenen Zeh«, fügte Georgie weinerlich hinzu.
Jacob mußte lachen. Der gebrochene Zeh konnte kaum als Entschuldigung dafür gelten, daß er in all den Jahren kein Kind gezeugt hatte. Immerhin genoß Georgie den gebrochenen Zeh mit Hingabe; in den vier Wochen, die Jacob nun in Friedrichsburg war, hatte sich daran nichts geändert. Georgie humpelte, auf einen Stock gestützt, von Sessel zu Sessel und

ließ sich von allen Seiten bedienen. Endlich hatte er eine passende Ausrede, gar nichts mehr zu tun.
Doch in den Gesprächen mit Jacob schwärmte er von all den Reisen, die er später machen würde.
»Du warst ja erst kürzlich in Paris, nicht? Also, da muß ich auch noch hin. Und nach Rom. Und nach Wien. Mein Vater kennt das alles, der ist immer viel gereist.«
»Mit deiner Mutter?«
»Selten. Am Anfang vielleicht, das weiß ich nicht. Später hatte er immer andere Frauen.«
Vaters Liebesleben war überhaupt ein Thema, das Georgie immer wieder fesselte.
»Das Dollste war diese Polin!« So eines Abends. »Ein Donnerweib! Augen schwarz wie die Hölle, und ein Busen – so!«
Mit den Händen deutete er an, wie der Busen der Polin ausgesehen hatte, und Mary rümpfte die Nase.
»Gräßlich! Wie ein Euter. Da konnte sich dein Vater gleich eine Kuh halten.«
Andreas mußte so lachen, daß er sich am Bier verschluckte, seine Schwester klopfte ihm kräftig auf den Rücken.
Mary, die sich meist sehr ungeniert ausdrückte, fuhr fort: »Dein Vater war ein Beau. Ich habe ihn als kleines Mädchen angehimmelt. Und wenn er mir später begegnet wäre und versucht hätte, mich zu verführen – also, ich glaube, da hätte ich mitgemacht.«
»Ja, ja«, meinte Georgie säuerlich, »er sieht ja noch ganz gut aus. Und auf besagtem Gebiet ist er immer noch recht aktiv.«
»Schade, daß er dir da nicht was von vererbt hat«, kam es von Mary, und Georgie darauf, mit vorwurfsvoller Miene: »Ich mit dem gebrochenen Zeh? Wie stellst du dir das vor?«
»Na, rate mal, wie ich mir das vorstelle. Übrigens kommt in drei Tagen Dr. Bender heraus, der macht dir den blöden Gips ab. Der Zeh muß schon dreimal geheilt sein.«
»Glaube ich nicht.«
»Wirst du ja sehen. Wenn der Gips zu lang dranbleibt, wird der ganze Fuß schwächlich.«
Georgie betrachtete mit kummervoller Miene seinen Gipsfuß.

»Ich habe sowieso das Gefühl, der wird nicht wieder richtig.«

»Ich werde dich massieren«, rief Mary energisch, »sollst mal sehen, wie schnell du wieder laufen kannst. Kurz ist der Schmerz, doch ewig ist die Freude.« Es war eine Spezialität von ihr, gelegentlich Schillerzitate in ihren Reden unterzubringen. Dann mit einem Blick auf Jacob: »Kommen Sie morgen mit mir auf die Jagd, Jacob? Wir brauchen Fleisch. Der Doktor kommt nicht allein, er bringt Trudi und die Kinder mit und vielleicht noch einen anderen Besuch. Da ist jetzt einer in Windhuk, ein Botaniker, den habe ich kennengelernt, als ich vorige Woche in der Stadt war. Der sagt, Sie waren zusammen auf dem Schiff, und er würde Sie gern wiedersehen. Außerdem forscht er in der Gegend herum und will mal sehen, was bei mir hier so wächst.«

»Ach, der!« machte Jacob, mäßig begeistert. »Ich erinnere mich. Der schwärmt von einem gewissen Hitler.«

»Von dem habe ich auch schon gehört«, sagte Andreas. »Muß eine komische Type sein.«

»Ist aber interessant, darüber mal zu reden«, meinte Georgie. »Wir wissen hier ja überhaupt nicht, was in der Welt vorgeht.«

»Na, immerhin hast du gehört, daß wir einen neuen Reichspräsidenten haben.«

»Ja, Hindenburg. Großartig. Ein Generalfeldmarschall, ein Held, der Sieger von Tannenberg. Da haben sie endlich den richtigen Mann auf den richtigen Platz gesetzt.«

»Ist er nicht schon ein bißchen alt?« wandte Andreas ein.

»Das ist so die typische Respektlosigkeit der Jugend von heute«, Georgie schüttelte kummervoll sein Haupt. »Er war auch schon siebenundsechzig, als er die Russen aus Ostpreußen hinauswarf. Und da gehörte ein bißchen mehr dazu, als diese wacklige Republik zu regieren.«

»Er regiert sie ja nicht«, warf Jacob ein.

»Na, siehst du, nicht mal das.«

»Schnell fertig ist die Jugend mit dem Wort«, zitierte Mary. Sie stand auf. »Ich gehe schlafen. Wenn wir auf die Jagd wollen, müssen wir um vier Uhr los. Kommen Sie nun mit, Ja-

cob? Wir müssen einen Kudu schießen. Oder einen Springbock, es ist kein Fleisch mehr im Haus.«
Jacob blickte zu ihr auf und nickte. Sie hatte ihren Bruder nicht aufgefordert mitzukommen, sie alle wußten, daß Andreas nicht schießen mochte, weder auf Mensch noch Tier, aber er hätte sie ja wenigstens begleiten können. Nun, sicher würde einer der Farbigen mitkommen, einer, der es verstand, Fährten zu lesen und das Wild aufzuspüren.
Mary erwiderte Jacobs Blick, in ihren Augen sah er Zärtlichkeit. Und noch anderes, das Jacob sehr gut in den Augen einer Frau zu lesen vermochte und gern darin las. Doch in diesem Fall gab es eine Grenze, die er nicht überschreiten wollte: Sie war die Frau eines Freundes, eines Kameraden. In diesem Punkt dachte Jacob sehr konventionell, und darum verhielt er sich Mary gegenüber äußerst korrekt und vermied jedes Alleinsein mit ihr. Was ihm nichts nützen würde. Mary hatte keineswegs die Absicht, auf ihren Mann Rücksicht zu nehmen. Sie hatte sich in Jacob verliebt, doch das war es nicht allein. Verliebt hatte sie sich schon oft in ihrem Leben, schon als ganz junges Ding. Das war das einzige, was sie hier vermißte, ab und zu ein kleiner Flirt, ein wenig Verliebtheit. Auf der Farm gab es dazu keine Gelegenheit, in die Stadt kam sie selten, und dort waren sie auch viel zu brav und bieder. Kein Wunder, daß Jacob ihr so willkommen war. Doch sie wollte mehr von ihm als nur ein paar Küsse und seine Liebe, sie wollte ein Kind von ihm. Sie wollte endlich ein Kind haben, und da Georgie es ihr nicht geben mochte, würde sie es sich anderswo holen. Das war ihr gutes Recht, fand sie. Georgie war kein besonders ergiebiger Liebhaber, er war zu faul und zu egoistisch. Er sprach zwar gern über Liebesaffären, teils über die seines Vaters, teils über jene, die er angeblich früher selbst gehabt hatte, was Mary bezweifelte. Was sie nicht wußte: Georgie hatte als blutjunger Mensch eine Geschlechtskrankheit gehabt, was sein Vater erfuhr, der ihn sofort zum Arzt brachte und zu einer rigorosen Kur zwang. Das war mit einer der Gründe gewesen, warum Georgie sich zur Schutztruppe meldete. Er wollte fort von zu Hause, von der beschämenden Situation, in der er sich dort befunden hatte.

Er sprach niemals darüber. Aber von jener Zeit her war ihm ein gewisser Horror vor Frauen geblieben, oder besser gesagt, vor dem sexuellen Zusammensein mit einer Frau. Es gefiel ihm, Mary um sich zu haben, sie zu sehen, ihr Geplauder zu hören, sich von ihr verwöhnen zu lassen. Nur mit ihr schlafen mochte er nicht gern. Am Anfang ihrer Ehe hatte er sich dazu gezwungen, und im Hinblick auf die Kinder, die auch er gern haben wollte, tat er es später dann und wann. Aber genaugenommen war er dankbar für jede Ausrede und froh, wenn sie ihn nicht bedrängte. Mary hatte das inzwischen begriffen und tat von sich aus nichts mehr, um ihn anzuregen. Sie begriff nur nicht, warum das so war. Aber sie war voll Verlangen nach einem Mann. Und sie wollte ein Kind.
Jacob Goltz würde ihr nicht entkommen. Im Grunde war es nur die Rücksicht auf ihren jungen Bruder, die sie veranlaßte, noch zu warten. Andreas würde im nächsten Monat die Heimreise antreten, auf demselben Schiff und auf die gleiche Weise, er würde wieder als Hilfssteward arbeiten.
Mary lächelte der Reihe nach die drei Männer noch einmal an. »Wißt ihr, ich freu mich, wenn Besuch kommt. Morgen schießen wir Fleisch, übermorgen backe ich Kuchen. Von der Stirne heiß rinnen muß der Schweiß – ach, apropos, Jacob, saufen Sie nicht zuviel, sonst finden Sie morgen nicht aus dem Bett. Um vier, ja? Gute Nacht, ihr Lieben.«
Ein wenig heiß war es Jacob unter ihrem Blick geworden, er wußte, was ihn erwartete. Der erste Kuß würde alle Dämme niederreißen, und lange ließ sich der nicht mehr hinauszögern.
Er warf einen Seitenblick auf Georgie, der ein ausgesprochen zufriedenes Gesicht machte. Möglicherweise war es dem sogar egal. Irgend etwas stimmte in dieser Ehe nicht, soviel war Jacob klargeworden. War es möglich, daß Georgie die Veranlagung von Onkel George geerbt hatte?
Jacob versuchte sich zu erinnern, wie das damals mit Georgie gewesen war. Er hatte Madlon angehimmelt, wo sie ging und stand. Aber niemals hatte man eine wirkliche Affäre beobachtet. Obwohl, wie und wo? Sie hatten Georgie erst im Krieg kennengelernt, und die wenigen Frauen, mit denen sie zu-

sammentrafen, auf den Farmen, in den Ansiedlungen, waren verheiratet. Was nicht heißen sollte, daß nicht hier und dort doch etwas passierte, worüber man klatschte.
Jacob schob sein Glas über den Tisch zu Georgie.
»Na, dann gib mir noch einen Kleinen zum Abschluß, und dann gehe ich in die Falle, wie Madame befohlen hat. Wehe, wenn ich morgen danebenschieße, dann wirft sie mich den Löwen zum Fraße vor.«
»Hier bis zu uns sind noch keine Löwen gekommen«, meinte Georgie ernsthaft. »Aber zwei Leoparden, die hatten wir schon mal da.«
»Vor seinem Löwengarten, das Kampfspiel zu erwarten...« begann Andreas, dann schlug er sich die Hand vor die Stirn. »Jetzt fange ich auch schon an mit Schiller. Wird Zeit, daß ich heimwärtsgondle.«
»Du wirst uns fehlen«, sagte Georgie liebenswürdig.
»Na, ihr habt ja jetzt Jacob. Mit dem läßt sich weitaus mehr anfangen als mit mir.«
Fast hätte Jacob laut gelacht. Der Junge wußte Bescheid. Er kannte seine Schwester, und daß die Luft zwischen ihr und Jacob vor Spannung knisterte, war ihm offenbar nicht entgangen. Und Georgie?
Jacob warf einen forschenden Blick auf den Freund, als er sein Glas entgegennahm. Georgie lächelte freundlich und nickte ihm zu.
»Klar doch«, sagte er. »Warte nur, bis mein Fuß wieder in Ordnung ist, dann gehen wir zusammen auf die Jagd und lassen die tugendsame Hausfrau da, wo sie hingehört. Am heimischen Herd beim Kuchenbacken.«

Es war heiß und trocken an diesem Tag im Oktober, der Himmel von einem so erbarmungslosen Blau, als sei noch nie eine Wolke über ihn gezogen. Und das nennen die hier Frühling, dachte Jacob. Wie schrecklich ist es auf dieser Erde, wenn kein Regen fällt.
Vom Regen sprachen sie jetzt alle, wo man hinkam, wen man traf. Wann er wohl kommen würde? Ob es vielleicht im November schon anfangen würde zu regnen? Wissen Sie, mein

Lieber, ich erinnere mich, daß wir auch schon mal im Oktober Regen hatten. Na ja, ein paar Tröpfchen vielleicht. Wissen Sie, damals im Jahr – Ist auch nicht gut, wenn er zu früh kommt, dann hört er auch zu früh wieder auf. Hauptsache, im Januar und im Februar kommt ordentlich was runter. Und dann vor allem –
Und wovor sie alle bangten und zitterten, war die Möglichkeit, daß kein Regen kam oder zu wenig. Dann folgte ein Dürrejahr, und ein Dürrejahr war ein Katastrophenjahr.
Jacob kannte diese Gespräche mittlerweile zur Genüge, sei es draußen auf der Farm, sei es hier in der Stadt.
Er war vor drei Tagen mit dem Buick nach Windhuk gefahren, er müsse einiges einkaufen, hatte er gesagt, ein paar Briefe und Telegramme aufgeben, bei der Bank vorbeischauen – es waren mehr oder weniger Vorwände.
Er hatte den Wunsch, ein paar Tage für sich zu sein, ein paar Tage von Marys heftiger, fordernder Liebe befreit zu sein, ein paar Tage Georgies klägliches Lächeln nicht zu sehen, ein paar Tage das zu tun, was er früher so gut wie nie getan hatte: nachdenken. Über sich, seine Situation und wie das alles weitergehen sollte.
Es war höchst angenehm, im Hotel zu wohnen, in einem Bett zu liegen, in dem er vor der liebessüchtigen Mary sicher war. Den Tag einfach so zu verbringen, wie es ihm paßte. Denn mittlerweile hatte er auf der Farm ein paar Aufgaben übernommen, auch wünschte Mary seine Begleitung, wenn sie ritt oder fuhr, um weiter entfernt liegende Weiden zu kontrollieren, wenn es irgendwelche Auseinandersetzungen zwischen den Farbigen gab, wenn jemand krank war, sei es Mensch oder Tier; irgendwo war immer etwas los, und Mary verlangte von Jacob, daß er sie stets und ständig begleite. Den Buick hatte er sich bei seinem letzten Aufenthalt in Windhuk gekauft, er war unabhängiger mit einem eigenen Wagen. Auch hatte er ja so gut wie keine Gelegenheit, Geld auszugeben, sein Kreditbrief bei der Bank blieb meist unberührt. Auf der Farm lebte er umsonst, bekam er alles, was er zum Leben brauchte. Mehr als das.
Er hatte es vermieden, seit er in der Stadt war, allzu viele

Leute zu treffen; traf er dennoch Bekannte, gab er vor, viel zu tun zu haben. Nur die Naumanns hatte er am Tag zuvor besucht, die nun längst wieder im Lande waren und von Berlin, vom Riesengebirge und von Baden-Baden schwärmten.
An diesem Tag nun, am späten Nachmittag, als Jacob langsam die Stufen von der Alten Feste hinunterstieg, als er die grauen, trostlosen Büsche sah, die matt herabhängenden Fächer der Palmen, dachte er auf einmal an den Bodensee. Klare, durchsichtige Herbsttage, die Nächte schon kühl, vielleicht erste Nebel am Abend, das Laub an den Bäumen goldengetönt, das Obst geerntet, die Weinlese im Gang. Auf der Zunge spürte er den Geschmack der Goldparmänen von Jonas Bäumen, fester Biß, süße Säure. Ob sie die Ernte gut hereingebracht hatten? Jetzt begannen sie tiefzupflügen, dann kam die Herbstsaat in den Boden. Damit hatten sie noch einige Wochen zu tun, aber es mußte getan sein, ehe der erste Frost kam.
Und Madlon? War sie noch dort? Lebte sie wirklich ständig auf Jonas Hof, zusammen mit dem anderen Mann?
Vor dem Denkmal des Reiters blieb Jacob stehen, sah zu ihm auf. Kein Kunstwerk auf dieser Erde, und sei es das kostbarste, würde ihm je mehr Eindruck machen, würde seinem Herzen so viel bedeuten wie dieser »Reiter von Südwest«. Wie er da auf seinem Pferd saß, stolz aufgerichtet, das Gesicht edel unter dem Schutztruppenhut, den Blick wachsam in die Ferne gerichtet, in der rechten Hand das Gewehr, in der linken die Zügel des Pferdes, der Kandarenzügel hing durch, das war alles so echt, so wirklich, das gefiel ihm jedesmal besser, je öfter er es sah. Und es verging kein Tag, wenn Jacob sich in Windhuk aufhielt, daß er nicht einmal dem Reiter seinen Besuch abstattete. Denn der da auf dem Pferd saß, das war er selbst. War seine große, seine stolze, seine lebendige Zeit.
Das bin ich. Das war ich. Und damals war ich glücklich. Trotz allem, was geschah.
Er nahm den weißen Hut ab und wischte sich den Schweiß von der Stirn. Stand eine lange Weile, ohne sich zu rühren.
Sie war ihm ganz nah, und er empfand eine wilde Sehnsucht nach ihr, nach ihrem Mund, nach ihrem Körper; aber das war

es nicht allein. Einen zärtlichen Mund, einen leidenschaftlichen Körper, das hatte er hier auch, es war viel mehr, was ihn mit Madlon verband; die gemeinsamen Erinnerungen, das, was sie erlebt und erlitten hatten. Jene Jahre seines Lebens, die es einzig wert gewesen waren, sie gelebt zu haben, die hatte sie mit ihm geteilt.
Er stülpte sich den Hut wieder auf den Kopf und stieg die Stufen weiter hinab. Was für Gedanken! Wenn ein Mensch anfing, nur in seinen Erinnerungen zu leben, war er alt. Wenn er den Höhepunkt seines Lebens im Vergangenen sah, war sein Leben vorbei. Doch er war nicht alt, sechsunddreißig, ein Mann in der Mitte seines Lebens, er wurde geliebt, er wurde gebraucht. – Von wem?
Keiner brauchte ihn, keiner liebte ihn, weder sein Vater noch seine Mutter und schon gar nicht Madlon.
Und Mary, die süße, wilde Mary, die seine Männlichkeit bis zur Erschöpfung strapazierte, die behauptete, ihn zu lieben? Liebte sie ihn wirklich? Brauchte sie ihn?
Er wandte sich noch einmal zu dem Reiter um, hob grüßend die Hand. Bis morgen, Kamerad.
Liebe? Sie benutzte ihn.
Dann ärgerte ihn der Gedanke, es war ein häßlicher Gedanke, und er tat ihr unrecht. Sie erklärte ihm fast jede Nacht, wie sehr sie ihn liebe, und sie bewies es mit unermüdlicher Hingabe. Und endlich hatte sie erreicht, was sie wollte: sie war schwanger. Auch ein Grund, warum er sich für einige Tage in die Stadt geflüchtet hatte. Das Thema, ob, wann, wie und wo das Kind geboren werden sollte, hing ihm bereits zum Hals heraus, ihre Pläne, was Geburt, Taufe und das dazugehörige Fest angingen, kannte er bereits auswendig, und er hatte sich vorgenommen, nicht mehr anwesend zu sein, wenn es soweit sein würde.
Als er eine kurze Bemerkung in dieser Richtung machte, war Mary ebenso erstaunt wie empört.
»Wieso? Wo sollst du denn dann sein?«
»Hör mal, mein Kind, meinst du nicht, daß der Eindruck nicht der allerbeste sein wird, wenn du ein Kind bekommst, und ich hänge hier noch herum?«

»Wieso?«
»Tu nicht so naiv«, fuhr er sie an. »Denk doch an deinen Mann.«
»Ach, Georgie weiß schließlich selber gut genug, daß er nicht der Vater ist.«
»Na schön, aber deswegen müssen es doch alle anderen Menschen nicht auch wissen. Meine Anwesenheit wird den einen oder anderen doch auf komische Gedanken bringen.«
»Na, wenn schon.«
Mary, diese tüchtige, lebensfrohe junge Frau, hatte nicht die geringsten Bedenken, eine Ehe zu dritt zu statuieren.
Das war der Punkt, an dem Jacob ihr nicht mehr zu folgen vermochte, und das war es auch, was trotz aller Leidenschaft verhinderte, daß er sie wirklich zu lieben vermochte. Ihre rücksichtslose Art, Georgie seinen Platz zuzuweisen, stieß Jacob ab. Georgie, dem sie schließlich alles zu verdanken hatte, was sie nun besaß, und der sein Möglichstes tat, diese unmögliche Situation mit Würde zu tragen.
Für Jacob war dies eine ständige Belastung, er schämte sich vor Georgie. Vor Georgie und für Georgie. Er lebte in dessen Haus, lebte auf seine Kosten, schlief mit seiner Frau, machte ihr ein Kind, und Mary hielt es für völlig in Ordnung, und Georgie hatte sich damit abgefunden.
Hatte er das wirklich?
Das zurückgezogene Leben auf der einsamen Farm machte es für Georgie sicher leichter, die Situation zu ertragen. Oder war es ihm im Grunde wirklich egal, was seine Frau und sein Freund trieben? Darüber wurde sich Jacob nie ganz klar.
Anfangs hatte er versucht, so etwas wie Heimlichkeit zu bewahren, aber das ließ sich nicht durchführen, so groß war das Farmhaus nicht. Mary und Georgie hatten zwar von jeher getrennte Schlafzimmer, aber die Zimmer lagen immerhin nebeneinander. Jacob weigerte sich daher, in Marys Zimmer zu kommen, darin blieb er standhaft. Dafür kam Mary zu ihm. Und da es auf diese Weise in ihrem Belieben stand, wie oft sie kam, kam sie für Jacobs Geschmack zu oft.
Er schlief das erste Mal mit ihr, als Georgie, nun ohne Gipsfuß, nach Windhuk gefahren war, um einzukaufen.

»Paar Bekannte muß ich auch mal wieder treffen. Bißchen Abwechslung haben. Werdet ihr es ein paar Tage aushalten ohne mich?«

Er *mußte* gewußt haben, was geschehen würde, sobald er nicht mehr im Haus war.

Schon am ersten Abend gingen sie miteinander ins Bett.

Beim Abendessen war Mary aufgeregt wie ein Kind vor Weihnachten, mit roten Wangen und leuchtenden Augen, sie verbarg nichts von ihrer erwartungsvollen Freude.

»Vielleicht wäre es besser gewesen, ich wäre mit nach Windhuk gefahren«, sagte Jacob, mit einem letzten Versuch, sich zu retten vor so viel auf ihn einstürmender Liebe.

Aber Mary trat hinter ihn, schlang beide Arme um seinen Hals, legte ihre Wange an seine und flüsterte: »Und denk bloß, an diesen Türen hier gibt es nirgends Schlüssel. Du bist nicht sicher vor mir.«

Spannung hatte sich genug aufgeladen, die erste gemeinsame Nacht war ein Erfolg. Auch Jacob hatte ja nun seit einiger Zeit keine Frau gehabt.

Er wurde zunehmend nervöser, als Georgies Rückkehr bevorstand. »Was machen wir bloß? Er wird es merken.«

»Natürlich merkt er es«, sagte Mary kühl. »Es ist ihm gleichgültig.«

»Das verstehe ich nicht. Er liebt dich doch, und er ist so stolz auf dich. Er hat dich doch schließlich aus Liebe geheiratet. Du ihn nicht. Gut. Aber er verdient nicht, so schlecht behandelt zu werden.«

»Wer tut das denn? Und warum sagst du, ich liebe ihn nicht? Ich habe ihn sehr, sehr lieb. Wir waren schon Freunde, als er noch ein kleiner Junge war. Als ich fünf war, war er zehn, und er tat alles, was ich wollte, und ließ mich nicht aus den Augen. Er hat mir mal gesagt, er hätte sich nie eine andere Frau gewünscht als mich. Nun hat er mich. Er braucht eine Frau, eine Freundin, eine Gefährtin. Aber er braucht keine Geliebte. Oder nur sehr, sehr selten.«

»Und warum ist das so?«

»Das weiß ich nicht. Vielleicht ist die verkorkste Ehe seiner Eltern daran schuld. Die herausfordernde Sinnlichkeit seines

Vaters. Oder warte, jetzt hab ich's: seine Mutter ist schuld. Ich bin für ihn wie eine Mutter, nämlich die Art von Mutter, die er sich gewünscht hat.«
»Kommt mir vor wie Sigmund Freud«, murmelte Jacob.
»Na, so etwas Ähnliches ist es ja auch.«
Es war also nicht an dem, daß sie sich über Georgie nicht den Kopf zerbrochen hätten. Und sie waren beide lieb zu ihm, besorgt um ihn, behandelten ihn wie ein rohes Ei. Einige Male versuchte Jacob so etwas wie eine Aussprache herbeizuführen, doch Georgie winkte jedesmal ab.
»Mensch, laß doch! Hauptsache, Mary ist glücklich. Das wollen wir doch beide.«
Nur einmal, das war vor sechs Wochen gewesen, und Mary konnte noch nicht mit Bestimmtheit wissen, ob sie wirklich schwanger war, aber sie war ihrer Sache so sicher, daß sie die beiden Männer auch davon überzeugte, da sagte Georgie zu Jacob: »Also, wenn euch das lieber ist, kann ich auch von hier verschwinden. Ich meine, ich könnte nach England gehen. Ich lasse mich auch scheiden, wenn du das möchtest.«
»Hör auf!« fuhr Jacob ihn an. »Wenn einer von hier verschwindet, dann bin ich das.«
»Aber vielleicht will Mary noch ein Kind. Und wenn das so gut geklappt hat mit euch...«
Der Blick, den Jacob seinem Freund zuwarf, war dermaßen vernichtend, daß Georgie den Rest des Satzes verschluckte.
Und Jacob war nahe daran, etwas Bösartiges zu sagen. Ich bin nicht euer Zuchtbulle, nur weil du unfähig bist, selbst ein Kind zu zeugen. Daraufhin vermieden sie überhaupt jedes Gespräch, das sich mit ihrer Lage befaßte, sie lebten in scheinbarer Freundschaft und Freundlichkeit zusammen, alle drei.
Das Seltsame war, daß für Jacob die Tatsache, ein Kind gezeugt zu haben, von gewisser Bedeutung war. Er wußte ja, wie heiß sich Madlon ein Kind gewünscht hatte, und daß sie es nie bekam, konnte ja genauso an ihm liegen. Auch wenn sie vorher bereits mit einem anderen Mann verheiratet gewesen war.
Er selbst hatte keine Kinder. Die ersten Torheiten seiner Ju-

gend waren wohl ohne Folgen geblieben. Und die Hafendirnen in Daressalam wußten sich zu helfen, die rotblonde Krankenschwester von der Missionsstation hatte es wohl auch verstanden. Nachdem er Madlon getroffen hatte, gab es für ihn sowieso keine andere Frau mehr. Bis zu dem albernen Flirt mit Clarissa, damit hatte das ganze Unheil angefangen, darum hatte er Madlon verloren.

Aus Kindern hatte er sich nie etwas gemacht, und er hatte sich nie welche gewünscht. Im Grunde war er sehr zufrieden, daß Madlon keine bekam, auch wenn sie immer wieder davon sprach. »Wie stellst du dir das vor? Du bist total verrückt. Du kannst doch mitten im Krieg, hier im Dschungel, kein Kind bekommen.« Das sah sie ein, sie nickte, aber ihre Blicke wanderten sehnsüchtig zu den Bibis der Askaris, die ungeniert ihre Kinder bekamen, Krieg oder nicht. Wurde das Lager abgebrochen, banden sie sich die Kinder vor den Bauch und zogen weiter.

»Außerdem will ich dich nicht häßlich und dick haben. Niemals. Du gehörst mir, aber nicht so einem schreienden Balg. Kinder sind etwas Lästiges, sie machen Krach, immerzu muß man etwas für sie tun, man muß sie füttern, man muß sie auf den Topf setzen, man muß auf sie aufpassen und weiß der Teufel was. Ich war immer froh, daß ich der Jüngste in der Familie war, daß keine kleineren Kinder nach mir kamen. Ich hab es bei Schulkameraden erlebt, was die auszustehen hatten mit Geschwistern.«

Folgsame Madlon! Sie hatte kein Kind bekommen, weder im Krieg noch danach. Vielleicht bekam sie jetzt eins von ihrem neuen Liebhaber. Falls der noch dazu fähig war. Und schließlich hatte sie ja nun das Kind von der komischen Nichte, da konnte sie ihre Mutterinstinkte austoben.

Auf der Kaiserstraße angekommen, machte Jacob immer längere Schritte, das kam von dem Ärger und der Wut, die ihn immer überkamen, wenn er an Madlon dachte.

Nein, Kinder interessierten ihn nicht im geringsten, auch das von Mary nicht.

Sie hatte unbedingt ein Kind haben wollen, sie hatte es sich bei einem anderen Mann geholt, nicht bei ihrem eigenen, das

war ihre Angelegenheit. Und nun fing der alberne Georgie an, von Scheidung zu reden, das fehlte gerade noch!
In Jacobs Schläfen klopfte das Blut. Der Schlag würde ihn noch treffen wegen dieser verdammten Weiber!
Jähzorn stieg in ihm auf, er spürte, wie sein Gesicht sich rötete. Er blieb unter den Kolonnaden vor einem der Schaufenster stehen, um ruhiger zu werden.
Er entdeckte, daß er genug von Mary hatte, mochte sie eine noch so hingebungsvolle Geliebte sein, er hatte dreimal genug von Georgie, genug von der Farm, genug von Windhuk, mochten seine Einwohner noch so freundlich sein, genug von Südwest, genug von Afrika, once and forever.
Ja. Das wurde ihm plötzlich klar, als hätte es einer vor ihm auf die Scheibe des Schaufensters geschrieben: er war fertig mit Afrika. Was dieses Land, drüben im Osten, ihm damals gegeben hatte in seinen jungen Jahren, das war viel, das hatte ihn und sein Leben geprägt. Aber das war vorbei. Es gehörte zu seiner Jugend.
Zurückzukehren nach Afrika, in dieses so ganz andere Land an der Westküste des Kontinents, war eine Schnapsidee gewesen. Was hatte er sich nur dabei gedacht?
Es war ihm, als höre er das spöttische Lachen seiner Mutter. Gar nichts, mein Sohn, wie immer.
Wenn er eine Farm in Südwestafrika bewirtschaften wollte, dann konnte er genausogut... Nein, nicht einmal mehr das. Jonas Hof war für ihn verloren, dort lebte Madlon mit einem anderen Mann. Es war so absurd, es ließ sich gar nicht zu Ende denken. Er ballte die Fäuste, in seinen Ohren sauste es. Madlon, seine eigene Frau, hatte ihn vom Hof seiner Mutter vertrieben, der von eh und je ihm, nur ihm, zugedacht gewesen war, und dieses ehrlose, treulose Weib lebte mit einem hergelaufenen Kerl zusammen, der dort seit Jahren und Jahren herumschmarotzte, erst Jona ausnützte, nein, erst ihren Vater, dann Jona, und als die ihm zu alt geworden war, nahm er sich die schöne Madlon. Was hatte der Kerl an sich? Das zerstörte Gesicht, das tote Auge — zum Teufel, was fanden so kluge Frauen wie Jona und Madlon an ihm so anziehend? Was konnte Madlon an ihm reizen, da sie Jacob besaß? Er

starrte in sein Gesicht, das die Scheibe widerspiegelte. Carl Jacob Goltz, der Held, der große Eroberer, der Liebling der Frauen. Er hinkte ein bißchen, das war schon alles. Und er hatte Madlon ja schließlich ein wohlhabendes Leben geboten im letzten Jahr, ohne Arbeit, ohne Plage, nach der Plage so vieler Jahre. Und endlich – er war gut zwanzig Jahre jünger als der andere und der beste Liebhaber, der sich denken ließ.
Das jedenfalls versicherte Mary ihm, sooft es nur anging.
Nun war er wieder bei Mary angelangt. Eine hübsche, temperamentvolle, liebende Frau, sehr schön. Dennoch würde er schleunigst von hier verschwinden, ehe sich Georgie entschloß, zu seiner Mam nach England zu reisen.
Dann kam er nie mehr von hier weg, nicht von Mary, nicht von der Farm.
Er mußte weg.
Zurück an den Bodensee? Von dort hatte ihn Madlon vertrieben. Aber die Welt war groß. Berlin, Paris, Amerika.
Heimatlos. Entwurzelt, ein Mann ohne Plan und ohne Ziel.
Strandgut des Krieges.

An diesem Nachmittag in Windhuk kam Jacob sich so elend vor wie nie zuvor in seinem Leben.
Doch in gewisser Weise, das wußte er selbst noch nicht, bewirkte es einen Wandel seines Wesens und seines Lebens.
»Hello, Goltz!« vernahm er eine Stimme hinter sich. »For shopping in town? Anything like that? For sweet little Mary?« Jacob bemerkte jetzt erst, vor was für einem Schaufenster er sich aufhielt: Damenkleidung und Damenwäsche.
Er wandte sich um, der Bann war gebrochen.
»Not at all. Hello, van Clees, how are you?«
Er lachte erleichtert, dankbar für die Ablenkung. Mehr Englisch brauchte er nicht zu sprechen, Hendrik van Clees sprach ebensogut Deutsch wie Englisch und selbstverständlich Afrikaans. Er war Bure, stammte aus dem Kapland, lebte aber seit Jahren in Südwest und hatte einen Autohandel nebst einer Fordvertretung, die ihm ein gutes Einkommen verschafften, da sich immer mehr Leute ein Auto zulegten.

Eine Weile später saßen sie unter den Kastanien des Kaiserhofes, tranken Bier und besprachen die Ereignisse der letzten Zeit. Und vom Regen natürlich, vom Regen, der kommen mußte, sprachen sie auch.

Unvermittelt wurde ihr Gespräch sehr ernst, sie sprachen, wie so oft Männer, die es erlebt haben, vom Krieg. Van Clees, der älter war als Jacob, hatte bereits als junger Mensch am Burenkrieg teilgenommen.

»Begreifen wird man das nie. Ein Krieg und das, was danach kommt. Wie haben wir die Engländer gehaßt, wie verbissen haben wir gekämpft! Und jetzt? Wir sind gute Briten geworden, wir gehören zum Commonwealth, und wir haben im letzten Krieg an der Seite der Engländer gegen euch gekämpft. Können Sie mir sagen, wofür Menschen eigentlich gestorben sind? Heute ist etwas so wichtig, daß man dafür sterben muß, morgen ist es vergessen, ist bloß noch Geschichte, die bestenfalls die Historiker beschäftigt, und da färbt es jeder auf seine Weise, entsprechend der Seite, zu der er gehört. Kaiser Wilhelm – was für ein bedeutender Mann in Ihrer Jugend, nicht wahr? Das deutsche Kaiserreich, welch eine Pracht, welch ein Glanz! Und seht euch an, was daraus geworden ist. Seine Majestät lebt friedlich in Doorn, er hat noch einmal geheiratet, und es heißt, er fühlt sich prächtig. Da war sein Kollege aus dem Hause Habsburg weit über dran. 1916, mitten im Krieg, mußte Karl die wacklige Kaiserkrone übernehmen. Das hatte er nie vermutet, aber ein Thronfolger nach dem anderen ging den Habsburgern verloren. Der arme Karl! 1922 ist er verlassen und unglücklich auf der Insel Madeira gestorben. Fragen Sie mal die Leute, wer das noch weiß. Fast keiner.«

»Aber Sie, van Clees, ich staune, Sie wissen gut Bescheid.«

»Der Wahnsinn der Geschichte hat mich immer schon bewegt. Kommt wohl noch vom Burenkrieg her. Ich habe, wie gesagt, als junger Mensch, leidenschaftlich gegen die Engländer gekämpft, und auf einmal war ich Engländer. Ich weiß nur zu gut, wie viele Menschen gestorben sind, verreckt in den Konzentrationslagern der Engländer. Mein Vater zum Beispiel. Seitdem findet Politik für mich nicht mehr statt. Ich

kenne auch kein Vaterland mehr. Ich will von all diesen Phrasen nichts mehr wissen.«
»Solche Ansichten sind mir wohlbekannt. Besonders in Berlin können Sie Sätze dieser Art jeden Tag hören. In gewissen Kreisen, zugegeben. Es mag Leute geben, die anders denken. Die sich nicht behaglich fühlen in einer Zeit ohne Ideale.«
»Behaglich! Das ist so ein typisch deutsches Wort. Ich möchte wissen, wer sich je auf dieser Erde behaglich gefühlt hat.«
»Nun –« begann Jacob zögernd. Er war an Gespräche dieser Art nicht gewöhnt. Und er ärgerte sich, daß er das Wort behaglich gebraucht hatte. Er war wohl doch ein Provinzler, wie Madlon es genannt hatte. Aber was waren die denn hier? Etwas Provinzielleres ließ sich kaum vorstellen als diese friedliche kleine Stadt hier, wo einer den anderen kannte und alles von ihm wußte.
»Verstehen Sie mich recht«, fuhr van Clees fort, »ich bin nicht unzufrieden mit meinem Leben. Mir geht es gut hier, mein Geschäft läuft. Seit ich mich befreit habe von den Ideen meiner Jugend, den guten und den bösen, lebe ich viel leichter. Und seit ich erkannt habe, wie sinnlos es ist, sich für eine Sache zu engagieren, die sich mit Sicherheit eines Tages gegen Sie wendet, bin ich ein freier Mensch. Politik, Vaterland, der Kampf für irgend etwas und irgend jemand, ah bah, Betrug ist das, an dem, der daran glaubt. Wie viele sind sinnlos gestorben und umgekommen, wofür, für wen? Wem hat es genutzt? Sie haben das doch auch miterlebt. Einmal jedenfalls. Ich für meine Person zweimal.«
»Ich habe es erlebt«, sagte Jacob, »das ist wahr. Aber ich denke manchmal, daß diejenigen, die gefallen sind, das bessere Los gezogen haben. Ein sinnloser Tod, sagen Sie. Das mag sein. Aber das haben sie wohl nicht gedacht. Schlimmer, finde ich, ist ein sinnloses Leben.«
Van Clees lehnte sich zurück, seine Brauen, dichte, dunkle Brauen, schoben sich zusammen.
»Das gibt es nicht«, sagte er mit Bestimmtheit. »Und ich möchte nicht hoffen, daß Sie diesen Begriff auf sich selbst anwenden wollen.«
Jacob lachte unsicher.

»Heute, als ich durch Windhuk ging – heute hatte ich so ähnliche Gefühle. Ich kam mir vor wie ein Mensch, der nicht weiß, wieso und wozu und warum überhaupt er auf der Welt ist.«
»Das erstaunt mich. Gerade solche Gefühle hätte ich bei Ihnen nicht vermutet. Sie sind jung, Sie sehen gut aus, und wie ich hier immer wieder höre, sind Sie außerordentlich beliebt bei den Leuten, und draußen in Friedrichsburg, nun, hm, ich dachte, Sie hätten dort – wie nannten Sie es – ein recht behagliches Leben.«
»Das habe ich zweifellos. Ich kann trotzdem nicht sagen, so wie Sie, daß ich zufrieden bin. Und schon gar nicht fühle ich mich als freier Mensch.«
»So werden Sie also nicht in Friedrichsburg bleiben?«
»Ich glaube nicht.«
»Und was haben Sie vor?«
»Das weiß ich nicht. Gar nichts habe ich vor.«
»Ja, sehen Sie, und das macht Sie unzufrieden. Haben Sie denn keine Wünsche? Keine Träume?«
Jacob schüttelte den Kopf, blickte den anderen erstaunt an ob der schillernden Worte, die er auf einmal ins Gespräch brachte.
»Wenn Sie mir als dem wesentlich Älteren erlauben, Ihnen einen Rat zu geben: Forschen Sie in sich selber nach einem Wunsch, nach einem Traum. Oder lassen wir den Traum, es klingt so unmännlich, bleiben wir beim Wunsch. Ein Mensch, der keine Wünsche mehr hat, ist so gut wie tot. Ich sagte vorhin, man solle sich nicht für eine Sache engagieren, sich nicht einspannen und mißbrauchen lassen für gerade tonangebende Ideale. Aber Sie sollen sich engagieren für sich selbst. Für das, was aus Ihnen werden kann. Und einen großen Herzenswunsch, den sollten Sie immer haben. Ob er nun in Erfüllung gehen wird oder nicht, ob es überhaupt möglich ist, ihn Wirklichkeit werden zu lassen, bleibt die Frage. Man sollte es jedoch versuchen.«
»Und Sie? Haben Sie solch einen Herzenswunsch?«
»Zwei«, erwiderte van Clees, ohne zu überlegen. »Und beide, so nehme ich an, sind realisierbar.«

»Ich will nicht neugierig sein –«
»Doch, doch, ich sage es Ihnen gern. Und Sie werden enttäuscht sein, was für einfache, natürliche Wünsche es sind. Ich möchte eines Tages wieder in Kapstadt leben, in einem Haus über dem Meer, denn ich brauche das Meer, seinen Anblick, wie die Luft zum Atmen. So hübsch es hier ist, mir fehlt die Freiheit des Meeres. Und wenn ich genug verdient habe mit meinem Autohandel, und ich verdiene gut und bin ein sparsamer Mann, werde ich mir dieses Haus kaufen.«
»Ein vernünftiger Wunsch und sicher auch ein erfüllbarer.«
»Ja.«
»Und der zweite?«
»Nun, er ist auch nicht so abwegig, wenn auch etwas schwieriger zu realisieren. Ich möchte wieder eine Frau haben.«
»Eine Frau?« fragte Jacob erstaunt.
»Nicht irgendeine. Sondern die richtige. Eine Frau, die ich heiraten kann und die mit mir in diesem Haus am Meer leben soll.«
»Dieser Wunsch müßte doch ganz leicht zu erfüllen sein. Ich bin sicher, in dieser Stadt gibt es viele hübsche Mädchen und Frauen, die mit Begeisterung ja sagen würden. Ich kann Ihr Kompliment von vorhin zurückgeben, Sie sehen gut aus, Sie sind jung genug –«
»Ich bin siebenundvierzig. Und es geht mir nicht um eine hübsche Frau, die ja sagt. Ich meine eine bestimmte Frau.«
»Sie wissen schon, welche?«
»Ich war sehr glücklich verheiratet, allerdings nur vier Jahre lang. Dann starb meine Frau bei der Geburt unseres zweiten Kindes.«
»Oh!« machte Jacob, »davon habe ich nie gehört.«
»Das weiß hier auch keiner. Ich spreche nicht darüber. Wozu auch? Wir kamen jetzt darauf, weil wir von einem großen Herzenswunsch sprachen, nicht wahr? Und auch weil ich das Gefühl habe –« van Clees stockte »– nun, so eine Art Gefühl, als fehle Ihnen ein Mensch, mit dem Sie einiges besprechen können. Wir sind uns im Grunde fremd, wir werden vielleicht nie wieder miteinander reden. Vielleicht werden wir auch Freunde, und Sie besuchen mich eines Tages in meinem Haus

am Kap. Beides ist möglich. Ich habe 1907 geheiratet, fünf Jahre nach Ende unseres Krieges. Ich war verwundet gewesen und brauchte eine lange Rekonvaleszenz, wurde aber wieder ganz gesund. Mein Vater war im Lager umgekommen, ich sagte es schon, meine Mutter kurz darauf ebenfalls gestorben. Daß ich am Leben blieb beziehungsweise ins Leben zurückfand, verdanke ich einem Freund meines Vaters. Denn ich habe die Beobachtung gemacht, um nach einem Krieg wieder zu einem normalen Leben zurückfinden zu können, dazu braucht man Hilfe. Von Eltern, Verwandten, Freunden, einer Frau, egal, es muß nur jemand dasein, der versteht und einem die Zeit läßt, wieder zu sich zu kommen.

Ich hatte keine Eltern mehr, und der Verlust traf mich schwer, denn ich liebte meine Eltern. Mein einziger Bruder war gefallen. Aber dieser Freund meines Vaters war da. Er nahm mich auf in sein Haus, seine Frau pflegte mich, solange ich krank war, seine Kinder, er hatte einen Sohn und zwei Töchter, gaben mir Lebensfreude und Lachen zurück, als mein Körper wieder gesundet war. Ich verliebte mich in beide Mädchen, und beide verliebten sich in mich. Das war zuerst ein Spiel, doch es wurde sehr bald ernst. Hübsch und wohlerzogen waren sie beide, wenn auch einander kaum ähnlich. Kaatje, die Ältere, war heiter, lebenslustig, mir erschien sie auch als die Hübschere, auch war sie wohl schon etwas geübter in Flirt und Verführung. Liza war drei Jahre jünger, ernster veranlagt, ein wenig verträumt noch, damals gerade achtzehn Jahre alt. Nun ja, ich entschied mich für Kaatje, und ich weiß, daß Liza darunter litt. Kaatje wußte es auch, es tat ihr leid, sie liebte ihre Schwester, aber ich konnte nun mal nur eine heiraten. Tja, so war das.«

Van Clees lachte, ein wenig verlegen.

»Komisch, daß ich Ihnen das erzähle. Wirklich, ich spreche sonst nie darüber.«

»Und Sie verloren Ihre Frau dann so bald«, sagte Jacob, nur um etwas zu sagen.

»Ja, es traf mich schwer. Darum ging ich später vom Kap weg, um in eine andere Umgebung zu kommen. Ich war erst in Johannesburg, und nun bin ich seit sieben Jahren hier.«

»Und die Schwester? Was wurde aus ihr?«
»Sie ist die Frau, die ich mir wünsche. Die Frau, die ich heiraten möchte.«
»Nun also –«
»Leider ist sie verheiratet. Sie lebt in England, mein Sohn ist bei ihr, das heißt, er geht jetzt ins College, genau wie sein Cousin, Lizas Sohn. Sie hat ziemlich bald dann auch geheiratet, wie ich mir anmaße zu denken, um mich zu vergessen. Einen englischen Schiffsoffizier. Es ist keine sehr gute Ehe geworden. Ihr Mann ist mittlerweile Kapitän, meist unterwegs natürlich und ihr nicht immer treu. Ich möchte, daß sie sich scheiden läßt.«
»Sie stehen also mit ihr in Verbindung.«
»Selbstverständlich. Schon wegen des Jungen.«
»Und – wird sie sich scheiden lassen?«
»Das ist es, was ich mir wünsche. Liza als meine Frau in dem Haus am Kap. Sie sehen, es sind große Wünsche, aber ich lebe darauf zu und gebe nicht auf. Wir sind übereingekommen, wenn die Jungen mit dem College fertig sind und zur Universität gehen, dann, nun ja, dann wird sie es versuchen. Die Scheidung, meine ich. Solange, lieber Herr Goltz, werde ich noch Autos in Windhuk verkaufen.«
Nach einem langen Schweigen sagte Jacob: »Es sind Wünsche, aber es ist mehr als das, es ist ein Programm. Ich habe beides nicht, weder Wünsche noch ein Programm. Meine Frau hat mich verlassen und lebt mit einem anderen Mann. Meine Eltern leben noch, aber sie vermissen mich nicht. Vielleicht, weil ich nie das tat, was sie wollten.«
Er brach ab. »Möglicherweise ist es Unsinn, was ich sage. Es klingt unreif. Vielleicht vermissen sie mich doch. Derjenige, der sich nicht anpassen konnte, der sie enttäuscht hat, bin ich. Und was eigentlich aus mir werden soll, weiß ich selber nicht.«
»Trinken wir darauf, daß es Ihnen bald einfällt.«
Es ging auf den Abend zu, die Tische ringsum waren alle besetzt, meist mit Männern, die ihren Abendschoppen tranken. Man kannte sich, hatte sich gegrüßt.
Plötzlich betrat ein neuer Gast den Garten, blieb unsicher stehen, blickte sich um, kam dann auf sie zu.

»Herr Goltz! Guten Abend. Kennen Sie mich noch?«
Doch, Jacob kannte ihn, auch wenn ihm der Name nicht einfiel. Es war der Mann, der mit ihm auf dem Schiff gewesen war, der Rückkehrer nach Afrika, der sich hier eine neue Existenz aufbauen wollte.
Jacob stand auf.
»Guten Abend. Nett, Sie zu sehen, Herr...«
»Hansen ist der Name.«
Jacob machte die Herren bekannt und forderte Hansen auf, sich zu ihnen zu setzen.
»Sie sind in Windhuk? Sie wollten doch farmen.«
»Ich bin seit einer Woche wieder hier. Ich suche Arbeit. Bis jetzt wohne ich hier im Hotel.«
Jacob klärte van Clees kurz über den Landsmann auf und fragte dann: »Und was haben Sie bis jetzt getan?«
»Ich war im Süden, auf einer Karakulfarm. Eventuell wollte ich mich beteiligen, ganz bescheiden nur, denn viel Geld habe ich nicht. Der Besitzer ist schon alt und sucht einen Teilhaber. Aber wir sind nicht sehr gut miteinander ausgekommen, darum bin ich jetzt fortgegangen. Und außerdem«, er lachte etwas verlegen, »diese Karakulzucht – also, ich weiß nicht, es liegt mir nicht. Diesen Lämmchen das Fell über die Ohren zu ziehen, kaum, daß sie einen Tag alt sind, es widerstrebt mir einfach. Schmidt, so heißt der Farmer, meinte, ich sei ein Weichmann. Mag ja sein.«
Van Clees meinte gutmütig: »Doch, ich verstehe das schon. Obwohl die Karakulzucht absolut gute Aussichten hat. Es gibt genügend Frauen auf der Welt, die gern einen Persianermantel tragen. Und die Rinder leben auch nicht bis zu ihrem natürlichen Ende.«
»Aber wir schlachten nicht auf der Farm«, sagte Jacob. »Die Tiere werden lebend verkauft. Natürlich, um geschlachtet zu werden. Bloß man muß es nicht mitmachen, und sie haben wenigstens eine Zeitlang ihr Leben genossen, ein Leben in großer Freiheit.«
»Tja, mit Sentimentalität kann man überhaupt kein Farmer sein. Jedenfalls nicht, wenn es um Tiere geht. Sie hätten besser nach Amerika gehen sollen, Herr Hansen, auf eine große

Weizenfarm. Oder auf eine Obstplantage. Wie ich gehört habe, läßt sich da gutes Geld machen. Da habe ich es mit meinen Autos leichter. Wenn die vom Hof fahren, reibe ich mir befriedigt die Hände. Versuchen Sie hier in Windhuk etwas zu bekommen, Herr Hansen, Maschinenhandel oder ähnliches. Ich will mich gern umhören.«
Das Gespräch glitt ins Allgemeine, die Marktlage im Land, diejenige in der Welt, Geschäfte, Bilanzen und dann wieder – der Regen.
Drei Tage später fuhr Jacob wieder nach Friedrichsburg hinaus, mit Geschenken für Mary, einigen Flaschen einer besonderen Whiskymarke für Georgie, und alles ging weiter wie bisher. Mary, liebevoll und zärtlich, umsorgte ihn und verlangte nach seiner Gesellschaft des Tages und in der Nacht, und im übrigen beobachtete sie ihren Körper, sein Wachsen, das Kind, das sich in ihr regte, sie war rundherum glücklich mit ihrem Dasein. Jacob brachte es nicht übers Herz, ihr zu sagen, daß er eine Rückkehr nach Deutschland erwog. Dafür sprach Georgie wieder öfter von England, von den grünen Bäumen und Büschen, den Hecken an den Wegen, auf denen man, ohne daß man einen Sonnenstich bekam, mit einem braven Pferd dahintraben konnte.
»Ach, Unsinn«, sagte Mary, »jetzt regnet es hier, siehst du doch, und bald haben wir auch alles schön grün. In England ist es jetzt kalt und neblig, keine Rede von grünen Hecken und spazierenreiten.«
Ein Brief seiner Mutter kam Jacob zu Hilfe, das war im Januar. Sie schrieben sich selten, es war genau wie früher auch, die Trennung war wieder einmal vollzogen.
Trotzdem schrieb Jona: ›Ich habe lange nichts von Dir gehört, und ich möchte gern wissen, wie es Dir geht. Auch möchte ich wissen, ob Du dortbleiben willst. Für immer, meine ich. Uns geht es hier nicht sehr gut, Dein Vater ist sehr krank, Jacob, und ich wünschte, Du würdest kommen, um ihn noch einmal zu sehen. Und Du solltest bald kommen. Tante Lydia in Schachen wartet auch sehnsüchtig auf Dich. Sie sitzt allein in ihrem großen Haus, das ja jetzt Dein Haus ist. Wir besuchen sie manchmal, weil sie so einsam ist. Sie war auch

schon einige Tage bei uns, auch mal drüben, aber für längere Zeit will sie aus dem Haus nicht fort. Es muß bewohnt und belebt sein, wenn Jacob kommt, sagt sie. Ja, und dann haben wir vergangene Woche Berta begraben. Ich bin jetzt immer bei Deinem Vater, denn er kann nicht mehr allein sein.‹
Dieser Brief, auch wenn er traurige Mitteilungen enthielt, gab Jacob den willkommenen Anlaß, Friedrichsburg zu verlassen. Ein Besuch zu Hause, so nannte er es.
»Aber du wirst wieder zurück sein, wenn das Kind kommt?« fragte Mary bang. Das würde im April sein.
»Ich denke, daß ich das schaffen kann«, sagte Jacob. »Oder besser, ein bißchen danach. Es macht sich besser. Wegen Georgie.«
»Pöh!« machte Mary. »Der will doch nach England.«
»Er wird bei dir bleiben, solange du ihn brauchst.«
Mary widersetzte sich seiner Abreise nicht. Ein kranker Vater, das war ein Argument, das sie gelten ließ, denn ihren Vater liebte sie sehr, sie sprach immer von ihm und was für Sehnsucht sie nach ihm hatte.
»Weißt du«, sagte sie eines Tages elektrisiert, »könntest du nicht mal schnell nach Breslau fahren und mit Vater sprechen? Ihm erzählen, wie schön es hier ist und daß er bald kommen soll?«
Natürlich, von Afrika aus gesehen, war es keine besonders weite Entfernung von Konstanz nach Breslau. »Julia ist ja nun schließlich erwachsen genug, um ohne seine Aufsicht leben zu können. Und Tante Margarethe ist ja auch noch da, die sich um sie kümmert. Au ja, Jacob, versprich es mir, das machst du, am besten bringst du ihn gleich mit.«
Es war nicht so leicht möglich, Mary die gute Laune zu verderben; Wünsche, Pläne, Träume hatte sie immer. Und sie war stark genug, mit sich und ihrem Leben fertigzuwerden.
In Windhuk, kurz ehe er abreiste, hatte Jacob noch eine großartige Idee. Er wohnte die letzten drei Tage wieder im Hotel, allein, denn für Mary war die Fahrt während der Regenzeit, durch die strömenden Riviere, zu strapaziös. Und Georgie, so befand Jacob, dürfe sie nun in ihrem Zustand auch nicht mehr allein lassen.

»Was denn?« fragte Georgie, »soll ich hier sitzen bleiben und versauern, bis sie das Kind hat?«
»Das wird sich so gehören. Schließlich ist es dein Kind.«
»Was du nicht sagst!«
In Windhuk suchte Jacob van Clees auf, er wollte ihm seinen Wagen zum Verkauf übergeben. Und dann erkunden, ob van Clees etwas über Hansen wisse, wo der sich jetzt befinde.
Er arbeite bei der Brauerei, erfuhr Jacob, im Transport.
»Sagen Sie ihm doch, er soll mal in Friedrichsburg vorbeischauen. Geben Sie ihm ein Empfehlungsschreiben mit. Ich denke mir, Mary und Georgie könnten Hilfe brauchen. Sie bekommt im April ein Kind. Und Georgie, na, Sie wissen ja.«
Van Clees lächelte. »Ich weiß«, sagte er mit Nachdruck. »Alles klar. Sie werden demnach nicht wiederkommen?«
»Ich weiß es noch nicht. Nein, ich glaube, ich werde nicht wiederkommen.«
»Alles Gute dann, Goltz. Das mit Hansen bringe ich in Gang, Sie können sich darauf verlassen. Er ist ein ordentlicher Mann. Und Sie werden mich einmal am Kap besuchen?«
»Lieber Himmel«, Jacob lachte, »wer soll das wissen? Bis jetzt sind Sie ja selber noch nicht dort.«
»Es dauert nicht mehr allzu lange. Lizas Mann hat in die Scheidung eingewilligt. Gestern hat sie mir das telegraphiert.«
»Dann also viel Glück. Und wo finde ich Sie am Kap?«
»Ich werde im Telefonbuch von Kapstadt stehen. So in zwei bis drei Jahren, schätze ich. Take it easy, old fellow. And good luck to you.«

Wieder einmal kehrte Jacob zurück in die Stadt am See. Und hatte er nun Wünsche und Träume? Er beschäftigte sich viel mit dem, was van Clees gesagt hatte. Es verlangte ihn nicht nach einem Haus am Meer. Er hatte ein Haus am See, ein schönes altes Haus, mit einem großen Garten, in dessen Bäumen im Herbst der Nebel hing, in dem im Frühling Tulpen und Narzissen blühten und später die Rosen leuchteten. Tante Lydia hielt es am Leben, damit er darin wohnen konnte.

Und warum eigentlich nicht? Warum nicht versuchen, dieses Haus zu *seinem* Haus zu machen?

Eine Frau? Die wünschte er sich nicht. Er war gerade einer davongelaufen, und Madlon wollte er niemals wiederhaben. Was also sollte er sich wünschen? Vor allem dies: seinen Vater noch am Leben zu finden. Das wünschte er sich wirklich aus tiefstem Herzensgrund, das erschien ihm als der größte Wunsch, den er je gehabt hatte.

Mary von Garsdorf brachte Ende April eine Tochter zur Welt. Sie nannte sie sinnigerweise Konstanze.

Jona

Der Weg zurück

Es ist nicht so, daß Carl Ludwig Goltz unter einer schweren Krankheit zu leiden hat; er ist nur nach und nach immer ein wenig kränker geworden und dadurch sehr gealtert. Seine Kräfte haben sichtlich abgenommen, aber an seinem Wesen hat sich nichts verändert, er ist wie eh und je, still, sanft und voll verständnisvoller Güte.
An einem Nachmittag im Februar sagt Jona, und sie hält dabei seine kalte Hand in ihrer: »Ich habe es wirklich nicht verdient, daß ich so einen guten Mann wie dich bekommen habe.«
Seine Finger schließen sich ein wenig fester um ihre Hand, er sagt: »Aber Lieberle, einen viel, viel besseren hättest du verdient.«
»Nein. Ich habe dich gewiß nicht verdient. Ich war eigenwillig, egoistisch und auch böse. Das hätte mir ja eigentlich – ja, wie soll ich das nennen? –, das hätte mir ja eigentlich heimgezahlt werden müssen, nicht wahr? Ich denke jetzt manchmal darüber nach. Aber ich hatte einen so guten Vater, der alles verstand und alles verzieh, und ich habe dich, einen so guten Mann, der alles versteht und alles verzeiht. Und du hast mir dazu noch...«
Sie stockt und überlegt. Es stimmt nicht, was sie gerade gesagt hat. Alles konnten beide nicht verstehen und verzeihen, denn alles wußten sie nicht von ihr. Verstehen? Verzeihen? Kann man einen Mord verstehen? Kann man den Mord an einem unschuldigen Kind verzeihen? Wieder ist die Versuchung da, es ihrem Mann zu sagen, es *einmal* auszusprechen, ein einziges Mal in ihrem Leben ein Geständnis abzulegen. Aber dazu ist es nun zu spät. Sie darf seinen Frieden nicht stören, nur damit sie ihre Schuld leichter tragen kann. Eine sicherlich verjährte Schuld, juristisch betrachtet. Aber Gott ist

kein Jurist. Ob *er* ihr verzeihen kann, ob ihr Leben voll Arbeit und Pflichterfüllung, ihr Leben voll von Reue und Scham genügen wird, um *seine* Verzeihung zu erlangen, das weiß sie nicht.
»Und du hast mir dazu noch ... Was wolltest du noch sagen, Jona?«
»Und du hast mir immer geholfen, das wollte ich sagen. In jeder schwierigen Lage hattest du den richtigen Rat. Und es blieb nicht nur bei Worten, du hast auch gehandelt. So sind nicht alle Menschen.«
Ein leiser, freundlicher Herr, vornehm und zurückhaltend, das war er in seiner Jugend, das ist er geblieben. Nicht das, was man sich unter einem Mann der Tat vorstellt. Aber da ist eine unerschütterliche Stärke in ihm, der feste Mittelpunkt im Leben eines Menschen, der immer mit sich selbst im Einklang gelebt hat und der die Kraft der Treue, der Ehrlichkeit und des Selbstvertrauens besitzt.
»Und die Kinder sind auch alle gesund und gut geraten, auch das ist ja gar nicht selbstverständlich. Nur mit Jacob ... es macht mir so großen Kummer, an ihn zu denken. Ich möchte gern, daß er wiederkommt. Gleichzeitig weiß ich aber nicht, was geschehen wird, wenn er wiederkommt. Ich habe immer ein schlechtes Gewissen, wenn ich an ihn denke. Etwas muß ich falsch gemacht haben, schon als er noch klein war. Habe ich ihn zuviel allein gelassen, weil ich drüben war? Habe ich ihm Zwang angetan, wenn ich bei ihm war?«
Ludwig drückt wieder ihre Hand, seine Stimme klingt müde: »Quäl dich doch nicht! Er ist ein erwachsener Mann, der für sich selbst verantwortlich ist.«
Er hält ein, überlegt eine Weile und fügt dann langsam hinzu: »Vielleicht machen wir auch heute manches falsch mit ihm, grad weil wir es nicht darauf ankommen lassen, daß er endlich für sich selbst verantwortlich sein muß.«
Sie weiß, er meint das Geld, das Jacob nach wie vor ausreichend bekommt, wo immer er sich aufhält, was immer er tut. Genau wie sie weiß, daß keiner in der Familie damit einverstanden ist.
Daß sie an Jacob geschrieben hat, schon im Dezember, ob er

nicht heimkommen wolle, hat sie Ludwig nicht gesagt. Und sie beendet auch jetzt entschlossen das Thema, sie spricht viel zu oft von Jacob, und wenn sie sich selbst schon unausgesetzt mit dem Gedanken an diesen verlorenen Sohn quält, darf sie Ludwig nicht damit quälen. Sie fühlt sich schuldig, wenn sie an Jacob denkt. Sie hat seine Ehe zerstört, bei ihr haben Madlon und Rudolf sich kennengelernt, auf ihrem Hof, den Jacob immer gehaßt hat. Und sie war nicht hart genug, Madlon und Rudolf zu trennen, das zu verhindern, was sie kommen sah, und Madlon dahin zurückzuschicken, wohin sie gehörte. Und darum ist sie es, die Jacob vertrieben hat.

Im vorletzten Sommer, als alles begann, hat sie es auch noch nicht so gesehen, aber inzwischen hat sie sich diese Schuld selbst aufgebaut und aufgeladen, und es wirkt zerstörend auf sie, weil sie so viel darüber nachdenken muß. Dieser Brief, den sie an Jacob geschrieben hat – schweren Herzens und halben Herzens –, ›bitte, komm, wenn Du Deinen Vater noch einmal sehen willst‹, ist im Grunde eine Lüge. Sie hätte schreiben müssen: bitte, komm, ich möchte Dir helfen, ich möchte alles wieder gutmachen, ich weiß zwar nicht, wie, aber ich möchte es versuchen, ich möchte Dir helfen, helfen, mein Sohn.

Aber so in dieser Form kann sie es Ludwig nicht sagen, es würde ihn unnötig belasten. Er ist wie ein krankes Kind, das sie hegt und pflegt, sie empfindet unendliche Zärtlichkeit und Liebe für ihn, für diesen Mann, den sie als törichtes, unreifes und böses Kind geheiratet hat und der sie selbst und ihr Leben viel mehr geprägt hat, als sie es je begriffen hat. Früher. Jetzt, alt geworden, begreift sie es um so besser.

Sie sitzen am Fenster und blicken auf den See hinaus, es ist kalt und klar, doch die Tage sind wieder länger geworden, die Sonne ist eben hinter den Bergen untergegangen, und das Wasser der Bucht spiegelt das Abendrot des Himmels wider.

Seit Ludwig nicht mehr aus dem Haus geht, sitzen sie oft am Fenster. Jona hat ein Sofa dorthin geschoben, auf dem sie miteinander sitzen und hinausschauen können. Er soll See und Berge soviel wie möglich sehen, die Stadt drüben und seine

geliebten Vögel, wenn sie über den See fliegen. Aber viel sieht er dennoch nicht mehr davon, seine Augen sind schlecht geworden, wie ein Schleier liege es darüber, so beschreibt er es, er kann auch nicht mehr lesen, und das ist hart für einen Menschen, dem die Bücher immer so viel bedeutet haben.
»Was flog da gerad? War es ein Kormoran?«
»Ja, ja«, erwidert Jona. »Ich glaube, es war ein Kormoran.«
Sie hat es nie gelernt, die Vögel so genau zu unterscheiden, aber sie bemüht sich jetzt darum, am Flügelschlag, am Zug durch die Luft, zu sehen, was da fliegt, um es ihm zu beschreiben. Wenn es dunkel geworden ist, liest sie ihm vor, aus der Zeitung, aus einem Buch, und so ist es auch für Jona, die immer tätig war, ein ganz neues Leben, das ihr gar nicht so gut bekommt. Gewiß, da ist der Haushalt, der sie beschäftigt, Einkäufe, die sie meist selbst besorgt, denn es fällt ihr schwer, stundenlang still auf einem Fleck zu sitzen; gemessen an ihrem bisherigen Leben bedeutet das Dasein mit dem kranken Mann für sie eine einschneidende Veränderung. Vielleicht auch darum macht sie sich so viele quälende Gedanken.
Angefangen hat das alles im vergangenen Frühjahr, als Ludwig operiert werden mußte, ein Leistenbruch, weiter keine aufregende Angelegenheit, aber er erholte sich lange nicht davon, und Jona ist seitdem fast immer bei ihm geblieben. Zunehmend fiel ihm das Atmen schwer, der Arzt diagnostizierte ein Lungenemphysem, und dann im Herbst, zu jener Zeit ging er noch aus, auch in die Kanzlei, bekam er als Folge einer Erkältung eine schwere Bronchitis, die sich einfach nicht auskurieren ließ. Seitdem ist er immer schmaler und durchsichtiger geworden, keuchender Husten schüttelt ihn, essen mag er nicht mehr, womit er Berta zur Verzweiflung bringt, die ihm die besten Häppchen zubereitet, die er dann doch zur Seite schiebt.
In der Vorweihnachtszeit stirbt Berta. Sie bricht über einer Schüssel zusammen, in der sie mit beiden Händen einen Teig gewalkt hat, und ist tot, von einer Minute auf die andere.
»Du hast ihr das Herz gebrochen«, sagt Jona, »weil du nicht essen wolltest, was sie für dich gekocht hat.«
Und Ludwig erwidert darauf: »Dann habe ich ihr zu einem

schönen Tod verholfen. Wer würde sich nicht wünschen, auf diese Weise zu sterben, rasch und leicht, während er gerade das tut, was er immer am liebsten getan hat.«
Bertas Tod beeindruckt ihn nicht sonderlich, der Tod besitzt für ihn keinen Schrecken, weder der anderer noch der eigene, er lebt ja selbst sehr bewußt auf seinen Tod zu und fürchtet ihn nicht.
An diesem Nachmittag im Februar, während draußen die Abendschatten über den See fallen, sagt Jona: »Das war ein schöner Tag heute, nicht wahr? Warte nur, jetzt wird es bald wärmer. Und dann verreisen wir. Eine schöne Reise in den Süden machen wir, ins Tessin oder nach Italien, da wird dein gräßlicher Husten gleich verschwinden.«
»Ich mache keine Reise mehr, Jona.«
»Mir zuliebe schon. Ich bin nie verreist in meinem Leben. Ich würde gern einmal nach Italien fahren.« Was gelogen ist, wie er sehr wohl weiß. »Oder wie wäre es mit der französischen Riviera? Da muß es wunderbar sein im Frühling.«
»Ich mache nur noch eine Reise, Jona. Die führt viel weiter weg als nach Italien oder an die Riviera. Auf das Ziel dieser Reise bin ich schon sehr gespannt.«
»Du darfst mich nicht allein lassen, Ludwig –«
»Du bist nicht allein, Lieberle. Du hast den Rudolf und eine doppelte Schwiegertochter, die du sehr gern hast. Und du hast die Kinder und die Enkel. Und dann noch den kleinen Buben drüben bei dir. Erzähl mir von ihm! Von Ludwig dem Zweiten.«
Er hört es gern, wenn sie von drüben erzählt, obwohl es nichts zu berichten gibt, was er noch nicht weiß, denn Jona war das letzte Mal Anfang Dezember auf dem Hof, kurz ehe Berta starb. Sie läßt ihn jetzt ungern allein, obwohl Agathe und Imma jeden Tag nach ihm schauen, Bernhard kommt getreulich, mit Berichten aus der Kanzlei, Eugen kommt herauf, und Muckl, Eugens Diener, fragt jeden Tag mindestens zehnmal, ob man etwas brauche oder wünsche.
Aber Jona weiß, er braucht sie. Und sei es nur um des Geplauders willen, wenn sie so nebeneinander, Hand in Hand, auf dem Sofa sitzen.

»Es ist ein netter Bub«, erzählt sie also zum xtenmal, »immer vergnügt und munter. Er fängt jetzt an zu laufen, und er plappert schon eine ganze Menge, sogar mal ein paar französische Bröckle darunter, das ist sehr komisch. Und sie passen alle gut auf ihn auf, Madlon und Rudolf und die Leute auf dem Hof, vor allen Dingen Flora. Seine eigene Mutter eigentlich am wenigsten. Die ist und bleibt eine seltsame Person. Manchmal kommt sie mir vor wie eine Traumtänzerin. Sie kann sehr lieb sein. Und dann wieder kann sie dich ganz kalt anblicken, so, als hätte sie dich nie gesehen.«
»Die Frau Moosbacher!« Ludwig lacht in sich hinein. »Damit haben sich nun alle abgefunden, wie?«
»Es scheint so. Ich weiß nicht, was die Leute denken. Komische Verhältnisse sind das schon auf dem Hof.«
»Sehr komische Verhältnisse.«
»Ich bin nur froh, daß ich die Flora und den Kilian habe. Seit sie verheiratet sind, ist eine wunderbare Ordnung auf dem Hof, denn Flora hat ihre Augen und Ohren überall. Und energisch ist sie. Wenn ihr etwas nicht paßt, dann guckt sie nur mal scharf, und dann haben alle gewissermaßen die Hände an der Hosennaht. Die kann das noch besser als ich. Und wenn wirklich mal einer aufmuckt, wie das Bürschle, der neue Jungknecht, den Rudolf im Herbst angestellt hat, also, da müßtest du Flora erleben. Sie stemmt die Hände in die Seiten und verfügt plötzlich über eine erstaunliche Lautstärke. ›Hältst glei dei Mei, du rotzfrecher Lausbub‹, schreit sie, ›glei fangst eine, daß'd meinst, Ostern und Pfingsten isch am selben Tag.‹«
Auch diese Geschichte kennt Ludwig natürlich schon, aber er hört sie mit dem gleichen Vergnügen wie beim erstenmal. Er lacht, worauf ihn für eine Weile Husten schüttelt. »Und der Bub?« fragt er, als er wieder sprechen kann, »was tut der Bub?«
»Er zieht den Kopf ein und trollt sich und tut genau das, was Flora ihm angeschafft hat. Es ist sehr lustig, wenn sie solch einen Ausbruch bekommt, denn für gewöhnlich ist sie gar nicht laut, sie spricht ruhig und gelassen mit den Leuten, schaut jeden dabei an, lächelt freundlich, und jeder macht es so, wie

sie es haben will. Es war wirklich ein Glückstag, als sie auf den Hof kam. Und ein Glück war es, daß sie den Kilian geheiratet hat. Im April kriegt sie ihr erstes Kind, hoffentlich geht alles gut. Sie sagt: Gell, hab ich gut ausgerechnet, net wahr? Bei der Mahd bin i wieder dabei.«

Dann wird es zwei Kinder auf dem Hof geben, darüber freut sich Jona. Doch zur Zeit ist sie nur noch ein seltener Besuch auf dem Hof. Zwar hat Ludwig im Sommer und im Herbst immer wieder gesagt: »Fahr rüber. Kümmere dich um deine Leut. Ich komm schon zurecht hier«, aber sie weiß, daß ihr Platz jetzt bei ihm ist. Sie wird ihn nicht mehr verlassen, solange er lebt, sie kann die vielen Stunden, die sie ihn allein gelassen hat, nicht mehr zurückholen, aber nun ist sie jede Stunde für ihn da.

Sie wird auch wirklich auf dem Hof nicht gebraucht. Rudolf arbeitet für drei, er tut es mit Freude und Umsicht, er ist ein glücklicher Mann, ein Mann, der liebt und geliebt wird, für ihn hat das Leben neu begonnen. Ganz so leicht ist es für Jona nicht, das mit anzusehen, aber sie versteht es, und da sie ihn lieb hat, gönnt sie es ihm. Von den Sorgen um Jacob, die sie plagen, spricht sie drüben nicht.

Und da sie doch nicht immer darüber schweigen könnte, ist es besser, sie ist nicht bei den beiden, die sich lieben, überläßt sie jetzt einmal sich selbst und dem, was sie glücklich macht. Madlon besorgt das Hauswesen, kocht für alle, kümmert sich um das Kind. Nach wie vor ist sie beliebt beim Gesinde, ihr unkompliziertes Wesen, ihre Aufgeschlossenheit gewinnen ihr jedes Herz. An die komischen Verhältnisse, wie Ludwig es nennt, haben sich die Leute inzwischen wirklich gewöhnt. Daß Madlon und Rudolf sich gut verstehen, setzt nur die Tradition im Hause fort, Jona und Rudolf haben sich auch immer gut verstanden, es gab keinen Streit, keine Kompetenzschwierigkeiten, die gibt es auch jetzt nicht. Die Einteilung ist geblieben, die Familie wohnt auf dem alten Hof, das Gesinde auf dem neuen Hof, zwar sind beide Höfe gleich alt, aber um sie zu unterscheiden, nennt man den später hinzugekommenen der Einfachheit halber den neuen Hof. Seit Flora dort das Sagen hat, geht es zu wie in einer Sonntagsschule,

Rudolf braucht sich überhaupt nicht darum zu kümmern. Der einzige Fremdling auf den Höfen ist Frau Moosbacher. Jeannette, die Traumtänzerin. Sie ist ein Bild von einer Frau, nach der Geburt des Kindes ist sie schön geworden. Wie ein Engele sieht sie aus, sagen die Leute hinter ihrem Rücken. Aber keiner weiß so recht, wie er mit ihr dran ist. Sie ist freundlich und höflich, sie ist nicht mehr verbiestert und verbittert, und ein wenig Deutsch reden hat sie mittlerweile auch gelernt. Die Zwiespältigkeit ihres Daseins, ihres Wesens liegt nicht so offen zutage, daß man sich daran stoßen könnte. Zum Beispiel ihr Verhältnis zu dem Kind. Sie hat es eine Zeitlang gestillt, sie hat getan, was zu tun ist bei der Pflege eines Babys, obwohl ihr das meiste von Madlon abgenommen wird, aber man hat nie den Eindruck, daß sie die Mutter des Kindes ist. Das Kind scheint ihr gleichgültig zu sein. Sie liebt es nicht, sie haßt es nicht, wie sie vor seiner Geburt verkündet hat, sie betrachtet es als lästiges Anhängsel ihres Lebens, obwohl ihr Leben derzeit ein sehr bequemes ist und das Kind sie gar nicht belastet. Sie spielt ein bißchen mit ihm, schiebt sein Wägelchen im Garten herum, jagt im Sommer die Fliegen von seinem Gesicht, doch, dies alles schon; aber sie zeigt keinerlei Glückseligkeit, wenn sie das Kind sieht, sie beschleunigt keinen ihrer Schritte, um bei dem Kind zu sein, und sie zeigt nicht die geringste Regung von Eifersucht, wenn Madlon das Kind versorgt, es auf den Arm nimmt, ihm das Fläschchen gibt, es zu Bett bringt. Sie blickt traumverloren darüber hinweg, setzt ihren breiten weißen Strohhut auf und geht durch die Wiesen spazieren, pflückt Blumen, summt vor sich hin. So war das im vergangenen Sommer, und einmal sagt Madlon zu Rudolf: »Ich weiß ja nicht, wie sie früher war, aber manchmal denke ich, sie hat bei der Affäre da in Gent einen kleinen Stich bekommen. Ganz normal ist sie doch nicht. Oder?«

»Wie du sagst, du weißt nicht, wie sie früher war. Auf alle Fälle führt sie hier bei uns kein normales Leben. Sie ist eine hübsche, junge Frau, sie müßte einen Mann haben, sie müßte heiraten und leben wie andere junge Frauen auch. Du wolltest sie doch fragen, wie sie über eine Scheidung denkt.«

»Ich habe vor ein paar Tagen mit ihr gesprochen. Da hat sie mich ganz entsetzt angesehen, mit großen, blauen Kinderaugen, und hat gefragt: ›Willst du mich wegjagen?‹ Wegjagen, wörtlich. Ich sagte, du kannst hierbleiben, solange du willst. Aber du kannst auch nach Gent zurück, wenn du das lieber willst. Und du brauchst das Kind nicht mitzunehmen, du kannst es hierlassen. Und weißt du, was dann passierte?«
»Was?«
»Sie fing an zu weinen. Das tut sie ja leicht. Immer noch. Ich wolle sie nur los sein, ich wolle sie wegjagen, und sie sei eben ganz überflüssig auf der Welt, und sie habe ja schon immer sterben wollen und der ganze bekannte Sermon von vorn. Also habe ich sie getröstet und habe ihr gut zugeredet, und alles bleibt wie es ist. Sie bleibt deine Frau, und da du ja nicht heiraten willst, macht es ja nichts, hein?«
»Wenn ich dich nicht heiraten kann, behalte ich das Fräulein Nichte. Warum auch nicht?«
»Mich kannst du nicht heiraten, auch wenn du geschieden bist. Das würde ja nun wirklich kein Mensch hier mehr begreifen. Ganz abgesehen davon, daß ich ja nie genau weiß, ob ich eigentlich verheiratet bin oder nicht. Angenommen, Jacob kommt eines Tages mit einer neuen Frau an, da müßte man diese Frage irgendwie klären. Aber inzwischen geht es auch so.«
»Es geht wunderbar so«, sagt Rudolf, nimmt sie in die Arme und küßt sie lange.
So etwas geschieht aber nur, wenn sie allein sind. Sie vermeiden vor Zeugen jede Intimität, sie haben einen freundschaftlichen, kameradschaftlichen Ton, der ganz unverfänglich ist. Denn für die Leute ist Madlon die junge Frau Goltz, ihr Mann ist in Afrika, warum und wo, weiß keiner, aber in gewisser Weise imponiert es ihnen, wenn sie im Wirtshaus erzählen: der junge Herr ist in Afrika.
Madlon sieht gut aus, jung, schön, sprühend vor Leben und Kraft, sie liebt Rudolf, sie liebt das Kind, sie ist voll ausgelastet mit Arbeit. Sie vermißt Jona nicht allzusehr, so gern sie sie hat, mittlerweile fühlt sich Madlon auf dem Hof ganz zu Hause, sie denkt und fühlt wie eine Bäuerin. »Das ist kein

Wunder«, erklärt sie Rudolf einmal in vollem Ernst. »Meine Mutter stammte von einem Bauernhof in den Ardennen. Als ich klein war, hat sie manchmal davon erzählt, später nicht mehr. Ich habe meine Großeltern nie kennengelernt, sie wollten von meiner Mutter nichts mehr wissen, weil sie einen Bergwerker geheiratet hat. Versteh ich auch nicht, warum sie das getan hat, sie hat die Hölle bei ihm gehabt. Sicher war es nur ein ganz kleiner Hof, und sicher waren sie sehr arm, da, wo sie herkam, aber es ist trotzdem schade, daß ich da nie hindurfte. Für uns Kinder wäre es schön gewesen. Und gesund! Vielleicht wäre Ninette dann nicht an der Schwindsucht gestorben.«
Nicht daß Jeannette eine Müßiggängerin ist, das würde Madlon nicht dulden. Es wird ihr ausreichend Arbeit zugeteilt, im Haus und in der Küche, nur keine Feld- und keine Stallarbeit, dafür eignet sie sich wirklich nicht. Aber das Federvieh ist ihr anvertraut, alle Hühner hat sie mit Namen versehen, der Hahn heißt Monsieur Le Coq, und wenn Nachwuchs kommt, kümmert sie sich mit Hingabe um das Gelege und um die Küken. Außerdem macht sie alle Näharbeiten, die auf dem Hof anfallen, und das ist nicht wenig. Das hat sie bei den Beginen gelernt, sie ist sehr geschickt, und wenn die Ausbesserungsarbeiten ihr Zeit lassen, schneidert sie für sich und für Madlon ein Kleid, das dann auch wirklich paßt. Sie tanzt um Madlon herum, steckt und zupft, kniet am Boden, den Mund voller Stecknadeln, und Madlon sagt: »Mon dieu, Kind, nimm die Nadeln aus dem Mund! Ich kann das gar nicht sehen. Wenn du eine verschluckst!« Aber Jeannette kann sogar lachen mit Nadeln im Mund, sie ist nie so fröhlich und gelöst, als wenn sie etwas Neues anfertigen darf, ein Kleid, einen Rock, eine Bluse.
»Das hat sie von mir«, stellt Madlon fest. »Ich habe ja früher auch wunderbare Kleider entworfen. Und meine Strickkleider, die waren sehenswert. Jetzt komme ich bloß nicht mehr dazu. Aber im Winter werde ich bestimmt wieder strikken.«
Madlons berühmte Strickkleider sind inzwischen auf dem Hof, sie hat immer wieder mal eines mitgebracht, wenn sie in

Konstanz war. In der Seestraße befinden sich nur noch wenige Sachen von ihr, ein paar elegante Kleider zum Ausgehen, aber die sind mittlerweile auch unmodern geworden.
Die Strickkleider sitzen ein bißchen stramm, denn Madlon hat zugenommen, um die Hüften, am Busen, nicht viel, ein wenig, aber Strickkleider zeigen dies allzu deutlich. Obwohl sie den ganzen Tag auf den Beinen ist, hat sie zugenommen. Aber es schmeckt ihr selber gut, was sie kocht, und dann ist ja doch eine große Ruhe und Gleichmäßigkeit in ihr Leben gekommen. Behaglichkeit, Geborgenheit, Gemütlichkeit – was immer man für Provinzausdrücke gebrauchen will –, es ist eine Art von Leben, das Madlon nie, nie gekannt hat. Und es polstert nicht nur ihre Nerven und ihr Gemüt, es polstert auch ihre Hüften ein wenig aus.
Im vergangenen Frühjahr, als sie Kosarcz traf, war davon noch nichts zu bemerken. Er ist hingerissen, als er sie sieht.
»Wie machst du das, Madlon? Du bist hübscher und jünger denn je.«
Kosarcz! Hat sie eigentlich noch an ihn gedacht? Doch, manchmal schon, wie sie an alles denkt, was sie erlebt hat. Sie hat nichts von ihrem Leben weggeworfen, alles gehört dazu, alles gehört ihr. Rudolf kennt ihre Lebensgeschichte, sie hat ihm viel erzählt, nicht alles natürlich, das tut eine kluge Frau nicht.
Kosarcz ist vorgekommen, die Sache mit dem Ring und den Dollars und daß er sie mitnehmen wollte nach Amerika. Es war ein Flirt, sagt sie. Daß sie mit ihm geschlafen hat, verschweigt sie.
»Wenn ich mit ihm gegangen wäre, dann wäre ich jetzt eine reiche Amerikanerin«, prahlt sie.
»Du bereust es also«, sagt Rudolf mit steifen Lippen.
»Kein bißchen. Ich bin jetzt auch eine reiche Frau. Die reichste Frau der Welt überhaupt.«
Der Anruf kam aus dem Inselhotel, und Berta holte Jona an den Apparat.
»Da isch oiner, der heißt so komisch, der will die Frau Madlon sprechen.«
»Joe Kosarcz hier«, sagt die Stimme am Telefon. »Ich bin ein

alter Freund von Madlon Goltz aus Berlin. Kann ich Madlon unter dieser Nummer erreichen?«
»Im Augenblick nicht«, erwidert Jona. »Meine Schwiegertochter ist drüben. Ich meine, am anderen Ufer des Sees.«
»Also ist sie noch hier am Bodensee?«
»Ja, freilich.«
»Ist es möglich, daß ich sie einmal sprechen könnte?«
»Wie lange bleiben Sie in Konstanz?«
»Nun, vielleicht morgen noch.«
»Ich werde Madlon verständigen. Sagen Sie mir bitte noch einmal Ihren Namen.
»Kosarcz, Josip Kosarcz, aus Berlin.«
Ein alter Freund von Madlon. Wieder einmal denkt Jona, daß man nun endlich Telefon auf dem Hof haben sollte.
Alter Freund, was heißt das schon? Es gibt diese und jene Freunde, und ob Madlon diesen sprechen will, ist die Frage. Sie spricht diesen Gedanken laut aus, und Muckl, der gerade bei ihr steht und das Gespräch mitgehört hat, legt den Kopf schief.
»Da müßte man die gnädige Frau Madlon fragen«, schlägt er vor.
»So schlau bin ich selber. Aber wie machen wir das? Ich könnte ein paar Zeilen schreiben, und du steckst sie in den Kasten, wenn du nachher in die Apotheke gehst.«
Muckl bekommt seine listigen Augen, wie Jona das immer nennt. »Vielleicht ist es doch etwas Wichtiges. Dann dauert es zu lange mit einem Brief. Wenn ich mich beeile, bekomme ich das Schiff noch. Die Emmi kann ja in die Apotheke gehen. Und wenn die gnädige Frau Madlon den Herrn sehen will, kann sie heute mit dem Abendschiff herüberkommen.«
Jona, an ihrem Schreibtisch sitzend, blickt zu Muckl auf und lächelt. Sie weiß, daß ihn die Neugier plagt. Er war schon jahrelang nicht mehr auf dem Hof, er würde gar zu gern wissen, was da drüben wohl vor sich geht. Die Nichte hat er kennengelernt, er weiß, daß sie nun Frau Moosbacher ist, von dem Kind hat er auch gehört. Aber das alles mit eigenen Augen einmal zu sehen, wäre schon interessant.
»Und wie kommst du hinaus zum Hof, Muckl?«

»Da können Sie beruhigt sein, gnädige Frau. Ich find schon einen, der mich fährt.«

Muckl ist inzwischen der Rüstigste im ganzen Haus, er ist nie krank, hat keinerlei Leiden, und er versorgt Carl Eugen, der ziemlich schwer hört und manchmal Magen- und Darmbeschwerden hat, sehr sorgfältig.

Nur weil er im Haus ist, kann Jona gelegentlich für einige Tage hinüberfahren, denn dann versorgt er auch Ludwig. Berta ist einfach zu schußlig und vergeßlich mittlerweile.

Madlon ist sofort Feuer und Flamme, als sie von dem unerwarteten Besuch erfährt, natürlich wird sie mit dem Abendschiff hinüberfahren und ihren guten Freund Kosarcz treffen. Doch zunächst gibt es eine kleine Auseinandersetzung mit Rudolf. »So. Da wirst du mich also jetzt verlassen und nach Amerika auswandern. Bei euch ist das wohl so üblich, daß man von Zeit zu Zeit die Erdteile wechselt.«

»Was willst du damit sagen? Bei euch? Mon dieu, was soll ich denn da nur anziehen?« Sie wühlt in ihrem Schrank, der bescheiden ausgestattet ist. Auch die beiden Kleider, die Jeannette ihr geschneidert hat, kommen ihr nun zu simpel vor für ein Treffen mit Kosarcz. Sie überlegt, was noch drüben in der Seestraße hängt. Es ist Mai und schön warm, sie hatte da ein gelbes Leinenkleid mit dazu passender Jacke, noch aus Berlin, falls ihr das noch paßt – aber wie lang trägt man eigentlich jetzt die Röcke?

»Ich bin total verbauert«, ruft sie verzweifelt. Sie fährt sich mit beiden Händen durch das Haar. »Und zum Friseur muß ich morgen vormittag auch noch gehen.«

»So sieht es also aus, wenn man von einer Frau betrogen wird«, sagt Rudolf finster.

»Ganz genauso sieht es nicht aus, so fängt es höchstens an«, lacht sie ihn aus. Es ist schön, daß Rudolf eifersüchtig ist. Fast ein Jahr lang hat er sich allzu sicher gefühlt, Madlon war nur für ihn da, kein anderer Mann in Sicht.

Am nächsten Morgen trägt Muckl ein Briefchen in das Inselhotel, in dem Madlon mitteilt, daß sie sich gegen Mittag im Hotel einfinden werde und daß sie sich sehr freue, ihren guten Freund Josip wiederzutreffen.

Kosarcz

Josip Kosarcz, der sich jetzt Joe P. Kosarcz nennt – das P. steht für Petru –, freut sich, ist voll Ungeduld, macht nur einen kurzen Rundgang durch den Stadtgarten, lungert eine Weile am Hafen herum, besichtigt respektvoll das Konzilsgebäude, dann kopfschüttelnd den mickrigen kleinen Bahnhof dieser einstmals so bedeutenden Stadt. Können sie sich denn keinen besseren Bahnhof leisten? Das ist ja wie im amerikanischen Mittelwesten.

Dann kehrt er ins Hotel zurück, kämmt in seinem Zimmer noch einmal das volle dunkle Haar, das nur wenige weiße Fäden aufweist, spritzt ein wenig Eau de Cologne auf sein Taschentuch und hinter sein Ohr, tigert eine Weile unruhig durch das Hotel, umrundet zum viertenmal, seit er hier ist, den Kreuzgang mit seinen fabelhaften Bildern, die ihm ungeheuer imponieren. So etwas hat er noch nie gesehen, das gibt es nicht einmal in Amerika.

Als sie kommt, steht er vor dem Portal des Inselhotels und breitet weit die Arme aus, und Madlon schmiegt sich bereitwillig hinein.

»Madlon, Täubchen, darling mine.« Er küßt sie, schiebt sie dann ein Stück zurück und betrachtet sie genau. »Madlon, wie machst du das? Du bist hübscher und jünger denn je.«

Sie gehen auf die Terrasse des Hotels, denn er will ihr unbedingt den Blick von dort aus zeigen.

»Aber ich kenne ihn«, sagt Madlon. »Ich sehe fast dasselbe. Siehst du, da drüben über der Brücke, das ist die Seestraße, da steht das Goltzhaus.«

Er wiegt anerkennend den Kopf. »Nicht schlecht. Da hast du dich also in ein warmes Nest gesetzt.«

»Genaugenommen in zwei. Aber dabei gibt es auch gewisse Komplikationen.«

»Das kann ich mir denken. Ich kenne dich schließlich.«
»Das denkst du. Du kennst nur ein kleines Stück von mir.«
»Du wirst mir alles erzählen. Aber jetzt sieh da hinüber – dieser See, diese Berge. Oben liegt noch Schnee, hier blitzt die Sonne über dem Wasser, und die Vögel schreien vor Lust. Hörst du sie? Was für ein Glanz! Was für eine Pracht! Ich sehe das alles von oben aus auch, denn ich habe ein Zimmer mit zwei riesigen Balkontüren auf den See hinaus. Ich kann mich nicht satt sehen daran.«
»Du hast dir auch die schönste Jahreszeit ausgesucht. Das ganze Land steht in Blüte.«
Eine Weile reden sie kreuz und quer durcheinander, es ist gar keine Fremdheit zwischen ihnen, in gewisser Weise sind sie aus dem gleichen Holz gemacht, sie aus dem Lütticher Kohlenbecken stammend, er vom Fuße der Karpaten her, sie aus dem belgischen Königreich, er aus dem alten Habsburger Reich herkommend, beide armer Leute Kind, mit der Gabe, das Leben zu packen und es nach eigenem Willen zu formen.
Wo kommst du her, wieso bist du hier, wie geht es dir denn? Lebst du gern hier? Eine hübsche kleine Stadt. Wie geht es deinem Mann? Was treibst du den ganzen Tag? Und wo warst du eigentlich gestern?
Was? Jacob ist in Afrika? Wieso denn das? Was macht er dann da?
Gleich, sag mir erst, wo du mit einemmal herkommst? Bist du noch in Amerika? Ausschauen tust du fabelhaft.
Sie sitzen auf der Terrasse im Sonnenschein, trinken ein paar Cocktails, die ein lächelnder Ober aus der Bar bringt, Madlon trägt das gelbe Leinenkleid, es paßt noch ausgezeichnet, ihr Haar ist frisch onduliert, sie hat sich wieder einmal ein wenig geschminkt, ihre Augen strahlen.
Kosarcz trägt einen hellgrauen maßgeschneiderten Anzug mit dunkelblauer Krawatte, er ist ein Herr der Oberschicht, das kann man sogleich sehen, der kleine Akzent, der seinem Deutsch anhaftet, stört gar nicht. Und er kommt gerade aus Genf, wie Madlon schließlich erfährt, er hatte beim Völkerbund zu tun.
»Beim Völkerbund? Bist du neuerdings in der Politik?«

Man müsse nicht unbedingt Politiker sein, um gelegentlich Verbindungen zum Völkerbund zu pflegen, erfährt sie.
Von Genf aus ist er nach Zürich gefahren, auch eine schöne Stadt an einem blitzblauen See, und dort kam ihm der Gedanke, daß es gar nicht so weit sein könnte bis zu dem nächsten See, bis zu Madlon.
»Ich wußte ja nicht, ob du noch hier bist. Aber ich habe versprochen, daß ich mich nach einem Jahr nach deinem Befinden erkundigen werde. Es hat etwas länger gedauert, aber nun bin ich da.«
»Um mich nach Amerika mitzunehmen?«
Er zögert ein wenig, fragt dann: »Möchtest du?«
»Was würdest du für ein Gesicht machen, wenn ich ja sage?«
Er lacht.
»Du bringst mich nicht in Verlegenheit. Wenn du mitkommen willst, nehme ich dich mit. Für dich habe ich immer einen Platz in meinem Leben.«
»Hm«, macht Madlon, »klingt ja komisch. Ein Nebenplatz? Zweite Reihe oder so?«
Er weicht aus, möchte wissen, warum Jacob in Afrika ist und was er da macht.
»Was er macht, weiß ich auch nicht. Und warum er dort ist, weiß er vermutlich selber nicht.«
»Und du wolltest nicht mit ihm dorthin?«
»Nein, bestimmt nicht. Du hast ja gerade selbst gesagt, wie schön es hier ist. Außerdem – ich lebe mit einem anderen Mann.«
Kosarcz nickt mehrmals und meint, das überrasche ihn nicht so sehr. Nur finde er es in diesem Fall erstaunlich, daß sie hiergeblieben ist.
»Die Dame, mit der ich gestern telefoniert habe, nannte dich ›meine Schwiegertochter‹.«
»Das stimmt, ja. Jona ist meine Schwiegermutter.«
»Und sie toleriert es, daß du mit einem anderen Mann lebst? Dann hat Jacob also auch eine andere Frau.«
»Das ist alles nicht mit zwei Worten zu erklären. Es ist eine lange Geschichte. Sie wird dich sicher langweilen.«

»Das glaube ich kaum. Aber vorher sag mir eins: Liebst du diesen Mann, bei dem du jetzt bist?«
Sie nickt heftig mit dem Kopf. »Ja, sehr.«
»Mehr als mich?« fragt er eitel.
Sie lacht. »Das ist etwas anderes. Ich lebe mit ihm zusammen. Wir arbeiten zusammen. Wir haben –«, beinahe hätte sie gesagt, wir haben ein Kind. Sie vergißt manchmal, daß der kleine Ludwig nicht wirklich ihr Kind ist.
»Ihr arbeitet zusammen? Nun verstehe ich gar nichts mehr. Erzähl es mir!«
»Später. Es ist nämlich wirklich eine lange Geschichte. Erst möchte ich wissen, warum ich nur noch einen Nebenplatz in deinem Leben bekommen kann.«
Er hat geheiratet, vor vier Monaten. Sie ist die Tochter eines reichen Zeitungsherausgebers aus New Jersey, war schon einmal mit einem Modearchitekten verheiratet, ist lukrativ geschieden, hat ein Traumhaus an der Atlantikküste, zwei Kinder aus erster Ehe, die von ihrem Daddy gut versorgt werden.
Er hat auch ein Bild parat. Eine schlanke, langbeinige Frau, sie lehnt an dem Mast einer Segelyacht, ihr blondes Haar weht im Wind, sie zeigt ein tadelloses Gebiß.
Sie kann höchstens – Madlon überlegt, bei Amerikanerinnen läßt sich das schwer schätzen, auf jeden Fall ist sie weit jünger als er.
»Glücklich?« fragt sie und ist nun doch ein wenig enttäuscht.
»Man wird sehen. Bis jetzt geht es gut. Sie ist verwöhnt, aber selbständig. Verheiratet war ich schnell, eine Amerikanerin läßt einem keine Zeit zum Überlegen. Entweder wird geheiratet oder Schluß. Da habe ich sie geheiratet. Nicht wegen Geld, das habe ich selber. Aber sie hat sehr nützliche gesellschaftliche Verbindungen, die mir gefehlt haben. Sie ist meist guter Laune, sehr sportlich, sehr aktiv, kameradschaftlich, im Bett natürlich nicht zu vergleichen mit dir –«
»Mon dieu, Josip!«
»Ich meine nur. Die Kinder sind in der High-School, die stören weiter nicht. Ja, so ist das.«

Sie wechseln in den ersten Stock ins Restaurant zum Mittagessen, nachdem er vorher noch einmal mit ihr um den Kreuzgang gewandelt ist, um ihr die Bilder zu zeigen. Madlon kennt sie schon, Jacob hat sie ihr längst gezeigt.
Das neueste Bild interessiert ihn mehr als die alten.
»Kaiser Wilhelm bei seinem Besuch in Konstanz, 1888. Hast du so etwas schon einmal gesehen?«
»Na ja, eben hier. Es ist eines der schönsten Hotels in Deutschland, sagt Jacob. Früher war es ein Kloster, und dann gehörte es einer Familie, die aus Genf gekommen war, die machten eine Art Textilfabrik daraus. Und Zeppelin ist in diesem Haus geboren.«
»Ja, ich weiß. Ich habe das gestern abend schon ausführlich studiert. Du lebst hier inmitten großer Geschichte, Madlon. Was alles in dieser Stadt passiert ist! Das Konzil –«
»1414 bis 1418«, plappert Madlon mechanisch, denn inzwischen kennt sie sich aus mit dem Konstanzer Konzil. »Und Johan Hus ist hier verbrannt worden. Du weißt doch hoffentlich, wer das ist.«
»Natürlich weiß ich, wer das ist. Er ist ja fast ein Landsmann von mir.«
»Ich dachte immer, du wärst Ungar.«
»Nicht direkt. Ich stamme aus der ostböhmischen Ecke.«
Sie essen sehr gut und trinken hellen Bodenseewein dazu. Später machen sie einen Stadtbummel, sie soll ihm alles zeigen, aber wie sich herausstellt, hat er den Tag gut genutzt, den er bereits da war, er kennt sich gut aus in der Stadt. Das Münster hat er schon besichtigt, auch die Stephanskirche und einige der berühmten alten Gebäude. So schlendern sie also durch die Theatergasse in die Stadt hinein bis zum Münsterplatz, Madlon zeigt ihm das Haus der Familie, erzählt ein bißchen von den Verwandten, ihre eigene Geschichte kennt er noch nicht, sie ist ausgewichen. Er hat sie nicht gedrängt, er spürt, daß es eine schwierige Geschichte ist und daß manches sie auch belastet.
Durch die Katzgasse, die Untere Laube entlang, kommen sie schließlich zum Pulverturm und somit zum Untersee und gehen dann den Rheinsteig entlang bis zur Brücke.

»Hier fließt der Rhein aus dem Bodensee heraus, weißt du. Von hier geht er auf seine weite Reise.«
»Und er hat schon vorher ein gutes Stück hinter sich gebracht, seit er von den Schweizer Bergen herunterkam. Ich finde den Gedanken trotzdem verwunderlich, daß ein Fluß in einen so großen See fließt, seine Strömung und seine Richtung behält, und auf der weit entfernten anderen Seite wieder herauskommt und einfach weiterfließt. Das ist schon etwas ganz Einmaliges.«
»Ja, da hast du eigentlich recht«, sagt Madlon, selbst erstaunt. Ihr ist warm, das Jäckchen hat sie ausgezogen, ihr Gesicht glüht, ihre Füße brennen, sie ist das Stadtleben nicht mehr gewöhnt.
Am Rheintorturm bleiben sie stehen.
»Hier geht es hinein in die Altstadt, die sogenannte Niederburg. Es ist zwar alles alt hier, aber da ist es noch ein bißchen mehr älter. Aber offen gestanden habe ich jetzt keine Lust, auf dem Kopfsteinpflaster herumzulaufen. Willst du mit in die Seestraße kommen? Wir könnten Tee trinken oder was du sonst magst.«
»Wenn ich richtig verstanden habe, ist dort zwar nicht Jacob, aber seine Familie.«
»Ich habe eine Wohnung für mich.«
»Und der Mann, von dem du gesprochen hast, ist der nicht dort?«
»Nein, der ist drüben.« Sie hat sich das nun auch angewöhnt, hebt den Arm und weist mit einer vagen Geste über den See.
»Wenn es dir recht ist, mache ich folgenden Vorschlag: Du gehst in deine Seestraße und ruhst dich ein wenig aus, und ich tue dasselbe im Hotel. Die Familie muß ich nicht unbedingt kennenlernen, nicht wahr? Wenn du mit mir kommen willst, geht das auch ohne die Erlaubnis deiner Schwiegermutter. Oder?«
Sie muß lachen. »Ich glaube nicht. Wenn du sie kennen würdest, hättest du das eben nicht gesagt. Sie ist die Herrin über alles, was... was... wie sagen sie immer? über alles, was kreucht und fleucht.«

Sie spricht das sehr drollig aus, und Kosarcz lacht auch.
»Wenn ich mit dir komme«, fragt sie, »was für eine Rolle spiele ich dann, wenn es schon nicht die Hauptrolle ist?«
»Das wird sich arrangieren lassen.«
Sie küßt ihn auf die Wange.
»Ich bin sehr glücklich verliebt, weißt du. Und ich werde nicht mit dir gehen. Aber ich freue mich, daß du da bist.« Für den Abend verabreden sie sich wieder zum Essen, und sie verbringen die nächsten drei Tage zusammen, sie fahren mit dem Schiff einmal auf die Insel Mainau, die in leuchtender Farbenpracht blüht, einmal auf die Reichenau, deren alte Kirchen Kosarcz still und ehrfürchtig machen.
Am dritten Tag mietet er ein Auto, obwohl er eigentlich längst in London sein müßte, wie er sagt. Er hat dort noch einiges zu erledigen, und in einer halben Woche geht sein Schiff, das ihn in die Staaten zurückbringt. Aber nun fahren sie erst einmal mit dem Auto auf der Schweizer Seite den Untersee entlang, queren hinüber nach Stein am Rhein, das auch Madlon noch nicht kennt, und fahren inmitten blühender Bäume um den ganzen Gnadensee und Zellersee nach Konstanz zurück.
Das ist ein langer Tagesausflug, der sie beide müde gemacht hat, und es ist nun auch ihr letzter Tag.
Inzwischen kennt er natürlich Madlons ganze Geschichte, sie hat ihm alles erzählt – Jona, der Hof, Rudolf –, so, in dieser Reihenfolge; Jeannette und das Kind.
»Du hast viel erlebt in der kurzen Zeit, die wir uns nicht gesehen haben«, meint er. »Wie lange ist es her?«
»November 23. Als du mir die Dollars gabst.«
»Ein ganzes Jahr und ein halbes. Erstaunlich, was du da alles angestellt hast. Und wie soll es weitergehen?«
Sie zieht die Schultern hoch.
»Wer weiß das schon.«
»Ich denke an Jacob. Wie soll es mit ihm weitergehen?«
»Ich habe keine Ahnung. Er ist in Südwestafrika, seit kurzem erst. Sein Vater bekam ein Telegramm, daß er gut angekommen ist. Ich werde wohl keine Nachricht von ihm bekommen. Ich hoffe, er kann dort finden, was er sucht.«

»Was er sucht? Was sucht er denn, Madlon?«
»Das weiß ich nicht.«
»Du solltest es aber wissen. Niemand kennt ihn so gut, wie du ihn kennst. Ich würde sagen, er sucht dort gar nichts, und darum kann er auch nichts finden. Er ist einfach nur fortgelaufen. Deinetwegen. Das Beste, was er je gefunden hat, das warst du.«
»Ach«, macht sie. Sie fühlt sich unbehaglich unter seinem ernsten Blick.
»Ich finde es nicht gut, Madlon, daß du ihn verlassen hast. Auch wenn du behauptest, diesen Rudolf zu lieben, du hättest Jacob nicht verlassen dürfen.«
»Du machst mir Spaß«, sagt sie mit unterdrücktem Zorn. »Du wolltest mich mitnehmen nach Amerika. Ohne Jacob. Da hätte ich ihn ja auch verlassen müssen.«
»Aber du bist nicht mit mir gekommen. Du hast damals gesagt: Ich kann Jacob nicht verlassen. Er braucht mich.«
»Ja. Das habe ich gesagt.«
»Und nun? Braucht er dich nicht mehr?«
»Ich habe dafür gesorgt, daß er hierher zurückgekommen ist. Zu seiner Familie. Vorher hat er mich wirklich gebraucht.«
»So viel scheint ihm ja seine Familie nicht zu bedeuten. Ohne dich wird er immer allein sein.« Das klingt unvermutet ernst, Madlon fühlt sich unsicher und ins Unrecht gesetzt.
Sie weiß das ja alles selbst. Der Gedanke an Jacob ist eine ständige Belastung, auch wenn sie ihn im Ansturm täglicher Arbeit beiseite schieben kann. Und sie weiß auch, daß es Jona ähnlich ergeht wie ihr. Beide haben sie Jacob verraten. Einmal, ein einziges Mal, hat Jona das ausgesprochen, es ist noch gar nicht lange her.
»Nur habe ich es schon viel früher getan als du«, fügt sie hinzu. »Mir kommt es heute vor, als hätte ich ihn als Kind schon im Stich gelassen. Ich habe ihn zwar soviel wie möglich mitgenommen auf den Hof, aber damit wollte ich ihn zu einem Leben zwingen, das er nicht haben wollte. Darum ist er weggelaufen. Das verstehe ich alles heute erst.« Sie seufzte unglücklich. »Ich bin eine schlechte Mutter. Und du bist eine schlechte Frau, du hast ihn auch im Stich gelassen.«

Was soll Madlon darauf erwidern? Daß sie sehr lange zu ihm gehalten und schwere Zeiten mit ihm durchgestanden hat? Das ist nun vorbei, und es gilt nicht mehr. Jetzt hat Jona recht mit dem, was sie denkt und sagt.
Und Kosarcz sagt es nun auch.
An diesem letzten Abend essen sie noch einmal im Hotel, sie sind müde von der langen Fahrt, am nächsten Tag will er früh aufbrechen, er hat sich einen Chauffeur bestellt, der ihn nach Basel bringen wird, von wo aus er über Paris nach Ostende fährt und von dort mit dem Fährschiff nach London.
Zwei Dinge hat er sich bis zum Schluß aufgehoben.
Er gibt ihr eine Karte, auf der sein Name, eine Adresse und eine Telefonnummer stehen.
»Das ist mein Büro in New York«, sagt er, »dort kannst du mich immer erreichen, oder man wird dir sagen, wo ich zu finden bin. Mein Sekretär kennt deinen Namen ja, und ich werde ihm sagen, daß ich für dich immer zu sprechen bin.«
Es ist immer noch der junge Mann, den Madlon zuletzt in der Grunewaldvilla gesehen hat, Kosarcz hat ihn mitgenommen nach Amerika und ist höchst zufrieden mit ihm.
»Ich kann ihm vertrauen«, sagt er.
Später, nach dem Börsenkrach im Jahre 1929, bei dem Kosarcz sein ganzes Geld verliert, wird ihn seine Frau verlassen, und der einstige Leutnant aus des Kaisers Armee wird nach Deutschland zurückkehren und dort eine neue Karriere starten, in der zukunftsträchtigen Partei eines gewissen Adolf Hitler, in der man einen Mann mit speziellen amerikanischen Finanzkenntnissen gut gebrauchen kann.
Aber davon kann jetzt, im Mai des Jahres 1925, noch keiner etwas wissen.
Vielleicht ahnen? Oder eigentlich doch wissen? Denn zu jeder Zeit gibt es kluge Leute mit einem unvernebelten Verstand, der rechnen kann. Der Krieg war teuer, und der unkluge Vertrag von Versailles hat den Frieden zu einer fragwürdigen Sache gemacht. Und Schulden anwachsen lassen, anstatt zu beseitigen. Auch der große Betrug der Inflation kann an Tatsachen nichts ändern. Der kluge Rechner wird erkennen,

daß die Wirtschaft der mittleren zwanziger Jahre nur eine Scheinblüte erlebt. Weil er genau weiß, daß jede Rechnung einmal präsentiert wird. Jede.
Ein erfahrener Kopf wie Ludwig Goltz vermutet es genauso, wie sein Schlaukopf von Schwiegersohn es weiß. Nicht umsonst redet Bernhard Bornemann immer nur vom Sparen und legt die Hände sorgsam auf das Geld und leidet um die verschwendeten Summen, die Jacob Goltz zufließen.
Seltsam, daß ein so geschickter Rechner wie Josip Kosarcz es nicht einkalkuliert hat. Aber er ist und bleibt ein Herr Neureich, keiner, dem der Umgang mit Geld im Blut steckt, der es in den Fingerspitzen fühlt, wann es kommt und wann es geht. Doch im Blut steckt ihm der Argwohn des Emporkömmlings. Denn am Ende dieses Abends greift er in die Jackentasche und legt den Ring vor Madlon auf den Tisch, ihren Ring mit dem großen funkelnden Diamanten.
»Ich möchte ihn dir wiedergeben.«
»Aber –«
»Amerikanische Frauen legen großen Wert auf diese Dinger. Möglicherweise haben sie recht. Ich sagte seinerzeit, ich würde ihn für dich aufheben. Nun, hier ist er. Vielleicht kannst du ihn eines Tages brauchen.«
Madlon zögert, nach dem Ring zu greifen.
»Aber – du hast ihn bezahlt.«
»Also schenke ich ihn dir. Vielleicht paßt er dort nicht hin, wo du jetzt lebst, dann lege ihn in einen Banksafe. Der Teufel ist ein Eichhörnchen und die Erde, auf der wir leben, ein außerordentlich unsicheres Pflaster.«
Madlon streift den Ring über ihren Finger, er gleitet mühelos darüber, er paßt ihr noch, sie betrachtet ihn entzückt wie einen wiedergefundenen Freund.
Eine Stunde später liegt Madlon auf ihrem Bett und weint, warum, das weiß sie selber nicht. Sie hat ein paar wunderschöne Tage mit einem alten Freund verlebt, morgen fährt sie heim zu Rudolf und dem Kind, aber in dieser einsamen Nachtstunde denkt sie nur an Jacob. Der Ring an ihrem Finger brennt wie eine Wunde. Für ihn hat sie ihn damals verkauft, um ihm zu helfen.

Und was hat sie jetzt daraus gemacht?
Ohne dich wird Jacob immer allein sein, hat Kosarcz gesagt, und das hat er ganz ernst gemeint.
Auch das Leben ist eine Rechenaufgabe, die sich nicht lösen läßt. Wie kann ein Mensch jemals glücklich sein, wenn er sein Glück mit dem Unglück eines anderen bezahlt.
Eine Zeitlang war das Leben doch so leicht für Madlon. Aber auch das war nur scheinbar so.
Das Haus in der Seestraße hat Kosarcz nicht betreten, und er war nicht drüben am anderen Ufer. Er hat den Hof nicht gesehen, nicht Rudolf, nicht das Kind, nicht die Traumtänzerin. Er wollte es nicht, und Madlon wollte es eigentlich auch nicht. Obwohl es schade ist, daß er Meersburg und Überlingen und die blühenden Bäume drüben nicht gesehen hat.
Es gibt so manches im Leben, das sich nicht vereinigen läßt. Höhere Mathematik, Linien, die sich im Unendlichen treffen, für ein menschliches Hirn und erst recht für ein menschliches Herz muß so vieles ein Rätsel bleiben.
»Man kann nicht zwei Leben leben«, hat Jona gesagt. Sie selbst hat so eine Art Rückweg jetzt gefunden, aber natürlich ist es dafür nun längst zu spät.
Eine stille, in sich gekehrte Madlon kommt am nächsten Tag auf den Hof zurück und findet einen völlig verstörten Rudolf vor. Jeannette sieht verheult aus, es muß dunkel gewesen sein in den Tagen, in denen Madlon nicht da war.
»Ach, laß mich in Ruhe«, sagt sie abweisend zu Rudolf, als der mit Eifersuchtszenen aufwarten will. Zum erstenmal gibt es eine Trübung in ihrer Beziehung, gibt es Tage, an denen sie aneinander vorübergehen. Die tägliche Arbeit, der Umgang mit dem Kind bringen Madlon bald wieder ins Gleichgewicht, sie ist ja im Grunde keine Grüblerin und hält sich selten damit auf, sich selbst und das Leben zu analysieren.

Das Testament

Im Herbst desselben Jahres, und zwar noch ehe Ludwig sich wirklich krank fühlt, führen er und Jona wieder einmal ein ernstes Gespräch.
Während der Obsternte war sie für etwas längere Zeit drüben gewesen, Anfang Oktober kommt sie zurück.
»Ich möchte ein Testament machen, Ludwig«, sagt sie.
»Und wie hast du es dir gedacht?« fragt er sachlich.
»Ich weiß es nicht. Ich will mit dir darüber sprechen.«
»Ich höre, Jona.«
»Normalerweise ist es doch so, daß du mein Erbe bist, wenn ich sterbe.«
»Ich und die Kinder.«
Er kommt ihr nicht mit albernen Sentimentalitäten, er spricht genauso ernst wie sie und, wie immer, versteht er sie. »Und was du denkst, ist folgendes: Ich werde auch nicht ewig leben, und dann fällt mein Erbteil ebenfalls an die Kinder.«
»Ja«, sagt sie erleichtert. »Darüber habe ich nachgedacht. Was werden sie mit meinem Hof machen?«
»Nun, Agathe und Imma hatten nie Interesse an dem Hof. Und Jacob, auf den kommt es dir wohl hauptsächlich an, hat es zu jeder Zeit seines Lebens abgelehnt, auf dem Hof zu leben und zu arbeiten.«
»Agathe hat Familie, und ihr Mann hat die Fabrik. Imma hat Familie, und ihr Mann führt die Kanzlei«, spricht Jona ihre Gedanken aus, die sie zuletzt in einigen schlaflosen Nächten geplagt haben, »keiner von ihnen wird sich um den Hof kümmern. Daß Jacob eines Tages noch Bauer werden will, das hältst du doch auch nicht für möglich. Oder?«
»Offen gestanden, nein. Wenn er es gewollt hätte, dann hätte er es bei dir lernen müssen, und das hat er abgelehnt. Bei Rudolf wird er es kaum lernen wollen.«

»Bleiben die Kinder von Agathe und Imma.«
»Zum Teil sind sie noch zu jung, um in diesem Punkt eine Meinung zu haben. Die Größeren, also Carl Heinz und Hortense, eignen sich nicht für ein Bauerndasein. Seltsamerweise haben sie beide künstlerische Interessen, die ich, nebenbei bemerkt, höchstens bei Carl Heinz ernst nehme. Er macht nächstes Jahr Abitur und will Musik studieren. Wir sprachen kürzlich einmal davon. Weder Agathe noch Henri sind begeistert, Henri möchte natürlich einen Nachfolger in der Fabrik, aber er hat ja schließlich noch einen Sohn. Ich kann es nicht beurteilen, ob der Bub begabt genug ist für einen so schweren Beruf. Ich will nicht sagen, daß es in unserer Familie niemals eine künstlerische Begabung gegeben hätte, aber jedenfalls ist es eine Weile her. Von meiner Großmutter sagte man, daß sie musikalisch gewesen sei und sehr schön gesungen habe, natürlich nur in privatem Kreis. Ich habe das nicht gehört, jedenfalls nicht mit Bewußtsein. Sie starb, als ich drei Jahre alt war.«
Es ist schön, daß er so lange und so ausführlich darüber redet, das gibt Jona Zeit, klar zu denken und das Thema ohne Emotionen zu behandeln.
»Sie war es übrigens, die den Namen Carl mit C in unserer Familie etablierte. Ich glaube, ich habe dir schon einmal davon erzählt. Sie verliebte sich als ganz junges Mädchen unsterblich in einen französischen Marquis, der während der Revolution aus Frankreich geflohen war und schließlich hier ein Exil fand. Mit Vornamen hieß er Charles. Abgesehen davon, daß der Marquis arm war und dabei sehr arrogant – diese Weisheit stammt von meinem Großvater –, war er auch noch gut und gern dreißig Jahre älter als die spätere Madame Goltz. So wurde also nichts daraus. Sie heiratete dann meinen Großvater und hat *ihm* etwas vorgesungen. Sie bekam drei Söhne, und die heißen Charles Edmund, Charles Amadeus – nach Mozart, den sie heiß verehrte – und Charles Joseph. Möglicherweise bezog sich das auf Haydn. Jedenfalls sollten sie so heißen, mein Großvater machte Carl daraus. Aber er ließ ihr das C. Das hohe C, wenn du so willst.«
Jona lacht.

»Ludwig, du bist einmalig. Du weißt nicht, wie sehr ich dich liebe.«
»Ach, mein Lieberle«, sagt er zärtlich.
Dann kommen sie ohne lange Umwege auf die Gegenwart zurück. »Also, die Kinder«, sagt Ludwig. »Die Zweitälteste ist Hortense, und sie hat ebenfalls künstlerische Ambitionen. Sie weiß noch nicht genau, ob sie Schauspielerin werden will, Sängerin oder doch lieber Malerin. Sie könne alles gleich gut, hat sie mir unlängst erklärt. Und dabei Proben ihres Könnens in jedem Fach abgelegt. Beeindruckend, wie ich zugeben muß.«
»Jetzt, als ich drüben war?«
»Ja. Eins der Kinder kam immer zu Besuch. Agathe sorgt da sehr nachdrücklich dafür.«
Nicht daß es für Ludwig immer so erwünscht ist. Kinder sind anstrengend, und er will ihnen gerecht werden, aber manchmal wäre er lieber allein gewesen und hätte seine Ruhe gehabt. »Rein äußerlich ist sie eine bestrickende Erscheinung, aber ja noch ein Kind. Ihre Leistungen in der Schule lassen zu wünschen übrig, wie sie selbst freimütig zugibt. Wie auch immer, ich glaube kaum, daß sie Bäuerin werden möchte. Womit wir also wieder in medias res gehen können. Du machst dir Sorgen, was aus dem Hof werden soll und vermutlich auch, was mit Rudolf geschieht.«
»Ja«, gibt Jona erleichtert zu, »genauso ist es. Und darum will ich von dir wissen, was unsere Erben mit dem Hof machen werden.«
»Vermutlich werde ich vor dir sterben, also ist es nur recht und billig, daß du dein Testament bedenkst. Ich habe natürlich ein Testament gemacht, das aber in keiner Weise originell ist, denn es teilt dir und den Kindern zu, was euch ohnedies zukommt. Was sollte ich auch sonst tun?«
»Ja, bei dir ist es einfach«, sagt sie ungeduldig. »Aber was wird aus meinem Hof?«
»Du sagst mit Recht: *mein* Hof, denn es ist dein Hof und nur deiner, keiner hat sich ein Anrecht daran erworben. Deine Arbeit, die Arbeit deines Vaters und schließlich Rudolfs Arbeit haben ihn erhalten und über schwere Zeiten gebracht

und sogar vergrößert. Was damit geschieht? Ich glaube, ich kann es dir ziemlich genau sagen. Bernhard wird versuchen, ihn zu verkaufen.«
Jona senkt den Kopf. »Das habe ich mir auch gedacht.«
»Was sollten die Kinder auch sonst damit anfangen? Du mußt versuchen, gerecht zu sein. Sie lieben den Hof alle nicht, denn der Hof hat ihnen einen großen Teil ihrer Mutter genommen. Das ist kein Vorwurf, nur eine Feststellung. Bernhard sieht es logischerweise rein finanziell. Fragt sich nur, ob sich der Hof in der heutigen Zeit verkaufen läßt. Ob er sich a) überhaupt verkaufen läßt oder b) nur mit großem Verlust. Letzteres würde Bernhard nicht tun. Also würde er einen Pächter auf den Hof setzen, der eine anständige Pacht bezahlen müßte. Das könnte im Zweifelsfalle Rudolf sein, denn er kennt sich drüben am besten aus. Womit ich mich nicht auskenne, das sind die Gefühle des Herrn Bernhard Bornemann. Falls er welche hat. Ob es ihm möglicherweise eine gewisse Genugtuung bereiten würde, Rudolf Moosbacher vom Hof zu weisen, der dann der Familie Goltz/Bornemann gehört. Bei Agathe wäre es gewiß so, das weiß ich. Bleibt Jacob. Nun, über dessen Gefühle in diesem Punkt gibt es wohl kaum Zweifel.«
»Du sprichst genau das aus, was ich denke«, wiederholt Jona.
»Das ist alles nicht so schwer zu erkennen«, meint Ludwig.
»Und was du möchtest, das weiß ich auch. Du möchtest, daß Rudolf den Hof erbt.«
»Mein Gott, Ludwig, das kann ich doch nicht tun! Ich kann doch nicht die Kinder enterben um eines Fremden willen.«
»Bitte, Jona, du bist noch nie sentimental und noch nie verlogen gewesen. Rudolf ist für dich kein Fremder. Und was dir am Herzen liegt, ist das Fortbestehen des Hofes, und das wäre bei Rudolf in besten Händen. Außerdem möchtest du, daß Rudolf dableiben kann, wo er hingehört. Und das Recht dazu hat er sich in über zwanzig Jahren Arbeit erworben. Ein wenig denkst du auch an Madlon.«
»Ich denke an alle drüben«, sagt Jona leise. »An Rudolf, an Madlon, an den kleinen Ludwig. Wo sollen sie denn alle hin?

Rudolf wird im nächsten Monat einundfünfzig. Er kann doch kein neues Leben mehr beginnen.«
»Soweit ich mich erinnere, erwog er im vergangenen Jahr, nach Amerika auszuwandern, nicht wahr?«
»Ach, das war doch Unsinn.«
»Kommt natürlich darauf an, wie lange er noch auf dem Hof arbeiten kann. Auch er ist nicht unsterblich. Und soviel jünger als du ist er nicht, Jona. Die Nachfolge auf dem Hof bleibt in jedem Fall ungesichert.«
»Ja, man kann hin und her denken, wie man will, man kommt zu keinem Ergebnis.«
»Kommt dazu, daß ein Testament, das allein Rudolf begünstigt, von Bernhard angefochten werden würde.«
»Sie haben doch alle ihr Haus«, sagt Jona kummervoll. »Und mehr als das. Agathe hat die prächtige Villa, Bernhard hat das am Münsterplatz, und das Haus hier erben sie auch noch, und Jacob hat das Haus vom Onkel General in Bad Schachen. Findest du nicht, daß sie alle sehr gut versorgt sind? Warum sollten sie Rudolf und Madlon denn vertreiben wollen?«
»Ach, Lieberle, weil die Menschen so sind. Und sie sind nie so bösartig, als wenn es ans Erben geht. Was habe ich im Laufe meiner Praxis in dieser Beziehung alles erlebt. Manchmal habe ich mir gedacht, Erbschaften müßten überhaupt abgeschafft werden. Andererseits gewähren sie natürlich einen gewissen Bestand an Werten. Und Gerechtigkeit, nicht wahr, Gerechtigkeit gibt es nun einmal nicht auf unserer schönen Erde.«
»Was sollen wir also tun?« fragt sie ungeduldig.
»Ich werde darüber nachdenken. Gründlich.«
Das tut er, auch wenn sich sein Zustand im Herbst und Winter zusehends verschlechtert. Er zieht auch seinen Bruder zu Rate, denn er weiß, daß Carl Eugen in diesem Punkt sachlich denken kann, und ein gerissener Advokat war er zeit seines Lebens. Auch ist er schon zu alt, um eigene Interessen zu haben oder familiäre Sentimentalitäten zu pflegen.
Die Brüder sind sich einig darüber, daß Rudolf sich um den Hof verdient gemacht hat und daß Jona das Recht hat, mit ihrem Eigentum zu machen, was sie will.

Zusammen klügeln sie ein raffiniertes Testament aus, in dem Rudolf Hauptbegünstigter ist und Madlon Nebenerbe; via Madlon hätte dann also auch Jacob ein gewisses Erbrecht. Wie sich das im Ernstfall zwischen diesen drei Menschen abspielen würde, läßt sich beim besten Willen nicht vorausberechnen. Noch weniger allerdings, was Bernhard Bornemann unternehmen wird, er ist mindestens so raffiniert wie die beiden alten Herren, und er hat den Vorteil auf seiner Seite, daß er sie höchstwahrscheinlich alle überleben wird.

Ganz zufriedengestellt ist Jona nicht, kann sie gar nicht sein. Der Hof ist nun einmal das Herzstück ihres Lebens, sie weiß schließlich auch genau, was er ihrem Vater bedeutet hat, und darum ist die Vorstellung, er könne eines Tages in fremde Hände geraten, verkauft, verschleudert, versteigert werden, für sie ein Albtraum.

Sie fährt sogar einmal um diese Zeit, es ist mitten im Winter, mit dem Zug nach Radolfzell, um ihren Bruder Franz zu besuchen und ihm ihr Herz auszuschütten.

»Johanna«, sagt er, er nennt sie immer bei ihrem vollen Namen, nie mit der gebräuchlichen Abkürzung, »Johanna, sei nicht so töricht. Aller Besitz auf Erden ist eitel. Ist nur geliehen und darum auch kein wirklicher Besitz. Ich sage das jetzt nicht als Priester, sondern ganz praktisch gesehen. Hast du nicht miterlebt in den letzten zehn Jahren, was Menschen alles verloren haben, was sie hergeben mußten, und nicht nur Haus und Hof, nicht nur Geld und Gut, vor allem doch Menschen, die sie liebten. Männer, Brüder, Söhne. Wenn ich an den Krieg denke, auch an die Jahre nach dem Krieg, wenn die weinenden schwarzgekleideten Frauen zu mir kamen, die tief gebeugten Väter, und wenn ich ihnen nie etwas anderes sagen konnte als – der Herr hat's gegeben, der Herr hat's genommen, der Name des Herrn sei gelobt – das war zu wenig, Johanna, viel zu wenig, so oft der Spruch über meine Lippen kam. Hat er wirklich den Krieg gemacht? Hat er wirklich all dies Elend, all diese Grausamkeit seinen Menschenkindern zufügen wollen, hat er es zugelassen, daß sie es einander zufügten, und hat nicht Einhalt geboten? Warum schweigt Gott? Warum greift er nicht ein, verhindert nicht die Torheit und

Gemeinheit seiner eigenen Geschöpfe? Ich bin so alt geworden, und ich weiß die Antwort darauf nicht. Und es ist für mich als Priester ein Unrecht, diese Fragen überhaupt zu stellen, das weiß ich sehr genau. *Dein* Wille geschehe, so heißt es doch sehr deutlich. Warum kann ich mich dem immer noch nicht beugen? Und sieh, es ist ja nicht nur in unserer Zeit so, es war immer, immer so, seit lebende Wesen diese Erde bevölkern, ob Mensch, ob Tier, sie leiden, es geschieht ihnen Schmerz und Unrecht, sie sterben so oft einen grausamen Tod. *Sein* Wille? *Seine* Gleichgültigkeit?«

»Was sagst du da, Franz«, murmelt Jona erschüttert. »*Seine* Gleichgültigkeit?«

»Ja, ich weiß, es klingt furchtbar aus meinem Mund, aber so denke ich manchmal. Ich bereue, daß ich so denke, ich flehe um Verzeihung für diesen ketzerischen Gedanken, aber ich kann ihn nicht verdrängen. Vater unser im Himmel – kann ein Vater gleichgültig sein gegen seine Kinder? Oder ist dieser Vater einfach zu groß für uns, zu unbegreiflich, und sind wir für ihn zu klein und zu unwichtig. Oder ist es einfach so, daß wir das ganze Muster nie werden begreifen können, nicht hier und nicht jetzt jedenfalls. Wenn es aber so ist, dann frage ich, was für eine Rolle ich dann spiele.«

So hat Franz noch nie mit ihr gesprochen, und Jona vergißt, weswegen sie herkam.

»Der Glaube«, sagt sie leise, »das ist es doch, was du – ja, was du vor allen anderen haben müßtest.«

»Ja, da hast du recht. Wenn ich mich mit Fragen herumschlage, die ich nicht beantworten kann, oder sagen wir es ganz deutlich, wenn ich zweifeln muß an dem, was ich glauben soll, wie kann ich es mir herausnehmen, den Menschen, die mir zuhören, zu sagen: glauben müßt ihr! Ihr müßt glauben an Gottes Güte und Gerechtigkeit, an *seine* Weisheit und *seine* Allmacht. Ihr müßt beten um *seine* Hilfe und *seine* Gnade, und nur durch euer Wohlverhalten und euren Glauben kann sie euch zuteil werden.«

»Wann ... wann sind dir diese Zweifel gekommen?« fragt sie leise.

»Abgesehen von meiner Jugend, von meinen ersten Jahren im

Amt, habe ich sie eigentlich immer gehabt. Blind zu glauben, war mir nie gegeben. Nur habe ich früher den Zweifel als etwas Befruchtendes, als etwas Schöpferisches gesehen. Etwas, was den Glauben erst recht stark machen kann. Aber im Krieg, als ich erlebte, was da geschah, als ich die Opfer sah, denn es gab ja nicht nur die Toten, es gab ja auch jene, die zwar das Leben behielten, aber als Krüppel, blind, gehörlos, gesichtslos, in ihrem Gemüt zerstört, in ihrem Geist verwirrt, auf eine sinnlose Weise am Leben blieben, da wurde es mir immer schwerer zu sagen: *Dein* Wille geschehe! Da dachte ich viel öfter: Warum? Nein, ich bin kein guter Priester mehr. Ich bin es vielleicht nie gewesen. Ich denke zuviel und glaube zuwenig.«
Sie schweigen für eine lange Weile. Der Pfarrer gießt Wein in ihre Gläser, die Teller ihrer Abendmahlzeit sind von seiner Haushälterin bereits abgeräumt worden.
Jona trinkt nachdenklich. Nach allem, was ihr Bruder gesagt hat, wagt sie es nicht, auf ihre Sorgen, auf die Frage, was denn aus dem Hof werden solle nach ihrem Tod, zurückzukommen. Franz fängt von selbst wieder davon an.
»Ich verstehe schon, daß du dir Gedanken machst, was aus dem Hof werden soll. Ich weiß schließlich, was er dir dein Leben lang bedeutet hat. Ich weiß, was er Vater bedeutet hat, schließlich bin ich auch dort aufgewachsen. Wäre ich auf dem Hof geblieben, so wäre ich heute der Bauer. Und ich hätte vielleicht Söhne, die rechte Erben wären. Unser Vater hat kein Glück gehabt mit seinen Söhnen. Ich bin diesen anderen Weg gegangen. Das Mäxele war ein unglückseliges Kind. Der Sohn seiner zweiten Frau kam ums Leben –«
»Schweig von diesem Kind!«
»Ja, ich weiß, wie tief dich das damals getroffen hat. Ihr habt euch alle Vorwürfe gemacht, das Kind nicht ordentlich gehütet zu haben. Aber zuvor, das mußt du zugeben, Johanna, hast du dich abweisend gegen Vaters zweite Frau verhalten, und dieses Kind war dir doch im Grunde unerwünscht.«
Jonas Gesicht ist weiß, ihre dunklen Augen brennen darin wie schwarze Feuer. Sie nimmt ihr Glas und leert es mit einem Schluck.

»Willst du sagen, ich hätte diesem Kind den Tod gewünscht?«
»In Christi Namen, nein, Johanna, so etwas würde ich niemals sagen.«
Sie lacht.
»Das wäre aber keine Lüge. Du könntest sogar noch weitergehen, du könntest sagen...«
Er unterbricht sie. »Ich wußte, daß dich dieser Gedanke immer gequält hat. Darum warst du danach so verändert, so fremd geworden. Ich habe immer verstanden, aus welchem Motiv die Düsternis deines Wesens kam, damals, nachdem das Kind verunglückt war.«
Jona lacht hart auf. »So? Hast du das?«
Ihre Mundwinkel biegen sich herab, ihre Augen schließen sich zu einem schmalen Spalt, sie möchte es ihm ins Gesicht schreien, in sein stilles altes Priestergesicht: du weißt nichts, nichts weißt du von mir. Ihm den Tod gewünscht? Ich habe mich nie mit halben Sachen abgegeben. Ich habe es getötet, dieses unerwünschte Kind. Mit meinen eigenen Händen.
Unwillkürlich hat sie ihre Hände ausgestreckt, doch ihr Mund bleibt stumm.
Es gibt keinen Menschen auf dieser Erde, keinen, dem sie je ihre Schuld eingestehen kann. Auch nicht ihrem Bruder, dem Priester.
Sie preßt die Lippen zusammen, als Franz nach ihren ausgestreckten Händen greift.
»Es ist so lange her, Johanna. Hast du denn immer noch das Gefühl – einer Schuld?«
Sie zieht die Hände zurück, ihr Gesicht verschließt sich.
»Wir wollen nicht mehr davon sprechen.«
»Auch in diesem Fall muß man doch wohl sagen, und in diesem Fall mit einer gewissen Berechtigung: Es war Gottes Wille. Er hat's gegeben, er –«
»Ach, hör auf«, sagt sie heftig. »Komm *mir* nicht mit Bibelsprüchen. Eben hast du selbst gesagt, daß du nicht daran glauben kannst.«
»So drastisch habe ich es nicht gesagt. Ich habe dir nur zu erklären versucht, daß es für mich schwer ist, allein mit dem

Glauben zu leben. Daß ich immer gern auch begreifen wollte. Aber das ist wohl gerade das Vermessene daran. *Er* ist nicht zu begreifen. Nicht von uns.«
»Dann frage ich mich, warum wir uns überhaupt mit ihm abgeben sollen. Er ist nicht zu begreifen. Er ist zu groß, er ist – gleichgültig. Wenn wir ihm gleichgültig sind, kann er uns auch gleichgültig sein.«
»Johanna, so darfst du nicht sprechen.«
»Nein? Aber du hast damit angefangen.«
»Sprechen wir wieder von dem Hof«, sagt der Pfarrer müde.
»Du hängst an Besitz. Aber der Mensch soll an irdischen Besitz nicht sein Herz hängen.«
»Die meisten Menschen tun es. Außerdem hänge ich nicht an Besitz an sich, aber an dem Hof. Weil ich weiß, was er für unseren Vater bedeutet hat.«
»Und für dich.«
»Ja, für mich auch. Ich bin ja durch meine Heirat auch keine arme Frau, es gibt genug, was ich *besitze* und was ich jederzeit klaglos hergeben könnte. Ich will ja den Hof auch nicht behalten. Wenn ich sterbe, behalte ich so wenig wie jeder andere Mensch auch. Ich möchte nur bestimmen können, was mit dem Hof geschieht.«
»Ich verstehe schon, wie du es meinst.«
Natürlich versteht er es. Er kennt Rudolf, weiß, welche Rolle er in Jonas Leben spielt. Er kennt auch die neueste Entwicklung, weiß, daß Jonas Schwiegertochter auf dem Hof lebt und daß es eine Verbundenheit gibt zwischen ihr und Rudolf, der so lange Jahre ein Lebensgefährte für Jona war. Und daß dadurch allem Anschein nach Jacob, Jonas Sohn, in die Fremde getrieben worden ist.
Das alles spricht Franz jetzt aus, klar und unverblümt, und er fügt hinzu: »Du kannst nicht erwarten, daß *ich* billige, was mit deiner Billigung auf dem Hof geschieht. Es sind, milde ausgedrückt, reichlich unordentliche Verhältnisse.«
Jona lächelt.
»Danke, daß du nicht gesagt hast, sündige Verhältnisse, wie es dir zugestanden hätte. Ja, es sind wirklich unordentliche

Verhältnisse, ich nenne es auch so ähnlich. Liebe bringt immer Unordnung in das Leben der Menschen.«
»Nicht unbedingt«, widerspricht der Pfarrer.
»Nein, nicht unbedingt. Es gibt Leute, die sich ordentlich lieben, ordentlich heiraten, ordentlich zusammenleben, natürlich gibt es das.«
»Diese fingierte Ehe des Herrn Moosbacher, das ist wirklich Sünde, Johanna.«
»Er hat es getan, um einem Mädchen zu helfen, das mit Selbstmord drohte. Er tat es, damit ein Kind ungefährdet zur Welt kommen konnte. Du hast dieses Kind getauft, Franz. Es wächst auf dem Hof auf, da, wo das andere Kind, wie du sagst, ums Leben kam. Ich betrachte das als... als...« Sie weiß nicht, wie sie ihre verworrenen Gedanken in diesem Punkt formulieren soll. »... als einen Weg, etwas gutzumachen. Vielleicht. Ich habe diesem Mädchen und seinem Kind eine Heimstatt gegeben, und ich möchte sie ihnen erhalten. Nicht nur Rudolf, auch Madlon, auch ihrer Nichte und dem kleinen Buben. Du siehst, ich denke nicht nur an Besitz, wenn ich versuche, die Verhältnisse für die Zukunft wenigstens etwas ordentlicher zu gestalten. Ich will den Hof erhalten. Für die Menschen, die dort leben. Und ich möchte nicht, daß mein Schwiegersohn Bernhard, nach meinem Tod und nach Ludwigs Tod, Vaters Hof an fremde Leute verkauft. Verstehst du das denn nicht? Daß er alle fortjagt, die dort eine Heimat haben.« Natürlich kann ihr Bruder das verstehen, sowenig er ihr auch helfen kann. Er sagt mit Recht, daß sie ja einen tüchtigen Anwalt zum Mann habe, der sicher in der Lage sei, sie besser zu beraten als er.
So entsteht also Jonas Testament. Um die Zeit, in der es endgültig fixiert wird, ist sie einundsechzig Jahre alt und kerngesund, abgesehen von gelegentlichen Schmerzen in den Knien und im Rücken. Sie betet niemals um ein langes Leben. Wenn sie betet, ist es immer noch dieselbe Bitte: Vergib mir! Strafe mich! Nicht die anderen, nicht die Kinder, nicht Ludwig! Und nun schließt sie in Gedanken, nicht in Worten, noch an: nicht Rudolf, nicht Madlon, nicht...
Betet sie für das Kind einer Fremden?

Jacobs zweite Heimkehr

Diesmal geht es dramatisch zu bei Jacobs Heimkehr. Er hat eine stürmische und lange Seereise hinter sich, er sieht schlecht aus, und kaum ist er angekommen, wirft ihn ein Malariaanfall nieder, der so heftig ist, daß man eine Zeitlang um sein Leben fürchten muß. Fieber schüttelt ihn Tag und Nacht, er spricht wirr, ist oft nicht bei Bewußtsein. Er ist sehr geschwächt, und es dauert eine Weile, bis er wieder auf den Beinen ist.
Der Frühling geht vorüber, der Sommer beginnt, Jona hat zwei kranke Männer zu betreuen, das nimmt ihre ganze Zeit in Anspruch. Nicht daran zu denken, daß sie hinüberfährt; die Frühjahrsbestellung, die erste Mahd, alles findet ohne sie statt. Da sie nicht davon spricht, könnte man annehmen, der Hof sei ihr nun ferngerückt. Doch ihrem Sohn ist sie nähergekommen, sie verstehen sich so gut wie nie zuvor. Jacob ist liebebedürftig, während der Rekonvaleszenz sucht er ständig Jonas Nähe, auch er hält nun manchmal ihre Hand genau wie sein Vater, er legt sein Gesicht in diese große kräftige Hand und sagt: »Mutter!« Es klingt zärtlich.
Jona, die nicht zu Rührseligkeit neigt, treibt es die Tränen in die Augen. Wie lang ist der Weg, bis ein Mensch zu einem Menschen findet, sogar ein Sohn zu seiner Mutter.
Sie geht sehr vorsichtig mit dieser unerwarteten Zuneigung um, vermeidet jedes gefährliche Thema, und das ist vor allem das Thema Madlon und Rudolf.
Jacob fängt eines Tages selbst davon an.
Es ist mittlerweile Ende Juni, und er hat sich nun einigermaßen erholt, er ist kräftiger geworden, hat zugenommen, die gelbe Farbe ist aus seinem Gesicht verschwunden. Er geht ein wenig spazieren, er sitzt lange am See, meist unten an der Promenade, zusammen mit seinem Vater. Denn auch Ludwig

geht es wider Erwarten viel besser, der Husten hat nachgelassen, sein Atmen ist nicht mehr so gequält.
Oft sitzen sie auf einer Bank am Ufer, blicken auf den See hinaus, und Ludwig versucht, seine geliebten Vögel zu erkennen und ihrem Flug zu folgen. Sie reden von diesem und jenem, Jacob erzählt von Afrika, und Ludwig, dessen Gedächtnis noch tadellos ist, erzählt von früher, von der Stadt und ihren Bewohnern, viel von der Familie und ihrer langen Geschichte, die so eng mit der Geschichte der Stadt verbunden ist. Jacob hört ihm geduldig zu, durchaus nicht ohne Interesse. Manches, was er schon einmal wußte, wird ihm ins Gedächtnis zurückgerufen, anderes ist neu für ihn. Bei alledem ist eine tiefe, friedliche Ruhe über ihn gekommen, wie es oft geschieht nach schwerer Krankheit.
Jede Unrast ist von ihm gewichen, er sieht auch weit und breit nichts, was ihn ärgern könnte oder Kummer bereiten, und dazu gehört auch Madlon, die gleichsam aus seinem Leben herausgeglitten ist. Die sehnsuchtsvollen Gedanken, der Zorn, die Bitternis, all das, was ihn noch in Windhuk gequält hat, ist vergangen. Er sitzt still neben seinem Vater, dem Schicksal dankbar, das er ihn noch lebend angetroffen hat, sie blicken auf den See hinaus, der im ersten Abendlicht seine Farbe ändert, die Sonne rutscht über die Berggipfel, und das Abendschiff gleitet langsam in die Bucht.
»Wie es wohl früher gewesen sein mag«, sagt Jacob. »Als es noch keine Dampfschiffe gab.«
»Der Verkehr auf dem See war immer rege. Es wurde halt gesegelt oder gerudert. Vor allem ging ja immer ein lebhafter Frachtverkehr über den See, ein Nord-Süd-Verkehr, der auf die Alpen zuführte. Dadurch wurde Konstanz seinerzeit zu einer wichtigen und reichen Handelsstadt, ein Umschlagplatz von großer Bedeutung. Was es heute leider nicht mehr ist. Außerdem ist die Schiffahrt so alt wie die Menschheitsgeschichte, nicht nur auf einem See wie diesem, sogar auf dem Meer. Es ist höchst interessant, die Historie der Seefahrt zu studieren, ich habe mich zeitweise viel damit beschäftigt. Wie mutig diese Menschen waren, wenn sie sich diesem unberechenbaren Element, dem Wasser, anvertrauten. Ganz ohne ei-

nen Dampfkessel im Schiffsbauch, der ist ja noch ziemlich neu.«
»Ich habe jedenfalls für einige Zeit genug von der Seefahrt«, meint Jacob. »Von Walfish Bay bis Hamburg, das nahm und nahm kein Ende. Und wenn ich mir vorstelle, das im Segelschiff, na, vielen Dank, wenn man allein auf den Wind angewiesen ist.«
»Es war schon eine gewaltige Leistung, wie die Menschen lernten zu navigieren. Das habe ich immer bewundert. Wie sie dieses riesige unbekannte Meer mit dem Stand der Sterne verknüpften. Heinrich der Seefahrer, der Portugiese, das war für mich immer eine faszinierende Gestalt. Ohne seine Entdeckungen hätte fünfzig Jahre später Columbus kaum auf die Reise gehen können.«
Jacob sieht seine Mutter die Promenade entlangkommen. Sie geht für ihre Verhältnisse sehr langsam, man könnte sagen, sie schlendert. Den Kopf trägt sie hocherhoben, sie ist groß und schlank, der Rock des blauen Kleides weht im Abendwind. Aus der Ferne wirkt sie wie eine junge Frau.
»Ja«, meint Jacob, »weil es Schiffe gibt, konntest du dir eine Frau vom anderen Ufer holen.«
»So groß ist der Bodensee nun auch wieder nicht. Es gab schon immer die Möglichkeit, außen herumzufahren. Aber du hast natürlich recht, da hätte ich sie vielleicht nicht getroffen. Wir haben uns schließlich auf einem Schiff kennengelernt. Immerhin hat die Tatsache, daß deine Mutter von drüben kam, den See für mich sehr groß gemacht.«
»Wie meinst du das?«
»Der See war ja immer da, man konnte ihn auch jederzeit überqueren, wenn man wollte. Was man aber nur selten tat. In gewisser Weise begrenzte er meine Welt. Durch Jona jedoch wurde er riesengroß, fast unüberwindlich. Wie ein Feind war er da manchmal für mich. Ich habe mir oft gewünscht, es wäre nur ein Graben da, den man mit einem Schritt überspringen könnte.«
So etwas hat er noch nie ausgesprochen. Jacob ist bestürzt, aber Ludwig mißfällt selbst, was er da gerade gesagt hat; es hört sich an, als wolle er sich über Jona beklagen.

»Sie war mir trotzdem immer nahe«, fügt er hinzu. »Und nun ist sie ja da. Sie verläßt mich nicht mehr, weil sie weiß, daß ich bald sterben werde.«
»Vater!« sagt Jacob in bittendem Ton.
»Es macht mir nicht soviel aus. Ich bin recht zufrieden mit meinem Leben, so wie es war. Und da du nun wieder da bist und hier neben mir sitzt, bleibt mir nichts mehr zu wünschen übrig.«
Wie ein Echo kommt die Stimme aus Windhuk zu Jacob – ein Mensch, der keine Wünsche mehr hat, ist so gut wie tot.
»Aber es geht dir doch wieder gut, Vater.«
»Es geht mir sehr gut.«
»Dort kommt Mutter.«
Ludwig wendet den Kopf der nahenden Gestalt entgegen, er kann ihr Gesicht nicht erkennen, aber er kennt ihre Haltung, ihren Gang.
»Sie hat ein blaues Kleid an.«
»Ja, das blaue Musselinkleid, das kenne ich auch schon eine ganze Weile.«
»Wir werden ihr sagen, daß sie sich bald einmal ein neues Kleid kaufen soll. Aber dieses blaue steht ihr gut, nicht wahr?«
»Es steht ihr sehr gut. Früher hat sie soviel Schwarz getragen.«
»Das ist Bauernart.« Ludwig lacht leise in sich hinein. »Schade, daß es damals die Fähre noch nicht gab, da wäre vieles leichter gewesen. Wenn wir die Fähre erst haben und den neuen Hafen, dann geht es schnell über den See hinüber und herüber. Da wird er auf einmal viel kleiner sein.«
»Na, ihr beiden«, sagt Jona. »Wollt ihr nicht nach Hause kommen? Es wird kühl.«
»Nicht die Spur«, widerspricht Ludwig. »Es ist ein wunderbar milder Sommerabend.«
»Das Nachtessen ist fertig.«
»Ich bin noch satt vom Mittag«, sagt Jacob. »Deine neue Köchin ist ein Juwel, aber sie mästet uns.«
»Da habe ich eine gute Wahl getroffen, nicht?«
Jona, die vom Kochen nicht viel versteht, hat seit drei Mona-

ten eine neue Köchin, sie heißt Hilaria und legt Wert darauf, auch so genannt zu werden. Zwar stammt sie aus Allensbach, aber sie hat viele Jahre lang in Schweizer Restaurants gearbeitet, erst in St. Gallen, später in Luzern und zuletzt sogar in Lausanne. Sie kocht einfach großartig und viel raffinierter als Berta. Ihr ganzes Glück ist Jacob; seit es ihm besser geht, ißt er ordentlich, und nun weiß sie wenigstens, für wen sie sich Mühe geben kann. Jona war noch nie eine starke Esserin, und Ludwig ißt sehr, sehr wenig, das bekümmert Hilaria genauso, wie es Berta bekümmert hat.
Während sie am Seeufer entlang zurück zum Haus gehen – Jona hat ihren Arm unter den Ludwigs geschoben, damit er sich auf sie stützen kann –, berichtet sie: »Hortense war vorhin da. Wir sind alle am Sonntag bei Agathe eingeladen.«
»Ich auch?« fragt Jacob.
»Aber selbstverständlich. Warum du nicht?«
Er grinst. »Es gab eine Zeit, da war mir Agathe nicht so grün.«
»Agathe hat viel Familiensinn. Als du krank warst, hat sie sich jeden Tag nach deinem Befinden erkundigt.«
»Das hast du mir bereits erzählt. Ich werde mich am Sonntag gebührend dafür bedanken.«
»Zu Mittag gibt es Flädlesuppe, dann Kalbsbraten mit Spätzle und frischem Gemüse, hat Hortense erzählt. Wenn das Wetter so schön bleibt, gibt es anschließend eine große Kaffeetafel im Garten. Abends eine Erdbeerbowle.«
»Um Himmels willen«, sagt Ludwig. »Doch nicht den ganzen Tag.«
»Man wird sehen. Du bleibst so lange, wie du magst.«
Er geht langsam und mühselig, die Augen haften unsicher auf dem Boden, aber er geht. Wenn man bedenkt, daß er monatelang überhaupt nicht aus dem Haus gegangen ist, so kann man mit seinem Zustand zufrieden sein.
»Da werde ich ja den ganzen Nachwuchs wieder einmal sehen«, meint Jacob. »Möglicherweise auch Immas neuestes Erzeugnis. Bisher hat sie ja sorgfältig vermieden, den Kleinen mitzubringen. Dabei ist ja Malaria nun wirklich nicht ansteckend.«

»Davon wirst du Imma nie überzeugen. Am liebsten hätte sie die beiden Großen auch von dir ferngehalten.«

Übrigens hat er Jona und Ludwig von seiner Tochter erzählt. Mary hat die Geburt telegrafisch mitgeteilt, inzwischen ist auch ein langer Brief eingetroffen, der mit der Frage endet: Wann kommst du zurück?

»Und woher willst du wissen, daß es wirklich deine Tochter ist?« hat Jona mißtrauisch gefragt.

»Weil sich zwischen Mary und Georgie nichts mehr abgespielt hat, woraus ein Kind entstehen könnte. Aber mich hat Mary mit Haut und Haar verschlungen. Sie behauptet, mich wahnsinnig zu lieben.«

»Und ihr Mann? Was sagt der dazu?«

»Was soll er groß dazu sagen. Jedenfalls war er nicht eifersüchtig, sonst hätte er mich wohl zum Teufel gejagt. Aber du kennst Mary nicht, Mutter, die tut sowieso nur, was sie will. Und vor allem wollte sie einen Mann, der – na ja«, er stockt und sucht nach einer artigen Formulierung, die die Ohren seiner Mutter nicht beleidigt.

Jona lächelt. Sie findet es nett, daß er diese Rücksicht nimmt, sie weiß sehr genau, wie Männer im allgemeinen reden.

»Ich versteh schon, was du meinst.«

»Und ein Kind wollte sie. Das hat sie nun.«

»Und wie soll es weitergehen?« In gewisser Weise erleichtert es Jona zu hören, daß er mit einer Frau zusammengelebt hat. Es erscheint ihr gerecht im Hinblick auf Madlon. Und warum soll er kein Kind haben? Alt genug ist er inzwischen.

»Es muß überhaupt nicht weitergehen. Natürlich möchte sie, daß ich wiederkomme. Aber ich habe nicht die Absicht, in Afrika zu leben. Das liegt hinter mir. Und wenn ich nicht komme, wird Mary nicht an gebrochenem Herzen sterben, der Typ ist sie nicht.«

»Aber wenn sie eines Tages hier auftaucht?«

»Das sähe ihr ähnlich. Sie ist sehr impulsiv. Vielleicht möchte sie noch ein Kind.«

»Ich finde, du redest reichlich frivol«, tadelt Jona ihn nun doch. Sie betrachtet die Fotografien, die Jacob von der Farm, von Mary und Georgie gemacht hat.

»Eine sehr hübsche Person«, muß sie zugeben.
»Ganz reizend«, bestätigt Jacob. »Hübsch, temperamentvoll und dazu noch sehr tüchtig. Eine unermüdliche Arbeiterin auf ihrer Farm. Sie würde dir gut gefallen, Mutter.«
Seltsam, denkt Jona, daß er immer an so tüchtige und temperamentvolle Frauen gerät. Was finden sie nur an ihm, der weder viel Temperament spüren läßt noch sich in irgendeiner Weise durch Tüchtigkeit und Arbeitslust auszeichnet. Ist es nur sein gutes Aussehen? Oder hat er bestimmte Talente, die sie, als Mutter, nicht kennen kann?
»Du willst sie nicht heiraten, diese Mary?«
»Glücklicherweise ist sie ja verheiratet.«
An diesem warmen Sommerabend im Juni sitzen sie nach dem Abendessen zusammen im Wohnzimmer, Jona hat Ludwig aus der Zeitung vorgelesen, aber nun ist er in seinem Sessel eingenickt, und sie läßt die Zeitung sinken, da sagt Jacob auf einmal: »Du kannst mir ruhig von ihnen erzählen.«
Sie versteht sofort, was er meint.
»Ich kann dir nicht viel erzählen. Du siehst ja selbst, daß ich immer hier bin. Kurz ehe du kamst, war ich das letzte Mal drüben. Und auch nur für zwei Tage. Lydia war gerade zu Besuch und hat nach Ludwig geschaut.«
»Ich werde Tante Lydia demnächst besuchen, das habe ich mir schon vorgenommen.«
»Sie ist sehr allein. Und leider schon ziemlich klapprig.«
Jona sagt das ungerührt, im Bewußtsein ihrer eigenen Lebenskraft. »Ich frage mich, was sie eigentlich den ganzen Tag über tut. Ein paar Bekannte hat sie natürlich schon, sie wohnt ja lange genug dort. Wir haben ihr immer wieder angeboten, sie soll hier ins Haus ziehen, Platz haben wir mehr als genug. Aber sie will halt nicht. Ja, fahr einmal hin, das wird sie freuen.«
»Und du willst mir also nichts erzählen über Madlon und ihren ... ihren Freund?«
»Ich erzähle dir alles, was du wissen willst. Falls du es hören willst. Bisher hast du nicht danach gefragt.«
»Warum sollte ich es nicht hören wollen? Ich bin fertig damit. Madlon gehört in eine vergangene Epoche meines Lebens.

Oder denkst du etwa, daß es mir viel ausmacht, sie nicht mehr zu haben?«

»Das kann ich nicht wissen, Jacob. Da du ja nie davon sprichst –«

»Nun, jetzt spreche ich davon. Ich gebe zu, es wäre mir lieber, sie wäre sonstwo, nur nicht gerade auf deinem Hof. Vorhin, als wir am See saßen, und ein Schiff kam, sagte Vater, die Tatsache, daß du von drüben kamst, hat den See für ihn so riesengroß gemacht.«

»Das hat er gesagt?«

»Ja.«

»Wie hat er das denn gemeint?«

»Ich verstand es so, daß der See euch trennte.«

»Ach ja. So hat er es gemeint«, murmelt Jona und blickt auf ihren schlafenden Mann.

»Vielleicht hat mich das darauf gebracht. Ich sehe nicht ein, warum der See für mich nun auch riesengroß sein muß. Daß das andere Ufer für mich einfach nicht mehr da sein soll, nur weil Madlon da drüben wohnt.«

»Erstens wohnt sie nicht am Ufer«, sagt Jona sachlich, »und zweitens kannst du dich drüben aufhalten, soviel du willst, ohne den Hof zu betreten.«

»Also lebt sie nach wie vor auf dem Hof, zusammen mit Rudolf. Und sie arbeitet dort.«

Jona nickt. »Und wie! Ich werde gar nicht mehr gebraucht. Sie sind so eine Art Familie geworden, drüben bei mir. Madlon hat immer noch die Nichte da und den kleinen Buben, an dem sie sehr hängt. Ja, und Rudolf ist natürlich auch da.«

»Sie liebt ihn?«

»Jacob, so genau weiß ich das nicht. Darüber sprechen wir nicht. Ich will das auch gar nicht so genau wissen.«

»Warum nicht?« beharrt er.

»Mein Gott, Jacob, verstehst du das denn nicht? Rudolf stand mir viele Jahre lang sehr nahe.«

»Und nun nicht mehr?«

»Doch, natürlich. Aber er und Madlon – ob sie sich nun lieben oder was auch immer, das sind ja nur Worte. Jedenfalls verstehen sie sich und arbeiten zusammen, und das ist inso-

fern gut, weil ich mich nun ganz deinem Vater widmen kann.«
Eine Weile bleibt es still, dann sagt Jacob etwas Erstaunliches.
»Wenn man es genau bedenkt, hat Madlon den Platz auf deinem Hof eingenommen, den du mir zugedacht hattest.«
Jona schaut ihn verblüfft an.
»Aber Jacob!«
»Ganz nüchtern betrachtet ist es doch so. Und sie ist weitaus brauchbarer als ich, denn nun hat Rudolf endlich auch eine Frau. Warum heiraten sie eigentlich nicht?«
»Das können sie doch nicht. Ich denke, Madlon ist mit dir verheiratet. Und Rudolf mit Jeannette.«
Jacob schüttelt den Kopf und denkt, was jeder denkt: verrückte Verhältnisse!
»Jacob«, sagt Jona heftig, »du hast nach wie vor jedes Recht auf den Hof. Wenn du dort sein willst –«
»Ja und? Sollen wir zu dritt wirtschaften? Oder willst du die beiden zum Teufel jagen?«
Wieder entsteht ein Schweigen.
Dann rückt Jona näher an den Tisch, stützt die Ellenbogen auf und legt ihr Gesicht in die Hände.
»Jacob, ich glaube, ich sollte dir etwas sagen.«
»Was willst du mir sagen, Mutter?«
»Es ist wegen – es betrifft – mein Testament.«
Und dann berichtet sie mit knappen, kühlen Sätzen, was für Gedanken sie sich gemacht hat, was für Sorgen, und wie sie schließlich das Testament ausgeklügelt haben.
»Du mußt das wissen«, schließt sie, »denn ich habe natürlich ein schlechtes Gewissen dir gegenüber. Nicht wegen der Mädchen, die sind gut versorgt. Aber du – an dir habe ich übel gehandelt.«
»Du hast es absolut richtig gemacht«, sagt Jacob ruhig, und er meint es auch so. »Ich hoffe, daß du noch lange lebst, Mutter, und daß du dir darum ganz unnötige Sorgen machst. Aber eins verspreche ich dir, und das ist das einzige, was ich je für den Hof tun kann: Falls Bernhard dein Testament anfechten würde, und das müßte er ja dann wohl auch in meinem Namen tun, würde ich mich jedem Verkauf widersetzen, und ich

würde darauf bestehen, daß Madlon und Rudolf auf dem Hof bleiben.«
»Das ist ein vernünftiger Standpunkt«, läßt sich Ludwig vernehmen, der aufgewacht ist und den letzten Teil ihres Gespräches gehört hat.
»Das würdest du tun?« fragt Jona, und man sieht ihr an, daß Jacobs Worte sie aus der Fassung gebracht haben.
»Aber ja. Schon im eigensten Interesse. Zurücknehmen würde ich Madlon nie, das ist vorbei. Aber so ist sie wenigstens versorgt, und ich muß mich nicht darum kümmern, was aus ihr wird. Und da sie nun auch noch die Nichte und das Kind auf dem Hals hat, ich bitte euch, besser könnte sie ja gar nicht untergebracht sein.«
»Sehr vernünftig«, wiederholt Ludwig. »Kann ich noch einen kleinen Schluck Wein haben? Und dann gehe ich zu Bett.«
Die Flasche ist längst geleert. Jacob steht auf.
»Ich hole eine Flasche, und dann trinken wir alle noch ein Glas. Ihr wißt ja gar nicht, wie gut es ist, wieder unseren Wein zu haben. Der hat mir gefehlt in Afrika.«
Er beugt sich über Jona und küßt sie auf die Wange, dann geht er aus dem Zimmer, sie hören ihn pfeifen, während er die Treppe hinabsteigt, um in den Keller zu gelangen.
»Was sagst du dazu?« fragt Jona, noch immer fassungslos.
Ludwig lächelt ihr zu.
»Was soll ich dazu sagen, Lieberle? Man kann doch eigentlich erwarten, daß er von dir und von mir und von einigen anderen, die vor uns waren, ein paar Unzen Verstand geerbt hat. Oder nicht?«

Familientag

Agathes Familiensonntag wird ein großer Erfolg. Das Essen ist vorzüglich, und da das Wetter gehalten hat, sitzen sie wirklich am Nachmittag um einen großen Kaffeetisch im Garten. Es gibt reichlich Kuchen, an dem sich vor allem die Kinder ergötzen, auch Immas Jüngster, mittlerweile ein Jahr und drei Monate alt, mampft schon tapfer mit. Daß es ein Sohn ist, hat Bernhard Bornemann sehr befriedigt, nun hat er, wie die Lalonges, auch zwei Söhne.
Ludwig und Eugen haben sich nach dem Essen eine Stunde hingelegt, auch Henri hat sich für eine Weile zurückgezogen. Es sind nur Familienmitglieder zugegen, auch solche, die man sonst selten trifft, zum Beispiel zwei Cousinen von Ludwigs mütterlicher Seite her. Die eine ist verwitwet, die andere hat nie geheiratet, sie leben zusammen, in nicht gerade üppigen, aber auskömmlichen Verhältnissen. Ludwig mag sie beide nicht besonders, schon in seiner Kinderzeit hat er mit der Jüngeren oft Streit gehabt, was bei Ludwigs friedfertigem Wesen allerhand besagt. Aber Eugenie, genannt Jenny, hatte immer eine spitze Zunge und fand ihr größtes Vergnügen daran, Schwächen und Fehler ihrer Mitmenschen zu entdecken oder sie ihnen anzudichten. Ihre Hauptbeschäftigung bestand und besteht darin, den Klatsch in der Stadt zu erfahren und weiterzuverbreiten. Carl Eugens Lebenswandel beispielsweise war ihr immer ein Dorn im Auge, und wenn man ihr glauben sollte, war er der größte Bruder Leichtfuß und Frauenverführer aller Zeiten. Was Carl Eugen nie im mindesten gekratzt hat.
Aber noch mehr Gesprächsstoff lieferte Carl Ludwigs unmögliche Heirat. Jonas Art und Lebensweise boten ein Leben lang Grund zu rechtschaffenem Ärgernis.
Daran hat sich bis heute nichts geändert. Oder ist es etwa

kein Ärgernis, diese Person in ihrem Kreis sitzen zu sehen, in dem sie eindeutig auch noch der Mittelpunkt ist; jeder begegnet ihr mit Achtung, die Blicke der Kinder hängen an ihr, und außerdem sieht sie viel zu jung aus für ihr Alter. Dieses ungebildete Bauernweib, wie Cousine Jenny sie stets gehässig nannte, ist immer noch eine schöne Frau. Die ausgeprägte Form des Gesichts hat sich nicht geändert, der Teint ist leicht bräunlichgetönt, und um in dem schweren schwarzen Haar ein paar graue Fäden zu entdecken, muß man sehr genau hinschauen; und dazu diese Augen, groß und dunkel, ungetrübt, aufmerksam, doch ohne weiteres dazu imstande, Kühle widerzuspiegeln und Distanz zu ihrer Umwelt herzustellen. Von einem gütigen Altfrauenblick kann keine Rede sein.
Und dazu noch das Kleid, das Jona trägt! Keiner hat es zuvor an ihr gesehen. Goldbraune Seide, die schmiegsam an ihrer hohen schlanken Figur niederfällt, um den Hals einen Spitzenkragen, etwas heller in der Farbe, doch im gleichen Ton; die Ärmel sind weit und offen, wenn sie zurückfallen, sieht man Jonas schlanke und doch kräftige Arme.
Das Kleid wird allenthalben bewundert.
»Jeannette hat es geschneidert«, sagt Jona freundlich. »Die Kleine kann das wirklich gut.«
Es ist das einzige Kleid, das Jeannette für Jona gemacht hat, und es ist wirklich ein Meisterwerk geworden. Madlon brachte den Stoff einmal aus Konstanz mit und hatte gleich bestimmt: das ist für Jona.
Zwar hatte Jona widersprochen. »Aber Kinder, wann und wo sollte ich so etwas anziehen. So eine wundervolle Seide.«
Aber Jeannette war nicht zu bremsen, sie schnitt zu, heftete, probierte, summte, den Mund voller Nadeln, und war ganz glücklich darüber, wie gut ihr die Arbeit gelang.
Auch Ludwig ist von dem Kleid entzückt.
»Du bist die schönste von allen Frauen, Lieberle«, flüstert er ihr zu.
»Aber Ludwig! Eine alte Frau wie ich.«
»Du warst immer die Schönste, daran hat sich bis heute nichts geändert.«
Nicht für dich, denkt sie, und legt zärtlich ihre Hand auf sei-

ne. Cousine Jenny entgeht das nicht, sie rümpft die Nase. Jahrelang hat diese Person den Mann allein gelassen, hat ihn betrogen, hat sich um die Kinder nicht gekümmert, und nun spielt sie hier die liebende Ehefrau. Er, der Trottel, hat sie wohl immer geliebt.
Und was hört man so von da drüben? Eine angebliche Nichte von Jacobs unmöglicher Frau soll dort sein, vermutlich ein uneheliches Kind von ihr, und ihrerseits hat diese Hergelaufene auch ein Kind, angeblich von Jonas Verwalter, der sie notgedrungen geheiratet hat. Eine Ausländerin, genau wie Jacobs Frau. Und die hat also dieses auffallende Kleid geschneidert.
Und was ist eigentlich mit Jacob, dem Sohn Goltz? Neugierig forscht Jennys Blick in seinem hageren Gesicht. Ein Nichtsnutz und Herumtreiber, das war er sein Leben lang, und daran hat sich wohl auch nichts geändert. Liegt seinem Vater auf der Tasche, die Frau hat er einfach bei seiner Mutter zurückgelassen, er selbst hat sich wieder einmal in Afrika herumgetrieben und ist sterbenskrank zurückgekommen. Viel mehr weiß Cousine Jenny auch nicht; seit Berta nicht mehr lebt, fehlt eine wichtige Informationsquelle. Muckl läßt sich nicht dazu herab, mit dem Mädchen der Cousinen zu sprechen, geschweige denn zu berichten, was im Hause Goltz vor sich geht.
Jenny im Wechselgesang mit ihrer Schwester Luise, genannt Lisel, versucht, Jacob auszufragen, und er erzählt bereitwillig und ohne Zögern von Afrika, wie es dort war, was er getan und erlebt hat, er schildert Windhuk, die Farm Friedrichsburg, Mary und Georgie und einige andere Leute, die er kennengelernt hat.
Er grinst vor sich hin bei dem Gedanken, was sie wohl sagen würden, wenn er sie wissen ließe, daß auf der Farm ein Baby existiert, das seine Tochter ist.
Auch Jona muß an Jacobs kleine Tochter im fernen Afrika denken, als sie wie die anderen seiner Erzählung lauscht.
Eigentlich schade, daß er keine richtige Familie hat, denkt sie. Sie bemerkt, daß die Kinder sich von ihm angezogen fühlen, er ist für sie ein interessanter, weitgereister Mann, der viel zu

erzählen hat, und er hat eine legere, sehr natürliche Art, mit den Kindern umzugehen, gar nichts Onkelhaftes an ihm, er ist wie ihr älterer Bruder.
Für Hortense allerdings ist er gerade dies auf keinen Fall, sie verliebt sich an diesem Nachmittag ganz schrecklich in ihn. Sie ist fünfzehn, im besten schwärmerischen Backfischalter und sowieso meist in irgend jemand verliebt. Aber Jacob ist natürlich das Großartigste, was ihr je begegnet ist; sein Auftreten, sein Aussehen, sein Lächeln aus dem Mundwinkel, sein Blick, der nicht einem kleinen Mädchen zu gelten scheint, sondern einer durchaus ernst zu nehmenden jungen Dame. Er ist nun einmal ein Mann, der auf Frauen wirkt, auch auf so eine unfertige wie diese hier; Jona hat an diesem Nachmittag Gelegenheit, das zu beobachten.
Natürlich erinnert sich Hortense auch noch sehr gut daran, wie verknallt die tugendhafte Clarissa in diesen Mann war, wie sie ihn geküßt hat. Was Clarissa kann, kann sie schon lange, und hübscher als Clarissa ist sie auch.
Sie kokettiert sehr lebhaft mit Jacob, Agathes tadelnde und Jonas amüsierte Blicke übersieht sie gekonnt, da ist sie anders als Clarissa, sie wird sich nicht einfach aus dem Haus schikken lassen, sie wird ihren Willen durchsetzen. Vaters Liebling ist sie schließlich auch.
Genau wie damals Clarissa beschließt Hortense an diesem Nachmittag, daß sie Jacob heiraten wird. Später, wenn sie eine berühmte Schauspielerin ist.
Sie bringt ihn dazu, mit ihr durch den Garten zu spazieren, der Garten ist groß, fast schon ein Park, es gibt Bäume und Büsche darin, und sie richtet es geschickt so ein, daß sie den Blicken der anderen verborgen sind. Kann ja sein, er will sie küssen. So wie er Clarissa geküßt hat.
»Ich werde Schauspielerin«, erzählt sie ihm.
»Donnerwetter!« wundert sich Jacob pflichtschuldigst. »Wie kommst du denn auf die Idee?«
»Weil ich Talent habe. Wenn wir in der Schule mit verteilten Rollen lesen, die Klassiker und so, bekomme ich immer die Hauptrolle. Und im Weihnachtsmärchen – wir führen jedes Jahr ein Weihnachtsmärchen auf, weißt du – spiele ich immer

die größte Rolle. Letztes Jahr wollte die Bohne sie mir nicht geben. Weil meine Leistungen so schlecht waren.«
Sie bleibt stehen, kraust die Stirn, zieht die Nasenlöcher hoch und näselt: »Dieses Jahr, Hortense, stöcken wir dich in die Statisterie. Mehr kommt für döch nicht in Frage, so wie du in diesem Jahr versagt hast. Versagt, mein Könd, anders kann man es nicht nennen. Nicht weil du domm bist, weil du unbeschroiblich faul bist.«
Sie wartet die Wirkung ab, die ihre Worte auf Jacob haben, und der nickt und meint: »Das hast du wohl von mir geerbt. Ich war in der Schule auch ein Versager.«
»Lieber faul als dumm, habe ich ihr geantwortet. Faulheit kann man kurieren, aber Dummheit ist irreparabel, wie Beispiel zeigt. Was für ein Beispiel moinst du? fragte sie drohend, und ich sagte«, ihre braunen Augen sind die Unschuld selbst, »ich hatte keinen bestimmten Fall im Auge. Die ist bald geplatzt. Fröch, sagte sie, fröch auch noch. Wie könnte es anders soin.«
Sie lacht übermütig, Jacob lacht auch. »Talent hast du offenbar. Bohne ist demnach eine Lehrerin.«
»Unsere Klassenlehrerin. Sie heißt Bonnwitz. Aber wir nennen sie Bohne, weil sie immer so spricht, als ob sie eine Bohne in der Nase hat.«
»Vermutlich hat sie Polypen.«
Hortense blickt ihn bewundernd an.
»Fabelhaft, wie du das gleich heraushast.« Sie denkt nach. »Polyp, das wäre natürlich auch ein guter Name für sie.«
»Und wie war's dann in der Statisterie?«
»Ich und Statisterie! Nicht bei mir. Ich habe das arme Waisenkind gespielt, das verstoßen wird und sich im Wald verirrt und beinahe erfriert. Aber es wird natürlich vom Christkind gerettet. Eine Bombenrolle! Ich war großartig. Alle haben geweint. Schade, daß du noch nicht da warst. Aber dieses Jahr kommst du zu unserer Aufführung, das versprichst du mir.«
»Falls ich noch hier bin.«
»Nein, Jacob, du darfst nicht wieder zu den ollen Schwarzen gehen. Jetzt mußt du hierbleiben.«

»Warum?«
»Weil ich das möchte.«
»Warum hast du das eben so betont: *jetzt* mußt du hierbleiben.«
Sie möchte antworten, weil Clarissa weg ist und du dich jetzt in mich verlieben kannst. Aber diese Formulierung ist ihr dann doch zu direkt, also sagt sie: »Weil ich jetzt etwas von dir habe.«
»So? Was hast du denn von mir?«
»Oh, du wirst öfter zu Besuch kommen, und wir werden zusammen segeln gehen. Und zum Schwimmen. Und ich darf reiten lernen, hat Papa versprochen, und das kannst du doch gut, das könntest du mir beibringen. Wir müßten es natürlich heimlich tun, denn meine Mutter erlaubt nicht, daß ich reite, solange ich in der Schule so schlecht bin.«
»Das ist allerdings ein beachtliches Programm.«
»Zeit hast du ja. Das ist ja das Gute an dir, du mußt nicht immerzu arbeiten wie die anderen Männer.«
Jacob lacht laut.
»Du schlägst ziemlich aus der Art. Weder dein Vater noch deine Mutter dürften deiner Meinung sein.«
»Meine Mutter ist sowieso fast nie meiner Meinung, daran bin ich gewöhnt. Aber Papi tut alles, was ich will.«
Kurz danach muß Jacob sie schaukeln, ihr Röckchen fliegt, ihre langen, dunkelbraunen Locken auch.
»Und wenn ich dann abspringe«, ruft sie, »mußt du mich auffangen. Mit beiden Armen, ja? Aber du mußt natürlich auf die andere Seite kommen, hier vorn hin.« Mit ausgestrecktem Arm weist sie ihm seinen Platz zu, doch da kommt rechtzeitig Agathe dazwischen.
Unter ihrem strengen Blick schaukelt Hortense langsam aus, aus dem Sprung in Jacobs Arme wird nichts.
»Hast du nichts zu tun?« fragt Agathe ihre Tochter. »Keine Schularbeiten?«
»Heute? Am Sonntag?« fragt das Mädchen empört zurück. »Ich denke, wir feiern ein Familienfest?«
»Die Familie kann vorübergehend auf deine Mitwirkung verzichten. Außerdem besteht sie nicht nur aus deinem Onkel

Jacob. Wenn du schon hierbleibst, könntest du ein wenig mit Evi und Konrad spielen.«
»Ich denke nicht daran«, gibt die Tochter pampig zur Antwort. »Dann helfe ich lieber Papa bei der Erdbeerbowle. Einer muß sie schließlich kosten.«
»Untersteh dich.«
Hortense wirft die langen Locken über die Schulter, Jacob fängt noch einen koketten Blick auf, dann tänzelt sie davon.
Agathe seufzt hörbar, und Jacob sagt: »Die Mädchen, die du aufziehst, werden alle recht muntere Püppchen.«
»Falls du auf Clarissa anspielst...«
»Genau das.«
»Sie arbeitet sehr fleißig, zur Zeit ist sie in München.«
»Wollte sie nicht nach Berlin?«
»Sie hat sich das anders überlegt. Hauptsächlich wegen eines Professors namens Sauerbruch, der ihr offenbar sehr imponiert. Sie ist erwachsen genug, um zu wissen, was sie tut.«
»Ja, da muß ich dir zustimmen. Sie wußte immer, was sie wollte.« Er grinst seine große Schwester ungeniert an, die ihn kühl und nicht gerade mit schwesterlicher Liebe mustert.
»Sie hat mir ganz schön eingeheizt, deine brave Clarissa. Und diese Kleine hier, da kannst du dich noch auf allerhand gefaßt machen.«
»Bitte, Jacob —«
»Weißt du eigentlich, daß Clarissa mich in Berlin besucht hat?«
»Nein, und ich will es auch gar nicht wissen. Ich hoffe nur, du hast inzwischen wenigstens soviel Verstand, daß du in meinem Haus nicht wieder Unruhe stiftest. Hortense ist noch ein Kind.«
»Etwas jünger als seinerzeit Clarissa, das stimmt. Aber sie wird sich sehr schnell herausmachen, paß mal auf. Schneller als Clarissa.«
Agathe preßte die Lippen zusammen und schweigt. Nebeneinander gehen sie zu den anderen zurück, die Kaffeetafel ist aufgehoben, die Familie hat sich im Garten verstreut, manche sitzen, manche spazieren herum, die Kinder liegen im Gras. Imma hat ihren Jüngsten auf dem Schoß, nur Carl Heinz hat sich verzogen, man hört Klavierspiel aus dem Haus.

»Begabte Kinder hast du«, sagt Jacob freundlich, um die Verstimmung aus dem Weg zu räumen, er will Agathe ja nicht ärgern. »Wie ich höre, will Carl Heinz Musik studieren.«
»Das sagt er.«
»Und Hortense will Schauspielerin werden.«
»Sie will jeden Tag etwas anderes. Ich hoffe, du wirst sie in diesem Unsinn nicht bestärken.«
»Ich? Ich verstehe weder etwas von Musik noch von Schauspielerei. Aber eigentlich ist es doch interessant, Agathe, mitzuerleben, wie die Kinder sich entwickeln und was dabei so herauskommt.«
»Du hast leicht reden«, murmelt Agathe. »Sei froh, daß du keine Kinder hast.«
Schon wieder reitet ihn der Teufel. »Wer sagt dir das?«
Agathe verhält den Schritt, blickt ihn mit hochgezogenen Brauen an. »Was soll das heißen?«
»Ich habe eine kleine Tochter.«
»Du hast...«
»Aber ja. Es ist kein Geheimnis. Vater und Mutter wissen es.«
»Du hast eine Tochter?«
»Sie ist noch sehr klein. Im April geboren. Ich war schon abgereist, als sie zur Welt kam.«
»Von einer Schwarzen etwa?« Agathe fragt es fassungslos.
»Aber nein! Von Mary. Sie ist die Frau meines Freundes Garsdorf.«
»Wie es scheint, bist du darauf auch noch stolz.«
»Wieso sollte ich? Es ist kein Kunststück, ein Kind zu machen. Und Mary und ich, wir haben uns sehr geliebt.«
Agathe stößt einen leisen Zischlaut aus, dann sagt sie: »Ich kann Madlon jetzt sehr viel besser verstehen.« Dreht sich um und läßt ihn stehen. Jacob erinnert sich gut an diesen Zischlaut, Clarissa beherrschte ihn auch.
Er lacht vor sich hin. Da ist er wieder einmal mitten ins Fettnäpfchen getreten. Und dabei hatte er sich vorgenommen, besonders nett zu Agathe zu sein. Aber es ist komisch, es hat ihn schon immer gereizt, sie zu schockieren. Dabei war sie die ganze Zeit so taktvoll: kein Wort über Madlon.

Nur gerade eben, eine Retourkutsche.
Das nächste Gespräch, in das Jacob verwickelt wird, ist von ganz anderer Art. Sein Schwager Bernhard Bornemann winkt ihn beiseite und führt ihn zu einer weißen Gartenbank, auf der sie sich niederlassen.
Jacob ist auf der Hut. Was kommt nun wohl?
Bernhard beginnt sehr höflich, kommt aber schnell zur Sache.
»Ich freue mich, daß es dir offensichtlich wieder gutgeht.«
»Ja, dank Mutters Pflege habe ich mich schnell erholt.«
»Seltsam mit dieser Malaria. Kommt wohl immer wieder.«
»Ich hatte lange keinen Anfall. Vielleicht haben wir an Bord zuviel getrunken. Es war eine ziemlich unruhige Überfahrt.«
»Ich würde annehmen, dann trinkt man lieber weniger.«
»Wie recht du hast. Aber Menschen reagieren leider oft sehr unvernünftig.«
Bernhard unterdrückt eine naheliegende Replik, außerdem ist er nicht der Mann, der sich leicht herausfordern läßt. Er hat etwas ganz Bestimmtes im Sinn.
»Wie ich höre, hast du die Absicht, Tante Lydia zu besuchen«, kommt er zum Thema.
»Ja. Hat Mutter dir das erzählt?«
»Es war heute die Rede davon. Aber ich hatte ohnedies die Absicht, mit dir darüber zu sprechen. Über dein Haus in Bad Schachen.«
»Ach ja, mein Haus.«
»Es ist ein sehr schöner Besitz, Jacob. Ein wertvoller Besitz. Ein großes Grundstück, ein solide gebautes Haus mit viel Raum. Und das alles an einem attraktiven Ort. Bad Schachen erfreut sich des besten Rufes. Auch in einer schweren Zeit wie dieser kommt jeden Sommer ein gutes Publikum dorthin, die Hotels sind sehr gut besucht.«
»Hm. Ja, ich weiß.«
»Was hast du für Pläne mit dem Haus?« fragt Bernhard geradezu.
»Pläne?«
»Na ja, du mußt doch irgendeine Vorstellung davon haben, was du damit machen willst.«

Dieser verdammte Paragraphenfuchs will mir das Haus abluchsen, denkt Jacob und fühlt, wie sich Ärger in ihm regt. Vielleicht als Rückzahlung für das, was ich die Familie gekostet habe.
»Was soll ich schon groß mit dem Haus machen?« Seine Stimme klingt leicht gereizt. »Noch verfüge ich ja nicht darüber. Tante Lydia wohnt dort und will dort wohnen bleiben, das ist ihr gutes Recht. Ich werde sie besuchen und eine Weile bei ihr bleiben. Sie fühlt sich sehr einsam, sagt Mutter.«
»Sie *ist* einsam. Aber wie auch immer, das Haus legt dir ja auch gewisse Verpflichtungen auf. Um Besitz muß man sich kümmern, sonst verkommt er. Du kannst das Haus natürlich eines Tages verkaufen, wenn du dort nicht wohnen willst. Du bekämst bestimmt einen guten Preis dafür. Vielleicht willst du ja wieder nach Afrika zurückkehren.«
Jacob schweigt und blickt seinen Schwager abwartend an. Mal sehen, was da noch kommt. Will er etwa einen guten Preis bieten? Aber es kommt ganz anders.
»Ich finde, du solltest nun endlich eine Heizung einbauen lassen. Das Haus ist bitterkalt im Winter. Mich erbarmt es, wie Tante Lydia da leben muß.«
Es erbarmt ihn, den Bernhard Bornemann.
Jacob betrachtet ihn mit Staunen. »Es ist kalt im Winter?«
»Du bist offenbar im Winter noch nicht dort gewesen. Das Haus ist groß, die Zimmer sind groß, die Gänge sind breit, und sie haben sehr schlechte alte Öfen, die sich schwer heizen lassen. Benedikt tut sein möglichstes, aber er ist ja körperlich schwer behindert, wie du weißt. Und es ist sinnlos, viel Kohlen in Öfen zu stecken, bei denen die Wärme durch den Kamin gleich wieder abzieht. Sie heizen im Winter nur die Küche und ein Zimmer. In diesem Zimmer wohnt und schläft Tante Lydia. Ich finde, das ist für sie ein unerträglicher Zustand. Aber sie kann es sich nun einmal nicht leisten, eine Heizung legen zu lassen. Du könntest es.«
»Ich? Wovon denn?«
»Dein Leben in den letzten Jahren war auch nicht gerade billig, und es hat dir, mal ehrlich gesprochen, doch keinerlei Nutzen gebracht.«

Bernhard sieht seinem Schwager ganz geradeaus in die Augen. Jacob fühlt sich beklommen. »Es ist dein Haus, Jacob. Auch wenn du es eines Tages verkaufen willst, erhöht es seinen Wert beträchtlich, wenn es ordentlich heizbar ist. Ich bin bereit, es vorzufinanzieren. Ich kann dir auch einen Kredit beschaffen, ganz wie du willst.«
Jetzt ist Jacob ziemlich ratlos.
»Ich kenne mich mit Geldgeschäften nicht aus.«
»Dann wird es Zeit, daß du es lernst«, bescheidet ihn Bernhard knapp. »Dazu hast du ja mich. Dein Vater hatte an sich die Absicht, seiner Schwester die Heizung einbauen zu lassen, aber dann kam seine Krankheit dazwischen, und ich riet davon ab, denn schließlich ist es deine Sache, denn du bist der Besitzer des Hauses.«
Kleine Pause, Jacob schweigt. Wie meint dieser Mensch das bloß?
»Du müßtest die Heizung natürlich bauen lassen, solange es Sommer ist.«
»Du meinst – in diesem Sommer?«
»Ich meine in diesem Sommer. Falls du nun bald hinüberfährst, wäre es höchste Zeit, sich darum zu kümmern. Ich könnte dir die Adresse eines Kollegen in Lindau geben, der würde dir die richtige Firma nennen. Oder er läßt am besten erst einmal ein paar Kostenvoranschläge machen. Auch im Haus selbst wird wohl einiges zu richten sein. Ich war das letzte Mal drüben bei der Beerdigung von Onkal Max Joseph, da kam mir das Haus bereits ziemlich verwahrlost vor. Das kann so nicht weitergehen. Und darum solltest du die Sache schnell in Angriff nehmen. In Tante Lydias Interesse und in deinem eigensten Interesse.«
Kein Zweifel, das ist kein spontaner Einfall von Bernhard, das hat er bereits sehr sorgfältig überlegt.
Jacob überdenkt das eine Weile und merkt, daß ihm der Plan gefällt.
»Und du würdest wirklich für das Geld sorgen?«
»Selbstverständlich. Das habe ich dir ja gerade angeboten. Aber du müßtest natürlich mit Verstand vorgehen. Es ist leider zu weit weg, als daß ich mich darum kümmern kann.

Aber da sind diese Bekannten von Tante Lydia, diese Korianders. Von denen hast du doch sicher schon gehört.«
»Ich kenne sie sogar, sie kamen einige Male zu Besuch, als ich dort war. Koriander hat irgendeine hohe Position in Lindau. Seine Frau und Tante Lydia verstanden sich sehr gut. Sie haben ein Haus über der Straße, ganz hübsch, aber viel kleiner als das von Tante Lydia.«
»Als das von dir«, korrigiert Bernhard freundlich. »Das Haus befindet sich voll in deinem Besitz, Tante Lydia hat dort nur Wohnrecht bis an ihr Lebensende. Also, was ich sagen wollte, Korianders sind in Schachen und in Lindau gut bekannt, sie würden dir sicher mit Rat und Tat zur Seite stehen. Und vor allem ist der Sohn nun wieder da.«
»Der Sohn? Was für ein Sohn?«
»Felix Koriander. Tante Lydia erzählte von ihm, als sie im März für ein paar Tage hier war. Er hat im Krieg allerhand mitgemacht, war zuletzt in russischer Gefangenschaft und kam ziemlich elend zurück. Aber dann hat er sich aufgerappelt und hat studiert. Sehr fleißig studiert.«
Das sagt er langsam und prononciert und macht daraufhin eine kleine Pause, in der unausgesprochen, aber deutlich genug zu hören ist: das gibt es nämlich, mein Lieber, Leute, die das getan haben!
Jacob schweigt. Das weiß er schließlich auch.
»Jedenfalls ist der junge Koriander wieder da. Er dürfte etwa in deinem Alter sein. Er ist Ingenieur und Architekt und soll ein sehr fähiger Mann sein. Soweit Tante Lydia. Ich werde von meinem Kollegen in Lindau eine Auskunft anfordern.«
»Was tut der junge Koriander denn in Bad Schachen, wenn er so ein fähiger Mann ist?«
»Er hat geheiratet und lebt jetzt mit seiner Frau bei seinen Eltern. Ich würde sagen, es bieten sich ihm in Lindau eine Menge Möglichkeiten, angefangen bei privater Bauwirtschaft bis zu einer Position bei Stadt oder Staat. Lindau ist eine wohlhabende Stadt. Der Hafen ist bestens ausgebaut und hat eine hohe Frequenz. Und dann haben sie diesen großartigen Bahnhof! Alle Züge nach Österreich und in die Schweiz gehen über Lindau, von München aus ist man schnell da, man

hat über Friedrichshafen direkte Verbindung nach Stuttgart.
Wir liegen hier dagegen sehr abseits in unserem Winkel.«
Die Züge, die über Lindau fahren, interessieren Jacob nicht
sonderlich, etwas anderes ist ihm eingefallen.
»Dann müßte ich vor allem wieder ein Auto haben.«
Bernhard ist irritiert.
»Ein Auto? Wozu denn das? Du kannst sehr gut von hier aus
mit der Bahn nach Lindau fahren beziehungsweise nach Enzisweiler.«
»Ja, sicher. Hin komme ich schon. Aber wenn ich dort so viel
zu tun habe, verhandeln muß mit Handwerkern und Baugeschäften und was weiß ich noch, muß ich beweglich sein. Einen Wagen brauche ich bestimmt.«
Bernhard liegt offenbar viel daran, daß Jacob sich dem Haus
in Bad Schachen zuwendet und sich möglichst dort niederläßt. Er schluckt sogar das Auto.
»Es muß ja nicht gleich wieder ein Amerikaner sein«, denkt
er laut. »Ich habe zur Zeit einen Mandanten, der ist Gläubiger einer Speditionsfirma, die in Konkurs gegangen ist. Da
stehen mehrere Autos zum Verkauf. Vielleicht bekomme ich
für dich günstig einen Wagen.«
»Das wäre fabelhaft«, ruft Jacob begeistert. Er kann nicht wissen, daß Bernhard viel weiter denkt, daß er nicht nur Pläne
hat, sondern mitten in Verhandlungen steckt, in Verhandlungen über äußerst lukrative Projekte, die eigentlich so gut wie
abgeschlossen sind. Es verzögert sich alles nur ein wenig, weil
Carl Ludwig Goltz nun doch länger lebt, als man erwartet
hat. Für Jacob jedoch bringt dieser Familiensonntag bei seiner Schwester Agathe einen Wendepunkt seines Lebens.
Schon in der Woche darauf fährt er nach Bad Schachen, sogar
in einem Daimler, den Bernhard für einen Pappenstiel aus
der Konkursmasse erstanden hat. Er fährt diesmal andersherum, am Schweizer Ufer entlang, über Romanshorn, Rorschach, nach Österreich hinein, überquert den Rhein, bevor
er in den Bodensee fließt, sieht sich kurz in Bregenz um, das
er noch nicht kennt, und kommt schließlich an jenes andere
Ende des Sees, das zu Bayern gehört. Zwar gibt es keinen
bayerischen König mehr, aber auch wenn Lindau zum Deut-

schen Reich gehört, ist es dennoch eine bayerische Stadt. Da, wo die Welt bayerisch ist, ist sie immer noch etwas anders als anderswo in Deutschland.

Tante Lydia weint vor Freude, als sie den Neffen endlich in die Arme schließen kann, Benedikt humpelt vor Begeisterung doppelt so schnell, Jacob ist gerührt.
Und dann kommt auf einmal sehr viel Bewegung in sein Leben, man kann sagen, sein Leben ändert sich von einem Tag auf den anderen, und das liegt nicht an ihm, das verursacht Felix Koriander. Schon am Tag nach Jacobs Ankunft erscheint er im Haus, und die beiden Männer verstehen sich auf Anhieb allerbestens. Sie sind im selben Alter, haben beide den Krieg von Anfang bis zum bitteren Ende mitgemacht, nur daß Koriander die Zeit seitdem sehr gut genutzt hat. Er ist ein Mann ohne Illusionen, groß und kräftig, dunkelhaarig, temperamentvoll, vor allem aber ist er ein Mann, der fest entschlossen ist, aus seinem Leben etwas zu machen. Ein Mann im Aufbau – schlechte Zeiten hin oder her. Er wird seine eigene Baufirma gründen, er hat ein Grundstück am Ortsrand von Bad Schachen erworben, seine Frau, aus wohlhabendem Haus stammend, erwartet ein Kind, und er selbst ist ein Mann so voll Schwung und Tatkraft, daß Jacob davon mitgerissen wird, ehe er richtig begreift, was da mit ihm geschieht.
Die Männer werden sehr schnell Freunde. Und wann hat Jacob je einen wirklichen Freund besessen? Wenn man von Barkwitz absieht, damals in Deutsch-Ost, der nun schon so lange tot ist, eigentlich nie.
Was mit Jacobs Haus geschehen soll, hat Felix schon fix und fertig im Kopf und kurz darauf auch auf dem Papier. Es geht nicht nur um die Heizung, es muß auch an den Räumlichkeiten einiges verändert und umgebaut werden, vor allem gehören noch Bäder ins Haus und Toiletten, Leitungen müssen neu verlegt werden, und dieses herrliche Zimmer im Obergeschoß, von wo aus man, über die Bäume hinweg, einen Blick auf See und Berge hat, muß überhaupt das Schmuckstück des Hauses werden.

»Ein großes Haus und darin nur ein einziges Badezimmer und ein einziges Klo, das ist doch vorsintflutlich. Ich frage mich nur, was sich mein Kollege, der dieses Haus baute, eigentlich dabei gedacht hat. So ein prachtvolles Haus, so große Räume und dann diese kümmerlichen sanitären Anlagen.«
»Aber das kostet doch alles furchtbar viel Geld«, wendet Jacob ein.
»Das Haus ist schuldenfrei. Wo gibt's denn so was noch! Sie bekommen eine wunderbare Hypothek darauf, das erspart Ihnen noch Steuern. Ich verstehe nicht, warum Ihr Onkel nie auf die Idee gekommen ist.«
Es mag daran liegen, daß der Onkel General einer Generation angehörte, in der man sparsamer lebte und Schulden für etwas Verwerfliches hielt. Jedenfalls in gewissen Kreisen.
Zunächst jammert und klagt Tante Lydia über Unordnung, Schmutz und Lärm in ihrem lieben alten Haus, steht anfangs hilflos all diesen Veränderungen gegenüber, genau wie Benedikt, der sich oft gekränkt in den Garten verkriecht und den Baustaub von den Rosenstöcken wischt.
Aber schon im Winter, als es im Haus sauber, neu tapeziert, bequem und vor allem gemütlich warm ist, werden sie ihre Meinung ändern. Koriander hat ein Wunder vollbracht, was Akkuratesse und Fixigkeit seiner Arbeit betrifft. Außerdem gibt es genügend Handwerker und Firmen, die froh sind, Aufträge zu erhalten, und darum auch schnell und gut arbeiten.
Versöhnt allerdings ist Tante Lydia schon vorher, nämlich als sie unerwartet Gesellschaft erhält, die ihr Unterhaltung und Freude ins Leben bringt, und ihr eine neue Aufgabe geschenkt wird – geschenkt, so muß man in diesem Fall wirklich sagen, denn Lydia von Haid, geborene Goltz, ist geblieben, was sie ihr Leben lang war: warmherzig, gütig, bereit, am Leben anderer teilzunehmen. Das Alleinsein, das Verlassensein war schwer für sie zu ertragen.
Sie verjüngt sich geradezu, als Jacob ihr die junge Frau ins Haus bringt. Das geschieht schon während der Bauzeit, als alles noch drunter und drüber geht, so daß Tante Lydia weitgehend von der gegenwärtigen Unbill abgelenkt wird. Hat sie sich nicht immer eine Tochter gewünscht? Nun ist eine da –

jung und schön, erst ein wenig scheu, aber bald sehr zutraulich. Es handelt sich um Jeannette Vallin, die jetzt Moosbacher heißt, was zunächst etwas irritierend wirkt, aber war für Lydia nicht alles, was von Jona kam, verwirrend?
Jeannette, zunächst nur ein Gast in Lydias Haus, fühlt sich bald heimisch in dem großzügigen komfortablen Rahmen, der ihr geboten wird. Sie schenkt Lydia ihre Zuneigung, sie liebt das erste Mal in ihrem Leben wirklich einen Mann, und sie ist endlich das Kind los, das sie so widerwillig bekommen hat.

Jeannette

Die Entführung

Es kann im Leben eines Menschen einen ganz gewissen Zeitpunkt geben, in dem Bedingungen und Möglichkeiten zusammentreffen, die zwangsläufig eine Änderung, sei es positiv, sei es negativ, in diesem Leben herbeiführen. Man mag es Schicksal nennen, ein Frommer spricht von Gottes Fügung, für andere steht es in den Sternen geschrieben.
Es gibt aber auch Menschen, die von vornherein ihr Leben in die Hand nehmen und es nach eigenem Willen formen – soweit das möglich ist.
So einer war Felix Koriander; allerdings gab es auch in seinem Leben eine Zeit, in der das Schicksal stärker war als sein Wille. Der Krieg und dann die Gefangenschaft, die er drei Jahre ertragen mußte, raubten ihm wertvolle Jahre seines Lebens. Seitdem jedoch hatte er mit aller Kraft versucht, diese verlorene Zeit gutzumachen, durch Arbeit, Fleiß und Phantasie, doch auch mit großem Mut, mit ungebrochener Lebensfreude und vor allem mit dem unerschütterlichen Glauben an sich selbst und an seinen Erfolg, der ihn vieles wagen ließ und zu kühnen Entscheidungen veranlaßte.
Anders Jacob. Er hatte bisher nur eine große Entscheidung getroffen, und ob er sich wirklich etwas dabei gedacht hatte, als er sich zur Schutztruppe meldete, oder ob nur Leichtsinn und Abenteuerlust ihn dazu brachten, nach Afrika zu gehen, sei dahingestellt.
Wie auch immer, dieser Entschluß hatte sein Leben geformt und beeinflußt, und er hatte sich seitdem nie wieder zu einer wirklichen Tat, zu einem echten Entschluß aufgerafft, er war ein Mensch, der sich treiben ließ.
Nun aber trafen verschiedene Imponderabilien zusammen, die eine Wende in sein Leben brachten: das ererbte Haus, die Transaktionen, die Bernhard Bornemann plante, die Begeg-

nung mit Felix Koriander. So entstand ganz von selbst eine Situation, die Jacob ein neues Leben aufzwang. Was natürlich seinen Charakter nicht änderte, das ist nicht möglich, aber es erwachten Fähigkeiten in ihm, von denen er selbst nichts gewußt hatte.

Schon als er vier Wochen später, der Umbau war bereits in vollem Gang, nach Konstanz fuhr, um seine Eltern und natürlich auch seinen Schwager Bornemann über den Stand der Dinge zu unterrichten und nun auch, schon recht gut informiert, weitere finanzielle und rechtliche Beratung von ihm zu erbitten, war Jacob ein anderer Mann geworden: straff, beschwingt, voll Tatendrang.

So kostete es ihn auch keinerlei Überwindung, Jonas Hof zu einem kurzen Zwischenaufenthalt anzusteuern.

Die Situation war ähnlich wie bei seinem Besuch vor zwei Jahren. Es war sehr warm, es war Erntezeit, doch da der Sommer weiter vorgeschritten war als damals, wurde nicht Gras geschnitten, sondern Roggen und Wintergerste geerntet.

Aber sonst glich die Szene jener von damals; als sein Wagen in den Hof einbog, lag Bassy weitausgestreckt in der Sonne, das blonde Mädchen kam zwar nicht über die Wiese gewandelt, sondern saß mit einer Näharbeit beschäftigt auf der Bank vor dem Haus. Neu war das Kind, ein blonder Knabe, der neben ihr auf einem Rasenfleck spielte.

Jeannette hatte den Wagen kommen sehen auf dem leicht ansteigenden Sträßlein, das von der großen Straße abbog, die Kurve entzog ihn ihrem Blick, danach neigte sich der Weg abwärts, und erst kurz, bevor er den Hof erreichte, konnte sie ihn wieder sehen.

Sie erkannte den Mann sofort, der ausstieg. Madlons Mann. Langsam stand sie auf. Und wie damals dachte sie: quel bel homme! Und Jacob dachte, als er auf sie zuging: Madlons hübsche Nichte. Ob ihre Augen noch so blau sind? »Bonjour, Mademoiselle«, rief er ihr zu. »Comment allez-vous?« Erst dann fiel ihm ein, daß sie ja keine Mademoiselle mehr war, sondern eine Madame. Madame Moosbacher. Und was da auf der Wiese herumkrabbelte, war das Kind von dem über Bord gegangenen Verlobten.

»Sie können mit misch Deutsch reden«, sagte Madame Moosbacher statt einer Begrüßung.

»Das ist ja großartig«, lachte Jacob. »ich kann mit dich Deutsch reden, Blauauge? Das erleichtert die Konversation gewaltig.«

Ohne weitere Vorreden nahm er sie in die Arme, küßte sie erst auf die rechte, dann auf die linke Wange, und als sie keinen Versuch unternahm zu fliehen, küßte er sie auf den Mund. Es war lange her, daß dieser Mund geküßt worden war, und wenn sie sich noch daran erinnerte, so war es in keiner Weise mit dem Gefühl zu vergleichen, das sie jetzt empfand. Sie empfand auch keinerlei Abscheu vor dem Körper des Mannes, den sie an ihrem spürte, Michels Gewalttat war nun doch in den heilsamen Abgrund der Zeit gesunken.

Natürlich wich sie dann doch zurück, errötete, aber das Lächeln blieb um ihren Mund, wenn ihr auch die richtigen deutschen Worte nicht einfielen, um ihn zurechtzuweisen. Sie flüsterte nur: »Oh, non –«

Und Jacob erwiderte: »Oh, ja. So gehört sich das unter Verwandten, wenn man sich so lange nicht gesehen hat. Ich bin ja schließlich so etwas Ähnliches wie dein Onkel, nicht?«

Das war nun doch zuviel und zu schnell gesprochen, also wiederholte er mehrmals und langsam, was er gesagt hatte, bis sie verstand, und dann lachte sie und rief: »Mon oncle? Oh, non. Nein. Nicht Onkel.«

»Nicht Onkel. Auch gut. Oder sogar viel besser. Und das da ist also dein Kind?«

Mit seinem neuerwachten Interesse an Kindern schaute er den Kleinen an, der seinerseits fasziniert den großen, fremden Mann betrachtete.

»Oui. Ja. Das sein Ludwig.«

»Ludwig. Ausgerechnet.«

»Ludwig der Zweite, so sagt Jona.«

»Ein reichlich makabrer Witz, würde ich sagen. Meine Mutter war in Geschichte noch nie sehr bewandert.«

Das war nun natürlich wieder viel zu schwierig, und so zwischen Verstehen und Nichtverstehen plänkelten sie eine Weile herum, dann nahm Jacob sogar den Buben auf den Schoß,

der sich das widerspruchslos gefallen ließ. Er war den Umgang mit vielen Menschen gewöhnt, bisher hatte ihm keiner etwas Übles getan, und überhaupt war er ein freundliches, nie quengeliges Kind. »Ein sehr hübsches Kind«, stellte Jacob fest. »Genauso hübsch wie du.«
»Isch? Isch bin 'übsch?«
»Das bist du, und das weißt du verdammt genau. Willst du mir noch einen Kuß geben?«
»Oh!« machte Jeannette wieder. Das Non fehlte.
Also legte Jacob, das Kind auf dem Schoß, einen Arm um ihre Schulter, zog sie an sich und küßte sie noch einmal, diesmal etwas länger, doch sehr behutsam. Der kleine Ludwig juchzte dazu und patschte mit den Händen auf Jacobs ihm zugewandte Backe.
Jacob ließ Jeannette los, lehnte sich zurück und spürte, wie sich sehr heftig Verlangen in seinem Körper regte. Seit der Trennung von Mary hatte er keine Frau im Arm gehabt, und es war wohl höchste Zeit, diesen Zustand zu beenden.
Madlons kostbare Nichte! Die Frau Moosbacher. Er mußte sich beherrschen, um nicht in lautes Gelächter auszubrechen. Das würde die richtige Rache an Madlon sein. Außerdem hatte ihm die Kleine damals schon gefallen mit ihrem blauen Unschuldsblick.
»Gefällt es dir denn hier?« fragte er und wies mit einer Handbewegung über den Hof.
»Mir gefällt?«
»Ich meine, bist du gern hier? Ist es nicht langweilig für eine hübsche, junge Frau? Kommst du denn manchmal unter Leute?« Es dauerte eine Weile, bis sie in diesem Punkt eine Art Verständigung erreicht hatten, und Jacob wußte dann, daß sie regelmäßig in die Kirche ging, daß sie auch manchmal nach Meersburg oder nach Markdorf mitgenommen wurde, auch schon einmal in Überlingen gewesen war, aber sonst schien ihr Leben ziemlich eintönig zu verlaufen. Die Menschen, mit denen sie umging, waren die Menschen, die auf dem Hof lebten, sonst niemand.
Nicht lange danach erschien Madlon auf der Bildfläche. Ihr Auftritt war diesmal wirkungsvoller als vor zwei Jahren: sie

kam auf Tango in den Hof geritten, sogar eine Büchse hing ihr über der Schulter.
Da sie auf dem Feldweg vom Wald herangetrabt war – Kilian hatte ihr von großen Wildschäden im Wald berichtet, und sie wollte sich das einmal anschauen –, hatte sie weder gesehen, was sich vor dem Haus tat, noch hatten die drei auf der Bank sie kommen sehen. Sie sahen sie erst, als der Rappe um die Scheune herum in den Hof schritt, und sie sah zuerst den fremden Wagen und dann das Idyll auf der Bank vor dem Haus. »Mille tonnerre!« rief sie laut. »Jacques!«
Und dann saß sie bewegungslos auf dem Pferd und starrte ihn an. Jacob setzte das Kind auf Jeannettes Schoß, stand dann auf und ging langsam, mit freundlicher Miene, auf Madlon zu. Haß? Wut? Verbitterung? Er hatte momentan viel zuviel anderes im Kopf, um sich damit abzugeben.
»Hallo, Madlon! Schön, dich wieder mal zu sehen.«
Madlon betrachtete ihn ungläubig. Immer hatte sie sich gefürchtet vor einem Wiedersehen, hatte sich schreckliche Dinge ausgemalt, die passieren würden. Nichts passierte, Jacob sagte freundlich hallo. Das ärgerte sie einen Augenblick lang außerordentlich, und das war eine typisch weibliche Reaktion. Aber da sie eine vernünftige Frau mit praktischem Verstand war, zeigte sie ihre Enttäuschung nicht.
Jacob klopfte dem Rappen den Hals.
»Schönes Pferd. Ist das nicht Tango?«
»Ja, das ist Tango.«
Bassy war auch herangekommen, umschwänzelte das Pferd, sprang an ihm hoch, um Madlons Füße zu erreichen.
»Wo kommst du denn her?«
»Direkt aus Bad Schachen. Von Tante Lydia.«
»Ach, hast du sie besucht?«
»Ja. Ich habe sie besucht, und ich habe ihr furchtbar viele Unannehmlichkeiten bereitet.«
»Warum denn das?«
»Ich erzähle es dir, wenn du abgesessen bist.«
»Zuletzt habe ich gehört, daß du krank bist.«
»Das ist schon eine Weile her. Das Übliche, Malaria. Als ich von Afrika zurückkam.«

Sie blickte an ihm vorbei.
»Ich wußte ja, daß Jona bei dir ist, sonst wäre ich...«
»Ja?« fragte er gedehnt.
»Na, ich wäre natürlich gekommen.«
»Um mich gesund zu pflegen? Bist du denn der Meinung, daß ich dich gern an meinem Krankenbett gesehen hätte?«
»Das weiß ich nicht. Ich hätte es halt versucht.«
»Du meinst, wenn ich im Fieber daliege, kann ich mich doch nicht wehren.«
Er lächelte spöttisch zu ihr hinauf, die Hand immer noch auf dem Pferdehals. Die Hand gegeben hatten sie sich nicht.
»Ach, Jacob«, sagte sie leise. »Du hast ja keine Ahnung.«
»Wovon habe ich keine Ahnung?«
»Wieviel Kummer ich mir um dich gemacht habe. Und wie elend ich mir oft vorkomme.«
»Das finde ich ganz in Ordnung. Ich habe gehofft, daß du leiden wirst.«
»Und du? Hast du nicht gelitten?«
Sie sahen einander in die Augen, sehr ernst auf einmal. Die falsche Verbform, so ungewohnt bei Madlon, nahm die Spannung, er lächelte.
»Si, Madame. Ich habe auch gelitten. Aber nun habe ich mich an das Leben ohne dich gewöhnt.«
»Hast du eine andere Frau?«
»Natürlich.«
Sie seufzte. »Naturellement.« Wieder ein Moment der Erstarrung, dann fragte sie: »Wo ist sie? In Konstanz? In Bad Schachen?«
»In Südwestafrika.«
»Oh!« Ihre Augen öffneten sich weit. »Du suchst dir deine Frauen immer noch in Afrika?«
»Sieht so aus. Aber möchtest du nicht absteigen und dich zu uns setzen?«
»Ja, natürlich. Ich bringe nur Tango in den Stall. Ich komme gleich.« Sie kam eine Weile später, in verbeulten alten Reithosen, die offensichtlich einem Mann gehörten. Sie waren zwar reichlich in der Länge, aber sie spannten um die Hüften. Er sah sofort, daß sie zugenommen hatte.

»Was willst du? Kaffee? Einen Obstler? Oder lieber etwas Kaltes?«

»Am liebsten ein Bier.«

Er blieb sitzen und ließ sie es holen. Sie war jetzt die Herrin auf dem Hof, er nur ein Besuch.

Sie wartete, bis er das Glas halb geleert hatte und sich mit einem befriedigten Seufzer die Lippen abwischte.

»Kommt sie her?«

»Wer?« stellte er sich dumm.

»Die Frau aus Afrika. Oder gehst du wieder runter?«

»Ich weiß noch nicht«, sagte er, und es war eine bewußte Lüge. Und dann hatte er doch den Wunsch, ihr weh zu tun. Sie da zu verletzen, wo sie am verletzlichsten war.

»Sie fühlt sich sehr wohl auf der Farm. Es ist ein riesiger, sehr schöner Besitz. Und sie ist eine sehr tüchtige Farmerin. Ja, vielleicht gehe ich wieder hin. Wir haben ein Kind.«

Das ließ sie für eine Weile verstummen. Sie streichelte abwesend den Kopf des Hundes, der sich an ihr Knie schmiegte, blickte verloren ins Weite.

»So«, sagte sie dann. Ihr Blick folgte dem kleinen Ludwig, der von Jeannettes Schoß gekrabbelt war und wieder im Gras saß. »Ich habe jetzt auch ein Kind, wie du siehst. Leider ist es nicht mein Kind.«

Es tat ihm leid, daß er es gesagt hatte.

»Aber fast«, sagte er gutmütig. »Ein sehr netter Bub. Und sonst? Geht es dir gut? Du bist – glücklich hier?«

»Ich bin gern hier«, sagte sie einfach. »Ich habe mich an das Leben hier gewöhnt. Es ist viel Arbeit, aber ich mache sie gern.«

»Jona hat es mir erzählt. Seltsam, daß du nun seßhaft geworden bist. Ausgerechnet du. Gerade das hätte ich bei dir nicht erwartet.«

»Seßhaft?«

Er erklärte ihr den Begriff. Sie nickte.

»Ja, so kann man es nennen. Und warum sagst du, du hast es nicht erwartet? Ich habe es mir immer gewünscht.«

Hatte sie je davon gesprochen, Haus und Hof zu haben, Land und Vieh zu versorgen? Er konnte sich nicht daran erinnern.

Aber es wäre ja auch lächerlich gewesen, bei dem Leben, das sie führten, wenn sie davon gesprochen hätte. Aber sie hatte immer gern für alle gesorgt, hatte für sie gekocht, hatte sie gepflegt, wenn sie krank waren, sie hatte die Tiere geliebt und gut behandelt und – sie hatte sich Kinder gewünscht. Hatte dies alles nicht deutlich genug gezeigt, was für ein Leben sie sich wünschte?

Angenommen, er hätte den Hof übernommen, wie seine Mutter es wollte, dann würde Madlon heute mit ihm hier leben und zufrieden sein. Also war es doch so, wie er es sich manchmal gedacht hatte: er hatte sie nicht an einen anderen Mann verloren, sondern an den Hof, an Jona.

Nach Rudolf fragte er nicht. Er betrat auch das Haus nicht, während der halben Stunde, die er noch blieb, ehe er nach Konstanz weiterfuhr.

Er erzählte von dem Umbau in Schachen, wieviel Ungemach er Tante Lydia bereitete, erwähnte auch Koriander, mit dem er sich so gut angefreundet hatte in den vergangenen Wochen. Und plötzlich hatte er einen Einfall, einen ganz großartigen Einfall, wie es ihm vorkam.

»Sag mal, deine Nichte hier, brauchst du sie eigentlich sehr dringend auf dem Hof?«

»Wieso?« fragte sie argwöhnisch.

»Wir haben uns ein bißchen unterhalten, ehe du kamst. Sie spricht ja jetzt schon ganz gut Deutsch. Und da habe ich mir gedacht, ob man sie nicht für eine Weile ausleihen könnte.«

»Jeannette? Ausleihen?«

»Für Tante Lydia. Sie könnte etwas Hilfe gebrauchen während des Umbaus. Und ein wenig Gesellschaft. Ich kann ja nicht pausenlos bei ihr sein. Meinst du, Jeannette könnte sich um Tante Lydia kümmern, mal mit ihr spazierengehen, auch ein bißchen im Haus helfen? Ich habe einen sehr tüchtigen Baumeister, und er hat eine nette Frau, die würde Jeannette behilflich sein, sich zurechtzufinden.«

»Quelle folie!« sagte Madlon unwirsch.

Jeannette hatte begriffen, daß von ihr die Rede war, verstand aber natürlich nicht, worum es ging. Mit großen Augen blickte sie von einem zum anderen.

»Bist du deswegen hergekommen?«
»Himmel, nein. Ich konnte mich an deine Nichte kaum erinnern. Nein, glaub mir, erst vorhin, als wir hier saßen und miteinander redeten, kam mir die Idee.«
Sie war ihm soeben gekommen, und er fand sie großartig. Er wußte auch schon, daß Jeannette gern mit ihm kommen würde.
»Das kommt nicht in Frage.«
»Denk mal darüber nach! Wäre doch eine hübsche Abwechslung für Jeannette. Nun sitzt sie schon über zwei Jahre hier herum. Oder brauchst du sie so dringend?«
Madlon blickte mit gerunzelter Stirn erst ihn, dann das Mädchen an. Und er betrachtete mit erbarmungsloser Genauigkeit Madlon. Jünger und schöner war sie nicht geworden, ihr Gesicht ohne jede Schminke, das Haar ungepflegt. Madeleine aus dem Lütticher Kohlenpott, eine etwas breithüftige Wallonin, eine Bauersfrau aus dem badischen Hinterland. Hatte er eigentlich so viel an ihr verloren?
Gehässigkeit flammte noch einmal kurz in ihm auf, und böse war, was er nun sagte.
»Ich fragte, wird sie hier gebraucht? Braucht Rudolf sie?«
»Rudolf?« Verständnislos starrte Madlon in sein lächelndes Gesicht.
»Ich meine, sie ist schließlich seine Frau. Schläft er mit ihr?«
»Merde alors!« Wütend sprang Madlon auf, es sah aus, als wolle sie ihn ohrfeigen. Jacob hob abwehrend die Hände.
»Pardon, pardon! Es war nur eine Frage. Ich kenne mich mit den Verhältnissen hier im Haus ja wirklich nicht aus. Und du wirst zugeben, daß ich darüber mit Jona kaum sprechen kann.«
»Rudolf schläft mit mir und mit sonst niemand.«
»Wie schön für dich. Dann sehe ich aber wirklich nicht ein, warum ich Jeannette nicht für eine Weile zu Tante Lydia bringen kann.«
»Jeannette hat ein Kind.«
»Sie kann es mitnehmen. Lydia ist sehr kinderlieb.«
»Das Kind bleibt hier«, fauchte Madlon. »Sie macht sich so-

wieso nicht viel aus ihm. Es wird von mir viel besser versorgt.«
Er lehnte sich mit einem zufriedenen Lächeln zurück.
»Siehst du. Frag deine liebe Nichte, was sie von meinem Vorschlag hält.«
»Ich denke nicht daran.«
Aber Jeannette sprach auf einmal in raschem Französisch auf Madlon ein, sie hatte das wenigste von dem verstanden, was über sie geredet wurde, und sie wollte es wissen. Madlon antwortete ihr abweisend und unfreundlich, ebenfalls auf französisch, und dem konnte nun Jacob wieder nicht folgen. Er betrachtete die beiden Frauen nur. Jeannette saß auf der Bank, Madlon stand vor ihr, in geradezu drohender Haltung, ihr Gesicht war voll Zorn, schön war sie in diesem Moment wirklich nicht.
Das Gespräch wurde dadurch beendet, daß Jeannette aufsprang, ihnen den Rücken kehrte und ins Haus lief.
»Nun? Hast du ihr meinen Vorschlag unterbreitet? Was hält sie davon?«
»Ich habe dir schon gesagt, es kommt nicht in Frage.«
»Wie du willst. Ist nicht so wichtig, war nur so ein Gedanke.« Er stand nun ebenfalls auf. »Ich muß jetzt fahren. Du kannst dir das ja mal in Ruhe überlegen. Besprich es mit Rudolf. Es geht mir wirklich nur um Tante Lydia. Ich kann nicht bei ihr bleiben, ich bin die meiste Zeit in Konstanz. So in zwei Wochen komme ich wieder vorbei, und dann läßt du mich hören, was du beschlossen hast.«
»Tu es un salaud!« zischte sie.
Er lächelte. »Pardon? Ich habe nicht verstanden. Danke für das Bier. Au revoir, ma chère.«
Er kam nicht nach zwei Wochen, er kam bereits nach fünf Tagen, und man konnte es fast eine Entführung nennen. Nur daß Jeannette gern und freiwillig mit ihm ging. Sie wußte inzwischen, worum es sich handelte, und der Gedanke war höchst reizvoll für sie. Denn immer noch wußten sie alle nicht, wie Jeannette wirklich war, Pierre Vallins Tochter, Suzannes Schwester. Hatte diese Jeannette eigentlich schon gelebt, hatte sie sich selbst schon entdeckt; im Zeichen der Zwil-

linge geboren, zwielichtig, verspielt und raffiniert zugleich, neugierig auf das Leben, auf Abwechslung, auf Amüsement, nicht leidenschaftlich veranlagt, aber katzenlustig auf das Spiel mit der Liebe.
Zwischen Rudolf und Madlon hatte es fast jeden Abend Gespräche und auch ziemlich ernsthaften Streit gegeben.
»Ich habe dir immer gesagt, daß Jeannette nicht ihr ganzes Leben lang hier auf dem Hof herumsitzen kann. Sie ist jung, Madlon. Sie hat ein Recht auf ihr eigenes Leben.«
»Was soll das sein, das eigene Leben? Jacob etwa?«
»Du sprichst seinen Namen aus, als sei er dein größter Feind.«
»Sie hat ein Kind.«
»Na gut, sie hat ein Kind, das ihr nicht viel bedeutet. Das wissen wir schließlich alle. Sie hätte es am liebsten getötet, ehe es geboren war, und danach –«
»Ach, hör auf! Sie hat das Kind, und das Kind gehört zu ihr.«
»Sie kann es ja mitnehmen.«
»Nie! Nie!« rief Madlon leidenschaftlich.
»Bitte, Madlon, sei doch vernünftig! Warum unterstellst du Jacob von vornherein böse Absichten.«
»Ich kenne ihn.«
»Du hast ihn geliebt, denke ich.«
»Gerade darum kenne ich ihn.«
Mit Madlon war einfach nicht zu reden, auch wenn Rudolf es Abend für Abend geduldig versuchte. Im Grunde war es ihm gleichgültig, was Jeannette tat.
»In Bad Schachen ist jetzt Saison. Das würde ihr vielleicht Spaß machen.«
»Und dann kommt sie mit dem nächsten Kind im Bauch hier an, wie?«
Rudolf war sichtlich indigniert.
»Ich nehme an, daß diese Tante Lydia auf sie aufpassen wird. Und ich finde, du bist sehr ungerecht. Wir wissen, wie das damals passiert ist. Und seit Jeannette hier ist, hat sie keinen Mann angesehen, hat nichts getan, was dich veranlassen könnte, so häßlich von ihr zu reden.«

»Du Idiot!« fuhr Madlon ihn an. »Denkst du, ich habe nicht gemerkt, wie sie Jacob angesehen hat. Und denkst du, ich kenne Jacob nicht?«
»Das sagtest du bereits. Du bist also eifersüchtig.«
»Ich? Auf wen?«
»Auf Jacob. Und darf ich dir noch sagen, daß ich es nicht gern höre, wenn man mich einen Idioten nennt.«
»Entschuldige. Und ich bin nicht eifersüchtig auf Jacob. Aber ich werde niemals zulassen, daß er sich Jeannette einfach nimmt.«
»Du hast mir erzählt, er hat eine Frau in Afrika.«
»Na und?«
»Schön. Es ist deine Nichte. Mach, was du willst.«
»Es ist dir also egal, was aus ihr wird.«
»Ich habe sie geheiratet«, sagte Rudolf müde. »Ich weiß, das ist keine besondere Heldentat, aber es war das einzige, was ich für sie tun konnte. Ich bin bereit, mich jederzeit von ihr scheiden zu lassen, falls sie einen richtigen Mann heiraten will. Das ist, verdammt noch mal, ihr gutes Recht. Du hast ihr geholfen in einer schwierigen Situation, aber das gibt *dir* nicht das Recht, über ihr ganzes Leben zu bestimmen.«
»Sie hat ein Kind! Sie hat ein Kind!«
»Ich weiß es, du brauchst nicht so zu schreien. Sie hat ein Kind, und sie kann es mitnehmen, wohin immer sie geht.«
»Sie wird es mir nicht wegnehmen. Nie. Nie. Und du bist ein Idiot, ein Idiot, ein Idiot, wenn du nicht begreifst, daß ich das Kind nicht hergebe.«
Rudolf stand auf. Er hatte einen langen Arbeitstag hinter sich, er war müde, und er war der täglichen Gespräche über Jeannette überdrüssig bis zum Hals. Gespräche, an denen sich übrigens Jeannette, weder auf deutsch noch auf französisch, nicht im geringsten beteiligte. Sie schneiderte sich zur Zeit ein neues Kleid, weiß, mit kleinen rosa Blümchen bedruckt. Weiß war noch immer ihre Lieblingsfarbe. Sie summte vor sich hin, wenn sie vor dem Spiegel das Kleid probierte. Dann saß sie vor dem Spiegel und bürstete ihr Haar; weich, lang, sanft gelockt. Sie hielt sich überhaupt viel vor dem Spiegel auf.

Sie hörte, wie sich Madlon und Rudolf ihretwegen stritten. Aber sie dachte hauptsächlich an die weißen Schuhe, die sie sich zu dem Kleid wünschte. Aber was sollte sie mit weißen Schuhen hier mitten auf dem Land?

Jacob hatte den Tag gut gewählt. Es war schwül, und es hing ein Gewitter über den Bergen. Er dachte sich, daß sie alle draußen auf den Feldern sein würden, um bis zum Abend einzufahren.
War Madlon trotzdem da, nun, dann hatte er eben Pech gehabt. Aber es klappte wie probiert. Jeannette war allein im Haus, trödelte herum, das Kleid war fertig, und sie zog es noch einmal an, um sich darin zu bewundern. Drehte sich vor dem Spiegel, daß der weite Rock flog. In ihrem Kopf schwirrten jetzt manchmal ganz neue Gedanken herum. Wenn sie nach Brüssel ging und versuchte, dort als Schneiderin ein Auskommen zu finden. Nicht nach Gent, aber nach Brüssel. Es gab dort Modesalons in der Stadt, die sie vielleicht beschäftigen würden. Sie dachte oft an ihre Schwester Suzanne, die ihr viel von Brüssel erzählt hatte. Das Schloß, die großen Hotels, die feinen Geschäfte.
Sie hatte ganz gut verstanden, was Rudolf schon ein paarmal gesagt hatte: sie ist jung, sie ist so hübsch, sie kann doch nicht ihr ganzes Leben lang hier auf dem Land herumsitzen. Sie war nun vierundzwanzig und bereit zum Aufbruch. Es bestand eine Übereinstimmung in diesem Punkt zwischen Jacob und ihr, was sie natürlich nicht wissen konnte. Möglicherweise wäre es besser gewesen, sie hätte all ihre hübschen Kleider in einen Koffer gepackt und wäre nach Brüssel gefahren. Nur gab es da ein großes Hindernis – sie hatte kein Geld, überhaupt keins; sie hätte Madlon um Geld bitten müssen.
Nein, nicht Madlon, sondern Rudolf. War er nicht ihr Mann? Aber er würde nichts tun, ohne es mit Madlon zu besprechen. Sie spielte zwar mit all diesen Gedanken, sonst geschah nichts. Es geschah nur, daß Jacob kam, und statt sich in Brüssel an der neuesten Mode zu orientieren und noch hübschere Kleider zu machen, geriet Jeannette erneut in eine Situation, in der sie nicht glücklich werden konnte.

Niemand war zu sehen, als Jacob im Hof hielt, nicht einmal der Hund. Er stieg aus und blickte sich um, wischte sich den Schweiß von der Stirn. Es war schwül, kein Lüftchen regte sich, doch über den Bergen ballten sich immer drohender dunkle Wolken zusammen. Sie mochten herüberkommen oder nicht, das wußte man nie genau, der See blubberte, bis zum Nachmittag mochte das Gewitter dasein. Jacob ging ins Haus, auch hier alles leer und still. Waren sie alle auf den Feldern draußen, die Blonde auch?
»Ist keiner da?« rief er in die Stille des Hauses hinein, und dann regte es sich oben, am Ende der Treppe erschien das Mädchen in einem duftigen weißen Kleid und blickte staunend zu ihm herab.
»Bonjour, Jeannette. Du hast dich aber fein gemacht. Willst du ausgehen? Es wird bald ein Gewitter geben.«
Sie kam die Hälfte der Treppe herab, er stieg die andere Hälfte hinauf. Er sah, daß sie keine Schuhe trug, und sie sagte, statt jeder Begrüßung: »Ich möchte kaufen weiße Schuhe.«
»Ah, ja? Und wo?«
Sie zuckte die Achseln. »Hier es gibt nicht Laden.«
»Dann fahr mit mir, und wir suchen einen Laden. In Friedrichshafen oder in Lindau, wo wir hübsche weiße Schuhe für dein schönes Kleid finden. Hast du das auch selbst gemacht?«
Denn von Jona wußte er ja von ihrem modischen Talent.
Sie nickte.
»Und wenn wir dort überall nicht die richtigen weißen Schuhe finden, die dir gefallen, dann fahren wir nach München.«
»München?«
»Munich. Die Hauptstadt von Bayern. Kommst du mit?«
Auf der Treppe stehend führten sie ein rasches und für Jeannette weitgehend mißverständliches Gespräch. Aber sie wußte ja inzwischen, worum es ging und was er vorgeschlagen hatte. Er erzählte wieder von Tante Lydia und daß Jeannette es zunächst einmal für eine Woche versuchen sollte, dann würde man weitersehen. Sie könne jederzeit auf den Hof zurückkehren, ganz wie es ihr beliebte.
Jeannette wandte den Kopf auf dem langen schlanken Hals unschlüssig nach rechts und links.

»Madlon ist nicht da.«
»Das dachte ich mir. Keiner ist da, nicht wahr?«
»Nein. Alle auf Feld.«
»Und wo ist der Kleine?«
»Chez Flora«, meinte Jeannette lässig.
Wer Flora war, wußte Jacob aus den Erzählungen seiner Mutter, auch daß Flora ebenfalls einen Buben hatte, etwas jünger als der kleine Ludwig.
Flora war nicht aufs Feld gefahren, sie würde sich heute nur um das Vieh kümmern und abends für alle kochen. Den kleinen Ludwig hatte sie schon am Morgen geholt, er saß zusammen mit ihrem Buben in einem Laufstall, den sie aber ins Haus geholt hatte, denn die Fliegen und Bremsen waren heute sehr bissig.
So bemerkte auch Flora nichts von dem Aufbruch oder, wenn man es denn so nennen wollte, von der Entführung.
»Laß uns deinen Koffer packen«, hatte Jacob gesagt, ohne weitere Debatten zu führen. »Du wirst die hübschen Kleider in Bad Schachen brauchen.«
Jeannette folgte ihm wie verzaubert in ihr Zimmer; sie war zu verwirrt, um an vernünftiges Packen zu denken, er besorgte es für sie. Es zeigte sich, daß der Koffer, mit dem sie angereist war, inzwischen nicht ausreiche, um die angewachsene Garderobe aufzunehmen.
»Macht nichts«, sagte Jacob, »wir legen die Sachen hinten ins Auto, da werden sie schon nicht zerdrückt.«
Sie wollte sich umziehen, aber er sagte: »Laß doch. Du siehst so süß aus in dem Kleid. Und vielleicht bekommen wir unterwegs doch irgendwo Schuhe. Und wenn es regnet, kann ich das Verdeck hochmachen, kein Problem.«
Während sie fahrig in ihren Sachen kramte, ging er mehrmals vors Haus und blickte um sich. Nun, da alles so weit gediehen war, hätte es ihn geärgert, wenn man sie überrascht hätte. Es erwies sich auch als Vorteil, daß die Frontseite des alten Hofes vom neuen Hof nicht eingesehen werden konnte. Falls Flora wirklich aus dem Fenster sah, sah sie gar nichts, nicht einmal das Auto. Zum Schluß verlangte er noch, daß Jeannette ein paar Zeilen an Madlon schrieb. Das fiel ihr schwer.

»Was ich schreiben?« fragte sie verzagt.
»Du kannst ja auf französisch schreiben«, sagte er. »Schreib einfach, Jacob ist gekommen, hm – Jacob est venu – ja, richtig? Je aller, nö, heißt, glaub ich, je vais pour une semaine à Tante Lydia. Na, so ähnlich, das wirst du wohl fertigbringen.«
Jeannette kicherte aufgeregt, ihre Wangen hatten sich gerötet, ihre Augen, gar nicht mehr unschuldig und kindlich, blitzten. Seltsam war es schon. Sie hatte gar keine Angst vor Jacob. Nicht die geringsten Bedenken, mit ihm zu fahren. Dabei hatte sie ihn erst drei- oder viermal in ihrem Leben gesehen.
Ein wenig doch Suzannes Erbe? Oder einfach Hunger auf Leben, und war das nicht zu verstehen? Es genügte einfach nicht, sich nur immer selbst im Spiegel zu bewundern, ein anderer mußte es endlich auch einmal tun.
Und das widerfuhr ihr an diesem Tag reichlich, sie wurde allerseits und sehr ausführlich bewundert.
In Friedrichshafen bekamen sie wirklich weiße Schuhe, mit ziemlich hohen Absätzen sogar, in denen Jeannette erst gehen lernen mußte. Die braunen Halbschuhe, die sie bisher getragen hatte, ließ sie mit einem Seufzer der Erleichterung ins Wageninnere fallen.
Sie fuhren die Uferstraße entlang, es regnete immer noch nicht, im Gegenteil, die schwarzen Wolken blieben zurück, nur drüben über den Bergen zuckten manchmal Blitze.
Sie kamen am frühen Nachmittag in Schachen an, und Jeannettes Auftritt war ein voller Erfolg. Die Arbeit war noch in vollem Gange, das Haus voller Menschen, auch Felix war da. Tante Lydia streifte ruhelos im Garten umher mit unglücklichem Gesicht, und da trat plötzlich Jacob auf sie zu, und an der Hand führte er ein engelszartes Geschöpf in einem weißen Kleid, das mit rosa Blümchen übersät war.
»Das ist Jeannette, Tante Lydia. Sie wird dir eine Weile Gesellschaft leisten und wird dich von dem ganzen Durcheinander ablenken. Ihr könnt schön im Park spazierengehen. Sie spricht ein bißchen Deutsch, und du sprichst ja Französisch, also werdet ihr euch wohl ganz gut verständigen.«
»Ist das Madlons Nichte?«
»Ja. Madlon vertraut sie einige Zeit deiner Obhut an.«

»Wie reizend, Jacob«, sagte Tante Lydia und betrachtete entzückt die junge Frau, die stumm und verlegen vor ihr stand. Benedikt kam aus dem Haus gehumpelt und starrte staunend, und aus den Fenstern staunten die Handwerker. Dann kam glücklicherweise Felix Koriander und brachte Bewegung in die stumme Szene. »A la bonheur! Was hast du dir da Hübsches eingefangen, Jacob?« Denn inzwischen duzten sie sich, nachdem sie neben all der Arbeit auch eine Anzahl von guten Schoppen miteinander geleert hatten.
Von raschem Entschluß, wie Felix war, stellte er sofort fest: »Also, die junge Dame kann hier nicht wohnen, und deiner Tante ist es beim derzeitigen Stand der Arbeit eigentlich auch nicht mehr zuzumuten. Weißt du, was wir machen? Wir bringen die beiden Damen ins Hotel. Sie sollen für zwei Wochen oder so im Hotel wohnen, bis wir wenigstens ein paar Zimmer und die Küche und ein Bad ordentlich instand gesetzt haben. Was hältst du davon?«
Jacob fand den Vorschlag gut. Er fand ihn sogar großartig. Das enthob ihn zunächst jeder Verantwortung. Kam Madlon wirklich wutschnaubend morgen hier an, und Jeannette wohnte mit Tante Lydia im Hotel – unverfänglicher konnte die Situation nicht sein. Zumal er keineswegs die Absicht hatte, sich sogleich auf Jeannette zu stürzen. Jeannette war nicht Madlon, die seinerzeit vom Fleck weg mit ihm fuhr und am selben Abend mit ihm ins Bett ging. O nein, in diesem Fall war es anders, das mußte sich entwickeln, das brauchte seine Zeit, und gerade das hatte für ihn einen besonderen, ganz neuen Reiz.
Wie sich zeigte, war im Kurhotel kein Zimmer frei, es war Hochsaison, alles besetzt. Für Felix kein Problem.
»Der Bayerische Hof in Lindau! Ein prachtvolles Hotel. Ich kenne den Besitzer gut. Ich rufe sofort an.«
Gegen Abend brachten Felix und Jacob die aufgeregte Tante Lydia und die eingeschüchterte Jeannette nach Lindau hinein. Sie bekamen zwei hübsche Zimmer mit Blick auf den Hafen.
»Alors, mon enfant«, rief Tante Lydia, »n'est-ce pas merveilleux?«

»Si«, flüsterte Jeannette. »C'est admirable.«
Im Rheintal war es noch hell, eine gelbgrüne Helligkeit, die auf den See hinausstrahlte. Doch sonst war der Himmel von Wolken überzogen, auf den Bergen blitzte es, von fern grollte Donner, der See schäumte unruhig.
Später speisten die beiden Herren mit den Damen auf der Terrasse des Hotels, aufmerksam bedient, ein vorzügliches Menü. Tante Lydia in ihrem besten Grauseidenen war lebhaft wie lange nicht mehr. Das war wie in alten Zeiten, als sie mit ihrem Maxl auf Reisen ging und in vornehmen Hotels wohnte.
Sie begann davon zu erzählen, von Baden-Baden, von Straßburg, von Luzern, von Paris, und landete schließlich bei ihren glücklichen Jahren im Berlin der Kaiserzeit. Sie sprach halb Deutsch, halb Französisch, sie schien um Jahre jünger geworden, und Jacob, als er sie ansah, beglückwünschte sich zu seinem Einfall, Jeannette mitgebracht zu haben.
Auch Felix war dieser Meinung.
»Das hast du gut gemacht, Jacob. Jetzt werden wir in Ruhe zu Ende bauen können.«
»Aber wie lange sollen wir denn hier wohnen?« fragte Tante Lydia. »Das ist doch entsetzlich teuer.«
»A bah!« sagte Felix wegwerfend. »Sie haben uns soeben von glanzvollen Zeiten erzählt, gnädige Frau. Die kommen nicht wieder. Aber ein Hotelzimmer oder auch zwei, das können wir uns auch heute noch leisten. Das ist im Umbau inbegriffen.«
»Aber ihr müßt euch um den Benedikt kümmern, wenn ich nicht da bin. Er ist bestimmt ganz verzweifelt.«
»Er hat genug zu tun. Und es wird ihn beruhigen, daß Sie gut untergebracht sind.«
Und Jeannette? Sie war an diesem Abend wieder so, wie Jona sie genannt hatte: eine Traumtänzerin.
Sie sprach nicht viel, ihre Augen waren groß und staunend geöffnet, und später, als sie müde wurde vom Essen und vom Wein, von der Aufregung des ganzen Tages, sank die Müdigkeit wie ein Schatten in sie hinein, das Blau verblaßte, die langen Wimpern senkten sich wie ein Vorhang darüber.

»Das arme Kind ist müde«, sagte Tante Lydia gegen zehn.
»Wir haben erstklassige Betten oben, wie ich festgestellt habe; und morgen können wir ausschlafen. Kein Krach, kein Staub, kein Hämmern, es wird wunderbar sein.«
»Morgen zeigen Sie Jeannette Lindau«, schlug Felix vor, »das heißt, falls es nicht regnet. Sonst ruhen Sie sich schön aus im Hotel, essen etwas Gutes und lesen einen spannenden Roman. Einer von uns läßt sich immer mal hier blicken.«
Als Felix und Jacob zurückfuhren nach Schachen, regnete es sacht vor sich hin. Das Gewitter war am anderen Ende des Sees hängengeblieben, hier hatten sie kaum etwas davon gemerkt. Nur jetzt dieser sanfte, leise Regen, der wohltuend war nach der Schwüle des Tages.
»Hast du Absichten auf die Kleine?« fragte Felix nach einer langen Weile des Schweigens.
»Vielleicht«, antwortete Jacob. »Wenn sie will. Und wenn Madlon mir nicht vorher die Augen auskratzt.«
»War sie dagegen, daß sie mitkam?«
»Ich habe Jeannette gewissermaßen entführt. Madlon hat es erst gemerkt, als sie vom Feld hereinkam. Es ist möglich, daß sie morgen hier aufkreuzt.«
Er erzählte kurz, was sich abgespielt hatte bei seinem Besuch vor fünf Tagen und wie er es heute gemacht hatte. Felix lachte: »Du bist ein Filou. Aber so wie es jetzt ist, kann Madlon nicht viel daran auszusetzen haben. Jeannette ist in guter Hut. Und so wie sie wirkt, Jeannette, meine ich, wirst du sowieso sehr vorsichtig mit ihr umgehen müssen. Sie hat ein Kind, sagt du. Das erscheint höchst unglaubwürdig. Sie wirkt so, als hätte noch kein Mann sie berührt.«
Was wußten sie wirklich über Jeannette? Was wußte irgend jemand, der sie kannte, einschließlich Madlon, von ihr?
Eine lieblose, verworrene Jugend, ein paar behütete, aber auch wiederum weltfremde Jahre bei den Beginen, dann plötzlich Arbeiterin in einer Fabrik, die kranke Schwester, die von einer fremden, seltsamen Welt erzählte und dann starb. Der Schock einer Vergewaltigung, die Schwangerschaft, die Verzweiflung. Und dann hatten sie sie in ein Glashaus gesetzt.

Wie Jacob richtig vermutet hatte, schäumte Madlon vor Wut, und Rudolf hatte es auszubaden. Auch dieser Abend nach Jeannettes Verschwinden endete mit Streit, die Verstimmung hielt am nächsten Morgen an, als Madlon schweigend in aller Herrgottsfrühe das Frühstück auf den Tisch stellte. Nicht wie sonst besprachen sie die anstehende Arbeit des Tages, und an Madlons Kleidung konnte man sehen, daß sie nicht die Absicht hatte, daran teilzunehmen. Sie trug das hellgraue Baumwollkleid mit dem weißen Kragen, das sie immer anzog, wenn sie nach Meersburg oder Markdorf zum Einkaufen fuhren. Sie hatte sich also wohl entschlossen, der geflohenen Nichte nachzufahren.
Aber dem war nicht so. Madlon hatte Hemmungen, nach Bad Schachen zu fahren, sie kannte Lydia von Haid nicht, sie hatte keine Ahnung, was sie dort vorfinden würde.
Als Rudolf ihr nicht den Gefallen tat zu fragen, teilte sie ihm schließlich kurz mit, daß sie mit dem Morgenschiff hinüber nach Konstanz fahre. Rudolf trank den letzten Schluck Kaffee und blickte mit unbewegter Miene zu ihr auf. »So«, sagte er, sonst nichts.
»Ich muß mit Jona sprechen.«
»Willst du *sie* engagieren, damit sie Jeannette zurückholt?«
»Ich muß mit ihr sprechen«, wiederholte sie und verließ die Küche.
Etwas Besseres war ihr nicht eingefallen, als Jona um Rat zu fragen. War sie nicht Jacobs Mutter, besaß sie nicht Autorität genug, auch ihrem Sohn gegenüber? Rudolf hatte schon recht. Ihr schwebte vor, Jona würde die Sache in die Hand nehmen, und dann würde alles wieder gut werden.
Aber Jona dachte nicht daran. Sie schüttelte den Kopf, als sie Madlons wütende Tirade über Jacob zu Ende angehört hatte. »Er wird Jeannette kaum mit Gewalt mitgenommen haben«, sagte sie ruhig. »Du hast gerade selbst gesagt, Jacob habe Eindruck auf sie gemacht. Hast du denn nicht erwartet, daß so etwas Ähnliches einmal passieren würde?«
Sie dachte genau wie Rudolf. »Du kannst Jeannette nicht ein Leben lang auf dem Hof einsperren.«
»Aber ausgerechnet Jacob.«

Ludwig, der bei dem Gespräch dabei war, sagte: »Ich gebe Madlon recht, es ist eine irrwitzige Situation. Aber so lebt ihr da drüben nun schon lange Zeit. Du mußt dir doch klar darüber sein, Madlon, daß an eurem ganzen Leben nichts normal ist.«
Jona senkte den Blick und sah an ihrem Mann vorbei.
»Ich nehme an, damit bin ich auch gemeint«, sagte sie düster. »Ich glaube, es liegt ein Fluch auf dem Hof.«
Ludwig mußte lachen, dann husten. »Komm, Lieberle, werde nicht allzu dramatisch. Zugegeben, es war immer alles etwas ungewöhnlich. Es begann, als dein Vater den Moosbacher auf den Hof nahm.«
»Nein«, widersprach Jona. »Es begann viel früher. Viel, viel früher. Richtig glücklich werden kann dort keiner mehr. Es ist doch ein Fluch.«
Madlon blickte verständnislos von einem zum anderen, dann begann sie ihre Litanei von vorn.
»Hör zu, Madlon«, unterbrach Jona sie energisch, »ich gebe dir recht, daß es nicht unbedingt Jacob sein mußte. Oder denkst du, mir gefällt das? Ich habe auch, ehrlich gestanden, nicht erwartet, daß er sich bei euch blicken läßt. Mag sein, es ist eine gewisse Ranküne bei dem, was er getan hat. Und was Jeannette betrifft? Soweit ich sehe, ist er der einzige akzeptable Mann, den sie seit langem zu Gesicht bekommen hat. Du kannst sie nicht an einen Bauern oder an einen aus dem Dorf verheiraten, keiner würde sie nehmen als geschiedene Frau mit einem Kind und dazu von unklarer Herkunft. Die Menschen auf dem Land denken halt noch recht konservativ.«
»Und was wird meine kleine Jeannette nun sein? Die Mätresse von Jacob.«
»Ein hübsches, altmodisches Wort«, meinte Ludwig.
»Ihr könnt das doch nicht zulassen«, rief Madlon verzweifelt und begann zu weinen. »Das ist doch – das ist doch unmöglich. Ich dulde es nicht.«
Jona, einen harten Zug um den Mund, sah die weinende Madlon ungerührt an.
Ich hätte sie längst wegschicken sollen. Alle. Und vor allem die Nichte. Mitsamt dem Kind.

Doch sofort stockten ihre Gedanken. Mitsamt dem Kind? Hatte sie nicht selbst gesagt, es sei ihr nur recht, wenn ein Kind, wohlbehütet und wohlversorgt, auf dem Hof aufwachsen könne? Man konnte es drehen und wenden, wie man wollte, sie waren alle gefangen in diesem Chaos der Gefühle und der Geschehnisse. Sie selbst doch auch. Das Testament fiel ihr ein. Sie hatte ja dafür gesorgt, daß die Verhältnisse auf dem Hof sich nicht ändern konnten. Rudolf und Madlon, die Nichte, das Kind – ihnen allen gehörte jetzt der Hof, ihr selbst am wenigsten. Sie war fortgegangen und hatte ihnen alles überlassen. Hatte sie sich innerlich gelöst von dem Hof? Nein, nie. Aber sie konnte dort nicht mehr leben, so wie es jetzt war. Ihr würde es nur lieb sein, wenn Jeannette vom Hof verschwand, und noch besser wäre es, sie wäre endlich von Rudolf geschieden, damit wenigstens in dieser Hinsicht klare Verhältnisse herrschten. Aber wollte sie etwa, daß Jacob Jeannette heiratete? Nein, gewiß nicht. Und noch war Jacob mit Madlon verheiratet oder jedenfalls so etwas Ähnliches.
Es war überall das gleiche Durcheinander.
Sie lachte kurz auf. »Es bleibt immerhin alles in der Familie.«
Madlon war auch auf Jona zornig. Keiner verstand sie, keiner wollte ihr helfen.
Nach Bad Schachen zu fahren, lehnte Jona entschieden ab. Sie würde sich nicht einmischen, und sehr vertraut war ihr Verhältnis zu Lydia nie gewesen.
»Bien«, sagte Madlon verbissen, »dann fahre ich.«
Das gelbe Leinenkleid paßte nun wirklich nicht mehr, sie ließ es im Schrank. Doch sie ging zum Friseur, kaufte sich eine Hautcreme, Puder und einen Lippenstift.
Am nächsten Tag überquerte sie wieder den See. Zu Hause holte sie den kleinen Ludwig bei Flora ab und überprüfte seine und ihre Garderobe. Sie hatte sich entschlossen, das Kind mitzunehmen, das konnte seine Wirkung auf Jeannette und schließlich auch auf Jacob nicht verfehlen. Was sollte sie anziehen? Das graue Baumwollkleid war nicht mehr ganz sauber, und außerdem war es ihr auch nicht elegant genug für diese Mission. Die Kleider, die Jeannette für sie gemacht hatte, waren ja recht hübsch, nur waren sie alle, Jeannettes Ge-

schmack entsprechend, verspielt, flattrig, mit weiten Röcken und luftigen Ärmeln. Warum aber nicht, es war schließlich Sommer.
Als Rudolf abends vom Feld kam, schwieg sie zunächst, wie er auch, aber ihrem Temperament entsprach langes Schweigen und Schmollen nicht. Sie legte die Arme um seinen Hals und küßte ihn.
»Hab mich wieder lieb«, bat sie. »Es tut mir leid, wenn ich dich geärgert habe.«
Und dann erzählte sie ihm, daß Jona es abgelehnt habe, sich des Falles anzunehmen.
»Das hätte ich dir vorher sagen können.«
Und seltsam, er dachte in dieser Stunde genau dasselbe, was Jona am Tag zuvor gedacht hatte.
Wir haben sie von ihrem eigenen Hof vertrieben, ich, Madlon, Jeannette, das Kind – wir haben ihr zuviel zugemutet. Würde sie nun für immer drübenbleiben am anderen Ufer? Gewiß, er hatte Madlon, er liebte sie, aber nicht so, wie er all die Jahre Jona geliebt hatte, wie er sie immer noch liebte. Das wurde ihm blitzartig klar, und es traf ihn so, daß er nicht weiteressen konnte, wie eine Faust umkrallte es seinen Hals, Schweiß trat auf seine Stirn. Was hatte er Jona angetan!
»Ich fahre morgen nach Bad Schachen«, verkündete Madlon. Er nickte, ohne sie anzusehen.
»Tu, was du nicht lassen kannst.«
»Und das Kind nehme ich mit.«
Rudolf schob den halbgeleerten Teller zurück und sprang so heftig auf, daß sein Stuhl umfiel. Seine Stirn rötete sich, seine Stimme bebte vor Wut.
»Wenn du das tust, brauchst du niemals wieder hierher zurückzukehren, du nicht, das Kind nicht und dein verdammtes Miststück von Nichte schon dreimal nicht.«
Madlon starrte ihn sprachlos an. So hatte sie Rudolf noch nie erlebt, es sah aus, als wolle er sie schlagen.
»Das ist die größte Geschmacklosigkeit, von der ich je gehört habe«, fuhr er fort. »Du willst behaupten, du liebst das Kind? Und willst es auf diese Art mißbrauchen? Hör gut zu, was ich sage!« Und nun schrie er. »Keiner von euch dreien wird je

wieder den Hof betreten, wenn du ihn morgen zusammen mit dem Kind verläßt. Ich hoffe, du hast mir genau zugehört und hast es verstanden.« Dann verließ er den Raum und schlug mit lautem Knall die Tür hinter sich zu.
Madlon saß wie erstarrt. War das wirklich Rudolf gewesen? So hatte sie ihn noch nie erlebt. Heftige Zornesausbrüche, Jähzorn, das hatte sie bei Jacob erlebt, oft aus nichtigen Gründen. Aber Rudolf war immer ausgeglichen, immer ruhig und gelassen, er fluchte nicht, es gab keine rauhen Worte, auch zu den Leuten nicht, und schon gar nicht hatte er je ein lautes Wort zu ihr gesagt. Aber sie hatte erkannt, daß er es ernst gemeint hatte.
Wut stieg jetzt auch in ihr auf, sie ballte die Fäuste, und sie war nahe daran, ihm nachzulaufen und ihn genauso anzuschreien. Die Haustür fiel nun auch zu. Er ging also fort. Madlon sprang auf, es war noch hell draußen, sie konnte ihn sehen, sie konnte ihm folgen und –
Doch sie blieb sitzen und fing an zu weinen, wütend und verzweifelt wie ein geschlagenes Kind.
Nach einer Weile ging sie in ihr Zimmer und setzte sich neben das Bettchen des Kindes. Sie hatte es heute zeitig zu Bett gebracht, denn sie wollte am nächsten Tag sehr früh aufbrechen. Aber nun war sie nahe daran, das ganze Unternehmen aufzugeben. Sollte Jeannette doch tun, was sie wollte. Hauptsache, das Kind blieb ihr.
Bis zum nächsten Morgen hatte sie es sich wieder anders überlegt. Sie würde fahren, nun erst recht, ihr Stolz ließ es nicht zu, total klein beizugeben, aber sie würde allein fahren, ohne das Kind.
Rudolf verließ schon früh um fünf den Hof, und kurz danach stand Madlon auf, bereitete alles für die Fahrt vor, brachte den Buben hinüber zu Flora und startete, ehe die große Hitze begann, mit dem Studebaker in Richtung Bad Schachen. Sie hatte sich sehr sorgfältig zurechtgemacht, ein wenig geschminkt, ihr Haar lockte sich schimmernd, und sie trug ein zartgrünes Seidenkleid mit tiefem Ausschnitt. Die Verschönerungsaktion allerdings hatte sie erst vorgenommen, nachdem sie bei Flora gewesen war.

Und dann war wieder alles ganz anders, als sie es erwartet hatte. Das Haus war nicht schwer zu finden, sie fuhr vor, stieg aus und sah sofort, daß hier wirklich gearbeitet wurde. Überall standen Karren mit Bauschutt, Handwerkszeug lag herum, das Hämmern klang laut durch den stillen Vormittag. Von der Straße aus führte ein kleiner Weg durch den Vorgarten zum Eingang des Hauses, der seitwärts lag. Zögernd ging sie hinein, ratlos stand sie auf der Schwelle. Staub und Lärm, genau wie Jacob es geschildert hatte. Plötzlich überkam sie Mitleid mit Jeannette. Was sollte das arme Kind denn hier? Vielleicht wirklich arbeiten, anderer Leute Dreck wegräumen? Sie fragte einen Maurer, der mit einem Eimer voll angerührtem Mörtel an ihr vorbeidrängte, nach Frau von Haid.
Der Mann zuckte die Achseln.
»Die isch nit do.«
Aber da kam Felix Koriander die Treppe herab. Er war im ersten Stock gewesen, wo gerade neue Fensterstöcke eingesetzt wurden, und sah den Wagen vorfahren. Er wußte sofort, wen er vor sich hatte. Und sie gefiel ihm gut – die großen dunklen Augen in dem gebräunten Gesicht, das volle, rotdunkle Haar – eine interessante Frau.
»Koriander«, stellte er sich vor. »Und ich nehme an, Sie sind – eh, Jacobs Frau. Madlon.«
Er war wie immer gewandt und liebenswürdig, der Situation gewachsen. Und dazu ein Mann von attraktivem Aussehen. So etwas wirkte auf Madlon sofort.
Sie lächelte ihn an.
»O ja. Woher kennen Sie mich?«
»Jacob hat von Ihnen gesprochen, Madame. Madlon ist eine schöne Frau, hat er gesagt. Und voilà, das sind Sie.«
Das war ein guter Anfang, der Madlon den Wind des Zorns, der sie hergetrieben hatte, aus den Segeln nahm.
Er legte leicht seine Hand unter ihren Ellenbogen.
»Kommen Sie mit mir in den Garten, Madame. Hier drinnen ist es schmutzig, es wäre schade um Ihr schönes Kleid.«
Und während sie um das Haus herum in den Garten spazierten, ganz gemächlich und in freundlichem Einvernehmen, fuhr er fort: »Ich kann Ihnen leider nichts anbieten. Wir ar-

beiten jetzt mit Volldampf, solange die Dame des Hauses nicht da ist, damit wir möglichst schnell vorankommen.«
»Frau von Haid ist nicht da?«
»Nein. Wir haben sie für die schlimmste Zeit des Umbaus ausquartiert, sie wohnt derzeit in einem Hotel in Lindau. Zusammen mit Ihrer Nichte Jeannette, die ihr Gesellschaft leistet. Es war wirklich eine sehr gute Idee von Jacob, die junge Dame mitzubringen. Wissen Sie, Frau von Haid war ganz verzweifelt in diesem Trubel hier. Aber jetzt fühlt sie sich recht wohl, glaube ich. Und Ihre Nichte ist ja ein sehr liebes Mädchen, die beiden Damen verstehen sich ganz ausgezeichnet.«
Das hatte er am Abend zuvor festgestellt. Sie waren zum Abendessen nach Lindau gefahren, er und Jacob, und diesmal war auch Ellen dabei, Korianders Frau, die natürlich neugierig war, nachdem sie die Geschichte nun kannte.
Einen hübschen Abend hatten sie verbracht, ganz unbeschwert, geradezu fröhlich. Sie hatten in der Weinstube Frey gegessen, waren dann ein wenig unter einem klaren Sternenhimmel auf der Uferpromenade hin und her spaziert und zu einem letzten Glas Wein im Hotel eingekehrt. Lydia war kaum wiederzuerkennen, heiter, gelöst, gesprächig, und zwar mühelos in zwei Sprachen, und da auch Ellen gut Französisch sprach, wechselten die Damen munter von einer Sprache in die andere, auch wenn sie Jeannette immer wieder ermutigten, das eben Gesagte auf deutsch zu wiederholen. Jeannette war ebenfalls ganz unbefangen und sah sehr reizvoll aus.
»Jeannette wohnt im Hotel?« fragte Madlon fassungslos.
»Ja. Sie sehen doch selbst, Madame, daß man hier zur Zeit nicht wohnen kann.«
»Und wo ... wo ist Jacob?«
»Er wohnt bei uns. Das heißt, bei meinen Eltern. Im Moment ist er nicht da, er ist mit unserem Polier zum Einkaufen gefahren, es fehlen ein paar Kleinigkeiten. Aber ich denke, daß er bald zurückkommt. Am Nachmittag will er nach Lindau fahren und mit den Damen die Tapeten aussuchen.«
»Tapeten?«
»Nun ja, die Dame des Hauses muß da natürlich das erste

Wort haben. Und Ihre Nichte hat einen sehr guten Geschmack, wie man schon an ihrer Kleidung sieht. Ich denke, ihr Rat wird sehr nützlich sein.«
Madlon war selten in ihrem Leben so überfahren worden, aber gegen Korianders Charme kam sie nicht an. Und sie konnte ihn schlecht fragen, ob ihr Mann mit ihrer Nichte schlief.
Nun kam zum Glück Benedikt angehumpelt, machte einen Diener und besah sich neugierig die Frau von Jacob Goltz, von der so manchesmal die Rede gewesen war. Ihm gefiel sie ausnehmend gut.
»Was meinst du, Benedikt, können wir der gnädigen Frau etwas anbieten? Es ist wieder ziemlich heiß heute, und sie hat eine lange Fahrt hinter sich.«
Die Maurer hätten zwar genügend Bier im Haus, meinte Benedikt, doch das würde der gnädigen Frau ja kaum munden. Aber er könne eine Flasche Wein aus dem Keller holen, frischen Hagnauer, und saubere Gläser habe er auch.
»Das ist eine großartige Idee«, rief Koriander, der niemals Wein am Vormittag trank. »Trinken wir ein Glas Wein und warten auf Jacob. Und dann kommen Sie mit uns und essen bei meinen Eltern.«
»O nein, danke, das ist wirklich nicht nötig«, wehrte Madlon ab.
»Aber Jacob ißt fast jeden Tag bei uns. Meine Mutter kocht selbst und mit sehr viel Liebe. Meine Frau ist ein wenig schonungsbedürftig«, er lächelte, »sie ist im sechsten Monat.«
»Oh!« machte Madlon, sofort interessiert. »Wie schön! Ihr erstes Kind?«
»Ja. Wir sind auch entsprechend aufgeregt. Oder vielmehr ich bin es. Frauen nehmen ja diese Umstände weit gelassener hin.«
Sie saßen im Schatten des großen Thujabaumes, weit vom Haus entfernt, um dem Lärm zu entgehen, und hatten fast die ganze Flasche Wein geleert, als Jacob auf der Szene erschien. In Hemdsärmeln, braungebrannt, frisch aussehend, kaum hinkend. Wie immer, wenn es warm war, plagte ihn das Bein so gut wie gar nicht.

Madlon war im besten Flirt mit Koriander begriffen, ihre Augen glitzerten, ihr Mund war schön und weich, und sie lächelte Jacob entgegen, als er durch den Garten auf sie zukam. Jona hätte sie so sehen sollen, auch Rudolf, kein Zorn und keine Angriffslust mehr; auch Madlon hatte offenbar, genau wie Jeannette, ein wenig Abwechslung nötig gehabt.
»Madlon! Chérie!« sagte Jacob, beugte sich herab und küßte sie auf die Wange.
»Ah, tu es un salaud!« wiederholte Madlon die Worte, mit denen sie ihn vor einer Woche verabschiedet hatte, aber heute hatten sie einen anderen Tonfall.
Eine Weile später gingen sie dann hinüber zu dem Haus von Korianders Eltern, das nur über die Straße und um die nächste Ecke lag, nachdem Felix einen Lehrbuben hinübergeschickt hatte, um seine Mutter zu fragen, ob sie noch einen Gast bewirten könne.
Sie konnte, der Empfang war herzlich, das Essen gut, und Ellen Koriander, eine aparte, rotblonde junge Frau, verstand sich sofort sehr gut mit Madlon.
Am Nachmittag fuhr Madlon mit Jacob nach Lindau hinein und fand Lydia und Jeannette bereits wartend auf einer Bank auf der Uferpromenade sitzend.
Jeannette, diesmal in einem kirschroten Kleid mit weißen Punkten und einem großen weißen Kragen, sah entzückend aus. Und sie hatte sich doch wirklich die Lippen ein wenig geschminkt, wie Madlon sofort erkannte. Noch dazu im gleichen Rot wie das Kleid. Das war die Vormittagsbeschäftigung der Damen gewesen, einen Lippenstift für Jeannette zu kaufen. Lydia hielt das auch für nötig, sie war nicht altmodisch, auch wenn sie aus einer Zeit stammte, in der eine wirkliche Dame sich nicht schminkte.
»Aber das«, so erklärte sie Jeannette, »muß man nicht so ernst nehmen. Ein bißchen haben wir immer nachgeholfen, jedenfalls einige von uns, die halt eitel genug waren. Ich färbte auch immer meine Wangen und meine Lippen mit etwas Rouge, ganz vorsichtig natürlich. Als wir in Berlin lebten, Jeannette, da waren wir gut befreundet mit einer berühmten Schauspielerin vom Hoftheater, die hat mir gezeigt, wie man

das macht. So wie wir uns auf der Bühne schminken, sagte sie, darf es an anderem Ort niemals zu sehen sein. Die kleinen Schönheitshilfen müssen sehr behutsam angebracht werden, besonders bei Tageslicht. Am Abend darf man ein wenig kühner sein. Das war in Berlin, wohlgemerkt. Als wir noch in Landsberg lebten, hätte ich nicht im Traum daran gedacht.«
»Ich weiß auch, wie man das macht«, erzählte nun Jeannette. »Meine Schwester Suzanne schminkte sich immer. Vielleicht ein bißchen zu stark. Und sie sagte immer, ich solle es auch tun.«
»Erzähl mir von deiner Schwester.«
Leicht vorzustellen, daß die beiden Damen, die alte und die junge, sich nicht langweilten. Und langwierig waren diese Unterhaltungen auch, denn Lydia bestand darauf, daß Jeannette alles, was sie aussprach, gleich darauf auf deutsch wiederholte, wobei sie ihr über die Sprachklippen half, und umgekehrt ging es genauso, Lydia sagte etwas auf französisch und wiederholte es dann langsam, mit genauen Erklärungen dazwischen, auf deutsch. Oder sie standen vor einem Schaufenster, und Jeannette mußte die Dinge, die darin ausgestellt waren, mit den richtigen Namen bezeichnen. Dabei spielte es keine Rolle, ob es sich um eine Metzgerei, einen Hutladen oder eine Drogerie handelte. Dann mußte Jeannette ein Haus beschreiben, Tür, Fenster, erster Stock, zweiter Stock, ein Torbogen... »Comment?«
»Torbogen«, sprach Tante Lydia mit gespitzten Lippen.
Kirchturm war auch ein schweres Wort und erst Kirchturmuhr! Keine Minute war es den beiden langweilig, das ging mühelos von einer Runde in die andere, angefangen beim Frühstück über den Stadtbummel bis zum Mittagessen, gerade daß sie Zeit für ein kleines Nickerchen nach dem Essen fanden.
Jeannette machte das alles großen Spaß, und sie war zutraulich wie ein Kind. Jetzt allerdings blickte sie mit ängstlichen Augen Madlon entgegen, die an Jacobs Seite auf sie zukam. Halb und halb hatte sie so etwas erwartet.
Doch die Begrüßung fiel freundlich aus. Madlon war klug ge-

nug, erkannt zu haben, daß sie die gegebene Situation hinnehmen mußte. Der richtige Zeitpunkt, Jeannette warnend darauf hinzuweisen, auf was sie sich da einließ, würde sich schon finden.
Als Jeannette merkte, daß ihr kein Ungemach von Madlon drohte, begann sie sofort sprudelnd zu erzählen. Was für ein wunderbares Hotel dies sei, und was für ein schönes Zimmer sie habe, Madlon müsse sich das nachher gleich ansehen, und dieser Hafen, sei er nicht wundervoll? Dies da sei der Leuchtturm, und gegenüber saß der Löwe, der bayerische Löwe.
Und weil sie sich das jetzt schon angewöhnt hatte, wiederholte sie die beiden Worte auf deutsch. Leuchtturm, das hatte sie gestern lange geübt.
Auch von Lindau hatte sie nun schon einiges gesehen, die Kirche sei wundervoll, ach, und das Damenstift!
»Früher war es ein richtiges Kloster, aber dann war es wie bei den Beginen. Alles feine Damen aus guter Gesellschaft, sie waren frei, weißt du, aber gut behütet. Es ist ein herrliches Gebäude. Wirst du es dir ansehen?«
Ihre Augen waren die Unschuld selbst, ihr Lächeln kindlich sanft, ihre Bewegungen voller Anmut.
Du kleines Luder, dachte Madlon, ich habe dich bisher gar nicht richtig gekannt. Sie sah den gütigen Blick der alten Dame und das Lächeln von Jacob, das gewisse Lächeln, das sie nur zu gut kannte. Sie hatte Mühe, erneut aufsteigenden Zorn zu bekämpfen. Aber da war wohl nichts mehr zu machen. Jeannette würde auf den Hof nicht zurückkehren, nicht wegen ihr und schon gar nicht wegen des Kindes.
Und wie recht Rudolf gehabt hatte! Wie albern, wenn sie jetzt hier mit dem Kind an der Hand aufgekreuzt wäre. Sicher hätte sich Jeannette zu einer zärtlichen Umarmung und zu einem Küßchen herbeigelassen, und dann hätte sie, wie meist, den Buben Madlon überlassen.
Dann gingen sie Tapeten aussuchen, ein langwieriges Unternehmen, ermüdet kehrten sie zum Hotel zurück, und Jacob meinte, daß Madlon heute auf keinen Fall mehr zurückfahren könne, er werde nachfragen, ob es auch für sie ein Zimmer im Hotel gebe. Im Bayerischen Hof war nichts mehr frei, aber im

daneben gelegenen Hotel Reutemann konnte Madlon untergebracht werden.
Kurz vor Geschäftsschluß gingen Madlon und Jacob noch einmal in die Hauptstraße zum Einkaufen, ein Nachthemd, eine Zahnbürste und einige Toilettenartikel wurden benötigt. Nun, endlich ohne Zeugen, fragte Madlon ihn, was er eigentlich mit Jeannette vorhabe.
Jacob verhielt sich sehr geschickt.
»Du mußt mir verzeihen, daß ich sie einfach mitgenommen habe. Aber ich wußte, daß du es nicht erlaubt hättest. Du kannst beruhigt sein, ich tue ihr nichts. Sie ist wirklich nur zur Gesellschaft von Tante Lydia da. Apropos – findest du Tante Lydia nicht auch sehr liebenswert?«
Dem mußte Madlon zustimmen, aber sie sagte gleich darauf, während sie rasch unter den vorgelegten Nachthemden wählte: »Du mußt nicht denken, Jacques, daß ich dumm bin.«
»Das habe ich noch nie gedacht, Madlon. Wenn du willst, kannst du sie morgen mitnehmen. Obwohl sie davon nicht sehr erbaut wäre, wie ich glaube. Aber ich bringe sie dir unbeschädigt zurück, wenn wir mit dem Umbau fertig sind.«
»Das glaube ich dir nicht.«
»Doch, ich verspreche es dir. Aber ich gebe zu, ich würde sie auch ganz gern behalten. Vorausgesetzt, Jeannette will.«
»Hast du dich denn – in sie verliebt?«
»Es könnte sein.«
»Aber ich muß auf sie aufpassen. Sie ist mir anvertraut.«
»Von wem?«
Madlon schwieg darauf. Von Ninette, hätte sie antworten mögen, aber das war natürlich Unsinn.
»Sie ist eine erwachsene Frau, nicht wahr? Wenn sie mich nicht will, wird sie mir das mitteilen. Und soweit es uns beide betrifft, so bitte ich dich zu bedenken: du hast mich verlassen. Nicht ich dich. Hast du etwa erwartet, daß ich ins Kloster gehe?«
»Aber muß es gerade Jeannette sein? Ich denke, du liebst diese Frau in Afrika. Du hast gesagt, du hast ein Kind mit ihr.«
»Sie ist verheiratet. Es ist die Frau von Georgie.«

»Oh! Das hast du mir nicht erzählt.«
»Wir kamen neulich nicht dazu.«
»Und das Kind ist wirklich von dir?«
»Mary ist sehr leidenschaftlich und temperamentvoll. Beides kann man von Georgie nicht behaupten. Sie wollte gern ein Kind, von Georgie bekam sie es nicht. Weil er – nun, du erinnerst dich an Georgie. Er hat immer für dich geschwärmt, aber hat er jemals den Versuch gemacht, dich auch nur zu küssen?«
»Mon dieu, der kleine Georgie! Wie hätte er das bloß angefangen.«
»Siehst du! Mary ist ein ähnliches Kaliber wie du, eine Frau mit viel avec, und sie braucht einen Mann.«
Auf dem Weg zurück ins Hotel erzählte er ihr kurz die Geschichte, die sich auf Friedrichsburg abgespielt hatte. Und genau wie Jona fragte Madlon: »Und wenn sie eines Tages kommt?«
»Ich glaube es nicht. Sie ist glücklich auf ihrer Farm.«
»Aber sie möchte, daß du zurückkommst.«
»Ja, das möchte sie gern.«
Madlon schwieg darauf. Vor dem Portal des Hotels blieb sie stehen, sie hätte gern noch einmal von Jeannette gesprochen, aber es kam ihr nun selbst sinnlos vor. Jacob würde tun, was er wollte, mit sich und seinem Leben. Und mit Jeannette. Und sie hatte das Recht verwirkt, ihm Vorhaltungen zu machen, sie hatte ihn verlassen. Blieb eigentlich nur die Hoffnung, daß Jeannettes erstes und einziges Erlebnis mit einem Mann sie so geschockt hatte, daß sie jeden ernsthaften Annäherungsversuch von Jacob zurückwies. Aber durfte sie ihr das wirklich wünschen, gerade sie, der die Liebe immer so viel bedeutet hatte? War es nicht gut und richtig, wenn Jeannette eine Frau sein konnte wie jede andere auch, wenn sie vergaß, was damals geschehen war?
Nur – mußte es ausgerechnet Jacob sein! Damit endeten Madlons Gedanken immer wieder.
Sie seufzte und betrat mit ihm, der geduldig neben ihr gewartet hatte, das Hotel.
Sie aßen alle vier zusammen im Hotel, Jeannette schien es

vorzüglich zu schmecken, sie führte ihre neuen Sprachkünste vor, sie war unbeschwert und ein klein wenig herausfordernd, sie fühlte sich als Siegerin. Madlon bemerkte das sehr wohl. Die Beginen und das Damenstift – sie sprach zwar in höchsten Tönen davon, doch das war eine Welt, die hinter ihr lag. Genau wie Michel und das, was ihr geschehen war. Genau wie das Kind, das sie ohne Bedauern im Stich ließ.
Am nächsten Tag fuhr Madlon zurück auf den Hof. Sie war so erfüllt von allem, was sie gesehen, gehört und empfunden hatte, daß sie allen Groll vergaß und lebhaft auf Rudolf einredete.
»Es ist alles ganz anders, als ich dachte«, schloß sie ihren Bericht. »Und ich glaube nicht, daß Jeannette wiederkommen wird.«
Es klang traurig. Keiner hatte begriffen, daß sie nicht nur das Kind liebte, das Jeannette geboren hatte, sondern daß auch Jeannette, Ninettes Tochter, von ihr wie eine Tochter geliebt wurde.
Sie lag in dieser Nacht in Rudolfs Arm, sie weinte ein bißchen, sie verlangte seine Liebe. Aber zum erstenmal versagte Rudolf. Es war etwas zerbrochen zwischen Madlon und ihm. Rudolf war kein junger Mann, Sexualität allein genügte ihm nicht. Er war empfindsam und empfindlich, die Liebe, die er ersehnte, bekam er nicht. Madlon war auf ihre Art genauso eine harte Frau wie Jona. Die eine gab ihm dies, die andere gab ihm jenes, aber keine gab ihm alles.

Nichts ist ewig – nur die Veränderung

Das Verhältnis zwischen Jeannette und Jacob blieb noch für einige Zeit in der Schwebe; Flirt, Verlockung, Versuchung, mehr nicht. Während des Umbaus hatte Jacob auch wirklich viel zu tun, er hatte Spaß an der Arbeit gefunden und packte an, wo es nur möglich war. Auch eigene Ideen entwickelte er, so den Vorschlag, Lydias Wohnzimmer und den großen Salon, der daneben lag und immer ein wenig trist gewesen war, durch einen Mauerdurchbruch zu verbinden. Ihr Schlafzimmer lag dahinter, daran anschließend ein modern eingerichtetes Badezimmer. Auf diese Weise bekam Lydia eine sehr gemütliche Wohnung, die zwar neu tapeziert, jedoch mit den ihr vertrauten Möbeln eingerichtet wurde. Jacobs Vorschläge fanden zumeist den Beifall von Felix.
»Du hättest Architekt werden sollen, mein Lieber, für diesen Beruf wärst du ausgesprochen begabt. Weißt du was, du kannst in meiner Baufirma Partner werden.«
»In was für einer Baufirma?«
»In der, die ich gründen werde, sobald wir hier fertig sind. Inzwischen gebe ich dir mal ein paar Bücher, da kannst du die Nase hineinstecken.«
Erstaunlich war, daß der sparsame Bernhard Bornemann sich gar nicht knickrig zeigte, wenn Jacob mit neuen Geldforderungen kam. Er ließ sich zwar alles genau vorrechnen, belegen, begutachtete die Zeichnungen, und dank Felix wußte Jacob nun ganz gut Bescheid mit diesen Dingen. Dann nickte Bernhard beifällig und sagte wie ein gütiger Onkel: »Du sollst dich wohl fühlen in deinem Haus. Wenn schon renoviert wird, dann mach es gründlich.«
Auf einer dieser Fahrten nach Konstanz machte Jacob wieder einmal kurz Station auf dem Hof. Es war am Samstag, am späten Vormittag, einige Tage lang hatte es geregnet, ein weicher

warmer Sommerregen, und es regnete auch an diesem Tag. So traf er Madlon und Rudolf im Haus an, Madlon war mit der Zubereitung des Mittagessens beschäftigt, Rudolf, den man selten einmal bei einer Mußestunde erwischte, las die Zeitung.
Die beiden Männer hatten sich lange nicht gesehen, und Rudolf war sehr schweigsam. Madlon, die ins Wohnzimmer kam, sich den Buben auf den Schoß setzte, der etwas ungehalten darüber war, denn er hatte gerade so schön mit seinem kleinen Bauernhof gespielt, Madlon war fahrig und sprunghaft, aggressiv gegen Jacob. Jacob übersah und überhörte es, er war ruhig und freundlich, erzählte von dem Umbau, von den Erlebnissen und Begegnungen, die sich dabei ergaben, dann sprach er von Felix und sagte zu Madlon: »Du wirst zugeben, daß er ein sympathischer Mann ist.«
Widerwillig mußte Madlon es zugeben. »Doch, ja, ein netter Mann.«
»Wir haben uns gut angefreundet. Ich wohne zwar jetzt bei mir, das Giebelzimmer ist fertig, und es ist ein wunderschöner Raum geworden, mußt du dir unbedingt ansehen. Aber ich esse immer noch drüben bei Korianders.«
»Und Jeannette?« fragte Madlon nun doch, da er absolut nicht von ihr sprechen wollte.
»Sie ist in Lindau mit Tante Lydia.«
»Willst du sagen, sie wohnen immer noch im Hotel?« fragte Madlon ungläubig.
»Ja, sicher. Tante Lydia darf erst ins Haus, wenn ihre Räume bewohnbar sind. Für Jeannette richte ich im ersten Stock ein Zimmer ein, das wird sehr hübsch, dafür habe ich sogar neue Möbel gekauft, ganz hell, die Tapete wird zartblau, genauso die Vorhänge. Das hat sie selbst ausgesucht. Sie liebt es ja in Blau.«
»Soll sie dort etwa wohnen bleiben?« fragte Madlon in unfreundlichem Ton.
»Wenn sie mag. Doch sie kann auch jederzeit zu euch zurückkommen, das kann sie halten, wie sie will.«
»Na, wenn sie jetzt so ein feines Leben gewöhnt ist, wird es ihr bei uns kaum mehr gefallen.«

»Und was du natürlich noch gern wissen möchtest«, sagte Jacob mit seinem unverschämten Lächeln, »soweit es mich betrifft, ist Jeannette unberührt. Tante Lydia paßt gut auf sie auf.«
»Und der hier?« fragte Madlon und legte die Arme fester um das Kind, das ein wenig quengelte, denn es wollte wieder zu seinem Spielzeug.
»Fragt sie nicht nach ihm?«
»Mich nicht.«
»Sie ist treulos«, sagte Madlon finster.
»Ob gerade *du* ihr diesen Vorwurf machen solltest...«
»Wenn ich ein Kind hätte«, rief Madlon lebhaft, »würde ich es nie verlassen. Nie. Nie. Keinen Schritt würde ich von seiner Seite gehen.«
»Du hast das Kind ja«, sagte Jacob friedlich. »Sei doch froh, daß sie es nicht für sich beansprucht. Du könntest nämlich gar nichts dagegen machen, wenn sie es drüben bei mir haben wollte.«
»Bei dir!« wiederholte Madlon in verächtlichem Ton. »Soll das heißen, daß du dich dort jetzt für immer niederlassen willst? Im Haus deiner Tante? Und was ist, wenn die Lady aus Afrika kommt?«
»Erstens ist das Haus meiner Tante auch mein Haus. Zweitens ist Mary eine sehr selbständige und gescheite Frau. Wenn sie käme, würden wir uns bestimmt verständigen. Sie stammt, wenn ich das einmal erwähnen darf, aus sehr gutem Haus.«
»Phhh!« machte Madlon. »Ich werde dir sagen, was sie tut, diese Dame aus gutem Haus. Sie wird Jeannette in hohem Bogen hinauswerfen.«
»Ich wüßte nicht, warum. Außer, daß dir das gefallen würde.«
Rudolf beteiligte sich an dem Gespräch überhaupt nicht, er hielt die Zeitung noch in der Hand, blickte nur manchmal mißbilligend auf Madlon, manchmal auf Jacob. Was sie redeten, und der Tonfall, in dem sie redeten, behagte ihm durchaus nicht. Unangenehm war ihm Jacobs Gegenwart sowieso; ein Schuldgefühl Jacob gegenüber, latent vorhanden, ver-

stärkte sich natürlich in seiner Anwesenheit. Madlon dagegen fühlte sich in keiner Weise mehr schuldig. Seit er Jeannette mitgenommen hatte, war ihr schlechtes Gewissen wie weggeblasen; jetzt hatte *er* sich ins Unrecht gesetzt.

»Mary ist genauso eine verheiratete Frau wie Jeannette«, fuhr Jacob geduldig fort, »jede von beiden hat ein Kind, eines ist inoffiziell von mir, das andere ist offiziell von Herrn Moosbacher«, nun klang Hohn in seiner Stimme mit, »ich wüßte nicht, was sie einander vorzuwerfen hätten.«

Nun blickte Rudolf mit finsterem Blick auf Jacob, auf seiner Stirn standen zwei tiefe Falten. Das verletzte Auge war gerötet und merkwürdig starr.

Ob er ganz blind ist auf diesem Auge? dachte Jacob.

Er hob die Hände und lächelte.

»Bitte, verzeih, Rudolf, es war nur so eine Bemerkung. Ich bin nach wie vor der Meinung, du hast höchst anständig an Jeannette gehandelt.«

»Er hat es für mich getan«, warf Madlon ein.

Endlich sprach Rudolf auch ein Wort. »Wenn Sie Jeannette heiraten wollen, kann sie jederzeit geschieden werden.«

»Ach, laß das doch«, erwiderte Jacob, nun auch gereizt. »Das höre ich zum hundertstenmal. Jeannette kann geschieden werden, Mary kann geschieden werden, Madlon am Ende auch noch – ich weiß, daß das alles möglich ist, aber was soll der Unsinn? Wer will denn eigentlich heiraten? Wir leben heute in einer modernen Zeit, in der es nicht mehr so kleinbürgerlich zugeht. Bourgeois, würde Madlon sagen. Von unseren Bekannten, die wir in Berlin hatten, war fast keiner verheiratet.«

»Wie du meinst«, sagte Rudolf steif. »Es ging mir nicht um dich, sondern um Jeannette.«

»Ich habe nicht das Gefühl, daß es Jeannette schlecht geht. Jedenfalls nicht mehr, seit Madlon sich ihrer angenommen hat. Madlon, meine Mutter, du, Tante Lydia nun auch noch, alle sind um Jeannette bemüht und machen ihr das Leben angenehm, um nicht gleich zu sagen, verwöhnen sie. Sie hat einmal im Leben Pech gehabt, aber seitdem legt ihr jeder die Hände unter die Füße.«

»Du auch?« fragte Madlon spitz.
Jacob lachte. »Das wird sich finden.«
Madlon stand auf, setzte den Buben wieder vor seine Spielsachen und beendete das sinnlose Gespräch: »Ich muß in die Küche. Bleibst du zum Essen?«
»Nein, ich fahre weiter. Ich möchte Bernhard heute noch sprechen. Und den Abend mit Mutter und Vater verbringen. Zu essen werde ich schon etwas bekommen, du weißt ja, Hilaria ist eine großartige Köchin.«
Dies blieb der einzige Besuch für den Rest des Jahres. Sie hatten sich offenbar wirklich nichts mehr zu sagen, jedenfalls nichts Vernünftiges, und Madlon mußte akzeptieren, daß sich Jacob von ihr gelöst hatte und daß es durchaus nichts mit Jeannette zu tun hatte. Es begann mit der Frau in Afrika, und nun war es mehr als Jeannette der Mann, mit dem er sich angefreundet hatte, der Jacobs Leben veränderte.
Er brauchte sie nicht mehr. Sie hatte keinen Einfluß mehr auf ihn. Das kränkte Madlon außerordentlich, ganz gleich, was sie ihm angetan hatte. In diesem Punkt, so vernünftig sie auch in mancher Beziehung denken konnte, war sie unlogisch wie jede Frau, die sich im Stich gelassen fühlt. Es waren keine freundlichen Gedanken, die sie ihm nachschickte. Und da sie sie nicht für sich behalten konnte, was klüger gewesen wäre, quengelte sie während des Mittagessens und während des ganzen Nachmittages an Rudolf hin, ähnlich wie das Kind, dem man das Spielzeug weggenommen hatte, bis er aufstand und das Haus verließ.
Erst ging er in die Ställe und sah nach dem Rechten, dann zu dem Vieh, das sich auf der Weide befand, und dann, was selten vorkam, begab er sich ins Dorf und setzte sich ins Wirtshaus.
Aber nicht nur über Jacob ärgerte sich Madlon, auch Jeannettes Verhalten grämte sie. Das Mädchen schien nicht die geringste Sehnsucht nach ihr zu haben, sie war gegangen, wie sie gekommen war, sie hatte genommen, was man ihr gegeben hatte, und nun lebte sie abermals ein anderes Leben. Eines, das ihr offenbar besser gefiel. Sie fragte nicht nach Madlon, nicht nach ihrem Kind – sie war eben doch treulos.

Dabei wäre Madlon ganz gern wieder einmal nach Lindau gefahren. Die kleine Reise war eine Abwechslung gewesen. Aber da Jacob sie nicht dazu aufgefordert hatte, unterließ sie es. Von selbst würde sie nicht mehr hinfahren.
Jeannette gefiel das neue Leben über alle Maßen. Nach drei Wochen im Bayerischen Hof, unter der behutsamen Anleitung von Tante Lydia, hatte sie sich zu einer anmutsvollen jungen Dame mit ausgezeichneten Manieren entwickelt. Sie war sich ihres guten Aussehens und ihrer Wirkung bewußt. Ihre deutschen Sprachkenntnisse verbesserten sich in den drei Wochen zusehends, sie lernte mehr als in den zwei Jahren zuvor. Das war natürlich das Verdienst von Lydia, die, seit den Beginen, das Beste war, was Jeannette widerfahren konnte. Und Jeannette erkannte das. Sie begegnete der alten Dame mit Aufmerksamkeit und Respekt, mit Vertrauen und auch mit echter Zuneigung.
Es war ein gegenseitiges Geschenk, denn für Lydia bedeutete das Zusammensein mit der jungen Frau ebenfalls ein neues Leben. Es war, als hätte sie auf einmal eine Tochter bekommen und eine dankbare und gelehrige Schülerin dazu. Die Einsamkeit, unter der sie nach dem Tod ihres Mannes so gelitten hatte, war vergessen. Sie waren auch nicht ausschließlich auf ihre eigene Gesellschaft angewiesen, hin und wieder schlossen sie Bekanntschaften im Hotel, die ein wenig Unterhaltung boten. Ganz besonders nett war es mit einer Dame aus München, die mit ihrem gutaussehenden und wohlerzogenen Sohn für einige Tage im Bayerischen Hof abstieg, auf dem Heimweg von einer ausgedehnten Schweizer Reise, die für den jungen Mann die Belohnung für ein abgeschlossenes Studium und die vor kurzem erfolgte Promotion bedeutete. Er hatte Pharmazie und Chemie studiert und würde anschließend, in München, in die Apotheke seines Vaters eintreten.
»Da hat mein Mann endlich etwas mehr Zeit und kann auch einmal an eine Reise denken«, erzählte die Münchnerin. »Unsere Apotheke befindet sich in bester Lage im Stadtinnern, und da ist immer Betrieb, und es gibt viel Arbeit. Es verändert sich ja auch so viel auf dem pharmazeutischen Sektor. All diese neuen Mittel. Und mein Mann ist sehr sorgfältig

und will genau wissen, was er verkauft. Wenn ich denke, als wir geheiratet haben, da wurden die meisten Medikamente noch vom Apotheker eigenhändig abgewogen und gemischt. Gewiß ist es in vieler Hinsicht heute leichter mit den fertig verpackten Präparaten. Aber treiben Sie einem altgedienten Apotheker sein Mißtrauen aus! Mein Mann sagt immer, die Hälfte dieser Arzneien ist das Papier nicht wert, in das sie eingepackt sind.«
Das interessierte Lydia durchaus, denn auch sie schluckte diese und jene Mittelchen, die der Apotheker ihr empfahl. Für Jeannette dagegen war der Flirt mit dem frischgebackenen Herrn Doktor höchst unterhaltsam. Das begann damit, daß sie alle zusammen auf der Hafenpromenade saßen und dem Konzert lauschten, das den Sommergästen dort täglich vorgespielt wurde.
Dann sagte der Herr Apotheker beispielsweise: »Wollen wir ein wenig auf und ab gehen«, und sie gingen also, von der Schiffsanlegestelle aus, am alten Leuchtturm vorbei bis zum Ende des Hafenbeckens und manchmal noch ein Stück weiter, zum Löwen, oder auf der gegenüberliegenden Seite um die Bastion herum. Immer von den wohlwollenden Blicken der beiden Damen verfolgt, denn sie waren ein hübsches Paar. Als nächstes kam der junge Herr Doktor auf die Idee, mit Jeannette ein Stück hinauszurudern, das konnte er sehr gut, flott kamen sie vorwärts, der Wind ließ Jeannettes blonde Locken tanzen.
Sie war in Lindau beim Friseur gewesen, und zusammen mit ihm war ein Kompromiß gefunden worden, der Jeannettes schönes weiches Haar erhielt, ohne daß sie einen altmodischen Knoten tragen mußte. Der ganz kurze Bubikopf sei sowieso nicht mehr modern, wußte der Figaro. Er schnitt ihr das Haar halblang, so konnte sie es offen tragen oder, wenn sie wollte, locker aufstecken, beides stand ihr gut.
Ein andermal machte sie mit ihrem neuen Verehrer eine Dampferfahrt nach Bregenz, für Jeannette ein großes Erlebnis. Dafür zeigte sie ihm Lindau, das sie mittlerweile recht gut kannte, vor allem das von ihr so bewunderte Damenstift, dessen Geschichte sie ihm nicht vorenthielt. Oder sie gingen zu-

sammen Kaffee trinken, hinauf zum Hoyerberg, von wo man eine besonders schöne Aussicht auf den See, die Berge und weit ins Rheintal hinein hatte. Gärtchen auf der Mauer hieß ein anderes Café, das sie gern besuchten.
Nach wenigen Tagen waren sie alle vier dazu übergegangen, die Mahlzeiten gemeinsam einzunehmen, und am Freitagabend tanzte Jeannette nach dem Abendessen mit dem jungen Herrn Doktor, denn jeden Freitag gab es im Bayerischen Hof Abendkonzert mit anschließendem Tanz.
Tante Lydia und die Frau Apotheker sahen ›den Kindern‹, wie sie die beiden nannten, gerührt zu, tauschten Lebenserfahrungen aus, empörten sich vor allen Dingen über die ewig steigenden Preise.
Tante Lydia beispielsweise fand es horrend, daß man im Hotel für ein gebratenes Bodenseefelchen sage und schreibe zwei Mark und fünfzig bezahlen mußte, für eine gefüllte Kalbsbrust mit gemischtem Salat wenigstens nur eine Mark fünfzig, obwohl, wie Lydia sagte: »Das ist auch Geld genug. Wenn das so weitergeht, kann sich bald kein Mensch mehr leisten, im Restaurant zu essen. Eine Portion Mokka neunzig Pfennig, das ist doch wirklich die Höhe!«
Die Frau Apotheker meinte, so schlimm finde sie das nicht, in München seien die Preise eher noch höher, jedenfalls in Lokalen dieser Güteklasse.
»Ach ja, München!« seufzte Lydia, und das gab Gesprächsstoff für lange Zeit, wenn Lydia ihre Erinnerungen an die bayerische Hauptstadt, in der sie so lange gelebt hatte, auskramte.
»So schön es hier ist«, sagte sie, »so vermisse ich es doch sehr, daß ich nicht mehr in die Oper gehen kann. Mein Mann und ich, wir gingen sehr oft in die Oper. Was haben wir für wundervolle Aufführungen gesehen. Später in Berlin natürlich auch. Aber ein Abend wird mir bis an mein Lebensende unvergeßlich bleiben: die Eröffnungsvorstellung im Prinzregenten-Theater. Das war am 21. August 1901, ich weiß es noch genau. Und wie waren wir gespannt auf dieses neue Theater. Es ist ein wundervoller Bau, eine herrliche Akustik. Na, Sie kennen es ja genausogut wie ich. Man gab damals als erste

Vorstellung in dem neuen Haus die *Meistersinger.* Und was für eine Besetzung! Feinhals als Sachs, Knote als Stolzing. Sie sangen wie die Götter. Teuer war es allerdings sehr. Sie verlangten zwanzig Mark für eine Karte. Aber es war ja ein besonderes Ereignis, es war schon wert, dabeigewesen zu sein.«
Die Frau Apotheker hatte eine jüngere Erinnerung an das Prinzregenten-Theater, in dem während des Sommers jetzt immer Festspiele stattfanden. Im vergangenen Jahr hatte sie *Tristan und Isolde* gehört, mit Richard Strauss am Pult, und Heinrich Knote hatte doch tatsächlich den Tristan gesungen. »Und zwanzig Mark kostet es immer noch, und zwar für alle Plätze gleich.«
»Eigentlich seltsam«, meinte Lydia, »Krieg und Inflation und das neue Geld, aber der Eintritt ins Prinzregenten-Theater kostet immer noch zwanzig Mark.«
»Nur speziell bei Wagners Werken. Andere Opern kosten um die zehn Mark herum. Das Teuerste, was ich je erlebt habe, war das Gastspiel von Caruso, das war ungefähr zwei Jahre vor dem Krieg. Aber nicht im Prinzregenten-, sondern im Hof-Theater. Man gab *Carmen.* Ach, dieser Caruso, das ist auch so etwas, was man sein Lebtag nicht vergißt. Bei diesem Gastspiel, das weiß ich noch ganz genau, kosteten die teuersten Plätze fünfzig Mark und vierzig Pfennig.«
»Nicht möglich!« staunte Lydia.
»Nun ja, bei Caruso. Wir hatten unsere Plätze im ersten Rang, da kostete jeder auch noch dreißig Mark und vierzig Pfennig.«
Währenddessen tanzten die Kinder selbstvergessen einen English Waltz, sehr eng aneinandergeschmiegt, der junge Herr Doktor mit verliebten Augen, die blonde Jeannette mit verträumtem Blick, und wer sie so beobachtete, wäre nie auf die Idee gekommen, daß die Nähe eines Mannes ihr irgendeine Art von Abscheu einflößen könnte. Ganz im Gegenteil, die körperliche Nähe eines Mannes barg keinen Schrecken mehr für Jeannette, sondern bereitete ihr einen wohligen kleinen Schauder. Saßen sie dann wieder bei den Damen am Tisch, plauderte Jeannette ganz heiter und gelöst, spickte ihr

Deutsch mit französischen Brocken, weil sie schon gemerkt hatte, wie gut das allen gefiel.
Und als die jungen Leute noch einen kleinen Spaziergang am Hafen machten, um, wie sie sagten, frische Luft zu schnappen, geschah es dann auch, daß Jeannette in den Armen des jungen Mannes lag und sich küssen ließ, und auch das ließ sie sich nur allzugern gefallen.
Erfreulicherweise hatte die Frau Apotheker nichts gegen die offensichtliche Verliebtheit des jungen Mannes einzuwenden, was immerhin für die Mutter eines so prachtvollen Sohnes bemerkenswert war. Aber Jeannettes Charme, ihre anmutige Bescheidenheit verfehlten ihre Wirkung nicht. Fünf Tage hatten Mutter und Sohn bleiben wollen, nun verlängerten sie den Aufenthalt auf zehn Tage.
Als sie schließlich zur Abreise rüsteten, tauschte man Adressen aus, eine Einladung nach München war ausgesprochen worden. »Keine schlechte Partie, so ein Apotheker«, sagte Lydia mit bedeutungsvoller Miene zu Jeannette, nachdem sie ihre neuen Freunde zur Bahn gebracht hatten und ihnen nachwinkten, bis der Zug auf den Damm hinausfuhr, der hinüber zum Festland führte.
Sicherheitshalber wiederholte sie den Satz auf französisch, was gar nicht nötig war, Jeannette hatte sehr gut verstanden. Mit ihrem verträumtesten Blick ging sie dann noch ein wenig am Seeufer spazieren und malte sich aus, wie ihr Hochzeitskleid aussehen könnte. Es mußte nicht unbedingt der soeben Abgereiste sein. Aber wenn sich so ein hübscher, junger Mann in sie verliebte und ihr oft genug erklärt hatte, wie reizend, wie bezaubernd, wie einmalig wunderschön sie sei, dann gab es möglicherweise auch noch andere Männer, die so dachten.
Aber zunächst war Jacob der Mann, mit dem Jeannette sich zufriedengeben mußte. Der andere war fort, Jacob war da. Er kam jetzt zwar nur noch selten zu ihnen, weil der Umbau dem Höhepunkt entgegenging und es viel Arbeit gab.
Einmal, als sie zu dritt zu Abend speisten, kam das Gespräch auf den kleinen Ludwig, nachdem Jacob von seinem Besuch auf dem Hof erzählt hatte.

Lydia war verständlicherweise ein wenig neugierig. Sie lebte nun so vertraut mit der jungen Frau zusammen, wußte auch schon vieles über ihr Leben, besonders über ihr Leben bei den Beginen, denn darüber sprach Jeannette besonders gern. Auch von Suzanne war die Rede gewesen, es war eine traurige Geschichte, aber keine ungebührliche, denn Jeannette hatte den Lebenslauf ihrer Schwester dem Moralverständnis ihrer Zuhörerin angepaßt.

An diesem Abend nun stellte Lydia eine vorsichtige Frage nach dem Vater des Kindes.

Jeannette wußte sehr wohl, daß Lydia ebenso wie Jacob nur die zweite Fassung der Geschichte kannte, von dem Schiffsoffizier, mit dem sie verlobt gewesen war und der auf See blieb. Sie hatte auch in diesem Fall nicht die Absicht, die wahre Geschichte zu erzählen.

»Das war bestimmt alles sehr traurig für dich«, meinte Lydia mitfühlend. »Sicher hast du ihn sehr lieb gehabt.«

Jeannette neigte das zarte Gesicht und senkte die Wimpern.

»Und du warst noch so jung, und dann all die ... die, eh, die Schwierigkeiten, die folgten.«

»Ich hätte es nicht tun sollen«, sagte Jeannette mit ihrem gekonntesten Unschuldsblick. »Es geschah auch nur ein einziges Mal. Ehe er das letzte Mal ausfuhr. Er ... er wollte es so gern. Und wir wollten ja heiraten, wenn er zurückkam. Aber ich – ich hätte es nicht tun sollen. Ach, bitte, ich möchte nicht darüber sprechen.«

Ihre Bitte wurde respektiert. Lydia streichelte mitleidig ihre Hand, und Jacob hatte registriert, daß sie nur ein einziges Mal mit einem Mann zusammengewesen war. Es erschien auch durchaus glaubhaft, wenn man sie vor sich sah, sie wirkte mädchenhaft, fast kindlich. Unglaubhaft dagegen war es immer noch, daß sie die Mutter eines Kindes war.

»Vielleicht kommt es daher«, sagte Lydia zu Jacob, als sie eine Weile allein waren, »daß sie gar keine Muttergefühle entwickelt, weil sie einfach zu jung war. Noch nicht reif genug, nicht für die Liebe, nicht für ein Kind.«

Daß sie selbst bereits mit siebzehn schon ganz genau gewußt

hatte, wie sehr sie den Leutnant von Haid liebte, fiel ihr in diesem Zusammenhang ein. Aber schließlich waren die Menschen nun einmal sehr verschieden, und ihre eigene, wohlbehütete, heitere Kindheit ließ sich mit Jeannettes Leben nicht vergleichen.
Die Mutter nicht gekannt, bei einer Stiefmutter aufgewachsen, vollends heimatlos durch den Krieg, dann die Jahre bei den frommen Frauen, bei denen sie ja gut behütet gewesen war, aber doch ohne die Geborgenheit in einer Familie zu verspüren, das Leben mit der Schwester, deren Tod und dann diese unglückliche Liebesaffäre.
Nein, das Kind war zu bedauern, und damit meinte Lydia Jeannette, nicht den Bub auf dem Hof, den sie gar nicht kannte. Und der auch nicht zu bedauern war, er hatte Madlon.
Selbstverständlich fuhr Lydia einige Male mit hinüber nach Schachen, um den Stand der Arbeiten und das, was dabei geschah, zu begutachten. Felix erklärte, Jacob erklärte, und Lydia sagte nur immer: »Du lieb's Herrgöttle! Was das alles koschtet.« Aber als sie dann endlich in ihr Haus zurückkehrte, war sie hingerissen.
»Wenn das der Maxl noch erlebt hätte!« war ihre stehende Rede. Lydias Räume befanden sich nun alle im Hochparterre, damit ihr das Treppensteigen erspart blieb, auch war sie gleich auf der Terrasse draußen und von dort aus über vier Stufen im Garten. Im ersten Stock lagen ein großer Eckraum, in dem die Bücher des Generals untergebracht waren und das daher den hochtrabenden Namen Bibliothek erhielt, Jacobs Räume, das schöne große Zimmer für Jeannette, ein Fremdenzimmer, ein großes, gut eingerichtetes Bad mit Toilette und noch eine Toilette extra.
Jacob hatte sich außerdem sehr gemütlich im Giebelzimmer eingerichtet und auch beschlossen, dort zu schlafen.
»Es ist nicht zu fassen«, sagte Tante Lydia. »Und diese Hitze! Ihr seid ja verrückt, macht die Fenster auf.«
Obwohl es erst September war und noch sehr warm, hatten sie den großen Koksofen im Keller angeheizt, mit dem Benedikt umzugehen gelernt hatte und von dem aus alle Heizkörper des Hauses und die Warmwasserleitung versorgt wurden.

Man wollte Tante Lydia vorführen, wie gut die Heizung funktionierte. Eine Veränderung bestand auch darin, daß man die Küche vom Souterrain ins Hochparterre verlegt hatte, eine große, modern eingerichtete Küche, denn, so meinte Felix: »Küche im Souterrain ist veraltet. Personal will heute nicht mehr im Keller hausen.« Als Personal gab es allerdings nur Benedikt, der auch ein neues Zimmer erhalten hatte, ein zweites Zimmer, bis jetzt noch nicht eingerichtet, war für eine eventuell einzustellende Stütze der Hausfrau vorgesehen, aber wie bisher kam nur noch Frau Becker ins Haus zum Saubermachen, sie wohnte ganz in der Nähe.
Den ganzen September über gab es noch viel zu tun, es wurde Oktober, bis der letzte Handwerker das Haus verließ und man davon sprechen konnte, daß der Umbau vollendet war.
Kurz darauf bekam Ellen Koriander ihr Kind, einen gesunden Knaben, und während die letzten Äpfel geerntet und die ersten Trauben gelesen wurden, fand die Taufe statt, ein großes Fest, zu dem der glückliche Vater eine Riesengesellschaft einlud. Auch alle Handwerksmeister, die beim Umbau beteiligt gewesen waren und schon die Pläne kannten für das Haus, das Felix im nächsten Jahr bauen wollte, waren eingeladen. Es wurde in beiden Häusern gefeiert, die Mittagstafel im Korianderschen Garten, denn das Wetter war noch prachtvoll, der Nachmittagskaffee, als es kühler wurde, in Jacobs Haus. Tante Lydia fungierte begeistert als Gastgeberin. Wie lange war es her, daß sie in diesem Haus ein Fest gefeiert hatte? Wenn man es genau nahm, eigentlich nie.
Jeannette assistierte mit viel Geschick und Charme, sie sah bildhübsch aus in einem zu dieser Gelegenheit geschneiderten Kleid und wurde von allen sehr bewundert.
In der Folge konnte sich Jacob als Bürger des Ortes betrachten. Man kannte ihn nun, man schätzte ihn als tüchtigen und unternehmungslustigen Mann, kein Mensch wäre hier auf die Idee gekommen, ihn als Nichtstuer oder Taugenichts zu bezeichnen. Richard Koriander, Felix' Vater, sehr gerührt bei diesem Tauffest, so glücklich über dieses erste Enkelkind, hielt eine kleine Ansprache, die alle bewegte.

»Wir alle haben die schreckliche Zeit erlebt, die hinter uns liegt, den Krieg und die elenden Jahre, die ihm folgten. Auch heute kann man noch nicht sagen, daß es gutgeht in dieser Republik, die Zeit ist voll Unsicherheit, voll Not, und es bedarf noch vieler Mühe und großen Mutes, unser Vaterland zu einem Hort der Sicherheit und der Stärke zu machen, in dem die Menschen in Ruhe leben und erfolgreich arbeiten können. Aber eine Hoffnung ist nun zur Gewißheit geworden: Krieg wird es nie wieder geben. Das haben die Menschen aller Völker wohl nun begriffen, daß Krieg in unserer modernen Zeit nur Vernichtung und das Ende jeder Zivilisation bedeuten würde. Und für mich ist es der schönste Gedanke an diesem festlichen Tag, daß dieses Kind, das wir heute getauft haben, niemals einen Krieg wird erleben müssen, daß es in Frieden aufwachsen wird und auch als erwachsener Mensch wird in Frieden leben können.« Das war im Oktober 1926. Vor einem Monat war Deutschland in den Völkerbund aufgenommen worden.
Vielleicht hätte Richard Koriander diese Worte nicht gesprochen, wenn er in Berlin oder München gelebt hätte. Doch hier in dieser gottgesegneten Landschaft, dieser äußersten Südwestecke des Reiches, sah die Welt wirklich friedlich aus.
Jeder, der seine Worte hörte, wußte, was Richard Koriander meinte. Sein jüngster Sohn war im Krieg gefallen. Und um Felix hatten er und seine Frau lange bangen müssen; er galt als vermißt, dann war er in Rußland, im neuen Sowjetrußland, in Gefangenschaft, und keiner wußte, ob und wann er nach Hause zurückkehren würde.
Dies war auch mit ein Grund, warum Felix sich entschlossen hatte, in seine Heimatstadt zurückzukehren. Seinen Eltern zuliebe. Er hatte schon vor dem Krieg an der Technischen Hochschule in München sein Studium begonnen, es dann nach der Rückkehr aus der Gefangenschaft fortgesetzt und beendet mit dem Diplomingenieur. Er hatte sich sehr wohl gefühlt in München, er hatte dort viele Freunde, und schließlich war es auch nicht so weit von Lindau entfernt.
Ellen, die aus Ansbach stammte, hatte in München die Kunst-

akademie besucht, auf einem Faschingsfest hatten sie sich kennengelernt und gleich gewußt, daß dies kein Faschingsflirt, sondern Liebe war.

Als er sie fragte, ob sie vielleicht Lust hätte, ihn zu heiraten, fügte er hinzu: »Und bitte, geliebtes Wesen, überlege gleichzeitig, ob du Lust hättest, mit mir am Bodensee zu leben. Es ist sehr schön dort, es ist ein wunderbares Land, und Motive zum Malen findest du über und über, und du bekommst von mir ein herrliches Atelier. Und ich verspreche dir jedes Jahr eine Reise zum Fasching nach München. Und ich baue dir ein prachtvolles Haus. Und ich schwimme jeden Tag mit dir im Bodensee, jedenfalls im Sommer, denn ich weiß ja, wie gern du schwimmst, aber es ist natürlich nicht München.«

Aber Ellen war so verliebt in diesen großen, lebensbejahenden Mann, daß sie nicht lange zu überlegen brauchte. Sie hätte schon Lust, ihn zu heiraten, sagte sie, und den Bodensee kenne sie noch nicht, aber sie werde hinfahren und sich das alles ansehen. Dann könne sie antworten.

»Du fährst mit mir, und ich zeige dir alles.«

»Ich fahre allein«, sagte die moderne junge Frau, »und schaue mir ohne Belehrung alles genau an. Lindau auf der Insel, den großen See, deinen Kurort mit dem Hotel, von dem du immer schwärmst, wahrscheinlich hast du dort mit allen Mädchen poussiert.«

»Da ist was dran. Weißt du, wie man unser Hotel in Bad Schachen immer nannte? Das Verlobungshotel. Dort kamen die Eltern mit heiratsfähigen Töchtern hin, und die in Frage kommenden jungen Herren wußten das, und so ist manche Ehe dort entstanden. Findest du nicht, daß dies ein gutes Omen ist?«

Ellen fuhr tatsächlich erst einmal allein nach Lindau, auch sie wohnte im Bayerischen Hof, spazierte durch die Stadt, besah sich alles sehr genau mit ihrem künstlerisch geschulten Auge, täglich umrundete sie mehrmals das Rathaus, an dem sie sich nicht satt sehen konnte. Ihren Skizzenblock hatte sie natürlich dabei, und als sie acht Tage, auch das war im September gewesen, in Lindau verbracht hatte, schien ihr der Gedanke, hier zu leben, höchst verlockend. Natürlich, es war eine kleine

Stadt. Aber sie selbst kam auch aus einer kleinen Stadt, einer Residenzstadt allerdings, in der es noch ganz traditionell zuging. Hier war das Leben viel freier, die Leute erschienen ihr allesamt sehr lebensfroh.
Natürlich war sie auch in Bad Schachen gewesen, in dem es nicht viel zu sehen gab, außer dem prächtigen Hotel mit seinem hohen Turm und dem daran anschließenden wundervollen Park. Am Haus von Felix' Eltern kam sie auch einige Male vorbei, und eines Tages sah sie eine Dame im Garten, die Rosen schnitt.
Ellen trat an den Zaun, die Dame blickte auf und lächelte. Kam dann auf sie zu und blieb vor dem Zaungast stehen.
»Mein Name ist Ellen Bloch, und ich...«
»Kommen Sie nur herein. Wir warten schon auf Sie. Der Kaffee ist gleich fertig, und die Blumen habe ich sowieso für Sie geschnitten.«
Drinnen warteten nicht nur seine Eltern auf sie, auch Felix war da, wie sie erfuhr, schon seit fünf Tagen. Er war ihr manchmal gefolgt, hatte sie aus der Ferne beobachtet, aber nicht gestört. Sie sollte in Ruhe und unbeeinflußt ihre Eindrücke sammeln und zu einem Entschluß kommen.
Gleich an diesem Nachmittag feierten sie Verlobung. Richard Koriander, zu der Zeit noch nicht pensioniert, war Vorsteher des Hauptzollamtes in Lindau, ein großer, stattlicher Mann, genau wie sein Sohn, und genauso lebensbejahend, trotz der schweren Jahre, die hinter ihm lagen.
Vom ersten Tag an fühlte Ellen sich im Korianderschen Haus so wohl, als sei sie ihr Leben lang auf dem Weg hierher gewesen. Und nun also hatte sie ein Kind geboren, dessen Erscheinen auf dieser traurigen Erde von allen so begeistert begrüßt wurde.
Ein wenig befremdet und ein wenig neidisch sah Jeannette das mit an, und natürlich konnte sie an diesem Tag nicht umhin, an ihr eigenes Kind zu denken, das sie gehaßt hatte, bevor es geboren wurde, und dem sie sich auch jetzt nicht verbunden fühlte. Mit scheuen Augen betrachtete sie den Säugling und fand, daß er nicht viel anders aussah als der kleine Ludwig kurz nach seiner Geburt. Die freuten sich also dar-

über. Und wer hatte sich über ihr Kind gefreut? Sie zu allerletzt. Aber die anderen, Madlon, Jona, Rudolf, sie alle hatten mit liebevollen Augen das Kind betrachtet. Die Taufe war auch sehr feierlich gewesen, im Haus allerdings, nicht wie hier in der Stiftskirche von Lindau.
Sie hatte an allen vorbeigesehen an diesem Tag, sie wollte die Freude der anderen nicht sehen, und daß sie eine verheiratete Frau war und Frau Moosbacher hieß, war im Grunde nichts als ein Betrug. Das wurde alles in ihr wieder sehr lebendig, und sie war der einzige Gast bei diesem Tauffest, der nicht fröhlich war.
Daß Jacob das genau begriff, war kaum anzunehmen. Jedoch er merkte, wie unruhig sie war, wie verloren sie manchmal vor sich hinblickte. Er kam immer wieder an ihre Seite, er legte den Arm um sie, und er folgte ihr am Abend, es war schon dunkel, in den Garten, wo sie allein und trübsinnig herumstand, nicht wissend, was sie eigentlich hier tat.
Ohne ein weiteres Wort nahm er sie in die Arme und küßte sie. Sie wehrte sich nicht, sie ließ sich an ihn sinken und seufzte erleichtert auf. Sie hatte sich an ihn gewöhnt, an sein Lächeln, seine kleinen, zärtlichen Gesten, seine Küsse, die flüchtig, aber liebevoll waren und die sie an diesem Abend das erste Mal erwiderte.
Als alle Gäste das Haus verlassen hatten, räumte Jeannette noch ein wenig auf, doch Lydia sagte: »Laß doch, Kind, du bist sicher auch todmüde. Ich kann kaum mehr die Augen offenhalten. Geh nur gleich zu Bett, morgen früh kommt Frau Becker, da bringen wir alles in Ordnung.«
Nicht lange danach klopfte Jacob an die Tür des weißblauen Zimmers, und als Jeannette öffnete, machte er: »Pst!« Eine Flasche Wein und zwei Gläser hatte er mitgebracht.
»Ich dachte, wir trinken noch ein Glas auf das Wohl von Koriander junior.«
»Aber ich habe schon so viel Wein getrunken heute abend.«
»Ich kann mich nicht erinnern, daß du auch nur einmal mit mir angestoßen hast. Alle Männer haben dich bewundert. Unserem Zimmermann ging jedesmal die Zigarre aus, wenn er dich ansah.«

»Ach, ich«, sagte Jeannette verloren.
»Ja, du«, sagte er zärtlich und kam herein. »So ein hübsches Kleid hast du an.«
Sie hatte es in Windeseile geschneidert für die Taufe, das erste Mal seit längerer Zeit, daß sie sich ein Kleid gemacht hatte. Es war blau, blau wie ihre Augen, die jetzt dunkel und ängstlich zu ihm aufsahen.
»Aber noch viel hübscher als dein Kleid bist du.«
Er schloß sie wieder in die Arme, liebevoll, verliebt und voll Begier. Doch er hatte sich vorgenommen, ganz behutsam mit ihr umzugehen, sie nicht zu erschrecken, sie war nicht wie die anderen, nicht wie Madlon, nicht wie Mary.
Aber es war gar nicht schwer, sie zu verführen. Sie sehnte sich nach Liebe und Zärtlichkeit, nicht einmal der Schatten Michels hielt sich in dem weißblauen Zimmer auf.
Jacob suchte die Knöpfe an dem blauen Kleid, doch da waren keine, es hatte einen runden Ausschnitt, man mußte es über den Kopf ziehen, und Jeannette half ihm dabei.
Er küßte ihren Hals, ihre Schultern, die kleinen Brüste, und Jeannette lag nackt, mit geschlossenen Augen, auf ihrem jungfräulichen Bett. Denn, ganz egal, was Michel getan hatte, ganz egal, ob sie ein Kind geboren hatte, sie war im Grunde noch immer eine Jungfrau.
Aber nun wollte sie keine mehr sein, und als Jacob in sie hineinsank, wurde er warm umschlossen vom Schoß einer liebesbereiten Frau.
Später tranken sie den Wein, und Jeannette war nicht mehr traurig, auch nicht befangen, sie plauderte mit ihm, sie lachte, sie kuschelte sich in seinen Arm, als sei das für sie der selbstverständlichste Platz auf der Welt. Er liebte sie ein zweites Mal, und nun antwortete ihr Körper schon, empfand sie Begierde, aber vor allem Freude an dem neuen Spiel, das für sie, aber das konnte er nicht ahnen, immer nur ein Spiel bleiben würde. Sie schlief in seinem Arm ein, und er verließ sie erst, als der Morgen graute und anzunehmen war, daß Benedikt demnächst aufstehen würde. Leise schlich er hinauf in das Giebelzimmer. Als er in sein kühles Bett kroch, mußte er lachen, weil er an Madlon dachte. Die himmelblaue Unschuld,

die kleine Nichte, die Frau Moosbacher – gar nicht schlecht für eine Anfängerin.

Carl Ludwig Goltz starb Mitte November. Ein langsamer, aber friedlicher Tod. Schon im Oktober hatte er über Schmerzen in der Brust geklagt, von da an verweigerte er so gut wie jede Nahrung, Jona mußte ihn füttern wie ein Kind. Er lag im Bett, stand nicht mehr auf, er verging und verblich vor ihren Augen, und sie wußte, daß sie ihn nicht mehr zurückhalten konnte.
Es gab ein großes Requiem im Münster, an dem fast die halbe Stadt teilnahm. Madlon durfte nicht dabeisein, das hatte Jacob sich verbeten, und Jona stimmte ihm zu. Madlon war verschwunden aus der Stadt, von diesem Ufer, nach einem kurzen Gastspiel nur, es gab keinen Grund, daß man sie bei dieser Gelegenheit noch einmal auftreten ließ.
Tante Lydia war da und weinte bitterlich um ihren Bruder, geplagt von schlechtem Gewissen, denn den ganzen Herbst über hatte sie davon gesprochen, daß sie Ludwig besuchen wolle, aber das neue Haus, das neue Leben darin, das neue Leben drumherum hatte sie die Reise immer wieder verschieben lassen.
Und dann erfuhr Jacob, erfuhr die Familie, warum Bernhard Bornemann im letzten Jahr gar so großzügig mit dem Geld umgegangen war. Der Vertrag lag vor, er mußte nur noch unterschrieben werden. Carl Eugen, Jona, Jacob und Agathe mußten ihre Zustimmung geben, nach Immas Meinung wurde nicht gefragt.
Das Haus in der Seestraße sollte verkauft werden, und zwar an eine Schweizer Versicherungsgesellschaft, die einen stolzen Preis dafür bot.
Jacob war zunächst perplex.
»Darum also«, sagte er, »hast du mir den Umbau in Bad Schachen finanziert.«
»Gewiß«, entgegnete Bernhard selbstsicher. »Es ging mir darum, daß alle gut untergebracht sind. Du fühlst dich wohl in diesem Haus, das hast du mir selbst gesagt. Tante Lydia ist gut aufgehoben und versorgt, und wie ich höre, hast du sogar

eine Tätigkeit im Auge.« Von der Frau, die in diesem Haus lebte, mit Jacob lebte, was Bernhard sehr wohl wußte, sprach er nicht. Das war Jacobs Angelegenheit und wie er diese Dinge in Ordnung brachte, falls er sie in Ordnung bringen wollte, ebenfalls.
Henri Lalonge war nicht überrascht, er kannte Bernhards Pläne und billigte sie. Geld konnte auch er gebrauchen.
Eine Überraschung war es jedoch für Jona. So klug sie sonst auch war, daran hatte sie nicht gedacht. Außerdem war sie im letzten Jahr so ausschließlich mit ihrem Mann beschäftigt gewesen, daß sie sich kaum um die Aktivitäten der Familie gekümmert hatte.
»Meiner Ansicht nach«, sagte Bernhard, nahm die Brille von der Nase und wirbelte sie selbstzufrieden um den Finger, »ist für alle gut gesorgt. Mutter hat ihren Hof, auf dem sie sich sowieso am liebsten aufhält. Agathe hat ein prachtvolles Haus, und der Fabrik wird eine Finanzspritze wohltun. Jacob hat sein Haus und möglicherweise auch dort in Bad Schachen ein Auskommen. Uns bleibt das Haus am Münsterplatz. Dort werden wir drei Zimmer für Onkel Eugen einrichten, und natürlich ist auch Platz im Haus für Muckl, der sich bestimmt gern nützlich betätigen wird.«
Er setzte die Brille wieder auf, blickte von einem zum anderen. Die Szene spielte in seinem Büro in der Kanzlei. »Das Geld, das wir erhalten, wird gerecht aufgeteilt, jeder kann damit machen, was er will. Aber ich schlage vor, daß man mir die Vollmacht gibt, das meiste davon gewinnbringend anzulegen, und einen nicht geringen Teil davon in der Schweiz. Moment!« Er hob abwehrend die Hand, als Jacob etwas sagen wollte.
»Ich habe mir das gut überlegt. Die wirtschaftliche Lage in dieser Republik ist fragwürdig. Und noch mehr ist es die politische. Es könnte sein, daß ihr mir eines Tages sehr dankbar sein werdet.«
Worauf eine längere Pause eintrat.
Jona blickte aus dem Fenster, hinauf zum Turm des Münsters. Ach Gott, Ludwig, dachte sie, nun werde ich aus deinem Haus, aus unserer Wohnung vertrieben, in der ich mich zu-

497

letzt so wohl gefühlt habe. Aber kann ich etwas dagegen sagen? Ich habe es so verdient.
Auch sie schwieg.
Carl Eugen blickte vor sich auf den Schreibtisch des Herrn Bornemann, sein Kinn hing ein wenig herab. In diesem Haus hier war er geboren, in diesem Haus war er aufgewachsen, in diesem Haus sollte er nun sterben. Noch hatte seine Stimme Gewicht, das wußte er, darum konnte er protestieren. Seine Wohnung in der Seestraße war ihm so vertraut, es war seine Welt. Hier bekam er drei Zimmer und mußte sehen, wie er damit zurechtkam. Er würde bei Imma am Tisch essen, sein Schwiegerneffe würde ihm stets mit dem gebührenden Respekt begegnen, vielleicht auch manchmal seinen Rat einholen in juristischen Fragen, aus Höflichkeit, nicht, weil er ihn brauchte. Die Kinder waren da, sorgten für Unterhaltung. Der arme Muckl – an ihn wagte er nicht zu denken. Er war seit vielen Jahren gewöhnt, ganz selbständig zu regieren und zu walten, ihm würde es schwerfallen. Muckl zuliebe war Carl Eugen bereit, ein Veto einzulegen. Er hob den Blick, öffnete den Mund.
Bernhard lächelte verbindlich.
»Ja? Onkel Eugen? Du wolltest etwas sagen.«
Eugen spürte den grimmigen Magenschmerz, den er jetzt so oft hatte.
Ich werde auch bald sterben, dachte er.
»Nun, das kommt sehr plötzlich«, sagte er hilflos. »Hättest du es nicht mit uns besprechen müssen?«
»Aber das tue ich ja gerade. Noch ist nichts geschehen, unterschreiben müssen wir alle, beziehungsweise ich muß von euch die Vollmacht dafür haben. Aber bedenke, Onkel Eugen, du würdest ganz allein in dem Haus in der Seestraße wohnen. Das wäre doch unlukrativ. Also müßte man mindestens zwei Etagen vermieten. Du hättest fremde Leute im Haus, vielleicht wollen sie einiges geändert haben, umgebaut haben, du wärst, so stelle ich mir vor, doch in vieler Hinsicht behindert. Hier bist du mitten in der Stadt, der Weg zu deinem Stammtisch ist nicht weit, du speist gern einmal im Inselhotel, nun ersparst du dir den Weg über die Brücke. Sei versi-

chert, daß wir alle dich lieben und schätzen und alles für dein Wohlergehen tun werden. Nicht wahr, Imma?«
Imma nickte heftig. »Ja, natürlich, alles, Onkel Eugen, alles.«
»Auch Agathe und Henri«, fuhr Bernhard fort, »würden dich sicher gern bei sich aufnehmen, falls du das vorziehst.«
Was ebenso überzeugend von Agathe und Henri bestätigt wurde.
Eugen senkte wieder den Kopf. Wer alt ist, hat unrecht. Und es war ihm klar, daß er nicht allein das große Haus in der Seestraße bewohnen konnte, das war wirklich unlukrativ.
»Nein, nein«, murmelte er. »Hier wäre es mir schon recht.«
Und nach einem langen Seufzer fügte er hinzu: »So schließt sich der Kreis. Nichts ist ewig – nur die Veränderung.«
Dann heftete sich Bernhards kühler Blick auf Jona.
»Du bist einverstanden, Mutter?«
Jona senkte die Lider, damit er die Abneigung in ihrem Blick nicht sah. Abneigung? Fast war es Haß.
Auch sie war versucht zu widersprechen. Zu sagen: Wenn Eugen und ich in dem Haus wohnen, sind wir schon zwei.
Aber sie schwieg.
Bernhard wartete höflich eine Weile, dann bohrte er nach: »Du bist einverstanden?«
»Ja«, sagte Jona, und sie dachte mit großer Befriedigung an ihr Testament. Den Hof würde er nicht bekommen. Den Hof bekam Rudolf und sonst keiner.
Anschließend sprach Henri Lalonge eine längere Weile, erging sich über die wirtschaftliche Lage, über die Schwierigkeiten in seiner Fabrik und für wie vorteilhaft er Bernhards Initiative ansehe.
Agathe schwieg auch. Sie war ja nicht dumm, und sie wußte genau, was ihre Mutter dachte und was Carl Eugen dachte. Aber sie war auch nicht sentimental. Das Haus in der Seestraße hatte sie bezogen, als sie neunzehn Jahre alt war, es bedeutete ihr nicht so viel. Ihr jetziges Haus war weitaus moderner und komfortabler. Und Geld in der Schweiz würde auf jeden Fall vorteilhaft sein, wenn man an die Zukunft von drei Kindern denken mußte.

Jona, Carl Eugen und Jacob gingen zum Mittagessen ins Inselhotel, Immas Einladung hatten sie abgelehnt. Sie waren alle drei schweigsam und nachdenklich.
»Ein ganz gerissener Fuchs, dieser Bernhard«, sagte Jacob nach der Suppe.
»Was keine schlechte Beurteilung ist für einen Anwalt und, in diesem Fall, einen Vermögensverwalter. Gerissen, aber ehrlich. Betrügen wird er uns nie.«
»Du hättest protestieren können.«
»Ich allein? Denkst du, das hätte etwas genützt? Du bist der Sohn des Hauses Goltz. Du hättest als erster protestieren müssen. Ich bin ein alter Mann, ich werde Ludwig bald folgen. Stell dir vor, ich sterbe nächstes Jahr, und dieser große Fisch wäre euch aus dem Netz geschlüpft, was würdet ihr dann sagen? So eine Transaktion bietet sich nicht jeden Tag.«
»Er hat mich ganz schön eingewickelt. Drum das Geld für den Umbau drüben. Das hat er alles längst geplant.«
Jacob war vierzehn gewesen, als sie in die Seestraße zogen. Neunzehn, als er das Haus verließ, um für lange Zeit nicht wiederzukommen. Und bald darauf war er wieder gegangen.
»Du hast deine Meinung überhaupt nicht geäußert, Mutter«, wandte er sich an Jona.
Jona hatte zwei scharfe Falten um den Mund, als sie ihren Sohn anblickte.
»Ich denke, ich habe kein Recht dazu. Mein Leben war geteilt zwischen hier und drüben, das weißt du. Ich habe in das Haus am Münsterplatz eingeheiratet, ich habe meine Kinder dort geboren, ich habe später in der Seestraße gewohnt, aber meine Heimat war immer drüben. Ich werde wieder auf meinem Hof leben, wo ich hingehöre.«
Ich werde noch einen Mord begehen, dachte sie, ich werde Madlon töten, denn sie hat mir Rudolf weggenommen.
Sie wurde weiß im Gesicht und wandte den Kopf zur Seite, als der Ober ihr den Fisch servierte.
Hilf, Gott, was dachte sie da!
War sie dieselbe geblieben? Immer noch bereit, brutal aus dem Weg zu räumen, was sie störte?

Sie starrte hinaus auf den See, er verschwamm vor ihren Augen, ihre Hände zitterten.
»Mutter!«
Sie zwang sich zur Ruhe, blickte die beiden Männer an, die höflich warteten, bis sie anfing zu essen. Sie nahm das Fischbesteck zur Hand.
»Ich werde dort leben mit Rudolf, mit Madlon, falls sie bleiben. Und mit dem Kind, das Madlons Nichte dort zurückgelassen hat.«
Eine Weile aßen sie schweigend, jeder mit seinen Gedanken beschäftigt, jeder bedrückt. Bedrückt wegen eines Hauses, das sie verlassen sollten, um es gegen viel Geld einzutauschen. Es ist töricht, dachte Jona, ich habe dieses Haus immer wieder und immer wieder verlassen. Und Madlon hat es auch verlassen. Es wäre anders, wenn sie dortgeblieben wäre mit Jacob – aber was band Madlon an dieses Haus? Und was bedeutete es schließlich Jacob?
»Um von etwas anderem zu sprechen, Jacob: hast du die Absicht, Jeannette ... ich meine, willst du sie ... behalten?«
Sie hatte sagen wollen: heiraten. Aber sie wußte selbst gut genug, was für Hindernisse dem im Weg standen.
Jacob erwiderte ganz unbefangen: »Ich mag sie gern, und wir sind recht glücklich miteinander. Auch wenn Madlon sehr verärgert darüber ist.«
»Das weiß ich. Mir wäre es auch lieber, du hättest eine andere Frau gefunden. Aber eine andere Frau könntest du vermutlich auch nicht heiraten. Das Verhältnis zwischen dir und Madlon ist ja wohl weitgehend ungeklärt.«
»Die Ehe zwischen Madlon und mir ist auf keinem amtlichen Dokument festgehalten, wenn du das meinst. Ich muß mich nicht unbedingt als verheiratet betrachten.«
»Du wirst zugeben, daß dies schwer zu verstehen ist. Da wir nun einmal davon sprechen, möchte ich es gern genau wissen. Das Land, in dem du dich damals aufgehalten hast, war zu jener Zeit deutsches Territorium. Und der Mann, der die Trauung vorgenommen hat, war ein deutscher Missionar. Mag er auch einer anderen Konfession angehört haben, das spielt ja wohl keine Rolle.«

»Natürlich konntest du in den Kolonien ganz formell bei einer Behörde heiraten, mit oder ohne Missionar. Nur waren wir damals weit von jeder Behörde entfernt, es war mitten im Krieg, und die Umstände, unter denen wir lebten, waren so extrem, daß wir uns eigentlich gar nichts gedacht haben. Wenn du so willst, war diese Trauung mehr ein ... ein Spaß.«
»Ein Spaß?« wiederholte Jona befremdet.
»Bitte, nimm es nicht so wörtlich. Aber Soldaten in einer Gefechtspause, das ist ... das ist ein Stück anderes Leben. Da ist man aufgedreht, übermütig, denkt nicht zurück und nicht nach vorn, man lebt einfach und das sehr intensiv. Madlon und ich, wir waren seit Jahren zusammen, waren so vertraut ...« Er verstummte. Es war so schwer zu erklären.
»Ihr habt es jedenfalls als eine Heirat betrachtet.«
»Ja«, gab Jacob unter dem strengen Blick seiner Mutter zu.
»Und ihr habt nie daran gedacht, eine richtige standesamtliche Eheschließung nachzuholen?«
»Seltsamerweise nicht.« Nun klang Bitterkeit in seiner Stimme. »Du wirst es vielleicht nicht für möglich halten, aber ich fühlte mich mit Madlon ganz richtig und ernsthaft verheiratet. Sie war meine Frau, sie gehörte zu mir. *Ich* habe diesen Bund nicht gebrochen.«
»Ich denke mir«, sagte Carl Eugen, »daß es keinerlei Schwierigkeiten gibt, wenn Jacob wirklich heiraten will. Wenn keine Papiere über eine Eheschließung vorhanden sind – was sollte ihn dann daran hindern?«
Jona blickte wieder hinaus auf den See.
Ach, Ludwig, könntest du mir doch helfen.
Ach, Lieberle, nimm es nicht so schwer. Es ist alles nicht so wichtig. Nichts ist wichtig, was mit uns geschieht.
Das hatte er ihr einmal geantwortet, als sie sich über die verworrenen Verhältnisse ihres Daseins beklagt hatte.
Vielleicht war es wirklich nicht wichtig, von da aus gesehen, wo er jetzt war. Aber solange man lebte, solange man mittendrin steckte, war es eben doch wichtig, alles und jedes.
Sie legte das Besteck nieder, sie hatte keinen Appetit. Aber Ruhe gab sie noch nicht.

»Willst du Jeannette denn heiraten?« fragte sie nun doch.
»Bitte, Mutter, jetzt fängst du auch damit an. Madlon hat mich das schon gefragt. Bis jetzt ist Jeannette mit Rudolf verheiratet, und das hast du schließlich mit eingefädelt. Du brauchst mir gar nicht inquisitorische Fragen zu stellen, du hast selber...«
»Ich weiß gut genug, was ich getan habe«, unterbrach ihn Jona. »Ich weiß alles, was ich getan habe. Und ich vergesse es nicht. Ich will mich auch nicht in dein Leben einmischen, du bist alt genug, um zu wissen, was du tust. Und ich muß dir gestehen, Jeannette ist mir ziemlich gleichgültig. Ich sehe in ihr nicht das engelhafte Wesen, als das Madlon sie betrachtet. Sie hat eine ganze Weile bei mir drüben gelebt, aber nähergekommen ist sie mir nicht.«
Es war wohl auch schwer, einer Frau wie Jona nahezukommen, wenn man so geartet war wie Jeannette und sich in so schwieriger Lage befand wie sie, als sie auf den Hof kam. Das dachte Jacob. Laut sagte er: »Tante Lydia versteht sich sehr gut mit ihr.«
»Um so besser für euch. Also behältst du sie, solange du sie behalten willst, und dann, so nehme ich an, schickst du sie mir zurück auf den Hof.«
Das war keine Frage, das war eine Feststellung.
Jacob blickte hilfesuchend auf Onkel Eugen, doch den plagten wieder heftige Schmerzen im Leib. Dieses Mädchen aus Belgien war ihm vollkommen gleichgültig, aber es war so unendlich traurig, wenn einem das Essen nicht mehr schmeckte, und wenn es einem schmeckte, nicht mehr bekam. Das Leben gefiel ihm nicht mehr, sein Körper verdarb es ihm.
Jona zweifelte nicht daran, daß Jeannette wieder bei ihr auf dem Hof landen würde. Wo sollte sie denn auch sonst hin, lebensfremd und scheu, wie sie war?
Außerdem hatte Jona das Gesicht von Clarissa Lalonge gesehen; sie war zur Trauerfeier aus München gekommen, ganz in Schwarz, sehr selbstbewußt, sehr selbstsicher – aber einmal zerbrach diese Maske. Jona hatte den Blick gesehen, mit dem Clarissa im Münster Jacob angesehen hatte. Sie hatte ihn gesehen und, wie sie bemerkte, Agathe auch.

Jacob wohl nicht. Mochte Jeannette auch zehnmal hübscher sein, Clarissa war sie nicht gewachsen.

Clarissa – Studentin im siebten Semester, sehr tüchtig, sehr fleißig, sehr eifrig, wie es hieß, erfüllt von ihrer Arbeit. Vielleicht war es nur eine bestimmte Erinnerung gewesen, die ihren Blick so begehrlich, so heißhungrig gemacht hatte; jedenfalls war es nur der eine Blick gewesen, dann hatte sich in diesem Gesicht nichts mehr gezeigt als die angemessene Trauer um den Verstorbenen.

War noch die Frage zu klären, was mit Hilaria geschehen sollte. Ohne Zweifel würde sie wieder eine gute Stellung finden, eine gute Köchin wie sie. Gerade darum aber war es schade, sie zu verlieren, Jona war auch dieser Meinung. Aber eine Herrschaftsköchin wurde auf dem Hof nicht gebraucht. Agathe hatte eine gute Köchin, lange bewährt. Bernhard Bornemann, den neuen Wohlstand vor Augen, war nicht einmal abgeneigt, Hilaria zu übernehmen, aber dagegen protestierte Imma. Sie kochte gern und wollte das Kommando in ihrer Küche nicht an eine derartige Kapazität abgeben. Außerdem sei ja dann auch Muckl da, argumentierte sie, der sowieso den Einkauf übernehmen würde, denn was Fisch, Fleisch und Gemüse betraf, von Wein ganz zu schweigen, hatte er seine Quellen, aus erster und allerbester Hand.

Jacob, der nach der Beerdigung noch zwei Wochen bei seiner Mutter blieb und in dieser Zeit wieder Hilarias gutes Essen genoß, entschied schließlich: »Hilaria kommt zu uns. Wir haben ein schönes Zimmer für sie, wir haben eine ganz modern eingerichtete Küche, und Gäste haben wir auch manchmal. Tante Lydia kocht sowieso meist das gleiche. Und sie ist nun doch ein wenig umständlich. Von Jeannette kann man bestenfalls Handlangerdienste erwarten.«

Hilaria meinte vorsichtig, sie werde sich das ansehen, das sei ja doch sehr weit weg, da am anderen Ende des Sees. Immerhin war sie eine weitgereiste Frau, möglicherweise würde sie auch diese Entfernung verkraften. Zunächst erbat sie sich zwei Wochen Urlaub, die sie aus alter Anhänglichkeit in der Schweiz verbringen wollte. Dann, so verhieß sie, werde sie sich in Bad Schachen einfinden.

Diesmal drängte Jona nichts hinüber zum anderen Ufer. Es war Winter, auf dem Hof brauchte man sie nicht. Die Seestraße sollte zum Jahresbeginn geräumt werden, und bis zuletzt blieb Jona dort wohnen, zusammen mit Eugen und Muckl. Vielleicht brauchte man sie auf dem Hof überhaupt nicht mehr.

Kurz vor Weihnachten kam Rudolf herüber; in das Haus, das er nie zuvor betreten hatte. »Warum kommst du nicht?«
»Willst du denn, daß ich komme?«
Statt einer Antwort schloß er sie in die Arme, legte sein Gesicht an ihre hohe Stirn, hielt sie eine Weile fest, ganz fest.
»Brauchst du mich denn noch?« fragte Jona, als er sich nicht rührte.
»Ich will, daß du kommst«, antwortete er, ohne sie loszulassen, »und ich brauche dich. Mein Leben ist leer ohne dich.«
»Aber – du hast doch Madlon.«
»Ja, ich habe Madlon. Aber das bist nicht du.«
»Du liebst Madlon doch. Du warst doch so glücklich mit ihr.«
»Jona, es gibt diese und jene Art von Liebe. Und du weißt doch, ich meine, du verstehst doch...« Er suchte nach den richtigen, behutsamen Worten.
»Natürlich verstehe ich, Rudolf. Madlon kann dir etwas geben, was ich dir nicht geben konnte. Ich habe das immer verstanden. Und ich weiß, daß ich unrecht gehandelt habe an dir. Genau wie ich an Ludwig unrecht gehandelt habe und an meinen Kindern, und ich – ich habe mein Leben lang alles falsch gemacht.« Sie weinte.
Jona weinte. Das hatte er noch nie erlebt.
»Jona, Jona, bitte, du hast nicht unrecht gehandelt. Du bist, wie du sein mußt, und ich habe es immer verstanden, ich auch. Aber davon rede ich jetzt nicht. Ich will nur, daß du kommst.«
»Ich gehöre nicht zu euch. Ich ... ich störe euch nur.«
»Du gehörst auf deinen Hof und sonst nirgendwohin. Das ist der Ort, der dir gehört, zu dem du gehörst, und das will dir niemand streitig machen, ganz gewiß nicht Madlon.«
»Aber du liebst Madlon doch«, wiederholte Jona.

»Ich kann sie niemals so lieben, wie ich dich liebe. Begreife doch, daß Madlon im Grunde eine Fremde für mich ist. Und das wird sie immer bleiben. Das Ganze war wie... wie ein Rausch.«
»Du sagst, es *war* ein Rausch. Ist es denn vorüber?«
»Jeannette hat Unfrieden zwischen uns gebracht.«
»Jeannette?«
»Weil sie fortging, mit Jacob. Madlon kommt nicht darüber hinweg, sie redet ununterbrochen davon, und es hängt mir zum Hals heraus. Ich hoffe, du wirst ihr einmal deutlich die Meinung sagen.«
»Dieses dumme kleine Mädchen aus Gent!« sagte Jona. »Sie hat alles durcheinandergebracht. Durch sie kam Madlon auf den Hof und ist dortgeblieben, und dadurch kam es zur Trennung zwischen Madlon und Jacob, und nun ist Jeannette auch noch Jacobs Geliebte.«
»Ich hoffe, sie bleibt es. Und wir sind sie los. Und von mir aus kann Madlon zu ihnen gehen.«
»Rudolf, das wäre doch eine unmögliche Situation.«
»Unmöglich?« Er lachte. »Was ist daran so unmöglich? Nicht unmöglicher als alles, was wir schon erlebt haben.«
»Ich möchte, daß auch in Jacobs Leben ein wenig Ruhe und Ordnung kommt, und es sieht jetzt danach aus. Er hat sich gut eingelebt in Schachen, er hat einen Freund, mit dem er zusammen arbeiten kann und nicht nur durch die Kneipen zieht. Er ist sehr zufrieden mit seinem umgebauten Haus, das ich mir bald einmal ansehen werde. Und wenn er Jeannette gern hat, dann muß man sich halt damit zufriedengeben.«
»Du willst mich also Jacob opfern?« fragte er bitter.
»Komm, Rudolf, setz dich und rede nicht so dumm. Wir haben an Jacob etwas gutzumachen, auch du.«
»Ich will, daß du wieder bei mir bist.«
Aber Jona blieb bis zum Jahresende in der Seestraße, auch Eugen zuliebe, den sie Weihnachten nicht allein lassen wollte. Es war ein stilles Weihnachtsfest, Muckl bereitete das Essen für sie, sie sprachen von diesem und jenem, meist von früher, Eugen erzählte von seinen Eltern; wie alle alten Menschen sprach er gern von seiner Jugend.

Spät in der Nacht ging Jona allein unten am See entlang, sah die Schwäne im dunklen Wasser. Hier war sie oft im letzten Jahr mit Ludwig gegangen, auf der Bank hatten sie gesessen, Hand in Hand, und hier war auch eine Weile, friedlich, liebevoll, besorgt, Jacob bei ihnen gewesen. Es befriedigte Jona tief, daß Ludwig in diesem letzten Jahr wenigstens für eine Zeitlang seinen Sohn so nahe und vertraut um sich gehabt hatte.
Dann gingen ihre Gedanken hinüber zum anderen Ufer. Weihnachten auf dem Hof, Madlon und Rudolf. Sie hatten dem Gesinde beschert, wie Rudolf es von ihr gewöhnt war, sie hatten gegessen und getrunken, bestimmt hatte Madlon etwas Gutes gekocht, und hoffentlich hatten sie nicht wegen Jeannette gestritten. Sie hatten das Kind, den hübschen, blonden Buben, den Madlon so abgöttisch liebte. Auch Jona vermißte ihn. Sie war bei seinem Geburtstag nicht dabeigewesen, nicht bei der Weihnachtsbescherung. Er war nun in einem Alter, wo er sich daran freuen konnte. Im vergangenen Jahr war er noch zu klein gewesen.
Jona hob den Kopf und blickte hinaus auf das dunkle Wasser. Sie konnte eine Reise machen, sie konnte eine Weile zu Jacob gehen oder zu ihrem Bruder Franz, möglicherweise würde sie für immer bei Franz bleiben können, das würde ihn sicher freuen. Aber er würde es nicht begreifen, er würde nur bemerken, daß sie sich selbst verloren hatte. Es war alles Unsinn. Sie wußte schließlich, wohin sie gehörte. Sie würde Eugen und Muckl beim Umzug helfen und dann hinüberfahren. Dahin, wo ihr Platz war.

Imma richtete Carl Eugen mit seinen eigenen Möbeln eine gemütliche Wohnung am Münsterplatz ein, und er ergab sich in sein Schicksal. Muckl war anfangs etwas störrisch, aber bald erkannte er, wie abwechslungsreich das Leben in der neuen Umgebung war. Immas Kinder, die ihn immer schon mochten, belegten ihn voll mit Beschlag. Imma beteiligte ihn ausgiebig an ihren Haushaltsarbeiten, und sogar in der Kanzlei war Muckl gern gesehen, immer bereit für Botengänge, denn ein langweiliges Leben behagte ihm gar nicht. Und zu-

letzt war es in der Seestraße mehr als langweilig gewesen, keine Gäste, keine Einladungen, der tägliche Streit mit Berta war auch weggefallen.
Muckl gewöhnte sich sehr schnell an das veränderte Leben, mitten in der Stadt, wo immer etwas los war. Mit Imma zusammen tüftelte er einen Diätplan für Eugen aus, dem es daraufhin wirklich besser ging. In die Seestraße zogen Handwerker ein, und auch da spazierte Muckl oft vorbei und sah sich an, was da vor sich ging. Zu Eugen sprach er jedoch nicht davon.
Zu aller Zufriedenheit verlief das Weihnachtsfest in Bad Schachen. Das einzig Störende waren Jeannettes plötzlich erwachte Muttergefühle. Sie sprach auf einmal viel und oft von ihrem kleinen Sohn, sie sagte, daß sie sich nach ihm sehne und daß sie ihn gern bei sich hätte.
Das war eine unerwartete Entwicklung, und schuld daran war das Kind im Hause Koriander, der kleine Ferdinand. Den Namen hatte er zu Ehren von Graf Zeppelin erhalten, den Felix als Bub maßlos bewundert hatte. Im Jahr 1907 war das erste Luftschiff über Lindau hinweggezogen, und zwei Jahre später, als Felix sein Abitur machte, wurde Graf Ferdinand von Zeppelin zum Ehrenbürger von Lindau ernannt, wobei Felix mit einer Abordnung seiner Schule aufzog und sogar eine kleine Ansprache hielt.
Ferdinand Koriander, genannt Ferdl, war der Magnet, der Jeannette immer wieder ins Haus Koriander zog. Seltsam war es und kaum zu erklären, wieso Jeannette, die für das eigene Kind weder Interesse noch Zuneigung bekundet hatte, sich nun zu einem fremden Kind hingezogen fühlte. Aber seltsam und unerklärlich sind oft die Vorgänge und Wandlungen im Herzen eines Menschen. Obwohl sie in diesem Fall, im Fall Jeannette, rein psychologisch leicht zu erklären waren. Es war ihre immer stärker zutage tretende Gefallsucht, ihr nimmersatter Wunsch nach Liebe, nach Zuwendung. In dieser Beziehung hatten zuerst Madlon, dann Lydia und nun auch Jacob sie allzusehr verwöhnt.
Bei der Taufe des kleinen Koriander hatte sie miterlebt, wie alles sich um das Kind drehte, wie vernarrt Felix in seinen

Sohn war, wie glückselig die Großeltern über das Kind und vor allem, welches Ansehen, welche Wertschätzung Ellen Koriander allein durch die Tatsache genoß, daß sie ein Kind zur Welt gebracht hatte. Und so war es geblieben.

Ich habe auch ein Kind, dachte Jeannette eifersüchtig, ein hübsches Kind, ein artiges Kind, warum lobt *mich* niemand dafür, warum bewundert niemand *meinen* Sohn?

Kindlich war sie noch immer, um nicht zu sagen kindisch. Sie beneidete Ellen Koriander um ihr Kind, und sie begann, mit spielerischen Gedanken zunächst, ihr eigenes Kind in ihr Leben einzubauen. Würde es sich nicht gut ausnehmen hier in diesem Haus? War es hier nicht viel vornehmer als auf dem Hof?

Sie sprach also auf einmal von dem kleinen Ludwig, zunächst im Hinblick auf seinen Geburtstag, dann in Gedanken an das bevorstehende Weihnachtsfest. Sie würde ihn so gern bei sich haben, sagte sie.

Wie nicht anders zu erwarten, griff Tante Lydia den Gedanken begeistert auf. Man habe es jetzt schön warm und gemütlich, Platz genug sowieso, und überhaupt gehöre ein Kind zu seiner Mutter. Außerdem sei es doch höchst begrüßenswert, so sagte sie zu Jacob, wenn die arme kleine Jeannette ihren Kummer um den toten Seemann nun soweit überwunden habe, daß sie bereit sei, sich ganz ihrem Kind zu widmen.

Jacob äußerte sich nicht dazu. Er wußte schließlich gut genug, wie Madlon an dem Buben hing, außerdem mißtraute er Jeannettes so plötzlich erwachter Mutterliebe. Ihren Wunsch, den kleinen Ludwig über Weihnachten ins Haus zu holen, hatte er strikt abgelehnt.

»Hör mal, Baby, das kannst du Madlon nicht antun. Du weißt doch, wie sie an dem Jungen hängt.«

»Es ist mein Sohn«, trumpfte Jeannette auf.

»Wir wissen es. Aber kannst du dir Madlon vorstellen, wenn wir jetzt hinauffahren und den Buben holen?«

Doch, das konnte Jeannette sich sehr gut vorstellen, und Angst vor Madlon hatte sie auch. Dennoch schmollte sie mit Jacob und spielte für einige Tage die unverstandene Mutter.

Weihnachten wurde dennoch ein gelungenes Fest, und Jeannette vergaß zunächst einmal wieder das Kind. Sie bekam sehr viel geschenkt, von Jacob eine Perlenkette, seidene Dessous, so wunderzart, wie sie sie noch nie besessen hatte, ein Handtäschchen mit passenden Handschuhen; bei diesen Einkäufen hatte Ellen natürlich Jacob begleitet. Von Tante Lydia bekam Jeannette Crêpe de Chine in Grünblau, damit sie sich wieder einmal ein neues Kleid machen konnte. Geschenke kamen auch aus dem Hause Koriander reichlich, und über alles freute sich Jeannette mit kindlichem Entzücken, genauso wie über den Christbaum, eine riesige Tanne, die Jacob ausgesucht und geschmückt hatte; auch für ihn war es ja, seit vielen Jahren, das erste normale Weihnachten mit Familie und dazu noch im eigenen Haus. Staunend hörte Jeannette zu, als Lydia die Weihnachtsgeschichte las und sich anschließend ans Klavier setzte, Weihnachtslieder spielte und mit noch recht wohltönender Stimme dazu sang. Jacob stimmte ein, auch Benedikt, und am kräftigsten sang Hilaria mit, die sich nun seit vierzehn Tagen im Hause befand und ersichtlich mit allem sehr zufrieden war, was sie vorgefunden hatte. Es waren zwei Männer im Haus, die ordentlich essen konnten, eine hübsche junge Frau war da, und die alte Dame redete ihr nicht hinein, sondern lobte alles, was sie auf den Tisch stellte. Besuch kam auch genügend ins Haus, am Weihnachtsabend selbst noch die Korianders, die hatten zwar schon gegessen, versuchten jedoch Hilarias Gebäck und lobten es sehr. Später fuhren sie alle zur Mitternachtsmesse in die Stiftskirche nach Lindau, auch Hilaria durfte mitkommen. Jeannette war zwar todmüde, als sie spät nachts in Jacobs Arm lag, aber eigensinnig war sie auch.

»Es war so schön, so schön. Mais l'année prochaine, nächstes Jahr, zu Weihnachten, mon petit Ludwig ist hier. Verspreche mich das.«

»Wir werden sehen...« murmelte Jacob, der ebenfalls sehr müde war.

»Verspreche es mich.«

»Ja, Baby, ich verspreche es. Und nun schlaf endlich. Morgen müssen wir Gänsebraten essen, das wird auch anstrengend...

Was denkst du, was für eine fabelhafte Gans uns Hilaria braten wird.«

»'ilaria ist so lieb. Aber du mich versprechen? Ludwig kommt bald.«

Übrigens fand Jeannette Verständnis bei Hilaria, die ja die Vorgeschichte nicht kannte, nur von dem Kind erfahren hatte und meinte, ein kleiner Bub im Haus, das würde doch die Familie erst vollkommen machen. Sie kannte so viele Kuchen- und Süßspeisenrezepte, alles, was Kinder gern essen. Jeannette, schön und zart und, wenn sie wollte, von unwiderstehlichem Charme, wurde von Hilaria bald heiß bewundert und geliebt und das unbekannte Kind gleich mit. Gesprächsweise lebte Ludwig der Zweite eigentlich seit Beginn des Jahres mit im Haus, und alle gewöhnten sich an den Gedanken, daß er eines Tages leibhaftig dasein würde.

Nur Jacob mied diese Gespräche. Für ihn bestand kein Zweifel daran, daß Madlon das Kind nicht freiwillig herausgeben würde, und eine zweite Entführung plante er keineswegs. Auf jeden Fall mußte die ganze Angelegenheit zuerst einmal mit Jona besprochen werden.

Ansonsten war Jacob, zu Beginn des Jahres 1927, ein rundherum glücklicher und zufriedener Mann. Das Leben, das er jetzt führte, gefiel ihm, und das kam nicht zuletzt daher, daß seine Umgebung so gar nichts an ihm auszusetzen hatte. Tante Lydia liebte ihn von Herzen, Felix und seine Familie brachten ihm echte Freundschaft entgegen, Benedikt respektierte ihn als neuen Herrn des Hauses, und Hilaria bewunderte ihn und kochte mit wachsender Begeisterung. Nur etwas hatte sie zu bemängeln, daß sie am Ort nicht alles zu kaufen bekam, was sie benötigte, und jedesmal nach Lindau hineinfahren mußte. Manchmal fuhr Jacob sie mit dem Wagen auf die Insel, manchmal nahm Felix sie mit, und dann beschloß Hilaria, den Führerschein zu machen. Ohne langes Zögern begann sie Fahrstunden zu nehmen und erwies sich als begabt.

»Ich kann mich wirklich als gemachter Mann betrachten«, meinte Jacob, »demnächst habe ich eine motorisierte Köchin.«

Und war Jacob nun nicht wirklich ein gemachter Mann? Er hatte einen Teil des Geldes, das er aus dem Verkauf des Hauses in der Seestraße erhielt, in Korianders neugegründete Baufirma gesteckt, konnte sich jetzt als dessen Teilhaber bezeichnen und wurde von Felix zu allen Plänen befragt und an allen Tätigkeiten beteiligt. Felix' Tüchtigkeit steckte an. Wieder einmal gab es in Jacobs Leben eine starke Persönlichkeit, die ihn mitriß und seinen Tatendrang weckte. So, wie einst sein General. So, wie später, jedenfalls zeitweise, Madlon.
Blieb Jeannette. Man konnte es eine glückliche Liebesgeschichte nennen. Sie war für ihn da, wann immer er wollte, sie war eine zärtliche und anschmiegsame Geliebte, weder so leidenschaftlich wie Madlon noch so mitreißend wie Mary, doch verspielt wie ein Kind, manchmal ein wenig launisch, doch meist heiter und gesprächig, nicht mehr scheu und ängstlich. Die Initiative in der Liebe lag ganz bei ihm, sie ließ sich verführen und erobern, immer wieder aufs neue, und auch das hatte einen gewissen Reiz, besonders für Jacob.
Er hatte an seinem Leben nichts auszusetzen, sah auch nichts, das er unbedingt verändern mußte. Seine Vaterstadt war ihm wieder einmal ferngerückt. Aber er dachte oft an Jona, weniger gern an Madlon.
»Ja, Baby, wir werden deinen Kleinen besuchen. Und dann holen wir ihn für einige Zeit zu uns. Laß erst einmal den Winter vorbeigehen.«
Zwei Dinge lenkten jedoch Jeannette sehr bald wieder von ihren neuerwachten Muttergefühlen ab: Das war die Reise nach München, und das war die von ihr keineswegs begrüßte Tatsache, daß sie wieder schwanger war.

Die Reise nach München

Der Vorschlag kam von Felix.
Als er Ellen heiratete und sie nach Lindau verpflanzte, so erzählte er ihnen an einem Sonntagabend im Februar, habe er ihr versprochen, mindestens zweimal im Jahr in ihr geliebtes München zu fahren, ganz bestimmt zum Fasching. Aus diesen oder jenen Gründen habe er dieses Versprechen bisher nicht einlösen können, aber nun stehe dem nichts mehr im Wege, Ellen stille das Kind nicht mehr, Fasching sei auch, und Jeannette müsse München unbedingt kennenlernen. »Nächste Woche fahren wir.«
Ellen seufzte. »Und Ferdl? Deine Mutter wird ihn zu Tode füttern.«
Daß Ellen ihren Sohn schon nach dreieinhalb Monaten absetzte, hatte zur ersten ernsthaften Meinungsverschiedenheit mit ihrer Schwiegermutter geführt.
»Ich habe Fritz sechs und Felix sogar sieben Monate gestillt. Sieh dir an, was aus ihm geworden ist.«
Worauf Ellen ihr erklärte, moderne Frauen kürzten die Stillzeit ab, der Figur zuliebe. Manche Frauen weigerten sich überhaupt, ihr Kind zu stillen.
»Figur?« schnaubte die Großmama unwillig. »Ich hatte immer eine fabelhafte Figur. Mein Busen kann sich heute noch sehen lassen.« Und nun hatte sie immer Angst, das Kind werde nicht richtig ernährt, bekomme überhaupt zu wenig zu essen, wogegen Ellen der Meinung war, ein Baby zu überfüttern, sei sehr ungesund. Generationsgespräche, die Herren beteiligten sich nicht daran und amüsierten sich nur still darüber.
Doch nach München wollte Ellen sehr gern fahren, eine kleine Abwechslung hatte sie längst nötig; und so fuhren sie denn, an einem hellen Wintertag, und zwar mit dem Zug.

Dies allein schon bereitete Jeannette viel Vergnügen. Seit sie von Gent gekommen war, hatte sie keinen Zug mehr bestiegen, und jene Fahrt war ohnedies ihre erste Reise gewesen, die sie, in ihrem verzweifelten Zustand, nicht einmal genossen hatte. Nun fuhr sie also über den Damm, der die Insel Lindau mit dem Festland verband; das hatte sie sich lange gewünscht, jedesmal, wenn sie einen Zug dampfend darüberrollen sah.

Von ihrem Zustand wußte sie noch nichts. Möglicherweise würden die lästigen Tage gerade eintreten, während sie in München war, aber da ihre Monatsblutungen immer verspätet kamen, ging es vielleicht auch gerade noch gut.

Von der Tiefe des Sees stieg der Zug mühselig hinauf und fuhr dann durch den hohen Schnee an den Allgäuer Bergen entlang, pfeifend, dicke Dampfwolken neben sich herziehend.

»Was für Berge!« freute sich Felix. »Was für ein herrlicher Schnee! Nächsten Winter werde ich mal meine Skier wieder hervorholen und sehen, ob ich damit noch umgehen kann. Du kannst nicht Ski laufen?« Die Frage galt Jacob.

»Ich kann es nicht. Es war eines der wenigen Fortbewegungsmittel, das wir in Afrika nicht gebraucht haben. Und komm bitte nicht auf die Idee, daß du es mir beibringen willst, ich habe ein lahmes Bein.«

»Na, davon merkt man kaum etwas.«

Das stimmte. Jacob hinkte kaum noch, nur bei feuchtem und wechselndem Wetter bemerkte man seine Behinderung.

In München kam Jeannette aus dem Staunen nicht heraus: dieser riesige Bahnhof, der Verkehr auf dem Stachus, von dem einem ganz schwindlig wurde, Fuhrwerke, Pferdekutschen, viele, viele Autos, und dazwischen bimmelte die weißblaue Trambahn wie ein Blitz durch die Gegend. Aber das war noch gar nichts gegen die herrlichen Geschäfte, an deren Schaufenstern sie sich nicht satt sehen konnte.

Jacob hatte nur noch Kindheitserinnerungen an München, doch Ellen und Felix kannten sich in der Stadt gut aus und besaßen von ihrer Studienzeit her noch viele Freunde, die sich sehr über die Besucher freuten und alles taten, um ihnen

die Tage unterhaltsam und die Nächte vergnügt zu gestalten.
Sie wohnten im Hotel Leinfelder am Stachus, und von dort aus waren sie sogleich mitten in der Stadt, bummelten durch das Karlstor, die Neuhauser Straße, die Kaufinger Straße entlang bis zum Marienplatz, bewunderten das Rathaus, gingen in die Frauenkirche und in die Theatinerkirche. Am Odeonsplatz klärte Felix sie darüber auf, daß die Feldherrnhalle der Loggia dei Lanzi in Florenz nachgebaut sei; sie mußten durch den Hofgarten marschieren und die Residenz von allen Seiten bewundern. Das schönste Bild bot sich dann auf dem Max-Josephs-Platz, wo man alles vor sich hatte: das Denkmal des Königs, die edle Fassade der Residenz, die wundervolle Front des Nationaltheaters und dazwischen das Residenztheater.
»Dort gehen wir bestimmt hinein, der Zuschauerraum ist das kostbarste Stück Rokoko, das je erbaut wurde. Übrigens von François Cuvilliés, einem der größten Baumeister unserer Erde. Das Residenztheater erstand relativ spät, erst während der Regierungszeit des Kurfürsten Max Joseph III., der ein Segen für das Bayernland war, denn seine Vorgänger hatten ziemlich gehaust, sowohl mit dem Geld wie auch mit dem Leben ihrer Untertanen. Zum Beispiel sein Vorgänger Karl Albrecht, der sogar einige Jahre Kaiser wurde und der in dieser Zeit...«
Ellen, die das natürlich alles wußte, schlug die Augen zum Himmel auf und unterbrach ihren Mann kurzentschlossen.
»Schatzi, ich hab kalte Füße. Wie wär's mit einer Brotzeit, und du erzählst uns dabei noch ein bißchen was von den Wittelsbachern?«
Kalt war es wirklich, und außerdem machten solche Stadtrundgänge müde und hungrig. Also kehrten sie ein, im Spaten, im Franziskaner, im Spöckmeyer, und Jeannette aß zum erstenmal in ihrem Leben Weißwürste, die sie zunächst mißtrauisch betrachtete, die ihr aber dann sehr gut schmeckten.
Abends speisten sie in vornehmen Lokalen, im Preysingpalais, in den Torggelstuben, bei Humplmayr, meist begleitet

von Freunden der Korianders. Und sie gingen nicht nur ins Residenztheater, sondern auch in die Oper, und selbstverständlich verbrachten sie einige Abende im berühmt-berüchtigten Schwabing, wo man die Nächte sowieso zum Tage werden ließ. Zweimal besuchten sie einen Faschingsball, wozu Kostüme besorgt werden mußten, und Jeannette, verkleidet als Rokokoballerina, konnte sich vor Verehrern kaum retten. Auch Korianders Freunde waren von ihr entzückt, ihre Anmut, ihr drolliges Deutsch-Französisch verfehlten die Wirkung auf die Männer nicht. Und sie, keineswegs mehr scheu und schüchtern, flirtete mit lieblicher Vehemenz.
»Na, Jacob, mein Lieber«, meinte Felix, »da mußt du dich aber mächtig anstrengen, wenn du diesen Schatz behalten willst. Die macht sich ganz schön heraus, die Kleine.«
Das Allerschönste für Jeannette jedoch waren die Läden und was sie darin kaufen konnte. Man konnte es einen Kaufrausch nennen, der sie überkam, und sogar die vernünftige Ellen wurde davon angesteckt. Felix mußte immer wieder die Brieftasche zücken, und Jacob, noch niemals ein sparsamer Mann, verfügte ja nun über genügend Geld, um Jeannette alle Wünsche zu erfüllen. Anfangs nahmen die Herren an jedem Einkaufsbummel teil, dann wurde es ihnen zu langweilig, sie verabredeten sich in einem Lokal in der Stadt, und Ellen und Jeannette zogen allein durch die Geschäfte. Das Kaufhaus Tietz am Bahnhof, das Kaufhaus Oberpollinger in der Neuhauser Straße; Jeannette staunte fassungslos und mußte jede Etage genau besichtigen. Das Roman-Mayr-Haus am Marienplatz, der vornehme Lodenfrey und die vielen kleinen, eleganten Läden, was gab es nur alles in dieser Stadt zu sehen und zu bewundern. Kleider, Mäntel, Blusen, Schuhe, hauchzarte Wäsche, diese herrlichen seidenen Strümpfe – es war wirklich wie ein Rausch.
Die Damen beluden sich mit Paketen und Päckchen, bis sie darauf kamen, sich ihre Einkäufe von einem Dienstmann nachtragen oder sie gleich ins Hotel schicken zu lassen. »Lieber Himmel, Baby«, sagte Jacob, »wann willst du das bloß alles anziehen?«
Gewaltigen Eindruck machte auf Jeannette auch das Lebens-

mittelhaus Dallmayr. Kopfschüttelnd ging sie von Raum zu Raum, wo alle nur denkbaren Genüsse angeboten wurden, und wiederholte immer wieder: »Das soll sehen 'ilaria. Oh, 'ilaria muß staunen, sie kann kaufen und kaufen, was sie gefällt.«
»Mehr kaufen als du könnte sie auch nicht«, sagte Felix. »Ein Glück, daß wir hier keinen Haushalt führen.«
Aber Jeannette wollte die köstlichen Dinge auch essen, die sie zu sehen bekam, sie speiste abends mit größter Selbstverständlichkeit Dinge, die sie nicht einmal dem Namen nach kannte oder bestenfalls aus Suzannes Erzählungen – Austern, Kaviar, Hummersalat, gebratene Wachteln, Artischocken, Ananas, und am liebsten trank sie Champagner dazu.
War das noch Jeannette Vallin, Arbeiterin in einer Leinenfabrik, aufgezogen im stillen Beginenhof, verlobt mit dem biederen Michel? Wo hatte sie denn tanzen gelernt? Sie konnte es, sie schwebte leicht in den Armen ihres Partners durch den Saal, genoß sehr bewußt all die Bewunderung, die ihr zuteil wurde. War das noch dieselbe Jeannette, die gramvoll auf ihre Niederkunft wartete, die Augen vom Weinen gerötet, auf den bebenden Lippen die Drohung mit Selbstmord, mit baldigem Sterben?
Ach, Jeannette wußte nicht, wie kurz diese Freude für sie sein würde, wie bald sie wieder einer harten Wirklichkeit ins Auge sehen mußte.
Jacob, der eigentlich vorgehabt hatte, sich einmal mit Clarissa zu treffen, ließ den Gedanken fallen. Das war nun schon so lange her, und es blieb ihm auch gar keine Zeit dazu.
Anders Jeannette. Sie wartete nur auf eine Gelegenheit, ihren Apothekerfreund vom letzten Sommer wiederzusehen; der nette kleine Flirt war nicht vergessen. Ab und zu war ein Brieflein aus München gekommen, das Jeannette, assistiert von Tante Lydia, auch immer artig beantwortet hatte. Kein Geheimnis vor Jacob, er wußte davon, nahm es nicht ernst.
An einem Vormittag, Ellen war mit einer Freundin verabredet, die Herren wollten sich mit Studienkameraden von Felix beim Augustiner zum Frühschoppen treffen, blieb Jeannette sich selbst überlassen.

»Isch bleiben gern in Hotel«, sagte sie mit Unschuldsblick, »isch kann anziehen alle meine neuen Sachen. Und dann – peut-être, isch gehen zu Coiffeur.«
Am Abend wollte man einen Ball besuchen.
Kaum allein, spazierte sie in die Stadt hinein; der Weg am Künstlerhaus vorbei, auf die Frauenkirche zu, war ihr nun schon vertraut, und wo sich die Apotheke befand, hatte sie längst entdeckt.
In einem blauen Tuchmantel mit einem großen Fuchskragen, der ihr bis zur Nasenspitze reichte – auch eine Neuerwerbung –, ein rundes blaues Hütchen auf dem blonden Haar, so betrat sie die Apotheke, und kaum stand sie da und blickte suchend um sich, hatte der junge Herr Apotheker sie schon erspäht. Auch in München betraten nicht jeden Tag so hübsche junge Damen seine Apotheke. Es fehlte nicht viel, und er wäre in seinem weißen Kittel über den dunkelbraunen, würdigen Apothekerladentisch gesprungen.
»Jeannette! Du bist hier!«
»Oui, hier bin isch. Bonjour, mon ami.«
Sie lächelte, sie war ohne Scheu, sich ihrer Erscheinung und Wirkung wohl bewußt.
Er brachte sie in ein Hinterzimmer, und gleich darauf erschien der Herr Papa, Apotheker senior, stattlich, würdevoll, und beugte sich mit altväterlicher Grazie zu einem Handkuß über Jeannettes anmutig dargebotene Hand, indes der Junior glückselig verlauten ließ: »Papa, das ist Jeannette.«
Der Vater wußte, wer Jeannette war, es war oft genug die Rede von ihr gewesen; aber er wußte nicht mehr, als was der Sohn auch wußte: eine junge Belgierin, von ihrer Tante an den Bodensee mitgebracht, von einer anderen Tante sorglich gehütet. Es war keine Rede gewesen von einem ertrunkenen Seemann, nicht von einem Kind und schon gar nicht von einem Onkel, der sie der ersten Tante abgenommen hatte, und zwar in ganz eindeutiger Absicht.
Von all dem war auch jetzt nicht die Rede, Jeannette plauderte in ihrem entzückenden Kauderwelsch – in Tante Lydias Gegenwart sprach sie viel besser Deutsch –, sie erzählte, daß sie zum erstenmal in München sei, mit ihrem Onkel und mit

Herrn und Frau Koriander, die der junge Apotheker einmal kennengelernt hatte, und daß alles hier ganz, ganz wundervoll sei. Was für eine Stadt! Magnifique! Et son opéra! Et sa cathédrale! Et ses restaurants! Très, très bon. Und Weißwürste? Ah, bien sûr, sehr gut. Mais la bière, non, je prefère du vin.
So ging das eine halbe Stunde lang, und beide Apotheker, Vater und Sohn, waren hingerissen.
Aber nun müsse sie leider gehen, sie müsse zum Coiffeur, am Abend gingen sie zu einem Faschingsball ins Deutsche Theater.
»Mon dieu, Ludwig!« sagte der Vater Apotheker, denn ein wenig Französisch sprach er auch, nachdem sie das Elfengeschöpf zur Tür gebracht und mit vielen Dienern und Handküssen verabschiedet hatten. »Was für ein bezauberndes Mädchen! Jetzt verstehe ich deine Begeisterung.«
Sie blickten ihr nach, wie sie die Residenzstraße entlangging, rasch, leicht, graziös, ein Tänzerinnenschritt.
Wieder einer, der Ludwig hieß. Wenn man so wollte, Ludwig der Dritte, falls die geringste Möglichkeit bestanden hätte, daß aus der Sache etwas werden könnte.
Zwar tauchte dieser Ludwig am Abend im Deutschen Theater auf, verkleidet als Maharadscha, und Jeannette, mit wippendem Ballerinenrock und weißer Perücke, raubte ihm fast den Verstand. Er hatte sie bald gefunden und holte sie immer wieder zum Tanz.
»Du solltest besser auf Jeannette aufpassen«, sagte Felix im Laufe der Nacht zu Jacob.
»Aufpassen? Du hast mir selbst gesagt, im Fasching sei das nicht erlaubt.«
»Ich kenne diesen Knaben, den da mit dem Turban. Der ist im Sommer schon in Lindau um sie herumscharwenzelt. Meinst du, das ist ein Zufall, daß der heute hier herumhopst?«
»Wir sind nicht die einzigen auf diesem Ball. Laß sie doch tanzen, wenn es ihr Spaß macht.«
Eifersüchtig war Jacob nicht. Er war es nur bei einer Frau gewesen, bei Madlon, er würde es nie mehr sein. Und schon gar nicht auf Jeannette, die kleine Jeannette, die ihm gehörte mit

Haut und Haar. Er tanzte nicht, sein Bein erlaube es nicht, sagte er, und er fand im Laufe der Nacht eine üppige Dunkelhaarige, die sich damit begnügte, mit ihm an der Bar zu sitzen, Knie an Knie, und ihn schließlich ausführlich küßte.
»Dein Onkel amüsiert sich auch ganz gut«, meinte der Apotheker arglos, als sie einmal an der Bar vorbeikamen.
»Ah, oui«, machte Jeannette, »das ist fein.«
Hingeschmolzen, aber innerlich unbeteiligt, lag sie in des Apothekers Armen, als er sie küßte.
»Jeannette, oh, Jeannette, willst du mich heiraten?«
»'eiraten?« hauchte Jeannette.
»Épouser«, ging der Apotheker auf Nummer sicher, denn er hatte am Nachmittag noch ein französisches Dictionnaire studiert.
»Oh!« machte Jeannette und senkte die langen Wimpern über die blauen Augen. »Isch muß überlegen dieses.«
»Du schreibst mir? Und dann komme ich gleich nach Lindau.« Er bekam keine Antwort auf seine Briefe, um dies vorwegzunehmen, und dann kam er wirklich. Das war im April, kurz vor Ostern.
Jeannette konnte sich inzwischen über ihren Zustand nicht mehr täuschen, und wie gehabt, hatte sie sich ganz zurückgezogen, wandelte einsam durch den Park, war traurig, zornig, genauso verzweifelt wie beim erstenmal. Sie war wieder in einen Käfig geraten. So, wie sie ihr ganzes Leben lang in einem Käfig gelebt hatte – die frommen Frauen, Suzannes Krankheit, die Fabrik, die Schwangerschaft, Madlon und der Hof, und nun Jacob, und selbst die Liebe, die Tante Lydia ihr entgegenbrachte – das alles hielt sie in Gefangenschaft.
Im Hause Goltz/Haid wußte noch keiner von Jeannettes Zustand, sie sprach nicht davon, sie grübelte nur immer wieder darüber nach, wie sie sich daraus befreien könnte. Sterben? Eine Abtreibung? Suzanne hatte davon gesprochen, auch Madlon. In Berlin hatte Madlon gesagt, würde es am besten möglich sein. Aber wie sollte Jeannette nach Berlin kommen? Sie hatte kein Geld, und sie hätte nicht gewußt, wie sie es anfangen sollte. In dieser Zeit wünschte sie sich, Madlon wäre noch ihre Freundin, sie hätte ihr bestimmt geholfen, diesmal

ganz gewiß. Als der junge Apotheker sich telefonisch aus Lindau anmeldete, floh Jeannette in den Park.
»Du es ihm sagen. Alles sagen«, beschwor sie Tante Lydia.
»Aber Kind! Was soll ich ihm denn sagen?«
Lydia entledigte sich ihres Auftrages, so gut es ging.
»Es gibt vielleicht einige Dinge, die Sie wissen müßten, ehe Sie sich weiterhin um Jeannette bewerben«, sagte sie mit Würde. »Wir erwarten jetzt zu Ostern den Besuch von Jeannettes kleinem Sohn. Und geschieden ist sie auch noch nicht.«
Nicht gerade diplomatisch, ein harter Volltreffer.
»Ja, ist sie denn verheiratet?« stammelte der junge Mann verwirrt.
Auch die Geschichte, die Lydia erzählte, war verwirrend und entsprach nicht ganz der Wahrheit. Das war auch nicht nötig. Der Herr Apotheker, aus guter Münchner Familie, streng katholisch, würde sowieso keine geschiedene Frau heiraten. Mit einem Kind dazu.
»Das Kind wäre kein Hindernis«, sagte Tante Lydia unglücklich, »es ist gut untergebracht.«
»Und ... und ihr Mann?«
»Die Scheidung ist sowieso beabsichtigt.«
Langes Schweigen. Tiefer Kummer im Herzen eines jungen Mannes, der sich so heftig in ein Zauberwesen verliebt hatte.
»Wo ... wo ist sie denn?«
»Sie wollte Sie nicht wiedersehen, ehe Sie nicht alles wissen«, gab Tante Lydia zur Antwort.
Warum hat sie mir das nicht alles längst erzählt, hätte er fragen müssen. Eine sinnlose Frage. Wann hätte sie es erzählen sollen? Ein kleiner Flirt auf der Hafenpromenade, das verlangte nicht Geständnisse dieser Art. Und ein Faschingsball?
»Sie hätte es mir ja schreiben können«, murmelte Ludwig, der nun nicht der Dritte wurde, und verabschiedete sich. Aber das geschah erst später. In den zwei Wochen, die Jeannette in München verbrachte, genoß sie ihr Leben wie nie zuvor.
Am letzten Abend waren sie zu einem privaten Faschingsfest

in Schwabing eingeladen, ein rauschendes Fest, eine verrückte Nacht. Diesmal handelte es sich um einen Freund von Ellen, aus ihrer Zeit an der Akademie, ein junger Maler, nicht sonderlich begabt, aber aus betuchtem Haus, weshalb er sich eine feudale Atelierwohnung in Schwabing leisten konnte.
Das war der letzte Triumph für Jeannette.
Der Gastgeber ließ sie nicht aus den Händen, zog sie in alle dunklen Ecken, küßte sie, bis sie halb ohnmächtig in seinen Armen lag, zog ihr das blaue Elfengewand, das sie an diesem Abend trug, über die Schultern und liebkoste ihre nackten Brüste.
Jacob war vergessen, der Apotheker war vergessen, Jeannette glühte vor Lust und Verlangen, sie bog den Kopf zurück und lachte, als der Maler sagte: »Bleib bei mir. Bleib bei mir, ma belle.«
Die anderen hörten es auch, und Ellen sagte trocken: »Komm wieder zu dir, du Hanswurst, diese Frau hat schon einen Mann.«
»Sie braucht nur mich.«
Jacob, ziemlich angetrunken, lachte nur.
Auch Jeannette hatte zuviel getrunken, und die Korianders hatten alle Mühe, die beiden ins Hotel zu schaffen; das war schon gegen Morgen, in sechs Stunden ging ihr Zug.
Als sie in ihrem Zimmer waren, sagte Ellen zu ihrem Mann: »Das war alles wunderschön, aber weißt du, ich werde froh sein, wenn wir wieder zu Hause sind. Anstrengend, so ein Fasching«, gähnte sie.
»Du wirst doch noch nicht alt, meine Liebe?«
»Unverschämter Ehemann! Ich werd's dir schon noch zeigen.«
»Aber bitte nicht mehr diese Nacht.«
»Ah! Du wirst doch nicht alt, mein Lieber?«
Lachend lagen sie im Bett, sie liebten sich und waren glücklich. Zwei Menschen, die zueinander paßten.
Ehe sie einschlief, sagte Ellen: »Jacobs blonder Unschuldsengel, na, weißt du, die hat es faustdick hinter den Ohren.«
»Ach, na ja, du mußt das nicht so ernst nehmen. Das war alles neu für sie und mußte ihr ja in den Kopf steigen. All die

Mannsbilder, die um sie herumgeschwirrt sind. Sonst ist sie ja immer sehr brav.«
Während der Heimfahrt waren sie alle sehr still, müde, abgespannt, Jacob schlief in seiner Ecke, Felix las die *Münchner Neueste Nachrichten*, Ellen freute sich auf ihren Sohn.
Jeannette blickte versonnen aus dem Fenster. Der Apotheker wollte sie heiraten, der hübsche Maler wollte sie behalten. Aber was war mit ihr eigentlich los? Wie ein Gespenst kroch die Angst in ihr Herz. Konnte es möglich sein?
War es unmöglich? Natürlich nicht.
Von Muttergefühlen keine Spur mehr. Weder für den kleinen Ludwig noch für das, was möglich war.
Unsinn! In zwei, drei Tagen würde sie alle Sorgen los sein. Die ganze Aufregung in München, der Fasching, der Alkohol, die langen Nächte, das Tanzen – genau wie damals rettete sie sich in alle Ausflüchte, die ihr einfielen.
Es müßte schön sein, in München zu leben, so träumte sie vor sich hin. Theater, Oper, Bälle, abends in guten Restaurants speisen und immerzu neue Kleider kaufen.
Ob der Apotheker sich eine Ehe so vorstellte? Wohl kaum.
Sie kicherte vor sich hin, und Felix blickte von seiner Zeitung auf und lächelte. Er mochte sie. Ein wenig, ein ganz klein wenig war auch er in sie verliebt, wie konnte es anders sein.
Dann wurde es sehr schnell Frühling, und der Hund kam ins Haus, worüber sich Jeannette mehr freute als über jedes Kind.
Felix brachte ihn mit, von einem Bauern in Oberreitnau, der in seinem Hof einiges umgebaut haben wollte. Fünf Welpen hatte die Hündin geworfen, und der Bauer sagte, drei müsse er ersäufen, fünf junge Hunde könne er nicht gebrauchen.
Lassen Sie sie bei der Mutter, schlug Felix vor, zwei übernehme ich dann. Er hatte sich die Mutter angesehen, sie war rotbraun, kurzhaarig, sah aus wie ein bayerischer Schweißhund, nur ein wenig größer. Der Vater allerdings war unbekannt. Aber ihre Augen waren wachsam, klug und schön. Ein Hund für Ellen, einer für Jeannette.
Es war eine kleine dunkle Hündin, und Jeannette taufte sie Chérie. Der alte Schnauzer, der früher im Haus gewesen war,

hatte sein Leben kurz nach dem Tod des Generals ebenfalls beendet. Seitdem hatte es keinen Hund im Haus gegeben, und das sei kein Zustand, sagte Lydia, ein Hund gehöre ins Haus, sie hätten immer Hunde gehabt.
Chérie hatte das große Los gezogen. Alle im Haus taten das Beste, einen gesunden, folgsamen Hund heranzuziehen. Von Jeannette bekam er Zärtlichkeit und Liebe, von Jacob lernte er gehorchen, und an Tante Lydia kuschelte er sich beim Mittagsschlaf. Hilaria erkundete sorglich beim Tierarzt, was ein kleiner Hund fressen dürfe und solle.
Darüber vergaßen sie nicht den kleinen Ludwig; sowohl Tante Lydia wie Hilaria wollten ihn endlich kennenlernen. Auch wenn Jeannettes dringender Wunsch, den Sohn bei sich zu haben, inzwischen verstummt war.
»Sie traut sich nicht mehr, etwas zu sagen«, befürchtete Tante Lydia. »Sie hat Angst vor ihrer Tante. Was meinst du, Jacob?«
»Schon möglich. Ich muß sowieso einmal hinunterfahren. Jona geht es nicht gut, das hast du ja gehört.«
»Vielleicht kommt sie mit?« regte Lydia an. »Als Osterbesuch. Ich habe einiges an ihr gutzumachen, glaube ich.«
»Ich werde die Einladung überbringen.«
»Wir lassen das Büble im Garten Ostereier suchen«, frohlockte Hilaria. »Ich werde sie selbst färben.«
Jeannette schwieg dazu.
Und als Osterbesuch kam Andreas Matussek ins Haus. Und Clarissa Lalonge.

Die zweite Entführung

Der Brief von Andreas Matussek war Anfang März gekommen.
Nach einer einleitenden Floskel schrieb er: »– Ich weiß nicht, ob Sie sich noch an mich erinnern. Ich bin der Bruder von Mary von Garsdorf, und wir machen uns Sorgen um meine Schwester, die jetzt ganz allein ist auf der Riesenfarm. Georgie ist nun schon seit einigen Monaten in England und hat offenbar die Absicht dortzubleiben. Sie wissen ja aus eigener Anschauung, wie es in Friedrichsburg aussieht, und sind sicher mit mir einer Meinung, daß es einfach über die Kräfte einer Frau geht, diesen Besitz allein zu bewirtschaften. Dieser Mann, den Sie ihr damals empfohlen hatten, ein gewisser Hansen, ist wieder gegangen, oder, genauer gesagt, sie hat ihn entlassen, weil er, wie sie schreibt, total untauglich gewesen sei. Meine Schwester beklagt sich nicht, aber wir können doch aus ihren Briefen herauslesen, daß sie sich einsam fühlt. Sie fragt immer wieder, warum wir nicht zu ihr kommen, vor allem meinen Vater hätte sie gern da, er wäre ihr sicher eine große Hilfe, und ein Fachmann ist er auch. Ich studiere ja, wie Sie wissen, und würde mein Studium nicht gern unterbrechen, so leicht ist es ja heutzutage nicht, sich durchzuschlagen. Wir in Breslau hier überlegen hin und her, was wir tun sollen, um Marie zu helfen. Sehr geehrter Herr Goltz, bitte verstehen Sie mich richtig, ich möchte Ihnen nicht lästig fallen mit meinem Schreiben, ich möchte nur die Frage an Sie stellen, ob Sie die Absicht haben, zu Mary zurückzukehren. Für eine offene Antwort wäre ich Ihnen sehr dankbar.«
Jacob saß mit gerunzelter Stirn und mit schlechtem Gewissen vor diesem Brief. Mary! Er hatte sie so gut wie vergessen. Sein neues Leben beanspruchte ihn so sehr, daß er wirklich nicht mehr an sie gedacht hatte. Es war ihm nicht einmal auf-

gefallen, daß seit Monaten kein Brief von ihr gekommen war. Anfangs hatte sie regelmäßig geschrieben, man konnte sagen, mit jedem Dampfer war ein Brief von ihr gekommen. Sie berichtete von ihrem Leben, von der Farm, von Erlebnissen mit den Farbigen, von Georgie und natürlich – und das ausführlich – von der Entwicklung der kleinen Konstanze. Hansen hatte sie zwei- oder dreimal erwähnt, ohne weiteren Kommentar, und Jacob hatte gedacht: Na gut, daß sie den jetzt dort hat, er ist jung und kräftig und wird ihr schon helfen können.

Das war also nichts gewesen; ein Versager, dieser Mensch, wo immer er hinkam. So etwas dachte Jacob Goltz nun, genau in dieser Formulierung. Daß sie ihn gefeuert hatte, stand in keinem ihrer Briefe, genausowenig wie die Nachricht, daß Georgie sie verlassen hatte. Aber es war ja auch lange kein Brief gekommen. Und wohl vor allem darum nicht, weil Jacob ihr seit letztem Herbst nicht mehr geantwortet hatte.

Jacob brütete lange über dem Brief aus Breslau. Die mochten dort eine üble Meinung von ihm haben, und das zu Recht, denn er hatte sich übel gegenüber Mary betragen. Mary, die ihn liebte und die lange auf seine Rückkehr gewartet hatte.

Mehrmals begann er einen Brief an Andreas, oben allein in seinem Giebelzimmer. Immer wieder wanderte der Entwurf in den Papierkorb.

Schließlich besprach er sich mit Tante Lydia, der er zwar von Mary, von Georgie und von der Farm erzählt hatte, nicht jedoch von dem Kind.

»Ein Kind?« fragte sie fassungslos.

»Ja, ein kleines Mädchen.«

»Und du hast dich einfach nicht mehr darum gekümmert?«

»Hör mal, Tante Lydia, du mußt das aus der richtigen Perspektive sehen. Erstens hat Mary einen Mann. Zweitens wollte sie ein Kind. Drittens habe ich nie versprochen, daß ich zurückkomme. Sie wollte es, gut, zugegeben. Aber ich...«

»Ja, du«, sagte Lydia, und es klang ein wenig traurig. »Du bist ein leichtfertiger Bursche mit deinen Frauengeschichten, das warst du wohl immer schon. Madlon hast du im Stich gelassen, Jeannette hast du dir so einfach zu deinem Amüsement

ins Haus geholt, in Afrika läßt du eine Frau sitzen, die ein Kind von dir hat. Ich hab dich immer lieb gehabt, Jacob, das weißt du, aber du kannst nicht von mir erwarten, daß ich dein Handeln gut und richtig finde.«
Jacob war das Blut in die Stirn gestiegen.
»Also, mal langsam«, sagte er. »Madlon hat mich verlassen, nicht ich sie. Und Jeannette hat hier ein wundervolles Leben. Geradezu ein Luxusleben. Oder findest du nicht? Verwöhnt von allen, und am meisten von dir. Und mein Amüsement? Mein Gott, irgendeine Frau muß ich ja schließlich haben. Und was Mary betrifft, so sagte ich ja bereits, daß sie verheiratet ist und daß alles, was geschehen ist, ihr freier Wunsch und Wille war. Sie hat mich erobert, nicht ich sie.«
Lydia wischte seine Verteidigung mit einer Handbewegung vom Tisch.
»Man kann das alles von zwei Seiten betrachten, und du biegst es dir halt so zurecht, wie du es brauchen kannst. Das ist so Männerart.« Sie hielt inne, überlegte und schämte sich, daß sie das gesagt hatte. Sie hatte gewiß keinen Grund, so etwas auszusprechen. »Die Art mancher Männer«, verbesserte sie sich. »Und nun wollen wir überlegen, was wir mit dem jungen Mann aus Breslau machen. Antworten mußt du ihm, und zwar bald. Und an Mary solltest du auch wieder einmal schreiben. Halt, ich hab's.« Sie streckte elektrisiert den Zeigefinger in die Luft. »Ich hab's, Jacob, ich hab's! Warum lädst du den jungen Mann nicht ein, über Ostern herzukommen? Oder auch gleich. Wenn er studiert, hat er doch jetzt Semesterferien.«
»Hm«, machte Jacob, »keine schlechte Idee.«
»Nicht nur für ein paar Tage«, fuhr Lydia fort. »Du lädst ihn zu einem schönen Urlaub bei uns ein. Ein erstklassiges Gästezimmer haben wir ja jetzt. Na ja, die Reise, die ist natürlich teuer. Von Breslau hierher – wie könnte man ihn taktvoll wissen lassen, daß wir die Reisekosten übernehmen.«
»Ich glaube, so arm sind sie nicht, daß er sich keine Fahrkarte leisten kann. Und was heißt taktvoll – Andreas ist ein moderner junger Mann, dem kann ich das geradeheraus mitteilen, ohne daß er beleidigt ist.«

»Um so besser. Dann schreibe gleich. Noch heute.«
Das war Mitte März. Ostern würde in diesem Jahr spät liegen, erst Mitte April, und bis dahin würde der Frühling am Bodensee seinen Einzug gehalten haben.
Damit begann Jacob seinen Brief, ganz poetisch, dann sprach er ohne weitere Umschweife seine Einladung aus. Andreas, auch sein Vater, falls er Lust zu einer Reise habe, seien herzlich willkommen, und dann werde man ernsthaft besprechen, wie es mit Mary weitergehen solle. Was ihn selbst betreffe, so wolle er die offene Antwort geben, die Andreas erbeten habe: er gedenke, hierzubleiben, er habe sich an einem Geschäft beteiligt, er habe sein Haus umgebaut und fühle sich sehr wohl darin. Natürlich sei Mary ihm jederzeit willkommen.
Den letzten Satz fügte er aus Höflichkeit hinzu. Es sollte nicht so aussehen, als ob er Mary endgültig aus seinem Leben streichen wollte. Er war ziemlich sicher, daß sie nicht kommen würde.
Und wenn doch – Jacob grinste vor sich hin, als er den Brief selbst zum Kasten brachte –, dann hatte er hier in der Gegend drei Frauen, die zu ihm gehörten oder wie man das immer nennen wollte. Amüsement hatte Tante Lydia es mit einem deutlich verächtlichen Tonfall genannt. Falls es das je gewesen war, dann bestimmt mit Mary.
Andreas antwortete postwendend, bedankte sich für die Einladung, er komme gern über Ostern, sein Vater allerdings lehne dankend ab. Auf die Reisekosten ging er nicht ein, also hatte Tante Lydia recht, und es war wohl doch ein wenig taktlos gewesen, diese kurze Bemerkung dem Brief hinzuzufügen.
»Also«, klärte Jacob seine Mitbewohner auf, »wir werden Ostern mindestens zwei Gäste im Haus haben, Andreas Matussek, ein sehr netter junger Mann, ein Student, und ich nehme an, Hilaria, er wird ein tüchtiger Esser sein. Und dann kommt jetzt endlich mal Jeannettes Bub hierher, das ist lange geplant, und wir müssen Madlon zeigen, daß es nicht immer nur nach ihrem Kopf geht. Falls es mir gelingt, meine Mutter zu überreden, daß sie mitkommt, dann hätten wir drei Gäste.«

Für Hilaria waren das erfreuliche Neuigkeiten, und Lydia meinte: »Das geht großartig, der junge Mann bekommt das Gästezimmer, und Jona und der Kleine können in deiner Wohnung sein. Du bist ja doch meist oben.«
Das stimmte. Jacob hatte zwar Wohnzimmer, Arbeitszimmer, Schlafzimmer und ein eigenes Bad im ersten Stock, doch meist hielt er sich im Giebelzimmer auf, er schlief auch dort, auf einem großen, breiten Lager, das er sich nach eigenen Angaben hatte anfertigen lassen.
»Ein richtiges Lotterbett«, hatte Ellen mit erhobenen Brauen gesagt, als sie das niedrige, fellbezogene Lager zum erstenmal gesehen hatte. »Eigentlich direkt unanständig.«
»Ich verstehe gar nicht, wie einer anständigen Frau beim Anblick eines schlichten Lagers unanständige Gedanken kommen können«, konterte Jacob, und Felix hatte gesagt: »Frauen haben meist unanständige Gedanken, wenn sie etwas zu sehen bekommen, worauf man kuschelig liegen kann, viel eher als Männer.«
Ende März machte sich Jacob auf den Weg zum Hof, nachdem die Ostereinladung für Jona und den Buben bereits schriftlich vorausgeschickt worden war, denn sie hatten noch immer kein Telefon auf dem Hof.
»Willst du nicht mitkommen?« fragte er Jeannette.
Sie schüttelte den Kopf.
»Meinst du nicht, es wäre an der Zeit, daß du Madlon einmal wiedersiehst?«
Jeannette schüttelte noch heftiger den Kopf, Tränen traten ihr in die Augen.
»Schon gut, schon gut«, sagte Jacob, denn sie weinte für seinen Geschmack ein wenig zu oft und ganz ohne Grund in letzter Zeit. »Ich fahre allein, und vielleicht bringe ich die beiden gleich mit.«
Es war ganz seltsam, aber er hatte geradezu Sehnsucht nach Jona, die er seit Dezember nicht mehr gesehen hatte.
Aber so einfach, wie er es sich vorgestellt hatte, war es auch diesmal nicht. Madlon war unansprechbar wie eh und je, wenn es um das Kind ging. Auf keinen Fall, so erklärte sie sofort, würde sie Ludwig nach Bad Schachen fahren lassen.

»Sie hat sich nie um ihr Kind gekümmert. Hat sie einmal nach ihm gefragt, seit sie bei dir ist?«
»Sie hat viel von ihm gesprochen. Und sie möchte ihn endlich einmal bei sich haben.«
Das war falsch gewesen.
»Ah! Sie will ihn mir wegnehmen. Nie, nie. Es ist mein Kind. Jacques, hörst du! Es ist *mein* Kind.«
»Sei nicht albern, Madlon. Es ist nicht dein Kind. Es ist Jeannettes Kind, und sie hat das Recht, ihn wenigstens gelegentlich zu sehen.«
»Dann soll sie doch herkommen. Warum kommt sie denn nicht? Kannst du mir das erklären? Weil sie verlogen ist. Verlogen und schlecht. Sie wagt es nicht, mir unter die Augen zu treten, das ist es; aber das Kind will sie mir wegnehmen.«
»Es handelt sich um einen Besuch bei uns.«
»Das hast du schon zwanzigmal gesagt. Aber deine Tante und deine Freunde und deine fabelhafte Köchin, alle wollen sie meinen Ludwig haben. Ostereier, ha! Die kann er hier auch bekommen.«
Sie stritten den ganzen Abend darüber, sie stritten laut und bissig, sogar Rudolf beteiligte sich daran.
Nur Jona nicht. Sie schwieg, sie saß, blaß und schmal geworden, in ihrem Lehnstuhl, sie blickte von einem zum anderen, in ihrem Blick lagen Abneigung und Überdruß.
Sie war lange Zeit krank gewesen, schon im Januar, als sie heimkehrte. Es begann mit Rückenschmerzen, das kannte sie schon, doch kamen diesmal Gelenk- und Gliederschmerzen dazu, manchmal so stark, daß sie sich kaum rühren konnte. Rheuma, lautete die Diagnose von Dr. Fritsche, er verschrieb Tabletten, Bäder, Mittel zum Einreiben, und Jona ließ es widerwillig über sich ergehen, daß Madlon ihr Packungen machte, Bäder bereitete, den Rücken massierte. Jona war ungeduldig und unwirsch, sie war nie krank gewesen, sie wollte nicht krank sein.
»Sie wird doch nicht sterben?« fragte Rudolf verzweifelt.
»Unsinn! Warum soll sie denn sterben?«
»Das gibt es manchmal. Daß eine Frau ihrem Mann nachstirbt.«

»An einem bißchen Rheuma stirbt man nicht. Sie war immer gesund, das hast du selbst gesagt, und sobald es Frühling wird, ist alles wieder gut. Sie sollte eine Kur machen. Und du fährst mit ihr.«
»Ich?«
»Ja, warum nicht? Du warst lange nicht verreist.«
»Ich war nie verreist, seit ich hier bin. Und wer soll die Arbeit machen?«
»Das machen wir schon. Und du sollst ja auch nicht lange wegbleiben, drei oder vier Wochen. Ich freue mich jetzt schon, wenn du wiederkommst.«
Er sah sie an, aber er lächelte nicht. Er machte sich große Sorgen um Jona, er hatte wirklich Angst um ihr Leben, wenn er sie blaß und schmerzgeplagt daliegen sah.
Doch nun ging es wirklich besser, sie war noch schwach, auch gegen früher auf erstaunliche Weise interesselos. Wenn Rudolf ihr von seiner Tagesarbeit berichtete, nickte sie bloß, gab keine Kommentare. Erst als sie Anfang März den Bazillus Bang in den Stall bekamen und drei Kühe verwarfen, wurde sie etwas aktiver. Sie ordnete an, daß die gesunden Tiere sofort von den anderen getrennt wurden, sie sprach selbst mit dem Tierarzt, sie ging jeden Tag in die Ställe. So schlimm die Krankheit im Stall war, für Rudolf war es eine Erleichterung, daß sie wieder Anteil nahm an dem Leben auf dem Hof.
Aber nun, an diesem Abend, nachdem Jacob gekommen war, als dieser sinnlose Streit, dieses ewige Gezerre um Jeannette und ihr Kind ihren Frieden störte, war Rudolf zornig und gereizt. »Herrgott noch mal«, schrie er Madlon plötzlich an, »ich hab es satt bis obenhin, immer wieder der gleiche Krach wegen deiner Nichte und dem Buben. Es ist Jeannettes Kind, und wenn sie es haben will, dann soll sie es haben, und endlich Schluß damit!«
Madlon starrte ihn sprachlos an, auch Jacob war perplex. Die große Liebe zwischen den beiden – was war eigentlich daraus geworden? Rudolf verstand es offenbar nicht so gut, mit Madlon umzugehen. Oder ihr Wesen, ihre Art lagen ihm im Grunde nicht.
Madlon, dieses Temperamentsbündel, immer zum Kampf be

reit. Immer aber auch zur darauf folgenden Versöhnung. Wer wußte das besser als er. Nur begriff er nicht, daß Rudolf nicht nur wesentlich älter war, sondern daß er ein Mensch war, der Ruhe brauchte, Stetigkeit, um wirklich leben zu können. Daß Streit seine Gefühle nicht belebte, sondern lähmte.
Rudolf war noch nicht fertig. Er war aufgesprungen, sein Gesicht war zornig gerötet.
»Ich möchte endlich davon nichts mehr hören. Von mir aus kann Jeannette mit ihrem Bastard dahin gehen, wo der Pfeffer wächst. Sie sind wir los, nun gib ihr endlich das Kind, damit wir Ruhe im Haus haben.«
Madlon stand nun auch, ihre Augen funkelten vor Wut.
»Ach, und ich vielleicht auch? Soll ich auch dahin gehen, wo der Pfeffer wächst? Wär dir gerade recht, hein?« Sie setzte zu einer längeren Tirade an, doch Jona befahl eisig: »Ruhe!« Ihre Autorität war groß genug, daß wirklich Schweigen einkehrte. Ein langes Schweigen.
Jacob fühlte sich unbehaglich. So wie es aussah, war das Verhältnis zwischen Madlon und Rudolf empfindlich gestört, das kam bei dieser Gelegenheit zum Ausbruch.
Am Ende, dachte er, gibt er sie mir zurück. Er und Jona, Jona und er – sie brauchen Madlon nicht.
Er räusperte sich.
»Wenn ich vielleicht endlich einmal zu Ende sprechen kann, Madlon, und wenn du mir endlich in Ruhe zuhören willst, dann wäre ich dir sehr verbunden. Es ist an einen Osterbesuch gedacht. Und ich möchte nicht nur den Kleinen mitnehmen, ich möchte auch, daß Mutter mitkommt. Sie ist hiermit von Tante Lydia herzlich eingeladen.« Er sah Jona an. »Wir würden uns alle riesig freuen, Mutter. Und ich ganz besonders. Du hast eine ganze Wohnung zur Verfügung, wir werden alles für dich tun, was nur möglich ist.«
»Danke, Jacob«, erwiderte Jona ruhig. »Ich fühle mich noch nicht so wohl, um zu verreisen.«
Und sie hätte hinzufügen mögen: Was soll ich bei euch? Lydia war ihr nie nähergekommen, Jacobs neue Freunde kannte sie nicht, und nach Jeannette hatte sie nicht das geringste Verlangen.

Dann fing Madlon von vorn an.
»Warum kommt Jeannette nicht her, wenn sie Ludwig sehen will? Sie hätte allen Grund, sich wieder einmal sehen zu lassen. Auch bei mir. Sie ist einfach weggelaufen, ohne adieu zu sagen. Nach allem, was ich für sie getan habe. Ich verstehe nicht, nein, ich kann nicht verstehen, warum ihr das richtig findet.«
Sie begann zu weinen. Madlon war nicht mehr glücklich, Madlon kam sich überflüssig vor. Sie hatte Jacob verlassen, und das war eine Torheit gewesen, wie sich nun zeigte. Rudolf liebte sie nicht. Keiner liebte sie mehr. Aber Jona? Jona doch wenigstens.
Sie warf einen scheuen Blick in das schöne, strenge Gesicht über dem schwarzen Kleid. Hatte sie Jonas Zuneigung nun auch verloren?
Sie wischte die Tränen aus dem Gesicht, Trotz stieg in ihr auf. Dann nicht. Ich brauche euch nicht. Ich brauche euch so wenig, wie ihr mich braucht.
»Bitte«, sagte Jacob, »hör auf zu weinen, Madlon, und setz dich wieder hin. Du bitte auch, Rudolf. Es hat doch keinen Sinn, daß wir uns hier gegenseitig anschreien. Mir ist gerade eine Idee gekommen, und ich finde sie ganz gut. Aber überlegt erst einmal, ehe ihr über mich herfallt. Wie wäre es denn, wenn Madlon mitkommt? Jona will nicht. Der Bub würde sich vielleicht fremd fühlen bei uns, seine Mutter – entschuldige, Madlon – hat er lange nicht gesehen. Du kommst mit dem Kleinen, dann kannst du aufpassen, daß ihn dir keiner wegnimmt, ihr wohnt in meinen Zimmern und seid ganz unbehelligt. Na?«
»C'est absurde!« sagte Madlon.
»Es hat dir im vergangenen Jahr doch sehr gut gefallen bei uns. Du hast noch nicht gesehen, was aus dem Haus geworden ist, damals waren wir ja noch mitten im Umbau. Einen netten jungen Mann bekommen wir auch noch als Osterbesuch. Es wird bestimmt nicht langweilig.«
»Ich will nicht«, sagte Madlon eigensinnig.
Jeannette im weißen Kleid beim Konzert auf der Promenade sitzend, verwöhnt und verhätschelt von allen, und dann der

unsichere Blick, mit dem sie Madlon ansah, das falsche Lächeln. O nein, Madlon hatte es nicht vergessen. *Sie* war es schließlich, die Jeannette aus dem ganzen Dreck herausgeholt hatte. Und nun spielte sie die feine Dame und wollte von Madlon nichts mehr wissen.
»Sie ist nichts anderes als deine Mätresse«, sagte sie. »Und die Frau in Afrika? Dein Kind in Afrika?«
Ihren Gedankensprüngen war schwer zu folgen.
»Wie kommst du jetzt darauf?« fragte Jacob verwundert. »Aber da wir schon davon sprechen, der junge Mann, von dem ich sprach, der uns besuchen wird, ist Marys Bruder.« Und nun mußte er sie doch wieder reizen. »Wir wollen gemeinsam überlegen, wann wir zu Mary reisen.«
»Du?«
Er lächelte in ihre zornigen Augen hinein.
»Warum nicht? Ich würde meine Tochter gern einmal sehen, ich kenne sie ja noch gar nicht.«
»Willst du vielleicht Jeannette mitnehmen?«
»Ich kann deine eigenen Worte nur wiederholen: c'est absurde. Und ich möchte nur wissen, was du an Jeannettes Leben auszusetzen hast. Es geht ihr glänzend. Besser könnte es ihr gar nicht gehen. Beinahe hätte sie mir jetzt einer weggeheiratet.«
Um die Spannung zu lösen, erzählte er ausführlich von der Münchener Reise. Daß sie dort gewesen waren, wußten sie natürlich, denn sie hatten einige Ansichtskarten geschickt. Nun erzählte er von dem Apotheker, von seinem Besuch im Haus.
»Er hatte wohl die Absicht, bei mir um Jeannettes Hand anzuhalten, da ich für ihn als ihr Onkel gelte«, schloß er grinsend.
»Das würde ich dir gönnen«, sagte Madlon boshaft. »Daß einer sie dir wegschnappt. Sie könnte eine großartige Partie machen, so, wie sie aussieht.«
»Vor allem, wie sie jetzt aussieht. Du wirst staunen, wenn du die Sachen siehst, die sie in München gekauft hat. Sie war einfach nicht zu bremsen. Aus einem Laden raus, in den anderen rein.«

»Kannst du dir das denn leisten?«
»Warum nicht?«
Madlon stand wieder auf, sie umkreiste den Tisch, an dem sie saßen, blieb hinter Jacob stehen und blickte auf ihn herab, lächelte spöttisch. »Mein Rat war eben damals doch gut, hein?« Er blickte zu ihr auf. »Das war er. Nur dich selbst hast du wohl schlecht beraten.« Er hatte verstanden, was sie meinte. Du bist ein Sohn und ein Erbe. Und nun hatte er wirklich geerbt.
Madlon zog die Oberlippe über die Zähne, es sah nach einem neuen Ausbruch aus, Jona sagte scharf: »Schluß jetzt. Wir gehen schlafen, es ist spät. Madlon wird sich deinen Vorschlag überlegen.«
»Ich habe schon überlegt«, sagte Madlon mit funkelnden Augen. »Ich komme mit. Wir werden euch besuchen, Ludwig und ich. Und werden uns die feine Dame ansehen.«
»Viel Spaß«, sagte Rudolf. »Das kann ja heiter werden.«
Jacob lachte. »Ach, wir werden uns schon vertragen. Felix macht Madlon wieder den Hof, wir gehen viel aus, und Madlon ist noch immer vernünftig gewesen, wenn es darauf ankam. Nicht wahr, Chérie? Kommst du dann morgen gleich mit mir mit?«
»O nein, nicht so schnell. Ich habe einiges vorzubereiten, wenn meine Nichte jetzt eine so vornehme Dame geworden ist. Ich brauche auch noch ein neues Kleid. Und Ludwig braucht neue Höschen und Strümpfe. Wir kommen Ostern. Und ich komme mit meinem Wagen.«
Sie lächelte, sie sah ganz friedlich und freundlich aus. Die drei betrachteten sie erstaunt, der Stimmungswandel war sehr plötzlich gekommen.
»Ich kann euch doch holen«, meinte Jacob.
»Nein, ich sagte es schon, ich komme mit meinem Wagen. Ich möchte ... wie sagt man? ich möchte unabhängig sein.«
»Bitte. Wie Madame wünschen. Mittwoch vor Ostern also?«
»Mittwoch oder Gründonnerstag, ich weiß noch nicht.«
»Also, ich bin sicher, es wird ein großer Spaß werden«, sagte Jacob.

»Ein großer Spaß. Naturellement«, lächelte Madlon.
Auch sie hatte eine Idee geboren, und den Spaß würde sie ihnen verderben.
Zunächst fuhr sie hinüber nach Konstanz. Sie habe Besorgungen zu machen.
»Aber du bekommst doch alles, was du brauchst, in Meersburg«, meinte Jona. »Und du hast drüben keine Wohnung.«
»Ich denke, daß ich bei Imma übernachten kann. Und ich möchte gern einmal wieder nach Konstanz.«
Zuerst sprach sie mit Bernhard.
»Ich habe doch noch ein wenig Geld. Kann ich es haben?«
»Natürlich. Wieviel wollen Sie?«
»Alles.«
»Alles?« Er blickte sie stirnrunzelnd an. »Ich habe es angelegt für Sie, wie Sie wissen. So schnell kann ich es nicht flüssig machen. Und ich kann Ihnen auch nicht genau sagen, wieviel es ist.«
»Es wäre sehr freundlich, wenn Sie es feststellen könnten. Ich bleibe solange hier«, sagte Madlon bestimmt.
»Feststellen kann ich es sehr schnell, und ich kann Ihnen den Betrag natürlich dann sofort auszahlen, wenn Sie es so dringend brauchen.«
»Ich brauche es sehr dringend.«
Es war mehr, als Madlon erwartet hatte. Bernhard Bornemann war nun einmal ein tüchtiger Finanzverwalter. Er hatte den Rest ihrer Dollars gut angelegt.
Sie kaufte ein, ein Kostüm nur, aber nach der neuesten Mode, und stellte befriedigt fest, daß sie wieder schlanker geworden war. Friseur, Kosmetika, alles, was ihr nötig erschien.
»Du willst verreisen?« fragte Imma neugierig.
»Ja, eine kleine Osterreise.«
Sie blieb drei Tage in Konstanz, die Kinder freuten sich, daß sie da war, auch Imma.
Bernhard sagte: »Nach Ostern werde ich einmal hinüberfahren auf den Hof. Wir sollten uns mehr um Jona kümmern.«
»Ja, das tu«, sagte Imma. »Vielleicht komme ich mit, solange die Kinder noch Ferien haben.«

Sehr elegant frisiert, gepflegt, geschminkt kam Madlon auf den Hof zurück.
Jona lächelte und sagte zu Rudolf: »Sie wird es ihnen zeigen.«
Wie recht sie hatte.
Am Mittwoch vor Ostern startete Madlon. Auch Ludwig war neu eingekleidet worden, und dazu hatte sie noch zwei Koffer gepackt.
»Was willst du mit all den Sachen?« meinte Jona.
»Wir müssen hübsch sein.« Sie küßte Jona und Rudolf zum Abschied. Sie schien fröhlich und ganz entzückt von der Aussicht auf die kleine Reise.
»A bientôt«, sagte sie.
Sie fuhr an Bad Schachen vorbei, an Lindau vorbei und über die Grenze nach Österreich und über die nächste Grenze in die Schweiz. Ihr Paß lautete immer noch auf den Namen Madeleine Caron, das war der Name ihres ersten Mannes, Marcel aus Brüssel, mit dem sie in den Kongo gegangen war.
Sie war nicht alt, sie fühlte sich jung und voller Tatendrang, und sie würde beweisen, daß sie nach wie vor imstande war, für sich selbst zu sorgen. Und für ihr Kind.
Heimat und Geborgenheit? Für sie war es nicht bestimmt. Das war ein Irrtum gewesen, dem sie sich einige Zeit überlassen hatte. Liebe? Liebe kam und ging. Sie bekam die Männer und verlor sie wieder, sei es durch eigene Schuld, sei es durch eine stärkere Kraft. Diese stärkere Kraft war Jona.
Aber sie war selbst stark genug, sie hatte den Wagen, sie hatte Geld, das einige Zeit reichen würde, und sie hatte den Diamanten, dieu merci. Non, Kosarcz merci.
Anfangs wußte sie nicht, wohin sie eigentlich fahren sollte. Der Gedanke an Kosarcz brachte sie auf die Idee, nach Genf zu fahren. Als sie ihn in Konstanz traf, hatte er gesagt, er habe manchmal dort zu tun. Vielleicht traf sie ihn. Und wenn nicht – für ein Kabel nach New York war immer noch Zeit. Er würde ihr Geld schicken, sofort. Das wußte sie.
Das Komischste an der Sache war, daß sie weder in Bad Schachen noch auf dem Hof etwas von Madlons Flucht bemerkten, ziemlich lange nicht. In Schachen dachten sie, daß sie es sich anders überlegt habe.

»Ich finde es ziemlich ungezogen«, meinte Lydia. »Sie hätte uns ja wenigstens eine Nachricht schicken können.«
»Ich habe ihr gleich nicht getraut«, sagte Jacob.
Er vermißte weder Madlon noch den Buben, und Jeannette schien es überhaupt gleichgültig zu sein. Eine Traumtänzerin, so hatte Jona sie einmal genannt, so war sie wieder, in sich gekehrt, abwesend, in einer eigenen Welt lebend. Sie lächelte ohne Grund, sie weinte ohne Grund. Die Besucher interessierten sie nicht im geringsten.
Auf dem Hof, als sie in der Woche nach Ostern nicht wiederkam, sagte Rudolf, und es klang befriedigt: »Es scheint ihr also doch gut zu gefallen, wenn sie so lange bleibt.«
»Ja. Es sieht so aus.«
Jona machte ein nachdenkliches Gesicht und erinnerte sich an Madlons Geschäftigkeit, ihre Hektik in den Tagen, ehe sie abfuhr. Das Ganze kam ihr seltsam vor, und sie kannte Madlon gut genug, um ihr eine befreiende Tat zuzutrauen.
Als Bernhard Bornemann seinen geplanten Besuch auf dem Hof machte, ohne Imma, ungefähr zehn Tage nach Ostern, erfuhren sie von Madlons finanziellen Aktivitäten.
»Sie sagte, sie wolle eine Reise machen. Hätte ich ihr das Geld nicht geben sollen?« fragte Bernhard besorgt.
»Aber natürlich, es ist ja ihr Geld. Und eine Reise hat sie offenbar gemacht.«
»Und ihr wußtet nichts davon?«
»Doch, doch«, sagte Jona. »Wir wußten, daß sie eine kleine Reise vorhatte. Nun ist es eine größere geworden. Sie wird schon wiederkommen, wenn ihr das Geld ausgeht.«
»Sie ist fort, mitsamt dem Kind«, sagte sie zu Rudolf. »Was sollen wir tun?«
»Wir? Gar nichts.«
»Es macht dir nichts aus?«
»Nein. Es macht mir nicht das geringste aus. Soll ich dir jetzt den Rücken einreiben?«
»Danke, ist nicht nötig. Es geht mir wirklich besser.«
»Laß es mich tun. Ich möchte so gern etwas für dich tun.«
Später lag er neben ihr auf dem Bett und hielt sie im Arm. Jona war bei ihm. Er und Jona, alles war wieder gut. Sie würde

gesund werden, sie würde sein wie früher, alles würde sein wie früher.
Um diese Zeit war Madlon längst in Genf. Die Stadt gefiel ihr ausnehmend gut. Sie war schön, malerisch an einem herrlichen See gelegen, auch hier gab es Berge, höher noch als am Bodensee, es gab große Hotels und elegante Geschäfte. Abgesehen von dem Betrieb, den die Stadt als ständiger Tagungsort des Völkerbundes aufwies, kamen auch viele Touristen, denn Genf war zu dieser Zeit in aller Welt Munde.
Zwei Tage wohnte Madlon in einem Hotel in Nyon, dann fand sie in der Stadt selbst ein hübsches Zimmer in der Rue Verlaine, bei einer älteren Dame, die ganz entzückt war von der charmanten Madame Caron und dem reizenden kleinen Jungen. Sie sei sehr froh, sagte sie, das Zimmer an eine Dame vermieten zu können, diese Männer, die kamen und gingen, nur Unordnung hinterließen, das habe sie gründlich satt. Madame Caron gedenke länger zu bleiben?
Doch, meinte Madlon vorsichtig, sie gedenke länger zu bleiben. Allerdings müsse sie sich früher oder später nach einer Arbeit umsehen. Und um die Neugier von Madame Roanne zu befriedigen, erzählte sie ihr die traurige Geschichte, die ihr widerfahren war. Ihr Mann habe sie betrogen und zwar mit ihrer eigenen Nichte, cette canaille! Nun habe sie ihn verlassen und wolle ihn nie wiedersehen, müsse aber für sich selbst sorgen.
Madame Roanne hatte dafür vollstes Verständnis. Auch sie hatte in ihrem Leben einigen Ärger mit Männern gehabt, und ihre Lebensgeschichte war höchst bewegt. Von zu Hause war sie ausgerissen, ihr Vater war Lehrer gewesen, ja, gewiß, hier in Genf, sie aber wollte zum Theater, und das gelang ihr auch, Berge von Bildern bewiesen, wie schön sie war und daß sie zumindest in kleinen Rollen, und das sogar in Paris, aufgetreten war. Ein Marquis entführte sie wiederum dem Theater, der Schuft hatte ihr die Heirat versprochen, aber nichts da, und als sie ein Kind bekam, ließ er sie sitzen. So in dieser Art hatte Madame noch einiges erlebt, aber tout est bien que finit bien, schließlich war sie in ihre Heimatstadt zurückgekehrt, und hier hatte sie den braven Gustave Roanne kennenge-

539

lernt, ein guter Mann, viel älter als sie, das schon. Er war Portier gewesen in einem der großen Hotels am Quai, ein gutdotierter Posten, eine Weile hatten sie so zusammengelebt, dann hatten sie geheiratet. Ja, leider, nun sei er schon seit fünf Jahren tot, aber sie hatte die schöne Wohnung, Geld hatte er ihr auch hinterlassen, und nun ja, sie vermiete drei Zimmer, und jetzt, da die Stadt betriebsam war, bekam sie immer leicht Mieter. Selten eine Dame, das stimmte. Und eine geeignete Stellung werde Madame Caron gewiß finden. Der Völkerbund brauche ja soviel Arbeitskräfte. Im Sommer sei es zwar etwas ruhiger, die Sitzungsperiode begann erst im September, aber es blieb das ganze Jahr über genug zu tun in der Stadt. Um das Bübchen werde sie sich schon kümmern, aber ganz gewiß. Und mit Minou hatte er sich ja auch schon angefreundet. Minou war die Katze.

Madlon war ganz zufrieden mit dem neuen Leben, es beschäftigte sie so sehr, daß sie kaum darüber nachdachte, was sie zurückgelassen hatte. Natürlich, darüber war sie sich klar, irgendwann würde sie einmal etwas von sich hören lassen müssen, aber sie war noch unentschlossen, in welcher Form und von wo aus. Am Ende kam Jacob angereist und nahm ihr Ludwig weg.

Sie spazierte durch die Stadt, machte sich mit ihr vertraut, kaufte sehr sorgfältig überlegt zwei elegante, seriöse Kleider, einen hübschen Hut, und eines Tages erschien sie im belgischen Konsulat, stellte sich vor und fragte um Rat. Eine Arbeit in der Stadt des Völkerbundes, sie spreche außer Französisch perfekt Englisch und Deutsch. Büroarbeit? Nein, dafür sei sie weniger geeignet, aber sie habe Auslandserfahrungen – Deutschland, Paris und, das nahm sie vorsorglich noch dazu, der Kongo. Von ihrer Zeit in Deutsch-Ostafrika sprach sie nicht.

Osterbesuch

Andreas Matussek war noch genau der umgängliche, unterhaltsame junge Mann, als den Jacob ihn kennengelernt hatte, und Mary war ihm sofort wieder ganz gegenwärtig, als er Andreas wiedersah.
Er blieb eine ganze Woche, und alle im Haus mochten ihn, Tante Lydia unterhielt sich gern mit ihm, Hilaria kochte mit Begeisterung, obwohl sie ihre Enttäuschung, daß der kleine Bub nicht gekommen war, nicht verhehlen konnte. »All die schönen Ostereier«, klagte sie.
»Die essen wir schon auf, keine Bange«, tröstete sie Jacob.
Und dann, am Ostersamstag, erschien Clarissa Lalonge. Natürlich kam sie nicht unangemeldet, sie rief vorher an.
Sie sei in Lindau, sagte sie, auf der Durchreise in die Schweiz, wo sie ihre Verwandten besuchen wolle.
»Aber das ist großartig!« rief Jacob. »Wie lange bleibst du denn?«
»Nur einen Tag«, sagte Clarissa zögernd.
»Das kommt nicht in Frage. Wir haben uns so lange nicht gesehen. Du mußt mir alles erzählen, was du treibst. Du kannst bei uns wohnen.«
»Nein, danke. Ich wohne im Bayerischen Hof.«
»Da bist du sehr gut untergebracht. Ich komme gleich und hole dich.«
Er freute sich aufrichtig, sie merkte das und war erleichtert. Sie hatte sich lange überlegt, ob sie es wagen solle, die Verbindung wieder herzustellen. Sie wußte wenig über ihn, fast nichts, seit er von Konstanz weggezogen war, und sie war geplagt von Neugier.
Zuvor war sie von Hortense unterrichtet worden, die ihr öfter schrieb, wovon Agathe jedoch nichts wußte. Darum konnte Clarissa ihr auch nicht direkt antworten, aber wenn sie einen

ihrer höflichen Briefe in das Haus Lalonge schrieb, in denen sie immer nur über ihre Studien und die Fortschritte, die sie gemacht hatte, Auskunft gab – so zuletzt, daß sie ihr Physikum bestanden hatte –, ließ sie jedesmal Hortense ganz besonders herzlich grüßen, und Hortense verstand, wie es gemeint war.

Clarissa hatte sich mit der kleinen Cousine immer gut vertragen, obwohl oder vielleicht gerade, weil Hortense einen schon als Kind in Atem halten konnte. Clarissa war besser mit ihr zurechtgekommen als Agathe, die zu streng war für das kapriziöse kleine Mädchen.

Ihrerseits kannte Hortense ihre Cousine Clarissa recht gut, und darum wußte sie auch, was Clarissa in ihren Briefen am meisten interessierte: Jacob Goltz. Also hatte sie seinerzeit von seiner Rückkehr aus Afrika berichtet, von seiner schweren Krankheit anschließend und sehr ausführlich über den Familiensonntag im Elternhaus.

Sie schrieb: ›Ich kann Dich sehr gut verstehen, er ist ein ganz toller Mann. Falls Du ihn nicht mehr willst, kann ich ihn dann haben?‹ Clarissa hatte gelächelt über diesen Brief. Und sie wollte Jacob Goltz noch immer.

In letzter Zeit allerdings hatte Hortense über das Objekt ihrer doppelten Zuneigung nichts mehr berichten können. Jacob war in der Ferne, an das andere Ende des Sees verschwunden, worüber Hortense höchst erbost war.

›Er hat mich schwer enttäuscht‹, schrieb sie, ›ich dachte, er hätte sich in mich verliebt. Was er nun eigentlich macht, weiß ich auch nicht, mir erzählen sie ja nichts.‹

Bei der Beerdigung von Carl Ludwig Goltz hatte Clarissa Jacob zwar wiedergesehen, aber zu einem Gespräch unter vier Augen war es nicht gekommen. Immerhin hatte sie von Imma einiges erfahren, aufgeregt und schlechten Gewissens herausgetuschelt, denn Imma war der Meinung, bei so ernstem Anlaß sei es ungehörig, Klatsch zu verbreiten.

»Nix Genaues weiß ich nicht. Madlon ist auf dem Hof. Aber Jona war jetzt das ganze letzte Jahr hier. Und irgendwas ist mit der Nichte von Madlon. Onkel Eugen hat mal so eine Bemerkung gemacht. Er sagt, sie isch beim Jacob.«

Immer noch war der See, den Jacob von Afrika aus eine Pfütze genannt hatte, so groß, daß man nicht wußte, was am anderen Ufer, geschweige denn am anderen Ende geschah.
Und ähnlich wie Hortense hatte Imma noch erbost hinzugefügt: »Bernhard erzählt mir ja nichts. Er weiß es sicher ganz genau. Er weiß immer alles.«
Kein Wunder also, daß Clarissa neugierig war. Sie blieb nicht einen Tag, sie blieb fünf Tage, und dann wußte sie alles, was sie hatte wissen wollen.
Es waren gelungene Ostertage, auch ohne Madlon und den kleinen Ludwig. Clarissa und Andreas verstanden sich ausgezeichnet, er erzählte von seinen Studien in Breslau, sie von den ihren in München und daß sie nach wie vor beabsichtige, in Berlin weiterzustudieren.
»Man muß einfach einige Zeit in Berlin sein, das geht gar nicht anders. Ich höre immer, wieviel dort los ist und daß man es unbedingt miterleben muß. In München leben wir ja sehr nett, aber doch etwas zu gemütlich.«
Andreas nickte dazu und meinte, er denke auch viel an Berlin. Und er hatte dazu auch ganz bestimmte Gründe, wie sie noch erfahren sollten.
Clarissa sah sehr hübsch aus; sie hatte nach wie vor einen eigenen Stil, was ihre Kleidung betraf, ein wenig streng, sehr korrekt, doch durchaus mit weiblicher Note, sie wirkte keineswegs als Blaustrumpf, wie man allzu emanzipierte Frauen immer noch etwas abfällig nannte.
»Das ist ja ein fabelhaftes Mädchen«, sagte Tante Lydia zu Jacob. »Das hast du mir noch nie so richtig erzählt, wie tüchtig die ist. Sie weiß genau, was sie will. Ich könnte mir sogar vorstellen, daß sie eine gute Ärztin wird. Obwohl ich eigentlich immer etwas gegen weibliche Ärzte habe. Aber das ist sicher ein dummes Vorurteil. Eigentlich ist es doch eine ganz großartige Sache, daß Frauen heute so ohne weiteres studieren können.«
Und so wie Clarissa nun einmal war, konnten Jacob und Andreas auch in aller Offenheit mit ihr über Mary sprechen.
So erfuhr sie nun also von der kleinen Konstanze, sie lächelte freundlich dazu und meinte: »Ich hoffe sehr, daß ich die bei-

den einmal kennenlerne. Will Ihre Schwester denn wirklich für immer in Afrika bleiben, Herr Matussek? Ich kann nichts dazu sagen, weil ich nichts von dem Leben dort weiß. Warum will es sich Ihr Vater nicht einmal ansehen? Vielleicht gefällt es ihm. Wenn ich richtig verstanden habe, will er ja doch nur Ihretwegen in Breslau bleiben. Aber würde es Sie denn nicht wirklich reizen, ein paar Semester in Berlin zu studieren?«
»Natürlich. Ich denke oft an Berlin. Ich war einige Tage zu Besuch bei Julia. Es ist eine atemberaubende Stadt.«
»Sehen Sie. Und ich finde, als angehender Journalist müssen Sie einfach dorthin. Ich bin sicher, daß wir uns in Berlin wiedersehen werden.«
Wie sie lächeln konnte, diese Clarissa, wie intensiv ihr Blick war, wie klug, alles, was sie sagte.
Als größte Neuigkeit hatte Andreas zu berichten, daß Julia, seine schöne jüngere Schwester, ganz überraschend vor einem halben Jahr geheiratet hatte, einen reichen Kunsthändler aus Berlin, eine gute Partie, eine Liebesheirat – aber bei alledem schien Andreas nicht sehr glücklich darüber zu sein.
»Ein richtiger Gesellschaftslöwe«, sagte er, »aber er betet Julia an. Er sagt, sie sei das größte Schmuckstück seiner Sammlung.« In seiner Stimme klang deutlich Eifersucht, und Jacob fiel es wieder ein, wie zärtlich Andreas die kleine Julia liebte.
»Ein Grund mehr für Sie, in Berlin weiterzustudieren«, sagte Clarissa. »Sie werden dann wieder in der Nähe Ihrer Schwester sein.«
»Ja, ich kann sogar bei ihnen wohnen. Sie haben eine große Villa am Tiergarten.«
»Ihr Schwager hat sicher auch gute Beziehungen in Berlin, so, wie Sie ihn schildern. Passen Sie auf, Sie werden eine Anstellung bei einer Zeitung finden, ehe Sie zu Ende studiert haben.«
War noch das unruhige Leben von Tante Gretel zu bedenken, die jetzt pausenlos zwischen Berlin und Breslau unterwegs war. Sie wollte die beiden Männer in Breslau nicht ganz im Stich lassen, aber Julia war ihr Liebling, und außerdem, so er-

zählte Andreas, war sie der Meinung, eine so junge, unerfahrene Frau könne unmöglich einen so großen, anspruchsvollen Haushalt führen.

»Sie haben acht Leute Personal im Haus«, berichtete Andreas mit einer gewissen Ehrfurcht, »Chauffeur und Diener und Stubenmädchen und Köchin und Gärtner und was weiß ich noch alles. Und sehr viele Gäste. Nein, ich finde auch, daß unsere kleine Julia das nicht allein schaffen kann. Sie ist ja noch ein Kind. Wissen Sie, was für sie das Schönste ist an der ganzen Ehe? Daß sie in Berlin immerzu ins Theater oder ins Konzert gehen kann. Das war ja schon immer ihre große Leidenschaft. In ihren Briefen schreibt sie eigentlich nur davon, was sie gesehen hat, wer gesungen hat, wer gespielt, wer dirigiert hat, das ist ihr Hauptthema. Ich glaube, sie sitzt mindestens sechsmal in der Woche auf einem Logenplatz.« Er lachte gutmütig. »Das schreibt sie nämlich auch. Ich sitze jetzt immer in einer Loge, ich brauche nicht mehr auf die Galerie zu klettern.«

»Aber wenn sie soviel Gäste haben und soviel ausgehen«, wandte Jacob ein.

»Ach, da kommt sie immer noch zurecht, nach dem Theater. Das habe ich ja in Berlin selbst miterlebt, als ich dort war. Bei denen fängt der Abend nicht vor zehn Uhr an.«

»Ich bin auf jeden Fall dafür, daß Ihr Vater möglichst bald zu Mary reist. Er darf sie nicht allein lassen«, nahm Clarissa den Faden wieder auf, denn sie brachte immer alles zu Ende, was sie angefangen hatte. »Oder hast du die Absicht, wieder nach Afrika zu gehen?«

Diese Frage galt Jacob, und es war eine scheinheilige Frage, denn sie hatte begriffen, daß er bleiben wollte, wo er war. Sie hatte natürlich auch Korianders kennengelernt und wußte von Jacobs neuer Tätigkeit. Was sie ebenso überrascht wie erfreut hatte.

»Nicht in nächster Zeit«, wich Jacob aus.

»Nun eben. Das Unangenehmste für Ihren Vater wird wohl die lange Seereise sein.«

»Das glaube ich nicht einmal«, meinte Andreas. »Er hat noch nie eine Seereise gemacht. Und ich mußte ihm damals alles

genau erzählen, als ich zurückkam. Ach und dann, die Schiffe fahren ja immer schneller, das ist wirklich kein Problem.«
Gab es überhaupt ein Problem in Clarissas Gegenwart? Sie brachte spielend alles unter einen Hut: die Frau, die Jacob geliebt hatte, das Kind von ihm, diesen netten jungen Mann und den Vater in Breslau, der zweifellos, so wie Clarissa es vorschlug, mit dem nächsten Schiff gen Afrika reisen würde, um sich um die arme, verlassene Mary zu kümmern.
»Wenn Ihr Vater feststellt, daß die Farm eine zu große Belastung für Mary ist, dann wird die Farm verkauft oder verpachtet, und Mary kann sich aussuchen, wo sie leben möchte. Bei ihren Geschwistern in Berlin, bei ihrem Mann in England oder –«, sie lächelte Jacob an, »beim Vater ihres Kindes am Bodensee. Angenommen, sie kann die Farm günstig verkaufen, ist es ja auch möglich, daß sie sich in Deutschland wieder ein Gut kauft, so, wie sie es früher hatte. Bei uns kauft man, glaube ich, solch ein Objekt jetzt höchst günstig bei der derzeitigen Wirtschaftslage. Was meinst du, Jacob?«
Jacob nickte stumm. Clarissa war erstaunlich, in ihren Händen wurde die Welt im Handumdrehen perfekt. Eine gute Ärztin würde sie werden, hatte Tante Lydia vermutet. Kein Zweifel, jede Krankheit würde sich eilends verflüchtigen, wenn Clarissa nur ins Zimmer trat.
»Was bedeutet dieses Lächeln, Jacob?«
»Ich bewundere dich, Clarissa. Du bist ein erstaunliches Mädchen. Was hätten wir bloß hier gemacht ohne dich?«
Clarissa blickte ihn schräg von der Seite an. War es Spott? War es – hatte sie ihn wieder da, wo sie ihn haben wollte?
Am Tag, ehe sie abreiste, um nun endlich ihren Cousin in Bern zu besuchen, war Clarissa allein mit Jacob im Giebelzimmer. Über die Bäume, noch nicht voll belaubt, sah man den See und die Berge, es war ein klarer, durchsichtiger Frühlingstag, der Himmel vom hellsten Blau über einer jungen, jungfräulichen Erde. Liebesselig schwirrten die Vögel um Jacobs Hochsitz. »Schön hast du es hier oben«, sagte Clarissa. »Das ganze Haus ist wunderschön geworden. Ach, und sieh nur, unser See. Ich habe oft Heimweh nach ihm. Die Welt kann nirgends schöner sein als hier.« Und nach einer kleinen

Pause, während sie immer noch aus dem Fenster sah: »Ich bin sehr froh darüber, daß du nicht wieder nach Afrika gehen willst.«
Jacob legte die Arme um sie und zog sie an sich, sah ihr nah in das glatte, lächelnde Gesicht.
»Ich habe viele Dummheiten in meinem Leben gemacht, Clarissa. Aber das Dümmste, was ich getan habe –«
»Ja? Was war das?«
Er beugte sich über ihren Mund und küßte ihn. Ihre Lippen blieben kühl und verschlossen.
»Das Dümmste war, daß ich dich nicht festgehalten habe.«
Sie legte eine Hand an seine Wange.
»Nun ja, wie die Dinge damals lagen, bestand dazu wohl keine Möglichkeit. Aber ich war sehr glücklich mit dir. Damals, in Zürich.«
Jetzt küßte sie ihn, sanft, bestimmt, und dann öffneten sich ihre Lippen weich und willig. Er gehörte ihr, das wußte sie. Das hatte sie immer gewußt.
Jacob warf einen Blick auf sein breites Lager.
»O nein. Nicht so. Nicht jetzt. Du wirst es mir sagen, wenn du frei bist für mich.« Sie entzog sich behutsam seiner Umarmung. »Ich warte nun schon lange auf dich. Ich kann auch noch ein wenig länger warten. Und auf jeden Fall möchte ich mein Studium abschließen.«
Und Jeannette? Die zarte, blasse Blonde in diesem Haus? Hatte sie sie überhaupt zur Kenntnis genommen?
Gewiß, das hatte sie, und sie war zu Jeannette so freundlich gewesen wie zu allen anderen auch. Ihre Neugier war gestillt: dies war keine Rivalin für sie. Madlon, das war etwas anderes gewesen. Aber dieses hübsche blonde Nichts, das kaum den Mund auftat, konnte Jacob nicht viel bedeuten, und ganz gewiß nicht für längere Zeit.
Nun war es wirklich nicht schwer, Jeannette in dieser Zeit zu übersehen. Sie sprach fast kein Wort, sie war melancholisch, sie war auch gar nicht mehr besonders hübsch, sie hatte manchmal verweinte Augen, und sie zog auch ihre schönen Kleider aus München nicht mehr an. Dagegen hatte sie sich wieder selbst ein Kleid geschneidert, mit flatternden Ärmeln

und weitem Rock, so, wie sie es immer getragen hatte.
Nachdem alle fort waren, seufzte Tante Lydia erleichtert auf.
Das war alles ganz wunderbar gewesen, aber es war auch sehr schön, wieder seine Ruhe zu haben.
Hilaria hatte sich von Jacob das Auto erbeten und war nach Lindau gefahren, wo sie seit neuestem eine Freundin hatte.
Jacob war zu Korianders gegangen, zum Skatspielen.
Tante Lydia saß in der Abenddämmerung im Sessel am Fenster und blickte hinaus in ihren Garten, in dem die Tulpen und die Narzissen bereits blühten.
Jeannette kam leise ins Zimmer, den kleinen Hund im Arm.
Lydia streckte ihr die Hand entgegen.
»Komm her, ma petite. Was ist eigentlich los mit dir? Du bist in letzter Zeit immer so schweigsam. Und so traurig. Fehlt dir etwas?«
Jeannette kam lautlos, setzte sich auf den Teppich und lehnte ihren Kopf an Lydias Knie.
»War ganz nett, nicht? Ist aber auch gut, wenn wir wieder für uns sind. Was meinst du?«
»Ja«, sagte Jeannette.
Sie schwiegen eine Weile, es wurde dunkler, eine Amsel sang noch draußen, laut und jubelnd klang ihr Lobgesang auf den Frühling.
»Was hast du eigentlich, Jeannette?«
»Isch – isch bekomme ein Kind.«
»Was sagst du?«
Jeannette begann zu weinen, hilflos, leise, selbst wie ein Kind.
»Mein Gott, Jeannette, ist das wahr?«
Und warum sollte es nicht wahr sein, hatte man nicht damit rechnen müssen?
Lydia richtete sich kerzengerade auf.
»Diesmal werde ich für Ordnung sorgen. Jacob wird dich heiraten.«
»Ich will nicht«, sagte Jeannette, »ich 'asse ihn.«
»Mein Gott, Kind, was sagst du da?«
»Isch 'asse ihn. Et il ne m'aime pas. Pas moi. Il aime cette femme.«

»Quelle femme? Jeannette, quelle femme?«
»Cette femme qui était là. Clarissa.«
»Clarissa? Was für ein Unsinn. Wie kommst du denn darauf?«
»Je le sais«, antwortete Jeannette bestimmt. Und dann weinte sie weiter leise vor sich hin, hilflos, haltlos, verloren.

Clarissa

Jeannettes zweite Schwangerschaft verläuft eigentlich genauso wie die erste. Wie sich das abgespielt hat, könnte man ihnen auf dem Hof in allen Einzelheiten erzählen, hier im Haus jedoch sind sie restlos verwirrt. Denn dies ist nicht mehr die liebe, anschmiegsame Jeannette, das ist eine andere Frau, abwesend und abweisend, verstört, oft in Tränen gebadet; die Phasen des Selbstmitleids, der Verweigerung, der Larmoyanz steigern sich bis zu dem Wunsch zu sterben, bis zur Drohung mit Selbstmord. Die einzige Gesellschaft, die sie um sich duldet, ist der kleine Hund, mit dem sie nur Französisch spricht. Sie sitzt stundenlang mit ihm auf einer Bank im Lindenhofpark; später, als ihr Zustand sichtbar wird, verkriecht sie sich in der entferntesten Ecke des Gartens oder schließt sich in ihr Zimmer ein.

Es ist nicht verständlich; diesmal ist sie nicht vergewaltigt worden, es gibt keinen Grund für Haß und Verzweiflung, sie hat das Kind von einem Mann, den sie liebt. So jedenfalls schien es doch. Auch hat sie ganz vergessen, welchen Eindruck ihr die Geburt im Hause Koriander machte, daß es sie mit Neid erfüllt hat, mit welcher Freude dort das Kind erwartet, geboren und in die Familie aufgenommen wurde. Wenn einer ihr sagt, sie solle sich freuen auf das Kind, sie alle freuen sich ja darauf, füllen sich ihre Augen mit Tränen, sie dreht sich um und geht weg.

Ratlos und hilflos stehen sie diesem Verhalten gegenüber, die liebevolle Tante Lydia, die tüchtige Hilaria, der von Unverständnis und wachsender Abneigung erfüllte Jacob, von dem sie sich nicht einmal mehr küssen läßt.

Er holt sich schließlich Rat bei Jona.

Die zuckt nur die Achseln.

»Das hätte ich dir vorher sagen können, wir haben das bereits

mitgemacht. Madlon war die einzige, die ihr gelegentlich den Kopf zurechtsetzen konnte.«
»Es ist ein unerträglicher Zustand«, sagt Jacob ungeduldig. »Wir sind alle ganz deprimiert. Und ich komme mir vor wie ein Verbrecher.«
Jona betrachtet ihren großen, gutaussehenden Sohn eine Weile stumm. Sie überlegt, ob er eigentlich inzwischen weiß, wie das erste Kind zustande gekommen ist. Offenbar nicht. Fast ist sie versucht, es ihm zu erzählen, aber dann unterläßt sie es. Was würde es nützen, diese häßliche Geschichte wieder auszugraben, auch wenn sie möglicherweise Jeannettes Verhalten verständlicher machen würde. Vielleicht ist es wirklich so, daß die neue Schwangerschaft ihr das ganze damalige Elend ins Bewußtsein zurückruft. Sie hätte auf keinen Fall wieder ein Kind bekommen dürfen, diese Traumtänzerin, die anscheinend niemals wie eine normale Frau fühlen und handeln kann.
»Ich dachte, sie liebt dich.«
»Das habe ich auch gedacht. Aber nun erklärt sie nur noch, daß sie mich haßt. Falls sie sich überhaupt dazu herabläßt, ein Wort an mich zu richten.«
»Ich verstehe ja nicht, warum du nicht besser aufpassen konntest«, sagt Jona leicht gereizt. »Du bist schließlich ein erwachsener Mann mit einschlägigen Erfahrungen. Hast du denn nie erkannt, was für ein lebensuntüchtiges Wesen diese Frau ist? Du weißt sehr gut, Jacob, es hat mir nicht gepaßt, daß du sie mitgenommen hast, und ich habe auch nicht erwartet, daß es gutgehen wird zwischen dir und ihr. Ich weiß überhaupt nicht, wie der Mann beschaffen sein müßte, der mit ihr leben kann.«
»Aber sie war so lieb, so zärtlich. Und immer heiter und zugänglich. Du hättest sie sehen sollen, wie glücklich sie damals in München war, wie sie gestrahlt hat, über alles, was sie erlebte.«
»Dann hättest du sie am besten in München gelassen«, sagt Jona kühl. »Bei dem Apotheker oder dem Malersmann oder bei wem auch immer. Du hast dir da nichts als Ärger aufgehalst, Jacob. Sie hätte nie wieder ein Kind bekommen dürfen.

Sie hat das erste Kind gehaßt, und sie wird auch dieses Kind hassen.«

»Kann es sein, daß sie noch immer um diesen ertrunkenen Seemann trauert?« fragt Jacob naiv.

»Ach, hör auf mit dem verdammten Seemann. Sie hat sowenig um ihn getrauert, wie sie um dich trauern würde, wenn du morgen im Bodensee ersäufst.«

Jacob starrt seine Mutter verblüfft an, und Rudolf, der, auf der Chaiselongue liegend, dem Gespräch zuhört, muß unwillkürlich laut lachen und verzieht dann das Gesicht vor Schmerzen, denn Lachen bekommt den langsam heilenden Wunden gar nicht.

»Sie ist ein egozentrisches, dummes Kind, das nie erwachsen sein wird«, fährt Jona erbarmungslos fort. »Soweit ich die Geschichte ihres Lebens kenne, und dank Madlon kenne ich sie ganz gut, war sie am besten untergebracht bei diesen Beginen und später in der Fabrik. Vielleicht sollte sie in einem Modesalon arbeiten, wo sie an Kleidern herumzupfen kann. Einen Mann braucht sie nur dafür, daß er sie bewundert, aber niemals für den Ernst des Lebens. Und Kinder kann sie schon gar nicht gebrauchen.«

»Könntest du nicht für ein paar Tage mitkommen und mit ihr reden?«

»Ich denke nicht daran. Ich konnte nie mit ihr sprechen. Außerdem hast du vorhin gerade erzählt, sie redet sowieso nur noch Französisch. Ich kann Rudolf jetzt auf keinen Fall allein lassen. Und außerdem sind wir mitten in der Ernte.«

Die ganze Last der Arbeit liegt wieder einmal auf ihren Schultern, Rudolf kann ihr diesmal nicht helfen, er hat vor fünf Wochen einen Unfall gehabt, der Stier hat ihn angegriffen und ihm die ganze rechte Seite aufgerissen, von der Hüfte bis zu den Rippen, und nur Kilians beherztem Eingreifen ist es zu verdanken, daß Rudolf mit dem Leben davongekommen ist. Drei Wochen hat er im Krankenhaus gelegen, jetzt ist er wieder daheim, und Jona überwacht jede seiner Bewegungen.

Als es geschah, an einem Tag im Juni, als er blutend auf der Erde lag und sich nicht rührte, hat man eine ganz andere,

ganz neue Jona erlebt. Sie kniete neben ihm und schluchzte verzweifelt.
»Nein! Nein! Rudolf, hör mich! Du darfst nicht sterben.«
Endlich sind sie beieinander, endlich gehört er ihr und sie ihm, und nun wird sie ihn verlieren. Und wie immer denkt sie: die Strafe! Die Strafe! Nun kommt sie doch!
Flora kniet neben ihr, umschlingt sie mit beiden Armen, eine Vertraulichkeit, die ihr nie zuvor in den Sinn gekommen wäre, auch sie weint, sie beschwört Gott und die Heiligen.
»Er stirbt nicht. Herr im Himmel, hilf! Er stirbt ganz gewiß nicht! Heilige Mutter Gottes, blicke herab, hilf uns armen Sündern!«
Rudolf ist nicht gestorben, er hat große Schmerzen ertragen müssen, er hat viel Blut verloren, aber es sind keine inneren Organe verletzt worden, Narben werden bleiben, die immer wieder, bei jedem Wetterwechsel, schmerzen werden, bis an sein Lebensende wird es so sein. Aber er lebt.
Seit Jona sicher sein kann, daß er gesunden wird, ist ihre gewohnte Tatkraft zurückgekehrt, sie arbeitet unermüdlich, sie ist voll Energie und Umsicht, so, wie sie immer war. Dank Flora und Kilian, die inzwischen mehr sind als Magd und Knecht, geht die Arbeit ohne Stocken voran.
»Du sagst selber, wie tüchtig die beiden sind«, versucht es Jacob noch einmal. »Es geht doch sicher ein paar Tage ohne dich. Komm doch mit und hilf ausnahmsweise einmal mir.«
Jona schüttelt den Kopf. »Ich kann dir in diesem Fall nicht helfen.«
Was kümmert sie das unvernünftige Mädchen in Bad Schachen, das sich ihr törichter Sohn ins Haus geholt hat, anstatt eine vernünftige und ordentliche Frau zu heiraten, wenn er nun schon ein vernünftiges und ordentliches Leben führt.
Denn darüber sprechen sie natürlich auch, ob Jacob eigentlich Jeannette nun heiraten soll oder nicht.
»Tante Lydia ist der Meinung, ich muß das tun«, sagt er, und es klingt keineswegs begeistert.
»Fahr hinüber und sprich mit Bernhard«, sagt Jona sachlich, »er wird dich beraten, wie man es am besten mit einer Scheidung handhabt.«

»Und selbstverständlich nehme ich die Schuld auf mich«, mischt sich Rudolf ein, »da wird sich ja sicher etwas finden lassen.«
»Ganz gewiß wird eine Scheidung ohne große Schwierigkeiten möglich sein«, meint Jona. »Aber wenn du einmal im Leben einen Rat von mir befolgen willst, Jacob, dann heirate sie nicht. Sie ist verheiratet, das Kind wird also nicht unehelich sein. Aber du wirst auf die Dauer mit dieser Frau nicht leben können.«
Jacob seufzt.
»Ich wünschte, Madlon wäre hier.«
Jona lacht kurz auf.
»Du kannst ihr ja schreiben, sie soll herkommen und das zweite Kind ihrer Nichte auf die Welt bringen und dann beide mitnehmen. Das wäre für alle die beste Lösung. Du bist sie los, und Madlon hätte dann endlich noch ein Kind und die Nichte dazu.«
Wie herzlos Jona sein kann! Das hat Jacob früher manchmal gedacht, das denkt er auch jetzt wieder. Herzlos und hart. Aber er kennt sie auch anders inzwischen.
Wo Madlon sich befindet, das wissen sie nun. Ganz simpel durch einen Brief, der an Jona kam. Ein Brief aus Genf.
Sie entschuldigt sich bei Jona für ihr Verhalten, und nur bei ihr, sie erbittet Verständnis und Verzeihung, und nur von ihr. Sie gibt zu, daß sie unrecht getan hat, das Kind heimlich mitzunehmen, und sie schreibt, daß es ihnen beiden gutgeht in Genf. All das schreibt sie Jona, sie läßt weder Jacob noch Rudolf und schon gar nicht Jeannette grüßen.
Der Brief findet nicht die Aufmerksamkeit, die ihm zukäme; er kommt, als Rudolf im Krankenhaus liegt, und Jona ist an Madlons Schicksal zu diesem Zeitpunkt nicht interessiert. Außerdem wird Jona niemals Madlons Handlungsweise verzeihen. Madlon ist fortgelaufen wie eine Diebin. Sie hat sich Rudolf genommen, und Jona hat es geduldet, ihm zuliebe, aber dann ist sie fortgelaufen, und nun soll sie bleiben, wo sie will.
Kommentarlos steckt Jona den Brief in einen Umschlag und schickt ihn nach Bad Schachen. Auch bei Jacob macht er kei-

nen besonderen Eindruck. Erstens hat er erwartet, daß sich Madlon eines Tages melden wird, sie ist schließlich eine vernünftige und praktische Person, und Geld wird sie auch brauchen, und zweitens sind seine Nerven so von Jeannette strapaziert, daß er weder von dieser noch von jener Frau im Augenblick etwas wissen will.
Auf diese Weise dauert es ziemlich lange, bis Madlon überhaupt Antwort erhält auf ihren Brief, den sie sich so mühselig abgerungen hat. Und nicht nur aus Gründen der Vernunft, sondern weil sie sich in einer echten Notlage befindet.
Die Antwort kommt von Jacob, der ihr ziemlich kurz und ohne große Gemütsbewegung mitteilt, daß man erfreut sei, von ihr zu hören, aber daß sie sich wohl klar darüber sei, mit der Entführung des Kindes ein Verbrechen begangen zu haben, sie lebe schließlich nicht mehr im Busch, sondern unter zivilisierten Menschen. Da sie sich in einer Stadt befinde, in der man sich ja viel mit Menschenrechten beschäftige, könne sie sich leicht Aufklärung darüber beschaffen, wie man das beurteile, was sie getan habe. Sie könne bleiben, wo sie wolle, jedoch das Kind müsse sie seiner Mutter zurückgeben, darüber sei sie sich wohl klar.
Es ist ein sehr kühler, unpersönlicher Brief, und Madlon schäumt vor Wut, als sie ihn liest. Was bildet sich dieser Jacques ein? Wo wäre er ohne sie? Verreckt im Busch oder verhungert in Berlin. Und jetzt spielt er den großen Mann.
Es geht Madlon nicht besonders gut. Sie hat drei Wochen aushilfsweise in einem Altstadtlokal hinter der Theke gearbeitet und weiß nun, wie falsch alles war, was sie getan hat.
Ein Fehler war es, Jacob zu verlassen, ein Fehler war es, Jona und Rudolf davonzulaufen, und der größte Fehler war diese alberne Flucht mit dem Kind.
Ihr Zimmer bei der Witwe Roanne mußte sie aufgeben, denn da gab es bald Anlaß zu Ärger. Sie muß der Frau das Kind überlassen, wenn sie arbeiten geht, und das bekommt dem kleinen Ludwig nicht gut. Einmal wird er mit Süßigkeiten überfüttert, bis ihm schlecht wird, dann ist er stundenlang allein, in ein Zimmer gesperrt, später wird er sogar ans Bett gefesselt, nachdem er angeblich sehr wertvolles Porzellan zer-

schlagen hat und sich dabei eine tiefe Schnittwunde beibrachte und heulend in der Ecke saß, als Madlon heimkam. Madlon muß das Porzellan bezahlen, das Kind ist ängstlich und verstört, ist in wenigen Wochen nicht mehr mit dem unbeschwerten, zutraulichen Kind zu vergleichen, das auf dem Hof lebte. Das Ende kommt dann durch die Katze Minou. Ludwig liebt sie und spielt gern mit ihr, aber er ist wohl zu heftig in seinen Liebesbeweisen, Minou zerkratzt ihm das Gesicht, und Madlon rennt mitten in der Nacht, als sie heimkommt, mit ihm zu einem Arzt. Am nächsten Tag zieht sie aus und logiert nun wieder in einer kleinen, billigen Pension.

Madlon lernt nun, was ihr zu lernen übrigblieb. Eine alleinstehende Frau mit einem Kind, das noch nicht drei Jahre alt ist – die Rechnung geht nicht auf. Wenn sie eine Stellung finden will, um die sie sich ständig bemüht, eine bessere, gutbezahlte Stellung, muß sie den Jungen irgendwo unterbringen, bei fremden Leuten, in einem Kinderheim, wo auch immer, sie wird ihn nicht um sich haben können. Sie sieht ein, wie gut es der Junge auf dem Hof hatte, in frischer Luft, gutversorgt, liebevoll behandelt. Jetzt sitzt er in einem dunklen Hinterzimmer, er wird zunehmend nervös, er weint oft, er hat nun auch Angst vor Tieren, das Erlebnis mit der Katze hat ihn tief verstört.

Madlon ist ehrlich genug, sich einzugestehen, daß sie unüberlegt und töricht gehandelt hat. Das Auto hat sie verkauft, bleibt der Ring, bleibt das Telegramm an Kosarcz – oder die Rückkehr.

Wenn Jacob geschrieben hätte: Komm sofort zurück – aber das hat er nicht geschrieben, faselt dagegen von Kindesentführung und Menschenrechten.

Keiner will sie mehr haben, Jacob nicht, Rudolf nicht, Jona schon gar nicht, die ihr nicht einmal geantwortet hat.

In diesem August wird Madlon vierundvierzig. Sie sieht immer noch fabelhaft aus, ist wieder ganz schlank geworden, sie zieht sich gut an, die Männer sehen sich immer noch nach ihr um. Wenn Kosarcz wenigstens nicht geheiratet hätte!

Sie geht mit dem Kind an der Hand am Quai spazieren, sie

sitzt auf einer Bank, den Arm um das Kind gelegt, das angstvoll die Beine anzieht, als ein Hund vorbeikommt.
Was hat sie nur getan, was hat sie aus sich und ihrem Leben gemacht! Ich bin eine Närrin, das denkt sie.
Das mag sie manchmal gewesen sein in ihrem Leben, aber sie ist keine Traumtänzerin, sie ist eine Kämpferin, sie nimmt die Herausforderung an. Noch denkt sie nicht an Kapitulation. Sie wird bis zum September warten, wenn die neue Sitzungsperiode des Völkerbundes beginnt. Im belgischen Konsulat hat man ihr gesagt, daß sich dann sicher eine Möglichkeit ergeben wird, sie in einer passenden Position unterzubringen. Sie sind immer sehr höflich und ansprechbar, wenn sie kommt, gutgekleidet, lächelnd und selbstsicher.
Bis September also wird sie noch warten.

Ende September bekommt Jeannette ihr zweites Kind.
Aber noch vorher hat Jacob gefunden, was er so nötig brauchte: Hilfe und Verständnis von einem Menschen, der ihn liebt.
Er fährt wieder einmal nach München, Anfang August, diesmal allein. Felix Koriander hat viel zu tun, vor allem beim Bau seines eigenen Hauses, das der Vollendung entgegengeht. In München sitzt ein Kunde der Baufirma, der im Frühling ein Grundstück in Bad Schachen gekauft hat, das Felix ihm vermittelt hatte. Eigentlich sollte der Bau noch in diesem Jahr beginnen, doch nun gibt es finanzielle Schwierigkeiten, die wirtschaftliche Lage läßt zu wünschen übrig, der Bauherr in München bekommt keinen Kredit mehr bei seiner Bank, seine Firma steht schlecht, er möchte das Grundstück wieder verkaufen. Man muß die Lage einmal mit ihm persönlich besprechen, und Felix schlägt vor, daß Jacob das übernimmt.
München im Sommer 1927, es ist heiß, die Stadt ist voller Menschen, eine Urlaubsreise können sich nur noch wenige leisten. Diese Leute, die sich Nationalsozialisten nennen, und der Mann Adolf Hitler, den sie ihren Führer nennen, spielen eine große Rolle in der Stadt. Jacob weiß natürlich inzwischen, wer das ist und worum es sich handelt, doch sein Interesse an der Politik in der Republik ist immer noch gering.

Ihr Kunde jedoch, der verhinderte Bauherr, dessen Firma vor der Pleite steht, erweist sich als Anhänger der braunen Partei und ist ihr soeben beigetreten. Er hält Jacob einen langen, begeisterten Vortrag über die herrliche Zukunft, die das deutsche Volk erwartet, wenn es Hitler wählt, und was ihn selbst betreffe, so sehe er die Dinge nun etwas optimistischer; dank der Partei werde er seine Firma retten und vielleicht auch das Haus bauen können, im nächsten oder übernächsten Jahr. Was man in Lindau vom Führer halte? Sei man sich dort schon klar darüber, wie nötig man ihn brauche? Jacob zieht die Schultern hoch. Was soll er dazu sagen? Er braucht den Führer aus München nicht, und Felix schon gar nicht; mit Leuten, die sich für Hitler begeistern, haben beide keinen Umgang. Das mag Zufall sein, denn Jacob hat keine Ahnung, wie viele Leute in Lindau und Schachen für das Hakenkreuz sind.

Das Abendessen in der Wohnung des eventuell zukünftigen Bauherrn zieht sich hin, es gibt für Jacobs von Hilaria verwöhnte Zunge einen Schlangenfraß und dazu das endlose Gerede über diese Nazipartei. Denn die Familie ist sich einig, die dümmliche Hausfrau, zwei halbwüchsige Buben, alle reden sie denselben Stuß: unser geliebter Führer, die Rettung des Vaterlandes, die Schmach des Vaterlandes, im Felde unbesiegt, die deutsche Frau, die deutsche Jugend, der Führer hat gesagt – und so weiter und so fort. Nachdem sich Jacob das zweieinhalb Stunden lang angehört hat, empfiehlt er sich ziemlich abrupt. Er habe noch eine Verabredung.

So spät? Ich dachte, wir trinken noch gemütlich eine Flasche Wein, sagt der Hausherr. Bisher haben sie nur Bier getrunken.

Jacob atmet auf, als er auf der Straße steht, es ist zehn Uhr, noch nicht spät, irgendwo wird es wohl eine kleine Wirtschaft geben, wo er in Ruhe ein Glas Wein trinken kann.

Er schlendert die Nymphenburger Straße, wo sein Gastgeber wohnt, stadteinwärts, kommt über den Stieglmayerplatz, blickt flüchtig zum Löwenbräu hinüber, wo die Leute im Garten sitzen und laut sind, es ist eine warme Nacht. Nein, Bier will er nicht mehr, er möchte ein Glas Wein.

Ein Stück Brienner Straße, dann der Karolinenplatz, er wendet sich nordwärts in Richtung Schwabing. In der Theresienstraße betritt er ein kleines Lokal, es ist voll und sehr heiß, er bestellt nun doch ein Bier, wer weiß, was für einen schlechten Wein die hier ausschenken.

Dann fällt sein Blick auf das Telefon, und er weiß, was er sich den ganzen Abend gewünscht hat: ein Gespräch mit Clarissa.

Er hat ihre Adresse und ihre Telefonnummer, sie wohnt auch in Schwabing, jenseits der Leopoldstraße, in einer gutbürgerlichen Gegend, nahe dem Englischen Garten. Ob sie zu Hause sein wird? Oder mit einem Freund unterwegs? Er weiß gar nichts über ihr Leben.

Sie ist da, sie erkennt seine Stimme sofort, er braucht seinen Namen nicht zu nennen.

»Wo bist du?«

»In München. Gar nicht weit von dir entfernt. Kann ich dich noch sehen?«

»Heute noch?«

»Heute noch. Sofort. Ich kann nicht bis morgen warten.«

»Warum nicht?« fragt sie leise.

»Aus verschiedenen Gründen. Aber sagen wir, ich habe das Bedürfnis, mit einem klugen und verständigen Menschen zu sprechen.«

Ist das noch Jacob? Hätte er früher mit diesen Worten um ein Rendezvous gebeten?

Sie treffen sich vor der Universität, das hat sie vorgeschlagen. Er sieht ihr entgegen, als sie über die Straße kommt, sie trägt ein helles Sommerkleid, sie geht rasch und beschwingt, ihre Absätze klingen auf dem Pflaster, ihr Haar ist länger geworden, kein Bubikopf mehr, eine weiche, wellige Fülle, die um ihre Wangen schwingt.

Als sie vor ihm steht, sagt er gar nichts, nimmt sie in die Arme und küßt sie.

Ihr Mund ist bereit und willig, ihr Atem frisch, darum läßt er sie auch gleich wieder los.

»Entschuldige, ich habe bestimmt eine schreckliche Fahne, ich habe ziemlich viel Bier getrunken.«

»Seit wann trinkst du Bier?«
»Es gab nichts anderes. Jetzt hätte ich gern ein Glas Wein, aber ich weiß nicht, wo. Es ist so warm —«
»Ja, es ist sehr warm. Und ich weiß, wo wir einen anständigen Wein bekommen können. Dann habe ich auch eine Fahne.«
»Clarissa! Mein geliebtes Mädchen!«
»Sagst du das im Ernst zu mir?«
»In vollem Ernst. Ich habe dir viel zu erzählen, und du mußt mir sagen, was ich tun soll. Ich stecke ziemlich in der Bredouille.«
»Das klingt, als ob du Hilfe brauchst.«
»Weiß Gott, die brauche ich.«
Er schiebt seine Hand unter ihren Oberarm, beim Gehen spürt er ihre Brust, ihre Schulter und ist ganz sicher, daß sie, und keiner sonst, nur sie, ihm raten und helfen kann.
Sie kennt eine gemütliche kleine Weinstube, dort sitzen sie eine Weile später, nun kann Jacob sie ausführlich betrachten, die moosgrünen Augen, das kluge, klare Gesicht, das rotbraune Haar, das dem Madlons ähnelt.
Damals in Zürich war sie seine Geliebte. Ihm kommt es vor, als sei es eine Ewigkeit her. Aber soviel Zeit ist gar nicht vergangen, *sie* hat sich jedenfalls nicht verändert. Er war ihr erster Mann, und sie ließ keinen Zweifel daran, daß sie ihr liebte.
Sie liebt ihn heute noch. Es gab zwei kleine Amouren inzwischen, ein Kommilitone, dann ein junger Assistenzarzt, es hat ihr nicht viel bedeutet, für sie war immer nur dieser Mann von Bedeutung, der jetzt bei ihr sitzt.
Sie hat viel gearbeitet, sie hat fleißig studiert, sie liebt ihre Arbeit, und es ist noch ein weiter Weg, der vor ihr liegt, sie muß das Staatsexamen machen, dann bekommt sie die Approbation, promovieren wird sie auch. Sie wird alles tun, Schritt für Schritt, sie ist kein Mensch, der auf halbem Weg stehen bleibt, auch nicht um der Liebe willen.
Sie hört Jacob zu. Am Anfang berichtet er von dem ungemütlichen Abendessen, das hinter ihm liegt, doch dann kommt er gleich zur Sache, erzählt von der ganzen Malaise, die er zu Hause hat, Jeannettes Zustand und ihr Benehmen, was seine

Mutter gesagt hat über Jeannettes erste Schwangerschaft, der ertrunkene Seemann kommt vor, denn besser weiß er es immer noch nicht. Madlons Flucht, ihr Brief, Jonas Weigerung, ihm zu helfen, alles, alles erzählt er und hält dabei Clarissas Hand.
Er weiß, daß er sie verletzt, daß er sie quält, daß er ihr weh tut, aber das muß sie ertragen, damit sie ihm helfen kann.
Aber wie soll sie ihm helfen, wie kann sie ihm helfen?
Sie sagt: »Ich habe Jeannette ja gesehen, als ich Ostern bei euch war. Gesprochen habe ich mit ihr kaum ein Wort, sie war da schon sehr seltsam. Und sie war schon schwanger, du hast es nur noch nicht gewußt. Nun läßt sich nichts mehr machen, sie muß das Kind bekommen. Im Oktober, sagst du. Das sind noch zwei Monate. Willst du sie heiraten?«
»Nein. Ich sollte es tun, aber ich will nicht. Meine Mutter sagt auch, ich soll sie nicht heiraten.«
Und sie sagt natürlich, was naheliegend ist: »Du hättest dir das alles vorher überlegen sollen.«
»Gut«, erwidert er ungeduldig, »so schlau bin ich inzwischen auch. Aber was soll ich tun mit ihr?«
Ein wenig ist er schon getröstet. Es sind doch immer die klugen, selbstsicheren Frauen gewesen, die ihm geholfen haben: Madlon, Jona, sogar Mary gehört dazu, und nun wird es Clarissa sein, die klügste von allen. Clarissa, die ihm gehört.
»Nach allem, was du erzählt hast, würde ich sagen, bei Jeannette liegt eine psychische Störung vor, die durch eine Schwangerschaft gefördert wird. Das kann Veranlagung sein oder Vererbung, die Gründe dafür können auch in ihrer Kindheit liegen. Auch die kranke und sterbende Schwester hat sie wohl sehr mitgenommen. Dann der Tod ihres Verlobten, nachdem sie ein Kind erwartete – da trifft vieles zusammen, das einen so labilen Menschen verstören kann. Deine Mutter hat schon recht, Jeannette hätte niemals mehr ein Kind bekommen dürfen. Aber das nützt ja nun nichts mehr, sie bekommt es, und zwar bald. Du darfst sie nicht im Stich lassen. Ein so labiler Mensch nimmt sich am Ende wirklich das Leben. Und schließlich –«, sie schluckt, sie lächelt tapfer, »– ist es ja dein Kind. Dein zweites Kind.«

Sie senkt den Blick, aber sie wird nicht weinen, sie nicht. Sie bekommt ihn auch jetzt nicht, den Mann, den sie liebt. Sie hat lange gewartet, sie wird weiter warten.
Nicht mehr auf seine Liebe. Sie nimmt ihn noch in dieser Nacht mit in ihre Wohnung.
Sie wohnt sehr hübsch, es ist ein großes, schönes Haus der Gründerjahre, der Hauswirt hat die riesigen Zehnzimmerwohnungen, die heute schwer zu vermieten sind, in kleinere Wohnungen umbauen lassen, Clarissa hat zwei Zimmer, ein Bad, das paßt besser zu ihr als eine Studentenbude. Das Wohnzimmer ist ein Arbeitszimmer, voll von Büchern, der Schreibtisch überladen mit Notizen und Manuskripten, aber das Schlafzimmer ist ganz feminin, ein breites Bett, weicher Teppich, gedämpftes Licht.
Jacob schläft in ihren Armen ein, nachdem er sie heftig und hungrig geliebt hat. Sie liegt noch lange wach, die Augen weit geöffnet. Diesmal wird sie ihn behalten. Er hat andere Frauen, andere Kinder, er kann sie nicht heiraten, aber sie wird ihn behalten. Sie ist eine moderne junge Frau, sie wird eine gute Ärztin sein, sie wird allein leben müssen, aber manchmal wird er bei ihr sein. So, wie in dieser Nacht.

Jeannette hat diesmal eine sehr schwere Geburt, die zudem noch verfrüht einsetzt. Das Kind liegt verkehrt, und man bringt sie eilends in die Klinik nach Aeschach, wo man nach langen Stunden und vielen Mühen ein winziges, kaum lebensfähiges Mädchen ans Licht der Welt bringt.
Jeannette ist sehr geschwächt und muß lange in der Klinik bleiben, sie fiebert, keine Rede davon, daß sie das Kind stillen kann. Aber sie sieht es sowieso kaum an, und das ist gut so, man trennt das Kind alsbald sorglich von ihr, denn wie sich herausstellt, ist ihre Lunge nun doch krank. Der Gynäkologe und der Internist der Klinik bestellen Jacob zu einem Gespräch und wünschen Näheres über die Familie zu erfahren.
Jacob sagt, die Schwester seiner Nichte sei an Tuberkulose gestorben und, soweit ihm bekannt, auch die Mutter. Seine Nichte, so nennt er sie. Was soll er denn sonst auch sagen?

Die Ärzte sind sich einig. Es sei keine Seltenheit, wenn eine Veranlagung oder Ansteckung vorliege, daß durch eine Schwangerschaft die Krankheit in Schüben befördert werde. Wo denn eigentlich der Mann der Frau Moosbacher sei?
»Sie leben in Scheidung«, antwortet Jacob.
»Und Sie sind der Vater des Kindes«, sagt ihm der Gynäkologe ziemlich gradaus auf den Kopf zu.
Jacob nickt. Es wäre albern, es zu leugnen. So groß ist die Welt nicht, in der sie hier leben, sicher kennen die Herren in der Klinik auch den Arzt, der sie gewöhnlich in Bad Schachen behandelt.
»Nun, dann werde ich zunächst einmal Sie zu einem Facharzt schicken, damit Sie gründlich untersucht werden, Herr Goltz. Und am besten auch alle Bewohner des Hauses, in dem sich Frau Moosbacher zuletzt aufhielt. Und wo ist eigentlich das erste Kind?«
Zum Teufel, das ist alles so schwer zu erklären. Jacob fühlt sich höchst unbehaglich.
»Bei meiner... bei der Tante von Jeannette Moosbacher. Sie lebt mit dem Buben in der Schweiz.«
»So, in der Schweiz. Demnach ist das Kind in einem Sanatorium.«
»Es ist mir nichts davon bekannt, daß der Junge krank ist. Sie leben in Genf.«
»Man sollte das Kind auf alle Fälle untersuchen lassen. Wie alt ist es? Aha. Ich würde Sie bitten, das zu veranlassen.«
Jacobs Stirn ist feucht, als er die Klinik verläßt. Er steigt in seinen Wagen und bleibt eine Weile regungslos sitzen. Was hat er sich bloß alles eingebrockt, nur weil er die Blonde in ihrem weißen Kleid mit den rosa Blümchen in sein Auto lud und mitnahm. Nichts als Scherereien. Er schlägt ungeduldig mit den Händen auf das Steuerrad. Alle Hausbewohner untersuchen lassen, was für ein Blödsinn. Er ist sicher, daß sich keiner von ihnen angesteckt hat. Nach allem, was der Arzt gesagt hat, ist die Krankheit ja bei Jeannette erst während der Schwangerschaft zum Ausbruch gekommen, und in dieser Zeit hat sie sich sowieso von allen zurückgezogen.
Jacob startet den Wagen, fährt an Schachen vorbei, in Rich-

tung Wasserburg, steht dort eine Weile an der Spitze der Landungsbrücke und starrt in den See. Er hat nicht die geringste Lust, nach Hause zurückzukehren, aber das dringende Bedürfnis, mit einem vernünftigen Menschen zu sprechen. Er muß das loswerden. Felix kann es diesmal nicht sein, bei aller Freundschaft, trotz guter Partnerschaft, er kann ihn mit solch einer verwickelten Familienangelegenheit nicht behelligen. Am besten fährt er weiter zu Jona. Doch die Abfuhr, die er sich im Sommer bei Jona geholt hat, ist unvergessen. Da wäre noch Madlon. Er könnte ihr schreiben, sie solle sofort kommen und sich um ihre kranke Nichte kümmern. Dann würde sie erfahren, daß Jeannette wieder ein Kind bekommen hat, von ihm. Was sie dazu sagen wird, läßt sich leicht ausmalen. Und wie hysterisch würde sie sich erst aufführen, wenn sie erführe, daß auch der Junge krank sein könnte; nein, Madlon auf keinen Fall.
Aber es bedarf ja im Grunde gar keiner Überlegung, wen er um Rat fragen, um Trost bitten kann, wer die verfahrene Situation in Ordnung bringen wird. Es gibt nur einen Menschen: Clarissa. Er fährt, so schnell er kann, nach Lindau zurück, studiert den Fahrplan auf dem Bahnhof, begibt sich in die Post und meldet ein Gespräch mit München an. Gebe Gott, daß sie zu Hause ist.
Sie ist immer da, wenn er sie braucht.
»Du mußt sofort herkommen.«
»Was ist los?«
»Am Nachmittag fährt ein Zug, den kannst du leicht erreichen. Ich lasse dir ein Zimmer im Bayerischen Hof reservieren und warte dort auf dich.«
»Jacob, um Himmels willen, was ist passiert? Bist du krank?«
»Nein. Oder vielleicht doch. Ich kann dir das alles nicht am Telefon sagen, ich bin hier auf der Post in Lindau. Bitte, Clarissa, komm sofort, ich brauche dich.«
Ich brauche dich – wie hat sie auf dieses Wort gewartet.
Ich liebe dich – das hat sie bereits gehört am Ende der drei Tage, die er in München verbrachte. Sie waren die ganze Zeit zusammen, manchmal gingen sie zum Essen, manchmal im

Englischen Garten spazieren, er erzählte von seiner Arbeit, sie von ihrer, über Jeannette sprachen sie nicht mehr viel, das war nun mal, wie es war, man mußte es durchstehen. Aber sie haben sich geliebt, zärtlich, leidenschaftlich, sehr bewußt. Clarissa ist eine erwachsene Frau, die sich nach Liebe gesehnt hat. Und Jacob ist ein anderer geworden. Oder wieder er selbst, wenn man so will. Das, was ihn an Madlon gebunden hat, wird ihn an Clarissa binden; sie ist eine Frau voll Leidenschaft und Herz, mit einem klarköpfigen Verstand dazu.
Als der Zug aus München am Abend über den Damm rollt, steht er auf dem Perron und blickt ihm ungeduldig entgegen. Und sie sieht ihn sofort, als sie aussteigt. Er ist größer als die anderen, sein blondes Haar schimmert im matten Licht der Bahnhofslampen, und da hat er sie auch schon entdeckt, stürzt auf sie zu, reißt sie in die Arme. Ihr Köfferchen landet mit einem Plumps auf dem Bahnsteig.
»Mein geliebtes Mädchen!« sagt er, als sie beide wieder Luft bekommen. »Ich danke dir, daß du gekommen bist.«
»Was ist denn nur los? Aber jedenfalls stehst du heil und ganz vor mir, das ist das Allerwichtigste.«
»Ja. Aber eigentlich hätte ich dich nicht küssen dürfen. Kann sein, ich habe Tuberkulose.«
Sie lacht. »Du? Tb? Nie im Leben.«
»Jeannette hat sie. Könnte sein, ich habe mich angesteckt, sagt der Doktor. Obwohl – ich habe sie ja nicht mehr angerührt seit Ostern.«
»Jeannette hat Tb? Das ist durchaus möglich. Es sind ja Fälle in ihrer Familie vorgekommen. So etwas kann durch eine Schwangerschaft zum Ausbruch kommen.«
»Das sagt der Arzt auch. Und er sagt – ach, komm, wir gehen erst mal rüber ins Hotel. Du wirst hungrig und durstig sein nach der langen Reise. Ich erzähl dir alles der Reihe nach.«
Er erzählt ihr alles schön der Reihe nach, sie ißt dabei eine gebratene Äsche und trinkt Meersburger Weißherbst. Es schmeckt ihr gut, der Appetit wird ihr durch das, was sie hört, keineswegs verdorben. Sie ist schließlich cand. med., fast schon ein richtiger Arzt; sie hat schon viel gesehen und erlebt, der Beruf härtet ab.

Sachlich faßt sie alles zusammen.

»Es kann sich bei Jeannette höchstens um einen Fall im Anfangsstadium handeln. Das läßt sich leicht ausheilen. Die Wissenschaft ist heute viel weiter. Jeannette wird bestimmt wieder gesund. Das Kind hat man doch sicher streng von ihr isoliert.«

»Ja, es ist sowieso ein ganz winziges Ding. Sie tun alles, um sie aufzupäppeln. Wir haben sie Susanne getauft.«

»Und du kommst zu mir nach München. Ich kenne dort einen erstklassigen Facharzt, der wird dich gründlich untersuchen. Man braucht das hier gar nicht so breitzutreten. Und was mich betrifft, ich stehe sowieso ständig unter ärztlicher Kontrolle. Ich habe bestimmt keine Angst, wenn du mich küßt.«

Über das Glas hinweg lächelt sie ihn an, er nimmt ihre Hand.

»Was täte ich nur ohne dich!«

»Was du bisher auch getan hast – meist das Falsche.«

Doch dann fällt ihr etwas ein.

»Jeannettes erstes Kind, der kleine Bub. Er muß sofort untersucht werden. Du mußt Madlon schreiben.«

Sie ist wirklich schon ein richtiger kleiner Doktor, sie denkt auch daran.

»Ich finde, es ist überhaupt an der Zeit, daß du dich um Madlon kümmerst. Und um dieses Kind. Wir wissen doch gar nichts davon.«

Wir, sagt sie.

»Ich fürchte, es ist ein schwieriges Leben, das Madlon führt. Und das ist nicht gut für das Kind.«

Unordentliche Verhältnisse duldet sie nicht. Sobald sie die Hand im Spiel hat, versucht sie immer, Ordnung zu schaffen. Sie geht in die Klinik und spricht mit den Ärzten, und sie sind dieser zukünftigen Kollegin gegenüber, einer Sauerbruchschülerin dazu, sehr aufgeschlossen, vor allem, als sie merken, daß hier ein Mensch ist, der die ganze Sache energisch in die Hand nehmen wird. Über die Verwandtschaftsverhältnisse gewinnen sie allerdings nie letzte Klarheit, aber Clarissa sagt mit offenem Lächeln: »Wir sind eine ziemlich große und weitverzweigte Familie. Sie reicht von Konstanz

über Meersburg bis hierher, und ein belgischer und afrikanischer Zweig gehören auch dazu.« Das hört sich wie ein Märchen an, aber wenn sie es sagt, glaubt man es ihr.
Man trifft klare Vereinbarungen. Jeannette wird, sobald sie sich etwas erholt hat, in eine Heilstätte im Schwarzwald überwiesen, und sie wird so lange dortbleiben, bis sich ihr Leiden gebessert hat oder, genauer gesagt, bis es gelungen ist, sie zu heilen.
Um es vorwegzunehmen: Jeannette wird dort sehr glücklich und zufrieden sein. Alles ist ruhig und geregelt, man sagt ihr, was sie tun soll, die Ärzte verwöhnen sie, sie ist ja so ein bezauberndes, sanftmütiges Geschöpf, sie kann ein bißchen flirten und hübsche Kleider anziehen. Auch die Schwestern mögen sie, nie gibt es Schwierigkeiten mit ihr, sie tut brav alles, was man ihr sagt, und als es ihr besser geht, fängt sie an, für ihre Mitpatientinnen Kleider zu schneidern. Auch für die Frau vom Oberarzt. Sie spricht ein drolliges Deutsch, ist bemüht, es besser zu lernen, auch ihr Zustand bessert sich bald, sie fürchtet den Moment, wo man ihr sagen wird, sie solle nun in ein normales Leben zurückkehren.
Sie ist direkt froh darüber, wenn ihr Fieber ein wenig steigt und wenn man ihr sagt, sie müsse aber nun wirklich liegenbleiben und die Schneiderei lassen.
Sie wird zweimal von Jacob besucht, den sie mit höflicher Distanz empfängt; wenn er wieder abreist, ist sie froh. Es ist Madlon, die sie eines Tages sehr energisch zurückholt in das wirkliche Leben.
Die kleine Susanne, so hat der hinzugezogene Kinderarzt vorgeschlagen, sei aufs erste am besten in einem Säuglingsheim im Allgäu untergebracht, das auf solche Fälle spezialisiert sei. Dort könne man beobachten, ob sie gesund sei oder im Mutterleib von der Krankheit angesteckt wurde.
Susanne Moosbacher wird erst als Einjährige nach Bad Schachen kommen, ein immer noch zartes, aber hübsches, blondes Kind, ohne eine Spur der schrecklichen Krankheit in sich. Ihre Mutter Jeannette wird sie niemals kennenlernen, aber ihr Vater, Jacob Goltz, wird sie zärtlich lieben, Tante Lydia wird während der letzten Jahre ihres Lebens Großmutterglück er-

leben, und Hilaria, tüchtig, kompetent, unermüdlich, wird ihr drei Mütter auf einmal ersetzen.
Unruhig wird das Leben nur für Clarissa. Denn auf einmal ist jeder der Meinung, daß sie, und nur sie, alle Dinge richtig erledigen kann. Sie hat Jeannette gemeinsam mit Jacob in den Schwarzwald gebracht und dort etabliert, sie ist mit in dem Säuglingsheim im Allgäu gewesen, und sie hält zu beiden Heimen ständige Verbindung. Außerdem muß sie ja auch weiterstudieren.
Im November taucht wieder einmal Jacob für einige Tage in München auf, nur aus dem einzigen Grund, um bei ihr zu sein. Viel Zeit hat sie nicht für ihn, er wartet geduldig in ihrer hübschen kleinen Wohnung auf sie oder streift durch München; nachts schlafen sie zusammen.
Einmal sagt er, mit einem deutlichen Hintergedanken: »Wenn du ein Kind bekommst, dann müßtest du dein Studium aufgeben und mich heiraten.«
»Sei ganz beruhigt, ich kann schon auf mich aufpassen. Und selbst wenn ich dich heirate, ich werde mein Studium nicht aufgeben. Ich führe zu Ende, was ich begonnen habe. Über eines mußt du dir klar sein: mein Beruf ist mir genauso wichtig wie du.«
Das muß Jacob erst einmal schlucken. So hat noch keine Frau mit ihm gesprochen. Aber es ist auch ein Ansporn. Wenn sie tüchtig ist, will er es auch sein. Felix kann sich über seinen Partner nicht beklagen. Trotz der immer schwieriger werdenden Wirtschaftslage reüssiert die Baufirma.
Es ist ja immer noch eine gottgesegnete Ecke des Deutschen Reiches, man merkt hier relativ wenig von den Macht- und Parteikämpfen, die die Republik erschüttern und sie schließlich zerstören werden. Es gibt auch Arbeitslose, gewiß, aber sie sind keinem Elend ausgeliefert, das Land ist fruchtbar, die Menschen kennen einander, und die nahen Grenzen, vor allem die nahe Schweiz, sorgen für eine gewisse Weltoffenheit.
»Ich hab mich mal so umgehört«, sagt Felix einmal. »Nazis haben wir nicht viel in der Gegend. Auch mit Kommunisten sind wir arm dran. Ein paar unzufriedene Bauern, die meist

selbst daran schuld sind, wenn der Laden nicht klappt, ein paar Großmäuler in der Stadt und dann so ein paar verbohrte Ideologen, die am liebsten die ganze Welt umkrempeln möchten, so als l'art pour l'art. Das können wir leicht verkraften.«
Wie wird er sich täuschen! Das ist alles noch vor der Weltwirtschaftskrise, bis dahin bleiben ihnen nicht einmal mehr zwei Jahre, dann wird sich vieles ändern.
Ruhig und friedlich geht auch das Jahr 1927 für Jona und Rudolf zu Ende. Er ist wieder gesund, er wird kräftiger und kann wieder arbeiten. Die Narben schmerzen manchmal, genau wie ihr Rücken und ihre Knie, auf dem Hof ist alles in Ordnung, nur Bassy ist in diesem Herbst gestorben. Manchmal geht Rudolf zur Jagd, er schießt einen Hasen, einen Fasan, natürlich auch für Flora und Kilian. Die Tage sind kurz geworden, die Nächte lang und dunkel, sie liegen nebeneinander, Jonas Kopf an seiner Schulter, er hält sie liebevoll im Arm, sie sind glücklich wie ein junges Liebespaar. Oder glücklicher sogar. Weil der Weg so lang war, der hinter ihnen liegt, und der Weg, der noch bleibt, kurz sein wird.
Jona weiß Bescheid über alles, was sich in Bad Schachen zugetragen hat. Mag es auch traurig sein, daß Jeannette krank ist, so findet es Jona ganz befriedigend, daß Jacob sie erst einmal los ist. »Was wird sein, wenn man sie als geheilt entläßt?« fragt sie ihren Sohn.
»Keine Ahnung. Wir können sie ja nicht mitten im Schwarzwald stehenlassen. Aber das dauert sicher noch eine Weile.«
»Und dann kommt sie wieder zu dir?«
»Ich möchte Clarissa heiraten.«
Das spricht er zum erstenmal aus, es ist schon Anfang Dezember, und Jona ist verblüfft.
»Du machst mir Spaß. Von einer Frau zur anderen. Wie denkst du dir das eigentlich?«
»Ich wünsche mir keine andere Frau mehr, nur Clarissa.«
»Erst mal abwarten«, antwortet Jona trocken.
Sie kennt diese Clarissa kaum, eigentlich nur als sehr junges Mädchen. »Ich denke, sie wird Ärztin.«
»Das wird sie auch. Meinetwegen gibt sie das nicht auf.«

»Und Madlon? Du betrachtest sie also nicht mehr als deine Frau.«
Wie könnte er?
Jona betrachtet ihn skeptisch. So ist er eben. Sie wird sich den Kopf darüber nicht mehr zerbrechen. Sie ist alt genug, um endlich in Ruhe ihr eigenes Leben zu leben.
»Ich frage mich nur manchmal, wovon Madlon lebt.«
»Von einem Mann, nehme ich an«, sagt Jona kühl. »Mich würde mehr interessieren, was aus dem Buben geworden ist. Er war so ein nettes Kind. Und ich habe mir damals gewünscht, daß er auf dem Hof aufwächst. Er hat es doch gut hier gehabt. Flora hat auch einen Sohn, er hätte Spielgefährten, wer weiß, wie es ihm jetzt geht.«
Das bringt ihm in Erinnerung, was der Arzt in Aeschach und Clarissa ihm aufgetragen haben: er soll dafür sorgen, daß der Junge untersucht wird.
»Und Clarissa stört es nicht, daß du ein Kind mit Jeannette hast?«
»Nein. Es stört sie nicht. Sie hofft nur, daß das Kind gesund ist. Sie steht ständig in Verbindung mit dem Heim.«
»Und das andere Kind von dir – da in Afrika?«
Er lacht.
»Konstanze von Garsdorf. Den Bildern nach ein reizendes kleines Mädchen. Wie ihre Mama.«
Ja, Mary schreibt wieder. Seit ihr Vater bei ihr ist, scheint sie sehr zufrieden zu sein. Erst recht, da sie wieder heiraten wird; das steht Weihnachten bevor, sie hat es Jacob bereits mitgeteilt. Ein Hofbesitzer aus dem Sudetenland, dem es unter tschechischer Herrschaft nicht mehr gefiel. Marys Vater hatte ihn in Breslau kennengelernt und gleich mitgebracht, weil er sich dachte, Mary könne Hilfe auf der Farm gebrauchen. Von Georgie ist sie seit einiger Zeit geschieden. Der neue Mann erweist sich wirklich als tüchtige Arbeitskraft, und Mary braucht einen Mann.
Es wird eine glückliche Ehe, Mary bekommt noch zwei Kinder.
Seine älteste Tochter Konstanze wird Jacob allerdings erst sehr viel später kennenlernen.

Ein unruhiges, ein bewegtes Jahr, dieses Jahr 1927, und es wird, besonders für Madlon, ein trauriges Ende bringen.
Mitte Dezember fährt Jacob ins Allgäu, um einmal nach seiner kleinen Tochter zu sehen. Ihr Zustand ist zufriedenstellend, sie ist zwar immer noch so winzig klein und schwächlich, aber nicht krank.
»Wird sie durchkommen?« fragt Jacob, der eine zärtliche Liebe für das kleine Ding empfindet, überraschend für ihn selbst.
»Aber sicher«, lacht die Säuglingsschwester. »Die päppeln wir schon auf. Jetzt schreit sie sogar manchmal schon, darüber sind wir sehr froh.« Denn anfangs war das Baby stumm, gab kaum einen Laut von sich.
Und weil er nun schon auf dem Weg ist, fährt Jacob weiter nach München, um Clarissa Bericht zu erstatten. Natürlich auch, um wieder einige Tage mit ihr zu verbringen.
»Hast du eigentlich an Madlon geschrieben?« fragt sie am Abend, und sie wird sehr ärgerlich, als sie erfährt, daß er es nicht getan hat.
»Ich verstehe dich nicht. Madlon muß erfahren, was mit Jeannette geschehen ist. Und dann soll doch auch der Junge untersucht werden. Warum hast du das nicht erledigt?«
Unter ihrem strengen Blick wird Jacob verlegen.
»Ich mach's gleich, wenn ich heimkomme.«
»Nein. Wir schreiben sofort. Du kannst mir diktieren.«
Sie setzt sich an ihre kleine Schreibmaschine, und natürlich braucht er nicht zu diktieren, sie formuliert das selber viel besser.
Ähnlich wie der Brief, den Madlon seinerzeit an die unbekannte Nichte in Gent schrieb, macht auch dieser einige Umwege, denn Madlon ist wieder umgezogen, sie bewohnt jetzt ein kleines Zimmer am rechten Rhôneufer. Im Oktober hat sie wirklich eine Anstellung bei der Wirtschaftskonferenz gefunden, nur vorübergehend, und die Tätigkeit ist auch bereits schon wieder beendet. Immerhin mußte sie sich von Ludwig trennen, sie hat ihn bei einer Familie untergebracht, die freundlich und ordentlich erscheint, selbst zwei Kinder besitzt und natürlich auch gutes Geld für die Versorgung ver-

langt. Solange sie arbeitet, sieht sie Ludwig selten. Abends ist sie spät fertig; wenn sie nach ihm schauen will, schläft er meist schon. Sie trifft ihn eigentlich nur am Sonntag.
Jetzt hätte sie wieder mehr Zeit für ihn, sie würde ihn gern mit zu sich nehmen, aber Ludwig ist krank, erkältet, er fiebert und hustet ganz fürchterlich. Sie sitzt am Vormittag einige Zeit an seinem Bett, legt die Hand auf seine heiße Stirn und denkt daran, daß er in wenigen Tagen drei Jahre alt sein wird.
»Könnte ich ihn denn nicht warm einpacken und mitnehmen?« fragt sie, doch die Ersatzmutter weist sie unwirsch zurecht. Das Kind sei noch zu krank, um es aus dem Bett zu nehmen und in der Kälte herumzuschleppen. Sonst wird er Weihnachten noch nicht gesund sein, sagt sie. Madlon muß das einsehen.
Geburtstag, Weihnachten, die Unsicherheit, die auch das neue Jahr für sie bringen wird. Sie macht an diesem Tag die ersten beiden Versuche, den Ring zu verkaufen. Das erste Angebot ist unakzeptabel, auch das zweite wird dem wertvollen Diamanten nicht gerecht.
»Ich werde es mir überlegen«, sagt sie, und der Juwelier verneigt sich höflich und sieht der aparten Frau ein wenig mitleidig nach. Morgen oder übermorgen wird sie wiederkommen.
In ihrem Zimmer findet sie den Brief vor und gerät sofort in Panik.
Tuberkulose. Die Schwindsucht. Sie kennt das gut genug. Darum hustet Ludwig, darum fiebert er so hoch, und sie ist schuld, sie allein. Sie hat ihn heimatlos gemacht, hat ihn ihrem eigenen ruhelosen Leben ausgeliefert, sie ist schuld an seiner Krankheit, sie wird schuld sein an seinem Tod.
Ich würde mein Kind niemals verlassen. Nie. Nie.
Mutterliebe beweist sich vor allem dadurch, daß man seinem Kind Gutes tut. Daß man ihm ein ordentliches, ein geregeltes Leben bietet. Das hat das Kind gehabt, sie hat es ihm genommen.
Alles, alles hat sie falsch gemacht. Sie hat Jacob verlassen, und nun haben alle sie verlassen, auch ihr Glück hat sie verlassen.

Jeannette hat also noch ein Kind bekommen. Jacob, dieser Idiot. Und nun ist sie krank. Und das Kind, das sie geboren hat, auch. Es ist sehr viel auf einmal, was Madlon an diesem Abend hinunterwürgen muß. Erst weint sie, dann betrinkt sie sich.
Am nächsten Tag siegt ihre Vernunft, sie schreibt an Jacob. Ganz jedoch bringt sie es nicht fertig, ihre Niederlage einzugestehen. Sie habe ihre Auswanderung in die Vereinigten Staaten beantragt, schreibt sie, und werde das Kind nicht mitnehmen, das sei unmöglich. Er könne Ludwig also abholen. Und er möchte ihr bitte Jeannettes Adresse mitteilen.
Nun holt sie den Jungen doch, damit sie ihn wenigstens noch eine kleine Weile für sich hat. Sie läßt einen Arzt kommen, der verschreibt Hustensaft, empfiehlt noch für eine Weile Bettruhe, der Husten sei schlimm, aber die Lunge sei nicht angegriffen, er werde le petit garçon noch einmal untersuchen, wenn die Erkältung abgeklungen sei. Und sie solle darauf achten, daß er mehr esse, er sei zu dünn.
Als das Kind am Nachmittag schläft, rast Madlon in die Stadt, und ohne noch eine Minute darüber nachzudenken, verkauft sie den Ring. Milch, Schokolade, Obst, Spielsachen – sie kauft wahllos ein, was sie sieht, dann sitzt sie bei dem Kind und zählt die Stunden, die Minuten, die ihr noch bleiben, bis sie sich von ihm trennen muß. Für immer?
Für immer.
Die Antwort von Jacob kommt postwendend.
Sie erinnere sich doch sicher an Clarissa Lalonge? Die verbringe Weihnachten bei ihren Verwandten in Bern und werde anschließend kommen und Ludwig abholen.
Eine höchst lapidare Mitteilung, die Madlon natürlich erneut in kalte Wut versetzt. Clarissa – die gibt es also immer noch und immer wieder. Noch einmal schmiedet Madlon wilde Pläne. Sie wird die Flucht fortsetzen, sie wird in eine andere Stadt, in ein anderes Land reisen, mit Ludwig, und sie wird nie wieder von sich hören lassen, keiner wird wissen, wo sie sind. Geld hat sie ja jetzt wieder für eine Weile.
Doch ihre Vernunft siegt Es ist sinnlos. Weihnachten also noch, dann ist alles vorbei.

Es war Clarissas Vorschlag, das Kind zu holen.
»Ich kann mir vorstellen, daß dies alles Madlon sehr schwerfällt«, hat sie gesagt, der es ihrerseits nie schwerfällt, sich in die Gefühle anderer Menschen zu versetzen. »Wenn du nach Genf fährst, fürchtest du nicht, daß es höchst dramatisch zugehen wird? Bedenke Madlons Temperament. Ich bin eine neutrale Person für sie. Und wir haben uns damals eigentlich recht gut verstanden. Es sei denn, du hast die Absicht, nicht nur den Jungen, sondern auch Madlon zurückzuholen.«
»Die Absicht habe ich nicht, und das weißt du verdammt genau«, erwidert Jacob verärgert.
»Gut, gut«, lächelt sie, »mach kein Gesicht. Ich werde fahren, und ich werde den Jungen erst einmal zu meinem Cousin nach Bern bringen. Er hat lange in einem Sanatorium in Davos gearbeitet, er ist Spezialist für solche Fälle. Sollte das Kind krank sein, so können wir es gleich in ein Sanatorium bringen, damit es sich nicht noch einmal umgewöhnen muß. Das würde das Kind unnötig überfordern.«
Zwei Tage bleibt Clarissa bei Jacob, ehe sie nach Bern fährt. Davon ist sie nicht abzubringen. Sie habe Weihnachten in den letzten Jahren immer bei ihren Verwandten verbracht, sie sei gern dort, und außerdem sei jedes Gespräch mit ihrem Cousin, dem erfahrenen Arzt, für sie wichtig und wertvoll.
»Und ich?« fragt Jacob gekränkt und verärgert. »Hast du nicht das Gefühl, daß du Weihnachten eigentlich mit mir verbringen müßtest?«
»Nein«, erwidert Clarissa bestimmt. »Du bist nicht allein, du hast deine Tante, du hast deine Freunde, und du wirst sicher auch an einem Feiertag zu deiner Mutter fahren wollen.«
Ist es eine späte Rache für ihren verpatzten Weihnachtsbesuch in Berlin? Keineswegs, so ist Clarissa nicht. Sie tut nur eben immer das, was sie sich vorgenommen hat und was sie für richtig hält. Daran wird Jacob sich gewöhnen müssen.
In Genf macht sie es kurz. Sie bleibt gerade einen Tag, sie ist liebenswürdig und ganz unsentimental, sie versucht, es Madlon leicht zu machen. Sie erzählt von Jeannette und von der kleinen Susanne und daß man sehr froh darüber sei, daß das Baby keinen Krankheitskeim in sich trage.

»Eine gewisse Gefahr besteht dann wieder in der Pubertät«, sagt sie sachlich. »Man muß das abwarten, aber wir sind gewarnt und werden es gut beobachten.«
Wir, hat sie gesagt. Madlon hat es wohl gehört. Hat sie also doch gesiegt, diese hinterhältige kleine Katze, die ihr damals schon Jacob wegnehmen wollte. Der Haß, den Madlon empfindet, auf Clarissa, auf Jacob, überdeckt ihren Kummer. Dennoch ist es der schwärzeste Tag ihres Lebens, als sie auf dem Bahnsteig steht und auf die Abfahrt des Zuges wartet. Diesmal weint sie nicht, sie ist sorgfältig geschminkt, sie trägt einen Pelzmantel, ihr Blick ist kalt. Keiner soll ihr anmerken, wie ihr zumute ist, schon gar nicht diese geschmeidige, geschickte Clarissa. Und das Kind? Mein Gott, der Junge ist drei Jahre alt, er kann sich so wenig wehren, wie er versteht, was mit ihm geschieht.
Clarissa ist freundlich zu ihm gewesen, hat aber gar nicht erst versucht, die liebe Tante zu spielen. Sie hat gleich gesehen, daß der Junge schlecht aussieht, daß er zu dünn ist, auch daß er scheu und ängstlich ist ihr gegenüber. Als der Zug anfährt und die Augen des Kindes mit verständnisloser Frage an Madlon hängen, die draußen steht und nicht einmal die Hand hebt, um zu winken, legt Clarissa leicht den Arm um ihn. »Wir machen jetzt eine schöne Reise«, sagt sie. »Zu Onkel Hubert und Tante Claire. Da wird es dir bestimmt gefallen.« Und dann? Wo soll er dann eigentlich hin?
Diese Frage kann selbst die kluge Clarissa nicht beantworten. Soll er bei Jacob bleiben, soll er wieder zu Jona? Will Jona dieses Kind überhaupt noch, das sie ja im Grunde nichts angeht? Es ist ein Augenblick der Versuchung für Clarissa.
Sie liebt Jacob. Hier ist dieses Kind, in dem Heim im Allgäu ist das andere Kind, Ludwigs kleine Schwester. Wenn sie ihr Studium abbricht, wartet dennoch ein erfülltes Leben auf sie.
Aber so leicht ist Clarissa Lalonge nicht in Versuchung zu führen. Was sie begonnen hat, wird sie vollenden. Sie wird sogar im kommenden Jahr mit Sauerbruch nach Berlin gehen, sie wird in der II. Chirurgischen der Charité ihre klinischen Semester absolvieren, und Jacob wird es das erste Mal in sei-

nem Leben lernen müssen, auf eine Frau zu warten. Es wird ihm nicht schlecht bekommen, und es wird seine Liebe zu Clarissa festigen und beständig machen.

Und ich? Und ich? denkt Madlon, nachdem der Zug abgefahren ist. Da steht sie, mit leeren Händen und verzweifeltem Herzen, und nicht einmal Gott kann sie dafür verantwortlich machen, was mit ihr geschehen ist, sie hat ihr Leben selbst zerstört. Sie läuft durch die Stadt, sie steht am See, sie starrt auf die schneebedeckten Berge drüben – und ihre Verzweiflung verwandelt sich in wilden Trotz. Nun gerade nicht, nun gerade nicht, sie wird etwas tun, irgend etwas wird sie unternehmen, sie wird neu beginnen. Wie, was und wo, das weiß sie nicht. Aber sie wird etwas tun. Sie hat Geld für einige Zeit, die Welt ist groß.
Gott ist mit den Starken, mit den Mutigen, die sich selbst nicht aufgeben. Madlon hat es immer irgendwie geschafft, sie schafft es auch diesmal.
Während ihrer kurzen Tätigkeit bei der Wirtschaftskonferenz hat sie George Malcolm kennengelernt, dem sie ausnehmend gut gefiel. Und Malcolm erinnert sich an sie, als Armand Delcroix das Haus in Pregny kauft.
Malcolm, der eng mit Sir Eric Drummond, dem Generalsekretär des Völkerbundes, zusammenarbeitet, kennt Gott und die Welt, jedenfalls soweit es den Völkerbund betrifft. Er kennt auch Delcroix.
Armand Delcroix lebt in Paris, wo man 1925 das Internationale Institut für geistige Zusammenarbeit gegründet hat, das dem Völkerbund angeschlossen ist. Delcroix, ein reicher, unabhängiger Mann, wird dem Institut hinfort seine Zeit und Arbeitskraft widmen. Er hat oft in Genf zu tun, das Wohnen in den meist überbelegten Hotels behagt ihm nicht, darum kauft er das Haus. Aber es muß jemand dasein, der das Haus in Pregny führt, wenn er da ist, und erst recht, wenn er nicht da ist. Malcolm macht ihn mit Madeleine Caron bekannt. Keiner nennt sie von nun an mehr Madlon.
Delcroix ist achtundfünfzig, lebenserfahren, klug, gesellig, und er ist seit zwei Jahren Witwer.

Es dauert nicht einmal ein Jahr, da weiß Delcroix, daß er diese charmante, selbstsichere Madeleine nicht mehr entbehren möchte, weder in Paris noch in Genf. Sie heiraten Ende des Jahres 1928, der Name Goltz wird nicht erwähnt. Kinder übrigens bekommt Madeleine nun auch, denn Delcroix hat zwei Söhne, siebzehn und zwölf, und eine Tochter, Charlène, die vierzehn ist. Wohlerzogene, sympathische Kinder, mit denen sich Madeleine großartig versteht. Die Söhne besuchen ein Lycée in Paris, Charlène ist in einer Klosterschule.
Madeleine Delcroix führt ein Haus in Paris, ein Haus in Genf, sie hat ausreichend Personal, sie fährt einen eigenen Hispano Suiza, und das meist in rasantem Tempo, man schätzt sie als Gastgeberin und Gesprächspartnerin, sie beherrscht drei Sprachen mühelos. Die Ehe ist eine Ehe, keine Stürme der Leidenschaft, aber eine freundliche, ehrliche Bindung.
An den Bodensee kommt Madeleine Delcroix nie wieder. Einmal, im Jahr 1931, sie hält sich in Zürich auf, erinnert sie sich an einen alten Freund – Kosarcz. Er kam damals aus Zürich nach Konstanz, er wohnte im Inselhotel, er sagte: der Weg ist nicht weit von einem See zum anderen.
Sie fährt diesen Weg nicht. Obwohl sie sich damals so sehr gewünscht hat, einmal im Inselhotel zu wohnen. Aber es ist nicht gut, die Vergangenheit zu beschwören, sie will auch Jacob Goltz nicht wiedersehen.
Sie hat einige Briefe mit ihm gewechselt, damals, als sie ihre Nichte Jeannette zu sich nahm.
Das war noch, ehe sie verheiratet war, doch als sie bereits wußte, daß sie Delcroix heiraten würde. Sie holte Jeannette aus der Heilstätte im Schwarzwald, worüber Jeannette keineswegs entzückt war, denn sie fühlte sich dort sehr wohl. Krank war sie nicht mehr, äußerstenfalls noch ein wenig anfällig. Kein Vergleich mit dem Schicksal ihrer Schwester Suzanne. Man hätte sie längst entlassen, aber sie weigerte sich, zu Jacob zurückzukehren. Sie lebte in einer so friedlichen Welt, alle waren nett zu ihr, die Ärzte, die Schwestern, die anderen Patienten, alle sagten ihr, wie hübsch sie sei, wie charmant, wie entzückend die Kleider, die sie mit flinken Händen zau-

bert, für jede, die eins haben möchte – ein Leben, das ihr behagt hat.
Madeleine holt sie energisch aus diesem Leben heraus, bringt sie nach Pregny, später auch nach Paris, doch Jeannette gefällt es in Genf besser. Wenn die Delcroix in Paris sind, lebt sie allein in dem hübschen Haus, sie wird versorgt, sie hat Gesellschaft genug, es sind immer Männer da, die sie bewundern, die sie ausführen, für die sie die eleganten Kleider anziehen kann, die sie in den Modesalons in Genf kauft. Madeleine macht einige Male den Versuch, sie zu verheiraten, denn inzwischen ist Jeannette von Rudolf Moosbacher geschieden, auch das hat Madeleine sofort veranlaßt; aber Jeannette will nicht heiraten, sie will ihr Leben lieber weiterhin so verspielt vertrödeln.
Doch dann geschieht etwas Unerwartetes. Jeannette ist neunundzwanzig, als ein Mann in ihrem Leben auftaucht, der sie mit stürmischem Elan aus ihrer Lethargie reißt. Beato heißt er, ein Italiener, ein schöner, schwarzhaariger Faschist, ein naher Freund Mussolinis, der schon bei dem Marsch auf Rom dabei war.
Für Beato ist dieser zarte blonde Engel die Erfüllung aller Träume. Seiner leidenschaftlichen, überwältigenden Liebe kann Jeannette nicht widerstehen. So viele Jahre hat kein Mann sie mehr berührt, aber jetzt wird sie mitgerissen, fortgerissen, er wirbt um sie, wie es nur ein Südländer kann, und Jeannette ergibt sich.
Madeleine kann gegen diese Verbindung nichts einwenden: der Mann sieht fabelhaft aus, er ist reich und mächtig, er wird Jeannette auf Händen tragen.
Jeannette Moosbacher, geborene Vallin, heiratet und wohnt fortan in Rom oder auf dem Landsitz ihres Mannes in der Emilia oder auf seinem Weingut in der Toskana. Sie braucht keinen Finger mehr zu rühren, ein Wink, ein Blick, dienstbare Geister sind überall zur Stelle.
Nach einem Jahr bekommt sie ein Kind, in der Art, wie sie immer Kinder bekommen hat, aber das macht nichts; Beato, der sie abgöttisch liebt, erträgt jede Laune von ihr, er läßt sie dahin und dorthin fahren, wo sie sich gerade aufhalten möch-

te, er überschüttet sie mit Geschenken, mit Schmuck, mit kostbaren Pelzen. Auch der Duce findet sie bezaubernd, immer sind Männer da, die sie bewundern, die sie bestaunen.
Sie bekommt noch ein Kind, danach kränkelt sie ein wenig, aber nicht ernsthaft. Beato ersteht ein Haus in den Alpen hinter der Riviera, damit sie Höhenluft und Sonne haben kann. Blond, süß, manchmal ein wenig leidend und nörglig, lebt sie ein vollendetes Luxusleben. Nach ihrem Sohn Ludwig, nach ihrer Tochter Susanne fragt sie nie.
Im Juni des Jahres 1934 besucht Madeleine Delcroix ihre Nichte Jeannette in ihrem Alpensitz, hoch über dem blauen Mittelmeer. Beato ist gerade in Venedig, wo ein Treffen zwischen Mussolini und Adolf Hitler stattfindet, der nun das Deutsche Reich regiert. Übrigens ist Deutschland inzwischen aus dem Völkerbund ausgetreten.
Madeleine findet ihre Nichte wohlauf und zufrieden vor, sie ist so, wie sie immer war. Mit den Kindern hat sie weder Mühe noch Arbeit, die werden vom Personal versorgt. Jeannette liegt in einem bequemen Liegestuhl, oder sie sitzt, einen weißen Strohhut auf dem Kopf, in einem weißen Sessel, sie hat sich überhaupt nicht verändert, sie ist alterslos, weil nichts sie berührt und nichts sie bewegt.
»Mon dieu«, sagt Madeleine einmal versonnen, »vier Kinder hast du geboren. Was für eine Verschwendung!«
»Comment?« fragt Jeannette, die zwar inzwischen einigermaßen Italienisch gelernt hat, aber immer noch am liebsten Französisch spricht.
Auf der Fahrt nach Frankreich, Madeleine ist mit ihrem Mann in Nizza verabredet, auf der Küstenstraße zwischen San Remo und Ventimiglia, überholt Madeleine, die wie immer zu schnell fährt, vor einer Kurve einen Lastwagen, und aus der Kurve kommt ihr ein Omnibus entgegen, dem sie nicht mehr ausweichen kann. Ihr Wagen rast über die Böschung in den Abgrund und überschlägt sich einige Male. Sie ist sofort tot.

Die Jahre sind auch am Bodensee vergangen, kleine und große Ereignisse, das Heranwachsen der Kinder, nicht zu verges-

sen die Seegfrörne im Winter 1929, das erste Mal seit dem Jahr 1880, daß der See von einem Ende zum anderen zugefriert, daß man von Deutschland nach der Schweiz zu Fuß gehen kann, wem der Weg nicht zu weit ist; man kann mit einer Pferdekutsche hinüberfahren und nun auch mit einem Automobil.
In diesem Jahr übrigens erlangen die Nationalsozialisten in Lindau bei den Stadtratswahlen immerhin 141 Stimmen. Das ist nicht allzuviel, gemessen an dem, was draußen im Reich geschieht. Für einen Sitz im Stadtrat langt es sowieso nicht.
Im Herbst dann der große Börsenkrach, der Beginn der Wirtschaftskrise, das rapide Ansteigen der Arbeitslosigkeit. 1931 jedoch errichtet man das schöne, moderne Bismarckdenkmal auf dem Hoyerberg, oberhalb von Bad Schachen, ein großes Fest für Land und Leute, auch wenn die Sorgen stetig ansteigen, was Felix und Jacob geschäftlich sehr wohl bemerken. Aber in Konstanz sitzt immer noch der schlaue Bernhard Bornemann mit den Konten in der Schweiz; ein beruhigendes Gefühl in dieser Zeit der Not.
1932 wählt man den alten Feldmarschall Hindenburg zum zweitenmal zum Reichspräsidenten. Kandidiert hat außerdem Adolf Hitler, der immerhin die Hälfte der Stimmen erhält. Kandidieren konnte er, der Österreicher, nur, weil man ihn in Braunschweig flugs zum Oberregierungsrat und damit zum deutschen Staatsangehörigen gemacht hat.
Das sind so die Kleinigkeiten im politischen Leben, die dem sogenannten kleinen Mann zumeist gar nicht auffallen.
Im Juli hält Hitler eine Rede in Lindau, und im November bei den nächsten Reichstagswahlen sind die Nationalsozialisten die stärkste Partei in Lindau geworden.
Die Weimarer Republik dämmert ihrem Ende entgegen.

1938 lernt Jacob endlich seine älteste Tochter Konstanze kennen. Mary und ihr Mann kommen doch wirklich und wahrhaftig zum Reichsparteitag nach Nürnberg. Anschließend machen sie einen Besuch am Bodensee. Mary ist noch derselbe Wirbelwind, hübsch, lebhaft, voller Tatendrang.

»Wir wollten das alles einmal sehen, man hört so viel davon. Das ist ja fabelhaft, was die da in Nürnberg machen. Ein toller Mann, dieser Hitler. Was man dort für Gefühle kriegt – seid umschlungen, Millionen! diesen Kuß der ganzen Welt!« –, mit Schiller lebt sie offenbar immer noch auf vertrautem Fuß. »Was der wieder aus Deutschland gemacht hat! Einmalig!«

»Na ja«, sagt Jacob.

Kann er sich beklagen? Es geht ihm gut, er ist wohlhabend, er lebt total unbehelligt. Er ist zwar nicht in der Partei, sowenig wie Felix, aber sie haben natürlich gute Beziehungen zu den Behörden und zu den führenden Leuten in Stadt und Land, das gehört zum Geschäft. Das Geschäft blüht, die Leute bauen wie verrückt.

Konstanze ist zwölfeinhalb, ein hübsches, offenherziges Mädchen, sie hat Marys braunes Haar und Jacobs helle Augen. Daß er ihr Vater ist, weiß sie. Mary hat ihr das nicht verschwiegen. Und sie findet es aufregend, ihn kennenzulernen. Und neue Geschwister dazu.

»Prima ist das«, sagt sie. »Zu Hause sind wir drei, und hier sind es auch drei.«

Susanne ist fast elf, zart, blond, Jeannette sehr ähnlich, ein wenig scheu und schüchtern. Clarissa wird von ihr heiß geliebt, ebenso die kleine Schwester Liliane, die in diesem Jahr vier geworden ist.

»Beim Zeus«, sagt Mary, »drei Töchter und jede von einer anderen Frau. Du bist ein Ungeheuer, Jacob.«

»Einen Sohn haben wir schließlich auch«, meint Jacob und legt den Arm um Ludwigs Schulter. Ihn hat Konstanze ganz selbstverständlich mitgerechnet, als sie von drei Kindern sprach. Ludwig Moosbacher, groß und kräftig, gesundes flämisches Blut in den Adern, kein Mensch muß sich Sorgen machen um seine Lunge.

»Vielleicht bekommen wir noch einen Sohn dazu.« Clarissa lächelt, sie ist im dritten Monat und wünscht sich einen Sohn, nicht so sehr für sich als für Jacob. Er muß endlich einen eigenen Sohn haben, das hat sie sich vorgenommen.

Ludwig Moosbacher wohnt bei ihnen und geht in Lindau

aufs Gymnasium. Was seine Zukunft betrifft, hat er sich schon festgelegt. Er will Bauer werden, er wird den Hof übernehmen. Alle Ferien verbringt er bei Jona, jedes zweite Wochenende setzt er sich in den Zug nach Markdorf. Er hat schon viel gelernt.

»Er wird in Weihenstephan studieren«, sagt Jacob stolz. Clarissa lächelt und widerspricht ihm nicht, aber sie ist der Meinung, daß Ludwig nicht studieren soll. Das würde zu lange dauern. Jona braucht ihn, und sie braucht ihn bald. Vor einem Jahr ist Rudolf gestorben, sehr plötzlich an einem Herzschlag, und nun ist Jona sehr einsam.

Clarissa und Mary verstehen sich ausgezeichnet. Es ist ohnedies immer viel Leben in diesem Haus, aber während Marys Anwesenheit ist es turbulent. Es ist ihr erster Besuch in Deutschland nach so langer Zeit, sie will alles wissen und erfahren. Anschließend werden die Afrikaner nach Berlin fahren; Mary will ihre Schwester Julia besuchen, inzwischen von ihrem jüdischen Mann geschieden, und ihren Bruder Andreas, Redakteur beim *Völkischen Beobachter*.

»Ein bißchen lebt ihr hier ja wohl hinter dem Mond«, sagt sie mit einem schrägen Blick auf den Bodensee, ausgerechnet sie sagt das, die in so weiter Ferne, hinter dem großen Meer, hinter der endlosen Wüste lebt. »Schön ist es schon, aber ziemlich abseits, nicht? Wenn ich denke, was in Nürnberg alles los war. Diese Menschenmassen. Man hat kaum Luft bekommen.«

»Geschmackssache«, meint Jacob.

Clarissa hat die Praxis im Haus, weswegen Felix noch einmal umbauen mußte, die Wohnräume sind nun alle oben, unten ist die Ordination, zwei Wartezimmer, ein Behandlungsraum, ausgestattet mit modernsten Geräten, ein Labor. Clarissa hat ständig eine volle Praxis, sie ist eine sehr beliebte Ärztin, sogar aus Lindau kommen Patienten zu ihr heraus.

Tante Lydia lebt nicht mehr, aber Benedikt ist noch da, inzwischen von Clarissa mit einer erstklassigen Prothese versorgt. Er macht sich noch immer nützlich, so gut er kann. Über Hilaria zu sprechen, erübrigt sich. Sie wird niemals alt, niemals müde. Praxis, Haushalt, die Frau Doktor, der Haus-

herr, die Kinder, alles gedeiht in ihren Händen auf das beste, sie ist unermüdlich, auch unersättlich, sie freut sich auf das neue Kind, das im nächsten Jahr geboren wird.
1938 – es geht ihnen wirklich gut. Sie leben in einem gottgesegneten Winkel dieser Erde. Der Krieg ist lange vorbei, selbst Jacob spricht nur selten von seinen Heldentaten. Nur wenn gelegentlich aus dem Volksempfänger eine Rede tönt – Schmach und Schande des Vaterlandes, das Unrecht der Niederlage, die Kriegsschuldlüge –, dann grinst Jacob und sagt: »Ich weiß gar nicht, was der will. *Wir* haben den Krieg nicht verloren in Deutsch-Ost. Und Lettow-Vorbeck ist hoch zu Roß im Jahr 1919 durch das Brandenburger Tor in Berlin eingezogen. Mir braucht keiner was zu erzählen.«

Konstanze hat einen großen Wunsch. Sie möchte gern die Stadt kennenlernen, nach der sie genannt ist. Also fährt Jacob an einem schönen Tag Anfang September mit seiner Tochter nach Konstanz. Mary und ihr Mann kommen nicht mit, sie wollen sich ein wenig ausruhen, ehe sie nach Berlin aufbrechen.
Jacob läßt sich Zeit, in Wasserburg waren sie schon, nun fährt er mit dem Mädchen nach Langenargen hinein, zeigt ihr das Schloß Montfort, das so stolz über dem See thront. In Friedrichshafen erzählt er ihr einiges über den Grafen Zeppelin, in Meersburg besichtigen sie die Stadt, die Burg und das Schloß, das Fürstenhäusle der Annette. Jacob überlegt, ob er zu Jona fahren soll. Doch es wird dann sehr spät an diesem Tag. Vielleicht auf dem Rückweg.
Sie fahren mit der Fähre hinüber nach Konstanz, und dann sind sie also in der Stadt seiner Herkunft, seiner Jugend.
Vor dem Münster bleibt sie lange staunend stehen.
»Was für ein seltsamer Turm«, sagt sie. »So etwas habe ich noch nie gesehen.« Und fügt sogleich hinzu: »Aber ich habe ja überhaupt noch nicht viel von der Welt gesehen. Gerade jetzt auf dieser Reise.«
Jacob beginnt: »Konstanz war einmal eine sehr mächtige Stadt im Mittelalter. Eine Freie Reichsstadt. Und vor allem fand hier das Konzil statt...«

»Hm, ich weiß«, unterbricht ihn seine Tochter. »1414 bis 1418.«
»Das weißt du?«
»Natürlich. Das habe ich in der Schule gelernt. Und ich habe alles gelesen über Konstanz, was ich kriegen konnte. Es ist doch meine Stadt, nicht wahr?«
Jacob ist gerührt.
»Es ist so schön hier«, sagt sie. »Viel schöner als bei uns. Meinst du, ich kann später zu dir kommen? Ich meine, wenn ich groß bin? Ich möchte gern in Deutschland studieren.«
»So! Studieren willst du? Was denn?«
»Ach, ich weiß noch nicht. Irgend etwas mit Geschichte oder so. Ich möchte alles wissen, was in diesem Land passiert ist. Es ist ja eigentlich mein Vaterland, nicht wahr? Mutti kommt von hier und du auch.« Sie sieht ihn vertrauensvoll an mit diesen hellen, klaren Augen, und er sagt: »Ich werde mich freuen, wenn du kommst. Allerdings, wenn du studieren willst, mußt du das woanders tun. Eine Universität haben wir hier nicht.«
Sie lacht fröhlich. »Vielleicht gibt es eines Tages doch eine. In Deutschland sind sie ja so klug. Das sagt Mutti auch immer.«
Jacob wiegt unschlüssig den Kopf. »Na ja, hoffen wir, daß du recht hast. Aber wenn du dich für Geschichte interessierst, mußt du unbedingt den Kreuzgang im Inselhotel anschauen.«
Sie steht staunend vor jedem Wandgemälde, und Jacob, der lange nicht mehr hier war, sieht alles neu, mit ihren Augen. Am meisten imponieren ihr der Besuch Karls des Großen und seiner Gemahlin Hildegard, wie sie stolz auf dem Thron sitzen, selbst der Bischof sitzt ein wenig tiefer. Und dann der arme Hus, wie er gefangen ist im Inselturm.
»Und dann haben sie ihn verbrannt«, flüstert sie bewegt.
»Ja«, sagt er, »trotz aller Frömmigkeit waren es barbarische Zeiten.«
Und heute, wie friedlich und freundlich ist die Welt von heute? Jacob lebt zwar am Bodensee, aber nicht auf dem Mond. Er weiß, daß in diesem wundervollen Deutschland, das sie so

preist, auch heute viele Menschen in Gefangenschaft leben, an Leib und Leben bedroht sind, zu Unrecht sterben müssen, genau wie damals der arme Hus. Das weiß Jacob. Davon spricht er manchmal mit Clarissa, mit Felix. Nein, hinter dem Mond leben sie hier keineswegs.
Ein Erfolg bei Konstanze ist natürlich auch der Besuch von Kaiser Wilhelm im Jahr 1888. »Der ist schön«, sagt sie bewundernd. »Dieser Helm – einfach toll.«
»Na ja«, meint Jacob und betrachtet den Kaiser, für den er in den Krieg ziehen mußte, mit recht gemischten Gefühlen. Passiert nicht immer wieder das gleiche auf dieser Erde?
Aber Konstanze ist ein Kind, er denkt nicht daran, ihr den Spaß zu verderben.
Schließlich betritt Konstanze voll Andacht das Haus, in dem ihr Vater geboren wurde. Der Empfang ist herzlich. Imma ist ziemlich in die Breite gegangen, aber genauso lieb und auch genauso schusselig, wie sie immer war. Bernhard Bornemann hingegen hat sich sehr zu seinem Vorteil verändert. Er ist eine Persönlichkeit geworden, klug, besonnen, hochgeachtet in der Stadt, und obwohl er einige wichtige Ämter innehat, so hat er es doch geschickt verstanden, sich dem Parteiapparat der Nationalsozialisten nicht einverleiben zu lassen. Er ist ein so gerissener Jurist, daß er immer einen Ausweg findet und eine Volte schlagen kann, das macht ihn unantastbar. Das wissen auch seine Klienten. Schwierige, fast hoffnungslose Fälle auch politischer Art landen bei ihm, und seinen Finessen sind nicht einmal die Nazis gewachsen. Kommt dazu, daß er nach wie vor beste Beziehungen zur Schweiz hat, woraus er auch gar keinen Hehl macht. Dies umgibt ihn wie eine unsichtbare Schutzmauer. Das Verhältnis zwischen ihm und Jacob ist das allerbeste, sie schätzen einander und verstehen sich ausgezeichnet.
Von den Kindern ist nur noch der jüngste Sohn im Haus, er ist etwa im gleichen Alter wie Konstanze. Eva ist verheiratet und lebt in Zürich, auch daran ist Bernhard nicht unbeteiligt, er hat diese Ehe gestiftet, die übrigens sehr gut ist. Konrad, der ältere Sohn, studiert Jura im dritten Semester, er wird die Familientradition fortsetzen.

Einen Besuch bei seiner Schwester Agathe hat Jacob nicht eingeplant. Erstens wären es zu viel der Eindrücke für das kleine Mädchen, und zweitens ist seine Beziehung zu Agathe etwas unterkühlt. Sie kann ihm nie verzeihen, daß er Clarissa schließlich doch bekommen hat. Und Clarissa gehört auch immer noch die Hälfte der Fabrik, und die geht sehr gut, seit die wirtschaftliche Not zu Ende ist. Clarissa war, zu allen ihren sonstigen Vorzügen, auch noch eine gute Partie. Darüber kommt Agathe nicht so leicht hinweg.
Ganz abgesehen von dem Ärger, den sie mit ihrer Tochter Hortense hat. Die ist schon zweimal geschieden, sie ist wirklich Schauspielerin geworden, sie lebt in Berlin und hat schon drei Filme bei der Ufa gedreht. Und mag das auch in der heutigen Zeit ein höchst achtbarer Beruf sein, nicht für Agathe. Sie dreht den Kopf weg, wenn sie durch die Stadt geht und ihr von einem Plakat das Gesicht ihrer Tochter entgegenlächelt.
Sie übernachten im Haus am Münsterplatz. Schon beim Abendessen sind Konstanze die Augen fast zugefallen, so viel hat sie heute gesehen, so viel hat sie bewegt.
Am nächsten Tag besuchen sie Jona, denn Jacob möchte ihr ja gern dieses Mädchen zeigen.
»Das ist meine Tochter Konstanze«, verkündet er mit einem gewissen Stolz
Konstanze ist eingeschüchtert, sie macht einen tiefen Knicks vor diesem strengen Gesicht über dem schwarzen Kleid.
»Deine Tochter Konstanze, so«, sagt Jona. Sie lächelt nicht. Sie ist müde, sie ist alt. Jacobs Töchter interessieren sie nicht allzusehr, sie hat Enkelkinder genug. Sie wartet nur auf Ludwig Moosbacher, er wird auf den Hof kommen, er wird ihr Erbe sein, zusammen mit Floras Sohn. Die Kinder, die hier geboren wurden und die sie liebt.
Sie hat ihr Testament noch einmal geändert, diesmal sogar mit Assistenz von Bernhard Bornemann und mit seiner vollen Zustimmung. Was zusätzlich beweist, wie sehr Bernhard Bornemann sich verändert hat im Laufe dieser Jahre, angesichts der Zustände in diesem Land.
Jacob zeigt Konstanze den Hof, die Ställe, doch allzusehr im-

ponieren kann ihr das nun gerade nicht. Sie ist von zu Hause her andere Dimensionen gewöhnt. Ein Bauernhof im Hinterland des Bodensees, und sei er noch so stattlich, ist, verglichen mit der Farm in Südwestafrika, eine bescheidene Angelegenheit.
Am nächsten Tag reisen die Afrikaner ab, Richtung Berlin.
»Ich komme bestimmt«, flüstert Konstanze ihrem Vater beim Abschied zu. »Sobald ich mit der Schule fertig bin, komme ich. Ich freue mich schon darauf.«
»Ich auch«, antwortet Jacob und küßt sie liebevoll. Mary lächelt wohlgefällig.

Jona wartet vergeblich auf Ludwig Moosbacher. Hitlers Krieg wird ihn ihr nehmen. Der Sohn eines Flamen und einer Wallonin fällt im Januar 1944 am Ilmensee. Daß er auf dem Papier der Sohn von Rudolf Moosbacher ist, der Sohn eines Östereichers, bedeutet auch, daß er für Hitlers Großdeutsches Reich kämpfen muß – kämpfen und sterben. Jona ist zweiundachtzig, als sie sich endlich beugen muß. Kein Erbe für den Hof – es gibt keinen Hundigerhof mehr, keinen Meinhardthof, es wird keinen Moosbacherhof geben. Sie allein ist übriggeblieben, sie hat Kinder, sie hat Enkel, doch keinen Erben für den Hof.
Sie stirbt noch während des Krieges, vor Kummer, vor Gram, alt geworden und sehr allein.
Sie stirbt auch allein. An einem Sonntag im Mai des Jahres 1944. Flora ist in der Kirche, wo eine Messe für Kilian gelesen wird, den das Inferno von Stalingrad verschlungen hat. Ihr Sohn kam zum Arbeitsdienst, war bei Ausgrabungen in dem bombengeschädigten Berlin eingesetzt und wurde dann selbst verschüttet.
Kein Erbe für den Hof.
Jona in ihrem Sessel, geplagt von Rheuma, fast unbeweglich, wehrt sich nicht gegen den Tod, sie hat auf ihn gewartet. Und es ist gut, daß sie allein ist. Es gibt nur noch einen, mit dem sie sprechen will.
Du hast mich bestraft, ich nehme die Strafe an. Aber warum hast du die bestraft, die ohne Schuld sind? Schuldlos waren

die Kinder, die hier geboren wurden. Warum peinigst du mich damit, daß sie für meine Schuld mitbezahlen müssen? Weil du weißt, daß dies die größte Strafe für mich ist. Vater unser im Himmel, warum bist du so hart? Du solltest mir ja nicht verzeihen, alle Qual wollte ich erdulden, ich! Ist es nun Strafe genug, nachdem die Unschuldigen gestorben sind, haben sie meine Schuld mitbezahlt? Ist es nun genug der Strafe, Vater im Himmel?
Vater?
Sie liegt tot im Sessel, als Flora aus der Kirche kommt. Flora schlägt ein Kreuz und kniet bei ihr nieder. Sie ist stumm wie die Tote. Weinen kann sie nicht mehr. Und beten auch nicht.
Sie arbeitet weiter auf dem Hof, so gut sie kann, mit der letzten Kraft, die ihr geblieben ist. Die Gesetze sind streng, man muß viel abliefern, sie hat Kriegsgefangene als Hilfskräfte, mit denen sie sich kaum verständigen kann.
Zu Beginn des nächsten Jahres werden Flüchtlinge aus dem Warthegau auf dem Hof angesiedelt. Es geht sehr korrekt zu, die Familie wird verständigt, ihre Zustimmung wird eingeholt.
Eine neue Zeit, eine neue Welt. Wieder einmal und immer wieder.
Eine neue Welt? Der See ist da, die Berge sind da, das fruchtbare Land, das Grün der Wiesen, das Dunkel der Wälder, die blühenden Obstbäume im Frühling, die Reben, die an den Hängen und in den Gärten reifen. Und der Glanz über See und Bergen, auch er ist geblieben.
Er hat sie alle überlebt.
Diese armen Menschenkinder – er wird sie immer überleben.

Quellennachweis

WOLKENTANZ
Copyright © 1996,1997 by Autor und AVA-
Autoren- und Verlagsagentur GmbH,
München-Breitbrunn

JACOBS FRAUEN
Copyright © 1983 by Hoffmann und Campe Verlag,
Hamburg

Utta Danella

Große Romane der beliebten deutschen Bestseller-Autorin.

Eine Auswahl:

Die Jungfrau im Lavendel
01/6370

Das verpaßte Schiff
01/6845

Der schwarze Spiegel
01/6940

Regina auf den Stufen
01/8201

Das Hotel im Park
01/8284

Der blaue Vogel
01/9098

Jacobs Frauen
01/9389

Niemandsland
01/9701

Die Unbesiegte
01/9884

Ein Bild von einem Mann
01/10342

Wolkentanz
01/10419

Die andere Eva
01/13012

01/13041

HEYNE-TASCHENBÜCHER

Sarah Harrison

Sie gilt heute als eine der erfolgreichsten und beliebtesten englischen Erzählerinnen.

Ihre mitreißenden Familien- und Gesellschaftsromane sind »spannend, nicht mit groben Pinselstrichen skizziert, sondern in farbigen Nuancen ausgeführt.«
NORDWEST-ZEITUNG

Zwei sehr unterschiedliche Töchter
01/9522

Eine fast perfekte Frau
01/9760

Beste Aussichten
01/10303

Stilleben mit Freundin
01/10645

Die Fülle des Lebens
01/10945

01/10303

HEYNE-TASCHENBÜCHER